寻找
新世界

Looking for a new world

侯佩兴　著

Billson International Ltd.

Published by
Billson International Ltd
27 Old Gloucester Street
London
WC1N 3AX
Tel:(852)95619525

Website:www.billson.cn
E-mail address:cs@billson.cn

First published 2023

Produced by Billson International Ltd
CDPF/01

ISBN 978-1-80377-054-3

Hebei Zhongban Culture Development Co.,Ltd
Wanda Office Building B, 215 Jianhua South Street, Yuhua District, Shijiazhuang City, Hebei province, 2207

序

人类一直没有停止探索宇宙世界，对宇宙的了解非常有限，当人类站在地球某处抬头仰望黑夜中深邃无际黑暗的太空，发现它是那么广袤，星空中的一切所见都是像星星点点那样非常微小，地球在宇宙星空中同样是那么的渺小和孤独。地球在宇宙的哪里？

宇宙太广阔，人类的探索和获知还仅仅停留在银河系、太阳系和地球周围，人类无法掌握了解整个宇宙世界的全部奥秘，不知道甚至无法去描述它的广袤程度，也无法测算它的边际在哪里。宇宙留在人类的脑海中只有想象它是那样的无穷、浩瀚、遥远和神秘莫测，其他几乎都不清楚。

地球在宇宙空间中只是一个不起眼的星点，孤独寂寞。尽管人类在历史发展进程长河中已取得了文明和先进的科技，但是依然无法了解更多更广更远更深的宇宙世界深远处。宇宙到底有多大？地球所处在宇宙哪里的位置？地球以外的宇宙世界离我有多久远、多深、多广？它有没有边际？宇宙中还存在什么生命？我们如何到达宇宙深处去？那里有些什么？有没有存在与太阳系相似的环境？是否存在其他和我们相同的人类、动物、植物等生命体和其他类地球的星球？是否存在如月亮、太阳等行星和恒星？它是否存在着我们地球已有知识和科学永远无法解释的现象以及另一种与地球文明科技不一样的科学和规律？

宇宙太大，大到人类无法用脑来穷尽思考和描述它的巨大和无尽无边；大到我们无法用获得的先进技术来探索了解它的全部，没有办法用人类文明总结出来的已知科学方法规律对它来描述总结和做出科学的判断。

宇宙太深邃和广阔，深远到我们目前还无法自由的到达宇宙世界中每一处。宇宙太浩瀚、广袤、深邃、无尽无头。人类根本没有办法和能力来获知它的全部。人类只是仅仅了解地球周围最近的极小的一小部分星球和星系。它有多少星系？多少星球？有多少类似地球文明存在？我们无法想象，人类一直在永远不断探索寻找发现中，没有止境。

我们穷尽我们的思维想象有没有无数个宇宙空间存在？它是怎样的？它存在着人类不为所知、无以计数的不同状态环境的宇宙空间，在人们的眼中宇宙就是一个广袤无边的世界。也许宇宙是无数个无尽的空间相互存在，有不同形态不同环境，它就像宇宙中我们眼中看到的一个一个星球一样，组成不同的环境和不同的星系、星球共存。地球在宇宙世界中没有停止运动，通过数以亿年形成发展了一种人类文明，发现总结了所有的科学和规律。但是它真的也同样可以用这种科学规律来总结整个宇宙世界所有宇宙空间和星系星球环境存在的现状作出同样的解释吗？不能。永远不能。要知道在无穷无尽的宇宙空间中，太阳系、银河系等星系也只是存在汪洋中的一隅。地球的存在其实犹如存在不同宇宙空间中一颗渺小无比的沙粒。我们永远不知道存在的不同宇宙空间星系和星球体如何存在状态和环境？那里到底是一种怎样的现象？有没有生物体存在？那里是否和地球生存的环境是一样的？是否有其他文明，是否还有其他人类动植物和所有生物？

地球文明的科学和规律是不能完全代替宇宙世界中的所有星系和星球运行形成的规律。人类认知的宇宙概念是无穷无尽浩瀚精彩的，它一直在无穷变化形成丰富多样奇妙无比的不同世界，它的存在超越了人类所有思维和想象，它存在有无以计数个宇宙不同的空间。每一个宇宙空间存在数亿亿万个不同星系群和各种星球体，它们永远在运动演变中。人类需要用地球文明不断创造去探索、发现、揭示宇宙奥秘，寻找和人类地球相同生活环境的星系星球和那里的人类以及其他所有生物和文明存在的星球，寻找发现不同的宇宙空间，寻找类地球星球兄弟和人类兄弟，寻找新世界。

地球仅仅是我们人类认知所处的浩瀚宇宙空间中的一粒尘埃，太阳系中的一颗微小行星，银河系中一处动态稳定的由无数行星组成的局部小世界，人类一直在努力寻找探索和发现宇宙过程中。同样存在来自于不同的宇宙空间星系存在的域外人类文明星球和人类、生命体。他们也在茫茫无边广袤无际的未知宇宙中同我们一样在寻找着另一种星球和人类文明包括太阳系、地球和人类和其他所有遇到的星球存在文明和生命体。终有一天会相遇，在孤寂的浩浩宇宙海洋中我们彼此需要寻找和发现我们的另一种其他文明和其他人类生命体。寻找宇宙空间中的新世界，我们终有一天会在茫茫宇宙、缤纷神秘的银河中与不同存在着其他未知宇宙空间中的另一种人类文明相遇，我们知道你在哪里？你们会找到我们在哪里？发现新世界让宇宙世界更加丰富和精彩。

目 录

目 录

寻找新世界

  2034 年 4 月 13 日，在漫无边际的宇宙深处，这里已经离太阳系地球非常遥远了，一个未知的巨大的星球体，它比地球大约 13 倍，60% 是海洋水面，它与地球有相似环境。星球体上显得荒凉无际，站在星球体看向天空中有两个类似月球发光的星体，分别一个较大在东方和另一个较小在东靠南方向，两个月亮球体间相隔着一段距离，周围一片小星星围绕着，两个类月亮球体在黑夜的星空中泛着耀眼的白色，星光照射在星球体上。在它的某处有一个类似基地的区域，这里建有一些建筑群，和类似机场的空旷地面，四周都是无人区一片黑暗，基地上安静，有一些人员正在忙碌。基地机场远处停着一艘浑身乌漆黑金属的物体。它外壳由特殊的金属材料制造，在光线照射下表面光滑。外形像是橄榄型，前端一头略小后端一头略大，前端略小的下部呈略扁，大小像是一颗天空中飞行的小行星，这艘巨型飞行星体正在准备起飞，周身闪着醒目的白光晕。时间刚刚到午夜 12 点，飞行星体等到建筑物中的指令，很快随着星球体指挥的指令极速垂直升空后不做停顿迅速向东南方向飞去，似一个在黑暗中宇宙飞行的流星后面拖曳着一些余光尾划过，很快没入在茫茫浩瀚的宇宙中，瞬间消失在基地周围的天空……

第一章　发现

一

2034 年 8 月 13 日下午，贵阳郊区某处深山群山处，四周无人烟，显得异常安静沉寂，只有一个巨大的天文望远镜隐藏在其中。这是一处国家天文台观测站，里面几处建筑群在这里还有三个通讯用高塔和几个卫星接收灶，周围全部是森林，宁静的林中听见鸟在不时鸣叫，太阳照射进这里让这里呈现白天的温暖。

忙碌的工作过得很快，转眼今天到了周五，明天就是周六了。在一幢建筑群一楼的一间办公室内有几人在自己办公桌前正在忙着收拾，不过办公室内并不热闹欢快，都在小心翼翼地做着事，显得有些沉闷。孟浩远坐在办公室前大大咧咧伸举双手伸展舒服一下后赶紧放下，端起桌上的茶杯喝了一口茶水。他心里开始打算起来，这下要好好安排一下，因为自己家里最近发生一点事情。父亲周三晚上来电话时说爷爷身体最近一直不是太好，爷爷已经七十九岁了，平时身体还算是不错的，也很喜欢与人一起交谈，生活很有规律。他每天早上五点起床，六点自己一个人步行一公里左右，去附近的一个大型体育公园内开始健身运动一番：沿着公园内的步行道上慢走，碰到经常一起运动的三四个老人就会边聊边一起步行，运动两圈约五六公里，然后在健身活动区继续在器械上拉伸、转腰、跨腿运动一番后才回家。但是最近人精神有点萎靡不振，也不到公园去了，父亲准备要陪爷爷去大医院看病，好好做一番检查，所以父亲希望孟浩远有空时回来看看爷爷。孟浩远打算利用这个双休日赶回上海去。孟浩远在远离上海西部地区贵阳的一家国家事业单位工作，平时不回上海，一个人在贵阳市区一个居民小区内租了一个两室的套间住着。单位离市区很远，地处远郊区的一个山区中。已经是周五的下午四点左右，还有一个小时就下班回贵阳，他开始整理着桌上堆得满满的各种工作资料，桌子上显得有些凌乱，资料大都是工作上的资讯数据等等。另外孟浩远由于从小喜欢数学，上学时就会利用一些课余时间研究数学。现在则是每天等工作做完后开始研究自己喜欢的数学，他认为数学是最奇妙的科学，世界中一切真实的物质存在它总能用数学的知识来总结规律，所以研究其中奥妙无穷。他会经常投入地进行思考研究，所以桌上还有他在一直不停地研究的数学世界难题之一"西塔姆猜想"的资料和手稿。从中学起孟浩远数学方面的天赋很高，得过学校和市里的数学竞赛大奖。孟浩远按着自己的兴趣本来高考时想报考数学专业，但是他的老师和同学认为数学专业太偏窄偏冷门，以后在这方面真正要冒头的可能性又微乎其微，关键是以后毕业后也很难找工作，不如报考经济管理或计算机信息这类社会需要多且比较热门的专业，以后就业出路会更广阔前景也更好。父母倒也没怎么劝说，一次父亲母亲在家一起吃完饭谈到高考报考学校填写和专业选择时，孟浩远谈起学校老师和同学们的交流建议，父亲是这样对他说的："浩远啊，如果现在自己喜欢的，就坚持下去不要放弃，可以作为爱好，不管它的结果如何。不过也是要考虑一下同学和老师们的建议，现实社会大环境就业需求确实比较功利，有时是需要考虑的。对于你喜欢的东西，自己平时也可以多花点时间继续学习，也不会影响的。"孟浩远听懂了父母的意思，思考了两天最后还是决定了。同学和父母的意见还是影响到他的思考，在选择学校和专业时调转到计算机专业方向，计算机也算是和数学有着非常密切的关系。就这样在大学四年很快就很顺利地完成了学业，不过毕业后在择业和继续读研学习上，孟浩远的独立思想体现出来了。让父母和同学没有想到，孟浩远还有另一大爱好——喜欢仰望天空，天空太深邃一定藏着无穷的秘密，探寻宇宙奥秘，这是自己对宇宙世界探秘的好奇与梦想。所以这一年正巧，刚刚建成新成立的国家天文探索研究院（国家天文台贵州天文台，两块牌子一个单位），在全国开始招录各种急需的专业人才，信息被孟浩远注意到了，而且单位对学历要求大学本科以上都可以。这座国家天文台贵州台位于中国西北部贵州省，天文台内安装有世界最大的射电望远镜等世界最先进的设备和系统，是国家九大科技基础设施之一，采用中国科学家独创设计和贵州南部喀斯特洼地的天然独特地形条件，建设一个约40个足球场大小的高灵敏度巨型射电望远镜，古时传说二郎神有第三只眼"千里眼"，因此这里被天文爱好者和媒体爱称为中国的"天眼"。这样的单位里面具有世界上最先进设备，在这样的工作场所从事宇宙探索研究工作正是孟浩远所期望的，正好新成立的研究院很稳定有事业编制，需要各种专业的大学毕业生、研究生和博士生等各种人才。尽管单位从事的工作内容很好，但是由于远离一线大城市，地处国家偏远省份而且经济发展比大城市还有距离，没有像北、上、广、深和南京、杭州等这些经济大城市的交通、经济、环境等人文优势。但是孟浩远自己喜欢这样的工作，工作地点他不是太在乎，这次人生中重要的选择他不再听老师和同学的劝告，什么贵州太远了，而且天文台这个工作单位地处偏僻之地，以后生活上不方便等等，他要听从自己的想法。对孟浩远来讲这正是一次难得的好机会，单从生活和职业规划前景来说可能留在大城市机会更多一些，比较而言贵州确实有很多和大城市相比存在差距的地方，但是这里却有世界最好最先进的天文台落户，天文台设备和设施也是世界最好的最先进的，它一定会为探索宇宙世界奥秘带来新的机会。尽管自己来自上海大城市，但孟浩远此时生怕错失一次机会而后悔，所以什么都不顾，毅然报考国家贵州天文台并通过了激烈地笔试面试层层考试，最终被录取进入国家天文探索研究院（国家贵州天文台）这个新单位。老师和同学吃惊和佩服他的勇气，这个孟浩远果然和常人不一样，他有自己独立的思想，选择就业上就出乎人的意外，让所有人看不懂，这个选择太奇怪了。

　　孟浩远放弃了在大城市的生活，选择到完全不一样而且没有来过的贵阳工作，这也不是一时冲动，确实是下了决心的。到了贵阳报到后，开始几天就住在单位，一周后自己就在贵阳市区通过一家房产中介并告知自己的要求，租了一套二室户的房子作为独自生活在贵阳的居所。在这里生活其实各种成本还是有优势的，房子的租金也不贵，他很快和上家房东在中介公司先签了一年。这样孟浩远开始了一个新的生活，远离大上海城市特有的丰富多彩，一个人生活工作在贵阳。不过生活一段时间后，孟浩远发现自己慢慢地喜欢上了这里，生活上很自由也很方便，出小区大门后，周围就是街道和商业区，各种生活设施相当方便，日常消费也不贵，所以孟浩远觉得在这里和上海生活完全是两种消费水平，但是达到同样的生活乐趣和消费舒服感，有些地方比上海要好，而且城市发展建设很快，一直在变化。孟浩远倒是喜欢这里现在的生活，生活在市区里也是非常的热闹方便，平时上班由于国家贵州天文台地处山区偏远，路上虽然是有通公交车的，但是公交车到站后骑自行车还需要 35 分钟左右时间，出行路上还不是很方便。还好单位有班车每天上下班有接送，只需自己提前到集中等候地点等着上车就可以了。

孟浩远在天文台被分配在情报科，科室一共有五人，主要任务是对国内和国外天文信息的收集整理，提供给领导和其他业务科室。国内如北京、上海、南京等天文单位的信息交流分析，国外就是美国、欧洲等各国天文台或航天局进行信息交流共享。由于自己独自在贵州工作，平时单位到家里两点一线规律的生活、工作和自己的数学研究，空余时间除了电话联系女友和家里父母外大多数时间花在研究自己爱好的数学上。这样的工作生活看似平凡简单甚至有些枯燥乏味，不过对孟浩远来说这种环境和工作内容生活方式还蛮有意义的，适合自己的兴趣。

二

　　天文台观测科是 24 小时全天候工作制度，每天白天正常上班观测记录，晚上还安排有两人值班继续观测，观测科轮流每天派一人，其他的科室派一人在现场共同值班守候到第二天 9 点交接班。

　　下午四点了，孟浩远正在整理桌上的各种材料，隔壁数据分析科的小卫笑嘻嘻地走了进来，直接走到孟浩远这里。小卫名叫卫子墨，江苏连云港人，学的专业是地球物理，个子在一米七六米左右，脸有点圆，身子略胖，和孟浩远是同一年一起考进天文台的。看见孟浩远正在收拾桌上东西，小卫站在孟浩远旁边没话找话笑嘻嘻地说："哟，孟浩远，收拾得这么干净整齐啊，我桌上摊得乱哄哄的。哎，孟浩远，你明天有什么安排吗？"孟浩远见小卫走进办公室到他旁边过来说话，从座位上站了起来，看了看他笑嘻嘻的样子心里明白，这家伙过来找我一定会有事，不过要逗逗他，于是说："哦，小卫啊，难得你过来指导，看看有啥吩咐啊？哎，你最近女朋友天天电话联系不断的，现在到底进展到什么程度了？"小卫见孟浩远开着玩笑在说他，连忙说道："哎，孟浩远你什么意思啊？说什么指导啊，不要开涮我了好吧。"然后压低声音悄悄说道："有事正要和你说呢。"见孟浩远办公室科室里的人都在，便对孟浩远使了个眼色，头往门外轻轻一转，自己先出门了。孟浩远明白，等他走出办公室后也随着小卫走出了办公室来到外面走廊。小卫已经停下脚步站着等他说道："孟浩远，明天我女朋友从南京过来特意到贵阳来看我，这可是她第一次来贵阳，我得好好表现，陪陪她，带她到处看看的。"孟浩远心里已经八分明白但是还是装作不明白说道："噢，很好啊，这次你可要小心啊，是要好好陪着，看看黄果树瀑布，趁机你们俩感情要升升温了。"小卫笑着说道："是啊，可是明天我正好轮到周六单位值班啊，所以想和你商量调一下行不行？"小卫急等着孟浩远回话。孟浩远终于明白小卫来的意图了，心里一乐，故意成心想要先逗他一下，表面却平静地说道："啊呀，真不巧啊，明天我们科李科长邀请我们科室五位同事一起中午喝茶聚会啊，地方都订好了，就在贵都大酒店里呢。"小卫愁眉苦脸无奈地说："唉，正不巧你也有事啊。你们那个李建设科长他居然会请你们？也确实难得的嘛。那好吧，你去吧。我再找其他人商量一下。好了走了。"说完小卫马上就急着想走。孟浩远见了直想笑，但是憋住了说道："小卫，你等等，先不急，要不这样吧，还是我来换你吧。你的可是大事，兄弟我来帮你吧。女朋友专程过来，难得来一回，是你该好好表现的。这次表现好说不定就成了，再说明天是双休日临时再找人估计不太好找人替班啊。"小卫说道："是啊是啊，那你的活动怎么办？你们科室聚会也真是不容易挺难得的，你这样请假要紧吗？"孟浩远说道："没事，这你就不用管了，我无论如何想法请个假，最多下次我再回请他们一次啰。"小卫感激地说道："兄弟，那真太谢谢你了。我现在马上去跟值班主任说一下备好案，谢了！谢了！"说完，小卫开心地走了。小卫和孟浩远都是去年招录时一批进来的，小卫学的是地球物理专业。两人同时进单位，一起参加培训，两人性格都比较开朗阳光包容，做事、做人的观念都接近，比较投缘，平时关系就很好，没事时一起聊天喝酒运动。孟浩远没有把自己想回上海看爷爷的真实事情说出来，这样小卫肯定不会接受。现在已经到了周末碰上双休日，让小卫临时再去找其他人商量换班也不是太容易。这次小卫有事，而且这件事对小卫来讲很重要，他首先找得就是孟浩远，说明两人关系好也信任他，当然要帮一下小卫。自己的事也重要，但是家里还有父亲母亲在，只能自己先克服一下，和父亲说明理由延后至下周末时再回上海。

三

当天是周五和小卫说好后，孟浩远到天文台行政办公室进行了备案登记。情报科办公室里五人到了下班时间都陆续准备离开去坐单位班车，坐在对面桌子的男同事名叫张新宇，是一位年纪比孟浩远大四岁，身高在一米七左右的广西人，性格直爽，见孟浩远还在办公室里笃定地看着电脑在忙，没有走的意思就站起身来问道："孟浩远，马上下班了，赶紧收拾一下去乘车了。"见小张在问，孟浩远说道："噢，小张啊，我明天要值班，今天就不回去了。"张新宇有些奇怪，因为他记得值班排班表上，他和孟浩远隔了两天，算了一下不对啊，说道："孟浩远，我记的今天不是你值班啊，应该在下周三才轮到你吧，我在你后面两天，你记错了吧。"孟浩远说道："是啊。小卫他有事，临时和他的值班调换了一下。"两人这么一说，科里的同事都知道是怎么回事了，大家都和孟浩远招呼告别后，走出办公室来到外面广场上坐班车回贵阳去，只有科里的李建设科长一声不吭面无表情的径直而去。

孟浩远今天没有跟车回贵阳市，晚上在单位食堂吃好饭后，就在自己办公桌前和父亲打电话说明这周单位有事值班回来不了，准备下周回上海。父亲没有说什么，因为孟浩远是帮他的同事忙值班工作。等电话打完后闲着无事，看看时间还有，便开始研究起他的数学来了。直到很晚了才回到专用的工作人员值班室里睡了一晚。

第二天早上要交接班代替小卫值班的，等第二天孟浩远早早起床在单位内的树林区里开始锻炼运动起来，跑了几圈步，再练练拳操才回办公室洗漱，然后到食堂去吃早饭。看看时间差不多，提前走到了值班地点——天文台最先进的天文望远镜工作区。这里是国家最先进最神秘的地方，里面的设施也是世界上最先进的，身处巨大的值班指挥监测中心区让人感觉已经身处神秘的科学研究之地，看到太空景象仿若已经到了外太空深邃的宇宙世界。和上一班两位值班人员交接完手续后，孟浩远就开始驻守值班，过了一会时间，差不多到点前还有七八分钟时，今天和他一起值班的负责人，是观测科的一位叫吴起的男子，他是一位青年学者，年纪约四十几岁，中等个子戴着一副近视眼镜。他可是天文专业出身，走了进来看到孟浩远神情兴奋高兴的样子，便笑着问好："孟浩远，我看到值班记录今天调你了？小卫他有事？你来得早啊。"孟浩远看到吴起说道："吴老师好，我也是刚刚到，已经办完交接手续了，他们俩刚离开。小卫他确实有点重要的事。"两人按照规程检查值班日志，看电脑数据，检查设备运行情况，然后做好记录。白天一天整理收集的信息和云图，看电脑连线的记录分析数据，在先进的望远镜前观测调整，交谈一些工作和其他话题。转眼已到了晚上，今天外面的天气特别好，周围空气中散发出一种清香味。天文台位于山区高地，周围全是森林覆盖茂密生长着各种树木，树林中有好几种不同的鸟类在树林中自由欢快地鸣叫着，在空荡的地区清脆悦耳，在不同的林区不时此起彼伏的鸣叫回应着。除了鸟叫声没有其他声音，鸟的鸣叫增加了这片寂静的树林一些活力，同时也使整片宁静的地区显得是更加安静空寂。

天文台建设所在地离开附近的村庄已经很远，沿着上山的路是原有的一条旧路，到了最后的一个叫石家乡八弯村后就没有路了。所以在建设天文台时重新建设了一条四车道的新路，让村里的百姓感到十分高兴。公交车也通进村了，一下子进山来旅游参观的人渐渐多起来，出山进城也方便了，闭塞的八弯村一下子热闹起来有了活力。从八弯村到天文台还有十多里路，这条进山的路也是配套天文台设计建设的。当初搞这个项目建设费了很多年，经过专家的多次论证，原来有三个设计方案，不过最终经过多轮专家对项目的讨论最后选择这里。

整个天文台占地在 400 多亩，周围全部是高耸的山峰，中间自然形成一个巨大的地坑，里面长满了各种树木和植被，其中天文台的观测站射电望远镜项目占地就达 100 多亩，处于中间位置，这是世界最先进最大型的射电望远镜。巨大的观测站里设立了大型的、先进的观测工作室，通过大型望远镜把数据图像全部展现在超大屏幕上。外面有五个地面卫星接发站，可以与通信卫星和其他天文台联接信号，让信号随时接收和发射。同时天文台的外围还有国家部门统一协调建立了电信和移动 5G 专用接收站，所以这里的通信信号是绝对有保障的，可以很快捷方便的与外面保持畅通联系。天文台还配属了技术科、气象科、发电科、维修科、安全科、防火防雨水防风防地震的综合科等六个科室归观测站统一调配。除此以外，还有研究院的实验室、指挥中心、办公室、情报科等 15 余个科室部门。另外天文台周围的山区上面长满了各种天然树木植被也被划入天文台，作为安全防卫缓冲区域外围屏障，从石家乡八弯村这里再上面的山区就全部被划入天文台，外围修建了不少安全防护设施来保障国家天文台的安全工作。

　　今天在观测站内值班的技术人员还有其他岗位配合人员，到了下午晚餐时间，大家轮流从休息室到食堂吃准备的晚餐。孟浩远与值班的其他岗位的技术人员打了招呼，大家各自按工作职责分工，又开始准备晚上的工作而忙碌起来。工作有条不紊按照规程在进行，这里显得平淡和安静。不过孟浩远由于喜欢对宇宙奥秘的探究，每次值班都非常欣喜好奇，不会感到乏味，反而他可以通过这个巨大的天文望远镜镜头看到太空深远无穷的天穹时，一阵莫名的激动和兴奋使他感受到面前具有强烈地探索欲望。孟浩远自己泡了一壶红茶，红茶浓郁味重提神，可以抵御夜间时的瞌睡，他又在值班室拿了一桶超大加量的牛肉方便面放在桌上。值班时是配晚餐和点心的，参与值守的其他工作人员和后勤支援人员一起共有七人都按岗位坚守。孟浩远又走到天文望远镜前，此时今天一起值班的观测科的吴起老师，正在盯着天文望远镜在认真观测，他身高约一米七左右，人瘦瘦的，脸呈方形状，颧骨微突，棱角分明，一头浓密的黑发，他比孟浩远要矮半个头，年纪约在四十岁不到，戴着一副近视眼镜，看上去是一个很精明的学者样子。孟浩远见他一直在全神贯注地盯着望远镜认真地观测，叫了他一下："吴老师，今天有啥新发现吗？今天天气很好啊，天空很清澈，晚上看出去清晰度都很高，是一个良好的观测窗口期，有利于观测，说不定能有些新发现吧？"吴起听到孟浩远声音后也没有转身，仍旧看着望远镜对孟浩远说道："小孟，设备运行一切正常，经观测记录数据，目前还没有发现新的有价值的信息。小孟，你过来看看帮着盯盯，不要忽略任一线索。"孟浩远爽快地答应一声："好的。"随即高兴地坐在观测镜座位上调好自己的座椅，从镜头前探望着巨大的望远镜上呈现出来的茫茫太空世界，白天观测和现在夜晚观测情况差别很大，宇宙太空中星云密布观测起来十分清晰，让人仿佛已经置身于遥远神秘的宇宙太空中，人类是多么的渺小，地球是多么的渺小，星空中看起来星光点点的行星其实和我们地球一般巨大，甚至比地球更大。每次孟浩远值班时通过最先进的天文望远镜观测宇宙太空总有一种莫名的喜悦和兴奋，远望无垠无尽的太空，太空中布满的行星和恒星仿佛世间一切都静止了，一切都是那样的奇幻充满未知，显得那样空灵，不时流星体飞过，让人会产生一种强烈的探索愿望。心里真想飞到遥远的宇宙中去近距离地遨游拥抱它们，脑海中一直在飞快地跟着流动的行星一起运动，产生无限的联想。这么浩瀚无际的宇宙中应该会有其他和我们人类一样的星球和人类生命吧，只是太远太广袤太深邃了，发现不了而已。他们可能会在哪里呢？孟浩远这样开心地观测起来。这是在这里工作的优势，一般人无法利用这么先进的天文望远镜，可以这么清晰地观测神秘的宇宙太空世界，人类仰望天空时会被它的神秘、深邃、遥远震撼。时间又过去一个多小时，每一秒观测都是流动的画面，孟浩远仍兴致勃勃地在观测着，不愿意放过任何一个细节，他脸上呈现快乐和兴奋，充满激情。孟浩远一个人在大厅里边观测，边看着望远镜显示着的清晰的太空观测区布满星体展现在巨大屏幕上。他不由自主地大声地呼喊着："宇宙你好，我们在这里，我们来了，你们在哪里啊？"吴起听见孟浩远大声兴奋的呼喊着，在这巨大的观测工作区内打破工作的平静也很是高兴，还是第一次见到一位同事像孟浩远这样，犹如头一次值班观测显得这么兴奋带来不一样的工作激情，不由得笑起来说道："小孟，你太有激情了，你已经轮到很多次值班了。看你高兴的样子好像是第一次探测那么激动，不过说真的国家天文台贵州天文台自从建成后，设备集成系统都是国际上最先进的，对宇宙天体观测研究提供了更好地机会，我每次在这里通过望远镜头观测也是很兴奋的，只是没有像你一样爆发出来，宇宙太浩瀚了，我们地球未知的还是太多太多了，我们只是了解了它一点皮毛而已。我也很期待的，希望有一天能够在这里发现什么。"

正在两人开心地说着话，孟浩远突然平静起来，工作室里只有设备工作时发出的一点机器声，空旷的大厅突然显得十分静谧。又过了几分钟后孟浩远突然开始叫出声来："吴老师，快过来看。你看这个位置上我发现出现一颗行星，我感觉是新出现的，和我们以前掌握的数据信息不一样，是不是国际上还没有标注过，是不是新的？"吴起见孟浩远突然的平静下来，后与他说完话一直认真地观测着不吭声了，说明他在认真地观测，这样过了约十分钟后刚才突然又大呼小叫的叫他过去着实被他吓一跳。而且似乎他发现什么了，那刚才他一定是十分用心地在反复观测记录分析数据和图像了。吴起快步走到大屏幕仔细地看了起来，马上又通过计算机计算数据轨迹运行开始比对，调出数据库数据图谱检索分析后不禁激动起来："哎，哎，我再来算一次，千万不能出错。喔哟，是啊是啊。真的有新发现。这可真的是一颗国际上未被记录发现过的一颗新行星。"说着他走到孟浩远跟前说道："小孟，赶紧启动跟踪定位系统，让我也看看。"孟浩远其实已经对这颗新行星做好标记，看吴起过来赶紧侧身把观测位置让给他，吴起赶忙坐下仔细地看着过了一会，嘴上说道："小孟，是的是它。太好了。太好了。小孟你再看看把这颗新行星飞行视频过程和截屏照片数据分析等都调出来，然后按规定上报。"说完站起，脸上喜形于色，孟浩远重新坐下认真地观看，并在操作台上熟练地操作着。看孟浩远正忙着，吴起又笑着对孟浩远说道："小孟，我们今天运气太好了，让我们碰到了，太难得了。今天让你抓捕到了，这这太好了。我们立功了，这可是建台以来这里首次发现啊，今天运气真是好，和你搭档值班真太好了！浩远真有你的，太好了！"吴起激动的已经有点语无伦次了，连说了几次太好了。又对孟浩远从称呼小孟到亲切地称呼起"浩远"来了，足以说明此时他内心的无比激动和喜悦之情。跟孟浩远说完后，他赶紧拿起内部电话，打给值班主任准备汇报此时的新发现，声音也有些激动地颤抖了："魏、魏主任，值班室的吴起、孟浩远报告，我们刚刚在位于太阳系太空发现了一颗新行星。我们暂称'WM'星，时间是 7 月 28 日北京时间凌晨 1 时 34 分 43 秒。报告完毕。"然后吴起麻利地记录好坐标位置数据，飞行图像运行轨迹，又快速地做好资料写好简报，附上调出的照片，在值班记录上签好字，把记录本拿到孟浩远跟前："浩远，你签个字。"孟浩远接过也跟着在吴起签名处的后面迅速签完。刚签完字继续整理资料时，没有一会儿的功夫，值班室魏主任兴冲冲地跑来了，笑着看着两人连声说："好，好，太好了。你们认真负责，有了最新发现，做得好。这可是我们国家天文台贵州台建立以来第一次发现新行星，我已给向院长汇报，向院长会连夜与相关专家视频连线会议研究确认。我们等消息。"说完魏主任看了值班记录在记录人签名后面飞快地又补签上了自己的名字。然后满脸笑意心花怒放地开始与吴起和孟浩远两人聊天起来，问这问那地说道："我们现在设备先进了，以后通过这台世界上可以说是最先进的天文望远镜会有更多的发现。你们俩工作认真负责的，你们的发现可是填补了天文台建成后在外太空监测发现的空白，第一次啊，很了不起了。看来工作还是要靠认真细心不错过一丝的工作态度，不错不错。"过了大约二十分钟左右值班室魏主任的手机电话铃响了，魏主任抑制不住高兴一边站着点着头一边在回答道："好的，好的，我们不辛苦，向院长辛苦了。"孟浩远和吴起从他的高兴劲和说话恭敬口中喊着向院长，已经分辨出来电话一定是向院长，魏主任只和向院长汇报通话。接完电话后的魏主任对着孟浩远和吴起两人高兴地说道："刚才是向院长亲自来电话了，他说和国家级的三个权威专家信息交流后他们确认了我们的发现，根据提供的资料信息可以判断这是我国新发现的一颗小行星。明天上午 9：30 在我们天文台要开会，你们俩也一起参加，我们将向国际太空协会报告中国新发现行星并正式命名。"说完打了声招呼："你们继续观测做好记录，有事马上电话联系我。"然后急急地走出观测站到行政办公楼自己的办公室去了。孟浩远和吴起也是感到高兴，今天真是好运让我们碰到了，兴奋过后坐下休息，身上没有值班劳累的疲惫，完全被刚才的发现提起了精神。

　　忙过一阵后两人此时开始感觉肚子饿了，孟浩远用热水泡了方便面准备填饱肚子，吴起则走到隔壁的休息室里，那里有冰箱、微波炉、咖啡机等各种电器用于晚上休息时用，他在冰箱中放了几个包子准备用微波炉加热后充饥。吴起对孟浩远亲切地说道："小孟，我去休息室喝杯热咖啡，再热一下包子吃，你需要什么？"孟浩远说道："噢，吴老师谢谢了！不要了。我喜欢吃方便面，晚上吃它够味道，吃起来带劲。我会继续盯着，你去吧，顺便休息一会吧。"等吴起老师走后孟浩远看了下电脑，时间已是凌晨 2：49 分了。孟浩远在电脑上用中文和英文打好问候语准备发送出去，这是孟浩远每次值班时的习惯，他都会发送信息出去，现在这里的设备极其先进，他希望信息被发送至遥远的太空能被人收到，尽管还从来没有收到过任何的一点反应，但他还是照自己计划打好信息："你好！我是地球文明中国，欢迎联系！"后面加了中国国旗图标和天文台台标，后面附了一件语音录音音频文件，内容是自己的一段话："你好，我是孟浩远，来自地球的中国贵州国家天文台，不论你是来自哪里，如果收到我的问候请回复，渴望与你们成为朋友！"在后面又跟了一段优美的中国音乐，表达地球文明的问候。最后是电脑默认的精确时间，孟浩远看了一下，马上点一下鼠标通过射电望远镜专用管理系统将信息发了出去。系统会自动隔一分钟重复自动播发一次，连续三次自动停止。发完信息后孟浩远自己在旁边津津有味地吃着他热腾腾的桶装泡面，浓烈的香辣味道顿时弥漫在工作室内。现在闲着没有其他事情，他开始拿出自己的一本笔记本研究起自己的数学难题。大约隔了五分钟时间突然他从操作工作台上的电脑中听到清晰的"滴滴"的声响，他随即地抬起头来看看电脑屏幕突然发现上面有异样，只见原来的画面整个屏幕很奇怪显示一串数据："116.331753　30.890342　24　24 。"孟浩远看着突然出现的信息和屏幕出现的从没有过的界面，一下子惊愕了，心里首先联想到反应是电脑"病毒"，但是转念一想这不可能，这套天文台系统专用管理软件是专门设计的独立的不对外接入互联网的。难道自己系统本身出问题了？心里有些急，不过孟浩远作为计算机专业的学生又马上排除了，无论使用什么办法屏幕都没有反应，始终是这个画面，上面显示的这一连串数据。他的心顿时突突狂跳起来，预感到这不是普通的一些数字，他一下子无法解读出他的含义，这串数字是……是……什么意思？突然一个念头闪现，它从哪里发来的？难道是外星球文明看到我刚才所发出的信息主动来联系我们了？不可能的，这不可能的。从自己工作以来，尽管每次都会这样发出信息，可是也只是当作一种自我安慰，思想畅游宇宙而已，从来没有期望会获得任何信息。而且国际正常渠道也从来没有记录过我们曾经接受到地球以外文明的任何信息，这太不可思议了。难道我是第一个幸运地接收到这样信息的人？啊，简直不可能。孟浩远紧张地想着或许自己的理解是错了，也许这是其他国家天文台发送的信息呢？这种可能性到是比较大的，如果真是，这不要闹笑话了，现在也无法印证。他赶紧拿出手机，用手机把信息拍好照存档起来，又把信息记录在自己的笔记本上，确认无误后合上笔记本。等以后慢慢利用信息科工作的优势与国外其他专业天文台交流一下，这样想着心里渐渐平静下来。看看周围没人，吴起可能还在休息室休息一会，等了一会画面也自动恢复正常，这条消息会留在正常的界面中自动记录下来。他悄悄把显示的信息删掉，尽管这是不符合值班操作规程的，他也管不了这么多。如果这条信息被记录下来，有人查阅问起是怎么回事，自己真无法解释，即使自己贸然按照想法解释，恐怕没有人会相信他，免得被人认为是他弄错了笑话甚至以为工作不认真。见吴起在休息室，四周无人，一种强烈的好奇心让自己静不下来，翻开笔记本开始试着就当是玩一样的心态认真地分析起这串数据。这组数据假如是真实存在的，那它可能包含什么信息呢？前面一组数据看起来杂乱无章，不过数据中间有间隔会不会是常见的代表经度和纬度来表示某个地点位置呢？这有些像。孟浩远是研究数学的，头脑一直很好，这是自己的理解，他的内心渐渐的激动起来，按自己理解的思路马上在另一台电脑上迅速地搜查一下。哎，还真对得上，有了发现。搜寻结果列出了很多的信息，其中作为地理经纬度数据有介绍，原来这不是中国青海的一处地方地理位置的坐标吗？是不是信息的意思是想要在这个地址位置见面？还是那里另有蹊跷？那后两个 24 是什么意思？中间也留有空档的。孟浩远认真地推测分析着，第一个 24 是什么意思？会不会在 24 小时后见面的含义，表明发出信息后的见面日期？第二个 24 是不是具体的见面时间，也就是明天晚上 12 点的意思吧。他可能根据我发送消息在电脑上显示默认时间来推算碰头时间？这样分析地点和时间都有了，那现在看上去可以推测这些数据确实是有意思的，还是明确的一种表达，而且并不复杂很好让人解读出来，说明发送信息的人就是为了让自己可以轻易读懂，所以是用最简单的数据显示，那他一定是有目的的，简单的而且是明确的。这样分析孟浩远心里顿时心跳加速十分兴奋，说明应该是确有其事了。不过这样的情况难道是真的？就这么简单？孟浩远此时心里又是一阵紧张、激动和不敢相信。心里推测着如果发回的信息真的存在，一种含义就是回应我发出的信息，他们希望建立信息联系，解读出的数据第二层含义，他们的目的是想和我见面，所以设置的信息只是简单的数据不复杂，应该是容易被解读出来。如果设置的数据太复杂让人很难解猜透，那如何碰头呢？不是会错过吗？所以这条信息一定会是比较简单让人容易分析得出结果，原来如此。这条信息包含着多层含义在里面，被自己分析推测猜透后，孟浩远暗自高兴。

他自己心里在想，现在这条信息还要不要报告？尽管自己认为这样的分析是合理的，那万一自己的理解分析是完全错的，是另一种其他的结果，丝毫没有任何联系不搭界的，根本就不是我这样的分析结果呢？地球文明存续以来可是从没有记载过接收到地球以外宇宙中的其他任何信息。以前自己值班也是发送的从来没有回复过，今天哪有这么巧啊？今天发现新行星和地球以外文明信息都让我一起碰到了？这样想着开始有些怀疑起自己刚才的分析推理，也有可能自己的分析还真是完全不成立的，只是自己的一厢情愿，自认为合理其实并非如此。如果就这样轻易贸然报告上去真会闹笑话了，算了，还是先暂时放一放吧。

孟浩远思想激烈地不断思考，大脑在不停地运转，最后决定还是先等等吧。不过自己想清楚了，不想轻易放弃这条偶然获得的重要信息，联想到信息出现时电脑莫名其妙的屏蔽锁住无法操作，后来又自动解锁恢复还有些奇怪的地方，他还是希望悄悄地单独去试一试再说，验证一下自己的分析信息是否正确，万一信息是真的话再报告也不迟。

孟浩远脑中激烈的反反复复来回思考斗争着，就这样思来想去的，过了一会同样的这条信息又继续发送过来了。孟浩远此时心里有的更是激动和兴奋，刚刚平静下来的内心又突然狂跳起来，那么现在判断至少应该不是恶作剧，应该理解为怕信息发过来收不到，或者收到了被人为忽视，怕接受信息方疏忽掉因此也是如同孟浩远所发信息每隔一分钟重复发一样，他们也是隔一段时间发送一次，不过是间隔时间大约是三分钟发一次。后面又间隔五分钟连续发了一次，正好和孟浩远连发三次的操作节奏是一样的，第三次发送后再后面就没有任何信息了，整个电脑恢复到正常状态。孟浩远的内心已经涌动着无限想象激动万分。连续发三次同样的信息，首先是有人故意所发的，希望不要把他当作偶然出现的信息被疏忽掉，同时也是提醒和回应，我们是认真回应的，第三是说明和孟浩远所发规律一样采用了孟浩远的交流间隔模式。如果分析思路是对的，有可能这次真的撞到千载难逢的机会了，这太意外惊喜了，地球人类可能首次与地球以外的文明相遇这种机会被我就这样偶遇到了，啊，那真是奇迹了。对喜欢天文的孟浩远来说，这个机会实在是特别的弥足珍贵。现在对孟浩远来说宁可自己最后白忙一通也绝不会放弃这次机会，自己一定要亲自去搞清楚这到底是怎么回事。此时的孟浩远已经想好了自己后面要做的事情。

等吴起吃完点心喝完咖啡在休息室内又休息了一会后，走出休息室来到值班控制台，看到孟浩远精神兴奋还在津津有味地吃着牛肉方便面，笑着问道："小孟，到现在还是很兴奋吧。你也去休息室吃吧，顺便也休息一下，今天你辛苦了。"孟浩远说道："没事。吴老师，这里仰望天穹吃着面条挺好的，仿佛我就在宇宙中独享。哈哈今天真的高兴。"他这句回答还有另一种吴起不明白的含义，两人又开始各自认真地工作起来，眼睛一直紧盯着监控台，生怕漏过什么，希望能交好运可以捕捉到新的信息。

四

第二天是星期天，原本天文台里只有值班人员在正常值班工作，平时这里显得很安静。可是今天这个星期天值班日和平时完全不一样了，天文台里有些不平静，比往日热闹起来了，像是日常的正常上班工作日一样，不时有几辆汽车进来，今天通知的是上午 9 点 30 开会，刚刚 9 点还不到，天文台里的领导和专门邀请的几个在贵州的天文台专家已经在会议室里围了一圈，还通过视频连线了全国其他有名的五位专家。会议室里气氛热烈洋溢着喜庆，大家见面在高兴地打着招呼，有的满脸喜色的在交头接耳地交谈，或者三三两两地围着在私下开心地交流着情况。孟浩远和吴起也因会议的安排变成主角了，向心波台长（兼研究院院长），孟浩远一直喜欢称呼他为向院长，他也是一个专家型的高级二级教授职称的专业领导。由他亲自主持上午的会议，会议本身议题是简单明了的，领导、专家们先听取发现"WM"新行星的过程专题汇报，观看视频和图像资料，还有大量的数据分析。孟浩远作为昨天晚上的值班工作人员及首先发现者，他把发现经过详细地叙述了一遍，大家听得非常认真。然后由吴起根据整理收集的数据和图像资料等作了更加详细的汇报分析以及对这颗新行星现在的跟踪运行情况，又展现及时导播出来看"WM"新行星的飞行状态和位置。孟浩远和吴起两人汇报完成后，此时会议室内气氛已经很热烈，领导、专家都是高兴地点头赞许。不过孟浩远对这些根本已无心在此，心里希望早点可以脱身离开这里，他在思考着24小时后的事情。等孟浩远的汇报经过发言完成后，在大家听吴起的综合分析汇报时，孟浩远坐在会议室里不时地看手机时间，和会议室里的其他兴奋的人都在对"WM"新行星交谈比起来显得完全不一样。向院长还以为孟浩远看到这么多专家和领导在而显得紧张，一直笑眯眯地看着他和吴起两人，眼中满含爱意。好不容易会议结束大家都还在十分热烈喜悦地交流着。孟浩远已悄悄地对身旁的吴起说："吴老师，你是这方面的专家，接下来你是主角啊，我只是个参与者，我的任务也完成了，后面的事我不就管了，我要先退离了，你就冲在前面啊，反正发现经过你是很清楚的。我上海家里有事需要请两天假回家一趟，我刚才已经跟向院长报告过了，也和我们李科长电话短信报告过请了假，手续等我回单位再补吧。"看着吴起有些发愣不太明白的样子，这种事情正好是可以露脸表现的时候，孟浩远这个小青年却想着尽快远离脱身，他和其他人是有点不一样，可能他家里真有急事赶着想回去吧。孟浩远看吴起感到有些不解但是脸上显示的是尊重，于是招招手悄悄地先走了。他怕再耽搁时间会来不及了，正好看到院里停了不少车都是接领导和专家，孟浩远看到一个认识的驾驶员小胡请他送自己出单位到附近的公共汽车站，自己乘公交车回贵阳去。

　　汽车一路驶出天文台后很快到了公交车站，车站在这里已经是终点站，只有三个人在等公交车。孟浩远心里急也没有办法，这里的车次还是少点，双休日因为有城里过来郊游的游客还增加了几班，不过大多是自己开车自助游来玩和看国家天文台的。因为是双休日公交车次安排的比平时要多一点，等了大约二十多分钟后陆续的又来了七八人，终于来了一辆车车上满是人，等他们下车后孟浩远才走上车，又等了约十分钟左右，一会功夫又来了八九人，他们都是有这里汽车班次时间安排的，看准了过来乘车的。乘上车沿着山路行驶，孟浩远坐在座位椅子上两眼望着窗外远处的景色想着心思，心里已经放飞出去只有青海某地。等汽车回到贵阳市区后，孟浩远快速地叫了一辆出租车赶到自己租住的怡和园房子后，已经是下午两点半多了。赶紧整理一下随身需要携带的物品，他在车上已经通过手机在网上先订好了当天飞到西宁的飞机票后，又急忙抓紧打车赶到了机场，机场的乘客并不多，安检区排队很快完成了例行的安检，孟浩远看看时间还有富余长透一口气，缓步走到候机楼登机口空位子上坐下等候上机。总算一路赶着现在已经到了机场，他坐着等候上机时在思考着一些细节，还是多留了心，拿出手机特地打了电话给在上海工作的要好同学王可佳，希望他到了今天晚上 12 点过后一刻钟内务必要配合一下，就是打电话给他。接通电话后孟浩远说道：“王可佳，在干嘛？”王可佳一听是孟浩远来电话顿时来精神了，两人不在同一城市工作，一个在上海，一个远在贵阳，他们已经有一段时间没有联系了。听到孟浩远的声音高兴地说：“噢，是浩远啊。是不是回上海了？我们见个面有空吗？”孟浩远笑着说道：“可佳，哪里啊，没有啊。我还在贵阳，没有回上海。今天晚上和同事有个聚会，特意给你说一下，你可要记住啊不能忘了。在今晚上 12：15 左右记得到时候给我打个电话。你知道的我酒量不太行，今天和同事们在一起喝酒可能会搞得很晚的，要你打电话过来，意思就是我正好说有事，是我脱身的机会和借口，明白吗？”王可佳笑道：“噢，原如此啊，你们同事一起多喝点也难得的，搞得这样神秘兮兮的，而且你这个时间也太晚了吧。”孟浩远说道：“也不算太晚吧，你忘了贵阳和上海有将近二个小时左右的时差，还不算是晚的。”王可佳说道：“你这家伙点子真多。好了，放心吧，到时候我忍住不睡给你打电话，等我电话吧。哎，到了上海一定要联系我。”其实孟浩远心思缜密，这次出远门情况又特别的复杂甚至有点危险，心里也没有底，而且自己是孤身一人，到了约定的地方那里情况又不明，这个地址上自己网上搜索过还是非常偏僻的地方。各种可能都会发生，所以不得不多考虑一些计划细节。想着，晚上 12 点到了碰头约定的目的地位置，还不知道那里情况到底是怎么样的？另外会发生什么事情？都不知道。深更半夜又是自己从未去过的不熟悉的偏僻旷野之地，不得不防备一下，万一有啥情况，此时自己的手机突然来电话铃声进来，可能会突发受惊干扰一下也好，起到暂时的阻缓效果，自己可以见机行事或者周旋或者赶紧逃跑。他们此时也应该会有所顾虑不会轻易采取对自己不利的措施吧，到时候自己发现明显不对劲，趁他们意外时马上可以寻机快速抽身逃离。其实孟浩远既期待着这次千载难得的机会到达约定地点，又害怕自己遭到不可预测的各种危险，心里一直忐忑不已，不过他是一个有主见有个性同时又比较胆大心细的人。

但是这种机会实在不舍得放弃，只好多细致周密地想一些计划，等这些计划细节的每一步想好以后，心里仍是紧张不安。孟浩远身上就背了个双肩包携带好随身的证件、驾驶证、地图、充电器和移动充电宝，还有一个远距离照射打光的超能小手电筒等物品轻装上阵。

没过多久机场广播开始播报登机信息了，等孟浩远上飞机后找到自己靠窗的位子坐下，脑子里还在一直不断地仔细盘算着这次令人不敢相信的碰头的每一步的细节，生怕漏了其中的一个而产生被动甚至关系到自己的生命安危，他既兴奋又担心害怕。但是还从未有过的人类报道过与地球以外生命体接触的真实信息记载，一种探究发现的强烈好奇和期待在心里占了更多一点，不管怎样值得去冒险一次。

今天乘坐的这家航空公司航班飞机如果正常到达西宁，大概是在下午的五点一刻左右时间可以到达。昨天晚上接收到的坐标位置距离西宁大约还有314多公里左右的路程，自己在网上专门搜查了一下有关信息，信息并不多。不过有几条曾经到过的游客短文解开了这个神秘的地方的一角，这个位置区域是无人区，是没有人居住的，周围一大片全是没有人烟的荒原草地，不过在离坐标附近的地方记录信息上介绍过那里曾经有一处秘密基地，基地那里有已经废弃数十几年的旧建筑物。据说这里曾是中国早年进行核试验建设起来的一个神秘的秘密基地，后来这里由于种种原因放弃。现在已经解密，基地所有人员早就搬迁撤离了，只留下部分带有时代特征的旧建筑物还在。由于年久失修，已经很陈旧了甚至有些残破，外围已经没有人来管理，也没有看到警示禁区的文字，所以胆子大的可以经过时在这里一些门口牌子处查看拍照留念，它的周围方圆几十里根本没有人安居生活，由于经过或者特意来到这里的人很少，这个地方更加带有一份神秘气息和令人有些好奇猜想。

这次前往目的地，孟浩远安排的计划是这样的，飞机到了西宁市后乘出租车先去一家汽车租赁公司租车，他已经在网上联系并进行预定。然后自己开车独行前去目的地一探究竟。因为考虑到约定的时间正好是深夜而且地点又是这种很少有人愿意去的偏僻甚至会感到恐怖吓人的地方，所以按照正常的想法一般是没有人会在这时候去的，即使是白天恐怕也没有会人愿意去，况且现在是深夜要去更是违反常理，如果叫出租车前去一来担心让人害怕不愿意去，试想一下如果自己叫车后赶到这种地方去的话，驾驶员只要一听说去的目的地是这么偏远的地方，前不着村后不见店的又是在这么深夜，晚上谁愿意去？谁敢去？这还不算，万一有人起疑心以为我是坏人干坏事吓得贸然报警，那岂不把这趟计划彻底搞砸了，可真要坏了我的大事了，这对我来说可是从来没有过的千载难逢的一次宝贵机遇啊，也许错过了就永远再也没有机会遇到了。二来即使有大胆的司机看在钱上愿意去那里，自己还担心他秘密会被泄露，还会被人起疑。最后思来想去只有租车自己开车前往才是最妥当安全的。

孟浩远心里已经反复地在盘算着，今晚的赴约只有租车自己单独开车前往是唯一可行的方式，尽管这样做对自己风险很大，有太多不确定的因素，但只能是这样了。孤身一人去是有风险而且可能的风险无法预知，但是强烈的好奇心和探险念头终究是占了上风，心里的两种"去"还是害怕而"不去"的斗争最后已经说服自己必须前往，说服自己不要心存太多的害怕，不要错过这种机会，这样的机会也是可遇而不可求的，也许一个人的人生就此改变，也许地球也将会从此改变。最终下决心就这么安排了，不能再多想了，也管不了许多了，自己已经决心要搏一下。

飞机晚点了大概四十分钟后到达机场，孟浩远还是庆幸终于可以到达，只要能够当天到达就好。他从机场旅客到达区走出，到机场外出租车排队区直接叫了一辆出租车赶到在网上已经事先预订定好的一家名叫"长城飞跃汽车租赁服务公司"，这里离机场大概有一小左右的车程。上车后孟浩远坐在车里望着车窗外，他是第一次来这座城市，很是陌生，自己因某种原因来到了这里，要不然可能不会来到这里。当出租车到达"长城飞跃汽车租赁服务公司"后发现这家租车公司规模还真不小，沿街有一排店铺就像是一个汽车销售公司，落地大窗宽大的服务大厅，然后骑车从门口直接进入里面，宽大的草坪展现在眼前汽车进入到后面还有一幢服务区楼，汽车停在宽大的停车区，走到门口有服务员接引着到里面的柜台区。孟浩远报上自己的姓名和租车订单信息。一位个子在一米六八左右，面容瘦瘦的穿着公司统一工装服的青年男子服务员，他看到正在走进大门来到柜台前的孟浩远是一个年轻、高个子、学生模样的帅小伙，身着运动装站在面前。看他这种情形估计是一个到青海来玩准备自驾旅游的游客或旅游主播。笑着主动过来招呼着孟浩远："先生你好，请问需要什么服务？"孟浩远说道："租车。"青年男子非常熟练地问道："你的姓名可以报一下吗？"孟浩远拿出自己的身份证递给他，青年男子边看着电脑边与孟浩远交流，很快两人核对好信息，做好登记办好手续。青年男子服务员等办完手续说道："孟先生请跟我来。"说完领着孟浩远从大楼前台走到后门，出后门沿着水泥内部道路走到公司后面的一个大型停车场，边走着已经可以看到停放着很多汽车的停车场区，两人一起去验车取车。这家公司前面是店，里面是服务区后面是专门的停车场，在进公司大门时看到前院区地面两旁也停着很多的各种汽车和几辆摩托车。

　　孟浩远订的车是一辆长城哈弗越野车，3.0排量的，外观硬朗，汽车已经被清洗过，看上去车况较新，青年男服务员打开车门后让孟浩远查看车内情况，看驾驶舱仪表盘等，里程表显示只行使了一万多公里，检查了一下油量，仪表显示已是满格的，轮胎胎压正常，没有磨损严重的情况，男服务员把车钥匙递给孟浩远让他启动一下后听发动机声音很平稳。看这辆车车况总体很好，孟浩远很是满意这辆车，动力足，跑长途或路不太平整的无名道路是很不错的选择。两人验车交接完成后，孟浩远看看时间已经到了晚上六点三十八分了。顺便询问了青年男服务员："你好，小哥你们公司附近有没有饭店可以停车吃饭的地方？"青年男服务员马上反应过来告诉孟浩远答道："先生，有啊，出我们公司后在外边那条路出去右转大概行驶一公里多一点不超过两公里就有一家名叫'青西老胡羊肉馆'，那里吃饭的人比较多，很有特色的，我们平时中午也经常去那里吃饭，你可以将车停在这里走过去，也可以开车过去，他们也有停车场。"孟浩远说道："谢谢，我开车直接过去吧。"说完坐上车开着新租的长城车离开租车公司前去，汽车按着青年男服务员的指示方向很快就到了那家店，果然见到店门口招牌上写着"青西老胡羊肉馆"。来到了店门口，灯火闪亮。门口已经停了很多各种汽车，还有摩托车等交通工具。店里进去的人一直不停的。孟浩远找地方将车停好后下车打量起这家店，果然人气很足，然后背着包跟着其他客人走进了店里。进门后到里面的柜台区问道："服务员你好，这里有没有座位？"一位年轻的穿着店里统一红色服装的年轻女服务员笑着问道："你好，先生。你是否预定过？"孟浩远说道："这倒没有，不过就我一个人。"看孟浩远是一个人，柜台服务员查了一下电脑上的信息然后招呼边上的另一位年轻女服务员："小刘，帮这位先生领到 37 号桌。"说完后边上叫小刘的那位年轻姑娘笑着引导着孟浩远到进店一楼的大堂区的一个桌子就座，随后麻利地去拿茶水和菜单过来，准备让客人点餐。

今天是星期天的晚上，这家羊肉店生意很好，店里客人很多，基本每一个桌都坐满了，二楼楼上还有包间，只见有客人往楼上走。店里显得人气很旺非常热闹。这里的人们性格开朗，他们坐在桌上高兴地交谈着，喝着酒品尝着羊肉和店里的各式菜肴，洋溢幸福满足和兴奋，一周的工作劳累今天在这里小聚喝酒自然是最高兴的，喧嚣声、高兴的笑声此起彼伏没有间断。孟浩远正坐在桌边，两耳一直不断听到熙熙攘攘的各种声音，煞是热闹。这种热闹的气氛只有中国餐馆内会有，烟火气息很浓，屋子里满是香味，酒味和说话的声音。

这是一家在西宁城当地很有名气的以青海本地羊肉品种制作的最为出名的老牌餐馆，服务员一式的地方特色中装红衣，穿着喜气和红火。负责接待的服务员是一位年轻漂亮的姑娘，个子不高约一米六二左右，瘦瘦的看年纪最多是二十岁左右，年轻清纯，脸上红扑扑像一个令人喜欢的小苹果显得健康淳朴，脸上一直带着微笑，露出自然的笑容，身穿着酒店统一的一身红色民族服装在她身上更是合适，煞是好看。小苹果女服务员见孟浩远是一个人进来的，引导他到大厅里的一个四人小桌子就座后，热情地将菜单递给孟浩远点菜，端上一壶大麦茶冒着特有的焦香气，帮孟浩远到了一茶杯，茶冒着热气，清香味一下子扑面而来。孟浩远围着茶香翻看着厚厚的点菜本，菜单上菜品很多，眼花缭乱。一个人就餐一下子真不知道点些什么，他只想吃个饱，吃得有特色，拿着点菜本笑着对女服务员说道："你好，我是前面'长城飞跃汽车租赁服务公司'他们推荐过来的，说你们这里很有特色。我就一个人，不知道点啥？你看着帮我配点店里特色菜再打包一点点心，准备晚上在路上要赶路吃的。"女服务员看着孟浩远不知道怎么点餐，征求地看着她又看着餐本，就知道这位小伙不是本地人，看他这长得细白高挑，斯文礼貌的面容和善期待的样子，猜他是一位来自南方的年轻人，心有好感，笑着回答道："好的。先生请稍等，我帮你配一下吧。"孟浩远说道："那就麻烦你了谢谢！"孟浩远的文雅礼貌的样子在叫小刘的姑娘这留下了好感，小刘姑娘又看了一眼然后笑着拿着餐本转身离开。没过多久小刘姑娘就端着托盘走过来，放在孟浩远桌上，然后拿上来了一份冒着热气的手抓羊肉、一碗羊杂汤，一个羊肉馍，还有两小碟冷菜一一放在桌上，全部放好后手拿着空盘招呼孟浩远笑道："先生你的餐点来了，请慢用。还有两个千层烧饼等你走时给你打包。"说完含微笑着离开了。

　　这家店里的羊肉做法其实很简单，听说首先选择的羊肉品种必须是当地产的放牧的羊，然后当天清真宰杀，马上送到店里凌晨开始加工清洗。羊肉店开门营业时现加工，所以客人吃的羊肉都是刚从锅里捞出后现切的还一直在冒着热气，飘出来满是香味很诱人。一碗羊杂汤上面是葱花和香菜，撒了一点调料和盐，闻起来香得很，非常诱人。羊肉馍拿在手上还是烫的，里面夹的切碎的羊肉冒出汁水来。孟浩远一看加上自己饿了，顿时胃口大开，大口咬了一口在嘴里细细嚼着，太好吃了，从没有吃过这样的，又快速的嚼动吃了起来。这份晚餐刚才的那个小个子年轻女服务员小刘给他配得真不错，羊肉香软淌着肉汁，拿在手里直接吃咬起来非常好吃，鲜香软糯。孟浩远还是第一次吃到这样好吃美味的羊肉，羊肉汤很鲜美散发出羊肉的特有香味，没有羊的膻味。据说这家店里的羊采购自草原上放牧一直运动的当地的一种特有品种的羊，这些羊只吃这里的几种牧草，不补喂精料的，完全按自然生长规律饲养的，所以生长速度比较缓慢，厨师对这种羊的做法看似简单并不复杂，用清水煮，最后就在汤里撒上一把盐，不过这很有讲究，不多不少不早不晚恰到好处全凭大师傅常年来历练的丰富经验，所以羊肉软糯鲜香，吃起来淌着热汁水非常好吃，也不用太复杂的烹饪技艺，这是一种特色。所以这家羊肉餐馆顾客一直很多，特别是当地的老顾客乐此不疲常来品尝，一饱口福。

孟浩远美美地吃着羊肉喝着羊汤，一盘手抓羊肉很快见底了，他边吃边观察起周围就餐的人们，餐馆内都是兴奋的、美美的在吃着羊肉喝着酒说着话的顾客。热闹的周围环境和气氛让人感受到这里的好处，也是一种生活的享受。孟浩远吃着特色的美味的羊肉大餐心情大好，头脑里在思考着，计划一下接下来的时间安排。首先自己要争取在晚上 11 点先赶到约定的目的地址，准备提早一小时到，给自己多留一点时间，到达目的地后可以对周围环境和地形先有个充分观察的时间。这种陌生的地方毕竟自己从来没有去过，需要仔细观察做到心中有数。万一发现哪里有不对的情况，自己逃生路线要计划好，而且还要熟悉一下，考虑到达目的地后已经是深夜，这时候视线不好，自己提前先到后需要花点时间仔细观察进来和出去的道路情况，做到心中有数。

在羊肉馆吃好美味的晚餐后，孟浩远坐着喝着茶休息片刻，时间在这里已经过了将近一个小时左右，看看手机显示时间已到了晚上 7：38，外面的天色已暗下来，路上的灯早已经开启，酒店内的灯一直亮得如同白昼，此时整个外面街区已经变得灯火辉煌，路两边的各式商店的招牌设计各具特点在灯光的照射下各放异彩，显得五彩缤纷流光溢彩一片热闹，给夜景和城市带来了活力。街上的行人不断来来往往地行走着，都是慢悠悠不着急地行走或三三两两边走边说话。孟浩远心里感慨没想到这座边远的城市这里的夜景和人气竟也出奇的好。他看着街道两旁的景色似乎已经被这里的生活气息和幸福自在感所吸引，生活在这里的人们快乐安逸和无忧无虑，自由满足着才是人生活的意义所在，没有大城市里那种紧张生活工作到处是人拥挤在一起身心疲惫感。时间又过去了一个多小时，自己还要赶路去完成今天重要的事情，无暇多顾来欣赏这里，决定准备离开富有人气热闹的餐馆开车出发前行。

叫来服务员小刘结账，她把两个千层烧饼用袋子装好递给孟浩远，笑着告别孟浩远。他走出羊肉馆回头看看依然还十分热闹，不舍地离开这家好吃的羊肉馆后，上车打开手机导航驾驶着汽车，随着导航语音的导播指示沿路出城后进入了省道公路。公路上来往的汽车还是很多，很快在不知不觉中车已经出了西宁城，这时孟浩远发现往西宁城里进城方向的车流依然很多，汽车陆续放慢车速排着队慢慢驶入没有间断，但是出西宁方向出城后的公路上越往外开，车辆渐渐少了很多，汽车行驶速度也快了起来，又继续往前开出一段时间，路上的车辆已经不像进城方向的车一辆接着一辆的多，等再行驶一段路程后出城的车辆是越来越少了。

孟浩远注意力更加集中起来，全神贯注手握方向盘眼睛注视公路前方加快起速度，路上无聊，只有导航播报声音不时提醒没有其他。安静和闲得有些慌，顺手打开了车上的广播听着当地广播节目，消除一下疲惫和心中的有些害怕。这辆 SUV 车开起来还是很顺手，这是孟浩远第一次上手开长城车，开了一段时间后感觉操控手感不错，越来越顺手，不知不觉的，车已经出城，后在路上行驶约了一个半小时左右，从拿到车后孟浩远在"青西老胡羊肉馆"吃完印象深刻美味的特色羊肉从饭店出来离开，他把汽车加油后显示的油量可行驶里程表重新复位调至零，这样可以方便计算到达目的地公里数，此时路码表显示已经开了 125 公里，距离目的地还有大约一大半的路程。天色已越来越暗，道路两边的路灯已经打开照得路上异常的亮，路两旁附近的建筑物明显越来越少了，不过由于和内地有一个半小时左右的时差，周围天气看起来还不算太黑暗。汽车又行使了 200 公里左右，此时路两边已经没有路灯了，只有汽车打开的灯和对面行驶过来的汽车交汇的汽车灯，两边基本一片漆黑看不到什么。孟浩远心里真感觉有点害怕，但是好奇探究的想法战胜了恐惧，从路灯照射处看到前方右侧竖起的路牌上显示前方 2 公里有一个服务休息区，顿时来劲了，油门一踩速度上去很快孟浩远顺着指示牌汽车开进服务区，服务区有加油站，看到加油站后先将车开过去加满油，然后将车停在停车场，一个人下车后走进边上的公共厕所方便。这里有一些商店，孟浩远没有进去逛。他很快就走回到自己车旁上车打开袋子吃一块羊肉馆买的千层烧饼并拿着一瓶瓶装水喝了起来，略作休息。看到服务区里停了不少车在这里加油、休息、歇脚，顺便在停车区里逛商店和吃饭的人还是不少，总算这里显得有些人气。吃完点心后继续开车离开服务区转上省际公路前行，公路两边都是黑乎乎的看不出环境情况，只能隐约看到周围的山坡草地，很快车离开了省际主路按导航播导驶入了旁边的一条名叫胜利路的支路，这条胜利公路路面也是柏油马路，路开始变窄，这条马路为两车道，宽约有两辆大型货车车道宽，中间没有划线，边上还有约一米宽的人行辅道，外面就是泥石延处约半米的路基，路基过外面有一条凹形的浅浅的排水雨沟，雨水沟再外面就是一望无垠的宽阔的草地，有高有低的起伏展开。路的样子和现在新建公路不相同，有些年代了，这样的路表明这条胜利路还是一条重要通道，路两旁没有路灯，顺着汽车大灯往路前方看，可以看出路面路况不是太好，有些地方高低不平有些地方有裂缝。现在的时候路上很少看到有车辆进出来往，不禁让人陷入害怕恐慌中。孟浩远胆子算大的也有些担心起来，他把车停靠路边后下来看看情况，正好有一辆卡车开着大灯远远地迎面驶出来，可能看到孟浩远的车停着准备在往里开，迎面而来的这辆卡车驾驶员还特意放慢车速，等卡车驶近后用车灯快闪了几下，轻按喇叭礼貌的在打招呼提醒，看孟浩远站着招招手示意没有事，然后才慢慢地往外继续行驶向主路省道方向出去。在这里孤独地行驶着没有看到任何东西和车辆恍惚间以为走错了道会让人感到寂寞害怕，突然能看到有车有人会令人感到亲切。所以卡车驾驶员打着招呼，孟浩远也挥手回应着。这辆卡车驶过后路上看不到再有其他车辆驶过。

孟浩远上车继续开车沿着胜利路前行。越往里开心里越是开始莫名的有些慌张起来，外面都是黑漆黑漆的，周围也没有人烟，显得特别的荒凉孤寂。此时自己这辆车在胜利路上孤零零地行驶着只有汽车灯开启亮着可以看到前方，路两边都是空旷的草地，有高有低连绵起伏，没有声音没有车辆经过没有任何建筑，这个时间到这种地方真怀疑自己是否走错了路。忍着寂寞又行使了约半小时后到汽车导航播报信号弱，不过根据前面几分钟的播报已经快到达目的地了，孟浩远判断这里应该就到了约定见面的信息坐标位置地点，看看时间已经是 11 点刚过几分钟，基本控制在自己预定希望的时间到达。

五

此时周围天色越来越暗，只有借着天空上的云层月光照射下来的光线，才能够看出周围的环境。胜利路上已经没有看到其他车辆往来进出了，周围也根本看不到有什么人家居住的痕迹，此时一个人站在这样的环境中让人感到一丝寒意袭来。孟浩远从包里取出望远镜就着汽车大灯射出的亮光观察起周围情况，但是只能看出个大概，周围一切看起来模糊不清，依稀可以观测到胜利路的左侧距离约 1 公里多的地方居然可以看到那里原来有一处建筑群，其中一处建筑物在云层透出的光线下就着汽车大灯看上去，呈暗灰色的四层东西走向长度在五六十米的地面建筑楼，旁边还有几幢三层高的单独建筑楼，在前面还有一个像是水塔一样的建筑物高约数十米矗立着，看上去威风凛凛的高傲孤独地处在这片广阔的草地上，这是这里最高的建筑了。不过看上去很突兀的处在这里，像是高空俯瞰所有，静得出奇，建筑的冷峻无声让人感觉心里有点发毛、阴森害怕。房子里面看不到其情况，一片漆黑没有灯光露出，在空旷的黑夜中看起来毫无生气。此时在黑夜和荒凉之处显得有些可怕，一看这里应该是长年无人居住过，是被废弃的地方，这些建筑物在这里周围全部都是成片巨大的草地，更显突兀孤伶。这里应该是一个废弃的单位遗留下的建筑物，不过附近周围用铁丝网把里面的建筑物和所有草地围了起来，铁丝网也已经有年头了，有的地方已经自然断开露出几个大洞，人可以钻进去。在胜利路的前面约两公里处靠近路左边十多米可以依稀看到一堵巨大的砖墙墙体，那里应该是这处单位的原有的进入大门。看路的右侧就是一望无际的草地，长着低矮的各种杂草，有的地方长着一些较高不知名的野草在黑暗中随风轻轻摇曳着，草丛里面有一些说不出的虫在断断续续地鸣叫，此时的鸣叫声更显孤寂空旷，令人害怕不安。孟浩远小心仔细地观测着周围，心里盘算着，这里除了远处的这个封闭的废弃单位里有几处建筑群外，站在路上向周围望去，视线开阔一览无余，根本没有地方可以躲藏，在胜利路右侧的草地的地势呈较缓的坡一点一点往下，低于公路左侧，到前面再看看。孟浩远将车开到前面两公里门口墙体处又将车先调转好车头，方向正对进来时的胜利路上。走近一看原来这里确实是一个很大的红砖切成的墙体，门口里面中间是一条通道直接通向里面的建筑群。汽车停在这里，墙体正好可以遮挡住，如果有人从废弃的建筑群内出来就看不到汽车了。孟浩远从车上下来，借助灯光和月光反复仔细的又察看路的情况，盘算着万一遇到险情就赶紧驾车逃离。在进入胜利路后开车进来时孟浩远计算过大约在半个小时左右，省际主路进来是右转弯后进入胜利路，那胜利路出去就是左转进入省际主路。一再提醒自己要计算好每一个细节，不能有任何差错和闪失，一个环节不慎出现意外也许会危及性命。把这些环节都在脑中仔细地过了一遍后心里稍稍地平静下来，于是快步走到路右侧草地上去寻找可以埋伏藏身的地方，正好要离开门口那堵建筑墙体。总算走了数十米找到了一个浅浅的洼坑大约六七平方米大小，视线正好离开墙体透过铁丝网可以看到整片建筑群。孟浩远已经判断如果有人过来应该是从建筑群那里过来的可能性要大，右侧一览无余不便躲避，思考后不管三七二十一往坑里走去，坑洼并不深，浅浅的周围长着一些较高的草，人趴在里面往外看要拨开一层层的细草，这样可以挡住掩藏在这块浅洼地的人，离公路不太远的那堵墙可以看到，同时可以看到墙边的孟浩远停着的那辆车和整条胜利路全貌。孟浩远发现这里附近已经再也不能找到其他更合适的可以作为藏身的地方，只能选择这里了。车停在路旁看起来太明显了，被经过的汽车看到证明有人在附近，不过他实在也没有其他办法加以掩藏了。孟浩远随身带了手电和手机，车门没全部关上只是虚掩上，汽车钥匙就插在汽车上，这样如果到时候一旦发觉到十分危险时要急着拼命逃跑的话，可以快速奔跑过去马上开门上车点火开车跑路。

孟浩远身体已经全部隐藏起来趴在低洼浅坑里，他拿出手机看看，这一看顿时脸色突变，心想糟糕，因为他此时发现这里手机上根本就没有什么信号，突然想起刚才开车马上要到这里的时候导航播报已经在播信号弱，后来声音断断续续最后就没有声音，说明这里没有信号覆盖，这太糟糕了。天色越发的黑暗下来，周围都是黑乎乎的没有车辆经过没有任何的人在这里，看时间离约定的时间点越来越迫近，周围都是静悄悄的，草地上或草丛中有虫在鸣叫，此起彼伏，天上有时候会飞过几只鸟鸣叫几声，显得孤寂让人心慌，此时此刻这样的环境真让人感到有点害怕了。

他不时眼睛盯着远处的建筑物，他判断有可能是从那里的方向会过来，暗夜无边，又抬头仰望看向天空，不知道天外访客是什么样子？他们到底来自哪里？是谁？天空上一片寂静但是在黑夜中依然清晰，可以看到星空的布局，在头顶上和下面周围的环境构成一幅有点惊悚奇怪的画面，也没有任何其他人类汽车的声音。其实孟浩远不是一个胆小的人，但是现在一个人单独在这么晚的夜里，身处在这样一种荒野之地，路的对面有这些废弃的建筑群，让人心里莫名的慌张起来。四周越发的安静，静得出奇，偶尔在草丛中有清脆的虫鸣更是显得安静，再无任何人的声音和车辆经过的汽车声。这种环境氛围营造出来的场景是挺吓人的，此时的孟浩远真的开始害怕起来，心脏急促的扑通扑通加速跳起来，自己能够听到因紧张而急促跳动着的心脏声。

但是一探究竟的好奇心让他又不断地自我安慰，现在自己已经来到这里，总要发现一些线索，或者证明这些信息到底是真还是假？另外自己已经做好了各种可能的反应计划。我现在身在暗处悄悄观察中，从躲藏处如果跑到停车处以我的奔跑速度快速冲刺过去最多需要 5 分钟左右，然后上车开车门点火 5 秒，启动加速开车后逃跑，这样的反应不会太慢，马上可以逃离这里。这样一想心里又稍稍平缓了下来，紧盯着手机看时间，现在离约定时间还差 2 分钟，此时的气氛越来越紧张，感觉时间过得真慢啊，拨开草丛，前方看那条胜利路已经看不到有汽车经过，在右侧那堵墙边上只有自己的汽车还是孤零零的停着，墙的后面更远处就是死气沉沉的那些灰色建筑物，高高矗立着的那座水塔尤其瘆得慌，它像是一个无声的巨人在这片开阔的荒地上居高临下注视着周围，很有压迫感。此时时间已经到了晚上 12 点正，孟浩远紧张地拨开眼前的草丛往外看，好像依然如故没有情况，孟浩远开始自嘲起来，难道是自己的思路分析出问题了，原来自己的判断是胡乱推测？花这么大周章到这么远这么慌的地方来碰碰运气，看来自己的分析推理也许都是胡思乱想是错的？还好到现在没跟任何人说起过这件事，要说出来了真的会被人当成笑话了，唉，真是折腾。心里这么想着，他想时间已过，起身正想站起来走回汽车处准备回去时，突然，远处的那片建筑群后面缓缓走出来两个人影来，天上的月光照射下来，顺着光线看的还是清楚的，是有两人正在走过来，但是他们头上好像戴着摩托车手或飞行员那种头盔封闭起来发出黑色的亮光。孟浩远心里一下警觉并高兴起来，此时看到他们从死气沉沉的建筑物后面慢慢地走出来，周围没有其他声音，因为两人头上戴着的头盔根本看不见脸的样子，身上穿着全套的摩托骑手穿的衣服，挺括精致神气威严，两人正在慢慢从建筑群后面方向那堵墙面，从中间道路走出来，向着孟浩远停着的汽车走过来，在黑夜中突然无声无息走出两个穿着严肃威武的不知名的人看起让人有点可怕。不过孟浩远从一开始的恐慌怀疑失落到现在却是异常兴奋起来，同时又十分紧张，心脏因突然的强烈紧张而剧烈地咚咚地跳着，仿佛嘴巴一张开就要跳出来一样。他身体趴着不敢动一下，空旷的草地又是深夜夜晚，天气已经很凉了，但是孟浩远脸上的汗却滴冒了出来顺着额头往下慢慢滑下。此时孟浩远一动不敢动，眼睛死死地盯着前方，只见两个人影慢慢向公路走来，径直朝着那堵墙体停着的汽车方向走来，墙边上的门也是一条直行的道路，他们两人沿着路一直走过来，看身影越来越靠近，孟浩远判断两人身高左边的约在一米八四左右，右边的个子比左边的稍高些约在一米八九左右，两人身材都很高，头上戴着很像是空军飞机驾驶员专用的那种头盔，显得头特别大，黑亮黑亮，在月亮下看上去黑洞洞的泛着一点亮光，更增加了恐惧，其他的看不太清楚。此时孟浩远心里扑通扑通地加快跳动起来，脑门上的血一下子冲上头有点眩晕，手心里不知不觉已经有了细汗。不一会两人走出这座废弃建筑单位沿着通往门口的路已经到了胜利路和墙的这边。孟浩远的汽车就停在那里，他们走到到了汽车旁边，小心地在检查起汽车来隔着玻璃往里看了看，看里面没有人，两人站着好像在交谈着，很警惕的不时往周围在察看。这时高个子手上拿着一个看似小型电筒的类似金属棍的工具，用手打开后一道特别亮的白色的光柱射了出来，在车周围扫视着，强烈的光线瞬间将光柱所到住处照得白亮如同白天一般，这种电筒真是少见，居然这么厉害。然后将电筒探头直接照到孟浩远潜伏躲藏处停留下来不动了，左边的那人举起手对着孟浩远藏身处招手，意思就是说："出来吧，我们知道你在那。"孟浩远害怕归害怕，不过现在的状况再躲已经没有任何意义了，看来他们早已经知道孟浩远躲在这里。原来设计好的方案和现在的情况完全都不一样了，不过他心里镇定下来，也许这是我唯一的机会。于是只好大着胆子慢慢站起身不紧不慢地向他们走过去。边走边观察着他们的反应，汽车旁的他们俩也好奇地注视着他，等孟浩远慢慢走到公路旁来到墙面汽车停放处停住脚步，双方都不出声，都在观察着对方。此时离他们是这么的近，孟浩远看着他们穿着的样子透出神秘和威严很有气势，有些害怕但是还是镇定下来。看他们两个都戴着头盔根本无法看清他们的长相，头盔的泛着亮光，黑漆漆看不到脸。孟浩远此时内心既充满无比激动又感到非常害怕，为了掩藏自己的害怕，看他们站着没有反应就大着胆子主动想和他们打招呼，声音有点颤抖还是故作镇静，但一下子也不知如何和他们交流，不由自主脱口用中文打招呼："嗨，你们好！我是孟浩远，你们是谁？从哪里来？"看他们根本没有任何反应只是冷冷地看着孟浩远，由于害怕，孟浩远只顾自己不断地重复颤抖地说话来掩饰自己的恐惧："嗨，是你们约我来这里见面的吧？发的信息坐标？地址？在这里见面，记得吗？"边说着边用手势比划着希望让他们明白，看看他们还是一直盯着自己，好像是在努力地倾听但好像又根本听不懂他说的话，也没有反应，两人一直面对自己注视着听孟浩远在不停地讲话，这样看得孟浩远心里直发毛。孟浩远大着胆子说道："你们能听懂我说的吗？哎呀，那怎么办？我讲的你听不懂？你们随便说点什么，急死人了。"

孟浩远此时孟然想起来，噢，我讲的是中文，他们怎么可能听得懂我们地球上的语言呢？我和他们根本不是同一种语言，他们不可能听得懂我讲话的意思，也没法交流啊。但是孟浩远也没有办法用其他语言来交流，急得头上汗又流了下来。孟浩远开始尝试着用英语放慢语速边用手势比划着边开始打招呼，不过他们还是没有反应。孟浩远这个时候不知道用什么办法，只顾自己一会用中文不停地慢慢说着话，

而且语速放得很慢几乎一个字一个词间断地说，同时用手、肢体一起比划着，像个聋哑人的手语一般，希望他们至少能够揣摩出自己想表达的意思，他们能够通过自己不断的讲话加上手势比划，哪怕可以听懂一两句话的意思。另一方面显得自己很自信并不害怕，可以掩盖自己内心的真正的害怕。但是感觉自己现在很滑稽，他们静静地认真地看着自己没有反应，现在情况越来越不明有点复杂，我是单独一人过来而站在自己对面的是他们两人，不知道他们究竟想在这里和我见面目的到底是为了什么？但是从他们现在的情况还看不出来用意，似乎也没有恶意，只是两人在安静的并排站立看着孟浩远在听他说话，这种状况很奇怪很别扭。高个子不时会警觉地转头前后左右观测着保持警觉，孟浩远分析着如果他们带有恶意的话他们两人的站立位置应该保持一定的间距和孟浩远呈三角位置、呈夹击位置，那样可以随时控制攻击孟浩远。但是两人只是随意的并列站立着和孟浩远面对面，这是一种比较温和没有敌意的站位姿态。就这样他们一直在听孟浩远的不停地反复地讲话，孟浩远见一直没有反应，看到的只是两人的黑色的头盔，发出亮闪闪冷冰冰的寒光，又害怕又无奈地说道："哎呀我的天啊，你们这样子让我感到害怕。我说了半天了，你们也听不懂什么，我……我不知道和你们说什么好了，你们到底是听懂了没有？也说点什么啊！真是急死人了，你们没有反应，我要走了，再见。"看孟浩远着急又害怕的样子，已经不想再说话，并生气的停止说话了有想要走的姿态。突然左边的那人将头上的头盔慢慢取下拿在手上，右边的人看到后也取下头盔顺手拎在手里。这时孟浩远惊奇地发现这两个的面貌长相，突然出现在他眼前的两人长着地球人类一样的脸，两人都是高个子，左边那人长相更是令孟浩远吃惊，居然和孟浩远一样是亚洲脸黄皮肤，看年纪约莫在五十多岁，样子精明，脸色和善。右边的那人是一个长着欧洲人脸型的高个白人青年，身体健壮神情严肃，约在四十岁左右，两人都戴着一副眼镜，透过眼镜可以看到他们的眼睛，隐约看到眼睛里流露出的是一种

善良和喜悦柔和的目光，没有恶意凶狠。他们微笑地看着孟浩远。孟浩远此时不敢相信眼前站着的两人就是自己期待出现的神秘的人类，他惊讶地目不转睛一直在看着他们，他们取下头盔，发现了两人的面相和地球人并没有什么明显差别。此时孟浩远心里不感到害怕只有感到惊喜，心里在想原来他们就是和我们一样的同类人类啊，这是怎么回事？恍惚间觉得这一切都是不真实的，孟浩远没有了害怕，大着胆子笑着看着两人问："你们是谁？从哪里来？神神秘秘的怎么会这样？不是在和我开玩笑吧，你们是哪国人？我们为什么会约到这里来？来这里干什么？"话虽然说出去了，但他很快感到自己话说错了，很快否定了刚才的想法，在这里见面这样的信息不可能还有其他人知道啊。只能是我在天文台发出的消息他们收到了，我们双方之间互相约定知道在这里见面这件事啊。不过如果他们真是来自地球以外宇宙深处的文明而来的，但是为什么他们两人的长相和地球人类是一样啊？难道宇宙中还有和地球一样环境可以孕育出和地球一样的人类？可是怎么看又不像是地球以外文明的外星人啊，实在搞糊涂了。对于外星人的描述报道的实在是太多了，孟浩远知道一些记载描述过外星人的各种信息，但是都是没有印证的，现在这两个活生生的就在身旁的外星球人类和描述过的没有任何相似之处，都和他们对不上，太难以理解了，实在搞不懂了。他们两人看着孟浩远疑虑重重百思不解的样子，年纪略大的那个亚洲脸中年男子突然对着孟浩远开口说话了，着实孟浩远吓了一跳："孟浩远，你好！我 QIN（发音秦）。"用手指指边上的那个欧洲脸青年说道："他 HAN（发音汉）。我们 ABT（发音阿勃特），请你继续说话。"孟浩远惊呆了张着嘴看着他俩，听着秦（QIN）慢慢拖长声一字字地像刚学习的学生学说话的声调，但是孟浩远可以听明白他说的什么意思。噢，原来他们是可以听得懂自己的说话意思的，也竟然可以试着当场用孟浩远一直在讲的中文慢慢说出来进行简单交流。孟浩远脑子反应很快，仔细一想秦（QIN）他说的这些词汇，都是自己刚刚不停地在一直说话讲述过程中出现过的字和词语。孟浩远总算反应过来，原来他们竟然在这么短的时间，通过自己的反复讲话语音语调和词语可以记忆下来后和我进行交流，这太不可思议了，他们实在太聪明了。那他们可能具有快速掌握理解和学习的一种特殊能力，也许借助了先进的设备可以快速翻译指导。通过刚才自己的反复叙说交流，已经记录在他们记忆中同时用自己刚才讲过的字词汇来作简单地交流，真是聪明极了。孟浩远渐渐明白了其中的奥秘后又开始兴奋大胆的不断地更多说话介绍起自己，介绍地球的现状各种基本大致情况，让他们多掌握一些发音词汇。不过同时他心里开始有些担心真的害怕起来，自问我这样做是否做了一件错事，把其他星球，秦（QIN）说的好像是 ABT 星球人招引过来了。他们有能力能够到地球而不被地球现有先进的科技防卫力量所发现，那肯定说明比地球人类文明程度具有更高等级和掌握更先进的科技，他们到来访问的目的和对地球文明的企图是什么，暂时都是未知。但转念一想自己安慰起自己来，这次和秦他们联系上是非常偶然的瞬间，即使我不主动地联系他们，最后凭借他们自己拥有的先进文明程度，还是有能力迟早会找寻到地球这里的，这样想着心里稍稍平复了一些。正想着心思秦说道："孟浩远，你发出的信息我们收到了，我们一直在宇宙中探访其他人类文明，还从来没有收到如此遥远的星球信息，我们也很意外，很高兴，你们地球文明也已经很先进啊，你和我们都是同类人种，我们真的很高兴能与你见面。"现在这次秦的说话听上去比刚才又有明显的流畅多了、连贯多了，孟浩远马上毫不费力地听懂他讲话的意思，他的学习能力实在太快了。秦这么一说引起了孟浩远的自豪感，于是孟浩远将地球文明程度最先进的科技现状举例说开了："我们地球科学技术非常先进，我们在宇宙中有空间站，我们有航天飞船到访过月球火星等等，我们有核武器可以防卫地球，我们的文明程度厉害吧。"他的意思是我们地球够强大吧，别小看我们哦，别动其他心思。也探探他们对此的看法和反应，来判断他们当中透露出来他们阿勃特星球(ABT)的文明信息。孟浩远他一直不停地说着，现在他已经处于无比激动兴奋中，看他们俩也不再感到害怕，而是感到亲切和认同。同时希望和他们多交流可以让他积累知道更多的中文讲话发音、词语和文字，这样可以和自己更加流畅地交流。他们俩一直在认真地在听，听完后只是笑笑，秦顺着孟浩远说道："嗯，是的，听你的介绍，你们地球科技和文明程度发展很好，我们需要了解和学习。你很聪明，能够解读出我们发来数据的信息含义，让我们有机会可以在这里见面。你不来，我们将错过，再见地球，我们会继续寻找和考察其他有生命生物和有文明发展的星球。"孟浩远此时心里感到非常幸运，还好我的坚持，否则错过了让人会一生遗憾和后悔。另外我分析猜对了，他们真能够做到将我刚才说过的话语里出现过的词语重新思考后，来与我进行简单地交流，反应实在太快了。现在秦说到联系和访问的目的了。

秦继续说道："孟浩远，你是一个人到这里的？我们在这里见面的信息没有其他人知道吧？"孟浩远揣摩着秦说这话的意图，抬头看着他，秦面露着微笑，他看上去正直善良不像恶人。他心想秦这样问到底是什么意思？自己已经做好最坏的打算，最坏的结果大不了把我强掳了去，把我当作他们星球发现的新生物人种来研究？略一迟疑回答道："是的，我是一个人来的。为了保守我们的约定和秘密。"秦看出孟浩远有些害怕于是说道："孟浩远，不用害怕。我们只是想知道真实的情况，也许地球充满危险，我们希望保守我们之间的秘密，你是我们认识的第一位朋友和使者，现在还不想让更多的人知道我们之间的事情，这样会不好。"孟浩远脑中一直快速思考运转着，要用点小计谋来深入地了解一下秦他们的情况，突然大叫道："哎呀！秦你们吓死我了。你怎么突然就会讲我们地球的语言？你是第一次发现来到地球访问的，没有可能接触过讲中文的中国人，怎么会突然在短时间里一下子会讲中文，听懂中文的意思？我感到太奇怪太不可思议了。"

秦和汉两人相顾一视，眼神在交流，颔首点头后秦说道："是的。我们阿勃特星球是比你们地球文明程度更高些，科技更先进些，只要给我们一点时间，通过你一直不停地讲话，讲的越多越好。发音规律、词语数据信息收集的也越多，我可以慢慢地通过收集你交谈讲话的发音、语言、词汇，可以自动分析、消化、思考，然后就可以开始慢慢地思考学习和你进行基本交流了。以后交谈的时间越多，会一点一点熟练流畅起来，如果有你们的语言的教材、发音、语法等信息可以提供给我们那更加好，学习会更快捷，最终会和你一样流畅的随意地交谈了，其实这不算什么问题，没有什么奇怪的。"秦轻松地回答了孟浩远的问题，说完这些话孟浩远明白了，原来秦他们还真的有这种能力，对他们来说这样很简单，只不过需要一点时间让他们多听听，有一个语言收集积累学习的过程，帮助他们在短时间内就可以快速掌握一种新语言的基本交流。孟浩远心里暗暗称奇，在他们认为这没有什么，是很简单的事，可以轻而易举地就可以掌握了。但是自己还没有搞懂他们阿勃特交流使用的语言，即使他们说了自己也没有能力短时间内会懂会交流，这是两个星球文明科技的差距。不过想想现在这样也好，双方消除了无法交流的困境，大家可以方便交流了，而且不再感到害怕。听着秦和自己的交谈不禁发出感叹道："噢，原来是这样啊，你们真的厉害。"看着孟浩远认真地在听自己的解释秦又问道："孟浩远，你还有什么疑问吗？现在还感到害怕吗？"孟浩远看着秦和汉两人穿着统一的特有的服装装束，看起来精明简洁大方，两人面露和善没有恶意，似乎对孟浩远有一些好感，内心已经更加的平顺不害怕。他说道："我现在知道你们来自哪里了，现在看到你们不害怕。那你们来到我们地球的目的是为了什么？"秦看孟浩远似乎还是对他们的突然到来心存不安，解释道："目的很简单，就只有一个，在宇宙世界中探索寻找发现和我们阿勃特星球相类似的其他星球是否存在文明和生命，并了解它。"孟浩远看着秦说得坦诚面露着微笑，心里明白秦说的理由其实和我的想法是一样的，我也需要了解地球以外的外星文明，阿勃特星球文明到底是处在什么状态，是什么样子的？心里顿时高兴起来故意说道："就这么简单？没有其他什么目的了？"秦脸色一正严肃地说道："不管你是否相信，就是我刚才说的目的，通过探寻了解地球文明和生存情况。"孟浩远见秦突然严肃地说这些话，显然不能再多问了，秦对自己的问题已经有些不悦了。第一次见面已经创造人类奇迹了，如果再继续带着怀疑的眼光问一些问题会让秦不舒服的，显得不信任，以后可以慢慢多了解。于是一下子把头脑中想的其他一些问题和疑问暂时放下。脸上表情轻松起来转移话题说道："秦，我也想要掌握你们的这种语言能力可以吗？希望你来帮助我，目的是为了我们之间可以轻松交流，也许可以用你们的语言和你交流了。还有一个问题，你们刚才是怎么会发现我躲在后面的草窝子里面的？"说着用手一指自己刚才躲藏地方，见孟浩远问这个不重要的话题，秦笑着看着孟浩远但是没有回答他的这个问题。见他没有了刚见面时的害怕和紧张，现在基本放下思想负担真实的主动地开始交流。于是笑道："好吧。其实很简单，就是一种技术。我们来考察想了解地球文明状况，生存情况。希望你可以多提供帮助。下次见面你可以把地球上的关于地理、各国分布及她们的历史进程，科技文明状况等书籍信息带来。给我们准备一些地球上各种植物种子和地球上使用的语言如汉语和其他语言书籍词典发音语音讲课课程等等，我们都需要慢慢地了解。"孟浩远听秦这么说，心想，这个要求太容易做到了。于是答道："好的，你的要求这不难。不过以后我们如何再联系呢？这次偶然联系上你们是我在单位里依靠地球上最先进的设备，它是世界上目前唯一的最先进望远镜和最强信息发射系统，所以你们才收得到信息，但单位有严格要求不允许个人擅自利用单位先进装置设备对外进行随便联系的，再说你说过需要暂时保守秘密，单位里操作目标比较大容易被人发觉。"秦听后点头说道："是啊。这好办，现在已经找到你们地球的位置了，我们会到时候和你联系的，你注意等我们信息就可以。"孟浩远说道："秦，你们俩也可以留下来，我来陪你们考察一下地球上中国的生活状况和风土人情。今天选择的地址非常远非常慌荒僻，来一次费了很多时间周折才到这里，你看这里没有人烟生活的痕迹，只有早就废弃一些建筑物，对我来讲实在太远了，时间安排上也有不方便怕来不及。"秦思考了一下突然说道："孟浩远，你们地球上国家之间贸易结算情况是怎么进行的？"孟浩远开始介绍起世界主要贸易种类主要货币结算情况，秦和汉两人听着，没有插话，等孟浩远简单介绍完后秦说道："噢，是这样，货币和黄金是主要的贸易结算单位，还有哪些是比较贵重的可以交易的东西举例说一下，它是什么东西？有没有公认的具有高价值的可以告诉我吗？"孟浩远一听思考起来，秦盯着贸易交易体系不知道他想干什么？对这些他也有兴趣？刚才已经介绍了各国主要的货币和黄金那么还有什么呢？他突然想到有了，前两天晚上刷剧看到一部电影描述钻石的故事，对了差点漏了它，钻石。钻石可是世界最为贵重稀有的价值很高的常见受人喜欢的一种物品之一，可以作为流通。于是他便说道："哦，地球上较贵重也较普遍都认可的有一件东西啊，我想起来了。一般常用的有高价值的还是钻石吧，它是具有高价值的比较贵重值钱的东西，还比较稀少。"秦："钻石？什么叫钻石？"孟浩远接着开始把钻石的基本情况简单描述了一边，让他们记忆在脑中。从钻石的结构形成功能使用和价值等说起。正好看电影时孟浩远还专门了解了一番，现在正好秦想要了解它就拿来解释一番。钻石是指经过琢磨的金刚石，金刚石是一种天然矿物，是钻石的原石。简单地讲，钻石是在地球深部高压、高温条件下形成的一种由碳元素组成的密度相当高的单质晶体。钻石在天然矿物中的硬度最高，它是爱情和忠贞的象征。所以人们结婚都喜欢购买钻石。世界各地都有著名的钻石交易所，它是普遍被认可的又价值比较昂贵稀有的一种特殊商品。秦听孟浩远的解释已经明白，笑笑道："噢，原来这就是钻石。知道了，你说的这种物质，我们也有，我会拿些过来给你看看，应该就是你所描述的这种钻石吧，那这样就好办了，它可以作为你的费用。"孟浩远有点懵，疑惑地问："费用？什么费用？你们来地球是我们珍贵的客人，我来招待就是了。"秦脸上露出微笑转头对着汉（HAN，孟浩远听他们的读音称他汉）："汉，我们阿勃特星球和中继星球基地有孟浩远描述的这种矿物质东西，他们叫作钻石的，数量也很多，主要用在工业上，人们消费习惯上不算是很喜欢的一种，这和他们地球人的喜好明显不同啊，所以这种物质不算是昂贵的东西。应该就是孟浩远他描述的这种东西。这样吧，我会每次都给你带一些过来，作为和你以后经常见面和购买我们需要书籍、植物种子的经费吧。"孟浩远听了秦的说话吃惊不小，也不知道秦所讲的钻石和刚才介绍的钻石是不是同一类，他到底是否已经听明白了，是不是说的是一回事呢？还是秦暂时没有搞明白，不过这次听秦说话已经很流利了，他每一次说话越来越流畅，说好了他们是客人，我来招待，还是反复要给我经费。不管他了，看下次见面情况吧。

　　双方在黑夜中借着月光射下的一点余光，在门口的车旁就这样第一次见面并十分有兴趣地交流了很多信息，包括孟浩远对数学理论基础的研究问题等等。秦说道："你说的这些基础数学理论研究我们都已经研究过了，下次我把你需要的这些数学、物理、化学、生物医药等资料也顺便都带一点过来给你吧，不过你一定要把你提到的中文、英文或其他主要语言发音、音频、语法等书籍和有声读物教材给我带来，我需要它可以更方便和你交谈。"孟浩远点头道："好，我记住了，放心吧。"两人交谈得很是随意没有隔阂防备，已经忘记了是来自不同遥远星球的生命体，宛若老朋友了。时间一晃不知不觉已经过了两个多小时，孟浩远主要和秦在畅谈，汉在旁边一直非常警觉的观测着很少讲话，还好胜利路上此时夜太深了没有车辆从这里经过，仿佛为他们的见面创造了极好的环境。和秦交流的内容非常丰富，都是自己渴望继续了解的知识，孟浩远此时暗自惊奇和叹服。我们地球人类太需要秦他们阿勃特星的帮助了，看来我们的文明进程和秦他们的文明相比差距太大了。

在这荒僻无人，阴森寒冷可怕的地方三人站在车旁借着月光已经交流了很长时间，孟浩远和秦两人一见如故彼此都有好感，孟浩远诚实主动好奇聪明，秦沉稳严谨和善智慧。最后秦主动地说："孟浩远今天见面我们相互认识了，希望这是一个好的开始，我看今天就到这里吧。三个月后还是这里这个时间点碰头，我们到时候会联系你的，你把联系方式告诉我们。"孟浩远和秦交流感到有太多的收获和惊喜，他真希望多停留一点时间可以和秦、汉他们再交谈深入了解，见秦这么说，有些不舍，但秦说了以后还有机会下次再见面。只好说道："好吧，希望再见到你们。"离开时都有些不舍，秦将自己随身挂在脖子上的一件看似普通的黑色石头物件在月光下闪着亮光取下后送给了孟浩远，并亲自给他挂在脖子上并叮嘱道："孟浩远，这是给你的见面礼物，你要随身带着，对你身体健康有好处，不能送人。如果我们联系的话会在网上将第一次联系地址、方式、经度、纬度加时间还会注明'秦、汉'，这是我和汉的两人中文名字的简称。你刚才说的电脑网上邮箱和电话也有了，我会联系上你的。记住，暂时不要对任何人说起我们之间的事，好吧再见了。"说完俩人转身准备离去，孟浩远本想送他们一下，顺便想看看他们是怎么过来的？从哪里突然出现的？交通工具是什么？他们的出现太离奇了，自己根本就没有察觉。汉转过身说道："孟浩远，可以了。还是你离开这里吧，这是你的交通工具？我们看着你走。"不容孟浩远在多想，指着边上停着的车。孟浩远见汉这么说了，知道他们暂时不想让孟浩远了解更多，只好无奈走了几步拉开车门说道："好，我先回去了，再见。"说完跨上车慢慢点火打开车灯，在车里又打开车窗向他们挥挥手告别，开着车慢慢离去。坐在车中开着车的孟浩远在后视镜中看到他们还站在刚才的地方在注视着他离去，显然他们现在还不想让孟浩远知道他们是怎么来的，需要保持一些警惕。孟浩远这么想着只能自顾开始提速开车离开……

过了约有半小时后汽车已经驶入了省际主路后，一下子路面宽了很多，路上车辆不多，于是孟浩远提速加快开车，开出约一公里左右来到前面一个十字路口，看到绿灯亮掉头往回城方向行驶。直到现在孟浩远内心还是抑制不住激动的心情，仿佛刚才的一切都是在梦里一般。毫无疑问自己已经成为地球上第一个与外星文明人类接触的人。秦亲自取下自己戴在颈部的那个黑色石头状的礼物赠送给他足以说明秦对自己的喜欢和信任，这块石头礼物是他自己平时随身一直戴在身上的，说明对秦很重要或者极有价值。初看着这件不知名的石头物件不是黑色而是呈暗褐色如鸡蛋大小，形状也是鸡蛋形状不是光滑，呈不规则的椭圆形，上面有的地方有几处凹点。秦亲自挂在孟浩远的脖子上感到沉甸甸的，石头上散发出一种特殊的少有的异香，这种香味非常好闻，自己开着车闻到了这种异常香味后让人一下子气通四达神清气爽，精神顿时提升上来，马上少了疲惫感，这真是一块好石头。

人逢难有的天大喜事加之暗褐石头散发出沁人心脾的异香奇效，孟浩远心情大好加快速度一路开车往城里方向返回。大约经过一个多小时的车程后看到省际公路上高大的路名指示牌上显示往前面三公里是一个名叫阿木县城的出口，看看时间已经很晚，不想再连夜继续赶回西宁城里，准备就在阿木县出口出去后到县城，找地方休息。于是车很快到了前面出口，车右转转出省道进入阿木县。进入县城后沿着县城的主要公路解放大道一直开车前行，看到路旁的一个中石化标志的比较大的加油站，将车拐进去顺便加满了油。加油时询问了加油站内的工作人员得知再往前面四百米左右有一家叫阿孜酒店的是县里比较大的一家酒店。孟浩远加完油按加油站人员指的方向很快找到了酒店，时间已经太晚了，尽管兴奋依旧，但是今天晚上休息就在这里了，准备等明天上午再继续赶回去西宁后再到机场再返回贵阳。现在时间已经是凌晨三多了，酒店内此时安静得很，只有大堂内灯开着依然非常亮堂，客人都已经在房间睡觉了，不见有人进出，显得异常安静。孟浩远将车在边上停车区停好车后抓紧走进入酒店来到前台，看到一位年轻的姑娘趴在柜台上在打瞌睡，只好轻声叫醒了服务员。看到酒店的前台上的挂在墙上的钟显示时间已经是凌晨三点三十二了，很少有客人这时候入住的。服务员用力睁着惺忪的双眼抬头看了看这位现在刚刚进来准备入住的奇怪客人，马上强打精神很快办理好入住手续。等孟浩远转身离开后服务员又再次趴在桌上瞌睡休息。孟浩远见了也不好意思，拿好房间钥匙牌和随身的旅行背包快步走向电梯间乘上电梯到达四楼楼层走到 427 房间，打开门进入房间后直接脱衣上床休息了。尽管已经很疲惫但躺在床上后想着刚刚和秦、汉见面的情景一下子还无法入睡，联想今晚的这次特别遇见，让人兴奋激动，脑子里一直出现秦和汉，送的黑褐色神奇的石头礼物，地球人和宇宙中居然还有高度文明的阿勃特星球，还有长得和我们一样的外星人……人类第一次和地球以外的生命接触，就在刚才真真实实地发生了，这可是难以置信的惊天大事它就发生在自己身上，太神奇了。未接触之前自己有着各种各样想象，可是接触到秦和和汉后与自己原来想象的内容存在的反差很大。接下来还有很多事……慢慢地感到睡意袭来，迷迷糊糊的孟浩远不由自主地悄然入睡。

　　第二天早上随着一阵手机铃声把孟浩远吵醒，拿起放在床头柜上正在充电的手机看时间已经是上午 9 点多了，来电显示出是王可佳，原来是他打来的电话。孟浩远睡眼惺忪地接听电话，正在上海家里的王可佳昨天晚上一直很焦急按孟浩远的要求，他准时打过电话，可是没有接通，又连续拨打几次还是没有办法接通，想想可能孟浩远架不住同事聚会，高兴的忘了不小心还是喝多了，让他为孟浩远着急。所以今天早上打电话过去问问昨晚后来怎样了？一接通电话王可佳就问道："哎，孟浩远啊，你是怎么回事？是你让我昨天按时打你的电话，我连续地打啊可是一直打不通啊，你们这里信号不好啊。是不是后来自己控制不住也喝多了搞趴下了？也没有回我电话害得我一夜没有睡好一直在惦记着你。"孟浩远还迷糊着，一听王可佳说到昨天晚上的事一下子回过神来，是啊，那里信号不好现在不能说。但是表面上仍装作昨天喝多的样子回答道："是啊，是喝多了，被搞倒了。到现在还头疼着呢，还躺着在睡着呢。可能我们昨天喝酒的餐馆那里正好信号很差断断续续的一会有一会又没有。"王可佳一听孟浩远现在说话的精神状态不振迷迷糊糊的样子，估计他还真是在睡着，就不打搅了说道："好吧好吧，你休息吧，以后少喝点。我也放心了，等你回上海说一下，我们俩一起喝点保证不会让你醉成这样。"说完挂了电话。孟浩远被吵醒后倒是也睡不着了，索性打开电视躺在床上看看新闻，突然看到卫视台正在播报一条关于国家天文台贵州台发现世界上未被记录的一颗新行星"WM"的消息。画面上出现的是正在被采访的向院长，孟浩远顿时来精神了，坐起身看了起来。新闻报道里还看到在天文台观测工作室内记者拍的画面，那场面自己再熟悉不过了，画面中出现身影正是吴起，他在专心的观测记录，然后是记者对着他进行采访发现新行星"WM"的过程。等孟浩远看完后这段新闻后，现在睡意全无，开始慢慢起床进入卫生间洗了个澡，人马上精神起来，换好衣服后感到肚子饿了想着要吃早点，此时宾馆内一楼餐厅自助早餐已经结束，他只好走出宾馆来到外面。宾馆地处闹市县城的中心位置，出去就是一条主路海西大道，两旁都是商铺，走着看到一家小餐馆店里面有一些人正在用餐，进去后点了一碗面条和两样小点心坐着吃起早餐，肚子中有能量补充，精神顿时好起来了。

吃完早餐后孟浩远沿街道行人走道又继续走了几百米，正好有机会看看这座县城的商业情况，顺便了解一下它的特点和风土人情，很快他就到了另一条街道的十字路口继而折返走回宾馆，到了自己房间开始整理起背包衣物，然后走出门下楼到一楼大厅柜台去结账。走出酒店来到停车区上车又继续开车往西宁城返回。一路上孟浩远开着车今天精神焕发像换个人似的，没有了疲劳，有的只是心里特别的兴奋劲，满脑子想着昨天发生过的事情，回忆着昨天见面过程的每一个细节，秦和汉的样子，交谈说的话，又想着秦的叮嘱过三个月后要再次见面的事情。感觉所有的一切都实在是太不可思议了，恍如梦境一般，同时在想着等回到贵阳后还要根据秦的要求去买一些各种类型的书籍，特别是语文和英语等语言书籍和音频或者视频发音教学碟片。还有其他介绍地球文明进程的地理、历史、文化等书籍，还有各种植物种子等等，自己需要好好计划一下——办妥，这些需求对孟浩远来说很容易办到，书籍随便到一个书城里都可以买到，植物种子需要好好寻找这样的商店，自己还从没有去过。

　　这样孟浩远一边想着一边开着车，路上汽车并不太多，而且昨天那件意外的事情完成后的喜悦感让人心情特别舒畅，返程回去时的感觉时间过得很快。汽车已经来到了长城飞跃租赁汽车服务公司。他等将车停好，进入服务大厅柜台前办好交接手续后，服务员出来验好车。孟浩远走出公司在外面路上招了一辆出租车直接去机场，时间还早，办完登机手续还有富余时间，他就在机场候机楼随便吃着午餐，同时边打开随身携带的电脑浏览起自己的信件，想查看一下自己的邮箱信息，突然一下子激动起来差点叫出声来，其中有一封邮件很是陌生，他快速地点开一查，只有一段信息："孟浩远，你好！116.331753　30.890342　　QIN、HAN。看到熟悉的格式与秦和汉的署名信息他马上明白，哎呀，这真的太神奇了。

六

　　在机场就餐区坐着看到这条神秘的消息孟浩远马上激动起来，他不用多思考就知道是秦和汉发来的信息，太令人欣喜了，信息实在太重要了。不知道他们是怎么做到将信息可以通过网络发给自己的，自己只是将手机号和电子邮箱告诉他们，他们有这样的能力可以轻易地联系上自己，想到这点孟浩远感到有些可怕。这说明地球的一切对阿勃特来说太过简单低级，可以轻而易举地破解连上。昨天晚上第一次见面和秦、汉交谈了解的信息以及看到他们的装束，他们拥有神出鬼没自由来去极先进的科技和飞速学习掌握语言的超级能力已经让孟浩远十分吃惊。最后离开告别时把自己的联系方式电话和常用电子邮箱告诉了秦，当时在想告诉你又如何？三个月后如何联系自己？难道他们可以用我们这些地球的常用的通信技术联系上我？现在收到着封信件，看到的可是真真切切的信息，他们竟然真的做到了直接给发到自己邮箱了。秦的语言天赋自己昨天已经领教，今天更是轻易破解地球科技现在也领教了，他们的学习能力强大到让人害怕。此时在机场里的孟浩远感到不可思议越想越是激动。不敢再多想其他了，这样看来秦说话算数的，现在的信息表明已经和秦、汉算是正常的接上头了，以后的联系会保持下去，就可以慢慢地更多了解有关阿勃特的信息，对孟浩远来说他们所拥有的一切都是自己急于渴望想要了解学习的。

合上电脑，看着周围不停走过的人流，不由得心中升起一种自豪和强烈的责任感。进入候机大厅坐到离登记口不远人少的一排椅子上等待登记，看着机场内起和降的飞机突然想着秦他们是怎么样一种快速的交通工具可以悄然到来不被发现，也许他们正在湛蓝天空深处巡游着。想到这些，孟浩远有些出神了，听到机场广播航班登记信息通知孟浩远才回国神来。登机后坐在自己靠窗的位子上开始闭目养神，马上又满脑子都是秦、汉和阿勃特的事，迷迷糊糊中耳朵听不到其他声音，孟浩远开始悄然瞌睡起来。

一直等飞机广播里传出飞机正在下降的通告后孟浩远才醒过来，透过悬窗看着飞机开始下降，随着刺耳的飞机轮子落地时的摩擦声音和飞机摇晃震动声，飞机终于按时到达了贵阳机场。孟浩远走出机场后乘上机场专线回到了贵阳市区再转一辆公交车，乘上半个多小时下车，他已经看到周围熟悉的地方，行走了约一公里左右回到了贵阳怡和园小区，快步回到 12 号楼 203 室打开房门放下身上的背包后直接走到窗前把家里所有窗子打开通风，然后走到卫生间了洗脸，坐到客厅沙发上，休息了一会后去厨房烧水泡了一壶茶放到茶几上，坐回到沙发上继续休息。

这时候孟浩远开始取下贴身挂在胸前秦送的那颗看似很普通的褐色石头，拿在手里好好地摸着闻着，阵阵幽香不断的沁发出来，这种香味从未闻到过，让人闻后极其舒服享受，脑清气盛，血脉畅流更加通顺。这是秦当时从他自己身上直接取下来送给孟浩远的，当属珍贵和喜爱之物。而且他叮嘱孟浩远要随身戴着对身体有好处，足见其很重要，也是秦珍爱的私人贵重物品挂件。它看上去一点不起眼很普通，褐色的表面上皮子有些粗，仔细看上面有密密麻麻小气孔，除了有特殊香味外，从外观形状来看有点像是翡翠原石外面的皮子包裹状态，它有哪些奥妙基本看不出来所以然。石头里面看不到是怎样的纹理质地材质，用一根浅棕色的编结好的一种像是绳子的东西连接石头的略小一端上面打着洞眼，绳子靠近石头顶部用一颗圆形绿色透明的珠子作为固定，看上去像极高等级的翡翠透着亮绿，透明有光泽，沿着细孔两边出来的绳子各缀了三粒看上去非常细腻近乎透明的红白绿三种颜色的小圆筒柱状的籽料，像是上等的玛瑙又像是很好的玉质的玉石，每颗中间用黄色的质地很细致通透的玛瑙料子间隔。这些看上去是都应该是很高档的玉料和翡翠料子，在孟浩远看来感觉边上点缀的配件要比石头挂件本身要昂贵的多，可是它却作为陪衬，这样看来这块貌似普通的棕褐色石头应是非常珍贵了。整块石头物件除了打上一个洞眼外表面没有任何雕工痕迹，看不出有什么特别之处，但是挂在胸前颈部时自己可以一直闻到一种特殊的异香不时地沁出，这种香味非常幽雅好闻，人造香水简直没有办法与之比较，闻着使人舒筋活血通气极其舒服，可以提振精神，非常的奇妙。这个石头挂件还是和秦第一次见面时送的，也是两人非常重要的信物。孟浩远知道秦作为自己随身一直佩戴的挂件，一定是他喜欢的私人爱物，应该是很珍贵的。不过外形看上去确实太普通了。它的奇特应该在于它散发出的幽雅香，持续不断的发出让孟浩远身上也有一股暗香。人家也是出于对自己的喜欢和一片心意吧，至于会对身体健康有利的说法暂时看不出来，那就听秦的话自己随身戴着它吧，孟浩远又闻了闻实在令人挺舒服。

第二天孟浩远进单位上班，此时整个科室里面已经非常热闹了，围在一起在兴奋地议论着自己单位首次发现新行星填补了国际太空天体观测空白的最新大事，对从事天文工作单位和科技人员更是值得高兴和自豪。见孟浩远一个人走进办公室手上还拿着在食堂里买的两个热包子和一包豆浆进来，科长李建设若无其事坐在自己最里面的座位上自顾看着报纸，李建设此时显得很不合群，对孟浩远取得的成绩不以为然，像是当没有发生一样令人奇怪。其他科室的同事都兴奋地围了过来，开始不断有人问孟浩远晚上值班时发现新行星的过程和细节，孟浩远见大家问也笑着把昨晚上发现的过程一一讲了一遍，又耐心地回答了同事们所提的几个专业问题，大家都惊叹同时高兴的祝贺孟浩远，在他们看来孟浩远是自己科室的同事，这也是整个科室的光荣值得骄傲。

一会儿小卫走了进来了，看着孟浩远正与同事们在兴奋地聊着，而且大家有些羡慕地看着孟浩远问这问那的，他走进办公室来也没有人注意到，等走近了跟前站在后面对着大家说道："喔哟，今天难得看到这里这么热闹啊。你们这是围着我们的大明星啊。"大家见小卫这么嬉笑的一说都笑了起来，小张骄傲地说："是啊，是我们科室的荣誉嘛当然高兴啰。"小卫笑笑说道："是啊是啊。"然后悄悄对着孟浩远使个眼色，头往门口外转了一下自己就先走出办公室。孟浩远明白，这是小卫习惯的默契动作，意思是让自己随他出去说话。他们的眼神交流大家也看到了，小卫过来肯定是找孟浩远有事，他们是一对经常一起玩的好友。孟浩远没有马上停住，又与大家聊了一会才和大家打好招呼，跟着出去。

两人到外面找了院子里的一处僻静处，在草地上并肩缓缓走着，小卫说道："孟浩远，你可真是个福将，轮到你值班就发了，这次你算是牛了，你火眼金睛啊，这种事怎么就碰巧被你发现了，这可是我们单位建立以来首次啊，而且在国际上填补空白啊，听说引起天文界非常大的反响啊，意义不凡，好事，好事。以后你评职称，评先进估计都对你非常有利了，我看是少不了你了，肯定会优先解决的。"孟浩远说道："哪里啊，小卫你可别这么俗气好不好？这种事只不过运气好，任何人值班都是一样会发现的，你当班也会发现，运气而已。当然现在我们单位设备也确实先进，发现的更远刚巧遇上就抓住了。哎，你的事怎么样？"说到自己女朋友的事小卫顿时开心起来了，刚才孟浩远说工作上的事任何人在都会发现，有些触动他，本来是他值班，那么这次功臣就是自己了，他心里略微有些落寞的。现在见孟浩远话题马上转到自己女朋友的事上面，心情瞬时好起来笑着回答道："还行吧。谈得蛮好的，只是她还是想让我回去南京工作，她出生在南京，工作生活都在南京，喜欢南京生活不习惯贵阳这边的生活，希望我回去，这样就可以在一起了，以后成家也方便照顾。我的想法在这里工作其实还是很好的，工作环境同事之间都挺好的。唉，但也不得不考虑实际状况啊，她说得也对，这事我想真的需要重新思考，我还是想回去算了。哎，你的情况怎么样啊？你女朋友是上海人，她在上海工作生活，上海人要求更高了吧，肯定也希望你回上海去工作吧，你的情况应该和我差不多吧。"小卫说到自己的女朋友的事，孟浩远叹口气道："唉，是啊。被你说中了。是的，女人的想法都差不多的，我女朋友一直对我来这里工作很不理解，她说了如果再不想办法回上海工作，她父母是不会同意我们俩继续下去的，她是会听父母的。但是我想男人嘛事业为重吧，这里工作真的不错，国家花了大量经费重点建设成一个国际上最先进的天文观测台和研究院，在这里可以实现我探索宇宙的梦想，当然也可以出成就的。我想再劝劝她吧，不过估计蛮难的，现在社会还是比较世俗和追求现实的。"孟浩远和小卫两人是无话不谈的，小卫见孟浩远也有相同的苦恼，他劝孟浩远道："孟浩远，我到觉得其实从长远来看生活么，是要更多考虑两人的实际，其实到哪里也是工作和生活，能和女友在一起总归是最佳方案，有时出现不可调和的冲撞作出牺牲也是正常的，是可以妥协的。"孟浩远没有想到小卫在这方面的考虑比自己还要成熟细腻，一定是这次他女友来贵阳做工作做通了。见小卫在劝自己，说明小卫已经在考虑回南京工作的事了，顺便也是在劝自己吧。孟浩远说道："你说的也是，可是我还想坚持一下，工作平台和环境其实真的很重要。"小卫说道："是，你说的是这么回事。好吧，反正我觉得你要多加思考吧，工作爱情两不误才是最佳的选择。孟浩远，谢谢你帮了我。走了，改天我们俩再聚一下好好聊聊。"说完小卫走了，小卫过来是为了孟浩远的帮助表达谢意的，这次孟浩远帮助他替班，让他好好陪陪女友收获很大，她非常高兴。等小卫走后孟浩远也走回自己的办公室，对面桌子的同事张新宇冲着孟浩远笑着说："孟浩远，这两天忙得够呛了吧，刚刚吴起来过电话问你在不在呢？你现在抽空回个电话过去，他找你有事呢。"孟浩远答应着道："好的，谢谢！"马上拿起桌上电话拨了吴起的分机号问道："喂，吴起老师吗？我孟浩远啊，听小张说你来过电话找过我？"电话里吴起说道："噢，是的，是的，你已经回来了，家里爷爷身体情况怎么样啦？"孟浩远说道："去医院找人看了病，现在检查说是右肾衰竭，要动手术装支架，后面还有很多事要办。"吴起说道："噢，是这样，那你该回去多看看。祝老爷子身体早点康复。"孟浩远说道："谢谢吴老师。"吴起说道："孟浩远，哦，对了。我已经将我们的新发现行星写了一篇专业论文，我想向国际权威期刊投稿，我已起草好了，署上你我的名字，论文发给你了，你帮助修改一下，你看有没有意见。"孟浩远说道："吴起老师，你这太客气了，这是你的专业强项，你写论文能带上我已经十分感谢了，哪还有什么意见。稿件不用修改了，有劳你了。"吴起听孟浩远这么说舒服极了，笑着说道："那好吧，我再仔细看一下修改后就直接寄出去了。"孟浩远说道："好的，谢谢啦！"两人从这次值班后交谈到发现"WM"，彼此留下良好的印象，刚才吴起找孟浩远就是为了论文一事通告一下，让孟浩远有些感激。

很快一周工作过去，又到了星期六这一天，孟浩远已经计划好开始要采购秦需要的一些东西。吃好早饭后走出小区在街上骑着一辆共享自行车外出，这样可以随时随地停车，很是方便。先到城里书店一条街去看看，走进最大的一家贵阳书城，根据指示牌边走边看，涉及世界各国地理、历史和文化介绍，以及科技方面综述内容介绍的，还有动物、植物图谱，化学、物理、数学基础书籍等都买了一些，很快有 33 本书，拿在手上沉甸甸的，再多拿实在拿不动了。孟浩远想暂时先买这些书吧，已够他们消化一阵的。如果需要以后还可以继续再买吧，费了好大的劲，到柜台前等着结账，最后拎了三个装满书的大袋子骑车回家。

第二天星期天孟浩远计划好乘车到郊区去找专门的植物蔬菜种子店。先乘车到城郊结合部的一个县城下车，然后在县城里开始沿街慢慢边走边看，终于看到一家店门头上挂着"高优种子公司"店牌后走了进去。柜台里一个身体瘦瘦脸色黑黑的泛着油亮，穿着很普通的中年男子，正悠然地在柜台内吸着烟。柜台上边上放着一把棕褐色的茶壶，里面放了很多茶叶，看样子他喜欢喝浓茶，没有盖子，里面的茶香散发出来。因为店里没有其他生意显得比较冷清，他一个人坐在一把椅子上正笃悠悠地喝茶吸烟看手机，这人看上去是一个长期干农活的农民模样。看孟浩远进来后环顾店里在看，也不主动招呼，随孟浩远四处看看，并不打扰。孟浩远看了一会开口问道："老板，你好，你这店里有些啥种子啊？"黑瘦中年老板连忙站起身："哎，你好！

这里有各种当季的蔬菜种子，你想要啥呢？我这店里品种在附近种子店算是最全的，质量也是最好的，而且有保证，都是种子农场专门培育的，有问题包退，你放心吧。"孟浩远一听老板开口自信满满的介绍后，说道："噢"。其实自己对植物蔬菜种子也不懂，所以就向老板询问起来。孟浩远说道："老板，我有个朋友，搞了个农场，托我买点各种蔬菜种子，你给我介绍一下，粮食种子、当季的瓜果种子、花卉植物种子有的话也可以介绍介绍。"老板一看这位年轻的小伙肯定不是搞农活的，哪有开口这么买货的，没有针对性地买当季种子，开口就要买很多，自己又没有具体品种要求，根本就不熟悉农活事。老板就卖力地介绍起来，老板是位长期干农活的好手，名叫陆水根，是一个一直务农的好手，家里承包了大片土地搞农场，培育种子又采购其他农场的各种种子。看孟浩远的穿着打扮像是一个读书的学生，问的话更不像是熟悉农活的农民，于是主动介绍起来说道："我们这里现在当季的是种这些的。"说着指着柜台里一包包种子如数家珍的一一介绍起来，接着说道："这个季节过了接下来就种这些。"把一年四季种些什么蔬菜品种都大致地讲了一遍，又介绍了南方和北方每个季节常种的品种。孟浩远听了他的介绍连声道谢，心想这些种子方面的知识一下子也消化不了，原来也这么复杂真是隔行如隔山啊，说道："谢谢了，这些种子有没有具体种植时使用介绍啊。"老板指着包装袋子说道："你看，这个有的有介绍，有的没有，这些是常用的品种，一般的农民他们都知道，种的人都懂怎么种的。"孟浩远听了陆老板的介绍说道："那好吧，每个品种都来上一包吧。"老板一听这小哥是真不懂，笑着回答："好，不过你需要这么多吗？要看你具体的需要做什么？要不你还是问问再买？"孟浩远听得懂老板是为自己考虑，笑着说："没有关系，多买一点吧。"老板笑着说："那好吧，我第一次看到这样买东西的，如果买错了就拿过来退给我吧。你看，小伙子这些都是有包装的，上面有品种和使用简单介绍的。"孟浩远说道："直接都拿吧。还有粮食种子有没有？"老板说道："有一些。"孟浩远说道："那也各拿一包吧。老板，你这里花草种子有没有？"老板心里高兴今天碰上一位不懂的大顾客了，还不听劝使劲地多买，说道："噢，这个我这里现在没有现货。不过，你如果一定要，我想办法帮你去专门进一些。"孟浩远听了说道："好，谢谢老板了。这样老板，你给我一个名片，你帮我去进一点各种品种的花草种子，最好是像这些小包装的，袋子外面有说明的，进到了后电话联系我，然后给我快递过来，到时候我会来付钱的，或者微信付账吧。"老板看着这位顾客，开心地连声说道："好，好，我去进货，我去进。货到了马上给你发货。"孟浩远付完今天采购的钱，提起两个装有各种种子的大纸板箱出店，老板跟着出来，帮着孟浩远在店外的路上叫上一辆车装上车后回城。

过了一周后陆老板来电话说又进到了一些植物种子把清单发给孟浩远。孟浩远收到信息后不管什么品种都要了然后马上转账过去，让陆老板将所购的各种植物种子快递过来。陆老板一听这个小伙子很信任自己，居然又将自己联系采购的其他品种都要了，数量不多品种倒是不少，心里真不知道这个小伙想的是干嘛？还是很快办理快递将所购的种子寄给孟浩远所住地址怡和园。两天后孟浩远收到了这一大箱子东西，现在他房间里采购的这些物品一下子堆了一地。孟浩远开始慢慢记录登记打印清单，他要将所购品种详细的清单和种子都交给秦。晚上从单位回到城里后一个人出去在外面吃好晚饭又到商场专门买了两个大号的行李箱准备将采购的东西存放起来，也方便下次与秦再见面时出行和在机场托运。总算忙了几天，完成这些事后回到家里一个人坐在沙发上看着这些秦需要的东西，孟浩远开始在思考起来，秦他们要这些地球上最常见普通的东西是要干嘛？难道他们阿勃特星球上没有？他们需要研究地球植物生长情况来分析地球生存环境等其他信息？

七

又过了二周后在国家天文台（贵州天文台）上班时，孟浩远桌上的内部电话铃响，原来是吴起老师打来的，电话里吴起的声音听出来很兴奋说："孟浩远，告诉你好消息，我们的论文发表了，那可是国际著名一流期刊。今晚我请客，我们聚一下，有空吗？"孟浩远一听吴起老师主动要求聚一下，哪有推脱之理，连忙表示同意连声说道："好的，好的，有空，多谢吴老师！"挂上电话自己为吴起高兴，这篇论文出自吴起老师，能在国际权威杂志上发表，说明论文质量很高，权重也是很高的。这样的论文一炮打响会有很大影响力，以后吴起老师评职称就容易多了。

晚上下班后坐单位车回到城里，为避嫌两人没有热络的坐在一起聊天，像往常一样各自坐在位子上。孟浩远和小卫在一起开心地瞎聊着，吴起坐在前面和其他同事在一起。到了贵阳城第二个下车点才随大部分下客车人群各自下车，各自朝目的地前去。吴起已经提前订了贵阳市一个很不错人气很旺的名叫月翠湖特色酒店。孟浩远走进入酒店时吴起已经先到了几分钟，看见孟浩远进来站起身招手，孟浩远赶紧走了过去。两人在大厅不引起人注意的一个桌子坐下。吴起拿出家里珍藏的一瓶进口红葡萄酒出来，笑着说道："浩远啊，今天高兴，我们俩把这瓶酒喝了，不够的话可以再点。"说完招手让服务员过来准备点菜，两人点了六个店里推荐的菜品加上两个冷菜，吴起先帮孟浩远倒酒然后自己杯中倒了一点，两人开始你敬酒我喝酒共同互敬，满心喜悦地喝着纯正的红酒交谈着。可以说是缘分让他们这次值班在一起，让原本见面时也不很熟悉的两人通过这次值班交谈起来而且相互加深了彼此的印象，所谓三观一致相互认可。尤其还在值班工作中孟浩远的认真，有重大发现更是让吴起开心，两人似乎是重新认识了彼此一样。孟浩远说道："吴起老师啊，这次有幸和你一起合作值班，我从你身上真的学到了不少知识，我要向你表示敬意，来，敬你，喝。"两人轻碰一下杯一起喝了一杯。吴起说道："浩远啊，你说得客气了，现在就我们两人不用太客气了，反而见外了。我看你的工作激情和认真的态度，是我赞赏的，如果不是你细心认真，即使存在的东西也很容易错过了，设备是死的，它需要人来掌控操作，否则也就没有所谓机会了。表面上看似被你偶然当中抓住机会有了发现，实际还是要看人的，不是所有人都会发现的。所以应该感谢你的细致工作态度，才会成功抓获机会，我们单位是新建成的天文台，现在终于开启了发现之旅，有了一个新的重大发现，偶然中存在必然。"孟浩远看吴起如此高的评价自己，肯定自己，不由得对吴起的好感度提升，和这种人一起工作才是最开心的，他会充分看到你的身上的长处，不像我们自己科室里的那位李建设科长，心胸过于狭窄，见不得人比他高明聪明能干，只需要听话，然而他自己又并没有多少学识和能力。两人放在一起一比高下即判。孟浩远内心感动说道："吴老师，您说得太客气了。还是你的业务能力和工作状态带动了我，以后请多帮助啊。"吴起笑着说道："浩远啊，你不要再客气了，我心里明白。你是很有灵性和天赋的聪明人。现在年轻人很少有像你这样的，你是来自大上海的，能够到这里来工作说明你很有抱负和理想，而且你工作认真踏实，虚心好求，能力很强，我看好你，一定还会出成绩的。"孟浩远有点惶恐不知道怎么来接吴起的话，想不到他对我的评价是这样的。连忙转移话题说道："谢谢吴老师，你写的论文还把我带上了，这让我很不好意思的。来，敬你。"说完孟浩远拿起酒瓶连忙给吴起和自己又倒了一点红酒，然后举起酒杯敬吴起，两人杯子主动激情地一碰，孟浩远自己干净利落的将杯中的半杯酒先喝完了。吴起见孟浩远这么实诚，也爽气地拿着酒杯跟着一起喝完，很快两人已经喝掉了大半瓶红酒，人也更加地兴奋放开，孟浩远说道："吴老师你这篇高质量论文这次在著名国际期刊发表，是近几年来这个领域少有的重大发现，成就很大。对你今年评研究员是加分的，这样应该没有问题了。"刚才在聊天时说的评职称的事情，聊到吴起明年才到可以申报研究员的年限，见孟浩远提到这件事上不免说到他心里，说道："唉，我申报的年份不够还差一年，如果破格的话就可以了，不过这要看院领导和专家评审委员会的那些专家是如何把握了，破格的要求是比较高的。"随后吴起问孟浩远："哎，孟浩远，你可是 211 上海本地大学本科毕业生，今年刚参加工作，现在是初级职称，也要三年后可评中级了，如果这篇论文，加上你在工作中有重大发现，照道理或许也可以破格申报参加评审的。"孟浩远说道："哎，吴起老师，我的事倒也不急，刚参加工作不久。不过我认为这种职称申报评审的事尤其像你这样的工作经历丰富，专业能力强的研究人员应该要有一种能者上和有成就的优先上的激励机制。目前我们体制内的评审只能按部就班论资排辈了，主要看的是工作年限，这种评审制度有不太科学的地方。实际上我认为既然是作为科研单位，还是应该按科研实际业务能力和取得的成就来评价比较客观。但是，现实是不大可能改变的，如果有人一旦破格，打破了原来排队的规则，后面那些好不容易排队等着的人不嫉妒死你，以后工作起来和相处就难了，总以为挤占了他的位置，我不急的，随它去。不过我看吴起老师你这次作为重大发现有特殊贡献的，破格应该没有问题的，而且单从你的这篇论文的质量和规格都很高，而且发现的'WM'新行星被国际认可和命名是很了不起的成绩了，我看应该可以的。"吴起听着不吭声，心里是默认的，二人聊着聊着聊到了和自己有关系的工作方面和自己前途问题了，惺惺相惜，把自己内心真实的话都坦诚地讲出来了。一瓶红酒很快随着交谈已经全部喝完，又在店里要了两瓶啤酒，每人一瓶分配好喝了起来。最后吴起叫服务员过来买单，孟浩远见了争着要买单，最终吴起说了句："孟浩远别再争了，说好我请你的，今天你能来，我们在一起就很高兴，下次你来请吧。"这样孟浩远也不好再争了。两人高兴地走出酒店沿着街道一起走了很长一段路，一直交谈着，夜晚的冷意吹得两人舒服，心里十分的暖意，直到方向不同，孟浩远提出要打车送吴起被他推辞后，才道了别各自回家。

过了一段时间孟浩远应单位所派出差到南京去了一趟，他抽空赶回上海看望他爷爷一次后又返回到贵阳。时间真快，再过两天又到了和秦约定的三个月后碰头的时间，这最后一周时间孟浩远下班回到家里后就马上神情专注地查看有没有消息，不过都没有发现，他有点失望。今天回来后到外面去解决晚餐，闲逛了一个小时才回到家。然后烧好水泡好茶笃定地坐在沙发上喝着茶，慢慢打开自己的电脑检查起自己的邮箱查看里面的信息，心里平静如常，突然看到其中一封和其他邮件信件明显不一样，一种预感让自己心里激动起来，就是它了，是秦。忙紧张地点开看一下，果然看到熟悉的格式和一行数据。116.331753　30.890342　24　24　QING HAN。孟浩远一看就知道是秦和汉发来的信，内容格式也是那样的简明扼要重点突出一目了然。他内心一阵激动起来，收到这样的信息和秦、汉他们见面，已是第二次了，说明地球和阿勃特星球已经建立起固定的联系了，这是多么重大和伟大的一件事，可是目前只能自己一个人独享和承担，还无法分享给其他任何人。他期待着又可以和秦他们见面了，这次可以带给他们需要研究的资料和种子，他们会高兴的，其他就无法预料。又会是一种怎么样的情况呢？孟浩远直到很晚才到床上去，躺在床上翻来覆去，眼前出现很多的可能出现的情况，直到迷迷糊糊浅睡，第二天，他明显记得自己在梦中和秦汉见面，把自己带上他们的飞行器参观并立即离开地球到阿勃特星，看到各种稀奇古怪的情景和前所未见的科技发展，让他大吃一惊。真应了日有所思夜有所梦。

第二天早上起来一切如旧，不免笑了起来，自己在胡思乱想什么。出门到上车等候点乘上单位的专门班车到单位上班后，他马上打开电脑开始写请假报告，很快就写好打印出来，用水笔签上自己的名字，准备按规定程序向科室负责人李建设科长去办理请假手续。当李建设看到走过来的孟浩远递给自己一份请假单，他没有抬头边签字边有些阴阴地装作关心地问："小孟啊，最近家里的事不少吧？"孟浩远见他阴沉沉的，一脸严肃冷淡像是欠他什么一样，说话也阴阳怪气的心里不太舒服，既然现在你李建设在问，只好不卑不亢搭腔说道："是啊，李科长，我爷爷住院需要动手术。"李建设一听半信半疑地说："噢，是这样啊。那回去后代我问候一下哦。现在单位里事不少啊，我们科里也就这么几人，还希望大家工作为重多做些啊。"孟浩远心想，只是请假申请签个单不过是履行程序而已，最后我还是要到单位行政办公室去签报的，那里才是程序规定的请假销假签批职能部门。自己本部门只是因为工作安排需要告诉一下部门领导而已，结果李建设还是当真了，说了那么多工作上的事，实际上暗里他在批评我不该请假，同时又让其他同事觉得我没有完成工作一样，意思提醒我，你该早点回来工作。此人真是不通情理情商太低了，心里太过阴暗没有办法沟通。李建设他是一个出生在贵阳郊区的当地人，但这人和当地人又不像，当地人一般待人都很客气人也实在朴实，而这这位李建设却恰恰肚量很小，没有什么格局，尤其对来自大城市的这些大学生、研究生总怀有一种莫名的不爽，自己平时工作也没有什么思路，论专业吧也非科班出身，专业能力和管理能力都很差。不过他倒是很会见风使舵，很喜欢讨好领导，对部下是另一副面孔，不讲情理甚至很苛刻。所以其他科室都是欢声笑语氛围很好，工作起来也舒心，而在这个科室的人上班一般不太多交流，显得死气沉沉的。偏偏这位李科长还自我感觉很好，官不大，官腔不小比谁都足。孟浩远平时没有事基本不会主动搭理他，科里的其他几个同事也是这样。

孟浩远从刚进入天文台后就被安排进入到信息科工作一段时间后，慢慢感觉到科室里的气氛不太友好，其他几个年轻的同事在办公室里大多不太吭声不想多说，很是沉闷，慢慢地知道什么原因了，就是这位李建设科长眼界低又十分认真的样子，工作时间看大家有说有笑的说话，就会马上提出来要大家工作认真点，不要多交谈无关的事，久而久之大家即使在休息时间也不太愿意多交谈，除非李建设他人不在办公室，或者干脆到外面园子里才会舒心的交谈。这样的工作环境在其他科室基本上是不存在的，其他人慢慢也看出来了，也感到奇怪。看到这种情况本来孟浩远真想向院领导提出调离信息科到小卫科室去，可是想到自己入职时间还不长，这样调换的理由也不好意思直说出来，怕领导对自己留下不好的影响，所以一直忍着没有说，等工作一段时间以后继续看看再说。

拿着签好的请假申请报告后他不想多和李建设多谈，好像也没法和他多交流，转身走出科室到行政办公室去办理正式的请假手续。孟浩远真不想跟李建设多费口舌联络感情，眼前的这人似乎不太熟悉很是陌生，眼前出现的画面是他平时就一直阴沉沉地，好像人家都是欠他似的，见着上级领导毕恭毕敬点头哈腰地会尽说些好听的话，尽量显出谦卑的样子，旁人听起来又看到他的样子就十分的不舒服。然而见到自己本科室的同事，就永远是一副领导的做派，其实官不大样子很得意，人站直头抬高神情严肃而带有冷意的居高临下看人说话。还时常拿上级领导来压大家。比如在工作布置上明明是自己的安排意思，但是他会说这是领导要求的工作，你们要按领导要求抓紧完成，有时还会说领导不满意这份报告，你要重新写等等。到底领导说没有说过这样的话，只有他知道。实际还是能力不足，假借领导来欺压下面的同事。论职位不过是一个小小的科长而已，在孟浩远这些小青年搞专业技术的人眼里，根本就不会看重和计较，当然其实李科长职位也不算个啥，即使是个处长又怎样？大家在一起只是为了工作而已，都是同事，是平等的没有等级之分。可是李建设偏偏喜欢显摆，好像时刻在提醒大家，我是领导，你们都要服从我的管理听我的话。而且他又不太敢于担责，一旦工作上出现一些小事，就拼命往部下同事身上推卸，比如会说："谁谁谁你这事没做好，你的报告没有写好啦等等。"而且，还会跟一句："我早就关照过你应该要这么做，你就是不听。"这类让人听了生气的废话，实际上在安排工作之前他什么也没有说过，他只是不肯承担责任而已。这次孟浩远只不过是正常的请假，又是这副让人很是不爽阴阳怪气地说话腔调，让孟浩远心里有些气愤，但是他并没有想和他争，选择不跟他计较。

走到行政办公楼三楼分管副院长刘耀清办公室，专门汇报了想请假的事情，没有想到张副院长见孟浩远进来非常客气，不假思索地马上答应，还客气地招呼着孟浩远坐下。看到单位有其他科室的人进来找张副院长，孟浩远忙招呼一声退出张副院张的办公室。走到三楼另一边的行政办公室向办公室主任程子棋递交签批报告。单位请假有程序规定主要在行政办公室负责具体操作，两人寒暄了几句很快就正式办完请假手续，孟浩远舒了一口气走下楼。在办公大楼外面有一个后花园，孟浩远在一个歇息长廊单独坐了一会，正好趁机在外面透透气，一直在自己科室办公室内感到气氛压抑、太沉闷不舒坦。呼吸着院子里的新鲜空气，好像压抑感顿时消失，让人特别舒，服心情也好了许多。打开手机悄悄地用自己灵活的手指动作很快地操作着在网上订好了从贵阳到西宁的往返的机票，又订好了上次"长城飞跃汽车租赁服务公司"的租车，还特意备注栏里注明要上次的那辆车牌号为 0579 的哈弗四驱的那辆越野车。孟浩远觉得这辆车上次出行驾驶体感很好，而且一路跑下来非常顺利，关键这辆车算是我的幸运车，车号是我的幸运号码，所以指定要这辆车。孟浩远又休息了一会，然后才走回自己科室办公室，他一声不想的坐回到自己办公桌前查看起电脑来。

等到单位下班后孟浩远乘上单位班车回到贵阳城后，一个人不准备回家烧饭就在街上随便找了一处餐厅，吃了点东西才回到家开始整理起已经采办好的秦向他提出需要的那些资料和植物种子，并认真地记录清单，自己留了一份，准备箱子里放上一份。原先买的两个行李箱很快就已经放得满满的，装书的箱子更是沉，装满植物种子的箱子也不轻。看着两个大箱子，孟浩远也不知道是否采购得正确，自己只是根据秦口说的要求，没有具体说明。这些东西是否能符合他们的要求还未知，要等见面时给他们查看才知道。

　　晚上一个人躺在床上用手摸着秦专门送给他的，原本属于秦自己贴身佩戴在头颈部的那块看起来并不起眼可以说和漂亮不搭边的外皮表面带油性的棕褐色石头，褐中泛着一层黑色亮光。拿在手里凑近鼻子一阵阵说不出的一种极其特殊的自然暗香不时地沁逸出来，漂浮在周围，通过鼻孔吸入沁人心肺头脑，让人感觉十分好闻，心情慢慢不急不躁安静起来，轻轻闭上眼睛享受般闻着，直觉身体全身上下异常的舒服，恍若进入一个周围开着花香的原始森林中，他精神顿时舒畅起来，感觉自己的活力倍增，似乎在体内澎湃涌动起来起来浑身上下有着强劲充沛的活力。想着即将又可以和秦见面，孟浩远兴奋得睡不着觉……

第二章　见面

一

根据秦约定见面的时间，毕竟已是第二次了，心里也少了那些乱七八糟的各种想法和害怕，显得轻松许多。不过孟浩远仍然很期待又兴奋，当然不像第一次那样满怀期望和对未知的神秘想象揣测，心里从始一直处于莫名的焦虑和惴惴不安中，随着秦他们突然出现，活生生地站在那里，穿着的全套衣服和戴着的头盔在黑夜中显得的那样的惊惧，霎时感到担惊和害怕，脑中呈现的都是不知道接下来一刻将要会发生什么，一直在胡思乱想十分紧张中，不由得突然间担心起自己的安危来。特别又是在那空旷黑寂的地方加之在深更半夜周围环境的衬托更加害怕，直到汉打着灯光直接照射停留在自己藏身处，发现他告诉他已经知道藏在那里，自己才不得不紧张尴尬地从藏身草中走出来面向他们走去，脚步沉重，真的是担心这次危险加身无法再离开这里。回想第一次见面还历历在目，这次见面心里上是少了害怕，满是期待和向往，见面过程应该像是老朋友重逢一样，心里高兴轻松了许多。

第二天中午 11 点孟浩远从家里出发，背上自己的双肩包，包内放着手机、电脑、充电器等物品，提着沉重的两个行李箱出门到小区门口。他叫了一辆网约车让他等在小区的门口，背着个包推着两个行李箱子慢慢提前走到小区门口，此时他发现一辆黑色商务车已经停着。一位中年男司机正在车旁站着吸烟，看到孟浩远拿着行李从小区内走出来到门口马上知道客人就是他，猛吸一口后把烟丢在地上，然后主动走上前来帮孟浩远一起，一人一个搬上行李箱放车后，两人上车后驾驶员核对了信息，开车赶往机场。路上还算顺利，花了一个小时时间到了机场，孟浩远下车搬运行李与驾驶员招呼后一个人推着两个箱子走进机场，办好行李托运手续。他一下子轻松多了，慢悠悠地走入安检区排队，等候检查，进入到了候机大厅，看着登机牌显示的登机口信息很快找到了航班登机口，才安心地找一处空位子坐下等着上飞机，一看时间出来得早了还要等一段时间。过了很长时间后机场候机大厅里广播播报开始登机了，孟浩远也不着急，等人群排队登机的旅客进入一批后渐渐稀少，已经没有几人在排队，才笃定地站起身上前跟着步入登机口检查后上飞机。

航班正点起飞后，孟浩远坐在飞机右侧靠窗座位上，现在一身轻松，不经意地转头看着飞机缓缓进入跑道起飞，很快进入到云层，飞机在空中开始平稳飞行起来，闲着无聊他关闭悬窗头转向右侧方向，座椅微微向后调整一点，干脆眯上眼休息起来。今天晚上的见面还是安排在凌晨时间，会像上次一样很晚的，抓紧时间休息一下。接下来他的计划还是准备照上次和秦见面时的老办法进行，自己在租车服务公司租一辆车自己开车独自前往，一个人一直长时间地在夜间公路上开车会很疲惫的，因此抓紧时间休息。孟浩远上飞机坐好位子后把耳机戴上，这样可以防止机舱里乘客的说话声、服务员不时地来回走动的声音和飞机发动机的声音，慢慢地他进入似睡非睡的朦胧状态，身体放松但是脑子没有完全在睡梦中。一直等到广播里再次开始播报飞机开始下降，要求旅客调整座位前的小桌板、系上安全带的信息，孟浩远被吵醒眼睛还是闭着。飞机过道中一位年轻漂亮的女空姐不时地经过，开始例行检查，看着正在闭着眼睡觉的孟浩远，空姐轻轻提醒他，飞机即将下降，请收好座位，打开悬窗，孟浩远才睁开眼迅速调整椅子又马上打开悬窗，头直接转向窗看着飞机下降中的窗外云层。很快飞机已经开始下降，窗外可以看到城市下面的大概，地面建筑和土地依稀可看。感觉飞行旅程很快，自己没有休息多长时间已到西宁。飞机平稳安全降落机场，孟浩远走出飞机舱后来到行李取件处等候取他两个托运的箱子，拿好自己的行李箱后放在行李推车上一个人推着走出机场，走向机场出租车等候区叫了一辆出租车，告诉司机要去目的地是"长城飞跃汽车租赁服务公司"，在西宁的宁西路 637 号。驾驶员很熟悉西宁市区的路况，爽快地答应着熟练的驾车驶出机场。驾驶员是一位喜欢交谈的中年男子姓石，一路上孟浩远与出租车驾驶员老石就聊上了。孟浩远当作是第一次来西宁有意无意地问着一些情况趁机点出话题询问。石师傅是一位来自河南南阳的看上去约四十五六岁年纪的农民，在青海西宁这座城市开车已有些年头了，生活在这里已经九年了，看上去已经不像一个老老实实的农民，更像自信的城里人，看来在这里生活还是很满足，脸上显得高兴轻松。他的经历也很丰富，做过很多份工作，建筑工地、工厂里打工，摆地摊等等，最后还是选择开出租车，开出租车已经有近七年了。西宁城市不是太大，生活还是很安逸的，他对这座城市的道路景点和吃喝玩乐的地方已经很熟悉，都能说出一二来。石师傅也很会聊天，见孟浩远询问，以为他是第一次来青海，就开始热情地介绍起来，对青海的景点和风土习俗有问必回答，并高兴地介绍和推荐着他认为的好去处。当孟浩远无意中提到当年核爆炸试验基地时，石师傅不以为然地说："噢，你问这个地方。我知道，你们外地来的人不知道吧。这种地方听起来在外面名声很大，但是我们这里很少会有人去那里看看，最多也是路过时停留一下，拍个照留个纪念，到此一游而已看看就走。原来是一个基地不让人进去，现在那里已经没有什么了，它只是个废弃的单位还有一些破旧的老房子留在那里，听说地下很庞大有地道，周围都是荒地没有人的，实在是没有什么可看的。周围的牧民也不会到那里去放牧的，心里害怕，所以现在那里就是一个荒地。我开车到现在还没有接到过专程要去这种地方当景点去看的，小伙子我建议你不要去。过去的话路又远，其实真没有没啥看的，还是到其他的景点如青海湖，黄河源头自然公园，丹霞地貌等好地方可以去看看。青海其实很不错的，有很多景点值得你去看看。"孟浩远见石师傅说到那个核爆基地明显流露出那里不值得去，心想一般人的确是不会专程过去看看的，他说的没有错。说道："对，对，师傅，你这样一说，那里是没有啥可看的，我只是随便问问。"两人谈话内容涉及起当地风土人情、旅游景点、美味地道小吃等话题，石师傅看这位年轻的学生模样的小伙喜欢听他讲，就如数家珍卖力地说着。一路上没有闲着，石师傅车上前面架着两个手机，便于接单和联系，不时有信息嘟嘟一条一条进来，需要接听通话查看接单信息，忙得很。两人说说停停，出租车很快就到了"长城飞跃汽车租赁服务公司"的门口，石师傅将车直接开进大门在服务楼前的门口停下，孟浩远谢过石师傅，他热情的帮着从车后备箱中取下行李放在地上，孟浩远与他谢别，然后推着两个行李背着包走进公司。在柜台服务区与公司接待服务员对接好后，服务员查看电脑记录原来孟浩远先生是一位老顾客，他的备注栏里需求指明要求租的车是0579号码车。他热情地接待、登记，按流程领孟浩远到后面的停车场内去取车和验车。当孟浩远走到停车场看到那辆熟悉的哈弗汽车和车号0579号码感到很是亲切，马上高兴起来，取好车按流程快捷地检查了一遍后开着车出来停在前面服务楼前，将留在那里的两个行李箱放到车的后备箱中，随身把身上的背包放在副驾驶位置上方便取物品。然后开车离开"长城飞跃汽车租赁服务公司"。

　　第二次孟浩远来青海去约定的地点与秦见面，孟浩远心里依然生腾起一种急切的兴奋和期待，作为地球上第一个与神秘未知的天外来客建立联系的人，这次会发现什么更多未知？心中充满好奇探寻。又一次隐秘之旅已经开启，想起第一次和秦他们见面时心情是那样的激动害怕和矛盾，第二次是完全不同的，非常坦然自豪不用提心吊胆地想着各种各样奇怪的念头，只想着又可以发现更多关于秦和汉以及阿勃特星，心里乐乐地想着。此时街道两旁的路灯已经开启，表明夜晚已经来临。孟浩远开车很快到"青西老胡羊肉馆"停好车拿着背包在身，熟门熟路进店，自己点上羊肉和羊杂汤面吃了起来，羊肉馆依然人多热闹，冒着香味和人声，在羊汤馆美美地吃饱后，孟浩远精神提起来了又略休息片刻，走出餐馆来到停车场汽车旁，站着看看周围这家店面，这就是西宁的热闹夜生活，人们在这里生活是多么的惬意。孟浩远上车打开车灯和车载收音机边听着广播边愉悦地开车出餐馆停车场进入主路上行驶，准备前往目的地。

　　西宁主城区内这时间正好是下班后晚餐时间，路上的车辆一直不间断，社会的发展很快，原本落后的西宁市城市也改变发展许多，每个城市环境和生活都得到发展和提升，生活水平越来越好。买车的人也越来越多，路上餐馆外面的停车场到处都是各种各样的汽车。公路上的汽车在早晚上下班时非常的多，街上人流不息商店内灯火通明，路两边的装饰路灯都很有特色，把路照射得异常的光亮，显得格外热闹。商店的招牌各具特点争奇斗彩，显示着城市的活力。随着汽车开出城后路上的车辆渐渐地变少了许多，这和一线大城市上海不同，上海城市内外在早晚和进出城区已经没有区别，永远是汽车高流量状态，不得不用限号限行等管理措施来限制车流过多造成的拥挤。西宁这里地方太大，还是明显存在城乡差距的，城市建设还远没有覆盖全部。所以在城区内是非常热闹的，与大城市没有区别，但是出城后到了郊区外显得还是比较冷清，路两旁见到的都是大量的整片草场。出城的路上多数是货运汽车和少部分小型车，都是商业物流在忙碌着运货，往城里方向的公路上赶着进城的各种车流一直不断，大多是旅游大中客车和小型汽车，都是赶着时间点回到城里的。出城和进城正好形成较大的反差。

　　孟浩远开着车也不着急，路上的行程心中有数，时间也已经留足了。出城的路上车流渐少并不担心会堵车，路上一直很畅通，自顾自笃定放心地边听车载广播节目边开车，不时左顾右盼地看看两边的景色，视野开阔有着另一种空旷自由自在放飞的感觉，路面平整车又少，开起来特别舒畅。路上行驶了约有两小时多一些时间后，见到公路前面右侧边是一个看起来占地规模较大的中国石化牌子和标识的加油站后，将车拐进加油站需要稍加休息顺便把油箱加满。加完油将车停在停车区后走到服务区内的商店逛了一圈，买了一些瓶装水和饼干、面包。看看时间还早，孟浩远从店里出来后走进隔壁边上的另一家连锁咖啡店，里面已经坐了不少开车后半路在这里加油休息的顾客，都坐着在交谈，喝着咖啡等热饮。孟浩远点了一杯咖啡随便找了一个空位子边休息边喝着热热的咖啡解解乏，全然没有第一次去时开车着急赶路而全神贯注直奔目的地的既紧张害怕又焦虑想去矛盾的样子，所以在车上不断地思前想后，忐忑不安。现在心里有底了显得很是轻松和期待。不知不觉休息了约半个小时后，喝完热腾腾的咖啡感觉精神爽多了，从咖啡店中出来，外面天色更晚一些了。路上的汽车已经不是很多了，孟浩远走到停车场驾车驶出加油站重新进入省道主路继续前行。孟浩远继续打开收音机听广播节目，心情轻松，一路稳稳的也不着急，只是按计划时间笃定地开着车到见面的地方，时间是完全足够了。等导航播报引导进入胜利路后，汽车沿着这条路进入向着核爆炸废弃基地方向开去。此时胜利路上已经很少看到有车经过，路两旁是黑黑的几无声音显得静悄悄的，路两旁没有任何建筑物与人烟、只是一望无际的草地，这种环境一个人单独前往，越往前开会越让人产生一种莫名的害怕。不过此时的孟浩远不觉得害怕担心，反而认为这样和秦见面会因没有其他人类经过发现他们感到安全，他生怕有车有人经过，惊扰与秦和汉的见面造成意外而放弃。很快导航报告已经到了目的地附近，汽车终于又一次来到了约定的坐标地点附近，这里依然空旷原始神秘，周围一片寂静，只有天空显示这是地球的一部分。

<h2 style="text-align:center">二</h2>

孟浩远将车辆停靠在离门口墙边不远的路边后，走下车来站着察看着周围，上次心里紧张看得不很仔细，现在的心情安定多了，抬头仰望着天空，天空清朗，还可以看到淡淡的一片片白云挂在天空中，有的云在慢慢地移动。偶尔有几只叫不出名的鸟飞过，周围一片宁静，仿佛这里是一个世外桃花源，只有孟浩远一人的世界。其实这里除了人烟稀少，白天看起来是不是错的地方，自然环境由于久未有人居住生活，方圆百里显得比较原始，一种自然粗狂、原始野性、无人触碰的美展现出来。这次来的时间比较充足，孟浩远正好可以在周围仔细地看看，上次看得还不太仔细。于是他沿着被围起来已经生锈的铁丝网慢慢向前行走走了约三百四十米的地方，在离开胜利路左侧朝南的方向，可以看到约二十米处，一处高高大大的用红砖砌成，外墙上面涂着水泥的一面墙，很突兀地矗立在这荒野中，由于年代已久，墙体有些地方水泥脱落，露出里面的一块块整齐的红砖，水泥墙上面有字写着"771 工程基地"，

墙和字已经随着年代风化，有些地方已经剥落。这里曾经是一处神秘之地也是一片禁区。在墙的边上竖着一块后设置的大型广告牌，上面写着"核爆试验地"几个字。在这里让人敬畏震撼想着当年的往事，那时这里一定非常隐秘和热闹。沿着墙门口就是一条两个车道宽的水泥路朝里笔直的进去，约有一公里左右远。孟浩远脑中想着当初这里一定是戒备森严，车来人往非常神秘热闹之地，现在已经变成废弃之地，成为令人害怕的无人区了，这里面还有基础旧建筑，地下一定会有非常隐秘的一些旧设施，不过门口有栏杆拦着也没有人看护，也没有见人随意进出这里。在边上看到一块牌子，是后来有人方便管理写的，上面写着："禁止人员进入"。人们即使经过，看到这里也就不敢贸然进入，只是在这公路边的墙边和门口停留看看，让人无限感慨和遐想。得知这个当年神秘地方底细工程的当地牧民也不会有人敢在这里居住生活和放牧劳作，而且这里确实离最近的县城也有近百公里多的路程。上次匆忙将车停在这堵墙边上后马上心急火燎的就去找寻躲避的草丛，未及细看，现在知道了，不过一个人在这里此时还是有些害怕。看来秦他们选择这里作为和自己见面地点，时间计划考虑是十分有讲究的，各个方面都想得很周到的。那么他们是如何选择到这里的？选在这里见面被其他人为突然而至影响和干扰的可能性是最小的。再往前一路前行已看不到有其他的建筑物了，两边都是一望无际的空旷草地别无他物。孟浩远折返回来等在车旁驻足四处观望，然后眼睛一直面向西南方向盯着那个零零的建筑群，高高的那座水塔、建筑物和里面其他一些辅助房。在黑暗中它们静悄悄的伫立着，感觉死气沉沉的没有一丝生机，让人越看越会产生莫名的惊慌，看起来恐怖和吓人。这时仿佛这里是一处隔世绝地，阴森森的让人透不过气来，让人不敢一直直视，生怕突然冒出任何生命体出来，那样一定会受到惊吓。待在这里时间越长越焦虑，想要赶快逃出这里。孟浩远即使已经知道等会将在这里出现的是什么人，仍感到这种场景不免心里有些害怕。就这样站在汽车旁睁大着眼睛一直一动不动地盯着它看，终于黑夜中从里面的建筑物楼房后面突然走出两个人，远远看去都是带着头罩，看走路的神态和两人的高低搭配基本可以判断是秦和汉两人，他们顺着孟浩远汽车停车的方向不急不慢地走了过来。上次是顺着孟浩远在门口路右侧草丛中，所以是沿着门口内的路一直走出来的，这次看到孟浩远站的地方他们从开阔的草场径直走过来。孟浩远明白自己无论所在那里，他们事先其实都已经知道他的具体位置，根本就不用躲。只见两人边走边左右小心地观察一下，两个人影一点一点由小变大，在空旷的草地上慢慢走过来，经过了十多分钟步行路程最后走到了围栏处，从边上一处破损的洞口跨出来，然后走到孟浩远这里，看看四下无人秦取下了他的头罩拿在手里，汉依然警惕地查看周围显得不太放心。孟浩远见秦已到来，开心地笑着赶紧主动上前招呼道："秦、汉，你们好！"伸出手与他们两人握手。秦见到早已经等在这里的孟浩远说道："孟浩远，你好！早就到了？"孟浩远老老实实说道："是的，提早到了。可以看看周围情况是否安全，放心，这里没有车和人在这时候出现。"秦点点头。相互招呼完，孟浩远引着他们走到停着的车后面，打开汽车后备箱取出两个沉甸甸的大号行李箱，放在地上说道："秦、汉，这里是你们需要的地球人类书籍，包含各种介绍和各种植物种子，种子的种植方法有些里面有介绍说明的，有些没有，不过我已经打印整理好种植方法，资料都在里面，所有东西都有清单。"秦看了两个箱子笑着说道："好，好的。谢谢你！这些都是我们想了解你们地球的最基本有用的信息。孟浩远你戴上我的头盔吧，上车去坐着，这样你就可以和我们交流了，我给你带来一些你一定有用的资料。"孟浩远心里一阵高兴："噢，是吗？这太好了。你们的一切我都想了解，就如同你们对我们一样。"两人说着说着秦把他自己的那个精致好看又特别科幻的头盔递给孟浩远。孟浩远一听可以和他们交流，喜出望外，没有思索拿起秦的头盔然后麻利地坐到车后排位子上然后戴在头上，一会儿就感觉身子有些昏昏沉沉进入一种意境，身体放松睡着了，后面不知道发生什么了。等他醒来后，发现自己一个人仍坐在车后排座位上，也不知道经过了多久，这让他心中疑惑和害怕。他打开车门想走下车，可是感觉腿有点软绵无力。看到车外站着的秦和汉正在交流着，自己第一次听到的阿勃特星特有的另一种语言。戴在头上那顶头盔也不知道怎么把它取下来，感觉很奇怪，自己的耳朵里似乎能听到他们在用一种从未听过的语言交谈，可能是他们自己的语言，孟浩远努力地听着，好像可以听懂一些，两人在赞赏孟浩远这次的准备，希望孟浩远为两个星球发挥使者作用，要为孟浩远提供帮助等等。孟浩远暗暗称奇，它们的头盔竟也使我瞬间依稀的可以听懂一些他们的语言了？这太令人不可思议了。明明自己从没有接触过他们的语言，现在只是刚刚听到就会懂，太神奇了。两人见孟浩远在推开车门急着想下车来，赶紧走了过来。汉走上前辅助孟浩远用手轻松的帮着他取下头盔交到秦手上，这是秦专用的头盔。孟浩远一脸糊涂摇摇头想让自己清醒一下，不过自己意识是清楚的，就是腿稍稍有些无力。汉说道："孟浩远，暂时先别下来，在车上再坐一会休息一下。"取下头盔的孟浩远被车门外面一阵自然清新的风吹过，头脑清醒了很多，抬头睁眼开口说道："我刚才怎么就突然睡过去了？这可是从来没有过的。"秦说道："是啊，你已经睡了大约有十五分钟了，可能你比较疲劳了，没有关系。你给我们带来的这些书和种子，都很好的，是我们需要的，我们会学习研究它的。"

孟浩远感到秦现在的中文语言交流明显比第一次说得更加流畅了，已经和正常的普通中国人发声说话很接近了。秦继续说道："孟浩远，我们为了方便联系，让你掌握更多能力，已经为你准备了一些东西，在你身上添了点很特殊的智慧脑，这样你会变得更健康更聪明。"孟浩远一听有些吃惊和气愤，他首先想到的是秦为了控制住自己而给自己植入所谓的智慧脑，而且未与自己商量同意，太过粗暴了所以生气。他还不知道秦说的身体中植入智慧脑是一种什么东西？它在自己身体里存在意味着什么？这样说来秦他们是乘我睡觉时偷偷地在我身体里做过什么，自己竟然毫无发现。孟浩远严肃地说道："秦，你刚才说什么？你怎么可以这样？为什么不经我的同意偷偷在我身上植入什么智慧脑东西？尊重，尊重知道吗？这也是文明的体现。你应该事先告诉我，经过我的同意。"看孟浩远突然如此严肃有些生气，秦和汉没有想到。秦说道："孟浩远你放心，这不是你想的那样，我只是想帮助你记忆储存以及对你的智商思维进行提升帮助，对人本身是没有任何伤害的。在我们的身体内也有啊，只会提高你身体的各种能力，人类身体能力和智商到了一定程度是不可能再提升的。再聪明的人也有局限性，我们就是希望你具有聪明的知识和反应敏捷身体，成为更加健壮全面的使者。好吧，这样给你介绍一下，在我们阿勃特看来这只是很普通的事，这是一种我们阿勃特星球最先进特殊的自主识别智慧超级微光之芯脑。它会根据你的头脑思维，控制启动发挥、记忆、思考、分析、决策功能作为人体头脑思考的超级副脑，等于增加了一个高级仿生智慧高容量的聪明大脑，会使人类生物体的智商能力超出想象地提升，你几乎是马上多了数亿倍脑细胞于你的头脑，可以极大提高你的智商和能力。我们已经破解了人脑思考分析思想的原理，所以这种智慧超级微光之芯脑可以在你的思维控制下做得更多，你不是说也想快速掌握一种语言吗？它就可以帮你做到，也是为了使我们之间联系更方便。你放心吧，因为认可你才会申请赋予你的，你要知道目前你是地球上唯一一个最聪明的人。"听秦解释着，孟浩远默不作声心中翻腾起来，原来如此。这对自己意味着什么？世界上最聪明的人。秦真的是为自己好。在秦看来，他实在不太明白为什么在他看来是一件很平常的好事孟浩远会生气，其实如果孟浩远不需要它完全随时可以轻易地把它取走。看见孟浩远真的生气，只好认真地介绍一下它的原因和作用，算是解释。秦这么一说，孟浩远听了有些不好意思，原来这样，他们身上也有这些智慧超级微光之芯脑，更方便相互间联系，也可以随时很方便取出，原来并不是为了监控自己。按照秦说的这种智慧脑是一种阿勃特最新极其复杂构架的类人脑科技，超级微晶芯具有超级大脑的思维记忆等所有强大功能与人可以密切契合，那将是对自己实在大有好处。唉，自己心急不问青红皂白埋怨了秦一番，现在知道错怪他了，不过秦确实还是应该提前告诉我一下。秦看孟浩远脸色渐渐变得缓和显得不好意思，知道孟浩远误解了自己的一番好意，也并不太在意。他解释完后又拿出一个盒子打开，里面是一副眼镜，递给孟浩远。孟浩远看到这种眼镜好像和秦、汉他们两人脸上一直戴的眼镜，伸手去接，但是不知道何意？等孟浩远接过后静静得看着眼镜，然后露出不解的样子看着秦等他说，秦知道孟浩远此时的想法说道："孟浩远，这是一种外戴的特殊智慧设备，戴着它可以帮助你快速记录你眼睛所见的任何信息，传递记录在智慧超级微晶芯上储存思考分析，和你体内的智慧超级微晶芯其实是一样的道理，一个在体内，一个在体外。在体内的是最先进强大，在体外的等级要比体内的低一些，但是同样很强大。它们之间依靠体内的智慧微光之芯脑来指挥可以相互自动连接，受你大脑的意识支配，大脑是你的主脑中枢，超级智慧微光子芯脑是你的第二大脑与大脑主动匹配后受你大脑指挥，自主运行。你不用害怕。你现在可以更方便看到更远处在人体眼睛视力以外的东西，可以说你现在已经是地球上的最聪明最有能力的人了。你比任何人都要聪明，具有超强才能，知道吗？"秦说着这些，他是希望孟浩远明白他们对他孟浩远是寄予很高信任和期望的，已经认准孟浩远可以作为地球和阿勃特星的使者了。孟浩远暂时还不太理解，难道这样我就会成为地球上最聪明的人了？他左看看右看看，头脑中快速反应起来，随着自己头脑思维运转突然有无数的思想伴随着他，似乎自己拥有强大的超级大脑一般，感觉和原来确实明显得是不一样了。听秦的解释说这种植入的，超级智慧微光子芯脑是自己对身体没有任何伤害，只有超强的作用和更多的好处，而且他们自己身体内也植入了这种超级智慧微光子芯脑，可以自动联系人体大脑和外界的智慧设备。看来秦真的是出于对自己的喜欢和信任，为自己好。自己得了好处还没有表达谢意就怒对他们，感到有些难为情，他尴尬地笑着说道："噢，原来是这样，有这么多好处啊，真要谢谢你了。不过未经同意确实一下子吓到我了。"秦也不在意说道："孟浩远，我们是该提前告诉你的，不过这实在是个很小的事情，而且植入时操作很容易的就没有告诉你，没想到你会介意。好吧，现在知道了你的想法，以后我遇到事情会告诉你的，等你回去以后会慢慢思考使用，你会发觉它的好处，你会接受的。"秦说完非常肯定又意味深长地说让孟浩远回去后使用了会接受的。孟浩远一时还不太明白其中的好处，看着秦。秦又说道："噢，还有在你的车上后备箱有一个箱子是我们送你的，上次你说过的需要的东西，里面有你说的那种叫钻石的，还有我们阿勃特星球的科技、数学、化学、物理、论文等基础文献资料，我已经帮你翻好中文了，应该对你会有启发和帮助的。好了，你现在可以下车走走了，可能这条路上有其他车辆会经过。"孟浩远想秦现在中文普通话的说话已经越来越流畅了，已经完全不像个刚刚接触到中文的人，而且居然会达到用中文翻译他们的语言，心里暗暗吃了一惊，实在不可思议太厉害了。秦为我提供阿勃特科技技术和基础科学这些资料，更是高兴和惊奇，自己急于想知道阿勃特科技，秦想得真是细心、这些资料级别极高正是自己所希望要求得到的，他想好好学习研究，孟浩远对秦的好感一下子提升很多。从坐在汽车的后座位子上走下车，走了几步感觉身体没有什么不适，已经能正常的行走了，刚才一定是自己瞌睡过去醒来时的突发性消殆而感觉软绵不舒服吧？现在又一下子回过神来好奇兴奋地问道："秦，你刚才说什么？你现在已经可以懂我们的语言和我交流了？给我的资料也是翻译成中文的啦？"秦说道："是啊，已经过去将近一个时辰了，我们在帮你检查身体的时候，看了你拿来箱子里提供的各种书，有词典、语法书，还有英文书等。我们开始学习已经在脑中了。现在可以和你更方便地交流了，这要谢谢你啊！让我快速的掌握了你的中文和英文。你看我说的有什么问题吗？就是我说的超级智慧微光子芯脑以你提供的书和资料为基础很快学习就可以掌握了。"孟浩远听到这里吃惊地张大嘴激动地说道："这……这……这是真的？没有，没有问题，太神奇了，太吃惊了简直无法想象，你们也太聪明了。"秦说道："你也一样。你已经是地球上最聪明的人了，未来你也会这样的，以后你慢慢地会知道的。我们帮助你，让你成为一个与众不同的地球人，成为接近我们阿勃特人的智慧才能的使者和智者。不过你需要做的是，拥有了超能力，凡事不可太过张扬，要低调内敛，要刻意收着点，不要轻易把你所有的能力和智慧都展现出来，这样会招人注意，让人害怕，会不安全的。再强调一次我们之间的事暂时还需要保密，只要我们三人知道，这样对我们大家都安全。"孟浩远见秦严肃认真地这样劝告自己，仔细想想秦确实想得细致，很有道理，于是点头说道："噢，是这样啊。好的，你说的对。我也是这么想的。你那还需要我提供什么帮助吗？"秦笑着说道："你们地球文明程度进展已经进步很快了，我们需要更多的全面了解。所以书，各种各样不同的书和各种植物种子，我们都需要继续考察和研究学习。"孟浩远说道："好吧，这两样都可以慢慢收集。以后我也希望得到你的帮助，我们也要学习阿勃特的先进文明和科技啊。"秦笑道："地球与阿勃特是存在差距的。以你们的科技水平至少现在还无法到我们的星球，只能到达很有限的，你们认为已经是很远的宇宙太空附近。离你们地球其实很近的宇宙太空中进行科学考察，再远就没有合适的工具可以远航到达。而我们可以，所以我们远航离开阿勃特可以来到地球，你们还不行，这就是最简单的证明，其他科技同样存在如此大的差距。以后慢慢交流吧。"

孟浩远听完后吃惊不小，既惊讶又害怕。还好看到秦是一个呈面善祥和之人，又是非常严肃严谨的科学家，对他放心和信任。不然地球被他们发现意味着死亡。秦继续道："孟浩远你还需要我们帮助你做些什么吗？上次说的那种钻石还需要吗？买书和种子需要花不少费用吧？"孟浩远有些吃惊呆看着没有说话，正在想着刚才的事情。见秦平静地询问着自己，才醒过来。但有些不解，似乎自己所需的钻石啊先进资料啊对他们来说根本不算什么，只是非常平常的物品。他们对自己也是非常信任，醒悟过来后顺着秦说道："好吧，可以的。我也需要书，各种内容的书，医学、电子、物理、化学、数学等等科技文明和基础理论的书我都需要，不过请帮助翻译好方便我学习。钻石的话如果方便可以继续带一些，这是地球所稀缺的珍贵资源。"秦说道：好，这些都是方便的，我知道了。"两人正交谈着，这时汉拿出孟浩远第一次看到的他在使用的类似一个金属手电的物件。近前一看原来是一件五棱金属短棍。汉告诉孟浩远说道："孟浩远，这是我们常用的一件随身工具，它可以用来照明，可以防身，还有其他多种有趣的功能，秦答应要送你一个，现在我来教你使用技巧。它和你身上的超级智慧微光子芯脑已经匹配成功，因此只能由你一个人专属使用。其他人是没有办法打开它的。"接着汉告诉了孟浩远一些使用基本方法，五棱金属短棍拿在手上沉沉的很有分量。打开后可以成为电筒使用。汉强调告诉孟浩远这是和他脑中的超级智慧微光子芯脑是匹配的，可以受他指挥，具有唯一性，其他人是不能开启使用的，也是因为出于安全考虑。然后又拿出一个看上去像是银白色的金属盒子，打开里面有两块备用的称作是一种高清洁新核能电池，它可以更换，一般一年换一次足够了。孟浩远拿过来在手里，看不出原来以为仅仅是一个小电筒，它的手感很沉说明材料很特别，外面形状是五边形的一根金属短棍，表面看不出有缝隙没有任何的按键，做工非常精致，工艺相当先进，看着就是一个很好的东西。拿在手里很吃重，外面是黑色哑光的不知道什么金属。头部外边有一点红色标记可以通过旋转打开并调节光束的大小和远近。孟浩远握手后五棱金属短棍它会自动开启。另外在中间段一个棱面上有一个红色标记处，用手轻轻触后出现一个小盖片，里面封着的一格红色按键，汉叮嘱他不到万不得已不要打开这个红色按键，不要直接对着人，它是有高能量束子发射出来会伤人的。电筒底座可以轻触后打开，里面是一个长方形电池非常重。工艺和材料非常的考究精致，不是地球上可以制造出来的，孟浩远非常喜欢它，这是一件特殊的好东西。汉把它如何使用拆解安装都演示了一遍，每一个键块使用方法和位置，隐形键位置使用和位置开启都一一告知，孟浩远一下子都全部记住了，他感觉现在头脑记忆力非常好，汉讲一遍自己已经清楚的记住，可以重复演示操作了。孟浩远将五棱金属短棍和电池盒子收好放在自己的背包中。这次见面收获非常大，孟浩远满心欢喜，他十分感谢秦和汉对他的特殊关照。正要和秦说些话时，突然从省道外面有车辆转进进入这条胜利路，不好，有意外进来了车辆，夜深人静车开着远光大灯，很远就可以看到它正在移动，有两辆车一前一后开着远光灯在进来，更加好识别。由于路上车辆很少，两辆车进入胜利路后看到一路无车正速度很快地向着孟浩远停车的地方开来。突然出现的汽车让孟浩远吃了一惊，连忙招呼秦和汉快坐进自己的车内后座。自己也坐在驾驶位置上，启动车辆，打开车灯做好随时离去的准备。等过了约有七八分钟后两辆卡车经过孟浩远停车处的路上突然停了下来，卡车司机是一位年纪在大约在四十岁左右的青年，人瘦瘦的，开着一辆解放重型货车，车厢上装着东西，他坐在驾驶室打开车窗，大声地问孟浩远道："唉，小伙子，怎么一个人在这里？车没有问题吧？胆子不小，需要帮忙吗？"孟浩远忙回道："噢，谢谢大哥，我正在方便一下，马上就赶回去。车没有问题，谢谢啦！你们这么晚还送货啊？"瘦个子卡车司机见孟浩远这么说也放心了说道："好吧，抓紧赶到前面省道，那里有车，这里太暗黑咕隆咚的了你不害怕？你看除了我们两辆车没有车辆进出的，万一汽车抛锚那就惨了。我们赶着送货，还要赶一百多里路，前面有一个大型工地建设。我们最近一直送货的，很少看到这么晚有人独自在这里，好吧，走了。"说完轻按车喇叭一下示意开车走了，后面跟着的车也轻按喇叭在黑夜中招呼着难得一见的过客，两辆车一前一后地往里继续行驶。孟浩远大声回答着："谢谢了大哥。"伸出大姆指作点赞状，然后也鸣响汽车喇叭回敬，以示谢意。

　　孟浩远见卡车渐渐驶离，在这种地方见到开卡车司机主动停车关心询问后，内心有些感动。这些卡车司机真的很热情，出门在外谁会没有点事，自己车在这时这种地方突然出故障那可真要命了，他们出于关心路过时，专门停下车问询是否需要帮助让人顿感暖意。看到那两辆卡车开车离去直到没影，孟浩远开着车调转车头停下准备回去，孟浩远秦、汉三人分别下车，刚才出现的一幕虚惊一场，被突然进去的卡车打扰，恐怕这条路以后一段时间会热火朝天起来。听卡车司机说前面一百多公里有建设工地，会有很长一段时间，后面还会有车会开进来，突然想起秦前面说过准备分手离开，难道他已经事先早就发现有车辆会进入胜利路？不及细想孟浩远就此告别秦和汉，初步约定三个月后再联系。秦、汉因刚才与卡车司机相遇的一幕此时他们的想法有了变化，出于和孟浩远见面时需要绝对安全的考虑，这条胜利路一直往西北前面有一个大型工程基地建设，往来车辆会渐渐多起来，尤其夜间车辆少，运货卡车会多起来。秦、汉已经在思考是否下次见面地点需要调整了，看来不能一直选择这里一个地方继续与孟浩远见面。孟浩远给他们介绍过地球的管理情况，地球有很多国家，都有边界划定，各个国家自己形成政治和管理的模式。秦说道："孟浩远，你已经看到刚才的情况了，可能下次见面要重新考虑地方。如果选好新的地方，你就在当地就近买各种种子和书籍资料来开展研究，关键还是要保证见面安全。"孟浩远想想是这样："是啊，你考虑得对，现在看来这里恐怕不合适，将会有一很长一段时间来往汽车多起来，人也会多起来在前面工地建设，以后见面也不再安全。"两人商定三个月后见面，具体地址坐标由秦联系后发给孟浩远。孟浩远感到现在和秦、汉他们交流方便多了，他们的汉语交流已经掌握得更好，已经完全没有生疏没有任何问题了。

　　孟浩远高高兴兴地戴上汉刚送他的那副特殊眼镜，准备这次陪同他们一起先送他们回去，也可以借助这副独特的眼镜多看看秦他们的一切，趁机会看看他们的落脚地点到底在什么地方？他们到底是用什么交通工具来到这里的？可是秦好像已经看出孟浩远的心思说道："孟浩远，谢谢！暂时不用了，你一路开车过来路途很长，现在还要往回赶，路上还有很长一段路程，你就先回吧。我们来去这里是很方便的，不用担心。我们送你吧，快上车走吧，等会还会有卡车进来。你看前面又有两辆卡车在开进来了。"孟浩远扭头往前看是又有两辆卡车开着远光灯在驶过来。在秦他们的目视下，见此情况，不好在推辞只，好先上车开车离去。孟浩远从车的后视镜偷偷看他们仍然站在路旁注视着自己汽车的方向，渐渐看不到影子了。孟浩远心里一直很想知道他们是怎么过来的？我是怎么会睡着了近半个小时的？等汽车行驶出一段时间后才专注着开车，过了十几分钟左右与迎面进来的来的两辆卡车变换车灯，在回车交替过去时减速按下喇叭表示在这里打招呼。两辆卡车也友好地变近光灯按着喇叭相互礼貌地招呼，确实在这片地区周围一无所有，天黑夜静寒冷的夜晚，能突然还见到有一辆车不容易。猛然间看到对方的车灯此时突现在路上相向行驶着会感到亲切。很快孟浩远开着车就驶入了省道，路两旁的路灯和不时经过的车辆让人一下子感到欣喜，仿佛刚才黑洞洞的胜利路是逃出来的，不会害怕和孤单了。他在前面十字路口绿灯时掉头向着回城方向驶去。汽车依旧根据路程时间和出来时的计划驶入到了阿木县过夜休息。孟浩远怕上次来过住的那家阿孜酒店可能认出来自己，因为上次自己就是深更半夜地入住酒店一定给人留下较深的印象，这次是第二次又还是在深更半夜入住酒店，手上还拖着一个独特的箱子会起疑心。所以他出于安全考虑避免引起可能的疑心，在县城里开着车先在加油站加满油，然后通过搜查导航附近酒店，开车兜巡重新找一家酒店入住。没有多少时间找到一个叫"阳光酒店"的，孟浩远开车进入酒店准备进去入住。

将车随便停在停车场后，孟浩远背着自己的背包又从车上拿着秦他们送的那个和市场上流行的行李箱有着明显不同的，看上去像是金属物质材料的特别箱子，此时在酒店内的灯光下细看起来，这件箱子大小比普通中型行李箱要稍大一号，外观呈灰淡蓝色，做工特别精致，箱子的外面是一种不知道是何种物质的特殊金属材料，手轻轻敲在上面，感觉硬如钢铁，样子一看就和市场上面的行李箱很不一样，箱子的锁扣精致，所有的部件都透出工业制造的特别美感，细节处理上做工精细厚实焕然一体。孟浩远提着箱子感觉箱子重的很，这么沉啊。里面一定放了很多东西，走上台阶把箱子提起进入酒店后放下准备推行，箱子底下原本看起来平整无轮的底部突然抬高，硬生生地长出四个飞轮来，四个金属轮可以无死角轻松任意方向 360 度转向，而且自己没有用力推移，箱子居然会跟着孟浩远的行走自动滑动行走着，让孟浩远又是惊奇又是害怕。他赶忙用手弹出拉杆把手握住上面扶住，他真怕被人见了箱子竟然自己会移动行走而感到惊吓。孟浩远身上背着包，手放在箱子拉杆上让人觉得是孟浩远在推着走，否则一旦有人见了一定会招引注意和感到奇怪。

　　走到酒店前台登记处有服务员在值班，很快办理入住手续，也不多说什么。登记好后拿着房间卡赶紧走到里面的电梯间直接乘上电梯到三层楼，走出电梯转向楼层过道，此时已经没有人进出，人们都已经入睡了。看四周无人孟浩远自行背着包放松手走在前面，行李箱自动跟在他的身后，让他吃惊不小。来到 323 房间，停下刷卡打开房门后开灯进入房间，旋又关上门放下背包扔在床上，就开始急切地按汉提供的密码调试着要打开他送的箱子，好奇地想看看里面到底会有些什么？轻按箱子锁扣弹出后露出一块屏在上面，输入一串密码箱子嗒一声打开，孟浩远看到里面有几个黑色的棉布状的袋子，他怀着激动好奇的心情打开一个布袋子查看里面的东西到底是什么？打开后看到原来里面装的是一块块闪着亮光的石头，心里激动起来但有怀疑，难道这就是秦说的钻石？可是……可是……钻石怎么会有这么大？可能是一块玉石吧。莫非秦弄错了，这不是自己告诉他描述的钻石，而可能是其他另一种看起来类似钻石的石头？继续打开其余的所有布袋子，轻点后共发现大块的有七块，是一个袋子装着一块。拿起一块大的在手里掂掂足有 5 公斤左右重量，手中顿时沉甸甸的。还有六个布袋子打开看到的是稍小一点这种钻石块，每个袋子装有五块，六个袋子足有三十来块，大小形状每一块都不一一样，有些差距，但基本上每一块都约在 60 至 100 克左右，有的如鹅蛋大小，有的和鸭蛋大小，再小一点如鸡蛋大小。初看像是钻石，在灯光的照射下还是熠熠发光。孟浩远自己一下子也吃不准，首先这些钻石太大太重了与通常的钻石以克拉计算的都是小小的，实在不像。他第一个想到的还是秦一定是理解错了，这些不一定会是真正的钻石。不过秦带来的这种钻石，确实震惊到了他了，都是巨大无比光彩生辉，又像是钻石。秦会不会搞错？这不是钻石？自己还真不懂钻石，但是有一些了解，从没有看到过有这么硕大的钻石。孟浩远不由的面露惊喜，自言自语起来："我的天哪，这……这……这难道真是钻石吗？钻石怎么会这么大？而且这些都是超级大块。难道秦他理解错了？但是好像又不可能啊，他们是多聪明智慧，记忆力超强啊。自己明明把钻石的主要信息说得很清楚的，都是自己看了专门给介绍钻石的基本信息后了解，从钻石成分、结构到颜色到等级划分等等。明明说得很清楚啊。从道理上是应该不会出错的。从它的样子特点也像是钻石，就是这些每一块都太大了让他又实在不敢相信。如果这些要真的是钻石，那……那……简直太不可思议了，价值无法估量。"孟浩远顿时按捺不住内心的激动和兴奋，一个人在房间里开心得不知道怎么来表达此时的心情了。现在他知道箱子为什么这么重了。箱子内上面的盖子里面设计有几层插袋，当中放着一叠叠已翻译成中文的资料，底部也是铺了一层厚厚纸质资料。秦真的是很用心，收集了孟浩远渴望获得的他们阿勃特星球的珍贵的基础科学资料，而且想得很细心周到，这些资料都是已经帮助翻译成中文了，否则孟浩远无法阅读学习，这时他看到这些重要无比的资料更是一下子激动兴奋起来，连忙拿出来一叠，然后一点一点慢慢翻看起来，越看约被吸引。这些可全都是孟浩远梦寐以求的阿勃特关于数学和化学、物理等方面的基础科学研究论文、文献资料。其中在数学方面有一篇就是孟浩远从中学开始一直研究的数学难题"西塔姆猜想"解方阵的论文研究报告，只不过阿勃特他们的名称叫法不一样，但是数学原理和求证的内容表达的形式相同的，孟浩远更是一下子被深深吸引进去，马上上手认真地翻阅学习起来，就如一个中了魔一般完全沉浸在这篇专业的研究论文里。很奇怪他现在一看求证解题过程不住点头感叹解题的新方法和独特的一种思路。原来这道百年难题是这样解，这可是孟浩远长期以来一直在研究的难题，一直无法突破，得不到一种解题的方法和证明，现在突然一下子让孟浩远豁然开朗，举手之间迎刃而解，太好的解题方法。孟浩远感到现在自己确实悟心很高，脑子也似乎开窍一般，学习理解起来不太费事，脑中的智慧思绪提升飞快，飞跃般的跨越提高，犹如泉涌喷涌而出。自己能够感觉自己一下子很厉害了。心脏在咚咚地加速急跳起来，兴奋激动无以想象，明显感到了自己身体浑身血脉偾张，内心激动万分难以平复。所有的这些书籍论文知识，全都是孟浩远孜孜以求的，地球人类也不断地在研究探索求知的非同一般的知识，现在完全呈现在自己面前，而且自己毫不费力马上看懂理解。内心按捺不住激动，一篇接一篇用心用脑认真看完，再继续看，如饥似渴地如痴如醉地认真学习起来，他已经旁若无人进入一种无他的境界，完全忘了现在是什么时间也感觉不到疲劳。秦带来的科技资料和研究报告资料一页一页慢慢翻看学习，凝神贯注认真地学习思考消化着，越是学习自己的手越控制不住地颤抖起来，心更是一直在剧烈地狂跳无法平复，两眼目不转睛生怕错过这些最宝贵的知识。这么多极其难懂的高深难题被印刻进入自己的脑海中。孟浩远从来没有如此体会自己会像现在这样的心中汹涌澎湃，油然升起一股强烈的自豪，自己真是世上最富有的人了，是那种知识无价无与伦比特有的富有。而且此时随着他看的越多，学习领悟越丰富渐入佳境，十分明显自己的智慧悟性和境界一下子拔高几个层次。感到自己大脑思维反应更加细致入深更加地敏捷多维度深邃复杂，脑子一下子如同有一道聪慧的灵光在引导脑海，犹如流水的沟渠在山涧被涌动的山泉引开，呈急流而冲之下源源不断。自己记忆和思维飞跃式地提升了。他突然记起秦对自己说过的一句话："我们为你放入了一种超级智慧微芯脑，它会辅助你的头脑如同你的第二大脑一样思考、记忆，还可以辅助你的大脑对身体机能控制，提高人体能力和反应。你已经是地球上最聪明的人。"啊，难道真的这样，太吃惊了，自己还没有准备好，从没有想过会这样。看来现在它已经在自己的大脑领导思考下发挥强大作用了，此时他十分惊讶，正慢慢体会到阿勃特星绝世先进无与伦比的新科技产生的魔力。他越是想越是看，越是思考越是感觉心在情不自禁地扑扑乱跳，心一直处于急切当中难以平静下来，好像马上都要从胸中蹦跳出了，有点吃不消了。他合上这些资料文献研究报告，轻舒一口气让自己平静下来，然后闭上眼睛对自己说安静安静……心里真真切切的在感谢秦和汉。现在看来自己原来由于担心害怕，误会了秦的一番好意，不知道秦植入自己身体内的超级智慧微芯脑对人本身竟然有如此巨大的好处和奥秘，还曾一度对秦生气，埋怨他不和自己商量就植入自己体内，还担心被永远被监控受他们摆布。现在知道了，对自己在不知道的情况而生气怒对秦和汉的言行和态度，突然感到真有点不好意思，得了如此莫大的好处没有领情。已经是凌晨了，一个人在酒店的房间中如此安静周围也没有一丝的嘈杂声音，孟浩远已经处于激动兴奋中睡意全无，挂在颈部身上的秦专门送给自己的褐黑色石头不断地在散发出一阵阵的香味，对孟浩远有提神和增强活力的作用。

　　他伏在书桌上打开台灯，刚才已经花了很长时间在十分用心地看这些对他来说真的极其珍贵的先进科技研究论文和基础理论资料，仿佛一个人身在知识的海洋中尽情地遨游，一切都是那么奇特充满无穷奥妙。此时孟浩远感到自己的思路如泉水般不断地涌出，满脑子的新思想新科学方法和基础新理论证明和解题方法，太奇怪了。原来的哪些研究的难题此时对于孟浩远看来都已经不算是难题。然而这些确确实实是目前地球上最前沿的科学理论，长久年来人们一直孜孜不倦的在研究而未获解的。现在自己竟然都会在脑海里面闪现出来清晰的思路和解题方法，随便一个难题都足以改变现在世界的科学研究。一个人兴奋激动难以保持平静心潮起伏雄心勃勃，想着所有发生的一切过程，他突然记起秦说过的话："孟浩远对于你说掌握的我们这些新理论新知识和科学研究要会保持沉默，适当时间释放一点，不要全部都公开，守着点千万不要过于张扬。"是啊，这主要是考虑自己拥有这些无价的高深科学研究和理论又都是极高水平前沿和能力的知识点，没有人会相信是一个常人具有的，一定会引起其他人的警觉和强烈关注，随之而来的会产生一些不必要的麻烦事。孟浩远兴致勃勃地看着浮想联翩，看看手机时间已经太晚了。到了第二天了，他脑中思绪万千还是理智地强迫自己可以休息了，明天还要继续开车赶路回去。孟浩远拿起杯子大口深吸喝了一口水，整理收集这些极其珍贵的科技资料、理论研究重新放入箱中轻轻合上，这些才是我真正的宝贝啊。然后直接上床休息，可是在床上却一下子难以入睡，脑海中想着奇妙的过程，这些资料的珍贵，翻来覆去的最后又重新起床，继续拿出资料认真地学习起来。

三

　　第二天早上，酒店内房间的走廊里已经开始不断地有住店的客人早起后出房间的关门声、讲话声、走动声音传来，房间窗外面的街道上不时传来汽车驶过的声音，酒店内的停车场也不时传出汽车发动后的声音和汽车驶出酒店的引擎声，一切的声音打破了夜晚的安静，说明新的一天又开启了。孟浩远被声音吵得有些疲惫，看看时间已经是第二天早上 6 点多了，外面的声音已经在表明新的忙碌的一天开始了。已经连续兴奋地聚精会神看了一个通宵阿勃特星球科技、基础数学、物理、化学等研究论文文献资料的孟浩远投入地畅游在无限神秘深奥的知识的海洋里，满是好奇、惊喜和收获，大脑中已经收集记忆起来并消化理解分析思考，感到自身的学术水平专业能力一下子不知道提升了多少，心中充满着自信。听到外面的声音这时孟浩远才感到肚子有些饥饿，眼睛有些疲劳，摘下那副秦送给自己的阿勃特眼镜轻轻放在书桌上，又放下手中的研究论文和资料，走到床前拉起被子倒下身体就这样很快就睡着了。

　　直到到中午 11 点左右孟浩远才被服务员打扫房间的敲门声和开门声吵醒，孟浩远感觉肚子也饿了，起床开门对着准备进来打扫卫生的中年女服务员说："你好！服务员。我这里今天不用打扫了，我还要住上一天了，谢谢！"服务员以为房间内没有人敲过门后又没有听到房间内有人应答，才用钥匙卡打开房间门进来准备打扫的，见房间内有客人马上停住笑着说道："好的，先生。我敲过门以为房间内没有人。"说完拿着手中的打扫工具退出门到隔壁房间去打扫了。

　　孟浩远已经被吵醒了，索性准备起来，走进卫生间先去洗澡。昨天进房间太晚，又被资料、研究文献、科技论文等深深吸引，光顾着认真看阅学习了，没顾上洗澡。洗完澡后整个人精神振作起来，一个人坐在椅子上又仔细查看起秦带来的箱子，然后又打开了箱子看着这些极其珍贵的东西，看着这些世界上罕见的巨型钻石。他到现在仍然不太敢相信自己眼前的这些美丽的玻璃样的东西是石头还是钻石。孟浩远把珍贵的资料整齐的理好放在箱子的夹层中，这些资料比生命都要贵重的太多，它是可以开启阿勃特科技发展的重要证明，也是以后帮助地球科技文明取得进步的钥匙啊。

不过孟浩远开始计划，箱子所有的东西包括箱子都来自阿勃特，他心里清楚十分珍贵，特别招人引起注意的是那些钻石原石，不免有些担心，这些是否可以顺利带着上飞机？会不会在机场过安检时发现不符合规定？不免脑中想着是否要开车出去上文具店买些颜料和笔回来涂在钻石原石表面，稍作掩盖一下，但旋即自己又马上否决了，这样遮盖做岂不是此地无银三百两，反而弄巧成拙更加会引起注意乃至怀疑的，所以马上打消了这个念头。最后也不管它了，自己本来就把它当作是普普通通好看的石头心态，干脆直接大大方方地去办理托运，如有疑问就解释自己喜欢收藏一些石头，这些都是自己在地摊上随便买的普通石头而已，因为到目前连自己都还不太确信这些巨大的好看石块就是真正的钻石，他们难道会相信这就些是钻石？也没有听说普通石头不可以托运上飞机吧。再说还需要对这些石头作专业鉴定，现在都还不好说，一般人都会认为这些只是普通漂亮的石头而已。思来想去的心里反而坦荡平静下来。

此时酒店内的早餐已经停止服务了，孟浩远走出酒店来到外面附近街道边上，沿着人行道又走了约一百来米左右看到一排商业门店，有一家小餐店招牌就走进去吃早点，要了一份面条和两个肉包子坐在店中吃了起来，也许肚子饿了，感觉吃起来特别美味，很快全部吃完。吃完早点后走出小店，细看周围无心闲逛，自己完全没有心思细看城市街道的风貌，又马上走回到宾馆自己的房间，一个人关上门，烧好一壶热水泡好茶又开始戴上秦送的眼镜从箱子中拿出那些资料认真地翻看起来，这副特别的眼镜可以帮助他快速把看到的资料全部扫描进入大脑，记录储存在超级智慧微芯脑中，孟浩远已经感受到头脑中拥有这些数据信息，思维时正帮助他飞速的检索，速度极快放映没有丝毫停顿，自己拥有海量的头脑记忆储存量。

　　孟浩远就这样一个人关在房间潜心研究，聚精会神地继续学习着，一本一本秦带来的研究论文、基础理论、知识科技论文等资料看了几遍后已全部印入自己脑海，而且自己已经完全领悟理解并可以轻易论证解答所有有关的这些问题和涉及的其他知识点，他惊叹这副眼镜可以帮助快速扫描记忆的同时，更惊讶它会传递到身体中的超级智慧微芯脑的强大作用，被它记录存储思维分析，然后只要通过自己的头脑思维就会连接它指挥它开启思考帮助分析。所以明明自己的爱好和专业能力主要偏向是计算机和数学方面，这部分自己认为平时还是研究得比较深还是可以的。不过现在头脑中对这部分的知识点一下子拔升提高了无数代，同时感受到自己对其他基础学科如化学、物理前沿材料研究专业等也都已经十分熟悉，专业能力瞬间提高至专业级研究水平。这些知识全部过目记载录入自己脑海中无一遗漏，而且现在通过自己的思维后，它会自动思考前因后果，一个规律引用，方法推理，逻辑分析，自己的头脑简直就是一个超强级的电脑服务器，强大到令自己无比吃惊。这些学到的知识可以全部记在脑中帮助自己提升各方面的专业能力。这种学习能力让自己大吃一惊感觉太不真实，太不可思议了。自己学术上的能力一下子融通和达到一种从未有过的境界，自己已经是一个知识面很全很专的全能型的一流顶尖研究人员，还具有过目不忘，完全记录进入脑中又会加速提升分析思维，自动拓展延伸到相关联的专业领域等级。哈哈，简直太令人开心了，这种能力太好了太爽了，仿佛自己已经是站在山巅之上另有一种突然间提升的强大能力，可谓一览众山小的豪迈之气。

　　孟浩远总算研究学习告一段落，他走到窗前打开窗帘推开窗，一阵冷风迎面拂过，清爽的空气流经房间，他看着外面城市的景象已开始一片忙碌，骑自行车助动车的，在路上行走的，行驶在路上的汽车，街面的商店也已经开始忙碌的营业，早点的各种香气飘在空中，餐馆门口现做早点的煎饼摊大饼油条灶台、蒸馒头的蒸锅散发出的各种烟气把周围的人寻香味而去，一直在空中四处随风飘动。人声汽车声各种嘈杂声响起，让他回到现实生活中，突然在心中升起一个责任。他不由得抬头望向天空心里念叨着，秦就在无际的太空宇宙某处，他要感谢秦和汉，让他突然间收获了太多自己梦想需要的前沿研究科学理论知识。同时感慨着这些已经超越自己理解的对地球来说最为先进前沿的知识科技研究，表明阿勃特星球的科技发展已经到了无法想象的境地，它的存在和文明程度到了地球人类无法思考的极高境界，差距存在无数代次。秦带来的这些基础科技研究资料一定还不是阿勃特最为前沿最先进的，只是普通的科技研究资料，这些对于地球来说都是极其先进最前沿的，是地球急需的。这些可以帮助地球跨越式突飞猛进的提升不知道多少代了，它对地球的发展和文明进步太有帮助了。孟浩远无法用自己的头脑来判断阿勃特处于什么一种发展阶段和先进程度，只希望秦可以帮助地球，两个星球不要发生对立，否则地球将陷入无穷的深渊中万劫不复，地球连同地球人类、文明一切都将会被彻底征服和毁灭，孟浩远陷入了他的沉思中。当他低头看到街道上行人匆匆往来，车流不断在朝不同的目的地行驶，人们都在为了生活而在忙碌着，根本无暇顾及也无法想到茫茫宇宙中深处有一个阿勃特星人类存在高度文明。人们一如既往的晨起而出，日落而归在忙碌的工作和生活，这番景象把孟浩远拉回到这座小城的现实生活中。

孟浩远在酒店多住了一天，第二天早上七点起床后在酒店一楼自助餐厅内吃好早餐，回到房间整理起背包和箱子，将那些珍贵无比的资料小心理好放在箱子中。他将随身换下的衣服、毛巾用来包好钻石布袋，衣服也全部塞满钻石袋子之间以作保护，又在箱子中放一些在酒店内讨要的旧报纸充分包裹后盖上箱子关闭密码锁。箱子密码锁也是和孟浩远的头脑中植入的超级智慧微光子芯脑联通的，受它的指挥。所以只有孟浩远自己可以手动密码或自动指挥解锁打开，其他任何人无法打开它。它扶着箱子背着双肩背包走出房间后到电梯区乘电梯后到了一楼大厅接待处结账，完成后走出酒店大门，来到停车场上车后驾车向西宁方向驶去。路上他高兴地听着车载广播，看着路两边的景色，心情特别的舒坦，一身的轻松，底气十足，自信心一下子上升，开着车不觉得疲劳一直将车开到西宁城。进城后又花了半个小时后车终于到了长城飞跃汽车租赁服务公司，顺利还车。办完手续走出公司门口，到路上直接打出租车去机场。进入机场直接来到航空公司办理柜台将行李箱子办理托运，没有发现什么问题一切顺利，也许自己揣测是对的，他们也没有将箱子中的所谓的这些巨大的钻石会当真的无价之宝。自己背着随身双肩包，经过安检区检查后进入机场候机楼，一下子轻松多了。在登机口找到边上的空椅子上坐等待上飞机，今天一切都顺利。很快机场广播开始播报可以登机了，排着队等着上飞机，坐上位置后开始闭眼休息无关其他。直到飞机上广播声音响起："飞机马上要降落到达贵阳机场，请系上安全带，收起小桌板和座椅"的声音，提示着旅客系上安全带等信息，通道上一位空姐在认真地检查着旅客所提示的信息是否完成，这时孟浩远才醒来看着悬窗外面飞机下降的过程。走到机场行李托运提取处在行李转盘处盯着自己那只特别的箱子顺利取回后走出机场，打一辆出租车乘车回到自己小区的住处。直到此时他心里的石头总算落地，这一次见面收获巨大犹如梦幻一般的经过，现在总算是顺利回到家里，实实在在地回到平常的现实生活中，自己的人生和将来会因这次和秦、汉的见面将发生非常大的变化。

第三章　遇见

一

　　回到自己在贵阳怡和园小区的家后一切又恢复如常。孟浩远的心已经非常强大，把发生的好运奇遇已经悄悄放在心里。第二天上午就和往常一样，早上在乘车集合点搭乘单位的大巴到单位正常去上班，车到单位后，自己到食堂去买好了早点拿在手上，然后一个人悠然地走进了办公室，来到自己办公桌旁，放下点心准备去倒杯热水。办公室内李建设就候着只等孟浩远进来，他对于孟浩远正生气着想要好好问一下他。此时看到孟浩远心无旁骛地走进办公室，早已从他座位上站了起来，径直向孟浩远走了过来，板着脸对着孟浩远说道："小孟啊，你说好的不是请二天假么？怎么变成三天了，事先也没有给我汇报一下，小青年要遵守单位制度规定，不能随随便便的，想上班就来不想上班就不来。"孟浩远一看到李建设走过来而且严肃的板着脸就知道他必定会说叨一下，自己刚高兴地走进来倒好热水后坐着想吃早点，心情一下被他这么一来搞坏了。不由得皱着眉头，他就烦这人这种小心眼的德行，太斤斤计较，不顾正常的人际关系交往应有的礼数，特别是对本部门内的年轻小青年不关心也就罢了，似乎有一种成见，很是看不惯。自己一大早来单位上班人还刚走进办公室早点都没有吃，就这样不合时宜地上来对自己说教数落一番，一天的好心情顿时都搞没有了，心里不免恼火起来。于是头也不抬不正眼看一下说道："噢，你是在说我吗？好，告诉你，本人因病去医院治疗看病，实在身不由己，难道这也算是耽搁了？不行吗？每个人都可能会生病，我也没有办法控制自己不生病。李科长你不会真没有生过病？好吧，我再补调休一天公休吧，这样还有问题吗？"说完也不理他，自顾在自己的办公桌前拉开椅子坐下，开始倒了一杯水，干脆吃起食堂买的馒头来，顿时香气四溢，有人在偷偷地笑起来，但是不敢笑出声音来。孟浩远不再理睬他，把他晾在一边。气得李建设有点急了说道："你……你看你什么态度啊？好了。不跟你计较，下次自己要注意。"自己给自己找台阶下，然后没趣的快快抽身，只好走回到自己办公位子愤愤不平地坐下。孟浩远办公桌对桌的同事张新宇看到这一幕低着头在偷笑着，其他几个同事也听得真真切切，都在埋怨这个李建设太过计较自找没趣，为孟浩远的大胆和口才不由得佩服，表面上大家当作没有发生过这件事一样，自顾做自己的事，有的走出办公室出去泡开水，有的拿出买的包子或者点心也开始吃起来，有的装着忙，开始打开电脑准备工作。还有两人错开刚才的话题在讲话，但是他们存心说话时发出响声，说着工作无关的其他零星琐事。只有李建设一人也没有人劝他与他搭话，一个人在生着闷气，感觉十分尴尬。

经过刚才一番争论，孟浩远并没有像李建设一般一直心里愤愤不平，懒得继续生气，他还有事情要忙，坐在办公桌椅子上自顾打开桌上的电脑，他要将"西塔姆猜想"的研究论文按着国际刊物发表论文的格式认真地梳理后重新写一遍。现在的他记忆超强，自己本来极聪明的头脑加之拥有来自阿勃特超级智慧微光子芯脑的强大辅助能力，自动听从他大脑思维所想，好比一个非常聪明的人还拥有数个超级智慧大脑一般，所以脑中的思路源源不断，他一边流畅地写着一边仔细反复推敲修改文字，自信满满了然于胸，升起一股自信和豪气。很快一个上午没有停息一直连着忙，终于完稿了。他反复认真地查看几遍后又很快认真地翻译成英文稿，在电脑上用搜索引擎搜出国际数学顶尖的一流专业期刊，找到一家位于英国伦敦的国际"数学研究"期刊，上面有联系邮箱，联系地址等通讯方式，再次又仔细核对了一遍，确保没有任何问题。此时轻舒一口气拿起桌上的茶杯咕咚咕咚一口气喝了一大半杯下去，此时完成一片重要论文，这可是他多年来一直研究求证的，没有想到现在突然间受益脑子开窍、思路清晰很快就畅通无阻的证明完成，内心不由得心潮澎湃高兴不已。这篇论文的分量和重要性孟浩远心里十分清楚，而且这是孟浩远的第一篇准备在国际一流期专业刊发表的高级别的正式论文，研究内容又是十分了得重要。他自然十分用心认真，尽管已拥有超级智慧大脑，但是他在家里仍旧十分认真地研究生怕出错，已经反复推敲修改了数遍，感觉自己十分满意整个证明过程。全部完成后自己也十分吃惊，这个百年世界著名的难题"西塔姆猜想"证明，他只是看到秦提供的基础理论数学方面的研究报告资料后，自己学习领悟其中的数学定律有关联的证明、路径和方法引用后再来解这道难题，突然间峰回路转层层深入迎刃而解。它并不是和阿勃特星完全一样的一道现成的数学难题。不过提供的关键定律引用才有机会抽丝剥茧一般一点一点证明，好像一个人突然间被打通全身经络一般，经气一下子活跃通畅起来。现在这道百年难题就这样被自己攻克破解了？孟浩远自己有些不相信，仿佛此时周围没有其他人一样一个人沉浸在喜悦激动中，情不自禁地喊出声来："耶"的一声把科室本来死气沉沉平静无声的氛围一下子全打破了。人们误以为孟浩远是存心冲着李建设喊出声来的，吃惊的抬头看着孟浩远，直到对桌的张新宇在叫他才回过神来，答应着。随后与小张交谈了几句，长吁了一口气，才意识到自己刚才下意识的一声大喊吓了大家一跳。看着眼前的这篇即将出世的重要论文就像自己亲手精雕细刻的一件作品落地一般，孟浩远忙嬉笑着告诉张新宇："没事没事，看到一篇好文。"他将论文稿件发到期刊邮箱，留好自己的姓名和通信联系方式，同时又将论文打印成稿，书面放入信封封好，亲手在信封上写好了联系地址和"数学研究期刊"名称，放在自己包里，他不想交给办公室统一邮寄，准备自己下班后回城里后到邮局寄出，也可以免得办公室收件人看到引起人们的注意。

　　忙完这篇重要论文后，他开始将自己手头上的工作快速整理分类完成，孟浩远做事非常有头脑出手也非常快，看他埋头认真地忙着，手上的工作得心应手的一一完成不会耽误。工作和论文两件事都已经顺利完成，总算自己可以缓缓了，看自己办公室沉闷的氛围，他站起身走出办公室到办公楼外面一个很大的花园里走走透透气。脑子在飞速转动思考着其他的事情，突然想起："对啊，我还是应该出去一次，有了，到比利时亲自去一趟。"因为得到秦带来的钻石，他抽空时特意在网上查阅了一番资料，有介绍比利时的钻石切割工艺是世界上一流的，它的钻石交易也是世界最有名最具活力的地方之一。当然那里也集中了最优秀的鉴定、设计、切割专家和交易市场。孟浩远想到秦带过来的那些钻石的真实性，把它拿到比利时钻石商行去验验到底质量品质如何？是不是真的鉴定为钻石？以秦的智商和反应能力经过孟浩远告诉他钻石的结构和特点，秦应该会很准确的记住不会出错，那么照理他这次拿来给孟浩远的应该是钻石。可是，当孟浩远看到箱子中这些钻石实在太大了，颠覆了他对钻石的最基本的特点，小、高贵、珍稀。孟浩远对这方面并不精通，实在差得有些远，自己心中没有十足的专业和认可它的底气，真有些吃不准。还是需要请行业内的钻石鉴定专家来鉴定评估从而证实真假。另外孟浩远还有一个主要目的是想邀请自己在上海的女友李晓彤一起出国去，通过这次的欧洲国外旅游可以提升两人道感情，是一次不错的机会。孟浩远想到这里主意已定，他是一个有了计划就要去完成的很果断爽快的人，一旦有了主意一定不会往后拖移，肯定会马上付诸行动快速实现。所以心里有了想法后，现在应该马上要先回上海一次，到上海可以去申请办理出国护照签证。而且现在在上海办个人旅行签证还是很容易也很方便的。同时趁回上海之际他要把秦带来的箱子连同宝贵的资料和那些钻石一起带到上海自己一人居住的家里保存起来。在上海他家里父母有两套房，一套市区中心的三室二厅大套房，平时父母和孟浩远一起住着，另一套有些年代的二室一厅旧房，小区在市中心热闹位置，孟浩远上高中时为了学习方便，这处房子离学校很近，走路过去也就十来分钟，为了让孟浩远有一个良好的学习环境也是培养他以后上了大学独立生活的能力，父母就让孟浩远单独住下学习，这样一来孟浩远倒是习惯了一个人生活了，考上大学和后来到外地工作了，也保持这种独立的生活方式。孟浩远就单独住在这里，正好给他更大的自由空间，可以让他研究自己喜欢的数学。房子在四楼朝南方向有一个大的阳台，他还特意花钱买了一个高级长筒天文望远镜放在阳台上，每到夜晚他有空就会花很长时间静静地盯着看上半天，观测天空、星云，对茫茫无际的宇宙充满好奇。

　　孟浩远想好准备去一趟比利时的计划后，看看单位最近工作上的安排有无重要活动，结果并没有什么，都是按部就班式的处于正常状态的工作，所以不是太忙。另外最近一周内也正好没有轮到自己安排值班，这时候请假也不会影响到工作，唯一担心的问题是在请假时候又会碰到部门负责人，那个特别小心眼又阴刁难弄的李建设，刚和他发生过口舌之争，以前也发生过几次，他对自己已经有成见了，一定耿耿于怀，会存心在这方面为难自己。但是不管他了，自己请假程序手续完整没有环节上的问题就可以。于是孟浩远马上开始行动，在电脑上很快打印了一份书面的请假申请报告和一份出国报告需要单位盖章证明。他拿着请假报告不慌不忙起身向李建设办公桌位前走去准备让他签字，倒让对桌办公的张新宇吓一跳。心想："孟浩远胆也太大了，又要向李建设去当面继续挑战啦？"扭头朝那里看去。这次孟浩远心里早已仔细考虑清楚，李建设科长看他刚才被自己一顿数落哑口无言的窘态，应该不会轻易大方地签字，他必定会趁机推脱刁难一下的。不过没有关系，其实出国申请和办理签证需要的单位证明，应该是由单位负责人行政法人签字，让科室部门负责人签字只是表示尊重，并不是需要他来签字的，只是告知他让他知道自己将要出国，你应该合理安排好科室相应的工作。如果他拒绝签字，我也懒得理他直接去找单位行政主要领导签，签完交行政办公室签字盖章就可以了，这是单位制度规定的流程。

　　当孟浩远拿着打印好的请假申请报告走到李建设办公桌前递给他让他签字时，果然被孟浩远猜中。只见李建设看着递给他的书面请假申请报告，其实他根本就没有好好细看，他也不想看。心里正在高兴，这可是你自己送上枪口来的，一本正经装模作样严肃地板着那张永远看不到笑容的脸面无表情地说道："小孟，不是我说你啊，你最近也太忙了吧，已经连续不断地请假，这次又居然还搞出了要出国旅游了。你倒是还有心思出国游玩，我们工作都忙死了，我不签。拿回去吧，好好安心工作吧。"他的这副腔调和态度，更加让孟浩远看不起，已经被他提前预料到李建设会这样对他，一定会是这种结果。于是孟浩远看似态度认真淡淡地说道："好吧，我拿回去。不过按单位里的出国请假规定，这种请假报告应该由单位行政一把手签，我尊重你让你先签，然后再由领导签，以示部门负责人负责，其实你签不签都一样，不过我今天已经当场告诉过你准备请假，你要安排好工作。"说完拿回申请报告，转身不急不慢地走出办公室。孟浩远的抢白和态度又一次气得李建设恼怒不已，但是孟浩远说的都对，又没有办法来多说什么真，拿他没有办法，心口一股气血直冲脑门顿时有些眩晕。孟浩远说完就不在管他，干干脆脆径直走出办公室，出门后三步并两步直上三楼到向院长的办公室方向走去。李建设气得呆坐在椅子上一个人直生闷气，说又说不过孟浩远真拿他没办法。其他几位同事听到看到他俩的刚才的针锋相对，都觉得这次又是孟浩远占上风得了便宜，把李建设给怼的没有办法，暗自好笑心里甚至有些高兴，偷偷掩嘴发笑起来，不过还不敢肆无忌惮笑出声来。张新宇心里在想：好你个孟浩远，胆子大，怼得李建设没话说，正在一个人生闷气，还是很少见到的。看来李建设根本就不是你孟浩远的对手，不过李建设对孟浩远这次请假，没必要拦着不放，事情做得也太过分了，没有一点人情味。他好像还一直死盯着孟浩远不放，对孟浩远早有成见了，借小小的权利想要威风结果搞砸了，也是活该。但是同事们乐是乐了，心里也未免替孟浩远担心起来：李建设这次被孟浩远在一天内已经两次当众呛得无话可说，他图一时口舌之痛快，心中是痛快出气是出了，但是后果肯定会在以后产生，以李建设的这种心胸狭窄性格，他必然会寻找机会更多报复孟浩远，给他"穿小鞋"的，孟浩远你可要当心着点，我们大家也要小心点，不要把火引导到自己身上来。

　　孟浩远走出自己的办公室后来到楼梯层三步并两步地跨大步上楼到三楼后往东侧最里面的向院长办公室走去。走到门口看门虚掩着，他停住脚步努力静一下心，然后咚咚咚轻轻地用手指叩了几下门。里面正坐在办公桌前在看材料的一位年纪将近五十七八岁，头上已经有几处白发，戴着一副黑边近视眼镜，脸型方正瘦削，穿着普通白色衬衣的向院长正在批阅文件，听到门外有人敲门后并没有放下手中的笔依然看着文件然后同时轻轻地叫了一声："请进。"门外的孟浩远听到了屋里向院长的喊声后，轻推办公室门进去，然后又转回头把门依旧轻手轻脚虚掩上，才对着仍旧低头坐在办公桌前还在认真看文件材料的向院长微笑着打招呼道："向院长好，我是信息科的孟浩远。"向院长停下手中的笔此时抬起头看一眼，一见是孟浩远走进来正冲着他微笑着，礼貌的保持一点与办公桌的距离在旁边站着。向院长忙笑着指指孟浩远说道："我知道，我认识你孟浩远，我们天文台里第一颗新行星'WM'的发现者孟浩远同学，小孟是吧。好，好，请坐。"向院长用手指着前面的座位一直示意他坐下。孟浩远慢慢坐下，身体端正笔直，神情认真严肃地看着向院长说道："向院长好，我是来向领导请假并办理出国手续的。这是我的请假申请报告，还有是出国需要单位在职证明办理手续，请领导审批签字。"说着把手里的两份报告递给向院长。向院长接过后并不是很仔细地看反而高兴地马上说道："噢，要出国去啊，好好，年轻人有时间是应该出去走走看看。"说完后马上拿起手中的水笔准备签字。孟浩远小心地说道："向院长我这次请假是专门陪上海的女朋友去欧洲去旅行。因为我在这里工作，平时实在没有空陪自己女友，只能通过电话联系，没办法经常约会。这样下去感情会出现问题的。"孟浩远坐着小心解释，向院长一听一边笑眯眯地说道："好，好，原来出国是有原因的，陪女朋友出去。这样啊。好啊。小孟啊，你是一个优秀的上海大学生，能放弃在上海这座大城市到这里来工作是很不易啊，不是所有人会做到的，不容易啊。不过，我可以肯定的是你追求的梦想会在这里实现的，这里生活环境各方面条件和上海比是有些距离的，但是人不能仅从个人利益考虑吧，实现自己的梦想是每一个有为青年的追求。当然也要多多考虑其他方面吧，比如个人爱情。所以嘛，个人生活和工作是要同时都顾好的。你的想法很好，要去的，要去的，我支持你。"说完便迅速地在孟浩远递上的出国申请报告上和单位在职证明两份文件上爽快地签字。签完字将申请报告伸手交还给孟浩远。孟浩远一下子被向院长的平易近人和实诚话说到心里，有些感激地站起身说道："谢谢领导！"向院长笑笑说道："哎，谢什么啊？小伙子，好好干，等你的好消息。"孟浩远内心非常感慨，你看领导越大反而越没有任何官架子，向院长还是一位局级领导了，又是一位院士、一级研究员，属于最高级别的高级科学家，他的专业上的能力在全国都是数一数二，很出众，非常有名受人尊敬的。但是他说话和蔼可亲拉近了与人的距离感而且站在其他人的角度思考着想，也很好说话。孟浩远知道向院长正忙着，桌上有一大叠的厚厚堆起来的材料要批阅，孟浩远赶紧收好报告连声道谢退出办公室门后轻轻关上门。拿着签批的申请报告走到三楼西侧的行政办公室去盖章，顺便将请假单交给办公室登记备案，并且专门与办公室副主任叶一尘说明道："叶主任你好，这是我出去几天的报告单子，是用我的公休，在报告上面写清楚了。"叶一尘是一位四十多来的青年男子，来自山东青岛性格沉稳也比较热心，看到签批好的报告赶快为孟浩远在单位在职证明上盖章，接收好申请报告做好登记。还笑着问道："小孟啊，这次自费出国去啦，真不错，祝你出国快乐顺利！"等办完手续，孟浩远才走回到一楼的自己办公室也不和李建设打招呼，只是特意大着声音同对面办公桌的同事张新宇说道："小张，我的申请报告已经由向院长签批了，办公室叶一尘副主任那里我也交了报告和请假单。哎，已经办完手续了。"他是特意说给大家听到的，特别是要让李建设听到。然后又有低声说道："小张，你有啥事可以随时联系我的，我的手机一直开的。对了，我还要到移动公司去开通一下全球通业务方便出国后联系。"这些话孟浩远是存心讲给小张听的。小张也知道孟浩远的用意，笑着放大一点声音回答道："好的，孟浩远，祝你这次出去玩得开心啊！旅途顺利"。这时其他几位同事听到孟浩远的说话声都围过来与孟浩远闲谈起来。这让李建设更是胸闷，难受不已。

下班后孟浩远乘上单位班车回到城里的单位停车集合点下车，又换乘了公交车回自己的怡和园小区住处，自己随便烧了点晚饭吃了起来，一个人住吃饭比较随意很快就吃好。开始整理起他视之珍贵如宝的那个箱子里的东西和准备携带回上海家中藏起来的物件，选来选去都觉得异常重要。他准备把秦带给他的极其珍贵重要的基础理论、科技资料和那些钻石，包括里面哪怕是袋子包装无任何来自阿勃特反映其信息的所有东西，全部原封不动的都放在这个特别的箱子一并带回到上海自己平时单独一个人住的景苑小区两室户家中存放起来，他也比较放心。贵阳怡和园小区因为白天一直没有人，自己在单位里工作这里又是出租房，心里总有些不太踏实，这些珍贵的东西哪怕丢失一件资料，一张里面的纸张就是莫大的损失。

第二天上午孟浩远就带上这只特别的箱子，仍旧背上自己喜欢的一个双肩背包走出小区到门口后直接打了一辆出租车去机场，托运手续办理一路顺利并未出现他担心的事情，然后乘飞机回到上海。很快飞机降落在他熟悉的上海虹桥机场。孟浩远换乘地铁公交线先回到自己独自居住的景苑小区房里，放好带来的行李，打开窗户通风换气，休息片刻后拿好资料背上双肩背包出门，很快来到一家上海出名的大型旅游公司门店去登记办理出国手续。孟浩远的护照在大学读书时就办好了，他作为国际交流生曾经在大三时到英国一家大学上过一年学。

等到下午五点左右办完手续后又在外面逛了一圈，大约已到六点一刻左右时间，孟浩远才乘车赶回到自己父母家中，站在从小长大熟悉的家门外满心喜悦，他知道父母这个时间应该已经到家可能正在准备晚饭，轻轻敲了几下门，敲门声把屋内正在理菜准备坐晚饭的母亲孙佳雯惊动出来，她感到奇怪，很少这时候有人会来，家里又没有订过快递，难道是楼组长有事挨家挨户上门。孟浩远母亲是一位年纪五十岁的中年女性，穿着家里的随身休闲衣服，她也是刚刚到家没多久，正忙着烧饭洗菜准备。她举止文雅大方，相貌清秀，看上去比实际年龄要小，年轻时的美丽还在身上可以看出来，身材高挑约在一米七上下，由于人比较瘦显得个子很高，一副上海人特有的精明又大方得体的样子。母亲在上海一个地方大学的教务处上班，学校就在市中心距离家也不远因此回家换乘地铁很方便，地铁口离家小区不远。父亲孟思贤五十二岁，是一个身高约一米八三的高个子，他保养得很好，身体不胖不瘦显得精神，看上去很是精明依然很显年轻的一个人，也比实际年龄显得更年轻。他在一个市级事业单位上班，是一位专业能力很强的专家型的单位副处职的领导。母亲孙佳雯平时下班要早一些，今天她也刚刚下班回家正忙着烧饭理菜，听到门外有人在敲门就走过来开门，等她打开房门看到出现在自己面前的是在外地工作的儿子孟浩远，让她着实没有想到，听到孟浩远亲切地叫道："妈。"一下子喜出望外，说道："噢哟，怎么是浩远啊，吓我一跳，怎么突然就回来啦？”孟浩远笑着说道：“妈，想你啦，回来看看不行啊？”母亲喜笑颜开，边说着边拉着孟浩远的手问道：“行行，早该回来看看我们了，以为你忘了。浩远，你回来怎么也不事先来个电话，这次突然回来是有事吧？”孟浩远见到高兴激动的母亲赶紧说道：“也没有大事，回上海休假几天，让你高兴一下。”母亲听着赶紧拉着他的臂膀开心地说道：“真的假的？说的倒真像是一回事，好好，回来就好，看你像是瘦了。”两人正在门口高兴地说着话时，父亲从门外开门进来，看到孟浩远正在和母亲说着话，也是有些意外，说道：“哎，浩远怎么突然回来了？是不是有事啊？”两人看到难得回来一趟的孟浩远，都是一样的问题和疑惑。孟浩远点头说道：“爸爸，是啊，这次回来准备出国一趟。”母亲孙佳雯此时看孟思贤也回来，赶紧说道：“我出去一下，你们俩说说话。”说完赶紧换鞋走出家门准备到附近菜市场和商店去买点菜回来。父亲进屋后坐在沙发上询问着孟浩远在单位工作的情况。孟浩远不想把在单位科室内和李建设的矛盾多说什么，只是把好的一面说说，很快聊到工作上最近发现新行星"WM"的事，详细地说了一遍，这件事让父亲听后十分高兴。谈到这次回家孟浩远只是说道："单位派我出国一次去参加一个国际会议，从上海出发，航班多一些比较方便，所以这次回来是在上海办签证手续然后准备出国，没有几天就回来的。"孟浩远隐去了去国外的真实目的，怕引起他们的不满，父母一直都是很正直的人，如果听到儿子请假去国外旅游而且不是在国定假期总是不太好。现在听到孟浩远的话父亲脸上露出欣喜的微笑。

自从孟浩远离开上海到相隔一千八百公里远的外省工作，除了几个国定假期孟浩远会回上海来，平常一家人在一起已经有好长时间没有过了，这种子女到外地工作的情况在上海并不多见，通常到国外学习工作留在国外的情况比较普遍。但是这是孟浩远自己选择的一种人生，父母总有想法最后还是尊重他。现在能够在平常时间晚上一家人真的聚在一起边吃饭聊天了已经很难得了，对于孟浩远一家人算是很幸福的事情了。很快母亲就手中提着很多的袋子从外面回来，一定是买了很多的菜，然后马上到厨房间忙去了。终于听到母亲的欢快的叫声："好了，浩远。都过来吃饭了。"桌上已经准备了孟浩远平时喜欢吃的六样菜，有鱼有虾和白斩鸡等摆放在桌上，一看就很诱人。母亲此时的喜爱之情体现在她身上，脸上一直开心地笑着一直爱惜地盯着孟浩远，看着宝贝儿子回家吃饭，手没有停下来，不时地夹着孟浩远喜欢吃的菜给他，乐呵呵地看着孟浩远，好像一直看不够，搞得孟浩远突然感到有些生疏般的别扭，不太习惯难为情起来说道："妈，你不要光傻傻地看着我，你自己也吃菜啊，搞得我难为情了。"父亲见了也说着母亲："你也真是的，浩远难得回家一趟别一直盯着看了，还让人家吃饭吗？"母亲被两人说着幸福的转过脸来，不过又开始问孟浩远说道："浩远啊，工作上你现在干得还不错。哎，我问你啊，你自己个人的情况进展得怎么样了？和那个大学同学小彤还在联系吗？"孟浩远听母亲说起李晓彤只好说老实地说道："最近联系不多。我是准备吃完饭和她联系的，看看她有没有空。不过最近感到她对我有些不冷不热的样子，感到有些变化了。"母亲听孟浩远这么说有些着急说道："噢，那你还是要主动联系，两个人身处两地确实是有些不方便的。要不考虑考虑还是回上海工作吧？"孟浩远听后不吭声，然后说道："好了，不说这些了，我心里有数。"孙佳雯见说到让孟浩远回上海工作，他不想聊这些，反应很快马上扯到其他话题上去。饭桌上三人聊家常聊了很多，母亲格外兴奋，难得孟浩远回上海一趟有很多话要聊。吃完晚饭孟浩远和父母招呼称要和李晓彤联系，晚上回自己的住处就此告别父母。

　　孟浩远现在的女朋友名叫李晓彤，她是一个土生土长的上海市区城里姑娘，五官端正长得漂亮，非常有气质，身材高挑，身高在一米六九，人瘦瘦的两条腿很长，身体比例非常好，兼有南方姑娘特有的一种灵动气质。他们两人是在上高中时的同班同学，在高二时孟浩远有一次学校举行篮球比赛，他作为篮球队一员发挥很出色，个人跑动灵活，篮球技巧娴熟频频得分，抢断助攻和抢篮罚分等可谓大放异彩，技能非常全面，最后班级篮球队拿了学校第一名，把高三年级的都打败了，可谓一鸣惊人，有不少女同学对他投来好感的眼光。同时在班级里孟浩远在学业上属于中上等排位，要知道这是重点中学都是其他初中学校一路过关斩将的学习尖子，他高中仍保持这样的成绩已经很不错了。李晓彤的成绩也是处在一个中等排名区位段和孟浩远相差不多，有时比他好一些有时比他差几名排位。后来学校放学乘车回家，在公交车站和地铁站碰巧遇到过几次，孟浩远发现是同一个学校的就主动上去搭话，然后大家互有好感成为比较谈得拢的好朋友。等到高三高考时他们分别考入上海本地不同的两个大学学习，孟浩远在一个211上海本地较好的大学，李晓彤也顺利考上一个本地中等的上海本地大学。大学生活不像高中那么紧张，他们两人的联系渐渐便多了起来。平时经常等到周末开始约会，保持着朋友的关系。一直到孟浩远大学毕业毕业时两人在继续学习考研和工作就业方向上产生了矛盾。孟浩远有自己的与众不同的主见和想法，选择工作让所有人没有想到是到远在千里之外的外地而且是相对偏远的贵阳工作，没有听李晓彤要求孟浩远留在上海工作或继续考研的劝说，当时李晓彤就有些生气，觉得孟浩远的想法太冲动太离谱不切实际。孟浩远是一个非常有主见的人，他人轻易不会影响他的决定，一般自己想好的事很难会有人改变他的想法。他打定主意看到一个好机会可以从事自己喜欢的工作，听不进其他人的劝阻最后依然报考国家天文探索研究院（国家天文台贵州台），当时刚刚建造完成，正好需要大量各种科技人才。所以在工作就业上，那次两人产生了很大的分歧，感情开始出现一些变化。孟浩远考上自己喜欢的单位后，高高兴兴的自己坐飞机去贵阳，那天李晓彤没有到机场去送行，她还在生气。孟浩远也不计较，一个人大大咧咧高高兴充满憧憬地去了贵阳报到，到贵阳后自己忙着找房租房不亦乐乎，等安置完成单位开始对新进人员集中培训，在一个培训基地专门培训了整整两周时间，然后才回到到单位开始实习上岗。这段时间比较忙又远在贵阳，两人联系见面就几乎没有了。等培训实习期已过正式入职上班后，孟浩远还是大大咧咧地主动联系李晓彤，不过此时两人的联系也是保持在一般的节奏谈话，已经没有以往的男女朋友恋人之间的热情，若即若离，到像是普通同学之间的友情。孟浩远当时倒没有细心的关注这些事，只是主观地想李晓彤肯定是生他气了，加之地处两地的不便等多种原因，可能大家工作以后单位工作确实比较忙，并未过多地想到其他方面。

　　今天正好回到了上海，孟浩远已经想好等李晓彤差不多下班后联系她，看看她有没有时间可以见面一次。所以自己在父母家里吃好晚饭看看时间差不多就先回自己家里。回到自己家里一个人慵懒的大大咧咧坐在沙发上，他判断这个时间点李晓彤应该已经回到家里。拿出手机拨通了她的电话，李晓彤听到自己手机铃响，下意识的打开接听。听到原来是孟浩远的熟悉的声音，此时她并没有表现出意外和惊喜，她还以为孟浩远是在贵阳打来的电话，她显得很平静，看上去有些拒绝，表现有些冷淡。电话接通后孟浩远高兴地说道："小彤，告诉你，我刚刚回到上海。你好吗？现在有空吗？我想见你。"李晓彤一听孟浩远的话原来他已经回上海要见她，此时心中有些矛盾。当时孟浩远不听她的几次三番劝说让他留在上海，别傻一个人去外地工作。可是孟浩远根本就没有听进去，不顾自己的感受和好意，狠心一个人远去贵阳工作，所以那天知道他乘飞机离开上海，她正生气没有去送他。开始两人还有联系，不过后来她在单位被自己公司一位高管领导注意，开始对她非常照顾，工作上在帮着她，慢慢对她有好感，表现很热情，后来就直接追求她。此时她开始动摇了，李晓彤其实很现实，她知道靠孟浩远不太现实，他们家里的条件很普通，而且他性格刚直固执又远在外地工作，心里已经开始转变了。眼前这家公司发展非常有前景，这位公司高管已经虽然年纪近四十，不过创业有成，是和公司老总一同创业的起始人之一，年薪很高，现在公司发展迅速，有可能会争取上市，那意味着他的财富无法想象，他已经比普通人积累了更多的财富，而且工作的经验使他看上去自信也有能力，风度气质都不错，唯一的是他不是上海人，不过这个已经不重要。他倒是一个符合自己各方面要求的合适之人。他在公司里一直热烈地追求自己，而孟浩远因为远在外地，和他身处两地很难得一见，慢慢地有些冷落下来更加让她有意见，所以她开始冷淡孟浩远。可是孟浩远哪里想到她会这样，还没有发现到李晓彤的一些变化。此时突然的听到孟浩远电话，而且人已到上海，李晓彤心里有些矛盾，自己也不知道和他说什么好，只是想让他知难而退，于是她淡淡地说道："噢，是孟浩远哪。你回上海了。哎呀，我们公司最近很忙的，我现在还在公司加班，刚刚接了一个项目，现在正在公司紧张地搞方案，领导明天就要的，没有办法。今天没有空见不了，不好意思。好了，我还要忙呢，先就这样了。"

没有等孟浩远再想问就急急的直接挂了电话，表示她实在很忙。把孟浩远晾在一边，让孟浩远有些恼怒不快。这个李晓彤她这是怎么啦？

自己刚回上海也没有关心一下，问问孟浩远在上海会待上几天，或者忙完后约着见面。自己刚刚说出口，就这样被莫名其妙的直接挂断电话，连基本的礼貌都没有了。孟浩远此时心里敏感的已经感受到李晓彤明显不对头有些异样。他判断着以她这样的冷淡态度应该我们两人之间的关系是出现问题了。可能就是两人在两地工作不便造成的，他并没有想到其他方面的原因。也许李晓彤心里已经另有想法了，今天只是一个推托吧。孟浩远还是想问一下一起去欧洲的事，于是忍着性子连忙又打电话过去，等了好一阵才接通电话，电话一接通传来李晓彤有些不耐烦的带点责怪的声音："告诉你我正忙着那，你倒有闲工夫？"孟浩远也有些生气，心想你不能这样敷衍我吧，我刚才话还没有讲完了，你直接挂了电话不让我说，更加是很不礼貌的举动，心里已经有些气。于是急着说道："小彤，你先等等。我还有事，你今天很忙，那两天后有空吗，我们一起出国去一次吧。"李晓彤一听说道："噢，是这样，你也不事先提前把这件事告诉我，我最近一段时间都不会有空了，要等这个项目结束以后了。好了，你自己好好休息，来上海多待几天，我还要忙呢，就这样了，再见，不要再打电话了，我都快忙死了。"说完又急急地主动挂断电话，也没听孟浩远的反应。孟浩远不觉苦笑起来，现在李晓彤怎么这样了？内心明显感到她肯定是出现了变化，工作再忙吧，见一面不会占用多少时间，应该还是可以安排出时间的。李晓彤真的已经变了，人啊都会变的，因环境或利益或其他的因素，孟浩远自己摇头叹气。满怀着的一腔兴奋和热情瞬间被冰冷的水一下子浇灭，荡然无存。孟浩远失望透顶胸闷不已。真没有想到这种事情会落在自己身上，母亲还在关心着自己的个人大事，这更让他感到郁闷。他不由得长叹一声，唉……

孟浩远等了两天后旅行社签证办下来了。第三天他拿到签证后在自己屋内打开秦的箱子从里面取出一颗大的（成人拳头般大小）和一颗小的（鸭蛋大小）的钻石原石，用旧报纸一层层包裹好再用随身携带的毛巾和衣服包起来，然后放到家里自己平时一直用的那个品牌中型行李箱中周围压严实。另外还拿了一个平时一直在用的随身双肩背包，里面可以放一些随身物品，又戴上了秦送的那副奇特眼镜便于及时迅速记录信息，存储在超级微晶芯脑中帮助自己记忆下来。一个人显得有些孤单但还是决定出国一趟到比利时去。来到浦东国际机场在等候上机时看着宽敞明亮气派现代的超大型国际机场，孟浩远不免心中有些惆怅，本来此次出国旅行应该是和李晓彤两个人一起去的，当他去钻石商那里鉴定钻石原石时，他拥有钻石的秘密也可以让她知道，自己还要想着圆这件事，现在倒好，不用隐隐藏藏的。不过如果此时此地李晓彤和自己在一起该有多好，唉，这些真令人叹息。没有想到昨天晚上与李晓彤通电话她竟然会这样对自己。心中的计划安排和一腔热情原来她根本就不在乎，不懂对她好的爱惜之情。本来这次自己突然创造了机会是想让她收获意外的惊喜并加深两人的感情，却没有想到自己的一番用心反而被她不当一回事，被无情地拒绝了。这样的结果让孟浩远没有想到，也想不通这是为什么。心中五味杂陈，懊恼，郁闷，烦心还有些被冷落的辛酸都有之。李晓彤所谓的工作忙推辞加上她电话中谈话的冷淡，在孟浩远看来就是在故意找借口而已，明眼人都可以看出来。也许两人相隔两地时间长了人心已经变化了，也许说明两人原来的交友根基还是不牢的，两人真有了爱难道还在乎两人分处两地生活吗？现实生活往往都不是完美的，只有理想是完美的。孟浩远心里有了想法，好吧，那就等下次一定再约她当面说清楚，是否如他分析判断的那样，李晓彤心变了，想断了和自己的关系，他忍不住发出"唉"的叹息声。

二

　　孟浩远的此行出国计划行程安排是从上海浦东国际机场出发乘坐一家德国航空公司的国际航班飞抵比利时安特卫普，然后在当地寻找一家大型的品牌钻石商行先去查看一番，如果有机会就请他们公司专业人员帮助鉴定评估秦带来的钻石真实性，也可以评估其价值，后面看情况再定。本来这次出国带着钻石去做鉴定是任务之一，主要还是想陪李晓彤一起到比利时或者荷兰等国观光旅游，进一步增加两人的感情。可惜李晓彤因工作忙无法一起去被她推辞了。孟浩远一人哪里还有心思游玩观光，他只想完成钻石鉴定了。作为上海的国际机场，机场内人来人往熙熙攘攘非常热闹繁忙，显示这座城市的吸引力。孟浩远在航空公司排队办理值机手续和行李箱托运，行李安检托运时并没有出现孟浩远担心的事情，贴上托运单拿好登记卡一切都顺利，这又让孟浩远心里有些失望，行李中明明有两件钻石原石，可是并没有引起特别的关注，说明什么？也许秦带来的钻石可能真的不是我们意义上的公认的高贵无比价格不菲的钻石，只是漂亮的看起来像是钻石的原石。还有一种可能，孟浩远原来担心箱子内的钻石原石并没有什么问题，他猜想毕竟这种原石是未经交易的东西而非其他类别的商品，只是一个矿石原石样本，它并没有交易过，而产生价值的商品需要报关完税。而且这么硕大巨型的钻石人们从没有见过，一般也只会当它是普通的漂亮观赏石头了。孟浩远考虑得很细心，他在箱子里面还特意放了几本矿石杂志画册，里面有各种漂亮好看的矿石品种介绍和精美的图片，他想要表明自己箱子中的就是两块原石标本。

上飞机后找到自己座位入座，座位是他自选靠窗的位子，一个人出行躲在里面，少一些干扰。两个座位的旁边另一个座位靠人行过道，过道另一边是中间位子有四个座位连在一起，人太多太嘈杂不便休息。再一边又是过道，再过去又是两个人的位子。周围前后有很多中国人，从他们的容貌样子和交谈语言以及穿着等方面很明显马上就判断出来，他们都是三三两两在一起，可能是一个旅游团队的，上海到比利时一趟行程出国也是一次长途旅游，都很是兴奋脸上洋溢着高兴，正好和孟浩远的形单影只郁闷的心情相反。等飞机起飞至高空云层上空开始平稳飞行后，飞机上开始忙碌起来，乘务员微笑着推着小餐车开始提供客舱服务。孟浩远一个人无聊，先看了一会飞机座位上提供的单独使用的视听设备，选了一部电影在随便看看打发无聊的时间，脑中分心的却在思考着下飞机后的目的地。实际上他还没有具体想好到了安特卫普后应该到哪一家钻石商行去查看并择时进行咨询和鉴定评估。反正到时候随机应变吧，看现场情况再定。

　　行程飞行时间很长，不过前后周围有不少中国同胞，听他们一直在不停地高兴交谈时间消磨的也很快，一路行程倒也不寂寞。终于听到飞机广播开始播报信息，说明马上就要到安特卫普机场了，坐在座位前后的那些旅客有的开始骚动起来，不断伸头从飞机旁边悬窗看向外面，一直看着飞机下降，听到飞机落地时发出刺耳和突然的震动声，飞机轮胎已经接触机场跑道地面继而平稳开始继续滑行。人群已经高兴的七嘴八舌地讲话，打开手机的。孟浩远正好是坐在悬窗边位置，他略微转头通过悬窗看着这个陌生的欧洲小国的机场，感到新鲜。飞机终于停靠到停机口，机舱门打开，仿佛发出起跑的发令枪一般顿时机上热闹起来，乘客不约而同陆续都开始从座位上站起，站在过道的乘客最方便，迅速地打开飞机行李箱舱拿出自己的行李，然后排队等待出飞机。等人流一点一点走出后，看到边上的乘客已经起身离开后，孟浩远也慢慢站起走出来，拿好自己的背包跟随着步出机舱通道进入机场。一个人走出飞机在航站楼不急不慢地行走，边看看整个经过的机场，看到前面几位一起出来的中国旅客都是兴奋地在往行李到达区快速走去准备取行李，他跟随着这批旅客也走到行李取件转盘处，等了一会很快行李一件一件开始从行李转盘出来。不断有乘客拿起行李离开，很快孟浩远就发现熟悉的自己那个行李箱，为了便于识别他在箱子上专门贴了两个卡通的彩色贴纸，另外在把手上系了一条红色的绳子，绳子的打法是自己亲自打上去的没有规则，所以自己的行李箱很好识别出来，即使有相同型号大小和颜色的行李箱也不会搞错。这次上飞机前登记办理托运时箱中的钻石原石并没有引起注意一切顺利，取完行李后孟浩远一只手推着行李箱肩上背着背包一个人不急不慢的在机场内往外走动，边走边观察着这个机场的设计和风格以及环境设施。孟浩远是第一次来这里，不同的设计风格和建筑特点吸引他顺便看看，顺利通过出关口独自出去。走出候机大厅在机场外面路上看到有出租车过来马上举手扬招示意，一辆正等着的出租车看到有人在叫车很快就停靠过来，孟浩远自己打开后备箱把行李箱搬上，然后在后排位置开门进去坐下。孟浩远自身的英语本来就很好，曾经去过英国留学一年交流学习，用英语交谈不成问题。他告诉这位看上去精明的白人，微胖的中年男司机要去的目的地后，司机很快明白了他的意思点头称是，开车驶离机场。出租车司机路很熟悉开出了机场后再转入公路上行驶，一路上两人没有交谈。孟浩远看司机正在认真地开着车，他的样子看上去性格比较沉稳不太愿意与人交谈，只顾抓紧开车把乘客送到目的地也不打扰乘客。孟浩远坐在车中头转向窗外很有兴致地看着路上两边的异国风景和城市面貌，映入眼前的不同的建筑群特点布局和街道商店一切都感到新鲜，他感叹现代的科技有了飞机后拉近了世界各地的距离，上海到安特卫普只是在飞机上一段的行程，现在已经身处比利时了。不知不觉出租车已经到了自己提前预订好的一家连锁国际酒店门口停下，他用现金付好车费后另外加了一点小费给司机。孟浩远从车后备箱拿好行李箱，背着背包然后推着行李箱边看边进入这家连锁酒店，在国内他订酒店时已经查过这家酒店，这是一家星级连锁酒店，名叫威斯汀大酒店，网上订的房间价格也不贵。酒店的优点在于位置地处城市中心，出酒店大门外就是热闹的街区，出行很方便。而且从这里到著名的钻石交易商行也不太远，外面有公交大巴站，乘公交车约二十分钟左右，到站后再步行约四五十米距离就到了钻石商业区。

孟浩远边走着边看着这家酒店外的建筑风貌，步入酒店后径直来到大厅里，在柜台接待处拿出护照办完入住登记手续后推着行李箱走到大厅一侧电梯区，乘电梯后上到 4 楼，出电梯顺着墙上房间分配指引牌左转找到了 411 房间进去，终于放下行李和背包可以休息一下了。孟浩远打开行李箱取出里面的毛巾抓紧洗洗脸，走到窗子处向外望去，清晰地看到街区的环境，这里还是蛮热闹的地方。他又赶紧烧了一壶热水，取出自己带来的茶叶和自己的杯子泡上一杯热茶水，坐在写字台椅子上休息了一会，然后打开电脑搜索查看比利时安特卫普的钻石行有关信息和钻石的有关的一些介绍情况。

不知不觉时间很快就到了傍晚时分，孟浩远背着包走出酒店准备出去走走看看，顺便在附近找一个餐馆解决晚饭。他出门时出于安全起见打开箱子把里面的钻石取出后放进自己的背包中随身携带着，毕竟花了这么些心思专门出国来此鉴定，随便放在酒店房间里总有点不放心，而且听说现在中国旅游的客人容易被一些当地人盯上，认为他们出国旅游一定有钱，就想着法偷窃，已经发生多起。还是小心点，把钻石弄丢了不值得。自己背着背包分量一下子是重了不少，有点沉但是自己年轻力强，也不算啥，毕竟这样背着才心里踏实。

走出酒店后孟浩远独自在街道上，没有目的悠闲地边走边看看这座和上海完全不一样的城市景色，建筑有欧洲传统凝重大气的特点也有现代简洁风格建筑。一边经过时留意吃晚餐的饭店。走在街道上一路逛着看着，第一次来到这座欧洲城市感到都很新鲜，经过的人经过的商店经过的各种各样街上行驶的汽车，濡染想起如果两人一起游走那更是惬意，不像上海街道一直人流拥挤热闹不断，这里各色人种都有，欧洲人居多，但是并不如上海密集，行走之间多了一点更让人享受的安静，少了点烦躁。孟浩远到了一家当地特色的餐馆，外面有醒目的店招牌，从餐馆外面的落地大玻璃窗直接看进去，里面已有不少顾客坐着在交谈品尝餐食，估计这里应该会不错，也比较有人气。于是孟浩远从门口走了进去，刚走进里面他正在四处张望打量着餐馆时，迎面走来一位年轻的白人男子服务生，面带着职业的微笑，引导着他进入里面安排桌子就座，然后又转身返回到门口迎接进店的客人。坐下后孟浩远四处打量起餐馆内的环境，扫视着周围顾客，还不时通过巨大的玻璃墙看看外面街道的行人，正在观察着，不一会迎着他坐的桌子，走过来一位身材瘦瘦的高个金发年轻的欧洲白人模样的姑娘，看她的个子感到好高，约在一米七六上下，年纪应该很轻，大约二十多岁，显得成熟，白色略黄的肤色看上去很健康，金黄色的头发扎起后显得干练，脸型很有轮廓，典型的一个欧洲美女，身材修长特别是腿很长，看她身材简直就是一个模特，令人赏心悦目非常耐看。她穿着餐店统一的服装，腰间束着一个咖啡色围裙，拿着菜单十分麻利面带微笑地走过来用英语说道："先生你好，需要些什么？"孟浩远赶紧转移开目光，他不好意思一直盯着她看，会显得太不礼貌了。取过她递来的菜单低头翻看起来，也不知道这个餐馆的特色菜品是什么？就想着请她帮助推荐一下，孟浩远看她胸前佩着的金属工作铭牌上有工作号和英文名字：

011 AiLin。心里有数了，就用英语说道："你好！艾琳小姐。第一次来这里，不知道你们餐馆的特点，可以请你帮助推荐点一份餐吗？"名叫艾琳的姑娘被聪明的孟浩远看到自己的服务胸牌叫着自己名字，依然面带微笑显得很真诚说道："噢。好的。先生，你一个人吗？"孟浩远回答道："是的。一个人。"艾琳开始帮孟浩远认真地点餐然后说道："一份鱼排，一份牛排加一份土豆泥，再来一杯红酒或饮料？"孟浩远说道："好，就一杯橙汁吧。"艾琳说道："好的，先生，请稍等。"说完笑着转身离去了，孟浩远看着离去的背影，有点被她的服务和身材吸引过去，目光不由自主地抬头欣赏地看着她的背影，依然非常优美。正在他环视左右看着外面街上打发等餐时，不一会艾琳笑盈盈地拿着一个托盘又走过来，将托盘上三样餐品一一取出放在桌上，又转身取来了一杯橙汁。然后微笑着对着孟浩远说道："先生，请慢用。"艾琳长得好看身材又好而且待人礼貌面带微笑，这种笑容又不像是那种职业性的笑，是很真诚发自内心喜悦的笑，浑身上下散发着年轻的活力又很有气质，让人不禁感到耐看而且很是舒服，身心放松无拘。在孟浩远看来是艾琳的美丽深入人心，她待人接物时的微笑服务给他留下了很好的印象。艾琳忙完这里又转身离去忙着接待其他顾客，依然脸上保持着令人愉悦的微笑。孟浩远又忍不住偷偷看着艾琳，她在忙着招呼其他客人时脸上还是那种真诚地微笑着服务的样子，心想这么年轻的姑娘在餐馆这里当服务员有些可惜了，不过国外很多学生很独立，为了赚钱上学会临时出来打工，她也许是为了学费或是社会实践而出来临时打工当服务员的。这样年纪的欧洲年轻人已经有独立性了，在大学学习过程中利用节假日或休息日出来打工挣钱或社会实习，现在这时候正好是放假期间，而且看她的精神状态始终很敬业热情，已经进入工作当中。她身上的这些特点和习惯超过了很多中国的学生，在中国一般高中学习期间非常吃苦，一旦考入大学，确实存在不少的学生开始放松起来，不认真学习，沉溺玩游戏和其他玩乐当中，在大学期间的学习开始抓得不紧反而学习主动性愿望下降了，学习期间利用放假期间外出打工的学生也有，不过不是很多，欧洲和中国的学习目的性和学生学习的主动性状态等相比较让孟浩远心中不免有些感慨起来。

　　孟浩远吃着艾琳帮助推荐搭配的这顿餐食，鱼排和牛排的原料很新鲜，做法都是煎的，然后加上一些辅料调味料，做法其实很简单味道还是可以，不过和中国复杂的烹饪技法来比，口味上只能算是一般，也许吃惯了中餐再吃西式餐品，口味有很大差别了。孟浩远慢慢品尝着餐品，一会抬头看看窗外的街景和路过的行人，一会不时地注意力被吸引到艾琳身上，观察着她正在忙碌地接待点餐送餐工作的样子，看了她半天她始终面带微笑服务，而且这种笑容不是刻意装出来的生硬的，完全发自内心对生活的热爱，体现出来的是一种真实的快乐，这很不容易。外国人最讨厌的是浪费食物，孟浩远不会留下食物，因为肚子很饿而且味道还算可以，是一种不同的风味。艾琳在餐馆不停地忙，孟浩远吃着美味一会看着艾琳一会看向窗外心情很好，很快就吃得干干净净。吃完后肚子已经非常饱感，这一餐吃得有点多了，主食都是实打实的，太饱了。看看周围坐着就餐的顾客基本都是当地欧洲白人模样的面孔，他们脸上露出愉悦放松的表情，都在各自低声交谈着，同时享受着美食或者说享受着生活，现在餐馆所有的餐桌已经基本上都坐满了客人。于是孟浩远举手招呼艾琳来买单，听到叫声艾琳转身笑着轻盈地走了过来，孟浩远看了餐费单子要求银行卡刷卡消费支付，对着艾琳笑着说道："你好，艾琳，这多付的 10 美元是给你的小费。"在打印的费单上小费一栏填写了10 美元。这是他对艾琳的服务认可，也是突然间有点豪气，第一次给一名服务员艾琳 10 美元，也可以算是他最大的一次就餐时给出的小费了。见孟浩远这位不显眼的年轻小伙给她小费，艾琳开心地笑着说道："谢谢先生！欢迎再来"然后一边微笑着一边把孟浩远送到酒店门口招手致意，又匆匆地回餐馆内忙去了。

三

　　孟浩远吃好晚餐走出餐馆，驻足举目巡视周围，街道两边的人行步道上人开始多了起来，不断有人匆忙走过，现在的时间才是人们下班后回家和出来逛街吃饭时候，有游客在不急不慢的巡街观景，不时驻足观看停留拍照的，也有匆匆一路走着路过的。孟浩远一个人出来，现在没有其他事情正好有时间也不着急回宾馆，刚就餐结束想到美丽热情的服务员艾琳和吃到满意的餐食心情很好，不知道为何心中还惦记着那位 011 号名叫艾琳的姑娘，她的微笑自信真诚、那种笃定优雅的气质和美丽的容貌以及她的一举一动，热情的，充满活力的，忙碌服务时的情景都印在孟浩远的脑海里。这真是奇怪，自己会如此从心里欣赏一位陌生的欧洲白人姑娘，而且在她自己都不知道的情况下，可能她的美好留在自己的记忆中。看着街外的行人和商店，夜景下的灯光映照出城市的夜晚不一样的美丽，孟浩远有些触动，在这里此时如果李晓彤和他在一起看景逛街那是该多好，哪怕随意走动走动也好。如果李晓彤像艾琳那样真诚待人，世界该多美好，会是身心多舒服轻快和幸福的事，现实不是这么一回事，他不免叹息起来。

　　伴随着自己不时地在想着心事，他慢慢地沿着街道路上的人行步道欣赏街道两旁的景色和观察亮堂的各种商场和小商店，见有些特色的商店就进去闲逛，随意看看。这样一个人边往酒店方向走回去边欣赏着街景，心中感到惬意，慢慢消除心中不时涌现的郁闷和烦心。比利时在欧洲是一个并不大的小国家，不如英国和德国那样属于欧洲的强大和地位，但是它另有一种让人可以慢慢欣赏的地方。安特卫普是比较热闹的城市之一，来自世界各地的到这里观光旅游购物的游客众多带来了活力，尤其是夜晚来临时又有一种不一样的热闹和景色。它的夜景当然不如国内的上海、北京那种超级大城市那样丰富多彩，街道都是流光溢彩热闹无比，街上的行人一直都是川流不息人头攒动热闹不已。但是在这里可以看到更多的欧洲面孔的人沿街悠然行走着或行色匆匆经过，和白天城市街道上过往行人少显得安静有些不一样，此时的夜晚更显示出城市的生机。走着看着慢慢已经到了住宿的酒店，孟浩远也不想继续一个人单独闲逛，折回进酒店回到房间后打开电脑又再次需要做些功课，他开始搜索着网上关于钻石相关的信息和比利时安特卫普钻石商业情况介绍，他需要了解一些基本的信息。好在自己借助秦的眼镜和自己头脑中的超级智慧微光子芯脑作为自己大脑的副脑的辅助，所有查询到的信息快速地记忆在脑中。查看越多的资料，自己对钻石方面的资讯越是熟悉，脑中的知识储备不亚于一个经验丰富的行业老手具有的专业知识积累了，心中有底了停下搜索，感觉胸有成竹轻松多了。查完信息后走到卫生间去洗澡，热水的冲淋让身体舒服。擦干身体穿好内衣走到房间，头发还有些湿，打开电视坐在椅子上喝着香味四溢的绿茶，看起了当地电视台的新闻节目，现在自己没有其他事情要做，非常放松直到晚上 11 点，这是孟浩远习惯休息的时间才上床休息。不过一下子来到一个新的陌生的欧洲国家，白天看到的，吃完晚饭在外面瞎逛看到的景色，一幕幕在脑海中人有些兴奋，住在一个酒店周围新的环境让孟浩远一下子不能很快入睡。直到很晚才渐渐迷迷糊糊入睡，第二天早孟浩远上五点半时醒来，他有早上晨跑和练拳的习惯。起床后洗漱完就穿上运动服装、跑步鞋，一身轻松地到酒店外面地街道上跑步运动锻炼，渐渐已经跑到附近一个开放的公园进去，此时公园里没有什么人一片宁静。呼吸这清晨清新的空气在公园里跑了大约五十分钟后身上已经出汗，找一处僻静地方在草地上开始练起他的绵拳。自从秦送给他那件贴身棕褐色不知名的看似极其平常普通的石头挂件后，自己就一直随身佩戴在身上以示对秦的尊重，再说这种奇特的石头沁发出的阵阵幽香，一种从未闻过的特别舒服好闻的香味，让自己精神更加充沛，享受着它慢慢沁出的阵阵特殊异香，仿佛能穿透到自己身体的每一个细胞中去，感到说不出的舒服和非常的愉悦。秦说过在他身体中已经悄悄放入超级智慧微光子芯脑后等于在人体增加了另一个超级大脑，在自己头脑思维下，头脑中思维更加活跃而且明显感到自己的思考反应更敏捷，从未有过的智慧被一点一点在引发出来，如一股喷涌而出的急流源源不断，正有序地指挥着智慧微光之芯脑的自主唤醒思维连接和运算分析，它正快速的与自己的大脑越来越流畅的融合，会双向辅助支持自己大脑的思考。孟浩远觉得自己不仅精力充沛，思路更加活跃敏捷，各种奇思妙想一下子都会在脑海中翻涌，智商一下子好像提升至极高的层次。而且身体内的内气运行舒畅，人体元气强大充沛全身，似乎只要被引导马上可以汹涌奔腾迸发出来。外出跑了约一小时和练拳半小时后，也不感觉体力的释放疲劳，反而让自己身体浑身上下更加的舒服精神。锻炼完成跑回到酒店后进房间洗澡换衣，看时间已经是早上七点五十了，就走到酒店一楼的餐厅准备用餐，早上这家酒店是提供自助早餐服务的，他在订酒店时专门有介绍而且被点评这里的自助餐品种丰富，很是不错，是这家酒店的一个特色。早上七点就开始提供服务，时间还早，餐厅里已经有三三两两客人到来，稀稀落落的人不算多，这个时间最合适早餐，等到八点开始用餐高峰那时人就多起来了，也热闹了。现在的时间正好是可以避免人太多相互拥挤着排队等候取餐。孟浩远随便挑选好一些食物，端着餐盘在餐厅靠窗口的位子坐下慢慢用餐，周围餐桌旁边没有人都是空位子。他不时看着窗外的街上景色，欧洲城市的早晨街道上人不多，也没有像上海城市的街道从早晨五点开始已经是人非常多渐渐热闹起来，清扫马路街面的，卖早点的卖菜的，路上汽车开始多起来，这种情景就是大城市特有的一种早上天还未放亮，已经开始一天忙碌的模样。而这里的城市完全是两种不同的风格，此时城市还是依旧显得那样安静，很少在街道上看到有行人在走动，整个城市还没有醒来，人们似乎早上还在休息一般，新的一天开始的忙碌还没有到来。吃完早餐的孟浩远又闲得无事，走出酒店在早晨的街道上轻松漫步行走一圈，商店都还关闭着，街上行人很少，难得碰到几个都是运动装束出来锻炼运动的，有骑着自行车全副装束的，也有穿运动装束在跑步的，偶尔有一两个行人行走着，这时的观景游走别有一番欧洲城市早上清静安逸的景致。闲逛了半个多小时，看到街上两旁的商店基本上是关闭着，街上显得平静祥和。看着安静的城市和街道，显得有些冷清。孟浩远无意继续游走逛街，才慢慢闲庭信步笃悠悠折返回酒店内，回到自己的房间。他无聊地打开电视看看新闻，顺便泡上一杯自己带来的绿茶喝着，坐着看电视休息一下，这样一直磨到上午九点半了，于是背上双肩背包走出酒店门，今天是要计划参观钻石公司，顺便看情况对自己包中秦带来的钻石原石进行鉴定。循着街走到离酒店不远的一个公交车站去等候公交大巴车，孟浩远对附近的情况已经认真地了解查看过，心中清楚。他站在车站候车，车站上没有几个人等车，有两个年轻的一男一女正在吸烟。等了没一会一辆宽敞干净的公交大巴车开过来靠站停车，孟浩远随着三个乘客在最后面跟着上车，车厢里的乘客人也不多，显得稀稀落落的很空。孟浩远不免感慨，国外人真的少，这个时间还这么少，不像此时的上海每条公交车站上特别是地铁车站上都是赶着去上班或者出行的乘客，公交车辆、地铁车厢内一直人挤人十分热闹。这辆大巴车上的乘客都各自分散地坐在位子上还有很多空位子。有人注意到最后上来一个亚洲面孔的年轻小伙穿着很休闲，身上背着背包一个人上车，和普通欧洲人的穿着差不多，有人好奇看了看孟浩远，单独早上乘公交的游客特别是亚洲游客很少见。扫视过后车中的乘客互不打扰，随即又扭头看向窗外自顾自地。孟浩远自己找一个空位子坐下，放下背包在自己腿上，双手拥抱着一副悠然的样子，转过头从行驶着的大巴车里看着窗外，坐在高高大大宽敞明亮的车上观看白天路上行走过的两边的风景，有些不同的视觉，心情特别的放松，无暇顾及车上有当地欧洲白人和黑人模样的乘客好奇打量他一个落单的亚洲游客的目光。他看着窗外的景色，随着汽车的开动一路变化着，犹如放映厅中放映的一部纪录片。自己还是蛮喜欢欧洲的建筑风格和城市布局风格的，这是一种明显不同的比较安静安逸的环境，特别是人少不喧闹，一种慢节奏的自由甚至散漫的悠闲安心的生活状态场景。大巴公交车开了五站到站后，孟浩远走下车停住脚步，站着举目环顾周围的环境，按事先搜寻查看过的目的地方向开始朝钻石交易中心区走去。

　　安特卫普是欧洲著名的商业旅游区，尤其是钻石商店，大大小小有很多著名的钻石商店遍布在周围，慢慢地形成一个旅游参观、购物的必去景点之一，因为钻石加工技术一流，它也是世界各地游客愿意专门趁旅游之际来这里看看购买钻石的地方，已经是世界非常著名的钻石购物商业区之一，此外还有南非英国等地。孟浩远步行走着抬头望着远处的建筑，那座最大最高的棕褐色建筑就是著名的"艾格尼丝"百年老店品牌钻石公司，它就是十层左右高的建筑，因为周围的建筑都不高，大都在五六层楼，所以在远处就可以很容易一眼认出它。"艾格尼丝"在世界上是比较出名的钻石品牌和商店，欧美国家深受其影响，最近几年经营发展很好，已在亚洲各大经济发展的国家等地区拓展它的业务。它的品牌和钻石设计加工受到亚洲人和中国人的喜欢，但是它的品牌钻戒在中国国内价格就很高，所以很多人愿意专门出国来到这里购买钻石，作为婚礼信物给新娘，以及重要场合送给重要人物的礼物。走在街道的人行道上不时看到有人往钻石商业中心走去，宽敞的路上各种汽车渐渐也开始在这里多了起来，一直来往不断，此时显得很是热闹。孟浩远不着急赶时间所以不紧不慢地边走边看，步行十多分钟就到了，看着这里的商店都是装修得光彩夺目各具特点，让人一下子感到来到一个热闹繁华的商业世界，简直是眼花缭乱不知道先看哪家，初来的人没有熟悉这里的，或没有在来之前做点功课的话还真是会不知所措如何参观选择。孟浩远他自己还是按照在网上搜查的介绍知道这里，最大的最出名的钻石商业体就是"艾格尼丝"公司，这里是此行的主要目的地。他径直走过去到临近抬头看着最高棕褐色欧洲简洁风格的建筑外立面，向上面有"艾格尼丝"公司招牌的那栋建筑楼走去。

这座在这里最高的建筑近看其实很是普通，走到大楼门口上台阶来到商店的入口。建筑大楼外面不远处有一个大型的停车场，已经停了不少中巴车和各种小型车辆，大都是世界各地前来购物或参观的乘坐来此的游客。"艾格尼丝"公司下面一层楼就是商店，门口已经有一名年轻的白人姑娘服务员在门口作为迎宾小姐迎接进店的顾客。店内还有两个年轻的女性服务员，身材修长化妆得体，其中一位是亚洲脸型或许是中国人，另一位是欧洲白人姑娘。他们看到有顾客进入会热情地带着你进入一楼里面的参观大厅。在这里顾客可以随意参观公司展出的各种系列成品钻石和收集的世界各地著名矿区的钻石原石，放在全部透明的玻璃柜台中供你欣赏、参观和了解钻石知识。此时进入商店的孟浩远正好看到前面有一个中国旅游团，大约有八九人正兴致勃勃地相互用中文交流着，表情兴奋脸上都是笑意，低头扶着玻璃柜台看着橱柜里的各种钻石、原石和产地介绍。孟浩远没有主动上去交流，自己是一个人到此随便地参观公司各种钻石，有合适的时机还会问询一下有关钻石鉴定的事情。第一次来钻石大公司的商店参观让他大开眼界，这么多来自世界各地著名产区的精美钻石真是五彩缤纷精彩美妙有些眼花缭乱。这些人们喜欢美丽珍贵高昂的钻石，有各种产地、不同出名的矿区和品牌设计大师设计的流行的钻石戒指挂件和胸针、耳垂挂件等品种，都令人赏心悦目爱不释手，难怪让太多的人们对钻石心生追求，钻石的高贵炫目令人那么喜爱，还具有保值升值的作用，毕竟物以稀为贵。

参观完第一区钻石展示区后顾客进入到第二区，这里展示的是钻石原石，由打磨技师在现场展示切割、加工、打磨等钻石工艺流程，打磨技师正认真细心地坐在里面打磨手中的钻石，参观的客人聚拢在一起驻足认真观看他时并没有影响他的工作，也许是已经养成了习惯，你们看你们的我做我的事。参观人群已有人好奇地举着相机或手机在拍照，打磨是慢工细活，十分费功夫，也是需要有技巧手法和经验的，需要花费大量时间和具有细致的耐心。再往里面就是第三区，各种钻石成品销售区，这里就是设计师和打磨技师加工好的各种类型成品钻石放在玻璃柜台里面，顾客可以在这里慢慢欣赏直到看到你满意的钻石和或者来时已经有购买需要，你可以在这里发现总有一款是你所需要的钻石。由于来源产地不同，钻石大小不同，天然形成的品质不同和设计加工切割打磨等因素不同，这里可以说没有两颗钻石会是一模一样的，都是独一无二的，价格也都是不一样。根据钻石的等级有四种基本要素来评定分级和标价。只要有顾客正欣赏着停住脚步盯着柜台里面的钻石在认真仔细地选看时，站在柜台里面的销售服务员根据他的销售经验很会判断出顾客是想购买还是随意来看看，马上会走过来微笑着低声轻轻询问道："需要帮助吗？"如果顾客对柜台里的钻石商品不满意，通过销售服务员可以随时从其他楼层调过来另一批次的各种钻石供选择，直到你选到自己满意的理想的钻石购买。

进入到销售区的客人数量是分批的而且是控制数量的，这样既可以为顾客提供更好的服务，也是出于安全和顾客隐私等措施考虑。所以基本上是一波一波同批次的团队客人进入选购，方便为每一位有需要的顾客提供良好的服务和解答咨询，又较好的可以保护客人的私密性。孟浩远参观完第二区后坐在二区和三区中间的休息区等候，喝着公司免费的各种茶水饮料和咖啡等各种饮品，终于等到前面有一个中国八九人的游客团队体验购买完成出来，看他们每一个人的脸上的表情知道购物很成功，人人脸上都是笑容地走出来，然后通过另一个出口通道走出去。孟浩远估计这批游客每个人都是出国前已经计划好了要到安特卫普访问参观或者旅游，还有一个目的明确就是在这一站停留半天时间来专门购买钻石带回国的。这里的钻石品牌度好，各种规格都应有尽有可以满足消费，而且质量有保证服务也好。客人只要在这里持原购买钻石的票据，不满意可以随时来退换，也可以将原来所购买的旧钻石退后重新再换购其他钻石，所以顾客对"艾格尼丝"的忠诚度很高，"艾格尼丝"的信誉一直很好。看着这批中国顾客走进店内时神采飞舞的兴奋劲，孟浩远估计他们大都已经出手购买到了自己心仪和亲戚朋友所托需要的钻石，他们还沉浸在刚刚采购的高兴中，都脸上带着笑容满意地离开这里了。

等这批客人走出出口通道离去后，孟浩远随着等候区的下一批顾客一起陆续走进购物区，这批顾客比刚才人数要多几人，没有看到一堆一堆聚集在一起的，都是两两或单独没有交流的自顾自进入的散客，所以看情况分析应该是来自世界各地的游客慕名而来参观或者准备选购钻石的，有夫妻两人一起各顾各的交谈地看着，没有和周围其他人交流，显然大家互相不认识。随着服务员微笑着迎接这批等候的客人进入第三销售区店里，孟浩远跟随着进入，这批顾客大约在二十多人左右，进入商店购物区后各自分头找寻自己喜欢的钻石，眼睛紧盯着柜台认真地参观，不时有人招呼服务员咨询的。有的参观起店中橱窗柜台中的各种钻石，在店里慢慢地兜巡了一圈，里面的这些钻石令人目不暇接，散发出高贵的珠光宝气。孟浩远顺便也认真地沿着店里的柜台走了一圈，看到有人聚在一处看、问，就越过而走向前继续参观，很快他已经把店内所有柜台转了一遍，并把钻石和环境都扫视了一遍，在脑中很快记忆进入已有印象。看到其他顾客有的已经停留下来，在柜台前与服务员咨询，听他们的介绍。也有一些顾客只是进来参观到处看看的，孟浩远算是其中之一。他走到人最少的柜台看了起来，里面有标价较高和稍大一些高规格的钻石，那里放置着是店里最高档钻石。他低着头认真地的透过玻璃柜台看里面的钻石，心里正在想如何开口询问有关钻石鉴定的事情，这里只是销售区不是商谈区，但是他又实在不清楚如何寻找公司，要求帮助鉴定他带来的钻石，越想越不太自信，这里面最大规格的钻石都在一克拉以上，都已经算是很高档的规格了。可是秦带给自己的钻石原石太大了，难道真是也算是钻石？还是秦理解错了，他带来的并不是真正的钻石？心里矛盾着有些不自信起来，但是既然现在人已经来到这里，要想办法让他们带我去他们的钻石采购或者鉴定专家那里，我才有机会谈出我的想法，请他们帮助鉴定秦带给我的钻石真实性。

　　孟浩远一个人一直很认真地在看高档区这一片钻石，心里在想着这件事。引起了服务员的注意，很快有一位年轻的欧洲白人姑娘女服务生，年纪约莫在二十多岁，她穿着店内统一定制的工作套装，脸含微笑着走过来主动轻轻用英语询问道："先生，你好！请问你需要什么帮助？"孟浩远见服务员过来，心中有注意了说道："噢，谢谢！是的。请问是否可以请你们经理过来，我需要和他谈谈"。女服务生看孟浩远的脸上认真严肃并不像开玩笑，心想这位年轻帅气的小伙他和其他购物之人不太一样，刚才一直盯着高档区的钻石在认真地看，难道他是一位大客户？判断他可能是有准备购高档钻石方面的事需要向经理亲自咨询。她脸上依然保持微笑客气地回应道："先生，请稍等。"说完转身离开了一会，孟浩远依然低头在看着柜台内的钻石。没有多久不知道从哪里走过来一位男性白人模样，年纪约莫四十多岁的身高约在一米七左右不算太高的服务员走到孟浩远跟前："先生你好！我是当班值日经理马克，请问你需要什么我可以帮助到你吗？"孟浩远一看来人自报是值班经理马克，循着声音抬头看来人，只见他胸牌上英文名也写着马克，并且刚才那位年轻的白人女服务员是陪着他一起过来的，两人来到后她在旁边对孟浩远介绍着："先生你好，让你久等了。这位是马克经理。"孟浩远心想他应该有一定的权限，和他对接试探一下看看。于是说道："噢，你好，马克先生，我有东西想请你们公司帮助鉴定一下，不知道是否可以？"值班经理马克看着孟浩远年纪轻轻的一副学生模样，身上穿着也很普通，一身休闲服装，不过挺精神。但是进入销售区后他不像其他顾客专心地在仔细研究询问买钻石或参观欣赏钻石，反而提出来鉴定钻石的要求，这不合理啊。这位年轻人不像一般通常的顾客，不由得抬头打量一下他，只见孟浩远身上背着一个双肩背包，包里不知道装了什么东西，有些神秘的样子。马克也是工作经历不短，有较丰富的经验，这位年轻顾客来到第三区是专门的在钻石销售区，他进来后听服务员希拉说只是很随意的看钻石，然后提出要和店里的经理见面。这种情况基本上很少碰到，如果他身上有真有钻石，一般作为行业有经验的公司客户都知道直接会来艾格尼丝公司找采购经理商谈的，不会跑到店内参观问询并提出这样的要求的。这有些奇怪了，这位年轻人一看不是行业内的人，看似很普通。心中暗想着也许他其实并不普通，这种行为表现不寻常的人越要认真对待，要谨慎接待这位顾客。这位年轻的小伙只说要求鉴定一下，说明他不懂钻石行业的一般规则，太少见了。马克疑惑地问道："先生，我们是钻石销售公司，只是做和钻石有关的业务，请问你……？"见马克小心地在问他，孟浩远一脸认真镇定地说："是的，知道。我这里有需要鉴定的东西。"孟浩远这次很明确表达他有东西带来要求鉴定。马克不由得再次仔细打量起来眼前这人，穿着随意，一身休闲装像一个独自到处旅游的游客，身上背着一个双肩背包，脚底上穿着运动旅游鞋，戴着一副眼镜，看上去很帅气又斯文，透过眼镜近距离可以看到他的眼神很精明透出智慧，而且他用英语交流起来说话很是流利，令他刮目相看。不过他的样子还是像是一个正在在读的大学生，总体判断他就是一个普通的顾客，但又感到有些不一样。马克也是职业场中有些经验的，见识过各种各样不同的顾客，但是像孟浩远这样的并不多见，而且他刚才说过一句话引起了他的注意，就是孟浩远说："我这里有需要鉴定的东西。"这句话他听进去了，心里吃不准但也不敢怠慢孟浩远。看着孟浩远笑着说道："好吧，先生，请随我来。"引着孟浩远走出了钻石销售第三区，他在前面走孟浩远在后面跟随着，很快几个兜转来到一边的一扇门，这里孟浩远没有注意，原来这里还有专门的一个通道。跟着值班经理马克在后面走着，马克不时回头看看孟浩远是否跟上，一前一后两人也没有多说话，几个转弯来到了电梯区走进电梯内，马克摁在 9 层键，很快来到了九楼的楼层，出电梯后，孟浩远又跟着值班经理马克沿着通道走到最里面的一间没有挂牌子的办公室前。只见值班经理马克在门口轻轻敲了几下房门，然后示意孟浩远先等一下，自己推门走进办公室去，走到办公桌前，对正坐在椅子上的一位年纪约在五十多岁脸上留着胡子的白人面相的中年男子低声耳语起来。然后马克又走过来到门口，开门把站着门外等候的孟浩远请进来，引导他在办公室旁边的一个接待区，那里有一个小型长方形桌，有几把椅子，他上让孟浩远坐下，小长桌子两边各放了三把椅子，孟浩远坐在对面一侧空位子上，另一边站着值班经理马克和跟过来的那位中年男子。马克陪着那位中年男人走过来后主动给孟浩远介绍道："先生，这位是伯格先生，是我们公司的经理。请问先生你贵姓？"孟浩远看两人走过来，自己出于礼貌也早已站起来迎他们过来。马克介绍刚才那位是他们公司的经理伯格，就回答道："你好，伯格先生，马克先生。我是孟浩远。"伯格脸上很严肃没有笑容，不过语气很客气说道："孟先生请坐。"孟浩远顺势坐下，伯格也同时坐下。

马克介绍完后走到一旁的茶水桌上拿来一瓶水和一个玻璃杯，然后过来放在小会客桌上打开瓶盖，开瓶后倒了入玻璃水杯中旋即又将瓶装水盖子盖上，将玻璃杯放在孟浩远桌前示意请用。马克也赶紧坐在伯格一旁。三人坐下后伯格开始试探地小心询问起来说："孟先生你好！我有什么可以帮助你的？"孟浩远听后并不多说，这时他将放在一边空位椅子上的背包拿过来，随意拉开自己的背包，从里面取出一个外面用中文报纸包裹起来的物件放在桌上，然后用手做了一个请看的手势，伯格和马克有些吃不准，不过眼睛已经被吸引过来，盯着看这团报纸包裹的极其普通的东西。此时孟浩远并没有说什么，只是注意观察着他们的表情和眼神，他们一定会好奇而打开看或者询问的。观察这位伯格先生看完他提供的钻石原石后是怎么一个表情、态度以及说话就可以初步辨别出来钻石的真假。另一块包裹好的更大的巨型钻石原石孟浩远放在包的另一层夹层里用拉链拉好了，他还没有准备好，如果小型的钻石经过初步鉴定是真的，那所有秦带来的钻石都应该是真的，鉴定与否已经不重要了。伯格看着值日经理马克点头示意他打开裹着的报纸，等马克一点一点轻轻打开几层包裹的报纸后展现在他们面前的是一颗硕大的如鹅蛋般大小，约在200多克重的钻石原石，伯格经理看到后眼神瞬间被吸引住，不由得大吃一惊，脸色顿时变了，眼睛一直盯着这块奇特漂亮的钻石，原来脸上一直严肃甚至有些冷淡的表情一下子发生了变化，眼神中闪过惊喜柔和的目光。值班经理马克一看更是掩不住自己的兴奋，眼睛睁大面露喜色，嘴也张大直勾勾地盯看着桌上的这颗硕大的钻石。他们两人都没有想到眼前这位看似普通帅气的年轻小伙拿来的竟是这么珍贵的一块钻石，太令人意外和吃惊了。凭他们的多年职业经验，这块被很是随意的被他从包中拿出包裹着几层层旧报纸的东西，竟然是一颗自己还从未亲自接手过见过的巨大钻石。值班经理马克已经看出伯格露出的吃惊欣喜表情变化，自己看到这颗钻石原石也已经内心突然加速跳动，充满喜悦不由得躁动起来，激动兴奋有些不知所措，只是呆呆地看着，看不够。伯格经理尽管激动还算保持内心的平静，没有太过张皇失措。他不由得伸出手爱惜地拿起桌上的这颗钻石，用手轻轻地摸着然后端在手里认真投入地看了起来，拿在手上的手感是沉甸甸的分量很重，看似还没有太过炫目，不过心里十分满意，看了良久然后小心翼翼重新地放下，迅速站起身走向自己办公桌，从抽屉中取出一把专用放大镜又很快走回来坐下，又仔细认真地查看起来，他好像全然忘了还有一位不熟悉的年轻客人就在旁边。这种大规格重量的巨型钻石可谓是行业中重量级别的不可多得的钻石，如果对，真是非常稀有，一定会在整个行业中引起轰动。现在看它的外形和质地完全符合钻石的所有基本特征，凭自己从业多年来不断积累起来的丰富的经验，看它的材料质地已经可以判断是品质非常好的钻石珍品，心里窃喜起来，一定要让它留在自己的公司里。伯格经理在这个位子上，还没有亲自接手过这么巨大的钻石。此时的他内心实在激动不已，今天真是好运的一天，内心已经翻腾起来再也不能平静下来，真想放开大笑，表达自己的高兴激动之情，但是老道的他终于强压内心的无比喜悦，脸上不露声色依然严肃。可是身边那位年轻的当值经理马克早已难掩兴奋和激动的喜悦，惊喜地睁大眼睛目不转睛地看着这块钻石，不由自主地发出赞叹道："噢，我的天哪！这太让人吃惊了！"。孟浩远看着他俩专注认真，特别是马克经理惊喜欢呼的样子，心里的石头落地，看样子秦没有弄错，这应该就是真正的钻石，只是还不知道它的等级如何？此时他心里也异常激动，这真的太不可思议了，秦那里居然会这么轻而易举的随便拿来的这些原石，居然还真的是珍贵无比的钻石，这份厚礼实在太重了。然而他脸上也依然保持着镇定，尽量克制住内心的狂喜，告诫自己现在不要太过激动要保持克制。所以他自顾端起杯子慢慢喝了一大口水，神态镇定，好似你们好好看吧，我并不为意，才不那么激动，一副超然自在的神态。经过一阵无语交流，过了好久伯格经理心中窃喜，表面保持着平静小心问道："孟先生，可否告知这块钻石是来产自哪里的矿区？您这次来是想……？"后面他故意存留着话不说，他是想让孟浩远自己来说出目的然后亲口告诉自己。毕竟这位孟先生到现在还没有说明他拿出这块珍贵的钻石到底准备做什么？难道他真的仅仅是为了到我们公司专程来对他的钻石鉴定？那为什么他假装是普通游客跟随一起进来？而不是直接通报找公司的采购事业部进行直接谈判？他手中难道就这一颗钻石？是否还有其他钻石？这位孟先生身上有太多的需要解开的答案。孟浩远见伯格眼中含着精明，说话很客气，但是以退为进很有智慧，是一个经验丰富聪明的职业经理。他心中提醒自己说话要小心。见伯格在小心地问他，孟浩远脸上看不出表情平静地说道："噢，伯格先生。你们公司是百年老牌公司，注重品质和服务。我想应该有不少很专业的钻石鉴定专家吧，所以我才特意过来的，但是又不敢贸然直接找上门，而且也不知道如何联系你们。所以只能在参观时请马克经理帮助，谢谢马克经理很热情帮助我。"

　　孟浩远避开其他的问题只说是来要求帮助鉴定。伯格经理和当值经理马克听完孟浩远这么说话，内心自然是有些失落的。伯格嘴上说道："是啊，我们公司是有很多专业的钻石鉴定专家，谢谢你的到来，我们可以免费帮助鉴定。"孟浩远说道："好，谢谢伯格先生。至于你刚才问到的产地嘛，在中国，偶然发现获得的。其他暂时不能多说，你知道的，这是秘密。"说完，看了看他俩，显不想多说钻石来源底细和太多关于这颗钻石的事情。伯格经理听后明白，有些客户怕会泄密或另有些隐情，担心和有顾虑也是在情理中。再说他只是偶然获得这一颗珍贵的钻石，并没有专门的矿坑，也许情况真是这样。于是说道："孟先生你好，我告诉你经我初步检查鉴定的意见，你带来的这颗超级巨大的钻石原石，它应该是一块品质极好的天然钻石，它和我见过的其他世界各地著名矿坑的其他钻石不太一样，很少见很稀有。不过还需要我们的专家做进一步的鉴定分析。"孟浩远脑子一转，他已经在网上搜查一番，有些知识储备，钻石看质量和等级，品质越高越好，体形重量越重越大，其价格也就越昂贵。目前行业中通常有所谓的"四C标准"评价标准，还有等级中的细分级别，最后还有加工工艺和设计，加工越好越贵。这些已经查过资料心中是清楚的，他也不急。孟浩远说道："噢，是吗？那请伯格先生帮助继续鉴定一下可以吗？"此时当班经理马克资历比较浅，看到如此高品质的钻石已经兴奋地说道："我看这是一块品质非常好，质量非常上乘的钻石珍品，非常稀少。"伯格经理眼睛没有看马克，但心里已经在生气，谁让你这么急就随口说出的，一点都藏不住。他依然保持冷静仿佛无视马克刚才的说法，面对着孟浩远说："孟先生，目前看起来它确实不错，这样吧。我们请专家再做进一步鉴定，听听他们的专业鉴定意见吧。"他对着年轻的当班经理马克说道："马克，你去把珍妮小姐和司文生先生请过来。"马克答应了一声走出门去了。伯格经理此时脸上已经很是轻松，起身微笑着客气地询问道："孟先生，需要咖啡吗？"我是这里的总经理，刚才那位是我们销售的当班经理叫马克。孟浩远说说道："伯格先生，我已经知道了，谢谢你能亲自接待。可以，来一杯咖啡谢谢！"伯格站起身到旁边的茶水桌上的咖啡机，一会儿倒了两杯咖啡拿过来放桌上，马上一股咖啡香气自然而飘在空气中，两人品着醇香浓郁的咖啡，伯格扯开话题介绍起这种咖啡的产地和特点以及文化来了，一杯咖啡慢慢已经喝完，伯格又倒了一杯过来。过了一会正在他们交谈中，伯格让马克请来的公司珍妮小姐和司文生先生跟着马克一起走了进来。名叫珍妮小姐的一位是白人女子，年纪约四十多岁，她穿着讲究身高在一米七左右，人不胖不瘦身材紧实，她是一位经验丰富的钻石加工设计大师。另一位司文生也是行业内有名的钻石鉴定大师，是一位白人长相的中年男子，年纪在五十岁左右，个子在一米六七左右，人瘦瘦的样子很像是一位老师，看上安静有修养也很斯文。这两位专家都是行业内非常出名的一流专家。两位专家跟着马克敲门后进来。伯格见他两人一起进办公室，显得很客气和尊重他们，站起身笑着招呼，伯格说道："珍妮小姐和司文生先生，这位是来自中国的孟先生，他带来了一颗钻石原石，希望我们公司鉴定一下。”他边说着边用手指着会议桌上的那颗钻石原石，两人点点头示意孟浩远后，走到会议桌前先一起弯下身认真地拿起放大镜仔细地观测钻石。然后加工师珍妮脸上已露着笑意说道：“这一颗的确是品质很好的钻石原石，这么大很少见。不过我需要切割一下进行仔细的查看是否可以？”品质鉴定师司文生仔细查看后慢慢说道：“这颗钻石是品质优秀且很少见的高等级钻石，从目测情况看，我很奇怪没有钻石可以达到这样好的品质，太不一样了。”然后又有些疑惑地自言自语地说：“它是从哪里来的呢？”伯格听他们俩的分析和说话已经明白了，他们两人的经验目测检查和自己的检查判断是一致的，但是他看到司文生那副奇怪的表情还在自言自语地说，不免有些疑惑，心想司文生这样的表情说明两点，钻石一定是极高品质的无疑。还有一点，难道它还隐藏着更多不可思议的秘密？想了一下说道：“好的。谢谢珍妮小姐和司文生先生。请你们按公司规程拿到实验室再仔细地检验，然后直接过来告诉我们最后的检验结果吧，我们等你们。”然后对着孟浩远说道：“孟先生请放心，时间不会太久的，我们慢慢谈吧，检验需要在表层切割打磨一下没有什么问题吧？”孟浩远点头坦然说道：“可以，请吧。”两位专家由马克小心地捧着那颗钻石一起鱼贯走出，离开办公室。

　　伯格心里暗暗吃惊起来，他一直在回味公司这两位自己非常信任专业能力非常强的权威专家的话，看来这颗钻石非同寻常。于是怕冷落孟浩远开始介绍起自己公司的发展历史，约莫过了一个小时，珍妮和司文生跟随着马克忘了敲门直接推门兴冲冲地走进来。珍妮掩饰不住自己的激动说道：“噢，我的天，太好了，简直太完美了，没有任何瑕疵，请看看打磨的部分，不过它有点特别，这颗钻石它的硬度超过所有已知的经过我鉴定过钻石的最高硬度标准，打磨太困难了，很费时间。而且它很特别，在切割打磨时它不会有裂痕也很难出现碎裂，和我们现有的通常钻石的特点稍有些不太一样，它是更好更出色的等级，超过现有行业规定标准等级，是最高等级的，它简直是完美极了，太不可思议了。我第一次遇到它，很幸运，太好了，谢谢孟先生。”珍妮已经不知道如何来赞美这颗与众不同的超过最高等级标准的钻石了。等珍妮小姐说完后没有想到平时异常冷静和斯文的司文生也是兴奋地说道：“是的，珍妮小姐说得没有错。这颗钻石品质实在是太好了，我认为这是我见到过的最完美的一颗钻石，所有等级判别它都是最高的。不，应该改变行业等级分级规则，可以重新把它制定等级界别标准。这颗钻石原石重量是 225.4 克。我承认它是我见过的最完美最出色的，不，不，不无法用语言来描述它。太好了，谢谢孟先生！"伯格没有想到也没有见过这两位资深专家会这么的兴奋和激动，甚至已经情绪有些激动得出现失态。看来他们已经极其认同这颗罕见的钻石，此时他难掩心中的惊喜了。对着珍妮说道："珍妮小姐你说的特别，是不是和司文生的结论是一样的？"珍妮说道："当然。我的意思，这是我经历过的绝无仅有的最完美的一颗钻石，非常珍稀，它可以改变目前行业钻石等级标准，需要重新制定另一层高等级标准。因为超过现有最高等级标准应该有好几个层次，可以申请以它为标准来修改界定新标准。"伯格听完两人的意见后，怕他们因喜欢激动而失态，赶快对着孟浩远说道："孟先生失陪一下，马克你陪一下孟先生。"说完拥着两人一起出门关上房门到外面商量去了。马克陪着孟浩远，此时他对孟浩远已经刮目相看彻底敬佩了。看孟浩远一直保持冷静似乎有些波澜不惊，遇到这么大高兴的事能有如此定力，一般人很少会这样，自己简直从没有遇见过这样的人。同时他心里暗自高兴，这位孟先生是自己亲自接待的一位与众不同的人，脸上难掩愉快和兴奋，主动地与孟浩远交流起来。对马克来说今天真是难忘的一天，自己从未见到珍妮和司文生两位专家这么激动过，伯格经理表面没有露出十分兴奋激动的神色，但从他现在的安排上已经知道，其实他更加惊诧和激动，只是在强按自己兴奋的情绪，今天可谓太神奇的一天，让自己有幸碰上了。

马克热情地帮着孟浩远又倒咖啡又拿了一些小饼干甜点过来，主动地找话题和孟浩远聊着。过了一回，伯格带着两位专家再次走进办公室来。此时他心里有些紧张，不过脸上已经出现高兴的笑容并对孟浩远说道："祝贺孟先生，我们专家鉴定后认为它是一颗品质很好、等级极高难得一见的珍稀钻石。孟先生你和我们公司有缘，你是否愿意出售给我们？这是我们的荣幸。"两位鉴定专家和马克听到伯格开口说话，都明白也都满含期待，脸上微笑又怕错失这颗高贵的难得的钻石，大家目光一起看着孟浩远。他们当然很希望公司可以留下这颗从没有见过的高品质，可以说是十分稀有的钻石。孟浩远刚才听清楚他们的交谈和对这颗钻石不吝赞美之词来评价和鉴定。他没有想到秦送的钻石会真的是货真价实的钻石，而且是这样少有的极高品质，它超越了地球上目前已发现的所有高品质钻石。或许是因为来自外星球的钻石品质，由于不同宇宙空间独特的自然变化条件和漫长时间的变化而形成独一无二的极品钻石，这是在地球上所具有的条件是无法达到的，或者还没有这样的条件。这样形成的钻石具有更加高的品质，显得弥足珍贵。现在伯格当面小心诚恳地问询，希望这颗钻石出售给他们公司，不回答好像不行了，这次来他们公司后发生的一切说明自己是和伯格他们有缘吧。而且伯格和这些专家都这么热情专业，喜爱钻石但也很坦诚并没有欺生，把真实的鉴定结果如实地告诉他。他们现在希望获得这颗稀有难得一见的宝物，自己包里还有更大更好的一颗，家里的箱子中还有同样好的钻石。这次来的目的主要还是来完成鉴定的，既然他们希望求购何不顺水推舟，自己包里还有一颗更大的还没有决定如何处理，以后说不定还需要继续和艾格尼丝公司合作。想到这里心里已有主意，但是孟浩远明明已经想好，有了自己的主意但却并没有马上说出来。所以他们看到的孟先生没有说话，只是坐着像是在脑中激烈地思考中，会议室里鸦雀无声一度很沉闷，场面有些尴尬，没有人敢在此时发出声音打破平静多说什么，都紧张地盯着孟浩远看。他越是沉默不语像是在思考中，伯格等人心里越发的焦急地看着孟浩远，希望他说出明确无误的他们需要的答案。一阵安静后最后看着这种场景伯格倒是实在忍不住了，开始有点着急起来，他心想这么难得一见极其珍贵的钻石世上难求啊，这颗钻石品质之好，两位专家的意见和他们十分喜爱的表情都很清楚的，已经说明它非比寻常，非常有价值。如果这位孟先生今天出了我们公司出售给其他任何公司，那我们公司可就实在错过这次机会而且脸上无光了，难道孟先生真的只是来此鉴定一下，他没有出售的这颗钻石的意愿准备自己珍藏？于是急切地开口说道："孟先生，我们可以按高于市场行情求购。我刚才出去时已经报告了我们总裁，他同意求购一千万美元。是否愿意？或者请你开价。"孟浩远一听心里倒是吓一跳，不过脑子飞速快转，以自己头脑中已经搜寻记忆的信息和资料，自己已经掌握了有关钻石的一些初步信息了解分析。如果按加工过程切割完成，当然要去掉部分损耗，加上公司品牌度的影响，这么大的钻石上品基本价格大约可以在1500万美元左右。不过考虑这样的一家百年老店，以后还要和他们继续合作，第一次合作他们的价格还是可以考虑的。刚想开口准备说话时，伯格因为看孟浩远没有发声似乎还在思想剧烈的认真思考斗争中。此时他正好也要加价说话，见孟浩远抬头准备说话马上先收住先听孟先生说吧，孟浩远说道："伯格先生，好吧。这次来参观贵公司并帮助鉴定，公司非常重视也很有诚意，我对钻石其实是很不熟悉，一点概念也没有，价格方面其实根本不懂。好吧，就按你说的一千万美元同意出售给你们。给我转账，注意保密和安全，另外请给我一万美元的现金，我要在这里游玩几天需要一些现金使用。伯格先生你看这样可以吧？"伯格听到孟浩远说出来他的同意意见后，心里石头落地，心想总裁要求必须当场谈判拿下，对这颗钻石可以议到1300到1400万美元左右。自己刚想开口要加价，正好眼前的孟先生主动先说出来了，刚才还好没有太快说出口。现在一听孟浩远说话并没有还价让他意外，他说自己对钻石一点都不懂，看来是真的，心中有些惭愧，看来这位孟先生就像他说的一样应该确实不懂行情，所以只是要求加了一万美元现金方便使用，心里有点不好意思，明显价格上亏了这位年轻的孟先生。自己公司一下子节省了大量资金或者说可以有更多盈利空间。不好想到终于可以得到这颗珍贵无比的钻石还是非常激动开心的，脸上神色已经是洋溢着喜悦的笑容，不过并未失态保持着平静，连声说道："好的，孟先生，请把账号给我们，马上办理转账。安全性方面请不用担心，我们会保证来我们这里的每一位客人的隐私和安全，这是我们的最基本要求。孟先生您请稍等，我先出去告诉他们马上就办，让马克陪你吧。"孟浩远的亲口同意让珍妮和司文生抑制不住激动，两人相互击掌拥抱起来，又过来与孟浩远握手拥抱，表示出来的兴奋和喜悦之情此时已经释放出来，马克看着更是开心地说道："耶，太好了。谢谢孟先生！"伯格说完对着马克又说道："马克好好陪陪孟先生，我出去一下办理转账事宜。"说完和珍妮和司文生一同高兴地走出房间门，走出门后的伯格终于心里石头落地，在外面再也藏不住内心的喜悦之情，兴奋地与珍妮和司文生一起拥抱击掌显。伯格拿出手机马上把这一喜讯向公司总裁报告。伯格的办公室内马克非常羡慕地和孟浩远交谈着。这位年轻的小伙子看似普通，现在一下子就是千万富翁了，既有羡慕他的好运又有敬佩他居然没有还价的实在人品。没过多久，伯格办好转账手续走了进来，笑着告诉孟浩远说道："孟先生，已经办完转账手续。"手上拿着一个公司纸袋递给孟浩远又说道："孟先生，这是一万美元现金，希望你在这里玩得开心。如果有任何需要请随时联系我，这是我的名片，希望我们可以再次合作。"孟浩远接过名片见伯格的名片上另外亲手手写了一个手机电话联系号码，见孟浩远在盯着看，伯格笑着："这是我的私人电话，你可以随时联系我。"孟浩远接过名片看着，见伯格连自己的私人电话都给了自己，说明他此时对完成交易已经十分高兴，也是对自己的信任，意味深长地说道："好的，伯格先生。我想会的。"又过一会孟浩远的手机短信提示，孟浩远自己手头上唯一的一张工资卡是建设银行卡已经到账一千万美元。看事情都已经完成，孟浩远起身站立准备要告别伯格和马克说道："伯格先生和马克先生，今天我们已经认识，这是个好的开始。好了，我要回去了，不再耽搁你们时间了。再见！"说完拿好自己的背包准备离开，伯格热情地说道："孟先生，你住哪里，我派车送你过去吧，或者你想到处看看我给你一辆车也可以。"其实此时孟浩远脸上波澜不惊，但是心里的高兴已经憋了很久了，没有露出来，他恨不得马上离开这里，一个人出去满心喜悦地找一处僻静处大声嚎叫，宣泄一下自己高兴的情绪。现在被公司证明秦带来的是真正的最好的珍稀钻石，自己还有很多，这是一种怎样无比兴奋和激好心情。现在突然间自己一不小心短短半天时间中已经一下子成为一名真正的千万富翁了，这真的太不可思议了。尽管自己对金钱并没有太多的欲望，但是现实是就在刚刚到自己银行卡账上是实实在在多出了有一千万美元啊，这可是一笔巨大的天文数目了，太令人惊喜了。在公司里孟浩远被两位行业内专家的鉴定结论确认那一刻，其实和他们一样内心十分激动，但是还是尽力压制住显得平静保持稳重的态度，心中也是万马奔腾一阵阵的狂喜，只是抓紧喝水来掩饰自己的情绪。现在正想着早点离开公司，自己来的目的已经达到，到外面找一处远离公司的僻静处可以放声大笑大喊宣泄一下自己内心的激动之情。孟浩远想到这说道："谢谢伯格先生，我自己还有事就不用了送，谢谢！"伯格见孟浩远说自己已有安排，他不好再坚持，于是说道："好吧，孟先生既然有安排那我送你到公司大门口吧，欢迎孟先生随时再来。"两人不由孟浩远再说，高兴地一起陪同着孟浩远乘电梯到楼下又步行走出大楼直至送到大楼门口台阶，十分恭敬地站着没有马上离开，一直目送孟浩远走远离开视线才慢慢一起转身走回公司。

四

　　孟浩远走出艾格尼丝公司后头也没有回，怕伯格他们还站在大楼台阶门口目送他离去，还是和前面一样显得镇定一直慢慢走着，心里真恨不得马上快速飞跑起来，他要释放自己的喜悦之情。不过他终究是忍住，他估计此时也许伯格和马克仍站在门口台阶上目送着自己离去的背影，不能让他们看到自己喜形于色的神情。所以还是故作镇定显得不急不躁，心态平和内心强大地依然保持着平静的走路姿态继续步行离开。也不好意思偷偷回头张望。确实此时伯格和马克还没有进公司，就站在大门口一直在注视着他离开的背影，对孟浩远已经充满喜爱、尊敬。等孟浩远走出一段路程后正好侧面看一处街景时，拿着手机在拍周围景色，侧转头悄悄张望那座大楼，才发现目及视线大楼大门台阶已经看不到伯格和马克的身影，距离已经有些远了。此时他才一下子感到一身无比的轻松，憋了很久总算可以自由的释放心情了，不禁大声地发出一声"耶"的欢呼，街边上的正好有几个稀稀落落零星行走经过的人，被孟浩远这位年轻人突然莫名其妙的一声欢呼吓了一跳，循声吸引过来转头吃惊地看着面前的这位年轻人，只见他手中拿着手机在拍照留念一个人看着周围的建筑，似乎没有什么特别吸引人好高兴的，为什么他会十分开心的样子，不知道这位年轻人为什么会这么高兴。周围并没有什么可以看到让人激动的事发生或者特别的令人惊叹的建筑和美景啊，在他们看来这里很平常啊。孟浩远赶紧蹦着，小跑着几步轻松地一跳一跳地往前走去迅速离开，一路心情大好。看看街道两旁的景观建筑和行人，以及周围的一切都是那么的舒服愉快，边走欣赏着，边开心地笑着，人的心情被高兴点燃让他感到周围的一切都会是那么的美好令人愉悦，原来生活的美好是来自内心的无比愉悦所激发和释放的。当他走到公交车站候车准备早早返回酒店时，反应机灵敏感的他随意地观察着周围，看到离车站不远的路边停着一辆黑色奔驰 SUV 车，他不由得多看几眼，敏感的他有些下意识地警觉，心里不免警惕起来。

　　一辆公交大巴车驶过来停靠在车站，孟浩远随着几个乘客上车时，特意还向后张望着，这是他的习惯，对周围环境会留意观察一下。这一扫视真的有些发现，停在离车站不远处的黑色奔驰汽车依然停在路边，心里刚刚要放下心来，不过等大巴车开出车站时，孟浩远在车上不免回头无意再看时感到有些奇怪，那辆原来停在路边的黑色汽车此时却也不急不慢地跟着大巴车出来，在后面行驶，难道这是巧合？此时他心里多了一份心思，不由得联想起来，这辆车可能是有意跟着大巴车的，那到底为何？还是正好无意随着大巴一起出来行驶。再看看上车时车站上原来站着两位欧洲白人相貌，身材结实高大硬朗都穿着藏青色西装，脚踩锃亮黑色皮鞋的年轻人脸色冷峻威严，竟然也跟着上了公交车。这两人看他们这样的打扮和严肃的神情，似乎和车中其他上车的乘客有些不一样，难免不会引起他的注意，不由得多看了他们几眼。只见两人上车后并没有交流，都是一言不发各顾各地站在车前和车厢后部，神情严肃看着很随意的样子，不过露出的眼神透出精干还有些杀气，他们站在车上还是有点显眼且与众不同。他们在车站候车时一直分开两处随意地站着，当时离车站有一点距离，在大巴车到来时才慢慢靠过来，等在最后才跟着上车的。看他两人的长相、身材和穿着以及散发出特有气质，孟浩远感觉他们两人像是职业保安人员一定身手不凡。因为这两人突然出现在普通的一个公交车站，孟浩远才开始留意观察四周，才发现不远处停着一辆黑色奔驰 SUV 车。他隐隐察觉有些不对头，不知为什么开始有点紧张，凭自己的直觉这两人不会无缘无故的在这里出现，他们身材健壮目光敏捷非常职业，来这里肯定是有目的性，会不会是冲着自己而来？自己算是刚刚有钱，进艾格尼丝公司交易了一颗钻石，难道消息泄露被盯上了？似乎不太可能。他们上公交大巴车后也不看孟浩远，身子站立面对车窗看着窗外，两人保持着距离，一个在车头部空的地方，一个在车尾部靠中间的地方站着。可能孟浩远也在偷偷瞄看了他们几眼，让他们察觉到了。公交大巴车到站后孟浩远慢慢下车，下车后并没有马上离开车站仍然站着故意拿出手机装作要查看手机准备打电话的样子，悄悄停住脚步不经意的暗中留意观察。等公交大巴车重新关门离开车站后，孟浩远发现刚才车上的两人也已经从车上下车。让他更加相信一定是冲着他而来，不过并没有跟随着孟浩远停下脚步来，两人向着两个方向一个径直往前一个转身向后从两个不同的方向慢慢行走着，似乎是根本没有在意孟浩远。不过警觉的孟浩远站了一会看到原来跟着大巴车的那辆黑色奔驰 SUV 车又出现在视线中，在离开车站很远处停在路旁，一个朝后走的西装男子若无其事地朝黑色小车方向走过去，孟浩远暗暗吃惊，心里更加紧张起来，有一种特别不太好的预感。孟浩远迅速思考着，这究竟是怎么回事？难道他们突然出现在面前又无缘无故的是盯上自己一个中国人，目的是什么？自己一副学生打扮，身上也并没有穿着十分招摇的大品牌奢侈品衣物，都是很不起眼的休闲装束，与普通人并无二样，根本不像是有钱的富人。看他们身上的穿着显得高档讲究，气质神态很是见过场面经验丰富的职业人员，很像是为重要人物当保安的那种保镖。难道不是冲着自己来的是另有目的？附近有他们保护的目标人物在？噢，抑或真的是冲自己而来？自己没有钱，只是刚刚在艾格尼丝公司销售了一颗钻石收到一大笔钱，这些不可能会有人知道这件事啊？自己刚刚在艾格尼丝公司出来没有多久，而且他们公司答应保护每一位客户的隐私安全的，所以也不可能泄露自己刚刚获得的财富的信息。但是如果不是冲着自己又是为谁？思来想去不知为何？不管他们为何出现在这里，自己还是要小心一点，保持着警惕，他不时悄悄地四处观察起来。

　　街道两旁行人并不是很多，三三两两你来我往，此时保持警觉的孟浩远试着朝另一反方向沿街行走，装作闲逛起来，刚才已经走在孟浩远前面那个高个子西装男正在前面，不知道有没有看到孟浩远突然折返朝另一边方向走，他好像仍然在慢慢在前面行走并没有在意孟浩远，也没有回头张望。原来后面的另一个个子稍矮一点的西装男一路走着慢慢消失看不到人影，等孟浩远走出一段路后，这人突然迅速走到那辆远处正在过来的黑色奔驰 SUV 车，接近后汽车停住，他快捷的拉开车门迅速上车。汽车才又不紧不慢地开动慢慢跟在后面，孟浩远看到后现在已经可以确认他们就是跟着他的，心里十分纳闷也有些紧张。看到旁边有一家大商场就顺势突然拐进去，在商场内漫无目的地瞎逛了一圈，然后再走出商店门口，站在门口四周张望没有看到刚才发现的两名西装男，心里突然稍稍松下心来，正高兴中走出一段距离再抬头四处张望，看到这两人已经在商场的不远处的一个店门口外摆放的椅子上，分别悠闲地坐在两张桌子上，从那里正可以看到商场门口。孟浩远又一下子受到惊吓，脚步没有停下急急地走出商场后沿街道人多的地方径直地走去。在经过他们休息的地方时，其中一个人等孟浩远走出一段路后先站起来慢慢跟着，另一人还坐着，始终在他们视线范围内。孟浩远此时明白了，原来他们就是目的很明确故意跟着自己的，他也顾不了许多了，看看手机时间已到中午一点，被刚才这一出折腾，心里一直处于紧张中，此时自己肚子感到有点饿了，这里离昨天吃饭碰到艾琳的餐馆并不远，不能一个人行走在街上漫无目的，要到人多的地方待着会安全一些。有了主意后于是他慢慢走向餐馆去。准备进去就餐和休息，顺便也观察一下一直跟着自己的这两人的这次反应。走到餐馆门口看到此时餐馆内已有不少人在里面就餐，进门时被服务员引领着进入里面的一个桌位，孟浩远坐下后心急地四处打量起来。在孟浩远的桌子旁边右侧的一处是由原本单独分开的三张方桌拼接在一起成一排长桌，看到有九个中国人正好在拼接后呈长方形的桌子两旁坐着，一边坐四人，另一人单独坐在一侧。他们坐在一起正喝着水兴奋的用中文在高兴地交谈着，听他们讲话的内容都是刚才有关在艾格尼丝公司购买钻石的事情，孟浩远看到他们，感到有些熟悉，仔细一听，抬头看他们才记得原来就是在艾格尼丝公司他前面进去的一个单独团队的九人在里面高兴的购买钻石，印象很深。听他们带方言的普通话交谈就更加容易记住，其中几人的相貌特征、衣服穿着和说话嗓音特别大，他知道正巧了，这些人就是上午在钻石商业区刚刚购物回来又出去参观了附近景点和逛街购物的那批人。他们还正处在购物的兴奋中，然后刚巧在附近逛街后安排到这里吃一顿特色的西餐中饭，所以吃中饭的时间也有些晚了。在这张长桌的另一头旁边还有一个单独的小桌子，坐着一人戴着棒球帽的中国模样的人穿着和他们明显不太一样，也是十分休闲随意看着餐单在点餐，旁边站着一位年轻的白人年轻姑娘服务员，金发高个，看她的举止神态和样貌孟浩远一眼认出就是昨天曾接待过他的 011 服务员艾琳。此时她正在和棒球帽小伙子两人用英文说着关于餐食的事情，边听边记录着，看来棒球帽是一位跟团的导游，因为他边点着还不忘边用中文征求旁边餐座上的九位中国客人吃些什么和选餐要求。孟浩远认出正是艾琳后眼光不由地被吸引过去，不免多看了一眼。没过一会，艾琳那边终于点好餐后笑意满满的走过来准备到孟浩远的桌子点餐。艾琳笑着走过来，见到孟浩远这人看着有点面熟，不过一时也想不起来。孟浩远见到艾琳过来，暂时忘了刚才有人跟着让他紧张的一幕，顿时心情放松下来开心地微笑起来，艾琳落落大方地微笑着按服务规程用语说道："先生，你好，请问需要什么？"孟浩远微笑着，指指一直跟着自己此时也已经进来的那两个穿西装的男子，他们坐在离孟浩远隔开三四个桌子处，在另一侧坐下来了，他们此时刚刚进店，正敏迅速四处观察一遍，然后若无其是地挑了一个隔着孟浩远位子有几张桌子距离靠墙的桌子落座。孟浩远对着艾琳说道："我看一下菜单，你先去招呼他们吧。"艾琳看孟浩远还在考虑中，转身就轻盈地走过去接待，那两人需求很明确只是要了两杯咖啡喝，等咖啡送上来后慢慢地喝起了咖啡，眼睛没有盯看孟浩远坐的桌子方向，而是看似随意的环顾店内。孟浩远另一边一旁左侧当中隔着一个空桌子，靠街道一侧的玻璃墙边桌子旁已经在座着四个欧洲白人长相的年轻男子，桌上一人一个大杯子正在喝着啤酒，也没有什么餐食，在不时高兴地大声地热烈地喧闹着，看样子他们已经有喝了一会了正兴奋着。

　　孟浩远等艾琳在两个西装男点好后走过来准备开始点餐，这次孟浩远自己在菜单上挑选了几道菜品，刚刚点完，艾琳离开没有多久，正看着艾琳离开在人群中寻找她忙碌的身影时，此时自己的手机突然铃声响起，孟浩远怕在餐厅内接电话说话会影响其他人，连忙拿着手机离开自己的桌子走到门口外面去接听，电话是一个十分陌生的号码，不像是国内的号码打进来的，本想着不接听，但是电话一直持续地响着，打开手机接通想看看到底又是哪个干扰电话进来。电话接通后马上有一个男子的声音用英语在讲话，听上去声音很急切地问着："你好，孟浩远先生吗？"孟浩远有点吃不准反问道："请问你是哪里？"对方电话里的男人显得很激动说道："你是孟先生？我是在英国的国际'数学研究'期刊主编安东尼，您寄来的那篇关于塔西潘猜想数学论文我们收到了。"孟浩远听说是著名的"数学研究"期刊马上想起来，这可不是乱起八糟烦人的骚扰电话，原来是数学研究期刊，顿时高兴起来说道："是的，我是孟浩远。"电话中自称"数学研究"期刊的主编安东尼听起来声音有些兴奋和高兴地说道："是孟先生，这太好了。你的研究论文我们已经认真地审阅过，真是太好了。孟先生你太了不起了。我想邀请你来英国访问并作学术交流，讨论一下你的论文可以吗？"孟浩远一听原来是这样，也一下子激动起来说道："噢，你好！安东尼先生。感谢您的邀请。"安东尼先生高兴地说道："那就确定了，我会正式发邀请书给你的，在你的邮箱中也会发电子邀请书和具体安排，请你查收一下。期待与你的见面，我们伦敦见。"听完安东尼先生的一通电话孟浩远非常高兴，按照安东尼先生这样说，自己的论文研究获得权威数学期刊主编的认可和高度赞赏，可见自己的这篇论文将是重量级的。自己身上发生的一连串的事情都和秦有直接关系，太让人意想不到了。带着电话中刚刚获得的喜讯后迈着轻快的脚步重又走进餐馆位子坐下。艾琳刚好将他所点的餐食送过来摆放在桌上。孟浩远因刚才的喜事心情无比欢畅，欣喜地看着艾琳情不自禁内心的笑着招呼道："你好，艾琳，见到你真高兴。"艾琳出于礼貌也笑着点头致意，她不明白这位年轻人为什么突然变得很兴奋满脸的笑容藏不住，难道是见到自己才高兴？这种情况她也见多了，经常会有顾客和她高兴地主动攀谈希望认识她。然后自己又忙着去接待其他顾客了。孟浩远从餐馆外面进来后脸上露出十分高兴的神色，见到桌前的餐食开始品尝起来。旁边桌子就餐的九个中国旅游人团队，他们由于还沉浸在上午的景观参观游览和在艾格尼丝钻石购物以及在商业街游览购物中的好心情，交谈时讲话声音比较，大明显这一桌有些嘈杂，周围桌子正在就餐或者低声交流的客人中已有人生气地向他们用眼光看过去，由于他们在一起人多，说话生硬又比较大声，而且又点了几瓶红酒喝了点酒所以比较热闹，他们也没有察觉周围有人已经对他们的大声谈话投来埋怨和恼怒的目光，仍然兴奋地在自顾大声地讲话，忘了身处国外餐馆就餐不一样的氛围环境，在国内这样的就餐说话很正常不过了。团队中还有的人正好接听到电话后也开始大大咧咧的直接在餐厅内大声地讲话生怕听不到，还有的开心地端起酒杯，相互兴奋地敬酒碰杯发出各种声音，他们应因高兴似乎忘了这是在国外的餐厅，讲究安静的气氛，低声小心说话交谈而不是肆无忌惮地大声喧哗，依然好似在国内喝酒热闹一般。孟浩远听了他们一直不断的发出较大声音交谈，也感到这些人太兴奋了有些过于热烈，但也不好意思劝阻，自己低头自顾吃餐。由于旁边的九人团队旅游团队正兴高采烈地大声交谈，在餐馆内靠窗旁临近孟浩远的另一桌正在兴奋地喝啤酒的四个欧洲白人年轻人开始不爽起来。其中一个个子很高看上去比孟浩远要高出半个头，身材也壮实，一头长长的金发留着胡子眼神凶狠又带着轻蔑，像是忍了很久不耐烦了，突然站起身大大咧咧地直接就走了过去，冲着那九个正在兴头上讲话的中国顾客大声叫喊道："安静一些，声音太大了，没有看到影响大家了？不守规矩的中国人。"可能那些人一下子听不懂他说的英文，还是像不知道发生什么事一样仍旧在一起高兴地大声地交谈。旁边的导游看到后提醒他们说话声小一点。

　　高个子金发男也许是前面已经喝了点酒的缘故，酒精作用很兴奋，看到这些中国人们没有理睬自己的说话，开始发怒起来，冲着他们开始大声呵斥："你们不要来我们这里，我们不欢迎你们，滚回中国去。"本来孟浩远在一旁听他瞎嚷嚷，消消气也就过去了，毕竟这些中国旅游团队说话太随意，声音确实有些大，导游已经在说了，他们没有听进去还是高兴得大声讲话刹不住，是有点影响到餐馆店内其他的就餐顾客。但是高个子金发男他现在带有敌意的谩骂，已经有些过了，打击面太大，这是在针对所有中国人，是歧视性的辱骂，超越了一般的争吵，这让孟浩远听到后十分生气，皱着眉停下就餐，用餐巾纸抹抹嘴放下。然后坐在位子上用标准的英语生气地冲着他回了句道："嗨，你太无理了，住口。"金发男没有想到旁桌边上突然冒出一个也是中国人样子的青年学生在帮这些中国人指责他，更是以为在挑衅，他更是急的气疯了。转过身仗着自已身材高大和脑中本就有的歧视中国人的惯有偏见，挺胸大声叫嚣着："该死的中国猪，给我闭嘴"。艾琳正忙着送餐，看到这里突然发出吵闹的声音，急忙循声走过来，正好看到这一幕，赶紧挡在他们两人之间防止发生冲突，并冲金发男不悦地说道："够了，可以停止了。你不该这么说，真为你感到羞耻。"此时金发男同桌的正在喝酒的另外三个年轻同伙见这里正在吵闹，不由得腾腾都站起身来也一起走了过来助威。餐馆里已有两位男服务员过来想劝架，没想到被围上来的三人借着酒力，霸道地用力把他们推到了旁边去，被隔离开来。原来的九个正在热闹讲话的中国人此时开始意识到什么，好奇地看着一位中国小伙在和四位白人青年对阵，竟然突然没人敢出声和站出来帮助孟浩远，也停止了刚才一直不停地说话看着这边。四个欧洲白人青年人当然十分占据上风，对着艾琳和孟浩远。孟浩远看艾琳过来站在他们中间帮助劝架心生感谢，但是看四个气势汹汹不依不饶似乎想把劝架的艾琳也恨不得揍上一顿，十分厌恶，他皱着眉头从座位上慢慢站了起来，两眼冷峻地怒视着那个骂人的高个金发男子，一股无名的气势让人不言而威。金发男子看到孟浩远这副不屈不挠脸上露出鄙视的样子更来气，突然举起拳头就想攻击孟浩远。其实孟浩远真不想在这大庭广众之下惹麻烦，毕竟自己一个人来参观旅游本不想惹事，只是现在被这群小痞子逼迫无奈，只好出手发力接招准备教训这个不知高低深浅而狂妄自大的金发高个子，他心中有十足的把握可以轻松对付他。这时，原来一直在另一张桌子正在看似喝咖啡观察一直跟着孟浩远过来的两个健壮的白人西装男子，看到孟浩远站起面对四人围上去准备欺负他，反应极快也早已经在另三人过去帮架时迅速站起身来，跟了走过来。只是那些人根本没有留意还有人过来，注意力全部被高个子金发男和孟浩远吸引住，等他举手要攻击孟浩远时其中一位高个子西装汉子面无表情脸色冷峻眼疾手快恰到时机，飞快地出手握住了那个骂骂咧咧的金发男举起的右手，用力反方向一推，金发男感到此人力道奇大自己已仰身直通通地重重地被突然袭击摔倒躺倒在地上，另一位西装男子犹如杀神眼露狠光站在另三人前面不言而威，他用力凶狠地推向其中一人借着这人顺势倒向另一人两人同时倒地，还有一人被高个西装男又出手扭住手用力推倒在地上。他们三人瞬间也东倒西歪的全部跌倒在地，这种小痞子最多有些蛮力而已，如何对付得了职业保安的专业攻击，一下子样子十分狼狈手忙脚乱顾及不暇。突然出现的两个西装汉子神态冷峻动作熟练出手敏捷而且气势威严彻底让四人害怕，心知今天碰到职业高手了，他们两人出手一试便知道。四人人数是占优势也根本无用，他们根本就不是对手。这两人不好惹，这个中国年轻人更加惹不得，打又打不过，连骂也不敢吭声，顿时泄了气再也不敢动手自寻死路白讨羞辱，也不敢喊叫非常狼狈。两个过来帮忙的西装男其中个子稍矮的男子对着服务员叫了声："服务员，让他们马上付账滚蛋。"刚才抢过来劝架被这四人推向一边不敢出声的两名餐馆男服务员其中一人听到后，被他的气势吓到，连声答应着说道："哎，哎。"那四个闹事的年轻白人尽管心有不甘，但是知道今天碰上的是职业高手了也奈何不得，现在还好没有受伤已属幸运，此时只有害怕都露出胆怯之色，相互看看再不敢吭声。在众人的关注下，桌上的餐桌上的酒还未喝完，听到喊声赶紧起身去跟着服务员去付账，然后狼狈地快速逃离酒店。孟浩远心中感动他没有想到，一个漂亮一直微笑着服务的欧洲年轻姑娘艾琳会在他面临危急时刻敢于挺身而出挡在他们前面助力声援孟浩远，并勇敢地大声责备挑头闹事欲打架的金发男子。他也没想到自己一直不放心跟着的两个西装白人汉子此时也突然出手相助。而边上自己刚才帮助他们的九个中国人此时在他出来声援他们时却倒是吓得声音没有了，也没有一个人敢站出来帮着一起来劝阻，让他心中叹息摇头。通过这件事看来两个西装男对自己是没有恶意的。孟浩远上前表示谢意问道："先生，你们是……？"其中一个个子稍矮一点的西装男说道："孟先生，请不要害怕。是伯格先生让我们一路保护你的。"孟浩远一听这话恍然大悟："噢，原来如此，伯格真是想得细致，把他当作重要人物来暗中保护了。"孟浩远明白了前因后果，心中放下心说道："谢谢你们！"两人中个子稍矮一点的西装男说道："伯格先生说要保护好你，要暗中送你一直进入酒店，如果孟先生需要请随时吩咐。"孟浩远说道："您客气了！"与两人交谈完，回到自己桌前坐下，看看时间不早了，考虑这两人在暗中一直护送自己，经过刚才这番折腾也没有了兴致。招呼艾琳过来，看到艾琳脸色不像以前面带微笑，显得有点严肃，不知道突然之间发生了什么事？孟浩远问道："艾琳小姐，谢谢你！是否刚才给你惹麻烦了。"艾琳说道："噢，谢谢！刚才老板生气了，指责我们不该帮助中国人，告诉我明天不用来上班了。"孟浩远一听顿时有些内疚，自己还是不经意的给艾琳带来了麻烦让他没有想到，有些懊恼地说道："噢，原来这样。"看艾琳脸色平静有些委屈不再说话，孟浩远说道："艾琳小姐，不好意思。我叫孟浩远，就住在前面的威斯汀大酒店。等你工作结束后过来一下，我们谈谈，也许可以帮助你。很抱歉给你惹麻烦了，很是歉意。"然后孟浩远把自己的手机号码抄给艾琳，艾琳下意识的顺手接过。

　　忙完这些孟浩远说道："艾琳小姐，买单吧。"艾琳走到柜台打印出单据，拿过账单过来说道："先生你好，一共 23.5 美元。"孟浩远没有看账单说道："边上那两位先生点的咖啡我一起付吧。"艾琳说道："先生，他们两位已经付过账了，你看他们正在门外等你。"看着单子孟浩远从包里取出一千美元放进一个纸袋子里。招呼示意艾琳过来，然后把装着钱的袋子递给她说道："艾琳小姐这是给你的，谢谢你的服务！谢谢你的帮助！再见！"然后站起身来走向门口，等孟浩远已经走出门口，三人正要离开，艾琳急急地从餐馆中跑着出来拿着纸带子惊疑地问道："先生你是否弄错了？"孟浩远知道她问的意思，一脸平静地看着艾琳说道："艾琳小姐，没有错。是的。这是给你的小费。谢谢你的服务！记得有空联系。我就住在前面威斯汀大酒店，今天非常感谢你。"孟浩远看着艾琳不敢相信吃惊的表情一直激动地呆站着，这是一笔数额较大的小费，艾琳还是第一次收到顾客这样慷慨大方的小费。孟浩远微笑着向她招招手，沿街面的人行道右转向前面威斯汀大酒店走去。身后的伯格先生的安排两位西装男子，也悄然地不言不语神情泰然地跟在孟浩远后面保持一定距离行走着，一直走到了威斯汀大酒店门口。孟浩远停住脚步回身等待两人走近后说道："今天谢谢你们了，我回酒店休息。请转告伯格先生，谢谢他！"个子稍矮的那位西装男子依然严肃地点点头，然后他们两人一起慢慢转身离开酒店门口，不一会那辆黑色 SUV 车开过来，两人上车后，汽车驶离酒店门口而去。孟浩远走进入酒店后没有停留直接乘电梯上楼回到自己的房间休息。

<h2 style="text-align:center">五</h2>

孟浩远一回到酒店进入房间后坐在书桌前的椅子上在着想心思。

本来今天有太多的好事情发生，让孟浩远心情非常好，但是刚才在餐馆内发生的那一幕扰乱了他的心意，而且无意中今天还给艾琳惹上了麻烦，害她被餐馆老板责备和辞退，心情顿时有些不舒服，想到今天的事情对艾琳实在过意不去，不免担心起艾琳来了。两次和她相遇在脑海里对艾琳突然有了更深的印象，不时闪现艾琳的身影、神态和说话声，也一直想着刚才餐馆发生的事情和艾琳勇敢地站出来维护自己的表现。他被艾琳刚才在餐馆的表现感叹不已深深吸引，艾琳勇敢大胆热情开朗，做事认真也乐于助人，面对今天她的勇敢站出来针锋相对，竟然被餐馆老板不容忍，就这样被辞退工作让人唏嘘不已，孟浩远又非常不满老板的举动，说明餐馆老板也是欧洲白人，骨子里其实也看不起中国人，艾琳果断地帮助中国人令老板很是不满，因此借口辞退艾琳。让她因自己而受到牵连，孟浩远心里很过意不去，很想帮助她，又不知道如何去帮她而烦心不已。艾琳的笑容和因为工作被辞退露出的一丝愁容一直在孟浩远脑海中不时出现。直到想起在餐馆就餐时国际著名的"数学研究"期刊主编安东尼打来的那个电话才在思绪中拨转回来，电话中和孟浩远确认后已经发出了邀请信邀请他去位于英国伦敦的"数学研究"期刊总部参加一次重要的学术研讨会。想到这孟浩远马上拿出电脑放在桌上，打开电脑后查找自己的私人邮箱信息，果然查到了这封特殊的重要邮件，打开看到上面简短地写着几行英文信息："恭喜孟浩远先生！你解决了数学难题'西塔姆猜想'，我们十分荣幸地邀请您来英国伦敦参加会议并与你讨论发表论文的事情。"后面留下了联系方式，联系人就是发件人安东尼。看到这封信孟浩远马上又开始高兴起来，在想着这件事情如何安排，如何去参加？突然放在桌上正在充电的手机电话铃响了起来，顺手拿起电话一看又是一个陌生的手机电话，他边看着邮箱检查其他邮件信息，边拿起手机接听，接通后传来的说话声音让孟浩远一下子又高兴不已，声音听上去像电台播音员的声音动听悦耳清脆又熟悉，他已经听出来正是艾琳的声音，电话中的艾琳用英文说道："孟先生你好！我是艾琳。还记得我吗？我在餐馆今天的工作已经结束。准备回家去正好经过你住的酒店，就走进来打电话给你看看你是否在。"孟浩远一听是艾琳的声音，一下子激动起来连声说道："好的。好的。艾琳小姐，我在酒店，我马上就下来。你等我。"说完拿起手机匆忙从自己房间出来后快步冲到电梯口乘电梯下楼。艾琳能够来酒店看自己还是没有想到的，此时艾琳已经走进酒店内在大厅一边的休息区站着等。孟浩远一出电梯快步走出来时放眼四处搜寻，远远就看到艾琳那熟悉的身影，艾琳已经换了餐馆的工作服，穿着自己合身得体的衣服人更加显得漂亮。孟浩远心跳都加速了，紧走几步来到艾琳跟前上前招呼道："嗨，艾琳小姐，你好！"艾琳转身看到孟浩远脸上都是笑容也微笑道："嗨，孟先生你好！我刚好要回去，路过酒店，想起你就住在这里，所以根据你留给我的电话，打个电话试试。如果你在酒店就进来看看你，是专门来谢谢你！你今天太客气了！没有想到你刚好在酒店。"孟浩远说道："谢谢艾琳！你能够来我真的很高兴！"艾琳说道："孟先生你客气了，今天在餐馆里发生了不愉快的事，非常遗憾，看来影响了你的好心情，没有出去看看景色游览一下城市的景点。"孟浩远见艾琳这么说忙说道："也没有，只是有些累想休息一下。"旋即想到两人在空空荡荡几乎没有什么人的酒店大厅里站着说话有些不礼貌，毕竟艾琳是来看自己的，需要找一个地方坐着讲话。孟浩远说道："艾琳，我们不用在这里站着讲话。"说着用手指向大厅左侧里面有一家咖啡厅，说道："你看我们到咖啡厅去坐一会吧。"艾琳点点头，孟浩远引着艾琳一起，两人并肩笑着走到一楼咖啡厅里去，咖啡店内人并不多，三三两两稀稀落落散在不同的位置显得安静。不过热气腾腾的咖啡香味已经在空气中弥漫出来。两人选一个靠边僻静的位子面对面坐下。服务员很快就来到跟前，孟浩远点了两杯咖啡。孟浩远说道："艾琳小姐，今天不好意思啊，没想到这件事会影响到你，很抱歉！实在没有想到会是这样的结果，让你受了气也丢了工作。不过在这家餐馆不做也好，这样的老板不值得。你不要打工了回学校学习去吧。"艾琳说道："是啊，我们餐馆老板确实有点问题，他思想很欧洲有些排外的。"孟浩远说道："是的，我已经看出来了。就因为你出于公正站出来维护我，生怕那些欧洲白人青年攻击我，让他感到不舒服了。如果那些人欺负我可能他会因此高兴。其实他的想法和那几个闹事的白人青年是一样的，根深蒂固的看不起亚洲人，骨子里就是白人至上的那种固有的优越感。"孟浩远说完一想刚才的话有些绝对了，不太对。赶紧补充说道："哦，也不全是，有部分这样的人，你就是另一部分的不一样的人。"艾琳严肃道："是的，孟先生，我是另一部分，这应该是大多数。我可和他们不一样，我从没有这么想过，生活在不同国家的人都是自由平等的。"孟浩远马上反应过来："是的。并不是所有欧洲人都是这样的想法，大多数人还是很友好的。艾琳你为什么要继续工作？是为了社会实践取得更多社会经历？"艾琳说道："是的，这是一方面原因。不过工作主要还是为自己挣学费，学校的学费是一笔大的资金，我需要为自己挣够学习的费用。不打工不行啊。不过没有关系，我可以再换一家继续工作。"孟浩远听到艾琳这么说，不禁心里感慨起来。艾琳看似普通但她其实很有个性，孟浩远不免好奇地问道："噢，是这样。你不愿意父母帮助你学习？"艾琳说道："我可以自己解决啊。不过家里现在发生了一些事情，我不愿意给他们增加负担，我已经成年独立了，自己可以想办法解决的。噢，对了。孟先生，说到我的家，我的家乡在荷兰它是非常美丽的国家，你去过吗？"孟浩远回答道："是的。我听说过荷兰的美丽，郁金香是吗？可惜我还没有去过。"艾琳笑道："是的，哈哈。你只是知道郁金香。建议你有机会去看看。"孟浩远说道："是的。我会的。荷兰一定像你一样美丽，给人留下深刻印象。"这句话脱口而出发自心中，自己也没有想到一直比较含蓄的他，此时竟然会这么直接说出来赞美艾琳。艾琳说道："是的。美丽的荷兰值得去，你会发现更多。我这里工作结束了，明天就准备回荷兰家里去。我经过你住的酒店是特意进来谢谢你的，感谢你慷慨的资助。你的英语说得很好啊。"孟浩远受艾琳的夸奖很高兴说道："艾琳，其实我要真心谢谢你。你很勇敢很正直愿意站出来，因此而丢了工作。现在我内心有点愧疚，这件事是因我而起，而且你出来打工是为自己挣学费，很敬佩你，不知道能为你做些什么？"艾琳笑道："孟先生请别这么想，这没有什么。欧洲确实还有一小部分人骨子里有排外的思想，看不起来自比较穷国家的亚洲人和非洲人，他们内心上是有抵触和轻视的。再说现在欧洲国家最近几年的经济发展停滞了。中国经济听说发展得很快很好，可能出于嫉妒心理吧，这种人还不少，或许以后你还会碰上，你要小心点啊。至于我在餐馆打工这很平常的，没有什么。不用想太多，也许我感到不合适自己，也会离开这家餐馆继续寻找的。哎，孟先生你在比利时准备住几天？我也很谢谢你，可惜我已经定好明天要回荷兰家里了。你什么时候回国？我送你一下吧，这里我还是很熟悉的。"孟浩远真的有些感动，和艾琳相识就是两次在她打工的餐馆吃饭认识，她的坚强美丽和细心的关心一下子留下深刻良好的印象，对她有一种特别的好感，和她一起谈话话题自然展开很是随意无拘。见艾琳问他在比利时还有几天准备送他时，心中一热说道："噢，我大概还有两三天吧，谢谢你了！不用客气，你回荷兰吧。"两人交谈着，孟浩远知道了艾琳她正在德国的一所著名大学读研究生，现在学校正好放假，这里离荷兰家里也近，比较熟悉所以选择在比利时这里工作。原来艾琳的父亲是一位医学博士一直从事医药方面的研究，成立了一家专门的医药研究中心专门从事肿瘤抑制新药的研究，已经研究多年了，由于一直处于研发状况，持续投入了很多的资金，目前新抗癌药的研究上还未有突破，资金断裂，银行已经发出通知不再贷款了，而且要收回贷款，已经发出了催款通知。医药研究中心现在正处于非常困难的时期，要么放弃研究破产清债，不过银行贷款抵押的不动产，医药研究中心固定资产和自己房产抵押给银行了。好消息是父亲和另两个合伙人认为研究的这种肿瘤抑制新药开展了多年，而且现在已经有了一些好的进展，初步筛选出来的配方在动物试验效果很好，所以不想放弃。但是这种研究由于长期投入没有回报，像是一个无底洞一般，想要再融资已经被银行拒绝，家里的房产都已经抵押出去了。所以医药研究中心现在处在最很困难阶段，下一步到底怎么样都是问题。艾琳自己打工不要家里的支助也是这个原因，所以艾琳自己学习的费用都是靠自己打工赚取的，原来如此，孟浩远经过交谈知道了艾琳的一些情况让他更加尊重艾琳。

和艾琳的交谈不知不觉会涉及她的家庭情况，一般人对刚认识的人不会说这些，说明艾琳人真的直接没有心计。两人交谈很开放，孟浩远吃惊艾琳的直爽性格对自己没有任何戒心，原来她家里和她现在还面临这样的情况，家家都有一个不同的生活经历和面临的困难。艾琳其实是看到孟浩远身上的勇气和与众不同的一种气质，一个人敢站出来指责那些挑事的看起来不好惹的高大体壮的欧洲白人青年，说明他人很率真有正义感，对他是有好感的。所以面对孟浩远不知不觉心直口快的随着交谈的话题自然而然地讲了很多。她自己也不知为什么会向孟浩远在两人交流过程中没有任何芥蒂把家里的事情也提到了，看到孟浩远在听她讲话时注意力集中一直认真地倾听，从他的眼睛中发出柔和善良真诚的目光，她对孟浩远十分信任。孟浩倒是听进去了，心里想着艾琳的年纪和自己应该也差不多，没有想到艾琳已经可以这么独立外出留学和寻找工作挣自己的学费，而且她家里也发生这么重大的事情。在这方面比他自己要强，心生好感和敬佩。两人只是初次单独在咖啡店见面问到艾琳打工的事，竟然把家里的事也没有保留地顺带讲了出来，可见这姑娘没有什么心计很率真直爽。也因为艾琳见孟浩远很有正义感，对孟浩远信任，孟浩远和艾琳交谈着知道她家里发生的新情况后，不知道为何此时他一下子内心突然升起一种想要帮助她的冲动念头来。自己今天正好有好运，秦带给他的钻石已经鉴定是真品，极其珍贵，价格极其高。自己具备了帮助她解决一些困难的能力，背包里还有一颗更大的钻石，它一定可以值更多的钱。自己也许可以帮助她暂时渡过目前的困境，同时不免有些联想，感到有些幸福。他突然升起一种遐想念头来，想着艾琳这个姑娘如果做自己的女朋友那真太好了，俩人竟如此无保留隔阂的推心置腹地交谈，可以做到无话不谈。看着眼前活泼独立率真的艾琳，不由得拿艾琳和自己的女友李晓彤在心里悄悄地比较起来，孟浩远在李晓彤面前反而一直很是小心呵护，紧张和拘谨，并没有像现在这样随意轻松，坦荡毫无无杂念地进行交流，心里越想越是暗自喜欢。这时他有一种莫名的冲动想帮助艾琳，而且艾琳说的关于他父亲正在研究的肿瘤抑制新药也是自己愿意帮助的一项有益人类生命和健康的伟大事业。自己上午与伯格进行过一次交易，现在也许有能力可以做到，不过需要再问问。艾琳见孟浩远没有发声在思考中，问道："孟先生，不说这些事情了，让你感到不好了吧，不好意思。"艾琳的说话声打断了孟浩远的思考，匆忙说道："噢，没有，没有。我倒是对你父亲研究的抗癌新药很感兴趣的。"艾琳说道："是吗，你是搞医学研究方面的？也感兴趣？可惜他已经没有资金将很快停下研究工作了。"孟浩远小心试探着问道："噢，我喜欢医学研究，但并不是专业的。艾琳小姐，你父亲的医药研究中心研究抗癌新药需要不断投入很多钱吧。"艾琳无奈说道："是啊，投入的资金用于研究，在没有成功的情况下真是无底洞，一直需要资金不断投进去，很有风险。什么时候成功都还是未知的事，到底需要多少资金也都是未知数，科学研究都是如此，需要付出巨大的时间、经历和金钱。可是父亲的性格就是这么执着，当然他是一个非常专业的研究人员，在学术上是非常有自己的思想的，专业能力也是非常强的，有什么办法。最后研究是否能够成功？到底需要多少钱我也不知道，也许还需要 1000 万、也许 2000 万美元或者更多吧。哎，但愿能够早点成功，不然最终会一直被拖垮的。"孟浩远一听吓一跳，需要这么多钱，自己心里大概有所了解医药研发的投入确实很大，还有不可预测性，风险是非常巨大的。但是一旦成功，这种抗癌新药为人类生命健康事业提供了极大的帮助，应该坚持下去，这是对全人类生命健康的一项好事。他脑中飞快地思索着，何不了解一下具体研究项目的一些情况，到底是怎样的情况？是否值得继续研究下去？如果是正确的值得研究下去的，自己愿意提出帮助渡过目前阶段性的难关吧。反正自己本来就是一介普通平民，自己刚到手的钱是秦送的钻石卖出所得，还非常的值钱，就当刚刚收到的钱原本就没有喽。看艾琳是个可爱真诚的姑娘，孟浩远很信任她，更加坚定了尝试帮助一下她的可能。孟浩远听完艾琳的讲话后已有了想法，对艾琳说道："艾琳，你相信我吗？你可以马上打电话联系你父亲和他一起的几个主要合伙人，征询一下他们的意见。如果现在有人愿意冒巨大的风险参加这项研究计划作为新合伙人，他们是否会同意加入？还有如果愿意是否可以让合伙人到医药研究中心现场，作一个深入的了解并通过交谈来确定是否有开展合作的可能性。"艾琳听完孟浩远的话顿时睁大眼睛一下子懵了，眼前这位无话不谈帅气阳光样子诚实的中国年轻人刚才说的话，无论如何也让她大吃一惊，她一脸的不相信疑惑地问道："孟先生，你什么意思？你刚才说的话不会是开玩笑吧？我是不是没有听清楚？"孟浩远认真地说道："我是认真的，你不相信？"艾琳惊愕不已："是吗？孟先生，谁会愿意冒这样的风险？算了，这是不可能的。我还是不相信。"艾琳知道他父亲的脾气是很固执的，他父亲其实也是不太愿意有人参与介入到他们的医药研究项目当中的，这是他花一生的心血一点一点建立起来的研究中心，已经投入了太多的资金和时间一直在研究，没虽然还有取得进展，但是他认为自己的研究计划方案是正确的，科学实验是需要不断失败和重复，所以对自己的研究已经非常有感情，积累了大量的数据和资料。而且他坚信自己的方案思路是正确的，继续坚持研究下去最终会取得成功。但是现在是他处在最困难的时期，如果有新的合伙人愿意提供资金加入，也许艾琳父亲可能会同意吧。艾琳疑惑地问道："孟先生，我需要再次认真的确认，你这里有愿意冒风险的投资人加入我父亲的抗癌新药研究项目？千万别开玩笑哦？你说的是真的？这可需要一大笔钱，非同小可，也不知道何时会成功。"孟浩远很严肃地说道："艾琳，你看我现在像是开玩笑吗？你不必确认我的真实表达了。你需要的是先问一下你父亲和他的合作人，是否愿意有新的合伙人加入研究项目中？我理解你父亲这样的科学家，搞研究的人有时会很矜持固执的，想法和一般人是会不一样的，也许即使有人愿意投入资金他也不一定会同意接受。当然我也需要更多的了解研究项目的情况，我要对投资人负责。"艾琳见孟浩远很是认真地盯着这件事情在问，心里欣喜脸上还是认真地说道："好吧，好吧，你说的对。这实在是一个好消息。我试试，你确认有这样的合伙人？"孟浩远微微一笑说道："你已经问了多次了，我再说一遍，对于你我是认真的，也不会开玩笑的，你看我像是在和你开玩笑吗？试试吧，也许他们会同意。那就直接约在明天的下午，你不是也要回荷兰家里去吗？请你父亲和他们的几位合伙人都到场一起参加商谈，我代表合伙人去医药研究中心更多的了解情况。在你父亲的研究中心碰头商谈具体事宜，并准备好合同。如果商谈顺利的话，马上就可以签合同。"艾琳带着怀疑的眼光看着孟浩远问道："孟先生真的可以决定？难道合伙人是你？这怎么可能，你真不会是在开玩笑吧？"看艾琳现在一直不敢相信孟浩远的话，毕竟这可是一大笔钱，孟浩远这么年轻他哪里有钱，他代表背后的资本，可是他说话的口气很直接不容置疑，看来他很有权利，实在搞不懂。所以孟浩远尽管说了，艾琳她心中还是不太踏实持怀疑的态度。她这副疑心重重又惊疑惑的样子，到现在还一直以为孟浩远他也许没有意识到这需要多大的资金投入，想得太过简单了，也许这个年轻的中国帅小伙，为了给自己留下好的印象，但是他确实很热情，自己对他很有好感。孟浩远还是微笑着说道："艾琳，再说一遍。这是重要的正事，不容随意。我真的很认真，没有和你开玩笑。不要有过多的猜疑，你试试总没错，万一成功呢？"听到孟浩远重复着解释，已经有些急了，艾琳此时才感到这位孟先生是真的愿意帮助她，一下子高兴地从椅子上跳起来冲过来猛地抱紧孟浩远，在他脸颊上连续的重重地亲了几下，孟浩远没有防备被艾琳抱着脸亲有些不好意思，心里却是暖洋洋很甜蜜的。艾琳高兴地说道："这太不可思议了。真的，孟先生我到现在还没有想到你是认真的，噢，我的天那，上帝啊，这太离奇了。太幸运太好了，你可帮了大忙了。"艾琳已经激动得语无伦次了，她说话的同时马上飞快地拿出自己的手机拨通了父亲的电话，通话后艾琳用荷兰语夹杂着英语激动地在和他父亲说着话，电话那边先是传来同样激动的声音，两人谈话触发共同点和情感，艾琳父亲激动地有些哭泣，使得艾琳边听边说话边也两眼流出激动和惊喜的泪水。两人通了好长时间，通话完成。艾琳用手抹抹脸上的泪水激动地对孟浩远说道："对不起，我太激动了。谢谢你孟先生，我父亲他表示同意，现在他正和另两位合伙人在紧急沟通中。"过一会，艾琳父亲再次打来电话，告诉艾琳刚才已经与两个合伙人商量过，原则同意商谈，不过他们需要看看新合伙人，了解一下合伙人的动机和基本情况，如果合伙人靠谱和他们的观念是一致的，可以接受。欢迎明天来荷兰医药研究中心现场进行考察和谈判。

通话完毕后艾琳的父亲和两位合伙人马上开会专门研究商量这一重要情况，现在正是他们最困难的时期，突如其来的好消息能让研究继续下去是最好的选择。同时又详细研究了如果可以合作，需要准备的新合同文本内容，需要重点讨论的几件事情的细节等，还有投入资金、权益保障和专利归属推广实验使用等一系列合作的重要问题。对他们而言现在既担心合伙人的背景要求是否与他们的理念相一致，又害怕这突然而至的天大利好一旦失去，将对他们的后续研究产生致命的影响，还需要重新寻找理念相同愿意投入的合作人。

艾琳和父亲电话联系后，得知父亲和其他几位合伙人的态度后激动地告诉孟浩远，高兴地说道："孟先生，我父亲他们同意。愿意双方了解，邀请你专门去考察谈判。"然后双眼放光透出期待和热切，注视着孟浩远。孟浩远知道她此时内心的惊喜和波澜起伏，她可能从来没有想到这简直是一种天意，无法相信的奇遇。在餐馆打工自己挣学费，只是认识了孟浩远这位年轻人，当时也没有十分引起她的注意，而这位孟先生由于敢于站出来与几个充满歧视的欧洲白人青年争论差点动手大打架，自己出于正常的义愤面对，最后他对自己的服务满意给了她一笔额外的小费，而且数目可观，还是第一次碰到。自己也被店老板开除，一天中竟然发生那么多意想不到的事情，不知道是交了好运，还是霉运。自己工作被开除明天想回荷兰，离开令她伤心的比利时，无意中经过孟浩远所住酒店，突然想起他曾经告诉自己可以联系他，并给了他的联系电话。艾琳出于礼貌也是对他有一些好感，既然经过这里，就孟先生对她慷慨地给与小费表达一下谢意，而后孟浩远又与她不知不觉中犹如缘分使然会毫无隔阂地随便愉快的闲聊，无意中交谈延伸到自己父亲的医药研究中心目前研究内容、过程和遇到最大的困境，资金断裂即将被迫中断研究这件事。仅仅是随便向人倾诉，没有想到这位孟先生听进去过去后很当真，他竟然萌生愿意了解父亲的医药研究中心的研究情况，还有可能作为合伙人一起参加研究项目并给与资金投入，帮助解决最困难的最窘迫的资金问题。

艾琳恍如在梦里一般，一直持怀疑的想法，以为孟浩远出于同情是开玩笑。但是接下来的一番与自己父亲电话联系进程无疑是真实的，这样的事放在任何一个人身上都会觉得太不可思议了。拉回到现实生活中，这种突如其来的天降好事就真的幸运地落到自己身上，兴奋和激动难以置信这一切的心态犹存。但是坐在面前的这位情绪稳定沉着的年轻中国小伙又是很真诚很智慧的在和自己认真地交谈，一直保持着平静微笑地喝着咖啡，一切都是真实的发生，这真是一种奇妙的缘分，自己实在太幸运了。确实通过这么一次偶然的机会认识眼前的这位孟先生，然而这位孟先生似乎身上有不为人所知的秘密，他尽管穿着普通神情自然，处变不惊又有很大的能力，答应帮助自己父亲的研究项目，这太让人吃惊即使做梦都没有想到的，都没有这么完美的。艾琳突然在脑中回忆着所有片段过程，不禁一直盯看着他，孟先生第一次进餐馆就餐一定是随意而现，第二次进餐馆，就是目的明确而来，难道是为我而来？想到这里心里微微一热，一阵窃喜，又大胆直视了孟浩远。而且孟先生第二次出现时，他身边还有两位很专业很厉害的保镖暗中陪着，当那几位欧洲小青年想要欺负他时，他们反应极快马上出手一招制服。看来他确实是一位深藏不露与众不同的神秘的人，看他相貌年纪也和自己不相上下，这实在把自己搞疑惑了。难道眼前这位真是看似普通人，实际并不是寻常普通的人？他身上有很多的疑问需要慢慢地去解开。而孟浩远想得就比较简单，艾琳此时在思考注视着自己，内心一定是有巨大的起伏在揣摩自己。这也是任何一个人遇到这样现在这种情况都会发生的想法。自己只是刚好刚刚有钱，而且钱来得这么容易，对于钱孟浩远来说他本身就没有对钱有太大占有欲望的一个人，如果可以凭自己的能力帮到其他人，尤其是艾琳父亲的研究对人类生命健康是非常有意义的重大研究科研项目，帮助他自己很愿意。当然他通过今天比较深入的交谈和接触发现艾琳这个人简单实在，她所讲述的事都是真实的没有隐瞒。而且艾琳让他知道了一位不太一样的欧洲白人姑娘的性格和对生活态度，也许换作其他人身上发生这样的事，孟浩远可能不会这么爽快的就答应帮助了，就是因为想帮艾琳和她父亲这样实实在在搞人类生命健康研究的科学家。这一切自己也没有想到会这么发生。这次出国到比利时偶然认识艾琳，而且通过刚才的谈话发现艾琳的坦诚和对自己的信任无话不谈，让他感到和艾琳在一起相处自己感到很轻松无拘无束没有压力，他喜欢艾琳的表现出来的直接和真实的性格，艾琳不会藏着掖着，有话会直截了当地说出来，两人有点一见如故，互有好感，这一切难道就是一种缘分使然？真要相信世上是有缘分这一说的。两人各自在想着小心思，暗自喜欢，坐在一起时间慢慢的过去。

不过此时孟浩远心里想着艾琳，但是他还是略有点担心，自己现在已经答应帮助艾琳，但是心里不是很有底气，到底艾琳父亲的研究项目需要投入多少资金还是个未知数。心中一再盘算起来，现在要抓紧时间与伯格联系一下，准备把自己背包里面的第二颗超级钻石出手，如果成功，这样资金应该至少可以先使用一段时间了，以后可以再慢慢继续出售钻石换取更多的资金。于是对艾琳说道："艾琳小姐，谢谢你今天过来看我。看时间过得真快啊，我们聊得很愉快，你今天辛苦了，要不早点回去休息一下吧。我下午还要处理点事情，关于投资合伙的事我也需要与我朋友商量一下。你看明天中午十二点请你订个车，我们准备乘车从酒店赶回去荷兰到你父亲研究中心参观、考察和商谈合伙的事情你看可以吗？"艾琳一听，是啊，不知不觉已经两人谈了很长时间了，而且孟先生需要和他的背后投资合伙人商量。赶紧回答道："好的，孟先生，就明天中午十二点在酒店门口碰头。谢谢！"孟浩远微笑着说道："那就辛苦艾琳小姐了。我们明天见。"两人站起身孟浩远陪着艾琳并肩步行走出酒店，艾琳依依不舍告别孟浩远离开酒店。走出酒店门口后，艾琳带着喜悦兴奋的心情沿着街道行走，匆匆步出一段路，酒店已经离得很远了，她再也控制不住自己的心情，一下子放松下来看着街道、天空、行人和城市，一切都是那么的美好，不由得开心地笑了起来。

孟浩远送别艾琳后回到自己房间，坐在书桌前取出伯格的那张名片，拨打他的私人电话，很快电话接通，听到电话中伯格的声音说道："你好，请问先生你是？"孟浩远的电话对他来说还是很陌生，他不清楚是谁？但是打他这个电话都是重要的人物，是他专门手写的私人电话给客户或其他人认为的重要人物，所以他小心地询问，孟浩远赶紧说道："伯格先生你好，孟浩远。"伯格马上反应过来高兴地说道："噢，是孟先生，你好你好。"孟浩远说道："伯格先生，谢谢你今天派人一路暗中照顾。"伯格一听原来是孟先生对他派人暗中保护专门表示感谢，其实他已经从保安那里知道孟浩远已回到酒店中。想不到孟先生很懂礼貌专门打电话来表示感谢。说道："孟先生，不必客气，这是你来这里我们应该做的。是不是打扰你了？"孟浩远感到伯格理解错了说道："没有，你太客气了，现在有一事找你。"伯格听完不知道何事忙问道："噢，请问有什么事，孟先生不必客气请说。"孟浩远说道："伯格先生，明天上午 8：30 请派人到威斯汀大酒店门口来接我到你们公司，如果可以请提前通知你的总裁到，还有你公司的钻石鉴定专家珍妮和司文生都等场。我有事需要与你进一步商谈。"伯格听到道孟浩远说"有事需要与你进一步商谈。"喜出望外，他边认真地听孟浩远的讲话一边在想到底是么事？脑中急转马上判断出来，这位孟先生被我的安排感动了，他应该还有好东西拿出来要求鉴定甚至和我们交易，而且一定超过上午的那颗钻石，价值会更好，要不然不会要求我们总裁一起参加的，他可以当场决定。真是太好了。伯格开心啊，内心激动但是表面还是在极力地控制住自己的情绪回答道："好的。孟先生。我明白，我们公司随时欢迎你来。我现在马上就向总裁汇报。"说完两人挂上电话。又经过了约 10 多分钟左右，伯格打来了电话，孟浩远接通后伯格高兴地说道："孟先生你好，总裁已更改了明天的计划，同意明天和你见面商谈，谢谢！明天见。"孟浩远说道："好，那就明天上午见。"挂上电话后两人心里都十分清楚，这又是一次非常重要的商谈合作。

　　等孟浩远安排好与伯格明天上午见面的事情才算舒了口气，自己答应帮助艾琳父亲的事，如果明天成交就算有可能了。不然亲口答应了艾琳，说出了话又做不到那就太尴尬了，会让艾琳对自己会有想法的，误以为自己说话太托大没遮没拦不靠谱，那就是对本人的人品会打折扣太不好了，自己还真想多和艾琳接触交谈，和她在一起感到身心轻松愉快。如果自己没有足够多的资金很难帮助到他父亲医药研究中心的抗癌新药研究项目。现在凭自己的预判明天如果手中的这颗巨大钻石顺利商谈完成，资金应该有着落了，可以帮助他们研究中心项目研究渡过最困难期了。有些奇怪这么大的资金参与投入到艾琳父亲的研究中心做抗癌研究，孟浩远心里很坦然，并没有感到特别巨大的风险和危机，他想大不了这次专程来比利时鉴定的两颗钻石就当没有。他也不知道自己心态这么好，为什么对艾琳如此放心，会愿意尽力地帮她。

晚上孟浩远在酒店内自己随便吃好晚饭后休息了片刻，洗洗后打开电脑浏览一下时政新闻，早早地上床休息，今天一天发生的事太多了，让人一直处于紧张忙碌中。一会儿孟浩远进入睡眠中，睡梦中他仿佛看到和艾琳在一起开心的谈话、游玩，艾琳的音容笑貌印在了自己脑海中⋯⋯

第二天早上孟浩远起床后没有外出锻炼，今天他还有事因此暂停早上的锻炼，只是在房间中练习一遍绵拳。他在酒店内吃好早饭等在房间内，到了八点二十时，孟浩远已收拾好随身物品背好自己的那只普通之极的双肩背包，里面放着那颗带来的巨大无比让人惊叹的超级大钻石，被报纸包裹着。早早地就下楼去，他有个良好的习惯，与人约好的时间总会提前到达。身上换了另一套淡颜色休闲的轻便服装，脚穿品牌运动跑步鞋，走起路来轻快舒服，孟浩远本来就年轻，大学刚毕业没有多久，这一身穿着让他看起来更加年轻帅气又有朝气大方，活脱脱一个青年学生模样。鼻梁上戴着秦送的那副特殊眼镜，又显得很斯文安静，透出几分秀气智慧，他提前走出酒店在门口等候。等他推开旋转落地玻璃大门走出门口后，在酒店门口处孟浩远已看到昨天一直在暗中保护着自己伯格派来的那两位西装男保安，他们也已经提前在门口等候，还有昨天那个第一次接待自己的年轻值班经理马克就站在一旁。马克看到孟浩远从酒店已走出来，赶紧主动上前与孟浩远打招呼握手："孟先生你好！"孟浩远说道："马克先生早！"两人打上招呼后马克举起手对着酒店外面左侧路上招招手，马上一辆黑色奔驰商务车就开过来停在酒店门口。拉开车门马克用手作请的姿势致意孟浩远先上车，孟浩远也不客气，背着包上车后就在门口的左侧的一个双座位子上坐下，把背包放在里面另一个空位子上。马克和两个西装保安随即迅速跟了上来关上车门，马克坐在孟浩远位子相邻的右侧位子上，两人中间隔着一个过道，既保持过道空间距离，又离孟浩远坐着的位子相邻便于交流谈话，两位西装保安一位在孟浩远位子的前面坐着，一位在车最后面的座位坐下。上车后汽车在路上平稳地开着，马克一脸敬佩地笑着与孟浩远主动搭话，询问孟浩远道："孟先生你好，你是我们公司的贵客，昨天休息的如何？这里可以游玩一下，景观是不错的，饮食方面吃得惯吗？对城市印象如何？"

孟浩远见马克生怕冷落了自已没话找话般的关心地问着，只好随便的回应道："谢谢马克先生关心，还都习惯的。没有什么不适应。城市参观嘛，还没有时间来得及游览，不过总体印象还不错，我还要谢谢两位保安先生。"两个西装保安听到两人的闲聊，并没有吭声，表情依旧严肃认真，眼睛不时警觉地向车外观察。

汽车很快到了"艾格尼丝"公司的大楼，没有停下直接从左侧一处建筑地驶入了地下车库靠近电梯区停下。众人先后下车，马克走在前，两位保安在后跟着孟浩远步行走向车库电梯区，这里电梯区是有专人负责看守，进入电梯内由一位保安刷卡显示在 11 层。上次孟浩远记得伯格的办公室是九楼东向最里面一间，这次电梯直接上 11 楼了，电梯内大家都默不作声，等电梯来到 11 楼层停下打开门后，看到电梯门口处伯格已经亲自在等候。见到孟浩远十分高兴，上前握手示意："欢迎孟先生。"孟浩远说道："谢谢伯格先生！"两人并没有多说其他什么话，神情都是很严肃的一副商务工作谈判的样子。伯格引导着孟浩远一起走到楼层西侧的一间小型会议室内，请孟浩远坐下，孟浩远顺势把身上的背包放在边上空座上，环顾会议室观察起来然后坐下。看到有人进入，马上公司一位年轻漂亮的女员工在会议室内的一间茶水准备间忙碌起来，冲咖啡，取瓶装水，还装了一盘小饼干等点心。很快一一端了上来，放在孟浩远面前。长方形的桌子对面有几个椅子，旁边的座位上已经坐着孟浩远昨天已经见过面的珍妮和司文生两位专家，另外一侧旁边坐着两位白人样貌的中年男子，中间还空着三个位子。孟浩远估计等会伯格陪同总裁会坐在那里。会议室内的几位见到伯格陪着孟浩远走进会议室时大家看到孟浩远微笑着点头致意。孟浩远看到后身子微微躬腰点头微笑致意，然后慢慢坐在靠左侧一边的椅子上。等孟浩远坐下后并放下了他的随身背包轻轻随意地放在旁边的空座位椅子上。伯格见孟浩远已经坐下对他说道："孟先生请你稍作休息，我去请总裁。"孟浩远微笑轻轻点头示。会议室内没有交流声，大家都在认真地等待。没一会儿功夫，伯格引着一位头发已白，年纪看上去约莫在六十五岁左右，脸色放着红光精神很好的一位白人样貌体征的男子进入会议室，孟浩远见伯格恭敬地迎着这位先生进门，看他的气度和其他人明显不一样，从容镇定大气，不怒而威非常有气场。已经猜测到他应该就是伯格说起的公司总裁，其他人也都恭敬地马上从座位上起身迎候。伯格引着进来的老先生先径直走向孟浩远，孟浩远见伯格引着这位白发老先生进门时早已经礼貌地站起身子迎接。伯格和老先生走到孟浩远跟前后，伯格向孟浩远介绍道："孟先生，这位是我们公司总裁拉宾先生。"拉宾点点头，然后伯格指着孟浩远介绍道："这位是孟先生，来自中国。"拉宾见介绍完后，主动伸出手与孟浩远两人握手致意。客气的说道："欢迎孟先生来我们公司。听说孟先生对我们公司十分有意向，谢谢！请坐。"孟浩远也回道："拉宾先生好！"两人介绍认识后在伯格陪同下走到对面桌子中间的位子上泰然落座。刚一落座拉宾发现孟浩远所坐的位子是一个人坐在对面旁边一侧，笑着先开口说道："孟先生你好，请坐中间吧，这样交流起来方便。"孟浩远见拉宾客气的招呼只好往中间位置挪过去，重新就座正好面对伯格，他出于礼貌不好意思直接对着拉宾面对面坐着。拉宾说道："我听说了，孟先生昨天和我们公司商谈的情况，这是我们第一次合作吧，很成功很好。你带来的钻石，我们专家鉴定后评价很高啊，据说这种钻石品质特别出众，非常好。而且据他们说你带来的这颗钻石还有非同一般的特性，它的硬度超过目前世界上已知的标准，是新的纪录，达到难以置信的最高等级标准，这可是从来没有见过，比我们所有的已知产地出产的钻石等级都要高。他们说需要重新修改等级标准了。想不到孟先生还这么年轻，希望可以多合作。"孟浩远听拉宾侃侃而谈，笃定而自信，一看就是一位成功的企业家。看似普通的在拉家常似的说话，但是他掌握的信息很多。孟浩远也客气地回应道："是的，拉宾先生，希望可以继续合作。谢谢你能亲自到来！"现场气氛顿时显得轻松友善，伯格见拉宾已经开场，于是接过话题开门见山直接进入主题，这些话由他来说比较好。于是问道："孟先生，昨晚电话联系我，让我请总裁来一起见面，你一定是有特别重要的事谈吧。你看总裁很忙，已经取消了原来的安排专门和你见面。这两位是我们公司高级别的钻石鉴定专家，还有两位也是我们公司的资深的权威专家，他们都经验丰富。"伯格边说边指着专家介绍，其中两位孟浩远是认识的，见大家神情严肃，非常专注期待地看着自己，心中暗道看来伯格反应非常敏捷，知道我希望请他总裁一起来，一定认为我还有更重要的在钻石出售商谈，所以鉴定专家都安排一起又多了两位专家说明足够引起他的重视，真是精怪聪明。孟浩远说道："拉宾先生，昨天我与伯格有过成功的商谈。原本主要是请求贵公司帮助鉴定钻石的，结果由于伯格的专业性和服务非常好，给我留下深刻的印象，变成钻石交易了。果然是著名的百年品牌名店，抓住每一丝的机会，我没有看错。实际上我也考察过其他世界一流的几个著名公司，最终还是选择贵公司试一下，不过确实给我留下很好的感受。今天我愿意再次与你们商谈合作，拿来了另一件东西鉴赏。"说完这段话后伯格和珍妮、司文生脸上都是乐呵呵的，还有另两位专家和拉宾都认真地神情专注地看着孟浩远，眼中露出非常期待欣喜的目光。伯格心里更是舒服更高兴，孟浩远的话在总裁面前对自己的评价让自己高兴，这表明昨天的交易，这位孟浩远先生是认可的。今天他当着总裁的面表扬我特别的让人内心感激。孟浩远说完话大家齐刷刷的眼光盯看着，顿时整个会议鸦雀无声，他毫不怵意神态自然从容地从旁边椅子上放着的背包里迅速拉开拉链，会议室内只听到拉链细微的声音，拿出一大块用报纸包裹着的外形一看就是一件非常大的物件，然后孟浩远特意用手掂了掂，看得出大家感觉那是十分沉重的一件东西，又慢慢轻轻放在桌子上时，发出"咚"的一记清脆声音，下面他话未说下去。

　　对面坐着的都是钻石行业中经验丰富久经市面的老资格的钻石商人、权威专家，都被他这一举动吸引，眼光马上聚集过去，都睁大眼睛认真地盯着。心里都在暗自猜测，难道这位孟先生现在拿出来的这件东西看形状是一个非常大看上去像是一块石头，估计分量很重。它有些神秘用报纸随便粗略包裹起来，难道会是钻石？钻石这么大从未亲自经手见识过，似乎不太可能啊？那这里面到底是什么？大家满是期待和疑惑。伯格看着报纸包裹的东西，内心已有些激动，想起昨天的大钻石也如同这般用报纸包起来的，看似再普通不过了，实际恰恰是高端珍贵的稀有钻石。他眼里露出难以置信的眼神，心里清楚孟先生带来的应该就是自己期待的钻石，这么大和重如果真是钻石，那生平第一次见，世界上也没有这么大的钻石记载啊。饶是他是一个久经商场的行家也不免内心狂跳，十分激动。甚至已经慢慢站起身离开自己的位子径直走了过来，由于兴奋步伐有些漂浮不稳，他走到孟浩远座位前眼睛直勾勾地看着这块物件，然后双手捧起桌上的石头，顿时脸色一变，啊，真的很沉。用力小心翼翼地捧着拿到拉宾桌前轻轻放下，感到手里很沉很有分量，这么大这么沉实在让他不敢相信，自己一生在钻石行业中从没遇到过这么巨大和分量重的钻石，超出了他对钻石特性的理解。看拉宾总裁点头示意让他打开细看，伯格的手已经有点颤抖，慢慢地一点一点打开包裹的报纸，大家的目光此时又不由自主地都一下子聚焦伯格手中，没有任何人发出声音都紧紧地盯着看。等伯格一层层全部退去外面包裹的报纸后，全场沉默了一会然后有人发出惊叹声："噢。"有人已经控制不住地难以置信的惊叫起来："天啊！这是什么？"孟浩远看他们已经被全部吸引过去正在紧盯着这块钻石原石专注的欣赏，心里升起一种从没有过的满足和快意。过了一会，孟浩远开口说道："伯格先生，你可以请你的专家鉴定一下。"伯格反应有些迟钝，他一直和在座的所有人一起十分吃惊激动的被桌上这颗钻石原石所深深吸引，眼睛都盯在它上面。听到孟浩远说话，才接口道："好……好的。"但是目光仍停留在那颗钻石上。在座的从事钻石行业研究和商务生意活动这么些年，包括拉宾总裁，没有一个人见过这么巨大外形规格和分量这么重，从行家角度和经验初看就是品质绝佳的超级钻石，看来这颗钻石要打破钻石世界的各项纪录了。大家对出现在眼前的这一颗巨大的钻石有所怀疑，怀疑的仅仅是当今世界上还从没有出现过这么大的钻石。然而马上又否定了自己的怀疑，凭着在钻石业的足够老道的丰富经验判断，眼前的这颗钻石，从钻石的各个条件和标准来初步分析它，它应该就是一块极高品质的珍品。唯一有理由值得怀疑的是世界上还从没出现过这么大且这么重的钻石，从来没有，自己有幸第一次见识到它。

　　整个会议室的人除了孟浩远还似乎不是那么惊喜与在乎，一个人安静地在喝着水，脸上神态自若不惊不喜。其他人他们全都已经不听指令起身激动地围过去，在一起认真地欣赏着这颗美丽的石头。孟浩远他心里十分笃定，自从昨天第一颗钻石被鉴定后认定是真正的高等级钻石后，那么这些秦专门带来的同一批钻石自然都是真的。他现在十分相信秦，他心里有些小小的得意，慢慢地低着头细品起桌上的还有些热温的咖啡，一股咖啡特的苦味香味通过口腔吸入十分舒服，加上自己胸前佩戴的棕褐色石沁出的特殊异香，很是享受，脸上始终保持着平静，让人十分佩服，真是处变不惊，心态太好了。其他人都沉浸在能第一次有幸看到这么稀有钻石的无比激动和幸运中。还是拉宾显得老道，脸上已经有了笑容对孟浩远说道："孟先生，谢谢你的厚爱，伯格先生你刚才没有听到孟先生的话吗？抓紧去安排专家，认真鉴定，孟先生和我们还等着结果。要不要在这里现场先秤重一下？"伯格说道："好好，马上就去。"孟浩远听拉宾问是否要称重，意思是钻石离开孟先生的视线了在征求意见，说道："拉宾先生，你的公司是百年老店诚信第一吧。你们去吧，大概的分量我是知道的。如果鉴定程序需要打磨有正常损耗算我的，我放心的。"众人听孟浩远说话大气，心里更是佩服和高兴，会议室里的专家们兴奋地站起拿起桌上的钻石后鱼贯而出开始忙碌起来。伯格用眼看看拉宾，拉宾点点头，心中已经明白总裁的意思了，小心翼翼地开口问道："孟先生，这块钻石鉴定完成后你有什么打算？是否愿意出售？"孟浩远说道："伯格先生，我来这里有两个目的，第一请贵公司鉴定，第二愿意和你再次交易。这一颗钻石也许可以成为贵公司惜售收藏的镇店之宝，属于非买品，你也可以和钻石历史记录上的任何一颗比较一下，也可以拿到拍卖行去拍卖。不过售出了就可能没有了。"孟浩远也没在具体价格上多谈，只是点出这块钻石的珍贵稀有，懂行的人心里明白，价格必定非常之高。拉宾其实已经听明白孟浩远看似无意的在谈钻石的事，其实有意在点名它的极其昂贵，于是说道："是啊，孟先生，你说的对，说实话我确实没有见过这么大规格和高品质的钻石，等鉴定结果出来后，我们公司当然是非常愿意求购的。"两人边喝咖啡边开始聊起了公司发展历史。

　　过了约两个小时，会议室里拉宾、伯格和孟浩远三人正聊着。四位专家们脸上带着兴奋喜悦的表情推门涌入进来，在会议室一侧围在一起。珍妮首先口开口说话，她对着拉宾和伯格说道："拉宾先生，经过我们几位专家仔细谨慎的鉴定，这块原石它的重量达到 1.952 公斤，符合钻石特有的性质，是一颗真正的钻石。而且它的色泽、纯净度都达到最优等级标准。硬度等级高于我们现有最高标准的硬度，我不知道应该断定它是多少等级，而且高硬度的同时它又不易碎裂，真是与众不同，超乎想象，简直太完美了。它是我从业以来见到的最好的稀世之宝，今天有机会参加对它的鉴定我感到很幸运。谢谢你孟先生！"说着转头微笑着看向孟浩远表达她此时的心情。其他三位专家也不乏溢美之词，神情显得都很激动，专业的评述着这块难得一见的钻石特点，结论都是一致的认可。到这时伯格脸上的高兴已经完全表露出来，笑哈哈的他在拉宾耳旁，两人悄悄交谈起来。孟浩远知道，他们俩应该是在讨论价格，到底出多少价格收购这颗世界上唯一巨大的极高品质的钻石。自己脑子也跟着飞速转动思考起来，很快在头脑中查阅到的关于钻石品质和价格等要素信息，以这一颗超大钻石是世上绝无仅有的，它的极高品质和专属特有的最高等级硬度特性，以及极高纯净度等都是目前钻石已定标准的最高等级甚至超过评判标准。如果再由最好的设计师和切割大师切割打磨后这颗钻石应该要比历史记载的最大最完美的有故事的钻石还要来得珍贵，历史记载中最大的一颗高品质的钻石价值达到 3.2 亿美元。所以目前这颗钻石最起码也应该和它具有同样的价值。如果考虑到公司还需要赚钱，那么出手 2.5 亿美元已经是非常保守的。即使再退一步公司自己收藏它的话可以在 2 亿美元左右，应该是没有什么问题的。孟浩远正在思考着，伯格和拉宾交流完后，伯格先开口说话了："孟先生，刚才专家的鉴定意见大家都听明白了，这颗钻石的确非常好，非常稀有，价值很高。当然加工后要有一定损耗，因此我们想保守一点的话 1.7 亿美元向你求购，你看是否可以？"说完大家目光都看着孟浩远，当然他们希望他同意，那这颗钻石就可以留在公司，对公司和现场所有人无疑都是最高兴最好的事。孟浩远听完伯格的话后心里知道，基本在他的预期当中，但是他沉默不语拿起桌上的咖啡慢慢地喝了一口又慢慢地放下，似乎还在考虑伯格的报价。现场出现短暂的寂静，谁也不敢在这时候讲话，会议室内十分安静，此时的气氛令所有人小心紧张甚至透不过气来，体现出来的是一片焦虑和紧张写满在大家的脸上，大家都没有说话，生怕影响这重要的时刻。这可是他们人生中遇到最幸福最重要的一次机遇。公司在场的所有人当然极其希望把这颗稀有钻石留下，而且特别是几位鉴定专家更希望能够留在公司珍藏，对公司是最好的最大的一次宣传。他们要好好研究挖掘它的未知的更多的令人惊奇的特性，制定新的行业标准等级。看孟浩远不语，老道的拉宾一直经验丰富见多识广沉得住气，但是也少有的出现紧张焦虑生怕错失，他有点等不及了，放下平时的沉稳，略有点着急了先开口打破安静的会议室气氛说道："孟先生，谢谢你看得起我们公司，我们以后可能还会有合作，所以价格都是比较保守的，如果你不满意，可以再商量。你看如何？"实际上松了口等孟浩远提价。孟浩远见状，内心也已十分满意，一颗钻石这么昂贵，值这么多钱，而且现在自己正需要用钱的时候，能够快点交易成功拿到资金是最重要的，也只有艾格尼丝这样的大品牌公司有能力调集资金马上办理兑付，其他公司也许不一定这么快速办到。伯格也很尽力，给他打电话后对自己提出的想法马上安排，今天上午能够成功合作，那明天答应艾琳的事就有较大的把握了。艾琳父亲医药研究中心需要的资金问题如果这次成功交易，那渡过暂时的困难应该没有问题了，基本可以满足他们一段时间的研究所需费用了。以后如果还需要资金还要继续和伯格他们合作，再说自己家里还存有秦带来的钻石，所以伯格刚才报的价格是可以接受，只不过是一种谈判技巧。先故意假装对价格行情一点都不懂就不发声，以退为进策略耐心等待，让他们着急后会主动提出来加价，然后自己再退一步，那他们会觉得孟浩远是非常通情达理的，让利给他们公司。毕竟这是一家老牌公司值得信赖，一般小型企业还没有实力来购买。孟浩远见拉宾说话了，于是接着他的话题说道："好吧，谢谢拉宾先生的诚意，我看就1.6亿美元吧。今天拉宾先生亲自到来，让我很感谢，中国人常说以诚相待，就是这个道理。不过请伯格先生依然再准备一万美元的现金我要在旅行时开销使用，这样可以吗？拉宾先生。"说完用眼看了一眼伯格，现场一阵安静，在座的所有都以为自己听错了，原本以为这位孟先生一定会接着拉宾的话继续提价才对，可是没有想到反而是主动减价，真的难以置信内心感慨不已。不由地所有目光都聚集在孟浩远身上，这位年轻人是真不懂生意经，还是太过神秘深不可测，他思考的想法和普通人不一样。他人品的魅力深深吸引了大家，内心十分震撼，孟先生太诚实了，也像他带来的鉴定的钻石一样珍贵少有。这样的人在生活中还是第一次遇到到，大家都对孟浩远刮目相看，内心顿时充满敬佩。世上交易居然会有主动少要钱的顾客，现在的金钱世界中还有不唯利是图的人，实在是非常很难得，几乎没有见到过这样的人。听孟浩远刚才不紧不慢地这么一说，他非但不继续讨价加价，而且主动让价，真的让拉宾、伯格和所有人感到意外和感动，这样做生意真是没有发生过，太少见了。拉宾此时也有些激动，内心已很喜欢这位年轻人，对孟浩远说道："年轻人，你刚才说的我没有听错吧？"孟浩远见拉宾开始激动，他平静地说道："是的。拉宾先生没有错。"拉宾顿时高兴地说道："孟先生你让我很意外，今天我很高兴认识你。"转头对伯格认真地说道："以后只要是孟先生有任何事，我们公司有义务尽力安排好，服务好。孟先生如果来我们公司请一定通知我，我喜欢他。"这么一说，孟浩远在公司里无疑成为最重要的客人了，在场的人都对孟浩远又加了一份敬重，都站着高兴得拍手庆贺以表达公司成功留住这颗钻石，同时也是对孟浩远人品的敬意和喜欢。拉宾说完话后伯格答应着："拉宾先生，你放心，我明白了。"起身出去安排转账事宜，几位专家也跟着一起向拉宾和孟浩远一一握手后告别，然后都喜笑颜开地走出会议室。会议室里只有拉宾和孟浩远，还有一位满脸笑意的女秘书在续咖啡倒茶水服务。两人交谈起来，现在感觉更加亲近一分了。等了一会伯格已经完成手续后匆忙走进会议室内站着告诉孟浩远说道："孟先生，已经完成。"同时把准备好的一万美元现金装好纸袋递给孟浩远。然后带着征询问道："孟先生，这些现金是否够？你接下来的安排是……？"等着孟浩远说话。孟浩远说道："伯格先生，不用客气了。现金可以了，主要是临时需要应付。我还有事，如果方便请你现在就送我回宾馆就可以了。"孟浩远看看手机时间已经不早了，而且有几个未接电话。他还要赶回酒店去。下午和艾琳约好要一起去荷兰。

孟浩远与拉宾告别，两人拥抱在一起，伯格亲自送孟浩远到楼下，又安排人员开车送孟浩远回到酒店。

　　离开"艾格尼丝"公司，在马克和两位保安的陪同下乘车回到了酒店。车到酒店门口后马克赶紧自己先下车开门，站在车门外引着孟浩远走下车。马克现在对孟浩远的敬佩更是又上了一层，发自真心的愿意为孟浩远服务。孟浩远下车后站在酒店门口对马克说道："马克先生，谢谢你！我到了，请回吧。"两人握手道别等马克他们上车后，他正注视着汽车离开酒店，出神地看着车远去，心想今天上午的事情非常顺利，心情大好。没有想到艾琳已经急急地从酒店大厅走了上来，刚才的那辆专车有人送孟浩远到酒店门口下车，看到有人恭敬地在车下迎接，把孟浩远当重要人物了，还有两名神情非常严肃的昨天见过的保安站在车两侧，这种排场说明孟浩远并不是一般的普通人，两天都有人在他边上保护着。艾琳也不顾周围有进出酒店的顾客，开心地走了过来拍了拍孟浩远的肩膀说道："嗨，孟先生。你好！刚从外面回来啊。"孟浩远听到声音和有人轻轻拍他肩膀，反应很快马上转身。看到艾琳已经在他身旁露出笑脸看着他，于是笑着说道："艾琳，是你啊。是的，刚刚回来。你来得很早啊。"艾琳笑着说道："我打过你好几次电话联系你，都没有联系上，我担心会不会这次活动出问题，下午的计划安排是否有变化？我也没有其他事就提早到了酒店等你。看到你的车刚刚过来你正从车上下车时看到你，我就马上出来了。"孟浩远看着艾琳头发梳理过脸已经化过淡妆，衣服也换了一套，一下子形象更加提升，五官更加精致有轮廓，比原来更漂亮也显得更精神，有些看呆了，笑着说道："噢，艾琳小姐，你真漂亮！对不起啊，上午有个会议，在开会交流时怕影响，我手机调静音了，你看刚结束他们一定要用车送我到酒店，车上有人还在交谈，所以没有及时回复你。你看没有延误吧。"艾琳看孟浩远的脸上因为刚才看自己露出发自内心欣赏高兴的笑容，说道："哈哈，谢谢孟先生！没有延误时间，我们约的是十二点，还有十几分钟，你邀请的其他客人呢？"孟浩远笑着说道："就我一个人了。噢，他有事继续参加会议所以全权委托我来和你们商谈，你放心吧，不会影响你的事的。艾琳，如果准备好了那我们就提前出发走吧。"艾琳说道："孟先生，你午餐还没有吃吧？"孟浩远回答："噢，是啊。会议时间有点长，下午和你约了要赶时间嘛，怕来不及就赶紧让他们送一下，不过会议准备了各种小点心的，有牛奶、咖啡，饼干等等我已经吃了一点，不觉得饿了，走吧。"刚说完突然想起艾琳早就到酒店，她也应该没吃，于是关心地问艾琳道："艾琳小姐，恐怕你也没吃过吧，要不要在酒店里一起吃点？"艾琳正急着要赶回家去，父亲他们早就等着他们去呢，哪有心思再吃饭，心里已经盘算好了，等车在路上经过休息区时再随便吃上一些。就回道："噢，谢谢孟先生，不用了。早餐吃得晚，我现在也不太饿，等会在回程的路上有休息区，可以在汽车加油时到那里买点吃的。那我们就出发了吧。"

从酒店出发开车到荷兰的艾琳父亲医药研究中心大约路程在二百多公里，行程约需要三个小时左右。这点距离对于艾琳来说开车还是很方便的，艾琳今天从一家连锁汽车租赁公司租了一辆德国品牌的中型 SUV 汽车，她算好的孟浩远加上他投资公司有关人员最多两到三人，没有想到现在只有孟浩远一个人前往进行考察活动。孟浩远平时在上海倒是经常开车，驾驶技术还算不错。不过这次出国只有一项主要任务——进行钻石鉴定，所以根本没想着要在国外自己会开车，没有办好驾驶证登记手续。现在只好由艾琳独自开车了，想帮她开车也不行了，要不然他可以帮着艾琳两人一起开车，中间轮流休息会更加省事。等他上车时孟浩远自觉的打开车后门准备上车，想坐在后排，艾琳见状笑着说道："孟先生如果不介意请坐前面副驾驶位子，这样我们可以方便交流，路上也不会太单调了。"孟浩远一听艾琳这样主动邀请自己坐在她旁边心里高兴，看来她根本不把自己当外人，只是当谈得拢的朋友，听艾琳说完只好把自己的背包在座位上放下推开门准备下车，说道："噢，好吧。"说完下车关上车门，大大方方从前面另一侧副驾驶处打开车门上车坐下戴好保险带，第一次和艾琳坐的这样近，心有所想一下子竟放不开，感觉有些异样不过内心却特别高兴，不太敢很直接盯着艾琳看，只是用眼角的余光稍稍迅疾瞄一下，头赶紧向着车窗前方看去。艾琳熟练得开着车，还不时转头和孟浩远交谈显得很轻松，她才没有许多的想法，坦然无拘。一路上两人都沉浸在一种友好愉悦的气氛中，通过各个话题友好地交谈起来，渐渐的孟浩远放松下来原本稍稍有些紧张的状态，身子有些不太敢多动导致吃力僵硬，旁边这么近多了一位欧洲白人美女让他拘束，身体浑身上下不太舒服，艾琳忙着开车到没有看出孟浩远此时的这些拘束。彼此交谈着身心快活，孟浩远渐渐地开始自然活跃起来，放松了许多。两人有了更进一步的认识和了解。艾琳对孟浩远好感加深，已经悄然上升了一种特别的情感。她边开着车边不时转头看看孟浩远说着话，旁边的孟浩远英俊年轻潇洒，反应机智，英语说得很流利。他的身份有些神秘更加让她喜欢和愿意多了解他，心情异常的轻松脸上洋溢幸福感。车行驶了大约一个半小时后艾琳看到路右前方的指示牌显示前面有服务休息区，艾琳对着孟浩远说道："孟先生，我们到前面服务区休息一下吧。"孟浩远看到艾琳一直轻松的开车和自己交谈，时间过得真快。自己没有办法帮艾琳开车，所以艾琳说要进服务区休息马上说道："好啊，艾琳小姐。你辛苦了！是需要休息一下。"艾琳笑道："没有什么。欧洲法律规定不能长途疲劳驾驶，对驾驶员开车时间有限定的，我们小型车还好。如果是载客的大巴车有严格的规定需要强制休息的。正好我们可以吃点东西。"边说着车已经开进了服务区内。

　　艾琳直接开车到了加油站内下车自己动手加油，孟浩远走下车后环顾这个休息区，服务区并不算大，位于休息区中间的加油站有几辆车正在加油，加油站后面有一个综合商业区。周围都是停车区和一片草地，路两旁种了一些树木。他指着后面商业区告诉艾琳说道："艾琳小姐，我到前面商店中去看看，你车加完油我们在店内碰头。"艾琳笑道："好。孟先生你先去吧，我加完油过来找你。"孟浩远径直一个人走向服务区里的商场。商场里面有一家欧洲品牌连锁快餐馆，他自己进餐店内买了两份牛肉汉堡加四个鸡翅、一份土豆泥、一袋薯条和两杯咖啡，找到一个对着进门的空桌位子坐着，这样艾琳只要走进来就可以马上看到她，然后坐着等边看看店内的情景。加好油后的艾琳将车停在停车区后去卫生间洗完手慢慢找寻过来，孟浩远已经先看到正在门口进来时停住脚步探头张望的艾琳，举手招呼着她。艾琳看到正坐着举手向她挥手示意的孟浩远，笑着径直走了过来坐下后说道："孟先生，你已经买好了餐点。应该由我来的。你是我的客人。"孟浩远微笑道："艾琳小姐，这不必客气了。来，你该补充一点能量，今天一路开车过来你辛苦了！可惜我帮不上你。"看着孟浩远的关切问候和细心地买好了快餐，正坐等着这自己。艾琳心头一暖，这个中国小伙很关心自己，知道自己中午没有吃饭，现在乘自己在加油站加油时他先过来为自己准备好了午餐，一口未动还等着自己。两人开始高兴地吃着便餐，喝着咖啡。这样彼此都不尴尬，否则一人正在用餐一人看着会很无聊。孟浩远说道："艾琳小姐，不好意思。没有想到你亲自开车。我以为你会用订车服务叫一辆车由驾驶员送我们去荷兰。我出国时没有计划在欧洲需要自己开车，所以没有办理驾驶登记申请手续，只能有劳你了。"艾琳笑笑说道："孟先生，请不要这么说，一点没有关系，是你在帮助我们。因为订专车带驾驶员的费用会高出很多，我自己就可以，这样能节省很多费用。"孟浩远心里佩服艾琳的爽直，又很会精打细算。不由得更加喜欢认可她，笑着说道："艾琳小姐，以后请叫我孟浩远吧，我的国内同事都这么叫我，显得熟悉和亲切。"艾琳笑着问："可以吗？"孟浩远说道："当然可以。在中国显得关系好才会这么称呼的。"艾琳认真地问道："真的吗？那好吧，孟浩远先生。"说完看孟浩远反应，孟浩远笑着点点头："对对这样就好。"两人开心地交谈着很快就吃完便餐，一杯热咖啡也已经喝完。两人走出快餐店后，孟浩远又到外面的商店里买了几瓶水拿着和艾琳一起走出商场来到停车场。艾琳打开车门孟浩远也就顺势仍旧坐在艾琳旁边的副驾驶位置上，继续开车出发驶离休息服务区，重又驶入公路行驶。孟浩远望着车窗外一路上欧洲田野风光尽收眼中，令人心情格外舒服，第一次到比利时也第一次到荷兰而且是驾车前行，还有一位欧洲美女姑娘亲自驾车，两人还聊得来，这样一路行程经历让人快乐充满乐趣，所有见过的都是新奇的。汽车行驶在公路上可以更多得全面了解比利时和荷兰两个国家，一路上艾琳边驾驶着车边不断地介绍路过的景点城市情况。大约在下午三点三十分汽车终于来到了艾琳父亲的医药研究中心，一个位于这座城市不算中心一点的区域。

　　艾琳的父亲名叫斯内克斯，此时他穿着正装打着领带脚穿锃亮的皮鞋，高高瘦瘦，身高一米八四左右和孟浩远差不多身高，戴着一副近视眼镜，脸上留着胡子，约莫五十多岁的年纪，样子看起来精明，眼光深邃，第一眼看上去就是一个研究型智慧的学者的样子。还有两位年纪差不多大概也在四十多岁，一个看着就是精明沉着，个子在一米八二左右，另一个显得斯文有教养，个子略低点约在一米七八左右，都是学者型知识分子。他们都是穿着西装戴着领带的欧洲白人相貌体征的男子，他们三人站在医药研究中心大楼大门口迎候着。知道艾琳他们一行今天是中午十二点出发，到这里应该是这个时候。孟浩远眼光非常明锐很快扫视一下，知道艾琳父亲他们对于今天的这次会面是非常重视的，全部正装显得会议的重要性。可惜自己没有穿西装的习惯也根本没有准备西装。艾琳将车熟门熟路的开到医药研究中心大楼的门口前，看到空地直接停车，然后高兴地一下子快速从驾驶座位上迅速开门走了下来，奔着上前几步先和父亲拥抱起来，然后和另两位等候的白人男子友好地握手说着话，应该是荷兰语不像是英语。此时她离开故乡已经有段时间了，见到自己的亲人以及这些和父亲一起工作的同事都是非常高兴，艾琳和他们也很熟悉显得格外开心，暂时忘了车上还坐着一位重要应邀而来的客人孟浩远。其实孟浩远看到艾琳下车后开心兴奋地和自己父亲拥抱，和他们几人正在高兴地握手说话，明白她此时内心的激动情绪。自己也打开车门悄悄下车轻轻关上车门，然后站在一旁看着他们。等艾琳回过神来时马上察觉到不妥，忙说道："对不起，孟先生。"然后对围上来的父亲及几位同事介绍起来："噢，抱歉。介绍一下，这位是孟先生，来自中国。"

　　在场的人就在门口前经过艾琳的介绍，知道就是这位神秘的投资代理人，这么年轻有些惊讶。大家开始礼节性的相互与孟浩远握手认识。随后艾琳父亲陪着孟浩远以及迎接的一行人走进入医药研究中心大楼主楼。医药研究中心就是一幢四层楼高的建筑，旁边还有一个一层建筑。一行人步行走到二楼的一间中型会议室里坐下后，艾琳自然的和孟浩远坐在会议桌的一边，艾琳父亲等其他人坐在会议桌的另一边。就座后艾琳开始正式的又介绍了一遍孟浩远的身份，艾琳父亲介绍了自己和这边一起参加会谈的几个同事，还有几位助理坐在一侧忙碌地倒水送咖啡到每人桌前。

　　艾琳父亲和研究中心内其他两个合伙人以及其他几个研究团队的专家、科研人员和行政人员共九人坐在对面桌子的位子或两侧一排的位子上坐着。

大家看到艾琳陪同一起到来的这位名叫孟浩远的先生相貌英俊潇洒、年轻阳光，眼中透出敏捷，脸上显示出聪慧而且善意地注视着会场看着大家。他穿着普通，没有穿西装，不过样子很休闲看上去实在很普通。在座的人心中感到好奇，这么一位年轻人听说他是来和医药研究中心谈投资和合作这样重大的事情心存疑惑。艾琳父亲斯内克斯毕竟是经历过不少商务和医药研究领域交流谈判经验丰富的专家，他见会议室内人们都已经坐下，作为主持人和主报告人明知故问程序性地低声询问着艾琳，实际也是询问着孟浩远的，说道："没有其他人了？"艾琳说道："是的。就是孟先生一个人代表。"斯内克斯点点头。孟浩远见艾琳在这种场合还是叫自己孟先生也懂她的意思，是为了尊重自己。其实自己心里也清楚，当他们看到自己是一个普通随意的年轻人，而他们因为今天是参加一次重要的活动着装很正式，自己比较随意更显普通和不合礼貌，也不太合商务谈判的会谈礼节，肯定会让人感到疑惑或不太信任的，一定认为这么年轻斯文的小青年，难道他可以代表投资方和他们谈合作，而且合作可能会涉及非常大的资金问题。就他一个年轻人可以讨论和决定重大的谈判合作事项？同时担心他是否理解他们的抗癌新药研究项目内容投入情况，现在财务困境等等。

因为他太年轻，所有人似乎都觉得有些不太靠谱让人不放心，或许他只是来参观了解的不可能会做出双方合作的明确决定。他背后肯定有重要人物在操控他，那他背后的投资集团资金为什么会无缘无故地突然之间愿意投入他们从事抗癌新药研究的这一不赚钱可能需要长期持续投资的研究性质的项目？会议室内包括艾琳父亲斯内克斯和在座的其他人都有太多的疑问。孟浩远也不管他们的想法猜测，看着艾琳冷静认真地说道："是的，我是唯一谈判代表，可以作主和你们商谈，希望能够达成合作。"说话用的英语非常熟练，讲的话非常镇定自信根本不怯场，而且一说话完全是两种不同风格果断又很有气场，一句话把会场人们的眼光吸引到他身上，表明这次活动就是他一个人独自而来的，而且是有权负责任的正式谈判代表，你们不要多想了。他们不由得心里在暗想，看来此人虽年轻但说话简单直接，一下子转变态度顿生重视。不过他们心里依然是怀疑猜测，孟浩远毫不怯场气场十足开门见山地用流利的英语继续说话了："先生们女士们上午好，今天很荣幸经艾琳小姐引见认识你们。我想今天来这里的目的是清楚的，艾琳小姐和你们已经事先经过慎重的沟通讨论。欧洲人办事都很高效的，那么下面我们可以直接进入今天商谈的主题吧，请把你们的项目研究情况、目前进展、远景和项目研究存在的困难和管理运行中等存在的主要困难介绍一下吧。"孟浩远一开口思路清晰果断英语很流利，气场真的很强很大，从讲话开始人们一下子觉得他外表阳光帅气似青年谦恭学子判若两人，简直就是一个废话不多很凌厉的商务谈判高手。艾琳听孟浩远一席开场白心里暗自高兴，你们可能轻看了孟浩远了，现在知道了吧。艾琳父亲斯内克斯心里也暗自吃了一惊，不由得再次认真地盯着孟浩远看。这位中国年轻小伙英语很好啊，讲话透出自信和直接果断。表达符合欧洲人思维直接清楚，其他人也开始从猜疑转变看法，本来是出于礼貌而坐在这里，随意有些松懈地听着，心里并不抱太大希望，现在开始认真起来，从他们脸上的专注认真的表情上可以看出来。于是斯内克斯把准备好的商谈研究项目 PPT 报告开始认真地介绍起来，孟浩远仔细听着他的介绍眼睛盯着投影大屏幕上的 PPT 资料认真地看着，脑子里已经在同步快速思考分析起来，调动起脑中的思维分析，有了秦给他提供过阿勃特星球的医药方面医的学基础研究资料，其中有部分研究文献是和这个项目有相类似的数据应用信息和方法理论。然后自动地在自己头脑中在快速地分析汇总，提供给自己大脑。脑中的智慧超级微光子芯脑很快像超级计算机一样迅速思考运算大数据，提出了方案和建议。等斯内克斯刚刚介绍完成后看着孟浩远，表示请他谈谈对项目的意见和看法时，孟浩远已是胸有成竹，依靠脑中的思路，很快针对性极强、专业性精准地开始不断仔细询问每一个专业问题和分析思路，同时提出了自己非常专业的意见。他不断质询同时发表自己的专业见解，一下让在场的所有人不敢小瞧孟浩远，大家很快全部提起精神，他们现在听完孟浩远的分析见解后又是大吃一惊。这位孟先生相貌犹如学生模样的年轻人原来头脑却如此聪明思路敏捷，他的专业是如此高深，原来是一位熟悉专业的同行，不由地刮目相看已经不敢轻视有任何松懈了。不过心中纳闷难道这位中国小伙也是专业出身？竟然有这么高的专业理论水平，真是一位深藏不露的医药和生物病理专家。真看不出这么一位年轻人居然对抗癌最前沿的研究新药的合成机理、理论基础、药理专业等深奥的问题能够这么熟悉精通，问得让人这么难以回答解释清楚，原来真的碰到的是一个同行。他们反而心中高兴，这样的合作方才是自己希望遇到的。心里由刚刚开始抱着试着接触一下，了解摸摸他的学识，经过他的一番思路清晰见解独特新颖的专业论述，不由得内心从不太看好到发自内心的暗暗叫好佩服，而且孟浩远提出的研究思路包括具体工艺、流程、化学组分，作用机制等都是全新的，可以说是世界最前沿的，并且是他们这些专家研究人员还没有想到的思路，经他口一说既专业有非常有新意，一下子被点拨后思路引出头脑顿时开窍了，不住的赞赏和点头。

　　艾琳听到孟浩远的专业发言心里也十分吃惊，孟浩远在与她交谈时明明记得他是学计算机专业的，现在是在中国一个国家天文台工作，从事的也是和计算机相关的信息方面的情报学，可是他刚才的发言完全是一个对医药医学、生物制品专业很有研究的专家。无论怎么想也觉得太不可思议了，难道他是双学位专业，他没有细说？这个孟浩远他头脑中的知识太渊博了，当着这么多长期专门从事研究的医药的高级专家，可以用非常专业的知识和高深的专业能力和特别新颖的思路来和他们一起非常自信地探讨起抗癌新药很深奥的专业问题，而且他的英语口语如此流利出色，如果不看正面孟浩远的长相，闭着眼睛听他的专业论述分析，完全以为在座的就是一个欧美高级资深专家在进行专业深度交流探讨。再看看父亲和其他几位专家，此时他们脸上表现出的神情是那么凝重专注，认真的一直盯着孟浩远在看，听他的发言交流，已经被他的专业理论阐述完全深深吸引过来。和刚才见面时的疑惑和不确定甚至不相信已经明显发生了转变。他们很兴奋专注严肃认真地愿意和孟浩远开展平等积极的交流，已经全然把孟浩远当作行业内专家来尊敬的对待。脸上和眼中已经没有刚开始看到孟浩远时存在不信任的那种随意的眼神，只是把他当作一位投资商而表面的尊重，现在他们彻底被镇住了，是发自内心的真正的对一位有很深专业研究的科研人员来尊重。他们脸上都是发自内心的欣赏和敬佩之情，目光显出来的和善，神情是认真地态度。

　　因为有了孟浩远这位很懂医药研究，特别是抗癌机制药理机制的专业投资者，发言参加问询和谈他的新思路观点，讨论发言由原来的稳重转变了气氛开始热烈，大家争着不断地围绕抗癌新药项目重点研究关键问题提出建议，交流分析探讨和发表自己的观点。在座参加会议的都是一流的科学家，可谓是群英荟萃棋逢对手了，他们除了向斯内克斯提出问题和自己的想法建议外，对孟浩很远刚才的专业发言论述非常佩服，也专门出于尊重在向他讨论很专业方向关于癌细胞抑制机理和新药成分抗癌机理等非常关键的问题，寻求解决方案和对问题的解答。他们被孟浩远的水平和活跃的新颖的发言思路所折服，会场讨论情况已完全被逆转，向着学术研究新思维积极讨论。

　　与会专家大都是研究领域一流的科研人员，他们已经把孟浩远当作自己同行，对他的思路观点非常有兴致，很认同他的观点和解答，不住地点头赞同，脸上是被孟浩远高深的新见解阐述后豁然开朗的神态，斯内克斯不禁暗自吃惊，他也被这位年轻人的高深专业所征服。感叹这位合作方代表的专业能力毋庸置疑，而且已经完全超出他的想象，有这样强大专业人物的投资人会更加对研究项目有共同点，这正是他所寻求和要求达到的合伙人要求，自己心理上已经十分认可同意，愿意他们团队参加进来共同研究，同时也希望孟浩远能抓紧对自己研究中心抗癌新药研究项目的了解，最终同意加入共同投资。

　　经过一番热烈的讨论和阐述，时间过得很快，已经经过两个多小时了，形成很多的共识。斯内克斯和大家一齐看向孟浩远希望他再次发言，一看躲不过只好客气地说道："好吧，再谈一些想法。刚才我们进行了专业的讨论，有新的思路解决抗癌新药目前的研究难点。我的发言仅是我个人理解的论点，在你们这些有着丰富经验和长期研究专家面前，可能不一定成熟仅供参考研究。我从你们交流的观点和思考中学到了很多。我对这个研究项目很感兴趣，谢谢你们给我机会。谢谢！"孟浩远客套了一下然后开始总结性的发言继续说道："前面听了斯内克斯先生的介绍后，我感到你们的研究内容具有深远意义，在当今世界上是前瞻性的是非常领先的，当然也是非常难的研究项目。这种研究方法经过我们刚才充分地交流探讨后需要改进，坚持研究目标，继续按研究方向更深入地进行下去，项目的进展会取得的。新抗癌药是对人类健康的贡献，可以挽救更多人类的生命，它的前景是很好的意义非常重大。所以我们愿意合作。医药研究中心已经研究了六年多了，刚才大家持非常开放的态度展开比较深入的讨论，按讨论的方法在具体的环节上可否调整，我相信一定会成功的。所以目前最重要的是继续研究下去，会取得成果的。从长远考虑，新抗癌药的生产，一旦项目研究取得稳定的结果获得许可，就可以按我们刚才的讨论工艺生产，同时研究建立自己的工厂生产，因为这涉及专利和质量安全等全方面的问题。关于经费问题，刚才斯内克斯先生的介绍到目前为止前期已投资了约 1000 多万美元。主要用于项目研发、设备仪器采购、人员费用等方面，考虑以后产品成果的正常投入生产，大概预计还需要 3000 多万美元是吧？我看好这个项目，更看好你们这个专业能力出众的研发团队，愿意试一试，如果大家同意我们参加到你们的项目研究生产的话，我们愿意考虑加入，请你们抓紧制订方案如何合作，按投入多少、知识产权问题、专利获得享受等问题认真仔细地考虑研究后请提出来。"看着孟浩远专业的交流，大家已经认同认，觉得这样的合伙人更靠谱是合作较佳的投资人，现在又听他的发言，思考全面表达清楚，都在为他点头，同时感到一种振奋，这样有资金的专业公司合作对研究中心将带来活力和各种支持，都愿意他们加入。孟浩远还是很尊重他们最后说道："斯内克斯先生以及各位合伙人，各位专家，我看这样先回避一下，你们慎重地商量一下，然后告诉我你们的决定。"孟浩远说完想站起来离开会议室时，被斯内克斯劝住道："孟先生，不必客气。你就在这里休息一下，艾琳你陪着孟先生，我们三位合伙人一起出去根据孟先生所提的问题商量一下。"孟浩远微笑点头，马上艾琳笑着回答："好的，放心吧。我会的。你们去研究吧。"说完看父亲与众人走出会议室另寻地方讨论孟浩远的方案和提议。艾琳起身来到会议室内的茶水准备间，亲自帮孟浩远倒咖啡。艾琳此时心里石头落地心花怒放，第一次看到孟浩远专业发言参加讨论根本不怯场，而且思路观点很独到。刚才总结性的发言令人印象深刻，谦虚低调又说到在座每一个人心里去，听后有一种强烈的愿望就是期望他能参加项目去研究，真是好口才。寻找到一位志同道合有能力的合作者非常不易。看来父亲最重要的大事，有专业能力的投资人引进来看来就是孟浩远他们是最合适的合伙人。刚才在认真细致的专业和合作方面的交谈，从他们脸上的表情已经说明他们都十分欣赏和相信孟浩远，成功合作是早晚的事，这对父亲一生的研究无疑有太大的帮助了。如果没有孟先生，也许父亲真的只能被迫中断自己的研究，真是太感谢孟浩远了。没有想到孟浩远如此有能力又在这么多专家面前谈吐自如，十分自信真是令人意外连连，当然在她心目中的形象瞬间又提高了一层。有孟浩远先生代表的投资合作方的支持和他专业上的建议，会让父亲一直致力于研究的抗癌新药项目取得好的结果。想着想着再看看尽在眼前的孟浩远自信大方的儒雅聪慧的稳重的形象，心中已经暗存喜欢，高兴地和孟浩远主动闲聊起来，怕他受到冷落。

过了大约有一个小时左右时间的认真商讨，斯内克斯和另两位合伙人已经面带微笑显得很轻松一起重新走进会议室。坐下后斯内克斯一脸严肃看着对面的孟浩远，全场马上安静下来，因为大家都知道接下来会宣布重大的决定，都在等着这个决定。斯内克斯说道："各位同行、孟先生。今天是一个令人神奇和高兴的日子。我们研究中心来了一位孟先生，我们的抗癌新药研究项目在最困难的时候重新迎来了新希望。经我们三位合伙人认真慎重地仔细研究后，对来自孟先生代表的一方加入我们的项目研发合作，作为新合伙人我们的决定是一致表示同意。"说完大家一起笑着鼓掌庆贺。孟浩远也微笑着鼓掌示意，斯内克斯先生看着孟浩远说道："请孟先生代表投资方对我们愿意合作进行审议，下面请孟先生讲话。"说完又带头鼓掌欢迎，孟浩远看到现在这种气氛心里高兴，说道："谢谢大家的信任，我们会加入进来一起合作。作为代表我听了斯内克斯的专题报告，介绍公司抗癌新药研究进展，同时和你们进行了短时间的专业讨论收获很多。我们充分认可你们的专业能力和研究方向，所以同意进行合作对双方都是最好的选择。抗癌新药研究项目你们已经花了很多年，我想继续下去一定会获得成功的。希望接下来请你们按今天讨论商量的思路先修改一下双方合作的合同文本，如果没有问题我作为全权代表可以正式签字通过。另外一个面临的重要问题是关于资金，研究项目所需的后期研究和研发到正式投入生产需要多少资金？请专业财务人员和你们一起认真地仔细的预算一下，我们需要来提前准备。补充一下，请你们放心，我们只参与研究项目的合作，医药研究中心的决策权和管理权以及研究后的成果、知识产权由你们所有。希望资金到位后要按公司章程来严格管理运行。有什么重大事项通告一下我就可以了。"大家听了孟浩远的话简直不敢相信，这样的合伙投资人到哪里可以找得到，他们投资方基本只是投入资金不问其他研发生产的具体事情和核心研究业务机密，这太少见了，显得对投资方有些不公平。而且这位年轻有能力稳重又聪明的孟先生他非常有权力，他可以自己决定一些关键的重要的决策，显得非常有魄力令人难忘。艾琳也很有能力，她居然可以找到这样专业有实力又不干涉研究中心具体运行和研发工作的投资人。同时今天的会场进行很专业的两个多小时的技术交流探讨后又充分认识了孟浩远的专业水平和能力深不可测，又谦恭有加，他们十分钦佩和喜欢这样的孟浩远。现在对于医药研究中心已经解决了大事，没有后顾之忧了，可以放心专注地去继续研究抗癌新药。所以每一个人都是脸色喜悦和兴奋地看着艾琳和孟浩远，非常佩服他们两人。艾琳面对大家投来的赞赏欣喜的目光更是满心欢喜，她在心里却在嘀咕，你孟浩远不是受人委托全权代表吗？怎么在这里也没有见你出去给投资公司汇报请示沟通一下，什么事都是你当场直接决定的，还是其实所谓的背后参与人原本就是你孟浩远自己啊？毕竟这可是一笔很大的资金啊，是一个非常大的项目投入，周期也是很长的，具有承担相当大的风险的啊。但是转念又一想，孟浩远这么年轻普通他不可能这么有钱吧？这太让人琢磨不透太神秘了，希望以后有机会慢慢了解，一点一点解开这个迷。

等艾琳父斯内克斯和几个合伙人又在一起仔细地研究商量后，终于定下了合同文本内容条款。现在有了孟浩远为代表的投资方加入，医药研究中心研究资金没有后顾之忧了，不用再担心资金问题引起研究人员的担心和顾虑，大家可以继续专心于研究了，而且在抗癌新药研究方面由于孟先生的加入，以他的专业学识得到大家公认，印象深刻，对公司有极大的帮助真是如虎添翼。现在经过孟浩远参加的专业思路研讨后对项目研究发生了影响，研究方向更精准更有把握了，大家也更加有信心了。

　　孟浩远等大家在会议结束陆续离开后，现在会议室内留下的只有艾琳和她父亲及两位合伙人还有艾琳父亲的助理在会议室，都站起来慢慢地自动围到孟浩远这里和孟浩远在一起交谈。孟浩远与他们交谈了一会对其他人说道："对不起，各位先生。我想与斯内克斯先生还有事要交谈，失陪了。"说完与斯内克斯两人一起走出会议室，两人一起走进斯内克斯的办公室里坐下，艾琳父亲斯内克斯不知道孟浩远找他何事，但是孟浩远说找他单独商量交谈，就带他来到自己办公室内，在接待会客区沙发坐下，很快倒了一杯咖啡给孟浩远，两人坐在办公室一角的接待区的沙发上面对面对坐，斯内克斯看着孟浩远说道："请问孟先生有什么事？"然后等他开口说话。孟浩远也不客气了说道："斯内克斯先生，找你有事。这与公司无关。听说你为了抗癌新药研究项目把自己的住房都抵押出去了，有这回事是吗？"斯内克斯耸耸肩表示无奈，有些尴尬地说道："噢，原来你问的是这件事。是的，孟先生。抗癌新药研究已经花了六年多时间了，已经先后在银行贷了很多资金，现在银行已经不愿意继续贷款给我们医药研究中心，认为我们的研究项目一直看不到最后的结果，也许不成功。所以我将现在的住房已抵押给银行了申请了一笔贷款，现在已是最困难时期，还好有你代表的投资方愿意投资加入进来，非常感谢！"孟浩远听斯内克斯讲完这些，承认因研究抗癌新药投入很大资金出现困难，无奈抵押了自己的房子和土地，他是非常敬佩斯内克斯的，为了研究抗癌新药，全身心投入进去坚持了六年多非常不易。所以他现在很好理解艾琳不想麻烦家里要钱来学习，通过自己打工赚钱解决自己的学费生活费。孟浩远非常尊重这样认真的科学家，于是认真地说道："斯内克斯先生，你赶快把银行的贷款还了，住房和土地抵押的钱也还了，把你的房子土地赎回吧。请把公司的账号给我，我来安排资金马上办理，估计这两天就可以到账。另外签好的合同文本我留一份带走。对了，你房子和土地银行抵押的钱，也请把你的私人账户给我，我个人马上转给你，这笔钱和公司资金分开，无关公司。另外我还会多给你转两万，请你来转给艾琳。听艾琳说她为了挣学费和生活费，在比利时餐馆当服务员打工赚钱。这次因为我的缘故，把工作也辞了，留点时间让她多学习吧，她是一个非常聪明的人，在学业上一定会出色的。"孟浩远这么一说，使艾琳父亲斯内克斯十分惊讶，激动地不知说什么。一个年轻人的中国人在自己研究团队最困难最需要帮助和支持的时候没有带特别的附加条件，给与他最好的帮助，要求合作加入进来，带来了资金。反观所谓的欧洲文明只不过是说说而已，一切都是为了经济利益，根本就没有人愿意帮助自己遥遥无期不见回报的对人类生命健康事业有十分巨大好处的研究项目进行投资。他已经碰到了很多次谈判而无果，都被无情的拒绝让他心痛失望不已。同时他才明白原来孟先生和艾琳相识就在艾琳打工的餐馆，真是很巧。此时斯内克斯内心已经被孟浩远的一席话感动，激动地说道："孟先生，这可不必了。你的资金加入我们的研究项目，已经是对我和我们团队最大的支持和帮助了，其他的事你就不必管了，十分感谢！"孟浩远笑着说："斯内克斯先生，你不必客气的，这些资金不大，你是研发团队的主要负责领导，应该需要有良好的环境和愉悦的心情投入到你从事的领先高端医药研究中去。如果你很介意我这么做，就当我是暂时借给你的钱，等你以后有钱了再还给我，这样可以吗？作为研究中心主要股东和主要研发专家，需要解决生活的后顾之忧啊！"孟浩远真诚的态度和豁达的性格让斯内克斯激动不已，眼眶中已经包裹着泪水。斯内克斯握着孟浩远的手激动地说道："谢谢孟先生，好吧。我会记住。到时候钱一定会还给你的。谢谢！"艾琳在外面不知道孟浩远与父亲到底在谈些什么？就悄悄走到父亲办公室来想一探究竟，在门口刚要敲门进入正好看到父亲和孟浩远一起准备出来，不过看到父亲眼睛有些红含着泪水，孟浩远神态还是轻松自然，猜想父亲对自己的项目比亲生子女还要爱护，现在总算解决了他最大的问题，一定是父亲今天太过激动而落泪的。

在斯内克斯医药研究中心谈完合作项目，私下和斯内克斯又谈了他个人资产银行抵押的事情后，应该算此行商谈活动已经超额完成。晚上艾琳和她父亲还有两位合伙人也是医药研究专家及研究中心其他三位研究人员和行政秘书一起安排晚上陪孟浩远吃饭交谈，大家来到离开研究中心不远的一家比较出名的餐馆里，聚在一起边交流边吃着简单晚饭，为今天活动的圆满和认识孟浩远而高兴。

　　晚饭后艾琳父亲还要和二位合伙人再细谈后面研究工作的开展，派人送孟浩远到酒店去休息，艾琳不好意思把孟浩远一个人留在酒店，想留下来在酒店再定一个房间陪孟浩远住在酒店里，顺便晚上可以一起出去看看逛逛。艾琳的想法得到了父亲斯内克斯的认同。等艾琳送孟浩远一起回到酒店后，刚说出来她的想法，被孟浩远劝阻笑着说道："艾琳，不必了。你回国一次，去自己家看看也是难得。你已经很长时间没有回家了，现在机会正好，跟你父亲一起回家吧。你们都不用管我了，还有明天上午我自己一个人直接从荷兰赶去比利时安特卫普机场然后马上就要回中国。来荷兰是我计划外的，时间已经不允许了，我们就此告别吧。你们一家也是难得一聚，正好乘这次会议到家了就好好团聚一下。我们以后一定会有机会再见的。"孟浩远一心为艾琳着想，艾琳和父亲心里当然明白。心有不舍也只好接受不再推辞，对孟浩远更是心存敬意和好感。孟浩远说完艾琳已经主动上前与孟浩远两人轻轻拥抱告别，拥抱时艾琳的手臂很用力抱紧着孟浩远停顿了一会，已经不像是礼节性的轻轻拥抱一下旋即松开。孟浩远明白艾琳的用意，他自己只是顺势轻轻作势迎上前拥抱着艾琳，还不敢十分用情，放开拥紧艾琳，两人第一次用心抱在一起的感觉太温暖了，都有一种特别的异样的令人心跳的感觉。等他们松开后，斯内克斯上前与孟浩远也轻轻拥抱在一起，他对这个聪明能干的中国年轻人有一种少有的更亲切的好感。

　　第二天一早孟浩远就离开荷兰一个人赶往比利时到机场准备乘飞机回中国上海。看看时间还早，在机场逗留等候时特意到机场内的服务区逛逛，自从工作后他是第一次出国到欧洲，所以回国必须买一些礼品准备回国到单位上班时送给同事，另外他还特地为自己的女友李晓彤买了在国内比较流行的国际知名品牌的一款化妆品，花了不少钱，他想着回去送给她一定会喜欢的。

第四章　辞职

一

离开了荷兰返回比利时直接提早时间到达机场购物后，孟浩远静静等候时间，等他上飞机坐在位子上飞机即将起飞冲天离开比利时机场，孟浩远此时正看着这里回想这次比利时和荷兰之行，从认识艾琳的开始，一幕幕经历就在眼前，也想着昨天在荷兰活动，在医药研究中心和艾琳父亲斯内克斯以及他的这些一流医学医药研究人员共同探讨抗癌新药研发高端医药方面的事，觉得这次因意外认识艾琳又到访荷兰医药研究中心了解了人类生命健康最为前沿高端的抗癌新药研究，收获很大。又想着出国到比利时安特卫普这一次的活动全过程。秦带来了天外神秘的高端极品钻石，经过专家鉴定是世上独一无二的一种最高等级珍贵钻石，让所有人感到不可思议和惊诧，对自己是非常意外的收获，而且天外神秘钻是目前地球上最好的品质，其价值不菲。所以出售两颗自己一下子突然的成为了真正的亿万富翁，到现在自己也感到不可思议恍如梦幻一般。唯一稍显遗憾的是没有安排一点时间可以四处看看比利时和荷兰良好的自然风光和城市景点，不过留点遗憾等下次有机会再好好去看看吧。坐在飞机经济舱区，很难有人会相信普普通通一个年轻小伙他竟然会是一个亿万富翁，周围的人有谁会知道在这里靠窗坐着的这位中国面孔的年轻小伙是这么富有？心里不免有些暗自好笑，蛮享受这种有趣的感觉。坐飞机出行其实是最明显的还是可以看出不同等级，有头等舱区和普通的经济舱区享受的待遇从座位舒适性和餐点和乘务员更细心服务是完全不一样的。

不知不觉一个人就头靠着座位背椅迷迷糊糊睡着了，等飞机上广播播报开始准备中午餐，飞机过道中服务员忙碌规范的推着餐车挨个询问和发放供选择的餐食套装。乘客也开始活跃起来有，在过道中不时来往走动的，有窃窃私语交谈的，机舱内顿时热闹起来。持续不断的各种嘈杂声吵醒了孟浩远，吃着餐食看着电视，随后趁餐饮服务车过来又要了点饮料喝了起来。等乘务员开始收回餐和杯子后重归安静飞机继续飞行。孟浩远周围无人认识，没有办法交谈打发时间，一个人显得无聊在座位提供的屏幕板上选了一部电影戴着耳机看了一会又开始眯上眼打瞌睡休息起来。

就这样经过长途时间的飞行，时间已经过去很久，一直坐着人有些疲劳。终于听到飞机广播传来声音，飞机准备下降着陆到浦东国际机场，机舱内所有人都已经开始从疲惫的长途旅程中兴奋起来看着窗外下降时的上海机场，也有不少人兴高采烈地开始交流的。随着一阵尖锐的飞机降落时轮胎着地一瞬间发出响亮刺耳的声音，伴随轮胎着地时的反弹的抖动，飞机在轻微起跳后又继续贴着飞行跑道稳稳地继续前行，飞机已顺利平稳的在机场跑道开始向机场停机处滑行，回到了熟悉的故乡上海，这一路长时间的飞行航程旅途让他感到有些疲惫感。到达机场顺利出关后孟浩远直接从机场坐地铁再换乘一另一条地铁线然后出站，再步行一刻钟左右就回到他自己的家里，舒舒服服洗了澡，人也精神起来。乘着高兴劲头打电话联系自己的女友李晓彤准备约她出来见见面，好好谈谈，把在比利时机场候机时特意给她买的价格蛮贵的套装香水和护肤品套装礼物送给她让，她高兴。可是拨出去的电话没有马上接通，李晓彤也许正在忙，没空接电话，又等了一会再打她手机等了好长时间终于被李晓彤接上，他心里察觉李晓彤似乎不太愿意接他的电话，心里一下子从刚开始时的高兴劲变得有些凉了下来，等接通电话后孟浩远竟然一下子激动不起来，没有显得十分的高兴，平静地问道："小彤，今晚有空吗？"李晓彤明显有些心不在焉边接听着电话边好像听到她在桌子电脑上工作发出的键盘操作声音，并不觉得惊喜，有些敷衍地说道："噢，是孟浩远啊。今天怎么有空打电话给我？我现在很忙的正在写材料，已约了客户晚上有商务活动，不好意思啊。"说完也不等孟浩远说话很快就草草地挂断了电话。让孟浩远一下子尴尬不已心里更加凉透了，自己可是刚从国外回来，特意帮她在国外买了很多姑娘都喜欢的化妆高档礼品，价值也不菲，兴冲冲地想和她见面亲自交到她手上，没有到她这样忙，而且连等他说话时间都不给怕找她约会，马上说晚上和客户有商务活动又决绝的直接挂断电话不让他继续说话，这是很没有礼貌的表现，她不该这样对待他。他呆呆地拿着已经挂断的手机，心中顿时涌上满是苦涩味怅然若失胸闷不已，感觉很没劲。脑中思考着这是和自己前后谈了好几年的女友李晓彤吗？我现在突然之间怎么觉得自己不认识她了。她原来并不是这样的，她的所作所为已经是在有意的在避开自己。现在为什么对自己这么冷淡，就因为是工作很忙？还是根本就不太想和自己多说什么，把自己当作路人一般，其实不想和他继续交往完全可以明说出来。孟浩远瞬间脑中想起她和艾琳俩人放在一起比较起来的景象，真是差别太大，自己和李晓彤现在根本不像是情侣。难道就因为自己不听她的话毕业后留在上海工作？现在对待他的态度连一般的普通同事也不如啊。他心里有些揪心难过，莫非现在她由于进入社会开始工作接触到更多的人，所以眼界高了看不上自己了？对自己的感情已经悄然发生变化了？想着艾琳只是一见却让自己身心愉悦，她待人大方热情，和她在一起相处交谈可以无拘无束地天南地北放松心情开心地畅谈。艾琳身上的这些优点李晓彤能够具备那就好了。猛然间他有一种新的想法。

　　孟浩远通过自己这一年在外地工作开始的回忆，自从没有听李晓彤的意见留在上海工作，刚开始他由于忙于参加培训和工作还没有觉察，但是后来主动与自己联系的次数越来越少，每次都是自己主动联系她，但似乎两人话不投机竟然没有多少话可讲，即使自己联系上李晓彤与她聊天，她也一副不冷不热不想多交流显得很平淡只是在应付自己。特别是最近几次的联系中已感觉到李晓彤似乎是在有意地躲避自己，不想和自己多联系多交谈。所以每次约她与她联系时明显感觉到她都是心不在焉，只是应付和敷衍，她这样的态度实在让孟浩远受不了。孟浩远心想如果你李晓彤觉得我们俩有问题不妨直接说出来，实在你不想和我继续下去，哪怕两人关系真的就此算了也是可以明说的，不能像现在这般模样，没有明说不愿意继续下去，但是每次联系都相当的随意冷淡应付，两人关系似断又一丝连着的样子，孟浩远是性格很直的人，最要不得这样，有些心烦意乱。孟浩远此时心里已经想明白了，思考着等再找时间一定要开诚布公地好好和她谈谈，她到底是什么意思？到底是怎么想的？可以明说出来不合适就断，不过孟浩远碍于自己是一个男子，自己不想轻易说出分手的话怕伤了女孩子的自尊心，只有让李晓彤觉得两人不合适让她说出口，自己完全可以坦然面对。孟浩远想着为这件儿女之情的事情连自己父母还操着心感到一阵烦心，感到百无聊赖不愿意出门一个人关在屋里暗自生气。

与李晓彤的主动约见没有成功，孟浩远心情沉闷郁郁寡欢，第二天早上孟浩远乘飞机回到了贵阳后心里还是一直放不下来。他还在想着另外一件事情该怎么办才好？

到单位上班后需要认真计划一下收到国际数学期刊"数学研究"的邀请，这件事可怎么办？邀请书会议时间是下个月上旬，现在已经是月底了，参加研讨会议安排的是两天活动，加上来回路上路程飞行时间应该起码还需要五天。麻烦的是又要碰到出国请假这件事了，自己也确实刚刚出国回来又要接着请假再次出国，最近自己的请假次数是多了点，不过没有影响工作。但是和部门领导李建设闹得不愉快心里总是不太舒服，想想就让他心烦头都大了。

到单位上班的第一天，孟浩远走进办公室，见李建设还没有进办公室，其他同事都已经在办公室里，看到孟浩远已经出国回来上班都围了过来想和他说说话问问情况，听他讲讲国外所见所闻。孟浩远从背包里拿出在国外候机时买的一些礼品，科室同事每人都有一份，大家都异常高兴兴奋地在一起交谈着，他在李建设办公桌子上也放了一份。孟浩远的回国让办公室里同事特别开心，围在孟浩远办公桌前大家愉快地交谈着孟浩远此行出国的所见所闻，还有同事问着孟浩远与女友的事情进展，这件事被孟浩远遮掩着带过不谈，同事们开心地询问旅游景点的事，看了些什么？到过哪几处地方？特别是女同事问着购买香水护肤霜之类的商品问题，她们都有孟浩远送的一份大品牌高档瓶装香水显得格外高兴，吃着孟浩远拿出来放在桌上随便吃的巧克力和其他国外品牌食品谈笑风生，不时发出开心地欢笑声和惊讶声，一个快乐的场景因为孟浩远的这次回国，难得的在平时一直沉闷的办公室里出现。

　　就在大家热闹高兴地围在一起开心地交谈时，不一会李建设走了进来，正好是上班时间刚到，他平时一般都这样，乘坐单位的专车到单位后，李建设会先去食堂淡定的吃早饭，然后到其他科室或领导办公室去坐坐，等时间差不多了将要到点了才会拎着他的公文包慢腾腾走进自己科室，然后到自己办公桌前开始泡茶，装模作样的看一些报告。李建设走进办公室发现今天气氛和平时不太一样，平时都是安安静静的，不过今天在门外都已经听见办公室里热闹欢笑的爽朗声。等他走进办公室见科室里的所有人都在有说有笑的聊天，而且是围在孟浩远办公桌旁，心里就已经十分不爽，存心用力干咳一声发出声音来，然后一脸认真严肃地说道："哎哎，大家看看已到工作时间了，抓紧开始工作了啊，别再天南海北地瞎扯了，还吃上东西了。这是办公区不是在家里、在逛商店，搞得乱七八糟的。"大家见李建设进来就知道他会来这么一出，待他扯开嗓门张开嘴真这么讲了，大家不免扫兴，嘴上不说心里都在想着："你倒好，经常踩着点走进办公室，还说我们呢？难得有机会这么开心，又被你给搅了，真扫兴。"大家嘴上不说，脸上露出不悦，只好蔫了似的快快的一下子没有了兴致，各自散去回到各自办公桌前坐下打开电脑，做些准备工作。有的拿起水杯倒水，有的还在自顾照镜子化妆的，也不搭理李建设。孟浩远还是耐着性子看着李建设，主动叫了一声："李科长好。"结果被李建设无视根本就没有回应，睬都不睬自顾低着头夹着公文包慢悠悠走到后面自己的办公桌位子坐下，打开一份报告装样看了起来。孟浩远心想这人真是的，自己出于尊重好意主动招呼你，你竟睬都不睬，这种人心胸太狭窄也没有城府，真是少见。自己也不再吭声，翻看起桌上的一堆材料，从中找到了一封用英文写的国际数学期刊"数学研究"发来的信件，他用刀小心拆开信封后拿在手上用力倒出来，一看里面是一份英文书写的邀请书上面盖着印章，还有杂志主编安东尼的亲笔签名并署着日期。这就是孟浩远在自己邮箱中已看到的信件和安东尼主编通电话时说的是一样的，只不过这是一封更规范正式的书面邀请书。上面还提到如果出国旅费有困难，期刊社可以帮助提供，还说明请孟浩远将飞机航班号提前告诉他们，飞机到机场后他们会安排有人前来接机的，留着联系电话联系人等信息。孟浩远心里顿时一阵感动，大名鼎鼎的国际一流数学期刊主编安东尼，一个国际上非常出名的数学家，一个老外数学权威竟然为这次邀请孟浩远考虑得很细心周到。看看时间是在下月的 13—14 日。孟浩远想着这次活动应该要参加，现在必须提前将出国请假申请报告准备好，按单位管理规定需要报告批准，他也不愿意违反单位规定。于是马上打开电脑，非常快地写好了关于参加"数学研究"报告会的请假申请报告。在请假报告上签好名，拿着报告硬着头皮走到办公室最里面的李建设办公桌前，看到正在无所事事地边喝着水，看着电脑浏览信息的李建设。李建设也感觉到有人在走过来，用眼偷偷一瞄知道是孟浩远走过来到跟前仍当没有看见似的头也不抬也不理睬，这时候很认真似的继续看电脑桌面并把水杯放在桌上。孟浩远把打印好的出国请假报告轻轻放在他办公桌上然后说道："李科长，我要参加一个国际会议，这是我的请假申请报告，麻烦你签字。"李建设心想这次你孟浩远又要请假了，本来就对他上次请假已经很生气，所以这次他连看都没看，对着孟浩远连称呼都省略了说道："最近啊，你已经连着请了两次了。噢，对了，你这次出国请假我也没签，你不也出去了。这次又要出国，谁派你出去的？我怎么不知道？"孟浩远耐着性子不卑不亢地说道："噢，是这样，你还记得吗？出国之前找你签字的，你不肯签啊，至于这次，是一个国际性会议邀请的。"李建设阴阴地说道："没有批准，你就可以出国游玩啊。至于你说的这次出国是受邀请的谁知道你说的是真是假？"孟浩远心里有气，不过没有发作忍了忍，依然平静地说道："没有啊，上次出国由办公室程子棋主任签了，分管院长张院长签了，最后是向院长签批同意了。按我们研究院的规章制度，公休就是这个流程操作的。我是用我的公休啊，单位不是鼓励个人使用完公休吗？"李建设一听，气上心头大声责问道："那你昨天也没有来单位，为什么无故旷工呢？"孟浩远心里琢磨，你个李建设肚量也太小了。这次到比利时出国调了两天公休，加双休日两天，没想到路程上时间多耽搁了一天，又回上海逗留一天。算下来是多了一天，那你也不用这么计较吧。还好知道这人的小心眼，猜到他故意会针对我算的很精，已经做好了预防，所以回到上海后去医院开了两天的病假，已经在早上乘单位专车到单位后，拿着出国带回的礼品和病假单一早到办公室送出国购买的小礼品的时候交到办公室小沈那里了。李建设看孟浩远没有及时回应好像理亏认了，这次终于被自己抓住了，就越发的中气足了，心想这次看你认不认错，声音也大了起来说道："孟浩远你要记住教训，给我好好写个检讨。小青年工作不认真，纪律不遵守就整天想着出国带女朋友玩，有一点小成绩了就骄傲自大了。我问你，工作简报为什么到现在还没有写好交给我，让你联系的几个省市工作情况联系了没有？"一下子发出一连串的质问。孟浩远心里很烦这人，但是终究先压住火，显得也不急笃定地说道："李科长，先说工作。第一没有任何影响，简报已发内部邮箱，在你的邮箱号上，自己查收一下，我有发出时的记录的，你自己没有查收也不会自己打印一下？噢，对了，这是我们天文台研究院里规定提倡节约化办公要求，实行网上办公的要求。你说的工作联系的事都已经联系好了，其中一个单位是小陈联系的。"听孟浩远远正与李建设在争吵着说到小陈时，小陈一听马上反应很快站起来，大声说道："是的，孟浩远和我对接过，由我已经联系过了。"孟浩远严肃地继续回应道："请假的事为了尊重你才请你签字的，也是让你知道我的去向。你不签嘛按规程也是可以的，我口头当面向你汇报过。另外你说的所谓我老是有事情，你不知道中国人的传统美德吧，百善孝为先。第一次是爷爷住院开刀治疗，请假符合规定符合手续吧。第二次请假是陪女朋友到欧洲旅游一下，爱情很重要，我办理了请假手续，出国申请我报告过分管的张副院长签字然后由向院长亲自签批的，经过办公室盖章的，符合单位要求吧。至于刚才你已经为我这次出国计算过多休息一天的事，你太急了我还没有说到这里呢！所以你不要心急要好好听我说完再说，好吧？现在我再说一下，我回国后身体水土不服，得了急性胃肠炎去上海医院看急诊，医院医生都开有病假单的。医生让我休病假两天的，我为了工作今天是拖着病身提前上班的。你非但不表扬我抱病坚持工作，还处处蛮不讲理，你还有没有一点科长的样子啊？"孟浩远这样有条理的一一会回怼，李建设被孟浩远的反应和及时一条条回应一下子根本无话反驳。同事们不好多发声来明的支持和声援孟浩远，但是心里都在暗暗叫好着："佩服，说的在理。"孟浩远此时看李建设脸上表情很难看，脸憋得红起来，又继续策动上去。孟浩远接着说道："李科长，那你看这次请假要不要你批一下啊？"大家都听出来孟浩远在故意挑战李建设。李建设急地说道："我不同意不会批的。"孟浩远冷冷地说道："好吧，那你就在申请报告上，写上'不同意'的意见，也是意见啊。你如果不写任何意见，我就视认为你是同意的哦。"看着孟浩远笃定的又条理清晰地讲话，本想不签字的李建设一听孟浩远说的不签意见视为同意这句话他真真切切听进去了，李建设已经彻底没办法了，此时孟浩远的将军让他左右为难，一听孟浩远说的不签算是默认同意，让他担心起来，心想那还是签意见为好，想到这说道："好，那我就签意见。"随即拿起桌上的水笔根本就不看申请报告具体内容很快就在报告下面空白处写上意见："不同意参加，李建设，10 月 22 日。"然后把笔往桌上一丢，也不看站在身旁的孟浩远一眼。孟浩远见他如此态度冷冷说道："好的。李科长。我这还有一份报告，这是我的辞职报告，麻烦你也签一下吧，这份报告你不会签不同意意见吧。"李建设一听孟浩远这次是真的发怒了，他连辞职报告都事先准备好了，明着就是跟我斗。同事们一听顿时都紧张起来，他们对孟浩远这位来自上海的年轻人很有好感，很认可他的能力和与他们的亲和力，都围了过来准备劝孟浩远别冲动，最紧张的是张新宇，最先跑过来赶紧拉住孟浩远说道："孟浩远，孟浩远啊，别冲动。不就是办个请假的事吗，至于吗？"说着要夺过他的辞职报告，其他人也开始劝孟浩远冷静，大家为了孟浩远好，要劝孟浩远赶紧收回辞职报告。孟浩远心里明白，经历过这么多的事情后，自己以后会碰到的事更多更复杂。这件事自己已经思前想后考虑了很久，也不是单单为了李建设这种人身上的表现让人气愤的事情，在单位正常工作对自己以后与秦的可能的接触活动也的确有诸多的不方便。自己迟早是会离开工作单位，自己身上肩负着难以说出的一种强烈的使命，他要和来自遥远的外太空阿勃特星人类开展联系。当然如果工作环境好，可以做到两全自然是最好，可恰恰碰到这个情商极低的李建设，一直不知道出于一种什么莫名的心里非常排斥来自上海等地的年轻人，见不得他们的出色：有个性的工作能力和学识以及自身的聪明，快速的反应应变还有工作风格态度。当然他越是这般折腾也更加令孟浩远及其他同事们看不上。这种人生性心胸狭窄，你工作能力水平低下不说，在对待新人不光对孟浩远，对待科室其他的年轻同事也是如此态度，真是人性使然，待在这样的环境工作感到心累很不舒服。于是挡住张新宇伸过来夺他的辞职报告的手，点点头示意谢谢。看着大家都护着孟浩远，李建设更加生气，这时已骑虎难下，不签也不好签也不是，见大家都在帮着孟浩远心里更加有气。说道："你……"没成想孟浩远依然不留面子："你什么你？"李建设没有退路了急着说道："好，这是你自己愿意的。"说完快速拿起放在自己桌上的笔拿过孟浩远手中的辞职报告，狠狠地说道："好，这可是你硬要我签的。"也不看内容快速地签好"同意，李建设，10月22日。"扔在桌上，孟浩远此时心里反而一阵轻松起来，并不计较小心拿起。真的要离开自己喜欢的工作单位，当时还为了来这里工作与家人和李晓彤闹不开心，心里还是五味杂陈。其实这个单位是自己喜欢的，一起工作的同事们，不管是科室内和科室外其他部门同事相处都还蛮融洽的，除了这个少一根筋特别喜欢计较的还有有些阴险的李建设。作为单位院领导向院长也挺爱才的，是挺好的一位专家型领导，心胸宽广和蔼可亲。想到这孟浩远没有说话只是"唉"的一声叹息。叹息不是舍不得离开，而是叹息李建设这种人真是不想再和他相处，这下总算可以舒口气。

看孟浩远在叹息，陈新宇就在他对面办公桌，挨的最近听得清楚心里急啊，终于实在憋不住开始发火了。他听到孟浩远的叹息声，以为孟浩远现在心里有些后悔了又无奈不肯低头认错，真让陈新宇心焦，平时表面上还算恭敬，一般见面招呼叫他一声李科长，现在冲着李建设提高声音嚷道："老李，你这人也太没有人情味了，这么重大的事情你怎么可以就这样轻易地同意孟浩远离职呢？你为什么不劝劝孟浩远？如果孟浩远走了，我要求调换岗到其他科室去，真为你气愤。"李建设板着脸说道："小陈，你莫名其妙跳出来干什么，还轮不到你说，也别乱说啊。你要到哪里请随便。孟浩远这可是他自愿提出来的，我只是尊重他的意愿而已。"另一位同事小邹也急着走过来责问道："老李，这话你也好意思说，让人讨厌，真是的。我要到向院长那去说明情况，大家都知道明明就是你一直在逼孟浩远走的，他有什么错？所有工作都做得好好的，你就是看不起我们外地人是吧？"张新宇听到有人出来一起说，更是大声说道："大家说的对，是你一直在欺负孟浩远，如果孟浩远要走，我也要去向院长那里说明情况。你确实过分了，看看其他科室，再看看我们科室。真是难过，哪有像你这样的科长的？官不大架子太大了。"还有两位女同事胆子比较小不敢多说什么，急的差点眼泪哭出来了。孟浩远见大家纷纷出面怼李建设在声援自己，内心感动不已，原本坚强无畏的人，被同事们真情所感动，自己眼泪不禁潜然掉了下来。强忍住内心的激动劝住大家说道："谢谢大家！不碍事，没有关系的。这样也许让我可以轻松了。"同事们都认为这是孟浩远自嘲说的话，心里更是伤感，毕竟孟浩远的能力强，出生大上海有见识，以及他的性格随和，平时的相处没有因来自大上海而有架子，他人缘一直很好几乎所有人都蛮喜欢和他在一起。现在他真的很突然要离开单位和他们，心里不舍得孟浩远走。不过孟浩远拿起两份报告眼睛红红的，向其他同事们深深弯腰鞠了一躬后径直走出科室办公室，走往向院长的办公室。

　　向院长的办公室里此时向院长坐办公桌旁的椅子上，桌上整齐地堆了一层层各种文件，此时正右手拿笔戴着一副近视眼镜，低着头伏案认真地阅批文件。孟浩远走到门口轻轻地敲了三下门，向院长仍旧认真地看着文件，没有停下来，只是嘴上喊了声："请进。"孟浩远听到向院长的喊声推门进来，看向院长正在忙着，小心地喊了声："向院长好。"然后站在向院长办公桌前面。向院长抬起头来看到孟浩远笑着说："噢，是小孟啊，快请坐。"说着指指桌前的椅子。孟浩远顺势坐下后把手中的辞职报告慢慢递给向院长放在桌前，向院长拿起报告看了一下，抬头看到标题是辞职报告几个大字，报告后面孟浩远的签字及部门李建设的签字已经看到，马上将报告内容匆匆看了一遍，顿时停住刚才的笑容吃惊而严肃地问孟浩远："小伙子，这是为什么呀？部门的工作都做通了，你们李建设科长都签啦？这到底是怎么回事？

说说吧。"孟浩远看到和蔼可亲的老院长此时这样认真和严肃，有点激动，强压住内心的波澜，把早已在心里编好的理由在向院长面前平静地说道："向院长，你知道的主要还是为了女朋友。"向院长说道："哎，我记得。你这次不是专门陪她去了欧洲出国一趟吧，那关系应该处得不错吧。"孟浩远苦笑道："向院长，女朋友的工作没有做通，她还是固执地认为两人分处两地实在不方便，已经下最后通牒了，要么回上海，不回上海就吹了，我也很无奈。"说到这真实的伤心处触到了自己的痛处，眼眶有些眼泪涌了出来。这些在向院长看来非常真实的理由和孟浩远此时伤感的表情都被和善的向院长看在眼里，劝道："噢，是这样啊，小伙子不要激动。两个相爱的人分处两地确实是有难处，我理解。我看看这样好吧？你先冷静一下，这份报告呢你先拿回去，我放你三天假回上海。正好有个会议在上海天文台召开就派你去参加，和双休日连起来有一周了。你利用这段时间回去再好好去做做工作，做通了你自己回来把报告撕了就可以了，就当什么事都没有发生好不好？如果实在不行，最后你仍然还是一定要回上海的话，到时再拿来我给你批吧，唉……"孟浩远见向院长如此抬爱关心自己，心里感动，竟然不好意思一下子决定下来马上请向院长签批同意离职。向院长见孟浩远没有说话在思考中，就起身走过来拍拍孟浩远肩膀说道："小孟。要不暂时就这样处理可以吗？你好好冷静一下。"孟浩远内心很感激向院长，知道向院长为自己好和惜才，真诚地挽留自己，再想执意让他签批，也实在不好意思再多说什么。回去跟李晓彤是要找时间好好谈一次，不管结果是怎么样。于是站起来身来点点头说道："谢谢向院长！"向院长送孟浩远走到门外后看孟浩远离去才返回自己办公室。孟浩远走出向院长办公室后听到向院长轻轻关门声后停下脚步在走廊里站了一会，用力平复一下刚才交谈引出的激动心情，然后才重新走回到科室办公室，办公室里大家都沉默不语以为孟浩远的辞职报告已经由向院长签批，心情略有沉重。悄悄偷看进来的孟浩远表情，也是一脸严肃没有一丝笑容，孟浩远走到自己办公桌前，把一份是关于要出国开会的请假报告，上面已经有李建设签字不同意意见的报告，封进信封后交给小陈，小声地叮嘱道："万一以后向院长问起时，你把这封信交给领导，别忘了。"小陈看孟浩远一脸严肃托付给自己，一定是非常重要的事但又不知道发生了什么？看孟浩远很严肃认真的表情和神态，没有说话点点头。还有一封辞职报告装在另一个信封里也交给小陈，孟浩远悄悄地说道："这封信一周后请你直接交给向院长，就说我不好意思再见向院长，让你帮着交向院长签批的，等向院长批好后这封报告给我寄挂号信给我，我在上海的联系地址你知道的。"小陈疑惑地拿着看着孟浩远，孟浩远说道："没有什么，麻烦你了，记住啊。"孟浩远还想继续和小陈说下去，这时孟浩远的手机铃响，孟浩远看看手机来电显示是一个陌生的号码，于是对小陈笑笑招招手，指指电话，意思是有电话进来要接听。走出科室办公室到外面接听。

走出办公室到了外面的走廊里，接听起自己陌生的电话，听话中一个有点急促的女声声音传进来："你好，我是建行支行贵星路128号的服务员，请问您是孟浩远先生吗？"孟浩远经刚才的一番事情所困还没有反应过来，有些疑惑一下子感到莫名其妙问道："是，有什么事吗？"那位自称是128号的女服务员有些激动地说道："噢，你好孟先生，您方便来我们银行一趟吗？"孟浩远问道："干什么？"128号的服务员解释道："噢，是这样的，我们很乐意为您升级你的银行卡黑卡VIP服务，可以方便您的业务往来，也可以提供多种银行理财优先项目。"听到这里时孟浩远这才恍然大悟，心想这次比利时和荷兰之行使自己的银行卡上连续进出了三笔大额资金，一定是被银行注意上了，主动提出升级服务。这让孟浩远受惊不小，心想："坏了，这可不是好事，已经引起银行的注意了。"他脑子快速地思考对策，赶快需要想点其他办法，不能在同一张普通卡上转入转出大额资金。于是有了念头，考虑在上海成立一家科技咨询服务公司，设立新账户，作为一家公司经营，这样资金进出流动在外界看起来会正常些，否则确实太引人注目。想到这于是果断地回答道："不需要，谢谢！"不等对方讲话马上挂断电话。

二

　　第二天孟浩远乘飞机从贵阳回到了上海。想着向院长对自己的关心，为了自己所说的和女友的事情他还专门答应让他这次出差到上海参加会议，顺便好好找女朋友谈一次，这是多好的一位单位领导。回到上海，当天晚上孟浩远就心事重重地急着想约李晓彤出来，马上打电话给李晓彤，拨了二次才接听他的电话，等接通后他严肃的口气明确说道："小彤，我现在刚从贵阳到上海。这次是特意请假回来和你谈谈的，希望你抽空出来，有些事情需要谈谈清楚了。"李晓彤听他的口气已经知道他心中有气，原本想继续推拖，因为她心中有些犹豫不决。没有想到这次孟浩远是很认真的，根本就没有让她有退路。孟浩远直接地说道："这次我回来是我们院长专门给我批了三天假期，让我回来好好处理个人大事，不管怎么样我们需要好好谈谈，当面把想法说出来，我不喜欢这样。"看孟浩远这么坚决，又是专程回上海来，李晓彤知道已经实在推不掉，仅存的一点对孟浩远的好感被彻底击碎，有些恼怒只好回应道："那么急干嘛，好吧。既然你有这样的想法当面说说清楚，我也认为是应该和你谈谈。那就定在后天的下午三点在复兴公园里见。我上午公司有商务会谈工作，下午安排出去见一家公司客户，估计和客户商谈好后这个时间段应该差不多。"孟浩远说道："好。后天见，只要你来就好，我会一直等到你来的。"他已经心里清楚，约了几次见你不着，刚才和她电话交谈时，李晓彤也有意想和自己谈谈，这口气应该不会是好事情，但说清楚了也好，一直这样拖着让人很难受，所以他最后说等她到来让她没有后路必须到，否则他不会离开。

　　第二天上午孟浩远没有其他事情专门买了一些新鲜水果和营养品提着先去爷爷奶奶家看望他们。爷爷家离自己不很远，乘地铁六站后出站再走二十多分钟就到小区了。地铁上人流量一直很多，上海的地铁每一条线基本这样，不过是出行最快捷的交通，出自己小区走在街道上，街上的汽车一辆接一辆，路上的行人也很多，都在忙着出行上班的路上。看到一家水果店，孟浩远走进去挑选了几件水果，又在一家上海品牌商店买了一大罐现磨现秤的黑芝麻核桃粉，又买了些品牌熟食，这些都是爷爷奶奶平时喜欢吃的东西。拿在手里心里很是开心。当孟浩远敲开门后，爷爷奶奶他们看到孟浩远回上海突然出现在自己门前，真的是非常开心没有想到。他们平时就一直念叨着孟浩远，两位长辈一直笑呵呵地问这问那的，还关心地问起找女朋友的事，说他年纪不小了可以找一个女朋友了。孟浩远真是无法回答长辈关心自己的个人事情，不过此时正好触中孟浩远痛点，也不敢在爷爷奶奶关切的眼光注视下有所不快。说道："放心，有好消息我会告诉你们的，你们要保重自己的身体啊，平时多到外面走动走动。"听爷爷奶奶看着自己说这说那，孟浩远笑着跟他们说，让他们很高兴，待了半天后孟浩远离开爷爷家出门。

已是中午时分，孟浩远离开爷爷家后走出小区来到热闹的街上行走，看到一家老字号汤面馆走了进去，点了一碗喜欢的辣肉汤面加一块素鸡，津津有味地吃了起来。这个味道是孟浩远喜欢的，从小就一直吃这家面馆各种浇头的汤面，他觉得这家老牌面馆专心做普通传统味道的汤面，有很多上海人和自己一样喜欢吃它的味道，添加的辣肉浇头量多，看似简单普通却烹制的很到位，素鸡煮到软而不烂味道全部吸进里面，咬一口有汤汁流出，微微有些甜非常好吃，面是细面不硬不软正正好，汤的味道是专门调出来的高汤，味道鲜美纯正，没有那种由于加了很多味精后吃起来时感到很鲜但是吃完后会嘴干口渴只想喝水。坐在店里休息吃着好吃的汤面，看看周围桌子基本坐满，来店里吃午饭的各种各样的人煞是热闹。店里中式的装修风格让人感觉又回到了家一样轻松舒服。心满意足的吃完面心情愉快地走出这家老牌面馆，门外就是街道。站在街道上看着不断走过的人流，路上汽车一直不停来往经过，街边停着自行车电动车，两旁的各种商店在营业，一种生活的场景让孟浩远满足，他此时突然想到一件事，自己出售给艾格尼丝公司钻石后银行卡上汇进来的两笔巨大资金突然一下子在卡上猛增已经产生令他意想不到的事情，银行已经派人专门致电来关心他，希望提供给他更多的服务，这很有可能会引起银行更多的注意，同时可能会由此给他带来一些不确定的麻烦。而且和伯格的这次成功交易以后，伯格以后一定还会更愿意主动和自己联系需求，应该有更多的机会与他进行合作，以后出售钻石的资金继续流入自己卡上，资金应该会越来越多。这次自己的银行卡一天内连续二次转进来这么多的美元资金，接着又要转汇给艾琳父亲医药研究中心，频繁的大额资金进出已经引起了银行关注。他作为银行重点客户会更加地被注意到，这对于普通人来说是一件好事，可以办理银行业务时享受 VIP 专门优待服务，但对孟浩远来说自己被过分的关注意味着会带来的是麻烦和惊扰而不是高兴。银行最好的服务对他而言并不很需要，自己只想做一个不起眼的陌生普通客户。经过上次银行来电联系后，他再三思考已经有了想法，决定在上海的这几天空档期抽空办好一件事，就是设立一家公司，以公司名义经营或许会安全一些。所以利用这几天还有空闲时间，需要多了解一些办理公司的手续，于是他在汤面馆坐着吃面条时临时从手机上查找一些咨询及开办公司的要求。看到办理公司现在要求不高手续也很方便，心中基本有了清晰的计划。

吃好中午饭从汤面馆出来后站在街边驻足看了一会，也细想着这件事情，然后目的明确要去办理开启公司的事。他直接在附近换乘地铁前往，在查到的附近有一个工商行政受理大厅去咨询申请办理营业执照事宜。乘了两站地铁出来，沿着街道行走，很快看到了受理大厅，他推门走了进去。从没有办理过开办公司业务的孟浩远在行政办理大厅服务台咨询办理业务流程，才知道办理手续流程和自己刚才查阅到的一样，很简单，但是有一个基本条件被卡住了，设立公司必须要有具体的公司营业场所和登记地址。这下难住了孟浩远，是啊，自己成立的公司注册在哪里呢？不可能在自己所居住的家里，那自己的个人隐私暴露出来肯定不妥，而且办理经营公司是不被允许在居民居住区办理的，应该是商务区，办公楼等场所。现在一条就一下子卡住了，只好暂时先搁一搁再说，当前需要找到一个合适的场所。一种方法到房产中介那里去登记租赁商业用如沿街门面房，综合办公楼等。不过不是一下子就可以马上办到的，而且工程比较费事需要和商业用途的商铺或者办公写字楼业主或者开发商要反复沟通协商。另一种自己去想办法寻找合适开办经营性质公司的商务楼，综合体内的商业用房或租或直接买入。

孟浩远无奈只好先走出了行政受理大厅，没有想到办理注册一家经营公司看似简单，但是对自己而言这一条就比较麻烦。只能等以后再说了，闲来无事，正好走走散散心，于是他沿着城区的街道开始边走边看看。走在上海城市的街道周围，好好看看景色也是一种享受，城市规划变化很大，很多地方已经推倒重新规划建设，都在兴建各种小区、楼宇绿化园带和微型公园，老、破旧的一些住宅都已经列入拆迁计划中，拆除后地块已经开始重建。这样走着走着一路前行，大约走出了二十多分钟的路程，突然无意中经过了一处新建的建筑群，看到工地外面有一块巨大的连着的像是长廊一样的宣传招牌，发现这是一处刚刚新建成的科创园区，园区很大，占地在一百五六十亩，建筑群里分布着有商务楼、酒店、公司，独立商务办公楼和商业区、服务区、绿化区停车区，从宣传长廊可以看出里面道路四通八达，绿化设计布局非常多，犹如开放式的绿化公园一般，整体环境非常漂亮，没有围墙的设计，人可以方便自由从各种道路随意进出。路上各种指示牌很清楚，外面每一个进出通道有小区和建筑群的分布图，方便寻找各楼指示。孟浩远经过的路上有一个 A 区的园区进出门口，人和车道分开进出，新建的道路宽大平整漂亮，可以直接进入，走进园区 A 区大门口处看到有四位穿着浅黑色西装的工作人员正在门口发整个科创园区的宣传介绍资料，宣传资料设计印刷的漂亮精致，看到孟浩远经过时就热情地拿着宣传资料分发给孟浩远。孟浩远一看不免心中一动，迟疑一下停下脚步准备去取资料查看时，其中一位才二十多岁左右可能是刚刚大学毕业的学生模样，他是一个身高在一米七左右的年轻男小伙，穿着灰色西装套装戴着领带脚上黑色皮鞋，一副正装认真的样子。他观察仔细看孟浩远经过时正停住脚步有些兴趣地看他们的这个区内的建筑，他反应迅速，感到孟浩远这样的客户似乎有一定意愿想了解这里的科创园区情况，就不管三七二十一热情地对着孟浩远介绍起来："先生你好，进来看看吧，这是我们区新建的一家科创园区，它集办公、科研、酒店、商业、商务楼为一体的大型园区。这里正在出售和出租办公用房，可作为各种用途的商务办公，里面的房间有大的有稍微小一些的，规格齐全，适合各种公司办公和商业服务。在这里搞科研的初创公司还有区政府的孵化政策，你看这里离附近的地铁两条线路都不远，不超过一公里，步行也就八九分钟，园区附近公路交通也很方便，到中环和外环高速都是很方便的，四周的三条是高等级主干道。先生需不需要看看资料。"说着把手里的宣传资料递给孟浩远一份，孟浩远看到这里的整体环境很好，又一听他的介绍说有商务办公楼，就有点心动想要稍稍更多了解一下，就伸手拿过小伙递来的资料停住脚步随便翻看起来，边看边注意观察起园区内的建筑和环境。发宣传材料的灰色西装小伙见孟浩远停住脚步在看，看来他有些意愿的。小伙上来开始介绍这里的园区建设特点，孟浩远看似漫不经心地在听和看，实际头脑在认真地仔细分析他介绍的情况信息，一听介绍认为这地方倒还真不错。这块地自己是知道的，经常来爷爷家，离爷爷家地铁就两站路不远的，原来这里是一家上海的国营工厂，还有一些破旧小区房子。看来现在重新规划了，新建了一个大型科创园区，环境比以前要好多了，园区大部分已经完工还有部分楼栋正在建设中，整体规划让人眼睛一亮，各种建筑风格都有，都很简洁又各不相同，绿化布置其中，很现代很环保很安静，这个建筑园区的建成一下子提升了周围的环境和形象。今天正好路过这里，自己也就一年半多吧没有来过，它在这么短时间内竟然已经快速建造成一个环境优美的商业办公科创休闲的综合体，建筑群有数十幢楼设计都有风格特点，形成一片园区非常好看，形象一下子提升了很多显得高端大气。绿树成片规划布局很有创意。这一个是非常大的园区，而且这里的交通优势明显，离一条地铁站就四十来米左右，另一条地铁线也不到一公里路程，园区里面整个区域配套齐全。看孟浩远有兴趣留下来听他介绍，西装小伙子热情地引着孟浩远走进里面一幢建筑楼底层的售楼区看整个园区建设沙盘模型，里面有按比例缩小的十几幢建筑楼沙盘。孟浩远边看边问着各种问题，看孟浩远问得很细似乎确实有意向准备购买或租房，灰色西装小伙更是卖力地推介起来。孟浩远看了资料、眼前展示的是整个园区一个巨大的沙盘，做得很详细，灰色西装小伙对整个园区建设布局开始介绍起来，看到现场环境整体布局孟浩远心中有底了，心想这倒得来不费力，这里的办公楼正合我意，今天不经意经过正好碰上了。于是孟浩远跟随着灰色西装小伙的介绍看了整个沙盘和不同的几个区块功能特点。小伙重点向其推荐的是其中一个大型综合商务楼，里面都是商务办公楼，占地面积约一万多平方米的建筑大楼共有十二层高，里面出售的面积有大有小，最大的有上千平方米。这些套型可以单独一套一套购买，也可以一起连着的两套或三套购买后连通起来，装修成为较大的办公用房出租。小伙重点推荐的是一大一小两套连在一起的一间，小的有约二百平方米，另一间约四百平方米，这两套如果一起买下，在一个楼层位置，可以组合起来出租也可以单独出租比较灵活。孟浩远对一楼层区的一间小套较感兴趣，它离大楼的进门很近，正好是进门后当中，服务大厅和服务台位于进来后的右侧非常方便，位置很好，进大厅客人第一眼就可以看到。由于考虑的是商务、办公这里的房间层很高，约高在 6.4 米，都是水泥钢筋现浇框架结构，可以在空间上架设改造成二层。办公房的装修是统一的精装修，风格也可以商量订制。两套办公房是单独的销售房产证，孟浩远心想两套一起买以后如果真需要的话也可以打通公司可以容纳更多人，也可以按销售两套房分开独立使用还是不错的。不过看到沙盘 B 区有三四栋单独的楼房听小伙介绍起来又让他对这里也十分感兴趣。科创中心园区原来这里还有更大的独幢楼整体出租或出售的，适合人比较多的大型公司，原本以为这样的建筑是规划中已被公司先行购买或者定向为大型公司设计建造的。现在还有这样的建筑楼孟浩远心里蛮喜欢，以自己现在的能力是可以买下的，但是楼房面积太大以后管理就比较麻烦。心里在比较着两个方案，小伙推荐的综合大型办公楼是可以考虑，其中一套小间自己新建公司申请营业执照办公室注册地址时所需，大的一套商务房暂时不用也可以自己转租出去或由园区成立管理的管理公司代为管理出租收取租金，优点是比较灵活，缺点是那里业主多客户多。这个科创园区位置地处闹市中心不远，附近配套设施非常齐全，一旦带动引入更多的商务公司，以后发展前景应该是不会错的，现在自己已经完全有能力可以做到购买商务办公用房，手里正好有留下不少资金，放着太多感觉心里反而有些不习惯，不如用掉一些账上资金，少一些操心反而让他踏实。他计算了一下，艾琳父亲的荷兰医药研究中心抗癌新药的研发在这次谈判后，大概需要投入三千万美元，另外给艾琳父亲转了一笔房子和一百多亩土地的银行抵押贷款加上自付利息资金，大概在二百六十多万美元，考虑以后研究中心资金需要，留着后续投入备用，自己银行卡里的资金足够多完全没有问题。按孟浩远的想法这些钱最好自己稍微留一点即可，不用留太多。想到这里孟浩远很有兴趣的详细询问了关于开发商是哪家企业，产权年限、使用性质、用途、背景等问题。然后又细问了这些商务办公房以后规划的用途，是否可以往出转租和是否可以随意出售等等。灰色西装小伙见孟浩远越问的仔细心里越高兴，他知道一般越想详细了解的客人是越有可能购买，所以他更加认真的耐心的一一介绍着："噢，先生，这里的物业按楼群来销售或出租的，有的楼整体是只租不售的，有的楼已经是公司或者酒店自己参与定向开发的，不对外销售或出租，B区还有四幢单独的商务楼，整幢楼目前暂时没有出售，如果有人需要是可以整体出售的。一般大部分来这里的客户选择小的单套或两套三套甚至更多套连在一起的买的比较多，也是现在比较热销的一种。单独的楼栋商务楼毕竟是有实力的大公司买得动，总价比较高嘛，他们一般自己买来用。不过算下来单价计算的话价格是优惠的，每幢楼都有地下车库。目前这里的十六幢楼已经销售了大部分了。我们这里的服务有园区的管理公司统一管理服务的。"孟浩远明白了，看了看灰色西装给他的名片上的名字"董文文"，指着他推荐的A区彩虹湾综合楼底层位置的两套房告诉小伙道："小董，谢谢你的介绍，你是说客户买单套连在一起的较多是吧。"董文文小伙老老实实地说道："是的，先生。"

　　孟浩远在思考中，突然问道："小董，那B区那幢标记为科海大楼独栋的九层楼办公楼整体买的话听你介绍单价还要优惠便宜一点是吧？"董文文以为孟浩远只是随便问问而已，说道："是的，先生。"孟浩远主意已定就买整幢的，自己留一层或者其中一间方便注册公司就可以，其余可以单独租给一家公司，面积大一般大公司或者银行等企业更加青睐，装修都可以由他们公司自己来按风格装修，应该更好租出去。就买它。说道："小董你我算一下这一栋独立的办公楼需要多少钱？"孟浩远这样笃定平静地一问，顿时吓了小董一跳说话也不太利索了："先生你说……说……什么？"孟浩远说道："整栋楼你帮我算一下共需要费用多少？可以吗？"小董听完激动地说道："好的，先生，我马上向经理汇报，我决定不了。不过我会给你算好。"顿时满脸高兴起来，他实在不敢相信自己耳朵，颤抖地问道："先生，你是说现在就想购买科海大楼那整栋楼吗？"孟浩远一脸认真地说道："是的，如果价格合理，可以吗？"小董才反应过来，高兴地差点跳了起来，笑着说道："可以，可以，当然可以，先生您请稍等，来，您请里面房间。"说着把孟浩远引到沙盘展示区的另一区现场办公楼，里面有一间小型会议室，在一张会议桌前坐下。然后小董一路小跑脚步轻快又快速地出去，很快到服务台拿了两瓶矿泉水放在孟浩远桌子上，说道："请用水，我马上就来。"转身快速一路紧走进入里面销售部办公室，不一会走过来一位四十多岁的中年男子，后面跟着小董，他们两人走进会议桌前小董高兴的介绍着："先生您好，这位是我们销售部总经理李经理。"孟浩远站起答应着："噢，李经理你好。"李经理高兴地忙发着自己的名片递给孟浩远，然后自己和小董一起坐下，把手中有关这栋楼的图纸结构特点和价格等详细介绍了一下，孟浩远一边听一边问，最后得知这幢科海大楼总面积在 6890 平方米，总价是 3.8543 亿元，平均单价比那栋可以分套出售单间的最大综合办公楼——彩虹湾综合商务办公楼，每平方米还要便宜约一千元，又附送建筑楼周围一个很大的花园和绿化带道路。孟浩远听完考虑了一会，心想单独的科海商务楼应该更有前景，如果租出去也可以找到更好的单一的大客户，这样容易管理，长期合作省心多了。那座彩虹湾商务办公综合楼体量很大房东很多，以后租出去意味着在这里的客户同样太多，有些凌乱不利大公司客户长期租用，主要对象限于中小型的公司客户。现在这座整栋科海商务楼不和其他建筑楼相连，反而有它的优势，既处于热闹的科创园区又自成一体，单独所处位置在整个科创中心，商务楼外面就是园区主干车道进出非常方便，以后如果自己利用也有了一个发展的基础，心里快速的计算一下，一部分需要与荷兰医药研究中心合作汇款是一笔大数额，其他都是小数额，自己钻石出售所得完全没有问题，即使购买还有很多资金留着，没有问题不妨就买下它，心里不免有些成就感，如果买下这座科海大楼，自己一下子成为拥有在上海市市区的区级科创园区单独一栋商务楼的拥有者。一般人是无法想象和想到的，他孟浩远的竟然如此富有，想着又有点自豪有些小小得意，心中顿时气贯长虹顺畅许多，有些豪气和高兴。孟浩远说道："好吧，听你们介绍，我对这座独幢的 B 区商务楼很感兴趣，我想订这栋单独商务楼，现在可以去带我去现场看看，如果合适签正式合同吗？另外问一下可以办理营业执照吗？"李经理万万没有想到今天会遇到这样的客户，小董更是不敢相信，一位和他年纪相仿最多比他略长几岁的小青年，以为他路过对这里感兴趣想多了解一些有关这里科创中心的信息，最后想不到是这样的结果，毕竟不是买综合楼一套办公楼房间，这可是整幢楼，一般都是大公司购买的，顿时令他惊讶不已心中啧啧赞叹，今天自己的运气爆棚了，天道酬勤看来是对的，认真真诚主动招呼每一位经过的客人不管他们是否愿意购买总没有错，你看就有一位深藏不露的富贵之人正好经过，要不然不主动招呼差点就错失了。而且这位小伙他太果断直接了，这样的一笔大额交易至少回去和他父母反复商量几次才会一起来认购，没有想到他竟然会如此爽快答应准备想购买，实在不可思议。刚才他确实问得够细的，想着他要买也是小套组合的那种，买上一套或者二套，完全想不到最后竟然是这样让他目瞪口呆。李经理拿着楼房的销售合同欣喜万分递给孟浩远看："先生你好！这是合同和 B 区科海大楼楼房图纸，我还需要请示公司总经理最后确认。"孟浩远拿过合同认真地看了起来，边看边问着问题，看完文本合同后说道："李经理你抓紧去确认吧。"李经理答应着，拿着合同急急走出会议室，叮嘱小董说道："小董，你好好陪着客人。我出去一下马上回来。"过了一会李经理陪着一位公司老总，他身后跟着财务总监和几位副总一起进来，因为这可是一个大客户，进入会议室高兴地看着孟浩远，孟浩远只好站起身。李经理说道："先生你好，这位是我们公司的魏总。还有这都是公司的几位老总，他们非常重视你的到来，特意过来商谈，希望能顺利合作。刚才魏总和几位副总已专门开会商量过，公司同意出售。你还有什么要求？请看这是销售合同，请你看一下。"孟浩远拿过合同认真地看了起来。说道："我看可以。不过请你们带我去现场看看。"魏总说道："好，我们现在就陪你一起去现场。"说完大家陪着孟浩远一起前往那座商务楼查看，占地约一千平方米的九层商务楼，外立面都是现代流行落地大玻璃，金属线条非常漂亮，里面全部是框架结构，可以自由搭配装修。内有电梯直通地下两层车库。花了约半个多小时时间查看和问询介绍，孟浩远很满意。一行人回到销售区会议室坐下。魏总笑着问道："先生你看是否满意？好有什么要求尽管提出来，能够做到的尽量满足你。"孟浩远说道:"我看可以,这里整个园区环境设施配套绿化道路等功能性辅助设施比较全。好吧,签字。"说完拿过销售合同签上自己的名字。然后说道:"到房产交易中心办理房产证我就委托你们公司,也一并签下委托书,等办好后通知我,我有空时会来取的。另外这幢楼我需要最上面的一层,其余的请帮我招租一家公司入住。魏总拿着合同认真地在看,一看孟浩远签的名字,字迹工整隽秀,一手漂亮的好字,名字也好,现在年轻人的字一般很少有写得工整漂亮的,魏总暗自喜欢,说道:"好,孟先生,请放心。这些都是你对我司的信任,请放心。"对着另一位副总说道:"王总你关心这件事,等会双方签一个委托书,抓紧把孟先生提出的几件事都办好。"然后看着孟浩远小心问道:"孟先生,你看,付款方式是……?"孟浩远说道:"噢这样,我最近有些事,平时在外地多一些。所以时间上来回奔波不是很方便,今天可以全款支付,不过用美元结算可以吗?"魏总一听一惊,用美元直接支付楼房款还是第一次遇到。通常因为外汇管得得紧,美元汇入容易一些,但是大额换外汇和过境汇出是比较困难,尤其是大额数量的美元,这笔交易对公司倒是一个意外收获。然后赶紧说道:"当然没有问题。"看着财务总监问道:"张总,是这样吧。"财务总监张总回道:"是的。没有问题,按当天的美元与人民币汇率兑换计算。"魏总已经对孟浩远发自内心的尊重,他客气地询问道:"孟先生你看可以吧?"孟浩远说道:"可以,当然按你们通常交易规定。"此时现场所有人都已经十分清楚眼前这位年轻人很不一般,交谈举止沉稳笃定,出手果断凌厉不拖泥带水,而且这么一笔大额交易,他居然不和其他家人或者投资公司慎重的商量一下,也不用贷款,答应马上签合同购买,真是从来没有见到过这样买房的。大家羡慕恭敬在脸上展露出来。签完合同孟浩远特意问小董道;"噢,对了。小董请问你们园区里有办营业执照的吗?"小董笑着正想回答,公司魏总已经说道:"噢,先生。隔壁一号商务楼里第一层就有区政府在这里设立的行政服务大厅,里面都可以申请,现在办理很快很方便的。你也可以委托我们这里的园区物业管理公司办的,有事找李经理,我们愿意为你服务,请放心,希望我们以后有更多的合作机会。"孟浩远说道:"谢谢魏总,好的,能有机会和你们合作我很愿意。办理公司注册和营业执照手续也委托你们帮忙一起办理吧。"魏总说道："没有问题，非常方便。"营业执照的办理手续他已经完全要求一位冯姓副总办理。孟浩远在魏总一行陪同下一起从公司走出到门口时，突然发现两辆奔驰轿车驶到门口台阶下，从车中走出三男一女四人，都西装革履穿着正装，年轻的女子穿着套装很是商务正式。孟浩远正从门口出来，四人也正准备上台阶。魏总突然听到一声呼唤："魏总好，你怎么出来了不用客气！"说话的是一位中年男子气度不一般，魏总循声应了过去笑道："噢，是杨总，你好你好，正好有客人过来。"边说着边过去握手。孟浩远见魏总与他们招呼，安静地站着，马上走不打招呼不礼貌，只好看着他们，突然看到一个熟悉的身影，真是李晓彤，心里怦怦地急跳起来，李晓彤跟在最后也看到了台阶上站着的其他人和孟浩远，旁边站着几位公司员工也陪在身旁正一起站着。眼光扫过孟浩远后马上转过头低着头上台阶。魏总与杨总招呼后说道："杨总请先到会议室，我马上过来。送一位客人。"杨总笑道："不用客气，你先忙。魏总吩咐一位副总陪他们四人一起进楼，然后返身过来陪着孟浩远说道："孟先生不好意思，刚好有客人，上去招呼一下。让你久等。"孟浩远心里并不介意，只是想着李晓彤她也出现在此，有些意外。看来她真的是很忙，说道："魏总，那我们就此别过不用客气，我自己出去，你忙吧。"魏总说道："那怎么行，已经有人陪了，放心吧，我送你到门口。"说完一行几人陪着孟浩远慢慢走出大楼，沿着园区道路行走到园区外面的大门口。他们众人都已经聚集看着这位神秘莫测出手果断的年轻人，竟然也没见有人陪着他，也没有开车，一个人走出大门口后转身与魏总握手说道："谢谢魏总，我还有事。您赶紧回吧，还有客人等着你。"魏总说道："好吧。孟先生，那再见了，您有什么事需要我们做的请尽管吩咐。"孟浩远说道："魏总您客气了。"说完走出大口在街道左转，没过多久淹没在人群中已不见身影。魏总才转身喃喃自语："低调，太低调了。他是谁？"回到办公楼会议室，又和杨总他们招呼道："杨总久等了，刚才送一位客户，不好意思。你考虑得怎么样，我们这里的办公商务楼很热销啊，再不抓紧就没有了。"杨总说道："是吗？今天我特意过来可以定下来。"杨总说着一起看着播放的整个园区效果图，说道："魏总我想你们单独的商务楼面积比较大，蛮符合我们公司需要的，我看那栋 B 区科海大楼位置不错，左右靠着路，请你详细介绍一下，等会我们再过去看看。"魏总笑道："杨总你眼光好，不过这栋楼已经出售了，你还是选别的楼吧。D 区还有两栋。"杨总听说后露出惊讶的表情："啊，这么快就卖掉了，是哪个公司？你知道我们来看过几次，对这栋楼有意向的。"魏总说道："是啊，我知道，关键是你迟迟没有定下来，至于哪个公司暂时不能说。"杨总一听急了，说道："原来是这样，哎，还是出手慢了点。那只能另选了。"最后还是选地区位置稍远的 D 区，这是在园区边上的一栋商务楼。显然比 B 区科海大楼位置稍差，建筑风格也稍有些不一样。

对于孟浩远来说他根本不知道，自己快速定下的楼是李晓彤他们公司也有意向想买的，不过被他抢先了，所以今天看到李晓彤。他今天算是偶然中不经意地为了解决自己银行卡最近大笔资金进出款的事想成立一家公司，没有想到后面竟然会越搞越大买了园区一栋办公商务楼。想想是不是自己太爽快高调了，一天之中花钱如流水一般。不过想着自己家里还有不少绝世珍稀的极品钻石，可以很好估算拥有的价值了，以后缺少资金完全可以继续找伯格出售，他也正求之不得，很快就可以满足双方，也可以解决自己资金问题。而且伯格他一定会巴不得希望和他经常多合作，成为这种极品稀有钻石唯一的供货商。至于他购买的商务楼，以后出租管理等也一并交给李经理他们公司负责招商，自己注册办理公司的营业执照也委托他来办理，等他办好会通知自己的。今天也算是办成了自己的公司，解决了第一个问题，心中的第一个任务很偶然很方便地完成了。以后用公司的名义进出资金运行起来会方便一些了。公司名字自己已经想好了就叫："秦汉科技咨询服务有限公司"。公司服务内容就是科技咨询服务和进出口服务贸易等，秦和汉主要来自阿勃特星球，是孟浩远认识的也是尊重的两个科学探索者，正好要记住他们两人。

三

　　时间已经来到周四，今天下午三点，是孟浩远和李晓彤约好的在市中心复兴公园见面。孟浩远心里有事，今天早上一大早天还未亮就起来到小区外面的小路上慢跑起来，然后在附近一个大型绿化带小公园里练习起绵拳来，锻炼运动后身体更加舒服，没多久身上渐渐出了一身汗，人更加轻松。绿化带里环境很好，孟浩远在一个长条石凳上坐着休息一会回家洗澡，然后到外面街上去吃早点。吃完早点后看时间还早一个人开始沿热闹的街道闲逛起来。上午的打算是准备到银行办理汇款手续，昨天已经事先电话联系预约过，银行要九点三十开门营业，此时时间还早。他回上海后需要给艾琳父亲的研究中心汇款。等到九点三十银行刚开门，孟浩远走进银行开始汇款手续，准备汇出的资金太多，银行专门派人单独为他到二楼区办理，银行经理亲自出来接待也一直陪着他态度恭敬，从接入孟浩远的账户，在电脑上一查心中吃惊不小，发现这可是他们见到的个人近年来可算是最大的一位客户。而且坐在面前的是这么年轻的一位小伙，一查他的银行卡里面的金额让银行经理和经办员两人顿时目瞪口呆，而他要办理汇出的款资金也是数额巨大，两人一再提醒着孟浩远反复确认是否要汇出，生怕他搞错被诈骗。最后看到孟浩远冷静地确认后终于办理完成，这笔资金转汇出去费了好半天时间，等全部办理完成后经理又亲自陪同孟浩远走下楼梯，恭敬地迎送到门外，目送这位穿着打扮极其普通的年轻小伙子走出银行，右转步行在街上走去，这一幕太让人不可思议了。

　　上午到银行去办理资金汇出的事情，已在银行花了不少时间。无所事事的孟浩远步行回到家中休息。暂时不想做其他任何事情，心里就想着下午复兴公园碰头的事情，这件事对自己很重要。心中有些烦，在家中这样等着，时间仿佛很漫长，索性打开电视机无聊地看着听着打发时间，连中午饭都不想吃。终于时间差不多已到下午二点，准备着出门才重又洗洗脸穿好衣服出门。从家里出来到复兴公园需要乘地铁五站路约二十分钟就可以到公园，公园离地铁站需步行一刻钟左右，所孟浩远准备了充足的提前量，他要早点到。

不知怎的，总感觉这次的见面不会如他所想有好的结果。因为在家中一直思考回想着李晓彤与他的联系所表现出来的那种冷淡，他已经猜到大部分。但是不知道是何原因？有一个明确的结果对他来说心中也就释然了，爱需要相互尊重在一起身心无所拘束才开心，而不是乞求勉强，如果没有了情不如早早放弃。怀着不安的心情和预感不免叹了口气，感到两人目前在一起的状况分不像分，合更不像合，令人心累憔悴很难受。不过自己出门前做了一番准备，穿上一套品牌得体好看的休闲服，显得阳光精神帅气，也更加年轻如学生模样。带上在比利时安特卫普机场内买的进口品牌香水和护肤成套礼品，放进背包中。怀着一种复杂的心情出门。此刻的孟浩远已经想好无论如何，这次总算能和李晓彤见面，会有一个结果，结果的好与不好取决于李晓彤，也会让自己不再纠结于此。想清楚了思想通了，所以心情反而轻松了，在街上行走，到地铁站换乘地铁，周围的一切看起来都是那样令人高兴，很快就走到了公园。看时间才下午二点三十一分，孟浩远已先提前赶到了复兴公园等待。

复兴公园是位于市中心的一座占地面积约在一百亩的园林绿化公园，里面的一些建筑保留了明清时代的建筑风格，又经后人一点一点不断完善修建，形成了风格独特的一座人文公园，公园外面还有一些明清建筑风格的建筑楼，也有民国时期修建的欧式风格建筑，坐落于上海的一条主要著名公路旁，这里汽车进出四通八达非常方便，据说曾是上海一个名门望族购买所拥有的私人花园，解放前逃至英国，在英国现在也是一个拥有大量实业和不动产资产的富人。经过历史的演变和多次修扩建，成为目前上海一座独一无二有特色历史美丽著名的公园。

在双休日复兴公园是附近居民和慕名而来的游客到来的主要人流，公园内一直可以看到络绎不绝的游人和运动、唱歌、休息坐着晒太阳的人们。他们都在外面繁华的几条街道兜游后到这里来休憩片刻放松心情。今天是工作日，因此公园里人不太多，都是些附近居住的老人或少部分到市中心游玩的游客，经过时必到附近看看建筑顺便进公园参观游览休息。今天天气放晴，阳光照射进公园一片生机，走进入公园后孟浩远来到一处荷花八角亭，那里有依河设立的带靠背围栏的长廊，里面有长木条凳子，凉亭里已有几人坐在椅子上静静地休息，也有相熟的两人坐在一起高兴地交谈着。孟浩远走到一处无人的地方坐下，边等边倚着长廊座椅靠背看沿湖周围和前方的一大片草地，以及进入公园四通八达的公园内的一条主要宽道和周围连着的延伸出去的几条人行道路。主要进入口的道路两旁都是有历史年代高大粗壮的法国梧桐树，生长的很好，长得粗壮高大树枝繁茂。公园里到处有活动的中年人、老年人，他们有的在集体练习着各种拳操，有的开着音箱几个人聚在一起高兴地在唱歌自娱自乐，唱的颇有水平。也有一群人聚在一起穿着统一的服装在跳舞的，边上还有围着看热闹的游客，也有穿着宽松白色中国练武服做着各种喜欢的运动和独自练习不知道武术动作的。也有人在光滑的打磨的石子地上沾着水用很大的一支毛笔在练习写字的，字写得又快又好看，一看是练了有些时间了功法很深，简直如书法家在现场行云流水演示，动作非常洒脱自如。偶尔看到有几对年轻情侣相互依偎腻在一起甜蜜交谈的，这一幕让孟浩远心里暗生羡慕和感叹。

在公园里做着各项运动和锻炼、活动的大都是退休的中老年人，他们脸上洋溢着对生活的热爱和满足。也有一些游客进入公园来专门参观和拍照的。孟浩远看着这一切，这种快乐祥和的慢节奏生活状态和氛围，让人感觉一下子可以消除烦恼。今天天气也很配合，晴天，抬头可以看到周围的高楼建筑以及天上清澈明净的蓝天和白云，清晰如一张画卷。孟浩远心情随着公园内的祥和快乐气氛以及公园里人们脸上的笑容和晴朗的好天气也变得好起来，似乎忘了忧愁，含笑静静地看着周围的景象，在想着和李晓彤在一起有过的美好的时光和期望它有美好的未来。尽管目前出现了一些问题，但是或许这次见面交谈后可以改变，重新回到以前在大学时的那种清纯浪漫友好的关系。

不知不觉时间已快到三点了，孟浩远急着站起身抬头看着入口的这条主路，坐在这处景点走几步到边上的主要道路看出去，正好它对着公园进口的一个二号大门，只要进公园后进来的每一个人都可以看得清楚，约好在二号门进来后的荷花池边上的八角亭见面的。李晓彤从公园二号大门进来的通道，只要她走进公园就可以看到。不过时间一点一点在过去，孟浩远心里的沉重和焦虑一点一点在增加，还是没有见到李晓彤的影子。孟浩远坐立不定，一会站起来看一会，走出几步到道路中央站着抬眼望去等一会，然后又重新回来坐下等，反反复复地站起走出，又返回坐下，等待和期待李晓彤马上会出现的心情更让人焦虑，心里开始有点着急起来，不知道李晓彤今天说好过来的是不是会有什么变故。就在他坐立不安焦急烦恼中，时间一分一分过去已经到了下午三点半了。孟浩远正想拿出手机打电话问问到底是什么情况时，他站起来走出凉亭几步又一次来到道路中央，抬头向公园门口入口观望，突然看到李晓彤那熟悉的身影出现在眼中，高高瘦瘦身材很好的一位姑娘正慢慢的优雅地沿着公园这条主要道路在走进来，渐渐的越来越近可以看到穿着形象。今天她穿着得体令人眼睛一亮，正不急不慢迈着小步款款而来，只见她乌黑的长发飘飘落在肩上，眼睛戴着一副墨镜，洋气十足时髦好看又非常适合，身穿一件薄款的芥末黄 V 领针织开衫，上身显得青春活力又知性，下身搭配一条杏色高腰阔腿裤，身背淡蓝黄色品牌小包，脚穿一双淡棕色人字牛皮凉鞋。李晓彤身高腿长人瘦，这身打扮，看上去很搭很有气质又富有时代感，非常的耐看。和在大学上学时学校里平常打扮完全两种风格，更加成熟有品味。孟浩远一下子兴奋起来，不管道路两旁还有活动和进出的其他游客，高举着手使劲向李晓彤走来的方向招呼，同时也快步急走上前去迎接，等两人在路中间相遇，看着李晓彤这样一位标准的美女和打扮又增添几分街上流行时尚美女的神韵。孟浩远乐呵呵地微张着嘴很自然的手伸过去就想去搂着李晓彤的腰，这是原来一起约会见面的最基本的动作，没有想到被李晓彤矜持的用手轻轻推开后有点娇怒道："哎呀，我走过来人都热死了。"孟浩远尴尬放下手，心中顿时拔凉拔凉，看来原有的猜测是对的，李晓彤已经生变了。不过嘴上说道："小彤，你能来就好。"然后两人并肩走着，孟浩远转过来边走边看着李晓彤，而李晓彤则是不苟言笑显得不是很亲热，保持着平静而客气地说道："今天下午公司的会客活动拖了点时间，晚来了。不好意思啊，让你等了。"孟浩远笑着应道："没关系，小彤。只要你来，就好。走，我们到前面牡丹亭，那里有个茶室喝茶去，那里凉快些，人也少些。"说着两人沿着道路走向不远处的牡丹亭。那里有一个叫天都峰凉亭茶庄，是一个在公园建立时就有的老字号茶庄，建筑风格是清代式样。茶庄里面的茶叶来自各大名山，现在也有咖啡和各式点心饮料等供应，环境古典而雅致，里面的桌椅都是中式古典造型。这个时间点茶庄里面人不多，只有三三两两散坐在位子上在聊天喝茶通过窗子看着外面景观的。孟浩远领着李晓彤特意往里面人少的位子坐下，然后招呼服务员过来点了两杯冷饮，送到李晓彤面前面带微笑说道："小彤，一路过来有点热吧，先喝点吧凉快些。"李晓彤也不言语姿态优雅有些高冷，慢慢拿过递来的饮料杯，坐着淡定优雅地用嘴对着吸管轻轻一吸随即放下，身体坐得很端直，看似随意地望向窗外周围环境，眼睛一直没有直视孟浩远，透出一股冷傲和轻视，好像是等着孟浩远先说话。

孟浩远看着李晓彤只顾边看着外面边默默地喝着饮品，脸上也几乎没有一丝的热情笑意，和原来两人在一起开心热络的样子完全不一样，一副"你约我出来，有什么话你说吧我听着"的样子。思维敏捷反应极快的他一下子感觉这种场景陌生起来，心里顿时一凉已经感到一些阴影，这不像是情侣见面，到像是两个公司商务谈判对象准备炒架似的。李晓彤这样对待自己的态度，加上之前约见她在电话中说话的腔调和冷淡逃避的语气，孟浩远已经知道今天见面的结果，并不会让她还有一丝的回转。不过转念一想今天既然约好了都来了，还是自己大度点，看交谈的情况再说吧。于是他先打开背包取出出国买的一瓶高档品牌香水和化妆护肤礼品套装，论价值这些礼物其实并不低，李晓彤很懂这种国外高档香水和化妆品，她应该知道它的价值，说明孟浩远出国还记得自己，是用心挑选礼品心意很诚。孟浩远说道："小彤，这是我上次出国特意给你买的小礼物，本来是想约你一起去的，可是你太忙正好没有空，只好自己一个人去。给你。"说着把礼物送过去，李晓彤看孟浩远递过来的礼物，没有显得很开心，淡淡地说道："噢，你一个人也去啊。"说完把礼物接着后直接很随意的放在桌上，看上去像是欠她什么似的，依然有点心不在焉很不情愿。突然李晓彤别过头看着孟浩远说道："孟浩远，那天在科创园区看到你，你在那里干嘛？"孟浩远也不多想解释，此刻见李晓彤今天来了还是这样爱理不理欠她似的这种样子，确实再也按捺不住开始有些生气说道："噢，正好经过，进去稍微看看涨涨见识。"李晓彤低头说道："噢，原来是这样，我以为你代表公司去商务谈判买办公楼了，我今天就是跟公司领导一起去完成购买商务楼的，整栋楼都是。"孟浩远心里清楚，李晓彤看不起自己，诚心说自己代表公司一起购买商务楼，抬高自己。你孟浩远只是去看看的份，这就是两人之间的差距。他不想与她争，心里有些生气说道："小彤看来你在公司干得不错很受器重，你看这么重要的活动都让你去，祝贺你今天成功购买。"说完看李晓彤她正抬着头一脸享受的样子，继续说道："这个不说了。我想问一下你最近到底是怎么回事？一直也不联系，我主动打电话给你，你老是说在忙工作。对了，看来你是很忙的，再忙总有时间可以回一个电话吧。一直冷冰冰的，你是不是有什么想法？我这次可是经单位领导特批专门回上海来见你的。"李晓彤见孟浩远说到是领导专门批准回来和她见面，生气起来说道："你自己个人的事也和单位领导讲啊，真是的，不知道你是怎么想的？我现在工作是很忙的。不像你的工作，整天也没有什么事的，天天收集信息看看莫名其妙的天空，有什么好看的？我让你回上海来你又不肯回来，在贵阳那么远的地方工作，你倒是特别愿意去，到底有什么好？不知道你是怎么想的？还有让你买房子，你买好了吗？现在结婚男人都要准备新房的。"孟浩远见她一顿地说自己，已经辨别出原因来了，无非是嫌弃他工作远在外地，还有主要原因实际是嫌弃他没有钱买新房，他内心真的生气。李晓彤不说这些还好，一说就非常世俗气，不就是一些物质利益吗，她的这种思想，一下子和她身上的打扮和气质完全不搭了，外面形象看看很不错，其实她内心确实太世俗太物质了。孟浩远强压心中的怒气说道："你怎么可以这样说？我的工作很有意义的也很忙的，只不过你没有关注到，你所关心考虑的都是些房子啊工资收入啊这些。难道我没有房子吗？你怎么不多想想我们俩感情方面的事，我们俩大三开始谈朋友到现在也有三年多了吧。我工作也有成绩的好吧。你看过电视新闻报道了吗？我们工作的单位国家天文台贵州天文台最近发现了一颗新行星你知道吗，国际上都非常兴奋激动。"李晓彤一听并不以为然淡淡地说道："噢，你说的这个新闻是好像看到过。不过我看新闻中采访那段是你的单位同事，又不是你发现的。"孟浩远有点急了说道："我也是参加了。"他看李晓彤这副瞧不上自己的样子，实在不想把当天发生的情况给她详细地说一遍，即使说是他当班时首先发现的，她也不会相信，也没有意义。她不在乎你的工作情况和事业进展，而是现实的物质利益。李晓彤接口到："不必争了，你参加有什么用？只是参加啊，不要太抬高自己了"孟浩远被她说得彻底无语反驳道："小彤，工作上不说了。我自己清楚就行，你不认可是你的事。你提到的房子我不是有的吗，我有两套了好吧，父母一套，我现在自己住一套都在市中心。"李晓彤说道："两套有什么用，那都是旧房子啦，你以为啊。现结婚都是要新房的，而且需要在市中心地段好的内环以内的新房子才算。"孟浩远被她一说心里气啊，她怎么对房子居然会有这么高的要求。变了，看来是真的变了，让人看不懂了，所以对自己已经无法交流，两人根本不在同一个价值观内。真想发作终究还是强压住自己内心的愤怒，提醒自己克制耐着性子，他已经觉得现在的李晓彤已经和原来大学认识的李晓彤完全是两个人，她现在所表现的态度和价值观让孟浩远从头冷到脚，也不管她是否乐意了，必须要说一下，他教导李晓彤道："小彤，我觉得已经蛮好了，我们不要和其他人攀比，人不能太世俗不要太物质吧，我觉得你工作以后变化还是蛮大的。"心里在想按你李晓彤的要求，我现在倒真的有这个能力马上去买一套新房，我完全可以做得到，也不算是个问题。关键这不是我期望的李晓彤的思想和态度。她工作后变化太大了，太讲究物质了，受环境影响太大了。李晓彤一听孟浩远开始教育她，根本听不进去，开始讥讽道："孟先生，不用你来教导。你好像还生活在另一个世界吧，一没有物质保障，二没有好工作高收入，你有什么？在上海生活是不行的。实话跟你说吧，你到了外地工作以后我看是你变得我不认识了，已经观念上跟不上了，太 low 了。你没有能力挣钱买新房，父母也没有钱买新房，我看我们现在观念也越来越不合，做朋友也不合适，不要再争了，今天来和你见面本来还存一点希望，现在看来无法改变你，那我们就好聚好散分手吧。"孟浩远看她现在这副样子听她刚才说的一席话，已经很明确要分手，这个结果他早已预料到，即使她不提分手自己也会提出来的。心中既对她生气又感觉她可怜，一个原本活泼率性，蛮可爱的小彤，现在踏入社会才两年，怎么就变得这么世俗了。我可以大声告诉她，你想需要的其实我都可以满足你，满足了你就愿意和我继续做朋友，我需要这样的人做女友吗？不，这已经超出了我的底线了，这不是我想要的爱情。想到这孟浩长叹一声说道："唉……好吧。我明白了。李晓彤，你知道吗，为了你我把在国家天文台的工作都辞了，准备回上海工作了，你没有看到我的努力和对你的用心。不过今天还是要谢谢谢你能说出你的真实的想法，早点说出来反而好让我重新认识了你一次。我现在应该为你的决定感到庆幸，记住，也许你会为你的这种追求而后悔。希望你找到你如愿喜欢的生活方式，那就这样吧，你走吧。"李晓彤见孟浩远此时突然说话坚定毅然，同时他刚才说出这次辞职回上海的事，心里是有一点点内疚更有点吃惊，孟浩远他为了我居然把工作都辞了回上海来，论长相论能力孟浩远确实是自己喜欢的人，但是孟浩远离她的生活要求是有距离的，满足不了她，本来两人分处异地地又不联系，是想让他对自己的感情慢慢冷下来知难而退，这次能当面说清楚也好。还有她不想说，其实自己进入一家公司后，公司里已有一位近四十的中年高管对她很有意，在拼命追求而且这位高管现在他积累的财富要比孟浩远不知道要多多少倍，完全符合自己理想中的满足自己对生活轻松自由富足的要求。而且关键是自己的母亲也一直劝说和孟浩远分手，与自己公司高管在一起。现在李晓彤见孟浩远被自己激怒这么说她，心里反而彻底轻松没有一点了歉疚。话既然已经说到这地步了，就从此路人了，她马上一个人站起身决绝地丢下孟浩远，放在桌前的礼品她根本就不在乎，看都不看独自昂头冷傲地离开了天都峰茶庄，留下她的修长背影。

四

　　孟浩远看着李晓彤生气地走出茶庄招呼也没有打，自己特意为他选购的礼物没有瞧一眼直接高傲地离去，内心无法平静，感觉胸闷不已一个继续坐着发呆。眼看着她离开的背影竟然没有一丝冲动着想要追出去挽留的念头，两人已经处在不同的两条路上永远无法走到一起了，大口喝完杯中的饮料，过了好长时间心态渐渐静下来，才快快地拿起桌上的礼品准备离开，站起身走到服务台见服务员是一位年轻的姑娘，他没有丝毫犹豫说道："送给你。"说完头也不回放在柜台上径直快走出了茶庄，留下这位年轻的女服务员一脸惊愕不知所措地看着眼前的这么贵重的高档进口化妆礼品。

心怀着期待和一丝可能希望通过两人以往的感情能够在这次见面让李晓彤有所改变，可是依然没有令孟浩远有高兴的结果，只有一股悠悠的凉意和失望。这段曾经美好的交往情谊算是在今天彻底地完结。孟浩远扫兴地离开复兴公园，公园里热闹和欢快的气氛也提不起他的兴致，一个人走在路上，脑中还在想着刚才的两人激烈的争论一幕。看来还是价值观上存在太大的差距，难道是自己错了？自己觉得思考的是正确的，那就是李晓彤的问题，她追求的是现实的直接的，只要可以担负得起她对物欲的要求和表面生活的光鲜，其实就是虚荣心和享受心使然，至于一个人的人品已不是她考虑的主要因素，只要满足她的物欲条件，人品、年纪等等其他的因素都不是主要的，宁可降低这些要求也绝不能缺失物质保障。她有了这样的想法和执意地去追求她所向往的生活，显然和孟浩远的价值观完全不在一个点上，所以两人的存在矛盾根本无法解决。孟浩远不想为了满足她对物质的需要向她做出妥协，这种爱情终究是不会长久的，也不是孟浩远所需要的。看来三观不正用在李晓彤身上一点都不为过，当然孟浩远没有告诉李晓彤自己身边最近发生的一些事，其实自己已经很富有，她对物欲方面的追求和诉求，只要孟浩远愿意，现在都可以轻而易举地做到，但这恰恰是孟浩远不可接受的。他要的是无关物质利益的没有杂念的发自两人内心真诚朴实无华的一种爱情。两人可以在小面馆吃面，可以穿着普通休闲服装到处游走嬉闹，两人无拘无束轻松自由彼此关爱尊重，就是做一个实实在在的普通人，那才是真正幸福的人生。今天李晓彤的这些言论和表现出来的态度倒是真要感谢她，让孟浩远重新认识了踏上社会后发生巨大变化的真实的李晓彤，两人也终于有了结果，当场表明各自的态度宣告分手。起初孟浩远精神是受到一定影响，有些难过和失落，毕竟已经处过三年多了已很熟悉了，现在看来其实他还是不了解李晓彤，眼前的她变化太大了，让他认不出原来的那个有个性独立思考安静的李晓彤，社会的一种风气已改变了李晓彤，真是可叹。

郁闷感叹的同时，孟浩远更多的感受是心里有一块让他牵记的石头落地，反而有种轻松的心情，好像是找到了答案，当然并不是他要的答案，原来的对爱情保有的美好变成回忆让他感到似乎也是一种解脱、幸运。

一直在想如果这样的人真的走到一起，和她生活在一起那才是一种真正的错误，那将是怎样的一种煎熬和痛苦。想着想着心中的结已经解开了心里释然起来，反而一身轻松。此时孟浩远内心已坚定下来，把精力放到和秦认识的这次千载难逢前所未有的机遇上，要认真思考去做一些对整个地球都极有意义的重要事情中。只有他知道浩瀚宇宙中存在着和人类地球相同的文明阿勃特星球的秘密，也让他知道了原来两个星球存在巨大代差让他深感危机。自己和秦和汉的初步接触已经让孟浩远感叹他们的文明和科技的先进，需要有人来建立一种通道学习他们的先进技术，让地球从中得益。秦所在的阿勃特星球科技已经到了地球人类无法想象的地步，他们已经能运用特殊的飞行器轻松穿越遥远浩瀚的宇宙星云系到达太阳系，悄然来到地球而不被地球发现，足以说明他们技术先进。自己头脑通过他们提供的资料学习后有了更多的前所未见证明存在的基础理论科技知识，让他思考起来得心应手异常轻松。现在自己头脑中意识思考什么，就会提供源源不断的新知识，这些知识自己根本就从来没有学习掌握的，这些知识是目前世界上还都没有的全新的高深知识、理论。秦和汉他们在我头脑中植入了一种全新的超级智慧微芯脑，它会辅助自己的大脑思考发挥更大的作用。这种先进的科技已经到了令人难以理解的程度，自己在出入各国境安全检查时也没有被发现异样，更可怕的是通过自己的眼睛或他们提供的看似平常的特殊眼镜所看到的一切，都可以快速扫描迅速将看到的信息图像记录到脑中储存，会自动汇总、归类、分析、思考，等于孟浩远有了第二个超级智慧大脑，自己的生理大脑作为指挥中心主脑，第二大脑作为运算思考分析存储中心和帮助思维决策的运算中心。所以孟浩远已经是当今地球上最为聪明的人类了。在艾琳父亲药品研究所参观交流讨论后，孟浩远就已经意识到，只要自己头脑思维往这方面思考，它就会迅捷地搜索源源不断地提供超强信息。人类本身的智慧和它是无法比较的。所以当时能够和艾琳父亲和在座专家组研究团队成员可以及时无任何障碍地自由交流并提供专业的科学意见，在外人看起来他已经与专业人员无异，完全掌握了研讨交流的主动，令他们惊诧和叹服。他们都认为从孟浩远交谈时的反应并提出的见解，专业知识和水平一定是同行或者是这方面专家。

　　现在应该为地球和人类尽力做一些事，在自己能力范围内尽量抓紧多学习阿勃特星球的最先进的科技，帮助地球获得更多的未知科技和还未涉及突破研究的最前沿理论。想到这些此时孟浩远身上顿时感到有一种前所未有的使命感和一种突发而至从没有过的豪气。秦和汉他们对于孟浩远很友善很是认可，并不是十分在意孟浩远向他们提出需要阿勃特已有的那些科技资料，他们帮助他提供满足他对阿勃特的好奇和希望了解的强烈愿望。这本身也说明地球和阿勃特星球科技差距实在太远，以目前地球的文明程度再怎么追赶也始终存在巨大代差，他们不会介意，愿意和希望地球人类可以通过他们提供的帮助提升地球现在的科技水平。中国的国家天文台贵州台如果它不具备最先进的科技根本没有办法向浩瀚无边际的宇宙发送信息探测研究，秦他们在宇宙空间巡航探索考察浩瀚无穷的宇宙时也接受不到来自地球的信息，接下来也不一定会很快就发现还存在的地球文明和接触地球另一种和他们类似的人类文明存在。孟浩远边走边想着，精神集中越想越奇特越兴奋，突然撞到了从前面行走过来的一对手挽着手穿着时髦的年轻的情侣身上，他沉浸在自己的思维活动中脚步在无意识地行走着，原来人早已走出复兴公园来到了热闹的街道上，不小心碰到了前面挽着手相互看着边走着的一对小情侣身上才顿时回到现实，孟浩远连忙主动打着招呼说："对不起。"还好仅仅是碰了一下并无大碍，那对情侣也一脸错愕相互笑了起来，他们也没有看前方也有错并不以为然。孟浩远赶紧快走几步匆匆离开。

五

　　今天一天发生了很多事情，在复兴公园内李晓彤高傲地抬着头清高无视的样子对待孟浩远，她没有一丝的留恋决绝地走出公园后，这一瞬间孟浩远自己一个人静静的思考了很久，从此以后自己的爱情再无牵记，也将义无反顾坚持自己离开天文台工作，自己的人生将会发生很大变化。身上肩负从未有过的那种无法言表的责任，秦说过自己是地球和阿勃特的使者，那就做好使者吧。孟浩远在走出公园的路上还在边走边想着一连串的事，兴奋、自豪，直到不小心碰到一对迎面而来的情侣后才打破了他的思绪使心完全静下来，一看已不知不觉走到了著名的淮海路上，行人接踵而来，街道两旁繁华热闹让人流连忘返。此时他有一个想法，拿出手机接通了自己高中时关系最要好的同学王可佳："王可佳，我在上海。晚上在复兴公园附近的复兴路上一家'安心上海餐馆'见面。"王可佳一听电话是老同学孟浩远已回上海，高兴起来说道："哎哟是孟浩远，好，知道了。下班后过来，把地址发给我。"王可佳是孟浩远在高中时一起念书的同班同学，两人关系也特别好，学习成绩和孟浩远比不相上下，孟浩远比王可佳要稍好些，两人在不同班级，但是由于初中时在同一个学校学习，两人在同一个班级，后来考高中时两人都考上同一个学区的一所重点高中，在年级学习成绩方面两人比较起来孟浩远要稍稍排在前面一点，王可佳的成绩排名在孟浩远后面十几名开外样子也是比较靠前的。高考时由于选择的专业喜好不同，孟浩远最后选了计算机信息技术，考上了上海的一所一本大学。王可佳喜欢化学专业，选了另一所上海一本大学。大学毕业后两人都没有继续读研究生，孟浩远是正好有机会考自己喜欢的单位而放弃考研，王可佳因为家境条件普通急于想早点工作挣钱，不想再给自己父母添麻烦，所以两人都选择直接参加工作。那时候孟浩远正好看到一则信息新建立的国家天文台贵州天文台（还有一块牌子叫国家天文探索研究院）一个副局级的事业单位，正好提早发布了开始在全国招收各种人才的信息，由于孟浩远喜欢天文宇宙探索，而且这家新单位的有些设备如巨型天文望远镜以及集成系统都是在世界上最先进的，所以孟浩远是将本来准备好考研的事都放弃了，因为这个机会很难得。所以赶紧去报考，没有想到几经考核面试后终于被录用。而王可佳喜欢化学专业和化学研究，他可以在堆满各种设备、试管并充满未知的实验室里花时间静静地做一些产生奇妙结果的实验研究工作，他很喜欢化学的奇妙变化带来的乐趣。参加考试后被招录进中国科学院上海有机化学研究所，这也是一家副局级事业单位。由于王可佳刚参加工作，所以整天忙于单位的日常工作实验和参加其他老同事研究员的有关研究课题，项目具体工作主要是在实验室进行新材料、合成材料分析、测试、筛选和分子结构的研究。王可佳喜欢这样的忙碌，现在也算是在单位又一次崭新的学习，所以他一直吃苦耐劳，认真细心地开展研究实验，经常性的加班也不会让王可佳感到不适应，反而乐在其中。所以单位的一些老同志很喜欢他的这种踏实肯干。孟浩远与王可佳他们两人做事的风格都是专注认真有思考，个性独立的人。王可佳为人老实一些，性格较耿直，孟浩远更沉稳些，考虑问题较全面，头脑也更灵活点子更多。

和李晓彤在复兴公园见面谈崩后孟浩远已经想了很多，等平复心情冷静下来以后此时他心里已经有了想法。他好久没有和王可佳过面，所以从复兴公园出来后在路上电话联系约王可佳，要他下班后直接到复兴路上的这家"安心上海餐馆"来。自己从公园出来后一个人不知不觉地走到了繁华的淮海路上，在人行道上看似正常的行走着其实他脑子里正在思绪涌动想很多事。匆忙间和迎面走过来的一对年轻正在亲昵的情侣碰在一起，那位姑娘被吓一跳往他男友身上靠，孟浩远才从思绪中醒悟过来，向他们示意后匆忙悄然急走过去。

走出一段路后孟浩远拿出电话话联系王可佳，他有了自己的想法和王可佳先见面，然后有一件事需要和王可佳来一起完成。看时间还早，就在复兴路和附近的几条街道上闲逛，沿街的老建筑和街道两旁的商店装修得眼花缭乱美不胜收。一边想着心思，心中十分空明有一种想做大事的豪气，其他所有的一切在他眼里现在变得不那么重要了，周围的一切是那么美好，生活在这里原来是这样的惬意。逛逛看看时间过得很快，路上的行人渐渐多了起来，整个城市开始喧嚣起来，已经到了下班时刻。

　　和王可佳约的碰头时间也差不多快到点了，他从单位下班到这里换乘地铁还是方便的。孟浩远在前面一条街左转后已经走向沿街的名叫"安心上海餐馆"，这家餐馆面积不大，进门一楼大厅约四五十平方米，里面放了七八张桌子，楼上还有。装修风格也很平常没有奢华但是干净整洁，体现上海普通人家的精致清爽的特点，在当地周围有些小名气，烧得一手好菜，都是一些上海本帮家常特色菜，很受上海人喜欢。孟浩远走到门口径直走了进去，此时餐馆内人并不多还没有到晚餐高峰时间点，一般要等到六点以后顾客就会越来越多，中午吃饭时这里也是一个高峰，都是附近单位工作的人来这里吃饭点菜的。孟浩远在餐馆里面挑了一处靠墙边的桌子，透过玻璃可以看向外面的街道，服务员反应很快，见有客人进来等他落座后已经拿着菜单本跟过来递给孟浩远，孟浩远让服务员先去泡上一壶绿茶，拿起桌上的杯子倒了一杯出来，热气茶香气瞬间蒸腾冒了起来。自己边慢慢喝着茶边慢慢翻开桌上的菜单翻看了起来。服务员在一旁拿着一本记录单准备记录，孟浩远请服务员推荐来这里的客人比较常点的特色菜，根据服务员推荐的餐馆特色及来这里顾客常点的，最后选定了五个特色菜和一份点心，又要了四瓶啤酒然后一个人坐着等，不时抬头看向餐馆外面的街上。看着看着不一会又开始发起呆沉浸在思考中。秦给他带来的资料中有关于化学研究论文有很多新的研究成果，他在认真阅读后发现其中有一篇就提到阿勃特星球有一种针对地球还没有发现的新元素的新检测方法，详细提到了原材料的发现方法和筛选方法、稳定性试验和合成应用，生产工艺新材料主要用途方法研究等全部完整的一套方法资料。孟浩远迅速查了一遍现有的元素周期表，不由得大吃一惊，他惊奇地发现阿勃特的这种元素物质在地球化学元素周期表上是没有列出的，如果通过新技术及检测被发现，它必定是地球上一种全新的元素。那么按秦的资料方法研究在实验获得它的话，它的发现将会改写元素周期表上的排序，在化学领域可是一个惊人的重大发现。而且这种新元素按它的本身性质，如果制成新材料，它的特性恰恰是现有航天飞机和飞机等重要航天军工最高端最核心最需要的一种新材料，它比起现有发动机使用的最好的高端材料在超高强度，超高硬度上兼具有极好的延伸韧性和使用寿命，比现在的在飞机发动机叶片上常用的最好的材料——稀有金属铼，还要强上千倍。一旦发现这种新元素并能够研究生产制造出来，那意义重大，它对飞机、航空器等高精度高要求高寿命的核心部件如发动机等来说是一个巨大的飞跃。如果在军工产品上运用，如核潜艇发动机、坦克发动机、高超音速飞行武器发动机等等运用，那么将是巨大的代级领先极具战略价值，谁先拥有谁将拥有不对称的力量。孟浩远突然想到秦他们穿越宇宙空间来到地球的飞行器上的发动机及关键部件也应该使用了这种新元素制成的材料，或者比这种元素更加稀有的另一种新元素制造出来的新材料，才能够不担心发动机长时间高温运行中的变形裂变的影响，可以更长久的安全超高速飞行跨越宇宙各个空间来到地球。如果地球上有了这种新的实验方法，同时按照原材料地矿存在特征去发现含有这种新元素的矿石原料，并按照其提炼技术加以提炼成功新材料，那么理论上我们地球的飞行器未来也可以极大提升，行驶到更远的外太空与探索，也许有一天甚至可以到阿勃特星球去访问了。不过这种新元素合成的材料是用在发动机等重要部件上和飞行器机身上应用，制造材料的工艺和制造设备是否需要特殊的要求？目前地球上现有的矿石区有没有存在这种新元素的可能还未知，它对孟浩远来说现在还只是一种新的研究方法。还有一个问题，秦为什么不怕我们地球掌握这种技术，还专门根据孟浩远提出需要先进技术的要求，主动提供这种先进的技术而没有加以选择剔除这些高深技术资料呢？而且这些科技论文文献资料非常完整，孟浩远脑中有很多疑问一时还想不太明白。正想着听到一声喊叫声"孟浩远。"他转头循着声音看去，只见王可佳已经走进了餐馆，刚进入门口正到处环顾四周在找孟浩远，随后他先发现孟浩远一个人在里面靠墙的一个桌前坐着心事重重，看着窗外在发呆，桌上放着手机和一杯茶，就叫了一声"孟浩远"后直接走了过来。孟浩远也听到有人在喊他名字，马上回过神站起身望向门口正在走过来的王可佳，赶紧挥手招呼。王可佳看到在里面的孟浩远站起身向自己在招呼就快步走了过来，两人见面相视而笑坐下。女服务员看到有客人走进来反应很快，主动走过来问询孟浩远："先生，是否可以上菜？"孟浩远点头："好。谢谢！"两人好久未见正高兴地谈着，过了一会服务员开始上菜。孟浩远拿起一瓶啤酒递给王可佳说道："王可佳，工作后我们还没有在一起聚过吧，今天好不容易能聚在一起，我先点了四瓶啤酒每人两瓶，自己包干到底噢。来，自己倒酒。"说完先自己拿起酒瓶慢慢在自己的杯倾斜着沿杯壁满满倒了一杯，王可佳也赶紧如此倒满一杯，开心地说道："是啊，毕业后工作你去外地，我没有想到，平时你又不回上海，我们两个单独一起聚还真是第一次。你难得回上海。好好喝喝。"两人举起酒杯，笑着碰酒杯后，第一杯一口气咕咚咕咚的全喝完。不约而同出口："爽啊。"两人各自夹菜吃了起来，然后拿起酒瓶又倒了一杯。一杯酒先下去，开始聊了起来。王可佳问道："孟浩远，今天怎么会在上海？有事出差了？"边说着边自己倒着酒。孟浩远说道："被你猜对了，还真是。领导关心我，让我回来休息一下，并要求好好安排自己个人的事。"王可佳羡慕道："哟，你还有这样的好领导啊，你可真福气。孟浩远你和李晓彤现在还很不错吧，哎，你和李晓彤进展到什么程度了？你们俩快了吧。"一听王可佳正好说起李晓彤，孟浩远不免心头一痛，叹了口气说道："唉，领导关心我，家里母亲也一直盯着我，我已经很努力地争取，可惜我们两结束了。"王可佳一听大吃一惊说道："不是吧，刚说到李晓彤怎么就结束了，你是在逗我吧。我不相信。"孟凡浩苦涩地说道："这有可以开玩笑的吗？分手了，李晓彤嫌我没钱，没有好工作，没有房子，反正都是嫌弃。唉，不说了让人烦心。"听到孟浩远说到李晓彤，王可佳不免感叹，说道："来喝酒。"两人碰杯干了半杯酒然后孟浩远才叹气说道："李晓彤的事就不要说了，说着就生气。其实这次回上海就是领导关心给我机会，让我回来处理好个人大事的。就是今天下午的事，刚刚和李晓彤在复兴公园碰头，难得见着一次就彻底闹分手啦。唉，现在又可以身无牵挂放飞自我了。"说完自嘲般的苦笑了一下，喝了杯中的酒。王可佳一看孟浩远脸色不高兴，自言自语叹着气道："唉，真搞不懂你们俩。不是一直蛮好的吗？怎么会这样？"也不敢再多问，不再细聊下去，继续与孟浩远碰杯敬酒，扯开话题又说其他的事，孟浩远没有说话，现场有些沉闷。孟浩远自顾倒酒喝酒起来，一会孟浩远心里有些烦，还是想发表他的看法说道："王可佳，告诉你现在社会复杂啊，人一旦踏入社会他的观念就会转变的，人会变得让你不认识。

什么一直蛮好，我们毕业后还没有好好聚过，每次主动电话联系她也总是爱理不理的样子，她李晓彤早就心存芥蒂了，只是我还往好处想着一头热，现在想想有些可笑。我真没有想到她在观念上会变得如此快，变得让我不认识她了。哎，不说了，都过去了，现在也好，一个人无牵挂多自在。"王可佳有点不知所措，不知道怎么样来劝孟浩远，只能支开话题说道："孟浩远，来喝酒，不谈这种事了，我不也是一个人到现在蛮好的啊。"孟浩远说道："好吧。现在不说这烦心的事了，都过去了。"

王可佳知道孟浩很说的是真的了，今天约我出来就是借酒消愁的。赶快转移话题说点高兴的事小心问道："最近工作还行吗？我看到你们单位上新闻了，是发现了一颗新行星是吧，很有成就啊！"孟浩远说道："是啊，工作上还行吧。你呢，怎么样？"王可佳说道："唉，工作整天很忙，基本上都在试验室一直做实验，数据分析。"孟浩远说到王可佳的事，心情才稍稍好一些，今天和王可佳碰头主要还是刚才他在想关于新检测方法研究检测新元素的事，于是问道："王可佳我问你个事，这可是你的专业。"然后孟浩远开始将关于阿勃特星球上那种新元素的研究内容方法、实际用途和新材料特性，当没有的事和王可佳聊了起来。王可佳一听孟浩远突然之间聊到这方面顿时吃惊不小，你孟浩远并不是学我的化学专业的，怎么会突然提出一种新思路研究新材料实验的设想，而且说的很有思路已经经过深思熟虑了，谈得非常专业、新颖，自己无论如何也想不到孟浩远会是这样了解化学方面的研究方法。他居然掌握的比我还多还要精深，而且讲的这些内容全都是自己还从未遇到的新概念啊。孟浩远所说的这种未知元素的新研究非常之超前，属于最先进前沿的新研究，对我来讲完全是空白，对学术界业内来讲也都是空白领域。孟浩远这突然的奇想讲得可是有条理有思路不像是喝了酒胡思乱想的，他的人品性格自己最熟悉不过了，不可能平白无敌的凭空拿来的，简直太不可思议了，无法想象。我都不知道如何接你的话题了。王可佳心里的确还无法相信，嘴上开玩笑地说道："孟浩远，你这是哪里来的突发思路，是在异想天开做梦吧。哈哈。我敢保证，如果按你的想法可以搞出来的话你要知道将是填补国际空白，是不得了的一件大事啊，那是何等的荣誉。保证你可以获诺贝尔奖所有化学界最高奖励了。再说有了实验方法是一回事，可是我们国家在哪里有这种原料又是一回事，哪有这么简单的？你想干什么？"说完又哈哈大笑起来，王可佳实在不敢相信孟浩远的思路方法看似很有思维，讲的也是有模有样的，不像是凭空胡乱编造出来的。当着我的面根本就没有必要编造，也许孟浩远今天心情不好，又喝了点酒说随便说说而已的。不过刚才他说的可是非常专业，真的很有思路见地啊，而且孟浩远的酒量自己是知道的，两瓶啤酒还没有喝完怎么可能喝醉了呢？简直把我搞糊涂了。想到这放下思考说道："来来，喝酒吧，"孟浩远知道王可佳一定不相信刚才自己说的是真的，所以用喝酒打断自己。不过很快一脸认真而且显得有些严肃正视着王可佳："王可佳，你以为我真喝酒了乱说的吧。告诉你，现在只是喝了一瓶啤酒吧，会醉吗？我并没有开玩笑，是认真的，我们要想办法研究出来，这可是对人类社会作贡献。我们一起来研究吧。"王可佳一听孟浩远这么认真地说，才明白孟浩远的想法是真的，而且接下来他想研究下去。

不过王可佳还是觉得孟浩远的想法超越了他对现在科技的认知，很离奇，小心地说道："孟浩远，你想法可能是可以的，但是怎么实现呢？我也梦想有那么一天可以做出这样举世惊人的研究成果，得到社会的认可，但是研究的事不是梦想啊，需要一点一点一个一个实验来证明的，这是科学研究。"

看王可佳还是犹如在岸上，不知在水下的孟浩远已经了解了水深情况一样，仍然持有怀疑不相信他，孟浩远又不能把来龙去脉说出来，只好耐着性子鼓励道："王可佳，你记住，一定会的。我一直在学习一直在研究，已经积累了一些非常有价值的研究资料，需要通过实验来验证。明天我会将我学习整理的完整资料发给你，你要认真仔细地研究一下，然后按我提供的资料上的方法去潜心研究，坚持按新检测方法做试验，会有成果的相信我。不试一下怎么知道它的最终结果呢？科学需要研究尝试是吧？"王可佳半信半疑，孟浩远说的在理，终于点头说道："是的，你说的对，那试一试就试试吧。"孟浩远见王可佳同意，很高兴说道："王可佳不过这件事要记住保密，这是我们两人的事，任何人都不能知道，明白吗？即使以后真的成功了，也不能对其他人说。发表论文时署名就署名你一个人就可以了，你不用考虑我了。"

　　王可佳一脸的懵懂，现在他看孟浩远严肃而认真的样子已经说到成功以后怎么办。看他一副很有信心的样子，他把以后的情况都想得这么远，连后面的成果如何运用都已经想到，说明成功是一定会的，非常自信。他说话很清晰思路非常敏捷，确实不像喝多酒，再说孟浩远的酒量自己是知道的，一瓶啤酒对于孟浩远来说不算什么。王可佳心里开始感到害怕了，他也感到奇怪。孟浩远是一个聪明人但是现在的他智商已经超出自己的想象，已经极高了。真是一个神秘的人。已经和平时自己接触的原来的孟浩远似乎不太一样了，他身上有一种高深莫测的东西，他最近经历过什么？可以学到这么高深的东西，太神奇了，心里升起一股对孟浩远重新认识和发自内心的尊重之情。

　　孟浩远看王可佳呆呆地看着自己在想着什么，也不说话。就接着说道："王可佳，提醒一下，你在做实验时一定要在下班以后或者利用双休日做实验，尽量避开单位其他同事，这很重要。我也会联系其他的企业研究检测机构，联系好以后，我们有些实验最好到外面的实验室去做，避免以后可能会出现的一些麻烦。至于选原料的事我已经有初步的思考打算，这种新元素在我的研究过程中已经有了一些信息和特征，它可能会在哪些种类矿石中存在，根据它的特征大致可能会的分布的范围已经有了初步的了解，所以购买原材料的事我来解决。"王可佳这下真的倒吸一口冷气，现在没有理由不相信孟浩远所说的这项新研究。孟浩远已经在脑中考虑得很全面，他十分清楚了，有了一个非常完整的实验方案，包括实验方法、步骤和原料的采集等等，所有的环节和实验细节都已经有了周密详细的计划，足见他是非常有信心有把握的，根本不是心血来潮地提出搞新研究。想到这里他心中顿时吃惊不小，激动地说道："好，好，孟浩远。我们就试试吧。你已经想得十分完整了，也许如你所说会成功的。"当然研究成果未出之前，尽管他已经十分相信孟浩远，王可佳心里毕竟还是没有底吃不太准，世界上哪有这么容易通过这次实验方案的研究一下子就可以发现一种非常重要的新元素？哪有这么容易，不过既然有了详细的计划，去尝试一下总没有错。先答应孟浩远再说，免得他扫兴，等接下来实验研究后看结果是怎样再说吧。

　　王可佳表示同意一起来完成孟浩远的新实验研究后，两人高兴地喝着酒聊其他的话题来。等喝完酒一起走出餐馆，此时街道两旁的路上灯火璀璨，漂亮的夜上海来临，路上人来人往车流不息，这是上海热闹的夜晚刚刚开启。谁也没有在意街边这两位普通的年轻人正要意气风发，将承担一件没有人取得过的重大研究。然后两人高兴的告别后各自回家。

第二天下午孟浩远将已经整理过的实验方案等完整的一套资料又认真地看了两遍，确认没有任何疑点后发到了王可佳的邮箱。并用手机微信通知了王可佳，可是等了很长时间王可佳那里还没有给他回信，就直接拿起电话直接打电话过去，终于王可佳接通电话，孟浩远说道："王可佳，资料已经发到你邮箱里，你查收一下，先准备几天一个人静下心来好好研究消化一下，按资料要求准备实验材料，有什么问题及时联系我。"王可佳正在实验室里做实验，并没有空去注意看电脑所以没有及时回复信息，等孟浩远电话通知后，他在实验间隔时赶紧抽空去办公室打开全电脑去查看，收到孟浩远发来的资料不由得好奇认真地阅看起来，这不看不知道，一看真有点被惊呆住了。孟浩远当真是认真地对这件新项目研究的，初看这份资料已经心脏在怦怦地跳起来，把他一下子摁在办公桌椅子上情不自禁认真仔细地看这份实验资料，作为一个专业研究人员马上被深深吸引住，如饥似渴地看起来，越看越是吃惊。孟浩远准备的实验研究资料太先进了，现在看来孟浩远真的是很靠谱，不是随便说说，王可佳更加相信他了。按孟浩远提供的这份完整的实验方案认真地去做实验验证就可以了。心中已经激动万分狂喜起来，孟浩远真的是太聪明了，简直让人不得不重新认识他了，有点深不可测了，也太过神秘了。

秦提供给孟浩远的有关一种新元素的研究论文和重要文献资料以及实验检测和它的原料特征分布要素都有详细的介绍，所以第一步孟浩远根据掌握的原料特点和特征开始在全国各地对可能符合的地方选择矿区范围，按研究资料文献说明的原料产地描述矿石特征先初步筛选了一遍以缩小范围，然后他针对性地向有关矿产区公司发出求购信息，收货地址写了中科院上海有机化学研究所王可佳。符合这种矿产原料条件的在全国有十六个稀有金属矿业公司，分布在七个省，因为作为研究实验所需研究的原料数量不多，这些公司看到求购单位是上海的研究，所他们愿意提供，这些矿石其实是他们用来提取正常的其他稀有元素的。这些矿石原料本身并非国家研究机密可以提供研究，而且求购单位是专门从事化学科学研究的国家科研机构用于研究就更没有问题了，需要的数量也有限，信息发出一周后十六个稀有金属矿业公司开始陆续的将样品矿石原料邮寄到王可佳单位，有的矿业公司销售款也没有要就发货了，所以这两天王可佳单位研究中心的同事看不懂了，王可佳突然收集了来自全国有关矿业公司这么多的样品，搞得单位其他同事不明就里问起来："王可佳，最近怎么快递突然多起来了？又在搞什么研究了？"王可佳笑笑道："是有一些，主要是买一些学习书籍和日常用品，还有收集了一点样品做调查研究，了解矿石品种鉴别。"随便敷衍过去。

　　等到了双休日时孟浩远相约来到王可佳的单位，刚刚开始两人按孟浩远制订的实验方案在王可佳实验室开始了实验，实验方面王可佳比较熟悉，以他为主孟浩远做帮手，两人开始忙碌起来。孟浩远心中清楚，这已经是秦他们在阿勃特星成熟的一个实验检测过程并已经获得工业生产，制成以这种新材料为主的合成特殊材料并已经在应用。我们俩主要是通过实验来筛选收到的十六家矿区公司中哪种原料可以通过实验来获得这种新物质，或许这些矿区都没有，那下一步需要继续扩大范围去寻找。最好能够在地球上找到获得这种物质，这将对地球在新材料方面的科技进步做出巨大的贡献，以后的过程还将是一个漫长的研究。王可佳作为专业科研人员对孟浩远的这份研究方案资料反复认真研究学习，已被完全吸引住，这样的研究现在对于科研究人员来说是难得的一次探索机会，当然是会全身心地投入其中去研究的，现在让他放弃也不会同意的。这是一项非常特别的实验，是一次正真的革命性的科学研究。他们充满对科学好奇和探究的期待，按着详细的实验方案一步一步认真做下去最终它会是什么结果？他们已经乐在其中。

六

　　向院长给孟浩远的这次机会，眼看一周时间很快就要过去，和李晓彤两人之间的事已经彻底终结。自己和王可佳的研究刚刚开始，孟浩远这几天已经想了很多。他最终还是坚持自己的计划追逐自己的梦想和承担肩负的责任，全身心投入与秦的联系，去发现探究阿勃特星。秦、汉他们那里存在着神秘未知的先进科学才是自己想要并坚持去探寻的。为了不影响这一目标的追寻，他已经想清楚准备放弃现在的国家天文台工作。不过他感到向院长对自己是真心的爱护，心里有点过意不去，怕与向院长见面时难以启齿。原来自己离开单位时安排好了计划，当时已经将辞职信放在信封里交给科室坐在他对桌的同事小陈，让他等自己的电话然后把自己的那封信交给向院长。但是思来想去，最终决定还是自己回一趟贵阳，亲自递交离职报告请向院长批签，也是对向院长的尊重，同时和相处关系很好的同事小聚一下告别再走。

　　晚上孟浩远在上海打电话给小陈，告诉他明天自己会回贵阳来，把上次给他的其中一封信还给他，自己要亲自递交给向院长。然后让小陈通知科室除李建设外所有其他五位同事，再叫上小卫等其他几个科室和孟浩远相处关系比较密切的同事共十二人晚上一起聚会。

　　第二天一早从上海出发飞往贵阳后马上乘车回到单位，孟浩远走进办公室时，同事看到孟浩远悄然走进办公室都高兴得招呼着他，有几人走过来低声问孟浩远情况，孟浩远微笑着回答他们的关心，他用眼神瞄向李建设方向，大家心中明白他的意思，点头表示明白不再多言语了。与其他几位同事打过招呼后孟浩远小声问对桌的小陈道："小陈，上次交你的那封写着向院长收的信件给我吧。"听孟浩远说话小陈马上从自己办公桌抽屉中取出那封信递给孟浩远，还有另外一封也是给向院长的封面上写着，"向院长亲启"字样的信件暂时仍放在小陈那里。小陈有些不解，孟浩远笑笑道："谢谢小陈。今天向院长在单位吧？"小陈低声说道："这个我不知道，你上楼去看看。"孟浩远点头，赶紧走出办公室三步并两步地走上楼来到向院长办公室门口，门未关紧虚掩着，说明向院长应该是在办公室里。举起右手轻轻敲门笃笃笃笃，听到从办公室里传出熟悉的向院长的声音："请进。"孟浩远才轻轻推门走了进去，然后重又关上门。正在看文件的向院长抬起头看到孟浩远走进来，顿时脸露笑容地说道："小孟啊，来来来快进来。"边说着还用手招呼让孟浩远进来，孟浩远走到办公桌前，坐到向院长办公桌对面的一把空椅子上。等坐下后向院长微笑着询问道："小孟啊，这次回上海工作做得怎么样了？"孟浩远一听向院长关切记得自己的事情心里感动，不善伪装的他无奈的表情已露在了脸上，苦笑道："谢谢向院长关心！真不好意思，没有做通啊。她坚持意见，不同意我留在外地工作。所以今天我来是递交报告的，请领导批了吧，唉……"向院长一听脸上的笑容顿时没有了，变得严肃起来，沉思了一会也是叹息一声，惋惜地说道："真的没有办法了？"孟浩远点点头，向院长说道："那好吧，小孟，可惜啊。我是看好你的，你是很有潜质的一位年轻人，工作认真又聪明，将来一定是会做成大事的。离开你喜欢的事业你舍得吗？你现在回上海去做什么工作呢？"孟浩远心里暖暖的，向院长的关心是那样真诚发自内心的，他说到自己心头，自己也是无奈又不便明说，只好说道："向院长，谢谢关心了！暂时还没有想好，回去以后慢慢找，会找到的。"向院长问道："我相信你以你的专业和能力，是肯定会找到的。要不要我推荐你回上海天文台工作，那里也是挺好的又是你喜欢的行业，而且人才济济，他们领导我是熟悉的，而且也没有离开你的爱好天文工作啊，也不用离职，可以进行商调的。即使参加入职考核也比较方便，你的工作经历是你的优势，你看如何？"孟浩远内心一热，有些激动差点泪水出来，向院长人其实真的很好非常爱惜青年，可是自己已经有安排了，也并不想再次麻烦领导，而且以后自己的事少不了经常性的请假，还是离职后做自己的事有更多时间，也更自由方便些。于是说道："不用了，谢谢领导了！还是我自己去找吧，向院长我会记得您的。"看孟浩远已经做好充分的思想准备了，向院长也知道很难再继续劝下去。只好无奈地苦笑道："好吧，小孟。这件事我现在叫分管领导和办公室来我办公室商量一下，你等一下。"拿起桌上的电话拨打电话，一会分管业务的副院长和分管行政的一位副院长和办公室主任先后走了进来，当向院长把孟浩远的事告诉他们时，在场的人都感到突然，看看孟浩远企图挽留他都被孟浩远谢过。他们四人走进隔壁小会议室商量了起来。过了一段时间向院长一个人独自走进办公室，脸上的表情很难看，开口说道："小孟啊，我们都舍不得你，可是你的事情我们没有办法帮到你。看来我这里山高路远，还是留不住人才啊，希望你以后可以有作为。也欢迎常回来看看，留不住就尊重你的选择吧。希望你一切顺利！"向院长无奈地在孟浩远的辞职报告上签字同意，递给孟浩远。孟浩远接过报告后放在桌前，他从自己背包里拿出两罐特意买的绿茶，因为每次走进向院长办公室，看到他桌子上总会泡着一杯绿茶，根据茶香味和在杯子中的颜色，孟浩远知道是绿茶，所以这次专门买了两罐著名产地的绿茶带来。孟浩远说道；"向院长，这是给您带来的绿茶，给你喝。"向院长一直抬头看着孟浩远此时有点意外，这个小青年观察细微，来办公室两次已经留意到我的习惯了。今天要离开单位了还特意带来了绿茶，是个注重情义的好小伙。向院长说道："好吧，谢谢你！小孟啊，喝你的茶时会更加想起你的。"脸上已经有些不舍变得凝重起来，向院长从椅子上站起身来与孟浩远用力握手道别，送他到了门口，依依不舍地拍拍孟浩远肩膀，然后目送孟浩远离去，才折返回办公室，一下子像是受伤一般，感到身体有些疲惫，坐在椅子上失神地看着窗外。

　　孟浩远走出向院长办公室后马上走到院行政办公室去办理离职手续，当他将辞职报告递交给办公室主任时，他还在说孟浩远不该离职，有些惋惜，然后交给办公室人事经办人小张办理手续。此时整个办公室才知道这件事，大家都很吃惊，问孟浩远到底发生什么事了？为什么干得好好的会突然想起离职？孟浩远也不好多做解释，和与向院长交谈时说明的离职原因是一样的，称是自己女友吵着要自己回上海工作为理由来回答，大家十分可惜也没有办法继续劝孟浩远，一时现场气氛有些沉闷，都有些不舍。办完手续后孟浩远心情也有些复杂，他对天文台工作是有感情的，办理离职后准备离开竟有些不舍。脸上没有笑容低着头走进自己办公室后一声不响，在整理自己办公室的东西，一部分带走，还有一些个人物品对小陈说道："我办公桌上和抽屉中有些私人东西你到时帮我处理一下，需要的东西你留着，不需要你帮我处理掉。"小陈一下子没有反应过来，看孟浩远背着包要出去，李建设早就留意他了，装腔作势地走过来说道："孟浩远，你这是又准备到哪里去？现在是工作时间。"孟浩远看都没有正眼看他一下，没有理睬他，径直走出门口，把他晾在一边，让他非常尴尬，只好怏怏地回到自己办公桌前坐下生着闷气。孟浩远走出办公室后拿起手机发微信给小陈告诉他自己直接先回贵阳了，并且已经订好了晚上聚会的酒店。

孟浩远要乘车回到贵阳抓紧去中介那里一趟，告知要提前办理租房退房手续，然后回到小区在房子里整理起来。

等到下班后，单位约好的几位同事好友乘班车回到贵阳后下车，陆续来到酒店后进入酒店包间，看到孟浩远已在等，顿时包间热闹极了，都在急着问孟浩远到底是怎么回事？当孟浩远说出自己已经办理离职手续准备回上海时，大家马上明白了，一定是孟浩远忍不下李建设的欺压才忍无可忍被迫离开的，都愤愤不平起来议论着李建设的各种不是。大家关心地问孟浩远回上海新工作地落实情况和下一步打算。孟浩远简单交谈了一些马上转移话题说道："算了，今天不说不开心的事了，我们大家喝酒谈友谊叙情谊。谢谢和你们一起度过的时光，值得我怀念。"见到朝夕相处性格直爽聪明能干的孟浩远将要离开，大家更加为孟浩远的离开惋惜和伤感，有的同事已经喝着酒开始骂李建设这个小人。明天正好是周六，大家都很放松地喝酒聊天，兴致很高，时间过得很快，看看菜上的已经差不多了，小陈悄悄地溜出包间想着去买单，等他走到柜台准备买单时才被告知已经有人买好了，本来想着今天的聚会是同事们一起送别孟浩远的，大家凑份子付钱，没有想到孟浩远早已提前付好。陈新宇回来后大声地埋怨着孟浩远道："孟浩远，难得一次聚会，下一次什么时候碰到在一起还不知道有机会没有，而且你将要离开贵阳了，怎么能够让你来买单呢？"孟浩远心里一股暖流涌上，笑着说道："没有事，今天难得兄弟情谊，高兴才在一起，谁买单不都是一样的。感谢大家，在单位工作时受到你们的关心帮助，和你们在一起真的开心，我也很不舍你们，唉。"说着真情所到有些伤感。这一次聚会开始因孟浩远将要离开，大家多少有些遗憾不舍，后来看孟浩远有些高兴得放开主动敬酒喝酒，好像他并不太难过，才渐渐高兴地放开喝酒交谈起来。等陈新宇出去卖单得知孟浩远已经提前买过单，回来后又继续喝了一会。看看时间已经渐晚，孟浩远从他的包中取出精心准备的礼物——送给他们，才明白今天开始以后将要真的与孟浩远告别了，什么时候再见一面变得不可确定，大家也明白离开贵阳后的孟浩远回到上海再见已经少之又少，对孟浩远的不舍更是增加了一层。

酒喝得尽兴，孟凡浩远回到怡和苑小区的房子后稍稍洗了把脸，突感胃中翻腾起来，赶紧跑到卫生间抱着马桶一股脑吐了出来。等胃中基本吐清，喝了杯白开水上床倒头睡觉。第二天上午已经八点多孟浩远才醒来，起床后开始整理着所租的房子，收拾自己的衣服和一些书籍，其他统统都不要了，把房子打扫干净整齐，将垃圾扔出。然后到房产中介办理退房交还钥匙，由于房子租期没有到期是提前退房连押金也不能退，孟浩远也不计较，提着自己打包好的箱子，带着随身物品乘车赶到机场乘飞机回上海。

第五章　成功

一

　　孟浩远回到上海后，离职的事他暂时没有马上和父母说，免得他们担心自己。毕竟父母对自己一直很尊重，他的想法哪怕他们有不同的意见还是很宽容，一般不过问让他自己选择。当初大学毕业时他们有想法也提出他们的意见后还是让自己做主，到国家天文台贵州台工作，这可是自己有很多理由喜欢选择的单位，现在突然之间离职，怎么说得通。他又不便将真实情况之一是由于与单位部门领导的紧张关系忍无可忍而离职说出来，更不能说另一层原因是因为他与来自遥远的阿勃特星的秦和汉意外相识，要保持与他们的隐秘交往说出来。思来想去只好先暂时不说，待有合适的机会和理由再说吧。

　　回上海后孟浩远开始在双休日和王可佳在实验室里继续忙着做实验。另外他乘平时有空就特意开始更多地学习吸收信息，知道自己现在与以前不一样，具有智慧的大脑和超强记忆思维储存能力，另外还有秦送的那副特殊强大的眼镜让他如虎添翼，学习起来轻松简单效率非常高。孟浩远为了更多掌握知识也是为了检验自己具有特殊强大的超级智慧芯脑功能，所以他开始有计划的准备了一番，首先有空了就一直在家中把秦带来的所有资料认真地全部细细看了一遍，一看不要紧真让他吓一跳，原来阿勃特星的科技和文明到了无法理解的地步，他惊叹阿勃特星的超先进科学技术和基础理论，他的知识突飞猛进成为世上唯一精通各种专业的奇才。第二步往图书馆去看书查阅当今世界现代科技的成果和研究资料，特别对科技前沿方面研究进展先进的各种书籍期刊论文。他看着这些资料不禁感慨，与阿勃特星差距巨大存在代差，不过他的脑中似乎是异常迅速敏捷地收集记忆自主思维非常高效。在图书馆一个人安静地坐着认真地一页一页地浏览查阅后所有信息瞬间就会被快速记忆在脑中并储存帮助思维，不断学习他更加体验到来自阿勃特星球文明科技的伟大和先进，感到不可思议。在图书馆内看书时周围其他阅读者一般拿上几本书慢慢地仔细看着认真思考做着笔记，而孟浩远是拿着一大摞选好的各种书籍堆在自己桌上，每本书看起来都是在快速地翻阅，就像走马观花心不在焉一点都不像是在认真地看书学习，就是随便乱翻。看他这副学习的样子其他在孟浩远旁边座位正认真看书的阅读者都在轻轻地摇头，哪有在图书馆这样看书查找资料学习的，分明这位年轻人坐在图书馆里在作秀，没有人认为他是在认真地在看书。孟浩远也不顾周围异样的眼光我行我素旁若无人，他已经进入自己的学习境界中，看完一叠书后拿回书架后又不停地搬出一叠，没多少功夫一个人又换了一批书，来来回回一直在忙个不停。这样来图书馆看书真没有见过，也许他没有找到他想要的书，显得和周围其他学习阅读者明显的不同。他们怎么可能明白世上竟然有一个人可以像电脑一般快速学习并储存记忆而不会遗忘，谁会想到眼前就有这样的年轻人来来回回不停拿书随便翻翻，却具有他们无法想到的轻松翻阅后全部记录存在脑中还可以自主思维。这样的速度让孟浩远边学习自己也是激动和惊讶，犹如神童一般，此时的大量知识和高层次思维已成活跃自己的眼界格局突然之间拔高至最上层，犹如一个人孤独地站在地球最高山峰，周围层层叠叠的都是云层弥漫，天地相接一览无人，众山皆远在下层深处。连续三天已经把科学类的书籍翻看了很大部分，他因为一直来来回回忙碌地频繁走动拿书，引起图书馆一位中年女管理员的注意。于是走过来低声悄悄问道："先生你是否想要找某本书，还没有找到？需要帮忙吗？"孟浩远心想，我已经看得差不多了，看图书管理员已经关注自己奇怪的看书学习行为，怕引起误解，所以支吾地顺着她的意思说道："是啊，是啊。想找一本书已经找了好久，不过我刚刚才找到了，准备要写一篇重要论文，所以多查看一些相关书籍和文献资料。你们图书馆资料还是蛮全的，谢谢哦！"说完赶紧将桌上的书籍还回到书架上后匆忙离开了。这家图书馆看来已经引起管理员注意，要换一家图书馆。孟浩远重新又换一个图书馆。这样六天已到了三家图书馆继续看书学习。本来他想再到大学学校去看，可是他知道国内大学的图书馆并不对外开放，只对本校师生开放，而且需要教师证和学生证只好作罢了。脑中海量的各种知识都完全记忆下来令人惊叹。

过了一段时间父母终于在孟浩远回父母家吃饭时才知道他已回到上海。关心地问起他最近的工作情况和个人情况，才得知他已经回上海有几天了并没有回贵阳单位上班，开始盯着问他。孟浩远见问得仔细怕瞒不过去，心里也有了想法。只好把这次回上海和李晓彤见面结果谈崩分手的事说了出来了，让他们十分意外。然后孟浩远顺着这个事情又告诉父母一个让他们更加吃惊事，说道："爸妈，为了以后找女朋友方便，所以现在贵阳单位的工作辞掉了，准备回上海慢慢找工作，所以这两天我一直在外面就是找工作，你们也不要急。"孟浩远的回答当然让父母吓一跳，这样的大事也不事先说一下，这孩子太大胆，就像他当时大学毕业时不继续读研究生要参加工作，而且选了人所有人都不会相信的远在贵阳又离贵阳很远的郊区国家天文台贵州台工作时一样，他的选择总让所有人都意外。现在又为了李晓彤的事突然离职回上海，既成事实后才在今天告诉他们，父母心里有些想法，但是此时考虑再多说也已经没有用，又怕多说更加影响孟浩远刚刚失去女朋友低落的情绪，想到他现在的心情一定不会好受。所以两人对看了一眼欲言又止，不好再说什么。只能说些舒心的话，母亲装作轻松说道："啊，是这样。不过也好。以后在上海找女朋友总归方便一些，贵阳确实离上海太远了，谈朋友是不方便。回来就回来吧，工作的事要抓紧找啊。"父亲不语坐在一旁。父母其实一直对孟浩远是比较宽容的甚至有些放任，为了培养他独立思考能独立。当然他们知道孟浩远的能力和个性，基本由他决定自己的人生大事，不会过多地进行干预。父母如此通情达理培养了孟浩远的性格独立和敢于担当闯荡的特质。孟浩远其实感受到父母的宽容，真切地体会到生活在这样氛围的家庭非常幸运和幸福。既然他们这样关心自己，出于让父母放心，孟浩远答应接下来会找合适的工作。心里有些新的想法，自己计划的事业肯定是主要的，但是今天听了父母的话，心里明白他们的用意，所以平时还是挤出一点时间，自己不妨在上海先去找一个稳定的单位尝试一下。于是他开始用心将自己的简历制作好，开始向一些在上海的大国企和研究机构一连投出不少简历出去，希望能够在从事研究的事业单位获得工作机会，这样的体制内单位平时工作一般也不会太忙，到这种单位以后还是可以抽空安排与秦的见面。

在处理个人和其他一些事情的同时，孟浩远一直关心交给王可佳的那个检测实验方案，因为一旦检测到新发现会对地球科技有巨大贡献，关键是新物质对关键科技是飞跃式的革命，非常重要。对实验的具体要求也做了充分细致长远的考虑，他考虑到了所有可能，避免最终一旦实验成功后发现了成果，到时候会不会单位层面会出现讲不清不必要的一些问题和麻烦。所以一部分实验特意花钱与检测公司签订合同支付检测资金后开具发票留下凭证，然后做好在他们公司进行实验的时间记录等等。这是他自己主动联系的一家大型合资企业的检测机构，检测仪器等设备都是世界最先进的。这家合资检测机构是近几年新建立的，采购的是世界一流最先进的检测分析仪器，有些仪器设备比王可佳单位的研究所还要先进，而且这种检测公司是可以提供对外开服务的，接受委托方进行检验检测，也可以派人来实验室做实验，不过要做好评估和签订相关服务合同。经过谈判商议孟浩远与他们签好了合同，并很快支付好使用实验室的服务费用。有些实验就特意和王可佳在这个检测公司公开的去做，不用在王可佳单位偷偷摸摸的躲着人利用下班后在实验室悄悄地去做了。王可佳对孟浩远的安排还不太明白，为什么搞得这么复杂，要这么认真费心地特意在外面找这样的检测公司做实验，难道就是因为他们有一些引进的国际上最先进的仪器设备？这些仪器设备确实比我们单位的设备先进，但是到这里检测费用成本不会低，花这么多资金和费这么些周折值不值得。自己单位的实验室也是很不错的，他仔细研究了检测方案，是可以做到的。等单位下班后人都走了，到自己实验室做，实验试剂现成的都有，自己省心多了没有必要这样做啊，真不明白。但是孟浩远这家伙的脾气和思维他是知道的，思考问题也与众不同。他已经定好了的事，应该有他的想法，想想他费尽心思这么做总归有他的道理，只好随他去吧。不过孟浩远如果没空过来时候，王可佳还是宁愿等单位下班后一个人留下来独自在单位实验室继续做实验，有些检测试剂耗材是他自己购买的。在单位平时下班后加班做实验都是很平常的事，人们也不会感到奇怪。

二

　　最近一段时间已回上海的孟浩远显得更加忙碌，一方面需要学习积累，又要利用双休日和王可佳一起去做实验，同时还花点时间为求职投简历忙碌，不过很少接到面试通知，偶有一次面试机会他感觉很不错，但是也没有消息，后来打听才知道自己不过去凑数参加，前面几位学历都比他高有研究生和博士，原来是与学历有关，相比较单位宁可选择高学历的，后来没有消息意味着没有通过。他终于明白学历很重要，很多研究单位对学历要求越来越高，有的对学历门槛要求就是研究生以上，他有些无奈。

　　一天晚上孟浩远回到自己家里休息一会，叫了外卖随便对付一下，吃完饭坐在客厅地上打开电脑查看一些信息浏览起来。茶几上的手机铃声响起，他一看显示的是艾琳打来的电话，让他一下子高兴起来。接通电话后听见艾琳清脆好听的声音笑着在问："你好！孟先生，你休息了吗？"听到艾琳客气的声音他已经很熟悉了，那是一种非常纯正的英语，发音节奏掌握得非常好，听起来很舒服悦耳好像是广播中传出的播音员的声音，此时正好人在上海自己家里，突然听到艾琳的声音一下子拉近了两人的距离，仿佛就在身边当然很高兴。孟浩远用英语和她交流起来说道："嗨，艾琳小姐你好。还没有休息，正在搜查一些信息。以后请你别这么客气，叫我孟浩远就可以，听起来更顺一点。噢，你最近怎么样？没有再继续打工吧。"艾琳笑着说道："我很好，谢谢你！父亲已经帮助提供了学费，让我不要再继续打工赚钱，留点时间好好读书。自从你加入父亲公司后，现在他的研究中心运行很正常，研究团队氛围很好，他们不用担心资金不足而可能会停止研究，现在一切很正常。"孟浩远一听艾琳的话放心了。他上次在研究中心单独与艾琳父亲交谈时要求艾琳父亲不要再让艾琳打工受气，还专门多支付了额外的一部分资金给她父亲还银行贷款，用她父亲的名义去帮助艾琳的生活学习提供费用。而且告诉他不要说出来让艾琳知道，不然艾琳可能不会很愿意接受。看来这件事已经想法办好了。心里暗自高兴笑着说道："噢，那很好啊。你也不必再受气，可以有更多时间学习和享受生活。"艾琳兴奋地说道："是的，这要谢谢你！你的出现改变了我们一家的生活，父亲的研究中心幸好有你的公司参与合作才能得以继续研究。一切都太好了。噢，还有一件事告诉你，我父亲的抗癌新药研究，在你上次来荷兰父亲研究中心参加的一场重要研讨会提供的新思路新方案，研究人员又经过反复试验，最近一段时间收到好消息已经证实有了突破性进展了。听我父亲说在实验室已经成功合成了新抗癌药的样品，他们已经开始做动物试验方案，结果显示抗癌效果比原来的研究方案更好，明白吗？不是一般的好，是超出预期的好。这个结果令研究人员惊喜，他们会继续重复做动物试验跟踪一个阶段，如果没有不良反应和其他副作用，准备申请试生产了。接下来要申请欧洲药品管理部门试验许可，在几类常见高发的癌症患者进行治疗试验许可的批准，这还需要很长的时间。所以研究中心计划请你抽空再去荷兰一次，一起参加论证研究，他们很愿意听听你对研究结果需要进一步完善的建议，你看可以吗？"

孟浩远一听艾琳十分兴奋地讲关于抗癌新药的研究结果突破，又听到她想专门再次邀请他去荷兰医药研究中心再次参加研讨会的事。告诉很多信息其实中心点就是想邀请我再去荷兰参加会议。不过听到艾琳口中说出的抗癌新药的好消息，孟浩远真是高兴，抗癌新药可是挽救人类生命的最重要药品之一，目前没有一种药能够对癌症具有很好的杀灭效果，所以人类一旦得癌症基本无法挽救康复。癌症一直是人类研究的重点，如果在国际上率先有一种抗癌新药研究成功，无疑对人类社会健康事业的贡献将是巨大的。所以孟浩远一听艾琳说道他父亲正是研究抗癌新药项目研究的科学家，对这项研究十分感兴趣和支持，想在总算有成果了，确实是重大的好消息。孟浩远对艾琳说道："这真是个好消息，抗癌新药如果获得批准可以正式生产，对那些患癌饱受痛苦的病人和家属来说是个天大的福音啊。祝贺他们！我在下个月13—14日准备要到英国去参加一个会议，我看看安排提前到荷兰再赶到英国去。你和你父亲联系一下，下个月的10—12日之间哪天有空可以安排一下。噢，对了，上次我回国后给医药研究中心汇过去的资金应该没有问题吧。"艾琳忙说道："噢，听说资金已经收到，没有问题，他们大约在第三天就收到了，太谢谢你了！没有你们的参与合作，医药研究中心将不可能继续对项目研究下去，就没有可能获得成功。我父亲他们对你非常信任，你的专业能力令人印象深刻。今天邀请你参加研讨会也是我父亲让我告诉你的。你刚才说的计划安排，我现在马上和父亲他们联系，先到这里吧，再见孟浩远。"说完就急急地挂上电话与她父亲联系，安排邀请孟浩远去荷兰研究中心的具体事项了。又过了大约十多分钟，孟浩远手机电话再次响起来，这次不是艾琳的电话号码，原来是艾琳父亲亲自打来电话了，接通电话后说道："孟先生你好，斯内克斯。刚才艾琳已经联系我了，你到英国的活动计划安排我知道了，我要亲自邀请你。现在已经是月底了，参加我们研讨会的时间就定在下个月11日可以吗？我代表研究中心以及我们家人非常欢迎你来荷兰。我们团队在研究抗癌新药方面进展目前顺利，从新药的研究结果看超过了我们的预期，效果十分理想。谢谢你上次来和我们一起提出专业的讨论意见，它很重要非常有价值。研究团队专家都认为邀请你一起进一步讨论完善是非常必要的，期待与你的见面。"孟浩远客气地回答道："谢谢，斯内克斯先生的邀请！为你们的研究成果进展感到兴奋，这是最好的消息，祝贺你们！我会过来与你们一起分享喜悦。"与艾琳父亲刚刚通完话放下，艾琳的电话马上又串进来了，她显得有些急促道："孟浩远，你好！我刚才与父亲联系后他十分高兴，一定要自己打电话给你。你们日程确定了吧，到时候我来接你，然后陪你去英国吧。"孟浩远笑着说道："谢谢艾琳！不用了。去英国是工作上的事，邀请方已经有安排了。你父亲这里请研究中心需要发个书面邀请函过来，我在入境时可能会需要的。你还是在学校继续你的学业吧，不要轻易请假。"

艾琳一听心有点不舍，但是孟浩远处处在为他考虑，心中高兴。突然脱口而出说道："孟浩远，我想你，我想见你啊。"孟浩远心里顿时一下子感受到一种甜蜜的温情，此时涌上心头让人高兴和激动。艾琳是我欣赏的姑娘，性格鲜明，漂亮独立有气质也从不贪物质，打短工自己解决学费是个独立的好姑娘。艾琳的性格也是孟浩远喜欢的类型，和她在一起机会并不多一共就两次吧，但是两人在一起时一直让自己身心非常放松，感到自由无拘很舒服。不知道为什么孟浩远也很愿意和艾琳在一起。面对艾琳此时的温情流露，孟浩远发自内心的好感也突然上升，不由得脱口而说道："谢谢艾琳，我也很愿意和你再见面。"

听了艾琳很直接的感情表达，孟浩远心理乐呵呵的，心想欧洲姑娘就是直接，不太会隐藏自己的情感。此时的孟浩远刚刚和李晓彤分手，心里正是情感低落时，突然而来的另一种清风般清爽又带有热烈直接的情感传递让人高兴愉快。李晓彤的爱强求也得不到，也不想要。但是艾琳对自己的爱慕不求却突然而至，让他从情感低谷一下子又突然地升腾起来。不过孟浩远转念一想也许艾琳现在还是出于对自己的帮助的感激吧。自己需要给艾琳时间，两人慢慢多深入了解，孟浩远笑着说道："艾琳，等你学校放假了，我来看你。你现在还是在学校里完成学业吧。"艾琳说道："好。这次我就不陪你了。你说的是真的，你会来看我？太好了。我会等着，不要忘了你的承诺哦。"说完笑了起来，孟浩远说道："会的。我们再联系。"

和艾琳暂时告别，其实孟浩远已经想好了，等这次英国之行的活动安排完成后，通过交谈他已经暗暗记下，了解清楚艾琳现在德国一所大学读研究生以及学校的一些基本情况。它是一所德国排名靠前的综合大学，在德国一个城市靠近一个小镇，那里环境优美有历史传承的古典欧洲建筑而且保存了下来，没有受到战争的严重破坏，自己到时候看时间安排，在英国如果完成活动安排后，可以从英国乘飞机到德国悄悄地去看看她，给艾琳一个意外也制造一些浪漫气氛。尤其自己内心还是十分愿意和艾琳在一起，相处聊天喝茶随便干什么都行。孟浩远想象着当艾琳不知道什么情况突然看到自己出现在她面前时那会是怎么样一个情景，想着这一幕自己也满心喜欢地笑了。

三

受"数学研究"期刊邀请到英国参加这次会议，孟浩远知道它的重要性，不过他此次之行一直悄悄地进行没有人知道。孟浩远现在的智慧已经到了不可言表的极致状态，由于自身有一个聪明的大脑加之植入的超级智慧芯脑，所以远远超出人类大脑极限，提升到了人类不可想象的最高境界。看待问题和心境也大不一样，表现得平静低调，越有大智慧越有底气，所以心态更加沉稳笃定，内心已经十分强大，表面更加沉稳不喜形于色尤其在专业讨论交流时严肃认真，针对专业深入提出自己的思路备受好感。去英国和荷兰的日程安排好以后，孟浩远开始按计划订好机票，到英国这样的欧洲老牌国家去参加数学学术层面的交流还是第一次，他心里十分清楚他的论文研究获得高度重视。根据"数学研究"期刊发来的邀请书上的计划安排，到达后的第一天上午9点在"数学研究"期刊参加论证会，进行专题论文证明报告，邀请数名世界各国顶级权威数学家一起参加讨论。孟浩远心里清楚作为一个数学界重大的研究难题获得巨大突破，为慎重起见"数学研究"期刊专门邀请权威数学家来听孟浩远的研究报告论证并提出疑问。相当于是现场论文进行答辩，他们要认可孟浩远的证明是正确的。这对孟浩远来说不足为惧，他已经充满自信，自己的这篇论文研究已经太熟悉了，所有与论文相关的数学问题和依据证明，清晰如画的在他脑中可以随时而出。和这些大数学家一起探讨他的论文让他感到从未有过的兴奋。

下午"数学研究"期刊安排孟浩远参观伦敦城市景观。第二天上午如果获邀请来参加会议的权威国际数学家一致认可，那么他的证明通过。主办方还安排孟浩远在伦敦一所著名的以数学出名的大学里作一场学术专题报告会。参加对象是大学学生和老师，还会邀请部分其他大学研究机构从事数学研究和从事教学的数学家参加。考虑到这是一次绝对高等级的数学学术报告会，内容又是会引起爆炸性的百年数学难题，需要保持一定的秘密，毕竟这篇证明论文还未正式在国际有关权威期刊正式发表过，因此参加人数控制在不超过三十人以内。此时自己的这篇震惊世界的"西塔姆猜想"数学百年难题证明论文尽管已全部在脑中清晰论证过程十分熟悉，感觉胸有成竹闭着眼睛可以演绎证明出来，但还是考虑到与这么些顶级数学家一起不能显得很随意很容易，以免让人惊骇。

所以他用水笔在笔记本上写了一些论文证明过程步骤的提纲和要点，"西塔姆猜想"是一种数学方阵证明，如果证明准确，可以为人类探索宇宙穿越星系时提供一种全新的思维和新的飞行模型理论依据，可以解释飞行时发生的有些奇怪的反物质科学证据，更是数学界最难的数学证明，从没有人获得过证明它的存在是对还是错，已经存在数百年，一直为数学家研究的难题之一。如果这个问题被证明将会影响原有的几个数学定律，证明和它是存在矛盾或存在瑕疵需要重新加以证明。所以"西塔姆猜想"被称为世界上最难的打开宇宙和数学奥秘的一把神秘的钥匙，一定会有很多疑问提出来，需要讨论争论解答。他在自己头脑中又迅速地思考整篇论文证明演绎过程，定下心静静地沉思良久，头脑中围绕"西塔姆猜想"的数学论证，思维集中后在自动运行分析、汇集，遇到论证过程可能涉及的问题和其他可能相关的数学定律及随着问题延伸出来的一些数学问题求证依据，运用数学定律解答等等，孟浩远用笔手写了书面的提纲和提示要点，确认已经没有什么遗漏后，才轻吁一口气露出了自信满意的笑容。这些书面准备到时候放在自己讲台面前，他尽管已全部记在脑中但是他到时候在前面证明时还会偶尔低头去看看，让人感觉自己做了充分准备，而且这么复杂这么深奥难懂的数学证明当然要有些提示证明，提纲不可能全部都记载脑中，没有人会有这么超强的记忆力。这样就可以表明自己是一个特别聪明的普通数学家，而不是一个令人望不可及连数学家都无法理解的数学异人。

准备完提纲后轻舒一口气，坐着拿起桌上的茶杯喝了一大口休息一下，桌上的手机铃响起，拿过来一看原来是王可佳的电话号码，孟浩远已经感受此时王可佳很急切很兴奋激动，开口讲话声音已有些颤抖不连贯："孟浩远，孟浩远。重大进展，非常非常重大的发现啊。我现在还在单位实验室，刚刚已经完成的全部实验，情况很好，很好。有了重要新发现啊。你在哪？"孟浩远一听马上明白，一定是王可佳还在实验室做实验，现在已经实验完成出结果了，看他说话的声音太激动已经语无伦次了就知道了，依然平静地回答道："王可佳，我正在家里整理和写材料，不要急。"王可佳继续急急地说道："孟浩远，那你先放一放，现在马上赶过来，我在单位实验室等你。"听他兴奋又急切地叫自己现在就去他的实验室，孟浩远也有些激动，激动的是通过这次实验结果证明秦真的是在帮助自己，突破地球科技领域瓶颈，他提供的整套检测实验资料无疑是准确的，说明地球上还有未发现的稀有珍贵的矿资源，只是没有先进的检测方法而没有办法检测发现。这真的是地球的福音。那提供的其他资料文献，论文等科技资料也是真实的，是阿勃特星已经有过的科技技术。证明了这一点实在是太令人兴奋激动了，孟浩远有些感慨开心地说道："那好吧，我现在赶过来，你等我。估计路上要三刻钟左右哦。"王可佳笑着说道："没事。孟浩远，你只要能过来，再晚我也等你。"说完乐呵呵地挂上电话。

王可佳此时的单位实验里已经空无一人，整个实验大楼就他一个人，空荡荡的大楼走廊和实验室，仿佛整个单位实验室都是他的领地。人逢喜事精神爽，一个人情不自禁地在安静的实验室里哼着曲子轻声唱起歌来，尽管歌唱得不怎么样，但是发自内心的无比喜悦之情顿时放飞出来，他要宣泄此时的激动兴奋，在夜晚的实验室里顿时也充满欢快的气氛。

孟浩远听了王可佳打来的电话后在家里匆忙换好衣服抓紧出门。快速地走出小区后在外面的路上直接扬招了一辆出租车，夜晚出租车容易叫到，很快过来一辆黄色出租车停在他身边，麻利地上车后告诉司机往王可佳的单位——上海有机化学研究所赶去。

今天王可佳下班后一直没有回去，等单位里的同事都陆续离开单位后自己去食堂吃好晚饭，一个人又在实验室按设计的实验方案一直做实验。整个实验已经进行有一段时间了，对收集的来自全国几大主要矿产区矿石样品一一登记后进行检测。王可佳心里想着实验设计，看整个设计方案很科学合理新颖，不过自己到底没有底。实验过程顺利但是结果如何一切都是未知，取决于两方面：一是检测设计方法是否准确，二是检测的矿产区来的这些样品是否能检测到其中可能有的稀有物质，各种结果都有可能发生。按照孟浩远提供检测实验设计方案和要求对已采集的矿石原料重复做着实验，前面都还没有出现结果。今天实验过程一直很顺利，没有想到就是今天，刚才出现了令人意想不到的奇迹，实验终于有了结果。突然之间竟然发现了一种让他疑惑不解的从未有过的新物质，他对这样的结果不太敢相信，反复查找有关文献资料，但奇怪的是依然不知道它到底是哪种物质，此时他预感到可能真的发现了一种从未被人类发现的新物质，这个结果也让他大吃一惊同时惊喜不已。

此时孟浩远已等到出租车乘坐在车上，他并没有马上去想王可佳做的实验的结果，因为王可佳做这个实验，其实早就是秦他们阿勃特星球已经发现并已经生产应用的一种物质，实验检测方法是成熟的新方法，只是时间问题，矿产区样品原料是否地球上存在这种物质，只要符合阿勃特星这种新物质矿产区分布特点，找到有原料通过新检测方法最终得到实验结果是早晚的事，除非地球上还没有这种矿产样品。不过这个检测结果印证了秦为自己提供的所有新科技基础资料都是真实的，同时这次实验说明地球上是有这样的矿产原料的，只是没有更先进的一种检测方法。此时他坐在出租车中开着车窗看向外面城市美丽的夜景。心里却在想着刚才艾琳电话中说过的话，脑海中不时出现艾琳美丽活泼的身影，高兴得一直在回想和艾琳几次见面交谈时她的一言一笑，活泼果敢的性格和那美好的时刻，这些回忆和外面城市美丽的夜景融入一体，生活真的太美好了。突然自己手机铃响了起来打断了他的思绪，他想当然地以为一定是王可佳在单位实验室里等不及在催问他到哪里了？但是查看手机显示的号码，那个号码分明是伯格打来的。接通电话后听到伯格说道：“孟先生你好！打扰你了，现在方便与你讲话吗？”孟浩远这时候正坐在车上看着外面街景想心事，看着坐在前面驾驶位置开车的司机他很认真地开着车，料想他听不懂英语，用英文回答道：“噢，伯格先生，你好。可以的。请说。”开出租车的是一位中年男子驾驶员，穿着出租公司统一的服装，车窗右侧前面有一块标牌，上面有他的照片名字和号码。一听后面的年轻小伙正在用英语叽里呱啦非常熟练地和外国人在说话，也听不懂他们外语讲些什么话，但是感觉这位小伙很不一般，英语说得很流利，瞬间令他对孟浩远刮目相看起来。伯格说道："噢，太好了孟先生，告诉你一个好消息。你上次带来的两颗钻石，经过我们公司的专业大师精心设计和打磨已经完成，它真的非同寻常无与伦比光彩夺目啊，是我一生中看到最与众不同美丽非凡的宝石，实在是非常漂亮。我们公司最好的大师在打磨时让他吃惊非常不容易，这种稀有难得一见的钻石它的硬度太硬了，和以往世界任何地方发现的钻石存在明显不同，其他的标准来衡量它都是最高等级的，它简直是钻石中从未见过的最高品质的极品。我们很幸运认识你，能够获得这样极其珍贵最顶级的世上难有的钻石。"孟浩远笑了，钻石行业中以经验丰富见眼光锐利著称的伯格是很有名气的。他对上次孟浩远带给他的钻石发自内心赞不绝口的高评价，说明他非常喜欢并控制不住内心的激动赞美和高兴。那么秦提供的这些钻石不同于地球上的钻石，真的是非同一般确实非常罕见，才会令他激动有如此高的评价。于是笑着说道："噢，伯格先生你是说这件事。那很好啊，这让人高兴。"伯格说道："是的，非常让人高兴。通过我们公司联系的老顾客户把信息发出去后，很快有老客户到我们公司来了，他们看到后就爱不释手坚持要马上求购，目前已经成交了。"孟浩远有些意外说道："噢，你们公司销售渠道很快嘛，真不愧是老牌名店，那两颗钻石都已经成交了？那要祝贺你！你不想留一颗作为自己公司的收藏品以备参观展示？永久收藏？也许可以作为你们公司镇店传世之宝啊。"听孟浩远这么说伯格还真有点心痛苦笑道："是啊，孟先生说得对。只是这位顾客他是我们公司来自中东的一位特别贵客，我们一直有交往。他看到后马上就爱不释手不计代价一定要全部买下，花多少钱都不在乎，让我们自己开价非常任性。最后拉宾先生也只好同意了，忍痛被他收藏去了。我当然很不愿意，一定要留下那颗最大少有的钻石作为公司收藏。最后还是被迫卖出了，唉。可惜。拉宾先生想再邀请孟先生你来我们公司，如果不方便我们可以来你公司或者你指定的任何地方商谈一下业务。不知道孟先生可否愿意继续和我们合作啊？"孟浩远反应多快，刚一听伯格说到钻石的事早就明白伯格今天来电话的意思，伯格对钻石发自内心的赞美说明他承认自己给他的钻石是当今世界上最好最稀有的。也是非常偶然遇到自己，才好不容易获得的这两颗超越钻石行业标准最高等级的钻石，可惜那两颗钻石经过加工后已经被中东买家收藏，意味着这种独一无二的稀有钻石断货了，心里一定非常懊丧。现在邀请他去就是为了探探让自己继续提供这种珍贵极品钻石的可能，如果孟浩远愿意接受商谈说明他身边可能还有钻石，那就继续与孟浩远谈购买钻石的事情，无论价格如何。不过孟浩远十分清楚这些说道："噢，是这样。伯格先生，谢谢你的邀请！不过我最近工作上有些安排，等忙完后，我们再联系确定时间吧。如果我有时间，我会来你们公司的。"孟浩远可不想让伯格他们来上海，他要让他们留一些神秘感。和伯格一点一点慢慢交易，主动权要永远在自己手中，如果不是为了艾琳父亲的研究中心抗癌新药研究项目，他根本没有继续出售钻石的想法。目前两颗钻石出售自己暂时还不缺资金，所以也并不急，等有合适的机会再前往。伯格听孟浩远这么说知道孟先生最近肯定是没有时间安排了，但是心里还有希望，因为孟浩远并没有说不去，只是在时间安排上有冲突。于是无奈地说道："好吧。谢谢孟先生！希望我们期待与你尽快见面。再见！"孟浩远和伯格交谈电话结束后，依旧坐在出租车车椅子上在盘算着。

　　驾驶员师傅听见孟浩远一路上一直用流利的英语想当然地认为对方一定是一个外国人，两人呱啦呱啦在不停地交流，谈了这么久。上车后听这个小伙他要去的目的地又是上海有机化学研究所，判断这位小青年一定是研究所里的科研人员，这么晚了还着急赶到单位。不由得心生敬佩好感，看孟浩远接听完电话后驾驶员师傅主动开口搭讪道："哎呦小伙子，你可真厉害。外语吧哒吧哒说个不停，我一句也听不懂说什么。这么晚了还不休息还要到单位工作啊？你们可真是忙啊。"孟浩远见师傅主动关心自己在车里搭话，抬起头说道："噢，师傅你是说刚才的通话吧。我外语能听得懂一点点，讲得一般一般。唉，是有工作啊。"然后两人开始交谈起来，越说出租车司机师傅越对孟浩远刮目相看，一个小青年年龄不大看上去还小了像是刚毕业的大学生，工作这么认真夜里还要到单位去工作，外语讲的也这么的流利，联想起他自己的儿子年龄和眼前的这位小伙相仿，但是早就在外面闯荡打工，真是不一样。两人天南地北地闲聊着，孟浩远一个人身体直直地端坐在车后座椅子上，上半身胸部和腰背部都是直挺挺的，没有像普通人上车后会直接靠在椅子上。心里在思索最近自己在几个图书馆里收集信息主动学习，头脑中已有了大量的科技信息储存。同时在语言学习上，也是花了点时间，自己专门买了英语、德语、法语的教材和影像视听资料和语法书籍，一直坚持有空听听看看书学习，一个人在家时一直练习口语，让大脑自动地学习记忆巩固。这几种常用的语言以后在社交生活中也许会需要用到，本来自己的英语还是可以的和人交流不成问题，最近一段时间的强化学习和记忆后感到提升很快，现在语言上与人用英语交流更不在话下。自己平时还有身体锻炼的爱好，每天跑步运动锻炼和练习一小时绵拳，现在感觉身体内经脉特别畅通，身体很是轻盈，没有任何滞阻感。人体内一股内气在身体四周舒服的流动循环，内气十分充盈，自己的力量和瞬间的爆发力也感到强大充沛了许多，这些自己都可以明显感觉到，坐在车里这样直挺挺的犹如一棵松树一样挺拔的坐姿感觉很自然舒服，可能和自己身体内的超级智慧微光子芯脑对身体的支持和贴身佩戴不知名的褐色灵石有关联。

司机师傅边与孟浩远扯着东西南北和人文风俗等话题边从后视镜几次偷瞄向后座，他感觉纳闷，通常乘客上车后都是身体靠在座椅背上坐，这样坐着人是最自然放松舒服的。而这个小青年却很特别，异于常人，悬着空间直直的端坐椅子上，像是一个有功夫的人在打坐，背部是脱空的，车行驶过程中有跳动对他也没有丝毫影响，身体仿佛是粘住在椅子上。他的脸色红润精神十足真是少见，不由心里暗暗称奇，今天遇到一位怪人了。出租车到了上海有机化学研究所的大门口后，孟浩远付好车钱下车，与这位心生好奇的驾驶师傅挥手道别后开车走了。空荡荡的大门口只有孟浩远一个人，他走到大门门卫处向保安说话是进去找王可佳的，保安也并不认识王可佳没有放他进去，只好等在外面，拿出手机打电话给王可佳说道："喂，王可佳。我现在已经到大门口了，快过来接一下，门卫师傅不认识我不让进啊，说是现在是晚上了，单位早已经下班了，找人的话需要单位里被找人出来领进去。"打完电话孟浩远在门外等，不多时看到里面王可佳身挂着工作牌急急地跑了过来，他和门卫保安打了声招呼两人一起走了进去。门卫两位保安大哥见多不怪，这里单位的科研人员经常有加班搞试验的，还经常有送外卖的小哥在夜里时外卖送过来的。

四

　　王可佳在门口和保安师傅打好招呼领着孟浩远两人并肩走进单位大门，已经离开大门口的门卫室有一些距离了。王可佳转头笑看着孟浩远，孟浩远脸上没有显出任何表情，一如既往的严肃向着实验楼走着。王可佳见孟浩远没有声音跟着紧走几步，两人并肩一起走进一幢实验大楼门口内，走入里面进大楼门口后在大厅内见四处无人，王可佳再也憋不住了，已经抑制不住内心的激动和狂喜之情，面对孟浩远笑着双手用力拍着孟浩远的肩膀，最后又双手扶住孟浩远的肩膀激动地说道："孟浩远，成功了，成功了。真的成了。新发现，新发现啊。"他开心的肆无忌惮哈哈大笑起来。孟浩远被王可佳的双手拍得生疼，见状用手推开王可佳的手说道："哎哎，你刚才太用力了。力气可真够大，你要打死我啊。王可佳见状连忙放下双手，依然喜滋滋地笑得合不拢嘴，大声说道："孟浩远。创造奇迹了，太让人吃惊了！难以置信，难以置信。"他高兴得迎着孟浩远往电梯区走去，两人走进电梯到四楼停下出来，走廊内灯全部开着异常亮，沿着中间的走廊跟着王可佳走向里面，来到位于东面朝北的一间实验室，门开着里面灯全部亮着犹如白天。王可佳陪着孟浩远到斜对面南侧的一间更衣室换好进入实验室的白大褂，戴好头套穿上鞋套，由王可佳领着进入对面的实验室。孟浩远走进去后一转弯已经看到里面实验室操作台子上放着实验所需的仪器设备以及各种实验试剂和瓶子等。王可佳走到最里面的一区在实验台上拿起试管架上的其中一个试管，小心翼翼地拿起来不言语神秘兮兮的递到孟浩远眼前，用手指指试管底部的一些暗褐色粉状物质。孟浩远明知故问道："看到了，什么意思？试管里面是什么？"王可佳神态很认真神秘兮兮地说道："我也不知道它是什么？一种神秘的不知名的新物质。”孟浩远心里自然是明白的，王可佳他当然不知道它是什么？世界上也没有第二人知道它是什么物质。这是一种秦提供给孟浩远的文献资料上说阿勃特星球上发现的一种物质，但是在地球上还未发现的新物质，它在元素周期表上没有排列出的从未知晓的全新元素。今天被王可佳通过近一段时间的不断实验终于出结果了，这是地球文明科技又一个非常重大的发现。此时孟浩远看着王可佳脸对着自己正激动兴奋地举着的试管瓶中的哪些不知名物质。开口说道：“王可佳，最近你辛苦了。这非常好。你查一下元素周期表，根据这种物质的性质进行对照，要好好仔细确认一下不要弄错，它与所有元素到底是否都是不一样的。”王可佳接口说道：“放心，孟浩远。你不说我也知道，我已经反复检查复核多次了，没有任何文件资料索描述这种新物质，我可以百分之百肯定它是一种未知的，连现有元素周期表上还没有的新发现元素，太激动太高兴了，孟浩远你明白这意味着什么吗？”孟浩远其实心里也很高兴，高兴的是秦提供的实验技术文献和详尽的资料检测方法确实是领先地球科技的，而且重要的是地球上通过这种检测新方法在实验室中发现了新元素，说明新方法非常先进，还有在中国地矿产区就有的这种新物质原料，只是没有新的检测方法没有检测到。天佑中国天佑地球。有了这一实验突破，加上以后慢慢地研究，设计出一套生产和应用的提炼技术方法就能够量产，就可以制造出新的材料。根据这种元素的性质特点，它可能排在元素周期表的哪个区和其他元素相近的物质的特性，大概有了它的位置。那么这种物质如果应用在宇宙探索飞行器，如发动机关键部件或者外壳上，将是不得了的跨越式提高，意义非凡，那才是重点啊。孟浩远想到这里激动起来说道：“王可佳，真是个奇迹，一个伟大的奇迹啊。让我脑子理理，好好想一想。这样王可佳，我们俩统一一下意见。你看，把这种新物质我们暂时叫它为‘Zon’（发音同中国的中）吧，就是金子旁加中国的中字，因为它是在中国地区发现原料，利用中国的新检测方案和所有掌握的技术，由我们中国人通过实验验证的新发现。以后如果再有发现就叫‘GUO’（发音同中国的国），金子旁加国家的国字。至于国际上命名规则我们还是有建议权的，等他们最后认定命名吧。”王可佳点头称赞同意：“好，好。

孟浩远你说的对，听你的。我们就叫它'钟'吧。"这种新物质的发现已经改写了现在元素周期表排列，根据它的特性将来它的产品如果能够生产出来，那将是对人类对地球有非常非常重大的意义，不得了。人类一旦应用这种新物质在探索宇宙飞船上等方面将会改写人类进步的历史。如果应用在高端军工、航天、空间站以及民用高科技上它的前景必定同样相当广泛和重要，简直不可估量，作用非常巨大，它对人类社会将产生的影响简直不敢想象。

孟浩远也异常兴奋，他的兴奋点是秦真正地在帮助自己，帮助地球科技发展进程。这样的物质一旦以后可以实现工业化生产，将会对人类社会的提升意义非凡。孟浩远脸色一变严肃起来对王可佳说道："王可佳，知道了它的意义重大吧，那么对这个重大发现我们脑中要好好思考全面，免得发生意外。我想想，王可佳你把实验整个过程都完整记录好了没有？这次实验是来自哪里提供的原料矿石样品？"王可佳见孟浩远突然认真起来，前面还在手舞足蹈的突然停下思考然后关切地问这几个问题，连忙认真地说回答道："是啊，你说得在理。刚才几个问题提醒，你大可放心，这是我们做实验过程必须做到的，我们有严格的一套程序。收集到的原料矿石首先都做好标记进行记录，到目前已经做了 10 个不同来源地的样品了，今天意外收获的这是第 11 个样品，它来源于贵州一家稀有金属有限公司，他们的原料产地来自哪里我都事先问询已经记录清楚。目前还剩余有五份产地不同的原料样品还没有做，我们运气太好了。"孟浩远说道："噢，那好。终于收获成果了，实验做成了是一回事，那只是第一步，然后接下来当然还需要完成其他剩余样品的继续实验，我们既然在做了，还是要知道我国的这种新稀有物质矿石产区在全国矿产地带的分布情况，便于以后作为寻矿的依据，同时通过实验数据我们需要掌握不同来源地不同的矿场分布情况，如果都可以分析得到这种新物质，那我们还要统计分析每个含有新物质矿场它的含量高低情况，作为以后采集生产获得率分析。"王可佳见孟浩远考虑的周到，说得似乎有道理，回答说道："对对对，这你说的有道理，考虑问题够全面也更细致长远。我只在乎通过实验方案是否能够发现到新物质和检测方法技术，你已经在考虑的是以后的事情，摸清国家这种新物质的分布和不同矿区都有的话它的含量情况及以后的生产，想得真周到，超出了我们科研工作者的实验本身，还是要向你多学习啊。"孟浩远认真地说道："王可佳，这次新发现物质来自第11号产地的样品，你再反复多做几遍确保实验的稳定性，不能出错，顺便通过后面的实验过程发现是否有细节上的遗漏，同时通过反复实验你可以对发现的新物质更能熟悉于心，这对你以后会有好处。其他还有存的5份样品应该抽空也继续全做一遍，看看结果怎么？另外我们实验的数据和资料一定要保密，不要急着向其他人说起。"王可佳看孟浩远严肃的样子不由地也严肃起来答应孟浩远说道："好吧，我记住了。"内心越发地佩服孟浩远来，这家伙你一个搞计算机信息的，现在怎么会考虑问题非常全面，同时他的化学专业方面的能力比我这个专门搞化学分析材料专业出身的还要强，居然能提出这次实验详细的试验构架、方案和具体的检测方法让人不可理解啊，而且按他的方法实验还真的成功了，这个成就可真是不得了，一定会震惊整个国际同行的。孟浩远这家伙脑子怎么会突然之间这么灵光让我想不到，他身上似乎藏着秘密。孟浩远看王可佳有些心思出神地盯着自己在看，好像是在沉思。于是说道："哎，王可佳，你发什么愣啊？所有实验完成等实验过程稳定后，你好好整理一下实验记录的数据和实验过程细节，做好分析。接下来还要写论文，我这里已经写了两篇：第一篇，'Zon 钟'新元素实验方法研究。从理论上进行探讨，第二篇，主要是你的实验过程，新元素实验过程分析验证得出成果获得新元素物质，分析实验方法和新物质性质特点。第三篇，新元素物质其生产工艺方法研究和应用分析，从新物质工厂化生产需要的条件和主要工艺特点分析。我已经基本有思路和框架了，回去后我会发给你。然后你好好修改一下把论文寄到国际顶尖的"化学研究"期刊。王可佳告诉你，说不定明年的诺贝尔化学奖或者其他化学顶尖奖项都不是问题。后面的其他事我不管了，你要把握住。噢对了，还有一件事我必须说一下，发表论文时你不用考虑我，都以你的名字署名发表。万一以后你突然出名了有新闻采访出镜的事到时你自己去应对吧。最后再强调一下，务必要做好保密，小心小心再小心。还有你为什么依旧在单位做实验？而不到外面去做？"王可佳听孟浩远这么一说惊掉他下巴，这家伙他竟然已经知道会有这么一个结果，连论文都想好了。对他更是既惊讶又佩服不已，说道："孟浩远你你想得太周全了吧，难道你预料会一定有结果？为什么在单位做，因为外面检测公司的实验室晚上是不提供的。"孟浩远对王可佳的疑问没有接口，说道："王可佳好了，我知道了，当然还要做好保密工作啊。时间也不早了，你看现在已经晚上 12：45 了，已经是第二天凌晨了。你太辛苦了。我们收拾一下，都快回家休息吧。"王可佳还在想刚才的疑问，孟浩远没有接口回答。孟浩远已经把论文都想好了，说明他是成竹在胸的，实验检测方案方法一定是有成功的先例的，我只是按他的方案做实验。而且他把整个实验前后都思考清楚了，话说得这么严实，替自己安排都是明显是已经有计划的，惊讶的同时更加敬佩。孟浩远你是怎样一个人啊，我怎么越来越看不清了，和以前我认识的孟浩远不一样了。他有些失神地看着孟浩远说道："好吧，谢谢你的提醒和如此周密的安排，实验方面我会按你的要求继续做，直到所有已收集的全国主要分布矿区样品全部完成。至于发表论文，这篇论文实在太重大了，其实你不要客气，应该你署名第一位是最合适的，所有的方案都是你细思密划费了很大心血。我只不过是按你的方案根据检测过程略加修改去完成实验的一个实验员。千万不能按你说的这么做，能让我跟在你后面署名已经是很好很好了，我感谢都来不及。"王可佳的态度坚决不同意孟浩远提出的署名安排，孟浩远坦诚地说道："王可佳，你听我一次，这些都没有关系的，就署上你的名字最合适。我的名字署与不署都不要紧的，我这都是为你好。"王可佳呆呆地看着孟浩远，他被孟浩远一席真诚动情的话深深的感动，没有想到这么重大的一个发现，必然会引起国际上的高度关注和轰动，居然孟浩远根本不喜欢不在乎，事成功后客气地推辞的，都是为了自己，这份大礼实在太重了，心里激动不已，眼角有泪水已经不由自主地滚动湿润起来。

孟浩远看在眼里并为说什么，他知道此时王可佳的心里翻腾汹涌感动不已。从接到电话后晚上赶到王可佳单位实验室后，看到实验结果然后简捷明确地把后面的所有事情安排妥当。眼看时间已经不知不觉过去了几个小时了夜已经深，不能让王可佳再沉浸在极度喜悦兴奋激动中，需要让他早点回家休息。至于后面发表论文署名问题已经几次明确告诉王可佳，让他不用考虑自己，这是自己的真实想法，自己的"西塔姆猜想"数学研究证明已经获得成功，也一定是一个让世界震惊的重大事件。所以现在一下子突然有太多的不同专业的重大成就会让人疑惑，还真有所顾虑，一下子全部聚焦自己身上，会让人盯上自己，这可不是自己想要的平常生活。但是他的想法又确实让王可佳无法想通和接受，孟浩远的安排让王可佳感动感激涌上心头，眼泪已经在眼眶中打转。看孟浩远如此实在真诚，心中感慨不已，为有他这样的朋友自豪。

两人将桌子上的仪器试管等物品快速整理干净，不露痕迹。把新元素物质从试管中小心倒出，放进准备好的封口小瓶中，存放在王可佳办公室抽屉中。整理完成又花了半小时，两人才走出实验室更换衣物关灯关门一起乘电梯下楼，走出了研究所。到大门口保安笑着看着他们走出来，眼里是尊重的眼光，他们知道两位年轻的小伙一定是在工作，这么晚还在加班。

两人出门后走出一段距离来到路边叫了出租车一起回家。王可佳和孟浩远的家是住在两个不同的方向，孟浩远看夜已太晚了就说道："王可佳你先上车，先回家吧，你一天下来辛苦了，早点回去好好休息！"王可佳却不乐意说道："晚就晚了，现在车不方便叫，我们一起吧。"说完让孟浩远上车，然后自己再跟着上车，上车后对着驾驶员说道："师傅先送这位先生，然后再送我。"把目的地报给司机。本来说大家各自走吧，这样可以都早点回家去休息。王可佳现在依然处在兴奋激动中，无论孟浩远怎么劝说坚决不同意，一定要先送孟浩远。路上也可以继续和孟浩远聊天。王可佳心怀对孟浩远的感恩之情，再说自己十分清楚孟浩远突然一下子比原来的他更聪明沉稳，思维更全面，在他眼里简直就是一个完人了，和他多待在一起聊天非常有收获，所以更加坚持要陪孟浩远一起走。孟浩远见王可佳很坚决高兴要先送自己也不再坚持。晚上车流量少了很多一路上畅通，很快车就到了孟浩远居住的小区门口，孟浩远下车告别时王可佳也一起下车与孟浩远告别后再返回车上乘车回家，孟浩远回到了自己的家里洗完澡上床休息。夜晚的上海依然是灯光璀璨车流不断，与白天比又是另一种景象，不夜城魔都的称呼恰如其名，街上的行人还是不少，四周的建筑和灯火通明的商店如同白昼热闹不已充满着生机和活力，显示这个国际大都市的热闹繁华和富有一种城市独一无二的魅力。在美丽的夜色下，有两个年轻人已经创造了奇迹，马上会让人惊诧不已。

第六章　新药研究

一

　　时间很快到已经来到第二个月的 9 日了，这一天上午在自己家里，孟浩远在为到英国参加国际数学期刊会议准备着东西，尽管这是一次严肃的会议应该在着装上要有些讲究穿正装，他还是图轻松方便舒服按平时的着装习惯穿一身休闲服装，脚上一双漂亮的运动鞋，箱子里面还带了两套同样休闲轻松的换身外衣和裤子服以及其他换洗衣物。照理参加这样的重要学术会议孟浩远应该穿西装正装出行的，但是孟浩远就是不习惯，觉得穿西装戴领带不舒服，还感到别扭有些拘束自己的身体。自己平时还从来没有穿过一身西装正装出行，家里也从来没有买过西装。这一生中他可能在婚礼大事上不得已会穿一次西装，平时根本就不会穿西装。自己随心惯了所以不想专门准备西装，自己平时喜欢舒服着穿衣习惯，所以休闲服装和运动鞋搭配穿着，身上还背个双肩背包。这种包容量大足够放随身物品等其他的一些必须物件。另外出远门带一个中型号的行李箱，里面是自己准备的几套换洗衣服等日用物品。然后自己走出小区步行到外面街道上向地铁站方向走去，行走约十分钟后已到附近的地铁站内乘地铁 2 号线路直接可以去上海浦东国际机场，出站就是机场候机楼，通过安检进入机场等在登机口候机。大约四十多分钟后已经听到广播播报开始登机信息，旅客排队检票登机，孟浩远登机找到座位坐好后没过多久，飞机正点启动滑行进入跑到开始加速在跑到上疾驰猛然间腾空起飞升空，飞机飞得很平稳开始一路飞向目的地荷兰。这是一家荷兰国际航班，环顾四周座位上倒没有全部坐满，中国人面孔出国的不少占了一大部分，外国人以及欧洲相貌的欧美人占了一部分，孟浩远左右看看旅客在都忙着自己的事，有相互交谈的，有拿出书看书的，有看苹果播放器玩游戏看电影的，有戴着耳机看飞机上专用屏幕播放电影的。自己一个人无聊暂时也不想做点什么，干脆自顾在座位上闭目养神起来，到就餐时飞机上中英文广播着，同时机舱里开始热闹起来，有人开始在飞机过道中走动的。穿着统一航空公司服装的画着精致妆容的女乘务员推着餐车一点一点沿着狭窄的通道挨着座位两边给旅客分发餐点。孟浩远随便要了一份开始吃了起来，然后整理套菜盒放在餐桌上等着乘务员来收走。抽空打开了电脑查看复习一下德语，孟浩远对于德语还从来没有和人正式交谈过，但是孟浩远自己通过学习很快就掌握了，这次他计划中完成想到荷兰参加会议然后主要到英国参加重要的学术交谈会，完成后他想好了会悄悄地到德国去看艾琳，给她一个意外，他心里已经开始想着艾琳，她的身影，表情等不时浮现在脑海中。所以特意将德语又练习了一段时间确定已经熟悉，说不定到了德国时可能会用得上，也可以趁机会和艾琳交流时练习一下，来验证自己通过学习后究竟德语掌握得如何。他知道艾琳精通德语、英语和荷兰语。

飞行旅程不短，第二天下午约四点四十飞机到达了荷兰国际机场。孟浩远已经来过一次对这里是熟悉的，飞机终于安全降落机场后，走出机舱来到乘坐的 2544 航班到达行李取件处等候行李出来，行李转盘开始有行李在上面一边移动一边有乘客取下自己的行李。孟浩远取好自己的行李后身上背着包拉着行李箱不急不慢地跟随着客流向指示方向一起到达出口装备出关。

艾琳父亲斯内克斯已经提前开车到达机场此时正在旅客出口处等候了一会。今天他亲自开着自己那辆已经有很多年的小轿车到机场来接孟浩远，将汽车驶入停车场后停好后，步行进入机场大楼然后在国际飞机航班到达信息播报大屏上仔细查看，发现 2544 航班准点到达信息，就站在出口附近一直静静地等待，站的位置可以直接看到旅客出口通道以及从通道走过来的每一位旅客。飞机已经降落机场，他站着仔细地盯着通道出来的旅客，终于看到孟浩远那年轻充满青春活力熟悉的身形，正一个人推着行李箱背着包穿着一身休闲宽松的衣服，脚穿一双漂亮的新款品牌跑步鞋，也不左顾右盼地寻找接机熟人笃定地顺着出口通道随着人流慢慢走出来，看上去很是独立洒脱自信。斯内克斯在出口等候区看到后远远的招手向孟浩远致意，斯内克斯个子很高戴着眼镜一头的金发穿着西装。孟浩远走出来时抬头看向通道外面挥手致意的接客人群也看得很清楚，一抬头就见到斯内克斯在挥手招呼自己，赶忙也挥手致意表示已经看到。然后继续推着行李箱随客流走出通道，到了门口有栏杆，顺着出口左转，看到斯内克斯跟着一起行走到通道出口会合。等孟浩远一出来马上迎了过来，两人又见面分外高兴，相互问好握手。斯内克斯问道："孟先生，一路劳累了。欢迎到荷兰。"孟浩远说道："谢谢斯内克斯先生，让你久等了，麻烦你亲自来接我。"斯内克斯高兴地笑道："孟先生知道你能来很高兴，你客气了。"两人客套一番，一起走出机场来到停车场找到斯内克斯的那辆轿车，打开车门准备帮孟浩远将行李搬上车，孟浩远眼疾手快马上自己拿着行李箱放到车上，说道："斯内克斯先生我来我来，你客气了。"两人上车后孟浩远坐在右侧后座，斯内克斯在驾驶位子开车送孟浩远到所订的酒店去，一路上两人愉快地交谈起来，话题免不了是新抗癌药的研发成功。很快汽车来到了孟浩远订好的一家酒店，这是一家欧洲连锁品牌酒店也是比较普通的一种酒店。两人进入酒店孟浩远背着包推着行李箱走到酒店大厅登记处办理入住手续，等在一旁的斯内克斯等办完手续后对孟浩远说道："孟先生，你刚刚下飞机，一路辛苦了。你先休息一下，稍后晚上我来接你一起吃饭。"孟浩远与斯内克斯说道："斯内克斯先生，今天真不用你安排了，因为13—14号我马上将去英国参加一个比较重要的学术交流活动，时间很紧，需要在酒店再准备会议发言的材料，要认真地看看，谢谢了！让我自己安排吧。明天早上我在宾馆吃好早餐后就直接到你研究中心去参加研讨和会谈。"斯内克斯见识过孟浩远也知道他的行事风格，而且欧洲人性格直不会过多的客气，他认为孟先生这么说肯定是有事情的，再客气劝说反而显得有些不通情理，只好作罢。说道："好吧，孟先生你有事就不打扰了，好好休息。明天上午九点我派人来酒店接你，然后到研究中心参加我们的会议。"孟浩远说道："好，明天见，谢谢！"说完两人就在大厅里告别。

晚上孟浩远在酒店内自己随便吃好晚饭后就马上回到房间拿出笔记本想再认真地在脑子中过一遍，他已经非常认真对待英国的这次学术会议，他是重大数学"西塔姆猜想"的第一个证明者，理所当然意味着他是重点人物。尽管自己已经对"西塔姆猜想"的证明研究很透了然于心了，但是他心知这可是世界上第一次对有人对这一重大数学领域科学清晰的证明研究，第一次在一个非常重要的场合作专题报告，他不能不重视。他自然而然会更用心地再准备再重温再对可能提出的疑问都作好充分准备来随时应对。正在看笔记和思考时桌上的手机铃响起来，拿过来查看是艾琳熟悉的电话号码，孟浩远赶忙拿起手机接听。电话那边传来艾琳的声音在关切的询问："孟浩远，已经到荷兰了吧，现在在干嘛？是不是父亲陪着你一起吃晚饭？"孟浩远笑着说道："艾琳，你好！我现在正在酒店里休息。今天是你父亲亲自开车来机场接我的，他本来是想安排与我一起吃晚饭的，不过我还有事需要花点时间看一些资料准备在英国伦敦参加一个重要会议，就没有出去。我已经吃好晚饭现在正在看资料。明天早上去你父亲的研究中心和你父亲还有公司几位专家参加讨论和研究会议。"艾琳说道："噢，原来是这样。你太忙了。还要到英国去参加重要会议。我以为此时你正和我父亲在一起吃晚饭呢？孟浩远我一直想着你。可惜我没有时间来陪你。好，你忙吧。不打扰你了。自己保重，希望明天的交流会议顺利。"孟浩远笑道："你放心吧，会议肯定顺利的。你也早点休息吧，再见！"两人慢慢挂上了电话。孟浩远现在和艾琳已经到了经常保持联系的好友关系，说实在孟浩远喜欢和艾琳聊天，自己身体和精神都会很放松很自然。通完电话，思维有些被打乱，脑中想着艾琳，内心不能平静下来，拿起桌上泡好的白茶慢慢喝了起来，干脆休息一下。过了良久慢慢平复心情后才继续看完笔记资料，发散思维想着数学相关的其他专业当中，脑中已经十分的清晰而彻底成竹在胸。然后端坐在椅子上闭目调息养神，脑海中各种数学问题如海水汹涌翻腾又如天上云端白云层层叠叠不停飘动分得清清楚楚。现在他越来越感到头脑思考和身体的全身经脉、气息越来越顺畅。感觉自己越是经常使用头脑，智慧提升越高。平时经常性的锻炼身体调整气息让周身经脉和一个贯通的内气场流快速循环在周身，灵活轻松异常舒服，身体也变得越发强健有力。这些变化他自己知道，脑和身体都已经上了一层又一层，一定是在秦的帮助下才使自己变得身体强大和越来越聪明。

第二天早上六点还没有到孟浩远已经醒来，他本来就有每天早起出门晨练的习惯，出国后依然保持这一良好的习惯。在房间内洗漱完后拿出箱子里的运动装穿上，拿上钥匙卡从酒店里出发走到外面去晨跑锻炼。这个时候城市还在睡中，行人很少显得冷清。只有街道两旁的欧洲建筑林立的商店散发它出特有的年代，历史记忆和文化沉淀。一个人沿着酒店外面的街道行人区慢跑，让他感到这一次清晨在异国他乡晨跑运动可以近距离感受繁华的城市街道，他边观光边慢跑，空气清晰湿润和国内早上的热闹明显的不一样。跑出约两公里多后看到前面有一个开放式的公园，欧洲早晨的环境空气非常清新，周围一片安静了仿佛进入一个沉睡的冻起来的城市，只有在梦境中会有这样的景致。孟浩远身体渐热加快速度跑了过去，进入公园发现这座公园太大了，到处散发出一种野性神秘充满大自然生机的魅力，让人仿若进入一处原始森林。晨雾云绕在树林间，在这里一个非常巨大的不知名的原始内湖，在若隐若现犹如轻纱的晨雾中一点一点迷散开，轻轻地穿行在犹如一张巨大的纱幕中没有尽头降临在湖上，在大地，犹如仙境。数量不少的灰天鹅，白天鹅和各种灰鹳类鸟和长脚白鹭围在湖旁的树枝上，在湖中还有野天鹅野鸭等水禽自由地游动，一群群聚在一起的野鸭和其他不知名的野禽在湖中和湖畔旁自由自在生活着，有时停止在湖中的像是在静静地听音乐。这真是一个令人喜欢的自然野生公园。沿着公园内人们走出的踏道跑步，看到里面各种不知名的野生树木遍布其中，园中的湖一直延伸在其中，也有野鸭、野鸟在湖水中和草地上、树木间自由自在地游走着、跳跃着、飞翔着和快乐地鸣叫着，发出清脆悦人的声音，这样的自然环境非常和谐安静，空气湿润而清新。

公园内已经陆续出现晨跑和锻炼的人，街道上很少见到人，孟浩远跑步进入公园看到了人数不多的晨练的人。他喜欢欧洲国家这种开放的没有围墙没有人工刻意营造的完全保留原始状态的野生公园。在这里人和野生动物原始环境和谐相处让人放松舒服神往，公园内的野鸭野天鹅悠然自在地生活在这里，见人经过时并不会惊吓躲避反而大大咧咧地自由休息走动。孟浩远在这样的原始粗放自然的公园锻炼运动还是第一次，感觉心旷神怡非常放松舒服。沿着湖边跑步运动很快过去四十五分钟左右时间，身上汗水已经出来了，周围的环境宜人空气特别清新，身体感觉特别轻松并没有气喘吁吁反而很是舒服。跑完步一个人停在一处靠湖水的草地旁，开始做放松运动，看四周十分宁静并无人就练习起绵拳来。这套绵拳是他在上大学二年级时放暑假期间，有一次早上在复兴公园早锻炼时看到一位样子精神，人瘦瘦的皮肤黑黑的中年男子穿着白色的宽松练功服正在练习，他的动作看似缓慢但是看得出刚劲有力步伐稳如铁盘牢牢黏在地上。旁边有五六位年纪不同的人，有年轻的有年纪大一点的，也有中年人跟着他在练习，看着他们在练习感觉和其他的拳操不太一样，他们很少有全套拳完整的练习的，大多数是一个一个基本功在反复地练习，也有两人面对面一组互相捉对练习对打，看着非常有力一般的人抗不住。他们出拳手势不快非常有劲道，出拳看似慢转瞬间招数变化飞快有气势，看似绵实则刚。孟浩远年少好动也在旁边专注地停下脚步在看着，那位黑脸的师傅正在学生练习时不时走动纠正指导他们动作，抬头看到孟浩远在一旁认真地在看就走过来和他攀谈起来，看孟浩远有兴趣，并没有显得神秘保留，告诉孟浩远这是强健身体的拳操和外面练习太极等比较有名的几种拳操有些区别，懂的人少练的人也不多。听黑脸中年师傅客气的介绍着他的绵拳，孟浩远突然间心中一热，告诉黑脸中年师傅想试着跟他学习，没有想到黑脸中年师傅很痛快答应，还让自己的一位资深徒弟过来专门指点孟浩远开始练习，一个一个基本动作练起，一个假期结束已经把一套拳的动作学得差不多了。练习一段时间后身体也感觉更有劲，出拳很有力道很实用，所以就自觉地开始练习，孟浩远聪明，悟性很高再加上身体条件学得很快，慢慢他就养成习惯了，拳也练得非常熟练已经融会贯通，一般人很难与孟浩远格挡，只是还没有发生过交手，没有人知道他的底细。他的绵拳练习习惯也一直保持到现在，技法更精力道强劲步伐稳定移动快速灵活。平时孟浩远只要有时间就会练习一番，强身健体会感到神清气爽，内力增加气流涌动浑身是劲。不过从没有和人交手比划过，在和其他一起练习的学徒互相练习基本动作时，发现对方的手和腿出来非常有力道坚硬如铁，才发觉这套拳的威力，看似简单实则很猛。

孟浩远在公园一处空草地上正在练拳呼吸着清爽的新鲜空气，旁边正对着自然大湖，湖面上水的气味和公园里草地上和树木间散发出的大自然的味道让人享受，身心融入自然和谐当中忘掉所有的杂念。突然，耳中捕捉到有人的声音，不知何时从沿湖边上的人行踏道上窜出三个身材高大的欧洲脸型的白人男子，他们年纪都很轻在二十岁上下，身体结实强壮高大，与亚洲人的体型比较显得壮硕。其中一个金黄头发留着络腮胡子的白人男子，上身穿着红色体恤衫，下穿白色短裤，脚上穿着一双红色的跑步鞋。另一个两条手臂刻着花草的文身，头发卷起戴着一顶单帽。上身穿着黄色体恤衫，下身穿黄色短裤，脚上一双灰色的跑步鞋。脚腕处文着一个蝎子，右手臂文着一个人像。还有一个穿着灰色体恤衫，灰色短裤，脚上一双白色的跑步鞋。耳朵挂着两个金属耳环，留着短胡须。

其实孟浩远在练拳时周围十分宁静没有其他人，只有禽鸟时不时地发出几声鸣叫声，所以耳朵已经注意到远处有慢跑者沿湖边上的跑道在跑步时传过来由远而近的声音。他认为是其他几个晨跑锻炼的人，正好经过这里，所以根本不在意，还在享受着湖边练习的好环境。但是当这三个年轻人经过孟浩远练拳的地方时看到一个同样年轻，身体并不如他们强壮的亚洲脸型的人在这里早锻炼，而且正在练习一种不知名的拳操动作。不知道他们为什么突然停下来，好像是对孟浩远独自在这里练拳产生了兴趣，停住脚步看着孟浩远打拳。孟浩远并不在意，看就看吧依然放松身心唯我独尊似的旁若无人地在打拳。三人看了一会，好像看不起这个亚洲人在这里练拳操显摆，心里有些想法了。其实论身高孟浩远的个子在一米八四，他在中国也算是高个了，但在这三人面前体格上明显不如他们健硕，三人中穿红色体恤的年轻男子大约身高在一米八七以上，第二个穿黄体恤的身高在一米八五左右与孟浩远基本不相上，还有一个穿灰色体恤的身高在一米八上下，比孟浩远略矮一点点。

三人见孟浩远自顾在一个人练拳好像根本没有把他们的存在放在眼里，这几个白人欧洲男子骨子里历来就有欧洲人瞧不上亚洲人的这种传统观念，认为这里是他们的国家他们的公园，只能他们这些当地白人在这里享受大自然的赠与，可以在这里自由快乐地运动。你一个亚洲黄皮肤人也像他们欧洲人一样在这里运动，还打拳那就是会功夫，看着就有气。此时公园里早晨锻炼的人不是很多，而这里安静僻远基本没有人，他们相互使了个眼色有了默契，开始想要惹事找孟浩远的麻烦明着欺负他。穿灰色体恤的小青年先出头，他带着轻蔑的口气嘲笑般地成心贬损孟浩远，用英文说道："嗨，小男孩，你是打拳的，我们来比试一下。"说完怕孟浩远听不懂英语还举起右拳手臂往上提了一下，威胁着显示自己粗壮的手臂。孟浩远听后有些皱眉，但不想与他一般见识只当没有听懂并没有理睬，还是心若净水继续接着拳路打下去。穿灰色上衣的看到眼前的这位亚洲小伙不紧不慢地只顾自己打拳而无视他们的存在，也不害怕他们三人，根本就是不把他们当一回事，还以为这位亚洲小伙听不懂英语，就索性胆子大了起来气恼地开骂道："该死的娘娘腔，乖男孩。"边骂边笑着，还嘴巴吐出舌头，吐吐沫以示蔑视。然后他们三人用身体分左右呈包围状慢慢齐向孟浩远练拳的地方围了上来，走的步子左右摇摆大大咧咧脸上露出嘲笑。孟浩远见他们三人精力充沛闲得没事找事的样子，不想惹事不跟他们一般见识。来这里自己是有事的，尤其这里是艾琳的家乡，不想莫名其妙的在异国他乡惹上麻烦，所以就主动让开后退几步避开他们的包围，走到另一边草坪上轻吐一口气顺势收好拳路，人站直了想着离开这里另找地方继续运动，避免与他们发生不必要的冲突。可是眼前的三人明显是针对性的铁了心要挑事，看不顺眼这个亚洲练拳的年轻小伙，看上去像是花拳绣腿的简单无奇的套路动作他们并不放在心上。好像是要宣告这里是欧洲，我们国家不欢迎你们外族人来这里，尤其是他们看不起的亚洲人展示功夫，既然你是练拳的就较量一下，趁机可以欺负他，赶他走就心里开心了。

孟浩远从网上浏览时知道在德国是有一些狂热的新纳粹主义，以年轻人为主，对非洲人和亚洲人等非白种人是轻视甚至仇恨的，经常会出现故意挑衅、辱骂甚至殴打人的事件，想不到在荷兰今天也算碰到了。他们三人见孟浩远躲开到一边，更是肆无忌惮地嘲笑着，还并不想罢休，似乎想赶走眼前的这位长着亚洲脸像是中国人的年轻小伙离开公园才会停下来。穿黄色体恤手臂文身的家伙，骂骂咧咧地说着很难听的话，孟浩远听得懂这是一句英语中常见的、非常难以接受的骂娘话，心里气愤眉头更加紧锁，脸上已经露出十分厌恶之情，又舒出一口气停止运动，叹口气摇摇头转身想离开这是非之地回去，再次退让忍住。三人见状认为这位亚洲年轻小伙看到他们三人被吓住害怕了更加地得意起来，孟浩远刚才是在练拳做动作，黄色体恤手臂文身的家伙也挑衅似的举起拳头，大概是他看这位年轻的亚洲黄种人刚才在练功夫猜测孟浩远有可能是中国人，此时不知道哪根筋搭错了骂了句："该死的中国人，滚回去。"孟浩远一听，原本心境如水的心顿时被打破平衡，气冲脑门。他最讨厌这种人骂人带上自己的国家。对他而言这不仅是已经欺负到自己身上还是到了他不能再忍的底线了。因此运了一口气把刚才的拳收势一下，身体站直一脸正色，瞪眼怒视灰色体恤男。突然他开口用英语大声喝道："停止，够了。"黄色体恤文身青年和其他两人都被这突然一声吓一跳，原来这个中国年轻人他是听得懂英语的，英语说的也很是流利，看孟浩远并不害怕他们和退缩逃跑反而就地站立怒怼呵斥，黄色体恤的文身青年这下也已经被激怒。原来眼前的这家伙是可以听得懂他们说的英文的却还一直装听不懂。现在竟然还大声呵斥要求我闭嘴，越想越气恼，再也不顾什么了，就想着要教训他一下。扬起拳头突然出拳直对着孟浩远的头部一个右摆拳扫来，还亏孟浩远见他来势汹汹已时刻警惕，而且此时脑中疾速反应起来，迅速轻身往后轻盈地跳退着移动几步，上半身身子已偏后快速地让过，左手快速用掌运气加了力道往他扫过来的手臂骨用力一切，掌如硬铁并借了他的一股劲力，黄色体恤手臂文身的家伙顿时俯卧着啪地一下子被重重地砸在孟浩远身后面的草地上。穿灰色体恤的眼见自己同伙突然一击却被这中国小伙快速轻易化解后痛苦地捂着手臂生生吃疼吃亏的样子，见状恼羞成怒仗着自己健壮的身体，认为刚才只是同伴没有当心被孟浩远偷袭而一下子击中手臂吃亏了，自恃可以完全降服孟浩远也迅速地扑了过来，企图抱住孟浩远把他摔倒在地上，然后挥拳劈头盖脸的击打。孟浩远已看准他的站位迅速用右拳快速一个长拳直击，一下击中其面门，鼻子中血一下流了出来，疼得他松开手捂住脸，而孟浩远随即轻松地跳出几步。此时原本摔在地上的黄色体恤的家伙已经爬起身，他刚才也不明白怎么突然之间会被这个中国小伙击中倒地，手臂还在生疼让他更加恼怒。他出手偷袭实在是太快了，根本没有看清楚是如何做到的，自己大意了心里不服。刚爬起来又看到同伴也被他击中气得直冒火。此时爬起正好处在孟浩远左侧身后位子，突然举起两拳移动脚步做攻击状，慢慢接近后突然先左手佯攻，同时右手蓄足了力道准备连击孟浩远后脑。孟浩远耳朵灵敏当这人站起身后就已经知道，现在已听出身后侧的脚步移动的声音，反应神速似乎脑后有眼一般一下子轻盈地闪开侧转过身面对，黄色体恤偷袭落空只好变换脚步又硬生生攻击过来，孟浩远又如灵猫一般轻松腾跳移步快闪让他无法进身。看他直面又开始进击，由于速度很快，步子左右不稳，孟浩远趁机用右腿膝部腾身顶起，身体的内力自动随着孟浩远的气息加快运到腿上充沛强劲的力量用力起跳，整个人高高挑起坚硬似钢的膝部犹如一个铁榔头直接顶在他胸部，黄色体恤高个一下子再也忍受不住了，感到胸闷疼痛胸骨断裂仰面痛苦地倒下，再也爬不起来。另外一个红色体恤的高个和灰色体恤两人看到这情景后已经丧失理智被彻底激怒，他们三个体格强壮一直在健身房锻炼的欧洲壮汉围攻一个看似瘦弱无力的亚洲人，本想着看孟浩远出丑，可是到现在没有讨到任何便宜，自己先后有两人已被轻易击中，自己还没有反应过来一点便宜也没有捞到，红色体恤也赶紧过来正好一前一后一起夹击孟浩远。红色体恤高个看孟浩远不简单，用左手护在头部前，右手伸出和孟浩远保持距离，有机会就右手攻击，随后左手快速连击。后面灰色体恤的正在找机会从后面发动攻击。看此不利的情形，孟浩远心想不跟你们玩了，早点结束吧。人弓腰下低，看准机会，双手飞快一前一后如机器击打，连续不断击在红色体恤高个的腰部软肋，像雨点般地啪啪连续不停地砸击，力道强劲直到高个软软的飞出后倒地。然后眼角扫过侧后面，知道灰色体恤正好过来举拳砸向孟浩远，孟浩远不躲开，右脚飞蹬出去直接击中其腹部不停地后退，趁他受痛暂缓时回过身，孟浩远右手粘拉住他的左手臂，加力同时用中文喊一声："走"。借他的前冲之强大惯性用力将整个人飞甩出，飞出了七八米远，已倒在湖边上。如果孟浩远再用力一点直接可以将他扔进湖里了。孟浩远也吓一跳，明明自己并没有用上全力，他怕用力道太大会发生意外还是留一手的，现在看看有点用力了，还好这一击没有将其击飞落在湖里。三人受孟浩远这般转瞬间的轻松击打脸上只有惊恐和害怕，已经完全没有了刚才出现在孟浩远身旁时的傲慢、得意和蔑视。灰色体恤看到也不敢再爬起来，孟浩远站直身大声用英文严正道："不要欺负中国人，滚。"已经没有兴致继续练习拳操和锻炼了，转身离去。原本以为孟浩远再三避让是个胆小怕事的文弱书生，没有想到今天倒霉了竟碰上了一个真正懂功夫的中国高手。出手如闪电，腾挪如幽灵般，根本挨不到他的身体实在太可怕了，再也不敢小瞧。等孟浩远已走出很远转弯后消失了身影，三人才敢爬起来相互搀扶着，表情痛苦狼狈灰溜溜地直接走出公园，他们现在才知道不是这个中国小伙心存礼让，他们肯定吃亏受伤更加严重，后果不堪设想，他们根本不是他的对手。

二

今天一早上怀着愉悦的好心情在自然公园晨练的一切都令人高兴，可是后面经过在公园里被三个白人青年一再威逼欺负不得不出手对孟浩远是第一次，他记得师傅的教导，练拳主要目的是为了强身健体不是为了和人打斗争气，所以还从未有过这样的真正动手，发生冲突一事后，孟浩远心情一下子低落下来，路两盘的城市景色也无暇再细看欣赏，直接慢跑步回到宾馆，洗完澡换好衣服就去一楼餐厅吃早餐。看时间还是早，孟浩远走出酒店想在附近的街道看看这里的街景和建筑风格以及周围环境，主要是用心出来观察一下，早上碰到的三个白人年轻人会不会还会在背后跟着过来到酒店继续找他麻烦。他已经想好如果在四周发现他们跟着过来继续闹事，就想着在酒店外面再次敲打他们解决掉这件事，免得等会儿让来接他的艾琳父亲看到他和这帮人在酒店门口打架这一幕，那就有些尴尬了，造成的影响不好。

所以自己干脆走出酒店放松地在附近特意兜了一圈看似在四处观景慢行其实在等待巡视，不过他并没有发现异常。此时天渐渐亮了起来，街道上开始陆续有人在行走，路上已有汽车来往行驶，沿街行人道有人在跑步的，也有人步行的，还有全副装束骑自行车运动的。看着街道两旁的建筑和营造起来的环境，孟浩远心情有些放松了，边走边欣赏着眼睛却警惕地四处张望着。欧洲的建筑风情别有一番景致，这条街道的荷兰建筑简单，不像意大利和英国的建筑精致气派像是艺术品，但是荷兰当地的建筑简单明了色彩丰富，有它的特点，有些建筑在传统欧式建筑上融合了当地的传统审美和生活习惯。孟浩远喜欢这样安静、人少有历史有人文的地方，让人舒服。转了一会并没有发现异常，信步回到酒店后去一楼自助餐厅吃早餐。此时餐厅内人并不多，只有零星的寥寥数人礼貌安静地取餐选餐。孟浩远端着餐盘选好餐食后走到一个靠窗的桌子坐着吃早餐，通过餐厅落地大玻璃可以看外面的街景。很快用完餐回到自己房间后整理一下今天出门的背包和随身携带的物品，看时间还早，倒了杯茶端着闻着杯中热水泡过的白茶慢慢从水底升起发出热气和茶香，神清气爽，走到窗边静静地看着楼下的街景一副悠然自在。还有十多分钟马上要到约定的九点了，于是下楼准备走到酒店门口去，他有出行提早等候的习惯，等乘电梯下楼出电梯后朝酒店大门走去，在经过大厅到门口时他看到了斯内克斯的熟悉身影，他已经提前到达正等在酒店的门口。孟浩远已是提早下楼，看来斯内克斯更早就到，马上走了过去在大门口与斯内克斯握手相互招呼后，然后两人一起步出酒店走向酒店外面的停车处，准备上车由斯内克斯亲自开车到医药研究中心去。上车后一路上斯内克斯问孟浩远休息和饮食情况，两人谈着家常同时斯内克斯一边开着车一边介绍着一路上的景致。车很快到了研究中心，停好车两人走下车一起走进研究中心的会议室。

斯内克斯和孟浩远一起走进会议室时，其他几位合作伙伴也是研发新药专家团成员，此时他们都已经就座在会议室内正在两两彼此低声交谈着，看到两人走进来都礼貌地站起身来点头微笑，孟浩远微微弓腰点头微笑示意，等斯内克斯和孟浩远坐下后大家才陆续坐下，他们对这位孟先生已经很是尊重。参加会议的其余研究人员基本都在另一边坐着，会议桌是由数个小长方形桌子拼搭围起的一个四周成较大长方形的桌子，有几人在两侧旁边坐着。斯内克斯安排和孟浩远在会议桌一边中间坐在一起，面对面坐着的是研究中心的其他参加会议的主要研究人员。看大家都已经落座到齐，斯内克斯作为主持人开门见山介绍了今天会议主题，以及参加会议的其他专家和孟浩远的身份，称他为"孟先生"后开始进入会议主题，按议程进行研讨交流。

今天这次会议又是非常重要，在座的研究中心研究人员大部分孟浩远是认识的，而且他们也对孟浩远已经熟悉，上次研讨会议上见过孟浩远，并在会议研讨阶段听了他令人惊讶的专业发言后非常尊重这位年轻聪明的中国小伙。后来又知道孟先生是作为合伙人代表在研究中心最困难的时候带资参加进来的而且没有其他不利于研究中心的任何条件包括专利等等，帮助解决研究中心碰到的最棘手的研发资金断裂面临停止的困局。所以他们都非常尊重这位孟先生并十分认可他的专业水平。

孟浩远听他们介绍新抗癌药的研发进程中的情况，此时已经启动大脑思维联动超级芯脑快速运转思考起来。他需要了解新抗癌药研发过程中的几个关键点，新抗癌药从上一次研讨会对研发思路调整以后进行的实验结果情况。新抗癌药加入孟浩远建议并提供的中药抗癌治疗粉剂 A 的比例配比与加入中药粉剂 B 的各种配比最后确定筛选出最优配比组合，以及中药粉剂 A 与中药抗癌治疗粉剂 B 的比较，哪一个组合更优。自从孟浩远第一次来这里参加新抗癌药研讨后，这个中国小伙在会上就提出了一种新的独特的思路，建议在抗癌药中加入中国传统特有的具有抗癌治疗效果的中药配方后，开始逐次进行不同比例组合实验的可能与实验效果比较。他一提出这种思路，参加会议的研究科学家都是很反对不愿意接受这种方案的。他们对中药的认知有所闻但是并不了解还停留在表面，和西医的理论科学似乎关联不起来也不感兴趣。但是在与孟浩远的研究交流过程中他们不得不认可孟浩远这位年轻的中国小伙身上具有极其专业的医学科学学识，和他的年轻是那么的不一致。但是在他谈到专业方面有关癌症、药品等的专业理论知识又体现出让人难以置信，侃侃而谈具有强大的气场足以吸引这些同样具有非常深厚专业学术知识的研究人员。

孟浩远介绍了这些中药成分主要就是各种中草药植物的粉剂，而且中药在中国具有悠久的历史，他也是医学重要的一部分，已经在癌症病患身上使用效果很好，又把中医理论专业由浅入深地讲了一遍，它也是医学领域的一门科学，才渐渐打消了研究人员的顾虑，心里依然有所保留勉强答应可以考虑尝试试验。等到孟浩远回国后，他就抓紧将新抗癌药添加中药成分落实，这个中药方子专门从上海一家中医医院定了一些并要求做成粉剂方便添加使用。

说起这个抗癌中药的中药处方获得纯属一次意外。那是孟浩远有一次在看家里订的当地一家晚报报纸时看到有一位记者发了一篇报道，报道我国中医成就的故事，报道中提到了在安徽某地有一位当地很有名气的老中医世家，他在当地县城自己家里开了一个诊所，用自己家里中医世家传承的一个特别药方行医，根据报道居然已经看好了不少患肿瘤癌症的病人。这一篇短篇报道引起他的注意，他深受启发十分感兴趣。于是还专程开车前去安徽当地去拜访这位隐于世间老医生，但是在当地颇受病人好评和尊重的老医生究竟是真是假？在那位老中医自己家里不大的庭院他真的看到很多都是慕名而来寻求治疗看病的人，园子里都是排队等候的病人和陪同过来的家属，门诊内外煞是热闹。从看病的病人那里看到了几个药方配方，有差异，各种中药配量也都是不相同的，但是其中有几味中药是都有的。孟浩远大为惊讶又在当地停留了一周，每天到他家里看老中医问诊治病，然后悄悄问询病人家属什么病？治疗效果等，他自己并没有看病但是这种奇怪的行为引起了老医生注意，可能又是暗访的记者或是其他有特别需求的人，等下午四点看病时间结束正在收拾桌子上的资料，看到依然等在门外的孟浩远，于是招手示意他进屋两人有机会攀谈起来。

孟浩远态度诚恳弓腰说道："程医生好，我是自上海叫孟浩远，在上海的晚报上看到有记者对你的故事报道，才开车特意来看看，这是一个了不起的事，可以挽救癌症病人的生命。"他认真诚挚又谦恭尊重给老医生留下了好印象，程医生微微一笑说道："是啊，能医治病人是我的愿望。每天来自全国各地的病人很多，他们都是口口相传才找到我这里的。"两人就交谈起来，老医生讲了他的中医治疗理论和实践，中医处方的要点和机理，但是处方各不相同用量也不尽相同，要看病人在医院的诊断报告和病人患病时间来具体处方用药，这里面有丰富经验的积累一般人无法领悟，不过有几种药每个方子都有程医生并未细说，但是根据他的简单介绍，对几种癌症治疗是确实有效的，有些病人专门到医院复诊发现肿瘤指标和肿瘤慢慢消失，他们也很是惊异奇怪，经患者兴奋地讲述是通过中医中药治疗的结果，他们并未认可中医治疗的结果，也无法解释。孟浩远一一认真地记录下来后又在图书馆查阅了大量中医书籍有关类似几种癌症的治疗介绍，有一点是可以确认的，那就是中药有治疗效果，但是作用机理比较模糊没有科学地进行系统阐述分析。不过程医生很自信，他的医术是世代家传有专门的医书，治疗康复的病人不在少数，病人自己也知道经治疗康复后专门送的锦旗多到无法全部挂出来展示。孟浩远一直在思考西医和中医中药如何可以结合来治疗癌症的问题。正好艾琳父亲这个研究团队是专门长期研究抗肿瘤新药，已经在国际上是非常前沿，孟浩远正想有这么一个机会，单纯的中药在中国民间已经有程医生对大量病人用药治疗后具有良好的疗效结果，但是对于一部分晚期和其他几种癌症疗效还是有差别不够理想。艾琳父亲研究的新抗癌药，目前的试验阶段已经取得进展，它对几种特征癌症的抗癌是有效的，两者可否通过实验完美结合？结合后是否会超过现在的研究效果？孟浩远在会上引经据典较系统地介绍了中国传统中药理论基础而且结合自己对西药的专业评述分析介绍得很专业很有见地，所以专家才被说服答应可以试试，也是因为他是投资方，他的建议尽管让他们感到陌生没有信心，不过处于尊重也要接受试试来印证他的说法是否有效。

　　孟浩远实际上专门在图书馆针对中医重要书籍进行海量的学习，已经在脑中记录了大量的信息和数据，经过头脑分析得出加入中药合成的新抗癌药对抗癌效果肯定是有效的。正好自己意外获得了一份传统的中医的抗癌处方，经过他反复思考查证和翻阅大量中医书籍形成了他的一张新处方，更坚定了孟浩远的认识。经过他在会议上对研究人员的专业分析阐述，他们表示可以进行试验来尝试一下。既然孟浩远是资金投入方也满足他的想法，最多多花点时间和资金。现在孟浩远已是最大的资金引进者，所以研究中心研究人员开始认真地展开严谨科学地反复递进试验。令人惊喜的是经过研究人员的一个阶段反复实验，结果发现加入了孟浩远先生提供的中药抗癌药剂后，对合成的新抗癌药没有冲突和带来其他不良影响，反而大大增加了新抗癌药的治疗效果。这个结果让所有吃惊激动和高兴，证明孟浩远的分析是正确的，他的建议是极其有价值的。这已经超出了研究人员的科学预判，成果非常了不起。

在座研究人员兴奋地交流开来，通过大量实验和数据结果分析，现在看来孟先生建议在新抗癌药中加入中药调整后的实验效果比研究中心长期研究的成果要更好更有效。证明孟浩远的思路是正确的，比单纯的抗癌新药和单纯的中药抗癌效果更好，这个结论让人兴奋。讨论改进后的新抗癌药试验情况交流，结果调整后的抗癌新药加入孟浩远提供的中药粉剂 A 最佳比例确定，加入中药粉剂 B 最佳比例确定。两个组合都比原先的新抗癌药要好，其中加入中药粉剂 B 组更好，这点令研发的专家感到十分意外。所以这次重要的研讨会是一定要专门请孟浩远来研究中心参加的，这是他的建议和他提供的特殊中药。经过研究讨论后需要做最后的确定。参加会议的研究人员人想了解加入的中药物质是什么？有哪些组成？欧洲对每一种药的成分需要清楚的标识。孟浩远只是简单地从加入的中药无害的角度告诉他们，加入的成分都是中国各地产的一些植物原料，如果需要成分通过检测很方便获得，在中国各种植物按一定比例配比经过煎、熬成了中药汤药可以用来治疗病人，历史悠久。加入的中药粉剂就是这个原理。

各位专家都发表了专业的思考分析，然后自然而然地眼睛看着孟浩远等待他的想法，孟浩远说道："好吧，听了各位专家的专业意见，说明抗癌新药取得了伟大的成就。希望新抗癌药今天研讨后按试验数据结果把最终的配比组合确定下来，不知道有没有问题？这些都是研究中的核心数据需要保密。那么接下来按照程序，研究中心应该准备向政府管理部门提出申请和医院开展合作，允许可以在患癌症病人身上试用，同时我认为需要考虑在早期、中期、晚期不同的病人的治疗疗效和是否会产生其他副反应？对人体的影响，还要记录抗癌新药在不同年龄段病人身上使用效果，年龄段分级由你们专家商量十年还是五年或三年等为好。要求尽可能多地取得足够详细的数据，可以进行分析。这些问题在座的专家比我考虑得更成熟，更专业，希望引起你们的关注。我希望这种抗癌新药研发成功应用后可以挽救更多人的生命，这才是我们研究中心的最重要的任务。我敬佩各位专家的专业能力和科研精神，与你们在一起每次都收获很多，也让我深感荣幸。"会议室里的研究人员被孟浩远刚才的总结讲话所感动，他们更加认可孟浩远，论专业孟先生没有他们出身医学院名校和从事研究经历取得的成就厉害，可能不如他们几位，他们在座的都是学医学，生物、药理学、化学分析等各领域的博士或教授，有的在大医院里当医生，具有丰富的临床经验，有的是医科学院当教授的，有的是分析诊断的教授，有的是药理专家。这些专家是真正的在学术上科研上和行业内一流认可的学者。但是他们在与孟浩远开展研讨交流的过程中，并没有把孟浩远当作在这方面没有专业背景和知识的人，而是从孟浩远的交流思考思维上发现了更多惊喜和感叹，进他的阐述，他们看到的是这么年轻的一位学者具有深厚的专业能力和学识，专业能力可以说深不可测，让人不得不赞叹信服。每位研究人员感到在自己研究的专业领域里围绕新抗癌药的专业前沿研究性的探讨，都好像是自己和一位具有强大学识高深的同行在交流，令人内心喜欢和尊重点头称是。而且孟浩远的发言总是让人听上去既专业又简明抓住了重点，中国小伙人又很是低调坦诚非常有内涵，也十分尊重每位研究人员。孟浩远的知识渊博、做人务实低调的表现和孟浩远的年轻朝气实际年龄是不相一致的。

　　研究讨论会进行得非常顺利，气氛也非常愉快。半天时间不知不觉很快就过去了，中午大家在研究所简单地吃些便餐后休息。到下午两点又开始了继续深入地研讨，孟浩远提出建议新抗癌药研究成功后开始小试生产慢慢推向市场。研究中心同时还需要考虑研究肿瘤癌症的一种快速检测方法，研发癌症检测仪器和新的配套检测试剂，形成较为完整的整个癌症检测发现治疗链条过程。这对研究中心和病患来说都是非常好的事。这种思考是对未来前景深远的考虑，引起了大家的兴趣和期望。如果按孟浩远先生的想法这样发展下去，研究中心的事业前景一片光明越来越好，这种前景完全可以做得到，当然需要进一步持续的资金投入和专家研究团队的不断科学研究探索。研究中心这次研讨会让研究团队对未来更加充满信心，对研究机构来说是一次重要的阶段，对这位孟先生更是信任和尊重。

三

　　孟浩远在荷兰的这一天收获是很大的，研究中心的短期目标——抗癌新药的研究基本大功告成，而且试验效果超过预期，前景已经是可以看到非常令人期待。研究中期目标通过研讨也已经思路清晰，孟浩远提出的建议让研究人员的思路开阔更加活跃，大家热情被更加激发很是认同，艾琳父亲高兴不已，有些工作是他这位管理者应该做的，但是孟浩远的话让大家更加明确目标激发研究热情，这是在帮他一起做还很有效。不禁内心感叹佩服孟浩远，能够在研究中心面临停止研究最困难时刻，偶然遇到孟浩远出现，真是非常的幸运，而且认识孟浩远以后不仅解决资金问题，在研发抗癌新药中也发挥重要作用，一切都是那么不可思议和神奇。要感谢艾琳意外获得认识孟先生的机会，看着眼前这位穿着普通年轻帅气又知识面十分丰富专业的中国小伙，内心油然而生喜欢之情和升起一个愿望，那就是真希望艾琳与他能发展成为更进一步的情侣关系。孟先生是一个值得尊敬和信任的有责任心的年轻人，身上有一股神秘的力量，凭自己人生丰富的阅历，他知道自己的判断不会错。本来作为欧洲人由于价值观和历史对中国的认知宣传，大部分人对中国和中国人的认知其实还停留在清朝和时代落后贫穷，受到长期的影响和生活环境优越感，认为中国与所有西方欧洲国家包括荷兰以及比利时等这样的欧洲小国是无法相比的，所以一提中国就是极其落后的国家，脑中展现的都是面黄肌瘦，土地贫瘠没有科技没有资本内战不断的画面。所以大多数欧洲人通常还是停留在固有的认知上，内心会比较排斥非欧洲人或来自他们认为贫穷的国家，中国对他们而言由于宣传关注点都在西方和非洲，很少聚焦在中国，通过改革开放加入世界贸易带来的机遇已经奋直追埋头发展。他们头脑中还认为中国处于想象中的贫穷落后。但是自从他们遇见孟浩远和他深入地交流了几次后，这位中国年轻人的能力方面和待人接物上体现的礼貌以及沉稳谦虚的性格方面都令人耳目一新。连他的身高和相貌方面等等都觉得无论哪点并不比欧洲年轻人差，而且有些方面还超过他们。从和他的交谈过程中了解到其实中国经济已经持续发展了几十年取得各方面的成就，是那样的快速发展和他们的认知完全是两回事。有机会去中国看看多了解中国的念头开始萌发出来。

据孟浩远说这次来荷兰是行程之一还有其他的行程安排，明天他还要赶到英国去参加一个学术会议，从他身上已经看到中国和欧洲的联系交往是密切的，孟浩远身上有很多优质特性给人以尊重和信任。

一天交流内容很紧凑没有浪费时间，思维活跃产生了很多新的想法。晚饭时间艾琳父亲邀请了几位研究中心同事和孟浩远一起来到安特市的一家餐馆共进晚餐。大家在一起边吃边交谈，他们已经被孟浩远所吸引，都愿意主动与他交谈。已经通过两次专业性很强的高级研讨会，知道孟浩远有着深厚的专业学识和与众不同很专业的独到见解。他们很喜欢这位有内涵、聪明又看似普通的年轻人。孟浩远在和这几位专家同事们的交流时得心应手思路活跃毫无压力，举止平和而自然一直保持礼貌侃侃而谈。他谈话时很专注，认真地看着交谈人，显得态度诚恳和尊重他们。更加深了他们对孟浩远的好印象和喜欢，乐意与这个随意朴素的，思想很有深度的年轻小伙多交谈。

晚餐结束后艾琳父亲和孟浩远与其他同事告别，他开车送孟浩远回到酒店休息，两人在车上兴致依然很高。艾琳父亲很高兴孟浩远这次到来又提出很多专业的建议。一路上他主动与孟浩远一直在找话题交谈，不让场面冷下来。他试探着特意谈到了一个看似随意的话题说道："孟先生你这么年轻帅气在中国一定有女朋友了吧？你对女朋友的要求很高吧？"孟浩远到没有想到，斯内克斯今天开车时谈了很多话题都是围绕今天的研讨会上的交流，现在看他接着闲聊时会点到这样的话题。他也并没有想很多说道："斯内克斯先生，是啊。原来曾经是交往过一个，可惜两人在观念上很不一致，就结束了。至于对女友的要求，我是个普通人受中国传统文化影响，有两点做到就好，一要对父母长辈懂得爱，和朋友交往要尊重和善。二是两人的观念要一致，在一起可以自由的交流和做任何事情。"斯内克斯一听笑了起来说道："这两个要求是做人的最起码的基本要求啊，就是说孟先生你基本没有要求，很少见。不过确实如我所认识的你一样，这就是你的性格。"说完笑了起来，孟浩远一听也笑了起来，说道："是的，不过真正做到这两点的也不太容易。"斯内克斯又很是随意地问道："那孟先生对女友来自哪里有没有特别要求？"孟浩远说道："这倒没有。一切就看两人的缘分。"斯内克斯疑惑道："缘分？什么意思？"孟浩远顿时反应过来刚才对中国的"缘分"两个字用英语讲，没有表达确切，补充说道："意思就是两人在一起都会由内心而出的高兴快乐没有压力。"斯内克斯高兴地说道："噢，我明白了。两个人都高兴。"说完两人都笑了起来。斯内克斯看似随意与问孟浩远交谈，实则他是在为艾琳特意询问打探的。现在他心里有底了，回家后就告诉艾琳这些重要信息。两人交谈着，汽车很快就到了酒店门口，孟浩远打开车门准备下车与斯内克斯告别后进酒店。谁也没有没想到，在酒店大门口的旁边，突然急急地闪出六个相貌是欧洲白人模样的小青年，孟浩远反应极快迅速周围，他一眼就认出其中有三个就是今天早上在外面锻炼时进入野地公园里遭遇过想欺负他的那三个挑事好斗的白人青年，其中两人脸上鼻子上还留有受过伤的红肿挫伤，另一人手臂外面包着医用白纱布然后吊在头颈，看起来受伤不轻非常的狼狈。此时他们突然出现在酒店门口，孟浩远心中有一股不祥的感觉，不过他并不害怕。看来他们一直在这里等着孟浩远。所以汽车一到，孟浩远才刚打开车门下车他们就马上看到出现了，而且又多带来三个人高马大穿着就和普通人不一样，明显看出是那种在街上有些匪气的逞强好斗之徒。孟浩远心倒是不害怕，不过突然出现显然他们是有备而来，专门就等自己出现，他是有所顾虑有些担心的，心想一定是这三个家伙早上在公园里与自己交手明显吃了亏，现在又邀上三人一起过来找麻烦报复来了，那么另三人一定是高手。孟浩远并不害怕也不是很意外。他原本想着这三人早上在公园里吃亏了可能会继续来纠缠不休，所以还特意在周围闲逛希望能遇到他们，那就与他们再来一场遭遇战索性继续打垮他们，灭了他们继续报复的念头。以免他们找到酒店上门报复，酒店人来人往并不是孟浩远愿意打斗的地方。他可真不想在酒店门口与这几人动起手，公共场所进出酒店的人不少，特别现在是当着艾琳父亲的面，一旦动手会招来更多的人围观，影响实在不好。而此时艾琳父亲停好车下车也刚好看到了这些人过来，他们明显是冲着孟浩远的，他不知道究竟是怎么一回事，刚下车就突如其来地看到这一幕。斯内克斯心里有点慌张，又不知道为什么？看六个人的穿衣打扮和样子和普通人明显不一样，就是当地街头流氓或强横霸道者不是善类。孟浩远怎么会与这些人产生纠葛了惹上他们了？他根本没有时间啊？一边想着一边自己紧走几步赶忙抢先过去站在了孟浩远的前面，用自己身体挡住孟浩远保护他，也挡住这些人继续过来惹事，把他们正好隔开。谁也没有想到，其中那个手臂上文身的高个青年见状根本就不想理睬艾琳父亲，他不知道艾琳父亲和孟浩远的关系。只是把他当作是一个送客人的司机，说道："让开，别找麻烦。我们找这位先生。"说话还算是客气，然后用手轻轻推开斯内克斯。孟浩远根本不惧怕，下车后已经眼观四周看到他们集中在一起的六人冲着自己走过来。他身体已经往前上来顺势而下拉住站在自己前面的艾琳父亲的衣服，自己走了几步上前面反而把艾琳父亲护在自己后面。文身男见孟浩远迎上来了而且十分镇定毫无害怕，神情冷峻严肃地站在面前。突然他和另五个同伙后退几步留出空间。此时艾琳父亲还想着努力地要站在孟浩远前面挡住他保护他，毕竟孟浩远是客人是自己邀请来的，自己是主人应该保护他避免这些人对孟先生不利。可是他想挣脱往前面却被孟浩远再次用手拉住他的手，艾琳父亲顿时感到孟浩远的身体已经坚硬如铁，同时有一股很强大的力道，自己手被他拉住这股力道让他身体不由地往后退了几步心里吃惊不已。孟先生怎么会有如此强大的力道逼迫自己往后退步，同时略微心宽。自己身子不由自主地又后退了几步，他保持和孟浩远的一小段距离，但是眼睛一直紧张地盯着面前上来的几人心里怦怦直跳。正在周围气氛显得紧张中，前面的六个人面对着孟浩远不但没有想打人的阵架，反而左右看看同时站成前后二排，姿势不太标准地如中国人一样左手抱右手成握拳状，就在酒店门口竟然齐声用很不标准的中文一起叫道："师傅！"孟浩远没有想到他们会来这样一出，尽管发音听上去还是听得懂，听起来有些生硬滑稽。但是听到他们叫声和他们的样子判断应该是在叫"师傅"两字。进出酒店的客人看到门前这一幕都停下脚步好奇的在旁边驻足观看，他们也注意到酒店门口这群看上去会惹事的青年人突然出现面对一位看似来自中国的年轻人会有一场争斗，可是突然之间变成这样，这一幕着实让人有些奇怪，不知道发生了什么？见孟浩远保持冷静正在观察他们没有其他反应，这六个人又齐声再次叫道："师傅！"这次声音更响一些，周围人都听到了，也听出来他们在对这位中国年轻人用中文在叫他"师傅"。孟浩远这才用英文冷冷回答道："不必客气，不敢当。"这样的变化，把艾琳父亲一下子弄得一头雾水一脸惊愕但是心里总算稍稍放心下来，看来至少不会有事了。但是不知道是什么原因，依然是一脸疑惑不解。孟浩远见他们到酒店来并不是继续冲着自己来闹事争斗的，倒是很顺从伏地叫着自己"师傅"放下心来。

然后他开始用英语询问起来才知道，原来他们上午在公园与孟浩远交手后才发觉这个中国小伙深藏不露，一交手一点便宜没有讨得反而瞬间就被打得毫无还手之力无法招架，只一会功夫几人已经打趴下受伤，根本没有看清他的拳路和招式，只感觉出手飞快力大势猛，才明白他们哪里是他的对手。他功夫非常厉害出手极其速度反应极快，而且出招时力量很强，没有多余花哨的招式一击即中。他们几人轮流或者围攻他时无论如何也没有沾到孟浩远的边，几个人根本无法击中他更不要想击倒他。这样可怕的对手非常少见，终于明白他肯定是一个深藏不露功夫了得的高手，与他表面的外形斯文根本不一致。欧美白人大都是这样的德行，就服把他打倒的比他更加厉害的人。心想以我们三个人的身高和体格建壮程度比这位中国年轻小伙不知道要强多少，但是一经交手根本碰不到他讨不到任何便宜。但是这位年轻的学生模样的人只要一出手必中，要不是他手下留情，肯定会受伤更加惨重。他们吃惊不小，今天总算头一次碰上真正的格斗高手，不得不佩服已心存敬畏。回去和另外三人说起这件事，分析这次交手情况一起商量后他们明白这次可是难得的一次机会，一定要找到这位中国小伙，让他当他们的师傅教他们功夫，提高他们的格斗能力。

不过他们在公园附近找了好久也不见孟浩远人影，因为孟浩远已经到研究中心去。他们分析公园离这家酒店是最近的，可能这位中国小伙是参观旅游的会住在酒店，就走进酒店问了前台的服务员，向她描述了孟浩远的长相和穿着。酒店女服务员想起是有这么一个他们所描述的中国小伙，是住在酒店的客人，因为她印象比较深，这个时间来酒店的中国人并不多，对孟浩远这位阳光自信帅气身高也高长相看了很舒服的年轻人多看了几眼，所以是有印象的，她确认这位客人就是住在酒店中。

这些人他们获知这个消息后十分高兴，就在酒店外面沿街道对面有一家名叫玛莎咖啡店一直坐等。直到孟浩远乘坐的车到酒店，开门从车内走出来，一眼看到就快速冲过来，此时孟浩远刚下车正准备和艾琳父亲告别。这些人马上一起跑了过来吓了孟浩远和斯内克斯一跳，原来是这样的故事。孟浩远了解清楚原委后没有想到他们是想跟自己学功夫的，准备拜自己为师的。心想这些人的底细不清楚，教他们又怕他们出去后到处惹是生非，哪里愿意教他们，而且自己根本没有时间浪费在他们身上。于是就明确告诉他们，自己是一个出差到荷兰临时来访的过客，也不会什么功夫，请他们回去。但是他们根本不相信孟浩远所说，毕竟已经领教过他的厉害了。所以态度恭谨诚恳，一定要求孟浩远教他们练拳。孟浩远见与他们说不通，一直这样围在自己旁边，已经有不少客人停步在看，这样不是办法，就与艾琳父亲商量了一下，心里有主意了。对他们说道："我这次在荷兰是有工作活动安排的，明天就到英国去根本没有时间，要不请你们留下联系电话留在斯内克斯先生那边，如果我下次来这里，就与你们联系见面谈谈。"这些人看孟浩远态度也很真实，才有些不舍地留下电话高兴地又叫了一次："师傅。"然后才失望地告别孟浩远离开酒店而去。

周围的人开始时出于好奇在旁边驻足观看，一群穿着打扮像是不太正经体格强壮脸露凶狠的白人小青年人围着一老一少两人，这阵势显然不怀好意让人担心，已经猜到这帮浑小子又要在这里惹是生非了。现在看他们这群人不是来为难两人的，而是突然向一位中国小伙举手弓腰一副虔诚的样子，令人不知所以。最后他们规规矩矩又突然用中文叫他"师傅"后才离开酒店门口。所有人心头顿时一松，看见这奇怪一幕后惊讶地说说笑笑地散去了。孟浩远见他们几人被劝离去，周围站着观看的行人也露出笑意慢慢散去时和艾琳父亲两人相视哈哈大笑起来，原来刚到酒店受惊吓很快变成这样的结果，让人多少有些意外，斯内克斯怎么也没有弄明白孟浩远看似书生气十足是一位学者，竟然会在功夫上还能这么厉害，让他再一次吃惊好奇。孟浩远身上有一股神秘的气息让他看不清。

明天上午孟浩远将要到机场然后乘飞机去英国伦敦，艾琳父亲要亲自送他，被孟浩远客气的劝退，让他带领研究团队安排这次研讨会确定的研究项目计划，自己可以自行前往。不过艾琳父亲还是安排人来酒店接他然后送他去机场。两人就在酒店门口此告别。斯内克斯还要将今天晚上刚才在车上与孟浩远的谈话，等回去后与艾琳电话联系告诉她。

孟浩远回到酒店进入自己的房间，刚刚脱下了衣服在卫生间洗澡时，听到放在房间电视柜上自己的手机电话铃声响了起来，此时不方便接听依然只顾继续洗澡，但铃声还在一直响个不停。孟浩远只好赤身裸体走出卫生间来到房间拿起桌上的手机查看究竟是谁来的电话，竟然这么急连续地一直打进来，见到显示号码才明白原来是熟悉的艾琳打进来的。光着身子身上的水还在滴下来急忙拿起手机边接听边走回卫生间，不顾身体湿湿的滴着水就站在卫生间里与艾琳通话。

接通电话艾琳的清脆好听的声音传来，问道："孟浩远，今天在研究中心研讨情况进展顺利吗？"孟浩远说道："艾琳，研讨会活动顺利。刚刚你父亲送我回到酒店，我正在洗澡，听到房间手机电话响个不停，想等洗完澡后再接听，可是电话一直响着赶紧出来，怕有急事耽搁所以就出来拿起手机接听了，原来是你打来的电话。"艾琳一听孟浩远地解释已经感觉到他此时的样子了，脸上露出一丝调皮的笑意，想象出此时的孟浩远光着身子，身上都是水滴着的那副狼狈窘境，咯咯笑个不停。她这一笑让孟浩远明白她为什么听到他的话会笑，也感到尴尬，似乎艾琳就在自己面前，不禁大为尴尬更加不好意思。孟浩远把今天在艾琳父亲医药研究中心的研讨情况简单地总结后告诉艾琳。艾琳听到孟浩远谈的抗癌新药研讨进展和前景蓝图过程也是非常兴奋激动地说道："孟浩远，你可真是个天才啊，我怀疑你是否学的就是医学专业的。你就是一个医学领域的厉害专家，我喜欢你。"孟浩远此刻听到艾琳开门见山地说喜欢自己的话，一天下来的疲惫感顿时就没有了。不由得笑着说道："谢谢你的鼓励，也没有你想象的那样吧，只是用心去学多了解做了点功课，略微知道一点专业知识而已。"想转移开话题，但是艾琳在电话里直白地告诉孟浩远说道："不是夸奖你。孟浩远我真是喜欢你，你身上具备的一切都是我喜欢的。"欧洲姑娘就是直爽，想到的会直接表达出来她真实的想法，而且是在这样的情形。艾琳这样说让孟浩远内心激动翻腾，不由得想着艾琳的身影画面和她的直率大胆，作为一个年轻的活力四射的热血小伙，此时正好全身赤露地站在卫生间听着美丽的艾琳的声音，眼前似乎艾琳就在跟前和自己讲话，不由得有些浮想连连心旌荡漾，这种场景让他兴奋激切脱口而出道："我也是。"艾琳听到孟浩远的回答非常激动，大声地追问道："孟浩远，你是认真的吗？太好了，我现在就想抱抱你。"说着在电话里用嘴贴着手指狠狠地打了响吻，孟浩远此刻被艾琳的情感彻底融化了，连声说道："艾琳，是的，是的。"顿时两人幸福地沉浸在这一刻就这样不说话握着手机，真想抱在一起亲吻，不想打破这美好的意境。停顿了一会儿还是孟浩远先说话："艾琳，我还要洗澡呢身上都是水，就说到这了，你挂了电话吧。"艾琳这才想起孟浩远此刻的状态样子，笑了起来道："孟浩远，你先挂吧。"孟浩远听着也说道："你先挂吧。"两人就这样又默默地握着电话在等对方先挂上电话，但是心有灵犀都在手握电话等着对方先挂机，直到艾琳笑着说道："好吧，让你好好洗澡吧。"才主动轻轻挂上电话。孟浩远才放下电话，此时走进淋浴房边洗澡边想象着艾琳就在面前鬼怪精灵一般对着自己做鬼脸还笑得开心的样子，让人突然地感到特别兴奋。洗完澡一个人开心地在房间里唱起歌来，如果有这样一位懂自己，又可以让自己身心完全轻松没有任何压力可以谈得十分愉悦的女友，那真是自己希望寻找的。可以无拘无束整天都是由着自己的自由思想开心地畅谈让人心情愉快就真是太好了。

第七章　伦敦之行

一

　　第二天早上孟浩远起来后，本来有早上出去锻炼的习惯，但经过昨天的事他已经不敢再去野地公园锻炼，担心碰上昨天那些家伙，他们必定会缠着自己要求拜师练拳。所以只好起早后在自己房间内练习了一会拳操，感觉活力充沛，一小时后异常轻松地走出房间到酒店一楼餐厅吃早饭，坐在靠窗边的餐座上慢慢用餐边看着窗外的街景。用完早餐后回到房间开始整理行李衣物，到了离约定的时间还有半小时，他就拿着东西提前下楼到酒店前台先去办理退房手续。早上人少很快就办理完，然后在大厅休息区坐在沙发上等着。一会儿艾琳的父亲斯内克斯打来电话了，告诉孟浩远送行的车已经到酒店门口，是一个黑色奔驰商务车，车的号码也告诉孟浩远。接听完电话起身站起按提供的信息拿着行李走出酒店大厅到酒店门外，很快就看到已经停在门口的一辆奔驰车，上前询问司机，对上了他的姓名和车号搬上行李上车。坐上车内后马上与艾琳父亲电话告别并感谢他提供的帮助，司机是一位四十多岁的中年男子，不太吭声开着车很快就把孟浩远到了机场。

　　从荷兰到英国乘飞机飞行时间不长，大约在一个半小时。孟浩远将行李箱办理托运后随身就一个背包背在身上轻松登机，上了飞机后坐在靠窗的位子上一个人很无聊不知道想干什么，等飞机起飞升空平稳飞行时才拿出电脑开始查询英国伦敦当地气象信息和其他的资讯。有一条信息引起了他的注意，在英国伦敦一个著名的大型展示中心，过两天正好有一场一年度的国际钻石展示和交易会。浏览到这条信息顿时让孟浩远感兴趣，他认真地继续查寻信息。原来这样的国际会展交易是世界级别的，规模不算最大但是规格非常高，吸引全世界名人和商业界的大亨聚集以及世界上所有著名的钻石行业企业参加，是一个重要的行业内很著名的交易年会。孟浩远心想这是很难得的一次机会，如果有时间可以去参观一次以便多了解一下钻石行业的权威最新信息。

一个半小时的飞行时间很快就过去了，飞机广播播报正在下降后飞机很快平稳地降落到了英国伦敦国际机场。孟浩远出飞机后随着人流走到行李托运处去取好自己的行李箱，推着行李箱背着包随旅客人流一起来到了出口处，边走着边四处张望着，因为这次会议安排明确，说明到时候会有人来机场接机的。他目光在人群中搜寻着，不一会定格在一位年轻亚洲姑娘身上，他看到一位年纪大约在二十多岁，长相甜美气质很好的亚洲姑娘在出口处站着，他估计这种样子穿着和身上的气质，应该是中国人特有的那种感觉。只见这姑娘身高在一米六八上下，脸型瘦瘦的很是清秀，眼睛大大的很机灵，鼻梁小巧挺直，样子很是文静。看有旅客从通道中走出来她双手举着一张纸，上面写有孟浩远的名字，正对着里面走出来的旅客。孟浩远走出来时在里面就已经看到，忙紧走几步等走近时对着她笑着向她招招手，表示自己就是孟浩远。等走到到了出口处时，她用手指着前方出口让孟浩远转弯到前面出口，自己也跟着一起走向通道出口。

孟浩远刚出来，她也已经走到通道出口等在那里。两人同时迎着对方，脸上礼貌地微笑着。通道出口都是来接机迎接的人和从机场走出来的旅客会合。孟浩远看人多集中在此碍事，将行李箱往外推出一段距离可以稍稍离开旅客人流集中的出口通道，在空处随后停下。先主动开口笑着用中文对她说："嗨，你好，我是孟浩远。"姑娘看到孟浩远说中文后点头微笑说道："你好，我是赵安吉。"孟浩远有些惊喜，果然被他猜中确实是一位中国姑娘，心里顿时高兴问道："你也是中国人？"赵安吉说道"是的，孟先生你眼光很好。还没有介绍就看出来了。一路过来旅途辛苦了！"孟浩远高兴地说道："你一说中文我就知道是，看你样子和气质也八九不离十应该是中国人。"赵安吉笑着："是啊，我们中国人还是有些特质的，和亚洲其他国家的人相比细看能看出来的。"孟浩远一听笑了说道："是的，一般都能分辨出来，见到你很高兴，麻烦你了。"赵安吉笑着说道："不要客气，见到你我也很高兴。"赵安吉接到任务，安排来接一位来自中国上海的重要的客人，随即查了孟浩远的飞机航班号。她不明白孟浩远怎么不是从上海国内直接过来，而是转从荷兰飞过来？也不便多问。自我介绍起来，孟浩远这才了解到姑娘正如孟浩远的直觉推断，她的确是一位来自中国浙江杭州的姑娘，名叫赵安吉，现在英国伦敦大学读研究生。她是"数学研究"期刊主编安东尼先生特意与他们伦敦大学任教的，也是他的好朋友格林教授请求，希望能够帮助安排一位学生，要求是来自中国的留学生帮助做这次重要活动的翻译，顺便可以帮助接待照顾孟浩远先生在伦敦活动期间的日常起居安排和接送任务。13 日这天的活动安排是孟浩远与他们"数学研究"期刊专门邀请到来的五位国际著名数学教授进行他的论文证明交流研讨。"数学研究"期刊收到孟浩远的这篇惊世证明论文后引起震动，这篇证明论文实在是太重要了，他们已经邀请过三位一流数学家来研究已经得到认可。不过他们为慎重起见需要再一次进行讨论，有必要当面提出疑问请孟浩远解答。所以这次研讨会又在原来三位数学家的基础上重新再邀请了五位顶级权威数学家来参加一次与作者面对面的探讨，其中有两位是第一次邀请过对孟浩远论文审稿的数学家，其他三位都是新邀请来世界各国的一流数学家，以确保这篇重要论文重大证明万无一失。因为是非常重要的世界难题证明也是做得非常严谨的，这是从来没有过的。如果这次所有五位数学家对孟浩远的论文论证没有疑问，孟浩远的证明解题方法是正确的，那就是非常伟大且具有重要意义的一次历史性的突破。"数学研究"期刊就会马上安排刊印发表孟浩远的重磅论文证明在这期的期刊上，现在期刊本来是三天前就要刊发的，就因为这篇重要论文要赶在这期抓紧及时刊发，所以决定拖延三天就等着这篇重要论文获得一致的认可后马上就刊发。这也是数学研究期刊历史上不曾有过的历史性的第一次。

　　按照计划安排，第二天也就是 14 日上午，会在英国伦敦大学由格林教授安排在学校内进行一场有在校的几位数学教授以及安排部分数学院学生参加，还有部分英国其他的几个数学方面有影响的大学教授来参加。由孟浩远对最新研究"西塔姆猜想"证明进行讲解并会现场留出时间提问。这次活动的接待专门安排同样是中国人的赵安吉负责接待和翻译工作，一方面为了能更好地照顾孟浩远在英国的生活，也方便他们之间的交流和沟通，因为他们还不知道孟浩远的英语能力，怕孟浩远英文可能不太好，所以特意事先安排好给孟浩远当讲解的翻译。格林教授在挑选翻译时费了一点时间和心思，专门在学校里发出通告寻找这样的人，最后从报名应聘的几位学生中看到赵安吉，他认为是同样来自中国的赵安吉是比较合适的人选，她既有一定数学专业的能力又同样来自中国南方省市浙江，与上海很近，生活习惯比较接近容易照顾孟浩远。安东尼对这次孟浩远来伦敦的整个活动期间的安排考虑得还是很用心周到的。

来机场接机的赵安吉看到同样是年轻人且都来自中国的孟浩远后多了一份亲切感，不过心里有些吃惊，她没有想到正暗自称奇，眼前这位年轻人和自己想象的接机对象形象完全相反。原本以为可能会是一位年纪比较大，成熟智慧的，起码年纪是中年学者的形象。这位孟浩远先生是这么一位年轻阳光帅气的小伙，穿着方面也很是休闲看着很平常但是很舒服。他居然受到英国两个都是非常著名的"数学研究期刊"和伦敦大学的邀请来进行专业的学术活动真太不可思议了。组织方的准备工作和安排特别重视做了周到计划。还要求自己要好好照顾好这位来自中国的孟浩远先生，看来对他的重视体现在各方面，特别是在接待细节上。孟浩远身上的随意阳光的特质和这么年轻就受邀到英国著名伦敦大学和国际一流的"数学研究期刊"来作专业报告，他的专业能力可想而知非常厉害，赵安吉一下子被深深地吸引，也很是好奇。对第一次见到孟浩远本人已经有非常好感，心中竟然有些激动更想进一步了解他的一切。赵安吉伸出手想帮着拿行李箱，被孟浩远很绅士地拦住客气地说道："我来。没有关系，谢谢！"

孟浩远跟随着赵安吉一起走出机场后，赵安吉略微在前一点点引导，两人基本保持并行，赵安吉站在一边偷偷瞄了几次，大气阳光，高大，身材匀称，穿着普通休闲，很有范，身上自然散发出一种强大的气场和吸引力，她感觉真好，心里有些羞涩。两人走到机场出租车停靠站，赵安吉很快等到了一辆车将行李放后备箱后，赵安吉坐在前排孟浩远坐在后排。从机场到安排孟浩远所住的酒店有一段路程，车行驶出机场后坐在前面的赵安吉就主动地与孟浩远用中文交谈起来问孟浩远道："孟先生，您是第一次来英国吗？"孟浩远说道："噢，是第二次。我在上大学曾时来过一次，不过不是伦敦。"赵安吉说道："噢，那伦敦一定也来过吧。这次来英国是单位公派活动吗？你的信息我知道的不多。请问孟先生在中国哪个机构工作学习？"因为格林教授并没有关于孟浩远更多的介绍，只是让她这两天要认真做好接待和翻译工作。孟浩远见赵安吉找自己交谈问起，他老老实实地告诉了赵安吉说道："伦敦是上次在英国学习时顺便来过一次的，匆匆看了几个主要的景点，并不算熟悉。这次来英国是国际'数学研究期刊'有篇研究论文需要进行学术研讨和交流。自己目前没有服务于任何机构，是个人单独过来的。"赵安吉有点不敢相信说道："噢。是这样。"她感到这位年轻的孟先生的确与众不同，一般像他这样的年纪，应该是还在学习中的大学生，要么也是刚刚开始在单位参加工作了。这位孟先生两个猜测都不是，真的有些特别和奇怪。心里更是有些好奇，越发的有了想好好多了解一下他的想法。

　　出租车行驶在路上，赵安吉注意到孟浩远不时转头望向窗外经过的城市街景，她很细心主动把他视线盯着经过的这些英国伦敦景观特点背景历史给孟浩远做一些介绍，孟浩远听着介绍不住点头认真地听着看着。赵安吉看孟浩远有兴趣就更加多的介绍着经过的主要建筑街道文化，她主动细致地介绍，语气客气清晰，让孟浩远感觉这个杭州姑娘蛮有人情味的。在遥远的异国他乡能见到自己的中国同胞总让人感到高兴和有一份亲切感，尤其赵安吉还是一位和自己生活在相近省市的南方姑娘，心理上习惯的好感拉近了距离，更有一种特别的亲切感。不知道为什么，赵安吉这位长相甜美的姑娘在孟浩远面前似乎没有存在任何的距离。她很愿意分享自己的学习生活经历，主动将自己来英国求学过程和经历告诉孟浩远。两人交谈着同时观看着车窗外面一路行驶经过的景点和几条著名的街道以及属于这座城市的一些建筑，路上的时间过得很快，车就到了酒店。

把孟浩远送进酒店登记入住手续后，赵安吉想帮着孟浩远拿行李箱到电梯口去送他，被孟浩远婉拒，已经几次想着主动帮助她拿行李都被绅士地劝阻，给赵安吉留下好感。孟浩远此时和同胞在一起更加不愿意让她来帮自己，一个大男人随身也就一件的行李箱和一个身上背着的背包，自己完全可以不用麻烦赵安吉，怎么好意思让一个身材瘦小文静的姑娘帮自己提取行李，赶紧客气的劝阻说道："赵小姐真不用客气，这点行李拿着很轻松。谢谢！"。自己手脚麻利推着行李箱背着背包走进电梯，赵安吉见抢不过来只好跟着走进电梯，孟浩远的房间是613，到了六层楼两人走出电梯一起走到了房间门口，赵安吉拿着房卡打开房间门看着孟浩远开门进去，放下行李，赵安吉才对孟浩远笑着说道："孟先生，这是你的房卡，你在房间休息一会吧，我不进去了。等到五点我们在酒店一楼大厅里碰头，然后一起出去到外面看看和吃晚餐。"孟浩远赶紧走出来拿上房卡客气地说道："你今天也辛苦了，太麻烦你了，晚餐就不用了吧，我自己就行。你也可以早点休息。"赵安吉见孟浩远客气，说道："没事，这是会务上安排的，应该的，你不用客气。要不是我没有尽到职责，就不好了。说好了。我们五点在大厅准时碰头。"孟浩远只好说道："那好吧，辛苦你了。"说完赵安吉才笑着主动离开下楼，看着赵安吉的背影在通道中走着然后转进电梯区消失，孟浩远才轻轻关上房间门，开始整理行李箱，拿出毛巾到卫生间洗一把脸。他以为赵安吉一定也在宾馆另外的房间休息，一天下来人确实有些疲劳，所以洗漱后就躺在床上安静地休息一下。其实赵安吉送孟浩远进房间后，她一个人坐电梯下楼后就坐在大厅里等着，她并没有多订房间。已经与孟浩远约定好时间让孟浩远先在房间里稍作休息，等会儿陪他一起到外面步行逛街看看景色然后一起吃晚餐。孟浩远见赵安吉已经做了安排，客气了一下，洗洗脸后躺着迷迷糊糊睡着了。一直等时间到了差十几分钟五点，睡前调好的闹钟开始响起，孟浩远骨碌一下起床整理一下头发，提早下楼来到酒店大厅与赵安吉碰头。走到酒店一楼大厅里四处张望着寻找赵安吉，看到赵安吉正坐在大厅的沙发上低头手扶着在休息，孟浩远径直走了过去。此时赵安吉正闭着眼独自在休息，等孟浩远走近后看赵安吉在闭目养神休息，有些不好意思轻声打着招呼道："嗨，赵安吉。这么早就到了。哎呀辛苦你了！"赵安吉正闭眼休息着听到耳旁传来孟浩远的轻声说话，瞬间抬起头看到孟浩远已不知何时来到自己旁边，赶忙起身说道："噢，孟先生。我一个人无聊正好忙里偷闲坐着坐着就打起瞌睡。"孟浩远问道："你没有在宾馆房间休息？"赵安吉说道："我没有房间，我住的公寓离开学校很近，离这里也不远的，不用多浪费了。对了，你不休息啦，提早下来了。今天你的行程时间基本都在机场候机和飞机上，然后下飞机又坐车都在路上了，一路过来旅程应该蛮劳累的。"孟浩远看赵安吉很体贴地从自己一路行程过来考虑，判断出自己一直都在机场乘飞机的路上确实未作休息，想得真细心。心理顿感有些暖意说道："路上时间是有些长，不过还好，一个人坐在在飞机上时间又长很无聊，只好傻傻地闭目休息。赵安吉你应该蛮辛苦的，其实你不用管我了，我自己解决吃饭就行，这样你可以早点回去。"赵安吉笑道："那怎么行，你是数学期刊邀请来这里的贵客，说明你很重要不得了啊。千万不要客气。"说得孟浩远有些难为情，两人客气的相互关心为对方考虑。孟浩远见赵安吉这么说，只好说道："好吧，那我们就抓紧走吧。"说着两人走出酒店，赵安吉对这里很熟，走出酒店后她征求孟浩远问道："孟先生，你看晚上想吃点什么？"孟浩远说道："不用客气，我这人特别随意。你随便安排吧，我都可以的，早点吃完晚饭，你也可以早点回去休息，不用太刻意的。"孟浩远的话让赵安吉十分受听，心里高兴。两人沿着街道一起走了一段路，来到一家中餐馆走进去，找到桌子坐下点餐准备吃饭。赵安吉介绍道："孟先生，这家名为杭州饭店，在当地还是很有名气的，其实我事先已经预定了，要不然很可能到吃饭时一下子没有位子了。"孟浩远心想赵安吉很细心，安排的餐馆是浙江杭州饭店，和上海的菜系有相同又更加比上海餐有名和好吃，而且提前预订。赵安吉知道这里的这家杭州饭店饭菜做得很地道非常有特色，很有中国杭州的同名"杭州饭店"的特点——精致、好吃，吃饭是一种味觉的享受。所以顾客也一直很多。考虑孟浩远是从中国过来，第一顿安排中餐，可以让他生活上很适应，杭帮菜和上海菜基本上是同类的，孟浩远应该会喜欢。

此时饭店里人已经很多，居然欧洲白人面孔的人更多一些，位子都基本满了，生意很好，说明它的菜受到当地人的青睐喜欢。这个时间点已经是下午五点半多了，正是开始用晚餐的时间点。店里的顾客很多，还好赵安吉在酒店出来时提前已经预订了座位，里面就餐的顾客中放眼望去外国人非常居多，正在边享受地吃着中餐边低声交谈着。看样子这里的菜品还是很受他们欢迎的。

赵安吉脸两眼柔和，脸上一副和善看着孟浩远问道："这是南方餐，应该合你的习惯，你想吃什么菜我帮你点。"孟浩远看着赵安吉手拿菜单在征求他意见，也很客气说道："你不用客气，你对这里比较熟悉有经验，你帮忙点吧。我都行，不用太多。"赵安吉见孟浩远这么好说话，为人随意不刻意讲究个人喜好，这种人更好相处。说道："好啊，那孟先生我就随便点了。"于是赵安吉做主挑自己吃过印象好的菜品点了起来，点好后两人边等上餐边坐着喝茶交流起来。学校安排赵安吉这次的接待活动，她已经看出来这次一向很严肃甚至有些威严的格林教授一反往常，他非常重视这次活动接待。在学校里专门发出通告招聘志愿者来当接待和中文翻译，然后从报名者中挑选，最后选到了赵安吉。看他们对翻译都很用心地选，说明很是认真对待这次接待来自中国的孟浩远，更加足以说明这次的活动重要性。只是赵安吉唯一没有想到的是接待的对象孟先生原来是这么年轻的一位来自中国上海的帅气、阳光、机敏的小伙。她也动了脑筋，细节上考虑尽可能周到，特意选这家杭州风格菜系的中餐馆，一来孟浩远一路旅行很辛苦，从中国上海先到荷兰，再从荷兰到英国伦敦。这里离住宿的酒店也不太远，步行二十分钟左右就到，从宾馆出来两边全都是商业街道，可以边走边看看。这家杭州饭店在这里算是比较出名的，可以吃到好吃的南方中餐口味的菜肴。二来赵安吉是来过这家杭州饭店的，这里的中餐做得还是很纯正的，有真正的"杭州饭店"菜品的风格韵味特点，精细美味。南方精致特色菜的做法和味道都很不错，又经过厨师加以稍稍改进更符合欧洲当地人的一些饮食习惯特点，所以这家餐馆很受顾客欢迎，一直客流不断的。这样的安排，孟浩远感觉到了赵安吉为照顾自己做了细心准备。其实吃饭对于孟浩远来说到也没有什么特别讲究，各色菜肴入乡随俗都可以尝试一下的。就这样两人不紧不慢地吃着晚餐，菜品确实不错，坐在小小的餐座两人面对面第一次近距离观察和交谈，赵安吉也不紧张渐渐放松，孟浩远本来没有什么会让他有压力紧张的，一直很轻松自如又随意，相互的交谈有了更多的了解。赵安吉付完账两人走出餐馆一起来到外面街道上，赵安吉陪着孟浩远沿街道步行，可以观看古老的英式欧洲异国建筑和风景，赵安吉边走边介绍着，孟浩远认真地听。

两人正并肩走着交流着，赵安吉一边介绍着，孟浩远则顺着她的指向介绍四处看望着。孟浩远口袋中的手机电话铃声突然响起，他忙拿出手机低头悄悄查看，一看电话号码就知道原来是艾琳打来的。赵安吉正好在一旁，孟浩远打了声招呼，侧过一边低头连忙接听。电话里传来艾琳清脆的声音："孟浩远，你现在已经到伦敦了？路上顺利吗？"孟浩远笑着说道："顺利的，一路顺利。早就到了。会务安排有人来机场接机的，直接送到了酒店，还休息了一会。现在外面刚刚吃好晚餐，正在路上随便走走看看。你在干嘛？"艾琳笑着说道："我在学校里啊，等会要去图书馆查阅资料。你现在很会享受，刚到伦敦有人来接还就吃了晚餐，现在还漫步街头看景。不会还有美女陪着一起吧，哈哈。"艾琳随便故意逗孟浩远，说完她自己笑出声来。孟浩远知道艾琳是无心开玩笑地随口一说，不过此时还真被她无意说中了。孟浩远不知道怎样回答是好。老老实实回答着说道："嗯是啊，是有接待工作人员安排吃晚饭，刚结束，我准备回酒店了，等会与你联系。好了，好了。我还要回酒店路上顺路看看这里的夜景，这里人很多的，我还从没有参观过，你可以去图书馆学习了。对了，明天白天我有会议活动不方便，就不要联系我，等晚上我联系你，好吧，再见了。"孟浩远急急的自己把说的话一股脑说完来堵住艾琳的嘴。果然艾琳见孟浩远此刻正在伦敦街头逛着，他难得来一次伦敦，知道街道上一定人流众多不便多说，于是说道："好吧。你继续好好看看，再见。"说完两人挂上电话。

赵安吉在边上，眼睛看着远处似在回避，不过耳朵却竖的尖尖的好奇地想听听，隐约听到孟浩远是在和对方交谈，而且明显是一位女生的声音清脆动听，看得出很熟悉随便。心中顿时感到有点遗憾，也有些疑惑。听孟浩远交谈明明是用英语在和人交谈，讲得很是流利的，那他英语是非常好的，为什么还要专门请她当翻译呢？也许格林教授他们并不知道他英语是可以的。另外一点赵安吉从孟浩远快乐地交谈中猜测一定是孟浩远和比较亲密的人在通话，于是脸上笑眯眯地看着孟浩远心里却很想知道对方是和孟浩远什么关系的人，故意套话道："哎，对了。孟先生。你英语不是很流利的吗？我还以为你真的还不太熟悉呢，所以学校专门安排我来给你当翻译的。听你刚才交谈是在和女朋友在聊吧？用英语交谈那应该是找了个外国女朋友吧？所以用英语在交谈？"孟浩远心想赵安吉很聪明，仅凭自己刚才和艾琳的电话交谈就已经大略猜出，不过他客气地说道："哪里啊。英语懂得一点，就一般般吧，勉强可以对付讲讲。至于你说的刚才电话交谈的人是吧？噢，哪里是女朋友啊，只是两人比较聊得来的，我们是工作上的关系。他父亲有一个医药研究中心，我们有些业务关系的。"孟浩远实实在在地说了出来，他说的都是实话。赵安吉一听顿时心里一乐，不知何故会心头一松，但是旋即想到看他们刚才谈话时很高兴也很随意的样子，一般来讲他们两人的关系不会太普通的。脸上笑笑心里有些许的失落，说道："噢，是这样啊。"一声不吭声了。孟浩远不知道现在赵安吉心里正在微妙的起伏变化，毕竟他和赵安吉今天才第一天刚认识。与赵安吉打招呼说道："小赵，我看这样吧。你也早点回去休息，你看酒店就在前面，我认识路，你放心吧。"赵安吉此时是女人心思，把明明是孟浩远的一番客气和好意错当作这是在故意支她走，可以与刚才那位电话中联系的姑娘继续聊天吧。她无奈地说道："好吧，孟先生那你早点回酒店，不要在外面逛街了。好好休息，明天你还有重要活动安排的。明天早上你自己在酒店吃自助早餐，8：30我会准时来酒店等你。"说完两人相互道别后准备各自回去，赵安吉出神地站立，她眼睛不由自主地看着孟浩远离去的背影，心里莫名的有些落寞和惆怅。

　　而孟浩远与赵安吉道别后没有察觉什么，继续向回酒店的路上边行走边看看，直到他的影子淹没在人群中赵安吉才不舍地离开。孟浩远逛了一会就走回到酒店会自己房间，洗好澡以后拿出笔记再次认真地看了起来，自己明天的这篇论文研讨自己其实已经很熟悉了，不过他还是静下心集中头脑思考，感到连同自己的思维都在快速的一直不停地运行思考。把可能会涉及的数学问题和其他相关联的所有数学理论定律都在头脑中搜索思维了一遍，已经对"西塔姆猜想"的证明和解答过程梳理得清清楚楚，直到自己满意了已感觉没有任何疑问才上床休息。

二

　　第二天早上孟浩远起来后在酒店早早就吃好早餐，回到房间收拾好自己的背包，穿上自己喜欢的休闲服装，脚穿一双新的品牌运动跑步鞋，显得英俊活泼精神又休闲，看上去自然更显年轻，像是一个大学生，浑身上下透出一股朝气和阳光。这样的穿着倒是和英国普通青年平时的穿衣习惯基本相符，追求个性和舒适。八点半还没有到，人已经提前了十多分钟准备下楼在酒店大厅里等候赵安吉，这也是孟浩远一直养成的一种良好习惯。参加任何活动他一般都会在约定时间点上先提前十分钟左右到。等他乘电梯下楼后进入大厅时一眼看到站着等候的赵安吉，没有想到她也已经早早就到了，换了一身衣服，衣服看上去合身得体好看更显青春，让人眼睛一亮。这个女孩做事还是很用心的，提早就到酒店等着。赵安吉站在大厅里正四周张望，看到孟浩远正从电梯区在走过来，一身休闲装加之休息了一天后精力充沛很是自然活泼，身体瘦瘦高高又不显得瘦弱，一张好看的脸透出阳关和帅气，很配他的衣着。赵安吉心里不由暗暗喜欢，这正是自己喜欢的南方青年，自信有气质阳光有朝气，聪慧而灵动。她笑盈盈地忙向孟浩远招手，等孟浩远走进身旁时，感到他身上有一股自己从没有体会过非常少见的特殊香味，非常好闻让人神清气爽特别舒服。其实这是孟浩远挂在胸前的褐色灵石所发出一股沁人心脾的异香。赵安吉不知道还以为是孟浩远特别讲究身上喷了一点男士香水。

心想南方青年倒是真的生活精致，微笑着先打招呼道："孟先生你好，休息得还好吗？看你今天精神很好啊。"孟浩远说道："昨天回酒店房间后洗洗就提前休息了。休息得蛮好的。你昨天回去怎么样，是不是太晚了？今天又来得很早吧，你辛苦了！"赵安吉笑道："没有啊，孟先生不要客气。我住的地方离这里不算远，乘车方便的，也蛮早就已经回去休息了。这是我应该做的工作，你不要客气。好吧，既然你提早到了，要不我们就早点出发吧。"孟浩远说道："好的。"赵安吉心里高兴，尽管孟浩远是客套，但是听了他关心自己的问话还是蛮舒坦的。赵安吉拿出手机打了电话给专车驾驶员，告诉他现在可以把车开过来到酒店门口。两人走出酒店在大门等，一会儿功夫专车开过来了，两人上车后出发往"数学研究"期刊办公大楼方向驶去。一路上两人不停地用中文交谈开来，大约过了二十多分钟后车来到"数学研究"期刊办公楼。这是位于市中心附近的一幢将近二十几层的高层商务大楼，周围都是街道和商店，一看就是比较繁华的地段。"数学研究"期刊办公楼在14楼。两人下车后，赵安吉和孟浩远一起走进大楼来到电梯区，两边共有五台电梯，赵安吉也是第一次来这里，到了楼下后她很细心先给格林教授打了电话，告诉他孟浩远先生已提早几分钟到达了楼下。放下电话后陪同着孟浩远进入电梯上楼，到14层后，赵安吉引着孟浩远走出电梯区。在电梯门口正好看到对面墙上有世界有名的"数学研究"几个英文字。赵安吉顺着门口索引牌引着孟浩远，两人一起走进里面一间中型会议室，门开着里面没有人，桌上已经放好参加会议的专家人员的名牌卡。赵安吉赶忙将孟浩远安排在写着孟浩远名字的位子坐下，又帮孟浩远到边上整理台拿了一瓶纯净水和水杯放在桌上，然后回到整理台自己从口袋里中拿出一包茶叶，取了一个杯子放了一些茶叶，拿着热水壶冲泡进杯，瞬间滚烫的热水将茶叶冲得翻滚。赵安吉又一次拿来放在孟浩远桌前说道："孟先生，今天路上很顺利，我们提早了将近十多分钟到了。您先坐下，可以喝点热茶，这是我自己家里带来的，你品品。我出去看看格林教授。"说完自己赶紧走出会议室去请安东尼教授和格林教授过来。孟浩远看着这杯冒着热气茶香味一点点散发出来，感到赵安吉真是细心。没有多久时间已经到了八点五十几分，只见赵安吉走在侧面，前面当中有一位年纪较大的学者并排着进入会议室，后面有五六个人一起跟着从会议室外面鱼贯而入。听到声音也看到门口赵安吉先进入的身影，知道有人进来已经坐着的孟浩远忙礼貌地主动起身站着迎接示礼。赵安吉用手掌指着孟浩远为进来的各位先介绍，说道："各位先生你们好。介绍一下，这位就是来自中国的孟浩远先生。"接着为孟浩远介绍格林教授。其他的几位数学家赵安吉她也不认识，等大家根据名牌座位卡落座后由格林教授逐一开始介绍给孟浩远。他先介绍的是第一位进入会议室的年长者他是"数学研究"期刊主编安东尼教授。赵安吉帮助逐一翻译介绍了到会的几位数学家，她在用中文翻译时正好有停顿时间，孟浩远更容易记住和识别这几位数学大家。其实自己英语很好，加之现在具有非同以往的超级强大的记忆，近期又不断地在主动学习德语和其他几种语言时又加强学习了英语，这些常用外语语言对孟浩远来说根本不是问题。

　　客随主便，就按主办方不知道孟浩远的语言掌握情况下安排赵安吉翻译也好，赵安吉是知道孟浩远英语底细的，她也并没有说明，按部就班的程序操作。格林教授介绍的第一位是安东尼教授，他就是权威国际顶尖专业"数学研究"期刊的主编，也是一位一流的数学家。年纪在六十二三岁，戴着一副黑色框边的近视眼镜，眼睛非常有神透着智慧，是一个欧洲白人男子相貌体征，个子不太高在一米七左右，人长得瘦瘦的，一看就是个精明的学者，脸上带着笑意。接着介绍的是来自美国一所著名伯利克大学的教授名叫科索，也是欧洲白人男子模样，年纪在五十八九岁，初看上去和安东尼教授差不多年纪，也是一位学者模样，戴一副金属棕褐色细边近视眼镜，眼光炯炯有神，眼神里透出真诚和善意，身材同样清瘦，个子要高一些在一米八左右，人很是严谨看上去感觉就是很智慧和理性的一个人。第三位是罗斯维尔大学的罗斯维尔教授，也是欧洲白人男子体貌，年纪约在五十出头一点，一头金黄色头发，看上去比科索教授要年轻许多，有些活泼，是几位教授里看上去最年轻的一位，他也是一副学者模样，但是严谨中透出精明，人不瘦也不胖，个子在一米七左右。孟浩远暗自称奇在猜测，这一定是一所历史悠久的学校，应该是这位罗斯维尔教授其前辈开办的一所大学，所以这位教授名字和学校名字是一样的。第四位是一位来自德国奥本大学的巴斯德教授，年纪在五十六七岁模样，留着大胡子，脸型方正较大，看着体格有些壮实，略微有些胖，鼻梁上戴着一副褐色粗边框的近视眼镜，样子很严肃认真，脸上没有微笑，但是他的眼睛里透出一股严肃和自信的目光，也是一位欧洲白人样子的男子。还有两位是"数学研究"期刊的工作人员，年纪都很轻，一男一女，也都是欧洲白种人体貌特征，男的小伙在三十多岁，戴着一副细边框金属架近视眼镜，名叫罗本。女的那位姑娘更年轻一些，大概在二十四五岁，十分漂亮名叫梅斯丽。格林教授自己是英国伦敦大学数学院的教授，年纪身高和罗斯维尔教授差不多，没有戴眼镜，眼神笃定自信脸上很是严肃。格林教授介绍完在座的几位同行后，冲着安东尼教授说道："好了，安东尼先生。我的这部分这些同行介绍已经完成，接下来就交给你来负责了。"会场气氛显得轻松。见格林教授介绍完在座的专家和工作人员后，安东尼教授接过格林教授的话微笑着说道："好吧。谢谢格林教。我们相互认识了，我们可以开始了。今天是一次国际数学学术界非常重要的一个活动，我想大家都明白。请在座各位教授来这里，我们很高兴。接下来的重点是我们很荣幸地邀请了一位来自中国的年轻学者孟浩远先生，为我们介绍他的'西塔姆猜想'证明。大家都知道这是一个历史上重要的数学定律，一直没有人可以证明。今天我们在座的每一位可以共同听孟先生的历史性证明过程。"

会场里一片安静，大家都脸色凝重而认真。这的确是一个极其重要的会议，赵安吉听后心里已经是怦怦的急跳起来，原来如此，刚才介绍是都是国际一流著名的数学教授已经很难得，又听说是"西塔姆猜想"证明，这简直太难以置信。自己竟然参加了这样一个历史性重要的时刻。不由激动高兴看看孟浩远，只见他面不改色还是和昨天一样心静如水自信笃定，看不出有什么变化，心里暗暗佩服不已。安东尼教授简单介绍会议主题后大家才礼貌地鼓掌点头，心思已经全在孟浩远的数学证明上。安东尼教授继续说道："好，那我们就开始吧，请孟先生为我们介绍。"安东尼教授他就座在孟浩远的旁边，说完微笑并期待地转头看着孟浩远，其他几位数学教授也一齐目光转向孟浩远，他的旁边坐着赵安吉作为专门安排的英语翻译。其他几位教授坐在对面一排座位椅子上，每个人桌子前面都已经摆着各位教授的名牌卡，形成面对面围着长方形会议桌，方便互相讨论和提问。

看大家都坐下后安东尼教授请孟浩远来介绍他的"西塔姆猜想"证明。在座各位眼光已经自然而然齐刷刷地看着面前这一位自信沉着的中国年轻小伙，他的样子阳光帅气还带有点学生痕迹，心里都在想着一件事，难道就是这位年轻人证明了世界百年难题"西塔姆猜想"？每个人脸上都严肃认真冷静不言语，有思考的，也有心里画不上等号不太相信的，有疑惑的，也有眼光柔和信任而高兴的。安东尼由于已经请过几位数学家对孟浩远的论文进行过一次严格细致的审稿，已经获得他们的高度评价和认可，其中就有格林和科索教授，所以他心里很有信心。但是今天他也是第一次看到这一代表伟大数学问题，是眼前的年轻人孟浩远本人证明出来的，心里也吃惊不小，有些不太敢相信这样年纪轻轻的小伙，难道就是他创造了伟大奇迹？是否就是孟浩远他独自证明的？实在一下子无法和他的年纪联系上来，难道是搞错人了？开口说道："孟先生，你的论文我们收到后专门认真地审稿，让我们感到非常高兴和震惊。我已经先后请了三位大学数学著名教授帮助审稿。他们看到你的论文后都非常激动，认为你的证明是严谨的、完美的、成功的没有任何问题。不过今天我再次邀请了五位世界公认的数学教授，其中科索教授和格林教授曾经第一次就参加过审稿，这些最一流的数学专家今天亲自来'数学研究'期刊参加会议作最后一次的交流审阅，毕竟这是数学界的一个极其重要论证，而且是一个从未有过的巨大的突破，我们十分严谨，请理解。希望今天可以来最后一起见证和确定你的这个奇迹。那么下面请孟先生把'西塔姆猜想'证明阐述一下可以吗？"此时赵安吉认真地做着笔记仔细地在听每一句话，安东尼教授的话让她惊讶万分无比激动，心里一直怦怦直跳难以平静下来。能够亲自见证这一伟大的数学证明已经是一生中最大的幸运了。自己还作为证明者孟先生的翻译和当今一路的数学家一起，真是受宠若惊。格林教授安排任务时他并没有具体说翻译内容是什么，可能是出于保密需要吧。今天这种场面，这么多顶尖数学家参加这样的重大数学证明就在现在，自己既紧张又兴奋。等赵安吉听完安东尼的讲话后开始用中文翻译给孟浩远听，此时的赵安吉心都要跳出来了，原来自己是这么的幸运，今天是关于百年数学难题破解求证的一场最高级的数学界研讨会，在座的每一位可都是世界一流的著名数学家，原来是这么回事，自己也够参加其中感到无比自豪和幸运。翻译的时候因为紧张讲话开始有点哆嗦了。其实孟浩远的英语一点都没有问题，他早就听得清清楚楚，只不过心想此时赵安吉听到这些最高最难的证明内容时的心情一定很紧张和激动，讲话也有些不利索也难怪她此时的心情。这么深奥的数学她可能也没有直接碰到过也是难为她了，翻译时会把握不准。不过自己的英文没有问题，正式开始时如果赵安吉翻译过程中碰到专业问题实在解释不清，只好自己悄悄告诉赵安吉了。他平静自然微笑地看着赵安吉，让她不要太紧张。等赵安吉翻译完成第一段开场后，安东尼教授做了个请的姿势。孟浩远礼貌地站起身，神态自若非常大气自信地走到右面靠墙处前面，会议室里已经为他准备好了证明过程书写展示面板，在靠墙的一边专门临时放了一个木架，上面放置一块很大的一般在学校教学常用的那种上课用白色面板以及三支专门书写用的白板笔，一支书写出蓝色字一支书写黑色字还有一支红色字，便于记号和划重点。还有一块新的黑板擦等讲课所需。

本来这次证明过程孟浩远已制作了专门的 PPT 讲稿，可以边放边说，但是对这种数学证明他认为专门讲解不够流畅淋漓，还是由自己亲手一步一步随着脑中思路在现场推演一遍一气而成更为过瘾，这些步骤内容过程全在脑中。于是他稳步走到前面在边上一侧桌子上拿起那支蓝色上课白板笔，开始自信地一步一步把"西塔姆猜想"证明过程流利地书写着推演起来，手不停地刷刷地写在白板上，整个会议室内鸦雀无声，只有笔写在白板上发出的笃笃声。嘴巴同时在快速的边写着边同步阐述说明。赵安吉开始有些紧张，孟浩远的证明太深奥其实自己听不懂，看到孟浩远自信坚定的神态，根本不在意面前的这几位都是国际顶级一流的数学家，认真威严地坐在旁离得很近盯着看着，眼睛里透出的机敏深邃严肃的目光。孟浩远现在在台前推演时很活跃非常自信就好像在给学生讲课一般，只顾自己一步一步行云流水般的推演。赵安吉看到自信的孟浩远洋洋洒洒在前面毫无畏惧地讲着，心里更加佩服，慢慢也消除了一直紧张的状态，进入角色开始翻译。只是孟浩远讲得太快了写得也很快似乎停不下来，她只好低声央求孟浩远放慢速度慢慢进行要多停顿一些，让她消化记住来翻译。碰到专业上的有些专用术语定律她不太懂会上前用中文询问一遍，孟浩远站着低声和她解释或直接低声用英语告诉她，在座的几位可都是这世界上数学界最顶尖出色的大数学家，年纪都有五十多岁了。从一开始就被孟浩远自信的讲解、新颖的理论和依据所吸引，逐步被他的证明演绎带进大家熟悉喜欢的数学世界中，认真地听孟浩远的介绍和赵安吉的翻译。

有时候赵安吉的翻译会有些磕很难准确翻译，因为她真听不懂这些专业深奥的数学理论，好在数学证明大都是数学符号和公式，这些数学家一看孟浩远写的公式和每写的一步都已经点头看懂。这些大数学家有个别其实原本还略带有一些不太信任的神态，慢慢地被孟浩远自信的气场和聪明新颖的数学理论证明吸引，全神贯注地认真地听孟浩远的演绎推算证明过程，屋内所有人的眼光全部已经聚集在孟浩远身上和他写的白板上的数学推演证明步骤，生怕会错过每一步。等孟浩远把整块白板写满后还没有完全结束证明，白板已经不够用了。孟浩远拿起黑板擦问道："请问各位教授，版面不够了。我可以把前面这些解题经过擦去吗？有什么问题吗？"没有想到的是，几位数学家大概已明白他的意思，赶忙先后举手站起来说道："不，不，不，不。请孟先生留下它，等等。"

看到大家都急着在劝阻，赵安吉也连忙翻译后用中文说道："孟先生请先等一下，留下它不用擦。"孟浩远停下手看看安东尼。安东尼说道："请等一等。"说完赶忙叫两位助手罗本和梅斯丽说道："请抓紧时间再去拿一块白板过来。"两人听后急忙站起身跑出会议室到外面，不一会又搬进来一块空白的过来，准备换下写满孟浩远推演公式和符号的那块放在下面靠墙，把空白的放上架子。安东尼教授对孟浩远说道："孟先生请休息一下吧。"

孟浩远等赵安吉告诉他先休息一会儿后，点头表示知道，站到旁边打开桌上的一瓶瓶装水倒入杯中，又盖上盖，拿起水杯喝了一口水放下。看他们正紧张快速地又搬来一块白板重新放上木架子上，将架子上原先已写满解题步骤的白板换下来，小心地倚靠着墙，放在下面立着。这样上下都可以看得清清楚楚。忙完这些安东尼客气地说道："孟先生不好意思，打扰了请继续。"孟浩远站在台前重新按思路不停地继续着推算写着，整个会议室开始一片安静怕错过任何的信息，只有孟浩远用白板笔写在白板上的声音和边写边说的声音，仿佛会议室内只有他一个人。然后是赵安吉翻译的声音，没有任何其他的声音发出，此时两人配合得更加合拍，赵安吉也越来越放松。随着孟浩远的一步一步推算证明，大家脸上由原来的冷静严肃认真，有些疑惑的脸色表情到有时脸色变得轻快含着笑容不断轻轻点头称是，有时脸色凝重似乎在思考中，所有人眼光都聚焦在孟浩远身上和他手上写出来的数学题解上。现场静得如同会议室内只有孟浩远一个人一般，随着证明一步一步进行，后面气氛开始变得激动和兴奋起来。等孟浩远又写满了几乎是第二块整个白板后，最后结束时用笔在右下角一点缝隙处点一下，表示结束。然后把笔拿在手上，转身面对着大家看着几位数学家，面带微笑自信地说道："各位教授，我的证明已完成，谢谢大家！还有什么问题吗？"赵安吉马上也有点自豪地用英语快速地把孟浩远刚才结束语说的话翻了一遍。会议室里停顿了片刻，一片沉默静悄悄的，突然有人站起身来带头先鼓掌，然后大家都不约而同全体起身鼓掌，掌声马上变得整齐和热烈。安东尼教授明白这是最好的认可，今天见证了一个伟大的证明。他站着面带微笑问道："先生们，有什么疑问需要孟先生解答的吗？"听到安东尼教授到了可以提问环节，在座几位教授早已经把思考的问题开始一个一个提出来请求解答，有的是和其他数学领域有关的问题赵安吉正在用心的思考如何翻译问题，太高级太专业自己没有涉及也没有学习过不懂啊。孟浩远还没等赵安吉翻译后，就脱口而出快速流利地用英语进行解答。看到赵安吉和在座的教授们惊讶的表情才发觉收不住了，自己反应太快，等教授们一提出马上脑中思考出来并脱口而出回答提问，说完只好笑着向赵安吉致歉道："安吉，我想快速跟上他的思路，所以控住不住忘了需要你给我翻译，没有等你翻译就直接解答了，不好意思。"赵安吉正好感谢孟浩远帮自己解围，笑着用中文说："没有关系，这些数学问题实在是太深了，我还没有听懂呢，翻译起来真有点难吃力，你这是在帮我解围。"

专家们看到孟先生其实英语是非常熟悉的听得懂也讲得很流利，自然更加积极投入，接下来又是一个一个提问，等孟浩远解答完专家询问的所有问题后，令在场教授无比惊叹。他们实在想不到年纪轻轻的一位中国大学生，真的破解了百年数学难题，而且这道难题的证明解决，意味着很多以前的几个数学定律和它是有矛盾的，需要重新来推翻证明。如果将它运用在科学方面可以解释几个最先进的数学理论，可以解释一些前沿科学如宇宙中出现的无法解释的问题和现象，证明如此完美正确。要知道刚才几位教授们提的问题涵盖到了数学专业的很多方面，这位小年轻都能快速反应完美解答，足见其对数学知识掌握的深奥程度也已经涵盖各个方面的研究，他的数学专业能力已经精通各个方向，这即使对于在座的各位数学家来说也是不可思议的，简直是神奇有点不可想象，他们也仅仅是对数学某方面或相关涉及的数学专业方向研究深刻达到领先一流，不可能对所有的数学领域都精通。

经过安东尼再次征询在座数学专家意见，五位国际一流的数学家一致认为论证严密准确，百年难题"西塔姆猜想"已经被成功证明完成。此时安东尼教授内心汹涌澎湃，当今世界这篇重大论文证明是在它的数学期刊上发现的，对于他也是意义非凡，当场激动地说道："先生们请记住！今天是我们数学领域最重要的日子，我们见证了这一时刻和孟浩远先生创造了一个惊人的历史。我宣布'西塔姆猜想'已经被成功证明完成。我马上通知要在我们这一期期刊上发表孟先生的这篇具有历史意义和专业里程碑的重要论文，祝贺孟浩远先生！"被安东尼刚才一说，全场所有人也都意识到这是多么伟大的成就，再次鼓掌表示高兴和赞同，每一个人脸上都是笑容满面。安东尼兴奋地告诉助手罗本："罗本，现在马上去通知可以进行刊印了。"接着说道："先生们我提议我们共同喝一杯庆贺孟先生！"有人会心地笑着点头赞同，安东尼高兴得大声说道快拿酒来，梅斯丽已经快速走出会议室很快拿了一瓶红酒到整理台从下面拿出几个高脚红酒杯子，慢慢倒了起来，然后笑着说道："先生们请！"会议室里的人们都陆续慢慢走到整理台拿起酒杯，安东尼走过来请孟浩远到整理台拿酒杯，赵安吉等他们几位教授都拿上后也和梅斯丽各拿了一杯。安东尼笑着对孟浩远说道："孟先生祝贺你取得伟大的成就！

也感谢你对我们期刊的认可！"说完拿起酒杯说道："先生们，我提议为了孟先生，为了今天，我们干杯。"大家见状心情都非常兴奋，拿起酒杯遇到旁边的人轻轻碰杯，只听到会议室内酒杯碰撞的清脆声，然后轻轻喝了一口。会议室内气氛已经很活跃，渐渐都围在孟浩远和安东尼周围，格林教授笑着摇着头走到孟浩远身旁表示吃惊和难以置信的样子说道："孟先生，你这么年轻有才，太让人吃惊了。是否愿意考虑到我们校来当教授？我现在代表数学院正式邀请您。"正在孟浩远不知道如何回答时，来自美国两所大学的两位教授见格林教授已经开始说到邀请孟浩远的话题开始发起抢人攻势了，也都笑着接着话题展开，科索教授说道："孟先生，我们大学是世界名校，特别是数学学院一直以数学专业为主，已经出了很多数学家，孟先生您应该知道。孟先生欢迎来我们学校当教授，我认为你来是最合适的。我们可以帮助你快速办理所有移民手续，你可以带家属一起来美国。对于人才引进学校会有不错的激励办法，有安置费还有优厚的工作年薪。可以考虑一下吗？"格林教授见科索教授正在极力邀请孟浩远，笑着对科索教授说道："科索教授你就是想和我们抢人，你的这些条件我们学校也同样可以提供给孟先生的。只要孟先生想到的，所有的这些问题我们都可以满足，孟先生你应该先考虑在英国，可以考虑一下我们学校。"孟浩远微笑着在想如何回答这两位教授的话题，罗斯维尔教授也抢着说道："孟先生，我们罗斯维尔大学在美国在世界上也是名校，科索教授和格林教授的条件我们学校同样可以提供，而且我是学校校董，我现在可以马上决定的，只要孟先生同意，我们可以以最快的速度办理手续，孟先生你请考虑一下，我们学校的数学研究成果也非常出众，会给你继续从事数学研究提供你所需要的工作环境。"那位一向严肃来自德国的巴斯德教授此时也面带微笑说道："孟先生，我想我们学校当然也是具有非常远久的历史，特别是在基础学科上。历史上学校出过很多著名的数学家。你如果到我们学校，一定会让你感受到那种氛围。学校会给你提供你想要求的工作环境和一切的，您可以抽空到我们学校访问和参观，会给你留下不同的印象。"赵安吉在外围站在孟浩远后面的地方，她听到在座的这些平时看似严肃认真的数学教授们对孟浩远都在认真劝说邀请他到他们国家和学校从事研究，说明孟浩远已经被他们充分认可了，内心激动得眼泪都快掉下来，她为孟浩远高兴，孟浩远来自中国，自己也是中国人，突然间感受到为中国人自豪。好像是自己在被他们几个名校抢着邀请一样，毕竟这是这些举足轻重的著名大学一流顶尖数学教授对中国人的尊重。知道孟浩远听得懂他们说的话，也还是兴奋地站在后面翻译给孟浩远听，主要是可以和孟浩远多说上几句。孟浩远见被他们邀请，很难回答每一位教授，突然心想有了。他们是很真心正式的，自己就当是一起闲聊笑笑说道："谢谢各位教授的厚爱！我是一个中国普通大学生还不够资格，听说美国、英国、德国大学当教授都需要博士以上吧。"他们五位教授听了孟浩远的话知道他特意问到教授的条件心里高兴，说明刚才的介绍引起孟浩远的兴趣所以才问着有关在各国大学当教授的学历条件，这是好的开始。格林在想，这些话题本来是他想专门邀请孟浩远，结果被其他几位教授一起忙着抢先说话给打乱了。他赶紧忙着接话说道："是的，孟先生。你说的是事实，那是正常程序要求的规定。不过你孟先生是特例，可以的，可以的。以你现在具有的超强学识和取得的成就，没有人可以达到你的水平，你已经非常了不起了，你已经完全可以破格的，符合引进人才计划的专用通道，这不是问题。"孟浩远点点头说道："谢谢格林教授！我知道啦。"不过他看似不经意地问科索教授道："科索教授，我知道你们大学的数学学院是非常出名的，如果有可能还是想有机会到贵校先多学习参观了解。如果可以到你们学校学习完成硕士和博士学业这是我的一个心愿，不知道可以吗？"科索教授一听孟浩远专门问自己有关学习的事，不免欣喜，看来这位孟先生对我们学校是知道的也有兴趣的。但以他现在取得的成就和已经达到的数学专业能力，想要继续学习似乎太奇怪了，不过他专门问肯定是希望多了解，内心又是一喜。孟先生还是知道我们数学学院的，看来他是有意向的，那就太好了。高兴地说道："孟先生，你太谦虚了。以你现在取得的伟大成就，我们可以破格聘任你为学校数学院教授的，如果孟先生一定想多学习完成你的心愿，积累一点经历和学业的话，那是我们学校的荣幸，当然可以！我可以亲自推荐你，欢迎来我们学校吧。我们一起探讨数学为世界作贡献。如果愿意也可以暂时作为我的助教，边学习边教学，以你如此的成就和智慧完全可以很快通过学业学习的，没有问题。然后就留下来在我们学校当终身教授如何？"罗斯维尔和格林教授两人也笑着再三邀请孟浩远到他们学校去。他们告诉孟浩远这些条件都可以满足做到。德国的巴斯德教授人比较实在严谨，看其他人都在抢孟浩远，而且孟浩远对科索教授的伯利克大学有些兴趣，心想看来现在已经较难做孟先生的工作，不过也还想争取一下。自己刚才一时插不上话此时见有机会也说道："孟先生，你知道我们德国的学校也是很不错的，学习很严谨的，如果您愿意考虑我们，可以随时和我联系。我很少推荐，但你是我认识的少有的天才，希望考虑后和我联系，谢谢！"赵安吉听着几位著名教授都在抢孟浩远，真心地激动，也为孟浩远高兴，他的前途可谓一片光明，此时心中油然而生一种敬佩和爱意。她忙着将教授们的想法一一翻译给孟浩远。孟浩远笑着说道："谢谢各位教授的厚爱，我孟浩远实在不敢当，对我来说这是一件非常重要的大事，请容我回去认真思考虑一下，再回复你们。你们都是数学界最好的数学家，很希望得到你们多指教。"孟浩远发自内心地表达了真实的想法，他这一说大家都知道目前很难让他做出决定，不过看着位聪明的年轻人，都愉快地相互留下各自的联系方式。已经是中午将近一点了，两位助理在安东尼教授的示意下，将快餐端上坐，就在会议室内放在每人的位置上，安东尼招呼大家先一起吃便餐，孟浩远和赵安吉都沉浸在喜悦和激动中，今天一天之中，能够认识这些国际上顶尖的大名鼎鼎的数学家本身已经非常荣幸，而且被他们认可更是不可想象，这是何等的荣耀啊。其他所有人其实也都非常高兴，他们见证了一个伟大的百年数学难题被一位年轻人所证明，他们都很喜欢这位谦虚低调极其聪明的年轻人。

孟浩远吃着餐盒中的快餐，此时脑海中想到了秦曾对他说过的话："你是地球上最聪明的人。"不由得感慨，看来在你的帮助下我正在一步一步做到。孟浩远为自己掌握的先进知识高兴，为可以能够对地球人类社会多做一些事高兴。赵安吉坐在他旁边边吃饭边偷偷看着眼前的孟浩远，说不出的敬佩，她看到孟浩远似乎在认真的吃饭，时而又有些出神想着心思，她不敢过来与他交谈。快餐很快就吃完，孟浩远坐着抬头看到讲台方向墙的一面放置的白色板，看着自己写满"西塔姆猜想"证明过程，孟浩远的眼神自信坚定。

今天注定是不一样的一天，是一个令在场所有人都难忘和重要的一天。世界上数学领域最聪明最权威的几个数学家因为见证了孟浩远自信沉着的演绎推算"西塔姆猜想"证明而激动和兴奋。一个伟大的数学证明就诞生在这个会议室里，这里也诞生了又一位伟大的数学家，就是这位年轻学者孟浩远。他所证明的数学难题得到了世界上最顶尖数学家们的认可，他们同时纷纷表现出对孟浩远真心喜爱，热烈地伸出橄榄枝希望可以邀请孟浩远到他们国家和大学从事研究，这让孟浩远倍感欣喜。本来自己从国家天文台离职后内心还是感受到一些压力的，以后自己人生路怎么走，是继续求学？还是……？在大学中学习提高专业知识这是孟浩远喜欢的一种。自己还年轻，可以不断地充实自己的学识，同时还要增加对社会的阅历，而且父母应该是会赞同自己这样做的。还有一种或者完全停下现在所有的事，以后的人生与来自阿勃特星的秦紧紧联系在一起，把主要精力放在与秦他们不断地联系沟通中，可以获得更多的机会了解阿勃特星的科技、文化、历史演变等等，更重要的是可以不断学到更多地球上还没有到达的全新先进知识，和了解他们是如何穿越宇宙空间？如何探索宇宙世界的一切上，神秘的阿勃特星到底在遥远宇宙地哪里？他们到底比地球先进多少代次？还有他们的一切都是自己想要了解的。秦他们可以帮助地球，可以在地球上创造更多未知的奇迹。不过目前自己，还是一个没有适当的工作或学习自由人。如果不做其他事来掩护只是保守秘密经常单独悄悄地去和秦联系，时间长了难免会让人疑惑不解甚至引起猜疑，毕竟这与现实社会所普遍认知的生活方式距离太远了。最好有自己喜欢的被社会认可的工作或学习，又可以兼顾不会影响自己与秦的联系和交往。今天正巧，格林教授邀请自己去英国伦敦大学任教提醒了他，也许可能是一个机会。如果在大学学习或研究，正好是一种较稳妥，一般人也都会认可的生活方式。接受这些教授到其中一个大学去，对自己来讲得心应手也是比较容易做到，又有时间可以做到保持和秦的联系。自己一下子还不确定人生的道路如何走下去，尽管父母不会多说什么，还是相信自己的，只是要求孟浩远抓紧找到工作。父母的宽容反而使孟浩远内心存在压力，是该好好理理思路，如何走好接下来的人生之路。孟浩远从今天自己受到欢迎这件事已让他看到了以后人生一种合适自己方式。自己精通数学专业上和在数学领域各专业知识面被这在座的几位最一流的数学家认可这是很不容易，为人相处交流上同样受到他们喜爱也是很难得的。这一切都要谢谢秦的帮助，是他可以轻易地做到让自己变得更加聪明无人能敌，我要好好与秦继续合作，为地球与阿勃特星球有更多的联系，会对地球有着重要的作用和价值。

赵安吉现在内心也已经在激动不已，今天这样的场合让她永生难忘，世界上最顶尖的数学家和刚刚认识不久的孟浩远也是一个绝世聪明的奇才，自己实在不敢相信命运的眷顾让自己突然之间来到这个地方，所见所遇发生的一切真的太突然幸运了，甚至感到幸福无比。她从心底里感谢格林教授给了她这一次出乎她意料的非常珍贵难得的机会。此时油然而生一种情感，内心久久无法让自己平静下来，心中正在激烈地翻腾着心潮起伏，脑海中也浮想联翩，只有孟浩远孟浩远，眼睛一直在盯着这位年轻帅气的天才，还好其他人的目光也都是聚焦在孟浩远和安东尼他们两人身上。在赵安吉眼里孟浩远已经是最最完美之人没有任何缺点。自己突然有多么渴望深入认识孟浩远并了解他的全部，甚至憧憬着可以和他发展进一步关系。如果他能够成为自己一生的伴侣那该是更完美最最幸福的结果，想着想着不免脸上羞红起来心跳在加速。确实和孟浩远仅仅是通过这次机遇短暂的接触已经让她认识到他才是自己真正佩服和喜欢的人，孟浩远身材高大但不是那种粗犷魁梧之人，相貌英俊又不是那种小鲜肉一般有脂粉之气，聪明有才气又不会轻易显山露水恃才得意，浑身上下散发出一种很自然让人喜欢的气质，一旦说话有礼貌温雅，在台上论证时又很自信十分有气场，收放自如让人十分舒服。而且他的性格很容易沟通，是一个太难得少见的优秀中国小伙，自己还从没有遇见过让自己心动的小伙，孟浩远的一切已经悄然进入到她的心里。这次非常偶然的一次机会让我认识了他，还有幸和这么些鼎鼎大名的大数学家认识，这种机会居然能给我碰上，真是实在幸运了。所以赵安吉到现在还一直处在无比激动和兴奋中，她简直恍若做梦不敢相信这样的奇遇。她看孟浩远的眼神显出敬佩、欣赏和发自内心的喜欢之情，对孟浩远一下子有一种一见钟情暗生爱意的特别愉悦的感觉。不过旋即又突然想到的是昨天陪孟浩远一起吃完晚餐，两人在街边随便散步观景时听到孟浩远接听电话时用流利的英语在快乐地交谈，她隐约判断与孟浩远通话的对方很有可能是一位外国女朋友。孟浩远一直用流利的英语在和她说话。唉，这太让人心里七上八下心有不甘，自己各方面也是很不错的，而且和孟浩远一样都是来自中国南方，各种生活习惯和观念更容易彼此融洽和适应，照理应该更合适，她想着想着头又转向孟浩远，眼睛不时地盯着他在欣赏，看着他自信的和其他人在一起笃定稳重的交谈越看越喜欢他的一切，也不免心里有些落寞，下次必须要确认一下，但愿他还没有正真的女友，我需要争取。

科索教授和罗斯维尔教授此时两人正一起在交谈着，不过也在心里盘算着，他们是真的爱才，希望孟浩远这样无比聪明在数学研究上达到极高层次领悟能力的人可以到美国去继续从事他喜欢的最基础最重要的数学研究。这个中国年轻人是很少见的超高智商的人，他身上具备强大的的数学领域知识和储备，身上似乎有一种巨大的能量存在，一定还会有更大的潜力可以发挥出来。同时他们两人还多了一层心思，在美国上一任总统曾经签署了一个国家行政令，就是为了让美国继续全面在科技领域领先世界和主导世界，所以专门制定了一个名叫"火星计划"的行政令，主要内容就是不分世界民族、肤色和国家，专门邀请全球各领域天才青年到美国去参加研究、学习、工作，发展科技和基础科学研究，科技创新等要全方位的在最先进技术上继续领先全球，成为地球上永远的科技霸主和最发达最强大的国家。只要"火星计划"的专家委员会提名和科学院会评估确认是杰出青年科学家的，都有绿色通道可以快速地进行人才引进行动，给与让人羡慕的研究环境和高额薪酬，还允许包括他的直系家人可以一起快速进入美国，只要引进人才愿意还可以马上获得美国永久身份。这些人才数据是绝密管理，在出入境国家安全部门等主要的几个管理机构获得高等级权限者可以查获到信息，对引入人才提供必要的保障服务和安保以及其他一些特殊权利和支持服务。所以这次两人看到孟浩远表现得如此杰出优秀，在数学领域已经是领先研究发现者，来自全世界一流数学专家充分认可和欣赏这位解决世界级数学难题"西塔姆猜想"证明的中国人孟浩远，他身上展现了超强的智慧让人吃惊。他已经完全具备了美国"火星计划"引进人才的所有严格苛刻的条件，他们两人也是"火星计划"专家委员会专家，也是美国科学院院士和专家组高级专家，有资格推荐和引进孟浩远这样的人才。为了美国的国家利益也一定要想尽办法留住孟浩远这位绝顶聪明优秀的天才，他在数学方面的天赋和智慧可以帮助美国科技领先。他的研究为将来可以在高端科技提供基础科学的重要支持。两人同为美国人，心里明白也已经有默契，只要孟浩远愿意接受邀请到美国来，无论孟浩远选择到他们两个其中一个学校都是大好事都是最好的结果。而且两人在交谈时他们已经敏锐地发现这位孟先生似乎对伯利克大学数学学院是有兴趣的，还专门对科索教授提出有关学习方面的问题咨询，看来这是个好的开端，只要他愿意来任何条件都可以满足。

安东尼今天和孟浩远在一起，亲自见证这位聪明自信的年轻人刚才在台上自如的证明过程和在几位一流数学家面前受到喜欢的状况心里也很感慨，这真是幸运，眼前的孟浩远先生能写出这么一篇在这个时代绝对是最重要最震撼的数学论文"西塔姆猜想"证明，震惊所有人，还好他信任地选择投稿给"数学研究"期刊，让我们期刊在国际影响力和地位上进一步得到提高，接下来必将会受到更多的关注，期刊地位和重要性已经是当仁不让。其实如果孟浩远先生愿意投到国际上任何一家其他有影响力的一流数学期刊同样都将会产生不可估量的重要影响，带来重要意义和吸引力，同时对期刊本身是一种地位的代表。真的不能错过，错过会让人可惜遗憾更让人发狂的。这个中国年轻人简直是这个时代少有的天才。他还这么年轻，前途无法估量，真是幸运。所以难怪今天邀请来到这里的几位世界一流数学家会在现场如此地不顾平时的矜持，言谈举止表情说明了一切，十分欣赏这位年轻人，很愿意和孟浩远交谈向他表示尊重和喜欢，更是频频诚意邀请他一起研究工作。更说明孟浩远的能力和极深的数学造诣已经征服了大家，得到在场所有人的喜爱和充分认可。实在是自己有生以来少见难得的。大家各自在看似轻松愉快地交谈着笑，其实每一个人各自内心里都有着自己的小心思和想法，在思考着争取孟浩远。现场气氛弥漫着激动和高兴，他们放下了平时数学家的严谨古板。这也是在这种高规格的一流专业研讨会上很少见的，当然聚焦点都会停留在孟浩远身上。

三

　　已经是中午十二点半多了，大家意犹未尽仍在高兴地交谈，安东尼安排大家中午在会议室里吃由他提供的简单的午餐，大家还在边吃边交流兴致盎然，这五位数学家平时也很难得全部聚在一起，又有安东尼和孟浩远在场。这次重要的会议所有人知道了"西塔姆猜想"证明在这里诞生。接下来期刊发行后将一定会引起国际上的惊呼。根据安东尼的安排上午就在午餐后结束会议，各位数学教授相互告别并一一和孟浩远、安东尼握手并祝贺。等五位数学教授离开后，孟浩远也与安东尼告别，由赵安吉送他回宾馆休息，下午他还被会议活动安排到格林教授的伦敦大学。安排的计划中是由孟浩远去作一场小型会议作专题报告，就是关于"西塔姆猜想"证明推演报告会。因为上午已经完成了证明得到五位数学家的认可，安东尼也已经安排就今天在"数学研究"期刊刊发这篇重要的论文，所以无须再继续保密。不过对于学校来说还有一个时间差，这是还未在正式期刊上发现过的最重要的研究之一，内部信息一发立即吸引了数学爱好者热烈报名参加，不过限于组织方的要求，一再审核压缩会议参加人数控制在二十人以内，有部分本校数学院专业的学生和教授进会场参加。格林教授和安东尼陪同孟浩远一起到场。报告会安排在下午三点开始，午饭后赵安吉和孟浩远与安东尼告别，用车送他回宾馆休息一会，一路上赵安吉心花怒放高兴不已，不时地偷偷看着孟浩远欣赏着，不过孟浩远没有注意他一直看着路过的街景，在数学期刊证明过程时站在台上大气自信地推演，结束后受人尊敬低调客气的与数学家一起交流和交谈，现在已经复归平静又是一个普通青年状态，内敛朴实。看着孟浩远，赵安吉也静静的随着他的眼光默默地注视着他和外面，不想打扰他。感觉在两人在一个空间真好。

汽车很快回到酒店，赵安吉让孟浩远上楼回自己房间休息，孟浩远说道："上午过得真快啊，到酒店了。赵安吉你在酒店休息还是？你也辛苦了。"赵安吉见孟浩远关心自己，心里高兴笑着说："孟先生，你快请上楼休息，下午还有活动。我自己会安排不用操心了。"孟浩远说道："是不是又在酒店大厅休息？这样，你到我房间休息，我随便出去走走逛逛，到时候在大厅碰头。"赵安吉被孟浩远的关心真心感动，忙说道："孟先生，真不用。你下午还有一场重要的报告。不然格林教授和安东尼教授会说我的，那就不好了。你放心吧，我会休息一下的。谢谢！快上楼吧。"孟浩远见两人相互在客气，赵安吉已经这么说看来是说服不了她了，所以只好作罢。说道："那我上楼了，辛苦你啊！"赵安吉笑道："你对谁都这么客气啊，快上楼吧。"孟浩远转身走向电梯区上楼。回到房间孟浩远上床准备眯一下休息，不过现在一个人静静地在房间却一下子无法入睡，在想着上午的事。今天上午在"数学研究"期刊会议室他的专业报告和问题答疑，现场的和这些一流数学家提问互动交流，从大家认真严肃的表情和专注的眼神，提问时神情都一直正视着自己，在结束后表现得高兴和喜欢自己，主动热情欣喜的和自己交谈，知道他们对自己的喜欢和认可。自己一直保持着平和的心情，现在回到宾馆休息，躺在床上却释放出来，自己其实内心异常地激动和高兴，由于始终处于兴奋中一下子根本无法入睡休息。脑中一直在想着上午的整个过程和每一个细节，每一位数学家从一开始严肃认真甚至冷静到结束后表现得惊奇和激动，脸上露出笑意和身上的肢体动作，以及他们所提的专业有深度的问题自己如何一一回答等等都在脑海中回想。唯独对赵安吉投来的敬佩和爱慕柔和喜悦的眼光他到没有十分留意，也不是不重视赵安吉，只是眼前几位一流的数学家愿意和他交流，所以他眼光一直礼貌地看着对方显示自己诚恳和尊重。

很快时间已经不知不觉来到了下午二点二十分时，自己的手机铃声响起，他以为是睡前调好的手机闹钟铃声响起，不过拿起手机来电显示号码是赵安吉的电话，原来是她打给自己来的。反映很快一骨碌翻身起床，感觉时间过得太快了，实际还没有好好休息多少时间就已经到点了，意味着下午的活动开始了，要去格林教授伦敦大学数学院去做一场专题报告会。赵安吉电话里那种南方特有的甜甜糯糯的声音关心地问着："孟先生，你好！中午休息得怎么样？你看时间差不多了。怕你睡过头提前电话叫醒你。请你准备准备下楼来吧。"孟浩远答应一声："好的，谢谢！我马上就下来。"一看手机已经到约定的时间了，挂上电话抓紧洗把脸，干净利落的穿上衣服和鞋，背上背包腾腾地走出房间迅速下楼来到大厅与赵安吉碰头，时间刚好差不多到，不过和孟浩远平时一般提前十多分钟到的习惯还是稍稍推迟了一点点。

赵安吉送孟浩远回酒店后其实她怕路上来回赶耽搁时间，仍旧就一直在宾馆大厅的沙发上坐着休息不敢离开。她想一直着上午发生的奇妙无比的事情，不由得心情特别愉快，而且到酒店后孟浩远要让自己去他房间休息，说明他心很细致，不由得自己心里甜甜的，更加不敢迷糊，只是在沙发上坐着，双手环抱、眼睛闭着稍稍休息。看时间差不多了才打电话给孟浩远提醒他怕他睡过时间。此时孟浩远已悄然走到赵安吉旁，赵安吉打完电话后一直坐着看手机信息，似乎有第三感觉知道有人在身旁，抬头一看果然是孟浩远已经来到身边，急忙起身脸上笑吟吟的，眼睛露出崇拜式的柔和目光注视着孟浩远说道："孟先生，你好。"孟浩远说道："你好赵安吉。中午休得还好吗？"赵安吉笑道："还好，我在这里坐着休息一会，不敢睡着，怕耽误下午的大事。"孟浩远才知道赵安吉其实还是没有房间休息，一直在宾馆大厅休息区沙发上坐着等他。不由得有些不好意思地说道："噢，原来是这样。那就是没有休息，辛苦你了。早知道是这样就叫你到我房间去休息的，真不好意思。"赵安吉笑道："孟先生不用介意。这是我的工作。能有这样的机会给我已经让我很高兴了。还要谢谢你上午在我翻译时的关照，你的'西塔姆猜想'太深奥了太难了，很难懂。"孟浩远看着赵安吉两眼中温情柔柔的眼神，不太敢直视急忙转过脸躲开，看向一边说道："看你说的。其实上午的证明过程真要谢谢你才对，辛苦你了！我们配合得很好。要不，我们就出发吧。"赵安吉连忙回过神应道："噢噢。好的。"边答应着边拿出手机电话联系驾驶员，又客气得引着孟浩远两人一起走出酒店来到门口等，一辆车很快就开过来，两人上车出发。

两人乘坐的车约二十多分钟后驶进了伦敦大学，孟浩远第一次到著名的伦敦大学，所以不断地从车窗看向外面观察起来。这所英国著名的大学校园里面非常大像是一个园林公园，只见校园内树木环绕草地众多，欧式古老的建筑布局规划有序，透出一股久经历史的见证大气沉稳也非常精致好看，像是艺术品。校园的布局完全和中国国内大学是不一样的风格特点，既气派庄严又典雅传统，整个学校占地有几百亩但是整体像一个开放公园。让人在里面很舒服享受，年轻的学生在草坪上在路上三三两两有说有笑地穿行其中，很有生机，有一种文化学习气息散发出来，进入校园会让人静下浮躁的心而变得安静起来。

赵安吉很熟悉这里，她就在这所大学学习。根据会议安排，下午在一座单独的教学楼报告厅由孟浩远进行专门的报告。等车进入学校行政楼区域后汽车不能再进入，停下车后她陪着孟浩远两人步行在学校里，直接走到后面区域的教学大楼到一楼报告大厅。此时教学大楼进门口处已经被临时围起来，有专门的安保负责维持秩序。门外站着不少人，有急于想着进会场的，也有看到在路上向着报告大厅正在匆匆赶过来准备进入会场的，还有一些人聚在会场外等着进去正在交谈的，门口已经围了不少人。进入报告大厅门口，已经安排有两位学校保安值守查看参加会议人员的会议邀请书。赵安吉陪着孟浩远走进后对着保安说道："这位是孟浩远先生是来参加会议的。"说着手中拿出格林教授给她的学校邀请书让保安看。看过邀请书保安挥手做了请的手势放行，两人一起走进报告大楼。会议报告大厅在里面，是一个中型的会议室，看里面的大小和座位安排，可以坐约五十多人。已经有不少的学生入场坐在靠前的位子上，有的在窃窃私语交流着学习生活的信息，有的在讨论学习上的内容，也有的是期待这次的报告的，左看右看观察起大厅情况的。

格林教授和安东尼教授两人在赵安吉和孟浩远下车后就已经得到赵安吉他们已到学校的信息后，他们就从行政楼办公室出来径直去往教学楼去等，比赵安吉他们早到五分钟。孟浩远和赵安吉经过门口保安检查后步行进入教学楼往里面报告大厅方向走时，他们已经在大厅门口外站立等候着孟浩远的到来。见赵安吉领着孟浩远从大楼门口经过保安检查从走廊走进来，早已发现都笑着点头示意，两人边交谈着边微笑地看着孟浩远他们来的方向。两位数学教授年纪已是近五六十岁，都是令人尊敬的数学界前辈。孟浩远自己毕竟还是一个默默无闻没有人知晓的晚辈，见他们已站在报告大厅门口等候时自己，连忙紧走几步过去恭敬地伸出双手迎上去，——和两人握手致意。

赵安吉也快步紧跟在孟浩远后面一起向报告大厅方向急走过去，

到了大厅门口相互握手致意后，由格林教授在前面引着大家一起进入报告厅。报告厅是一间中型的会议室，可以容纳约五十多人，前面是中心讲台，后面是黑板可以边写边讲，也是一个多媒体大厅可以放 PPT 讲稿投影演讲。孟浩远还是认为这种特别的专业学术报告尤其是数学理论证明，最好的方法是当场推演一步一步在黑板上写，边讲解更能表达整个过程的演绎流畅自如，而且上午已经有过一遍了都在脑中清晰的记忆。此时教室里已经坐了很多来听课的人，他们就是冲着"西塔姆猜想"这个百年数学难题而来的，充满了期待，当然他们都是数学研究者，是专业而且对数学有一定研究的学生或教授，一般人即使参加也没法能听懂。

报告演讲的时间已经差不多了，还差五分钟，报告厅门已经关闭，会议室里已经坐了约三十多人，和原来说好的小范围人参加比已经超出十多人，原来计划控制在二十人以内，这种高深的数学学术专业报告，而且是世界首次公开在内部由证明者亲自做报告不多见，事先需要认真安排，不过最后还是超过人数限制，说明对这次"西塔姆猜想"证明很期待也充满好奇。会议室内前面的位子上基本上坐满了。格林教授和安东尼就座在第一排中间走廊位置，格林教授负责主持，他走上讲台站在前面，拿起话筒发出声音，顿时会场由原来下面窃窃私语发出的声音气氛稍显热闹马上变得安静下来，意识到报告会就要开始了。会议室很快安静下来，人们眼睛齐聚在中心讲台位置的格林教授身上。格林教授说道："女士们、先生们、各位同行下午好。今天我们有幸邀请到一位来自中国的年轻学者孟浩远先生到我们大学作一场非常专业的报告会，大家欢迎。"说完开场白，会场上礼节性的鼓掌声，不是很热烈，因为他们对于孟浩远这个名字实在太陌生了。格林教授继续说道："我们也邀请到'数学研究'期刊安东尼教授一起参加。"说完大家不约而同一起鼓掌，声音比刚才热烈多了，他们都知道安东尼教授是一位很著名的数学专家。安东尼教授也是一位奇才，在数学界的研究成果和成就大家早已知道，非常尊重他。所以一听他的大名就开始热烈鼓掌。会场上的这种气氛令格林、安东尼有些尴尬。孟浩远自己倒没有什么想法，自己确实是一位无名晚辈，还没有取得什么大家认可的数学成就，"西塔姆猜想"证明也刚刚上午获得五位一流数学家的确认，国际著名顶尖专业期刊"数学研究"准备刊登还没有其他人知道。所以他心里坦然并没有什么特别的想法。格林教授说道："接下来有请孟先生为我们作'西塔姆猜想'证明报告。"又是一阵礼貌性的鼓掌声。坐在报告厅教室里的学生们和其他一些专门听讲的教授，在他们一起走进教室时就已经看到著名的格林教授和安东尼教授两人，他们非常尊敬的迎进来一位很年轻的长相亚洲脸的帅小伙和一位年轻的亚洲姑娘，看正走在前面一点的孟浩远年纪与他们相仿约莫二十多岁样子，长相清秀看着像是一位大学生一样。他的穿着打扮也很休闲，没有像格林教授和安东尼教授那样西装领带皮鞋出场，这位孟先生显得比较随意。看他这副样子就是一位在英国大街上很普通的学生，随意自如平常，心里都十分地好奇，英国是一个讲究礼仪的国家，这两位可是数学界著名的大教授，都是大家十分尊重的。现在这位年轻的小伙很受他俩尊重，小伙的样子阳光帅气沉稳和笃定令人喜欢。难道报告会就是由这位叫孟浩远的年轻小伙来作专题报告？心里都有很多疑问。等格林教授开始介绍孟浩远的情况后他们还不太相信，脸上的表情看出来没有什么兴奋大都是好奇观望平静的对待，只是格林教授介绍他时才礼节性的下意识地轻轻鼓掌。

　　会议室内下面有的已在交头接耳低声窃窃私语，听格林教授刚才介绍这位孟先生时，他并没有出名的头衔和著名学府求学学习的背景。但是当格林教授介绍道："今天我们荣幸地邀请到了来自中国的孟浩远先生为大家作'西塔姆猜想'证明报告"时，会场还是发出一阵惊叹。所有人这才开始集中看着孟浩远，孟浩远非常清楚在座的都是英国著名学府数学方面的高材生和教学界数学专业教授或者研究者，和他们比，自己在学习背景、获得研究成就方面确实有很大差距，他们表现出的好奇或疑惑也在情理中。但是自己并不害怕，他只要一上台就像是变成另一种人，台下时谦虚平常，在台上时自信有气场、反应灵敏，头脑中已经是太多的专业知识研究的存储记忆，思维已经是最上层次最杰出最伟大的研究者，今天的"西塔姆猜想"证明已经了然心中清晰地记忆在脑中，对他来讲仅仅是一个点而已。此时加上自己脑中的超级大脑系统在辅助他聪明的大脑思维反应和记忆，知识点源源不断梳理清楚随时可出。上午已经有过一场在国际上一流的五位数学家面前自信流利的证明推演"西塔姆猜想"证明并接受提问讨论一点也不怯，自己面对的可是当前顶尖数学家都已经获得认可更没有什么问题了，哪里会担心和害怕。等格林教授介绍完他，并请他上台报告时，他非常自信轻快地走上讲台。然后用中文开口说了一句中文："谢谢格林教授，安东尼教授和大家！大家下午好！"赵安吉也快速地跟着孟浩远上台，然后站在离他有些远的一边，不影响孟浩远的报告和在黑板上书写过程公式。等孟浩远说完赵安吉马上就快速翻译完成，脱口而出配合密切。接下来孟浩远开始非常娴熟地如入无人之地一般，人已经放飞在数学海洋里轻松游走。他飞快地在讲板上流利而快速地写着，嘴上不时用中文讲着。要不是赵安吉在当翻译，他只好硬是刹车停下等待翻译，不然真会一气呵成行云流水般地完成解题证明的一步一步。

赵安吉此时有过上午的翻译经历后她心里稍微镇定一些，不过对这么深奥的数学自己的理解还是很有距离的，面对在场的三十多位高智商的学生和学术专业能力很强的数学教授老师，不免依然有些压力，心里绷得紧紧的很紧张，把孟浩远讲的中文翻译成英语时出现不太流畅和吃不准的地方显得有时有点停顿，她紧张地看看孟浩远，眼神里请求帮助。但是孟浩远并不着急，依然很笃定神闲气定，他看到赵安吉转过来求助的眼神知道她还没有理解不知道如何翻译，上午也是在这几个地方出现停顿的，看来赵安吉还是没有理解，就走过去站在她身边低声用中文复述一遍，或拿开话筒悄悄用英语直接轻声提示。然后又走回讲台中央站在前面很笃定地接着讲，接下来他放慢节奏等讲完一小段后，特意停顿下来看着赵安吉鼓励着她，如果看到她再次有些吃紧马上又走过去用中文给她解释说明，等她明白意思后翻译完成，然后再继续往下讲解。孟浩远实际上自己完全是可以用英文直接讲解的。但是自己讲中文由翻译员来进行翻译，这样的形式也是孟浩远想要的，他想让大家都知道自己来自中国，必须用中文讲然后再翻译成英语。格林教授开场白主持时已经介绍了我是中国人，在座来听这场学术报告的人的眼光中好像并不看好和信任自己，所以就更加应当用中文讲再由翻译员来翻译，这样确实有些麻烦，由于赵安吉的数学学术造诣还没有达到一流，过程中间不时会停顿，没有办法一鼓作气，一下子由自己聚精会神的不受干扰地证明推算下去，对讲的人和对下面教室中听得人都是最好，但是孟浩远讲中文会让他们印象深刻地记住这个"西塔姆猜想"证明是中国人攻破的。赵安吉出现的翻译停顿有影响但不大，因为数学和其他报告会不太一样，都是专业性很强的数学定律和特定的数学符号公式，大家一看孟浩远写在黑板上的内容公式就会明白。等到孟浩远神情自若地把所有证明过程写满四大块黑板完成后，孟浩远轻松自如站在讲台前说道："这就是'西塔姆猜想'证明，谢谢大家。"赵安吉用英文翻译好后这句话，孟浩远已经轻轻放下手中的笔，一个人站在讲台上，赵安吉则知趣地退后站在离浩稍远两三米距离的身后侧等着。全场开始没有反应出奇的安静，如同上午在"数学研究"期刊结束证明时一样，大家都在消化和思考，有的甚至还听不太懂，有的听懂了还不敢相信，都在惊讶中，此时整个会议教室里全场特别的安静，没有一个人发出声音，随后有人开始鼓掌。格林教授和安东尼教授这是他们第二次现场听孟浩远亲自证明全过程，依然感到惊喜。紧接着所有人一起发自内心佩服惊讶后不由自主地双手鼓掌发出的阵阵掌声，整齐而响亮然后一直持续不断地鼓掌。再接着全体人员不约而同地起身站立更加整齐热烈的持续鼓掌。有人激动地在抹着眼眶里的眼泪，有人脸上露出难以置信的神情，有人还在专注地看着前面的孟浩远以及写满黑板的证明推演数据符号。这时候真的是科学无国界，百年难题"西塔姆猜想"证明被眼前的这位中国年轻小伙成功破解，太伟大了，值得整个数学界高兴，更为这位年轻人高兴并表示尊重。赵安吉也看着这种场面十分激动，眼里流着激动自豪喜悦的泪水，一直心高气傲的这些欧美数学精英今天在这间会议室里已经被孟浩远彻底折服。掌声一直持续，似乎在开一个盛会，和安东尼两人快乐的交流一下后格林教授走上前，与孟浩远握手致敬，两人站着接受全场热烈的掌声，等了一会会场的气氛仍旧热烈，都在有节奏地鼓掌。格林教授挥手示意暂停，会场才渐渐的暂时安静下来，说道："祝贺孟先生攻克'西塔姆猜想'，这是我们数学界的一件大事，也是重要时刻，值得我们高兴！这篇重要论文也将在数学期刊正式发表，我们在这座各位是最先见证的读者，我们深感荣幸。"他说到这里，会议室内响起一阵轻快的笑声，格林教授停顿一下后继续说道："好吧，接下来有二十分钟时间，可以自由提问。"顿时报告大厅教室里气氛热闹起来了，一下子有很多人争先恐后地举起手来准备提问。由于提的问题太过专业复杂难懂，赵安吉又不是学的数学专业，要懂得这些枯燥很难懂的数学问题是有些困难，难以一下子理解翻译，没法做到十分精确，她开始紧张起来。

大家看着站在孟先生旁边的女翻译比划着将现场提问的问题翻译成中文给孟先生听，然后台上的孟先生马上做出解答，可是女翻译译成英语时还是没有确切地表达出来，还是不太懂。急得赵安吉走过来求助地看着孟浩远，孟浩远低着头注视着她，在一边听她认真地在用中文表达时，孟浩远保持着微笑对赵安吉低声说道："没有关系，慢慢来，不要紧张。"随后的问题一个接一个提问，已经不仅限于"西塔姆猜想"的问题，涉及范围很广，加上要翻译花了近四十五分钟，大大超过提问时间了。

看看预定报告时间已超过，格林教授只好起身走上讲台前面劝住大家说道："各位先生们，女士们，报告会议时间有限，提问环节暂时结束。我们请孟先生作总结讲话。"现场顿时又是一阵热烈掌声。孟浩远看看格林教授，他太客气了，就是为了让自己在台上多说说，其实提问结束就可以了，下午的报告会也就结束了，这个环节是没有的还要让我最后再说说，这个格林教授他的好意自己心里清楚。既然主持人安排了，不能现场再推辞了，只好说几句，等格林教授说完就站在旁边微笑着看着他，孟浩远稍稍想想说道："谢谢安东尼和格林教授的邀请和安排以及赵安吉小姐的帮助，谢谢全体先生们、女士们！谢谢各位同行能抽空来听我的报告。"大家见孟浩远开场客气地说着，刚一停顿又是一阵欢快的掌声，孟浩远继续说道："在这里我想说的是，今天我第一进入伦敦大学，过来时看到了漂亮的校园和见识了你们这些聪明的数学研究者，很担心自己无法解答你们的所有问题，总算过去了。"孟浩远放松心态的话语使会场顿时一片欢笑声，接着认真起来说道："我想一个人要敢于思考。世界有你有我也还有其他人，都在为了科学事业和理想努力和奋斗。我们生活在一个充满知识，需要科学和不断探究未知求知的空间社会。所有对已有理论研究只是基于某一个历史阶段，某一个文明星球的认知过程中的某个阶段的一种总结。刚才'西塔姆猜想'被现有总结出来的数学定律运用所证明，以后就会是一种存在的新理论可以解决人类社会发展某些难题。也有可能证明的另一种结果，它是错误的。已经形成的规律规则是来源于某一个阶段的实践认知和证明都有数学的规律，都是在一定的条件下对规律作出的科学总结。举一个最普通常见的例子，比如我们在数学方面总结的一般规律其中一条，两条平行线永远不会相交，那么这个规律是真实的吗？至少在一定历史阶段一定认知条件下一定空间环境下是的，目前没有证据可以证明和反驳。不过我想如果我们站在更远的更大的空间从更广的外部宇宙空间来证明和探测这一规律，试想一下如果平行线一直延伸至浩瀚无穷的外宇宙另一个新的空间来分析，那么它是不是依然遵循两条平行线一直是平行的基本规律呢？目前我们没有办法来检验，也许脱离了地球、在整个太阳系、在更大的我们没有到及的空间可能这种规律是另一种结果，也许是可以相交的。所以人类需要不断地思考和研究探索发现。不要被前人所证明的定律和规律规则来束缚我们后人自由开放的思想，一切总结的规律都是基于事实在寻找总结的过程，或许会发现新的规律。再举例比如数学的基本规则是一加一等于二，每一个人都知道。那是因为我们前人总结出来的最简单的数学规则，从而应用于社会。那么为什么一加一必须等于二，而不是一点九、二点一或其他的一个数字呢。一又是什么意思呢？它代表着什么？我看主要是前人为方便计算，大家共同认可而约定的一种数学规则，然后才有方法来证明它的正确。那是否就一定是不可以推翻的定律呢？我看也许不完全是这样。所以，我在研究'西塔姆猜想'时也认为有两种结果，一种是证明猜想是成立的，另一种可能会得出另外的一种结果，建立的猜想命题本来就是错的。我想表达的意思是人类需要不断思考思考，我们要自由地发挥我们人类的思维就可能发现更多我们认为不可能的规律，那样会创造我们的新世界。当然我不是想从现在开始可以简单地否定或推翻一切前人已经总结的数学规律，否则会引起整个社会极大的混乱。前人已经总结的数学规律它在我们共同认知的社会上还是普遍所应用的。我们都是基础数学研究人员，在人类研究探索过程中需要跳出一定的空间去更大更广远的另一个空间思考和发现，可能会有不一样的结论和奇妙的发现。谢谢你们的好问题，引起我的新思考，今天让我收获很多新思想。"

孟浩远讲完后，会场出现短暂无声一片安静，人们都在细细地回味思考孟浩远刚才所讲话的含义，这些话似乎有哲学味道既肯定又否定。仿佛被他带入另一种从来没有的遥远不同的空间在遐想，觉得孟浩远的见解和思想与常人太不一样了，很难一下子完全理解他的深刻意思，但是这些思想实实在在击中人们的脑海，撞击人们的心灵。其实以孟浩远现在所拥有的阿勃特科学技术和新知识，讲这些话是基于自己头脑中已经掌握的大量全新知识，选择其中一二联想地球的基础研究来分析思考有感而发，希望大家开发自己的想象空间，敢于大胆探索发现总结新规律，才不会被框死在前人总结的存在的固有规律当中，人类需要到其他宇宙空间世界去不断探索，会发现和总结另一种不一样的新规律。会场安静了一会后，再次爆发出阵阵掌声，有人起立随后全体起立，持续地有规律地不约而同带着惊奇和由衷的敬佩在鼓掌。此时人们已经对眼前这位聪慧的年轻人异常敬重和佩服，它不仅在数学上有强大的理论精通各个领域，而且具有深邃的哲学思想让人的思维引入到另一个不一样的更广大的宇宙空间世界。格林教授和安东尼教授内心也被他的刚才的总结性发言所触动，这位孟先生真是个与众不同的人，不仅极其聪明更有高深令人思考的思想。赵安吉听完后也是不太明白，孟浩远说这些话的含义，自己的思维被他的讲话领到一个从来没有到达过的崭新无限想象的空间，自己现在出现短暂的混乱了，惊得张大嘴一直跟随着大家发自敬佩的在拍手，他真的太有魅力了，现在所有的人都被他征服，此时此刻内心无比激动眼睛里已经噙着泪水。同时冷静后心想孟浩远原来你英语这么好，这么深奥的讲话思想直接用英语流利无比地表达出来很不容易，而且他的讲话加上他富有逻辑的表达讲得让人浮想联翩，马上思绪进入星空宇宙另外一个世界，有探索未知的冲动和欲望。他像个谜一样让人想多了解，他身上有太让人吸引的神秘地方，简直无法想象。他还假装自己英语不太会，哼，孟浩远你也太能装了。赵安吉内心由衷地佩服，他的研究报告讲得实在太好，太精彩了，尽管自己还听不太懂。现场回答地提问也显示出他具有强大厚实深奥的数学基础和能力。最后的总结讲话更深邃富有哲理，激荡起人们探索科学的更多欲望，也引起了人们的无限思索。

报告会很成功，孟浩远自信地把"西塔姆猜想"轻松推演并做解答，提问涉及范围很广令所有人信服。在最后总结性发言中富有哲学思想和深刻含义让人联想，安东尼和格林教授两人一边看着一边不时悄悄交流着，感慨如此年轻的学者具有和其他人很不一样的全新深刻的思维。这已经是第二次听孟浩远的"西塔姆猜想"证明报告推演，他们发现孟浩远身上不仅具有深广的数学造诣，而且今天的讲话看似随意也说明他内心的真实想法，颇具深刻的含义在其中。他在数学研究上已经是一个伟大的数学家，而后的总结发言高深难懂应该是有所指的，不是泛泛随意而出。像他这样的年轻人，有极强的专业学识又很有思想的数学家非常少见。他们不禁心中涌动起渴望他能够更多的研究发现数学新的奥秘。

赵安吉的翻译和接待任务已经结束，她回想着这次和孟浩远的两天因工作安排而认识接触，对她来说开启了不一样的人生，简直是如入梦幻，真是幸运自己有这次人生当中最具光彩难忘的时光。原本以为是一个正常的普通任务，没有想到这两天的时间收获完全超过想象，自己的见识一下子长进太多。她内心真希望这样的活动可以更长一些再长一些，从孟浩远身上一定可以学到更多，可惜就要结束了，心中不免有些怅然若失。但是看到孟浩远时，她脸上还是笑盈盈地主动问孟浩远说道："孟先生，会议安排的活动已经基本完成，您接下来还需要有什么活动安排请跟我说，我会尽力去做的。反正我也没有什么大事。格林先生已经放我几天假，我有时间来可以来照顾你。"

说出"照顾"时她心中有些慌，她当然想如果可能希望照顾他一辈子。可是以孟浩远的性格和两天的相处，他是很独立的人，不会让别人照顾的。孟浩远见赵安吉主动热情地关心自己，内心感谢连忙说道："谢谢你和格林先生的好意。我这里的安排已完成，没有什么事了。我明天就会离开伦敦，还有其他事情。"见孟浩远真的被她猜中他肯定会这么说，赵安吉心中有些苦涩有些不舍只好说道："噢，孟先生已经有安排。那好吧，孟先生。那我送送你？"眼里含着温情和失望还有留恋。孟浩远已经注意到赵安吉的些微变化，不敢直视她的双眼，说道："赵安吉这两人辛苦你了，非常谢谢！不用客气了。"赵安吉叹了口气说道："不辛苦，认识你让我收获很大，见识了许多，非常难忘。好吧，那就在这里告别了，希望你会记得我，以后有机会再来英国的话记得联系我。"孟浩远见赵安吉的表情和说话，心里是有些明白的，两人这两天的相处尽管很短，但是她一直尽力在照顾自己，为人也很低调、认真、实在，对她是有好感的。不过其实自己确实已经计划好，明天上午要去考察一下在伦敦举行的年度国际钻石交易展示盛会，有机会想多了解一下目前国际钻石市场的情况。不能再麻烦请赵安吉一起陪自己参加展示会，那样总感觉不妥，而且这是自己的私事，他不想让其他人知道他太多的事。于是就婉拒了赵安吉的好意，明天下午自己已经想好，准备直接赶到德国去悄悄地看一下艾琳，要给她一个意外惊喜。这两天艾琳每天晚上都会主动联系自己和自己电话交流，话题很多很开心地交谈，两人真的很是投缘。孟浩远心里感觉越来越挂念这个个性独立，模样精致，长相美丽的荷兰姑娘。到德国突然地去看她一下，让她看到孟浩远突然出现在她面前会是怎样的表情，一定会让她惊喜高兴的。赵安吉看孟浩远还有自己的安排，尽管有不舍也无奈，内心尽管有些落寞还是表面装着镇定的样子笑着说："好吧，孟先生，这次你的行程安排得还是太紧了点，没有留出一点时间好好到处看看了，有点遗憾了。如有需要，任何时候给我联系。"两人不言语都在想着心思。

　　刚才与赵安吉一番交谈后，孟浩远与格林教授和安东尼教授也是英雄相惜，握手准备告别。格林教授开玩笑地说："孟先生，你看我们伦敦城市不错吧，古老和现代结合，传统和流行结合，文化开放多元，我们学校你参观过也非常不错吧，这里还有你认识的来自中国的赵安吉同学，我看她也愿意你留下来。你是否再考虑一下愿意留下来和我一起研究和参加学校教学？你看怎么样？你的所有条件他们给你的，我们也都可以满足的，一定会给你充分满意的你需要的工作环境。你也看到英国的学生和同行们在数学研究方面还是很有天赋和想法的，提的问题涉及很广也很深，都非常不错吧。而且安东尼教授也在伦敦工作，我们可以经常在一起交流研讨。"安东尼教授听格林又开始邀请孟浩远留下，也是点头赞同说道："孟先生你是我认识的最不一样的数学家，格林教授所言我非常认同，你可以认真思考一下，留在伦敦工作。"赵安吉在旁边此时又被格林教授和安东尼教授刚才一席话给点燃，心里扑通扑通的急跳起来，脸上微微有些红眼中温柔含情注视着孟浩远，希望能够被说服答应留下。孟浩远没有料到格林教授和安东尼两人此时又说到挽留自己的话，他们明知道自己有意于科索教授，当然孟浩远主要考虑和秦下一次见面的地址就在美国某处，如果可能留在美国便利多了。现在自己与他们要告别了还要再次提出挽留，心存感谢。不过自己不是三心二意之人说道："谢谢格林教授的好意，您知道的我和科索教授俩人交谈时，已经有了初步的想法。容我回去再思考，我们会联系的。在哪里不重要，重要的是我们可以经常有机会多交流。"他说完话让赵安吉重有失落，她和格林教授还有安东尼教授此时更加清楚孟浩远是有自己主见的一个人，不会轻易改变自己的想法，心里更加敬重，可惜没有办法可以留住他。他以后一定会更加大放光彩的。几人只好相互告别。

四

在伦敦已经待了两天了，第三天上午孟浩远一个人早上就出门在外面跑步锻炼去了，一个多小时后才回到酒店，吃好早餐回到房间准备出门，整理自己的行李箱和背包随身物品离开酒店到附近乘坐公交汽车，按地址到伦敦一个繁华街区上一家著名的英国国际展示中心参观一年一度著名的国际钻石交易展示。今天正好是伦敦"世界钻石展示会"开幕第一天时间，展示会为期三天，大会邀请了大约 180 家世界最有名望并且最富有的钻石商来看货，商谈交易和展示最新的设计产品发布。这是世界钻石行业的盛会也是钻石设计新品潮流风向标引领世界。每家商企在这里通过洽谈可交易不同大小、不同质量的钻石原石，数量是由大会组织来统筹控制，确保行业的发展和交易钻石质量。

等孟浩远赶到英国国际展示中心大门口时已经是上午九点四十四分了，大门口有七八位保安穿着统一的警服式样服装，佩戴全副装束，煞是威严，正在认真地检查进入会场的嘉宾的邀请书，携带的随身背包安检后才可入场。周围还有五六个全副武装的，一眼就可以识别服装上的"警察"字样，他们在维持秩序，旁边停着三辆警车。毕竟这是世界级别高规格的一年一度的国际盛会，来自众多全世界各地出名的富豪和名人明星和品牌大商企都会参加。孟浩远想着交易展示会开幕入场是十点开始，自己从网上查到这条信息事先不知道这种大型国际展示交易会需要有大会组织发出的邀请书才可以进入参观，并不是对所有人开放都可以随意进入参观的，尤其今天是第一天开幕检查得更严了。

站在门外的人群形成一条通道围在警示围栏外面，都兴奋地看着一些穿着光彩的宾客步行进入会场。现在看来碰碰运气进入展示中心能够参观一下的可能几乎是没有了。门口不远处有停车区，开车过来的都是豪华高档车，从车中下来的都是男的西装革履，女的身穿礼服，足见大会的吸引力和重要性，像是参加一场隆重的大型秀场。看看自己的穿着就是平时普通一贯的休闲风格套装和轻便运动鞋，确实和进场的嘉宾和客人完全不一样也不搭调，差太多了。看这种情形即使有了邀请书也还要准备一套西装和皮鞋，不然也不一定可以进得去。这样的高规格展示会算是让孟浩远见识了，外面普通人群是无缘进入内场参观了，只是仍然有很多人群围在外面，他们只是来一睹自己喜欢的明星和知名企业家风采。

孟浩远正在想着驻足往展示中心大门口看，那里通道中一直有人向大门口走去，看到观众在外面，有时会停下微笑地招呼引起围观的人们发出叫喊声和拍手声，非常热闹。外面围观的人群也越聚越多，他们兴高采烈地看有名人和明星步入会场经过时发出高兴的喊声。在这里可以看到来自世界各地这么多著名的明星和企业家让他们兴奋激动，即使没办法进入最里面一层，也站在外围人群后尽量靠近围栏绳，可以亲眼看到他们喜欢的明星和商界大佬。展示中心大门口围栏外面靠近人群的地方正有电视台记者在现场直播节目，周围围拢的都是兴奋异常的人群，背对着记者正在高兴地看着入场的名流，不时嘴里激动地叫着他们心仪的明星的名字。孟浩远看到这情形不想往前面挤，挤在人群中很不舒服。他有些无奈正准备离开时身边传来一声尖叫，孟浩远下意识地反应极快，他以为又是哪一个著名的明星到来一下子突然间引起轰动，原来是人群旁有人在前面拼命往前面聚集想往前看，人挤人相互拥挤后摔倒有人滚了过来，下面是一层层的台阶，如果有人被拥挤的人群力量挤压滚落下来一定会受伤。

孟浩远听力特别灵敏视力又奇好，已经辨识出前面人群发出一阵惊叫声，一定出现危险情况。他没有多思考眼疾手快轻松已跃起，飞快往人群前用力挤开围在前面的几人后迅速冲过去，身体在前冲时借前面人为落点腾空往前飞跃几步，敏捷地顺势用手托住正在惊慌失措跌落过来的一个金发欧洲样貌的年轻姑娘，只见她手里还紧紧地抓着话筒，耳朵里面有耳机，正惊恐地从上面被人群用力一挤摔下台阶来。原来刚才正好有一男一女两位国际著名电影明星一起挽手过来，刹那间引起在围栏外面围观人群的一阵骚动，拼命地一起拥挤过去，突破围了警示围栏绳压倒了前面几人，犹如多米诺骨牌般摔倒在地。而正在现场背对着大门面对着摄像机镜头在现场做介绍时的其中一家电视台采访记者被拥挤上前的人群一挤，身体不由得往反方向前冲下来，而且下面是十多级台阶，孟浩远听到人群的叫喊声随即听到一个女声的惊呼声，凭自己的判断力飞身紧走几步轻跳出去，看着跌落的一个人影方向站好位置定住身子用力顺势两手托住往下缓冲一下卸掉一点冲力，不然自己硬挺恐怕两人会一起被强大的惯性跌落下来，轻则头破血流，重则骨断内伤。吓得在远离一点距离正站着面对女记者，右肩扛着一架摄像机正在用心拍摄的同事根本来不及反应，前面人群突然骚动他还不知道到底发生什么，见一下子混乱起来女记者被人群拥挤推动样子很狼狈，只能惊愕的连连惊叫："噢，我的天啊，我的天啊。"还好孟浩远反应远比常人迅速敏捷，心念想起："不好。"动作极快，突然飞出往前已做好动作托住面对摄像机摔过来的那名女记者。要不然这一次摔下来的女记者肯定会受伤严重了。女记者突然间被人群发生挤撞摔倒惊吓不小，待孟浩远稳住身体将她托住后放下站立，她才明白过来刚才发生的一切太突然了，要不是突然出现的这位年轻人，反应神速敏捷出手相助，后果难料让人害怕。惊魂未定的女记者看着孟浩远明白刚才就是这位小伙救了她，向孟浩远连声道谢："谢谢！谢谢！"不过又非常敬业的马上寻找空地快速走回到前面，站在摄像机前面面带微笑开始继续直播起来。

等门口现场直播采访告一段落，那位摄像小哥关闭机器后马上放在地上，急切地走过来到这位女记者前面，询问刚才发生的情况。然后走到孟浩远身边，女记者也关闭了话筒才对着孟浩远自我介绍起来："你好，谢谢你刚才救了我。我叫佐伊。"指着摄像小哥道："他叫迈克，我们是英国'自由星空'电视台'一加一'新闻报道的主持人和摄像记者。今天我们在这里直播'世界钻石展示会'年度国际展示交易会，来自世界各地的钻石商会和名人都会参加，电视台派我们来现场直播和采访这一盛事的。"听佐伊介绍后，孟浩远也自我介绍了："你好佐伊，你好迈克。我是中国游客孟，正好看到今天有这样的活动，赶过来想去看看。"佐伊抬头从头到脚仔细地看了一遍孟浩远，原来是很普通的一个中国小伙，连自己的全名也没有介绍，说道："噢，这是国际顶级活动，是富豪们的宴会。你也想进去参观？参观是需要大会邀请书的，看来你应该是没有吧？"孟浩远说道："是啊。我不过是想碰碰运气，没有邀请书。进不去就正准备离开了，刚好看到发生的一幕，你还好吧？"佐伊说道："没有什么问题，谢谢你的帮助。你想进去参观，其实也没有什么可看的，最多可以碰到一些明星，里面的钻石也不是卖给普通游客的，是钻石矿业公司供应商和钻石交易行之间的贸易，当然也有展区展示，都是世界级别的非常昂贵，不是普通人能消费的。孟先生，你看进去参加的客人穿着非富即贵，我建议你还是到其他的景点去游玩看看吧，这里不适合你，哈哈。"孟浩远见佐伊很实在讲得话都是为孟浩远好，她直言告诉他展示会其实没有什么可看的，并没有觉得她不礼貌，她看自己穿着打扮是一个平常普通人，绝不会是有钱人那种。孟浩远微微一笑着点头说道："是啊是啊，我也这么想的，所以正准备离开。"说完两人都笑了起来。孟浩远确实也是如佐伊说的那样，说道："佐伊、迈克，再见了。你们继续工作吧。"说完转身走开，没走出几步，听到身后的佐伊在叫他道："孟先生，请等一等。"听到佐伊的叫声，孟浩远停下脚步转过身来，看到佐伊正和迈克两人在交头接耳的说话。等了一会，佐伊走过来，看看孟浩远，让迈克把摄像机放孟浩远肩上，话筒由迈克拿着，自己拿出一个笔记本在手，他们俩人头颈上都挂有记者证，三人孟浩远居中，佐伊在前，迈克在后。佐伊告诉孟浩远："孟先生，你不是想进去看看吗？请跟随我一起走进去。"孟浩远马上反应过来，佐伊还是想帮助自己完成想进去参观的愿望。说道："不必了，你说得对，进去看没有什么必要了。谢谢你！"佐伊有点意外，但是坚决地说道："孟先生，走吧。"孟浩远见她这样想帮助自己，只好跟着一起三人来到展示中心门口。检查的保安一见胸前吊挂着电视台记者证稍稍看了佐伊挥手示意进入，看到孟浩远肩上扛着摄像机机器，但没有记者证刚想开口询问，佐伊抢先开口说道："这是我的同事，是一位刚来的实习记者。"保安再看后面跟着的迈克胸前也有记者证，就没有再说什么，也没有仔细查看就示意他们可以进去。

　　三人就这样进入到展示中心，在一处僻静处停下来。佐伊让迈克拿下孟浩远肩上的摄像机放在地上，笑着对孟浩远说道："好了。孟先生，谢谢你刚才救了我。你已经进来，就自己参观吧。这个记事本和笔给你，封面印有电视台的标记图案，如果有人问你就说是我们电视台的实习记者在采访，是我的助理，这是我的名片，有事可以打我电话。好了我和迈克要去工作了。谢谢！再见，祝你参观顺利！"说完就与迈克匆忙离开忙着去采访拍摄去了。

　　孟浩远手上拿着印有电视机台台标的记事本开始在展示中心慢慢地自由参观起来，第一区是来自世界各地著名钻石矿区，展示的是钻石原石，一个一个展位前人头攒动，有不少人正在仔细地观看和交谈。孟浩远也凑过去参观看看。采购方和供应方坐在展位里的椅子上正在低声认真地洽谈着。孟浩远大概用眼扫了一遍这里展示的部分样品，都是些常见的小颗粒钻石，柜台内标注着来自那个国家的钻石产区，看不到比较大一点的。就这样孟浩远一个一个展区信步走着不时地停下脚步观看。展示的各矿区钻石原石都对他没有留下比较深刻的印象。一排展位全部看完来到了第二区的位于中间的钻石展示区，在封闭的打着灯光的玻璃柜内展示着加工好的成品以及比较大的一些标着产地的钻石原石，在灯光的照射下熠熠生辉。不过现在这些贵重奢华的钻石在孟浩远看来也都不足为奇，实在是普通的钻石。不过在他看到有极少量的淡蓝色的蓝钻和淡粉色的粉钻时，孟浩远饶有兴致地看着，这里的钻石显得更加的高档，展示在柜台内的数量很少，有颜色的钻石因为少而更显稀缺珍贵，也更加受到追捧和喜爱，它的价格自然也更昂贵。一般展示的钻石大都是白钻和略带偏黄色的钻石，蓝色和红色彩色的钻石本来就很稀少。孟浩远受到启发，想到以后如果有机会他要秦提供这种更稀有的彩色钻石，不知道有没有可能。正认真地参观着，孟浩远听到前面传来阵阵惊呼声和人群走动聚集在一起的骚动声。在前面数十米远处设置有一个单独的展柜，前面已经围着一群人，他们都身着光鲜正在驻足观看，不时还发出惊叹和赞美声。孟浩远被前面的人群和发出的声音所吸引，慢慢地走过去来到近前顺着围在外面的人群间隙看进去，原来人群中里面一个特别醒目的玻璃展示柜中央放着一颗规格巨大洁白无瑕的钻石，经过大师的精心设计加工后，在灯光下闪着熠熠星光无比耀眼没有瑕疵。参观的人驻足停留站在周围，近身观看不时有人发出惊叹欣喜声，有人正在悄声说着，这是目前世界上新发现的最大最昂贵最高等级最完美无暇瑕钻石，是绝无仅有的高品质上品。据提供的宣传资料它比世界上最大的库利南钻石还要大，重达 3407.87ct，目前是由沙特王子收藏，名称："世纪之星"，产地，不详，来自哪个矿区，不明。加工地，比利时"艾格尼丝"加工和设计。孟浩远听他们在窃窃私语和赞叹，当听到是来自"艾格尼丝"加工，他心中已明白，莫非就是自己提供给伯格的那一颗秦带来的钻石。正想人再往里挤进去到跟前再认真地仔细看看它的加工设计和说明等信息时，突然背后被人轻轻拍了下，身后一个人高马大的穿着保安服装的高个子欧洲白人相貌的中年男子，对着孟浩远略带有疑惑轻轻地小声问道："不好意打扰了，请问先生您是？"孟浩远看看周边参观的人，身上穿着都是礼服盛装，气质高贵优雅，而自己一身的运动休闲装束，在这人群中一下子确实很突兀，也一眼能看出明显的不一样。听背后有人正对着他在问，孟浩远只好退后几步走出人群，又继续往后轻退几步离开人群，明知道他一定是看自己着装很普通而且人群中只有自己一人这样的打扮，周围都是衣着光鲜华贵气场很足的人，转过身轻声问道："嗨，你好！你是在问我吗？"高个保安明确地说道："是的，先生。"孟浩远心想也怪不得这位敬业的保安，自己穿着普通的确显得是格格不入，而且刚才自己想着挤进去往前仔细看看引起保安的注意了，于是想到佐伊告诉他的，如果有事就说是电视台实习记者来做节目的，说道："噢，我是'自由星空'电视台'一加一'新闻频道记者"。说着拿着手上带有电视台标志的记事本和笔示意，保安说道："先生请问你的记者证。"孟浩远心里咯噔一下，这里的保安也真是敬业认真，一定要查看记者证，想想也对，这里展出的是世界最大的钻石，会场内是来自世界各国最富有的群体和明星聚集在此，都是有头有脸的富贵和名流，安保当然是格外认真了，外面有保安在门口把关，里面也有保安巡场。刚想继续解释说自己是见习记者可以电话联系佐伊时，这时周围已有几个经过的好奇地侧身或回头看发生了什么事？孟浩远顿时感到有些窘迫正想继续解释，此时身后突然传来一个熟悉的声音在对着他喊道："孟先生你好，我一直在找你，真没有想到原来你已经来这里了。"孟浩远循声抬头侧转身一看心里一乐，这下有人来解围了，原来那个熟悉的声音是伯格先生在对自己招呼，他此时出现在这里真是解围了。一想对啊，他们艾格尼丝公司不可能错过这样重要的国际钻石展示交易会。忙着低声答应着："噢，伯格先生你好，正好遇见你，要不然可能参观不了了。"伯格一听孟浩远的话，再看边上站着的保安有些明白了，一定是孟浩远先生他没有邀请书和专门的贵宾卡遇到一点麻烦了，把自己颈上挂着的贵宾证给保安，对他轻声说道："这位孟浩远先生是我们公司的贵宾，他今天忘带贵宾证了，我们是一起的。"保安见伯格出来穿着西装有贵宾证，气度不凡，一看便知就是一个重要商人老总在旁边解释，他说话气场很足，连忙顺势说道："好的。对不起先生，打扰了。请参观。"周围几人看没有什么事，早就快步往前面人群围着在观看发出惊叹声的展示台走去，保安也笃悠悠地离开这里，继续在外围远离空地站着巡查。等人们离开后伯格开心地握住孟浩远的手，然后两人继续走出几步离开展示柜观看圈到人少处，伯格高兴地问道："孟先生，见到你太高兴了。一直想约你见面可是你一直很忙。原来你已经悄悄来到伦敦考察国际钻石市场了。在这里能和你遇见真是很意外，英国每年一次的交易展示会我都来的。这里是世界最全高等级的展示和交易会，你可真是头脑明锐啊，参观一定有收获吧。"孟浩远见伯格见到自己的脸上露出的高兴表情发自内心，又有些味深长地说着。其实自己能在这里偶遇伯格也蛮高兴的，怕他有误会忙解释道："伯格先生，这次来伦敦我主要在英国有一个学术交流会，昨天已结束了。偶然看到信息说今天在这里正好有这样一个国际性的重要的钻石展示交易会，所以就想顺便来参观，没想到正好碰上你了，真的太巧了，这是最大的收获啊，见到你很高兴啊。"明知道孟浩远客气，伯格笑道："孟先生，你说笑了。对我来说在这里见到你真是意外和惊喜啊，太令人高兴了。难得来一次好好参观，另外多认识一些行业客人，多了解国际钻石信息有好处，你看是否需要为你介绍一些行业客人认识一下。不过你以后还是不要忘了我，要照顾我的生意，你可是我们公司最珍贵的客户，希望可以与你继续合作。"孟浩远心想伯格人到实在，知道自己来这里看看了解一些情况，他居然大方坦然的这么说话。这种国际顶级的展示交易会上行业商人集中，还愿意介绍行业中其他客人给他认识，伯格能有这样坦荡想法还是让孟浩远感到伯格的格局不一般，让他对伯格有了更好的印象。不过在伯格看来，他也知道孟浩远能来这里参观一定是有计划的，凭孟先生的能力和聪明的头脑以及与人交谈的坦诚，很快就会认识很多客户。不管自己引见与否结果都是一样的。他想多了解的话一定是可以很快认识更多世界各地的交易商的，自己不说也拦不住孟浩远，对孟先生不需要隐瞒，应该大度坦诚。孟浩远对伯格这一席话心里高兴，对他自然尊重多了一份，忙客气地说道："噢，谢谢伯格先生了，这就不需要了。和你的交往彼此已经建立了良好的信任，正好在伦敦看到这个展示会信息，顺便过来了解一下而已。你知道我不太愿意多抛头露面的。"
伯格一听高兴地点头说道："谢谢孟先生！"孟浩远笑盈盈地问伯格道："伯
格先生，刚才前面展示区那边保安这么严格认真的在旁边警戒，主要是为了
那颗展示的'世纪之星'钻石吧。上面介绍那是你们公司的。是你卖给沙特
王子的那颗吧。"伯格笑道："孟先生，你真是太聪明了。是啊，就是你提
供给我们的那颗独一无二的珍贵钻石。我记得你告诉过我们，让我们公司自
己收藏，珍藏起来的。可是这么高品质的稀有钻石世上难得一见，消息传出
后中东地区富豪是我们公司的经常客户，他们来了见到这颗'世纪之星'特
别喜欢，根本不在乎钱的，多少都愿意购买。公司也是不敢得罪啊，在一位
沙特王子代表再三要求下最后不得已忍痛割爱了。现在全世界都知道最大的
最美最珍贵的钻石是沙特王子所拥有的。本来这一颗应该是我们公司的，唉，
世界第一没有了，我也感到很可惜啊。"孟浩远听他心痛地说着这颗钻石的
事。开玩笑地说道："伯格先生，是有些可惜啊。不过你应该在这笔生意上
还是做得不错吧。"伯格也实在，说道："是的。是赚了很多，我们不愿意卖，
他们一直不断加加加，实在没有办法后来就 3.4 亿美元成交了。"孟浩远露
出惊讶，说道："啊，真的吗？那不是很好吗？公司赚钱了。不过可惜啊，
这可是无价之宝啊，不能用金钱来衡量。可遇不可求啊。"孟浩远越这样说
伯格更加心痛。伯格说道："是，是，是。还请孟先生以后一定多关照啊，
常来我们公司走走看看。"孟浩远见伯格人极其精明待人又比较实在，也不
再继续调侃逗他了，说道："伯格先生。我刚才参观了部分展区的部分展商，
有了初步的了解。谢谢伯格先生及时出现帮我解围，看来这里不是我这样的
人可以来的，我准备结束参观后就回去了。"伯格听出孟浩远为刚才的事有
点不快，劝道："哎哎，孟先生刚才影响了您的心情了吧。您可是第一次来
英国，还是要多看看的。你在这里还有什么活动需要我来安排的吗？请你一
定给我一个机会。如果你想到其他国家活动也可以由我来安排的，我们在世
界各地都有合作伙伴和分公司的。中午我们一起吃个饭继续谈谈如何？"孟
浩远见伯格说的真诚，但是自己早已有安排，说道："谢谢伯格先生了！你
继续忙你的商务活动，不要错过这样的盛会。我下午还有其他的活动安排，

要赶时间的，我们后面有机会可以再谈。"伯格一再邀请，看孟浩远坚持要离开，也没有办法只好作罢。其实孟浩远真的是对伯格说心里话，参观考察一下了解基本情况，自己也不喜欢和这些参观的富豪名人在一起，自己喜欢独来独往无拘无束的生活状态。再说参观了解了已经差不多，下午还有事情。

孟浩远在伦敦国际展示中心巧遇伯格正好帮着解围，匆忙之间与伯格告别分手。伯格的请求被孟浩远推辞后有些不舍，他宁愿不参加这次国际钻石交易会，也要正好抓住在伦敦这次难得相见的一次机会好好陪着孟浩远进一步沟通继续拉近关系，寻找机会再次向孟浩远探讨继续合作的大事。可是孟浩远称他还有其他安排，不好再勉强只是感到非常可惜了。见孟浩远主意已定，最后伯格只好陪着孟浩远一起走出展示中心大门口，有些不舍也无奈地和孟浩远告别，两人一起走出门口外站住告别，伯格说道："孟先生，非常不舍啊，好不容易在这里遇到，可是你还有事。务必请你安排时间到比利时来公司多看看。"孟浩远答应了他说道："伯格先生，我正好有事已经安排，答应你一定会再来的。谢谢！"两人握手告别，目送孟浩远走远后离去后，伯格才依依不舍地返回会场。

孟浩远走出展示中心后在外面广场花园找一处人少又僻静的长条景观石既美观又可以当作休息时凳子坐着，给佐伊打了电话，他要谢谢她，并告诉她已经离开展示中心，接通电话后说道："佐伊小姐你好，我是孟。你说得对，其实钻石展示交易对我来说也没有什么可看的。现在匆忙看了一遍很快结束了，已经出来，准备到其他地方区看看。谢谢你了！"佐伊这时正在忙着在展区内拍摄"世纪之星"，无暇顾及连忙说道："噢，好吧。我现在正忙着，这里有世界上新出现的最珍贵的钻石，祝你旅途愉快！"两人就此告别，佐伊在不知道的情况下错过了难得的一次机会。她没有想到，这颗"世纪之星"背后的故事，正是和孟浩远有着很深的关系，只能擦肩而过了。而且孟浩远还是后来被热议的"西塔姆猜想"的证明者，一位伟大的数学家。等佐伊后来深入了解才知道就是眼前的这位中国帅小伙后，她为错过这么重要的一次采访机会而遗憾不已。

第八章　德国见艾琳

一

在展示中心参观后告别了伯格，孟浩远走出会场在外面广场花园休息一会不忘打电话给佐伊告别后离开。走出已经很远了站着再回头看看这座欧式华丽庄重大气的百年著名建筑，周围都是建筑商业街很繁华，感叹这里是世界富豪和名流集聚的场所，自己不属于此。也没有心思在周边再看看逛逛城市景色和热闹繁华漂亮的街区，走到街道旁后直接打出租车先赶回酒店再赶往机场。飞机航班出发时间还早，机票是来伦敦后当天晚上就订好的。伦敦到德国的航班很多很方便，订机票容易。到机场后时间其实还是很充足的，有几个小时等待，孟浩远就在机场候机楼里商业区闲逛起来，随便吃了点快餐对付，又点了杯热咖啡，吃好便餐左手拿着咖啡杯，一边喝着热热的咖啡一边查看着自己手机上的信息。一看手机信息有王可佳已经来过的三次电话未接，当时自己正忙着在展示中心参观，怕影响其他人在这种场合参观，所以当时自己手机铃声调至了静音，没有引起注意，出展示中心后在外面想到的是给佐伊电话告知们，没有注意其他。等他出展示中心后坐着出租车赶到酒店，让司机稍等一会后走进酒店在服务台拿上自己寄存的行李箱出来上车继续一路行驶到机场。马上要离开伦敦这座城市，在车上当时只注意观看两边的城市景色根本没有注意其他，即使出展示中心给佐伊打电话告别也没太注意。现在在机场有时间抽空笃定地查看信息才知道漏了王可佳的几通电话，他连续拨打了三次电话，三次间隔时间都不长，一定有急事找他。于是孟浩远赶紧拨打过去，等接通电话后就听到王可佳的埋怨声，急急地说道："孟浩远啊，你个家伙又在哪里呢？怎么电话一直不接，搞什么鬼啊，真急死人了。"孟浩远一听王可佳真是急了，也反驳着认真地说道："瞎说什么呀，我正忙着呐。什么事，说吧。"王可佳被孟浩远这么一说顿时也没了脾气，说道："好好好好，就你事多。不跟你计较了。孟浩远告诉你，我们做实验成功的事，按你提供设计的方案和检测技术路线要求，我最近一直在继续做实验。现在取得的结果证明原来的结果很正确没有问题，每一次实验稳定性都很好。所以这不是我们在实验过程中偶然发现的是必然结果，真的太好了。另外其他几分剩余的样品原料按你的要求我也全部做了一遍，已经完成实验分析了，也都做好了详细记录，后面的几份样品分析检测并没有发现新元素，所以把全国可能有新物质元素的现有矿场原料地域来源也基本搞清楚了，这些资料数据我都保存了。关键是我们的实验设计方法很先进很好，我已经把做出来的结果成品备份存放了几份。另外还要告诉你一个重要的好消息，我们寄到国外专业期刊"化学研究"的那篇论文，你知道意外吧，这么一家著名的国际一流专业期刊居然寄出论文后没有多长时间，很快收到了他们的电邮和书面信件回复。他们表示这是国际上极重要的论文和新发现，很高兴希望可以将我们的论文提前放在本月期刊抢先发表，并祝贺我们。是不是一个吃惊的大好消息啊？"孟浩远听着平时话不多，现在兴奋地讲了这么多话的王可佳，知道他此时的特别激动的心情，怪不得高兴的连续拨打自己电话，自己在伦敦活动也算是一件天大的好事，真是好事连连，说道："噢，好的，真是好消息。你这么啰嗦讲了半天。就是两件事：一是要发表论文了；二是完成所有原料检验，掌握了原料分布情况是吧？后来论文上没有把我的名字署上吧？"王可佳一听急道："难道这不是非常高兴的大事吗？你还嫌弃我说的啰嗦。论文上你的名字怎么可能不署呢？你把我当什么人了，我知道这可是你提供的方案和思路，其实都是你的成果，我能参与其中就满足了，是你在帮我。"孟浩远说道："唉，不是早告诉你不用的吗，就署上你的名字吗？

你可真是的。"王可佳笑着说道："孟浩远啊，你可真是不一样，这个实验都是你的原始设计和方案，论文也是你准备好写的，我只是在实验室里重复多做了几次试验，提供实验数据。这么重要的发现应该你排名第一还差不多，我有与你合作这样的机会，我已经很开心了。就因为你反复地说，怕你不高兴，才把我署在第一位置，我已经很不好意思了，还怎么可能把你的名字给漏掉呢？"孟浩远见王可佳说得诚恳发自内心而且已经这么做了，再多说也没办法。只好无奈地说道："好吧好吧，你就是不听我的话。现在也就这样吧，不要在这上面浪费时间争论了。不过你要记得接下来论文投稿要隔一个月左右再发我们准备的第二篇论文，再隔三个月左右发第三篇论文。千万不要太着急，一下子把准备好的论文连发着发，要有缓冲留点余地，等三篇论文全部发完后，你要准备好，你单位领导一定会主动来找你的，要注意怎么说你知道吗？我的意思是不能原原本本全部都讲，也不能一点都不讲，保留具体细节和环节只讲大概和结果。你自己静下来好好准备应对吧。如果说到论文方面的事，就回答说自己的研究已经连续写了三篇相关论文都已经投稿出去了，不要老老实实说还有两篇没有寄出。"王可佳不明白孟浩远为什么会对以后怎么发论文，和单位领导可能的反应这些事细节方面考虑得这么周到细心，好像他多虑了在提防着什么。但是自己又十分信任孟浩远，他这么想一定有他的道理在其中，自己尽管还不太明白为什么要这样做，还是认为就听他的吧，说道："好的，知道知道了。我有些不太明白，有必要考虑得这么复杂吗？你这些话把我头都搞晕了。"孟浩远认真地说道："王可佳，一旦这篇论文正式在国际一流期刊'化学研究'上发表，将会举世轰动，然后肯定会有一些很复杂的事情，你不懂。所以事情要提早考虑的复杂一点好，做好可能会遇到的各种情况的准备，希望我们真的是想多了，到时候不会出现。不过还是做好可能会出现的各种意想不到的情况的预案，那样到时候一旦遇到，心里就不会太意外而慌乱。反正到时候你就会明白的，记得不要忘了。"

　　孟浩远想得比较深，他和王可佳一起做的这项重大的实验研究又发现了一种还没有过的新元素，这可是国际化学界的巨大成功和非常重要的突破。从理论上它的新发现填补了元素周期表现有排列，这种新元素的发现根据其性质意义将更重大，其新物质如果最后生产出新材料，它的应用前景很深远，尤其是在军工特种产品上，航天航空关键零件制造上，那可是一个代次级质的飞跃式发展进步。这么重要的研究一旦信息被单位知道作为机密，说不定连论文都不被允许发。所以孟浩远必须全面仔细地想想以便应对可能出现的各种潜在意想不到发生的情况。当然担心是一回事，最后实际没有出现那是最好的，但是孟浩远在自己单位里碰到过类似让人烦心的情况，他心里有了更多的思考和戒备之心。现在还真不好说，提前和思想比较单纯的王可佳说说提醒一下，免得一旦真的出现情况时心急火燎地无法应对，做好可能的防范总没有错。

　　和王可佳谈了不少时间挂断电话后，再快速地翻查手机其他信息，一看还有艾琳曾来过两次电话，都是上午孟浩远正在展示中心参观的时候，当时不方便查看手机，铃声在静音模式。本想着回电话过去和艾琳聊聊，转念一想艾琳是知道自己在伦敦有事。最后还是憋住暂时不回复，现在自己已在伦敦机场候机，等在过几小时后马上就要飞到德国去看艾琳了。到时候突然出现在艾琳面前直接给她一个意外的惊喜，想想都开心，这有点浪漫。不过怕她担心有急事，于是先用短信回复她："艾琳你好，正在忙，下午抽空再联系。"短信发出后，没多久，艾琳马上就回过来："好的，孟浩远。没事，我正空着想打电话听听你的声音。最后还留了个开心的表情符号。"孟浩远心里喜滋滋的，脸上洋溢着愉悦神色。看看还有时间，行李箱已办理托运。孟浩远站起身来一手举着咖啡杯，身上背着包，笃定地慢慢在机场内的商店随便闲逛起来，显得轻松悠哉。第一次专门到艾琳那里与她相见，他要看看有什么合适的小礼品，想买一个准备送给艾琳。边看边走，一会儿走到前面一个著名的品牌水晶店，孟浩远走进店里认真地看着玻璃柜台内的各种好看的水晶艺术品，他看上了一款施华洛世奇名叫"唯美浪漫"雪花链坠，银白色细致精美的项链加一个六边形的雪花状白色水晶坠，晶莹剔透。如果戴在艾琳颈上一定很符合她的气质，孟浩远觉得很好看，非常满意这一款，马上出手要买，让一名年轻的女服务员包装好，付完钱后把盒子放入随身背着的背包中。

　　从英国伦敦机场起飞的飞机航班时间是中午 12：45 起飞，坐在停机口边的椅子上休息的孟浩远，静静地等着，想想这件事有些兴奋，不过他心里真的开始念记着艾琳。候机楼开始在播报航班登记信息，周围乘客开始排队准备登机，一个人在机场等了又不少时间，孟浩远终于可以登上飞机了。这是一架空客中型飞机，上机找到靠窗的座位坐下，通过飞机悬窗看着飞机滑行起飞在空中，俯瞰整个机场及周围建筑，等飞机起飞后头靠在座椅上，闭上眼正好偷空稍作休息一会。两个小时后飞机到达了德国的法兰克福机场。艾琳所在学习的学校并不在法兰克福，是位于德国巴登－符腾堡州弗莱堡市。她在弗莱堡大学学习生物医学研究生课程，应该是受父亲的影响，弗莱堡大学一所公立研究型大学。飞机到达后孟浩远走出机场关口后心情有些兴奋，第一次突然来这座城市，因为艾琳在这里。一路旅途坐着其实有些累的，想到很快就要和艾琳相见，马上精神起来。赶快抓紧在机场换乘快速火车到弗莱堡市，路上又花费了将近有两个小时。好在孟浩远英语很好反应敏捷，每一个环节衔接得很好不浪费时间，坐上火车一路看着外面的景色，心情大好更是愉快像是一种少有的享受。等火车到达弗莱堡市后看看时间已经是下午的五点多了。他下火车出站后无暇看美丽的城市景色，快速在街道边上招了一辆出租车上车，往弗莱堡大学赶去。

　　上车后在车上边看着窗外的街道景色边用英语询问司机："你好先生，请问弗莱堡大学附近有没有有些特色的餐馆？"看到乘客是一位年轻的亚洲人长相但是举止得体礼貌帅气的年轻人，司机没有看孟浩远，开着车说道："离学校最近的有一家名叫格林的餐馆，我去吃过很受人欢迎的。你可以去那里。"孟浩远听司机这么说，心里有底了，说道："好的，谢谢！那就先到那家餐馆停车吧，不用到弗莱堡大学门口了。"大约二十分钟时间出租车已经到了那家推荐的格林餐馆。孟浩远下车后拿上行李和背包，站在外面关注起这家餐馆。餐馆的外面建筑面看上去很有历史年代，是德国式传统建筑风格，看它的装修风格和开车送他的那位中年出租车男司机的介绍，应该是一个当地不错的地方。出租车司机一般见多识广，对当地情况很熟悉，他推荐的应该是对的。孟浩远付好车费拿下行李箱和背包后推着行李箱走进餐馆，门口站着的一位应该是德国年轻的小个子男服务员，穿着餐馆统一服装，脸上留着胡子，很壮实的样子。见有人过来习惯用英语说道："你好先生，欢迎！"边说着边很有礼貌的引了进去。

孟浩远心想在德国何不用德语试着和他交流，正好检验一下自己的学习结果，所以用德语开口问道："你好！我需要订一张的桌子，大约在六点半左右用餐。另外我有随身行李需要寄存在这里可以吗？"餐馆接待服务员确实是一位德国本地小伙，他见外面出租车停下后走出一位亚洲面孔的年轻人，一个人推着行李箱，身上背着一个背包走到餐馆门口，就主动用英语招呼他，没有想到这位陌生的年轻人开口说话用的是他们的母语德语来和他说话，顿时让他感到有些出乎意外，尽管他讲得还不算太流利，但是完全能听得懂。心想这个小伙不简单，独自一人来到这里游玩还会德语，已对他有一些好感。看着孟浩远换德语说道："好的，先生。你要订一张桌子，两人用餐，六点半开始。行李寄存。对吗？"孟浩远说道："是的，谢谢！"接着服务员引他到餐座坐下，帮他将行李存放好，又走过来问道："先生，是否现在需要点餐？"孟浩远见状心里没有底，这次是请艾琳吃饭，自己不熟悉这家餐馆，不知道哪些菜品是这里的特色，还是请服务员推荐帮着点吧。于是说道："我们两人，请您安排点餐吧。"服务员见孟浩远随和客气，主动的推荐了店里的几道顾客点的最多的几个品牌菜。忙完这些事后他拿了一瓶瓶装水过来放在桌上，孟浩远在餐店座位上坐着歇息了一会，又到洗手间用手捧着水洗了洗脸，稍稍整理一下有点乱的头发。因一路上连续奔波略感疲惫，稍事整理和休息后恢复了精神。

他估计这时候艾琳应该不会在上课或在实验室忙着做实验，于是和餐馆接待他的那位男服务员，看到他胸前工作名牌上写着舒曼就招呼他："舒曼先生，我现在要先出去一下，等会再回来。"舒曼说道："好的，先生。"孟浩远走出餐馆一边往学校方向的大门口走去，那里是学校进出的主要大门口。一边用手机先给艾琳发一个短信："艾琳，现在在做什么？"一会儿的功夫，手机上显示的是艾琳电话号码，她直接打了过来，孟浩远一看是艾琳电话过来赶忙接听。说明现在艾琳没有在学习中，自己刚才没有直接打电话给她，而是先发信息就是怕艾琳如果此时正好在上课或做实验会影响她，所以先发短信来询问一下比较稳妥，可以做到如果她正在上课就不会回复。如果正好没有事的话则自然会回电或回短信了。孟浩远的心很细，他对事情的每一个细节都会考虑得很周到。

而艾琳此时一个人在学校里面的草地上坐着，身边放着一本书和一瓶水，看到孟浩远发来的信息，就高兴的马上接打电话过来，接通后说道："孟浩远你好，你现在工作都忙完了？我正想到英国和你见面，看看你呢，你还在英国没有回国吧？"孟浩远说道："还没有回国。你是在学校里上课的学生，不要随便请假吧。我这里没有关系的，你不用过来了。"艾琳笑道："你忘记了，今天是周末，已经没有课程了，明天就是周六了，后天是周日都是正常休息的。我现在身边没有什么事了，很多同学都已经出去或者回家了。我可以赶过来，你在伦敦等着我？"孟浩远经艾琳一说这才想起，这两天忙得有点糊涂了，已经没有时间概念了。是啊，明后两天是双休日了。看着艾琳满心喜悦期待与自己见面，孟浩远心生感动，顿时一股暖意涌上来非常高兴，看来彼此心中都有对方。但是心想浪漫还是要继续下去，再继续逗一下她。此时他心中快速地计算起来，如果艾琳现在要走出学校赶往机场，应该从学校出来到正大门大约需要七八分钟，然后她在门口出来乘出租车到车站坐快速列车再到机场是最近的线路，学校出来到大门口，加上收拾行李最多十分钟左右就可以做到。再步行到学校的大门口，叫出租车到火车站 10 多分钟就到了。学校还有其他两个门，出来一个是公园，另一个出来是一条步行商业街，要走好长的路才会到另一条主路可以通行汽车。如果艾琳出学校只有从正门出来外面，就是交通主路可以直接叫到出租车，所以他判断艾琳应该不会从另两个门口出去，万一时间超过十分钟没有发现艾琳从正门出来，那说明她是有可能从其他两个门口出去，自己就赶紧打电话给艾琳叫住她即可。我就在学校大门附近边上有一处树林里看着等她走出来，到时候突然现身出现在她面前，让她有个突然意外和惊喜，想到这里自己心里已经乐了。

孟浩远一本正经地说道："是吗。那好啊。你就去机场吧，德国到英国的机票应该不紧张。我等你。"说完自己偷偷地乐起来，细细体会"我等你。"这句话其实也并没有错，因为现在孟浩远确实已经在学校门口附近某处在等艾琳。艾琳她怎么可能会想到孟浩远这会已经到学校门口等她，满脑子的认为孟浩远将在伦敦机场出口等她。听到孟浩远同意她赶到英国去开心地说道："耶，太好了。我马上从学校就出来，你要等我不能回国。"听到艾琳急切又真诚还很高兴的话语，孟浩远内心一下子更是被深深地感动了，对她的爱意油然而生，好感度一下子迅速提升。然后自己赶紧奔跑着去学校门口等，跑得快几分钟后就已经赶到学校大门口，快速观察周围后找一个看向门口视野清楚，不被引起注意的一片树林一侧，站在树下等着。他估计心急的艾琳从学校一路出来不会注意到，出学校门口只顾站在路边上赶紧打出租车了。等待是一种难熬焦灼又兴奋的事，似乎时间过得很慢，过了大约有十分钟时间，果然被孟浩远分析对了，只看见一个熟悉的身影，身上背着一个背包一手拉着一只小型行李箱，正急急忙忙的快速小跑般地从学校大口跑出来。她到了门口站着正准备再跑几步出来跑向街区道路旁叫出租车，她根本无暇察看周围情况。孟浩远心里说道这真是幸运幸运，万一艾琳不从正门跑出来而从另外其他两个门口出去打车，看时间过了十分钟，还没有看到她人影就只好马上打电话了，那就错过了这样难得的一次浪漫了机会了，一切如原来想的那般。看着艾琳专注急急的样子，左顾右盼地看着路边经过的汽车，孟浩远心里乐得实在憋不住，急忙悄悄跑过去向艾琳侧面越来越近还有一小段距离时，忍不住发出声音喊道："嗨，艾琳。"艾琳被突然熟悉的声音惊了一下，顺着熟悉的声音扭过头，看到前面突然出现在她面前的竟然是孟浩远，一身的休闲服装旅行鞋，身上没有东西，样子自信快乐潇洒。惊喜地她捂嘴叫道："啊，我的天哪，我的天哪！"背着背包行李箱也没有拿直接就跑过去，也不顾学校进出门口的还有其他的同学，向孟浩远正在过来的方向飞奔过去，孟浩远也笑着高兴的赶快迎上去。两人越来越近，艾琳看马上要到孟浩远跟前，突然快速地直接一下子连人带身上的背包跳到孟浩远的身上，双手环抱孟浩远头颈。孟浩远没有想到，艾琳是会这么激动热烈，还好孟浩远反应极快，当两人很近时他看艾琳在奔过来快到眼前时看她起跳动作准备前冲过来，快速反应赶紧将身子站稳停住脚步略微重心下沉一点底盘更牢实，展开双手迎上去双手弯曲环张，正好抱住不顾一切飞迎上来的艾琳，不过由于艾琳冲上来的惯性加上她身上的背包，速度很快一下子感到步子有点不稳收不住，人还是稍稍后退了两步才站稳，抱着艾琳的身体感觉真好。艾琳可真的是喜出望外，孟浩远突然出现在自己身边，从来没有想到会是这样，一点准备都没有，突然的惊喜使她激动的不得了。没想到孟浩远会直接从伦敦坐飞机飞到德国来，突然出现在自己的学校来看自己，没想到刚才还在心急火燎地，满脑子想的是着急赶往火车站再去机场买最近时间飞往伦敦的飞机票，抓紧时间尽早准备乘飞机赶过去。孟浩远竟然一下子突然直接地出现在她面前，真是喜出望外，实在是太不可思议了，这份浪漫大礼着实让艾琳高兴，激动地抱着自己想念和喜欢的孟浩远。孟浩远把艾琳抱在怀里，如此亲近在一起还是第一次，两人都感觉太奇妙太好了。艾琳此时已全然不顾周围，直接对着孟浩远的脸上嘴上热切的亲吻起来，两个年轻人就这样无所顾忌自然而然地拥在一起尽情地享受着相逢的愉悦，世界仿佛静止了，空气中散发出爱的快乐的芬芳气息。进出学校的学生们看到这一幕，门口这两个情侣高兴地抱在一起，也开心地笑着看着他们两位，真心笑着拍手和招手，也被这一幕深深感染，表达对他们两人的浪漫爱情的祝福。世界这一时刻是这么美好，此时此刻周围环境中的一切，行走的人们和天空、街道等等让人看了都是那么的美好和谐幸福愉快，爱情就是这么浪漫喜人和甜蜜。

　　两人长时间的拥抱在一起，渐渐孟浩远有点吃不消，抱着艾琳把她轻轻放下，艾琳依然不顾，站着抱着孟浩远感到太幸福了。孟浩远双手搂着艾琳的细腰。孟浩远轻声低语道："艾琳，你真的好漂亮啊，这感觉太美好了。不好意思，没有事先告诉你，就是要给你一个惊喜，你不介意吧。"艾琳笑着说道："太好了，太好了。就这样，我明白。"孟浩远问道："艾琳，还没有吃饭吧，走吧，我们去吃饭。"此时艾琳才松开孟浩远，两人并肩着搂着腰慢慢走过去拿起地上的行李箱然后走向孟浩远在前面已经订好的那家格林餐馆。

　　一路走着一路都是开心，很快就到餐馆，服务员舒曼看着两人甜蜜的腻在一起并肩走进来满脸幸福，也笑着用手引导两人到餐桌入座，然后微笑着用德语问道："先生可以上餐了吗？"孟浩远开心地用德语回答说："可以，谢谢舒曼！"艾琳感到十分意外，笑着盯着孟浩远也用德语问道："哎，孟浩远你也会德语啊？"孟浩远笑着说道："就一点点吧。"艾琳的德语也是非常好的，两人干脆就用德语交谈起来。孟浩远突然想到一件事说道："艾琳，等一等。"说完孟浩远走到服务台拿过前面进餐馆时在柜台存在的自己的背包，然后走回到餐座坐下，从包里取出礼品盒，递送给艾琳。孟浩远说道："艾琳，这是我在伦敦机场特意给你买的，不知道你是不是喜欢？"艾琳喜滋滋地拿过礼盒拆开包装，取出那款唯美浪漫雪花链坠并露出惊喜："噢，太漂亮了。"艾琳太高兴了，自己非常喜欢这件礼物，有意义又精美漂亮，正是自己喜欢的那种礼物。想不到孟浩远第一次给自己购买的礼物就是自己喜欢的。心里一股暖意流动，点头高兴地说道："喜欢，喜欢，太喜欢了。"转头过来又亲了孟浩远一下。举着项链递给孟浩远说道，"孟浩远，请帮我戴上它。"孟浩远连忙轻轻地拿着项链笨手笨脚地给美丽的艾琳戴上，看着艾琳，控制不住亲吻了一下艾琳的金发、脸庞，感受到她身上散发出特有的女人香喷喷的奇妙好闻的味道，心情特别愉悦和甜蜜。孟浩远自己也没有想到和艾琳认识时间其实并不长，但缘分这种事真太神奇了，两人有相见恨晚的感觉，待在一起又很默契一点儿也不拘谨，无拘无束想说什么都可以，没有任何压力，只有感到正真的甜蜜开心憧憬期待，也许这就是爱的魔力吧。

　　服务员舒曼推荐的几道菜品真的不错，孟浩远被出租车驾驶员推荐选的这家餐馆很正确。艾琳对在学校附近这几条街道上的一切商店餐馆是很熟悉的，她知道这家格林餐馆是学校附近顾客来的最多的最受好评的一家，自己和同学也曾来过几次，没有想到孟浩远只是刚到这，他还根本就不可能熟悉这里，偶然间能挑选这家格林餐馆非常准，他头脑真是聪明灵活，真是一个不可思议的人。看起来样子年轻阳光，平时很沉稳又很智慧，今天意想不到他会创造了一个令人惊喜的浪漫，简直太开心了。还发现了他进入这家格林餐馆居然用的是德语交谈，他还谦虚地说只会一点点，可是自己用德语和他交谈，越来越感觉他的德语已经越来越流利，这哪里是会一点点的样子，分明是原来就会德语的，他是谦虚或者是故意有所隐藏。今天当自己无论怎么都不可能想到，他突如其来地来到自己身边，制造了让人难以忘怀激动的这么大一个浪漫，真的让自己充满惊喜和激动，太难忘这一切的美好了。他是一个怎样的人啊？明明神秘莫测又让人看不出就是一个普通阳光青年。他身上有太多自己喜欢的优点和特质，是一个特别与众不同的人。艾琳开心地看着孟浩远，心里默默地在想着孟浩远的一切，越看越想也越喜欢孟浩远。今天的惊喜，两人在这样的环境下，这么一个有氛围、有历史年代的餐馆一起吃饭一定要喝点酒庆贺一下，艾琳主动提出要喝酒，她孟浩远说道："孟浩远你看这里环境多好，今天是周末，你的突然到来我很高兴，一起喝点酒吧？"孟浩远一听艾琳因为高兴主动想喝点酒，说道："好的，不过要少喝点。"招手叫了服务员舒曼过来，点了一瓶略微好一点的红酒，不一会舒曼拿着酒过来，开好瓶帮两人在红酒杯中到了一点，把酒瓶放在靠近孟浩远一边，说道："祝你们过得愉快！"转身忙去了。

　　两人相见如故，特别是艾琳早就想和孟浩远见面，竟是这样的一场激动难忘地见面，此时心情还不能平静。两人好像是相处很久的朋友丝毫没有陌生感，更是如认识已久的恋人在这充满温馨的时刻，在这一家装饰特别有年代的格林餐馆就餐，美味的菜品和因为周末，餐店中人已很多，聚集在一起喝酒散发的热闹气氛让人开心享受。周末时间来餐馆的人比平时多许多，还有人在陆续进餐馆，一部分是学校里的学生和老师，还有附近和其他地方过来的本地德国人。大家各自坐在餐座旁低声交谈，喝酒品尝美餐，享受着生活的轻松和快乐。艾琳和孟浩远两人也在着热闹的气氛中边喝酒边开心的交流着，孟浩远温情地说道："艾琳，今天上午在伦敦有一个考察活动参加，结束后我回到宾馆取行李然后就直接赶到机场，这是我早就想好的计划。在机场随便吃了午餐，一路过来没有停顿就想着能够早点赶到你这里来看你。你还记得吗？我答应过你下次会来看你的。"艾琳没有记得孟浩远说过的话，当时只是两人随便交谈，并没有留意孟浩远会随口交谈时说的话，过后他就真的那么执着地就做到了，他是一个言出必行的人，心里更是感到一阵暖意涌上。

　　想想今天孟浩远一路过来的旅程肯定非常辛苦，对他的好感度更是已经满满的，艾琳说道："谢谢孟浩远！我以为你是随口说的，不知道什么时候会成行。这真没有想到这么快，太好了，很高兴你来看我。"孟浩远看到艾琳很是高兴说道："艾琳，我愿意来看你。"两人温情脉脉相视而笑。孟浩远说道："艾琳，对了。这里你应该比较熟悉，等会你帮我看看入住哪个酒店好。我还没有预订酒店，直接过来再说。"艾琳看着离自己这么近距离，面前正对着自己坐着的孟浩远，听他讲的这些话内心深受感动。孟浩远连酒店都还来不及入住，一路赶到这里后马上到我学校门口来，就是为了来看我。赶紧起身走过来抱着孟浩远亲吻了一下，随后拿起酒瓶帮孟浩远倒上一点酒，又在自己杯中添加了一点，高兴地说道："谢谢！欢迎孟先生到这里。交给我吧，我来帮你订。"说着马上拿起手机帮着孟浩远先订上一家叫韦德斯特的酒店，这家酒店艾琳比较熟悉，也是一个不错的中档酒店，离学校不远，从格林餐馆步行过去大约二十分钟就到了。订好酒店艾琳说道："好吧，你放心吧，我们来喝酒。吃好饭我们一起过去。"孟浩远点点头说道："艾琳，我想明天就回国了。我的愿望是能够来亲眼看看你，现在已经实现了，我很高兴。"正在高兴中听孟浩远突然说他明天就要回国，艾琳有些急了说道："孟浩远。明天是周六，你好不容易来到这里看我，不用急着回国。你不会还有其他工作安排吧？"孟浩远一听艾琳很期待希望自己留下来，想着对啊，这两天满脑子里全是参加研讨交流的事情没有停过，时间上没有记，只是出国有几天了，加上来回路上的时间，概念有些模糊了，自己回去没有安排什么事，只是王可佳要和他碰头谈谈，这件事情也要抓紧。心里一软说道："噢，对对，你不说还真忘了，暂时没有其他安排了，只有一件重要的事。"艾琳急着问道："真还有事啊？"孟浩远笑着说道："当然了，还有一件重要的事，就是陪着你和你在一起。"说完自己也笑了，艾琳也开心地笑了起来："孟浩远，太好了。你这么远过特意来看我，我真的很感动，我很想念你。来了也不容易，就多留两天吧，我陪你一起到周边看看吧，这个城市有很多值得看的地方，景色很好，你一定会喜欢的。"

孟浩远没想到艾琳这么直接，自己也越来越喜欢艾琳，愿意和她交谈，心里有时会惦记着她，真的愿意多待在艾琳身边陪陪她，加深彼此的了解。于是孟浩远说道："好，艾琳。那我机票就改签一下，不过周日下午晚一点回中国，回国后我还真的有事情。你有学业还需要上课。我们以后见面机会一定会更多。"孟浩远回国主要是和王可佳的事，现在需要和王可佳好好谈谈，王可佳是个单纯的闷头搞实验的两耳不闻窗外事的科研人员。他缺乏敏感性，只知道专注于自己的科研活动，不太会关注周围发生的情况。这次如此重要的实验研究成果一经在化学研究期刊发表，接下来可以想到必然会引起社会行业上的极大反应，回去后抓紧给他提醒一下，免得节外生枝到时候慌乱无对。和艾琳以后有时间可以来看她。而艾琳本来是想让孟浩远再推迟到星期一回国，但是孟浩远解释了回国会后有事，她是个很理性的姑娘，既然孟浩远已经过来就很满足了，他回国有事不能耽误，也不好再劝孟浩远。有这两天两人可以好好待在一起，已经足够了。想到这，艾琳笑着说道："噢，好吧，不能因此影响你的事。"高兴地走过来坐在一起紧紧抱住孟浩远，两人边喝酒边交谈。自然而然的艾琳问起了父亲团队研发新抗癌药的情况。孟浩远将在她父亲研究中心交流的情况简单地告诉艾琳说道："新抗癌药研究看来已经没有问题，很成功。据研究团队专家介绍，在动物试验方面效果也是很好的，在病人身上试用也正在申请中。"艾琳也是学生物专业的，她的专业是分子病毒学，对医药和生物学也是比较熟悉的，知道新抗癌药研发的程序。艾琳说道："是的，新药报批过程没有这么快的，需要很长时间的，不过这可是好消息，以后一定可以挽救更多的癌症病人。"孟浩远说："是的。这两天我一直在忙其他的一些事，没有和你父亲联系过，他们一定很忙。"艾琳听完孟浩远的话，想想现在自己就和孟浩远在一起很是兴奋甜蜜，喝了点酒高兴，刚刚两人交谈时孟浩远讲到他父亲，提醒了她，赶忙拿起电话打给父亲，孟浩远想劝住她都来不及了。接通电话艾琳高兴地说道："爸爸你好，还在忙吗？"艾琳父亲斯内克斯一听是艾琳的电话非常高兴和意外说道："艾琳你好！怎么突然打电话？我最近很忙，现在还在研发中心。噢，告诉你孟浩远先生已经来过我这里了。这次研讨会他提出了很好的思路和建议。我们研发团队正在加紧调整，最近一直很忙的在工作，团队信心很足，都自愿留下加班，按新的更高目标在研究工作。"艾琳说道："那太好了。噢，爸爸，今天是周末，我和朋友在一起喝酒。"说完脸上露出得意的笑容看着孟浩远。

孟浩远不敢发声在一旁，艾琳父亲说道："艾琳，你们年轻人的事我不管。不过，我建议你有时间还是多和孟先生主动联系联系。这个中国小伙很特别，你应该多关注。他年轻聪明又很有才华，身体看似不太强壮，其实很有力量。告诉你一件意想不到的事，我前天送他回到酒店门口时亲眼看到，有五六个身体高大强壮的欧洲白人小子，不知道什么原因，看到他出现时竟然会恭恭敬敬地叫他师傅，吵着要当他徒弟学武功，真不可思议。"艾琳咯咯地笑了起来，搞得孟浩远有点难为情，心想，你可千万不要说我在你这啊。在艾琳边上用手轻轻摇摇比划着意思："不要说我在你这里。"没有想到怕什么就来什么。艾琳笑盈盈地说道："噢，居然有这么回事吗？是太不可思议了。"快乐地转头笑着看孟浩远。孟浩远可从没有说起过这件事情。艾琳开心地说道："爸爸，我会认真考虑你的建议的，告诉你另一个意想不到的事吧。我现在就和孟浩远在一起，我说的和朋友喝酒，他就是孟浩远，他是在伦敦参加会议结束后马上赶到我这里来看我。"艾琳边说边拿起手机放到孟浩远耳边。孟浩远听到艾琳父亲在电话中说道："哦哦，这真没有想到，这太好了，孟先生特意到你学校来看你。看来他对你很好，你要好好接待他。"孟浩远只好插话打招呼说道："斯内克斯先生，你好！是我孟浩远，我在英国的工作安排结束了，就到德国去看看艾琳，我答应过她的。"艾琳父亲惊喜地说道："噢，真的是孟先生，你好！"艾琳抢过了电话说道："我听着。"听到父亲在说："噢，是艾琳？孟先生不是说他在英国有活动安排吗？原来是专门到德国去你学校看你了。原来是这样。哈哈哈哈，这很好，如我所愿，孟先生来你这里，你要好好照顾他，陪他到处看看。"艾琳笑着说道："放心吧，这里我熟悉，我会的再见了爸爸。你早点回去休息，今天是周末。"通完电话，艾琳喜滋滋地拥抱着孟浩远。孟浩远情不自禁地用手轻轻地抚摸着艾琳的美丽的脸庞，对艾琳说道："你不该说。告诉你不要讲我在这里，你一定还要说。"用手指轻轻刮她的脸，艾琳一脸幸福，两人又拥在一起。艾琳此时高兴不已，豪爽气上来了说道："孟浩远来喝酒，谢谢你来看我。"仰头把杯中酒全部喝完了，两人开心地谈着，不一会一瓶红酒喝完了。此时艾琳正在高兴中，周围气氛也很热闹，都在喝酒畅谈享受周末的轻松时刻，餐馆内气氛中弥漫着欢快热闹和兴奋。艾琳招呼服务员又继续要红酒，被孟浩远劝住。可是艾琳此时太高兴了根本停不下来，孟浩远只好再点了一大扎的啤酒，这里的啤酒也是一大特色，非常爽口好喝，两人开心地喝着交谈着，时间过得很快，不一会一大扎啤酒又喝完了，艾琳正在兴头中，又想继续再要，孟浩远几次劝她，见她脸上没有什么变化，但是眼神非常激奋表情异常开怀，只好又要了一扎啤酒过来，两人伴随着餐馆内的高兴的人们又尽兴地喝着聊着。孟浩远悄悄地数次给自己多倒一些，快速喝完，然后给艾琳倒酒时速度很快，啤酒的泡沫一下子冲满了一大杯，看起来是满杯的杯中的酒其实不多，心思是让艾琳少喝点酒，她今天已经喝不少了。而艾琳已经彻底放飞，今天她太高兴了，孟浩远的到来和父亲的通话全是有关孟浩远的事，加之周围快乐愉悦的人们喝酒热闹喧嚣的气氛，心情大好全然把孟浩远当久违的恋人了，两人开心一会儿又喝完了一扎，孟浩远自己也觉得肚中很胀，坚持不让艾琳再喝酒了，但是她现在人已经处于兴奋中，两人正谈得高兴，只好又再要了一扎啤酒，艾琳实在兴奋，边喝边开心地哼唱起歌来，周围边上的顾客被两位情侣开心热闹的气氛所感染，又或者他们自己也处于兴奋放松中，不仅不觉为意反而露出赞许开心得笑声，也在兴高采烈地喝着酒唱着歌。这里本来就是以豪爽喝酒为出名的民族和地方。正好周末大都处于一周工作学习后的最放松时间，酒到兴头都异常活跃，开心交谈举杯喝酒把餐馆里的气氛点燃起来。旁边桌上有顾客看出两位情侣正高兴的喝酒，尽管互不相识也高兴地走过来祝福他们一起喝酒，一时把酒店原本已经蛮热闹的气氛更是渲染起来，全是欢声笑语，又是一个开心热闹的周末，是可以身心放飞的时节。

　　孟浩远见艾琳已经兴奋起来，担心她会喝醉，尽管是第一次两人在一起喝酒，不知道她真实的酒力，出于保护她的想法不时偷偷将她杯中的酒倒给自己一点，还不停地劝住她让她多吃点菜肴。可是艾琳已经开始刹不住了，见有人过来祝福他们敬酒，兴奋地和孟浩远一起举杯咕嘟咕嘟仰头一下子把杯中酒豪爽地全喝完。这时已经连续添加端来的三大扎啤酒都喝完了，艾琳脸上看不出什么异样，但是她的双眼慢慢感到有些沉重睁起来费力，说话状态已有些表达不清，还嚷嚷着请服务员过来一起喝酒，服务员舒曼见多识广，已经明白他们喝得高兴，微笑着走了过来，手里新拿了一大扎啤酒，说道："这是我们经理今天特意送你们的酒。今天你们的到来带来了好气氛，祝你们快乐！"孟浩远听他这么说也很是高兴，站起身和舒曼喝完杯中酒，艾琳意识中知道有人过来，想站起身可是感到有些吃力，低着头坐着拿起杯子也把杯中的啤酒猛地一下子喝完。这杯酒是服务员舒曼过来倒的，孟浩远已经给他手势让他少一点，所以杯中酒倒得并不多。不过这杯酒喝完后孟浩远自己也感觉有些上头，开始有些晕，胃中翻腾胀得难受，但是还保持清醒。而艾琳这杯酒下去，慢慢身体不由地软了趴在桌上睡着了。孟浩远走过去轻轻推一下也没有动静，见状艾琳这样的状态是因为兴奋太高兴了彻底放松自己，赶紧叫舒曼过来结账。舒曼对孟浩远很有好感，他与孟浩远交谈知道他是来自中国上海的小伙而且能说德语，喝酒也放开没有拘束很是直爽和欧洲人性格有些相似，神态举止大方很有气场，对人说话又有分寸态度客气，不像他所见过的中国人———一般都比较拘谨放不开的，很是内敛低调的印象。完全是一个活泼开朗的年轻人，边上和他一起关系亲密，对他一直很是崇拜的眼神和神态陪他的一看就是恋人，两人很甜蜜相互喜欢。服务接待时也一直很礼貌，还被他们的高兴劲感染增添了餐馆快乐的气氛。店经理让他专门送了一扎啤酒给他们两人，还少有的让舒曼专门走过去送酒时开心的和他们一起喝了杯酒。孟浩远在结账时由于今天的这个时刻实在太开心了，加上餐馆的菜品、氛围和舒曼的服务都让人满意，所以另加了五百美元作为小费给服务接待舒曼。舒曼看到这位中国小伙给他的账单时顿时大吃一惊，这么多一笔小费可是从来没有遇到过，让他没有想到，惊喜得满脸是笑和不敢相信的表情，开心得不得了。连声道谢。见艾琳已醉孟浩远又有行李箱和两个背包，于是非常主动帮孟浩远叫好了出租车，孟浩远抱起艾琳，舒曼帮着孟浩远将行李推着走出酒店放到车上，孟浩远把艾琳放上车告别了舒曼。

酒店离得很近，不一会出租车将孟浩远送到酒店门口，孟浩远抱起艾琳，驾驶员看他这样，也主动帮着从车上取下行李，门口的酒店服务员见状也赶紧走过来一起帮着提拿行李，孟浩远抱着艾琳，酒店门口接待服务员则把行李放在行李车上，推着跟在后面到前台办理完入住手续，然后一直推着进电梯上楼到房间开门后将行李卸下放进房间，孟浩远走进房间后将艾琳轻放在床上，回身出门给了酒店服务员一百美元的小费后才轻轻说道："谢谢！"服务员感到吃惊，这位小伙太大方了，嘴里高兴地说着："谢谢先生！"确实一次服务客人给一百美元的小费确实是不少了，很少碰到这样的顾客，他当然高兴和意外。

送行李的服务员离开后孟浩远回到房间关上门，看着床上躺着的艾琳睡着的样子，孟浩远怕她不舒服，细心地帮她脱去鞋子和外套，扶好身子给她盖上被子。看着艾琳美丽漂亮的脸不由自主地轻轻在她脸上亲吻了一下，这个为了自己的到来高兴地喝醉酒的艾琳现在的样子很让人怜爱，他内心越发的喜欢这个直爽的女孩。此时他自己也觉得脑重脚轻睡意来袭。赶忙去卫生间简单冲洗一下，头也没有洗就上床，与艾琳保持一些距离沾着枕头马上就睡着了。

<h2 style="text-align:center">二</h2>

第二天早上孟浩远先醒了，看着艾琳依旧熟睡的样子，禁不住在她脸上亲吻了一下。然后起床洗漱，穿好运动衣服出门去晨跑锻炼运动和打拳去了，这两天还没有好好地运动过。

孟浩远走出房间离开酒店后在外面街道路上锻炼晨跑，清晨外面的空气清新，人很少，让人感到特别适合锻炼。一个小时以后艾琳早上醒了过来，看到自己脱去了外套和衣躺在床上睡，她已经不记得后面是怎么到酒店在床上的，看自己外衣和鞋已脱好，在床上睡着不见孟浩远，让她有些意外和失神，马上下意识地不由得连叫了两遍孟浩远的名字："孟浩远，孟浩远。"房间内并没有人回答，睡眼迷糊中不知道发生了什么事，顿时心里一惊，马上坐起身来，看到房间里孟浩远的行李和包、衣服都在才稍稍放下心。艾琳马上拿起正在充电的手机打电话给孟浩远，等接通电话后，艾琳问道："孟浩远，你在哪里？"听着艾琳疲惫的声音，孟浩远估计是艾琳此时刚醒来打来电话过来，忙接听喘着气说道："我正在外面跑步锻炼，你醒啦？"艾琳难为情地说道："刚刚醒，突然没看到你。所以打电话给你，好吧你继续吧。我要再休息一下。"倒头又继续睡下了。

等孟浩远在外面运动完回到酒店打开房间门，艾琳已经起来，洗漱洗澡过换好了衣服，又烧好了热水冲了咖啡包。孟浩远身上有些湿汗，艾琳见状过来亲昵的拥抱，孟浩远说道："身上都是汗。"说着用手搂抱一下轻轻亲吻着艾琳后忙走进卫生间去洗澡，很快换了身衣服出来。艾琳看到孟浩远洗漱出来人变得很精神，笑着说："孟浩远，不好意思。昨天你的到来给我这么大的惊喜，我太高兴了，酒喝的有点多了，后来的事就不知道了。"孟浩远说道："是啊。艾琳，昨天你是喝得有点多，我一直在劝都劝不住，夺了你的酒杯又被你拿过去，你还兴奋地邀请服务员来一起喝，和旁边几桌不相识的顾客高兴地一起喝了起来。后来就一下子睡着了，我抱着你上车、下车、进酒店、进房间的，以后要少喝酒。"艾琳听孟浩远讲述昨天晚上喝酒的事有点不好意思："是吗，那时我已经喝多了，无意识的出于兴奋状态，真失态了。抱歉！"孟浩远说道："艾琳，不用这样客气。现在没事了吧，以后不用喝这么多。"艾琳点点头说道："是的，昨天太难得了，平时我很少喝酒。唉，头到现在还是有点晕，不过没有关系。现在肚子饿了，去吃早餐吧，"艾琳过来抱着孟浩远的身子两人静静地拥在一起，双目相对满是柔情，都体会到快乐与爱意，过了一会才相对一笑会意地挽着，一起走出房间向二楼酒店餐区去吃自助早餐。

早餐后艾琳陪着孟浩远出酒店，两人到租车公司租了一辆车，由艾琳开车开始在这座城市游玩，两人第一次单独相处在一起游玩心情自然大好愉快放松，对彼此的情感随着在一起度过的时光迅速升温，特别是艾琳早就有了把心交给孟浩远的念头。艾琳作为一个欧洲荷兰土生土长的姑娘，她的血液里流淌着敢爱、直接和大胆的基因特质，只要自己喜欢就表白。下午两人开车到了一个郊区景点，这里到处是原始森林山区，连绵不断的山云雾缭绕，在一座当地叫爱情谷的山上，两人爬到半山腰处，这里看出去山下的那个古老很有历史年代的小镇以及周围的森林一览无余，青山绿水古老的小镇和原始的森林保留下来的自然风景格外的好，来这里看的游客也并不多。

山下是一座具有悠长历史年代的古老小镇，小镇不算很大，所有的建筑都是古老旧式欧式建筑风格房屋，还有一座教堂，教堂前是一个长方形的广场，广场上铺着一块块较大的青石作地砖，大部分已经凹凸不平，就是被人和马车一直行走磨损的。人们可以在这座小镇的建筑布局和留下悠久传统的商店见证这座小镇的年代久远。

沿着广场四周是老旧有特点的建筑群，一个接着一个，成为一条一条的商业街和商店，后面还有建筑群和一条条街道。顺着五条四通八达的商业大街向外延伸出去，成为古镇以广场为中心沿着街道和商店或者私人住宅分布四周的这座古老旧城。其中有三条街道旁边就是河道，两边也都是古老建筑群一直沿河沿街贯通。人们在这里静坐或漫步，可以静思慢慢欣赏这旧城散发出的年代历史和特别的一种韵味，似乎时间停留在远古时刻，让人们生活的节奏放慢下来。要不是看到现代的车辆和游客行走进出真以为已经来到了古代时候。古镇三面都是被后面茂密的树林覆盖的自然山岭，由于地势形成良好的环境，从山上流下的山水沿着多条山沟冲下，河水量非常充沛清澈干净，到处都是自然美景环绕。经过艾琳的介绍孟浩远才知道这里是"浪漫之路"和"城堡之路"的交汇点，一个风貌齐全的中世纪童话小镇。它有着保存良好的各种年代的历史建筑，被称为"弗莱堡的罗马"，收录在世界文化遗产名录中。莱茵－美茵－多瑙运河并行穿城而过，水清急流，岛城区是它的心脏地带，河上的桥与河岸边的风景，给老城增添几分风情。这里附近有德国最古老的大学、满目的葱绿的青山、清澈的河水、刻满历史沧桑的古堡残垣、尖顶错落和石径幽深的老城，犹如所童话仙境。孟浩远被这里周围的环境所感染，这也太美了，没有想到德国被一战和二战摧毁大量的城市建筑，这里却没有受到战火的影响。还留下完整的一个古镇旧城，可以称为它是一个仙境之地。居住在这里少有人打扰，宛如与现实社会的喧闹和人与人争夺全然暂时隔绝。看着这里让孟浩远心中久久不能忘怀，他非常喜欢这里的宁静与世无争，这就是人类生活的绝佳之地，突然有一种想和艾琳在这里生活，终日在一起享受人间的愿望。

当他们漫步游走在古镇旧城慢慢去欣赏停留，感觉实在太好了。两人爬上其中一座中等高峰但是位置非常好的名叫爱情谷的山上，两人在一处草地上看着下面的山脚下古老小镇全貌，所有的景色全部在眼中，另一面是远处，是层层叠叠的山峰，天上干净云蓝空净。时间已经仿佛已经凝固停摆，只有两人世界在这里，一切都是那么的美好舒坦让人身心放松，连空气都带着大自然慷慨的草和树林散发的香味，飘进湿润的空气中令人心旷神怡非常满足，抬头看向天上，天空中的颜色是澄清和深蓝色的，裹着不时飘浮而来的洁白无瑕的白云，犹如各种形态的精灵不时地变幻着，处身这美景之地让人心情陶醉忘掉了所有。艾琳抬起头靠着孟浩远，两人依偎在一起，孟浩远低头相迎，轻搂着艾琳的腰，不由得用手轻轻地摩挲着艾琳光滑的脸颊，一切都是那样的自然那样的美好，在这里可以忘掉时间忘掉一切，只有两人的世界，周围的环境似乎也更加安静，可以为两人停留下来……

在爱情谷山上，两人坐在一处平缓地待了很久，天色在不断变化，望眼古镇已经人越来越少，天空的颜色也渐渐变得暗下来，落日的夕阳一点点在慢慢隐藏，两人才恋恋不舍地慢慢走下山。下山后漫步穿行在小镇街道中，走在古老的旧石头路上，参观着不同形式的带有历史沉淀仿佛会说话的那些古老建筑，他们还要多看看这座令人惦记的古镇，孟浩远第一次来参观更令他感兴趣，这是理想的居住的地方，艾琳已经是第三次来，但是她对这里也是非常喜欢，每次来总没有全部看完留下念想。特别是这次是陪着孟浩远一起来穿梭古镇各处，这里能够寻找宁静安逸忘掉社会的喧嚣纷杂，进入另一种意境中可以洗涤人的心灵。孟浩远眼睛被吸引，专注地看着，心里在领悟着体会着非常惬意，身心融入其中，来到这里进入了一个慢生活的世界中。感到所有的人都是那么可亲，每一处地方都是值得留恋，山、河水、古老的建筑和满脸幸福的生活在这里的人们，以及来参观后安静地在思考的游客。地球是人类的家园，这里是艾琳和孟浩远喜欢的一种家园。第二天艾琳陪着孟浩远在市区各处行走，下午送孟浩远到机场回上海，两天在一起感情已经越来越好，双方有很好的感觉希望在一起。到机场孟浩远进入安检口后望着身后的艾琳，艾琳有些不舍挥着手站立着，孟浩远也挥手致意，被后面的旅客遮挡后才转身进入机场。手机上很快有艾琳发来信息："孟浩远我爱你！"孟浩远看着会心的一笑赶紧回复："我也是。我们还会见面的。"

　　直到回到上海后的第二天晚上，孟浩远努力静下心来，一个人躺在沙发上休息时还浮现出和艾琳一起到处游玩开心的情形，最难忘最值得记忆的就是那个有文化历史韵味的古镇和周围的山峰、河水和那座叫爱情谷的山林。他们两人相拥而坐，静静地看着下面的古镇和流淌的干净的山水汇入河，山上的空气使人像处在空中一般，完好原始森林中各种树林草地散发出的香味融合自然新鲜空气，让时间慢慢滑过两人身体。两天的时间过得很快，进入到一种让人舒服放松的慢节奏的生活，让人格外幸福高兴和心灵沉淀，两人沉醉在幸福快乐之中的难忘情景，想着和艾琳告别时艾琳双眼已经坠着泪花欲落的落寞惆怅的样子还要勉强微笑着挥手告别，孟浩远差一点有种冲动就想留下来多和艾琳在一起。不过最后还是冷静下来控制住自己的情感，以后和艾琳的时间还长着，她现在念书需要完成学业，她也是一个聪明有才气的姑娘不要过多地影响她，还是自己先回到上海。不过经过这次的经历自己回来后在夜深人寂时，一幕幕回想和艾琳在一起看景点，游走在似乎是与世隔绝的古代生活场景的幽静安逸的古老小镇和自然景色犹如身处世外桃源一般的山上，以及在稍显热闹的城市游玩嬉笑的场景，一幕一幕不断转换着时常会浮现在眼前，让孟浩远喜欢，不由得看看手机上拍得一些艾琳的照片，一会静下心来安静，一会热闹开心直爽的样子让人特别愉悦，德国之行和艾琳的了解多了一层，感情在深化不枉此行。

第九章　安吉

一

　　回国后在上海已经过了三天，由于惦记艾琳想着德国此行孟浩远精神依然振作不起来，感到有些慵懒无精打采。和王可佳约好的碰头时间也一拖再拖，他想多休息两天。终于被王可佳天天催后答应在市中心的一条不出名的街道上找了一个上海本邦特色菜的中餐馆两人晚上碰面，时间约在晚上五点半。王可佳主动提出约孟浩远所以他定的碰头地点同时还专门提前出单位赶到餐馆，忙着先点菜然后要了一壶茶等着孟浩远过来。等孟浩远五点多不到一刻钟时走进餐馆后正笃定悠然地在餐店里寻找王可佳，王可佳在里面的一张靠墙边的餐桌处一眼看到正站在门口孟浩远那熟悉的身影，高兴的连忙站起身举手示意并喊了一声："孟浩远，这里。"孟浩远顺着王可佳的声音慢慢走进餐馆里到桌前坐下。王可佳关切地问道："孟浩远，看你的精神不是太好啊。最近累了吧？"说着将桌上早已点好的一壶绿茶，帮孟浩远倒入茶杯中，往自己茶杯中也顺便续了一点。孟浩远手拿着茶杯凑近鼻子闻了一下，感觉很清香，说道："这茶倒不错嘛？"王可佳说道："这是我从家中带来的，饭店里哪有好茶啊？"孟浩远"噢"了一声，然后低着头自顾自地先品了起来。见到王可佳头也没有抬，一副有所心事的样子。王可佳推推孟浩远说道："哎哎，你到现在还没有睡醒啊，看你一副无精打采的样子干嘛呢？电话联系你几次也一拖再拖的，一定有心事吧。"孟浩远见王可佳在说他，终于抬起头抿了口茶说道："没有啥事。连着几天了，着急打来电话，说说吧。"王可佳看孟浩远样子有些不振，但是马上说到主题，样子很是认真严肃，就开门见山直入正题说道："孟浩远，告诉你，我们的实验成功后，最近我一直利用下班后和双休时间，还在不断地重复做。你的实验设计方法太有创新了，我连续做了一段时间，结果验证都是一致的。现在可以说明，我们实验发现的物质就是全新的还从来没有发现过的未知新元素，这已经是毫无疑问了，多伟大啊！真是奇迹出现。现在可以确定不是偶然的一次发现，当然也已经很了不起了。反复重复实验都能够发现说明什么？说明你提供的实验方案很科学很先进，最终会发现结果的。这可真是个奇迹啊。另外，根据这种新物质本身性质，我试着对这种新物质进行分析测试。你猜怎么样？"王可佳神秘兮兮，低着头凑近孟浩远说着，生怕周围有人听到。孟浩远一脸冷静地说道："根据这种新发现的新物质本身具有的特性，可以极大增加合成新材料超高的耐高温性和高强度性，而且具有很轻易地掩藏被目前最先进的雷达波发现。分析如果这种新物质用它生产飞机最重要的部件发动机材料后，理论上燃烧室的温度应该大约可以达到约2400K至3500K。这是什么样的概念呢？根据公开的资料文献数据，目前的镍基高温合金的初熔点大概就在1300℃左右，也不到1600K，这样的结果将会颠覆人们的认知，这种材料的价值无可估量，当今任何一种最先进的材料在它面前不值得一比，具有重大战略意义。各国家要抢先发现研究和生产，将会在军事上和民用航行器上都有压倒性优势。这是我根据一些研究报道文献的数据分析推测的结论。所以如果用这种新物质添加在合成材料中复合做成最新的合金材料，根据新元素的性质来看理论上是可以大大超过现有的镍基高温合金。那么用这种新物质合成的新材料可以说对飞机和航天发动机的提升是里程碑式的跨越式的一个飞跃，当然还要看生产工艺，以及成品后的反复实验结果确认。你想是不是一定会有人盯住你不放。"孟浩远看似迷糊但是一旦说到正事就滔滔不绝了然于胸，一下子头脑敏锐娓娓道出王可佳想知道的分析过程，这和刚才看到的十分慵懒、情绪有些跌落的孟浩远像是完全变了个人。孟浩远平静认真地说完后惊得王可佳张大嘴不敢相信，心里怦怦直跳。原来孟浩远什么都知道，他知道的远远比自己多得多想的也更远。但是转念一想，既然孟浩远能够提出新元素检测实验设计方案，提出了一整套严密的技术路线，后面的新元素新物质如何应用可能他早就已经全部考虑到了。这么一想突然心中大骇，这个孟浩远简直深不可测异于常人，他是如何变得这么聪明让自己不认识了。听着孟浩远的分析王可佳笑嘻嘻地说道："噢噢，原来你已经什么都知道。我可是花了很多时间分析这种新物质，还不如你这么一说，唉。你最近好像吃了聪明药，一下子这么厉害。"刚刚说完，感觉这句话有毛病，接着自己修正解释说道："我的意思不是说你原来不聪明哦，是说你现在突然头脑灵光四射了，思维的深入和前瞻性考虑分析非常精准让人十分意外，意思是更加聪明了。"说完王可佳傻傻地尴尬地笑着，孟浩远心中也突然一惊，看来王可佳已经在注意自己了，自己刚才多嘴了应该少说一些，让王可佳自己去分析获得更多信息，自己要收住一些。看王可佳一副窘迫样子，也憋不住笑了起来。半开玩笑地说道："是啊，我脑子现在突现灵光了，人大概都会有突发灵感的时候，下一次说不定就是你了。我是碰巧，碰巧。哈哈哈哈。"王可佳也被孟浩远说得呵呵笑起来。酒菜上桌两人便开始倒酒并高兴得喝了起来，一轮酒喝完两杯酒下肚有些兴奋起来，孟浩远也一改前面几天因记着艾琳而有些提不起精神。不过王可佳更高兴的是研究发现新元素和论文的发表。说着说着还是绕到实验研究上。没想到正高兴的说着说着孟浩远突然严肃起来告诫王可佳说道："王可佳，我问你，上次在你单位晚上第一次做成功试验后，我对你说过的，为避免以后可能会出现的麻烦，让你以后到我联系好的一家合资企业检测测试中心去做实验。你以后利用双休日去做几次实验，实验材料我们来出，我可是有完整手续，签好合同也支付过钱的，都有书面可以留存的，你没有忘吧。"王可佳看孟浩远一下子很严肃地在说这件事，于是也认真老实地回道："是的，我知道。放心吧。双休日我就是去他们公司做实验的，怕一直在单位做实验会引起同事的猜疑。不过这是为什么？我们怕什么吗？我们利用业余时间在单位做实验有什么关系？"孟浩远见王可佳单纯，说道；"凡事小心点总没有错，以后万一碰上了你自然会明白，我们做的这个研究，你看已经发现新元素吧，意义重大这你是知道的。所以最好不要和单位牵上联系。你想过没有，你如果一直在单位利用了单位的资源、上班时间，哪怕是下班后，但是你是在为自己做实验。你的成果确定还是你的吗？如果是和单位有联系，你还可以擅自发表这么重要可以说是涉及机密的重大成果论文吗？你为什么事先不向单位报告经过审批呢？你想过吗？你明白了吗？到时候可能真的会有麻烦，就是让你讲你讲不清楚了。所以凡事多考虑一些总没有错。"王可佳倒真的从来没有把事情想得这么复杂，但是经孟浩远刚才一顿连珠炮般的问题和分析，真的问倒他了。想想还真有可能是这样，孟浩远分析得是对的。自己原来一直没把这件纯粹是科研的事想得太复杂。不就是一个科学实验吗，而且就是自己在研究做实验，也没有单位其他人帮助一起做，从何而讲就是和单位有关联呢？但经过孟浩远的提问和分析，自己现在细细地认真再思考一遍，品着孟浩远的话，他考虑得周到也许是对的。王可佳点点头表示明白，不过沉默不语在想着。孟浩远见王可佳被他说的无语在思考，接着又说道："王可佳，寄出去的论文情况如何？"王可佳老老实实地回答道："第一篇论文寄出以后已经收到了国际期刊及时回复。他们评价很高，并祝贺我们的新发现，已经明确录用将要刊发了。估计很快就会看到。"孟浩远说道："噢，好。第二篇和第三篇论文隔一个月左右时间再寄发给他们期刊，我上次给你说过的。"王可佳听话地说道："好。我知道了。可是这又是为何呢？"孟浩远说道："如果单位以后有人问起你后续还有没有论文会发表时，就说有，还写过两篇论文也都已经寄发出去了。不过说归说，你实际操作上还是要慢慢寄出去，让期刊因你而心急。他们一定会主动来询问和约稿的，你放心。我们不用太着急的，正好沉下心来反复思考检查论文，确保质量，不出现漏洞。期刊肯定会盯着你第一作者主动来约稿的，会一直联系你的。这样说明我们这项研究的复杂以及达到国际顶尖水平，做这项科学实验非常不易，取得的实验成果很花时间，是非常非常困难的。"王可佳还不是不太明白其中的关联，下意识地回道："噢，好吧。我听你的。"孟浩远说道："王可佳，我暂时要离开上海一段时间，到外省去散散心，如果你没有什么重要的事情就不要联系我，我需要静静，想想。"王可佳还是不甚明白，但是今天见面一开始感觉孟浩远神情有些不振，不知为何？可能孟浩远最近遇上烦心事想一个人好好安静安静。王可佳说道："好吧，你说的话我知道了。尽量不联系你，你去吧，不会有什么事吧？"孟浩远说道："没有事。"实际上孟浩远非常清楚，他想的是另一层心思，自己在英国和国际数学期刊"数学研究"主编安东尼他们交流报告，证明"西塔姆猜想"后，这篇重要的论文已经快速刊登在国际一流期刊上发表，而且肯定是放在第一篇位置。就最近这几天可能国内数学界业内会引发巨大震动，再过几天可能就会通过媒体一下子传到国内，免不了会受到国内媒体四处打听追捧采访报道。这可真难为孟浩远了，他是最怕面对这样的场面，也不想因为媒体等其他人来干扰甚至影响自己安静的生活。自己喜欢过一个人自由自在不会被打扰的平凡生活，人一旦出名了陷入热闹频繁的各种媒体采访中，太影响自己普通的生活，这些不是自己想要的。还是要想办法提早躲开为好，这种事实在太烦了。于是他自己头脑中已经有了计划，准备到浙江安吉找一个安静处待上一段时间，等避过了热点慢慢降低关注度后再说。安吉自己曾经去过一次，那里非常适合自己躲避，还可以放心的享受天然的大片竹林和山林原始景区，自然生态环境很好，正是躲避在上海生活时的喧嚣热闹的好去处，那里是个自己喜欢的地方。孟浩远准备到安吉找合适的地方待几天，这件事跟谁也没有说，这是孟浩远的性格低调使然，离开上海也是为了更好地做到保密，论文上只是留下孟浩远的名字，没有其他更多的信息，反正在中国和自己同名同姓的人多的是，让他们去瞎猜吧。和王可佳在小餐馆喝了点酒交谈了一会儿，两人才道别分头各自回家。

二

上海的早上是车辆最多的高峰时段，公路网建设发展已经到最大限度，遍布城区中心和郊区的公路十分发达，但是城市拥有车辆实在太多，每天从早上开始几乎所有路上都是出行的车辆，此时正遇到上班时间和学生上学时间还有早上送货时间，各种车辆在路上行驶，经常会造成路上拥堵。为避开每天的早高峰出行汽车峰流，第二天一早孟浩远就起来准备，六点收拾完成后匆匆下楼，来到楼下停车区将随身行李——一件行李箱和一个背包基本出行配置放上车，开着车从上海的小区家中一路向目标地安吉出发。上海的早晨出行越早越可以避开出行高峰，路上的汽车还不算多一路比较畅通，孟浩远脚上踩着油门加速，轻松的一路驰行开得很快。大约半个小时后汽车已经到了出城的高速公路收费站，行驶在高速公路上汽车可以更加提速行驶，开着车心情特别快乐，难得一个人驾车离开上海一路向外省地行驶而去，离开了到处是人和车的喧闹繁华的城市，两眼直视前方看着公路两旁经过的乡村城市有完全不一样的放松，开着车也不知疲倦。顺手打开车辆上的收音机收听着广播节目，有时会稍稍转头，可以看看路两边和前面经过的景色。这样还没有在经过的服务区停留休息，已经连续在高速公路上开车三个多小时，等到接近安吉时路已经转换到另一条省际高速公路上行驶，路上车辆不算太多很好驾驶，两边可以看到更多的林区。很快看到前面公路上的指示牌"安吉"，映入眼中两边的山地景色更是让人心旷神怡，马上就要进入安吉地区了。汽车又行驶了一段时间后终于来到安吉出口，从高速公路出来进入城区道路再开一段时间到了安吉县城。

坐在驾驶室内已经可以看到安吉城这座绿色城市的街道和市容面貌。这座周围都是大山环绕的县城，常住人口并不是很多城市也不算大。不过每年春夏两季来这里是最好的旅游旺季，游客非常多，现在这个季节正好是旅游淡季，游客明显少了，不过人少的安吉更让孟浩远高兴，避开旅游人多高峰可以安安静静住着，再驾车四处看看是最舒服惬意的。看到城市周围的环境山连山满目青翠围绕的，蓝天白云的天气，安静干净的城市和如画的自然环境使孟浩远心情一下子放飞轻松了。孟浩远来过一次安吉留下很不错的印象，所以他计划首选就是安吉，离上海也近很方便。选择来安吉真是正确的决定，此时的安吉到处都是满山的竹林和森林山地，安静的环境、清新的空气，特别让人感到舒服。少了大城市特有的车流人流多以及城市每天从清晨开始到凌晨半夜一直处于喧嚣纷杂让人烦躁。这里多了一点宁静，当然安吉县城建设上发展也很快，城市布局分老城区和周围新建的城区，主要的几条街道两边商店很多也还是静中又有些热闹，但是这种热闹与在上海中心城市的一些道路上和地铁车站内的形成的摩肩擦踵的人流和马路上一直川流不息的车流的拥堵是不一样的。安吉整体安静的环境有满足城市生活的商业设施和文化公园，生活在这里同样方便惬意，来到这里的人们好像生活的节奏一下子放慢了下来。这里也没有人会认识孟浩远，这才是孟浩远喜欢的地方。

　　开着自己的车沿着安吉城市外围几条马路行驶，眼睛看着周围有居民居住小区，他在慢慢寻找沿街的房产中介店，开了一会看到前面有一家国内品牌连锁房产中介门店后，将车开进店门口停车区停下车开门走出。门口有穿着统一服装的一男一女两中介，见有顾客停车准备过来咨询马上站在门口。一位年纪很轻看上去在二十多一点的小个子男客服，穿着统一的藏青色全套西装和黑色皮鞋笑着很利索的迎了上来，热情地问道："先生是来租房还是买房？请里面坐。"然后边说着边将孟浩远迎进店内，店不大，约三十几平方米，里面是一排排的客服办公桌，左边有一个小接待区，刚才那位引入店中的年轻的男小伙，把孟浩远让进里面接待区的一张桌子旁坐下，马上给孟浩远倒了一杯热水放在桌上。问孟浩远道："先生你好，你是想买房还是租房？"孟浩远说道："路过，顺边来看看。哎，不过顺便问问这里附近租房的话有些什么房源可以提供？"小个子男客服胸口挂着工作牌，上面写着他的上岗证名字叫马乐乐，上面还有一张他的证件照片。见孟浩远问赶紧回答道："先生我们是连锁店，你有具体要求吗？我们附近房源很多，对房源位置要求，面积大小等等？"孟浩远说道："我想在安吉住上一段时间，有没有一种短租的房源。要求安静离城市不要靠太中心位置，就在这附近靠外围的挺好，有山可以上山锻炼看看的，而且周围都比较安静。还要有车位可以停。"马乐乐见孟浩远提出了要求脑中快速思考，又走到他的工作桌前上在电脑中查询数据信息后，回过来坐下说道："先生你看我们这里就有一个'梅园小区'比较符合你的要求，就在我们店附近，步行过去也就十多分钟，里面有多层和小高层，也有几幢公寓楼，公寓装修的比较好，里面各种生活设施都配齐的也有车位，都是可以出租的。具体房型有一房、二房和三房都有。"孟浩远边仔细地看着边问道："还有其他小区吗？"马乐乐又推荐了附近其他的两个小区，小区较大，房源都是居民闲置房出租，不过都需要半年以上最好一年一签的。看马乐乐卖力的在介绍，孟浩远最后还是觉得他提供的这些房源中还是"梅园小区"比较符合自己的要求，里面有专区是公寓房，他连看了三套，最后他选中了一个一居室的公寓房，据马乐乐介绍，这间房位置在第一幢楼最朝东面一间，视野很开阔，围栏外面朝东和朝南是两条公路，朝东就是山区可以看到。这间房在三层楼，站在阳台上就可以清楚地看到周围。这种一居式房型的客厅特别大，厨房也很大，装修设计是中式复古的精装修套间，"梅园小区"在县城的边上一点，小区里面的公寓在小区最东侧一边，与居民小区是两个区域，小区旁边有另一个门口出入，后面就是一条通往朝东南方向的山区路，附近整片的是青山连绵不断，山上和山腰都有乡村，那里有农民居住，周围就是群山树林竹林，简直是一个天然氧吧，环境很好，公寓位置是在整个小区最好的，在楼里就可以清楚看到附近的山林。孟浩远爽快的定下房签好合同，准备是住一周时间，付了定金后拿到钥匙，在马乐乐的陪同下开着车进小区一起看房。进入小区时马乐乐还在介绍着这个小区，孟浩远感到满意，居民所住的多层和小高层在靠西南一区，那里出门更靠近县城。主要马路商业区和在东区的公寓楼是两个区域，之间有路相通但是居民很少会来这里。孟浩远所租的公寓楼正好是第一幢，位置很好视野更加开阔。进入门洞到自己所租楼房处，看房后感到很满意，爽快的办理了交接手续后入住。然后开车送马乐乐到中介店，又到附近的一家菜市场买了一些蔬菜、鸡蛋、面条、大米等东西才回自己小区。

　　"梅园小区"房子密度不大，里面绿化率很高，内部环境安静，这里离县城中心距离也很近，交通出行道路都已经覆盖四通八达非常方便，小区入住的人不是太多，一般人都愿意选在县城中心的位置买房居住，对他们来说这个小区位置已经有些远。其实在孟浩远看来县城本来不算大，住在哪里都差不多，出行都是方便的，但是这个小区位置天然独特，出小区朝东后面旁边就是山，以后上山游玩、早晨锻炼更加方便。来这里临时租上一个月或租上半年休闲养身安心的租客倒是不少。其实这座县城周围就是山区林海，小区在城区的外围边缘，旁边是青山竹海。自然环境非常符合孟浩远需要安静可以静下心来的想法，宁静而悠闲。如果开着车出去到周边游看观赏，出行道路交通发达也很方便，而且现在的时间日期正好避开了旅游高峰季节时的人流拥挤，在这里另有一番与以往任何地方都不一样的自然安静传统朴素之美，是南方的一个好地方。

在中介这里办好租房一周短期手续后，孟浩远将车停在楼下专用停车位，将行李箱和背包等拿下车走进一楼进入房间，来到客厅里拿出背包中的电脑打开，准备上网看看讯息，查看自己的邮箱信息，一查自己邮箱中有八九条新信息。孟浩远快速浏览着略过普通的几封，突然高兴起来，原来他在点看重要的信件，其中有一封是"数学研究"期刊主编安东尼教授发来的，信中祝贺孟浩远取得伟大成果，并想邀请他再到英国去接受知名媒体访谈和访问。孟浩远心想，这个安东尼还不知道我和其他人不一样，这种事不合我意，我最不愿意做的事就是抛头露面了，站在媒体前严肃拘谨地接受访问，会让自己不自在。于是抓紧写信回复："谢谢安东尼先生！近期还有事安排。不便接受访问，一切请您出面接受采访。"推托后回复过去。还有另一封正式的邀请信是美国伯利克大学科索教授邀请孟浩远到学校访问并举行一场报告会，内容就是关于"西塔姆猜想"证明的，并诚挚地邀请他到他们学校进行参观，商谈留校当教授事宜。孟浩远心中感慨科索教授很重视也很热认真，专门写邀请信希望他去。然后继续看另一封是美国罗斯维尔教授请孟浩远到他们学校访问、演讲报告和参观的邀请信，心中暖意浓浓。还有一封是来自德国巴斯德教授的邀请信，请孟浩远到访并作演讲报告。另外有一封是伦敦大学格林教授信中明确邀请孟浩远到伦敦大学当教授。孟浩远连看着四封邀请信，心中既高兴又烦恼起来，我该如何答复，需要认真考虑做出答复。他在思考着，其实接下来会在美国某地与秦和汉他们再次见面，上次在数学研究期刊与在座的几位教授见面时他当时就已经想到这点，所以专门向科索教授询问，他已经倾向于到美国到伯利克大学数学院去。所以这次面临真的需要自己决定去美国了他还是考虑更多一些，最后下了决心还是想到美国科索教授那里去看看再说。他的想法是和秦的联系每三个月多一些时间可能会有一次见面机会，不过地点在哪里是变化的不太确定，也许再下次会面又重新选在青海某地也有可能。但是上次与秦见面时已经发现附近在建大型的一个基地，进出车流量会越来越多，已经不太适合保密了。一般会考虑比较偏僻之地，同时地方会足够大，方便秦的飞行器着落而不会被发现。另外上次秦曾提起过最好两人见面地点不要一直在同一地点怕引起人注意。青海之地周围已经有项目在建设，上次夜间发现已有汽车开始运输建设材料设备，以后人、车进出经过会更频繁，所以下次见面也许会避开选在其他地方。同时秦肯定还会需要大量的有关地球上不同国家地区的历史变迁、文明进程的各种书籍和地球生态现状的植物种子作为对其地球文明的研究。自己中国的护照出国旅游还是很方便的，不过如果美国能够成行，有机会能到美国去的话，可以申请美国护照倒也是一个不错的选择，持有美国护照到其他大多数国家更方便些。另外其实孟浩远自从离职回上海后，已经到国家级和上海本地市地方级的科研机构和大学投了不下 10 多份简历都没有收到回音。分析原因一方面是现在正好不是在正常大学毕业期统一招人用人阶段，现在已经过了这一窗口期，用人单位不太会在其他时间招人；还有一个原因他了解下来，这些单位以往招人信息要求，招录单位对报考人员的学历要求大都是研究生以上，还有很多岗位甚至要求是博士生。孟浩远现在的本科学历就很尴尬，连报名资格都没有。还有些招用单位尽管没有对学历要求很高，但是对工作经历有具体要求，要求是编程或在同类其他公司或单位从事编程经验丰富的工程师。孟浩远唯一的经历是在国家级事业单位工作的经历，岗位也不是具体编程，与招录单位也有些差距不太相符，让孟浩远烦恼不已。所以孟浩远心想，到科索教授大学或者罗斯维尔教授大学去看看，以自己现有的智慧和专业能力即使按他们学校的条件要求招收研究生，自己也应该可以应对。一旦能在美国留下学习或工作再申请护照，以后到世界各地出行和秦见面也许会更方便一些。最后还有一个自己的小想法，艾琳她也在德国排名靠前的著名大学读研究生学业，自己如能就读美国的这两所著名大学研究生和博士生的话，可以缩小和艾琳的学历上的差距了，尽管艾琳从没有在乎过孟浩远的学历。但是要强的孟浩远不是这么想的，现在有机会能够学习提升一下自己的专业和学历也是好的。其实孟浩远内心的这种学历方面的差距，根本不重要，不过孟浩远就是有些小想法和心结，他心气很高，心想你们唯文凭用人，那我就设法弥补提升自己的学习经历，而且一定要国际排名更好的学校给你们看看。当然如果自己能够成功，多在著名学府有学习经历对提高自己的眼界和学术交流更有好处。对艾琳来说孟浩远这样的学历差距根本不是什么问题，她从来没有往这方面去想过，艾琳看上的是孟浩远真实的人，聪敏有朝气，善于沟通，独立思考解决问题思路敏捷，行动果断。学历的问题根本就不是问题。如果孟浩远真的和艾琳聊起这件事，仅仅是学历问题而要刻意地去再学习，艾琳简直会吃惊和笑话了，孟浩远这么关注自己的学历吗？太不可思议了。

孟浩远回复了科索教授和罗斯维尔教授以及德国巴斯德教授和伦敦大学格林教授的信件，感谢与他们的热情邀请，对德国巴斯德教授和伦敦大学大学格林教授称目前还没有计划前往，希望有机会加强交流合作，实际是婉拒邀请。对科索教授和罗斯维尔教授答应他们抽空安排时间会去看看。后面还有几封有的是无聊的广告等乱七八糟的信息，有的是不重要的普通信件，看过后被孟浩远删除掉了。整理了一遍邮箱——回复了几封邮件后，孟浩远起身泡了一杯安吉白茶。在餐厅区餐座旁坐下，边喝着茶边看着电脑上的各种新闻和资讯，看了一会觉得肚子有些饿，早上只吃了一块蛋糕，就赶紧驾车出发一路行驶来安吉，于是他起身到厨房间准备饭菜。

今天一早从上海一路上马不停蹄开车赶到安吉，又花了点时间在房产中介找房源，看房满意后交接完手续，开车送马乐乐回到中介店。房产中介附近那里就有一个大型超市和一家菜市场，孟浩远离开中介点后到大型超市采购了一些生活用品，出来后又到菜市场买了一些新鲜蔬鸡蛋等回到公寓。开始过他想要的休闲生活，走进厨房开始烧饭烧菜，孟浩远的自理能力很强，会烧饭做菜，随便烧一点就可以，一个人生活不用太复杂，炒了一个青椒肉片，煎一个荷包蛋，煮了一碗细面，一个人津津有味地吃了起来，边吃边看看电脑网上信息。吃好饭收拾一下，坐在客厅沙发上喝茶，此时外面阳光正好照射进来，房间里温暖，在光线的照射下异常舒服，人也感到慵懒起来，慢慢地感到有些倦意。小区外面非常安静，走到在客厅的沙发上躺着，眯上眼休息起来。等一觉醒来后已是下午三点多了，站起身走到阳台，抬头看着窗外的景色，由于这个小区地处县城边缘，外面车流不多人很少经过十分安静。天空云高天蓝空气清新，远处的山上一片葱绿，这样的环境让人感到很是惬意享受。孟浩远换上运动衣和鞋，一身轻松出行装束，在房间内身体稍做热身活动后走出房间准备到外面去锻炼，腰间背一个小包放钥匙和手机。跑出小区门口往左面一直再走约一刻钟左右时间就到了附近的不知名的大竹山了，山连绵不断犹如竹海。沿着上山的路一路轻快的慢跑，山道的两旁都是各种野生绿色的树木，高低错落品种纷杂叫不出名字来，呈现一种自然的生态原始之美，林中不时有鸟在休息鸣叫，听声音有好几种不同的鸟。还有鸟在不停忙碌地飞行而过，寻找食物或欢快自由地在属于他们的地盘生活着。旁边沿着有些年代的旧石头台阶还有一条从山上流淌下来自然形成的山沟，形成高高低低落差，山沟里面是从山上一直在流淌着清澈的山水，随着山沟的自然走向或急或缓，流水声使林中更加安静。站在山中这条步行道行走呼吸着山里的新鲜空气，周围有没有其他人，身心非常的放松享受，人已经融进山林中。孟浩远不时地停步观景，享受着清新空气和山林自然美景，看着山里远处有几个农村村庄，前面已经看到房屋建筑——那是一个自然村落散布在山中，这里如隔世般的无争无欲的慢节奏自然生活，显得宁静安详，心境自然而然的松懈下来，和身处上海大城市中心市区里那种喧嚣热闹繁华处处是商业点以及高层高楼遍布人来车往一直不停的快节奏的生活相比，这里的清闲安静对孟浩远来说非常难得更让人身心舒服放松，这才是真正的回归生活的原本。和城市里的快节奏一直忙碌不停令人感到疲惫的看似热闹异常的生活相比，简直是两种完全不同的生活世界，人在这里可以得到真正的休息，身体和思想忘我的停顿和冥思，无欲无求，生活本该是享受自然，和自然融入才是幸福。

　　孟浩远跑跑停停已经出来近三个小时左右，看天色渐渐暗下来，没有继续再往上走，前面就是一处山村以后再早点出来好好看看。于是折返回来准备回去休息，晚饭不愿意自己做饭，打算就在附近街上寻找当地的饭店去品尝。等他回到居住的"梅园小区"附近的街边一路步行观察寻找吃饭的地方，此时天色已开始变得暗下来，人们都在回家的路上，这里的小城都是习惯慢节奏生活，街上人开始多了起来。走走看看发现前面门店招牌上"竹山农家特色饭店"时，孟浩远停下脚步仔细打量起来，这家饭店外面的装饰有当地的淳朴风格，简单干净不像酒店一般装修都比较奢华，很符合当地农家特点。于是走进店内，门口有服务员站在一侧引导，左边边上就是登记台，一位年轻的女服务员微笑地站着，年纪看上去只有二十多岁吧，看孟浩远进来喊了声："先生好，有预定吗？"孟浩远一听服务员在问他有预定吗，心想看来这家菜馆生意应该不错，笑道："没有，有没有空位子？"服务员说道："好，现在去应该还有的。"边说着就领孟浩远往里走到一张四方桌前，一会拿来菜单递给孟浩远，自己又去拿水壶过来。孟浩远翻看着菜单，冷菜热菜上面都有照片，看着就有些食欲。等服务远提着一壶浓香的大麦茶过来倒了一杯给孟浩远，然后领着孟浩远到里面去点菜，里面一排一排菜品放在前面还有照片，也有正在大铁锅里现煮着的竹笋烧肉、红烧猪脚、红烧鹅和草鸡汤等一锅锅热菜香气扑鼻，看着闻着勾起人很想吃的欲望。这家店里提供的基本都是些当地特色菜单，孟浩远点了一条捕自野生河里的大鲫鱼做红烧鱼，一个竹笋烧土猪肉和一个青菜，一小碗本地大米饭。服务员记下菜品后离开这里，顾客越来越多聚集在菜品展示区，边上有一位服务员陪着点菜。孟浩远躲闪着其他正在兴高采烈点菜的人群，回到自己桌前坐下，拿起茶壶倒了一杯茶水，此起大麦茶香气扑鼻，就等着送菜上来。不一会一位年轻的小个瘦瘦的男服务员把菜一个一个地就端了上来。孟浩远注意起周围，店内人气很旺顾客很多，他边上几桌都是三五成群一起过来吃饭的，想不到平时的夜晚来这里吃晚饭的客人也很多，店内气氛热闹。安吉城的夜生活也并没有孟浩远想象当中的会比较冷清。一个人吃饭有三个下饭菜够多了，菜品味道纯正特别好吃，与一般大酒店的菜品是不一样的，但是食材新鲜，基本都是当地的，烧法简单味道就是好吃，在孟浩远看来比大酒店的菜更香更可口美味，犹如进入当地农家院子一起吃饭一般。一顿简单的晚饭吃得香，菜的味道很合孟浩远口味，把点的几个菜基本都吃完，这一顿吃的太舒服了，吃饱饭顺便也休息好了。

孟浩远起身走出这家别具风味、印象深刻的农家饭店后，来到外面街上有些兴致地走走看看街道两旁的商店，天色还没有完全暗下来，难得清闲，逛着看看这里街上人来车往当地的生活场景和街道两旁的建筑风格，兴致未减这样已经转了有一个小时了，天色渐渐开始暗下来，街道两旁的灯火已突然亮起来，表明现在已经是夜晚将要来临。此时孟浩远才悠哉慢慢步行返回自己的公寓洗澡休息。感觉这一天下来很是充实和轻松，没有受到生活中常有的羁绊和影响。自己烧好一壶水泡上一杯刚才逛街时买的一罐当地产白茶，顿时清澈的热水冲在杯中把茶叶瞬间推起漂浮在杯子上层，一阵清香飘起，茶叶也竖在上面，慢慢才有的落下有的挤在上层犹如活动跳跃着，茶水微黄，说明茶叶已经融合热水发生变化，这是不错的好茶。此时孟浩远打开客厅的电视听着节目，时间已经晚上九点半，这个时间正好应是美国时间的上午九点半左右，查看起自己每天都需要看的电脑信息时发现又有新的信息过来。

一封来自科索教授，一封是罗斯维尔教的。原来是科索教授和罗斯维尔教授收到孟浩远的回复后，很快就高兴的有回信过来，大意是："感谢孟先生！欢迎孟先生尽早安排赴美到我校考察访问，期待你的到来。"孟浩远认真地看了后分别回复了他们："谢谢你的邀请！不胜荣幸。计划下个月来美学习，并请发邀请书给我便于签证。留了自己联系地址和联系电话。"还有在英国伦敦"数学研究"期刊社认识的几位著名教授他们也都回复孟浩远，希望孟浩远保持和他们的联系，欢迎到他们学校参观考察和讲学。这让孟浩远感动，不过自己已经与科索教授和罗斯维尔教授回复信件，计划去美国拜访和学习考察。所以他一一回复对他们表示感谢。

安排好自己的下一步计划并一一认真回信后，孟浩远一个人坐着休息，这里此时更加安静，窗外天色已暗夜晚来临。他不由得想起艾琳，此时通过视频连线看看她是最好的了，哪怕能听听她的声音也好，不知道她现在会在干什么？电脑正在使用赶紧视频连线等待着，可是没有连上。可能艾琳此时并不在自己学生公寓里，她也许还在学校正在做实验。正想拿手机想直接拨打电话给她，没想到自己手机突然有电话进来，电话铃响起，快速拿起手机一看，来电显示的号码跳出就是熟悉的艾琳电话，顿时心里特别高兴，正想着她竟然电话打过来了心中高兴。没有想到两人心有灵犀般的同时想见对方。电话接通后艾琳欢快的声音进来了："孟浩远，最近在忙什么？也不联系我。"孟浩远笑着说道："噢，艾琳你好！是这样，最近一段时间有些忙，一直和朋友在一起加班，正做一些研究性实验。真巧了，我刚刚与你电脑视频连线就想看看你与你聊天，结果连不上。你现在不在公寓休息正在外面吧。我又想准备电话联系你，想不到你的电话就进来了，嘿，太巧了。"艾琳笑着说道："哦，是吗？真巧啊。我今天正和几个同学一起出去吃饭看电影，现在正在回学校的路上。"孟浩远说道："噢，是这样。那好吧，有同学在一起你们好好聊吧，我先挂了，有空我们再聊，不要让同学笑话。"艾琳假装生气地说道："是啊，你说对了，现在她们是在笑话我了。"孟浩远一听，一时有些摸不着头脑，不知为何？疑惑不解问道："噢，是吗？不会吧。这是为什么？不可能吧？是你的原因还是因为我？"艾琳继续带着严肃地的口气说道："是你的原因。她们说你对我不信任，有事隐瞒。"孟浩远一听一下子更是感到莫名其妙。艾琳突然间怎么会说出这样的话，开玩笑吧也不知是什么缘由，真不知道从何说起，一下子心里一震不免真有些紧张起来。迅速脑中一闪梳理一遍，可是自己从没有什么可以隐瞒的？实在不知道她说的是什么意思？自己对艾琳可是一直坦诚的，不过从她的口气里并不是非常严肃，只是语调突然有些认真起来，并没有非常恼怒，想来想去实在有些搞不懂了，弄得自己一头雾水。艾琳听到孟浩远不言语有些不知所措，追问道："你有什么很重要的事瞒着我吗？"孟浩远见艾琳提到重要事情，马上脱口而出："没有啊，有什么重要的事啊？"艾琳见孟浩远还没有想到，忙追问道："孟浩远，你到伦敦是去干什么？你说过参加一个会议是吧。"孟浩远见艾琳提到去伦敦的事情，心里终于明白也放下心来，还以为有什么事，实在心想不起来。原来问的是这件事情，顿时轻松地说道："噢，你说的是到伦敦去的事情啊。我不是告诉过你，到伦敦去是接受邀请参加一个会议交流吗？我告诉过你的，你忘了？会议结束后就赶到你学校来看你了。"艾琳心想是记得孟浩远讲到他是到伦敦参加学术交流会议的事。当时认为他就去参加也只是去听报告会，根本就没多注意。哪曾想，原来就是孟浩远去伦敦作专场学术演讲报告，他才是主角。艾琳还是仔细地问一下，希望孟浩远亲口当着她的面说出来，于是说道："我们学校内外现在正到处都在传一件数学学术界的大事，一个姓孟的中国年轻人，解决了百年数学难题'西塔姆猜想'证明，论文已经在顶尖专业期刊"数学研究"上正式发表，而且在伦敦大学作过一场内部学术报告。说得是你吗？"孟浩远听艾琳这么说此时心里终于笃定了，搞了半天艾琳说的原来是这件事。紧张兮兮的心情放松了下来，愈发的镇定平静地回道："噢。你说的是关于'西塔姆猜想'证明这件事。是的。"艾琳一听顿时激动万分，惊喜不断连声大叫起来："啊，我的天啊！我的天啊！真的是你，真的是你。"此时在艾琳旁边围在身边一起的还有三位她的女同学，孟浩远开始并不知道听到艾琳电话里传出的惊叫声后，她们一起也在惊呼狂叫着："我的天啊！艾琳，我的天啊！太不可思议了，我能见见他吗？和他讲讲话，我能要合影要个签名吗？"艾琳被她们开心地已经忘了孟浩远在中国她们在德国，现在哪有可能合影和签名。不过还是激动欢快地说道："真的是他，真的是他。他说是的，这是他的证明，太伟大了太不可思议了。"引来一片疯狂的尖叫声。孟浩远听到她们激动和欢快的声音，此时一定是高兴地手舞足蹈动作不断，把自己还在通话给忘了。他对着电话问道："艾琳，你们这是干嘛？有这么吃惊吗？我可没有隐瞒过你啊。"艾琳听了更加兴奋依旧非常激动，此时她眼泪已经在眼眶滚动，泪水滚落下来，带着喜悦激动开心地说道："孟浩远。这么重要的事你居然就这么不当回事。我的天哪！你可真是与众不同。太让人激动了。你太伟大了！"艾琳又激动地带着泪水笑了起来说道："孟浩远，你总是太让人吃惊。"然后大声地叫道："孟浩远，我爱你！"惹得周围的同学们也一起兴奋发狂地尖叫，并且也学着艾琳的喊声一起大叫道："孟浩远，我爱你！"孟浩远听出她们的激动和有些疯狂，笑笑说道："好吧。艾琳你和同学们在一起开心点吧。早点回去休息吧，这件事是很重要，不过不用太在意。"艾琳一直沉浸在兴奋开心幸福中不能自拔，满脸的爱意，笑着对孟浩远说道："孟浩远，我真想现在马上过来到你身边为你庆贺。好的，那再见吧。"然后用力用嘴和自己的手打了亲吻的响声，引得周围的几位同学一片兴奋的欢笑，孟浩远也不由得笑了。艾琳是个直率的好姑娘，孟浩远心里想此时如果在安吉这里和艾琳在一起该有多好，真希望艾琳能够来这安静之地脱离纷杂的尘嚣和她待在一起享受真实平淡安静的生活和属于只有他俩的快乐。

三

孟浩远的"西塔姆猜想"证明消息和在国外已经迅速传播开来不同，国内的主流媒体信息还是稍微滞后的，因为它需要从官方渠道获得确切可靠的信息后才会发消息。不过这时候这一重大消息倒是在一些新媒体头条消息上已经快速转发，他们反应非常快，来自中国的年轻学者的重大数学研究证明是事实，它已经在国外一流专业期刊发表，这些传出的信息肯定是准确的。随后国外有关媒体马上都在抢先发布消息，这样的消息太过重大了，不能错过，所以也马上跟进迅速转发了消息。官方媒体都比较严谨的，他们不知道孟浩远这个人是何许人，手上没有掌握有关这个中国人和这项研究的任何背景资料。现在唯一知道的是通过外媒报道了解到，是一位名叫孟浩远的中国小伙证明了"西塔姆猜想"，这是一个伟大的成就。所以急得他们四处向权威官方的渠道和一些国内数学家打听消息和有关"西塔姆猜想"证明问题的专业解释，可是这难为了这些数学家，他们可以从专业上解释"西塔姆猜想"是怎么一回事，有多伟大多难多重要。但是对这位孟浩远这个突然之间横空出世的怪才真的缺乏了解。到底一下子会突然冒这样的一位数学奇才，不声不响没有半点预兆，他潜心研究居然能证明了如此高深的世界难题。他们没有办法为媒体提供更多有关孟浩远的讯息。直到一位比较敏锐的地方媒体记者专门到英国伦敦"数学研究"期刊采访采访总编安东尼教授，因为他是来自中国的记者，本来对孟浩远有特别好感的安东尼教授接受了采访，才道出了真实的证明过程和一些细节。这位记者很认真有通过安东尼教授找到格林和赵安吉获知确认了更多的消息。马上在伦敦发回一篇报道，了解了更多有关"西塔姆猜想"证明的情况，孟浩远是来自上海的年轻人，他的长相、大概年纪、相貌、工作单位等信息。终于有了更多信息确认他是一位来自的中国上海的年轻男性学者。但是其联系方式，安东尼和格林、赵安吉都没有提供，这是为论文作者提供保密保护，没有得到作者本人同意是不会提供出去的。而且安东尼教授和所有人都知道孟浩远的心思，他根本就不会愿意在媒体面前抛头露面接受采访，花费他的时间。这篇报道一下子引起了国内注意，马上在国内炸开了锅一般，引起国内其他媒体的到处转载报道。即使这样，消息传播更广，热度也非常高，权威的行业数学家们依然对这位年轻的数学研究者一无所知。报道中也没有作者的单位信息和联系方式，他在上海住在哪里等等。直到过了一周后，有一天国家天文台（天文观测研究院）向心波院长正在自己办公室翻看着一张报纸，头版报道一则新闻："百年数学难题被证明，来自中国的孟浩远先生成功破解。"看着新闻采访的内容，这真是一个非常不得了的重大事件。向院长心里暗暗吃惊不免联想到自己单位的那位长得帅气聪明的名叫孟浩远的上海小伙。啊呀，我们院里原来就有这么一个年轻的小伙子，恰好他的名字也叫孟浩远，难道是他？想想这不太可能啊。马上起身到孟浩远原来工作的信息科室去了解一下更多的有关孟浩远的情况。他急匆匆地走下楼，很快走进信息科办公室，门半开着他推门进去，看到科长李建设正在训斥几个年轻人，脾气火爆地说道："你们就别瞎猜了，中国叫孟浩远的人又不是一个，可能有好几百好几千个，即使在上海也不知道有多少，哪会轮到他。他不就是个学计算机专业的吗？他有多大能耐？"坐在孟浩远对桌的同事张新宇辩论着说："我看报道上介绍他的年纪长相很象孟浩远，我和孟浩远平时聊天时，他就说一直喜欢研究数学，高中开始一直不停地在研究，有时还看到有空时他一直在写一些数学方面的内容，我是看不懂。"李建设一听，想着埋汰一下孟浩远，说道："他能研究破解百年数学难题，我这个李要倒过来写，这种人工作都不认真不求上进，成天借口家里有这事有那事的请假，其实就是想着出去玩，还要请假出国去游玩，这样的人怎么可能会是他？是不是那个叫什么的数学难题也太简单了吧，轮也轮不到他，做梦了吧。你们老是帮着他，为他说话有什么用，去去去。"直到张新宇抬头看到门口已经进来站在中间神情严肃的向院长，忙叫道："向院长"。李建设此时才慌忙停住，连忙转过身低声叫了声："啊，是向院长。我正在教育这些个小青年，一听到外面一些消息说有同名同姓的孟浩远就激动的开始瞎起哄，就以为是我们原来科里的那个孟浩远。"向院长环顾四周冷冷地看着他也没有接话，只见科室内几个年轻的小青年都低着头情绪低落地站着。刚才自己已经看到也听到了他们的相互争辩，心里已经明白了几分。对着李建设说道："李科长，你怎么就断定'西塔姆猜想'证明的那个孟浩远就一定不是我们院里的孟浩远呢？你有什么证据呢？调查过没有？不要妄下结论，你又是怎么认为孟浩远工作不负责任呢？你说的不负责任的人就是我们天文台建成以来，第一个发现最新一颗小行星的，是他吗？"李建设没有想到为什么向院长突然来到自己科室来，又为什么很不高兴地向自己连续发问，话里明显是护着那个辞职离开的孟浩远。被领导责问心里害怕，说得李建设满脸通红尴尬地不知道如何回答是好，愣在那里不敢动。向院长正在说李建设，科里的同事心里暗暗叫好，只有领导说话他李建设才不敢像平时一般趾高气扬手舞足蹈的批评人家。张新宇突然想起来一件事，孟浩远在离职时曾交给他两封信，第一封信是上次孟浩远离开单位回到上海后告诉他不准备回单位来了，让他到时候亲手交给向院长。后来孟浩远又专门来单位办理离职手续并请他们几个要好的同事晚上一起聚聚当告别，所以要回了那封信。取走后自己亲手交给了向院长，以示敬重向院长。还有现在第二封放在他这里的信，孟浩远交待过他，先请他保存，如果有一天向院长什么时候过来问起孟浩远有关的事情，就请他当场直接把这封信交到向院长手上。想到这里于张新宇马上从自己的抽屉里翻出孟浩远留给他的这一封信，拿着信走上几步递给向院长，张新宇小声地说道："向院长，这是孟浩远离开单位后让我保存的一封信，他说过等你来问起一些事情时让我亲手交给你。"向院长有些不解，但是一听是孟浩远的信，拿过信当场就撕开信封，拿起里面的信纸看了起来。越看脸色愈发难看，看完后已是满脸怒气。原来就是孟浩远的那份出国到英国参加会议的请假申请报告，报告中清清楚楚写着提出请假是因为"数学研究"期刊邀请他到英国伦敦去参加一个学术会议。后面李建设当时被孟浩远一顿说，根本就说不过他，正在气头上连内容都没有看，当场就在报告后面签了不予同意的意见，还有自己的签名和日期。向院长马上明白就是自己单位手下的这位孟浩远小伙子，真是大家在苦苦寻找的奇才，是他成功破解"西塔姆猜想"证明。从请假报告中可以判断，当时孟浩远请假报告事由写得清清楚楚，受邀请参加在英国的"数学研究"期刊学术会的，在会上还现场证明了"西塔姆猜想"，这是一个举世闻名的学术研讨国际会议。孟浩远真的是太聪明了。向院长越想越生气，脸色已经没有一点笑容大声说道："你看你做的好事，凤凰在你窝里被你打跑了。你李建设蛮横得狠啊，孟浩远要去参加这么重要的活动你都不同意，我们是研究机构，与国际学术讨论交往是难得的机会而且是代表国家荣誉，孟浩远因为这个重要会议书面请假你故意压着不让他去，他又不想放弃这样的机会，才不得已提出离职的，自费一个人前去参加这么重要的会议。你你你……"向院长说着说着思绪万千，孟浩远并不仅仅是他口头说的是为了在上海女朋友的事情，这是他客气的借口。他是一个多好的人啊，告诉我的时候还一直谎称自己是由于个人原因，而没有说任何人对他打压的事。向院长此时内心波浪汹涌，一下子被气得头有些晕，站着感到头晕脑旋身体有些疲软，被跟前的张新宇看到，赶忙上前搀扶了一把才站住。向院长心里气啊，这么优秀的青年英才被白白的给折腾走了。孟浩远哪，你为什么不直接来找我直接说清楚呢？这是我院成立以来天大的大好事，也是世界和中国的重大事件，我怎么可能会不批呢？而且会敲锣打鼓地派单位同事陪着你一起去。转头怒气冲冲地看着李建设厉声说道："看你搞得这破事，现在还在和同事们争吵，孟浩远不是在请假报告中已经写得很清楚吗？他要去参加这个国际会议，我估计你连看都没看，就不管三七二十一的批不同意了。你们当时工作就真的很忙是吧？就缺孟浩远一个人工作就做不成了是吧。"李建设低着头，此时他已经明白自己犯了一个大错，头上冒着汗不敢吭声。孟浩远是一位天才，当时在气头上，明明是正式的请假报告自己直接就签批不同意的意见。想想人家当时内心有多委屈，年轻人性子一来所以才提出了离职，越想头上汗水越是不断的沁出来，他后悔不已。张新宇和其他几个科室内的同事们也明白了这个"西塔姆猜想"证明果真是他们一直朝夕相处的同事孟浩远所证明。不由得说出来："太好了，真的是我们的孟浩远，孟浩远。"但看看向院长气的神情都变了，和平时见到的温文尔雅和和气气的向院长完全不同。也是第一次见到他这么生气，也难怪，我们心里也很生气。看向院长这样同事们马上刹住后面想说的话不语了。向院长心里憋得很难受，好不容易招来了人才，而且是一个真正的人才，我和他交流过，一看就是个聪明很有才气的小青年，被这个小肚鸡肠没有格局和眼界的李建设给气走了，我们在人才管理上出问题了。要改变，要改变啊。否则如何留得住年轻的英才们？他看了看李建设，已经不想再当面责骂他了，这种人误事，再说也没有多大的意义，已经无法挽回单位重大的损失了。

向院长拿着孟浩远的信件，脚步沉重愤愤地走出信息科办公室，原来孟浩远当初离职主要原因是这个。在走廊中他不禁长叹了一口气。心中从未有过如此的恼怒，心在痛。脚步沉重慢慢走上二层楼，碰到有人在经过和他打招呼时也还在旁若无人地想着心思，也没有回应脸色很难看。回到自己办公室进门口后关上门一个人坐在沙发上想了足足半个多小时。这真是一件非常不愿意发生的事。单位失去了一位非常难得的优秀人才，实在让人心痛。如果外界知道孟浩远就是出自我领导下的国家天文台贵阳台，他们会如何看我和我们单位？一定以为单位和我容不得优秀人才，孟浩远才会出走。人们必定会有所猜忌和误解，造成的影响肯定会很大。现在要考虑的是通过这件事需要反思，单位要建立人才培养和保护机制，让真正的人才脱颖而出，给他们必要的宽松环境，让他们喜欢自己工作的单位，还要对相关不负责任人员要进行问责。想到这里站起开门，走到隔壁办公室敲敲门直接推门而入，看到单位二把手党委副书记兼副院长刘耀清正在和人在交谈工作，向院长也不管了，说道："耀清，找你有事，你先停一下。"正在谈话的两人其中一位姓周的科长说道："你们忙，我等会再过来。"说完知趣地走出房门关上门。刘耀清见是向院长进来，脸色难看忙站起身说道："向院长，你叫一下我过来么。"向院长见面又是一声长叹，两人坐到旁边会客区沙发上。刘耀清见向院长脸色不太好看，又是长叹忙问道："向院长，发生什么事啦？"向院长说道："是啊，发生一件大事。我们俩先通个气，接下来我提议马上召开党政班子会议，有一件事要情通报一下，然后讨论关于人才激励保护机制。我们作为一个国家级的天文探索研究院，国家投入这么大，承担了相当大的任务和责任，我们花了很多心思研究招录优秀人才。可是，我们没有做好啊。"接着向院长把孟浩远离职和他在国际上的最新成就讲了一遍。刘耀清一听也是非常震惊十分生气，叹道："怎么会出这样的事？这个李建设真是太浑了。唉，我们身边就有优秀人才，我们的干部如何引导他们鼓励他们做好工作，还要给与关心关怀才是。否则，我们这种单位本来就地处偏远地区，工作地点又在山区远离市区，怎么能留住人才啊。我同意你的观点，对这件事要举一反三，开会研究建立这样的机制，创造更多条件引进人才留住人才，多为他们创造良好的条件。"两人很快形成统一意见后，向院长拿起刘耀清桌上的电话打给行政办公室程子棋主任说道："程主任，我是向心波，通知明天上午9点30召开院党政班子会议，通报有关孟浩远出走事件，建立人才引进管理培养机制，加强干部队伍素质教育，具体要求等会你到我办公室来一次，与你交谈我的想法。"向院长要求刘耀清明天下午召开部分中青年科技骨干代表座谈会，听听他们对生活、工作、职称晋升、科研活动课题研究等等各方面的意见。布置完工作，向院长才走回自己办公室里坐在沙发上，一下子感到精疲力尽头脑陷入沉思。孟浩远这件事有关的信息暂时只好苦水往肚里倒，没有办法主动去向有关单位媒体披露了，要不然他们这些媒体齐集到这里来采访孟浩远或有关同事领导，我们能说什么？这是耻辱啊，太难堪了。至于以后慢慢知道了再兴起一股追孟浩远的热潮后，我们已经做了一些务实的事采取了措施，只能这样了。又问办公室程子棋要了孟浩远的联系手机电话，拿起桌上电话拨打过去，可是电话处于关机状态。向院长又长叹一口气，哎，看来小孟一定是生我们气了，电话都不愿意接听，已经关机了，不愿意和我们留下联系了。其实孟浩远并没有取消原来的号码，最近就生怕有事打扰，就关闭了原来的号码。不过他还有另外一个电话号码，只有艾琳和王可佳他们有孟浩远的两个号码，已经告诉他们近期自己的安排，由于担心电话信号不好，可以用另外的号码随时联系他。

第二天上午研究院召开了党政班子会议，会议通过了免除了李建设科长的职务，任命年轻的张新宇为副科长主持工作。会上向院长不无心痛地说："我们一方面拼命地在引进人才，一旦引进了这些充满活力来自全国各地的人才我们培养关心他们了吗？我们单位地处偏远山区，能够把这些来自全国各地尤其是大城市的优秀的年轻才俊吸引过来的是他们有一种强烈的事业心。我们有什么理由不为他们创造条件让他们为事业奉献，我们的干部应该是为他们服务的不是去设置障碍去打压他管他的。孟浩远这件事完全可以避免，实在痛心哪，我们要举一反三好好思过。我作为院主要领导是失职啊，我要检讨。"说着说着向院长眼泪不禁流了下来。喃喃自语道："小孟对不住啊，你受了委屈，都是我没有管好啊。我们拼命地在找优秀人才，岂知人才就在我们身旁。人才引来了，还是让他从我们身边溜走了，可惜啊，这件事教训惨痛。"经过国家天文探索研究院的一系列几个专题会议，制定了人才培养计划和激励机制，干部队伍管理等制度。过了很长一段时间有关孟浩远的信息才开始一点一点传了出去，大家终于知道那位证明"西塔姆猜想"地伟大的数学家孟浩远原来他就是天文台（研究院）的那位小孟。但是，孟浩远的手机就是一直处于关机状态或联系不上，包括向院长和院里的其他的同事也联系不上，人们更激发起来加强烈的好奇心。

四

孟浩远来到安吉躲避已经有两天了，日子过得很是悠闲，无人认识无人打扰，一个人可以自有自在的放松，做自己想要的事情，此时心情特别舒适安逸，似乎自己来到了一个停留在不同时代的、时间静止下来的世外桃花源中，无忧无虑十分享受。到了第三天时孟浩远刚刚走出小区门沿着道路一直步行出去，准备上山到后面竹海山中去晨练，享受着清新有点滋润的空气，听着林中的鸟在欢快地鸣叫，踏踏地沿着步行道慢跑起来，一处一处的景色从自己身边掠过，转眼已经跑了约一个小时了，来在半山腰处突然出现一大片平地，站在这里往下看风景特别好，林中一片葱绿一眼望不到头，四周也无人经过，不由得停下脚步边休息边远眺周围景色。然后孟浩远就在旁边开始练习绵拳，练了约半个小时左右身上已冒出些汗水，停下休息。站在这里看着远方心旷神怡非常的惬意。这条路他每天都会走一遍，这里不是专门的旅游景点，人来人往并不多，但是再往上，山上有村落住着人家，这条路成为村民进出的快速捷径。环着山有一条修建的水泥盘山公路可以有车开上去，孟浩远走的这条是步行石阶路。是方便村民劳作出行的旧道。原来山上的村民主要就是靠这条道与外面联系。平时孟浩远每天在这里练习拳操和运动过后，便会笃悠悠走回公寓准备休息，这是来这里两天的规律的活动。不过今天和往常一样回来时他敏锐地发觉和前两天平静明显不一样，远远看到自己租住的"梅园小区"门口一下子显得热闹起来，小区大门口站着一群人，有扛摄像机的，有带照相机的，身穿各色衣服，人数有不下十多人三三两两分成几群，他们在交头接耳地着议论什么，看这些人和装备，敏感的孟浩远马上想到这些人可能是媒体人。那他们在这里干什么？这里可是特别安静的地方，很少有这么多人聚集在一起的。他想到了是不是来蹲点准备采访的，如果采访那极有可能就是我孟浩远了，"西塔姆猜想"证明已经在外面报道过，但是还没有直接找到孟浩远这个人，所以一下子被媒体吸引希望找到并采访。不过我在这里临时居住已经是很隐蔽的应该不会有人知道啊？怎么会突然出现这批记者？难道他们是来采访其他事件的，自己想多了？站在隔着几条路的地方孟浩远停下脚步边想着，然后顺路走过来看看清楚，等走进小区时已经看到有两个胸前戴着上岗证，穿着白衬衫、藏青色裤子和黑皮鞋的人，有一群人正围着他俩在打听什么。孟浩远马上反应过来，那两人的穿着打扮就是房产中介，噢对了，一定是自己租房时，因为签合同需要提供自己的身份信息。可能当他们看到有报道孟浩远这个人的名字，加之他也是一位男青年，阳光帅气大学生模样几个特点是吻合的。来中介这里租房的客户正好也叫孟浩远的同名同姓，而且也是个年轻的小伙子，看上去很是聪明斯文和气。所以不经意地在行业中作为饭后茶余瞎传出去了，他们猜想有可能这位就是大家都在寻找的神秘的年轻数学家。不知道这些流传的信息怎么会被一个小媒体获知了。这些媒体人他们也不管信息的准确与否，先过来蹲守在这里试试运气，一旦碰对了就是非常好的重要新闻了。至少这里有一位和报道相一致的中国年轻人名叫孟浩远，三个特征线索是对的。毕竟目前还没有媒体第一手直接采访过孟浩远的新闻，如果碰对了这条新闻，抢先发布就极具价值。他们都是非常敬业的抱着哪怕有一点可能，也不能错过的想法。所以这些媒体人得到这样一条不是太明确的消息后马上陆续的来了几波不同单位的记者，今天来到这里从上午一直分头守候在几个门口，他们也围着中介打听这人的长相和信息。

孟浩远每天早上 5 点多一些就出小区门了，然后就到上山去运动锻炼，出去得早没有发现异常，这些媒体大都是 9 点多过来的，正好避开了。孟浩远低着头装作过往行人从远处准备走过来，可是心想如果此时他走进入小区被租过房子的中介一叫，那些媒体记者就可能会围上来，那就太麻烦了，可能一下子真无法脱身了，被他们看出端倪来围着反复问询，或不管三七二十一拍照、拍视频，这样来一下难免露出漏洞，自己专程躲在这的计划全部枉费了。看到这样的情况想到这里，于是还没有到小区在不远处又果断地重新返身折回继续上山，漫无目的随便走走看看暂时躲开这些人，等天色稍晚些时这些媒体人在这里蹲守了一天没有见到人，就会没有耐心了自然会离开。

孟浩远此时已经干脆放下心来沿着上山的路慢慢行走，渐渐地已经走到山的深处。顺着山路台阶走到一个分叉口出现三条通道，一条继续向上一条向左，还有一条是向右方向的路，向右的路看着石阶更宽大些，左转弯的一条路略微窄一点，自己两天前去过，右转的路自己还没有去过，于是他就选这条路继续走走看看。终于走到了另一处山腰，一下子豁然开朗出现一处平坦地，这里环境更加幽静，看到有几处山里特色的农民建筑房屋，依次分布着约有八九家，相互隔的不远，连在一起形成一个村落，这是农民生活的状态。

孟浩远走到靠眼前的第一户农户，见门都关着应该无人在，又往上走到第二家，见这家农户大门敞开着，外面就是菜园子也没有看到人，就大声喊着："有人吗？这里有人吗？"连喊了几遍，也没见有人回应，可能这时正好农民出去到自己地里劳作忙农活了，没有人在。只好离去准备再往前面几户农家去看看，刚走出十来步远，听到有人在身后叫，回头看，见刚才第二家那老屋里走出来一人，站在门口外面的场地上，看着样子是一个中年妇女，约莫五十余岁中等个子在一米六四左右。她穿着当地流行的土布衣衫，现在已经很少有人穿这样的衣服，一头黑黑的头发，脸色略黑透着红精神很好。脸上微胖乎乎的一脸的慈祥可亲。她看着孟浩远穿着一身运动装束头上冒着汗，正在往上面山路走去。忙笑着问道："哎，小伙子啊，刚才是你在喊我们吗？你这是要找谁啊？"孟浩远见有人出来在问，忙回转头道："噢，是大姐啊，你好。我是从上海过来的游客，就住在山下面的'梅园小区'。今天上山锻炼看这里风景很好就走过来顺便看看游玩的，看到你们这里的农村建筑和自然环境很漂亮很喜欢，结果越走越远就走到你们这村。来时没有带水，口渴了想讨口水喝，也想顺便打听一下，你们没有可以住在这里对外游客出租的农家乐之类的？"大嫂说道："噢，原来你是上海来的客人，来来，过来。"说着用手招招，孟浩远也回转过来踏踏地走到门前站住。大嫂笑着说："原来你是来这里游玩的，是这样啊。我们这个村附近几户倒是没有你说的农家乐的，不过再往前走翻过山再往下到一个平地处是另外一个西溪村，那里村里人家多一些，地方也大一些，有几个景点参观的，是有人有开农家乐对外的。不过你要走过去起码还要一个半小时左右吧。"孟浩远一听，只好说道："好的，大姐，那谢谢你了！我知道了。可否方便给点水喝。"这位被孟浩远叫着大姐的大嫂看孟浩远青年英俊面目和善，一副学生模样，看着就喜欢，而且他叫自己时亲切把自己当姐叫，显得自己年轻了，心里直高兴说道："噢噢，差点忘了，看你这小伙，来来来快进屋里来吧，今天外面有些闷热，山上天气都是这样的，看你走的头上都是汗了，过来进我们屋里来歇息吧。"边说着边招手引着孟浩远进自己屋来，把孟浩远让进了他们门口进来的客厅，让孟浩远自己随便坐在一个八仙桌旁的长凳子上。自己走进后面的偏屋里，不一会一手提了一个热水瓶一手拿着杯子和一罐茶出来放到桌上，从罐子中拈了一些茶叶放进杯中打开热水瓶倒入热水，绿色的茶叶经滚烫的清水一冲，一会儿一根根竖在上面，水清茶绿满是清香味。然后又折进后屋，很快拿了一条干毛巾和一个盛着冷水的搪瓷脸盆过来放在桌上，把毛巾递给孟浩远说道："小伙子，快擦把脸吧。"孟浩远有些不好意思，没想到这位大姐这么客气。还是拿过毛巾放进脸盆水中，顿时感到干净清澈的水阵阵清凉，绞好湿毛巾，轻轻擦擦脸舒服极了，随后把毛巾洗洗放到桌上。大嫂笑着收拾起来端着脸盆拿着毛巾，放到后屋去。一会又走过来回到客厅八仙桌前对孟浩远说道："小伙子，喝茶。这茶是我们山上自己种的，水是山泉水，很好的。看你样子你也是个读书人吧。"孟浩远笑着回答道："噢，大姐。我已经工作了。"大嫂笑着说道："你这小伙看你这么年轻，我以为还在读书呢。原来已经上班了，你们城里人就是长得年轻。看着就是个还在上学的学生。"说得孟浩远有些难为情。大嫂继续说道："我有个儿子和你年纪差不多，不像你有出息，读书不行，高中毕业考不上大学就在安吉城里开了个茶叶店谋生，一直就住在城里平时也不回来的。"这家农户的建筑很有当地南方常见的风格令人想多看，家里收拾得很干净整洁。用的热水瓶和搪瓷脸盆现在城市已经基本上没有了，但是在孟浩远看着感觉很好，有一种亲切特别的古朴和老年代的味道。

孟浩远坐着边喝着清香的热茶边和大嫂说话："大姐，你儿子自己创业也挺好的，现在各行各业都可以出息，做生意也挺忙的不容易。"大嫂笑着点点头："也是，他一直很忙平时不回家来。"孟浩远喝着茶说道："大嫂，你这茶特别的清香。水也好，真好喝。我刚才在院子外面路过时看着你们家客厅大门开着，我以为有人在的，叫了几遍，见没有人回，所以我还以为没有人在家里，就准备上山到前面几户人家去看看。后来见你在喊，所以就回来了，谢谢大姐了！"大嫂被孟浩远礼貌说的高兴，喜欢这样很有礼貌斯文的客人来访，笑着说道："茶好喝你慢慢地多喝点。是啊，我在屋里听到有人在喊，以为是有人来找我家老章来的，小伙你过来。"说着站起身招招手，孟浩远也赶紧站起身来跟着大嫂远走进后院的另一处一间房，房门开着，两人走进门后看到里面的模样，孟浩远一下子被吸引住了，这分明是一间工作室，房间两边的柜子里放着一件件雕刻精美的竹雕作品，朝南开着两扇窗子，靠窗墙处放着一张样子很旧的结实的长方形桌子，上面放着满满的各种雕刻工具，桌上显得乱糟糟的，靠着桌子背对着门的一张旧的发亮的藤椅上坐着一位穿着一件灰色的普通长袖衬衫，看背影显得比较瘦的男子，正低着头伏在桌前手里拿着刻刀在刻着手上的一件东西。桌上地上都是刻出的碎屑。

大嫂领着孟浩远到桌子跟前，孟浩远此时才看清楚这是一位中年男子脸色偏黑，颧骨凸现脸上架着一副普通黑色镜框眼镜，窗外的阳光照射进来，射在他的头上，宛如一幅画卷。一个坚毅棱角分明的男子手里正忙着在雕一幅竹子作品，听见有人进来也不应声，自顾自地忙自己的作品，专注细心的雕刻，动作极其娴熟，手里的刀火候掌握得很好，刻刀在手中左右飞舞。孟浩远看他这样也不敢打扰，只是用心的认真地欣赏着他在工作的样子，看了一会看看四周摆放在玻璃柜中已经完成的各种精美的雕刻艺术作品，这些作品件件不同构思巧妙刀法精湛，精美绝伦完全是艺术品。

大嫂见自己老头一副不理不睬的样子，挂不住脸了说着他的老公："老章，有客人来了。他不是来上门找你当师傅学徒的。这个小伙是个上海城里人，现在是在我们山下的'梅园小区'住的，一个人上山来游玩的，正好经过这里口渴了停下来讨一碗水喝，被我叫住的。"老章听到大嫂这么一说方才停下手中活，悄悄地慢慢转过脸打量着孟浩远。看到孟浩远的面相十分和善诚恳也很是知趣站着并不打搅他的工作，一个人正在很用心地参观欣赏放在柜子里的作品，看他专注的神情，眼睛一直盯着作品仔细地慢慢凑近地看，说明他真的是喜欢自己的作品而不是走马观花般粗略地一扫而过。而且这小伙样子很斯文很礼貌，看的时候并没有发出响声，静静地看也没有打搅到他随便问一些问题，心里感到这人和其他人着实不一样有些好感，等孟浩远转过来看另一边，发现这位原本端坐着一声不吭专注地做自己的活现在听大嫂刚才说话后转过脸来看着自己，孟浩远微笑着微微躬腰轻声说道："大哥好！打扰了。不好意思！"又自顾欣赏着橱窗里的雕刻作品，仿佛已经被这些独特的作品深深地吸引住了。见有人十分喜欢自己的作品，老章对这位懂礼貌的帅气小伙顿时心生好感。

原来这位老章是当地有名的竹刻工艺世家的一位大师，他的手艺都是一辈一辈传承下来的，专门对这里产的竹子精选加工后进行艺术创作雕刻。他的作品得过国家和省里的大奖，据说他的爷爷的爷爷的作品曾被当时的地方总督大人发现，后作为贡品选来献贡给当时的皇上，皇上是喜欢文化和艺术的，一见这种艺术特别喜欢，收藏在自己的书房里，同时要求工匠到宫里造办处专门为皇上创作作品，此后他的艺术更加精进，每一件作品都是匠心独运，是可以传承的艺术珍品。后来这位前辈工匠的手艺传给后代，一代一代用心打造传承艺术作品引来人们的追捧。现在这幢居住的老房子也是靠手艺赚钱建造的，房子在当地很是出名，精心设计建造很有艺术风格和时代特征。后来经常有人上山登门来拜师学艺的，老章想传给他儿子，可惜儿子喜欢热闹静不下心来，不喜欢这种花时间而且要求很高，还要耐得住寂寞枯燥乏味的老坐着琢磨设计雕刻的工作和创作。于是儿子高中毕业后和父亲争吵一架干脆躲开父亲的说教，自己一个人偷偷拿着母亲给的钱到下面县城里租了一间门面开了一家茶叶店卖自己产的茶，后来老章也没法就把自己的一些竹雕作品支援儿子去卖，当然很好卖。

孟浩远看着这些雕工精美构思奇特的一件件艺术作品满心欢喜，看着这些作品自己很是享受。在这种特有的手法精心雕刻后呈现出来的艺术美感非常有吸引力，真是让他大开眼界。自己很少见到这样精美的艺术品，他被一件件精美的艺术作品深深地吸引住，其艺术感染力非同寻常。老章师傅看到孟浩远正在认真小心地欣赏，时此时脸上露出和善的脸色端详着孟浩远，孟浩远正好回转头看到老章师傅四目相对，小心地问道："大哥您好！您这些作品太有韵味了，构图好，雕刻精，美不胜收，简直就是非常好的艺术珍品，看您的作品就是对人的一种至高无上的享受。我非常喜欢它们。您这些作品是自己收藏还是……？"孟浩远有了一种很想求购的想法但是他吃不准，怕说错话直接说出求购作品引起老章的不快，所以还是婉转的小心翼翼地询问。老章听了孟浩远问询的意思，感到这小伙很特别讲话很中听，口口声声叫自己大哥叫自己老婆为大嫂，把他们俩都叫年轻了心里就有好感，询问起来也十分小心得体很真诚。不像有慕名而来的人，来了后以为只要有钱就可以随便买，上来就大大咧咧的直接问价："这东西多少钱能卖？"遇到这种人，老章也是不爱搭理，一般都以非卖品直接回绝掉，毕竟每件作品都是自己精心构思的独一无二的心血之作。要卖也要给懂作品真正喜欢它的有缘人，给这些不懂的人他不愿意。

大嫂见孟浩远在小心地问，就比较直地说道："小伙子，你是想要是吧。不要文绉绉的。如果你喜欢就自己选吧，我做主可以的。"实际上间接承认老章的作品也是可以出售的。老章也笑笑不说话等于默认。看看这些作品都非常好，都是独一无二的艺术品，只不过寓意内容表达的不同。孟浩远不敢多选，怕老章师傅的心血之作心爱作品都被自己收购了会有些失落受到影响，只是从中选了两件：一件是在一块竹板上刻了八仙云游图，另一件是观音大士脚踩祥云站立注视着脚下，普渡苍生图，大士右手轻轻下指，衣服飘逸神态慈祥。在竹刻艺术上巧妙地将留青技艺与阴刻技法相结合，使留青技法中写意的光影效果与传统阴刻技法的苍劲味道结合，其雕刻作品构图巧妙，人物刻画细腻入微，灵气十足。将观音大士与八仙的形象进行了细致入微的刻画，线条流畅，一气呵成，无论是繁复的衣袂，还是观音和八仙的神态动作，甚至是发髻头饰，无一不精妙之极，真的令人赞叹，就像是活生生赋予生命的人物马上要出来一般。

老章看这小伙选的这两件作品可是自己最得意的作品，一般是自己珍藏的非卖品，不过今天被小伙相中实在有缘，刚才两人又已经认可可以出售，不好再次推辞，好作品给有缘人收藏着老章也是高兴。渐渐的两人打开了话匣子，谈话很投机，有一种遇到君子同道中人的感觉。挑选完成老章让大嫂用黄绸子包好，放入雕工精致的竹盒子里，配着刚刚合适简直完美。孟浩远此时突然想起说道："哎呀，对不起！大哥大嫂。我今天上山急，主要是运动游观的，身上没有准备现金，不知道用手机支付可行？"老章和大嫂对看了一眼，他们没有这种支付习惯，不懂手机支付方式，通常都是现金支付。大嫂说道："噢，我们没有手机支付，我们不懂的。你明天过来也可以。"

孟浩远明白了他们还不喜欢使用手机支付，说道："那要不这样吧，作品先放一放，等我今天回去取了钱后，今天太晚了，明天我再来。"老章和大嫂两人笑笑说道："不急的，不急的。"经这次交谈老章难得遇到很投缘他喜欢的人，索性陪着孟浩远拿起工作桌上自己的老茶壶和孟浩远一起出来转到客堂间坐在八仙桌子旁边饮茶边畅谈起来，大嫂一看老章可算是脾气有些怪的人，连自己儿子都谈话不投机，一不开心就争吵的人，很少有老章看得上的人，今天碰上这位上海来的年轻小伙他们俩还真是投缘说得上话。于是自己悄悄地到后面厨房去做中午饭菜去了。两人正聊着没有多会大嫂在后面厨房烧菜下油锅，滋啦滋啦的响声和阵阵香味飘了出来。

孟浩远和老章正在交谈着，此时他已经闻到了大嫂在后面厨房炒菜的香味，已经到了中午吃饭时间了，自己打扰他们有很长时间了，该和他们告别了。孟浩远连忙起身对老章说："大哥，你们忙吧。已经耽搁你们很长时间了，我明天上午过来，我先回去了，你告诉一下大姐，我看她正在忙着不打搅了。"说完准备离开，老章忙叫道："哎，小孟啊，坐下坐下别急，一起随便吃点饭，方便的。来来来，赶紧坐下，吃好饭再走。"两人正在相互客气地拉扯着，一个看到了吃饭点，不好意思急着想要走；一个难得碰上谈得拢的年轻人正谈得高兴要留住继续聊天。大嫂听见外面两人的声音从厨房走出来，对孟浩远说道："小伙子，留下一起吃饭吧，我已经弄好了，没有啥菜，我们不会招待，就不要客气了。"孟浩远想起身告辞作别，大嫂和老章拉着孟浩远一定要一起吃饭。老章今天高兴，难得碰上一个谈话这么投缘的人心情正大好，所以挽留孟浩远坐下一起吃中饭，顺便喝点酒，继续边吃边聊。见热情的两位大哥大嫂真心的劝住自己，孟浩远再想推辞怕伤了老章和大嫂的一片好意，只好客听主便重新坐下，留下来一起吃个便饭。桌上大嫂麻利地已经从厨房间拿出烧好的几样菜盛在大碗里摆放在桌上，有五六个菜，顿时桌上已经放满了，有竹笋红烧肉，红烧鲫鱼，竹笋鸡汤，韭菜炒鸡蛋，炒青菜，竹笋肉片，这些农家菜刚刚出锅顿时满屋的香气扑鼻。旋即大嫂又忙着拿几个小碗和杯子三双竹筷子——摆放好，三人一人一边坐在八仙桌前。老章开心地拿起一个褐色瓷瓶，里面装着花雕黄酒，大概有三斤的分量，迅速拿开瓶口的红布打开酒瓶塞也不问孟浩远是否喝酒，一手托住酒瓶一手拿着瓶口给孟浩远和自己各倒满一杯，举起酒杯道："来，小孟，不要客气，喝酒。"大嫂也高兴地说着："小伙子，农村也没啥菜随便吃点，就不要客气，喝点吧。"两人像接待亲戚一样热情地劝着。孟浩远被他们的真情感染了，笑着说道："大哥大嫂叫我小孟吧，孔孟之道孟子的孟，上面一个子下面一个器皿的皿。今天给你们添麻烦了。你们太客气了，太过意不去了。谢谢谢谢！"一时间客厅里热闹起来。两人劝孟浩远吃菜喝酒，孟浩远被他们朴素的热情感动，自己还是生平第一次在远方异地一处僻静的山中农村老建筑房子与自己从未相识的两个淳朴的农家大哥大姐在他们家中接受招待吃饭喝酒。此时自己有一种亲切感也并没有因为刚认识而陌生，他响应着大哥的劝酒，看大哥说完自己喝了一口酒，也端起酒杯深抿了一口，一条线顺着口腔进入喉管灌入胃中，香甜温润醇厚无比，犹如一股甜酱清澈又带一点特别的酒精含量，一口下去非常好喝。他不由得赞了起来："嗯，好喝。这酒很好喝，特别舒服。"大哥大嫂见孟浩远说酒好喝笑着说道："那就多喝点。"说完爽朗地笑了起来。两人你敬我一下，我回敬一下，然后品着大嫂烧的几样菜品，不知道为什么这些菜大嫂烧的特别好吃，鲜美香溢似乎是自己第一次吃到这么好吃的菜品，大饱口福起来。但是孟浩远不敢太放手大吃只是小心地慢慢品尝，毕竟自己在人家家里做客，不能让人见笑了。大嫂和孟浩远聊起家常来，知道孟浩远是上海的一个大学生，毕业后已经工作了，大嫂有些赞许也自豪地说道："小伙子，你是上海的大学生。我们家有个外甥女读书也蛮好的，不像我儿子，她现在在英国已经读研究生了。你去过英国吗？"孟浩远笑道："大嫂，你说的英国我去过的，最近还刚刚去过一次。那你外甥女读书厉害啊，在英国留学读研究生，比我厉害多了。"说得大嫂高兴不已，说道："你是上海的大学生也读书好。嗯，这女孩子读书是好，英语也好，听说是英国一个叫什么什么大学，我一下子记不住了，我明天问问。"看来大嫂对上海的大学生比较认可，对自己外甥女在英国读书也感到很自豪。孟浩远笑着夸奖道："噢噢，能够出国读书的都很厉害。"大嫂笑得开心说道："是啊，是啊。"不知不觉三人东南西北的聊天喝酒高兴不已，气氛一直很热闹没有停顿过，很快时间已过去将近两个小时左右。老章见孟浩远已经有点迷糊，眼睛没有刚开始时睁得很大，在酒精的作用下有些睡意了，自己也有点头晕才招呼大嫂说道："好了，今天正高兴，我和小孟杯中的酒喝了就不倒了。"说完举杯对孟浩远说道："小孟，喝了吧？"自己先喝尽了。孟浩远听到老章在说喝酒，举起杯子说："好，喝。"一下子把杯中酒也喝完了。老章见孟浩远已有些醉意，看这小伙实在。对大嫂说道："收拾一下。"领着孟浩远到后厨房的水斗边的桌子，那里大嫂已经放了一盆清水，干净的毛巾挂在脸盆上，孟浩远站起身感到头有些重，慢慢走过去自己洗了把脸清醒很多，然后走出来一再要求与大哥大嫂告辞，大嫂已经又泡好了一杯热茶，准备让他们坐下再休息休息喝喝茶的，见孟浩远脑子清醒，没有什么问题，要告辞离开，两人才依依不舍地送孟浩远出门。告别了大嫂和老章，相约明天上午来付钱取作品。

于是孟浩远一个人头有点晕晕的身体倒还好慢慢往山下走去，山林里的空气清新舒服，人感到清醒了些，走走停停已经行出半个多小时左右来到半山腰，发现这里往左有一条岔道，一直延伸进里面有一条小路，孟浩远此时喝酒喝茶多了有些内急拐进去，见边上没有人来往都是树木，找僻静处走进树林里方便了一下顿时轻松。再回到路上往前继续走一段，没有多久见旁边有一个江南地方常见的仿古八角亭子，里面四周连着的石板条凳子是供人坐下歇息的，也没有其他人。孟浩远此时走了一段时间正感到头晕乎乎的有些吃不住，正想着休息一下，于是进入亭子。起先还坐在长条凳子上靠着木条围栏休息，可是渐渐的头越发的吃重，见四周无人经过，又感觉着实在有些吃不住了头晕呼呼的，花雕黄酒喝起来好喝后劲也大，和老章师傅两人喝了三斤，孟浩远有些多了，这种酒还是第一次喝这么多。四周寂静无比，空气异常清鲜，林中又几只鸟在快乐地叫着，发出或清脆或咕咕的叫声。于是慢慢地他脑子就不听使唤侧身躺在石凳子上睡了过去。

等孟浩远感到山林里一阵一阵风吹过有些凉意时才迷迷糊糊醒来，起身看看手机时间已是下午四点半了，自己已经在这厅子里睡了差不多有一个半小时了，还好这里进出人并不多，检查自己扣在腰间的小包还在，里面有手机和钥匙两样东西。孟浩远慢慢翻身坐起，头依然有些晕，不过又坐了一会休息，感觉好多了，站起身往山下走去。又走了一个多小时，已到了山脚，沿着道路走向自己住的"梅园小区"，站在远处发现此时门口已经没有像早上看到有很多陌生的人三三两两站在外面，就放心走过去，在差不多就要到小区门口了，孟浩远又仔细看看门口周围确实没有发现异常，就径直快步走过小区门口，不知何时突然从旁边跳出几人，盯着孟浩远问道"您是孟浩远先生吧？"顿时把孟浩远吓了一跳，明明刚才自己站在远处看过没有人，怎么会一下子跑出这么几人，也许自己喝了酒反应受到影响，不过见有人问反应也极快反问道："什么？"装作被问得一脸糊涂，说完他脸上还带着一些酒气，急匆匆地看都不看就走过小区大门扬长而去。心想自己还好反应快，看有人拿手机在打电话，眼睛还盯着刚离去的孟浩远。孟浩远的手机已经调在震动档，感觉自己手机在震动也不敢接，一定有人在观察自己，一接肯定会被发现，自己手机号估计也是留给中介后他们提供出去的，在中介登记时留下联系电话和身份信息。孟浩远依然不紧不慢走过，算是虚惊一场。

此时他想好了自己随意走到县城里无目的瞎逛几条街，等已经远离小区后孟浩远才放下心来。正好要到商店去买些点心、礼品，明天还要上山到老章家去付钱取所买的雕刻艺术作品，顺便还礼感谢他们热情好客的招待。又到银行自动取款机取了些现金，然后沿着街随便找了一家当地小餐馆点上一碗面吃了起来，吃完面看看时间还不够晚，又在外面闲逛起来。看到一家茶饮店，便走了进去点了一壶茶，一些水果放在桌上喝起茶来。问店老板借了一个手机充电接头，先为手机充电，今天在外面待了一天了，手机已经都快没有电了。坐在桌前边慢慢喝茶和吃水果，边无聊地看手机。刚才经过"梅园小区"门口的电话是一个陌生的电话，还好没有接听。一直等着天黑，手机也充电满了，茶水喝得也饱了，时间已经是晚上八点三十七。拿在自己手中的手机又来电了，看了电号码显示的是赵安吉的，上次在英国与赵安吉互留了电话存在手机里方便以后联系，孟浩远心想这么晚了，伦敦的赵安吉来电话，不知道她有什么急事，为什么突然就打电话过来？接通电话后赵安吉的声音明显有些激动说道："孟先生吗？是你吧？"孟浩远说道："是啊，赵安吉你好？有事吗？"赵安吉依然控住不住激动地说道："没有，噢，有事的。就在刚才我舅妈打我电话突然联系我，她问我在英国什么学校读书。还描述了今天她家里来了一位上海帅小伙，他们很喜欢他，还留下和他们在一起吃饭喝酒的事。她说得那位帅小伙的样子我看好像就是你嘛，难道你现在到安吉了？"孟浩远一听一愣，真是这么巧啊。见赵安吉直接问起不好隐瞒，实话说道："噢，是啊。我是在安吉，看看山水、大竹海、水库、竹子文化馆等，像是进入天然氧吧呼吸新鲜空气，这里的环境真的很好的。"赵安吉笑着说："啊，你真的在安吉。那我舅妈说接待的客人肯定是你了。今天你在乡下农村家里吃中饭喝酒了吧？"孟浩远已经明白了，说道："噢，你是说是山上的那个叫侯家岭村那家门牌号好像是51号的大哥大嫂一家吧。他们待人真的太好客了，我正好上山到处看看自然景点经过他们村，随便问问喝点水，就这样和他们认识了，到了中午一定要留下我一起吃饭，他们人太好了。"赵安吉意味深长笑着说道："我们安吉人都很好的。你人缘也好，他们都喜欢你。你说的大哥大嫂他们就是我亲舅舅和舅妈。这真是太巧了。我根据舅妈描述的你的长相样子，而且是来自上海的大学生模样，猜也许碰巧可能真的会是你。现在猜对了，哪有这么巧的事。世界这么大，原来缘分就这么奇特。"说这些话时赵安吉内心真的很激动，自从孟浩远来英国相识她发现孟浩远是一个多么有才华，特别聪明的人而且长相英俊性格坚毅心地和善，这一切都是自己喜欢的。当然已经心中装满了孟浩远。舅妈电话给他时描述着今天的客人，让她心急跳起来难道会是孟浩远？隔着重洋拿着手机自己的脸竟然有点泛红了，心情激动起来。孟浩远说道："赵安吉，太谢谢他们的招待了，大哥大嫂人真的很好。真是巧啊，我没有想到，我们一起喝茶喝酒时闲聊时他们谈起你，以你为豪一直在夸赞你，你是他们的骄傲。"此时见孟浩远这么说赵安吉，她脸更红了，说道："快别这么说了，我们乡下人不懂什么的，乱说的别介意啊。"孟浩远说道："哪里，他们说得没有错，你很优秀能在英国著名的伦敦大学学习。"孟浩远现在可是赵安吉心里的英雄和崇拜对象，赵安吉突然柔声地说道："浩远，你以后在学业上一定要多多帮助我哦，你什么时候再来英国，也一定要来看看我呀。哎呀，蛮好，我现在就在安吉就好了。"赵安吉有些懊恼，如果自己在安吉又有一次难得的机会和孟浩远在一起多好。原来她一直规规矩矩地叫着孟浩远为孟先生，是为了尊敬他。现在像是很熟的朋友突然心不由己突然亲近的叫"浩远"了，孟浩远是听出来的客气地说道："不必客气，你很优秀，我们互相学习吧，如果再去英国我来看你。"赵安吉说道："对了。听说你明天还要去我舅舅家买舅舅的作品是吧？"孟浩远说道："是啊。今天上山走得匆忙，就带了一个手机身上没有带现金，没有办法支付，所以明天还要再去。"赵安吉说道："我跟我舅舅和舅妈说了，你明天把你喜欢的作品拿走就是，不要付钱了。"孟浩远说道："那可不行的，这样不好。"两人开始客套起来，最后说不过孟浩远，还是听孟浩远的，因为她知道孟浩远有自己的思想和做法，不再强求了，再说下去孟浩远也不会接受的。赵安吉又说道："浩远，你现在在安吉一定是为了躲避人们的"围攻"吧。对了告诉你，还有记者专门来伦敦采访了格林教授，格林教授认为我知道的比他更多又推荐了我接受采访。后来在国内发了报道你看到吗？我没有多说什么，推说我不清楚你，你放心。"孟浩远一听原来还有这故事，自己不清楚其中的曲折，经赵安吉一说才明白。心想赵安吉很聪明，她在接受来自国内媒体采访时知道自己不喜欢被媒体或其他人们的围追，喜欢自己安安静静的生活状态，所以不多说什么被她推掉了。刚才又一下子猜中了我来安吉就是为了躲避媒体享清静的。孟浩远说道："是啊，这些媒体围堵采访让人心烦意乱的，很不情愿。真要谢谢你！也帮我谢谢你舅舅舅妈。"赵安吉笑着说道："不用客气，你来我们家是我们的荣幸，请你都请不到。等我回安吉再请你好吗？希望我们常联系。"孟浩远说道："好的。那就这样吧。"赵安吉说道："好，记得啊，等我回安吉时邀请你来安吉玩，希望你在安吉一切都好，高高兴兴，哈哈哈哈。"，说完一阵高兴和爽朗的笑声。

　　赵安吉突然来电话，两人不知不觉谈了不少时间，赵安吉依依不舍地与孟浩远告别，不过心里很高兴，自己已经邀请孟浩远等她下次回安吉时来游玩做客，孟浩远不好意思推托，自己舅舅舅妈不经意为自己创造了一个机会。想到这里她挂完电话又重新打电话给舅妈："舅妈，告诉你今天你们遇到的姓孟的小伙非常了不起，我在伦敦认识的，他刚来过，我们都很尊重他。明天他过来取舅舅的艺术品不要他付钱了，实在不行就说我帮他已经付了。舅妈你一定要记得啊，谢谢！"赵安吉欢快地说道。舅妈被她说得很不明白，不过心里有数，看赵安吉说话的高兴劲把这位小伙说得这么好，一定是心里喜欢上他了，也笑开了嘴答应着："好好听你的，知道了下次回安吉来我家看我们啊。"赵安吉笑道："好好，知道。"

孟浩远一看时间已经是晚上九点多了，才离开茶饮店，悄悄地回到"梅园小区"，从另一扇边门走进入小区，这时周围再没有发现其他陌生人，也许这些记者蹲守了一天还没有看到他们要找的"孟浩远"人影，以为中介提供的信息有误，或许正好是同名同姓的人而已，结果干等了一天也没有发现线索只好撤离。但是孟浩远被这一惊吓扰了心绪，他担心万一明天还会不会有其他人在这里坚持守着，这样真的很影响自己本来想平静安宁自由的生活状态，想想心烦。这个"梅园小区"目前终究是已经引起了人们的注意，谁知道以后还会发生什么情况。想到这里，孟浩远决定暂时离开"梅园小区"再另寻一处更加僻静远离安吉城的地方继续躲避一段时间。

五

回到梅园小区急急地到了自己房间后抓紧洗好澡，马上收拾起行李和随身物品，趁夜里无人，开着自己的小车悄悄离开了小区。汽车沿着公路行驶，打开自己常用的高德导航系统在上面搜寻符合自己想要的县城郊区农家旅馆，最后目标特意选了离县城距离较远一点的一家农家乐旅馆作为目的地出发前往。晚上公路上行驶的车流渐渐少了很多，汽车很快就驶离安吉城，又行驶了十多里路程后，沿着公路旁的醒目的路牌标识进入到另一条公路，再继续开了约四十多分钟后渐渐隐约可以看到路两旁远处有农村村落分散的房屋建筑，又转入到一条小道一直行驶过了十几分钟来到了目的地———一处名叫"陶家阿姐"的农家乐。这是导航系统中检索查到的一家地处县城较远的农家乐之一，孟浩远随即就选了这家，附近还有山林河流等可以自由行的自然景点。这里的位置比较偏僻游客来得不多，是一个蛮符合孟浩远喜好安静免受打扰的好地方。此时夜已很晚了，特别在这农村，周围都是黑戳戳的也特别安静。这家名叫"陶家阿姐"农家乐是一位中年老板娘开办的，接待团队休闲旅游。此时农家乐来的客人不多，正是旅游淡季，她正在忙着收拾。孟浩远将小车停在门口边上然后走下车，他要进去先看看，不急不慢地走进开着灯的农家乐大院。老板娘见此时还来了客人，倒没有料想到，连忙主动招呼孟浩远问道："先生，是否要在这里住啊？"孟浩远说道："是啊，我是在网上搜到你们这家的，你们这里有住宿，还有包吃饭的是吗？"老板娘叫陶桂芳，年纪四十多岁，个子中等人比较清瘦，身上的穿着普通但是很干净，脸色红润面相很和善热情，脸上露着笑意，长相样子很好看。听孟浩远在问，说道："有，有，都有的。我们这里都是旅游团队带客过来的。先生你是一个人呢？还是……？来来来，进来先看看吧，满意了就住。"听老板娘这么热情招呼，孟浩远："噢，那我将车停到里面停车场去。"说完又回到车上把车开到后面的停车场，拿了自己的背包行和李箱直接走了过来。看看老板娘的介绍各方面条件正符合孟浩远的要求，现在是夜里，这里非常安静客人也少，这个时间不是旅游旺季，来这里游玩的客人更少些。附近有山有水，居住在附近的农民不多，是一个山多地多人少有景的好地方，唯一的就是公共交通还不是太方便。不过这里游玩适合自驾游或团队游，可以开着车随处看看，还有当地的纯农家特色菜肴品尝，原料基本都是当地农民田里种的、家里养的和河里捕的。房间有两人的三人的，里面的卫生洗澡设施都有，还有专门的停车场可以停车，价格不贵又碰上淡季算是便宜的。孟浩远听老板娘的简单介绍心里有底了，要了一间双人房自己一个人单独住，其实农家乐是农民自建的楼房，硬件条件稍差但基本设施也是一应俱全，一个标间两张床，有卫生间洗澡设施都有，只是看似简单一些，里面收拾的也是干干净净。

　　热情的老板娘只是看了孟浩远身份证一眼，登记好也不细问，看着小伙年轻帅气，有涵养文质彬彬的样子又懂礼貌，不像有些城里来的年轻人口气很大认为来到乡下看不上眼，有些瞧不上这里的眼神和态度。陶老板认为他是一个大学生自驾游来玩的。这地方真是孟浩远需要的居处，再无人会来干扰影响了，在这里根本不知道孟浩远是谁也不会关心其他事。老板娘接过身份证登记时知道眼前的年轻人叫孟浩远，她也根本就不知道"孟浩远"这个名字意味着什么？他们这里的村民淳朴实在不太会关心外面的其他事，只希望游客来多一点，埋头做好自己的农家乐让游客满意而来满意而归，能够赚到钱就好。

　　房间空的很多，孟浩远挑了一间在三楼靠东侧的双人间单独住，推开窗可以看到远处的青山美景，站在南面的阳台上可以东南西北四周看得都很清楚。周围没有高的建筑物，农民居住的房子分散都很远。早上起来看到天上的蓝天白云，远处农人劳作。看着附近的一家一家的农家住房，就像是身在农村一般的自由慢生活，非常惬意安静。终于在这里可以躲避繁闹喧嚣的城市生活状态，其实在安吉城也比较热闹，这里才是真正的农村，就再无喧闹很是平静，找到一个在他看来安静休闲的好地方不会再受外界的影响，可以过回归自然原生态的一种安逸恬静无扰的生活。在这样的地方孟浩远总算可以不会受到影响，有时被人遗忘过着一种自己想要的不被打扰的静静的慢生活，也是一种幸福。每天早上到山中慢跑锻炼，练习一会绵拳只觉得现在全身经络特别舒展，气息流传更加均匀厚重实稳，身体里似有一股强大的气流在全身各处里面流淌奔腾活力四射，很少感到有阻滞的地方，身体很自然舒服而有力量。而且自己的精力越来越旺盛，体力越来越充沛，身子也变得越来越轻盈，试着轻跳可以非常轻松地腾跃起很高，这些现象原来可是从来没有过的，这让孟浩远心中称奇惊喜。自从遇见秦和汉后受到他们的喜爱，已经把孟浩远当作地球与阿勃特星球最重要的联络人和使者。他们需要让孟浩远变得更加强大和聪明，所以秦送给了孟浩远颈上一直戴着的看似普通平常实际上是非常珍贵的灵石，它是可以助人身体中神气循环消除血液中的阻滞物和杂质，保护身体的同时提高身体的体能和力量。在孟浩远不知道的情况慢慢经过一段时间的养护滋养，同时在他身体内脑部已被植入了四颗阿勃特星球最先进的超级仿生智能微光子芯脑，这种极其强大的芯片组成最先进的芯脑，在秦生活的阿勃特星球上他们超越了地球的所有科技和想象，已经破解了人体所有结构、组织、细胞、经络以及人类未知的人体信息生物密码的运行规律。阿勃特星研究出来后用最为先进的技术和架构生产与之契合的阿勃特星最为先进的一种芯片，可以说是人类大脑中另一颗更加超强的智慧芯脑，比人的大脑更加复杂，具有超强记忆、思维等功能。阿勃特星在进行宇宙探索的科学家被享有可以植入两颗超级智能微光之芯脑的权利。1 号超级智能微光之芯脑专门支持人体大脑思考记忆，它会自主连接接受从人体眼睛和特殊配置的眼镜搜索到的图像信息和耳朵收听到的声音信息。然后会根据人的大脑思考时的指令进行自主智能思维分析，提供源源不断的信息，同时把信息存储记忆。2 号超级智能微晶芯片是支持人体本身的筋络运行和人体中的自身元气流动运行增强体质，具有很复杂的功能。所以它除了未知的和未被发现的新的细菌和病毒外，一般的都会在它运行中加以修复和杀灭，起到防疫免疫时刻清除的功能，它可以使人体更加强健和运动动时动作轻盈敏捷。3 号超级智能微光子芯脑可以连接 1 号 2 号 3 号三颗超级智能微光之芯脑之间的联系，也可以单独接受传输指令。秦他们头戴的头盔就是可以传输入信息也可以将积累的记忆数据信息复制传输出去。4 号超级智能微光子芯脑平时处于休眠状态，它是一颗给孟浩远特殊备用的芯片，随时替代任何 1 号 2 号 3 号芯脑出现断开时即马上自主识别进行修复连接代替，发挥其强大的功能。这种微小的超级智能芯脑所用的技术和材料的先进性已经是超越地球最先进技术和材料的 N 代次。它的出现存在是地球现有的最前沿先进的技术和科技都无法比拟和想象的。更是没有能力以现有地球上的技术能力来生产制造出来。因为有些材料地球上根本就不存在，有些是目前无法通过地球掌握的最新现有技术来发现或生产制造出来。智能超级微光子芯脑可以通过特殊设备用微创定向精确植入大脑中，不会破坏大脑原本的任何机体组织。因为秦所在的阿勃特星球他们已经破解了最为复杂的人体大脑和身体的全部密码，发现了人体所有构造、思考方法和运行机制。这种微光子芯脑以目前地球的科技技术还无法发现它存在人身体中，它会启动自动保护屏蔽外部的最先进的检查，与人体已经融为一体又对身体无损害，只提升人体的能力智慧。但是植入的具体位置，每一位植入者都是有单独的秘密档案记录。孟浩远的编号是 WYDQ1 在微光子芯脑植入时当场标识建立绝密档案。由于孟浩远本身的智商很高，再加上不断地思考和运动，超级智能微光子芯脑它会聪明的和孟浩远的身体、大脑慢慢地结合，激发超级智能微光子芯脑活跃度。秦他们认为孟浩远是最合适的地球和阿勃特星球的使者，他们称他为地球的 1 号"智者"。所以秦告诉孟浩远："你是世界上最聪明的人。"当时孟浩远一直不理解，后来通过秦提供给他需要的有关"西塔姆猜想"数学证明相关的一些资料，孟浩远有了这些基础数学依据，自己脑中真的开窍一般，越思考就会越聪明，很快就研究出结果。

阿勃特星球上的人一般到一定年纪，大概是六十岁身体机能开始出现一些疾病时，是可以提出申请植入第 2 号超级智能微光子芯脑用来增强人的身体健康状况。参加宇宙远航探索的科学家是最高等级的科研人员可以植入三颗，即 1 号，2 号，3 号超级智能微光子芯脑。这些目前孟浩远还不是十分清楚，秦说过一些，不过当后来与秦交流时间长了获得他们的信任后，告诉孟浩远有关他的更多详细信息，孟浩远才逐渐地明白。他感到自己非常幸运，愈发的要为地球和阿勃特星充当使者，坚定地为两个星球服务，主要是为地球服务。地球必将有一天会毁灭，人类无法生存，必须依靠更先进的阿勃特星来拯救地球，去探寻发现找到另一个适合人类生存的星球，从而进入新世界生存和继续发展。

植入超级智能微光子芯脑后，秦已经将部分阿勃特星球的一些不在保密级别的科技论文，公开的基础科学和重要的科技技术信息集中传给孟浩远。这些已经算不上阿勃特星球最顶级的重要秘密级信息，另外又分几次将孟浩远希望了解的最基础的数学、化学、物理理论和先进科技资料输入进孟浩远的超级智能微光之芯脑中。还有秦他们希望地球能够提高目前的科技发展，便于两个星球间可以进行相互交流，所提供的材料制造和全新的完整的技术方法，生产制造工艺等等大量在地球看来绝密的还没有过的最先进的新技术也输入给孟浩远。只是目前孟浩远的思考点没有想到这些，所以还没有引导出来。

孟浩远的语言天赋能力也是如此，只要他将新的一种语言的基本语法、发音语句结构，基本常用交流语和词汇通过学习后会记忆进入头脑，再多听其他人交流讲话，越多越好就能很快地掌握一种新语言，而且随着自己开始通过交流，讲话语言的能力会更加提高。所以孟浩远的英语在原有就很好的基础上，加上自主学习现在更加的流利轻松如同母语。德语也是如此荷兰语也是，只要他有机会去多听多交流就会越来越流畅，完全可以进行通畅的交流。现在孟浩远自己已经历过几次体验，了解了自己特有的强大学习和记忆能力。这一切都是在秦的帮助所获得的超强能力，对自己有很大的帮助。

孟浩远此时在安吉郊区的安静之地，一个人望着远处的群山和附近的自然农村村落以及成片的田野，没有其他的杂念和想法，只有清晰的回忆思考。此时突然想起和秦的偶然相遇，心里完全沉淀下来，从相遇接触和不久获得一些从未有过的身体上的能力提升，学习后收获极高基础理论和科技知识，有了更加清楚的思考，自己已经真的更加强大。同时心中突然升起一种身上肩负着从未曾想过的与地球和人类命运紧紧相联系的重大责任。

晚上住在"陶家阿姐"农家乐，这里比梅园小区更加安静，没有人打搅，没有车流经过，住的客人很少，更没有吵闹声，周围一片寂静显得有些冷清。只有周围田野里的虫子在夜晚开始欢快地出来活动觅食发成出唧唧的鸣叫声，此起彼伏在黑夜中，像是睡觉的催眠曲。一夜睡得很香，第二天早上起来习惯性地出去跑步锻炼和练习拳操活动筋骨，特别舒服。然后回到住处后开始吃早饭，早饭自己盛，饭菜各种早点都是喜欢的农村特色餐点，餐厅里几张桌子摆放着，并没有多少人，其中有一桌上面坐着七八个老年阿姨和大叔在一起吃饭，从他们讲话声音中听出应该是来自杭州地区的，还有一桌同样也是八九个老年阿姨穿着鲜艳，有的戴着帽子，讲话口音一听就是来自上海市区，还有零星的几人分散坐开在吃着早点，早晨在这里才算有些人气和热闹。孟浩远吃完早饭上楼到房间拿好自己的随身背包，旋即又下楼走到停车场，开车出农家乐院区。车上已经放着昨晚在安吉城里街上商店购买的各色点心和两瓶好酒。开着车早上从这里出发，路上车少人少，两边的景色全在眼前出现，一路山村田野美景，满目的自然风光让人心情大好。打开车窗，清风从窗外流进穿过车厢特别的舒服，早上的景色和夜间完全不同。从新住地"陶家阿姐"农家乐赶到老章所住的庄竹山村家，路上大约要一个多小时，车开在山下一处空地，附近是一个农贸集市，已经有人出摊卖菜，自发形成的摊位摆了一长条，都是农民自己田里种的当季新鲜蔬菜，河里抓的鱼虾河鲜。将车停在远处，然后沿上山的路拿着东西一路高兴地走上山去。走了约四十来分钟后来到了熟悉的老章家门口，门开着没有看见人。孟浩远提着东西停在门口喊着："大哥，大嫂，在家吗？"屋内的大嫂听到熟悉的声音在外面喊着，高兴地走出来说道："老章，快来，快来。昨天那个小伙子来了。"老章也高兴地放下手中的活，两人走出来站在门口相迎。大嫂见到果然是那小伙笑着说道："哎，小伙子来了，快进屋，快进屋啊。"老章的神情完全变轻松微微笑着，不像以前非常严肃不苟言笑，和大嫂一起在门口站着迎接。看到孟浩远还专门提着礼品过来大嫂心里高兴，这是对他们的尊重，脸上笑着说道："小伙子你这是干嘛呢，还拿着东西呢。早饭吃了吗？赶快来吃一点吧。"孟浩远忙说道："早饭已经吃好了，你看现在已经是八点多了。"大嫂见孟浩远进来，看着孟浩远笑道："小伙子，我就看你和别人不一样，我已经知道你是谁了。"脸上喜悦之情都在快乐的表情上展现出来。两人把孟浩远让进堂屋，大嫂赶忙倒茶笑嘻嘻地说道："小伙子，昨天没有什么吧，我们老章难得高兴他喝多了，下午一直找我讲胡话，一下子话特别多。后来我嫌烦不睬他他就去睡觉了，连晚饭都不吃了。"孟浩远也面带微笑着说道："还是大哥能喝啊，我走到半山腰下面看到那个八角亭就拐进去，酒喝的实在上头，头晕晕的，就在八角亭里睡了好长一会，我也喝多了，这酒喝着好喝可是真的有后劲，大哥厉害，谢谢你们的招待。"大嫂哈哈大笑说道："噢，下面那个八角亭，你在那里休息，山里凉当心身体。不会喝，就少喝点，你也实在。"孟浩远有些难为情说道："大姐，是啊。以后少喝点。"大嫂笑眯眯地继续说道："对了，你知道吗？昨天我后来和外甥女通上电话了，正好问她是什么学校读书，现在我知道了是伦敦大学。聊着聊着把你个子高低长相和样子以及从上海来的给安吉一说，没有想到她高兴得不得了。她说真的太好，应该认识你的。把她在英国拍你的照片发给我让我认，没有想到太巧了还真是你。安吉说你是一个很了不起的人，你到外国在帮外国人上课啊，真不简单。她激动得恨不得马上就过来，我还是第一次看到她这么高兴。"
大嫂一个人高兴地说着，大哥也开心地和孟浩远边听着边喝茶。孟浩远说道：
"正好那次到英国有些事情，是去开会。"大嫂接着说道："噢，是到外国
开会。小伙子你知道吗？后来安吉她又来电话了，说和你通过电话与你讲起
还回来我们家，她简直高兴死了，千叮嘱万叮嘱的一定要我们好好招待你。
我还从来没有看到这姑娘知道你后会这么开心的，你们俩在一起倒是很般配
的。"说完笑着看看孟浩远，孟浩远被她看得不好意思起来，说道："我们
只是上次开会刚刚认识，安吉确实很优秀。"大嫂笑道："那你俩要多联系啊。
我没见过我们安吉这么高兴的。今天中午不要客气，还在这里吃饭，不能走
啊。"大嫂一直爽快地说着话并高兴地看着孟浩远，越看越喜欢，怪不得安
吉喜欢这小伙子，他也到过英国的，而且拍的照片他在讲台前面帮人在上课，
也不容易的。看到孟浩远放在桌上拿来的礼品，心里其实很高兴但是假装有
些生气说道："看你这小伙，把我们当外人了，还让你破费了，多不好意思。
哎，你和安吉认识多久啦？"大嫂现在关心的是孟浩远和安吉的事，想多问
一些有关的事情。孟浩远有些拘谨地说道："大嫂，你这是见外了，昨天在
你家已经叨扰了，还留着吃饭喝酒。今天上山准备了一点小礼品，应该的，
应该的，你不要客气啊。和赵安吉啊，刚才说过的，就一次也是工作上面刚
认识，我在英国，她英语好还帮我当翻译了。"大嫂喜滋滋地说道："嗯嗯，
安吉在外国念书外国语是好，她从小学习就好，都是班里第一名，后来考上
省里的重点高中读书，成绩还是很好。又考上上海的一个好的重点大学学习，
现在又考到外国去读书，她在外国外语好，让她帮你是应该的。"大嫂把孟
浩远认为不懂外语的了，和老章大嫂聊了一会，孟浩远拿出钱要交给大嫂，
大嫂笑着说道："安吉已经说过的，不要你的钱，我看也是，不用给了。"
孟浩远说道："这不行，这是艺术品，大哥花了太多的心思和功夫。您不收
钱，那我不敢要了。"两人推来推去的，最后大嫂见孟浩远说得诚恳，只好
说道："不急的，不急的，安吉说了，不能收你的钱，这样安吉会说我们的，
就当安吉送你的不行吗？"孟浩远说道："大嫂，这样也不行，这可是艺术品。
是大哥的心血，他花了多少精力和时间啊，我能够求到已经很满足了，所以

不能接受白送的。安吉那里我会跟她解释的，你放心吧。"大嫂劝不过孟浩远，只好不再多劝。大哥见自己插不上话，就悄悄自己站起身来连忙走进里屋。不会儿从工作室出来提着两个大袋子，装的是他的两件雕刻作品。大嫂见了说道："等等，还有一样。"说着返身走向里屋，走去不多时出来提着一件东西对孟浩远说道："小伙子，这是我们自己种的茶叶，自己采的，自己手工炒出来的，不值钱的，你带回去自己喝茶吧。"孟浩远明白自己一直在夸茶好喝，大嫂特意送了两大罐茶给自己。孟浩远推辞了一下，大嫂急了说道："小伙子，你来了我们都高兴，这是我们农村家里自己种的，没有什么的，拿着吧回家喝。"老章也笑着说道："小伙子，拿着吧，我们有缘，你记得到安吉来，就过来看看我们，一起喝个酒喝茶。这次我给你配了二副架子用来放置竹刻品的，也是我亲自做的，这样和作品要配的。"孟浩远内心感动，老章算是一位隐在山间的艺术家，艺术成就和造诣非常高但人又是很有个性，既硬气又纯朴，想得非常细心周到。孟浩远告辞要走，大嫂大哥还想要留他吃好中午饭再走，经过孟浩远再三地道谢，告诉他们下午自己还有事，而且今天是从大路上山，开着车，就停在山下不能喝酒，等会还要还要开车的，就不喝酒吃饭了。大嫂和老章见孟浩远说得诚恳不好继续挽留，面露失望地送出孟浩远一段路，才依依不舍挥手看着离去的孟浩远。

　　告别这一家客气的大嫂和老章两人，他把钱也在走时乘他们进屋拿东西时，悄悄地放在客厅的电话机下压着。大嫂和老章大哥两人送了一程才在孟浩远的劝说下站住目送着孟浩远离开，见身影渐渐越来越远已经离开了一段路还在喊着："小孟，以后常来啊。"孟浩远回转身笑着说道："好的，好的，有时间一定会的，你们回去吧。"孟浩远告别了两人，心情很好迈着轻盈的步子欢快的一路腾腾地走下山去。

　　孟浩远买的两幅作品并非他用，他看到这么内涵丰富的艺术大作自己也被深深吸引，所以按捺不住求购是有他的用途。一幅作品是八仙云游图是准备送给秦的，秦能从遥远的星球穿过浩瀚的宇宙来到地球也像是云游四方，到时候告诉他地球上有一个古老的中国，中国有一个关于八仙的故事，他们一定会喜欢的。另一幅观音大士图，是准备送给艾琳的父亲，他花了数年专门研制新抗癌药为救人们的生命，也像观音大士普渡众生的做法是一致的，雕得很飘逸灵动精细又有寓意内涵，应该也会喜欢的。这两件都是精美绝伦的无价艺术品，两幅作品寓意都很好。

六

　　住在"陶家阿姐"农家乐几天，过着少有难得的平静和安详的农村生活，这里确实已无人再来打扰过。孟浩远感到满足充实和快乐。他每天都没有刻意的安排，等到第二天早上临时想到，再安排着一天的活动。把附近的几处自然风景已经摸得有些熟悉了，附近远处的几处山峰层层叠叠连绵不断，山上有竹林有树林都是自然美景，通过自己驾车随心而闲游其中，到了那些原生态的山中很少有游客去玩的，在青山山脚下找空地将车停下，然后一个人沿着村民踩踏出的步行通道上山游走。听林中各种鸟在发出此起彼伏的欢鸣，看清澈流淌的山水潺潺而下，在安静的山中只闻水流声，闻着山间湿润清鲜的空气和林中那特有的自然舒服令人享受的味道，时间仿佛静止，一个人身处在这连绵不断满山遍野的整片林中，非常安静的大自然，仿佛来到与尘世暂别的一个人的世界。又是找一块空地不由得坐下，享受着也休息思考，宁静空灵的山中周围的一切自然环境让人不免思考，自己头脑在活跃地思考和超级智慧微芯脑更好地在相互融合升华，更加默契灵动敏捷地听从孟浩远的主人大脑的思维和指挥，自己感受到头脑反应更加的迅捷思考更加深邃，思考的内容已经会触及一些全新的技术以及人类生存和地球命运这种从未有过的境界上。这里真是一个静得下心来认真思维和练习的绝好地方。

　　来安吉已经是第四天了，这一天孟浩远正在又一处山中步行游走，此时手机铃响起，拿起一看显示的电话号码是王可佳的。孟浩远心想他突然打过来电话有什么事？好你个王可佳，说好的我们这段时间暂时不要联系的，为什么还来电话？看着周围的景色和林地他让手机响着没有接，不去理睬他。

可是又等了一会，王可佳的电话继续又打进来了，孟浩远还是没有接。直到等第三次电话还在打进来，已经影响到孟浩远此时安静地漫游在山林自然美景享受的心情。心想王可佳肯定是遇上急事了，否则不会这样一股脑地连续打电话给他，再不接听电话他可是会一直这样打过来的。只好接通电话听，刚接通开口就劈头盖脸说道："你个王可佳。不是说好没有急事不要打电话过来，我可是正忙着啊，你看这里信号也不好断断续续的，你别再来叨扰了。干嘛呢，有啥事就快说吧。"王可佳一听孟浩远对自己连续拨打电话已有些生气，反而笑着说道："好好好，我知道。孟浩远啊，不要急好吧。告诉你一个好消息，我们论文发表的事情，现在单位里都知道了。这两天领导特意来找我单独谈话啦，对我好好的表扬了一通，让我继续好好工作搞科研。说要推荐我为院里的学科带头人，以后可以有项目让我单独负责主持科研，还有科研资金的支持。领导还说经专门研究考虑将要破格晋升我副研究员的事情，是不是大好事？看来你以前和我谈得让我小心点是你多虑了。我真的要谢谢你啊，没有你的思路方案就不会有这么大的成果，你说是不是都是好事？高不高兴？"孟浩远听了说道："好好，高兴高兴，好事。不过你可要把这次的研究内容仔细研究透领悟好，全部清清楚楚地记在自己脑中，万一有单位请你去作专题报告演讲的话，一定会遇到行业内专家，他们可能会提一些非常专业的问题。你要想好了不要认为这次实验研究成功，也已经获得了国际权威期刊发表论文，就很得意哦，要更加做好各种充分准备。另外，和人交流时只讲内容过程，少讲细节和研究的关键点，小心泄露机密要点。这次研究内容还是涉及了目前最前沿的重大科技，是国际上最先进不可求的重要成果。"王可佳开心地说道："嗯，孟浩远，是的。真就被你说中了，现在已经有研究院安排在单位内作一次报告。还要安排我出去到外单位作几场报告，另外有很多记者要来采访。唉，真是又开心又烦恼啊。"孟浩远说道："是的，这一切是这样的结果。你可要自己把握好啊。"王可佳说道："嗯，是的，所以我心里有点慌，找你商量对策嘛。"孟浩远说道："噢，你来电话原来是这样。王可佳你先不用太紧张，坦然面对。实际我已经告诉你了，现在你要做的是要低调一些。所以建议你要少出去参加那些抛头露脸的报告会，还是要保持平常心和平时一样更加要埋头做事，多留意观察周围同事对你的态度，就当和以前一样没有发生过这一切。另外还要保持清醒和警觉，研究发现的新元素和新技术以及获得的新物质，它的应用前景是非常深远的知道吗？设涉及机密。如果有人问起，就低调的回答只是在实验室研究时偶然发现获得一点点新物质，目前还没有更多掌握技术可以在生产制造方面获得这种新物质的具体方案，还需要进一步研究。对于用什么原料和新物质混合的技术问题暂时不要多说为好，只是说下一步会继续研究下去。另外很重要的一点要多观察你周围同事对你取得成果后的态度变化，你要知道他们此时内心是很复杂的你明白吗？都是科研人员他们一直从事研究工作，可能这辈子也不一定能够取得你这么大的成果，你现在参加工作没有多长时间就一下子研究出国际领先世界级的巨大成果，他们心里会没有想法？所以一定要保持清醒懂了吗？"王可佳一直在认真听孟浩远的分析，他知道孟浩远的脑子比他想得多也更有主意，但是孟浩远提醒的最多的还是注意同事人际关系。王可佳听后连连点头，满怀恭敬地说道："噢，知道了孟浩远。我就知道你考虑问题更深更细，看得也更远。所以我一定要向你求教听听你的想法，你说得在理。对了，还有个事你知道吗？最近几天互联网上和国外很多媒体有很多的消息，说一个名叫孟浩远的中国人成功证明了'西塔姆猜想'百年数学难题，现在国内外都很轰动啊，可是奇怪找不到这人。所以都在议论寻找这个人啊。哎你就叫孟浩远，那人不会就是你吧？噢，我明白了。所以你要逃离上海到外地去躲清静是吧？"孟浩远心想王可佳的判断似乎也在情理中，他心地单纯善良，如果这时自己承认下来，当面告诉他，那他肯定会憋不住的，一定会兴奋高兴的忘乎所以会说出去的，到时增加了我的烦恼。于是故意调侃说道："王可佳啊，你想过没有，在中国这个名字同名同姓的有多少人吗？上万人没有，几千人总有吧，不信你去查查看。"王可佳被孟浩远这么一说想想也对。王可佳说道："我原来认为你数学一直很好，也一直在这方面研究的，人又这么聪明，特别是工作后我发觉每次和你见面你更加成熟更加聪明了，我想或许有可能的，我也希望那人真是你，这样可以以你为豪了。不过你这么一说好像也对的，那是我猜错了。好吧，就这两件事憋在心中难过。

噢，对了，想起来了还有一件事告诉你，我刚收到了一封邀请书是美国一个很有名的大学，邀请我去演讲和学术交流，他们学校的实验室可是在化学元素和材料分析研究方面绝对是国际一流著名的实验室，你看我要不要去啊？我也在犹豫，想想现在单位也很稳定，蛮好的。"孟浩远听到王可佳说出这件事让他陷入了思考，这事应该王可佳由你自己来决定，以王可佳的性格，做研究实验是可以的，他的能力也不错，很用功钻研，如果受邀请能读研或许再进一步读博深造，继续提高自己的专业水平也是很好的，对他的事业更加开阔，以后工作选择更加有利。于是说道："王可佳，这种问题还是你自己来决定为好，你不急先好好想想。我也要想想。好了，就这样吧。"说完告别了王可佳。王可佳的来电打破了孟浩远平静无杂的思考和游走的观景状态，乱了心绪已无心安下心来继续行走，坐在林中休息一会让自己心慢慢静下来，然后再继续行走。

孟浩远游走了大半天后到附近一个小镇吃中饭，又闲逛了一阵到傍晚时分开车回到"陶家阿姐"农家乐，来到客堂吃饭休息的地方，点了几个菜，要了一小碗当地新上市的大米饭，津津有味地吃了起来。"陶家阿姐"农家乐的老板是一位当地土生土长的农家女人，人长得漂亮，年纪在四十左右，面相可亲，人很实在又热情，见孟浩远回来热情地打着招呼道："哎，上海小伙子回来了，玩得好吗？我们这里风景很好的。"孟浩远见陶家阿姐女老板见他回来主动问话，抬头看着她以示尊重，面带微笑说道："嗯，很好。你们生活在这里真是福气，这里环境好，水好，人也好。这几天看看走走，还没有看够，到处都是景空气特别好。"说得老板娘开心地呵呵笑了起来。老板娘很喜欢这个大城市来的上海小伙，见到所有人态度都很是客气，面带微笑，喜欢和他们交流没有隔阂，被孟浩远夸着这里什么都好，生活在这里真是太幸福了，就像是吃了蜜一样笑着说道："你这小伙真会说话。我们这地方是好，不过现在生意不好做啊，你看这个季节，来的人就很少的。只有不多的旅游休养的几个小团队和像你这样的少数几个精明的散客现在来。这时候其实是最好的季节，是出来玩的好时间。我们这里虽然不算主要的旅游景点还比较偏远一点，又没有其他特别的出名的热门景点，但是我们这里的景点和热门景点都是差不多的，而且都不是人工建造过的，并不比那些有些名气的地方差。游客就是少，客人平时也不多。唉，现在生意难做啊。"说着不免叹气起来。孟浩远见老板娘为生计在叹息，不由地劝说道："不要紧，慢慢会好的，这里只是缺少宣传，还没有像你这样一个接一个有成片的农家乐反而会引起更多人的注意和选择。我看生活在这里多好啊，我很喜欢这样的地方，你们做得饭菜也好吃，就像在家里一样的味道。"老板娘笑着说道："小伙子你可真会说话，好吃就多吃点，以后多来。"吃完饭，孟浩远上楼到自己房间休息一下，一天下来身上有些林中带来的湿气和汗水，早早地洗了一个澡，换了一身干净的衣服站在阳台上，抬头看着外面远处成片山上的自然景色，近处都是农家园子，前后是庭院自留地种植的蔬菜。每天随着天气和光线的变化都感觉不一样，勾画出一幅自然和谐的生活环境，享受着外面清醇的空气，宁静的田野，不远处农民建造的房子散落在周围。突然自己的手机电话声响起，拿起一看显示的是艾琳的手机号，赶紧打开去接听，不过这里的信号不太好，断断续续的。接通后艾琳说道："孟浩远你好，几天都没有联系我了，打你电话一个关机了，只好打这个号几次也连不上，不会有事吧？你在忙什么啊？"孟浩远说道："没有事放心。我现在在浙江一个叫安吉县城附近的一个山区考察，这里信号是不太好啊。"艾琳说道："你怎么会突然到山区去，最近有空闲了？"孟浩远说道："啊也没有。你知道城里有太多的人要来采访我，头都大了实在是太烦心了，我喜欢安静的。"艾琳上说道："噢，是的，知道了。你现在出名了他们都来找你了吧，明白了。现在我们学校全都知道了你的名字，不知道怎么回事他们就知道我和你的关系了。一定是我的那几个同学，那次和你电话联系后她们表现的多么疯狂。可能那天我的同学们和你通电话知道了这件事，后来就传开了，把我搞得都很烦，都在问你是那个中国人孟浩远的女朋友吧。不过我很高兴啊。我们学校请我帮助联系你邀请你去作报告，所以就打电话给你。"孟浩远笑着说道："艾琳啊，别别，我是喜欢安静的。没有想到这件事会影响到你。"艾琳说道："是有些影响，我变成中国孟浩远的女朋友了，他们不叫我名字了，太烦了。对，我知道你不喜欢，我喜欢。这件事你不想接受邀请，管它呢，好吧，我知道了你的想法。你忙吧，记得还要来看我哦。”两人聊了一会，信号不是太好，匆匆地说了几句就简短的作别了。

就这样孟浩远在这里已经待了整整五天，和“陶家阿姐”农家乐的老板娘陶青青以及其他服务员也都聊得来，老板娘陶青青看这位上海小伙很有人缘，和这里的人关系都很好已经很熟悉，他每天早上一大清早穿着运动衣服和鞋子会到附近山上去跑步锻炼，回来后就在她这里吃上早饭后出门，走时和回来时都会与老板娘和其他服务员会主动地打招呼。然后一个人开着车出去了，晚上才回来，有时已在外面吃好晚饭，有时回来早就在“陶家阿姐”农家乐吃晚饭。她心里也有些纳闷，一个小伙耐得住寂寞，这里住久了他不感到枯燥，对这里还是一如既往地喜欢，真是与众不同。但是看他一直开开心心地把这里当家一样也不多问了，倒是希望他在这里多待上一些时间。在这里住的时间长了，大家彼此都已经熟悉了，就好像是一家人一样。孟浩远又很懂礼貌，又和各种人都谈得来，没有一点城里人的骄傲气，上下服务员和烧菜的阿姨们也都很喜欢他，还有人笑着要帮他介绍女朋友。

离开上海出来已经有一段时间，媒体新闻热点转移是很快的。此时关注的热度已经过去，应该降温了，人们关注的热点话题新闻渐渐已开始转移到其他方面的消息。孟浩远准备离开安吉回上海去。

又是一天的早上，今天孟浩远并没到山上去运动，早早起来后去吃完早饭，看到陶青青正在忙着，走到她跟前说道：“阿姐你好，我今天要回去了，告诉你一下。”听孟浩远猛然间开口说要离开回上海时，陶青青有点反应不过来：“小孟，你是说今天就要走？”孟浩远说道：“是的，待了很长一段时间了，回去还有事。”陶青青有些不舍说道：“哦，是这样。也是，你出来是有段时间了，我们这穷乡僻壤的多看了也没有啥。”孟浩远说道：“这倒没有，我一直很喜欢这里，以后还会过来的。”陶青青这才转脸为笑说道：“以后一定还要来啊。有什么打算提前给我打电话。”两人大声地说着，其他几人也都闻讯走过来，都还有点不舍和孟浩远打招呼，让他要常来。他们围在一起热闹地说着，陶青青走开后一会儿又走回来，手上拿着两个袋子，里面是自己做的糕点和一些新鲜蔬菜以及风干的竹笋干准备送给孟浩远。

孟浩远说道："阿姐，不用的，你客气了。"陶青青笑着："这是我们乡下的一点自己产的农家菜，不值钱的，说着塞到他手上，孟浩远还想推让着，陶青青直接把东西塞到了孟浩远停在外面的车上。大家都跟着出来，边招呼着边看孟浩远上车，七嘴八舌地说着："慢慢开车，记得下次再来哦。"这些朴素人的真情话让孟浩远感动。这里的民风淳朴实在待人友善。

　　此时的离别让孟浩远竟突然感到有些难过不舍，一直开着车慢慢行驶离去，还在看着后视镜中的他们站在那里看着他的方向。已经看不见孟浩远的车影了，送行的人们才若有所失地回到院子里。老板娘陶青青突然看到柜台上放有一个信封，刚才人多热闹一直围着孟浩远七嘴八舌地在讲话，没有人注意到什么，陶青青记得她离开一小会进屋内去拿送孟浩远的一些农产品。现在人散去了才发现有一封信，信封上面写着"陶姐启"几个清秀端正的字样。连忙拆开后看，里面有一张农家乐房间内给客人准备的便签，上面写着字几行字还有一叠百元现金。纸上留着孟浩远的书信，是写给老板娘陶青青的："陶姐好！在你这里住了一段时间，很喜欢很开心。这些天麻烦你了，你们的服务很好，茶好，水也好，饭菜也好，风景环境也好。住在这就是我这辈子难得的一次人生享受，谢谢你们的照顾。这一点钱不足为怪，只是想表达我的一点心意。生活不易，祝你们生活美好，事业兴旺！"然后签上孟浩远名字。老板娘望着信，睛已红红的饱盈着泪珠，这个小伙子，刚才在柜台结账时，他也一直在问近期这里的生意情况。只怪自己当时多嘴叹了苦经，说过生意不行的话。他竟然想着帮我，真是个好小伙。孟浩远多留给她三千元现金以示感谢，让陶青青深受感动，开农家乐以来还是第一次碰到这样有心的顾客。

　　离开"陶家阿姐"农家乐后孟浩远开着车直接回到安吉城，去租房中介门店去办理退房手续，看到孟浩远到来准备办理手续并交钥匙时，中介经理感到有些突然，说道："哎，孟先生吧，你好！合同上你租的是一个月，这还没有到啊。"孟浩远说道："是没有到期，提前退房了，这是钥匙。"经理说道："噢，孟先生，你最近好像没有住在这里吧？"孟浩远心想一定是关注了我好些天了。就敷衍着说："是啊，每天都开车一直到外面风景点一路游玩过去，有时晚了就在景点附近宾馆住下了。"经理盯着孟浩远看着突然问道：“先生你是那个孟浩远先生吗？”孟浩远故意装糊涂说道：“我是孟浩远，怎么啦？”这样一问反把经理搞糊涂了。直说得经理一愣一愣的，旁边几个小年轻同事笑了起来起哄：“我说没有这么巧的吧，不可能的。经理连忙说：“哦，没有事，没有事，随便问问。”孟浩远明知他们所问所笑是为何，却装作糊涂脸上一本正经说道：“你们在笑什么，你们说得我怎么听不懂？”旁边的一个小年轻中介笑笑对着孟浩远说道：“没事，真没事。”又自己笑出声来。孟浩远在中介办好手续交接完后，没有到期扣除了一些费用，他也不在乎。驾车上街买了一些当地的土特产准备带回家给父母，然后直接出城上高速往上海方向回家。

第十章　科索教授

一

　　孟浩远开着车一路上在高速公路行驶，中间没有在服务区休息，下午三点多后回到了上海自己的家。洗洗脸喝了一杯茶坐在沙发上，脚放在茶几上舒服地休息了一会，到了五点半，此时差不多是自己父母已经班回家。然后拿着在安吉城买的当地特色的一些东西包括点心小吃等一大堆，还有和陶姐送他的农产品以及老章家送的一罐安吉白茶，出门乘车到父母家准备送去。等到了父母小区心急匆匆走到门洞楼拿出钥匙打开楼大门，又腾腾三步并两步上楼就到了四楼站，在门口麻利地打开门后走进屋东西往地上一放关上房门。母亲孙家雯正在厨房忙，但是耳朵异常灵敏，已经听到房门被钥匙伸进锁孔打开时的声音，正在疑惑是谁？以为是孟浩远的爸爸孟思贤正常回家了，比平时要早回来许多。可是突然见到儿子出现在面前很是惊喜，孟浩远偷偷回家也没有提前说过，她笑盈盈地看着儿子，看孟浩远带回家很多东西所以好奇地不断问询着，两人正在开心地说话闲聊，孟思贤打开房门进来，看到两人也是感到突然，问了一下："咦，浩远今天怎么突然回来了，最近在忙什么？"孟浩远答道："没什么，想了就回来了。"孟思贤点点头："噢。"不多说什么了。孙佳雯已经做了孟浩远平时常吃喜欢的两个菜，孟浩远不回家，平时两人吃饭还是很节约的，基本上烧两个菜一个汤，今天儿子回来并没有说过，是突然之间就回来去的，所以也就简单地做一些日常的饭菜。不过儿子的到来使一家人很高兴，大家一起开心地吃饭聊天。母亲关心地问孟浩远道："浩远啊，你最近一直在外面找工作，也不常回来吃饭，现在情况怎么样了？接下来有什么打算啊？"孟浩远说道："妈，找工作不会那么容易的，不太顺利。现在用人单位对招录人员的学历要求是越来越高了，有很多单位起码要研究生学历甚至有的单位的岗位需要博士生，唉……现在又刚好不在大学生毕业期，招用单位就比较少，所以有些困难，还没信息。"母亲听孟浩远这么一说知道他此时的心情，劝道："噢，是这样。也不急的，等机会吧，总归会有合适你的单位。"孟浩远见母亲怕自己因为招录的事情心情不好在劝慰自己，说道："妈，你放心吧，我没有事。对了，现在可能有一个机会，我想到美国继续去读研究生，如果可能还会继续读上去。美国的教学质量应该在世界上还是蛮好的，有很多有名的好大学，以后就业方向和前途会有点用吧。现在还没有定。"父亲见孟浩远有自己的想法，原来在旁边吃饭没有声音一直在听他们娘俩说话，现在听到正在聊这件事说道："浩远，你有这样的想法也好，到外面多学点，拓宽自己的眼界和提高自己的学历学识总归有好处的。你去吧，我支持你。"孙佳雯听到后也说道："爸爸说得对。出去读书是好事。怪不得你一直在上海也不回家，原来一直在学习忙着准备去美国的事啊。好，反正你还年轻，出去看看开阔眼界多学习，将来找工作有好处的，需要花钱你告诉我们，听到了吗？我们总归是支持你的。"一番话让孟浩远心里感动。父母对自己一直很放松，自己考大学时如此，考国家天文台贵阳天文台工作也是如此，他们只是提出自己的建议，而不会干预自己的想法。可以说凭自己的想法想做的事父母一般都会支持，现在这样的父母真的不太多。笑着说道："知道了。我会好好学争取奖学金的。"父亲关心地说道："你已经成人了，也参加过工作的，自己的大事自己要把握，需要家里支持到时候说一声。"父母的关爱让孟浩远内心温暖幸福。他们也没有问起孟浩远什么，他们当然不知道自己的儿子孟浩远已经是数学界的一颗新星，一个伟大的年轻数学家。是所有人目前都在找寻敬仰的目标，他已经取得举世瞩目的数学成就。

回到上海后孟浩远在自己屋里深居简出，倒是一直过得平静，一身轻松无忧。不过此时人们实在弄不清楚，这位大家都在极力到处遍寻着的数学天才孟浩远到底是何许人，他到底在哪里？为什么他会这么低调地深藏着不愿意露面，难道他身在国外？数学界的那些元老们前辈也是一头雾水，他们更想见到他希望了解他。这么优秀杰出的天才居然隐藏得这么深，从不显山露水，从来都没有听说过哪怕了解一点，关于这位年轻的孟浩远所研究的数学方面的任何事。而且太奇怪了，到现在竟然还心很大，依然没有出来接受人们的欢呼，真是令人看不懂，这人低调的和常人太不一样了。直到后来又经过一段时间，向心波院长那里见人们还没有找到孟浩远，一次偶然机会正在接受媒体采访，实在忍不住要他们去采访孟浩远这位奇才——"西塔姆猜想"证明者，原来就是国家天文台的一名来自上海年轻的科技人员。媒体当然不放过机会，这才在向心波院长那里了解到孟浩远的更多基本信息，年龄、相貌、毕业学校以及在国家天文台（探索研究院）工作经历等等。但是希望和他本人联系目前还是无法联系上。向院长也不愿更多的就孟浩远专门接受采访。因为孟浩远是从他的单位离开的，是他这一生中最遗憾最伤心的一件事。他已经很不愿意和人谈起有关孟浩远的事，但是看到人们还没有发现孟浩远这位数学家，又有些不甘心，才希望媒体关注孟浩远并提供一些基本信息，其他的就让媒体自己去寻找。此时业内才算是才搞清了谁是孟浩远，他确实是一位上海小伙，原来在国家天文台贵阳台工作。有了这些信息，其他的更多详细情况还是不知道。

孟浩远在与父母谈话时说出想去美国继续学习的事受到他们的鼓励和支持，心里已经更加有意前往美国了，愿意接受美国的两所著名大学的邀请访问。他开始整理已经收到的美国两所大学的书面正式邀请书准备前往。可是他不知道怎么回事，原来还算是安稳平静的生活已经悄然打破，因为突然之间当他回到上海打开原来手机号码时，手机出现很多熟悉的和陌生的电话来联系他，意识到不对头他不敢接听。自己的父母也突然高兴地来电话询问他那个"西塔姆猜想"证明，那个孟浩远的事。见父母亲自问，他不得不实话实说，但是告诉他们不要太过声张，自己怕人太多不喜欢，所以才到安吉一趟就是躲避有人来围堵。他们听到孟浩远亲口说出激动不已，原来的一些疑问也瞬间都有了答案，孟浩远突然去安吉带回安吉的很多特产，突然回家看自己。这个特大如此高兴震惊的喜事，他们也从来不曾想到，联想起孟浩远说过的要远赴美国继续读书的事，估计也是他想躲开现在的烦恼事。

两位美国教授真是爱才，正在热情地邀请孟浩远来学校讲学和工作，学校董事会在对待这件事上，已经专门研究开会并全票通过，同意邀请这位伟大的年轻数学家孟浩远来工作。所以科索教授和罗斯维尔教授都受学校指派，全力邀请孟浩远来工作并非还停留在邀请那么简单，已经是按程序快速开会和通过，是严谨和认真的。目前好消息是孟浩远接受了两个学校的邀请计划赴美国两个大学参观和进行学术交流。这让他们高兴，当然他们两人已经沟通谈好，美国政府正在实施一个名叫"火星计划"的项目，就是将全世界范围内各国各行业顶尖的符合天才条件的拔尖人才邀请到美国并留在美国开展研究工作，给出很多超出想象的政策和绿色通道。所以科索教授和罗斯维尔教授所在的两所美国大学董事会知道这位超高智商的孟浩远在数学上的天赋和成就，一致同意这样的英才来学校工作。学校要提供一切条件争取留住孟浩远。这对学校本身是一件值得荣耀的事，这样的人才来自己学校从事教学或研究，说明学校的吸引力更会受到广泛关注。对美国政府来说孟浩远也是符合"火星计划"项目的所有条件，是非常难得的世界一流数学家，以后他的数学成就可以对高科技研究提供解决方案。

一个天气晴朗阳光明媚的上午，孟浩远从家中出发，他拿着两所大学的书面邀请书和护照等资料来到美国驻上海领事馆办理签证处。这家领事馆办理签证处位于上海市中心繁华路段一个商业大楼楼上，下面是商店，人来人往非常热闹。来这里准备到美国去的办理签证的有来自全国各地的中国人，他们满怀期待着去美国追寻自己的梦想和商务活动、旅游等。在这里形成一个现象，大楼后面一直有人在排队等候进入大楼内的签证处，队伍可以排得很长，本来商业大楼前面就是上海最有名的南京路，一直非常繁忙人多车多。后面的几条小路一般很少有人会闲逛到这里，对后面的这几条小路一般人都不太熟悉，由于签证处在这里，后来竟非常热闹起来，来这里的人都是为了签证所以一直人很多。每天商业大楼后面都会出现排长长的队伍，由聘请的工作人员来维护秩序分批进入上楼，已经成为这里的一个热闹的现象。有人甚至会好奇专门在经过时看看。孟浩远来的不算太晚，他知道这里的情况，还是提早一点八点多就到了，已经有不少人在排队，他跟着队伍后面等，听队伍前面的人和在周围的一群人正在兴奋地交谈着，后面的人也陆续排在他后面，人渐渐更多了起来。突然前面队伍开始动起来，已经开始一溜急走顺着指挥进入大楼乘电梯上楼。好不容易轮到孟浩远进入领事馆签证处，排在队前面的人已快速地进去上楼，他也只好紧跟在后面，他们快步走自己也加快步子走，心里不免暗自好笑，很有点寄人篱下被人呼来唤去，不太舒服又无奈的感觉。等到乘电梯上八楼后进门开始就要接受安检，看到前面的几人匆匆忙忙手拿资料袋子急着跑到安检口，听从里面安检保安不太耐烦而居高临下眼神和态度，他们每天见得太多又太多中国人来这里的场景，正大声示意着男子皮带、鞋子需要拿下进行安检简直比机场安检还要严格。孟浩远无奈地跟着脱去鞋子，第一次见到这种其场面的孟浩远内心有些抗拒很不舒服，到美国这么严，刹那间他真有点不情愿，但是人已经来了又退不出去，后面还跟着进来的人，按照检查流程这里只能进无法退出，出的话必须经过签证大厅后在另一个口子出去。自己只有顺着队伍往前一个一个环节结束才可以往另一个安排指定出口出去，后面也排着队都想着往前面赶，只好顺着人群进去。还好自己穿着运动服并没有皮带安检很快过去。来这里的人都是必须接受他们的规定排队安检，只有这里才可以获得前往美国的签证通行。人进入大厅后办理窗口有不少个开着，还要耐心的排队等候。终于轮到孟浩远了，被安排到中间一个签证办理柜台，里面的签证官是一位中年白人女子，长得高大壮实有些胖，坐在里面一副面无表情冷冰冰的严肃警惕的样子，看她的态度并不友好客气显得有些高傲，从她的眼神和显露出来的神态是一副高高在上瞧不起来这里面谈和签证的人的样子，她坐在整面厚实的玻璃柜台后面，看着排着长队的中国人一个一个规规矩矩小心翼翼地露出笑容走到窗口前接受询问的样子，心里非常的自豪，长期工作让她心里已经升起一种特别的优越感。每天一直这样见多了中国人，心里暗暗滋生了有些看不起这些中国人的心态，这些中国人拼命想着要到美国去参观、旅游、学习或工作。面谈合格的最后她会按程序说着："美国欢迎你。"其实她内心真不是这么回事，感受到她手中的权利。而且可以按着自己的主观判断来进行拒签，或同意，完全按喜好看法无理由的主观去判断每个来到自己窗口前的中国人通过或拒签。孟浩远等着的时候亲眼看到前面就有一位来自外地年轻的漂亮的姑娘穿着很是得体并不显时髦，来这里的人都知道穿着要注意，不敢穿有些时髦的衣服，都是穿着比较中规中矩的，不过姑娘的身材依然好看，漂亮的五官和身材修长很养眼。但就是被这位面试官几个问题一问果断地拒签了。那位姑娘眼中有些泪水，低着头有些遗憾不甘，整理着资料然后很无奈，懊恼离开的样子让人同情。轮到孟浩远时走到窗口，那位胖胖高大壮实的女签证官，拿起孟浩远递给他的邀请书，一看是来自美国的两所自己知道得很是著名的大学，邀请孟浩远先生是去作学术报告的不免有些诧异，她坐着抬头看看柜台窗口外面站着的这位年轻人，长相英俊目光坚毅不卑不亢，脸上严肃没有笑意，看着他像是去美国求学的学生令她怀疑，这么年轻的学者她有点惊讶，脱口而出用英语问道："你是去美国大学作报告的还是去留学，工作的？你是第一次去美国吗"孟浩远听得懂但是不想用英语，一脸正色毫不紧张用中文回答道："邀请书上是请我去作报告，你看是这样吗？美国第一次去。"签证官一怔，这可是从来没有过的，无论是政府官员、商务人员、学生以及去美国探亲的家属，都是十分客气和恭敬，有的甚至放下身架有些谦卑讨好的样子期待地看着自己，眼睛里是希望获得通过的急切目光。可是今天看到的这个小伙子竟然很严肃冷静地用反问这种语气和签证官说话，自己问的问题他这么说意思是邀请书上已经很明确写了，是去两个大学作学术报告和参观的。他身上有一股傲气和强大的与众不同的气场，这是极其少见。但是他又回答问题简单清楚态度不卑不亢可以说回答的滴水不漏啊。于是故意继续用英语和他交谈问他几个问题，看他是否会英语。孟浩远当然对英语很熟悉，哪能听不懂她问的问题，但是他听完后明明知道问什么，偏偏就是没有用英语回答直接用中文来回答她。你用你的英文提问题，我用我的中文来回答你的提问，说道："噢，您问的问题不是问题，到美国后会有人来接我，他们都已经安排好了，包括住的酒店。你看提交的材料里都有计划安排的。至于我在大学进行报告讲课时，更不用担心，学校当然会安排好翻译的。"这位一直心高气傲的中年女签证官这下被孟浩远说得无话可说，她确实没有仔细看提供的资料，她也会中文。于是认真地翻看起资料，又不时地抬头看看眼前的这位中国小伙和拿在手里的护照。心想这人明明完全听得懂我说的英语，但是他在回答时用中文，说明他这是故意的。很有些傲气毫不担心被拒签，这样的人少之又少，一般都会迎合签证官，态度很客气。她突然想起好像看到自己国家的一份著名的报纸上最近都在报道有关一位名叫"孟浩远"的中国数学天才，破解了一个数学界的百年难题的消息。开始认真的仔细核对，看护照上的名字拼音就是"MENG HAO YUAN"，窗口外站在自己面前的这位年轻人正好叫孟浩远，而且两封很有分量的邀请书都是美国两所著名大学伯利克大学和罗斯维尔大学。这两所大学正是有出名的数学专业，猛然间醒悟过来，噢，那应该就是他了。心里顿时惊讶不已精神也更加认真小心起来，突然间一下子像是换了个人似的，马上放下了原来的冷漠清高的态度，充满敬意起来。脸上严肃的态度一下子转为敬重，露出了一丝笑意，也没继续检查孟浩远准备的面试的资料，也没有再问其他什么了，连忙迅速盖章通过，双手递还护照时笑着说道："欢迎来美国！"孟浩远拿回护照后轻轻点点头转身离去。这位面试官中断了后面人员的面试，而是马上神情专注兴奋地在自己的工作电脑上开始查询信息，这位名叫孟浩远的中国人的身份信息，一查让她更是吃了一惊，原来电脑管理系统查询信息时发现他与普通常人还不一样，已经专门给他建了一个特别的栏目，顿时心跳加快，点开一看还有特别标注。她知道数据库中很少人享受这种特殊标注，只有非常非常重要的特殊的人才会有，自己工作经历很丰富了还从来没有遇见这种情况，只是听同事们说起过有特殊标注的人是国家安全委员会专门建立的档案。可是信息她无法继续点开查看到，说明已经涉及等级很高的机密，她没有权限。具有这种标注特点的人可以走绿色快速通道，上面醒目的注明提示："特别等级，无需检查，马上放行，提供任何特别的一切帮助。"同时有一个转向专门的国家安全机密的查询系统。但是如果需要查询关于这人更多的信息显示她没有权限，需要特别等级和授权密码继续来查。这一查让她一下子紧张起来，顿时身上冷汗出来，自己当签证官到现在还是第一次碰上这种难以置信的情况。她更加相信这位孟浩远就是媒体报道宣传的那位伟大的数学家。她看着孟浩远离去的背影，心中有些惊恐，迟迟未叫后面的正在等待着叫号继续面签的人。呆呆地看着孟浩远的背影直到他离开自己的视线范围。可能她心里还想着这件事，后面来到她窗口面试的中国人，她开始态度变得温和起来，不再居高临下用冷淡及特别严肃的态度，都是通过没有拒签的。

等孟浩远在美国驻上海总领事馆签证处办理完成签证手续，下楼走出这座商务大楼，外面就是热闹繁华喧嚣的街道，马上街道上人来人往穿梭如织，他行走在街道上消失在人群中。他自己并不知道，因为特别爱才，科索教授和罗斯维尔教授，都向自己学校董事会提出强烈要求引进孟浩远来学校作为教授工作，而且获得全体同意，同时学校也已经开始忙碌起来，专门开启紧急申请通道，向国家科学委员会专门提出引进特殊人才并得到支持。在孟浩远自己并不清楚的情况下已经被批准同意他作为杰出人才通过了"火星计划"，并很快将他的信息列入国家口岸信息数据库中，现在只等孟浩远出现和同意，很快就可以办理进入美国的所有手续。

孟浩远走到前面的公交汽车站乘车回自己家，上班高峰已过乘坐公交车的人并不多，还可以观望沿街两旁上海热闹的商店和各不相同的建筑。一个小时的沿街欣赏回到自己小区，由于孟浩远单独住在这个小区，平时已经有很长一段时间在贵阳工作，很少来这里住，人又特别低调，小区内居住的人不认识这位年轻人，不知道他的真实情况，所以没有引起人们的注意。他们根本不知道小区内有一位外面都在争着寻找采访的数学家孟浩远。上午办理完签证手续准备去美国的事情已经考虑清楚基本确定，孟浩远这时想起先与伯格联系一次，上次到伦敦偶然在国际钻石交易会展会上相遇时，他曾答应过伯格的邀请去比利时参观。所以乘这次去美国可以提前几天先到他那里，然后再到美国。他拿出手机拨打伯格的电话，很快接通，伯格正在办公室里坐着，铃声响起起初不以为意，他正好在与一名经理谈话，可是拿过手机一看显示的是孟浩远的电话号码一下子特别高兴，赶紧告诉办公室坐在他对面椅子上正在谈话的经理，现在有事请，他先回去等他通知。然后急急地拿起手机准备接听，心里暗暗高兴猜测起来，位神秘莫测的孟先生是从来不会主动来电话联系他的，现在第一次主动打来电话自然是好事，接通后听到孟浩远说道："伯格先生你好！孟浩远。"伯格高兴地说道："孟先生，你好！"孟浩远说道："伯格先生还记得我们上次在伦敦相遇吧。"伯格说道："记得记得，当然记得。孟先生你当时说好的接受我的邀请会再来的，是吗？"孟浩远笑了说道："是啊，最近我正好要去美国参观访问，所以想提前两天先到你这里与你见面。你看是否有时间？"伯格一听孟浩远这么说顿时高兴异常，这位孟先生还是言而有信，他说过的话都是认真的，他刚接电话时猜测会有好事看来是真的，今天他能主动说过来和他见面太令人高兴了。孟先生这么说要在到美国去前先到比利时来，说明他很忙是专门提前抽空而来的，那不会是来游玩那么简单，也许他还有好货会带过来。这真是太让人高兴了，但是也不敢太直接问，笑着说道："孟先生，接到你的电话真是件让人高兴的事。你刚才说的要过来更是高兴的事，时间上我当然没有任何问题，非常欢迎期待您的到访，我们会为你安排好一切的。"孟浩远说道："伯格先生，如果方便只需要你安排人到机场来接我就可以了，其他的事我自己会安排的，不用操心了。谢谢！"他谢绝了伯格的全程安排的好意，酒店还是孟浩远自己订的，这样会更自由一些。他不希望被人掌握到他的所有行程安排内容。机场接机是因为自己会这次去确实想再多带一些钻石过去与伯格交易，这样更加方便一些。伯格见孟浩远有自己的想法，本来是想尽自己的努力全部给孟浩远安排好，表现一下也没有做到，只好说道："好吧，就随孟先生的，我会来机场接你的。"孟浩远时间安排事情已经讲清楚说道："好吧，伯格先生。那我们在比利时见。"与孟浩远谈好来比利时的这一计划安排后，伯格实在高兴，他不太敢急切地当面提起钻石的事，但是最后有些憋不住还有另一件事想问问，于是兴奋地问道："孟先生，还有一件事方便问一下吗？"孟浩远心想这个伯格原来他是很爽快聪明的一个商务高级职业经理，办事果断明了有心计，现在两人已经说完他突然又冒出问题，只好客气地说道："伯格先生不用客气，你请问？"伯格认真地说道："孟先生你知道吗，现在有很多媒体都在报道那个数学方面'西塔姆猜想'证明的百年难题，破解的中国数学奇才孟浩远就是你吧？上次你在伦敦参加学术会议应该也就是为这事？"孟浩远见他问起这件事，心想这件事已经没有办法加以隐藏，伯格当面问起他也不想再隐瞒，于是坦然地说道："伯格先生你是说的这件事。是的，我去伦敦参加数学方面的学术交流活动。"伯格闻听突然控住不住大声激动地喊道："我的天啊，我的天啊！太不可思议了！你可真是个天才，太让人意外了，不不不，不是意外，是简直……"伯格亲口听到孟浩远说出，让他激动地一下子不知道说是什么好，语句也噎住了，不知道用什么词语来表达此时的心情。孟浩远见他突然如此激动起来，保持着平静地说道："伯格先生过奖了，没有什么，只是一项研究工作。"伯格见孟浩远依然保持平静，心里感到这位年轻人不得了，他取得如此成就后居然如此镇定淡泊。不过想到现在与他通话的人可是大名鼎鼎的数学家孟浩远，心中从来没有这么高兴过，比拿到他的钻石还更加兴奋激动，笑着说道："孟先生您太聪明了，太了不起了。总是会让人惊喜。认识您真是我的荣幸。非常祝贺你获得如此重要的成就。您放心，在比利时我会派人保护好你的，也会替你保守这个秘密的。"伯格其实是知道孟浩远此行答应过来，应该是会带来绝美独一无二的钻石的，虽然很想确认一下，但是这件事他并没有直接开口问。不过孟先生到访一定要向拉宾先生汇报，拉宾先生曾说过以后孟浩远先生来比利时公司时，希望及时告诉他，他会安排与孟浩远见面的。他们都非常认可这位帅气聪明的中国小伙。孟浩远也没有正面明确地直说这次来比利时的目的，回答伯格只是说："这次来比利时主要还是过来看看你这位老朋友啊。"伯格高兴地说道："噢，那太好了，谢谢孟先生！你可是一位学数学天才，这是我的荣幸，真让人激动。我马上向拉宾先生报告，要不然他知道您来过，又没有向他报告这件重要事，我想他一定不会放过我。好吧，您来了我们再好好谈，十分期待你的到来，谢谢！"说完笑了起来。两人通话结束后，挂上电话那一刻他还在想数学家孟浩远，是的太神奇了，自己太幸运了，脸上满是兴奋之情，喝了一口桌上杯中的咖啡。然后伯格马上把孟浩远要来比利时的信息很快专门报告了拉宾先生。汇报完后特意又用心专门召集公司内的几位经理层面的管理负责人包括保安经理一起开会布置，一定要做好细致的安排，准备迎接公司的一位重要客人，还特地强调要严格保密。

与伯格联系后孟浩远开始计划这次出国的行程安排。自己订好了从上海到布鲁塞尔机场的机票，布鲁塞尔机场是一个国际大型机场，欧盟总部和北约总部就在布鲁塞尔这座城市。孟浩远还没有到过这座城市，正想乘此机会可以参观了解这座城市然后再到安特卫普，两座城市距离一百多公里，所以他才想到这次就请伯格派车到机场来接一下。伯格开车到布鲁塞尔机场接机也比较方便，接到后从布鲁塞尔到安特卫普，一路上可以看看这座城市沿路的景观。

一周以后孟浩远把计划安排妥当后特地回到父母家，告诉他们这次去美国的签证面试已经通了，准备要提前到美国去看看，考察一下自己喜欢的几个大学学校，如果有机会将选择在美国留学。他的想法得到了父母的支持，他们希望孟浩远有机会出国学习提升自己的学业，也相信自己儿子的独立生活和学习的能力。不过现在他们围着孟浩远开始急切地询问"西塔姆猜想"证明的有关事情，母亲眼神怀着期望问道："浩远，问你一件事，你知道那个是，什么'西塔姆猜想'证明吗？他们说是一位中国上海的孟浩远，和你有关系吗？"孟浩远见母亲满怀期望看着自己，父亲在一旁看似没有什么特别的表情，但是他的手指因为紧张抖动了一下。他只好实话实说："好吧，你说的孟浩远确实和我有关系。就是我证明的。"此话一说顿时让两人大吃一惊，母亲又大喜过望："啊，真是你啊。哈哈哈哈。"说完过来抱紧孟浩远。父亲也发出"啊"的一声，开心地笑了起来。孟浩远说道："其实我一直坚持研究数学，数学是喜欢的东西，在贵阳国家天文台工作时每天有空都坚持继续研究，也是突然之间破解的，到英国伦敦去其实也是为了这篇证明论文参加学术讨论。不过我不想成为媒体采访的对象，那会成为负担，所以是特意到安吉休闲放松了一段时间，然后等风声已过才又悄悄回上海到自己家里。现准备到美国去一部分原因为了继续避开媒体不被发现追捧，另外是美国两个大学已经发给我邀请希望我去。"父母两人静静地听着孟浩远的简单述说后，突然激动地笑得停不下来，真是好事连连。母亲脸上笑着，但是装出一副恼怒的样子说道：“浩远，你为什么不早点告诉我们，连我们都要保密。”父亲也笑着说道：“是啊，你母亲说的对，好消息就该告诉我们。”孟浩远笑笑说道：“早告诉你们了，万一有人问起想要了解，你们会憋得住，会不说出去啊？”母亲笑着：“也是，但是还是应该要告诉我们这件天大的喜事。你也不说原因悄悄躲开，你倒是自在，可我们什么都不知道，最近一直被人围堵问孟浩远和你的儿子有关系吗？我们不了解情况哪敢多说。真是的，我们心里也急啊。以后不许这样。今天真是太让人高兴了。”他们两人最近被不停打扰着问这问那的打听消息，有媒体的，有孟浩远学校的，有自己单位同事，还有亲戚朋友等电话，接了太多了，实在是烦恼。

　　孟浩远见父母高兴地围着一起说着孟浩远这件事情，终于水落石出，一家人欢天喜地。一番高兴停不下来，满屋子都是父母的笑声，不时问孟浩远到伦敦去的一些细节，母亲已经兴奋地开始忙碌起来，在厨房间快乐的又大大操作了一手，烧了七八个菜都是孟浩远平时喜欢吃的菜，父亲脸上一直露着笑容，特意拿出一瓶红酒要一起喝酒，母亲也主动给自己到了一点红酒，第一次高兴地喝了点酒。吃饭期间两人手中的手机和家中的电话铃声又开始不断，他们两人都会心地露出笑容，实在没有办法只好接一下，也开始装作不知推辞了，声称自己也不清楚，让他们自己找孟浩远去。一顿饭断断续续有电话进来问询，一家人在一起难得这么开心。

　　吃完饭又坐在一起聊了一会，看到天色已晚孟浩远才离开父母家，乘车回到自己居住的另一处单独的他家中，开始整理这次出行的行李。这次他拿上了秦送给自己东西时的箱子，这种箱子孟浩远已经发现其中小奥秘，可以受自己头脑意识指挥，大脑中的超级智慧微光子芯脑很快就可以链接匹配，它只能由孟浩远自己一人启动并打开，会跟着孟浩远的思维指示配合，实际上它是一个活动的高级智慧机器人。在箱子中又取出了两颗大（成人拳头大小）的钻石和四颗小的（鸡蛋鸭蛋大小不等）钻石，准备去看伯格时拿给他。孟浩远十分清楚伯格一直很期望他去是为了什么，伯格上次已经很懊丧，十分不易偶然获得了地球上绝无仅有最好的钻石，但是却被老客户缠着买走，这种钻石可遇而不可求，一旦获得应该由自己公司珍藏起来作为无价之宝。

所以伯格很希望孟浩远能到他公司访问，那也许可以再创奇迹给他再带来惊喜。

　　其实孟浩远很清楚伯格多次邀请他去比利时安特卫普到他们艾格尼丝公司访问目的，所以已经想好这次去比利时可以继续提供一点给他，但是要细水长流不能带太多，怕会引起伯格更多的注意，疑惑孟浩远手中的极品钻石到底产自何处。他要让伯格他们一直对自己的钻石处于盼望和饥渴状态，所以不会一下子拿太多，市场上越稀少越珍贵，越渴望得到也更加会珍惜。自己需要时刻保持谨慎小心，再说现在自己也并不缺钱，已售出钻石的钱目前投入艾琳父亲斯内克斯医药研究中心用于抗癌新药研发上，和自己心血来潮购买了一幢商务区商务楼用于开办公司所需和以后准备出租，多余的钱对自己足够正常生活了。只是考虑伯格是第一个和自己钻石交易的，是一个比较良心的商人，通过和他交往下来伯格为人也很不错，不像一般的商人唯利是图不讲道德。另外还考虑以后医药研究中心可能会一直投入资金，需要多准备大量资金在手，所以在伯格一再邀请下这次准备在拿几颗极品展示带过去。他和伯格第一次交易后，好不容易获得的两颗钻石珍品，已经很快全部被重要的阿拉伯客户反复要求不在乎价格争着买去了，让伯格非常的不舍心痛。其实自己公司也很需要这样绝无仅有极好的珍品来珍藏，所以他当然很渴望能够出现奇迹，再次从孟浩远那里获得这种珍贵的钻石，而且凭伯格在钻石行业这么些年积累的专业老道经验，可以说见多识广，已经见过太多世界各地著名矿坑生产区产的不同品种高等级钻石，还是第一次发现只有孟浩远带来的这样高品质的最高等级钻石，已经改变了目前钻石等级评定标准，硕大无比、硬度非常之高、没有任何杂质，晶莹剔透美不胜收价格连城。它的等级远远超过目前已知世界出产所有钻石标准，可以说这种钻石是第一次在世界上发现，他很想只知道它到底来自哪里？这种钻石绝对非常值得收藏。伯格一心希望能够再次获得并拥有孟浩远的钻石，没有其他渠道可以得到，唯一的渠道就在孟浩远这里。孟浩远也明白作为一个好的商人的敏锐性，知道伯格的内心想法和所求，所以这次还是拿出几颗出让给伯格，也算是加深两人之间的一层友情。手中还有其余钻石，他就随意地放在箱中，然后把箱子放在自己家里的衣柜中，没有人知道。带上的钻石他还是用废旧报纸先把每件都包裹的严实后用胶带封好，然后再用随身携带出门的毛巾包好放在出行所带的几件衣服下面，又把整个箱子基本上都塞满了，这样严实的放置使放在箱子里包裹起来的钻石不会晃动。用手试着提起行李箱，还好不算太重，自己提起来不太费劲，随身又背了一个双肩背包，里面放手机、电脑、连接线充电器、移动电源等必备物品。身上穿着还是自己比较轻松随意喜欢的平时就一直穿的休闲服装和运动鞋，准备完成后提着箱子背着包走出小区，出门后换乘地铁直达上海浦东国际机场，乘飞机前往布鲁塞尔。

孟浩远这样的一身穿着就是到国外旅游的常见的一个小青年装束。进入机场一路安检并未引起检查人员注意，然后将行李托运也没有遇到任何问题。孟浩远心想也许他们认为箱子中的几颗巨大的钻石只是普通好看的石头原料样品而已。实际上是阿勃特星秦带来装钻石的专用金属复合行李箱子起作用，这是一种金属复合材料合成的最新高强度物质，强度极高但是不会特别沉重，特殊的复合材料是用阿勃特星球极其先进的科技水平及生产工艺技术制造，已经高出地球无数代次。这样的行李箱即使在过机场和其他安检时需要经过检查通道机器检查，凭现在地球使用的安全检查的技术和探测仪器设备是无法来识别的。

孟浩远进入机场候机楼，走到登机口后坐在离开登机口稍远一些的一排空椅子上坐着候机。终于听到机场广播传来航班可以登机的声音，登机口已有机场工作人员在准备迎接旅客登机，一下子前面人多了起来，开始排队等候上机，孟浩远不着急仍旧坐着安静地等，他的行李箱已经托运过，身上就是一个背包不用太着急，直到开始登机进入长长的队伍变少了，已经只有前面为数不多的七八人时才缓缓走到登机口队伍，慢慢进行值机后进入登机专用通道上飞机。机舱内很是热闹，大多数人已经坐在位子上，还有被不少人在机舱通道中排队，孟浩远一点一点等，看人陆续坐好后也找到自己的位子坐下。很快已经没有旅客在通道中已全部坐下，机舱关门。听到广播播报开始起飞，收到机场指令飞机滑行至跑道，很快加速滑行起飞升空。飞机上一个人出行闲着没事有些无聊，拿出颈套戴头上拉至眼部遮住头，靠着座椅开始休息。在飞机上迷糊睡了一段时间，一会儿被送餐车和广播声吵醒，是送餐时间到了，机舱里开始嘈杂起来，有说话的有往机舱卫生间去的，正好和送餐车挤在一起。孟浩远被吵醒，等乘务员推着餐车经过时孟浩远随便要了一份餐盒吃了起来，不一会就吃完。机舱服务继续送饮料车服务又来了，经过时要了一杯橙汁喝了起来。肚中有能量了，机舱也没有刚才热闹了，孟浩远一个人不闻不顾，他的位子一直喜欢选靠窗边的，这个位子可以不受其他人影响继续睡觉休息。飞机航程时间很长，基本循环着听到广播播报到点吃饭补充饮料和水。经过将近十一个小时的长时间飞行，早上八点时，听到广播播报飞机已到布鲁塞尔机场开始下降，飞机很快下降道跑到然后滑行，看着舱外机场周围已，孟浩远经安全到达了布鲁塞尔机场，随着人群走出飞机来到了行李托运出口区等候航班运来行李，正站着看着周围和转送盘准备取行李时，自己手机铃声响起，拿出来一看原来是伯格的电话打来了，接听后伯格问道："孟先生，你好！伯格。我已经在机场查到你乘坐的航班已安全落地，早上好！欢迎到比利时。我在旅客到达出口等你。"孟浩远说道："伯格先生你好，飞机已经到了。正在等候取行李，谢谢你亲自来接我。"想到伯格亲自到机场来接，说明他很重视这次孟浩远的到来，也显示两人之间的关系。等孟浩远取好行李，背着包加快脚步走向出关口，行李箱自动跟在旁边在平滑的机场楼地面上移动，孟浩远毫不费力，不过他还是将手轻轻搭在行李箱上，否则会引起人们的注意和感到奇怪了。出关口后向出口一路步行走去，在旅客到达出口处已经等着的伯格正在外面围栏接客处，他已经看见远处正在走出来的孟浩远，自信潇洒阳光，距离还有些远，但伯格已经兴奋地不停地用力在招手好让孟浩远注意。孟浩远起先没有注意，只顾一手拉着行李箱身上背着背包低着头跟随着前面的旅客行走，等靠近出口处不远时，孟浩远抬头开始搜寻在外面的接客人群，很快已注意到伯格正在向着自己挥手，于是也微笑着伸出手摇摇手致意。等孟浩远扶着行李箱通过出口通道出来后，伯格已经快速地走向孟浩远，在外面通道尽头出口迎了上来，两人见面伯格开心地上来就拥抱孟浩远，也不管周围后面还有继续出来的人流。随后两人一起并肩走着，等走出一段距离来到人少空处，伯格边说话边要过来帮着孟浩远提行李，孟浩远说道：“伯格先生见到你来真好。谢谢！不用客气，我自己来推着很轻松的，谢谢！”手上握住行李箱自己推着，伯格见孟浩远自己一直拿着行李箱没有强求，笑着说道：“好吧。”两人一起并肩走出机场大厅来到门口。此时门口已经有一辆黑色的奔驰十一座商务车停在路边，这种车顶很高，人站在里面空间很大不用弯腰，车门已经开着，车门旁边站着一位身上穿浅灰西装系深色领带，脚穿黑色皮鞋，皮鞋十分光洁，身材高大的安保人员，还有一位穿着同样的只是领带颜色不同而且戴着一副墨镜显得很酷站在车尾旁边，两人都是表情严肃认真，神色专注冷静，小心地观察着周围情况。孟浩远一看这样的安排还是第一次，自己从没有被人这样对待过，被伯格这样的安排接机反而搞得浑身有些不自在，忙对伯格悄悄地说道：“伯格先生，你这是干嘛？”伯格同样穿着西装系领带低声说道：“孟先生你是我最重要的客人，需要一点保护啊。你还没有意识到现在你可是个众人想见的名人了。万一被人认出来围上来你就脱不了身啦，所以安排了专业的保安，他们很专业反应敏捷会快速应对各种突发情况，放心吧，防备一下嘛。”说完从自己口袋中取出一副墨镜递给孟浩远问道：“孟先生，需要戴上遮掩一下吗？”孟浩远心想，原来如此，是啊，自己是“西塔姆猜想”证明者，新闻人物。伯格这次考虑得还真是细心很周到的，不过另外有一点孟浩远没有说出来，心里在想伯格恐怕是担心孟浩远这次来可能会带着珍贵的钻石，非同平常路上不放心，所以派专车从安特卫普赶来布鲁塞尔接孟浩远直接去公司，而且安排了公司中最有经验的专业保安，更是可以做到以防万一，可能这才是他另外一个重要考虑吧。想到这孟浩远不吭声了，摆摆手笑道：“谢谢伯格先生我看不用了，谁会认识我？马上就上车了，不用了谢谢！”和伯格两人说着陆续上车坐下。

两位保安也快速地跟着上车关门，上车后一个在车最后面的空位子上坐下，另一个在车头副驾驶位置坐着。开车的司机也是穿着相同的西装，看来也是一位专业保安。孟浩远的行李箱和背包拿着放在自己双人位子旁靠窗的空位子上，自己坐在外侧位子靠车过道，通道右侧正对着的是伯格位子，两人的位子正好并排中间隔着过道基本两人是挨着的，可以方便交谈。

黑色奔驰商务车从机场出发到安特卫普约大约有四十多公里路程，再到艾格尼丝公司总部大楼大约还需要一个小时。孟浩远第一次来布鲁塞尔，所以汽车出机场后先走一条经过市区的道路，顺便让孟浩远可以看看城市的概况。孟浩远与伯格两人在车上轻声地在交谈着，目光不时从窗的两边可以看到道路两边城市景色，伯格见孟浩远转头眼睛瞄向车外正看着，就热情地介绍着经过的街道景点。第一次来这座城市孟浩远留心观看起来，起初他没有用心已经被窗外的城市景观吸引，只要看到孟浩远看着窗外，伯格就十分热情卖力地介绍周围的景点和欧盟总部建筑等。

这样一路观光，注意力都在车窗外的街道建筑和景观上，可孟浩远一会儿在不经意地观察时发现一个奇怪的现象，孟浩远的特点是很注意保持警觉，他无意中注意到自己的车从机场开出没有多少时间后面已经悄然跟着一辆黑色的越野车，一直保持一段距离紧随着。起先到没有当一回事，但是自己乘坐的商务车从机场转到市中心沿路观光时，有时候遇到红灯车停，他几次在看外面城市景观时顺便转头看看后面就发觉不对头，后面的车还在跟着，已经跟了一段时间了，有时车在路上边上还有另一条空车道，并没有其他车，这辆车奇怪的还会跟在自己车后面，心里感到很不一样。很快汽车在逛了几条主要街道后，孟浩远告诉伯格不用继续，可以回去了。商务车很快就开车出城进入去安特卫普的高速公路，但是后面的这辆黑色越野车还在继续跟，着看来就是盯着自己的车而来的，经过这么长时间穿城而过沿路观光，路上又经过很多个红绿灯，路口没见它转弯依然不紧不慢地跟在后面和自己的行程路线难得的一致。很快车进入高速公路，此时公路有多条车道，后面的越野车明明可以超过自己乘坐的奔驰商务车的，但是这辆车也不超而过，还保持几个车位距离笃定地跟在后面。伯格还没有注意，只顾笑着介绍高速公路两旁经过的城市景观，孟浩远脑中反应迅速，脸色变得严肃起来，他看到前面开车的保安其实也已经发觉这一反常现象，与边上的保安在低声说着什么，两人脸上神情更加严肃。后面坐着的那个保安反应也很快，已经辨别出异样，马上从他们两人在前面的低声交谈和神色中发现问题，也已经认真起来，开始警觉和戒备，神情显得更加严肃，但是没有说话。孟浩远低声告诉伯格后面有可疑车辆一直从机场开始跟随着。伯格回头一看确实如此，他顿时紧张起来，用眼光看着后面的保安，保安当然知道有情况，不过没有多说。

在高速公路上一路行驶，前面副驾驶位子上的保安悄悄和开车的驾驶员在说了什么，于是开车的驾驶员将车故意放慢一些车速，试探后面跟着的黑色越野车会做出怎么样的反应，两人眼睛在注意后面跟随的车，只见后面那辆黑色越野车随着一声发动机加速的响声呼的一下超了过去，正当大家稍稍轻松以为是虚惊一场时，只见那辆越野车超车过后在前面马上又转到同一车道上正好挡在商务车前方，继续保持距离开着。很快又发现更加紧张的情况：自己车后面还有一辆同样型号的黑色越野车突然出现，继续保持距离跟在孟浩远他们乘坐的奔驰商务车后面。坐在车内后面的那个高大的黑人保安已开始紧张并发声，叫着前面的白人保安和驾驶员名字："道格、马修做好紧急准备。"看这两辆车的情况现在已经十分确定他们是有目的，就是冲着孟浩远和伯格的商务车来的，他们想干什么？此时伯格看到大家都突然警觉起来，也已经不出声音紧张的不时地看着前后，也注意到情况不太正常。再看看前后的保安的样子和孟浩远的神色，他刚才和孟浩远高兴地谈笑的笑脸顿时不见了，紧张地四处张望着，问后面保安负责人道："乔伊，究竟发生了什么事？"后面那个高个黑人保安是负责人名叫乔伊，见伯格在问，说道："先生，情况不好，有问题了。有人试图想拦截我们的车。"保安马修开着车说道："大家坐好。"突然猛打汽车方向，车很快急转左移后加速往前冲，在前面的那辆越野车发觉到他的意图后，也同样快速向左移动依然故意挡住前面车道，压着商务车的车道，同时后面跟着的越野车也开始加速直逼上来。孟浩远心想此时已经很明显，他们就是冲着伯格的商务车有备而来的，想把商务车拦停下来。而且这时路上的车正好不太拥挤，于是开始行动了。这些是什么人？他们想干什么？目前暂时还不确定。

乔伊和道格两个主要负责安全的保安紧张起来，毕竟车在高速公路上行驶非常危险，搞不好车发生车祸会危及车上所有人。那些人也太胆大妄为了。两人都迅速拔出了一把格洛克47手枪拿在手里做好战斗准备，一见这架势此时车里人都没有讲话，紧张地看着拦在前面行驶的车和后面紧跟的SUV黑色越野车。正在开车的保安马修在车内对伯格和孟浩远及其他人说道："先生们请坐好。"说完手握着方向盘十分熟练地一会儿方向往左猛打一会儿方向又往右急打，车成蛇形一会往左又马上往右转。车上的人随着汽车加速时的转弯幅度大而晃动起来，紧扶住把手。但是由于商务车大速度提得慢一下子还很难超过前面那辆黑色 SUV 越野车，前面的车始终盯着伯格的车压住车道，这样保持着三车左冲右突蛇形变着开车，惊吓的公路后面其他的数辆正常行驶的各种车发出惊叫和猛踩刹车的响声，有几辆车来不及反应，汽车相撞发出激烈的声响，顿时路上一片狼藉。见无法摆脱两辆越野车的前后夹击围堵，坐在后面位子的保安负责人乔伊正专注的观察着四周，看到公路路牌上显示前面有一个右转出口转向道，当即命驾驶员马修将车直接开出前面右转弯道出口，前面那辆车也看到有出口所以放慢车速看商务车是否跟过来，商务车保持车速跟在后面，但是前面那辆越野车刚经过弯道后，乔伊马上命令马修紧急右转进入出口，商务车猛打方向硬生生地右转几乎横着切入出口再加速驶进另一条道路上后继续猛踩油门加速狂奔，商务车发出呜呜的声响一路急驶。后面的那辆 SUV 越野车看着前面本来压道行驶的车经过路口一下子反应不及已错过出口后，马上准确的也切入右转道出口，路面留下刹车轮胎摩擦的刺耳声音，终于跟上了奔驰商务车也开了出来，依然加速紧跟在后面。暂时摆脱了前面一辆 SUV 越野车，现在转出右转车道后在另一条道路上两辆车一前一后都在急速狂奔，紧紧相随着，可是商务车毕竟较大，灵活性和动力不如越野车，始终无法摆脱后面那辆越野车，眼看后面的车越来越近。此时孟浩远已悄悄从自己双肩背包中取出了秦送的黑色五棱形金属棍拿在手上，他记得汉曾经把它交给孟浩远时告诉过孟浩远使用方法，他说过这种特殊设备内含隐机，其中一个红色锁柱的暗扣千万不要轻易打开使用。但是现在已经到了性命危及的境地，如果车内的三位职业保安也没有办法阻止这次危机，在迫不得已时也只能试试保住性命要紧。同时左手紧提着秦送东西给自己的那个阿勃特星特别的行李箱，准备在逃离时快速携带，倒不是里面装了钻石，主要是这件行李箱来自是阿勃特星的，内含复杂功能意义重大上，面有很多未知的科技，一旦丢失后果难预料，这些都不能轻易丢弃，谁知道这些跟着的人是为了自己的珍贵东西还是其他什么，如果被他们所得一定会留下很大隐患。

　　商务车慌不择路地进入的这条公路，正好是往有些荒僻郊区农村方向的去处，所以路两边周围都是大片的开阔的草场和树林，两边基本看不到有人家居住，视野非常开阔很难躲藏，情况越来越不利。后面的那辆黑色 SUV 越野车见前面商务奔驰车没有想停车，一直在加速狂奔急于逃走，但是四周是农村郊野，附近没有人居住只有开阔的田野和部分树林，对他们来讲这简直是天赐良机，是一个理想的地方，不过商务车一直不停地急驶，所以越野车明显得开始急了，直接加速度冲上来追击，很快由于动力足车加速后更快，两车的距离已经越来越近，车头已经撞到前面行驶的商务车后尾，开车的马修一下子把持不住车辆的方向差点被撞出道路，看来后面的车想逼迫伯格的奔驰商务车停下来。这样后面越野车边追边在后面不停地来撞击一下，经后面越野车的不断撞击后使得商务车更是摇摇晃晃，这辆车重心又高，马修不得不踩一下刹车防止车倾翻，后面的黑色越野车看准机会后一下子超了过去又马上急刹车，发出剧烈刺耳的响声横停在路中堵住道路。商务车眼看没有办法，只能停车或者直接撞上去，但是自己车上有一位特别的重要的客人孟先生，他的安全至关重要，万一撞车后两车翻车，后果不堪设想，这样太不安全了。公路边右侧大约经过四五十米开阔地，正好是一大片的树林，下车后可以跑进树林躲藏起来，于是乔伊叫马修停车，大声说道："停车快下车到前面树林。"车刚一停，车上人反应极快都准备好弃车下车，然后直接往路边右侧远处的树林里跑。这时只见刚才已经错过路口的另一辆 SVU 越野车此时也已经在后面急驶而来，保安负责人乔伊听伯格大声叫喊："保护孟先生。"孟浩远已经手握行李箱身背背包准备马上下车，乔伊已经冲到前面来站在门口迅速打开车门，大叫着指挥大家道："下车，往前面跑，进树林。"坐在前面先下车的道格也迅速打开车门下车，和乔伊一前一后站在门口保护孟浩远、伯格下车，拿着枪指着前面的树林说道："快跑先生，我们在后面掩护。"马修也已经下车，迅速拔枪在手准备战斗。三人迅速边跑边交叉举枪断后，交替掩护着伯格和孟浩远以及自己三人紧急撤退，后面的车和前面的车此时也反应极快，一看也是经过训练非常专业的人，从车中各下来了四人，两辆车中一共八人全体出动，下车后两人一组分散开来准备包围，见伯格、孟浩远他们在拿着枪的三人掩护下向树林狂跑，也都举着枪，其中有人叫道："留下孟先生，你们可以走。"孟浩远、伯格和三位保安听后一怔，都边跑边看着孟浩远，孟浩远一脸迷茫大声说道："还管什么，抓紧时机跑。大家一起先快跑进树林，我停一下，马上追上来，他们现在至少不会向我开枪。"几人一听略一迟疑，他们不敢丢下孟浩远这位重要客人，所以拉着孟浩远一起拼命地往树林方向跑，后面两路人分四个小组从两侧开始包围过来，也快速追上来。乔伊见状看很难甩脱了，果断开枪警告他们，后面追击的枪手见乔伊他们开枪射击稍顿了一下，也马上迅速回击，不一会在后面掩护的驾驶员马修和道格两人分别中枪，一个在腿部一个在手臂受伤。孟浩远看着极其不利的形势，不得已手拿自己的箱子迅速回转，叫人拉着受伤的两人弓腰低头继续往树林方向跑，孟浩远掩护着，听到后面子弹声音，此时孟浩远奇怪自己手中的行李箱自动地在没有自己用力时进行阻挡，反应神速听到子弹打在箱子马上弹开的叮叮的声音。他也来不及多想，现在已有两人中枪受伤，而且其中一人腿部受伤难以再跑，已经处于非常危险中。更加要命的是保安负责人乔伊此时他拿枪的右肩膀也不幸被流弹击中直淌着血已无法还击。而后面追击着的人也有两人被乔伊开枪放倒。见这里还击枪声渐停，也停止了开枪慢慢地警觉地围过来。孟浩远他们已经在靠近树林的边缘，马上再跑几步可以躲进安全的树林中，此时全都在地上紧张的趴着。孟浩远对着伯格问道："伯格先生，你会开枪吗？"伯格头上冒着汗紧张地答道："会，会会。"他明白怎么回事，捡起道格的手枪开始反击，后面有人应声倒下。接着又开始激烈的一阵枪响回击过来，孟浩远手举着箱子挡在伯格和自己身前，其中两位受伤的保安马修和道格又被流弹击中疼得连连叫喊，自己用手捂住受伤流血的伤口，眼看树林就在前面，但是就是没有办法继续跑进树林。孟浩远眼见已无法摆脱，处在非常不利的危险境地，他们声称留下自己但是并不知道他们的真实目的，伯格的三位保安都已经受伤处于很不利的状态，而且刚才他们开始向自己方向开枪已经不计后果，这里又是地处偏僻人很少，打电话呼叫报警都来不及。孟浩远没有想到，这次伯格还专门加强了保安，但是还是出现这种危险事，现在究竟原因如何不重要，保全生命摆脱眼前的危险是最要紧的。如果继续这样再耗下去，他们人多冲过来恐怕所有人就真有麻烦了，即使箱子可以暂时遮挡也只能挡住流弹，挡不住往这里过来的追击者。现在已经威胁到大家的生命了。于是他让伯格低头趴下，其他三人也就地掩护趴着，自己举着箱子身子连滚几下换个位子爬到边上。拿出秦送的金属五棱短棍迅速打开安全锁子，调整好射出直径口大小，调到最小点然后举手先对远处路上前面那辆越野车用手轻按上去，瞬间一道耀眼的白色光束击中 SVU 越野车，发出一声燃爆响，强烈的爆炸惊得追击的枪手顿时非常意外吓得抱头扶地，不敢再动。孟浩远自己也吃了一惊，从来没有试过这东西，看到秦他们就是当照明的电筒使用过，想不到有这么厉害强大无比的功能，还好将射出光束口径调至最小，而且对着汽车，要不然对着人的话今天要是出人命了，那就不敢想象。马上又出手对准路上后面的 SVU 越野车用手轻按上去，强烈的光束又击中汽车发出爆炸声。听到爆炸声伯格和几位保安也悄悄抬头望去，他们也不知道发生了什么，尽管没有看到，但三位保安受伤，伯格拿着枪，只有孟浩远一个人单独在离他们不远的地方拿着箱子趴在地上，所以猜想应该是孟先生出手，但是不知道他用了什么魔法竟然瞬间一下子就让停在路上的两辆越野车发生爆炸损毁。

此时孟浩远已悄悄将五棱金属短棍放好，拿着箱子再次乘所有人都惊吓之时低着身子紧跑过来至保安负责人乔伊身边询问情况，然后大叫一声："跑。"大家一起跑向树林，后面的人显然被吓傻了愣在那里心有余悸不敢动弹，一会几人终于跑进树林躲在树后，这下安全多了。保安负责人乔伊还处在闷晕状态，简直不敢相信眼前的情况。孟浩远要他大声向追他们的人喊话道："都退回去。赶紧走，不然就会遭毁灭。"乔伊这才醒悟过来，趴在地上扯开嗓子中气十足大声地连喊三遍，跟着追击的一行人在一位领头人的示意下，扶起受伤的同伙，赶紧乖乖地惊慌不已吓得后退而去，不敢停留。

见追击者他们已跑，转眼已经消失人影。孟浩远招呼保安负责人乔伊扶起受伤的同伴，开始慢慢走回自己的汽车，大家看到被毁的两辆越野车的惨状也不由得害怕起来，到底是什么厉害武器会瞬间毁掉两辆汽车，当时处于躲避惊恐中谁也没有注意看，此时路上已有经过的车辆停住，走下车看着这场面露出吃惊的脸色。孟浩远、伯格他们怕事情越来越复杂于是赶紧上车，三个保安已经全部受伤，伯格处于紧张惊吓状态不太适合快速开车离开，孟浩远还是保持着冷静和镇定，只好由他来开车，伯格则坐在副驾驶位子上帮着指路，迅速调转车头开车撤离事故现场。这时已经有人报过警，当他们的商务车出去时正好迎面看到向着事故方向而来的三辆警车拉着警笛急驰而去。

二

　　孟浩远熟练地驾驶着这辆商务车，而且显得异常沉着冷静似乎没有被刚才惊心动魄的一幕影响。而车上的其他人却截然不同，他们刚刚从自己人生当中或者职业生涯遇到过最危险的困境中解脱出来，这次经历简直是从死神中捡回一条命，对于尽职的三位保安来说尽管有着多年的保安工作经验丰富，但是这种情况还是第一次发生，都受到了惊吓，大家沉默不语，神情有些疲惫。伯格更是担心不已心情复杂，没有想到会发生这样的事件。对于与孟浩远的合作意味着什么？心里担心后怕。车上的人刚才被危险所困无暇顾及，此时因枪伤引起的疼痛才真正感觉让人吃痛，相互简单地从随车准备的医疗急救包中拿出医药用品进行紧急消毒处理和包扎，尽快止住流血。看着孟浩远神态坚毅认真镇定地开着车，车上其他人才感到这次他们重点保护的对象孟先生，现在倒是车上的主心骨一样，看着他心里放心，是他在大家处于生命最危险的时刻突然间指挥若定、力挽狂澜，瞬间扭转局面。他们明白已经从刚才最危险的境地峰回路转般的出奇制胜转危为安，现在总算是安全了。不过仍心有余悸，还没有搞清楚今天为什么会发生这次突发事件？刚才险象环生惊心动魄，全车人处于生命最危险时到底发生了什么，才突然吓退那些职业的追击者转为为安？每一个人都各自想着心思不敢说话，车上顿时一片沉默，一车人都表情严肃地在看着孟浩远开车，还时不时地左右警惕地查看着周围，毕竟都是专业保安出身，没有到达目的地前始终还是悬着一颗心，生怕还会有危险和不确定的意外发生。毕竟刚才追击的一幕历历在目。孟浩远看大家都还紧绷着弦露出紧张害怕的样子，为了缓和气氛安慰大家放松心情，对伯格开口说话道："伯格先生不用紧张，你刚才已经指错了两次方向了，现在还有多长时间可以到公司？"伯格坐在孟浩远旁边副驾驶位子，由于心神不定又紧张，指路时指错了方向，还好驾驶员马修也一直坐在后面也看着路面行驶方向，看到后及时纠正过来。伯格见孟浩远跟自己说开始显得轻松，心里才略宽，他一直在想着刚才发生的险状，他最担心的孟先生——这位对公司重要的贵人，怕他因这次突发事件受到惊吓而离开他们，另找一家客户。那对自己公司以后的事业是非常要命的，还担心因此无法向总裁交待，所以一直心神飘忽不定想着心思。没有想到孟先生这时没有生气，轻松地在半开玩笑似和自己说话，伯格才回过神来，尴尬地微微露出苦笑道："噢，对不起孟先生，刚才真可怕，让您受惊了。好的，我会注意的，还有不到半小时就可以到了。"孟浩远看他的表情和说话语气感觉到伯格对自己愈发的尊敬了，连叫自己的称呼由原来亲切地叫"浩远"现在变成称呼为"孟先生"了这一细节。孟浩远十分清楚伯格此时的心理状态，于是微笑道："好的。伯格先生我们大家都是好人，上帝会保佑我们的，不用紧张，都过去了。"大家听孟浩远说话语气轻松，也稍稍放松了紧张的心情。只有保安负责人乔伊心里清楚，这位孟先生太不可深测了，尽管刚才大家受伤又处在惊恐之中处境十分狼狈。但是，自己还是感觉只有这位孟先生在旁边不知道用了什么方法，一直沉着冷静没有害怕，还保护照顾自己和另外受伤的两位兄弟们，追击自己不知名的那批人停在路上两辆 SUV 黑色汽车还没有反应过来瞬间发生了爆炸，彻底惊吓住了那些人，也让自己当时吓得不轻，不知道是怎么回事？以后才一下子转变了局势，不过应该和这位孟先生有关系，和他在一起实在是幸运。自己作为专业保安没有保护好孟先生和伯格先生的安全，实在惭愧。还好最后发生了逆转，要不然自己工作这些年，完成无数次的安保任务积累下来的良好口碑会毁于一旦，而且连自己性命都可能在这次任务中因此丢掉啊。

　　孟浩远见大家都稍稍平静下来，突然严肃地对大家说道："伯格先生，各位先生们。今天的事非常复杂和奇怪，我只是你们的一个普通客人，事件既然已经发生了就让它过去吧。如果以后因为这件事警方来调查，请记住不能说我在现场。我不想被牵扯进去，这件事不会无缘无故而起，是他们针对性有备而来的不会这么简单，其中一定有问题。这些人是知道我们所有行程和我的信息专门而来的，他们的目的还不知道，只是针对我？还是其他？伯格先生你回去后需要调查一下，我们这次行程计划肯定已经泄露了，他们早已掌握。这已经威胁到我们在座所有人的生命安危。"伯格听到孟浩远专门冷静地分析这件事和对自己的要求，有些不安说道："是的，孟先生你说的对。我也觉得今天发生的事有些蹊跷，需要回去后认真查查，否则可能会继续发生今天这样重大的事件，这不是我们要的。大家记住刚才孟先生说的话。"伯格专门对三个保安强调了。孟浩远继续说道："先生们，今天我们算是幸运，下次可不一定会这么幸运了吧。所以要查出原因，否则这样的事还有可能会发生。"孟浩远的一番话说得伯格额头开始冒汗，心里暗想如果信息泄露一定和公司有关，这已经给孟先生留下极坏的影响，连忙回答道："孟先生，这件事我们一定会查清楚。您放心，会给您一个交代的，您是我们公司专门请来的贵客，您的安全是最为重要的事情。"然后对着其他三位保安说道："记住，我们今天都是捡回一条命的人，今天的这件事需要用生命保证不得说出去，任何人都不可以。孟先生今天也没有和我们在这辆车上，大家都听清楚了。"伯格说完三人不约而同说道："先生，明白。"听到他们的回答伯格继续说道："至于刚才孟先生说的应对警方可能的调查一事回去后再好好思考一下，不要留下任何细节上的漏洞。"又对着乔伊说道："乔伊先生，这件事你来负责。"乔伊说道："好的，伯格先生。"伯格又将脸看向孟浩远继续说道："孟先生，至于调查，请放心，这是一定的。已经出现这样严重的事件，我们不想在任何一个环节出问题，这将是致命的，会毁了我们好不容易积累起来的生意和公司信誉。"听到伯格已经这么说，孟浩远关照道："刚才你说到细节问题。我建议伯格先生回公司后，赶紧联系可靠的人把三位受伤的保安兄弟送到可靠的医院，最好是私人医院治疗，免得被人怀疑报告警察来调查引起不必要的麻烦。"孟浩远分析攻击他们的这些人一定也不会愿意让警察知道而去报警，肯定也做好了应对清除痕迹的准备。伯格听到孟浩远的想法，接着说道："好的，孟先生。我也是这么想的。"孟浩远继续说道："另外要补充的是，还有公司其他人不能知道今天所发生的事情，要保密。刚才伯格也要求过，就当今天这件事没有发生一样。这会有利于后面你们在暗中悄悄调查。还有要清理和洗干净因为在我们车前后两辆车爆炸而散落砸在车身上的所有痕迹，每一个环节和细节都需要想好。"孟浩远的一通话，就像是一位领导在布置一样，而不是提醒和建议。伯格听后不觉得不舒服反而心里暗暗高兴和称赞，孟先生考虑很细致周到，分析得很在理，和自己的想法是一致的。他的思考缜密完全不像个年轻人，到像是久在职场深谋远虑成熟的高手，心里越发的喜欢和敬重了他了。

这件突发意外事件在车上，孟浩远和伯格与几人分析安排妥当后汽车也很快进城了，在伯格的指引下特意先驶入到了公司一处隐蔽基地停下车，伯格和孟浩远两人下车，步行离开这处基地后在路边叫了车直接先回公司。奔驰商务车在原地等了几分钟后由伯格安排的其他两位可靠的保安人员开着另一辆车过来，接送三人到私人医院治疗，车辆放在基地安排人员清洗车辆留下的痕迹。

坐上出租车孟浩远此时才略微放松，不由得好奇仔细观察起放在身旁的那个行李箱，刚才发生激烈枪战时这个行李箱会主动地对飞来的子弹遮挡保护孟浩远，自己握住箱子的手明显感到被他牵着在不断地动，这太神奇了。他看看箱子箱体损坏情况怎么样？可是经过他再三的检查却更令他大吃一惊。发现箱子外面根本没有什么子弹击打在上面的痕迹，没有任何受到破坏留下的弹坑和痕迹，心中暗暗称奇，这种箱子它是用什么特殊材料制造的，简直让人意外，它居然可以轻松主动地在空中飞舞挡住流弹而没有肉眼可见的枪击痕迹。阿勃特星的科技真是太不可思议了，远远超出地球人类的想象。

孟浩远和伯格两人乘坐出租车回到公司，两人进入地下车库，伯格拿出自己携带的密码卡直接刷卡乘电梯上楼，然后陪着孟浩远一起急急地向拉宾先生办公室走去。接孟先生的时间已经被耽搁很长了，伯格手机上有公司里打过的几个电话，看号码就知道都是拉宾的助理小姐打来的。后来拉宾先生也亲自用自己的电话打给伯格，由于当时的情形根本没办法顾及，他们一定非常着急了。现在见到拉宾先生不知道怎么和他汇报这件事。低着头引着孟浩远，两人一起走到拉宾办公室门口，伯格心里忐忑地轻轻敲了几下门，听到里面拉宾的声音伯格推门进来，房间里拉宾先生见他们两人进入，忙站起身从办公桌座位上站起缓步走了过来和孟浩远握手致礼道："欢迎我的客人孟浩远先生，一路辛苦！"接着对着伯格说道："伯格，今天是否孟先生的航班延误了，时间已经晚了很多。你是否手机出问题了联系不上你。"伯格尴尬地说道："不是航班的问题，是路上发生了意外。"看到进来的两人都是满脸的倦意神情严肃，没有朋友间难得一见时的兴奋和喜悦，拉宾已经暗自感觉有异。现在听伯格这么说顿时担心起来，拉着孟浩远坐到边上接待区沙发坐下，挥手让助理泡好咖啡和放好水瓶后，让她出去。办公室里已经没有其他人了，拉宾问道："路上出了意外？"伯格才一脸严肃地把刚才路上发生的惊心动魄的事说了一遍。拉宾听后沉默片刻说道："噢，我的天啊，居然发生这么大的事。孟先生我很抱歉让您受惊了。这件事我怀疑表面看应该是冲着孟先生的，应该是这些人已经知道孟先生这次来可能会携带珍贵的钻石，就是为了您的钻石而来。所以孟先生是他们针对的目标。当然实际上真实的目的可能是因为与我们公司合作，所以另一个目的是针对我们公司，这一出可谓是一箭双雕。他们这样做让孟先生受到惊吓，对我们我们公司不放心，放弃与我们的合作，从而趁机抢夺孟先生与我们公司合作的权利，最后由他们与孟先生做生意。毕竟国际上一夜之间出现了前所未有的超过最高等级标准的最好的钻石，是任何人都希望得到的。"分析完拉宾脸色凝重看着伯格和孟浩远。孟浩远马上明白还是拉宾更老道，他从他的角度已经想到这一层，其实当追赶他们的人里那位头目大声叫喊着留下孟先生时，他已经猜到目的可能就是为了他的钻石，但是他们又怎么会知道自己有他们想要的钻石呢？而且这次从机场出来，经过布鲁塞尔再到安特卫普一路的行程他们都很清楚，这一点令孟浩远没有找到答案。见拉宾认真地分析推理然后严肃地看着自己和伯格，孟浩远点点头表示赞同。伯格认真地看着拉宾没有说话，拉宾继续说道："公司在计划安排时，信息一定是被泄露出去了。我判断肯定是我们的竞争对手出此招，意图是既抢人又抢生意，我们要好好查一下内鬼。今天让孟先生受到惊吓了，接下来你们更需要保护好孟先生。我看今天孟先生就暂时不要回酒店住了，还是住我们公司会更安全。"说完又对着伯格说道："伯格，你安排最高等级保安，不能再出任何情况了。"孟浩远见拉宾分析的在理，他并没有插话，自己在冷静的思考中。拉宾看着孟浩远和伯格似乎还在为前面发生的事因害怕而陷入沉思，于是开口说道："好了，先生们，在这里就不用担心了。"

孟浩远在比利时原来计划安排是逗留三天，会到布鲁塞尔去待上两天好好参观看看，那里是欧盟总部，自己从未认真地看过，想趁此机会专程一个人旅游看看然后直接飞赴美国去。不过今天发生了这样一件大事，孟浩远也不愿意久留，真担心警察最后调查追到艾格尼丝，牵涉自己。自己还是喜欢专注于学术研究，和科索教授他们在一起感到更有话题。这里只是伯格、拉宾需要自己的钻石而往来，今天出现这样的事情让他真有些担心被卷进他们的商业竞争是非中去，自己不是一个专门的商人，并不一直需要拥有这么多金钱，金钱方面自己也不是有很强烈的愿望。所以发生这件事后他想提前离开这里，毕竟到美国去是自己此行的主要事情，在这里多耽搁行程，真担心万一伯格他们做事有疏漏，受到警方调查又是一件十分麻烦的事。于是孟浩远对拉宾说道："拉宾先生，今天有点晚了，我还是明天就走吧，这件事您分析得在理，让我感到有些害怕，这里让人不太放心。你也需要时间安排内部检查一下。"拉宾对孟浩远的想法非常理解，经历过一次关乎人的生命安危的危险事件后人们总会心有余悸感到害怕的，孟先生这么年轻经受如此折腾，想要提早走也在情理中。拉宾无奈地说道："好吧，实在对不起了，孟先生让你受惊了。这是我们公司的问题，我们没有保护好您。您这次来还有其他活动安排吗？是否需要我们公司为你提供帮助？"孟浩远心想，本来倒是可以比较轻松地看看游游两天的，现在真没有兴致了，他当然明白，看着伯格和拉宾眼神略有失望以及无奈的表情，知道拉宾问他话的里含有另一层期待的意思。就爽快地说道："拉宾先生谢谢您的好意！伯格先生已经邀请了我好几次了，我们一直保持联系。上次在英国展会期间很巧遇见，又受到他的一再邀请，所以我这次是专程过来看看你们的，顺便也带了点东西。"他这话一说完，拉宾和伯格两人顿时脸上由刚才的失望无奈又期待已经转为欣喜眼神放光。孟浩远说着拿过自己的行李箱，打开后先取出一件小的，和上次的大小差不多，是鸭蛋般大小放在桌上，外面随便包裹着旧报纸。两人看到后眼睛目光交流一下，然后由伯格小心地慢慢打开外面包着的报纸，两人眼中更是惊喜放光，仔细地看了起来，用手摸着爱不释手。正当他们在高兴地看时，孟浩远从箱子中又取出三颗差不多同样大小的由报纸包着的东西放在桌上。两人当然知道还是钻石，顿时惊喜的脸上笑开了。原来孟浩远先生手中依然还有收藏这样高等级的珍贵无比的极品钻石，逐一打开报纸后伯格激动起来，上次公司好不容易得到这样的钻石，后来实在是被重要的客户盯得无奈只好售出，尽管赚了很多钱，还是心有不愿。公司需要这样的珍稀的高等级钻石，这值得自己永久收藏，这也是公司的象征，这种极其稀有的钻石价格只会越来越高。两人都是钻石行业经验丰富的行家老手，拿在手里仔细地看着。行家人凭着长期练出来的鉴赏知识和积累的丰富经验，一看就判断这就是上次孟浩远先生第一次带来的同一来源的高品质高等级也是他们满心最期望的珍贵钻石。而且重量大小应该是和上次带来的一颗钻石规格不相上下。孟浩远拿出后坐在旁边低头喝咖啡，看着他们兴奋激动的样子也不说话，让他们多看看，和上次一样沉下心在等他们开口。拉宾看到孟浩远在一旁喝咖啡，略略收住激动的表情依然张开嘴在笑着，小心地明知故问："孟先生，您这些几颗钻石愿意出让给我们公司吗？"孟浩远难得看到很有气场一直严肃认真的拉宾如此小心翼翼地问，说道："当然。拉宾先生我是专门来送货给你的，和你合作很愉快。"一听孟浩远这么说，拉宾心里终于石头落地笑着说道："太好了，孟先生。谢谢您对我们公司的信任。那我就直接说了，价格比上次高一些，估计和上次分量大小像似，当然每一颗有一些相差需要称重。这四颗钻石，每一颗 1100 万美元你看如何？"孟浩远头脑快速启动起来，自从上次在英国参加了交易会，国际行情基本都在头脑中。这些钻石品质是最好的，出品率更高。这个价格出得不算高还是一般。于是不吭声只是慢慢喝咖啡，看上去他在思考。拉宾和伯格对了一眼，心想第一次价格是稍低一些，可是岀来的成品后很快被收购了，它的品质和大小重量都堪称珍品，赚了很多钱。而且品牌效应出来了，造成行业内外的轰动，都知道"世纪之星"是他们公司旗下设计打造出品的又被沙特富翁收藏，如果再来一颗这样大小的那太幸运了。再说孟浩远现在也算行内人员，价格行情其实都是公开的，他都知道于心，拉宾见孟浩远没有回应以为不认可。于是又主动开口，看着孟浩远说道："孟先生，我们知道你提供的钻石无与伦比都是最高等级特别稀有，很受市场欢迎的。这样吧每颗 1200 万美元你看可以吗？"孟浩远见状又喝了一口水。心想，我倒不是为了多增加这一点钱，不过这么好的钻石理应有它相应的价值体现，以显示与众不同的珍贵和非凡，毕竟这是秦他们从遥远的阿勃特星球带来的钻石，地球上可是没有的。现在他们检验后证明它的与众不同和极其稀有高贵，如果我把钻石来源地这一点说破的话，价格再高恐怕他们也会抢着拿下，再想到上午从机场过来的路上发生的事件，可以初步判断有其他同行为了争夺我手中的这些钻石而专门设计的一幕，目的是争取我的钻石提供给他们，意图让自己和他们合作，这些钻石目前没有地方产坑区发现可以与它相比，实在是特别的诱人。不过现在拉宾和伯格还是蛮实在的，作为钻石行业的前辈一向稳重笃定，刚才竟然不顾平常惯有的商议技巧而主动加价。也许是和伯格他们有缘吧，自己和他们的第一次交易很重要。到目前为止只有他们知道市场出现的稀有钻石是我提供的，而且他们一定会对这个来之不易的秘密愿意守口如瓶，我也不想再让其他的商人知道我手中有钻石，知道的人越多对我来说越不是好事，可能麻烦会更多些。于是笑着说道："拉宾先生，你说了就是了，合作愉快。"意思是认可了。说完两人与孟浩远笑着握手庆贺，孟浩远看到拉宾和伯格嘴角和眉梢微微一动，表情已经说明内心很高兴，肯定是孟浩远说同意后，他们心里石头落地顿时轻松多了。拉宾又高兴地起身与孟浩远握手以为这次就这样结束了，没有想到握手后孟浩远坐下喝着咖啡，随后又再次打开行李箱，伸手从里面取出更大的包裹着报纸的东西。他们两人顿时明白是怎么回事，心中已经急跳起来掩盖不住惊喜期待的脸色，伯格急忙打开包裹的报纸，这一颗如同上次的"世纪之星"一般大小，上次最后被沙特富豪买走错失，让他们心有不甘，现在竟然突然又发现与那颗大小规格近似的硕大钻石，这正是拉宾和伯格一直期望的，希望能够再次发生奇迹，饶是久经商场见多识广的商业高手见到这样的钻石，也掩饰不住激动和惊喜了。伯格站起身激动走过来不管孟浩远是否愿意，不顾礼节拥抱着孟浩远。拉宾也被喜悦激动感染，站起身来看着他们俩，等伯格终于停下后伸手握住孟浩远的手，另一只手也是环抱孟浩远的肩膀，轻轻拍着以示感激和喜爱。尽管还没有经过大师的最终鉴定和精妙地加工打磨，但还是被它彻底震撼住了。两人抑制不住内心的无比激动和平时的矜持，本是轻易不会当着客人的面轻易露出的欢快之情马上溢于表情，脸上都荡漾着笑意，然后小心翼翼像是看着自己的怀里的孩子一样，眼睛几乎紧紧盯着眼前的珍贵宝物，轻轻地用手摩挲着，爱惜有加，激动地盯着这颗朝思暮想希望再次出现的无比珍贵的钻石。他们围着凑上前反复仔细不停地看着，脸上一直满是笑容。上次"世纪之星"被中东富豪求购收藏其实也是很不情愿，但是遇到中东富豪关系很好又是公司第一等的重要的常客，而且他们是不惜价格要求购，权衡再三还是从长远考虑忍痛割爱。当伯格看到"世纪之星"在英国伦敦国际钻石交易会展时大放光彩，越想越是懊恼，拉宾也知道了这颗钻石在伦敦展示时众人惊艳赞叹的样子和相关报道的消息，不免感叹。所以拉宾叮嘱伯格要经常与孟浩远保持联系，说不定这位看似普通无比的中国帅小伙，手中可能还有这样无与伦比的朝思暮想的钻石，渴望能再次能求购到这样的高品质稀缺的钻石。

　　一直很淡定的拉宾此时说话声音都有点不一样了，和刚才孟浩远从行李箱中取出第一颗时的还算冷静的表情，第二次孟浩远又拿出三颗高兴不已，现在拿出这一颗时已经完全不一样，更是少有的兴奋，表情没有了矜持只有激动，明知孟浩远是专门来给他的不过还是要认真地确认一下，还是小心地问道："孟先生这颗钻石无比珍贵，可以和上次的'世纪之星'媲美，你看是否可以割爱啊？"说完和伯格两人紧张地都盯着孟浩远看，眼光中露出渴望。孟浩远见状今天他们可都有些激动的失态了，那就不要再拖延直接一些，不让他们心里发急，微笑道："是啊。伯格先生做了很多工作，也是我的好朋友了，我不好意思再与其他人合作了。这次拿来的都是专门给你们公司的。"说完话拉宾已经喜出望外，孟浩远已经明确给他们艾格尼丝公司，无形中悬着的心已经放松下来。伯格本来还在为今天发生的事而自责，听孟浩远这么说，心中多了一份感激．点头表达谢意。拉宾见孟浩远直爽又十分念旧，内心也非常高兴，等孟浩远说完忙接口道："孟先生谢谢你！上次价格是第一次有点偏低，因为我们心里也不是很有把握的，不过经过我们的切割大师的精心加工，它的美它的光彩得到了行业内外的认可，都是收藏级的珍品，这一颗和上次的那颗轰动国际的'世纪之星'大小分量应该在不相上下，可能还略重一些。你看这颗 2 亿美元可以吗？"孟浩远见他们期待着，微微一笑说道："好吧。都听拉宾先生的。"拉宾见孟浩远认可，终于松口气。走到隔离房间从冰箱中取出一瓶珍藏的有年份的珍品红酒，放在一旁的桌上，伯格马上前去打开，拿出三个高脚红酒杯，杯中倒了一点放到桌上，准备为今天的顺利交易和此时的高兴，一起举杯共同祝贺一下。孟浩远见状接着又说道："噢，对了，拉宾先生请稍等。"接着再次打开行李箱，从中又拿出另一颗硕大规格的大钻石。和前面的那颗大的大小差不多。这一出现又把刚刚已经十分高兴的拉宾和伯格的心情再次调上一层来。今天本来是一个最糟糕透顶的一天，但是因为孟浩远的到来一下子变得是好运连连不断地出现惊奇，心脏都要因一阵阵的惊喜而承受不住了，实在是永远值得记住的一天了。喜得两人大叫："噢，我的天啊！我的天啊！太不可思议了。太好了，太令人吃惊了。"两人兴奋地叫了起来。拉宾动情地走过来紧紧抱住孟浩远，孟浩远感受到他拥抱时使劲地用力，包含着激动喜悦感激和对孟浩远真正的喜欢。拉宾脑海中在开心地计算着，当今世界屈指可数的这种稀世钻石除了已销售出的两颗外也就这几颗，都是孟浩远提供，珍贵程度和它的价值无法估算。这次一定要自己留下来作为公司珍藏。如果想销售，实际上价格任由自己说了算，最大的一颗赚一亿多美元是不成问题，加上其他四颗鸭蛋大小的，同样可以赚很多钱。而且奇货可居仅自己公司独有，公司一定会成为市场的焦点，那公司在行业中的地位知名度更是提高到无人能比。想到这些拉宾心花怒放是真的激动了，眼睛饱含激动的泪水，这位年轻的孟先生简直就是自己遇到的宝藏。抱住孟浩远激动地说道："小伙子，你可真是我见过的最令人惊讶最喜欢的年轻人。"眼睛里流下的几颗激动泪珠滚在脸上。这小伙子太神奇了，他对我来说可是真真的一个宝藏，他肯定也发现了属于他的宝藏。最后这一颗最大的也以 2 亿美元计算，孟浩远看他这么激动的样子，自己没有显得过分高兴只是冷静地说道："拉宾先生，你们公司规定的程序验货请你安排，不过由于今天发生的事一定要做好信息的保密。"拉宾笑着说道："是的，请放心，孟先生，我们会的。"其实自己已计划好，这次和孟浩远的钻石交易，最大的一颗和鸭蛋大的一颗先公开展示，然后考虑加工，充分吸引关注度对公司来说是最好的广告效应，其他的放进公司保险库中珍藏，至于销售再好好考虑。至少要保证有最大的一颗和鸭蛋大小的一颗自己留着，作为公司镇店之宝。

拉宾吩咐伯格安排专家按程序验收，伯格出去在外面打电话通知，没有多久转身进入，伯格微笑地询问孟浩远道："孟先生，资金支付还是按上次操作汇款吗？还是需要另有安排？不过这次生意有点大资金比较多，你看孟先生？"孟浩远确实在思考这个问题，资金对自己而言也没有计划好如何使用，不过与秦再次见面需要的时候会使用上，自己原来的银行卡上的钱已经太多，而且流水进出过几次都是数额很大会引起银行的注意。和艾琳父亲合作新抗癌药研发项目先后投入了两千多万美元，其他基本上没有怎么用。这次和拉宾的艾格尼丝公司再次合作，现在如果一下子转进太多的钱进来看来不是太妥。于是孟浩远征询说道："伯格先生，我对资金进出方面没有什么经验，你们两位商业前辈可是在商界久经沙场了，你们看有何建议，请指教？"拉宾说道："如果资金全部转到你国内一定会引起银行甚至管理机构的关注，进入中国的资金还比较容易，但是再次转到境外由于审核会有时间上的限制不会太快，哪怕是你的公司账户以后转出也会受控不会太方便。国外银行为客户保密是第一位的，不如你就在国外设立你的账户，以你这样的资金办理是很受银行欢迎的，他们会提供方便的，平时账户的余额资金还可以帮助你进行理财管理，我们帮你一起操办吧。"听拉宾的分析，他的公司因钻石交易在资金进出方面运作是最大最频繁的，经验也最丰富，孟浩远接受了他的建议准备在境外开办账户，方便以后资金的出和进。很快公司几位专家走进办公室，在他们一片惊讶欢呼中小心拿走钻石去检验。时间已经到了下午一点多，中午饭就在公司吃，伯格、拉宾和孟浩远三人一起，没有其他人知道。下午就让孟浩远休息，晚上孟浩远听从拉宾的建议安排他住公司酒店内的宾馆，已经安排接受更好的保护。下午孟浩远就在宾馆房间里休息不想再抛头露面出去，办理了已定酒店的退订，又办了到美国机票的改签手续，自己重新多订了两天在美国已订酒店的住宿。

第二天上午，在伯格的陪同下，他俩一起由保安护送，乘公司专车来到一个国际著名的瑞士老牌银行去办理银行开户。两人进入银行后银行经理已经在门口等候，昨天伯格打电话过来要求他为客户开办新的银行专用特殊户头，他非常感谢这位熟悉的钻石行业的经理，艾格尼丝公司在他们银行也有业务，他介绍的客户一定是非常重要，对银行来说增加这样一位优质客户是好事，所以按照伯格说的时间他就早早等在门口恭候。看到伯格这位当地有名的商界经理亲自陪同一位非常年轻的小伙而来，而伯格对他很是尊重，他知道此人非同一般因此更加小心，热情地把他们两位引到一间专门的贵宾室内，叫人倒了咖啡，然后特意亲自指导手下一位业务经理进来一起办理，这位年轻的业务经理穿着银行统一服装，是一位身材高挑漂亮的白人姑娘。按照伯格地要求帮助这位叫孟浩远的中国小伙办理银行最特殊的高等级户头，给与办理了一张印有银行专有的梅花图案的可在世界各地使用的银联卡。这张银行卡看起来很普通但是印有银行自己精致的梅花图案，卡有专门的编号银行都有记录，意味着这张卡可以随意在一亿美元内透支消费，说明此卡本人是已有高于一亿美元存款的亿万富豪，一般人都不知道这种卡的作用。银行经理不敢问伯格为何要为这位年轻的中国人办理如此高等级的卡。那位年轻的女业务经理一直保持礼貌微笑非常尊重伯格和孟浩远这位客户，很熟练地办理完成后告诉孟浩远："孟先生，以后在网上就可以操作，有任何问题请随时联系我们。"指着桌上的一个精致的盒子说道："这里是网上办理的网盾，你可以先设置密码。谢谢你的到来。"然后银行经理也笑着说道："是的，您是我们重要的客户。希望能给你提供更多便捷服务，有任何事请随时联系我们。"说完递给孟浩远一张自己的名片，根据伯格的要求给他办理这种高等级卡，他心里还是没有底，不过伯格笑着让他放心，他可以来担保。三天后这位客户的账户有大量资金转入到账，让银行经理大吃一惊，才明白原来这位孟先生与艾格尼丝公司是业务往来十分密切的隐秘富豪，这位中国小伙看似普通实际是一位神秘且非常富有的商业奇才，令人称奇。

在这家瑞士银行办理完成业务后孟浩远准备告别伯格，伯格手上又拿出一个白色空白信封递给孟浩远，孟浩远拿在手上凭手感就明白应该是更厚的一叠现金，一定是自己和伯格第一次交易时提出需要一定数量现金要求的特点，伯格还记得他的习惯。孟浩远没有打开，笑着接过后看着伯格。伯格笑着说道："孟先生，这是两万美元现金。是另外专门替你准备的，便于你消费使用，这是你的一个习惯嘛。"孟浩远笑着，伯格办事十分用心细致，自从第一次交易时告诉他当时需要一笔现金便于游玩时支付，没有想到他现在就一直记在心里，点头笑道："哦，谢谢伯格先生了！"说完两人都笑了起来。

孟浩远离开艾格尼丝公司后，拉宾在自己办公室内坐在一把雕工很好的木质靠背椅子上，一直在商界呼风唤雨的钻石行业著名的传奇人物的他，此刻竟然心情难以平静，这是很少有过的感觉。他今天和这位年轻的中国小伙孟先生能够在遇到十分不利的重大事件影响下还能这么顺利地完成一笔令人意外的钻石交易，过程令人激动结果令人惊喜不断，实在是没有想到。原本以为发生了难以置信的重大意外事件肯定会影响孟先生的判断继而中断和他艾格尼丝公司的重要交易，没有想到他并没有这样做，看来孟先生没有对自己公司失去信心，最后依然还是选择自己公司，这里面有伯格和他私交甚好保持友谊的功劳。不过一想到发生的事令他十分愤怒，出这样的事公司有责任，孟先生单独和自己公司悄悄合作没有其他人知道，而且这样专一地交易对公司是最有利的。接下来更加要让伯格动用一切手段和力量去好好查查，必须把整件事情搞清楚，不能再出现这样的严重事件，那简直是在破坏公司，对公司以后的发展和影响都是严重和致命的。

<h1 style="text-align:center">三</h1>

　　从比利时安特卫普出发乘飞机飞赴美国马萨诸塞州的旅程时间很长，坐在飞机座位上的孟浩远一路上很是辛苦，毕竟时间太长了。他现在这么有钱其实完全可以订一个头等舱座位，这样在长途旅程中可以舒服一些休息得好一些，头等舱人少服务好，更隐蔽和更少受周围嘈杂的声音影响和干扰。但是按他的个性不喜欢高调显摆，所以想都没有想下意识的就直接习惯性的订了普通经济舱，只是自己在选位子时选两人座的靠飞机窗口一边的。孟浩远比较自觉尽量待在自己座位上，不像有的旅客坐在里面或中间位子却一会起来出去一直忙个不停，孟浩远他是很有修养礼貌的，尽量静静地坐着也可以减少对他人的影响。

　　飞机上长途旅程坐在狭窄的位子上，人也是很无聊的，身体长时间这样会感到疲惫的。尤其是一个人单独出行，没有人可以交谈来消磨时间很是无聊，只有到吃饭时间点听到飞机上的广播开始播报现在是餐点供应时间，才取餐用餐和喝水或者饮料，这时是飞机上最热闹的时段，过了这段时间又基本恢复到安静状态然后就闭眼休息，有时睡多了无法入睡，就打开电脑翻看此前已经查看过的关于伯利克大学的情况介绍，学校特点及它的历史变化，还有学校所在州马萨诸塞州和当地城市的介绍，关于城市历史、人文、可参观景点等综合情况。这些介绍阅读是需要的，做到人还未到学校已经对该校和当地基本情况有大概的基本了解。这也是孟浩远的一种个性习惯，在做任何事情前他喜欢事先要了解清楚，然后通过进一步接触后再作更深入的了解，凡事做到心中有数。所以对罗斯维尔教授的学校以及所在州和城市也同样通过在网上事先进行搜索了解，当然还特地了解了科索教授和罗斯维尔教授他们的一些情况，他们两位可都是国际上认可度很高的著名数学教授，学历出身名门一流大学都是博士学位，研究成果以及其所研究的领域专业造诣非常深。现在孟浩远对他们两位教授有了更深入的了解，在他心中已经有了更为完整的印象。

　　通过了解更多关于两所大学的信息，孟浩远才知道原来邀请他去美国讲学的这两所大学其实都是非常好的著名学校，在国际排名和美国排名都在前面。学生要考进这两所学校的门槛也是很高的，学校学生来源以美国本土为多，还面向世界各地招收学生，而且国外生源也占有相当的比例，是两所面向全球开放的名校。被招录进这两所大学的学生都是原来学习就拔尖的学生，即使进入学校后学习和竞争一直非常激烈的。学校的专业特点和环境、文化氛围是孟浩远心目中期望的那种占地大、环境优美、建筑有历史年代特点和欧美建筑风格。在这里学习安静祥和、心沉得下来，学习氛围很好。能够被这样两位所学校和两位著名资深的数学教授邀请来访问，甚至亲自作出挽留在学校从事研究和教学，本身就是一种很高的荣誉。孟浩远心中不免感慨，他们对自己太厚爱了，孟浩远感到有些不安。

飞机经过长时间的飞行终于安全到达了美国。这里是位于美国东部马萨诸塞州的大城市，第一次来到这里感到陌生，和自己想象当中的城市不一样，不过很是有兴趣。下了飞机后孟浩远在机场内拿好行李拉着行李行箱随着人流鱼贯而出，时不时地观察起来，也不着急，一个人笃定地走着，打量着机场内的布局和建筑特点以及在机场走动着的旅客。透过机场内向外看，外面阳光很好，天空异常的清新蔚蓝，今天是一个好天气。很快排队接受安检审核后出关，步出候机楼大厅，第一次踏入这个城市，感受这里的阳光和人来人往陌生的忙碌的人流，他一直好奇地观察着、感受着这座城市的气息。如果想要留下来就要喜欢上这座城市，这也是个重要方面的其中一部分。

看见机场外的道路上汽车一辆接一辆，一直车水马龙显得很忙碌，这个汽车轮子上最发达强大的世界独大的霸主国家，让所有向往追求美国梦的人都愿意来美国寻找机会。今天出机场让孟浩远第一次有了感官上的感受。第一眼感受对孟浩远是重要的，如果以后接受科索教授的邀请留下来学习、工作和生活，学校学习环境氛围、数学专业的独特优势和受重视程度很重要，它所在的这座城市的文化和环境等综合印象也是一个重要因素。第一眼看到这座城市看起来很有活力，这是一个目前世界上最发达的资本主义国家的一部分，不过和纽约、旧金山等城市比较并不算更好，只能说是较普通的城市之一，如果把它和现在处在高速发展的自己的家乡中国上海来比较的话，上海比它更现代、更具传统文化和现代文化特点，所有的配套更全面，城市面貌富有时代特征更新潮，而上海的外滩、当时三四十年代就发展起来的十里洋场，有年代历史痕迹和各国资本投入建设的漂亮的各种风格欧式古典老建筑比更让人有记忆。上海的城市极具吸引力，城市里每条路上都是人流不断，所有公路上的汽车也是川流不息显得更繁华和热闹。可以看出这座城市的历史年代并不算悠久，但是它原来一步一步快速发展已经是很厉害了，经济状况一定很不错，不过人气和城市活力度还是上海更高。

自己一个人提前到达这座城市是因为在比利时发生了严重的拦截事件，孟浩远嘴上没有说出来，但是心里确实受惊吓不小。所以才无奈取消原来在布鲁塞尔停留两天参观的计划，原来预定的三天时间变成一天，和伯格、拉宾完成钻石交易后，第二天就赶紧到乘飞机飞赴美国，他感到事情虽没有调查查清楚，但很可能是和自己有这种稀世钻石有关系，他可不想卷进这种商业上面的纷争，自己不能被夹在中间，甚至会弄出人命，这已经严重影响到自己的情绪，为了避免还可能出现一些不可预料的事情，所以很快在钻石交易完成后就急着离开那个是非之地提前到美国，来到这里比原来计划中的时间提前了两天，正好可以不用着急，按自己的计划，先到科索教授所在大学的城市好好看看，多了解感受一下。

这是一个环境优美有着传统文化的城市，国际上著名的伯利克大学就在城市边上的一角，学校占地很大，周围已经逐渐形成一个依托学校比较特色的商业文化街区，各种商店遍布，方便来这的游客和学生采购。孟浩远已经事先在网上找到了附近的一个连锁酒店预订好一间标准房间。在比利时安特卫普和伯格见面后提前结束在比利时的活动安排，又马上提前多订了这家连锁酒店的两天酒店住宿时间。等孟浩远出机场后打了一辆出租车，沿机场路出来后到城市中心，一路坐在车上看着两边的城市景观，很快出租车就驶到了入住的酒店，在酒店一楼大堂前台很快就办理了酒店入住手续，然后先到房间休息一下。

打开窗看着外面陌生的城市，街上的行人不是很多，不像在上海这时街上已经非常热闹，人来车往显示城市的活力。现在的这个城市感到安逸不过显得有些冷清。外面的阳光照射进来，一个人在房间坐着休息，有些孤寂。孟浩远从自己背包中拿出自己携带的笔记本电脑坐在电视柜边上的写字台前，插上电脑连接线然后打开电脑连上宾馆的网线，他准备发一封信给科索教授，很快写好了信："科索教授你好！我已经提前到达，接下来会在这座城市参观考察了解。这两天我自行安排。谢谢！孟浩远。"然后点击发出。此时孟浩远快速地浏览查看邮箱中最近几天收到的信件，其中有一封很特别又很熟悉，与其他邮件完全不同，孟浩远已经做过专用标注，马上心里一热兴奋起来。那一定就是秦发来的信件。看到这封邮件的出现依然激动，急忙打开查看起来。果然这封邮件真是秦发来的，信件上面写着："孟浩远，两个月后的八月十七日晚上十二点见面。后面是见面地址，XXX（一串数字坐标）。这次见面需要我给你带什么？请你继续帮助我多收集地球上各地域的植物种子和各地区不同国家文明发展进程有关的基础情况介绍以及科技状况介绍资料。我们需要了解你们的文化、历史发展、科技和生态。秦、汉。"见面地址的数字坐标仔细分辨后已经不是前两次在青海那个核爆炸试验废弃基地的数字坐标。这是哪里？孟浩远此时突然见到这封已经久盼着的秦发来的信件，精神一下子振作起来，非常高兴。他和秦的联系一直是被动式的，一直在等待秦他们发送的信息，自己又没有能力，不知道用什么途径技术和方法直接联系秦和汉。只有秦通过他们的极其先进技术来联系我，或者等秦发来信息后回复发出信息等待秦的联系。但对孟浩远来说这已经满足了，目前至少可以保持和秦的联系不断，这样就会获得他们的帮助，了解阿勃特星他们的科技发展进程和不为地球所知的超出地球人类想象的更多极其先进理论，这是在另一个星球的人类率先总结出来的各种先进的基础理论。

秦发送来的邮件信息提示的数字坐标信息，是孟浩远最关注的。他马上在电脑上检索查找起来。很快查找结果出来了，一看结果让孟浩远不由得高兴地笑了起来，原来秦提供这次见面的坐标数据，查找的结果就在美国一个叫亚利桑那州的一处偏远地方，与墨西哥已经很接近。自己前脚才刚刚踏进美国，巧合的是秦发的地址就在美国。难道他们知道自己的去向，孟浩远有些激动和吃惊，因为自己身体内有最高级最先进的超级微光子芯脑，以他们的技术完全可以掌握自己的动向。他继续认真优化查找坐标位置的有关情况，希望多了解一下秦为什么会选在这个地方，难道这里和青海一样地处荒僻没有人烟？网上的搜索得到的信息并不多，介绍地处坐标附近的只有一处著名的自然的陨石坑。显示的这处位置，距离地址东边七八公里的地方曾经有一处很有名的令人难以置信的世界上最大的天外来客陨石陨落砸出的一个巨大天坑，除了它其他周围什么都没有，全部是无人开发利用的整片荒地，可以说这是一个一片荒凉的不毛之地，方圆几百里无人类生活居住，也没有任何经济体，没有农业和工业等等，实际上它就是属于一个被人抛弃没有经济价值的无人区。孟浩远起先心里对这处见面地方感到纳闷，但是脑中很快地转念细想一下，联想到在青海两次见面地址的特点他已经明白了其中的原因。秦提出的见面地点都是处于无人区，那里都是比较荒漠的地方，四周十分开阔，远离人类生活居住地。一定是考虑可以方便他们来到地球，飞行器着落时需要较大的地方，同时没有人居住可以避免被人类发现，也不会干扰影响他人。所以安排这种地方是最安全合适的。再想想这真是天意，自己这次接受科索教授和罗斯维尔教授的邀请来参观他们的两所学校，正在思考最后是否选择留下来学习和工作。秦发来的信息真是巧，我现在刚好就在美国考察，秦选择见面的地方还就在美国某地，想到这心里乐起来，太出乎意料了。他只是猜测，但实际他的猜测分析是对的，确实由于孟浩远身体中有了阿勃特星最先进最高级的超级微光子芯脑，秦是知道孟浩远身在何处的，包括上次在比利时遇险，不过最后没有危及孟浩远的生命，依靠孟浩远自己出手解决，不然他们是会出手干预保护的，孟浩远当时依靠秦提供的特殊五棱金属短棍稍稍出手来防身已经足够了。孟浩远目前并不知道秦一直在保护他。他高兴地想到这次见面地址安排在美国某地，和自己的想法太过巧合了，居然和秦他们想到一起去了，他现在想，看来这次接受科索教授的邀请算是对的，可以说真是不谋而合，这样的暗合简直让孟浩远内心更加激动和欣喜。秦的见面地点选在美国，促使孟浩远接下来参观美国伯利克大学后接受科索教授的邀请留下来。

　　孟浩远在思考秦下次和他见面不知道到又会选在地球上其他什么地方，

他们从宇宙外部空间看地球，以他们掌握的科技寻找认为最合适的见面位置是非常简单的事。不过自己要拼命地去找寻见面地点，真的没有那么简单，如果跨国境在不同国家还需要有不同国家签证问题和交通问题以及见面时间等一系列难处都需要考虑。所以这次见面他想建议秦是否可以好好考虑一下，有无可能他们认为符合安全条件，最好选择这次的见面地点，那里是一个无人区位置，建一个临时的既安全又可以多次见面的基地。经过秦他们全方位的评估检查认为合适的话，以后建议这里作为一个联系地点，方便联系也可以多联系几次。那样的话孟浩远在美国学习、研究工作、生活更是合适方便。美国地域非常大人口又少，有很多地方都还是没有开发利用价值而成为荒地。这样的地方正适合作为与秦的见面地点，而不会受到影响。他一个人不断快速在思考分析着然后赶紧回信："秦、汉你们好！收到信息，我会抓紧准备完成。期待与你和汉的见面。请求继续提供'阿勃特'星球有关的文明进程和文化、科技、基础理论发展的信息情况。你们提供的所有资料对我而言都是最好最先进的，越多越好。特别是你们在穿越宇宙不同空间科学探索飞行时，飞船及长久远航的有关科技资料和制造技术、原材料、飞行发动机制造原料和生产技术，长久飞行能量的解决等等所有技术。地球需要学习你们，希望在你们的帮助下最终可以完成我的心愿，访问你们'阿勃特'星球，成为你们的客人。浩瀚无尽的宇宙将因我们两个生活在不同空间区域和两个完全不同的孤独星球访问而不再寂寞，证明宇宙世界还有其他文明和人类，希望能够发现更多这样的人类文明星球。另外请继续带一些曾经带来的那种钻石，如果有其他颜色的也可以带一点，地球人类喜欢钻石，也喜欢有颜色的各种钻石。再带一些更小规格的钻石，它们可以在工业制造上使用。十分期待着与你们见面！谢谢！孟浩远。"后面写了发信的日期和地点。

乘着兴奋一口气写完这封信后也没有仔细再好好看看修改，马上发出了信件，他知道秦一定可以接收到。此时心里真的很高兴，几个好消息都突然而至令人心情大好，舒坦地轻松舒了一口气。在安静的环境中孟浩远突然感到自己现在担负着地球和阿勃特星球联系的崇高使命和责任，这种责任只有孟浩远知道那是一种非常非常重要的，地球需要阿勃特，而阿勃特可以不需要地球，他们让孟浩远收集整理地球文明进程信息和各中文化、人类语言、历史、地理、科技发展现状、地球管理等等所有书籍、植物种子只是想要了解，在探索考察宇宙空间中偶然发现了另一个比他们落后的但是同样有人类生存和文明存在的星球。阿勃特星球在宇宙世界何处不知道，唯一可以判断的是他们应该也有和地球环境状态相类似的生存条件环境和人类生命体。阿勃特的科技发展进程达到的状态已高出地球不知有多少代次，把地球远远甩在后面，地球需要阿勃特，地球人类的文明进程和生存需要他们。自己担负的责任是无法想象的巨大。紧张、兴奋、忐忑不安，没有人可以倾诉，只能一个人内心包含着隐忍着。但是这种承担的责任无比重大没有人可以帮他分担。自己仿佛思想上已经超越了普通人看宇宙世界和地球生存的深刻意义，突然间自己达到从未有过的一种伟大孤寂的境界。

孟浩远一直在思考着秦他们能够在浩瀚无际多维复杂的宇宙世界，跨越遥远的距离和不同空间，偶然发现了地球。应该是自己在天文台工作时，一次夜间值日在地球最先进的射电望远镜和集成科技信息探索系统中发出的一条简单的信息，刚巧被地球太空附近探索航行的秦的飞行器意外搜索捕获信息时而联系上，随后他们标定方位到访了地球，与孟浩远接触见面，也是他们所见的唯一一个地球人类，并获知了地球文明、历史、地理介绍和他们需要研究的各种适合地球上生长的植物种子。阿勃特星球可以在宇宙中长时间的飞行穿越无数宇宙空间进行探索，就凭这点足以证明阿勃特星球的科技已经到了何种发达先进的程度，早已远远超越地球不知道有多少代次。而且秦他们能够轻易地到访地球，目前世界上还没有哪一个科技最先进的国家能够发现它已经到访地球，说明地球最先进的科技对他们没有什么用，根本无法发现而他们可以轻易到来。就这点足以让人惊叹和害怕。还有它们的通信技术能够从第一次捕获到信息联系后，通过其掌握的某种先进技术手段轻而易举破解现有的地球上最先进发达的互联网络设备和所有保护屏障，可以轻松追踪并利用地球现有的这些设备和系统，联系到我使用的地址邮箱，或许还可能突然会和我使用的通讯电话联系。他们是如何轻易破解侵入的？想着想着身上直起鸡皮疙瘩，不寒而栗地担心起来。秦提供各种科技基础理论资料已经处于极其先进程度，还有太多的悬在自己脑海中的所有关于阿勃特星球的信息问题，孟浩远都想去知道。这些都说明秦所在的阿勃特星球已经无比先进。地球和阿勃特星球两个不同星球之间的文明差距已经十分巨大。不过和秦的见面与交谈，孟浩远发现他们仅仅是需要了解在宇宙世界中他们唯一发现的和阿勃特星类似的地球，从探索宇宙到发现地球这颗遥远的星球，他们很感兴趣需要更多的全方位了解，没有恶意。如果秦愿意帮助我们地球人类，现在通过我作为唯一的地球使者能够尽可能多地了解学习阿勃特星，那么也许有朝一日我们地球人也可能实现访问阿勃特星的梦想，会提升地球科技文明的发展进程，这对地球是有好处的。

茫茫宇宙，我们一直在寻找其他类地球文明的存在，现在真的被遇到了，地球现在已经不再是纷杂浩瀚无尽的宇宙世界的孤独者和唯一。对于秦所在阿勃特星球同样也不再是孤独者，无穷无尽的宇宙世界还有其他未知文明存在是值得高兴的。

回复秦信件的时候孟浩远一直表现的话语诚恳，所有的想法是发自内心的感想并带有渴望。同时自己提出的要求又非常真实，最后还要求秦继续带一些曾经带来的钻石，专门提到如果有其他颜色的也可以带一点，因为在地球上人类对彩色的钻石因更加稀少独特而更加珍贵和喜欢。另外还要求再带一些小规格的钻石，把它用在高端工业制造上。孟浩远向秦提出的需求其实倒不是简单的作为人的一种本能的贪欲，只是接触秦后他第一感觉是秦很有思考和见解非常智慧。他具有深远的观察能力还具备了各种超众能力，同时也是很务实低调认真严谨的人，不会轻易多说也不苟言笑，一直认真地在观察着孟浩远，眼光深邃看起来不可深测。他也是一个专注于探索研究宇宙世界的智慧的专业研究者。所以秦的性格让他有独特的判断和选使者的标准，就是要求与地球文明第一次接触的孟浩远本身要真实、务实，不希望在与他交往时心怀心思做事藏着掖着，应该表里一致，第二要极其聪明独立思考，第三还要处事沉稳大胆。孟浩远身上具备这些条件。毕竟目前阿勃特星球和地球开始接触是前所未有的，是最高等级和最高机密的重大消息，需要谨慎安全地一步一步隐蔽进行。孟浩远正是有着大男孩一般的阳光真实聪明和直接，他像清澈的流水，可以看到他的心里毫无杂念。接触孟浩远和他交往两次后，逐渐发现他做人做事低调实在而且又非常聪慧。这样的人正符合秦的选人要求，经过两次的见面交谈他已经很信任孟浩远，认定他可以作为一个地球和阿勃特星球联系的使者。经过研究，秦对孟浩远关心有加，在他身上也花了很多心思，包括身体植入超级智慧微光子芯脑，提供防身基本设备五棱金属短棍———一种平时可以当普通电源使用，也可以作为超强硬度金属短棍击打攻击与防身使用，还可以在特殊危急情况下作为强大激光能量武器。另外还提供了多功能超级智慧特殊眼镜等。更是把自己都视为珍藏的对身体极其有益的随身佩戴物件，一块远古时代的褐色生命能量灵石给孟浩远让他佩戴在身，希望他身体一直健康强壮。秦每次与孟浩远见面前问他需要什么时，孟浩远都会毫不隐瞒地提出来他需要各种阿勃特星的科学基础理论资料、钻石、科技发展信息等要求。他看透孟浩远的内心很纯真，所以并没有引起想法，反而认为孟浩远的真实。孟浩远提出所需的这些东西是反应地球与阿勃特星球存在无数个代次科技发展的差距，作为地球人类一员，他当然想了解掌握，是一种正常的想法很容易理解。他希望更多地了解阿勃特星球的发展现状和所有一切，出于好奇心也是有着强烈的求知欲。这样的人让人放心可以长久交往。所以秦也把自己的想法和要求直接告诉孟浩远，希望他能准备地球上的文化、科技、地理、历史现状的资料，另外有目的需要获得更多的生命体，地球上的植物种子和已有的各种基础资料信息，其中植物种子供阿勃特科学发展研究。每次孟浩远都会实实在在地办好，也没有害怕多问原因，这让秦放心、满意。再说孟浩远需要的那些关于阿勃特星球发展先进的资料，对秦所在的阿勃特星球上来说已经不算是最先进的，都是在阿勃特星可以公开的信息资料，只不过他们比地球文明发展先进太多代次，所以这些资料对地球来说是已经是非常非常先进和前沿的，是还没有地球人能够达到和解开的最先进的技术、资料。

至于孟浩远说的那种地球上叫"钻石"的石头对他们而言很方便很容易，因为在阿勃特星球进化过程中的自然进程机遇，在阿勃特星球上这种矿石实在太多了，不算是稀有之物也并不昂贵。阿勃特星球的人们并不认为它是最珍贵无价并值得认可的东西，数量太多而且都是硕大的一种，大众特别珍稀和喜好是那种目前地球上没有发现过的另一种更稀有的矿石，那是一种古时代自然生存的带有对人体自主修复可以改善人体身体循环并具有治疗功能，外面表皮黑色或褐色的一种石头，他们称它为"奥博多"，中文意思就是"生命"石，孟浩远称它为灵石。就是秦送给孟浩远佩戴在身的那件挂在颈部的外表特别普通的石头，它戴在身上会散发出阵阵特殊的香味，让人体气血经脉更加疏通活跃使身体舒服轻松，可以清除堵塞血管的杂质颗粒和很多种肿瘤块。孟浩远与秦联系和购买的书籍、植物种子等是需要花费一些资金的，既然钻石在地球是有价值的，按孟浩远说法它是很昂贵的一种稀有物质，提供给孟浩远可以让他用来继续和秦保持联系，在地球范围各地见面碰头时采购阿勃特需要研究的书籍、植物等使用。对于秦来说这些钻石每次带一些来给孟浩远在运输上很方便，孟浩远需要就经常带给他并不麻烦，正好是两全其美的。孟浩远比较率直地提出要求，明知道秦给他的已经足够还是提出来，一方面孟浩远需要这些东西，对秦来说飞船带过来非常方便不成问题。如果和孟浩远送给他的植物种子相比，对秦来说那些才是极其珍贵的，他们需要带回去研究这些在地球上生长的植物生命体，包括粮食类种子以补充阿勃特的基因库，这些植物种子多多益善。另外孟浩远提供的关于地球文明进程状态及各种地区国家的历史、地理、文化、科技和基础理论等书籍资料，让他们了解了这个地球兄弟的生存现状，这同样很有价值的。如果孟浩远躲躲闪闪畏畏缩缩包含私心，会让秦觉得孟浩远有心计不真实。秦肯定会另外重新在地球上挑选合适的人选作为他们的使者。孟浩远想了解我们阿勃特飞船制造的核心技术工艺原料等其他先进文明科技，秦认为他动机很纯朴真实，地球和阿勃特星两者之间存在无数代次差距，他当然很好奇想弄明白，地球人类也很希望以后可以访问我们阿勃特星球。不过以目前地球的发展水平，即使提供了技术也很难制造出来，这包括非常复杂的整个系统链的无数关键要素、原料生产技术工具等，不是提供了技术就可以制造出来，有些关键原料地球上还不一定具有。

思考良久孟浩远心中此时有了比较完整的想法，同时在心里默默地对自己说，为了地球，为了地球所有人类，我要全力以赴做好一个使者，内心悄然升起一种无比坚定的信念和豪气，希望得到阿勃特星对地球的帮助，对他而言这是自己最重要的使命，其他的一切都已经不重要。

等孟浩远回复秦后开始想着秦交代给他的事情，继续收集各类书籍和植物种子，这些都不难完成。目前自己身在美国，需要花一些时间来准备秦所需的东西的采集，书籍资料和植物种子的采购在任何国家并不难，都是公开在商场书店或农业种子商店或网上销售平台可以完成，只要有钱和再多花点时间都可以办到。但是这次秦新标出的地理位置的具体地点到底在哪里自己心中一点没有数，自己一定要先去实地查看了解，事先作好充分的准备。关于秦和汉的所有信息都是最重要的，需要保护，自己是第一次来美国可以说对美国各地的情况根本不了解，更加需要到现场去查看。

想好了和秦见面的安排后才渐渐平复思绪转到现实生活中，自己已经提前到达美国，并将信息及时告诉了科索教授，是出于对他的尊重，但是孟浩远不想麻烦科索教授，怕因为他提前到来打乱了他的工作安排，也怕他仍旧因自己提前到来要安排陪同参观接待。于是马上动手又写了一封短信给科索教授："科索教授，您好！收到您的邀请深感荣幸！美国的人文、教育、科技和环境氛围是我想了解的。第一次到美国，所以提前两天来到了美国，趁此机会需要多了解一些美国的教育、生活和社会等各种情况。我已订好酒店入住，后天不必到机场来接了，不用来酒店接。我会按时到达贵校，我们后天按你的行程安排，早上九点在学校第一大门口见面。谢谢！孟浩远。"邮件发出去后没过多久科索教授他正在家中休息，在书房中研究着一个数学课题证明，边上正放着打开的电脑，听到收件提示声音知道有新信息所以马上看到。有两封信原来是他一直关心喜爱的孟浩远发来的，高兴得马上查看，认真地阅读起来。孟浩远的来信让他感到有些意外。原来孟浩远已经提前到达并自行入住了酒店，还明确说不用自己安排接待。这个年轻的中国小伙显得就是与众不同。从第一次在英国见面和他在学术方面交流，就发现他思路敏锐学识渊博，数学领域的各研究专业方向都非常有研究和熟悉，就这点就已经非常难，很少有人会达到这样的高度。他对数学专业各方面的领悟理解和学识都已经非常深厚。所以不论在数学的哪个方向和他探讨，似乎都可以从容深入地开展而且十分有见地的交流，他在交流时所提出的思考想法对学术方面研究起到重要的建设性作用，让人一下子豁然开朗。简直令人惊喜和吃惊，他真是个少有的天才。可是他在生活上又没有特别注重和要求，不拘小节像个普通人。在穿着上就很随意一身的休闲服装风格，轻松潇洒，非常像普通美国青年的穿衣习惯，自由而放松。这实在不像自己接触过的以往的一些中国数学研究学者，他们给人的印象在参加学术交流活动时一般都很用心很重视，穿着都很正式，全套西装领带皮鞋，正装出行显得严肃。孟浩远这位小伙确实很不在意穿着，很合美国的生活习性——崇尚自由个性随意，所以他穿着很阳光休闲，本来很年轻就更加年轻活泼。科索很喜欢孟浩远的为人处事和特有的个性，尊重他的智慧和学识。现在看到孟浩远发给自己的信件知道他已有自己的安排，只好随他吧。本来想建议他第一次来学校交流参观还是穿西装为好，第一次会面又在著名的学校校园内都是很庄重的。但是觉得孟浩远喜欢随性不会太在意自己的穿着打扮，如果自己建议孟浩远注意他在穿着上的细节要求终有些不妥，想想还是放弃建议了，就按孟浩远自己的性格习惯吧，于是自己事先和学校几位教授和校长、校董们提前把受邀请来访的孟浩远的个性特点专门解释一下，免得到时候见面引起误会，以为孟浩远没有礼貌不尊重大家。好在学校的校董和教授们其实平时在穿着上也不太讲究，他们只注重人的专业学识水平和实际的能力。科索教授马上就回复："欢迎孟浩远先生远道而来到我们学校访问。后天上午九点，我们在学校第一大门恭候。祝您这两天在美国参观顺利愉快！科索。"

收到科索教授的回复邮件信后孟浩远会心一笑。科索教授还是蛮懂自己的，根据我的个性习惯向来是低调行事，不喜欢搞场面上的客套直截了当，这正合我意，让我感到很轻松。

此时孟浩远又给艾琳发了一封邮件，把自己在美国计划访问两所大学并参观两所大学所在州和市告诉了艾琳。其他的一些信件不重要就快速浏览一下清理后关闭。办完这些手头上的事情，孟浩远站起身来给自己泡好一杯绿茶，看着热水冲进茶杯，茶叶瞬间翻滚然后一根一根整齐排列竖在上层，冒着特有的清香和热气，舒舒服服服地闻了闻感到满足，站起身走到窗边推开窗，从酒店房间看外面的街道风景，这里显得有些冷清不太热闹，不过天气很好，蔚蓝清澈的天空，白云层层勾画出一个安逸的天际。

在房间休息了一会后孟浩远走出酒店来到外面街道，走了一段距离后在街道上找了一辆自行车，骑行出游方便自由，他慢慢一路骑行，左顾右盼看着城市的街道、商店、建筑和来往的人们，漫无目标的沿城市的几条主要道路穿行，由着自己的眼光沿路慢慢骑行，看到有喜欢有特点的景色就将车靠边后，稍作停顿驻足观看，步行一段路程，然后再返转回来，继续骑自行车闲逛。不赶时间，可以身心放松自由地沿路骑行，走走看看停停非常自由舒服也很有收获，沿街的商店、景点、广场等主要的一些建筑都记录进眼中记忆在脑中。中午在一家快餐店随意点了一些，边休息边吃中午饭。到了下午孟浩远继续骑自行车沿路闲逛游行，没有想到猛然间就经过了著名的伯利克大学。孟浩远很惊喜，马上停下自行车靠放在路边，不由得走了过去。原来著名的伯利克大学就在眼前，街边两旁人行道上看到不时有学生模样的年轻男女在边走边闲聊，脸上挂着开心灿烂的笑容。一家连锁咖啡店门口外面也放置了桌和椅，三三两两的学生和顾客就这路边椅子上喝咖啡交谈的。外面的街区和学校是连在一起的，分不清是在学校内还是在学校外，不过在街道上看到的以学生居多，他们穿着普通随意、长相年轻，表情奔放开朗自信，三三两两在自由地轻松交谈行走。也有不少游客来旅游时特地过来作为一个景点来进入学校参观拍照、打卡留念的。

孟浩远随着游客和学生步行从学校门口走进学校内去参观。这所具有悠久历史的著名大学，整个学校校区里面非常大，富有年代历史的欧美式各种建筑静静地矗立在草地树木之间，布局大方有序。每幢建筑相互都保持很大的间距。建筑庄重大气，每栋建筑按照功能使用设计，样式和建造都是精雕细琢十分精美坚固稳重，每一幢建筑大楼都不是很高，最高的也只有六层高度，分布在不同的位置，每幢大楼前后左右都留有大量空草坪，建筑的正前方有视野开阔的巨大的广场，周围种植各种有年代的树木或是草坪，占地非常大。周围生长的树木应该在建筑群建造时已经种上，也已有很长的时间，粗大的树冠和枝权以及茂密的树叶，它静静地在周围站岗，仿佛也是在这里一直安静听课的学生一般，建筑和草坪树木疏散在园区中，增加了学校宁静的气氛。一切显得是那样的舒服，犹如身处公园中。在这里生活和学习，人的紧张急切和焦虑的情绪因为这样的环境会随之而停顿下来，进而慢慢地安静下来，会融进这种环境悄然进入到一种慢节奏生活的愉悦安逸状态，让人会暂时忘记时间忘记学习的紧张压力，身在另一个与世无关的空间而平静的学习和无忧生活。

学校内的环境优美安静，无处不是体现这所有文化和历史底蕴深厚的著名学府的气息。整个学校大气而厚重，如果说是在学校，倒不如说置身在一个恬静优美的园林公园中。除了大门有标志性的石材建筑门头外，其余还有三个进出门口也各有特点形状不一，唯一相同的是在这里没有人管理，都可以自由进出。孟浩远看到不时有慕名而来旅游参观的人群，或三三两两零星而来或组成一个团队集中大量的游客，有十多人有二十多人甚至更多的团队游客成群结队来参观进入校园里拍照，看历史典故、看建筑风格、看优美环境的，进出十分方便。

学校里除了美国本土学生以外还有大量来自世界各地的学生，所以在校园中行走的学生身上的肤色各异，有白色的来自欧洲美国的，有黄色的来自亚洲的，有黑色的来自非洲的，有棕色来自拉丁美洲的，表明这是一个面向国际开放的大学。世界各地这些精英学生考入伯利克大学在这里学习、工作和生活，俨然这里是一个精华版本的小小世界，来此求学的学生都是学习很好，聪明自信有思想，为了学到最先进的知识完成学业回国或留在美国工作。每个人身上都散发着青春朝气充满活力富有智慧，除了在教室中、实验室、图书馆，平时在学校的各个地方，运动场、草坪上，学校中最大的一个天然形成的自然野生湖边，一直有学生穿梭来往。他们或安静地学习看书或结伴行走在校内道路上愉快地交流，身心放松高兴地在这所学校经历人生的一段重要历程收获成绩，他们每一个人都显得阳光自信和满足。

学校内经过了时间的洗礼，沉淀出属于该校特有的学校文化。具有历史和欧洲风格的建筑以及各种树木花草遍布在整个校园，是学校的一部分，已经人才辈出有很多毕业于该校的伟大科学家、政治家、社会学家和商业富豪同样是学校值得骄傲的一部分。校区内的天然湖与外面河道是流通的，巨大安静的湖面上有的学生划着船小慢悠悠地坐在船上安静地享受着大自然和学校的优美环境。有的船上一男一女两人面对面靠近交谈着亲昵地在一起，任由船在湖面中停留，随风漂流或静止不动。这里到处有适合学习的安静环境和休息宁静的地方，勾画出一幅和谐安详自在享受的氛围。

孟浩远在学校里看着行走着，留意观察着每一处地方，蛮喜欢这样的人文环境。对于第一次来美国的他亲身自由进入学校，体会这样的环境和氛围有着很深的感受，伯利克大学的确要比国内的大部分大学更开放更安静又更悠闲。这里的每个学生都有着自己的个性活跃的思考，敢于想敢于追求和创造，在这里构成一个精彩纷呈的国际化的学习交流天地，平时学生们学习的自觉性和个人能力都很好，学习中有竞争讨论也有很严格的考试，这种环境适合学生的学习提高和独立思考。

孟浩远一个人在学校里到处行走参观，他的普通穿着打扮和学生差别不大，像是一个在校的学生。他有兴致地到处看着走着，有时停下脚步仔细观看。不久经过一处草坪，天气正好晴朗，草地上有不少学生或单独或两人或三四人在一起，离他较近的一处草地上有三位学生正坐在草地上悠闲的晒着太阳看着书，边上放着背包和饮料。他有心想要了解一下和他们交谈，慢慢走了过去，等到临近时微笑着主动地招呼问道："嗨，你们好！打扰一下可以吗？你们来自哪里？叫什么名字？我是孟，来自中国。可以问你几个问题吗？"学生们看孟浩远阳光帅气年纪很轻，也像是一位大学生模样以为也是本校学生，脸上微笑着很有亲和力主动过来搭话，他的英语口语讲得很流利。三人并不觉得好奇，停下手中正在看的书抬头看着他，开始相互介绍起自己来。三位正围在一起坐在草地上的学生是两男一女，男生一位来自瑞典，一头金黄色的头发，英俊帅气；一位是美国当地白人学生，棕色的头发，看上去很是机灵；还有一位女学生来自丹麦，也是金色的头发，个子不高长相比较普通，他们都是大学三年级学生。其中丹麦女学生正好是数学学院数学专业的，见是数学学院的学生孟浩远感到距离更近更容易交流。自我介绍后随便问着一些学校内的问题，不知不觉地就围绕丹麦女学生数学专业方面的问题开始互相聊了起来。孟浩远感觉这样的交谈氛围，自己似乎也是来学校求学的学生之一了。和学生交流会不时提到比较专业方面的内容，聊到数学方面，三人被孟浩远的自信又高深地解析和他头脑中所具有的专业学识所佩服和惊讶，他们也对这位自己主动过来和他们攀谈，自称是来自中国的孟小伙突然来到他们这里感到好奇，他是谁？经过短时间的交流让他们脸上变得认真起来，凝神目视注意力被吸引住，随着几人不时地交谈深入，他们意识到这位中国"学生"很聪明很不一般，顿时心里多了几分尊重和敬意。又交流一会儿后，孟浩远和他们打招呼礼貌地离开这里。孟浩远转身离开走去渐渐消失，他们一直目视着好奇地盯着他的背影，他们眼神中留下很多疑问。三人还在讨论这位突然出现在他们身边主动攀谈的孟，这个与众不同让人印象深刻的中国小伙及他和他们交谈的专业问题。

离开教学楼前的草坪，以及和他交谈的三位来自不同国家的学生，给孟浩远留下较好的印象，伯利克大学的学生确实很聪明思想活跃，敢于思考。接着他又继续走走停停看看参观，见前面有一幢古老稳重的欧式建筑非常气派，不时有学生进进出出，起先被这幢建筑的精美深沉庄重所吸引，等走近后才发现原来它是学校的一个图书馆，里面灯光开启，白天也通亮着，孟浩远对于图书馆有兴趣于是直接走了进去，此时图书馆里看书学习的人并不算太多，不少人坐在大厅中间宽敞的桌子和椅子上，保持良好的秩序都在安静地看书和记笔记，桌上或地上放着读书人的背包。图书馆的建筑是非常古老高大精致的一栋建筑，处处体现欧洲意大利古典建筑的精美，有着好看标志的哥特式尖屋顶美观艺术，走进图书馆内，里面的装修设计也是很精美漂亮，像是一个博物馆，宽大高耸的尖顶穹顶上满是蓝红黄白玻璃，它已经有很长的岁月了，心中怀着敬意静静地欣赏它精美的建造。这是一个典型的具有欧洲美学的建筑，每一处都体现精致奢华。

图书馆的两边都是厚重木质的图书架子，收藏着的各种各样不同年代的书籍。在里面的学生安静地在桌子上伏案看书或记录着做笔记写论文稿的，没有嬉笑喧闹大声说话声，只有严肃认真地在这里研究思考和学习。里面人并不是很多不拥挤，有很多空位，显得安静有序，这里的学习环境真的很好，没有人为发出的噪音和干扰一片安静，每一个读者认真地思考仿佛这里就是唯我一个人的存在。孟浩远对这所大学校园内的图书馆内非常喜欢，喜欢它的建筑风格特点，也喜欢里面的装修风格，喜欢它的历史文化沉淀和校园里面的环境建筑布局，喜欢里面安静认人沉下心来的学习氛围。他还是第一次见到一个大学内有这样风格的图书馆，在图书馆内慢慢地认真参观了一遍，然后找到一处没有人的区域坐在空椅子上，拿着几本从书架上寻找的自己感兴趣的书籍，认真地翻看了起来，书中所有的信息随着他认真地一页一页翻阅被快速记忆到头脑中，超级智慧微光子芯脑将内容全部录存起来，它具有超强的储存记忆和分析思维功能。

在伯利克学校里已经不知不觉逗留了有将近两个小时，图书馆内的读书查阅资料的学生不是很多，他所在的学习区域没有其他人，自己安静地看着书，在这样的环境中似乎一个人游进了无限知识的海洋中，他感觉到自己一点一点变得更加聪明善于思考，分析更加智慧强大，心中充满一种前所未有的站在世界最高山顶上俯瞰群山和山脚下面的豪气和眼界，这种感觉实在太奇妙了。他喜欢这个学校的图书馆，由于时间关系还是有点不舍地离开了学校。通过自己无意中的一次参观伯利克学校，第一印象很好，开始喜欢上这座学校了。

从图书馆出来后孟浩远在伯利克学校停留时间已经不短，他已经有了一个较完整的印象。于是孟浩远走出学校继续骑着一辆自行车对这个陌生又新鲜的城市随心而游，在城市内的各条主要街道行走骑行。当他看到有公共图书馆时就会停下走进去参观一番，然后在图书馆内继续兴致勃勃地坐在里面开启认真地学习馆藏的各种科技专业书籍的模式。在这座城市里人们是很尊重知识和科技创新的，他们懂得只有知识带来科技和创造发展，人们都喜欢学习，所以图书馆在这里是一种文化象征。城市在规划和发展时为建立图书馆提供支持，有各种类型的图书馆，有公共图书馆也有私人捐助建造的图书馆，都是对外开放供人们阅读学习获得知识。城市市区规模体量并不算太大，人口数量也不多，但是整个州的面积非常大，这样的城市有六个。作为州府的中心城市，这里的市区和上海比较那完全是两种绝然不同的城市风格和特点，人口数量、热闹程度、建筑群数量和高层建筑的数量，以及商业数量、繁华程度等方面不如上海那样充满活力，建筑群遍布到每个角落。这里的市区显得安静低调，有超过百年历史的老建筑也不多。所以孟浩远骑行参观一天下来，走马观花几个中心区的几条重要街道基本都已经逛到了。他对整个城市有了亲身的实实在在的感受体会，到了晚上五点多时在街上找了一家餐饮店随便吃了晚饭才回到酒店。一天下来非常充实人也感到有些累，在房间里正准备去冲洗一下然后休息。放在桌子上的手机铃声突然响起来，孟浩远拿起手机查看原来是熟悉的号码，那是艾琳的电话打来的，赶紧接听电话，艾琳的声音已过来，说道："孟浩远，我刚看到了你发的信件了。你又到美国去了？太忙了。"孟浩远听到艾琳的声音高兴地说道："是啊。今天上午刚刚才到美国，在马萨诸塞州。第一次来，所以到后在酒店放下行李就出去在城市里逛逛参观。估计我到达时，你这个时间可能会在上课，所以没有用手机联系你，我在美国的安排行程邮件发给你了。你看到了？"艾琳听到孟浩远一到城市就在外面参观，看来他心情不错，说道："是的。看到了信息就联系你。你有时间闲情逸致参观城市，感觉怎么样？"孟浩远说道："每一个城市的风格是不同的，印象不错。以后有空准备再去城市里到处参观一下，第一次来需要多了解。"艾琳说道："是吗？看来你喜欢上它了。"孟浩远说道："有点。城市不是很繁华但是安静人不多，刚好是我喜欢的一类。很巧，我刚刚回酒店在房间休息，站在窗子看着外面，这里城市整体的环境看起来还是很不错的。"艾琳说道："孟浩远，你喜欢美国的城市生活环境？那和比利时和荷兰你去过的城市比较怎么样？"孟浩远说道："每个城市的风格文化都不一样，它都有属于自己独特的文化和印记。只要让人感到舒适，值得记忆留下印象都是不错的，我都喜欢。"艾琳笑道："以你这样的性格可以到处跑。噢，对了，你的计划行程我看了。谢谢！你这次到美国是和科索教授有学术方面的交流吧？这是美国著名大学，科索教授也是非常知名的数学领域的一流数学家。这太厉害了，一定是有关'西塔姆猜想'证明的学术交流吧？"孟浩远笑道："也许吧。我会接受他的指教，相互探讨吧。"

艾琳说道："知道了。他们一定十分尊重你。对，你值得尊重。"孟浩远说道："哪里啊，只是他们有点喜欢我吧。"艾琳说道："孟浩远是你的才华让他们喜欢你的。我现在正在写论文，还有两个月时间就可以完成大学的研究生学业了。以后我就有空了，我要和你在一起。"孟浩远玩笑着说道："艾琳，我现在可算是个无业游民，没有工作也没有钱。你看我到处瞎跑。你可是名校毕业的研究生。那你毕业后有什么打算啊？"艾琳说道："我说过了，想和你在一起。这就是我的计划和想法。"孟浩远继续逗她道："我现在可没有固定正式的工作，自己都不知道接下来做什么？你和我在一起会影响你吧。那可不行啊。"孟浩远好像感到好长时间没有和艾琳在一起联系了，真心想多和她聊一会，所以存心胡乱地说着没有边际的话。哪想到艾琳以为孟浩远说的是真的，她直截了当地说道："孟浩远。你没有工作没有钱，这都不是重点也没有关系。你有才华为人正直值得尊重。我喜欢就好。我可以出去找工作可以去赚钱。你以后也可以慢慢地找你喜欢的研究工作的。"孟浩远见艾琳这么说，突然间内心有点感动，欧洲姑娘如此直接，不在乎地位工作、财富，看重的是一个在她心目中的那个实实在在的人本身，比什么都重要。艾琳她对自己真的是发自内心真实的感情表露，这就是爱。听到艾琳对自己这么说心中感动。如果艾琳在身旁他一定会急切温情的拥抱住她的，他不忍再七兜八转地说话让艾琳信以为真，于是口气一变认真地说道："艾琳告诉你，刚才和你开玩笑说的不要当真。我还不至于没有工作没有钱，都会慢慢有的。谢谢你的一番好意。告诉你一个信息，科索教授一直想邀请我到他们伯利克大学当教授的。不过据我了解伯利克大学的教授都必须是博士学业才有资格担任，而且需要学校学术委员会和董事会考评审核通过。所以我在思考，要不要在他们大学继续学习研究生和博士学业？到时候学校继续给我机会就留下来，现在考虑科索的建议可以先当他的助教。这样可以边学习边帮助科索教授完成教学任务和研究工作，你怎么看？"艾琳说道："孟浩远，你也许不知道我是怎么理解的，你的学术水平没有多少人可以比，这是重点。你怎么会这样想？这是在中国大学教育的要求吧。其实学位也并不是最重要的，重要的是你的专业学识水平和能力。以你现在的成就和研究水平，被国际上任何一个大学直接邀请聘用当教授都是应该的。他们都想着邀请你去讲学、研究、任教教学，这对他们而言是他们的荣幸。你可是'西塔姆猜想'的证明者，这就够了。所以你不必在乎学历的问题。再不行的话我们可以一起到我父亲的医药研究中心工作也可以。他一定会很高兴的，研究中心的同事们我看出来他们对你也十分尊重、敬佩和喜欢。荷兰的生活环境在我看来可是比美国要好，你在荷兰肯定会越来越感到特有的安静和幸福的，你再等我两个月吧。毕业后我就和你会合。"孟浩远听了艾琳的话深受感动，她站在她的角度看问题和分析得是有道理的，和科索教授、罗斯维尔教授等其他的那些刚认识的教授有相同的观点，他们在乎的是人的真实水平而不是学校和学习经历。不仅内心感慨，自己一共遇到过两个自己愿意交往的姑娘，一位是上海姑娘李晓彤还有就是荷兰姑娘艾琳，两人都是有气质有才能的美女，是不同类型的美女自己都喜欢。可是论人品以及眼界和独立性思考问题，两人的差距高下立判实在差太大。现在想想幸好李晓彤她嫌弃自己没有财富没有给自己机会，她的思想太现实只图眼前的物质利益和享受，就因为这个原因进入社会工作后渐渐地就看不上自己，冷漠高傲无情地离开自己。想象自己与她交往时生怕失去她就太过迁就她，反倒是让自己和李晓彤约会交往时总有些拘谨放不开，甚至感到身心疲惫浑身不太自在。而和艾琳相处突然间一下子解放了身心轻松而愉悦，想说什么都是直接说出来没有羁绊。真是命运中的一次偶然的机遇眷顾了自己，让他认识了艾琳，她不是一个物质的姑娘，是一个随意平常、心地善良的人。她是真的喜欢自己，和自己谈得来就愿意和自己在一起。她可以不顾欧洲人普遍都对中国人亚洲人所持有的常见的那种偏见和傲慢，在和孟浩远的几次交流而相知进而真正的喜欢上他，她还不知道孟浩远是一个有着令人难以置信的巨大财富和身上肩负着特有使命的人。在艾琳眼里孟浩远就是一个普通的阳光自信的人，极其聪明智慧正直，还具有一种特别吸引人的气质和谈得来的中国帅气小伙。茫茫人生大海中知音难觅，孟浩远这次感到自己很幸运，无意中寻到了一个懂自己在乎自己的真正知己。他暗下决心一定要让艾琳生活得幸福。当然以他现在的能力已经完全可以让艾琳的一切愿望都实现，不过不能告诉她，怕惊吓到她，自己对艾琳父亲研究中心项目合作支持的资金，他也只是假称并含糊的说是有朋友，他信任自己所以全权委托代理的，艾琳当然相信他说的，因为清楚孟浩远这么年轻不可能具有超级财富，肯定是背后有对抗癌新药这个研究项目有兴趣的财富集团在运作。

四

王可佳因为和孟浩远一起用最新的实验技术路线，通过实验成功地在全国各地主要矿产区稀有金属样品中检测发现了元素周期表中还没有被人发现的一种全新元素"Zon"（钟）。而且这种刚刚发现的新元素，它的性质很特别，一旦生产提炼出来对工业制造将是具有革命性的代次跃升，意义无比巨大，一旦在某些特殊尖端领域运用它，作用更是无可估量。专业研究人员已经马上就清楚发现它的重大意义。作为主要研究者和第一作者在自然科学"化学研究"权威国际期刊上刊登了一篇重要论文后，很快就引起人们的强烈关注，同时议论猜测不断。这篇重要论文两个署名的来自中国的作者就一下子出名了。自从第一次被国内一位资深科学教授询问王可佳有关情况后，突然间在研究所单位被传开了，经过研究所单位领导亲自叫王可佳到办公室了解情况并确认后，顿时消息让人惊奇地发现原来这位在顶尖科学研究期刊发表重大论文的作者王可佳，真的就是本单位平时一直不声不响老老实实做实验的这位年轻人。太让人惊奇和不可思议了，而后的一切表扬都在情理之中了。

最近王可佳已经开始感受到这种被关注被追着采访，人们眼神中表现的惊讶和赞叹让他感到高兴和激动，不过随着几乎每天都有连续不断地被各种媒体围堵着采访，同时被接二连三的外单位邀请演讲作报告带来了烦恼和困扰。每天都会有记者追到单位里来围追堵截式的要求采访他，自己电话也是突然间一直不断有人陌生电话打来，后来干脆不敢再接听电话了。这样的情况基本没有停息过，一个接着一个，有时同一天会上午下午都来两三批不同媒体单位的记者要求采访，都是单位安排接待让王可佳接受采访，这种情况由开始让人从高兴现在变得抓狂甚至恐惧想要躲避。还有自己所读大学和高中母校也邀请他去作报告，还一直不断有其他单位包括外省市单位同行研究机构邀请去作报告演讲的。他越来越感觉自己的时间和精力不够了，整天都在很忙地接受这些自己不太愿意的采访和演讲报告，忙完后感觉心里又很空不知道这一天到晚在干什么，都是被人牵着鼻子在走，自己正常的生活秩序和平衡完全打破了，自己已经不属于自己，没有自由了。还有众多的国际和国内著名的大型企业研究机构频抛橄榄枝寻求合作，也不知道他们是通过什么途径知道了他的工作电话和手机电话，专门不停地打来电话联系和要求与他见面。有的企业或者机构和大学派人来单位等着和他见面，不仅影响到自己还影响同事的工作。还有的甚至通过各种关系介绍牵线，在王可佳认识的同学和亲戚介绍下到他家里非常诚恳的来谈合作意向，也有邀请他到他们企业单位去双方面谈，希望将他的研究技术和成果转让的。忙得王可佳整天在单位一直被拖累，回到家了还是没有消停下来，搞得他晕头转向已经影响到他正常的有规律的工作和生活安排。这时王可佳从刚开始时的兴奋高兴乐意接受采访到现在只想躲避，回到往常平静而自由自在的生活工作状态中去。兴奋过后被这种采访和谈合作，以及邀请作报告等活动所困扰，让他心烦气躁起来，对原来的那种自由自在无人在意自己的生活非常想念。这时他心里才猛然记得孟浩远当初对他的提醒，原来孟浩远他早已看得太远太清醒了，他开始感到有点不认识他了，孟浩远所有事情都会想到和预料到。终于明白了他为什么那么不在乎这些通常人们太注重太喜欢的名誉，要刻意躲避这种令所有人羡慕骄傲的光环，谦让自己排在前面，他不需要署名等等。现在有过这样的兴奋受人追捧的时候渐渐冷静下来，其实这种在各种众星捧月般的光彩照人的生活状态不光是孟浩他不喜欢，原来自己经历过了这一次，现在也突然不喜欢了。

有一天外省一个省级有机化学研究所的负责人打来电话给单位负责人，希望邀请王可佳去他们单位作一次专题报告，又听办公室说有两批媒体记者过来要求采访他。这样的采访和邀请出差在单位里必须走程序，需要得到部门和上级领导批准同意，而且他已经表示出以后不想再接受这类的采访和邀请了。

　　一天王可佳在自己的办公室忙着最近一段忙于应付媒体不断采访和外出作报告而被落下来的一个课题实验准备。办公桌上的电话声响，原来是研究所办公室钱主任亲自打电话客气地说道："小王啊，有两个媒体过来要求采访你，你接待一下。"一听采访有些发怵，心里不太情愿，就无奈地实说道："钱主任最近这样的采访安排有些多，算了不要采访了，我正在准备实验。你知道我的想法的，不太想接待采访了，很占时间的。"钱主任见王可佳是这样的想法，他确实知道。但是媒体指名道姓要求采访单位领导和王可佳本人，他也实在推不掉，说道："小王啊，你的意思我是知道的，但是这两家报社都是蔡所长接到的，他也同意了。你看其中一家是科技日报，和我们研究所搞科技研究的也是对口的，还有一家是上海的主流媒体，都推不掉啊，你就辛苦一下吧，下次还有尽量推掉吧，你看好吗？"禁不住钱主任再三打招呼，王可佳也明白每个人都有难处。于是只好无奈地说道："好吧，那就听领导安排，请他们过来吧。钱主任以后记得如果还有采访之类的请千万帮我推掉吧，另外我的部门领导马主任那里也请打招呼通知一下，她已经对我有些意见了，怕影响工作。"钱主任听王可佳这么一说，说道："王可佳，没事。这是所领导同意的，轮不到她有意见，你直接告诉她好了。我有机会碰到她会告诉她的，这是所里的工作任务之一。"王可佳一听钱主任答应后，心里尽管不情愿也只好接受下来。刚挂完电话站起身来准备像以往一样到中心实验室马主任办公室那里去报告一下。桌上的电话铃声又响起来，他急忙站着拿起电话，一听声音原来是研究所副所长俞日升亲自打来的，说道："小王啊，我昨天接到外省的也是我们中科院部下面的研究所，是我们兄弟部门，他们领导打电话过来给我，专门邀请你去作一场专题报告。我同意了，这是好事啊，你准备一下吧。有什么困难吗？"王可佳一听知道这件事从情理上是推不掉，我们的研究所和外省研究所单位同属于一个上级，真是兄弟部门，又是领导间沟通过的，这又是一个推不掉的活动，在心里暗暗叫苦苦。俞日升副所长作为研究所领导，安排好又亲自打电话给自己，不能不去身不由己啊，只好说道："好的，听领导安排。谢谢领导！"挂上电话然后准备走到马主任那里去报告一下顺便请假。

马主任的办公室是分开的，在里面单独一人的办公室。王可佳和其他同事是在一起的两间大办公室，他准备到马主任办公室报告今天有媒体来采访和外省有一个邀请他要去作报告两件事并办理请假。研究所下面有很多实验室，王可佳所在的是第四中心实验室，他的主任名叫马清梅，是一个五十出头一点的中年女人，个头属于矮个，大约在一米五三的样子，脸长得圆圆的，左脸靠耳后根旁有一条很显眼的长长的刀疤痕，所以一直留着长头发可以略遮盖一下。据同事说起这位马主任曾经自己说，那条痕迹是在她小时候一次不小心摔了一跤被树枝划破留下的。不过后来也有人传她是在大学期间谈恋爱时抛弃了人家，被前男朋友在激烈争吵中用随身钥匙人为划伤留下的长长一条疤痕。身材矮小又加上营养太好身体早已经发福，身材显得圆圆鼓鼓的，衣品又不怎么样，衣服穿在她身上有些紧紧的包裹感，更显胖，一看上去就是臃肿还比例不匀称的那种，加上她平时不喜欢运动，也不注意控制自己的嘴巴，是享受生活吃得太多发福的那种人。圆脸型上是一副单眼皮小眼睛，不过她的眼睛里看人时常透出一种阴险和狡诈的眼光，透出凶气会让人不太敢正视，不像一般人常有的眼神，柔和中透出善意脸上是笑意。她的眼神看不到一丝善意，这种人的眼神交流起来让人看到顿时会感到有些寒意。看她的面相就感觉不是一个善人，散发出一种不是常人交往所具有的阳光亲和气息，会让人感到不好接近甚至害怕，面相由心而出，心底一直琢磨着算计。身上的穿着也一直不得体，明明算是品牌的衣服装穿在她身上，穿搭的衣服看不到美感，感到别扭不好看，不过她还自以为是。和其他一般女性身上得体的搭配穿衣完全不同，体型不好穿衣又没有审美感，看起来很土很不舒服。不过她也确实是一个非常有心计的女人，她的名声口碑在普通同事中一直不佳，但是通过自己的溜须拍马，送礼给领导等手段算是爬上现在的中心主任，属于单位中层干部位置这样一个不大的官，所谓手段对上级领导阿谀奉承投其所好，不时地会送点礼物，还有马屁十足经常往领导办公室跑，据说在这个位置因为老主任退休，她急得经常跑领导办公室，其实很急切希望得到这个主任的位置，后来任命下来竟然让所有人不敢相信，大家都明白应该是理所当然众目所属的另一位资格和学历以及研究成果都非常出众的研究员刘一虹副主任落选，真是出乎意料。气得他坚决要求调出了现在的第四中心实验室，研究所有的领导也注意到这件事安排欠妥，最后也规避矛盾同意安排刘副主任到第二中心实验室去。后来为了平息这件干部选拔的不公平事件搞平衡息事宁人，过了一段时间研究所又让气走的刘一虹任职第二中心实验室主任。现在第四中心实验室连同王可佳一共有八名技术人员，也就是这位马主任手下有七个人可以管着。马主任她毕业的大学是外省的一所普通高校，她的专业水平在中心实验室的同事和研究所里的大部分人都知道专业水平很一般，不过在研究所通常是论资排辈的，通过多年的谋算随着年龄增长她也已经升为副研究员，职称和任职为中心实验室主任，其实论她的工作能力就算是当个副主任也已经是令人惊讶算是应该是到头了，没有想到后来还突然爆出一个大大的意外有这么一出，原来中心实验室研究员老主任退休后居然让她当上主任，这让所有人都没有想到太出乎意外了。所以对她而言在职场工作上的人生经历一直算是顺风顺水的，也算是单位一个特殊的例子了。由于她的身材就本身较矮，穿着又不搭调加上长得又胖更是突出了她的短处显得个子更矮。马清梅出生在外省市的农村乡下，也是她的努力考上了本省的一所普通大学，毕业后分配工作时留在当地省一个研究所，后来不知道怎么就调到上海现在的研究所单位工作。也不太清楚这样的人是凭什么关系进国家级科研机构的，又是如何一点一点竟然当上了一位主任。

王可佳毕业后考入研究所工作才一年多一点，他一般不管这些琐事只管老老实实做好工作。对他来说谁当领导都无所谓。自从王可佳进入单位分配在第四中心实验室部门工作后，他的性格属于老实温顺和气的，不喜欢与人为恶。作为新入职的员工与所有人都保持友好，真心向这些前辈学习。但是随着工作一段时间后渐渐地听到同事之间不经意的议论，他也只是听着从不发表意见，慢慢就听同事说起过现在这位姓马清梅主任的一些情况。一般在同事中有两种人会被人谈论评价，一种是人品好面相善，业务能力强的和人缘比较好容易被人记住和尊重。另一种是人品差算计别人心藏坏心，而且专业水平和工作能力低，经常在背后说三道四煽风点火专讲别人坏话的那种人，马清梅就属于后一种。所以同事私底下会对她评头论足的议论一番或者发发牢骚。听同事说起过马清梅后，王可佳知道了一些关于她的情况，加上自己在工作接触中亲眼所见了解了一些，确如同事所说的那样。不过王可佳还是抱着干好自己的工作少议论少说话的态度，平时工作之余和马清梅直接交集并不多，因为作为部门负责人马清梅有事安排，她一定是直接找几个老资格的研究人员，并不会放下主任的架子亲自安排王可佳这位最新入职的年轻人做事。这样也好，两人的直接接触更是少，所以尽管是在同一个部门其实也难得直接交谈过，对王可佳来说和马主任仅仅是上下级关系。而对马主任而言与王可佳这种新人则是最普通的同事关系，没有必要与他多联系。王可佳不参与议论也不去主动讨好马清梅以免走得太近，一直是与己无关并不十分在意，不过他知道马主任的人品更是不敢走近了，与她保持一定的距离，他是不会主动刻意地去和她交往的，所以没有工作上的事从来没有到她办公室去串门闲聊过，避免被同事看到后以为和她走得太近，是势力的和溜须拍马之人，反而会疏远自己。在这种专门搞科研的研究机构工作，人际关系还是不那么容易有些复杂的。

　　由于今天又安排采访活动和一个外省的报告会，还是一个同属中科院的另一个设在外省的兄弟研究所领导专门电话给自己研究所领导邀请王可佳去作报告。王可佳今天一大早刚刚到单位上班，腾腾地进实验楼坐上电梯出来径直走向办公室，今天是第一个到办公室的人，拿出钥匙打开办公室门坐到自己办公桌椅子，没有多久办公桌上的电话就接到两通电话采访和外出报告安排，打开电脑很快写好了出差请假报告，打印出一份并签上了自己名字日期。单位出差需要书面报告，采访的事到时候口头报告一下马清梅。办公室里其他几位同事陆续进来看到王可佳已到，笑着相互打招呼。王可佳早到办公室他们都知道，通常都是王可佳第一个到，已经习惯了，此时办公室里的窗子已打开，新鲜的空气进入办公室让人舒服，王可佳又习惯性的提早将两瓶热水瓶在茶水间净化加热器取好热水放在餐边柜上，同事们将随身的包放在桌上后，习惯的自己开始拿起热水瓶倒茶水或者冲咖啡等。

　　看看上班时间九点已到又过了十多分钟，王可佳才拿着出差请假报告不急不慢地走出自己办公室，前往中间楼道最里面的一间办公室，那间门口外面挂着"主任室"就是马清梅的单独办公室，来到马清梅的办公室门口停下脚步站住，听到办公室内正有节奏地发出咚咚的敲击声，王可佳停了一下有些犹豫。他知道办公室里面的马清梅此时发出的声音应该正在用器械做一些健身运动，又过了一会终于憋不住了，只好用右手指轻轻地敲了几下门，听到里面有一个女人尖细的声音喊叫着"进来"后，王可佳才轻轻地推门走了进去，只见马清梅此时手上正拿着一个长柄按摩锤，人正站在办公室中间空地上自己用手放在脑袋后面敲着后背和腰部，发出咚咚的连续节奏的声响，原来是在作捶背腰运动。她见王可佳敲门进来后，也没有停下来，继续在做她的保健运动，脸上一脸的严肃带着冷淡，显然在自己的办公室不管是否是上班时间，她运动锻炼已经是习惯了，不觉得有什么不妥，反而显得她是这里的领导与人不同她说了算。这位马主任已经养成了这种习惯，平时她有事没事都要在上午一次、下午三点半左右一次在她自己的办公室里进行着自身保健锻炼，有时关着门有时连门都不关。这里的人都知道她这个习惯并不愿意多说。王可佳进入办公室后站在一旁叫了一声"马主任"后，老实地站在旁边，马清梅看到王可佳走进来后又兀自锻炼了一会，突然脸上从严肃马上变了，顷刻间发出了虚假的那种笑声："噢，是小王啊。"让站在一旁的王可佳心里反而感到不适甚至有点害怕，看起来她脸上在笑发出笑声说明她显得热情，但一看就是硬是装出来的这种笑声，听起来觉得很怪，看她的脸上的神色更加夸张虚假。马清梅见王可佳老老实实地站着，她开始话里有话地对着王可佳讲起话来说道："哟，小王啊，你最近可是挺忙的吧。我看你一直不停地。今天去作报告，明天接受媒体采访，到现在还没有断过吧？你这次的研究成果还是很厉害的，受到很多人的关注啊，怎么样？现在应该忙得差不多了吧？"王可佳站在一旁听她这么说有些局促不安，只好接口说道："最近是有些忙的，研究成果取得还是在大家的帮助和关心下吧。"马主任马上接口说道："是啊，小王，你还是有点意识的，大家都在帮助你关心你。你看我们中心实验室里研究项目多，科研活动多，但是一共加起来才只有七个人。大家整天都在实验室忙得要死，你现在可是我们中心实验室的科研骨干了，现在科研活动你更应该多动脑筋，以后都要靠你了。"王可佳一听她的话里有话，解释道："哪里啊，科研骨干不敢当的，我们中心实验室的研究人员都是我的老师，还是要靠大家的。"马清梅见王可佳还算老实并不居功自傲说话依然很是谦虚，说道："哎哟，这两天我也在做实验，一直在实验室站着，一站就是半天。你看一天下来都没有休息过，累得腰酸背痛的，唉，累死了。"王可佳平时就不太爱搭理她，不光是中心实验室的其他同事，整个研究所里的人大都知道，这个女人专业的本事倒没有什么，但是在领导那里就会抓住每一个机会溜须拍马，还爱向领导打小报告。经常看到她有事没事往领导办公室里跑，还大都是跑研究所的主要领导办公室，连分管领导那里也不放在眼里，不太会主动跑过去汇报。有时候她就不遮掩，直接手里拎着东西也不避嫌，高兴得好像存心让人看到一样，大大咧咧兴奋异常地就往领导的办公室里跑，其他人看了直摇头。当众人面直接送礼给领导的人还真不多，无非想说明自己和领导关系多好，领导办公室是可以随时走进走出的，这种人品更是让人避而远之不愿意搭理她，生怕惹出事情来避开都来不及。这种人到了领导办公室那里就是搬弄是非乱传消息，如有人在外面讲某某领导坏话了，又有某人在背后议论某某领导了，还有某人对单位工作方面、制度建设方面和职称职务晋升、考核评优等不满意了等等。马清梅她趁机会添油加醋无中生有的故意使坏着胡说八道。意图让对自己有意见的人经过她这一番操弄，让领导对他们留下不良印象。偏偏有的领导还以为马清梅这人坦诚对他十分信任和忠心，把领导自己平时听不到的部下对自己真实的议论和看法来告诉自己，也不去细辨真伪还信她了。时间久了单位风气被带坏，所以大部分人在不知道的情况下被领导莫名奇妙的误解了，留下不好的印象。这样偷偷摸摸地向领导添油加醋地汇报谈话还是有几次有人正好去领导办公室签字或者汇报工作时偶然间在门口外面清楚地听到的。次数多了一经传出去人们更加不敢和她搭讪了，一则是马清梅人品不好不愿为伍，关键还是生怕自己不小心无意说的话被她用嘴添油加醋的一传会失去讲话本人的本意，变成马清梅自己借他人之口说出的她需要的话，而且是另一种相反的其他意思了，所以知道她底细的人都宁可躲得远远的，见面说话也一定小心谨慎尽量少说最好不说赶紧避开，更不敢发表自己真实观点和个人喜好了。但是马清梅倒好，见没有多少人愿意主动与她说话，她一个人闲得没事经常就会主动找人开始东拉西扯地盯着人家找话说，也不管是工作时间还是休息时间，弄得人家很是尴尬。

王可佳和马清梅这样的人当然不是一路人，平时对她敬畏有之和她基本没什么交集。不过最近王可佳低调的不声不响默默无闻突然一下子研究出了一项填补国际空白的巨大成果，在国外顶尖期刊"化学研究"上发表了非常厉害的论文，行业内都知道这个期刊是国际最顶尖的。一下子在国外得到一片惊呼和赞誉，受到影响渐渐的在国内也开始突然引起追捧，一夜间王可佳的名字全都知道了，这让马清梅心里不爽，刚来的大学生不声不响竟然取得如此大的成就，自己工作这么些年还从来没有获得过这样的巨大成果，心里很是嫉妒。马清梅表面装出笑容嘴上表扬了王可佳说些虚话空话，在中心实验室内部开会时也说过："小王是我们第四中心实验室的光荣，是科研工作的新生力量。我们大家要向他学习，用刻苦钻研的精神争取取得更多的成就。"她说的有些话实际上是研究所的领导高云迪所长在召开全所大会上当时表扬王可佳时就这么说的。王可佳当时在会场上听到研究所最大的领导满脸高兴地在表扬他，让他顿时心情很激动，非常高兴，感受到有同事转过头看向他投来赞许的眼神。而被她马清梅在中心实验室内部开会时这么一说，加上她夸张的表情和那种语气，同样的话听起来只感到身上有点冷，直起鸡皮疙瘩，意思和味道听起来完全是不一样了。王可佳见马清梅对自己开门见山地说，也不说别的套话，就按住内心的不快，脸上还是笑着回答道："马主任你辛苦了！你看我今天刚刚又收到了一个外省研究所的书面邀请要请我去和他们交流，需要请两天假。另外今天还有媒体要过来采访，向你报告一下。"

马清梅见原来王可佳今天特意来到自己办公室不是为别的事又是因为他的成果而来请假出差做外出活动的，这种事情已经有太多次数了，而且王可佳说这次是被外省同行兄弟一个研究所邀请去作报告的。最近王可佳可是一直很风光啊，在媒体面前抛头露脸的。这次又要受到邀请出差几天在外去作报告，对王可佳来说绝对又是很风光的一件事，唉，可惜不是自己。想着想着脸上的神情马上变化收住了笑容，有点不悦地说道："小王啊，怎么到现在还没有结束啊？这种事已经不少了，要影响工作了。最近单位也很忙，你也请了好几次假了，我没有阻拦你。我看这次算了，不去了吧，你去给人家打个招呼吧，单位还有很多事情要做。"王可佳已经预感到早晚会被马清梅拒绝，也不想把这两次任务是研究所领导安排的直说，免得她更加不爽以为拿领导来压她，不想多争取但是转念一想还是忍不住说道："好，知道了。不过这出差的事领导都是知道和同意的。那你看还有两家媒体现在已经到我们研究所，等会来采访要不要接待？他们人已经到了，现在记者正在小会议室等着。"马主任见王可佳还是拎不清她的意思，还告诉自己称是研究所领导同意的，心里更加不爽，冷冷地说道："小王，其实我们研究所有些科研项目，还是要内外有别的，特别是你的这次研究实验结果，是我们中心集体的智慧，也是我们研究所的成果吧。而且这次研究成果有些特殊需要保密。万一不小心泄密了可是大事啊。我看还是算了，少采访吧，这是为你好，出差的事领导是客气不好拒绝，但是你可是明事理的人，你自己去回复人家吧。"王可佳一听有心里点生气，你个马清梅开始给我上纲上线了，他并没有告诉她这两次任务是研究所办公室钱主任和分管领导蔡所长给他安排的，只是稍稍说了单位安排领导同意的。不过他还是先忍着，面上看不出什么，平静地回答道："那好，我知道了。马主任你说得都对。不过现在媒体记者已到，你去跟他们说明一下。另外外省的研究所是他们领导打来电话的，也请你和他们单位领导说明一下吧，免得他们说我不得了，摆架子，同行兄弟单位正式邀请都请不动，我可真没有什么架子的。"马清梅见王可佳这么说，她心想如果外省邀请单位真这么说王可佳才好。对王可佳因为不去而被人产生的误会倒是她愿意看到的结果，假意劝道："小王，这事他们找的是你，还是你去说吧。"王可佳今天可算亲自碰上了这人的阴损，既要王可佳自己出面去拒绝接受邀请，又可以她自己落得清闲，可以避免被人说不支持他们的正常接待和邀请，这件事让王可佳自己去背锅。王可佳其实看得很清楚，此时他的倔脾气上来了，心想你个马清梅把我当什么人了，你不同意让我去，还装模作样的要我自己去回绝他们的邀请和采访，而且是我已经告诉她这两件事都是单位安排领导同意的，只是没有明确说具体是哪个领导安排的，已经说得这样明白，还硬是让自己出面说自己不想去。还有竟然好意思说我这次研究成果论文发表是单位集体智慧，意思在提醒我要注意，不是你个人的成果。自己被邀请被采访你说让我自己处理，明明是个人研究成果说成是集体的，这思路看似奇怪滑稽其实这人心机阴险。王可佳平时还是比较老实单纯，不过这次他心里在思考想好了应对，说道："好吧，马主任，你让我自己去说那好吧，我也只是去试试给他们说明一下，不知道行不行，估计不太行的。不过不行的话，还是请你领导出马亲自去说明情况，你说的话分量比较大，我人轻言微效果肯定不如你。你可是我们第四中心实验室的领导啊。" 几句话说得让马清梅心里暗自到有些高兴，心想你再出名也罢，还是在我手底下，这话说的算你知趣。

　　说完王可佳出了马清梅的办公室门，他已经想好了，如果我自己说拒绝接受邀请，这件事分管领导蔡所长肯定会不高兴从此就对我有想法了，毕竟领导为单位有我这样的人取得成就是高兴的，所以被兄弟单位邀请去作学术报告也是为本单位争光的。这件事马清梅的处理方式还是应该如实地告诉蔡副所长，免得他真误会自己骄傲自满。于是马上往蔡副所长办公室走去，等他敲门进去把前后经过一一汇报后，结果可想而知，平时这马清梅没有把分管领导蔡副所长放在眼里，对马清梅上次提拔为主任一事，在班子会议讨论时他就有不同意见的，希望提拔原来的另一位副主任刘一虹，后来这件事还是被传到马清梅耳中，直让她怀恨在心，以后就很有心计，见到蔡副所长表面不敢发作但是心里一直找机会想法使坏。有事无事直接去找分管人事党委书记副兼所长丁向群办公室，趁机说蔡副所长的坏话。

　　蔡副所长听到王可佳原原本本地说出事情经过后，也是窝着火不好马上发作。心想这件事王可佳已经告知我安排同意的，她马清梅还装糊涂硬是横插一杠，明显的是不把自己放在眼里。看着王可佳这个小年轻满脸无奈一副愁容，他微微一笑说道："噢，原来这样，好的。小王这件事我知道了，你还是做好出差的准备。到时候我通知你。" 王可佳说道："好的蔡所长，那我先出去了。"蔡副所长点点头。王可佳走出办公室关上门，又往行政办公室走去，把被马清梅拒绝他去接受媒体采访的事说了一遍。钱主任脸上顿时一变，皱起眉头来说道："怎么可以这样，这是单位安排的。我会向领导去说明的。"王可佳把两件事都汇报后心里略微轻松。

自己如果没有将发生的情况如实汇报，到时候记者们来采访按照马清梅的想法拒绝接受，那一定会让媒体记者和钱主任以及领导以为我真的太骄傲自大有架子了，是我的问题了，现在把事情都如实说清楚心里踏实一些。这些记者们也是先到研究所行政公室去提出采访，是走标准渠道要求采访王可佳的。行政办公室汇报领导同意后并电话告诉王可佳让他准备一下接受采访的事情，然后跟记者们说具体的采访请你们去找王可佳对接，把王可佳的联系电话都告诉了记者，这样已经对接上了。原来的操作流程一直就是这样按规矩流程来，一直还是很顺利的。后来不知道是怎么回事马清梅自己有了小算盘，想插足这件事，你王可佳可是我第四中心实验室的人，需要我部门领导批准才行。所以在经过研究所办公室安排了几次采访后，她专门找王可佳谈话对他说："小王，我是中心实验室的主任，要安排正常的工作。你接受采访和出差活动要向我报告，要让我知道。"王可佳见她这么说心想也好，自己最近这些活动太多了，让你知道看来你会帮我推掉一些活动，所以当然接受。同时王可佳心里清楚着马清梅见我接受采访有没有主动向她汇报心里不乐意，我只不过上几次采访都是行政办公室安排同意的，真没有想到向马主任汇报，所以她就不爽了。好吧，既然是她专门告诉我，下次有采访和外出活动需要向她报告，你想揽权抖威风是吧，这对我没有什么问题。所以当场说道："好好，马主任，以后有活动向你报告。"所以这次王可佳是马清梅找他谈话后第一次有要采访出差，才主动向马清梅专门报告一下，没承想第一次就出现这种烦心事。等王可佳离开钱主任那里回到自己办公室后，同事小沈告他说："小王，在小会议室那里有两家媒体等着采访你，人来了一会了。马清梅脸色不太好啊，你要注意。"王可佳马上笑着答应谢过他之后，走出办公室往小会议室走去，他想与记者们先招呼一下说明情况。推门进入会议室后见到来采访的两家媒体的三位记者，王可佳态度很诚恳连连抱歉直接说道："对不起各位记者老师，让大家久等了。不好意思啊，我刚刚汇报了我们的马主任，她不同意我接受采访，怕影响工作。这样我也不敢接受你们采访了，实在不好意思。要不你们直接去找她再商量一下，免得我为难。唉，我们第四中心实验室有规定的。噢，马主任她在504办公室，实在对不起大家了。"说完双手一摊脸上的表情看得出他也无可奈何，记者们相互看了一眼，不好再为难王可佳。一位记者说道："你们单位还是蛮复杂的。"王可佳在一旁叹了口气，说道："各位老师实在抱歉。"这样王可佳把三位记者引向了马清梅。然后歉意躬身告别记者离开会议室。他已经想好等会儿正好安排，有事自己赶紧先撤了，不然到时候你马清梅等真的记者找上门，向她提出采访任务，她肯定会做好人又同意采访了，再找过来叫我去接受采访并提出一些要求，我才不愿意。看到记者们走向马清梅办公室，他马上向课题组负责人郑老师请假，他安排的王可佳有关课题要到情报所查询资料一事，还有要到课题协作单位整理记录数据等沟通一事，正好他今天出去帮助完成趁机会脱身。然后赶紧拿起背包和资料快速走出办公室腾腾地走出单位。

果然一会儿马清梅电话打给王可佳的手机，王可佳一看号码知道是马清梅办公室电话，但是他并没有接听仍旧在外走着。

第二天王可佳直接到科技情报所查询资料没有进研究所。等第三天上班刚刚到单位，正在和中心实验室的课题负责人老郑汇报到科技情报所查询的一事和前天下午在课题协作单位沟通数据一事。只见马清梅胖墩墩的身子走过来带来一股风，脸上阴沉着就走进了王可佳的办公室来，一进门就生气地直接对着王可佳大声喊话道："王可佳，你可算来了，你在搞什么搞？昨天到底怎么回事？你说说。"王可佳看着她这副急吼吼而且就是专门来发难自己的样子心里有些厌恶。压住自己的情绪表现的平静一些，没有像平时客气的称"马主任"，直接忽略了，慢慢说话道："你是说昨天啊，昨天不是郑老师叫我去科技情报所查询资料和协作单位核对数据有很多事啊，郑老师负责主持的课题马上要结题总结了。你看我正在把资料交给郑老师和他对接呢，怎么啦？"老郑在边上看到这副情形后，知道马清梅找王可佳事，马上说道："是啊，是我们的课题基本结束了，需要到科技情报所去查询一些信息，还有要到几个协作单位一起对数据商量结题事项。是我叫小王去办理的，怎么啦？"两个人平静的反问而且相互支持让马清梅意识到不对劲，她倒不太敢直接面对同样也是老资格的老郑。赶紧自我圆场道："噢，说错了，是前天。上午有记者来采访的事。"王可佳满脸狐疑问道："采访什么事？我按你的意见，直接告诉他们我的领导不同意，不采访了。这是你的要求吧，有什么不对吗？"马清梅被平时老实的王可佳这么一说气得血压升高，急急说道："你，你怎么可以这么说呢？那他们怎么会来找我的呢？办公室钱主任也来找我问情况。"此时王可佳见马清梅大着声音凶狠狠的样子心里也来气，一脸无故责问道："那我应该怎么说啊？是不是你也要教一下啊？是你要求向你报告，是你不同意采访。记者只能找你，你应该直接告诉记者才对呀？"说得马清梅一下子语塞，没有想到平时一直不太多说话很老实的王可佳，今天怎么会当着众人的面一点不给自己面子和自己争论起来，而且都是针锋相对说到点子上，气势上看着声音不大但是并不弱，竟然一下子把她气得接不上话。她没有想到王可佳平时一直不声不响的，今天这个老实的小年轻此时会突然发火倒有些意外，反而也不敢再继续说他了。马上又转移话题问道："那外地研究所叫你去报告的事又是怎么回事？"王可佳说道："我也如实告知，我们实验中心领导不同意，去不了了。"马清梅气得直说："那他们领导又怎么会打电话给我们研究所蔡副所长，害得研究所蔡副所长专门让我去他办公室说明情况，问我怎么回事？"王可佳说道："你老是问我是怎么回事？你不是领导嘛，人家找你没有错的。怎么回答是你的事，我按你要求给你报告也符合你的要求对吧，怎么老是反反复复问起我来？你可真是可笑。"说得马清梅脸上顿时红起来，本来是兴师问罪的，结果自己没有想到被从来不吭声的王可佳抢白了一顿，还更是被他说的无话可说。周围的同事一听他俩的争吵问答，大都马上就明白是怎么回事了。他们也不好多说什么，也不帮马清梅，马清梅脸上有些烫更是泛起红色，有点没有台阶下太尴尬了。平时自己腔调有模有样，现在明显得处于下风。同事们心里说王可佳是个老实人，马清梅就想欺负他显摆自己的主任臭架子，没有想到这次王可佳是直性子硬是怼她，是该怼马清梅。这种人就是一副小人得志欺软怕硬的样子。你看王可佳今天也生气了，顶着她说而且说得在理，平时看不惯马清梅那种自我感觉特别好高高在上的样子，只是没有人愿意出来说，大家都心存多一事不如少一事的想法，犯不着和这种人争个一二而已，不过心里直摇头，这样助长了马清梅的嚣张气势，愈发的得意起来。现在马清梅也吃瘪了变熊样，面对王可佳竟不敢多说了。我们这里可是科研机构，是凭真本事搞研究的，手上要有活。你马清梅自己也不掂量掂量自己有几分能耐，好不容易混上了个中心实验室主任就得意洋洋自以为是了。研究单位毕竟还是靠人的专业水平和能力服众的，你看王可佳不声不响一下子取得这么大的成就，哪里可以和他相比，还明显心存嫉妒所以搞出事来。不过以后王可佳肯定会被她穿小鞋打击报复了，王可佳人又老实没有什么心计要吃苦头了。众人都在想着心思，也为王可佳担心起来。

马清梅自从和王可佳发生激烈的争吵后，她在这两件事上不仅受到领导的批评和办公室钱主任的不满，连平时最不让自己放在心上的王可佳这次也敢当着大家的面怒怼自己，一点不把她当领导不给面子，搞得自己非常狼狈让同事们笑话，心里直气得胸闷脑涨，一个人在办公室气得咬牙切齿暗自发誓一定要寻机慢慢要王可佳好看，出出心中这口气，否则自己以后在第四中心实验室的权威怎么树立？

这样过了一段表面看似平静的日子，发生这件事以后王可佳更是见到马清梅基本不搭理，已经不想见到她，这种人太阴险又蛮横无理，躲着她落得清静。做自己的研究工作也不用跟她接触，大办公室没有了马清梅往日的时不时会进来一趟看看说说，她一个人在自己办公室关上门，也没有听到她上午下午的健身锻炼时发出的阵阵咚咚的声音。一下子大办公室里的气氛开始活跃起来，这样的日子蛮好。马清梅少了以往一贯的趾高气扬的神态，开始说话变得声音小了点，不像以前大大咧咧嗓门很高。又过了几天，王可佳正好又一次经领导安排受邀在外省作报告时，在研究所里其他部门开始听到了一些议论声音："说王可佳现在目中无人，自恃有才开始骄傲膨胀了，不把领导放在眼里了，也不服从领导安排了。"后来又传出研究所准备破格晋升王可佳为副研究员的消息。等王可佳回到上海刚到单位，中午吃饭后与几个其他部门实验室关系比较好的同事在外面散步聊天时，有人悄悄地告诉他：

"王可佳，你们第四中心实验室的崔老师，听说他到领导那里去说，你和他在一个中心实验室，工作做得和他也差不多，但是他资格比你老进研究所工作时间比你长多了，任职中级职称也比你长多了，你还没有到时间晋升，为什么王可佳你可以破格上副研究员？还有你们那个马清梅主任说，王可佳做的实验是在单位里，用的材料、试剂都是单位的，时间也在工作时间。为什么在论文署名时单位里就他自己一个人，其他一个人都没有，倒是把外单位的一个人给署上名字了。就是吃里扒外，假公济私。还有人说你发表的论文的内容涉及高度的单位机密，内容是世界上绝无仅有的属于国家机密，未经单位审核批准随便发表在国际公开的学术期刊上，这是在泄密。听说上面部门领导也知道了还收到了举报信反应，好像上面要派人来调查了。我们只是听说有人议论，也不一定是啊，不过你还是自己要小心点吧。流言害人啊！体制内的事都是这样的，唉，烦死人了，不说了不说了。"这些话已经说出来，也是提醒王可佳要当心了。王可佳听到后五味杂陈，心烦意乱。看来这些流言所传事情一定有人在背后扇风捣鬼，他不用多猜，马上想到一定是马清梅，上次争吵后让她难堪，以她的人品心怀鬼胎暗中捣鬼是必然的。至于崔老师他正好今年要申报高级职称，如果王可佳破格，同在一个中心实验室可能由于名额有限会受到影响。他有想法也算是从他自身考虑，当然就怕这件事也是被马清梅在背后针对性的点火挑事引起的。

王可佳原本是一个认真做事不愿意时间花在外面说事议论上的人，现在研究所内其他部门关系好的同事把听到的一些议论告诉他提醒他要当心了。说明这样的传闻在整个研究所内已经扩散而且传得很厉害了，也是因为近期研究所内突然一下子红遍天的年轻俊才王可佳，大家都知道，他突然在国际一流期刊"化学研究"发表一篇研究论文，已经是极其尖端前沿、领先国际的研究成果，自然让人惊奇，这些成就和他伴随的传言当然传得更快，有人相信，也有人心里明白根本不相信，就是出于嫉妒。王可佳一回到研究所就莫名其妙地听到这些无中生有的搬弄是非式的流言，让王可佳心里十分生气，心扑扑加速跳了起来，干扰了他的心绪，马上反应在脸上。他是一个藏不住内心想法的人，喜怒哀乐看他的脸就能明白。他马上想到单位里平时自己深居简出一直在第四中心实验室工作，不会和人结下恩怨，人们也不会对他这个刚进单位的小字辈会有什么冲突和纠葛。这一定是马清梅上次被自己怒怼，她心存怨恨所以一直在到处扇风点火发泄她心中的强烈不满，也是对上次不留情面给她的报复。自己现在终于感受到了，心里十分感慨，自己与世无争、为人向善、低头做事，但是还会受到伤害，真的憋屈。看来有时候做事容易，处理好人际关系太难了。有的人人心叵测品行低下，总是为了一己之私诽谤造谣，以此作为工作和生存的法则。王可佳联想到最近中心实验室有几个同事，譬如老崔似乎突然间也莫名其妙地开始存心针对自己。有一天他专门走过来到自己桌前，脸上严肃直接告诉王可佳并将原本是他在负责做的一个课题项目总结报告、汇报材料和汇报时需要演讲的 PPT 材料都推给自己要求抓紧完成，让人感到太突如其来莫名其妙。

那天在大办公室里老崔从自己办公桌前起身走了过来对着王可佳说道："小王啊，领导说了要发挥你技术骨干的作用。你能力强，这个课题工作很重要，交给你负责完成了。时间很紧，后天领导就要的，他还要亲自修改。"王可佳一下子感到非常奇怪和突然，这些事按照课题组内的分工就是老崔负责的，不过他马上明白了，老崔主要是听闻所领导要研究破格晋升自己，那他正常的晋升副研究员技术职称的事可能因名额限制会受到影响，所以他才有些想法突然针对自己的。但是老崔一下子陷在其中他想不明白，和王可佳本人有什么关系呢，这些是研究所领导考虑的事，自己从来没有主动提过要破格晋升之事。一定是马清梅告诉老崔，涉及老崔这次职称晋升，他对这件可能影响到自己的事看得很重，一听就急了，以为是王可佳挤占了自己本来应该获得的晋升位子。所以见到王可佳有气说话就很冲。被人把他当枪使，正好点在他心中的事上一下子就糊涂了。平时王可佳和老崔两人关系一直很好的，王可佳对他也是很尊重的，一直叫着崔老师的。听到老崔今天突然明着在欺负王可佳，其他的同事也不吭声。可能王可佳的成就特别出彩，打破了论资排辈的平衡格局，每一个科技研究人员心里多多少少也有些想法和嫉妒，王可佳的伟大成就犹如一大块石头突然扔进平静的水面，泛起阵阵水花留下一层层涟漪。王可佳太出众的才华和研究成果的光彩把他们一直长期从事研究科研的人的心态影响了，有人心存嫉妒。现在又被马清梅趁机一搅，加上其他个别同事的不理解或嫉妒心双重压力，让人顿时身心疲惫。王可佳看老崔这样的姿态没有吭声，既没有说接受老崔嘴上吩咐的工作，也没有说自己不干。老崔也不管说完就走了，王可佳心里这时才想起孟浩远曾经特意告诫过自己的一些要求，当时孟浩远分析得很细致，还让自己千万要记得，自己根本没有细想。此时出现这种场面，不由得特别佩服孟浩远的远见。其实孟浩远早就给我分析得很深远，包括署名问题，就署上自己就可以了，还有在实验上的问题，提议在孟浩远付钱的外资试验机构做实验，平时一些试剂原料费用都是自己花钱购买都有凭证，现在出现的流言以及各种可能出现的场面都在当时已经提到要请注意。还好已经做了些准备以防万一，不然真被他们传的这些话让你还一时不大好说得清楚，"莫须有"的流言听起来似乎有过，但是也不一定有，原来如此。他现在深刻理解了人心的险恶。

这时王可佳已经完全没有了刚开始获得巨大成就深受众人赞誉的兴奋激动和喜悦，只有莫名的憋屈、无奈和辛酸，更多的是忧郁烦闷甚至愤怒。在这样的科研环境下如果再待下去自己会发疯的，自己也不像孟浩远那样聪明机灵能言善辩，别人还说不过他。继续留在这里已经让自己心太累意义不大，一切变得有些陌生不值得留恋了。此时王可佳已萌生去意，是该去找自己最好最聪明最神秘的同学孟浩远好好商量一下，他一直看问题看得很远很有见解，要听听他的意见，我现在的这种境况该怎么办？在这里工作很不舒心，让人烦恼。现在这样一直下去太憋屈了一定会发狂的，实在不行只能换个环境离开这里。你们这样折腾，容不得我一个已经再普通不过与世界无争进单位不久的年轻人，我就让给你们，只能走。这是一条自己实在无奈不得不走的路，就像孟浩远离开国家天文台时一样，他一定也是受到了很不公正的对待。王可佳现在体会到孟浩远当时离开自己热爱的国家天文台不仅仅是为了回上海挽回和李晓彤的关系，可能也是碰上自己现在人际关系工作环境的突然变化的复杂因素。王可佳此时已经越想越明晰，动了想要离开的念头，当然他会和孟浩远联系倾诉一下听听他的建议。

五

　　以后的这几天，王可佳进单位后又看到马清梅脸上开始露出原来的笑容来，头往上扬神气活现的高兴样，办公室里又可以听到她在健身时发出的声音和响亮的说话声，她明显的又神气起来一脸的得意，恢复了以往她原有的那种本性。说明针对王可佳的这些流言意味着对她而言是高兴事。马清梅的高兴那对王可佳来说可能是不祥之事，他心里莫名的不安起来。过了三天，研究所的上级部门真的派调查组来到研究所来了，听说是要找王可佳谈话。

　　星期四上午，王可佳和往常一样到了研究所大院后，在第四中心实验室楼内走廊走到自己办公室，进入办公室后依旧去茶水间拿着两个热水瓶倒热水，然后回来开始坐在办公桌前打开电脑做老崔给他安排的课题总结会需要的总结报告和PPT总结演示稿。王可佳尽管心里不乐意还是想着算了，老崔平时人还是可以的，他在这件事上安排是欠妥的，换位思考只是他对评职称的想法比较强烈，莫名的就和王可佳有些不愉快，一直认为有人告诉他的事是真的，就是王可佳会把他这次的职称评定给搅了，所以不明事理地对王可佳有看法了。王可佳事后想想还是算了，不要跟老崔多计较，免得被马清梅从中作梗会越来越麻烦。课题总结报告他已经认真地修改了两遍了，本来王可佳只不过是课题组参加人员之一，他的排名在一共十七位当中排在倒数第二位，前面还有一长串十几个课题参加者，有本单位的也有几个外单位的科技人员，这样的排名位置即使课题以后得奖了都不会轮到后面的参加者。王可佳只是把它作为工作之一参加而已，按课题组每人都有分工，他只负责实验分析，需要他做实验才把他名字捎上去的。王可佳负责完成实验并将数据部分提供给课题负责人就可以了，而且王可佳参加的课题排名基本在倒数第二位前面还有十五位。按课题分工内容，老崔安排的事本来就是他该负责做的，他在课题组内排名排在第三位的。可是自从王可佳的重要研究成果和论文在国际著名期刊发表后，刚开始大家都是祝贺表扬的声音，渐渐地领导在大会上多次专门表扬王可佳，还被传出研究所将破格晋升王可佳为副研究员后，第四中心实验室里发生了一些微妙的变化，加上马清梅在背后不断地挑唆后，有个别人出于自身利益被利用，在一些工作安排上发生了一些明显的变化。有些原本不是王可佳的工作现在会被故意推到他身上，表面看上去很是热情也很认真，还不无好意地说道："小王啊，这是研究所领导要求的，要发挥青年骨干在科研活动中的作用，要好好培养像你王可佳这样的年轻技术人员，要不这件工作就交给你了？"于是工作会被派到王可佳身上，王可佳脾气好，又有领导表扬，起先不知其中的奥秘，乐呵呵地没有计较，他一直把人想得很简单，很客气的去待人，而且自己刚进单位，年轻人多做点也没有啥，就当是给的机会多了解点工作，没有往其他方面去多想。但是在写课题总结报告时，各个课题组分工的材料要他自己一个个去讨要时，他才感到了压力，这事没有那么简单。有的人不是推说正在总结马上就好，就是说已经写好了交给了课题组负责人审稿了，让王可佳直接去找负责人要。王可佳只好到了负责人那边去要材料，还被负责人说一通："小王啊，这些小事，还要我去组织吗，我已经在课题组会议上将时间节点和要求都在会上做了布置了。你辛苦一下，好好去和他们沟通好吧，尽快把材料收集起来搞好，这也是在培养你的工作能力。"见课题负责人这么说，王可佳也只好硬着头皮，厚着脸面去和各组人员沟通，要他们提供材料。这比自己做实验还要费时间和精力，在与人的沟通上本不是王可佳的长处，加上个别人被利用有了自己的小心思，存心刁难，所以王可佳很吃力。将分散在课题组各组的材料收集就花了很多精力，也受了不少憋屈，心里有时会感到酸楚。他坐在办公桌前静下心来时，慢慢地思考孟浩远当初提醒的话，才体会到其中的微妙。

办公室的人陆陆续续已经到岗，大家闲谈之间时间已经上是上午九点多了。王可佳正在电脑桌前认真地准备材料，突然马清梅闯了进来，一进门就这副德行，怕有人听不到她的声音，故意大声地叫喊着："王可佳，王可佳。"明明知道王可佳的办公桌就在右侧但是她头抬得高高的眼睛看向中间前方，声音非常大把整个大办公室的人都叫得好奇地抬头看着她，不知道她想干什么？实际上她明明看到王可佳正在电脑旁前面正在忙着。看王可佳并没有理睬她，马清梅冲着王可佳也不像平时装出亲热喊小王一样，而是硬生生地直呼大名："王可佳，上级部门今天派调查组来找你。现在调查组已经到小会议室里正等着你，你现在马上就过去。"王可佳头也没有抬问道："找我？什么事？"马清梅见王可佳一副不爱搭理她的样子开口在问她，心里有些开心，但是脸上故意装作什么都不知道似的说道："我怎么知道什么事？来调查总归有些事需要你讲清楚吧，你要好好配合上级调查。"见她话中有话气势汹汹的口气，王可佳眉头一皱，并没有停住手继续在电脑上飞快地打字。马清梅见了很是不耐烦说道："王可佳，你听到没有，现在就去。"王可佳依然坐着回道："你没有看见这是崔老师安排的工作，今天要完成的，我真忙着。"马清梅见王可佳没有正视自己，依然边冷淡地说话边低头工作根本不当一回事，气得说道："王可佳你停一下现在就去。"办公室里课题组的卫老师此时连忙站起来打圆场好意说道："小王，先去吧，材料就等等吧。"王可佳见卫老师也在帮着说，他不言语慢慢站起身，顺手从桌上拿了个笔记本和一支水笔，板着脸厌恶地看着兴高采烈的马清梅，若无其事地走出办公室，背后还听到办公室里马清梅还在乐呵呵地说着他："小青年不要自恃才高，你看这不出问题了。没事？上级怎么会来调查他？"王可佳见马清梅一副小人得志般的兴奋样子在大办公室还在背后说叨着，生怕大家不知道这件事，摇摇头长叹了口气："唉……"随即走出办公室。此时他心境如水，他倒要看看这些所谓的调查组为什么来调查？调查何事？一个人慢慢地走到小会议，站在门外敲了敲门，听到里面有声音了才推门进入。

小会议室里面平时一般开十几人会就放在这，第四中心实验室马清梅开会一直喜欢放在这里，因为离第四中心实验室比较近在楼下一层。会议室内日光灯开着明亮亮的，里面有一张长条圆桌，在会议桌的对面已经坐了三人，都是王可佳不认识的，中间座位上坐着一位年纪约在五十多岁的中年男子，长得瘦瘦的，眼里透出一丝凶光，皮肤黄黄的，显得威严又认真有些气势。看到王可佳推门进入，不知如何时，他对着王可佳指指圆桌对面的几把椅子说道："王可佳是吧，你请中间坐吧。"手指着和他正面对面的一把椅子让王可佳就座在他的对面椅子上。王可佳感到这样的阵势很别扭，平生还是第一次这样莫名其妙的接受一次看来很严肃的谈话，看着这种座位排布坐法，让他想起倒像是面对面的在审问犯人的形式，内心就有一种莫名的焦虑和抵触，你们这是把我当坏人来审查了。中间年纪较大的男子开始自我介绍起来说道："我姓黄。"他并没有说出全名只是表明身份，然后用手指着左边一位三十出头的青年男子说道："他是小武。"小武见状马上补充说道："这位是我们这次调查组组长黄向辉组长。"那位黄姓组长然后指着右边的一位四十多岁的矮个女人说道："她是小关。我们是上级部门派来的，找你了解一些情况。"王可佳冷冷地听着他们相互介绍脸上没有任何反应，只是在介绍一个人时盯着他在认真地看，好像要记住这人一样，脸上也是一脸严肃。心里保持着戒备地冷眼默默地抬着头看向他们，不言语只是听他在说话，然后身子伏在桌上，慢慢打开笔记本，在自己笔记本上看似认真地用笔在记录今天谈话的人、时间、地点，他们所说的这次来意等内容，然后拿着笔看着他们。黄向辉组长从桌上拿起一封信，开始说明来意了说道："我们最近收到了一封群众来信，是反映关于你的一些事，我们来核查一下，希望你配合。"看王可佳依然不言语，一直盯着他在看，手里拿着笔随时准备记录他们说的话，就问了："你叫王可佳？"王可佳一听此人哪有这么谈话的，就是你们叫我来接受所谓谈话的，明知道自己就是王可佳还专门让马清梅来叫自己过来的还装模作样问，难道需要当场验证，实在太官腔太滑稽了。于是皱起眉头有些生气不想多语冷冷地回答："是。"黄向辉问道："你在研究所中心实验室工作？"王可佳说道："是第四。"黄向辉又接着问道："有群众来信反映你利用单位实验室、单位材料、试剂和设备并利用工作时间没有经过批准一直在做个人的实验？"王可佳一听他这么说腾一下子就冒火，还好孟浩远早就考虑到这些因素，就怕有人会颠三倒四地瞎说自己。王可佳冷冷地说道："你说的，我听不懂，有人反映你该去找反映的人去调查才对。"黄向辉见王可佳回答他问题的语气明显有点抵触，回答也是冷冷的直接怼过来，听了王可佳的回答不觉一愣，也有些被激怒了说道："这有什么听不懂的，已经讲得很清楚了。有，还是没有。"王可佳还是没有按他套路回答，说道："有或没有，是你们要调查的，问我有什么用？难道一定要按你的方式回答？"黄向辉组长有些生气，也无可奈何说道："好。那第二个问题，你未经单位批准，擅自在国外期刊上发表涉嫌单位机密数据和信息的论文，有没有这回事？"王可佳怒道："你老是问我有还是没有，现在是法制社会，我们国家领导人一直都在强调依法治国。问问题要有证据，不要人云亦云，那还叫调查吗？"黄向辉组长顿时被呛得难受，他也从来没有遇到过被谈话人这么耿直的，一点不留情面不按套路回答问题的。但是王可佳怼的也是在理，他们收到的是一封不敢签名的匿名信，本来匿名信一般都有些水分。可以不受理的。黄向辉组长只好耐着性子说道："小伙子不要激动，我们就是要把问题调查清楚。"王可佳依旧冷眼抬头看着他，眼光坚定无畏，说道："我自己的研究成果发表论文何来单位数据信息，更谈不上要有谁来批准。"黄向辉组长继续被呛一时语塞。到现在为止王可佳一直在不客气的直接怒怼。右侧边上坐着的姓关的约莫四十来岁的女人见王可佳直接怼他们组长，她也是从来没有看到过这样的人，一般都是非常小心甚至害怕他们的，哪有这样天不怕地不怕的。一般程序是由主要人即黄向辉组长询问问题，他们两人只负责在边上做记录。此时她看组长被激怒了马上不顾调查原则，跳出来帮腔了说道："你态度端正一点，好好配合调查。你的身份是单位里的知道吗？你是发表过论文吗？如果发表论文当然要经单位批准。"王可佳一听这人说话没有分寸明显地在帮腔，看着她说冷冷地道："照你这么说，我人是单位的人。那我以后谈女朋友是否也要得到单位批准才可以谈？你们现在怎么还在搞这么一套？你们的身份是什么，我又不认识你们，难道也需要我先来询问你们一番吗？"此话稍有些胡搅蛮缠但是从平等对待上也似乎在理。一下子把姓关的调查女人噎得脸色也涨得通红，说道："你，你，态度不端正。"不敢再多说什么。黄向辉组长见这种情况，接过话题也不纠缠直接又问道："那第三个问题，你发表的论文存在有重要信息涉嫌泄密，你知道吗？"王可佳反问道："如果我把自己的女朋友的名字告诉别人，难道不可以吗？"意思是有关自己的私人事情自己作主有什么不可。又说道："写论文搞研究也是自己的私事，写的论文也是自己的研究成果，我利用业余时间，在外单位付费做实验，自己付费购买原材料。难道就是因为我人是在单位的就把所有自己的事捆在一起？"顿时把三人呛得非常难堪，从来没有碰到过这样不懂规矩当面直截了当不害怕的人，而且说话不按套路。小武在做记录，低着头竟然也不敢开口，关姓女人刚才也领教过也不再开口。他们调查这么多年还是第一次碰上这么耿直无畏的人。不过他们心里已经有些思路，那只能说明一个情况，匿名来信反映夸大其词甚至可能是捏造，反映的情况和实际有很大出入，才会让被举报人有抵触情绪和愤怒。不过这个叫王可佳的小伙人也太直了，一点不给调查组留情面，不给大家面子。

黄向辉组长看着王可佳这样的态度，还从来没有过自己的权威被这样一位毛头小伙打破，脸面确实有些挂不住，已经没有刚刚开始时的笃定和气势，情绪也被调动起来生气地说道："你要注意你的态度。"王可佳说道："我态度一直很好，所以现在陪你们在这里了。在这里陪你们谈这些很无聊的话，我手头上还有很多工作等我去要做。你们这可是在影响我的正常工作了，你居然还觉得我态度不好？我倒是感到你们态度很有问题，眼里还有没有群众？"黄向辉组长算是见过风浪和各种场面的人，从没有碰到这样的人，心里在想科技研究人员就是清高耿直，他又不是党员就是一个普通群众。否则提醒他要注意党纪约束了。刚才的一番言语竟然使小会议室里顿时雅雀无声气氛十分沉闷和尴尬，王可佳质问他们语气坚定严肃，"眼里还有没有群众"的字句像是一个夏天雨季中突然的一声惊雷，非常刺耳清脆实在，让他们无法回答更不敢随便接口和大发脾气。说完话的王可佳一直双手放在桌前伏案而坐右手拿笔冷眼抬头盯着他看，不时地准备记录着什么，让他心里有些发毛。这时好像双方的身份角色被颠倒过来了，自己像是一个被询问谈话的对象了，好像是在等你黄向辉还有没有其他问题。黄向辉组长被王可佳盯得反而有些不自在了，尴尬地说道："好吧，小王。今天我们暂时就先谈到这里吧，我们还会调查的。"刚说完王可佳起身准备离开，小武叫住了他客气地说道："小王，请等一等，这里有份刚才谈话的调查笔录你看一下，有没有出入，然后签一下名字。"说着从对面桌前起身迅速走过来拿着刚才谈话记录的纸张走过。王可佳看都不看说道："你们写得记录干吗要我来签名，你们自己签好了。"睬都不睬径直站起身来转身拉开会议室门走出了会议室，把三位调查人员晾在会议室里，一脸的惊讶，从没有碰到这样的人，一般谈话对象都是配合得好好的而且态度老老实实客客气气的。

王可佳走出小会议室后没有走回办公室，径直走出了办公楼在外面花园散散心透透气，刚才的谈话让他十分生气，自己平生第一次见到这种方式的谈话，心里很是不快，这些人的谈话方式非常机械和教条，口气大、拿腔拿调，一副高高在上盛气凌人的样子让人很不舒服，不是一种平等的谈话，把自己当作有问题的坏人来审问对待，实在没有办法接受。王可佳从刚才谈话的几个问题，猜测这封匿名信反映的所谓这些问题来看，八九不离十应该就是那个长舌妇马清梅闲得没事怀恨在心存心搞臭自己让自己难堪她才高兴，就因为被自己怼过后，心胸狭窄心生报复偷偷摸摸地瞎写信，反映自己的所谓问题达到其阴暗的目的。不管你服不服被写信举报又有组织专门派人来查，这个事实已经分量很重，造成的负面影响很大，很快会在研究所内传开，不明真相的人也知道这件事他们会怎么想，难道作为的调查组还会来宣布经过调查没有这些事，反映的都是谣言诬陷？他们根本不会，走走过场而已。所以这件事不管真相如何，最终打击了王可佳同时让其他人感到害怕，生怕这样无中生有的事会落在自己头上，特别是第四中心实验室的所有人受这件事警醒以后不敢得罪她这位部门领导。也只有马清梅一贯的德行才会有这么卑鄙的行为，中心实验室其他同事人品都还是正的，自己和他们并没有瓜葛矛盾，最多因为自己目前的研究成果受到赞誉风光无比，他们心里有些失落而产生些心里不平衡的小看法而已，所以不可能是其他人反映。单位有马清梅这种阴损的小人在，整天不做事就盯着其他做事的人搬弄是非，做事的人工作还有什么心情，这样的工作环境实在太糟心了。经过今天的一顿折腾王可佳此时已经想得更清楚了，留下来没有意思了，自己并不是一个善于搞人际关系的人，只是简单地想做好自己的研究工作。如此工作环境实在太让人不省心太累了，看来应该离开这里了解放自己，他要离开的念头已经更加坚定和强烈。

在花园里边走边一直思考，很久心情才慢慢平静下来，看看研究所园子内有一个非常不错的环境，周围树木林立布局很好高低有序，各种季节考的花草分布其中，树中的几只黑色野麻雀在树梢上站着，自由欢乐地唧唧叫着，似乎它们就是树林中快乐的主人无忧无虑。天空的颜色一直不太清纯，像是雾霾又像是城市密度太大排放出来各种气体，空气中还到处漂浮着棉絮状白色物东西——那是杨树谢落下来的花絮，随风到处飞舞，要人用手捂着口鼻匆匆手走过，不然会吸入鼻中。地上已经有一层花絮，像是雪花一般，让人看了不舒服透不过气来。抬头看周围几幢办公楼和实验楼简单高大很是单调没有美感，研究所外面是有栏杆的围墙。自己仿佛是被束缚在其中的一个孤立无援的人，从大家因论文发表受到热捧突然因举报信调查事件而成为不被关心的人，又被像是审问形式的谈话心中愤怒不由得长叹一口气。原来第一次进单位看看环境很是不错，还没有细看院子内各种细节布局并不为意，现在突然之间细看下来会是这样，心生怨气烦恼导致在眼中看到一切都变得不太美好。心里带着郁闷生着气的王可佳已经平静下来，他不想让其他人看到他的表情而来问询。走回到办公室，刚刚坐下没有多久，老崔从隔壁办公室正好也走了进来，他不知道刚才发生过什么事，只是听到马清梅大嗓门叫喊着让王可佳到小会议室去谈话，看到王可佳在办公桌前坐着发呆，有些不合时宜地说道："小王啊，材料搞好了没有？领导已经在催问了。"王可佳心里正烦着呢，自己刚一落座就见老崔过来催促起材料来，想想自己才刚进办公室，前脚进来，你后脚就马上过来要材料，已有些不快。但是他不想与他发生碰撞惹事，淡淡地说道："噢，崔老师我刚刚有些事被耽搁了。很快的，马上就好。"老崔一听，刚才他自己被领导催过几次了，办公室也跑了几次来找王可佳没有见到人正急着，现在见王可佳不温不火地说这些话，显然还没有搞好材料，他真有些急了，说道："你还有什么事比搞好课题材料还重要的，也不看看，真是的。小青年工作要分轻重缓急。"王可佳被他这么一说顿时无名怒火又一次燃起，说道："崔老师，你在课题组是排第三，可是主要负责人之一，按课题计划书上的每个课题组人员分工，这些事应该是你的分工任务你自己做才对，我是在帮你做知道吗？上午卫老师已经在劝我等等弄材料，先去谈话。你倒好，我刚刚进办公室你就急着要材料。现在我告诉你，你自己的事自己去做，别再来烦我了，我排名在最后，而且我的任务早已经完成了。你要搞清楚没有完成的工作是你，不是我。如果你有想法可以把我名字去掉，没有关系，我现在跟你说，不帮你做了。"王可佳一顿抢白，在老崔面前也是第一次，一下子他也被惊吓到了，说得老崔一下子语塞，竟不知道如何说，他还从没有看到过这位一直脾气很好老实巴交的王可佳今天会莫名突然地暴发脾气。王可佳平时一直老老实实，认认真真地，这是所有人对他的评价和固有印象，所有工作上和私底下托付给他的事情也从不打回票的，都是笑呵呵地接受很快完成让人很是放心，今天不知道发生了什么事。其实老崔今年正好轮到可以评副研究员，可是被领导在大会上一说，象王可佳这样的年轻人可以破格晋升，王可佳现在是中级职称，年份还没有到升高级职称，如果按领导所说破格晋升的话就是他也正好是升副研究员，和自己同在一个中心实验室，由于人数限制可能会影响到自己的正常晋升，所以自己心里是有一点着急有想法的，出于小嫉妒，把一些科研上的工作都交给王可佳来做。王可佳也没有推脱，自己平时一直对这位小年轻有好感的。今天自己讲话确实有点过了，想到这情形明显不对，老崔赶紧不声不响地悄悄地撤离，办公室里其他人大都有些同情王可佳的，他们心里十分清楚是什么原因惹怒了王可佳，他此时心里肯定很委屈，这个老实人被连续欺负，今天第一次看到生这么大气。

这件事后面并没有马清梅期待地对王可佳作出什么处理。王可佳这两天被这么一些事情一连折腾，已经身心疲惫，做任何事提不起精神，好在又到周末在家可以好好休息两天。通过这件事他从没有想到社会上人际关系太复杂了，也没有想到同在单位同一部门，人际关系竟然更加复杂，原来自己的信条就是自己管好自己认真做事就行了，现在看来还是行不通。于是他已经打定主意要离开这里，留下来也会继续受气，让自己受不了。

王可佳现在很想要和孟浩远联系一下，把自己最近发生的事情和苦恼向他倾诉，自己的想法让他帮忙分析一下。王可佳打开电脑再次看那封来自美国衣阿华大学国际著名的"曼克化学实验室"玛丽教授的邀请信，然后静心思考起来，这份邀请信是上周二玛丽教授亲自发来的，自己看过后也不以为意还没有回应。此时再看这封信顿时感到温暖，单位发生的事让他感到冷漠心寒，和玛丽教授对自己赞誉和热情的邀请反差太大了，要知道"曼克化学实验室"是国际一流公认的著名实验室之一，同行业的人都知道玛丽教授是国际上非常著名的科学家，她一直长期从事化学研究，有很多的成果。王可佳在读书时就已经知道这位著名科学家，是自己心目中敬佩的女科学家。

看了热情洋溢的邀请信后王可佳十分感慨，心中五味杂陈不是滋味。他迟疑了一下，很客气地先回复给了玛丽教授，同意她的邀请并将会安排时间来"曼克化学实验室"访问学习。玛丽教授是国际上著名的化学分析权威专家，她在"化学研究"专业期刊看到王可佳的重要论文后就十分关注王可佳的研究成果，这是化学界近数十年来的巨大突破和突出贡献。令她感到非常吃惊，因为她也在这一领域的这个方向一直专注于研究，实验过无数次，但是到目前还没有取得好的进展和突破，从没有发现过一种新元素收获成功。没有想到被这两位中国人突破了，这是非常了不起的一项研究。她感到如果可以邀请到这两位中国的研究者来访或者接受她的邀请能来她负责的实验室工作，那就会有更大的突破。所以玛丽教授很快向学校提出申请，需要这两位中国人加入她的实验室团队工作，毕竟这两位年轻人研究的内容方法是国际最领先的。如果这项研究成果应用到社会，那它的价值无法估量。学校董事会十分重视，经过专业委员会讨论，一致通过了玛丽教授的要求，准备引进两位优秀的年轻学者来学校工作及合作研究。所以玛丽教授以"曼克化学实验室"的名义发出了邀请信，但是王可佳一直没有明确回复。玛丽教授猜测可能王可佳和孟浩远他们对于她的邀请仍在思考中，他们当时收到邀请信后已经及时礼貌地表达了谢意作为回复，并没有提下文。现在当玛丽教授看到了王可佳表达愿意接受邀请访问和学习时，也是兴奋地举着手发出"耶"的欢呼声，脸上露出了微笑。接下去她开始正式计划安排王可佳和孟浩远的到来，不过玛丽教授还不清楚"化学研究"期刊上那篇论文的第二位作者孟浩远，和目前科学界学术界已经广为流传的攻破百年数学难题"西塔姆猜想"证明者数学奇才孟浩远先生是不是同一个人。

六

　　孟浩远接受邀请，已经到达美国马萨诸塞州开始考察伯利克大学，通过亲身参观、考察、体验，他对它的历史和城市大致情况，人文和城市经济发展状况有了初步了解。他还细心地注意起这座城市在商品贸易和物流运行方面的一些情况。美国尽管地理位置不在欧洲板块，但是拥有先进的科技文明和工业发展以及经济贸易使它成为世界上一极独大，是代表西方和传统欧洲国家的领头羊，是目前世界最发达最有钱综合实力最强大的国家，这源于二战后英国衰落美国替代它成为西方的领袖，国际秩序得到重新调整。它的快速发展已经垄断了先进的科技、金融、石油能源，并代替与黄金挂钩的结算体系，形成以美元货币为结算体系的霸权国家，它对全球经济贸易产生着最广和深远的影响力，具有强大的话语权。美国的领先是全方位的，它在植物和农产品方面的贸易检疫等也已经涵盖世界各地，形成了特别世界性的贸易规则在全球范围开展经贸活动。不过随着中国电商新贸易体系突起和制造业全方位的提升和发展，与世界各地经济贸易往来越来越多。中国的制造业产业链几乎涵盖了所有，非常齐全。美国的电商发展也很快。因此秦要求孟浩远帮助收集地球上各地尽量多的各种植物和农产品种子要求，在美国通过实体商店和网上电商平台采购完全可以做到，品种也很丰富多样。不过由于农产品检疫制度各国的要求严格程度标准是不一样的，还需要进行一番了解，能够正常渠道采购到的品种已经非常多，计划后足够慢慢收集并在与秦见面时带给他。另外秦所需要的各类有关地球文明的地理、科技、历史、文化等书籍，更是在商店中随处可以购买到。所以孟浩远已经心中有底，制订了采购计划和列出每次采集的物品清单以免重复，自己留一份，另一份到时候将物品一起交给秦。

　　美国是世界上科研、创新技术和教育最为发达先进的国家。注重开放的是公共图书馆和博物馆、科技馆，让所有人有机会参观和学习。所以这些场馆在一个城市中数量不少，在各种地方会被轻易找到。图书馆内的书籍数量多，种类也非常多，包括科技文献甚至有年代很久的古籍图书资料可查阅。

买书是一件很方便的事。孟浩远想到秦发来的信息位置是在美国的一处地方，他猜想应该是秦所乘探索飞行器对地球巡视时，这个新地方地理位置以及其他各种因素经过认真考虑和搜寻目标认为合适而确定的。那里是无人区，周围远离热闹的人类居住地，方便飞行器降落和安全。

根据坐标信息，这次秦选择的是美国一个非常偏僻的地方，美国这个国家地广人少，有些地区不适合经济开发，人类也不适合居住生活，那里是比较荒漠的。孟浩远一直在思考，秦为什么每次和他见面的时间基本上都要间隔三个月左右？他们的飞行器是怎么样的？怎么制造出来可以跨越宇宙空间的飞行器？它穿越了多少不同的宇宙空间？它的能量来源如何解决？从阿勃特星球飞到地球需要多少时间？有什么先进的科技使它可以不被地球最先进的科技侦测搜索到……这一切谜团孟浩远都想知道。

秦所乘的探索飞行器在宇宙空间中巡航穿行，在经过地球外太空时偶然收到了由孟浩远随意所发来自地球的信息并和他联系上了，然后转变方向到地球来进行探寻和考察，遇见了孟浩远。通过和秦的接触和交流，孟浩远坚信，地球这个和阿勃特星类似的兄弟星球值得他们激动和高兴，是在茫茫宇宙中第一次发现还有其他人类和文化，浩瀚无际的宇宙足够大，但是还从没有发现过这样类似有生命的和文化历史的星球，这是一次伟大的充满收获的宇宙探索。他们想更多的了解地球，如地球人类文明程度和发展现状，生活模式，以及文化历史。他们想知道这颗星球在宇宙中、太阳系中所处的地理位置和阿勃特所处宇宙空间环境有什么相同和不同之处等全方位的信息，没有其他特别的意图。还有很多事情孟浩远也想搞清楚弄明白，但是接触时间和次数不多，现在还不到时间，没有找到合适的机会与答案。

孟浩远提前到达美国后，经过这两天在美国马萨诸塞州的初步考察和了解，对在美国购买秦所需要的植物种籽和书籍的流程和要求有了比较清楚的了解。同时他很有兴致走进城市内遍布在各处的各种图书馆，参观它的建筑风格和在图书馆内学习。这里没有其他人会注意你，都在安静的学习。孟浩远在这样自由安静的环境下安心坐着，随时拿所需的各种书籍让他一次又一次的如入海洋和太空，自由放松地不断补充着丰富的知识，超级智慧微光子芯脑在发挥难以想象的巨大作用，以极快的速度记录进脑中储备起来。这里安静和谐没有人打搅，图书馆内本来人不多，而且每个人都在自己认真地看书学习查阅资料。在图书馆内学习看书的人也都沉浸在各自学习氛围中，没有人知道这里有一位认真学习着看似非常普通的中国人，其实他是一个可以和来自遥远的天外星球的人类具有特殊的关系人，他是地球第一个将肩负着重大责任的人。

第三天上午，孟浩远又继续从所住宾馆走出来后，沿街道步行了十多分钟，在路边看到共享自行车操作完成后骑行出发闲逛，行出十多分钟后路边看到一块指示牌上写着图书馆，顺着指示方向骑行往前约二十多米远，发现一座掩在树林之中周围有些僻静的一座私立图书馆。停好自行车步行走了进去，这是一座设计依然很欧式风格有年代的图书馆，外墙以红砖和大理石为基本材料。孟浩远在远处细细地看着这座图书馆，用手机拍了几张照片，然后背着包走进图书馆内，找了一个靠窗的桌子，这里阳光不是太耀眼，被外面的树林遮挡一部分，但是光线穿透树林照射过来依旧很好。建筑的高度很高，抬头仰视高高的屋顶，感到空间拉长，高耸的屋顶悬在上面特别巨大，显得建筑物特别巨大宏伟，让人在下面不由得安静下来。在这里安静地待上一天没有其他杂念认真地看书思考学习，图书馆外一片宁静，馆内地上和墙体玻璃窗很干净，馆内人不多，大都十分小心怕弄出声响，很安静。高大的玻璃窗外阳光照射进来落在图书馆地上、书桌上和人上，让人身心极其舒坦和安详，仿佛时光此时已经处于停滞而彻底的放松。很快时间已经悄悄过去一个多小时，孟浩远去图书藏馆内取书时脚步放慢，生怕走路有脚步声影响其他人。进馆坐在宽大的阅览学习长桌处，已调至静音的手机发出震动的呜呜连续轻响，有电话打进来了，孟浩远顺手拿起一看显示号码是王可佳打来的。想来不会有什么急事的，现在自己所处环境不太方便接听电话就没有接，用手轻按键后中断了。在图书馆内接听电话会影响馆内良好的秩序，大家都在自觉安静的学习环境中学习，如果接听电话，一定会被人认为自己不懂这里的基本规矩和应有的礼貌。所以孟浩远继续阅看资料，非常投入地认真细看。过了一会又有电话打进来，发出呜呜的轻微震动声，只好快速拿起手机一看还是王可佳这家伙打来的，连续两次电话打进来已经破坏了孟浩远原来用心学习思考的注意力。不接听电话还是听到手机震动发出的声响影响他学习，看来这家伙有事。不过也不用这么急吧，既然两次打断不接听电话，他应该会知道自己不太方便接听吧，按键后中断电话。可是没有过多久马上又连续第三次电话打过来。这头犟驴不接他的电话就一直不停地打过来，真是服了他。此时孟浩远估计他一定有什么急事了，所以必须和自己马上通电话。刚才还在认真学习思考的个人空间中，现在被王可佳的电话中断了思考扰乱了心情，只好暂时放下书，拿起手机心里叹道："你个王可佳至于这么急吗？一定要现在马上就和我通上电话，肯定是最近受到表扬啦赞誉啦太多太高兴了，抑或又有什么好消息告诉我？"孟浩远无奈地只好拿起手机走出图书馆，再走出几分钟路已经远离图书馆了，这里接听电话说话声音响一点也不会影响他人。他站在外面一处空草地，在树林下看周围无人，接听起王可佳的电话。刚一接通听到电话中王可佳的说话语气显得很急，说明王可佳就已经是急不可待了。等他一股脑地将最近发生在自己身上的几件事一五一十带着压抑的情感向孟浩远倾诉后，明显听出王可佳说到伤心处时，他内心是非常激动悲伤无助气愤的，也很沮丧。孟浩远默默地听着，原来如此，原本自己的想象的他没有什么事情，只是有高兴事想告诉自己，结果发现王可佳的遭遇和自己的猜测恰恰是完全相反的。他应该凭他的这一项研究发现受人敬重和受到赞扬的，怎么会突然急转直下被上级部门谈话调查？相想马上明白，应该是出于对他取得的成就羡慕嫉妒，加上王可佳生性老实耿直、不懂得弯曲得罪了小人，他的顶头上司那个叫马清梅的太过阴险，在从中挑拨离间煽风点火，为了搞臭王可佳，在背后捣鬼写匿名信瞎编胡造向上反映，借这种方式存心让王可佳不好过。看来这种人到处都存在，自己也遇到过类似这样的人，看不得人家的才华和能力，千方百计地打官腔压制其他人，特别是年轻人。这样的打击对自己还好，毕竟承受压力的心比王可佳大一些，可是对王可佳这样的老实人遇到就是非常难受内心十分憋屈，很难轻松摆脱这样受人排挤刁难的局面。听了王可佳的话，他不知道如何劝慰王可佳，沉默了半天不语。没想到自己亲身经历过的事情，王可佳现在也碰上了和自己类似的事情。在工作单位中工作部门恰恰都有一个阴险的、小人般心态的部门中层领导。不过我当时周围其他的同事还是非常友好的，都在帮助自己支持自己，看不惯就敢于出来直言，也并不害怕那个李建设科长的作为。王可佳的情况有些复杂，既有那个叫马清梅的女人在作怪，甚至捕风捉影凭自己的臆想写了匿名信意图搞浑水，来让王可佳出丑。还有因职称评定上受到可能对他的影响，就因为研究所领导说过破格晋升王可佳这样的年轻科研人员而心生不满，他真是有双重压力。王可佳是个老实人，被人以莫须有的事中伤，肯定会对他造成负面影响。还蒙受上级派来的调查组专门调查谈话，他比我当时所处的情况更加严重伤害更大，怪不得着急打电话来找人倾诉了，而且自己是他最好的同学和兄弟。

　　一直静静地听着王可佳地述说，孟浩远沉默不语内心十分感慨，脑中想法颇多在思考分析。他对这种欺压王可佳的人和手段非常鄙视，对这种特有的体制运行环境也只能无奈地叹息。迅速思考着有些事孟浩远自己在单位里发生过，现在在王可佳身上也真的突然间发生了。一个人如果平庸和普通可能不会让人惦记和在意，也没有压力。一旦突然出名了，取得的研究成果非常厉害，就会受到自己工作环境周围更多的有形和无形压力。他心里很不是滋味感到难受。王可佳讲完自己发生的事后听孟浩远一直没有说话，于是他大声说道："喂，孟浩远。你在听吗？告诉你这些发生的事，主要是另外我要告诉你一个决定。算了，我要离开现在的单位，决定接受玛丽教授的邀请，去她负责的国际著名的'曼克化学实验室'工作和学习。这是一个个人重要决定，孟浩远你看呢？"孟浩远此时内心很是复杂，有些酸楚，其实在他内心一直在挣扎着，留在国内发展是最好的。只要工作环境好，理应是最佳的选择。但是作为搞科学研究的，他知道这方面确实美国和一些发达的欧洲国家的科研水平、实验室仪器设备是一流先进的，从事研究工作条件和氛围要好一些，具备专心认真进行科研活动应有的所有条件和工作环境。在那里已经形成了尊重人的真实才能，只要你有本事，你越是有能力越会受尊重而不是相反。所以不用太多担心其他的一些人为因素，不会在搞科研活动中因人际关系相处而出现过多人为的折腾。王可佳即使在国内再换个单位工作，由于国内体制弊端存在，现在王可佳身上发生的情况或多或少还可能会再出现。国内缺乏对科研人员真正毫无羁绊地让他们去全身心搞创造、科研和实验的良好工作环境和氛围。特别像王可佳这样埋头认真做研究的年轻人又不善于搞人际关系的，出现复杂的难以驾驭的人际关系，更是会直接影响他的创新和科研的激情，造成悲剧。王可佳在国内面临这样的压力，而像他这样的科研人员如果接受玛丽教授邀请来美国从事科研活动和研究，那里的工作环境可能会更适合他，让他可以一心一意的搞自己喜欢的研究和实验。当然王可佳来美国自己要帮助他，让他在美国站稳脚。想到这里孟浩远已经心中有了想法，就是支持王可佳的决定。自己这次美国之行还没有决定会留在美国，只是按计划接受要求考察，主要是为了和秦在美国某地碰面，而王可佳现在的决定也反过来影响到孟浩远打算留在美国还是留在上海的想法。现在如果王可佳来到美国学习，为了帮助他，那我可以考虑接受科索教授的邀请，决定到美国伯利克大学的工作。这样我们两人在美国不是孤立无助的可以相互照应，以后王可佳也可以帮助自己做一些事。如果艾琳研究生学业完成，在德国毕业后也愿意继续来美国读博士或者工作，那和自己相关联的最亲近的人都聚在美国生活工作，倒是不错的结果。这种结果自己从来没有想到和计划过，现在无意中因突发事件会发展到这样。孟浩远知道只要自己留在美国工作或学习，艾琳她一定会到美国来找他的。她已经电话联系时表达这样的想法，按她果断的性格可能性非常大。深思熟虑后孟浩远已经有了自己的完整计划安排。突然刚才还一直倾听和沉默思考的孟浩远开口说话了，一开口就思路清晰果断地告诉王可佳说道："王可佳，告诉你，我现在就在美国参观和考察。你刚才说的是你人生中的一件很重大的事，你首先自己一定要考虑清楚，这是你人生中一个重要决定和转折，会对你的人生影响很大。我觉得你碰到的这些事对你一定非常受伤和不开心甚至愤怒，我想你这两天已经想得很清楚了。我的答案是你可以来美国，不过你应该清楚你的学历经历情况和我差不多，只是大学本科水平。如果来美国工作而且是著名的国际一流'曼克实验室'工作，目前自己的条件仍是有不足的。踏上美国后凭一个现在的成果，当然这项成果非常巨大，但是一直这样下去还不够，我们的学历都还是本科，这是我们的软肋，我们需要充实积累。在美国生存其实压力也是很大，但人际关系可能会好一些。我们自身都需要更多的学习沉淀和提高，我想如果在美国要站稳脚并能够较好地适应长期生存，光凭一个研究项目、一篇论文还是不够的，还是需要继续多读点书，譬如把研究生和博士读完后，自己的知识储备就深厚了、扎实了，心里才更踏实。这也有利于以后的科研活动和更多研究进展，你说是吧？可佳你来吧。如果你过来的话，也许我会受到你的决定的影响，也准备留在美国继续学习和工作。我也要和你一样继续学习提高知识能力。"王可佳一听孟浩远开口就这么成熟地说了这些想法和决定，让自己心里顿时找到主心骨一般。顿时一扫之前压抑的愁苦心情，在自己面临重大人生经历上的决定被说得特别畅通，心情马上变好并喜笑颜开起来，原来我的决定还影响了孟浩远准备留在美国的决定。他保密工作做得太好了，神神秘秘的不知道他在干什么？原来他一直在准备去美国深造学习的事，他还没有跟我说起过，这家伙心细沉稳，保密工作做得太好了。不过孟浩远考虑很周到，提前在美国进行参观考察，不像我有些冲动，于是开心地说道："孟浩远，你说得一番话使我打消了顾虑。按你这样说那太好了，我们可以到美国又在一起了，那更加让我下决心了。好，我就去办理离职手续。"孟浩远说道："好吧。回去跟你父母要好好说说，不要让他们担心。相信他们一定会支持你到美国深造学习和工作的。等办完离职手续，到时候把你来美国的行程安排也提前告诉我，我会来机场接你。对了，正好我还要麻烦你一件事，你到我住的家中去一趟，放在客厅有两件东西，过来时帮我拿来。你去过我自己独住的那个小区，房门钥匙你去问我母亲去拿，她认识你的。我也会告诉母亲一下。"王可佳高兴地说道："好，你放心，我记住了。"两人意见一致决定去美国学习工作。孟浩远要王可佳到自己住的家里去拿的东西带到美国来，是自己在安吉躲清闲上山时巧遇赵安吉的舅舅，一个古怪脾气的具有传承竹刻工艺大师级人物老章大哥，在那里参观时喜欢上了他的深厚艺术底蕴和雕刻功底的艺术珍品，马上就买下其中两件精美作品，准备带到美国用来分别送给秦和艾琳父亲的。现在就放在客厅中，地上的两个红色袋子里还没有拆开。自己房间钥匙父母这里有一套，这件事就托给王可佳了，又将细节也交代给王可佳。通完电话两个年轻人有了新的人生开启。王可佳一改往日几天的悲伤郁闷，一下子如放飞在天空中自由的鸟儿一般，找到了新的生活目标。

七

来美国后一直在外参观学习感到很充实，时间已悄然过了两天了，两天里孟浩远安排的还是满满当当的，不过到处在参观和在图书馆学习人感到轻松，收获很多。今天听到王可佳的电话知道了他的境遇，以及决定来美国工作学习。他也把自己正在美国参观旅游以及准备留在美国的消息第一次透露给王可佳，让王可佳也收到意外的惊喜。知道王可佳也将来会来美国，孟浩远的心情同样高兴，这真是一个没有想到的结果。

今天早上起来后一清早又到外面锻炼了一番，跑步增加自己的体力和持续的耐力，然后放松后练习了一会绵拳，拳操的流畅、身体的灵活动作和自己体内越来越强大的内力相融合，明显感到这套拳威力更强，出拳有时一股强大的力量磅礴汹涌，跟着手和脚动作运行方向发力而起，让他自己也是吃惊不小。一个人在安静的环境中练拳时自己异常灵敏，对身边周围的情况耳聪目明完全掌控，如遇突发情况可以飞速做出防躲或者攻击。自己没有想到随着时间的推移会提升这么快，让这套拳赋予新的活力和强大的打击力。这不仅仅是自己保持勤练的结果，一定是和秦对自己赋予的超级微光之芯脑的作用，和胸前所佩戴的黑色生命灵石也有密切的关系。身体的体力、头脑的智慧和还没有破解的经络气脉都非常活跃，跑跳、腾跃犹如灵动快捷的猎豹，发力瞬间又像是强壮的非洲狮子那般刚猛。不过孟浩远还没有在实际格斗中体验过，只是知道自己体内一种从来没有的力道强大澎湃，随时在自己的意识和拳操动作所到之处发挥作用，身体的攻击点坚硬无比犹如钢铁，气贯如虹绵绵不断。现在世界已经没有任何人可以从体格和技巧上以及综合持续能力上来和他对抗并击垮他。

上午九点是和科索教授约好的去伯利克大学访问交流的时间，早上起来后在外面运动了将近两个小时后回到宾馆洗完澡，就到餐厅吃好早饭回到房间站在窗边。外面的天气晴朗，天空中层次分明的亮蓝和绵白的云层挂在空中犹如一幅油画，空气清纯干净是个好天气。心情也格外愉快，从酒店的窗子看出去，周围的环境一目了然。街道人和车还不多，显得平静安逸。正逢王可佳将要来美国的高兴事又在这样的环境下，心情通透愉悦说不出的爽快。孟浩远换好自己平时穿的休闲装，颜色上选择偏深灰色一点的一件上衣外套，里面穿一件浅白色的体恤，裤子是浅黑色的直筒裤，脚穿暗灰色的跑步运动鞋。这种穿衣习惯在美国青年平时生活当中是很普通的，这样穿着的服装颜色已经考虑到了因为是第一次到著名的美国伯利克大学数学院参加一个专业的学术性会议，这是较严肃的场合。不然他可能会选择稍鲜艳的淡红色或浅蓝色配搭，可以和自己年轻充满活力的性格相合。如果让孟浩远西装革履严肃的着装，会让他觉得很不习惯和说不出的不舒服，感觉别扭和不自然，人也因此显得拘谨。他不是一个服装秀场的主角，适合在一个学术专业论坛可以自由随意发挥自己的才智。所以他就穿平时经常穿的普通休闲装，这样人舒服轻松。他又背上了自己外出常带的一个双肩背包，里面有电脑，连接线和手机充电线，还有充电宝，另外还有秦送的那副专用眼镜和五棱金属短棍，可以用作手电可以用作防身器，还有一本笔记本和两支水笔等。走出酒店后在酒店附近骑了一辆自行车轻松潇洒地出发前往著名的伯利克大学。他在这两天参观城市到处闲游时经过伯利克大学还专门进去参观过一次，从宾馆出发到伯利克大学正门口，路上需要多少时间很清楚。他是一个时间观念很强的人，每一次约定的时间无论是活动、会议，无论和谁见面，他都会提前到达。

从住所酒店出发后骑自行车到学校过去不算太远，约莫二十几分钟，早上路上的行人不多，汽车也不是很多。骑自行车出门不像在上海的早上，街道上马路上已经是自行车和电动车非常多，到处都是上班工作出行的人流群。美国城市人口数量本来不多，早上出行的人明显少，骑车自由出行还是很方便的。孟浩远骑着一辆自行车背着包不急不慢很是自在样子十分潇洒，当然不会有人在意原来这是一位数学天才，他是破解百年难题"西塔姆猜想"的证明者。在异国他乡，特别是到了世界最发达繁荣的美国州府城市，早上在街上骑着自行车一路观察城市周围不一样的景致有种特别的感觉。孟浩远知道根据计划安排今天早上要去数学院作专业性很强的学术交流报告会，第一次去的可是世界著名的伯利克大学，这所大学特别是数学研究方面是非常了得的，已经有很多数学家就是出自这所学校，一直在数学研究方面很出众可以说人才辈出。所以孟浩远也很认真用心不敢怠慢，需要提前到达，骑自行车可以控制好时间，他准备提早二十分钟左右到。

　　身背背包脚下生风轻快地一路骑着自行车，驰行穿过街区两眼看着沿街的建筑、商店、步行的行人游客，路上的汽车等划过眼帘的景象，很快就到了伯利克大学正大门。身上还没有出汗，孟浩远将自行车靠门口边上的一处已经有好几辆自行车停放着的停车区停好，然后轻松的快步向学校大门走去。这里是学校的一处最正式的大门口，另外还有两处较小一些的学校大门。孟浩远边走着边抬头向学校门口望去，和科索教授约好九点整在大门口碰面，一抬头眼光迅速一扫，已经看到在大门处有三三两两一起或单独进入的学生和其他年纪略大穿着打扮上与学生的不同应该是老师，有的在交谈有的径直步行，陆续走进学校门口。透过人群的移动他已经发现科索教授那熟悉的身影，一个人站着有时和进入的学生和同事打着招呼，但是很快眼睛盯着外面四处张望搜寻等人，他很快也看到孟浩远走过来的身影。科索教授因为要在这里迎接孟浩远，心情高兴，所以他比孟浩远更加提早，已经在大门口等候着。一直左顾右盼地站在显眼的地方，当他也看见孟浩远正在走过来，高兴地挥手招呼让孟浩远看到然后放下显得礼貌沉稳。孟浩远赶忙迈着轻快的脚步快步上前，很快就到了门口。科索与孟浩远两人如久别的忘年交老友一般发自内心的喜悦微笑着握手，科索脸上带着笑意说道："你好孟先生！欢迎来伯利克。"孟浩远也高兴地说道："科索教授你好！谢谢您的邀请。噢，第一次来到著名的伯利克，你们学校的建筑和环境很好，学生看上去精神面貌阳光自信，思想活跃也很有独立，真是一个很适合学生学习的好学校。"科索见孟浩远对学校有这样良好的评价当然高兴，以为他只是出于礼貌当面夸赞一下学校，这位小伙情商很高，说的话让人听后就是高兴舒服，但是又听不出很刻意的恭维。科索教授高兴地说道："谢谢孟先生！希望你对我们学校有更多直接的认识和了解，能够给你留下美好的印象和好心情，进而喜欢我们的学校。我们一起进去吧。"说着用手做了请的手势两人一起步行进入学校。孟浩远说道："好吧，谢谢科索教授。"两人边走边看着经过时周围的环境、建筑景色等。科索教授不时地看到路过的几处建筑楼就主动介绍着。边问道："孟先生是第一次来我们学校，对我们学校还不太了解吧。希望后面几天可以好好参观一下，我来为你当向导介绍。"孟浩远笑着说道："科索教授，贵校我有所了解，我算是第二次来了。其实昨天我正好经过贵校就好奇地进来，顺便参观了学校。还无意中和几位学生经过短暂地交流。"科索教授有些诧异说道："噢，是吗？孟先生你是特意提前先到，然后悄悄地参观了解。喜欢这里就好，到时候我会陪你再好好地仔细参观介绍一下。"孟浩远说道："好啊，谢谢科索教授！"听说孟浩远已经参观过学校而且留下好印象，科索心里暗自高兴，如果能够留下孟浩远，首先需要让他喜欢上这座学校和这座城市，看来第一步已经做到了，想到这一点心里轻松许多。两人一起步行在学校的道路上边友好地交流着，边跟随着科索教授的脚步走到了学校行政办公大楼门口。

　　一座欧式风格建筑，外墙是大理石面气派牢固美观，看上去已经有很长的年代了，非常大气漂亮的大楼门口有大理石铺成的上楼长长台阶，门口已经站着五位年纪在四五十岁的白人特征长相的人。他们的后面还站着与他们保持一定距离的三位年轻的白人男女。站在前面的五位中年人都是西装领带脚穿黑亮的皮鞋，显得非常正式地等候。他们看见和科索教授一起走过来的是一位身高蛮高身材瘦长的年轻人，穿着普通的一身休闲服装，脚穿运动鞋阳光自信，脸上露出微笑，体貌样子是亚洲脸型模样，但很是英俊帅气潇洒，身上透出一股机灵和聪明劲。随着科索教授的陪同一起走过来，他们知道这人就是刚刚突然冒出来的数学天才，被学校邀请来访问参观的中国人孟浩远先生了。但是他们看到孟浩远这么年轻，二十出头一点的学生模样，还是令他们感到有点意外，原来伟大的"西塔姆猜想"证明者竟然是一位年纪轻的学者。当两人走到跟前到了行政大楼门口，等候着的每一个人脸上都是微笑着看着他们。科索教授首先从校长开始到副校长，还有三位数学院的院长和教授，一一介绍大家给孟浩远认识。孟浩远心中有一种特别的感受：这次活动学校是很重视的，学校主要的校长和副校长等人尽数等候来接迎自己。见科索教授在介绍，他也非常客气微笑着稍稍弓腰，既不显得过分谦卑又不失礼貌把握得很好，随着科索教授的介绍和他们一一握手致意。旁边三位一起等在大门口的年轻人科索教授并没有一一介绍，孟浩远向他们也含笑点头致意。

简单介绍后科索教授陪着孟浩远一起跟在校长后面，其他几位则跟随在他们后面一起走上台阶，从宽大气派的大理石扶手和台阶来到二楼，经过宽大明亮的走廊进入里面窗口向南的一间会议室。科索教授是引荐人与孟浩远比较熟悉，而且是这次活动安排的主要负责人，所以他特意坐在孟浩远的旁边方便照顾和介绍，学校校长在内的其他人坐在会议桌的对面朝南位置，面向着孟浩远他们，其他三位一起的年轻人则坐在后面的一排位置。窗外阳光照射进来温暖祥和，会议室里光线很好，通过明亮的窗户可以看到外面视线所及的学校绿地和树林。三位年轻的随行人员此时已经很麻利地为每人放了一个杯子和一瓶水，又泡了一杯咖啡，顿时会议室里满是杯中飘出的热咖啡的香气。科索教授先重又指着身旁的孟浩远介绍起来："各位先生们，这位就是孟浩远先生，刚才已经给大家介绍过。"他的话音刚落会议室里响起欢迎的鼓掌声。科索教授停顿一下说道："欢迎孟先生接受我们的邀请来到到伯利克。我介绍一下这次孟先生来访问活动的安排。一是请孟浩远先生在我们学校作一次专场的学术报告会，内容是关于数学最新研究方面成就介绍。二是与学校数学院的几位教授开展一次学术交流研讨活动。三是由我陪同孟先生参观我们学校和实验室。四是单独由我陪同和学校校长以及副校长先生一起与孟先生进行一次谈话交流。"科索说的第四项内容实际上是一次伯利克学校想挽留孟浩远到他们学校当教授的商谈会，如果孟浩远同意的话可以当场完成签订聘用合同，发聘用证书。孟浩远也十分明白科索教授这次邀请他来访学校的用心安排，心里非常感谢。这是一位十分爱惜人才受人尊敬而且自身学术造诣很高，在数学界很有名望的教授。等科索教授介绍完接着校长也说话表示欢迎孟浩远的专门来访，希望孟先生这次活动愉快。他做了非常简短的讲话。孟浩远当然也讲话表示感谢，伯利克学校留给他的印象很好，感谢科索教授，感谢校长给他这次机会。

学校两天的活动安排还是排得很满的。第一次的学术报告会，引起了大家的极大兴趣，基本都是因为他是百年难题"西塔姆猜想"的证明者，都是慕名而来的。安排的会场尽管控制人数，而且专门作了安保措施，并不是全部开放怕参加人多影响会场秩序，六十多人人的大会议室内最后还是做的满满的。数学院的学生优先，凭提前预约登记和学生证明，数学院的教授全部可以登记后获得进场，还有少部分其他一些大学的数学院学生和教授参加。

开场介绍由著名的科索教授主持并介绍，孟浩远和在英国伦敦大学第一次作报告时一样，这次更加流畅没有聘用专门的翻译，由他自己用英语报告，所以更加行云流水，完全不用看放在讲台上的笔记，完美的再次把过程证明出来。很快各种数学符号、数学公式、演绎过程就写满了两大块的大黑板。最后就是精彩充满想象大脑思维放飞的各种数学问题提问，包括本次数学证明的，还有其他的数学难题。以孟浩远现有的才能和深不可测的对数学涉及各领域的研究和掌握的学识，加上他的自信笃定潇洒的神态和对数学有着独特的高深的领悟，不急不慢地演讲和回答提问。他对数学领域的精深知识让人感到惊叹和无法想象，而且有其个人全新的思维方式，把人们引入到从未有过的新境界。他有着与年龄不相一致的成熟和新颖独特的解析，给出了他独特专业的思想论述。这真的是一个近数十年来极其少见数学天赋极高的数学家。要知道伯利克数学院的教授和学生都是很聪明的数学高手，能够让他们震撼是不多见的。

孟浩远认为，一切自然的结果都是可以由数学来证明。运用数学的规律，有的是以往前人的总结，还有可能未被人类发现但是需要有人总结证明的数学规律。人类目前还没有发现的数学规律，并不是它本身不存在，只不过是人类还没有对客观世界中存在的现象研究出新的数学定律和理论并加以证明而已。它依然存在客观世界中等着我们去发现证明它。客观存在的数学规律远比我们已知和掌握的要多得多。人类只是掌握了解了其中一小部分而已。所以大家在数学研究的世界里可以不断探索发现并加以总结出新的数学规律。我们只是需要时间，需要发现需要思维，会慢慢的一点一点从客观世界中获得更多的未知的数学定律或规律。

没有人想到还有更多惊喜，孟浩远在回答提问后结合自己的思想在举例说明时，不经意的脑中智慧蓬勃而动不知不觉地开始涌出。接着孟浩远利用自己脑中掌握的阿勃特星球其中已经证明但是地球还从未证明发现的数学定律来证明了一个地球自然界存在的结果。引出了用新的数学理论来证明的又一个未知的新定律。顿时在会议室里马上引起了轰动，眼里露出羡慕敬仰的表情，口中不由自主发出一片赞叹惊讶声。在会议室内的所有这些数学家和精英被震撼到。孟浩远谦虚地说着："我还不知道应该把它叫什么名称？"会场中突然有一位数学教授激动地笑着说道："孟氏定律"吧。顿时笑声赞同声一片，叫起了"孟氏定律"。人们称它为数学理论研究中又出现了一个新的数学定律，会场一片欢腾。

孟浩远的这场专题报告会令在场的其他数学界教授和学生惊讶不已，这么年轻却对数学研究达到如此高深境界，已被他深奥博学的才识征服。这位看似年轻和极其普通的的中国学者，他不仅刚刚完成世界数学难题"西塔姆猜想"的证明，这种成就已经足以让世界上所有人骄傲。今天在伯利克大学数学院专题演讲中，又轻而易举地把他的近期数学研究成果随着提问解答又完整地把新定律被称作为"孟氏定律"，也随随便便的轻松地给推演证明出来，太让人惊讶难怪让人无比激动了。能有这样的机会在现场见证一个新的数学定律证明出来，也许是一个研究数学的研究者一生追求和梦想的事情，要知道"孟氏定律"还没有一个专业一流的期刊发表过这样的重要论文。科索教授在第一排座位上静静地听着，突然间脑中一震，发现孟浩远是在证明一个新的从没有过的数学定律，这让他也是吃了一惊，认真仔细地听着他自信笃定的证明，这些数学证明实在太深奥了，他非常高兴并感到太不可思议了。脸上沉稳认真看不出内心的波澜，脑中在极力地思考着，这位年轻人的智商是极高的，他的大脑里对数学的研究所达到的境界已经到了十分惊人无人能比的地步，他太过神秘莫测，实在太聪明了，他是为数学而生的。数学因他的极负天才般的研究而向前进一步。科索教授在用心细想，这个新的数学证明将对极高精尖芯片构架设计和管理软件设计将提供更强大的依据和思路，将会对现实行业有着极大的提升。一旦信息公布必将引起为数不多的处于垄断地位的几个高端芯片制造业和系统管理软件设计企业的极大关注，这对自己把孟浩远留在学校从事数学研究工作会是一个非常大的挑战，必须抓紧把他留下来，以后的数学研究因他的到来会有更多的进步成就，这是人类的一个好消息，对伯利克大学更是一个重要的阶段。他已经有些坐不住了，眼睛盯着台上还在侃侃而谈自信笃定的孟浩远。

在座参加报告会的老师和学生被孟浩远的数学思想所点燃，也脑洞大开思想积极，现场的气氛一下子轻松兴奋活跃起来，到处是举手想提问的，递条子上去交给主持人要求提问的。所提的问题，孟浩远看了后站在台前略加思考——作出解答，他的解答让人感到此人在数学研究方面和涉及领域上是无所不知的，都能快速予以解答，简直深不可测。这些提问的问题难度不小，可是到了这位孟浩远先生这里都可以迎刃而解，所有人大为兴奋和赞叹惊讶。孟浩远还是刻意地收着点有所保留怕引起人们的更大疑问，所以他在回答时并没有不假思索马上脱口而出，而是故意思考停顿几分钟后才作回答，在座的所有人特别是和他年纪相仿的数学院的学生是彻底佩服的，他们笑着直摇头，简直是不可思议难以置信，这个年轻人的数学造诣已经是极其高深。不，他已经超越地球人类了。

此时教室中听到一个女学生大胆地高举着右手站起来准备提问，被主持人点名后激动地提问，很快孟浩远站在讲台上认真的回答她的提问，只见她突然激动地说道："孟先生您好，昨天在学校里我们几个学生见到过你，还和你交谈过，您还记得吗？"孟浩远定睛仔细一看，他在左侧靠前一点的位置上站着离得有些远看不太清楚，并没有记得她，不过见她说起昨天在学校花园草场上和他们曾经交谈过，他是记得的，点点头笑着说道："记得，你好！"这位叫罗斯顿的白人大三女学生激动起来："孟先生昨天我以为你也是学校的学生。原来你就是来我们学校作专场报告会的嘉宾孟浩远先生。这太令人高兴了，谢谢您给我机会，也谢谢您的指导，您的报告让我更爱数学了。太奇妙了，谢谢！我们爱你！"这位叫罗斯顿的白人女学生就是昨天孟浩远单独参观学校时在图书馆附近的草坪上见到的三位学生之一。当时他随意地上前和他们交谈了一会。她的问答顿时在会场笑声掌声一片。是啊，这位年轻人看他的年纪和在座下面的学生不相上下，年轻英俊阳光智慧，看着形象就是一个学生模样。会场里都在交头接耳兴奋地议论着孟浩远，也享受着每一个提出的问题由孟浩远解析时对知识的获得感和身上散发出的人格魅力由衷的敬佩。

　　一场专业高深的报告会赢得所有人称赞和敬佩，这在伯利克大学数学院已经很少出现非常不一般，报告会比原定时间超了一个多小时。这场特别的数学报告会加上后半段的提问又办成了学术高峰论坛。它带来了已经很少出现的令人兴奋和激动的场面，数学新思维、新研究成就和提问时多维度的学术探究和思想碰撞闪现，使平时枯燥的基础研究数学变得让人神秘好奇充满了激情。最后还是科索教授看太过热烈，研讨可能会一直持续下去，不得不走上讲台不管现在热情多高，需要让孟浩远休息休息，果断宣布报告会结束并已经获得圆满成功，会场里的人们马上兴奋激动地不约而同站立起来，开始鼓掌表示谢意和敬意，掌声随后有节奏地一直响起久久不散，这是对孟浩远发自内心的尊敬。孟浩远再三微笑着鞠躬表示感谢！科索教授再次宣布结束，孟浩远在一行人陪同下感受着依然有节奏的掌声走出会议室。

　　第二天孟浩远和几位数学院的教授们的交流更是对高深数学研究方面的又一次高端学术探讨交流。有了昨天的报告会成功，他们已经非常了解这位看似年纪轻轻但是有着在数学研究方面极高天赋的天才数学家。所以这样的研讨更加高端，都是数学领域中数学研究遇到的最新难题和思考，一般人根本听不懂。头脑风暴火化四闪极具价值的问题和思考解题方向。在座的每一位数学教授在各自研究领域学识是非常厚重专业能力是很强的，都可以说是当前每一个数学研究方向的领先者或者是一流数学家。但是孟浩远现在的大脑中掌握的数学理论学识非比寻常，已经可以说几乎无人能及，和他们一起探讨并未感到吃力轻松如常。他心中暗想还好我受到秦的帮助，现在自己头脑中有着自己都无法说清的在阿勃特星也可以说是最为先进的超级智慧微光子芯脑，在自己的大脑思维引导下层出不穷源源不断把数学所有领域及阿勃特星最先近和前沿总结出的数学理论定律新方法都记忆储存在脑中。另外秦给我提供的阿勃特星球有关数学方面的很多未知的数学研究进展，在地球上还从来没有涉及的高深理论和定律，让我在数学方面的学识突飞猛进。和这些最新的数学理论和定律的研究融合起来让自己对数学的掌握更加深远和先进。不然仅仅以自身的数学研究和这些教授们讨论起来真的很难，自己真的是讨巧了。这些教授研究学识非同一般，智商已经极高，超出平常人不知多少。在这场学术交流研讨中，孟浩远已成为所有人都喜欢和他一起探讨的对象。他又提出了一个新的三维数学概念，全新的一种方阵证明定律。这又是他首次当场交流时触发思维侃侃而谈出的，然后并进行解答证明，让这些数学教授又大吃一惊感到不可思议，已经是惊喜连连层出不穷，这些高深的理论在一个如此年轻的小伙头脑中掌握着，都是极其先进的数学理论研究，怎么这个年轻人头脑中有着无穷的数学知识，其实这两天他说报告的可是最新数学理论都是极其高深的，可能一个极有天赋的数学研究者或一批研究者穷其一生都将无法证明研究出来的。他竟然这么轻易地就在研讨会上提出来并加以说明解答和证明了出来。他有一个怎样的大脑啊，到底是一个怎样的人啊？这位年轻人的数学研究领域和学识的广度与深度无法想象，早已经超出我们在座的所有人，他的研究成果都是国际顶级期刊"数学研究"可以优先发表的最新成果。这些高端数学理论如果运用到社会最先进高端制造和信息系统管理等各领域，那将会产生极大的作用和价值，简直无法想象，对整个社会文明进步将会推动一大步。他们既对孟浩远发自内心的喜欢和敬佩，又不得不佩服科索教授。是他发现了这样的极少有的数学奇才，让教授们激动、叹服和羡慕，年纪轻轻已有如此成就，他的身上潜藏着无限能量，又是在科索极力推荐和邀请下孟先生才能来到我们学校作专场报告和研讨，这样的人才能来学校共同研究将是我们学校和我们同事的荣幸。

两场非常专业的报告会和学术研讨会瞬间引起学校内外的广泛关注和轰

动。人们都在议论这位来自中国的年轻人孟先生和他在这次会议中证明的又一个新定律"孟氏定律"，以及他在与学院教授们讨论时提出的数学新方法新思维，引发了人们脑中有过的无穷想象空间和无比的学习激情。孟浩远在报告会和学术研讨会提出的两个新定律和数学新方法证明都可以在专业的国际数学期刊上发表，并代表了数学界研究最新进展。当然后来"数学研究"主编安东尼获知孟浩远在伯利克大学的学术交流又有两项重大研究成果出现，还未曾公开发表过论文。他还专门从英国来到伯利克学校和孟浩远谈，希望和他约稿，请他整理书写论文好在他的期刊上独家优先发表，孟浩远看到安东尼专程赶过来，老朋友相见，被说服了于是答应了他的要求，抽空很快写好论文后发给安东尼，并马上分开在后面两期期刊上发表，顿时又引起国际上的热烈反响，孟浩远的名字在数学领域已经被大家知道。

孟浩远这次来伯利克访问在重要的学术报告和研究会活动大放光彩，深受学校的教师和学生们的敬佩。科索教授看在眼里暗自窃喜。如今看来邀请孟先生来学校真的非常值得和正确，是自己最得意的一次学术活动，这么年轻的学者已经对数学有如此深厚独特的研究，而且他的成果不断出现让人赞叹，他的才华在数学界已经是非常伟大的。

接下来他已经想下一步一定要争取把孟浩远留住，最好留在伯利克学校，才可以使伯利克学校在国际同行中拥有更强的学术研究高地，那会吸引世界上更多优秀的年轻人来学校求学和从事科学研究，大大提升学校的知名度和地位。孟浩远的才华对整个数学界已是有非常大的贡献。所以科索教授和两位校长早已经沟通达成一致，更加坚定了要把孟浩远留下来的强烈愿望。此时没有人会因为孟浩远的穿着普通年轻而对他有想法，反倒是被他身上的智慧和他在专业报告及研究讨论时表现出的举止稳重又不骄傲，只有体现自信品质深深的折服和喜欢，配上他的普通装束更加显得随和有亲和力而受到欢迎。

来美国的第三天，科索教授亲自陪着孟浩远参观伯利克大学和数学院校园及实验室。两人已成忘年交好友，科索教授边带着孟浩远在校园里穿行参观，边不断地将学校的历史传承、建筑风貌、学校开创建校的故事以及校园里每一幢建筑特点用途和学校在国际上以及在美国的地位都向孟浩远认真细致地进行客观的介绍。同时也特意介绍了学校所在州和州府城市的历史和特点，目的是希望孟浩远喜欢上这座城市和学校。孟浩远知道科索教授的一番好意，认真实在地介绍让他感到心情越来越好，对这座城市有了更多了解留下良好的印象。其实他自己也已经从网上专门查询了所在州和城市以及伯利克学校的一些相关信息，有了一定认识，提前两天到达后亲自骑车参观游走在城市中的主要街道，沿街观赏了商业和景点，还走进几家图书馆学习体会，又在经过途中看到伯利克大学顺便进去参观过。孟浩远对这座城市和学校印象还是蛮不错的。这座城市人口不算多，但是商业布局完整，商店众多显得繁荣，道路交通方便、空气清新，是一座很安逸和宁静的城市。伯利克大学校园内建筑风格和整体布局设计还有环境都显得用心，大气沉稳透着美学，是孟浩远喜欢的类型。接触的几位学生个性活跃独立思考学习用心。科索教授在介绍伯利克学校时说到，学校学生学习很用心认真，学校图书馆经常已经是深夜了，里面还是灯火通明，有很多学生在里面认真地学习，查阅资料、写论文和专业报告。这样的环境和学习氛围以及教师和学生的专业教学和学习态度令人印象深刻。尽管还了解得不深，但是从几个小的细节上发现学校不错，不愧为美国名校。听了科索教授的介绍和自己参观时亲眼所见，自己还是蛮喜欢这里的，能沉下心在这里。两天的陪同和参观，孟浩远和年长的科索教授对彼此有了更多的了解，成为了好朋友。

时间过得很快，来美国已经有四天了。按科索教授的安排，孟浩远访问的计划已是到了最后一天了。昨天科索教授陪着孟浩远认真的参观学校，把整个学校基本都走了一圈，参观了几个著名的实验室。应孟浩远的要求，他们中午吃饭就安排在学校食堂里，简单又可以了解学校学生的平时生活情况，孟浩远有了完整的认识。

今天上午就是安排的最后一项活动，他在科索的建议下，将要和伯利克校长等学校负责人以及学校行政主管开展一次访问结束前的重要的会谈。

上午孟浩远一清早按平时的习惯早起，走出酒店在外面运动后回酒店吃好早饭，然后从酒店骑自行车前往伯利克，直接向学校行政楼去。科索教授已经习惯孟浩远的性格做法，并没有刻意的安排接送他。这种细小的礼节既然不受孟浩远喜欢就随他吧，让他自由自在无拘无束的来去。

早上等孟浩远按约定时间走进入学校行政办公楼后，科索教授已经等在大楼门前，两人见面相互招呼后，科索教授微笑着陪孟浩远一起走上宽大有年份的大理石台阶，很快两人到了二楼，通过宽大明亮的走廊走进入校长办公室。伯利克大学校长名叫海默伯利克，他是一位年纪在五十左右的中年男子，身材高大穿着西装皮鞋和领带，此时正等在办公室里。这座闻名的学校是他前辈筹办建立的，已有一百多年历史。以后逐步一点一点又扩大增加规模，前后经过了约十多年的建设扩大终于成现在规模。大部分的建筑保持厚重结实美观的古典欧式风格，有几栋保持融合后设计的美式简约风格。伯利克校长和副校长都在，还有一位行政主管在场。听到门外科索教授陪着孟浩远敲门准备走进办公室，伯利克校长脸上带着微笑走到门口，亲自开门迎接两人进来，然后引导到办公室隔壁一间小型会议室落座。等大家就座后伯利克校长面对孟浩远高兴地说道："尊敬的孟浩远先生，欢迎来我们学校。这两天的活动我已经听说了，你的专业报告非常精彩深受欢迎，取得极大的成功，同时你又有了新的研究发现。祝贺！感谢你的来临。今天我们可以坦诚交谈，没有限制。"孟浩远见伯利克校长眼中和脸上满是高兴和欣赏，也客气地说道："谢谢伯利克先生的安排和科索教授陪同！您客气了，只是专业的研讨，学校的教授和学生都很有才华，思维敏捷富有探索性，在提问时让我深思，令人影响深刻。"伯利克校长很是欣赏孟浩远，不仅因为他才华出众智商极高，而且人品很是谦虚低调心中更是喜欢，说道："我们伯利克这所学校在美国具有悠久的历史，是我的先辈在1875年就创立的，现在在美国排名前面的学校。我们的理念就是让世界上最优秀的教师来我们学校，让最优秀的学生来这里学习，发挥让他们的聪明才智，培养最有思想的优秀的学生，不断创新不断领先为社会作出贡献。所以我们一直需要更多年轻的优秀人才到我们学校来承担教学和学术研究。这几天的交流，您给我们留下了很深刻的印象，您的聪明博学和专业能力以及演讲水平很符合我们学校的校风和目标，现在已经在我们学校产生了非同寻常的影响。科索教授也陪你参观了我们的学校，对我们学校应该有了初步的了解和印象。我们希望你能够留下作为我们的同事。如果你想留下您需要什么条件都可以提出来讨论，您觉得如何？"伯利克校长开场就很直接，讲话中既对孟浩远的赞赏，又明确表示想留下他的想法。另一位副校长叫迈考斯他就座在伯利克校长边上，很少见伯利克校长对一个人这么简洁明确地表示喜欢想留下他。而且见伯利克校长说完后一直目不转睛期待又欣赏地看着孟浩远，副校长也连忙说接口说道："孟先生，这里是最适合你数学研究的殿堂，你看我们有科索教授和其他一些优秀的数学教授，他们一直致力于数学的研究，取得了很多成就，得到大家的尊敬。我们伯利克有专门的数学院为来自全世界的爱好数学、聪明的学生和教师提供良好的学习研究环境。您也是数学方面极其优秀的研究者，可以和科索教授他们一起自由的开展你的研究。学校可以全力支持你的。"他知道孟浩远与科索教授的关系友好，所以用科索教授打感情牌，还有他想以这里的事业来希望留住孟浩远。没有等孟浩远说话，科索教授转过头侧面看着他也笑着说道："孟先生，我很乐意与你一起开展数学研究、探讨新的数学理论为人类文明进步服务，以你的才华我相信一定还会取得更多成就，为人类作出贡献。"一番话说得孟浩远心里感动。孟浩远十分清楚他们的好意和他们对自己的欣赏，见他们话不多但都是重点透出的信息，很明确希望他能够留下。科索教授最后的一句话打动了他："探讨新的数学理论为人类文明进步服务。"他在报告和研讨两场会上并不是随口说出两个新的数学定律和理论，他的确希望在有着最优秀数学人才的伯利克大学，营造一个对数学追求有新的认识的热点，服务于社会的文明进步，地球和阿勃特毕竟差距太大了。需要人类共同创新突破发力。

孟浩远看到在座的两位校长和德高望重的科索教授对自己期待的眼神开口说道："伯利克校长、迈考斯副校长、科索教授，非常感谢你们对我的安排和给我机会来贵校学习参观和交流，荣幸之至收获很大。学校给我留下了良好和深刻印象。这是一所具有活力和值得人们怀着对科学的思考与探索精神来学习的知识殿堂。第一天报告会上有学生在提问环节时称我孟浩远先生，很感到惭愧我只是一个普通的在中国可能你们没有听说过的大学本科学生，学的专业也是信息化技术。以我现有的资历和学业水平我感到还不足以在贵校工作，尤其是从事极其高端又基础的数学研究和教学工作。而且据我所知，在贵校任教的基本条件都需要名校毕业而且是具有博士学位，你们一直是有这个传统要求的。"伯利克校长一听马上明白孟浩远说的话表示自己的学历水平还不够，同时对自己学校任教当老师的赞誉和尊敬。原来他是在考虑这个问题，意思自己还不够资格任教，知道他为人的低调和谦虚，现在看来真是这样。伯利克心里放心了，只要不是其他个人意愿不愿意留下来，只是这个考虑，这样就好办了。马上侧身转向迈考斯副校长说道："迈考斯，我们学校董事会研究后像孟先生这样的人才，经过会议投票是可以破格的，是吧。另外我是否可以启动我一直未使用过的权利，批准孟浩远先生这样极具才华和成就的一位数学家留下任教？"迈考斯副校长认真地说道："当然，你可以。伯利克先生。"伯利克转头看对面的孟浩远微微含笑说道："你看，所以孟先生这不用担心，不是问题。在我们学校任何事都不是一直不变的。特别优秀的人可以有特别的方式留下来。"孟浩远听后心里感到暖意，认真地说道："谢谢伯利克校长的好意，我明白。不过我不想破坏你们学校已有的规则，这样我会感到有压力会不舒服，这不是我想要的。"他这样说完大家脸上马上又严肃起来，原以为很方便的事情，结果孟先生还有这种想法。孟浩远看到他们刚才的轻松愉悦，在自己说完后又变得严肃起来，马上又说道："伯利克先生谢谢你的邀请，让我感到很温暖。我和你们商量一下，我只是想以学生的身份来贵校学习，你看这样可以吗？如果让我留下，我希望答应我这个要求。而且要按学校程序给我发录取通知书。如果学校有规定要参加考试，成绩达到要求和面试这些都可以。然后希望学校给我三个月时间，把你们正常的研究生学业课程和学习安排及教学要求给我，只是想等三个月后我可以申请提前参加正常的贵校考试和论文答辩。如果有幸通过，再按正常学习完成核发毕业证书。然后再给我一年时间，把博士学业课程学习安排和教学要求内容给我，到时参加规定的考试和论文答辩。通过后按规定授予学位和毕业证书。最后如果到时候贵校还需要我留校的，再提出来商量。这样也不会破坏你们学校的规则了，看看这样是否可以同意？"孟浩远坦诚提出他的个人想法和具体学习这些要求，让在座的这些学校高层的人都没有想到，也没有办法理解他的想法，不过他们尊重他。这不算是孟浩远的条件，只是想要求入校学习的一个请求，他还有一个要求就是学习时间上可以后缩短。因为他可以一切照学校学业要求内容和规则来参加考试、论文答辩等考核。伯利克校长、迈考斯副校长和科索教授对眼前这位眼睛充满机智坚定脸上平静而有着一颗其他人无法可比的超级大脑的年轻人，感到不可思议也很是感慨，孟浩远是一个不以平常人的思维来想问题的人，非常与众不同。也许他对伯利克学校喜欢，但是他并不希望被人照顾，想证明凭自己的能力可以完成学业。这真是奇怪的人，让人想不透但是心里更加尊重他。其实孟浩远的想法很是简单，因他的成就被著名的学校直接聘任为教授，应该不太会有人不服，但是自己的学历确实只是中国一所还算不错的一本院校的信息技术专业毕业的大学生，与现在研究的数学或者取得的成就不太匹配的，再说自己在美国还有主要任务就是与秦见面，一开始作为学生自己可以自由安排时间，到时候提前提出申请考试，通过就可以，要完成不会太难。这样安排可以减少入校就聘后参加很多繁复的报告演讲和学术研讨会，但这也是他的能力太强大，足可以轻松提前完成考试毕业。目前自己希望的是有足够多的时间来和秦联系见面。当然其实按照孟浩远现在的数学成就已无人可以达到。伯利克校长使用董事会主席的权利，他完全可以独断破格批准孟浩远任学校教授，没有人会异议。如果孟浩远愿意留在美国或其他任何著名学府，他们同样也会和伯利克校长有一样的想法，马上聘任他任数学院教授，从事研究工作或者教学都可以由他自己决定，给他充分的自由和空间，只要他留下就好。这位孟先生和其他人的想法就是不一样，他已经有伟大的学术成就无人可比，又十分低调。如果这样的天才在我们学校学习，以后他的学习经历是在伯利克大学，是伯利克大学研究生和博士学业的毕业生，这样伟大的人是由我们学校学习毕业培养出来的，对我们学校也是巨大的荣誉。他这样的要求认人无法相信这是真的，太少见了。不过这样似乎太委屈孟先生了。所有人都感到诧异无法相信，一时间有些被搞糊涂了。科索教授憋不住了，听了后转过身看这个孟浩远说道："不不不不，不行。孟先生以你现在的才华和成就，这样似乎不太妥当，太屈才了。你的能力和专业水平完全可以在我们学校或者美国，不，世界上任何一家大学任教的。孟先生，你是真的可以留下来到我们伯利克只是学习？也只有这个要求吗？"孟浩远被科索的认真劲给感染了，微微含笑说道："是的，我希望到伯利克学习，希望在时间上可以让我提前参加考核。没有其他的要求。"孟浩远不得不重复了一遍自己的要求。科索教授心里放心下，他知道孟浩远的性格坚定果敢，已经想好的事很难再改变他，脸上还是很认真地说道："孟先生，我明白了。不过，如果我们学校按照孟先生您说得要求这样去做，会让其他学校震惊和笑话的，我是认真的。"说完还看着孟浩远，科索教授的问题也是其他人想要问的，其实他还在努力做孟浩远的工作，不用这么麻烦，直接到伯利克任教授就是最恰当的方式。只见孟浩远点点头依然坚决地说道："谢谢你。是的，我觉得从我的思维考虑，我的要求是可以的，不会在意其他人怎么想。科索教授再次谢谢你的关切，我明白你的意思。"科索教授看看其他在座的几人，他们也期待地看着自己，他们知道科索教授和孟浩远远的关系比较亲密，让他说比较好，他们两人直截了当地交谈更好。看孟浩远很是坚定自己的想法，科索教授另有想法，入学学业完成看来不用在多和孟浩远讨论，他主意已定多说也没有用。但是似乎太亏欠他了，只能在其他方面商量。于是继续试探着说道："好吧。孟先生一定坚持要按着自己的意愿来伯利克学习，学校肯定是没有任何问题的，这是我们学校的荣幸。不过我提出一个建议，你兼顾一下看看可以接受吗？要不先委屈孟先生在你学习阶段的同时当我的助教，也可以有正常的收入，我们也可以在一起有更多时间经常交流，学业上上课就不一定参加了，我会请行政办公室想办法把孟先生的学籍放在时间线上吻合的最早的合适的年级班级中，具体操作学业课时问题，这是很特殊的个例。到时候按孟先生要求直接提前准备安排进行考试，只要孟先生提出来，完成通过就可以，我想孟先生也没有什么问题的。另外和我研讨交流当然也可以算上课的课时的。"说完然后看着伯利克校长和其他几位。学校行政办公室一位金发美女负责人说道："科索教授，这些都可以，我觉得没有问题的。我们会具体细节上操作好的，请放心。"数学院院长和学校副校长迈克斯在这方面具体操作上都比较内行，也先后说话表示没有问题，他们会关心这件事。伯利克校长听到其他几位都发表说话，心里石头落地欣喜地说道："孟先生，请放心。学业学习方面，他们都会认真负责地操办的，只是让我感到有些不好意思。科索教授提出的这个方案我觉得很好，这样对孟先生您太屈才了。如果孟先生坚持一定要以您的要求这样安排，我看科索教授的建议是可以的，我们尊重孟先生的学习要求。你是一个严谨的认真的人，就是一年半时间也很快的，而且你可以随时提前申请考核，以孟先生的才智和渊博的学识，这完全不是问题。不过科索教授的建议请你当助教也应该一起考虑。"孟浩远看大家都在讨论自己当科索教授助教的事，再推脱有些不礼貌，于是说道："谢谢科索教授，伯利克先生和其他各位先生。好吧，我接受。科索教授是一位非常出众有才华的教授，这是我的荣幸。谢谢！"见孟浩远对这件事没有推辞，伯利克校长高兴地站起身与孟浩远握手，笑道："孟先生，这样太好了。欢迎来我们伯利克工作。待遇方面需要听我安排。学校是有规定的，通常学校会给你一笔资金请你自己去租房或买房都可以。你是我们学校引进的高等级人才，学校有这方面的规定，请孟先生不要在这方面推辞。如果孟先生已经结婚，孟先生的夫人或者父母赴美签证问题上，需要学校发出邀请书等手续，我们也可以负责。我们也可以帮助你快速申请把这些事都解决，你放心，这都没有问题。"说完看着孟浩远。听科索教授和伯利克校长的讲话，言辞诚恳很为自己考虑，连家人的事都细心地全部考虑到，孟浩远心里感到有些暖意。他微笑着说道："非常谢谢伯利克先生和科索教授以及其他各位，你们考虑很细心周到，让我感动，其实这些都不需要。我自己可以安排的。"孟浩远不想添麻烦，毕竟自己有能力安排自己的事，不过他越是推让低调，他们越发对他发自内心的尊重，这些条件很是诱人的，能够来美国而且家人也一并办理，正常情况下是很难办到的，更别说可以快速办到。显然对孟浩远已经是采取了特别的政策。其实伯利克学校确实有能力办到，另外孟浩远是国际一流数学家，他完全符合美国出台的科技人才"火星计划"中高级人才引进条件，所以在引进孟浩远的方法上，两条路都可以以最快捷的手续实现。迈考斯副校长负责办理孟浩远来学校读书和当科索教授助教所需要的手续。在讨论孟浩远待遇方面时，孟浩远并不缺钱，他很客气告诉他们自己没有什么问题，不过最后学校不同意按他的要求自己解决来推让学校给他的待遇。伯利克校长已经想好按学校最高标准再加一些特殊的补助来好好安排孟浩远，让他衣食无忧放宽心好好搞数学研究，因为他太值得学校这样做。

终于谈妥达成孟浩远留下来意向，让在座每一位都非常激动和高兴。在会议室里的气氛显得轻松高兴。这时孟浩远脑中飞快地在想着，自己和王可佳两人在美国学习现在算基本安排停当，两人在美国各自的大学落实了学习、工作以及生活。当然自己后面会更多的用心思放在和秦的联系上。至于自己的学业过程不担心，其实如果现在学校安排我马上按正常教学要求参加考试，给我三天时间把学习内容认真系统的看完后全部记住消化，然后马上参加考试也不是什么问题。但是，这样的话一定会让他们感到太不可思议，非人类所能太蹊跷了。人的大脑记忆不可能有这么快速和强大的，所以他提出用三个月和一年的时间，较符合正常人的思维逻辑。这样的时间能够通过学习，对一个头脑有极高智商的天才来说是有可能做到的。到时将所有课程认真浏览一遍记在脑中，再运用头脑细细认真思考几遍全部吃透，迎接考试根本就不是问题。他还在纠结如果考试时自己要不要故意做错几个小题？因为全部答对题目，各门课程都达到满分也不是个好结果。

大家都非常高兴，孟浩远表面看不出有什么，他一直在谦虚礼貌地在听大家的谈话。实际他此时在开小差想着自己的小心思，商谈的时间并不很长，结果看来已达到科索教授的目的，过程有些意外但是也算不复杂，所有人都满意。只是因为孟浩远的个人固执的要求，开始一味是婉拒，后来才明白是为了在学校学习完成他需要的学业课程，让所有人确实没有想到，也不太理解这是为什么？不过最终接受了孟浩远的要求并折中采纳了科索教授的建议，当他的助教。能够把孟先生留在自己学校工作和学习，大家自然都十分高兴。科索教授心里石头终于落地一身轻松，他实在太喜欢也很尊重孟浩远的才华。会议室里气氛特别祥和，难得的一次大家在一起高兴谈论重点关于孟浩远的事，每个人的脸上都是兴奋，谈得很是热闹。窗外的阳光已经照射进来，让会议室内充满温暖和愉悦。

今天有了大家希望的最好的一种结果，科索教授和孟浩远两人一起告别伯利克校长等人后走在校园中，科索教授已经露出笑容心情愉悦，孟浩远眼含善意跟着一起边走边看边聊，一直走出学校两人在大门口被孟浩远劝住，他要先回宾馆另外会有一些安排参观等活动。科索教授要孟浩远晚上一定一起吃饭，孟浩远知道科索教授因他的到来而高兴，又极力举荐他留在学校。内心一直是十分敬重科索教授的，接受了晚餐的邀请安排。到晚上孟浩远按约来到学校附近的一家餐馆，科索教授已经提前到达，两人谦让着点餐，最后孟浩远还是称自己不熟悉请科索教授随便点，两人边开心地畅谈着并吃着当地特色西餐，餐馆氛围很好，人多但是不喧闹，用餐环境显得安静高档，很享受。不过此时两人一起吃晚餐是次要的，主要还是交谈相识。科索教授记得孟浩远在伯利克大学报告会和研讨会上，他最新提出的两个最新数学定律和理论，自然很想探讨。两个数学方面顶尖的学者谈到数学似乎有更多的话题，认真地交谈着。孟浩远也很愿意和科索教授交流，希望他在这两个方面更深入地去研究并提出建议，因为它对社会文明的进步作用是极大的，科索教授十分清楚，这个研究方向一旦孟浩远正式在权威专业期刊发表论文，一定会引起震动，必定会有高端企业上门恳请帮助。好像他们忘了是在餐馆而是在办公室里一般。直到点的餐食已经全部吃完，科索教授依然沉浸其中兴致很高很激动。餐馆服务员看到这一老一小很是特别，点的餐品种不多，两人不停兴奋地在交谈，特别是年轻人一直在谈，年长的在认真激动地倾听不时也在提出问题，他们说话声音较轻听不清楚，但是送餐过去他们依然在兴奋地交谈着，不过根本听不懂内容。时间很快，餐盘里的一点东西已经不知不觉地吃完，两人还在热烈认真地交谈。渐渐的店里顾客陆陆续续进进出出多起来，到后面开始离开餐馆的人多了，餐馆中已经没有多少人在用餐。服务员也不好意思打扰他们，直到科索自己发觉点餐太少，赶忙请服务员过来准备增加，询问着孟浩远："孟先生你看需要增什么？今天点得少了。"孟浩远客气地说着："已经吃得很饱，不用了。谢谢！"餐馆外面天色已晚，两人又要了两杯咖啡后，科索总算停止了刚才专业的学术交谈。今天谈得很多很愉快，他惊诧的发现眼前坐在对面的年轻人拥有的数学研究有多深，人有多聪明和有才华。可以说是自己见过的最聪明的一个数学奇才，他的前途不可估量，心生佩服。以后在一起工作有时间可以更多地深入研讨，一定还会有更多的惊喜发现。

这时科索才转换话题，开始说着孟浩远以后当助教的安排等。科索坦诚地交谈着，言辞很是尊重。孟浩远知道科索的好意，并不会计较什么，他也可以从科索教授身上学到很多东西。两人都对对方有了进一步的了解，多了信任和尊重。见科索教授说到这个话题，孟浩远告诉科索教授说道："科索教授，感谢您的信任和举荐！此次在贵校的活动让我留下良好的印象。今天的意向达成是在你的关心下成功的，意味着我人生当中又一重要的一步在这里开启。以后请科索教授多指教。"科索教授面对客气聪明沉稳的孟浩远，笑着说道："孟先生您客气了！这是你的才华和魅力让我们学校都对你十分尊重。你是一位难得的数学奇才。你的到来为我们学校增添了光彩，以后在数学领域会出更多的成就，也会引领我们同行更有热情研究数学和多出成果，我坚信。我们学校因为你的到来对全球的吸引力肯定会很快增加。我们十分高兴，我更为你骄傲。"孟浩远见科索教授对自己满怀希望和期待，评价又很高。他有些惶恐说道："科索教授您客气了！还是要向您多请教。有件事需要告诉您，我曾经答应过罗斯维尔教授，如果来美国一定要去他们学校看看并参观交流一下，这您是知道的，本来两个学校都要参观交流一下，没有其他的想法，没想到还是早早答应留在了伯利克。"科索教授一听孟浩远这么一说，明白这肯定是他真心的想法，还好孟浩远第一步到美国先来伯利克，而且学校留给孟浩远的印象不错，又引起学校高层的重视，达成少有的一致意见。以诚相待多做了工作把他先挽留下了，不然的话这件事还很难说，如果他想到罗斯维尔大学的话，他知道罗斯维尔教授也一定会更加热情友好，也一定会留给孟浩远很好印象，那孟浩远勉为其难也许会留在罗斯维尔大学。真是幸运，第一印象真的很重要，特别是两个大学都是非常著名的，排名都在美国居前的。他心里高兴脸上露出笑容，心里在想孟浩远准备去参观访问罗斯维尔大学的这件事上，他不仅仅是知道，而是他和罗斯维尔两人私下都已经悄悄达成了默契，两人都会尽力邀请孟浩远赴美，然后想办法挽留下他，不管最后孟浩远选择愿意到哪所学校都是可以接受的，毕竟把这样的数学天才留在美国就已经是成功和非常值得的。现在伯利克学校和孟浩远已经基本谈妥留下学习和工作，安孟浩远的性格他不太会再轻易改变。此时孟浩远当着科索教授的面提出去看看罗斯维尔教授和罗斯维尔大学，科索并不感到意外，而且愈发地对孟浩远的人品更加认可，因为他答应过的事一定会做到，这是君子行为，真为孟浩远高兴。想到这马上接口说道："孟先生这是你和罗斯维尔教授的约定，很好。我可以陪你一起去看罗斯维尔教授，我和他也是多年的好友，我也有些时间没有到他学校拜访见面了。"孟浩远见科索教授一直很尊敬的称呼自己孟先生，有些让人觉得太抬举了，于是笑着说道："科索教授，您是德高望重的前辈数学家。在我们中国您就是长辈，我们晚辈对前辈尊重是理所当然的，而您不用客气，您以后叫我孟浩远就好。在中国这样叫也显得更亲切。"科索教授一愣，马上明白他说的意思，笑着说道："噢噢，中国是个礼仪国家，好的，知道了孟浩远。"说完两人开心地笑了起来。科索是真的高兴，两人经过在美国这几天的活动安排在一起，也有更多时间在交谈，越来越对彼此喜欢和尊重，没有隔阂坦诚交谈，忘了年龄的差距，忘了中美文化习俗上的差别。而且刚才孟浩远说要去看看罗斯维尔教授和参观他的学校，其实他和罗斯维尔教授两人早已有沟通，只要把孟浩远这样的数学天才能挽留在美国，不管孟浩远最后选择到哪个学校，都符合美国"火星计划"，已经是最好的一种结果了。况且在伯利克现在已经和孟浩远谈得很好，他最后还是答应留在伯利克学习和当自己的助教，让科索教授就更加放心了，其他的任何事都已经不算是问题了。

八

晚上回到酒店听后，孟浩远在房间里花了一些时间，把最近在演讲报告会和学术研讨时不经意的就提出来的两个数学界最新定律"孟氏定律"和数学新理论重新整理，系统地完成了按论文格式修改。科索教授早已兴奋地告诉"数学研究"期刊主编安东尼，安东尼很快就专门联系孟浩远，请他完成论文后马上寄给期刊，孟浩远眼见这两篇涉及最新理论的数学定律已经在会上公开，很难再推托，只好忙完伯利克所有活动后抽空在宾馆完成了论文发给安东尼。收到邮件后的安东尼马上连夜仔细阅读让他大吃一惊，第二天又发信件给三位一流数学家请他们抓紧时间马上审稿，他们从没有见过安东尼如此急切，也马上审稿阅读是同样吃惊不已，提出极高评价通过审稿。安东尼收到专家审稿意见后安排在最新的两期期刊上一篇一篇轮着发表，两期期刊引起国际上的震动，关注度瞬间又迅速提升。"数学研究"期刊被公认顶尖一流，地位更是稳固。最新最伟大的数学理论证明和方法有过三次都出现在这家期刊上，引起人们更强烈的关注。它已经是数学界学术界重要的风向标，最新的数学成果一定是在"数学研究"期刊上发表，这让安东尼高兴不已，同样对孟浩远喜欢更甚。

抽空发完论文后，后面安东的操作孟浩远并不知道，经过两周后期刊才看到他的论文。还是科索教授告诉他向他祝贺，他在邮件中查阅得到安东尼发来信件表达祝贺和感谢，并说明两篇论文一篇已发另一篇准备在下一期期刊发表，这才知道这些。

根据学校的安排，给与孟浩远其中有一项是住房补贴，自己再推辞也有些为难了，再说以后自己也需要有一处自己的地方，方便在美国的生活和与秦联系活动。想到就做，他骑着自行车花一点时间在学校附近看房找房，很快就在学校不远的一个生活区找到了自己满意的一幢面积很大有前后花园的独栋楼房，这种别墅房如果在上海市中心是很少见的大房子，价格贵得离谱。小区离学校近，周围有几条汽车出行的道路，很方便，而且小区位置就在市区内。看完房心里满意，马上委托房产中介办理购房手续，其实学校给他的租房补贴是非常高的，就近租房完全足够。但是看到开放式的小区和小区内各种样式的房子，他蛮喜欢这种美式风格建筑。在市区占地又是很大，带有大花园厚重漂亮的别墅，周围的其他别墅楼相互都不直接挨着离得有些远私密性好，互相不影响干扰，周围都是树木，草地绿化率很高，安静舒适能让人静下心来。园区不是很大，沿路两侧而建。所在地区离学校不远，又在城市主要地段附近，各种商业设施齐全。离小区边上不远处是一个开放式的大型植物公园，非常大，占地约二百亩左右，走路过去十分钟左右，公园里面还有一个非常安静的内湖约七十亩，周围绿树环绕各种鸟类嬉戏，环境保护得很好，看这些树木很粗壮，有些年代了。公园里面的环境和植被生长由于很少有人工照顾，基本都是野生自然状态的，进入公园里面幽静和安详，仿佛身在原始森林中，在公园里可以脱离城市的热闹喧嚣。周围的居民都是在低密度的各幢别墅中，出行的道路有几条宽大的主路，有小区内也可供汽车出行的单行车道，四通八达十分方便。这些都是孟浩远骑着自行车在里面周围看过后就喜欢上了，他已经看了两个小区的房子，但是感到不太满意，看到现在这个小区的房子和周围环境布局、建筑风格等一眼就喜欢上了。他所选的这幢房子的面积很大，室内的面积约有 480 平方米，楼上楼下共两层，有可以停放两辆车的宽大车库，五个卧室房间各带独立的卫生间、衣帽间，一个专门的书房，一个洗衣房，一个储藏室，两个客厅，楼下是一个非常大的厨房和餐厅休息区。房子的前后都是非常大的花园，尤其是后花园更大，有十多亩的大草地，放眼望去一片草场。周围用围栏隔着，种植了树木，可以放马养羊养牛了。大草地边上有四棵生长数十年的大树，树径粗壮，起码在六十七八公分，树枝繁盛树叶茂密，犹如一个人工遮阳区，周围还有很多的各种小树，后花园在往后五十米左右就是一条宽三四十米的流经的大河，河水一直是平静地流着，河边生机盎然。孟浩远很满意这里的环境，这样的小区和房子在上海市中心是很少有的。这里闹中取静，离热闹的街区不过十多分钟的车程，离学校骑车也就二十多分钟距离。所以孟浩远看过离学校不远的还有另外两个小区，也喜欢，但是风格上总有些不太满意，或者密度比较小，每幢楼离得较近，或者花园并不大。后来中介听了孟浩远的要求后又帮着选了现在看到满意的这个小区，孟浩远特意骑自行车自己先去绕了一圈，看附近的环境又骑车对整个小区察看了一遍，很是喜欢这样的地方和环境。孟浩远看过后很满意，就去找中介，约定好时间陪着孟浩远到小区看房子。推荐给他现在这幢房子他是很满意的，也是平生第一次准备住在这么大的房子，而且价格并不算贵，各种费用全部算在里面只需要七十四万美元，这要比上海的房子要便宜太多了。看到这个小区他已经不想再多看其他的房子，很快就定在这里。推荐的这幢房子是全装修房，里面设施一应俱全，听中介说这栋房子原来的主人新买了不久仅居住半年不到，后由于经济不景气自己公司遇到危机重新找工作要到其他州去，所以全家人一起离开，不得已才出售。孟浩远购入时的房价比原来这栋新房购入价格还要便宜，正好被孟浩远一眼看中也是机会。所以房子里面都是精装修的，各种设施都配备完整而且基本都算是新的。这里将是孟浩远在美国一段时间的居住场所，一个人买这么大的房子住，孟浩远是有所考虑的，以后看发展情况，他会让父母一起过来度假或者退休后喜欢就过来住，美国和上海两地都住上一段时间也是很好的。还有孟浩远由于特别的原因他希望居住地安静互不打扰，可以方便以后在与秦联系时购买物品和秦送来资料物品的存放，这幢房子的位置又很好，正好在一处僻静处，左右没有其他房子更显安静。每月学校有一笔很高的租房补贴费汇入自己账上，购房的钱自己账上有钱已经足够多，购房款在孟浩远看来很便宜，并不像国内北京和上海的房子价格很高，购房总款在上海中心城区连买一个一百多平方米的高层新房都不够。而且这些钱对他来说已经没有困难。

在科索教授的帮助下，迈考斯副校长指派由学校行政办公室人员负责办理孟浩远的入学手续，很快接就接到入学通知，然后进行学校注册，也拿到学校提供的研究生学业数学专业的正常学习计划安排和课程完成的内容等。忙完这些安排后才暂告一段落。孟浩远在美国抽空给父母打了电话，平静地告诉他们这段时间自己已经在美国完成了申请和批准读研究生学业的事情，已经由伯利克学校数学院通过。父母一听非常高兴，这个孟浩远不声不响就到美国去了一次，原来还总以为他是出国散心和游玩美国城市景点的，现在居然收到好消息，他这么顺利通过了美国伯利克大学的求学申请，马上兴奋的查了一下这所学校，原来这所学校在美国是非常有名的大学。但是他学的专业怎么是数学，不是他原来国内本科的计算机信息专业，数学是很枯燥也是很难学的，太搞不懂了，要知道这所美国名校最著名的是数学院数学专业，他能够被录取太意外了。当然他们很是高兴，叮嘱孟浩远好好放宽心，既然到了美国就索性好好到处看看游玩一下。

科索教授在知道孟浩远要去看看罗斯维尔教授后就已经提前和他联系，这让罗斯维尔教授很高兴，原来孟浩远已经来到美国，而且第一站已经先到了伯利克。他也听说了这位数学天才又在伯利克大学一次专业报告会上和学校内部论坛会又有了新的理论提出，被称之为"孟氏定律"和伯利克新理论，真是个聪明的家伙。他在很期待他们到来访问，准备亲自开车到机场去接他们。

孟浩远不知不觉来美国已经有五天了，这段时间每天都有安排活动，忙碌充实紧凑。除了伯利克大学的活动内容报告会和论坛会，还有"数学研究"专业期刊安东尼专门来电约他的两篇新理论稿件，专门进行了整理和论文撰写，又忙于自己参观了解熟悉城市的活动，还专门花一天时间看了学校附近三个小区准备购房，为了以后在伯利克大学学习和生活，最后决定将房子买下，所以他一直忙碌着。接下来和科索教授约定了时间准备去看罗斯维尔教授。

星期四上午九点多，科索教授自己开车来宾馆门口，孟浩远已经等在门口，两人寒暄招呼后放上行李上车，他坐在科索副驾驶旁。科索教授开着他那辆蓝色的奥迪轿车一起到机场。然后一起在机场乘飞机到另一个州。他们今天要到罗斯维尔大学看看罗斯维尔教授。其实科索教授平时也没有时间去看望老朋友罗斯维尔教授，现在正好借着孟浩远去访问的机会一起看看他。

罗斯维尔教授现在他还不知道孟浩远已经和伯利克大学谈好了将会留下学习并当科索教授的助理教授这件事。罗斯维尔学校还是很认真地准备接待孟浩远和科索教授的到访，作了周到的安排。罗斯维尔是学校重要人物，这所学校也和伯利克大学类似，都是具有很长的历史，属于自己家族开办的。他完全可以有权自己决定留下孟浩远。他亲自安排由司机驾车专门到机场去接他们两位，在机场接到两位后都十分高兴。一路从机场行驶出来，罗斯维尔教授一路介绍学校和经过的城市街区和街景。汽车到学校到后由他亲自陪同参观学校并介绍，然后安排一次学校内部有几位数学专业的教授一起参加的论坛交流。他和科索教授关系一直很好，并不介意科索陪着孟浩远在一旁。当着他的面也十分热情地介绍起自己学校的历史传统、风格特点，有很多数学名人和著名人物都是毕业于该校。带着两人和学校校长、副校长等重要人物见面，然后参观整个学校，最后遇到关键的事情单独与孟浩远要商谈，所以他让科索教授等在自己办公室休息，其实科索教授明白他的心思，他想留下孟浩远。此时科索心里偷偷高兴，孟浩远其实已经与伯利克达成一致意见愿意留下，以孟浩远的性格不会再轻易改变。

罗斯维尔教授陪着孟浩远单独与学校的校长和副校长、行政主管一起小范围友好坦诚谈话。整个过程如同科索教授一般的操作，孟浩远经过参观后留下很好的印象，罗斯维尔教授很用心亲自陪同细致周到安排和介绍学校人文环境特点，孟浩远也非常认同。比起科索的沉稳，罗斯维尔教授的性格显得更是机智和智慧，不轻易多讲话，但是一说话就抓住重点简洁明了。参观罗斯维尔学校后孟浩远也很是喜欢，这所学校是美国的一家私立名校，和伯利克大学有着类似的较长的历史和传奇，建校要比伯利克大学还早六年。在国际上都是排名很靠前的著名大学。学校也是在数学和物理、化学专业上是非常强的，名人辈出。

在小会议室内等校长和副校长表达对他才华和成就的高度赞赏并提出挽留他想法时，孟浩远一听内心感激，不过他还是当面表达了歉意，如实告知罗斯维尔教授和校长等人，自己已经和伯利克学校达成约定了，在他们学校学习并当助教工作学习。罗斯维尔教授听到这个结果他表情严肃，无奈地叹了声气，错过了孟浩远让他感到内心有说不出的不愿意，看着眼前的这位帅气聪明的小伙坦诚相对，他只好上前拥抱他遗憾地说道："很高兴孟先生来美国，为你在伯利克和科索一起工作高兴。没能来我们学校我感到非常遗憾和可惜。但是我们还是欢迎孟先生随时改变主意来我们学校，我们学校对你一直是开放和欢迎的。"这让孟浩远深受感动说道："谢谢罗斯维尔教授，谢谢各位先生的厚爱，很感谢你们的接待和陪同参观，让我留下美好的深刻印象。我会经常与你们联系交流学习，进行学术探讨研究交流活动的。"罗斯维尔大学同样也是一所具有较长历史年代的名校，参观后让孟浩远心存尊重，如果第一站到美国就选择这里，孟浩远也许就会选择这所学校，这期间还和罗斯维尔教授和两位校长等同行进行了交流，印象很好，他们对于自己留下来态度诚恳，条件相当不错。不过已经选择了伯利克大学，这也是自己喜欢的学校。

在学校内的研讨会交流上，孟浩远的聪明和对数学的领悟能力及掌控让在座的数学家们欣喜，不过这次孟浩远不敢再谈其他新的理论，不敢过多地一直把自己掌握的最新数学理论轻易谈出来，这样会引起人们的更特别的关注，这不是孟浩远需要的。最后罗斯维尔只能遗憾地与孟浩远惜别，送他们到宾馆，第二天陪同两人参观城市后第三天送他们两人到机场。

回去时在飞机上两人坐在一起，孟浩远没有说出最后与学校校长等人单独谈话的内容，罗斯维尔大学想挽留自己，在伯利克大学的所有条件他们都可以做到，这些条件希望他留下。科索心里喜滋滋的他也没有问，这种事情不好问。因为结果最重要，孟浩远没有改变主意就是最好的。其他的多问不妥当。而孟浩远不说出来有他的考虑，让人认为他是众人都渴求的天才显得不好，干脆低调不语。以科索和罗斯维尔教授两人的关系，以后他们自然会说起今天谈话的情况。

孟浩远和科索教授约定，请等他三个月的时间，自己近一段时间将开始闭门学习学校研究生学业计划安排的教学课程内容，等完成后准备参加学校规定的科目考试。当然他答应科索教授，如果科索教授有需要他参加数学方面的学术研究可以通知他。科索教授现在知道孟浩远准备用心学习完成研究生课程内容，他也不太着急让孟浩远参加数学研究活动和项目。他的主要目的是希望孟浩远完成自己的心愿后留在学校当教授发挥他更多的天赋，研究数学方面的难题并突破现有的成就，让孟浩远一直安心留在学校，他愿意等待并不急。孟浩远他是一个有计划性又有很强执行力的人，就随他去自己认真完成安排他的学业。科索相信完成学业课程这对孟浩远来说是不会有什么问题。以后还有很多他喜欢的数学领域的难题需要孟浩远一起来参加研究攻破。

其实孟浩远一边告诉科索教授给他三个时间是需要学习完成研究生学业

课程，留给他三个月时间中他另有一件重要事情需要去认真地做，就是秦托付自己需要购买地球上各种科技、文化历史等书籍和植物种子一事。他还要准备去和秦见面的那个坐标位置地点，把情况了解清楚让自己心中有数。所以需要事先到现场去观察一次，掌握见面地点环境及其周边情况。他担心科索教授在这期间可能会安排学术研究活动邀请他参加。

秦拟定的坐标地址和自己碰头见面，那里自己也没有去过，那里和周围到底怎么样？自己一无所知，还存在很多不确定的未知因素。尽管秦选定的见面坐标地点他应该经过仔细地考虑，也完全有能力做好安全勘察，所以安全性理应不会有什么问题。但是自己还是不放心，现在是在美国需要更加小心谨慎。这段时间科索教授因自己需要备考学习，有三个月时间不会安排研究任务。趁这段时间正好有空亲自到秦约定见面的坐标地点先去考察一番，那里到底有些什么？是什么样的地方？是否安全？美国是自己第一次来，对自己来说这里的任何地方都人生地不熟的。虽然在网上可以查到一点各种信息，但是实际情况如何根本不清楚，一切都有可能存在不确定性，更应该做到有备而防，确保秦他们到来时见面的安全。所以必须提前做好准备，事先认真地去考察一下。孟浩远做事一直都非常认真谨慎，尤其在这件事上。

秦通过他超前领先的全新技术可以轻松来到地球，很快速地接入进地球目前所有网络和信息系统中，再严密的防火墙技术和保护系统对他而言易如反掌随时可以破解进入。他得到孟浩远使用的网上地址和私人专用电子邮箱后，马上就悄悄破解进入这种被地球上称为当前最伟大发明的最新各种科技网络系统，对他们来说简直如同极为低端落后的技术。有了网络地址秦他们不费力气地自动破解进入互联网络，利用他们的超凡的地球人还无法理解的最先进全网智慧管理系统，将信息发送给孟浩远私人邮箱中。从秦寻航的探索飞行器中定位地球位置坐标地址，显示出这次和孟浩远碰头地点是位于地球上美国亚利桑那州范围内的很偏远的一处地方，从搜查的信息可以看到那里几乎是无人类活动区域，只有一条公路上有汽车经常来往，认为是安全等级较高的符合飞行器下降可以隐蔽的地方。孟浩远得到了秦发来的地址坐标信息后，他在网上认真地查询，从美国地图上查找这处位置，那里已经是在接近墨西哥交界的地方。

和科索一起坐飞机回来，科索把孟浩远送至酒店，叮嘱孟浩远抓紧在附近看看租一间房，方便以后在美国的生活。随后两人分别。其实孟浩远已经利用一天时间快速购买好房子手续全部完成，所以回到酒店第二天就忙着采购住房内所需的日常生活用品，一个人独处不用太多，很快在一家大型商场内就采购完成，送到住房中。房子原来交付给他时已经打扫过一遍，本来房子是原房东新购买的房子，仅仅半年，因为工作全家搬到另一个较远的州去了，所以房子内基本都是新的很干净。

接下来他就要做自己的一件事，要到秦给他的一处坐标位置所在地去看看。他已经在网上查找过一些信息，不过信息有限，反映的是那里属于一片荒地，最近的有一处参观景点，有一个天然陨石坑公园，一条州际公路一直延伸通往墨西哥。这次与秦见面的地方就在那里。他需要事先察看后心中有数，先要自己放心才会让人放心，如果查看那里不安全，他将要发信息告诉秦提醒他更改地址重新再选合适的。接下来几天开始行动，先在网上订好了一家靠近驶往那条四号州际公路最近的一家连锁酒店，又订好飞往亚利桑那州菲尼克斯的机票。他准备到菲尼克斯后找一家租车公司租一辆车自己开车前往。

第三天后孟浩远前往机场乘上飞机，经过一路飞行后到达了亚利桑那州首府城市菲尼克斯，这也是他第一次踏上这块同样非常陌生的土地。

今天是个好天气，晴空万里，亮蓝的天空中清澈的白云浮游在云中，飞机落地孟浩远拿着行李边走边巡视着这座第一次来到的机场楼，走出机场候机楼后在门口驻足观看了一会机场周围，然后才叫了一辆出租车一路前往酒店。坐在车内看着这座陌生的城市，映入孟浩远眼中的第一印象这座城市显得很普通，和他在伯利克大学所在的马萨诸塞州波士顿相比有明显区别，呈两种不一样的城市风格。在他眼里菲尼克斯城市显得有些乱，街上的行人也不多，没有首府大城市应有的热闹人气。街道上整个城市的环境有些凌乱，不像波士顿的街道干净，商店内顾客不多，几条主要的商业街道上两边才有些人气，人来人往匆匆走过。这座城市缺乏主要大城市应有的活力，没有让人第一次来会满是好奇，看到城市街道和商店以及城市中的行人，不会产生一下子就喜欢的激情。这里的经济状况一般，街上很多商店内顾客和游客并不多，缺乏一座城市应有的特质，这里的行人大都是不急不慢地行走着，脸上都是严肃认真的样子或者疲惫的感觉，很少看到脸上露出自豪阳光幸福快乐的笑容，让人感到这里的生活有些累，整个城市显得有点萧条。

出租车一路行驶经过城市，孟浩远正好一路上专注地看着这座城区街道和商店设施。心里并没有因第一次来到一个新的未知城市所有的期待和激情，说不出喜欢它。出租车行驶大约一个小时左右到了酒店，孟浩远拿好车上的行李，在付车款时多付了两美元。出租车驾驶员是一位青年，他的长相是一个南美洲人模样的男子，接过钱也是机械地说了声谢谢，看不出特别激动和高兴，脸上一如刚才的严肃，只管完成任务送客人到目的地。

孟浩远并不计较，拿着行李走向酒店在柜台办理入住登记后，拿着行李来到电梯区乘电梯上楼后找到自己房间走进，很快拿出电脑开始查找信息。他要查找的是这里的汽车租赁服务公司，准备租一辆车自己开车到秦给他约定见面的坐标位置，这样更加方便自由和隐秘。这种汽车租赁服务公司寻找很是方便，很快他找到了一家名叫"伯丁汽车租赁公司"，记下联络电话和地址服务内容等信息。走出宾馆在街上找了一家餐馆随便点了一些快餐一个人吃了起来，然后打了一辆出租车前往到"伯丁汽车租赁公司"。这家公司就在靠近市中心的边上一点的一座大楼内，这家公司规模比较大，看公司的营业厅宽大的面积就知道，前台正有人在办理交接手续。公司停车场很大，是在大楼室内的地下车库，里面停了各种各样的车辆以小汽车为多，说明这家公司规模不小。柜台内眼前的接待人员有五个，三男二女，都是年轻人，穿着统一的公司服装显得整齐规范和精神，脸上阳光热情，正在忙碌着接待。很快有一位男青年接待看到孟浩远走上柜台前来，就主动招呼孟浩远，询问订单信息后在电脑中查找到了。谈好租车的事项，办理好手续，引导孟浩远乘坐电梯一起到地下车库看车。地下车库地面涂着浅绿色的地板漆干净亮眼，车库里排得整整齐齐的都是车，还有很多空位说明已经被租了出去。这些车看上去基本都是八九成新的各种车，车辆品种很多基本上什么车都有，都是小型客车为主。孟浩远选了一辆美国本土品牌看上去还很新的大排量黑色越野车，打开车门上去试座，车辆内部看基本都是新的，点火发动开起来手感不错，动力很足坐着也舒服，跑长途这种车比较好，就当场选定了这辆黑色SUV越野车。然后开车与接待员一起到一楼地面停车区停下，与这位接待员办完手续后开车出门。开着这辆基本算是新车的SUV越野车离开出租赁服务公司后他开启手机导航服务，独自一人驾驶车辆前往目的地准备前去查探一番。

第一次来美国第一次租车第一次开着车到这个陌生的城市，一个人独行去一个偏远的地方，一切都充满新奇和未知。目的地是与墨西哥交界的偏僻地方，加之人生地不熟的，孟浩远老老实实的按着导航语音提示指导开车一路前行。一小时后车已经出城并进入通往目的地方向的四号州际公路上，国内的那种封闭的高速等级公路宽大平整，中间每隔几公里还设有功能齐全的服务区，车道数量多，一个方向单行道一般都有四到五条加上一条应急车道，来去方向中间有隔离设施，中间都是花草植物，路两边都有照明路灯设施。公路上一直是上车水马龙川流不息急驰而行的各种汽车，反正到处都是车，但是开起来很轻松。而这条主要的四号州际公路来去一共只有四条车道，当中没有隔离物只是画着线提示中间隔离状态，公路上的汽车并不是一辆紧跟着一辆的那样多，所以汽车都是离得比较远，不过公路上不时有各种车辆驶过。

孟浩远驾驶的黑色SUV越野车已经在四号州际公路上连续开了两个小时左右的车程，离开城市已经很远了。此时映入他眼帘的是公路两旁都是自己从没有见过的另一种情景，公路两旁满是没有种植过任何东西的荒地一望无际，地面上碎石满地，不时看到随着一阵一阵风被吹得在空气中悬浮着的细密的黄尘风沙。地上不时看到不知名的一团团大小不一的像是干草球一样在的物体地上随风滚动漂移。不过地上还是可以看到一点稀疏的一些不知名的植物顽强地生存在这样荒漠的土地上。看样子这里的年降雨量是很少的，其他建筑设施都没有看到过，周围更看不到有人烟生存过的痕迹，没有人没有房没有家畜，没有任何经济农作物，非常荒芜基本什么都没有。听说美国繁华无比的拉斯维加斯城去的公路两边基本也是类似这样的荒地。说明这里附近是不适合人类和动物植物生存生长的地方，也没有看到有河流和水源经过，到处都是无法被人类开发利用的荒地，简直就是一个不毛之地。不时有一阵一阵风呼呼地刮过，带着一种叫声，天空上一阵风吹过慢慢散去风沙，才可以看到天空上面漂浮着白云，远处的蓝天为背景，太阳火辣辣地直射下来。孟浩远将车停在硬路基边下车驻足观看起来，外面根本就无处休息也无法来躲避火辣辣的太阳，路上来往的车辆不时在经过时，鸣响几声有节奏的汽车喇叭，好像是提醒停下车的孟浩远不要停在这里路边，这里不适合停车休息，那说明后面不远应该会有休息服务区。

　　孟浩远站在车旁只待了一小会后两眼望去到处都是不毛之地没有任何遮挡物，此时太阳火辣辣的，风沙过后晴空万里，天上阳光照耀眼都睁不开，赶紧上车继续沿着这条进出主要通道——四号州际公路行驶。又开车前行大约一个半小时左右后，突然周围光秃秃的令人无可奈何，是十分凄凉的蛮荒之地，令人欣喜地看到前面有人类活动的痕迹，总算看到前面一处显示有人活动的场所地方，前方路左边有一块巨大的广告牌子，等汽车接近时看到上面写的是"世界之谜"，背景画的是一个巨大的天然形成的天坑。在它的路对面公路的右侧朝北方向，旁边还有一个比较大的加油站，里面有几处建筑物，已经可以看到有不少车辆停在那里。加油站里面可以停车加油和临时休息。加油站里还有一个一层的建筑群占地不小，里面应该有配套的供来往停车的人们休息的商店和餐饮等。孟浩远已经开了好长时间，一路上全部都是光秃秃一无所看令人寂寞难捱的地方，看到这处第一家难得见到的服务休息区可歇脚休息一下，他想都没有想赶紧开车进入。里面已经停了不少的车，不过服务区很大停车区更大，这里的土地应该不值钱看来很便宜，所以服务区占地非常大。不时有经过的汽车开进来准备加油休息停顿，从汽车上下来的人都走进里面的商店，有找厕所方便的，有在这座商店里的咖啡店喝咖啡和饮料的，有在快餐店吃快餐的，有到商店闲逛顺便购物或选购纪念品的。孟浩远自然也是将车在加油区进行自助加满油箱，然后将车开到旁边的停车区停好后，拿好自己的背包走下汽车向后面的商店走去。这处商店里面有购物区和快餐店，可以休息吃快餐和喝咖啡、购物。这是一种在美国常见的很普通的标准商业模式，加油站里面有服务区，可以购物、休息、吃快餐、喝咖啡饮料等。

　　孟浩远背着包走进商店，店不算小商店内商品齐全。看到店里有十多位顾客在边看边走。店内有几位服务员，他们着统一服装戴着帽子，店里购物的顾客正在各自沿着货架通道观看着两旁货架上的各种商品。服务员中其中一位男服务员皮肤呈棕红色，满脸胡子年纪在四十多岁在柜台里面，他的长相有点像美洲人，不太像欧洲人，可以看出两者有明显的差别。具体差别在哪孟浩远也说不上，反正和他看到的皮肤较白的典型欧洲人不太一样。还看到有两位一男一女服务员在商店内巡检和或理货。服务员看到一下子进来了很多顾客显得精神很好，看到孟浩远长着一个亚洲长相的年轻小伙单独一人走进商店来，他不由得眼光停留了下来，迅速瞄了一眼他感到好奇。这里进出过往的基本都是欧洲人或美洲人还有就是墨西哥人，这个地方实在太偏僻了，很少有游客花这么长时间特意来看对面的原始天坑景点，周围其他再没有什么可看的。一个亚洲模样的年轻小伙子单独来这里，进店后在购买区看货，这里很少有亚洲人专程过来。偶尔有旅游团队一下子一辆大客车下来十几个亚洲人的团队他倒是也看到过，这里来得都是过往的运货的汽车驾驶员和去墨西哥的客车，还有少部分来这里是特意看天坑的游客，不过现在季节已经不对，很少有游客过来。于是他主动招呼起来："哈喽，你好。"孟浩远看到服务员脸上有着笑容高兴地看着自己打招呼，抬头望去也回应道："哈喽。"与胡子男服务员就这样攀谈起来，原来他是一个性格开朗的人，在这里工作了已经有四年了，算是比较长了。得知孟浩远来自中国，一个人开车第一次过来是看陨石天坑景点的。孟浩远只能这样搪塞过去，避免引起他的警觉。当服务员知道后孟浩远对这里很不熟悉不免心里暗自敬佩，他热心地介绍起这个景区。孟浩远才知道，原来这里是美国的一个十分著名的地质公园，和服务区分别在四号州际公路的两旁。服务区对面有一条无名公路，继续向南行驶大约三点六公里就到了。在公路朝东方向里面有一个据传是数万年前外星球撞击地球形成一个巨大很深的呈圆形的陨星天坑，直径大约有三点二公里与地面深约有四百米左右。现在的季节已是旅游淡季，专门来的游客人很少了。

交谈时孟浩远无意中随便询问起沿四号州际公路继续往西方向一直行驶，前面还有什么景点？这条路最后是通往哪里？胡子男奇怪地看着孟浩远说道：“再往前面什么也没有，我也没有去过。听说大约再行驶半个小时左右，公路左侧往南方向有一条很大的河叫‘莫托西里河’，大河的附近两边的地貌和这里很不一样，那里有连绵的群山，山上和山下有成片的树林覆盖，山下是自然形成的一个非常巨大的原野森林，不过没有人在那里生活，很少有人进去。四号州际公路和河最后都是通往墨西哥的，那里就是边境，有检查站，有边界巡逻，有铁丝网与墨西哥隔离起来，怕他们那里的人偷偷过来。”说话时一本正经有些无奈。孟浩远看出来他是对边境隔离网感到不舒服，孟浩远问道：“前面公路方向远处既然有山有大河有树林，自然景观一定不错吧？那这条四号州际公路的两边除了朝南的那里有山和河还有原始森林，还有什么？”胡子男耸耸肩说道：“我不知道，我没去过那里，除了有连绵不断的南落基山脉和一条叫‘莫托西里河’以外好像一整片的都是荒地，没有什么，这里还是离城市太远太荒僻了，土地也没有利用价值，一直荒废着，没有人愿意来开发和生活。”孟浩远感到很好奇，秦选的地址还要往前在公路两侧的话，这位胡子服务员说了都是荒地没有什么。看来这里整片区域都是无人区，如果他们到来安全肯定没有问题了。谢过胡子男服务员的介绍后，孟浩远买了几瓶瓶装水，另外又加了一大桶的水以便路上饮用，又买了一些面包，看到商店里有天坑公园特点精致的几种铜制和锡制的纪念工艺品，也买了两个留作纪念，结账结束后胡子男服务员看着孟浩远说道：“先生再见！祝你旅途愉快！”孟浩远迅速递给他一张 20 美元纸币。说道：“谢谢你的介绍和服务，这是给你的。”胡子男服务员顿时一愣有些意外，他没有想到经过交谈，这位来自中国的年轻小伙能够客气的直接给了他不算低的小费，在他工作时很少见到这样的旅客。又抬头看看孟浩远，他的脸上露出笑容，开心地连声道谢，并祝孟浩远一切顺利。

在服务区这里工作生活不易，工作环境并不太好，也没有办法走出去，看着周围一片荒芜之地，枯燥乏味。胡子男能在这种环境的服务区当服务员也真不容易，不能天天赶回去，要连续工作两天后才换班回城休息。告别胡子男后孟浩远走出商店来到停车区，上车重新驾车，按胡子男子指示的方向，沿四号公路开出约一百来米看到巨大的广告牌子，转弯进入无名道路进去看看天坑公园。汽车一直往前开了三公里多到了景区的停车区。孟浩远将车停好，继续步行了约一公里总算到了天坑边上。站在天坑不远处，远远望去一个巨大无比的天坑展现在面前，站在边上扫看着周围，人感觉是那样的渺小，尤其现在没有几个人在这里看天坑遗迹，更加显得天坑的巨大和人站在边上形成极其强烈的反差。抬头望向天空，天空静静的只有云在上面慢慢地移动，天穹深远不可测，永远无法看到它的尽头，后面的后面有什么？低头探视令人震撼的巨大而深邃的坑底，感到有些眩晕和恐惧，此时的人已经变得如此的不重要，只有天坑散发出一种从未有过神秘的气息，像是张大口欲把所有的东西顷刻间吞噬进深坑中。散发出冷冷的孤寂的神秘寒气让人有些害怕。孟浩远陷入沉思，脑中急转起来，有一种强烈的愿望想知道为什么陨星会撞击地球最后落在这里？这颗陨星来自哪里？撞落的陨石在哪里？陨石里面有些什么秘密？陨石坑里还有些我们未知的秘密？他瞬间仿佛感觉宇宙在和地球对话，这里藏着不为人所知的秘密和信息。孟浩远就这样伫立在深坑的边上，默默地看着陷入静思，产生很多联想和疑问。天、地、人，也许这是宇宙外星生命探访地球的着落地点，它一定会留下痕迹。地球和宇宙中某个外星球已经发生过直接的联系，那它又不是秦他们所在的阿勃特星球，因为秦说过是孟浩远的信息联系而第一次惊喜地发现了地球这颗星球以及地球上和他们类似的人类生命。那它来自哪里？竟然它能更加先于最先进的阿勃特星来到这里。孟浩远想着心里暗暗担心吃惊，心开始扑通扑通急跳起来。那说明宇宙中还有除阿勃特星以外其他的生命和星球存在，也一定是比地球文明要更加高级的星球，这些信息他要告诉秦。他有些胡思乱想，伫立着发呆陷入凌乱纷杂的思绪中，一阵冷风从天坑中吹出寒冷阴森，发出清脆的呜呜声音，风和声音把孟浩远在思考中催醒。看看刚才还有这里还有七八个游客或路过的旅行者还在这里惊叹高兴地观看拍照，现在已经没有人了，天色也变得暗下来，站在这里突然感到有一种说不出来的恐惧，认人不敢直视天坑深处。

孟浩远赶紧离开天坑，返身回到停车场上车，坐了一会平复心情和脑中的联想喝了一瓶水，然后心稍稍静下来后继续沿着景区的无名公路驾车出来，很快就回到了四号州际公路，左转后进入又继续向前行驶。天色渐渐暗了下来，路两旁依旧是光秃秃一望无际的荒地，在落日的映射下，周围像是变了另一副模样，萧条肃杀，气温也下降，让人感觉有些寒意。车又行驶了二十分钟左右，前面公路左侧朝南方向突然出现了一片群山，连绵在一起一眼望不到头，但是这些山并不高，上面有各种树木植被，感觉这里突然有了些生机。再行驶一刻钟左右，手机导航显示目的地已就在附近了。孟浩远将车停在左侧路基外面的荒地上，南面已经看到那些山林，推开车门下车四处张望起来，观察周边的情况。

这里所处的地势较高，所以他在刚开车时感觉是在一点一点地爬坡，但是坡度是缓缓上升。等停好车人下了车站立四周张望，才发觉站在这里回头往公路后面看呈明显的坡度，那里是在下面位置，比刚开过来时形成的坡度海拔在一点一点上升，现在站在路边再回头往下眺望可以清楚地看到整条四号州际公路行驶到这里开始是往海拔略高的地方。可以明显看到公路后面地势在低处，慢慢延伸往上了。整条公路上的情况和公路两旁的景况看得很清楚，继续往公路前面朝西北前方看，可以看到在远处突然还是出现了一片高高低低的连绵不断的群山，有绿色的植被树林覆盖，与站在这里看到的南侧方向的山似乎是连着成一整片，可见这些山有多大范围。四号州际公路环绕着山再往前已经看不到公路，被群山所遮挡住，不过听天坑景点休息区商店服务员胡子男说过，这条州际公路一直是通向墨西哥边境的地方，那里也是到处是群山连绵。这里路的两边的开阔地都是沙石地，地上有些零星的植被野草生长着，再过了前面的山往前地势走向又开始呈缓慢的向下趋势。

现在孟浩远他站着的位置正好地处整个地区海拔相对的高点，一大片平坦地，延伸的四号州际公路一览无余，前后都可以看得很清楚。看上去两旁的地全部都是荒原，基本没有成片的植物和树木，偶尔有一些野草和低矮的不知名的植物顽强地生长在这里，这里年降雨量一定是较低的。地上不时出现的几个高低不平的突起的山包和低谷。孟浩远平时并不戴秦送的那副特殊的具有强大功能的眼镜，这次出行他查过信息知道那里是荒漠之地，为了看得清楚周围和便于收集记录信息所以才专门带在身边，拿出眼镜戴在鼻梁上认真仔细地观察着四周，瞬间周围一切看得更加清楚，远处也尽收眼中。最后把眼光主要放在朝南方向，站在这里向南眺望可以看到很远处的地貌特点，在很远处那里依稀可以看到还有一条长河，河的两边都有野生的植物和树木。有水的地方会有生物的聚集生长，来往的鸟类经过这个地区在这里可以歇息和补充水分，河的周围生长着一些不知名的高高低低的各种树木，过往的鸟类飞行经过，休憩在河两旁的树木和河边。真的是神秘的地方，明明这个地域的土地都是不毛之荒郊野地，偏偏突然在这里出现了一条大河穿行流过，它的源头在哪里不知道，为什么会在这里出现？又朝向哪里流淌？河水在这荒山野地流经，那是生命之河，在那里一定孕育着多彩的生命。估计河的附近应该有土地和适合生长和生存的各种动植物。但是为什么还是没有人类在这里生产和生活的痕迹？难道这里真是离城太远太孤独，人们不愿意来开发利用？还是这不适合人类的生产和生活？太奇怪了。也许这里就像服务区商店中胡子男说的那样，也许这里实在太过偏僻确实太远了，开发利用的成本太高价值不大。单程开车需要三小时左右时间的路程，出城后公路两边很长一段距离没有适合人类生活的土地和河流，所以被人们放弃了，久而就之成为荒野贫瘠之地。

戴着秦送的眼镜可以看得更远更清楚，眼睛再往右一点点转过去可以看到那条莫托西里河的附近是成群的山体绵延不断望不到尽头，这条河大部分与山势的方向应该是基本平行，所以被山遮挡住，不知道那片落基山脉的后面会是什么？胡子男说山后面有一条河还有一片巨大的原始森林，很少有人会去那里。孟浩远感到秦选得地方有一个共同点都是在人迹罕至的地方，周围一定是没有人类生活的地方，选在这里见面真的是个好地方。应该是考虑为了避免与人类直接接触相互影响的原因，同时必定要考虑秦来到地球时他们的飞行器可以方便着落而不被发现。孟浩远脑中急转起来，如果秦到来，它的落脚点一定是在远处落基山脉的后面，因为四号州际公路两边其他地方都是空旷荒地一览无遗，在公路上不时有朝墨西哥和朝菲尼克斯方向来回行驶的各种汽车、卡车和客车驶过，只要有一些物体突然出现必定会引起注意，路两边都是一望无际的空旷荒地可以看得很清楚。孟浩远看着地貌地理特点，心里在暗暗分析着，所以秦选在这里坐标位置见面又要避开四号州际公路，只有在落基山脉的后面，这是最有可能安全的降落到达地和见面地，可以完全避开路上的车辆视线。他拿出手机拍了些周围地形的照片和视频便于回去再细细回看，其实通过眼镜已快速地在脑中记录了完整的信息，刚才他在陨石天坑那里也拍了不少照片和视频，下次见到秦，请他来分析一下为什么这里附近会突然出现有巨大的陨石天坑，能有些什么信息包含其中，真是天外陨石砸落下来的吗？还是另有外星球飞行器降落？等他带着疑惑和思考仔细地完成了对周围地形和情况的观察后，时间已经在这里停留了大约一个多小时了。回到车上拿出一瓶水猛喝起来一会儿见底了，又打开袋子拿起一个面包吃了起来。边吃着边继续看着周围，公路上有汽车经过时会善意的鸣响喇叭在提醒他这里荒芜人际最好赶紧离开。吃完面包孟浩远已经对这里四周情况有了了解，上车抓紧时间返回，并计算好返程的时间，一路开车心里略微轻松起来，此时心中已有了大概的底。一直到天色已经完全变黑时才返回城市，回酒店房间休息。来这里第一项最重要的事情已经完成。

在亚利桑那州菲尼克斯城计划停留两天，第一天的安排完成后，人也感到有些疲劳，早上起得稍晚一些，一个人在外面早锻炼和练习一阵绵拳后感到体力充沛。然后第二天开始对这座城市进行参观考察了解，因为和秦约定见面这里需要多了解。也是在安排以后如何购买秦需要的各种书籍和各植物种子的任务。这些活动孟浩远自己每次购买后都留一份清单，交给秦时也给他一份详细的清单，品种名称、数量、购买地和种植要点，以及各种书籍的名称、书名、购买地等信息。所以非常清楚，以后每一次也不会出现重复购买。很快他已经把这次准备购买的书籍和植物种子都已经了解清楚，下次来就可以直接下单提前买好办妥，不费什么力。

　　第三天上午，孟浩远马不停蹄地到赶到机场乘飞机返回，回去后他已经开始住到自己购买的大花园别墅中，心情特别的爽，美美地休息了一个晚上。返回后的第二天，重新整理了这次见面的计划和思路，回顾是否有遗漏的地方，他做事一直很用心也很细致。接下来他给在上海的母亲孙佳雯简单说明为什么来美国突然留下考研学习，主要是时间上已经错过正常的入学季，还好在一位美国知名的教授推荐下才同意录取，但是必需抓紧学习补前面漏下的学业课程等。他在学习上多做了一些说明，然后告诉母亲自己现在的住的地方是自己租的，由学校提供助学金，就住在学校附近请她放心。母亲孙佳雯一听孟浩远在美国旅行期间竟然办成了一所名校研究生学习一事，也完成了租房等手续，当然高兴不已。当然她要急着转钱过来让他可以放心好好学习。孟浩远还没有说明自己已经买下一幢大别墅，只能说是租的房，钱是学校的助学金。这样做一些善意的说谎免得母亲着急和担心，果然母亲不管三七二十一让孟浩远赶紧提供银行卡账号她要转钱过来。孟浩远不想要也不行，他实在没有合适的理由推辞，在美国学习不用花钱是不可能的，又不能明说自己有钱，只能把自己的银行卡号告诉母亲，隔了两天很快一笔五万人民币的转账到了他的银行卡上，孟浩远心里感动，但是他又不能明说自己其实真不缺钱，但是没有办法解释清楚。收下反而令父母会放心。毕竟现在他是一个人漂洋过海远离上海在美国生活学习，当时去美国的时候孟浩远只是说去美国游玩一下，顺便会参观几个大学了解情况为以后将继续求学做准备。放松心情很快就回来，这是一个全家人没有想到的结果，美国大学此时已经过了入学季还会收到名校录取研究生入学通知，然后马上开始正式在美国开始学习生活不回上海了，太快太仓促了。一切真的如中大奖一般让人太高兴激动了。一定是孟浩远他的那个数学证明起关键作用。所以孟浩远就这样也不回上海要在美国生活，准备工作。思来想去怎么可能会考虑周到呢？这不是短期的旅游了，毕竟在美国生活学习不是一天两天是需要很长一段时间。不过听孟浩远说学习应该很快的，让他们放心。但是谁都知道在美国研究生学习起码得一年半到两年的时间吧。父母想到的是孟浩远是怕他们担心，所以说学习很快的。不过还是有些疑问的，究竟如何快速地被临时录取了还有高额的奖学金资助等等。知道孟浩远高中开始就是很独立、有思考主见和能力的人，暂时有些问题等他以后慢慢细说吧。

　　等把父母那里好不容易简单解释一番后终于告一段落，心里稍稍可以静下来。接下来几天开始在自己所买的独幢大房子居住，周围的一些环境太安静，生活太安逸了。房子有专门的书房，孟浩远认真地翻看起学校提供给他的课程学习内容以及教学书籍，一个人基本大门不出开始连续认真地翻看学习着，在头脑中边学习边快速存储、思考消化很快都全部掌握在脑中。学习累了就到后面的大花园中端着一杯绿茶随处走动着，然后驻足静静地品着茶，将学历内容在脑中搜索一番温习思考。现在他的记忆和思维分析能力堪比超级计算机，胸有成竹气定神闲。学习算是可以放在旁边暂告一段落。接着四天开始选择数学难题为撰写毕业论文准备，他专门针对自己在伯利克大学访问时与学校数学教授专题研讨会时提出的有关函数新理论的解题方法，继续延续下去作为研究生毕业论文的题目来论证。他要证明地球目前已有的飞行器在宇宙近轨和脱离远太空后，在未知的宇宙空间飞行中如何在遇到不同宇宙空间环境中脱离不同引力场，进入未知可变的新宇宙空间飞行时的复杂函数关系，这个理论证明可以为航天飞行器进入宇宙太空飞行时隐入黑洞，在可变的不同引力变化中飞行速度和飞行线路相关性最优解决方法。这个题目也是对目前飞行器脱离太阳系地球引力进入未知宇宙太空后，在不同的宇宙空间存在不同的未知引力下的飞行方法，计算飞行理论距离、时间、速度和物体损耗等。这是他提出的一种极其复杂和超越人类思考的前所未有的最前瞻性的新思路新数学理论证明。这是秦给他提供的阿勃特飞行器越过宇宙不同空间飞行依据的极其先进的数学理论。阿勃特的飞行器已经掌握飞行器制造和来到地球遇到实际飞行状况，是经过他们证明的伟大的超越人类思考的数学理论依据。经过孟浩远的思考和特意选择专门提出来。他要一步一步先让数学界的专业人员人引起重视并研究作为依据，让航天研究机构看到新理论依据引起启发思考，让他们为地球飞行器如何突破目前的科学理论依据空白和科技可以制造新一代飞行器进入到跨越时代的飞跃，可以让飞行器飞行探索有着无穷奥秘的广袤宇宙世界更远更深处，到达人类从未到达的全新宇宙世界中，进行神奇的科学探索，发现更多人类未知。

　　孟浩远在自己的大别墅二楼的一间书房内，房间门一直敞开着，窗子也开着，这里静悄悄的，外面没有风声、汽车声、人的嘈杂声，仿佛这里只有这一幢楼，这里的房子每一栋楼都是独幢，相互离得很远，规划布局的错落有别，不像国内的别墅区，房子一幢一幢整齐排列间隔很近几乎挨着。当时买房是就是考虑这种环境和低密度的小区布局和建筑风格，小区房子周围树林绿化草地布局设计得也很多，整个小区绿化环境设计得很好，好像房子在树林中公园中一般，人在其中非常安静，好像身处一个原始的树林中不被外界打扰。此时在这里可以心无旁骛地安心独立思考，真的再好不过了。他用心地专注于这篇重要论文的写作，既要用数学界已有的基础数学理论和定律，又要最后引导他们到自己提出的新数学新理论中来，让他们通过自己的新数学证明方法能看得懂，这将为以后最尖端的宇宙飞行探索研究提供重要的全新一种数学理论依据。自己的这篇论文中新的数学理论证明又将会引起数学界的震惊，进而引起物理、化学和最尖端科技制造以及航天研究领域的专家的重视。

　　又过四天，孟浩远对这篇寄予期望的重要论文开始认真反复地修改完善，他要考虑的细节很多，特别是不能因他的这篇论文发表进而有人联想到他前面的三篇重要研究论文而盯住他。直到自己看了后感到考虑很完整没有过分的漏洞，才满意地伸展双手放松自信地微笑着。这次自己的重要证明，得益于秦提供的阿勃特星球大量的成熟的公开论证发表过的数学理论研究的其中一个，阿勃特星的这些基本理论对于地球而言都是前所未有的。这些关于飞行器在地球外太空宇宙飞行的最新最尖端的理论研究资料，结合自己掌握的各种数学基础，综合考虑后专门来研究证明。他希望地球人类引起思考，抓紧研究出可以在宇宙中穿越的飞行器和不同空间宇宙飞行过程引力场变化的影响多个因子的变化函数数学理论依据。将颠覆现在我们地球对宇宙的认知，便于以后科学探索宇宙掌握更多宇宙空间概念、飞行距离、时间概念和宇宙空间中各种引力场影响的科学。

伯利克大学数学院研究生一年半的学习内容教学点，通过孟浩远近两周的潜心认真地学习，现在已经完全融入自己脑中，如果现在就开始参加考试，自己有信心也不成问题。但是孟浩远暂时不想这样做，提醒着自己手中现在这篇研究生论文和前两篇以及"西塔姆猜想"证明已经让自己闪光了，必然会引起业内科学家的注意和其他人们的好奇震惊，需要收敛一点，不可再把太过于超越目前地球人类极限的极高深数学理论和定律过多地展现出来，频繁把这些重要论文在短期内连续公开发表，必然会引起各种人重点的关注。数学理论的研究对科技发展有十分重要的突破性的作用，也会被各种数学界以外的人所关注，一定会被盯上的，那就会影响自己的自由自在不受影响地生活和出行。再说以后还要低调悄悄地和秦的见面，一旦被人盯住实在不是好事。应该保持清醒的头脑。近期再也不会将新的数学理论展示出来。

九

一天孟浩远一个人正在自己的大花园房子一楼厨房做着简单的饭，放在餐座桌上的手机铃声突然不停地响了起来，他赶忙将煤气灶台开关关小后迅速走到餐桌旁拿起桌上的手机查看，一看手机显示的是一个备注过的熟悉号码，原来是老朋友伯格先生的来电。孟浩远见是伯格的电话估计说话不会太短，马上拿着电话返回厨房关上了锅中正烧着菜的煤气灶。然后走回到客厅区坐在沙发上接听伯格的电话。自从上次孟浩远专程去比利时拜访并完成令人无比激动的又一次生意后，令伯格以及他的老板拉宾先生特别兴奋和高兴，终于盼来了这位神秘的中国年轻小伙，而且又一次带来了他们一直心里惦记着希望能够再次获得的地球目前最高品质极其珍稀的那种钻石，因为这种钻石的品质没有其他钻石可与之相比，这样的钻石一经流到一位中东富豪手中特别是经过伦敦一年一度的钻石展示交易会上展出，马上被人瞩目追捧，可惜实在太稀有，没有地方可以买到，它自身的品质突破了地球上目前最高级别等级的钻石判断标准，形成了它的新等级评判的最高标准定义，让艾格尼丝很快名声更旺。通过和孟浩远的两次合作，他所提供的钻石经过最有经验最好的专业大师验证后，证明这是一种地球上以前还没有出现过的高品质钻石。让人难以置信的是这种最高品质的钻石，它突然横空出世，对当前世界钻石品质分级标准产生了很大影响。他们很想知道孟浩远的这种钻石来源在哪里？数量情况如何？但是这是比较禁忌的问题不太好直接问，除非孟浩远他能够自己说出来。艾格尼丝公司依据孟浩远提供的数量极其有限的这几颗钻石进行了新的钻石分级标准定义，得到了行业的认可。这个成就只能由艾格尼丝公司获得，其他任何一家知名钻石公司都很想拥有这种钻石，可惜没有渠道、没有来源，根本无法购买到这种钻石原料。钻石就出在艾格尼丝公司，当然就引起整个行业其他公司的重视和关注，目前这种钻石市面上数量非常少。伯格希望从孟浩远处获得的钻石越多越好，已认定孟浩远提供的钻石就是最高品质最高等级钻石的代名词了，对他已经更加信任和尊重。而且孟浩远身上体现出来的处世为人让伯格特别舒服，很是喜欢。每次来公司这位小青年都会保持谦虚低调从不张狂，还有意在老板拉宾面前替他说些好话，诸如他很认可伯格等等。这些话从孟浩远一个重要的客户嘴里说出来，是非常有分量的，让伯格内心很感激非常敬重他。但是这次专门做了充分准备，安排邀请孟浩远第二次来比利时继续参观，其实就是谈钻石的生意，结果却发生了非常严重可怕的恶性事件，还被人追着用枪打，差点丢性命导致全军覆没，还连累孟浩远先生。他感到很对不起孟浩远，更是害怕会因此次事件会影响到孟先生对他们公司非常不好的负面看法，而失去兴趣与艾格尼丝继续合作。这样一位可遇而不可求的天降好运飞来的重要客户，为他们公司赚足钱的同时又提高公司行业地位影响力和形象的贵人，一旦失去对公司意味着就是一场灾难。所以艾格尼丝公司内部上下十分紧张。等孟浩远提前离开后，专门召开会议研究对策，务必要调查清楚这次事件，要给孟浩远一个解释和交代。

拉宾自从上次孟浩远受邀请专程来比利时和他们公司商谈业务，很突然的在从机场回公司的路上发生了严重恶性事件，显然以他的经验猜测一定是有阴谋，而且是专门针对他们公司和孟浩远先生的，他感到十分震惊也非常恼火。出现这种离奇的情况很突然十分蹊跷，从公司成立以来曾经经历过无数次各种各样的危机事件，不过这次太奇怪了，没有一次是像这次如此严重，的确非常少见。而且这次事件对艾格尼丝公司刚刚开展的极品罕见钻石业务是很致命的一次危机，也许有人希望让他们从这件事件后中断这项业务。孟浩远先生似乎受到惊吓有些害怕，以至于他原本在比利时多待几天的计划，临时改变匆忙逃离开这里。这样让他们更加不安，也许孟先生从此再也不会出现在艾格尼丝公司，那将是公司最糟糕的一次损失和危机。他亲自在小范围几个高层参加的会议亲自布置，要求抓紧时间在公司内部迅速暗暗开展调查，否则后患无穷。

以后公司开就开展了暗查，通过内部人事部和安保负责人两人为调查组的调查，他们一点一点收集每一条可能的线索，进行认真地调查和摸排终于有了一些发现，逐步缩小了范围再暗查，经过一段时间对几个重点人员的二十四小时暗中监控，最后集中在公司三个人身上。因为经过仔细地分析，知道孟浩远先生要来公司的消息和具体去机场接机计划和行程安排的并没有几个人知道，其中有三个中层部门经理知道这个信息。因为伯格已经要求安排好专业检测人员在公司随时可能会有任务，涉及两个部门还有负责保安的部门经理，但是保安人员对这次任务具体保安的对象也不知道，只是知道那一天公司有到机场去陪同伯格一起接客人，需要派专门的保安，而且保安主要负责人也参加了这次到机场接孟浩远，他们根本不认识孟浩远是何许人？他们三人在途中和伯格以及孟浩远一起遇险还差点丢掉生命，可以基本先排除嫌疑在外。另一部门是技术部门，他们只是知道有任务需要随时进行钻石检测这是常见的事，具体是什么任务他们每一个专家也不知道也可以排除。经过仔细分析和调查后，又有了另一条线索，他们发现公司行政管理部门经理莫利森身上存在疑点，他非常主动地在不经意的打听公司近期接待客户的情况。而且这次事件发生后，他看到拉宾总裁和伯格总经理时显得有些神色慌张眼神飘移，不太敢正视他们，一副有点心虚和害怕的样子和以前不太一样。所以伯格和拉宾以及保安负责人三人商量用计来试探一次调出内鬼。那件枪击事件出事后，他们开始特意针对这位莫利森经理，公司所有日常活动中没有任何变化依然如旧运转，但是经过伯格提议突然决定提升他为公司副总经理作为伯格的副手，公司在全部中层负责人会议上伯格当众表扬他，并宣布这一决定还进行了现金奖励，特意说明他为公司近期发展作出了重要贡献。公司内其他人都感到很是意外，不知道公司什么意思，他有什么重要贡献？怎么会突然对莫利森经理此的青睐而纷纷议论起来，连莫利森他本人都觉得十分突然和意外，听到这样安排后反而有点紧张起来。他专门找拉宾和伯格谈话，实际是试探拉宾和伯格的用意。伯格还是按会上说的话对他为公司的工作表示感谢。这一计谋果然收到效果，大约过了两周左右时间公司上下由原来的纷纷传说到后来渐渐的已经平静下来，莫利森自己也非常高兴接受了这样的好事，和同事们若无其事的有说有笑。有一天他开着车回家途中突然遭遇一次严重车祸，他驾驶的小汽车被一辆重型大货车突然失控给横腰猛地撞击，车被撞得翻滚后落地，汽车已经被撞击得不成样子，莫利森本人也当场胸部和腿脚受伤严重昏迷过去，后来被送到医院抢救。他躺在医院的重症监护室里，过了五天后转到病房才醒过来，莫利森躺在病床上还不能动，此时只有他心里清楚这次撞车事故是怎么回事，更加害怕。当伯格有一次专门去医院看望他时，躺在病床上孤独无援感到十分害怕的莫利森，看到还是公司是真的关心自己，伯格总经理还专程来医院看望他让他好好在医院里治疗。这时他心里害怕又羞愧几次欲言又止，最后看到伯格起身让他好好休息，有什么需要给公司讲，准备告辞离开时，因公司对他关心照顾让他感动内疚，更害怕躺在病床上孤立无助像是待宰羊羔一般，有人会继续加害他。才把事情的前因后果主动向伯格坦白了。他此时真的害怕有人会继续报复伤害他甚至加害他。

原来莫利森确实是被一家发家时有黑道背景的 GCW 公司所盯上，然后恐吓威逼其就范，配合提供有关艾格尼丝公司最近推出的高品质稀有钻石的来源渠道等情报。其实 GCW 公司又是受另一家著名的有历史的钻石采矿设计销售大公司委托，调查在伦敦钻石展示会上展出的震惊所有人的"世纪之星"的来源线索。GCW 公司花重金千方百计地在艾格尼丝公司找到莫利森并威逼利诱收买了他。被盯上的莫利森没有办法只好答应，他仔细留意用了一点心思，事先得到那天一公司专门由伯格亲自和保安一道去机场接客人，并让科技部门做好检测工作准备，让他负责的行政部门负责客人入住酒店安排和具体生活起居，还得知拉宾总裁会到公司亲自接待这位神秘的客人等消息。于是把这条重要信息提供出去。GCW 公司还让他提供艾格尼丝近期关于最新稀有钻石的情报，最近为什么艾格尼丝公司获得了极其稀罕珍贵的高等级的超级钻石，它是从哪里获得的？他们还告诉莫利森以后如果愿意可以让他到另一家钻石公司任高级经理，年薪优厚。再加上已经摸清他家庭住址和成员的信息让他害怕。这些话说服了他，正好有公司近期的新信息，公司最近来了一位年轻的中国客人已经来过一次，据说就是他提供的稀有珍品钻石。最近听说这位中国客人还要来比利时，公司正在认真安排接待和加强全程保安，莫利森将这一消息告诉了他们。他以为这个信息也不至于对公司有大的影响，然后又打听出孟浩远的飞机航班到达在哪个机场，公司派人去接机行程的具体安排。

他们的计划并非直接绑架孟浩远而是跟踪追击，其中一辆车逼迫式在后面紧跟，让伯格的汽车受到惊吓忙中出错最后发生汽车碰撞事故，然后跟在后面的还有另一辆车正好经过停车来施救，这样可以见到那位神秘的中国人孟浩远，然后获得好感，有机会请求孟浩远与他们合作。所以一开始就没有准备要谋害孟浩远和其他人的计划，但是最后的行动发展出现很大变故，没有想到孟浩远车上也有职业保镖，身上都有防身武器，而且反应很快坚决反抗，结果已超出了他们的预料，没有想到这次行动会特别麻烦，遇到了不一般的对手，事态发生和他们的计划预期完全不一样，最后到了无法控制的程度，造成自己有多人受枪伤，两辆汽车被强大武器瞬间摧毁，他们胆战心惊完全出乎意外。他们心里清楚要不是艾格尼丝不想搞大事情专门留有余地，他们几人真的硬来可能会全部丢掉性命。心里十分惊讶和害怕赶紧灰溜溜仓皇逃离回公司去报告。原本是一次有计划容易得手的常规行动，最后以完全失败告终，而且场面十分不堪已无法控制。事后他们静静观察，把莫利森找来询问到底出了什么情况？为什么艾格尼丝公司好像已经做了十分充足的准备，而且有一种神秘强大的武器。莫利森听他们质问和描述的情况，当时现场一定很惨烈，两辆车被毁数人受伤，心里感到已经十分害怕，他也无法提供更多有价值的情况。然后过了两周左右时间，正当他们想要了解更多信息时，他们从其他渠道得到一个消息，艾格尼丝公司在这次事件出后，公司上下都似乎没有发生过什么事情一样，没有人谈起这件事，好像他们都忘记了。但是公司却突然对莫利森进行表扬、升职和奖励，又在中层部门负责人会议上表扬莫利森近来表现突出。他们将收集到的这些信息通过分析，认为一定是莫利森欺骗了他们，表面上答应可以给他们提供信息，其实这一计划都在艾格尼丝公司掌控中，他们事先准备的计划其实艾格尼丝都已经知道，所以做好了应对准备，采取措施等着他们来。以至于他们实施起来困难重重最后吃了大亏，结果反而让自己公司造成重大损失。他们认为被莫利森这家伙欺骗算计，是个双面人中了他的圈套。所以GCW公司十分生气专门制订计划，派人对莫利森采取报复手段制造了一次偶然的突发性的车祸。伯格听着莫利森说出这些情况，终于明白了事情的原委，回去马上报告给拉宾。拉宾听后非常震怒，神色严峻说道："这关乎我们公司的信誉和责任，对这样不忠诚的人是绝对不能留在公司。"然后行政部门快速办理辞退手续开除了莫利森。

调查事情的真相出来后伯格马上与孟浩远联系，他要赶紧将此情况告诉他，上次事件发生让孟浩远受到惊吓，要给他一个交代。把调查真相通报给孟浩远，已经在自己公司找出了内鬼并开除，已让他受到受惩罚。说明自己公司也是受害者，同时调查情况表明孟浩远的更多信息没有被泄露出去，不过肯定是因为他提供的稀有钻石引起其他公司的觊觎，想要争夺孟浩远和他的钻石。听完伯格的情况介绍孟浩远脑中在独立思考。自从上次意外事件发生后，他已经迅速分析，袭击者针对的并不是车上艾格尼丝的其他人，应该就是冲自己而来，但同时他们似乎也不想把事情搞大，从追击现场喊着自己的名字，要留下自己时他明白，那应该也是为了他提供的稀有珍贵的钻石。他们很想知道自己提供给艾格尼丝的稀有钻石的来源。谁都想把这些钻石据为己有可以赚更多的钱。他也担心艾格尼丝因这件事采取报复手段让事情升级而失控，所以孟浩远听完伯格的讲述后严肃地说道："伯格先生，能够调查清楚事件的原因这很好。不过不能再有过多的事情继续发生，我不希望因为钻石让我陷入你们的商业竞争中，这让人害怕。"伯格听后非常理解孟浩远的想法，说道："孟先生，发生这次事件已经给你带来了坏的影响，这是我们不想要的。请你放心，我们是正规公司，不是意大利黑手党。我们不会采取过激暴力手段的，我们只是用智慧，同时会严密梳理自己公司的漏洞，确保再不能发生类似事件。"孟浩远听伯格说完心里还是有些不安，说道："伯格先生，做商业者需要光明正大。好，这件事到此为止吧。商业竞争太复杂有些手段太阴险让人感到害怕。唉……"伯格说道："孟先生我们明白，我们只是用计谋，没有用暴力等下三滥的非法手段，这样不是我们艾格尼丝公司需要的，你也不会认同。希望这件事不要影响孟先生对我们公司的印象啊。"事情原来如此，告一段落。

第十一章　和秦见面

一

　　日子过得很快，转眼孟浩远来美国已经有一个月了。这天王可佳用手机通过微信给孟浩远发了一条信息："孟浩远，赴美手续刚刚办好，我准备到美国来了。具体时间订好机票后告知，期待我们在美国见面。"看着这条王可佳即将到来的消息让孟浩远感到高兴，自己在美国没有中国的好朋友，尽管科索对他关心，经常联系他询问有什么困难。关键现在自己居住的房子环境太好了，这里很安静没有人会打扰，一个人独居在这样的大花园和大房子里感到从未有过的舒适安逸。在这里甚至可以做你想要的任何事情也没有人会知道。原来住在大房子中这么有趣，和原来住在上海市中心的小区多层楼房全是人，进进出出有熟悉的邻居或者门卫保安大哥和你打招呼热闹的情景完全不一样，这让他身心特别的放松。看到王可佳的消息想着终于可以在异国他乡与自己最要好的朋友在一起，尽管两人以后在美国相距很远的两个州中的城市，但是可以在美国能见上面无疑是令人欣喜的事情。孟浩远马上发信息回复："王可佳，知道了，很高兴，我会到机场接你的。"他在等待着王可佳的到来，他要亲自乘飞机赶过去然后开车到机场去迎接王可佳来美国开始工作、学习和生活。

　　王可佳收到了孟浩远的信息回复同样高兴，在单位开始办理离职审批手续时。他走进了研究所单位行政负责人高运迪所长的办公室，平时王可佳从来没有想到一个人去单位最高领导高所长的办公室，一直两耳不闻窗外事低头做事情，没有必要往领导办公室跑，好像也没有想说的话，所以他也从来没有和高所长单独一起一本正经地谈过话。这位高所长也是一位专业科班出身，是一位专业能力很强的教授级的行政领导，长期从事有机化学专业研究的学识型领导。他对王可佳在研究中突然取得的巨大成果发自内心的喜欢，这是惊人的足以说是杰出的世界级别的贡献和成就，他就在自己的单位，这种感觉让他心里十分高兴。

王可佳的成就让他一下子引人注目很快出名，也同样让单位出名。各种媒体和上级关心不止，他的研究结果意义非凡。高所长为自己单位有这样优秀的年轻科研人才而高兴，得知王可佳的论文发表在国际一流化学期刊上，很快被国际权威机构认可，宣布发现一例新元素的重大消息后，很快国内外都已知道。他亲自在办公室电话通知王可佳到他的办公室进行交谈，当时一位副所长和办公室主任都在场，一见王可佳敲门后走进来，赶紧站起身走到门口亲自引着他到边上的接待室坐下。脸上笑眯眯地看着王可佳高兴不已说着："小王，祝贺你取得重大成果，为单位为国家增添了光彩。现在还在研究什么内容？需要单位提供哪些支持？还存在哪些需要解决的困难？"当时让王可佳内心十分激动和感激，感到高所长是真心的为他自豪和高兴，主动问他在科研上还有什么困难。王可佳不善言谈尤其是像现在这样的场面，低头坐立不安有些局促尴尬。只是高兴地说："谢谢！谢谢领导！没有困难。"看到王可佳面对他们三人有些不好意思，高运迪所长笑着说道："小王，没有关系，以后有什么问题和困难随时来找我。"大家又高兴地说了一些话，基本都是其他三人在高兴地说，王可佳坐着接不上话，只好结束。

后来高所长在全研究所干部职工会议上专门花时间讲到王可佳取得的卓越成就，他要求全所科研人员认真搞科研勇攀高峰，向王可佳学习。领导干部要关心爱护王可佳这样的年轻科研人员。王可佳便在整个研究所里由名不经传变得一下子出名了。所有人们见到他主动笑着脸客气地叫着他的名字，让王可佳感到一下子有些不适应。后来各种媒体来研究所采访多了起来，让他在全社会出名了。全国和上海和同行业的研究所都知道了他的名字，他父母和亲戚、朋友、同学、老师等也都知道了他取得的成就，以后越来越多的人来邀请他去作报告和接受媒体采访，王可佳刚开始蛮高兴，渐渐多了以后开始有点应接不暇了，也感到太费时间，自己部门的那位女领导已经脸色不太好看，说话有些阴阳怪气的。后来几次当面告诉自己单位工作还有很多，不能有太多的接待访问和外出报告，以后王可佳只好每次都向她请假，搞出不开心的事情。后来有人偷偷写了一份匿名信向上级部门反映王可佳的一些所谓问题，还真派人来找王可佳核实谈话，让王可佳气上心头，一而再再而三的针对他，让他受不了心里十分憋屈。所以在收到著名的"曼克实验室"玛丽教授的邀请信后，专门慎重地征求了孟浩远的意见，一番话让他下决定离开单位。接下来王可佳需要办理离职手续。

今天王可佳专门拿着打印好的离职报告签上名字，到高云迪所长办公室来。王可佳突然过来到高所长办公室，站在门口心里突突地急跳起来，停顿一会鼓起勇气然后敲门进入，他有些不太好意思，但是高所长见他进来后微笑地抬起头看他，他突然有些紧张走上前，把手上的一个信封递过去放在桌上，然后小心地说道："高所长这是我的报告，请您审批。"说完有些紧张地站在前面，脸上有些不安但是严肃。高所长忙好奇地接过信封拿出里面的报告一看大吃一惊，这明明白白的是一份离职报告，不免皱起眉头感到十分诧异，脸上顿时笑容消失变得严肃起来，疑惑地询问王可佳道："小王，你这是为什么呀？你刚刚在我们研究所里取得很大成就，你是有功人士啊。我们研究所现在正是需要你这样的年轻人的时候，好端端的怎么会突然在这时候想要离职呢？遇到什么事情了？"王可佳见高所长脸上的表情和语气，已经感受到他的疑惑和不解，他正在真实地关切自己。看着一直和蔼可亲的老所长他不忍说出实话，回避高所长的疑问只好尴尬地说道："高所长你好！是这样的，我觉得在研究所里大部分同事都是研究生或者博士生毕业，自己还是一个本科生，自己的学历不够学识也不够，越是和他们一起工作和接触，越感觉自己在学识上还存在差距，所以需要更多的学习补充提高自己的专业能力。其实自己一直想着要再提高一步，所以经过思考准备出国去留学再多学点知识。"高所长听王可佳说的是提高自己的学业水平想要到国外去深造学习，这是一个对自己有要求的上进心的年轻人。尽管有些不舍想挽留他，但是王可佳说得没有错，如果深造对他而言是一次更好地提升，他以后的能力将会有更大的提升，可是他刚刚获得如此其重要的研究成果，对国家对单位都是不可多得的人才，让他走实在可惜。思考了良久还是再三劝王可佳说道："噢，是这样啊，小王原来你对自己有要求有如此想法当然是好事情。我以为你受到什么委屈了，你再想想是否一定要现在就出国去，这么快就订好了出国学习计划？"见高所长真情流露说到委屈了，当时王可佳鼻子一酸一阵激动差点掉泪心动。但是转念一想，算了，自己这次要走的决心已下，美国那边也联系谈好了，孟浩远还等着自己，即使把近期发生在自己身上的原委告诉给高所长，他又能怎样？难道能开除人家马清梅，高所长没有这个权利，他也没有办法和上级部门说你们来调查王可佳是不对的，他什么也做不到。最后自己还要在那个第四实验中心工作，和那个马清梅在一起实在没有意思。想到这心里对自己说不能犹豫不决了。再想想在自己工作的中心实验室蒙受的委屈和所谓调查组调查时的情景，毅然坚定要离开，但又不想说明真实的原因，只好把父母抬出来说道："高所长，是我父母要求我多学习，他们已经同意。而且现在我已经获得机会到美国一所著名大学去学习，以后如果学成有机会再回来。"高云迪见王可佳说得坚决而且已经规划好自己的安排，父母全家已经形成一致意见了，不免感叹，但是心里隐约还是觉得这件事情似乎没有这么简单。王可佳这次离职很是突然，而且他短期内已经联系好美国一所著名大学准备去学习，是有点奇怪，但是王可佳明明又不愿意多说其他一些事。高云迪长叹一口气："唉，小王你稍等一下。"高云迪还是慎重起见，让王可佳先回办公室等一会，他要马上和几位分管领导定所长蔡所长等几位班子成员和办公室主任商量一下关于王可佳离职一事。王可佳只好先退出高所长办公室说道："高所长，那我在外面等着，到时候你们商量好让办公室吴主任打我手机联系。"说完从高所长的办公室走了出去。然后就在楼下花园亭子里坐着，他不想回自己办公室，生怕看到那个最近得意洋洋的马清梅逛到自己办公室又说一些风凉话，他现在已经不想在要离开这里时再和她发生争执，徒增自己的烦恼。过了一会他正在花园里想着心思等他们电话，他的手机铃响起，一看电话是办公室吴主任来电。接通电话后吴主任让他现在到高所长办公室边上的 513 小会议来。王可佳高兴起来，轻松的快速紧走几步赶到 513 小会议门口，门已开着，他轻轻走进去，只见会议室内几位领导脸上一脸严肃脸色不太好看都没有说话，其中有高所长、丁副所长、蔡副所长还有两个分管行政和业务条线的阙副所长和罗副所长，他们坐在会议桌对面椅子上，吴主任就座在这一边，刚才就是他帮着开门的。见王可佳到门口，高所长招招手说道："小王，进来吧。"吴主任赶忙用手指着他边上的空位子意思让他就坐这。王可佳拉开椅子顺势小心地坐下，一看今天所有领导都到场，然后身子直挺挺地坐好，有些局促不安紧张起来。高所长说道："小王，关于你想离职的事，我们刚刚慎重地商量了一下，他们的意见都不同意啊？你看怎么办呢？"其他几位副所长等高所说完话，先后说道："王可佳你还是留下吧，有什么事需要党政班子帮助可以说出来，我们会尽量做到，暂时做不到的，给我们一点时间再想办法做到。"只有丁副所长沉着脸有些不高兴没有发声。王可佳听到商量的结果原来是这样，心里有些着急了，对着高云迪所长说道："高所长，丁书记、蔡副所长、阙副所长、罗副所长和吴主任，谢谢你们的好意！实在不好意思，我已经联系好了，这次机会非常难得，我需要离开。等我学成后如果你们还愿意要我，我再回来吧。谢谢！谢谢！请高所长签批吧。"会议室内顿时极其安静没有人发声，高云迪所长见状无奈的长叹一口气，左右看看其他人然后"唉……"拿起手中的笔有些颤抖地在申请离职报告上慢慢准备签批，拿着笔苦笑着说道："王可佳啊，我这一批，说实在真不愿意啊。我们单位从此就失去了一位刚刚出头拔尖的优秀人才，我心不甘啊。希望你学成后如你所说，还是回来。我在，单位的大门就对你一直会敞开的，我们在座的其他领导也是这个想法，欢迎你回来。"说着刷刷快速签上自己同意意见和签名，拿着这张离职报告站起身递给王可佳，王可佳也早已站起，双手取过报告，然后王可佳当着领导的面，从自己刚才上来时就提着的资料袋里拿出自己的这份研究成果，已封口精心包装好的一包新合成的新元素，实验室高纯度级产品，放在桌上交给高所长，异常平静地说道："谢谢各位所长的关爱，这是我和其他人合作研究的最新成果，交给你，希望对我们单位有帮助。如果有需要，高所长您来电话我一定会尽力的，资料袋里有检测方法过程和记录全国各矿区收集的矿样，最后的分析和检测数据分析都在里面，请保存好。"顿时让在座的几位领导都大吃一惊，既兴奋又不敢喊出声来。高云迪所长看到这一幕非常惊诧，看着王可佳放在桌上的这包珍贵无比的新元素提炼物质和资料袋中完整的信息，清楚它的巨大作用和无法估量的价值。王可佳不仅仅是研究发现了一种新元素"Zon"，而且已经通过成熟的方法实验提炼出来一小部分，这可是不得了的一件大事，如果用他的方法在工厂中生产，那，那……他已经不敢想下去。看王可佳脸上露出严肃的表情。而且补充了一句："高所长关于原料产地分布，我也已经梳理好，资料打印出来，也在资料袋中，你抽空看看，请仔细保存好。"高所长当然明白资料和样品都极具价值，需要保密。王可佳完全将他的研究奉献出来，所有人都不禁喜出望外，高云迪说道："哎哎，非常谢谢！这些都是无价宝贝啊。"其他人微笑地点头称赞，随后一脸凝重若有所思，每一个人此时都明白王可佳做了一件了不起的大事。

王可佳拿好批复的申请报告准备告辞离开，高云迪等人也已经全部站起身走过来，高云迪语重心长地叮嘱道："王可佳哪，国家的建设和安全都需要像你这样的人才啊。希望你出去好好读书学成归来，我们欢迎你，谢谢你！非常谢谢你！"其他人都点头赞同，看着高所长等人舍不得自己的表情，一再说让自己回来，王可佳忍不住眼泪开始掉了下来。如果研究所里的领导干部都像高所长和现在两位副所长这样真正爱惜人才，科研环境好的话我是不会离开的。王可佳此时真不想把自己遭到的经历向高所长他们倾诉，自己身上发生的事情经过，有过的令人愤怒的经历，最后还是屏住了。心想也许时间长了他们会弄清楚自己所受到的不公平经历和原委的，会明白自己为什么一个低调的老实人，而且已经在取得了令人瞩目的成就和科研人员羡慕时最后不得不愤而离去。有些问题就算高所长他们知道了也没有办法可以解决。

后来等王可佳到了美国工作学习已有一段时间后，有一次高云迪与人谈心时，无意中又说到王可佳这个年轻有为的人离开单位，有些唉声叹气，那人是王可佳的一位关系圈要好的单位同事，心里早就不平，见领导问起就直接点出王可佳离职出走前在单位遇到的故事和真实原因，是部门领导欺压和突造所谓的一封匿名信并展开不公平的调查，使王可佳受到莫名委屈和伤害才愤愤气走的，他为王可佳愤而离职出走深深地抱不平，也为他的遭遇感到不公平。高云迪听到这些真实原因当时一惊，盯着他问详细情况，他将事情原本还原给高所长，说出了王可佳离职前在他身上发生的一些奇怪事情。高所长在会议上表扬被人当作压制的理由，从而安排更多的工作。高所长和领导们一起商量准备破格晋升职称问题被传出后，也被人出于自身利益嫉妒而迁怒到王可佳身上，最压垮他的是一封匿名的莫须有的举报信，还真让上级专门派人过来询查，当时高所长并不在单位出差在外地，检查组来研究所是联系分管人事行政的党委书记兼副所长丁副所长，他也不以为意，一听说要调查一位科技人员，料想就是无中生有的事，你们想查也无法阻拦，于是让办公室对接，后面就没有下文了。高云迪听后心痛不已，现在想来，当时王可佳为什么坚决不顾自己的再三挽留，非要离职出走到国外去学习，原来事情是这样的。听到事情原委后，当时把高云迪气得胸闷发慌，眼泪已经流出来了，悲愤不已。他心里伤心无奈，我们真的十分缺少优秀的青年科研人员，更缺少可以与当今世界一流科学家相比的科研人员。但是为什么还是留不住，这里的问题值得深思，他感到悲伤和惋惜。

　　然后高云迪所长很快就召开研究所领导班子会议，把王可佳的真实离开情况通报了，在他的强烈建议下，会议通过了不仅要对马清梅进行批评，还坚决调整她的第四中心实验室主任岗位。同时选拔了一位年轻的优秀科技人员任第四中心实验室主任岗位，让科技人员自己管理服务和开展科研活动工作。建立了工作考核和职称晋升的新制度，出台科技人员申请科研项目支持政策。同时向上级部门主要领导反映情况，对这次对取得成就的科研人员的调查方式提出意见，不应对匿名莫须有的所谓举报情况不分青红皂白地搞教条主义审讯式的问询，科技人员最爱脸面荣誉，他们最受不了调查人员毫无耐心高高在上的谈话态度，对恶劣欺凌式把被调查科研人员当作疑事从有审讯式的谈话方式提出不满，对他们造成研究所有关青年精英遭受负面影响和严重的心理阴影和创伤。上级主要领导被高云迪一顿猛怼，他也受惊不小，从来没有看到一直儒雅有风度的高云迪会为了王可佳这件事发这么大的脾气。但是最后还是不了了之，三个月后高云迪没有看到他期望的对相关人员处理后，哀叹不已，打报告要求提前退休。当时一份权威著名报刊有一名记者专门来研究所采访高云迪所长，他听了高所长的感叹，把王可佳这么优秀的科研人员逼走后发了一篇调查专访，标题："这样的青年科技人员为什么会出走"作为内参，这种情况引起上级高层领导的重视并做出批示，接下来各级领导层层批示要求开展调查。

高云迪听到了王可佳的真实情况后，当天晚上就打电话给王可佳，此时王可佳正在实验室工作，听到手机电话铃声后看到是高所长的电话，走出实验室接听，听到的是高所长悲愤伤感的声音："小王，我今天无意中才知道了你的情况。真对不起，我有责任，没有保护好你，没有多和你谈谈心了解真实情况。"王可佳听着高所长这些话鼻子一酸眼泪在眼眶中含着，说道："高所长，没有什么，年轻人需要经历更多的曲折。实际上科研活动的工作环境很重要，其他待遇问题还是次要的。有些事情也很难改变，不过我相信这种事的发生是少数。你不要太自责，谢谢你的关心！"高所长含泪说道："王可佳啊，希望你学成归来。唉……"后面已经说不下去了。过了一段时间听单位几个一直联系的关系好的同事告诉王可佳，高所长为你的事到上级机关大吵一场，又专门接受了媒体采访，以你的事写了一篇内参，现在那个马清梅算是被免职了，不过她还留在实验中心，科研工作环境好多了，不过高所长还是打报告申请提前退休。本来他还有一年不到时间退休，真的可惜了。王可佳听到高所长为了他的遭遇上下奔波呼吁，最后提前申请退休，内心十分感动，发誓一定要好好读书读完研究生和博士生，科研方面继续研究，再取得一点进步来报答高所长对他的关爱。

王可佳的父母和亲戚都以王可佳为荣，他们发知道王可佳将要到美国著名大学访问和工作都非常高兴。他能取得这么非凡的成就，现在又被美国著名的一所大学的中心实验室邀请作为访问学者去工作，这可是一个荣光的大好事，值得骄傲自豪，所以父母这几天都在和亲戚好友一起聚会，也为王可佳准备出国准备着，这样整整忙了一周。

一周后的一个周四上午，王可佳要从上海启程出发到美国开启崭新的生活了。此时的他内心是怀着复杂的心情，既有高兴希望还有遗憾和不舍。毕竟从小生活在上海，他喜欢这座城市，大学毕业后又找到自己喜欢的在上海的工作单位，可以用自己的专业来踏踏实实的从事研究工作事业。现在的离职出国不是自己一直追求的，是事出无奈的一种选择。亲戚叔叔开着一辆面包车过来给他们一家送行，王可佳和父母一起坐上车送他到上海浦东国际机场，一起进入机场候机楼送到入关检查口，送行告别时大家都脸上挂着笑容，一直开心的，一起目送送王可佳进入直到不见人影后才高兴地回去。父母因儿子能出国深造，又取得这么大的成就成为名人了，被认识的所有人都在赞扬，这是一个普通家庭值得高兴的喜事。他们都不知道王可佳曾经在现在的单位里有过一段不开心甚至恼人气愤的事发生。

王可佳已经在两周前订好机票后就第一时间发信息给孟浩远。收到信息后孟浩远告诉王可佳去帮他办一件事，让他到自己家里取两件东西，钥匙到他母亲家去取。王可佳和孟浩远关系好，都到过对方家里，他的父母也都认识的。王可佳抽空提前到他母亲家拿钥匙，说起自己也要到美国去读书，孟浩远母亲孙佳雯看到王可佳出现在自己门口一脸惊奇，说明来意后赶忙让他先进屋。听说王可佳将要去美国深造读书顿时一脸高兴，心想他们两个要好同学怎么这么巧都想到一起了，连去美国读书都是一起去，这样也好，两人以后在国外可以相互有照应了。不过孙佳雯在嘴上当着王可佳的面数落着孟浩远："这个孟浩远，美国这么远王可佳自己还要带很多东西，还要麻烦人家给你带东西到美国真是的。我抽空要说说他。"王可佳笑着说："伯母，没有关系的，孟浩远会到机场来接我。我要谢谢他。"拿好钥匙取好东西放回家，然后晚上时就把钥匙还回给孙佳雯。离开孟浩远母亲家在外面他又打电话告诉孟浩远："孟浩远，你家里的两件东西取好了，钥匙已经还给伯母了，她在说你呢，你要小心点。"孟浩远笑笑，有点不好意思，让王可佳从上海带东西到美国来确实不太容易。他告诉王可佳到时候会到机场去接他，让他放心。第一次去美国王可佳什么都不熟悉，有一个最好的朋友在美国，他也要乘飞机从马萨诸塞州的波士顿赶到新泽西州特伦顿，要跨好几个州相距很远，然后到机场去接他，自然心里高兴和踏实多了。

在上海浦东国际机场候机楼等了好长时间，终于上了飞机，王可佳的行李大多已经托运，随身携带的就是一个背包和一个小包，里面放着重要资料：机票和身份护照和一些美元现金，还有就是孟浩远的两件礼品，因为听孟浩远说起是两件艺术品，他不敢怠慢，小心地随身携带怕磕碰坏，上飞机后连同背包一起放进机舱行李箱中。

王可佳一个人乘飞机长途行程有些孤单，无聊坐在座位上在想心思，一想到此行应邀赴美到国际著名的"曼克实验室"工作可以看到著名的教授玛丽博士他有些兴奋激动和期待。又想起研究所高所长在他离开时当着他的面说的话，希望好好学成回国，我们单位的大门永远对你敞开，有些惆怅。同时心里思考着到美国那是一个新的起点，要多学习出成绩为自己更是为中国人争光。现在美国有孟浩远先于自己到，自己并不是孤身一人，可以和孟浩远在异国他乡学习和工作，心情更加放宽，原有的一些在单位出现过的烦恼暂时被抛在脑后。

王可佳在美国的学校是美国新泽西州的威尔斯大学，这是一个非常著名具有历史的百年老校，它成立于1872年，学校的化学系在国际上很著名的，它以著名化学家曼克命名一直保留"曼克实验室"，也是国际公认最好最具权威的实验室之一。因此它具有很高的国际地位和在专业上的权威性。玛丽教授是学校的终身教授兼"曼克实验室"的负责人。她是一位在专业上非常出名的专家，是一位欧洲白人女性，年纪在五十三岁左右，身高在一米七一左右，一头短式金发，脸很有立体感，端正的鼻子戴一副近视眼镜，端庄稳重很有气质，一看就是一个很有智慧和有修养的学者。

当她看到王可佳和孟浩远两位中国人在化学权威期刊发表的最新研究论文，关于通过一种新方法在实验室中检测发现了一种未知的新元素新物质的高端论文。这个发现一下子引起国际同行惊讶和震动，当然也引起了玛丽的关注，因为这项成果和研究方向也是和她自己的研究内容有相似，但是玛丽在很长一段时间里一直专注地进行无数次实验和研究，目前还没有取得实质性的突破和新发现。当然她积累了大量的研究数据，科学研究确实需要花费大量的时间和精力进行研究并重复不断的实验，也要有一定的运气。

玛丽教授没有想到运气在两位聪明的中国人身上，在地球上这种惊人的又一种新元素被他们所发现，而且这种新元素可以提炼出新物质，他们的研究成果一旦被应用，作为专业的研究人员玛丽教授心里十分清楚，它作用巨大将会给人类带来飞跃式的文明进步。难道中国在检测仪器上已经悄悄地取得了领先，制造出新的高端分析检测仪器？他们有更先进的分析仪器在实验室应用了？从而可以发现这样重要的新元素新物质？还是研究的实验方案技术有了更先进的突破？或者检测分析仪器和检测方法都是最先进的？玛丽教授知道这样的新发现研究成果在国际上是处于非常领先，当然在实验中通过实验方法偶然发现是一回事，但是也已经极其重要。目前还不知道他们是否已经可以通过实验室技术稳定地提取新元素物质，还是仅仅停留在实验室偶然发现的微量提取物？从他们的论文来看，应该还停留在实验室阶段的最初发现，如果这种技术可以转化到在工厂化生产和将来在高端先进制造、技术军工航天等领域运用，那前景将是非常深远的，会改变目前很多东西。

玛丽教授反应很快，深知这项最新研究发现意味着什么，心急匆匆马上向学校专门报告这件事的重要意义，校董们和校长、副校长很快就达成意见，提出需要抓紧时间尽力邀请发现新元素的两位中国研究者来美国访问和工作，这是符合美国"火星计划"需要的高端人才，政策上没有任何问题，可以走快速通道引进。而且明确要求，如果有可能的话，两位中国研究人员和发现者都应该引进。他们专门听玛丽教授介绍两人这项研究发现的重要意义，玛丽教授将论文中发现新元素的重大意义和一旦在工业化生产中生产出这种最新物质，它的运用前景——做了较透彻的分析。此时学校高层才知道玛丽教授为什么如此激动和兴奋着急邀请他们两名研究者来"曼克实验室"工作，以及这个发现的重要意义和价值。他们的发现和技术在国际上已处于最领先的水平，将对元素周期表重新排序。

听了玛丽教授的介绍和分析，参加会议的学校校长和董事们顿时一脸严肃神情凝重，他们十分明白玛丽教授想法，马上同意引进方案，并请玛丽教授负责邀请引进这两位出色的中国研究者来美国，同时达成一致意见，同意制定出一个十分优厚的人才引进方案，包括对研究者的住房补贴、陪读指标和高额的年薪等激励措施。如果本人愿意，还将按高端人才引进计划报告政府部门采取进绿色通道，可以快速办理移民手续成为美国人等优厚举措，这是让普通人实现美国梦的诱人待遇。至于还有其他条件，只要引进的两人愿意来都是可以具体商谈的，争取尽可能留住王可佳和孟浩远两位发现者才是当前首要任务。

通过学校引进两位优秀人才方案后，同时学校与政府部门开始沟通也获得的支持。玛丽教授马上开始主动联系第一作者王可佳，开始时王可佳没有马上答应，没有很在意一直就拖着。这段时间玛丽教授几乎每隔一天或者两天都会与王可佳通过邮件等方式联系。她知道也许和她有同样想法的很多有眼光的大牌企业和其他国家的研究所和大学也在想方设法邀请或留下他们。当然他们也许认为在中国的科研环境也不错，中国和所在研究机构一定会全力留住他们。所以要完成这件事最后不一定可能实现，但是在没有明确拒绝前还是要多一番诚意一直坚持保持和王可佳的联系。玛丽教授的诚意邀请让王可佳深感荣幸和非常感动，毕竟他知道玛丽教授的身份，她可是国际上知名的科学家，是这方面研究的领先者，他是非常尊重她的，所以玛丽只要有联系一定会每次答复回应。时间一天一天地过去，让玛丽教授心里担心增加，但是有一天王可佳突然回复玛丽教授，表示同意先来美国参观学校和"曼克实验室"并作学术交流，王可佳的回复让玛丽教授顿时特别高兴。玛丽教授与王可佳联系后说明还有一位共同研究者孟浩远先生，希望他一起接受邀请一同前来美国，听到这个建议王可佳告诉玛丽教授说这无法帮孟浩远做主，他告诉玛丽教授其实孟浩远已经先期来到美国了，他有他的想法。玛丽教授既高兴又有些遗憾，不过这下她放心了，既然另一位孟浩远先生已经来美国了，那以后慢慢再联系他，主动和他联系上再邀请他一起来自己学校或"曼克实验室"访问和工作。而且王可佳先生来了后，他如果满意这里的工作，也是可以请他帮着一起邀请孟浩远先生来学校参加研究工作的，想到这心里更是宽敞。玛丽教授马上把王可佳答应来美国访问交流的好消息报告给学校。

孟浩远早在两周前接到王可佳来美国的信息后就已经在准备了。王可佳是第一次到美国来学习工作，人生地不熟会遇到不少不便，这时候更需要去接他。等接到他后再问问王可佳有什么困难自己可以去帮助他。现在和王可佳两人在美国是最要好亲近的朋友了。于是孟浩远计算着王可佳赴美的日期到来，等到王可佳出发前一天给孟浩远发了乘坐航班和到达目的地的具体时间后，孟浩远马上回复："已经知道，准备来机场接。你不用着急。"这下王可佳一上飞机心里很是笃定和放心。收到信息的孟浩远其实已经计划好，当天就行动。他要提前一天先坐飞机赶到王可佳即将来到学习工作的城市新泽西州特伦顿。孟浩远也是第一次去，这座城市的情况他也不了解。

王可佳在上海浦东国际机场告别父母和舅舅等亲戚后通过安检进入机场内等候。机场播报后乘上飞往美国的东航航班从上海准点出发。一个人在飞机上要待很长一段时间，长途飞行旅程是蛮辛苦的。不过王可佳心里想到马上要和孟浩远见面，要和著名的玛丽教授见面，非常高兴和期待忘了疲惫。飞机终于在美国时间下午三点四十开始下降准备到达机场，他看着下面的城市不免感慨，一晃已经人在美国，他将要在这里生活工作和学习的一个陌生城市。看着飞机开始慢慢降落时从悬窗看着外面城市周围的全景，直到听到飞机起落架放下的声音，很快就开始着地。一阵轮胎与地面的摩擦发出响声，然后落地时的机身轻轻震动后已平稳地落在机场，开始向机场停机位慢慢地滑行过去，王可佳心里说道："我终于来美国了。"

再说孟浩远此时他已经于昨天就早早地乘飞机赶过来，出发地不同到达地一致。然后找了一家连锁酒店住下，晚上又有兴趣地到城市闲逛起来很晚才回酒店。王可佳第一次来美国，已经和他说好的要去机场接他，所以孟浩远早就计划好，上午在一家汽车租车公司先租了一辆德国产的品牌 SUV 车，对于汽车租车这项业务他已经蛮熟悉了。在美国租车既方便价格又不贵，租车公司又多，一些大的品牌分公司分布很广，每一个城市都有分公司，这样还可以异地还车。租车公司的汽车库里各种车辆都有，这些车车况又好而且都比较新，没有破破烂烂的使用年限很长的旧车，也不用操心其他事。所以孟浩远现在如果需要用车特别是一个人单独长途出行，一般都习惯以租车的方式来完成自己的各项事情。

他估计王可佳是第一次到美国这样一个陌生的国家和城市，人生地不熟的，他从上海过来时肯定会尽量带足以后的日常生活用品，所以随身携带的行李一定不会少。实际上来到新的陌生的美国，在当地购物方面还是很方便的，价格便宜品种齐全质量又好。只需要带好钱就可以，但是由于出远门到美国长时间生活居住，以后还要学习和工作，王可佳自己不考虑他父母都会考虑尽量多带一些生活用品，还是节约为主。所以他从上海带过来的生活用品确实比较多，也在事先就打听了解了出国坐飞机携带行李规定的上限，专门自己称重后再打包托运。还有一些则随身携带上飞机后放入行李舱中。出远门必然带足随身物品是中国出国求学学生的基本做法。孟浩远在美国电话联系王可佳时，告诉过让他放心的过来不用带过多的东西，自己已经在美国有一段时间，他以自己的生活经验告诉王可佳这些，并对王可佳说过来美国后需要什么他会帮助来解决的，在美国那些大型的商场内商品太多太丰富了，基本上都能够买得到不用操心。王可佳以为孟浩远关心他，心意领了，他毕竟和自己一样是来美国学习的，可以节省尽量节约。他心里明白孟浩远作为自己的好朋友当然是客气的，但毕竟他也到美国才不久哪里有钱啊？以后需要花费钱的地方太多了，还是尽量节约。所以王可佳并没有听孟浩远的，出国时父母高兴的帮着张罗采购需要带些什么，考虑得也很充分的。忙碌地准备了好几天，按机场托运行李的上限制标准带足后托运，自己随身又带了一个小行李箱和一个大背包，里面塞满了东西，还有就是孟浩远托他到他家里专门去取的，要求一起给他带过来的两件艺术珍品。由于怕碰坏了不便托运，所以也是一直小心的随身携带着上飞机，妥善放好后才安心。王可佳在上飞机时还是全副装备，拿得有些吃力，等东西放好后坐到自己位子，在飞机上一直休息。到吃饭点随着飞机上广播声起，机舱里顿时打破休息状态的平静，说话声音、人走动的声音和乘务员推着餐车在通道中走动询问乘客需要何种餐食和乘客交流的声音，一下子机舱中热闹起来，想休息都无法做到。王可佳也开始吃饭喝水，休息时打开飞机位置上的播放屏幕戴着耳机点播起电影来看，这样长途飞行消磨着时间和放松一下长途旅行的精神和身体的疲劳。

今天又是一个好天气，孟浩远早上一早起来，此时太阳还没有升起，就穿着运动服装和跑步鞋，一个人慢跑着在街上锻炼。跑出三公里左右路程后看到一处开放绿地，进入开始在里面跑步，早上人很少空气特别清新，感觉很爽。过了约四十来分钟后停下找一处空地开始练他的绵拳，运气周身顿感体内气息随着自己身体和意识的运行轻松在周身流动，同时稍稍用力，一个刚猛强大的超越人体的暖流在随着动作发力处随时爆发冲击。他现在的拳法越来越精越来越灵动快速，加之他现在的大脑已聪明之极，悟性极强反应极快，又自创出三段拳法，对原有的基本拳法每一个细分动作根据他的想法加以融合调整。所以这套拳法已经可以叫孟氏新绵拳了，不过目前世上只有他一个人知道领悟这套新拳法，威力更猛动作更加洒脱自如灵动，轻轻腾起便可越出很高很远。这套拳法留下原有正宗的基本拳法套路，又根据自己的气息和运动时各处经脉活动，能量点的爆发更显强大威力，他自己当然知道这些令人诧异的惊人变化，是不由自主浑然一体，灵动游走水到渠成。身上的劲道感到异常强大，挥手或举拳硬如铁，浑身有用不完的劲，经络气流运转在身体里随着自己的动作和思想跟随一起自如流动协同。就这样孟浩远运动了两个小时左右才回到酒店洗澡后去吃早餐，然后开车出去，趁上午还有空，到城市顺便再看看。特别是王可佳此行的目的地威尔斯大学和著名的"曼克实验室"。

开车看城市，很快几条主要街道都已经逛过，威尔斯大学也在经过时停留片刻粗略参观了一遍，直到中午时将车停在停车场，步行出去找了附近一个餐馆随便吃一点，然后才回到酒店休息一下。下午根据王可佳的航班到达时间，然后出酒店后直接开车到机场。酒店到机场路上需要一个小时多一点，下午两点四十时孟浩远已经提前开着车进入了机场，将车停在停车场，然后走到机场的候机楼。这里机场也算是孟浩远第二次来，昨天坐飞机来到机场也没有细看，出来后就匆匆离开要去租车公司办理租车手续再回到宾馆入住。今天来得早，看时间还有，一个人就在机场候机楼内到处走走参观起来。每一个机场的风格都是不一样的，它是反映一个城市繁荣和文化底蕴状态的第一窗口。孟浩远很快就找到了国际航班到达出口处，又在候机楼内的大屏幕查看航班起飞和到达信息，查看到王可佳的航班信息，显示的信息没有延误提示是准点到达，他放心了。心里盘算起时间来，国际航班飞机到达机场后旅客再到行李托运转盘取行李，准备海关检查问询然后出关，外国人进关通过安全检查问询要排队等候，每人询问抽查时间会多一些，算起来落地后起码还需要一小时左右的时间。他提早来到，看看时间足够，干等在这儿有些无聊，现在也不用急，孟浩远查完航班信息后转身走进机场内寻找可以休息的地方，边走边看着在离出关口不是太远的地方有一些商店，走近一看那里有一家在美国很常见的连锁咖啡店，于是主意已定走过去准备到咖啡店坐坐，边等边休息，算好时间等差不多了再去也不迟。离旅客出口也很近，走一小段路就几分钟时间就到了，不影响接王可佳。

咖啡店里人不是很多，稀稀落落三三两两各自坐在桌子旁，有单独一人的也有两人一起的，都坐着椅子上桌上放着咖啡歇息，还有不少空座，这里的环境干净整洁。在这里点一杯咖啡可以边喝边坐着休息等待。看店里面人不是很多，孟浩远走进店中，在柜台处对着已经迎接他的服务员迎上前去，抬头看招贴广告上咖啡、点心目录，要了一杯咖啡在店中随便找一个靠边上一点的空桌坐下，慢慢品着热咖啡，店中满是飘着的咖啡香味。孟浩远坐下后边自然地打量起周围。距离孟浩远的座位边上的另一张靠墙的桌子处坐着一位年纪五十上下的中年欧洲脸型的白人女子，一头金色长发盘起在头后部有发髻固定，显得精神年轻干练，精致的五官清瘦的脸颊，脸上略微化过淡妆，皮肤保养得很好，很是光洁滋润。孟浩远看过去正好看到她稍稍侧身，可以看清他的样子。她穿着讲究服装得体稍显正规，戴着一副浅色边框的眼镜和脸型很配，增加添了几分美丽也显示出她是一位知识分子形象，只见她坐在椅子上时腰部挺直两脚自然平放神态怡然自得高贵大气，很有一种由内而发的气质。她一个人举止优雅端庄地坐在桌旁的椅子上，再看她的脚也中规中矩的自然放下。脸色红润端正的鼻梁、眼睛很大，已到中年年纪但可以看出她秀丽的容貌，年轻时一定也是个美女。此时她正自顾专心地看着桌上的一本书，书旁有一张书签，边上放着一杯咖啡。一看是一位很有修养很有气场的女人，孟浩远被她身上散发出特有的一种高雅气质所吸引，不免多看了几眼印象很深。再环顾四周店里还有其他七八位男女顾客分散坐在各处。孟浩远一一扫过，除有一张桌上一看就是一对年轻的情侣正在低头凑得很近笑得很开心地私语，其他人眼光扫视过后并没有留下太多的印象。孟浩远眼光四周扫过后，又转回到边上的这位有气质的美丽的中年女子一边，从她的举手投足和稳重大方的举止以及穿着得体等综合判断这位美丽高雅的女士可能是一位学者或是一位从事艺术文化的演员，但是化妆不是很浓，很简单的化妆得体自然。孟浩远对她有特别的一种好感。

咖啡店里弥漫着咖啡留下的特有香味和各种点心蛋糕的香味混合在一起让人觉得舒服和安逸。孟浩远无聊一直低头看着手机查看信息打发时间，已经到了下午三点半。孟浩远抬起头注意看看店内周围情况变化，顾客有进来也有出去的，已经换了一波人。抬头时又不经意地朝那位中年优雅女士方向扫过，此时她正好也在抬起左手腕在看手表，然后她开始小心地合起正在看的书，把桌上的书签轻轻夹入书中然后缓缓合上，动作一直不急不慢，最后把书放进随身拎着的一款品牌包中拿起，慢慢站起身轻挪椅子，便于起身时不碰到发出声音，轻步款款走出咖啡店并很快消失在视线中。孟浩远见她离开后，时间正好已经到了下午三点四十七分了，拿起电话走出咖啡店，在店外走出几步后打电话给王可佳想询问一下情况，过了一会王可佳接听了。原来飞机已经降落，王可佳刚打开手机他看到了孟浩远发来的信息："我已经在机场出口等你，不用急。"现在又听到孟浩远打来电话，此时他正在排队等候出关，拿着行李背着包正手忙脚乱的，赶紧接通回话："孟浩远，正在排队进关，前面还有几个就快轮到我了，挂了。"说完马上挂上电话。孟浩远知道他第一次来美国通常关口检查人员会对进入美国的外国人会更加认真地询问，知道王可佳马上就会轮到，检查可能还会有些时间，出关后还等着要取行李再花费一点时间。于是他又返回店中继续坐了一会，大约又过了十分钟后也起身准备走到旅客出口处。这时自己手机提示信息进来，是王可佳发来的："进关顺利，准备出来了。"孟浩远马上回复："好，不急慢慢出来，我已在出关口等候。"王可佳看到孟浩远发来的电话信息后放心多了，走向行李取件处。

孟浩远心想和王可佳已经联系上了，知道自己已在机场出关口等他，就会着急的。也知道王可佳准确出来的时间就更加笃定了，又坐了一会，大约等到了四点多才起身离开咖啡店不急不慢地走到机场的旅客出关口。这是国外到达出来的必经通道，等他走近出关口，外面四周已经围着满满的一群接机的人。这时在人群中不远处孟浩远一眼就认出刚才在咖啡店看书的那位高雅美丽的戴着眼镜的有气质的中年女子，也站在出口与其他接机的客人保持着一定间距显得不着急安静地站着，看到里面有乘客出来时她手中拿着的一张纸稍稍举起好让通道出来的旅客看到。孟浩远好奇她会接什么人，自己往前过去在接机人群边往前靠一点，趁机偷偷地瞄了一下，见她举着的纸，上面用中文歪歪斜斜写着五个字"王可佳先生"。孟浩远见了顿时心里一乐，那还真是太巧了，原来她也是来接王可佳的。在美国机场中就在这个时间段不可能有来自同一航班同名同姓的叫王可佳的中国人了吧，那就是说我们接的是同一个人，她应该是依阿华大学或者"曼克实验室"专门派人来接王可佳的，上午自己开车去学校外面看过，那是一个很好很漂亮的一所的学校，环境优美所处位置闹中有静，孟浩远蛮喜欢的。"曼克实验室"应该在学校内的某处。那这样看来学校对王可佳的来访是很重视的。一般外国学校和公司很少会有专门到机场直接去接客人的，都是告诉客人公司地址联系方式，然后由他们自己找过来。除非他们认为是很重要的人才会特意安排接机的。他心里暗暗骂道："王可佳这个小子，明知道有人来接，却不告知我一下。"不过孟浩远脸上微笑着走过去，来到她身旁用英文主动与她交流道："你好！打扰一下，请问你是接王可佳先生的？"孟浩远用手指指她牌子上的名字。中年女子眼睛正看着里面通道出来的旅客，听见边上孟浩远在她旁边好像是对着他在问，轻轻转头微笑看着孟浩远说道："抱歉！你是问我吗？"孟浩远笑着点头说道："是"。她刚才注意力都在里面出来的通道上的人，接机处周围有很多人，人群说话激动兴奋的都有，因此声音比较嘈杂可能没有听清楚。忙又自我介绍道："是的。你好，我叫孟浩远，是来接王可佳的。"

中年女子听到孟浩远三个字总觉得很熟，一下子还没有想到其他，但是她马上很敏感嘴巴吃惊得微微张开，有点意外面带微笑表情欣喜地说道："噢，你是孟浩远先生，你好！我知道你。你就是和王可佳一起研究的合作者？我是玛丽。没有想到你是这么年轻。"此时玛丽还吃不准眼前叫孟浩远的是否就是传闻中的那个同样叫孟浩远的数学天才，但是她心里其实已经和他联系在一起了，不由得认真地打量起来，年轻帅气阳光机灵，一举一动很稳重，一看就是一个很聪明机智的年轻人，脸上不由得露出笑容看着他。孟浩远见玛丽正在看着他，脑中飞快转动起来马上想起王可佳说过的这次来美国工作邀请的联系人就是著名的玛丽教授，诚意满满的，她可是一个知名的科学家。他微笑道："是的，玛丽教授非常高兴认识您！我也知道你。听王可佳说起你，你是一位非常有学识令人尊敬的科学家。谢谢你邀请王可佳来美国访问工作。您今天亲自来接王可佳？"玛丽教授说道："是的，王可佳先生今天是他第一次来到美国，他是我们学校和实验中心邀请的客人，应该来接一下，提供帮助。"孟浩远说道："噢，十分感谢！"玛丽教授看孟浩远英气勃勃年轻阳光又很客气，看上去就是聪明又低调具有亲和力，让人很快就会喜欢，英文说得也这么流利而且非常有礼貌，和眼前的孟浩远先生交谈之间也很是喜欢上他和他的这种性格。两人都对对方很有好感，此时他们两人都是十分专注地注视着对方，含有高兴和尊重，关键是谈得很投缘，慢慢玛丽教授和孟浩远自然而然地走出几步在外围人少处愉快地交谈起来，注意力没有放在很快要从关口走出来的王可佳身上了。

等王可佳推着行李车出来，车上已经放满了行李箱子，正在一边推着出来一边四处张望着外面接客的人群，想在人群中寻找孟浩远影子，可是并没有发现。他其实并不知道玛丽教授会亲自来接他，只是把自己的航班信息提早发给玛丽教授，玛丽教授告知他已经安排居住的地方。此时他边推着行李车边不时东张西望地看着外面的接机人群，还是没有看到熟悉的孟浩远的身影，他有些纳闷孟浩远不是已经在出口等我了吗？那他应该早就看到自己也早就会挥手示意了，怎么会没有动静啊。王可佳继续推车背着背包慢慢走出来，等他已经要走出了通道将要靠近出口终点了，眼睛终于在人群中看到熟悉的孟浩远身影，此时只见他正站在出处外围不远的地方和一位有气质的中年白人女子正在高兴地交谈。王可佳不管太多，兴奋地推着行李车出来，还没有到跟前开心地大声叫道："孟浩远。"孟浩远听到有人喊他，马上转过头看到了已经快要走到身旁的王可佳，赶忙笑着急急地走过几步迎上去说道："哎，王可佳。这么快已经出来了？"边说着边很麻利地抢过王可佳的行李车自己准备帮着忙推行。玛丽教授脸露微笑站在一旁看着他俩亲热地在一起也很高兴，两位年轻的优秀科学家今天很意外一起在机场看到了，他们太年轻了，前途无量啊。等两人一起走到玛丽教授身旁时孟浩远停下脚步，赶紧给他们两人介绍起来，王可佳一听介绍，原来眼前这一位戴着眼镜端庄美丽的中年女子竟然是大名鼎鼎的玛丽教授，非常意外。她怎么会亲自来机场？事先她并没有说起过啊，顿时高兴起来。学校把地址，联系人和联系电话都已经告诉给他，并没有说会派人来机场来接他。现在看到的是玛丽教授就站在身旁她竟亲自过来，喜得王可佳赶快过来与玛丽教授见面。王可佳这时感到特别高兴和激动，在美国这陌生的地方见到了好友孟浩远让他倍感亲切，同时第一次踏上美国的土地第一个见到的美国人，是自己十分尊重的著名化学家玛丽教授，太感到意外了。他心目中著名的玛丽教授会竟然会亲自到机场来接他，让他既高兴又惶恐。他在赴美国之前已经告诉过玛丽教授，自己来美国已经有朋友会来接他的，只需要在安排的公寓门口有人等着和自己碰头，然后办理入住交接手续和接下来的活动安排就可以了，其他都不用管了。玛丽教授联系时告诉王可佳，她已经代表学校和"曼克实验室"给王可佳安排好了单独的一套公寓让他居住，费用都是学校支付的。没有想到玛丽教授最后还是亲自来专程到机场来接他，那是显示对王可佳的认可和特别重视，让他内心顿时特别温暖和感动。刚刚长途远涉踏上异国他乡有这样一位重要身份的人来接待，安排的细致周到，实在没有想到。

玛丽教授见王可佳过来，看到他也是与孟浩远年纪相仿的年轻人，踏实中透着聪明，玛丽教授内心很是吃惊，眼前两位新元素发现者原来都是非常年轻的研究人员。含笑着已经将手伸出迎着王可佳与他握手，王可佳赶忙也伸手迎上去握手。玛丽教授笑着主动先说道："你就是王可佳先生啰。我是玛丽。欢迎来美国来我们学校工作，非常高兴认识你。你们都很年轻啊。”王可佳开心的怀着敬意笑着说："玛丽教授，你好！很高兴认识您！"王可佳是专门从事化学检测研究的，他知道玛丽教授的大名，没有想到从他刚刚出机场看到孟浩远后第一个直接握手交谈的美国人就是玛丽教授，此时内心激动又感到实在不敢当，站着一直面带笑容。孟浩远和王可佳两人一起推着行李车边说边开心地笑着，难得一见还是在美国，都有些兴奋似乎有很多话要说，不过看到旁边跟着的玛丽教授又不太好放开多说，怕冷落了玛丽教授。有一句没一句的闲聊打破尴尬，玛丽教授跟在后面笑着看他们两位年轻人在一起亲热的用中文交谈着，自己也听不懂也插不上话。

三人一起走出机场楼来到大门口外，推着行李车穿过马路来到停车场，孟浩远已进经先到了自己停车位旁停下，然后问："玛丽教授这是我的车。请问您的车停在哪里？"玛丽笑着说道："我的车有点远还在前面。"孟浩远说道："那先将行李放在我车上，然后你上车，我们一起开车过去。"王可佳和孟浩远两人将行李一一放在车上，然后三人上车后孟浩远开车到玛丽教授停放的车位旁，和玛丽教授说好他会跟着她的车在后面行驶，玛丽教授下车后开自己的车在前面。两辆车一前一后跟着一起在路上行驶，大约一个小时后来到学校附近已经为王可佳安排好的公寓前停下。今天上午孟浩远开车到学校查看时经过这里有些印象，这里的公寓都很漂亮密度不是很高，公寓楼就在路边出行很方便，周围都是树林，地上也都是植物草地，环境很是安静离学校很近，大约两公里不到的路程，步行走得快的话约一刻钟左右。两辆车在公寓小区前面的道路旁停下后，三人开车门下车，孟浩远和王可佳下车后打量着眼前这幢公寓住宅楼，这是一幢独立带花园上下两层的楼房，所谓公寓就是因为这一片都是学校建造的小区，主要是给老师提供的住房，这一片小区都是独立花园的洋房，离大街一公里多前面还有一个小区是学生公寓楼，离学校更近一些，那里有五六栋三楼楼房可以给学生居住，每个房都是两室一厅户型，里面有两间房间单独居住，还有煤气卫生间等配套设施。当然王可佳的独幢洋房里面设施都是已经配备的装修房。看着眼前的住房，听玛丽教授介绍房子情况，王可佳特别高兴，这样的在城市中心的住房而且有这么大，仅仅自己一个人独住，比起在上海的家只有两室两厅型房，和父母住在一起，现在一下子住房上变化太大，简直太好了，令人很是满意，脸上都是高兴的笑容。孟浩远也点头称赞："不错，安排得很好了。"更让王可佳满意开心。两人兴冲冲地看着楼房和周围环境。然后从车上取下行李放在地上，此时玛丽教授手中拿着钥匙在前走着约二十米来到眼前的一幢式样与刚才看到的不一样，但是风格大小基本差不多，一起走近洋房大门，玛丽打开房门，王可佳看着干净明亮宽敞的典型美式单独的公寓，里面一应俱全感到很满意。孟浩远看着学校给王可佳安排的公寓和自己所住的洋房比较，除了房子面积要小不少，花园也小了很多，洋房之间的间距也不小，总之这幢楼也很好了。这幢楼是独立两层四个房间有车库有院子的那种美式建筑，还有前后都有院子草坪周围有树林。公寓里面的基本的生活设施也是一应俱全，等王可佳和孟浩远两人将行李搬到底层客厅后，兴奋得参观起房子来。兴奋地看了一圈下来回到客厅，看玛丽教授还在客厅站着等着他们安置行李，感到不好意思，行李也不及打开收拾先放在一旁，抓紧一起出来。因为玛丽教授已经说过晚上她约他们一起吃个便餐，孟浩远向王可佳悄悄使了眼色低声说道："快点，玛丽教授在等我们。"王可佳马上反应过来，来不及高兴在房间开心地细看，跟着孟浩远两人一起在后与玛丽教授一起走出房子关上门，然后走到玛丽的车旁上车，玛丽教授开着她自己的一辆小车三人一起准备出去吃晚餐。

今天对于王可佳来说是太兴奋了，从机场见到孟浩远和玛丽教授来接他，汽车一路驾驶，王可佳一路上眼睛盯着路两旁的城市街景时而有和孟浩远开心地说着话，第一次来美国，这里的一切都是那么新鲜，来不及看来不及问心情特别的高兴，顿时一路过来的长途旅行的疲劳一下子消失。在玛丽教授的带领下，两辆汽车到了学校安排的独立洋房公寓小区，他们把行李放下后都情不自禁地看着周围的房子，跟着玛丽教授的指引进入房子里面，不由得就参观起这个屋里的布局和装修风格，孟浩远提示不急着好好看，等以后你天天可以看个够，今天此时还有事情，不能停留太久。已到了晚餐时间，不能让玛丽教授多等，两人就很快出门上了玛丽教授的车，由她开着车陪着这两位她欣赏的年轻有为的中国年轻人。这一切对王可佳来说简直恍如做梦一切都是那样美好，心中充满喜悦。

　　一路上介绍着附近城市街道的景况，开车出去后就在离公寓十几分钟路程的一家美式西餐馆一起吃饭。两人跟着玛丽教授走进这家餐馆，里面已经不少人，但是并不像在中国的餐馆，到了吃饭时间都基本是座无虚客，在一起放松大声地交谈喝酒，人声鼎沸热闹异常。这里餐馆显得不喧闹，客人在一起也会交谈，不过都很含蓄在私下轻声地悄悄说话和用餐，缺少了中国饭店那种豪爽热闹高兴的烟火气。说明传统的文化和人的性格不同，养成了每一个地方和国家在吃饭行为习惯上的差异。

　　三人跟着服务员来到一边空餐座，这是一张四人用的桌子，是两张正方形餐桌合并拼在一起成长方形的餐座，四把椅子放在两边。玛丽教授站在一边然后用手做了一个"请"状，请他们两人坐下，两人挨着坐在玛丽教授的对面空椅子上。然后玛丽教授作为请客东道主手里拿着菜单客气的征求询问两人道："王先生、孟先生你们需要些什么告诉我。"然后看着两人，孟浩远转头看了看身旁的王可佳，交换眼神后转头对玛丽教授说道："玛丽教授，您客气了。请随便，我们都可以的，谢谢！"王可佳见状也是点头表示同意。玛丽教授见他们两人很是随意，心中猜想也许他们不太熟悉这里的餐点特色，那好吧，由我来点。就看着餐单用心的开始点餐，点完后服务员收走餐单。不一会服务员手中捧着一瓶红酒走过来，小心的给三人杯中倒了起来，轻轻地在每一个杯子中弯腰倒到杯子的三分之一停下，倒完后将酒瓶轻放在桌旁。没过多久，第一道餐品送过来了，是每人一份的，餐盘放到每人的桌前，笑着说道："祝你们用餐愉快！"随后悄悄离开。玛丽教授见服务员离开后，第一道菜也已上来了，讲桌前的酒杯举起，脸含微笑轻声说道："欢迎王先生和孟先生到来。"然后三人碰杯。玛丽优雅地用嘴轻点一下喝了一小口放下。王可佳一听到玛丽教授举杯欢迎他到来心中高兴，拿起酒杯一下子就喝完了。孟浩远用嘴喝了一口酒杯中还留下很多。他见状拿起红酒瓶轻轻给王可佳酒杯倒了一点红酒，用中文悄悄低声说道："王可佳，不用一下子全喝光，慢一点。"王可佳听完点头轻声说道："噢噢。"玛丽教授见他两人在窃窃私语，没有听到说话声，也听不懂他们中文说什么。等他们俩停下后用英语告诉王可佳说道："王先生非常欢迎你能来，明上午天会有一个安排，你与校长有一个会谈。然后我会陪你一起到学校和'曼克实验室'参观和交流。"说完她看了一眼孟浩远微笑着有些期待地问道："孟先生不知道你愿意一起去吗？我们也很希望你和王先生一起来。"王可佳见玛丽教授这样安排，同时今天看到自己的好朋友孟浩远也被邀请一起去，心里当然高兴和愿意。对着玛丽教授高兴地说道："谢谢玛丽教授！"然后头侧过来对着孟浩远眼睛看着，他露出期待的眼神，但没有说话，看孟浩远怎么回答玛丽教授明确的邀请。孟浩远见玛丽教授正谈着王可佳明天的活动安排的事情，不过同时又突然邀请自己一起去，而且王可佳也期待着看着自己希望自己一起去，心中想到还是要突出王可佳，自己就不一定要参与其中了，让他们对王可佳有更深的印象。只好说道："噢，谢谢玛丽教授，这太突然了，我一点都没有准备。今天主要是王可佳先生到来，你们商谈工作上的安排吧。"没有正面直接回答去或者是不去，但是等于婉转的没有答应接受邀请。王可佳有点失望，他心中自然希望孟浩远和他一起，这样在异国他乡有个要好的兄弟做伴，刚才看到安排的住房条件又很好，如果两人在一起受邀请工作，相互照应这是最好的。他当然不明白孟浩远心中的想法，不过孟浩远除了希望学校聚焦在王可佳身上，自己也已经受邀答应科索教授和伯利克大学，而且关键还有一个最主要的问题他希望自己一个人静悄悄无人关注的低调生活，因为他身上有秘密，他要与秦和汉他们见面的大事情，有人在一起真的很不方便。玛丽教授也暂时不接着说下去，笑着答道："噢。"接着面对王可佳说道："王先生，你正是我们需要的人才，如果这次王先生来参观后感到满意的话，是否同意可以签工作合同在我们学校及'曼克实验室'工作。也许王先生知道，著名的化学家曼克教授是我们学校的最早实验室的创建人，学校以他的名字命名的。"王可佳就是这一方向的研究人员，他知道国际上有名的"曼克实验室"，现在玛丽教授给他介绍和安排，事先他与孟浩远商量时记住他在出来之前的叮嘱，于是认真地问道："谢谢玛丽教授厚爱和学校邀请。在您负责的'曼克实验室'工作是我的荣幸。不过我想问一下有关在贵校继续读研究生和博士课程方面的事。"玛丽教授听王可佳这么回答并询问太出乎她意外了，有些不敢相信刚才说的话，微微睁大眼不太明白说道："王先生你询问学校教学方面的事情，有什么想法？"王可佳说道："玛丽教授，我的学历不高，需要在你们学校继续学习提高，所以询问一下我是否可以在贵校完成我的研究生和博士学业，同时在'曼克实验室'工作？"玛丽教授现在才明白王可佳的意思，有些疑惑地说道："王先生你已经取得国际上很高的成就了，达到了国际上非常高的水平了，为什么还愿意在我们学校继续读书？"王可佳把孟浩远告诉他的想法面对着玛丽教授又真诚地说了一遍他的真实想法。玛丽教授一听原来如此，这位中国年轻人好学谦虚，已经取得了伟大的成就还是这么的低调，说道："噢，是这样，王先生你太好学了。如果你真是愿意这样，这件事我可以答应你，你可以边读书边工作，完成你的梦想吧！进入学校的手续我会向校长申请，我会亲自推荐你帮你办理好的。我们'曼克实验室'需要你的帮助来继续你专业领域的先进研究，希望能继续领先最前沿性的科研工作。"玛丽教授说完眼神非常柔和慈爱地看着孟浩远，笑眯眯地又一次说道："孟先生是否有兴趣可以一起过来和我们工作，开展最新的研究呢？"王可佳听到依然十分期待地看着孟浩远，他的想法很朴素很简单，内心真心希望两人能够在一起工作学习，相互照应那是太好了。孟浩远看着王可佳依然期待的目光，当然他知道王可佳的想法，那是他真实的愿望，但是自己已经有打算和计划安排，玛丽教授在短短的用餐会面时间中已经向自己发出两次真诚的邀请了，内心很是感谢她的。在玛丽教授面前孟浩远不想隐瞒，算了，还是把一些情况告诉她，于是说道："谢谢玛丽教授的好意，我已经和伯利克大学谈好了，已接受了他们邀请，在他们学校当科索教授的助教，同时也和王可佳的想法一样在学校会一边继续读书，所以没有办法过来。不然接受您的邀请和您、和王可佳一起工作确实是我的荣幸。谢谢你！"孟浩远的话终于让玛丽教授明白为什么孟浩远一直不接口，但是他的一番话还是让她高兴，如果第一站直接到我们学校也许孟浩远真的有可能会留下。她感到高兴的同时有更多的是惋惜和遗憾。不过此时听孟浩远真诚地说到他已经接受的是伯利克大学和科索教授，她心里更加明白了。她原来一开始就在心里猜孟浩远这个名字很熟悉，不仅和王可佳是一起研究的合作者，还是传闻中的一个伟大数学家，国际学术界最伟大的"塔西姆猜想"已被一位神秘的数学奇才孟浩远所证明，他可能就是眼前的这位自己一见面就十分喜欢的，恰巧也叫孟浩远的年轻人，不由得惊喜地问道："孟先生，那么现在您是目前正在社会上和所有大学校园传播以及学术界被热议的来自中国的数学天才，证明了'塔西姆猜想'和提出两次令人震惊的数学新理论的学者就是你吧。"孟浩远不敢面对著名的玛丽教授有所隐瞒，哪怕是善意的隐瞒，谦虚的微微一笑说道："是吧，玛丽教授，不过你过奖了，哪里是天才啊，实在是不敢当的。我只是比较喜欢数学，平时自己一直没有放下在研究，偶然发现提出了一点研究想法，只是运气好巧合而已。"孟浩远说得非常谦虚，更让玛丽教授刮目相看，更加喜欢上这位年轻人。王可佳也被弄糊涂了，孟浩远出国来到美国，具体什么情况他根本没有和自己明确地说起过，只是有一段时间很奇怪的，突然孟浩远让自己近期不要联系自己。当时他自己也在猜想可能就是自己最好的朋友孟浩远的数学研究成果，但是心中又想他是计算机信息专业的，并不是专门研究数学的，当时孟浩远还骗他说同名同姓的在中国太多了，让自己不要多想。现在听他们俩人的交谈，谜底已经彻底解开，终于清楚了原来刚开始时自己的怀疑和猜测是对的。那个已在学术界流传的正在寻找的数学天才中国人孟浩远，就是自己的好友孟浩远。不是同名同姓的其他人，你孟浩远为什么要瞒着我，也太会隐藏了，我还当面问起过，你倒是真沉得住气，你个孟浩远啊。王可佳此时非常激动又兴奋，如果玛丽教授不在现场，真想开口骂他了，但是玛丽教授在旁边而且她脸上的笑容很是真诚，也很是对他尊重，只能忍住。不过微微侧转过脸，两只眼睛悄悄盯着孟浩远狠狠地猛看了几秒，与孟浩远眼睛交织在一起时，孟浩远明白他是怎么个意思，故意专注微笑地看着玛丽教授并交谈着，没有和王可佳眼神交流。玛丽教授今天突然之间收获一个重要的秘密，更是又收到一个惊喜，今天真是神奇的一天，刚刚认识了最好的化学研究者王可佳，没有想到现在又认识了一个更加特别的天才数学家孟浩远先生，这个孟浩远更是太不一样了，他在化学方面也有研究，和王可佳联手研究的实验并发表了重要论文，发现了一种前所未有的非常重要的新元素，取得了重大成果，对于一个科学家来说这已是相当了不起的伟大成就了。他在主要方向数学领域"塔西姆猜想"的证明，以及新出现的两个数学新理论和定律，其中一个好像就是以他姓名命名的叫"孟氏定律"。而且它的运用领域是极其重要的理论依据，他就是一个了不起的数学天才。噢，这简直是不可思议。一向比较矜持冷静的玛丽教授被孟浩远身上发散出的人格魅力和智慧所折服，科学家爱惜的就是人才，顿时好感度再次提升，本来就一眼看到很是喜欢，交谈后又增加了几分，现在更是喜欢不已，爱才之心更是使自己内心有些激动兴奋，她突然站起身走过来。孟浩远见玛丽教授站起身也反应很快礼貌地站起，王可佳也马上站立起来，玛丽教授脸上满是笑容，走过来张开双手迎接孟浩远，孟浩远赶紧走出来几步在过道空处配合玛丽教授，两人拥抱在一起，孟浩远礼节性地轻轻用手环抱玛丽教授，而玛丽教授则是真心的用力紧紧拥抱着孟浩远，一位同样是大科学家的玛丽教授一下子变得感性起来，她好像一下子变成孟浩远的粉丝。看王可佳也已经走出来礼貌地站着，玛丽教授拥抱一会后才不舍的松开孟浩远，过来礼貌地轻轻拥抱王可佳一下后松开，三人回到自己桌前。此时第二道和第三道菜品，由服务员一一给每人端过来放在桌上。

　　玛丽教授此时已经是人逢喜事格外高兴，加之喝了点酒又与两人认识交谈时间不少，像是已经很熟了的朋友，一改前面一直保持着的含蓄沉稳，开始主动举起杯子敬酒，三人顺势一起稍稍加了力碰响酒杯，然后呵呵一笑一起端起酒杯，玛丽教授第一个竟然放开一口喝完，孟浩远和王可佳见状不敢怠慢，也一起喝完杯中红酒。喝完酒玛丽教授坐下后兴奋地再一次邀请孟浩远明天和王可佳一起到学校和'曼克实验室'参观。孟浩远笑着告诉玛丽教授自己已订好了机票，明天就要返回伯利克学校，谢了玛丽教授的邀请，但是他也十分喜欢这位学识型的又感情的女科学家，答应她会再次安排计划专门来拜访玛丽教授的，玛丽教授一听很高兴，终于让孟浩远接受她的邀请专门再来。三人一起愉快地吃着简单的餐食，喝着酒。一瓶红酒也已经喝完，交流十分的畅快，每个人都是激动兴奋。等晚餐结束后，玛丽教授准备要付款，孟浩远不好意思像在中国一样抢着付钱，毕竟说好的是玛丽教授请客，不能这样做，那就显得不礼貌了。只好对着玛丽教授笑着："谢谢！"

走出餐馆还意犹未尽，两人见玛丽教授今天喝了点红酒，来时是她开的自己的车，尽管她思路很清晰并没有喝醉，但还是让她自己不要开车回家。孟浩远帮玛丽教授打好一辆出租车并问询司机到玛丽教授家的路程和车费后直接先支付并加了不少小费，然后两人与玛丽教授握手道别送她上车，她的车就停在餐馆停车场。送走玛丽教授后孟浩远又招了一辆出租车两人一起上车，坐在车上王可佳兴奋地说着，很快两人就回到王可佳的新住处。两人一下车到公寓洋房外见王可佳脸上还在生气，孟浩远安抚了王可佳，告诉王可佳说道："王可佳，你要记住凡事一定要低调，这样就不会被人整天围着盯着，不至于影响自己的生活。如果人人都围着你转，这样的氛围让自己会很不舒服，也会因得意而迷失方向，更是会因此而失去个人的自由空间。你看我这样不是挺好的，没有人认识你，你愿意做什么就做什么。你现在对其他人来说都是一个伟大的科学家，取得了巨大成就。还是要提醒你，将来无论有否新成就，都要保持清醒。在'曼克实验室'工作和在威尔斯大学学习，你身边周围都是高智商的科学家和学生，以及有分量的研究者，保持低调和尊重他们是最理智的，不能忘乎所以，这样可以少些麻烦。"王可佳一听孟浩远这番真心话，他逐渐明白了孟浩远为什么这么低调，原来这是他处世生活和工作的一种态度，平和待人认真用心做事，不论有否成就。王可佳开始有所领悟，心里才稍稍放下。但是还是有些生气，不由得说着孟浩远："孟浩远，你说得是对的。但我可是你最好的朋友，你不该瞒着我的。"孟浩远说道："王可佳。这件事我没有对一个人主动说起过，我对父母都没有说过，直到后来他们问起再不能隐瞒他们才承认的。因为我觉得一是不用高兴得忘乎所以，越是有所成就越是低调做人这是我的原则。再者你想想如果当时跟你实话说了，以你的性格你心里会藏得住吗？等你一高兴你这嘴巴早就一不小心把我给说出去了。还是你不知道反而好，是吧？"王可佳一听孟浩远这件事连父母都没有主动说过，听他现在当面的分析得在理。是啊，自己总有一两个好朋友，哪怕告诉其中一个一说出去，再被说出去那就会越传越多，也就不是秘密了。心中顿时释然，两人顿时一起笑了起来。

接下来孟浩远对王可佳明天如何和校长谈话交换了意见，孟浩远考虑问题确实比王可佳要深和远，王可佳知道自己的短处，很愿意听孟浩远的建议。两人在客厅里说着话，看到王可佳的几间房子里只有一间是准备了全部的床上用品，其余几间还都是空着的。看看时间已晚，也要让王可佳抓紧时间整理洗漱和休息，明天第一次与校长谈话，第一次印象很重要，需要让他好好休息。于是孟浩远起身要告辞。孟浩远说道："王可佳，今天时间已经不早了，你明天有重要的一次活动你好好休息，接下来就要开启你在美国的新生活了。我明天上午就要坐飞机返回的，自己的背包等物品还在宾馆里，走了。你把我托你带来的东西给我吧，你自己得东西先收拾一下吧。你看房子很大很不错，一个人住在这里非常大足够富余的很好的，以后抓紧找个女朋友吧！"说完哈哈大笑起来。王可佳也要整理一下携带的物品和准备明天的谈话，见实在留不住孟浩远只好不舍作罢。孟浩远他已经为了自己提前跨州乘飞机从其他很远地方专门赶过来接自己，今天又几乎忙了一天，现在天色已晚，既然他不想住在这里明天要赶回去，还是让他早点回宾馆去休息吧。于是把孟浩远要求从家里带来两件礼品拿出来递给孟浩远，一直送至外面街道看孟浩远叫到一辆出租车上车后两人暂别。

很快孟浩远回到自己入住的酒店后休息。今天总算把王可佳的事照顾好了，以后的路要靠他自己努力了，当然自己会时常去帮助他。

第二天上午他开着车到出租服务公司去还车，然后在外面的路上招了一辆黄色出租车直接去机场，等他坐上航班飞机后已是将近上午十一点了，飞机准点起飞。

二

　　来美国也已有些时间了，在美国与秦约定的两个月后的 5 月 17 日晚上 12 点见面时间已经不知不觉地临近。孟浩远已经开始边安排学习边抽空时在网上搜寻一些信息和有用的资料，根据秦的要求，他做了一个计划生怕遗漏。他这次准备专门提前两天时间乘飞机从马萨诸塞州波士顿飞到亚利桑那州的菲尼克斯城。在从波士顿飞来时已经做了预先的工作，他在网上订好了准备住宿的一家酒店，又在网上搜寻选择计划清单上需要采购的来自全球各地和美国本土的一些植物种子、粮食种子等并把采购清单打印出来搞得清清楚楚，每次都有记录不会重复购买。又在一家大型商场里新买了一个大号行李箱，将这些秦要求帮助寻找的地球上各种植物种子资源装得满满的一整箱后还没有装完，只好又再买了两个中号的行李箱算全部装下，本次物品清单和每种植物农作物的种植方法介绍用塑料袋封好放在箱子盖子的一个夹层中。另一个中型行李箱装购买的各种有关地球科技、历史、地理、文化等书籍，同样做好登记记录。然后计算好时间，等将要出发前两天把这三个箱子事先直接托运到了菲尼克斯城自己订车的一家美国租车公司。他在联系订车手续时专门备注了要求接收从马萨诸塞州波士顿托运来的三个行李箱，让租车公司帮助接收一下存放，到时候过来办理接车时一并交付。这样孟浩远可以不用携带过多的行李，乘飞机过来时就方便多了，只需要带着随身的那个常用的双肩背包就可以。

　　时间过得很快，孟浩远一直在不停地思考让自己头脑更加快捷，也在忙着复习尽管他已经全部记在脑中，也还是会抽空学习一下，更在想着与秦和汉见面时他们所需要采购的物品是否还需要增加补填，和他们见面时如何保持安全，见面坐标地址那里很偏僻但是中间还有一条四号州际公路，公路上各种车辆一直往来经过，四周无所遮挡。5 月 17 日与秦约定碰面的时间也已经要到了。自己在不断思考中，带动脑中的超级智慧微光子芯脑也在活跃思维，在自己聪明的大脑思考中一直不停相互交融使自己变得更加强大。现在已经是越来越配合默契反应极快，帮助孟浩远本身头脑的自主思维。他已经有了更高层次的超越自己作为普通人所具有的智慧、境界、远见和格局。孟浩远按计划要和秦、汉见面，和秦、汉见面每次让他都感到兴奋也很希望间隔时间越短越好、见面次数越多越好。尤其现在自身的头脑发生很大变化，思维上有很强的领悟提升，更加渴望和他们在一起，获得更多阿勃特星的科技文化等所有信息，这对地球对孟浩远都是极其重要的，地球、人类更加需要阿勃特星的帮助。

他在头脑中计算好开车路上需要花费的时间，孟浩远这次准备提前一小时先到达碰头坐标位置附近，再一次等在最合适的地方，这样不会太引起经过四号州际公路往来车辆上的人们的注意。他还一直不太明白，脑中还有很多疑问，秦他们每次悄然到达地球探索，他们是如何快速到达而可以不惊动地球的防卫监视，特别现在的地理位置是在美国，它是世界上各方面最先进、发达、强大的超级大国，难道他们有超越地球人类认知和掌握的更强大的新技术，让地球对太空和布满地球周围的防卫卫星的监控瞬间做到悄然无息的屏蔽，如人无人之境而不会有任何的察觉反应？他们是乘什么探索飞行器可以快速到达地球目标位置？等等。这些好奇疑问一直在他脑中经常闪过，超级智慧芯脑也没有给他提供信息，只是向他大脑反馈发出阿勃特飞行器远航飞行探索安全的信息结果，没有具体参数描述。孟浩远想着如果提前到达目标位置附近可以仔细观察一下周围，那里位置附近除了远处的南洛基山和后面的一条墨西里河以及山南周围的丛林树木可以遮挡外，几乎藏无可藏，只有在那里才是唯一可能的合适地方，可是那里是森林似乎也不方便和可能。等到后站在靠近山的地方四周的空旷地也可以便于观察，或许可以发现一点线索呢？越是想着越是希望马上就赶过去，感觉一下子时间过得慢了起来。

5 月 16 日已到，孟浩远已提前坐起飞机从波士顿来到菲尼克斯。今天对他而言又是一个非常重要的一天，心中有着重要的一件大事。飞机航班比计划晚到了约二十来分钟，孟浩远轻松地背着他的双肩包走出机场后在外面直接打车赶到那家租车公司。在那里他很快找到公司一位在二十五六岁年纪的黑人服务员办理业务，他穿着公司统一服装，头上戴着一顶棒球帽，轻松快乐地工作着，他的脸上一直高兴笑着。办好了交接手续，事先已托运的三件行李箱子已经提前两天就到他们公司并代为客户收存，就放在柜台后面的一间储藏室中。孟浩远查看验收后将三个箱子准备推着出公司大厅到门外，黑人小伙看到马上走出柜台笑着帮着推一个大号箱子，孟浩远忙表示谢意，两人来到门口，黑人小伙将车开了过来，然后将三件行李放入后备箱内。孟浩远远与之告别悠然地开着这辆较新的黑色德国产 SUV 车，来到城里的一家大型商场再买了一个大号行李箱，又到书店去采购了各种书籍，打印好清单自己留存一份，将另一份清单放在箱子顶部夹层中。他要将已购买的各种书籍数量目录记录下来，每次购买不能重复。这是秦喜欢他的又一个原因，孟浩远做事有头脑有计划又非常细心，每一次购买的东西都有清单和说明书，从没有重复过，他的细致认真让秦很认可和放心。现在又装满了一个大行李箱子，看看所购的东西已经不少，反正以后还会继续与秦碰头，有了记录清单，每次采购都是有计划的一点一点补充。地球上需要了解的东西和资源实在太多了，每次都按计划购买做好记录后提供给他。孟浩远是个有心人，他每次采购的东西都会做好笔记，购买时间、地点、物品品种、数量等信息以防重复购买混乱无序，然后把他们专门建立一个档案存在电脑和一个移动硬盘中备份好。所以每次给秦有详细想清楚的清单目录，自己也留存一份。完成了这次采购后车上已经有三个大号一个中号行李箱，后备箱已经放不下两个箱子只好放在后排座椅上。这次在美国采购的各种书籍和植物种子品种更多，看看四个箱子够沉的，搬动起来也很吃力。

孟浩远是根据秦的要求提供他所需要的地球上自然资源和文明进步的各种书籍记载，刚开始他心中曾有些顾虑和担心。但是这些是地球上最基本的最普通的常见的物品和书籍，并没有人会在意什么，即使自己不愿意提供，他们也可以很方便的不受限制的只要到任何地方到处可得。只是他们现在出于想要了解地球又不想让地球人类知道阿勃特的存在和文明发展现状以免引起惊恐。在宇宙更深处存在另一种文明和人类存在，星球的文明程度远比地球高出不知道多少代次，如果让地球知道必然会引起地球人类的害怕和恐慌。秦需要了解地球，主要用于他们研究地球这颗存在另一个宇宙空间中的星球分布和自然环境以及运行规律，根据地球上的植物种类生长与自然状况和人类的关系以及生物的多样性，对地球进行评估。也许阿勃特星球上还没有发现地球上的这些生长的各种植物和粮食农作物，通过研究后可以帮助他们把地球上的这些植物物种带到阿勃特星上正常的生长，让阿勃特星球生物更加多样，带来更多的长远发展好处。星球生物多样性越是丰富越有生命力，这些都是极其珍贵的基因库越多越好。他们的研究对于地球没有害处，对于阿勃特来说更加丰富了生物种类，可以利用生产为阿勃特人类服务是有益处的。而自己迫切需要有利于地球上发展的科技、基础理论。那些在阿勃特星球上早已发展存在的先进理论和科技资料，秦已经主动地给自己提供，这些极其高深顶尖的理论和先进资料对地球的基础研究和科技产生飞跃进步，它的帮助是腾飞式的提速，对发展极其有益，因此孟浩远信任秦和汉他们，可以说是互有帮助。所以现在他愿意有计划地帮助采购一些秦所需的物品，他感到自己的心和秦是相通的，他们是为了能够更多地了解地球，我也很需要更多更快地了解阿勃特星球，希望他们更多提供阿勃特科技，帮助地球文明科技发展进程更快一些，也许有一天孟浩远也可以到阿勃特星做客。

从秦主动提供给孟浩远的一些阿勃特星基础科学和科技资料，孟浩远已隐约感到他们似乎是有针对性的，为了帮助地球尽快可以在科技方面一点点能够赶上去，跟在阿勃特星的发展后面，一点一点尽可能地缩小存在的巨大代次式的差距。两个星球其实处在两个不同的宇宙空间，对于浩瀚无尽的宇宙世界我们地球人类限于科技发展了解并不多，我们以为有了宇宙空间站，有了太空卫星远程远航高轨探测器，有了先进的智能化系统天文望远镜，科技发展已经很先进，其实并非如此，还远远不够。我们仍然只是了解宇宙世界真相的一小部分，我们还没有远航探索飞行器，无法达到阿勃特星系统掌握的科技探索研究成就。我们只是能够探索在整个地球所处的宇宙空间非常近的很小部分，再更远的宇宙空间研究探索只有阿勃特星球他们能够做到，了解的比我们多得多，可以做得比我们地球多得多，阿勃特已经到了我们无法想象的地步。他们已经离开阿勃特所处空间以外的宇宙空间中远航探索更远更深。同样存在类生命，阿勃特和地球两个星球之间却存在巨大的文明进程代次差距，其实非常可怕。地球上提供的植物种子经过研究后，秦他们可以存放在阿勃特星球作为基因库，经过研究后这些植物品种都与阿勃特星的植物品种不一样，是他们还没有发现过的新物种。除了开展地球植物种子的研究，还有可能以后作为阿勃特星球生物多样性和丰富自身需求的一部分。这就是秦他们需要收集更多更广泛的其他星球的植物种子原因。

孟浩远思绪万千，大脑活跃异常不断地思考着，我现在是一个身上肩负着阿勃特和地球两个相距遥远跨越不同宇宙空间的特殊使者的使命，如果可以发挥自己作为使者的作用，那将是我整个生命中最有意义和价值的。而且秦和汉提供给自己有关阿勃特星球上极其先进的基础理论研究和科技书籍、研究论文和科技文献以及各类重要的检测、探测、分析等完整资料，让孟浩远在自己头脑中学习一遍记忆后震惊和吃惊不已，他已经感到非常惊恐。这些阿勃特星球已经取得的科技研究，表明他们星球整体的文明进步和科技发展确实非常超前，地球人类已经无法想象到他们是如此的先进，两个星球文明存在着代次级别巨大的差距。现在靠自己对秦提供的科技文献和重要资料抓紧不断补充学习，已经在脑中记忆存在令他震惊和振奋。他有了计划，有机会一点一点把它发表在专业期刊上，引起人们特别是同行科学家的强烈关注，然后把这些科技运用社会发展进程中上，在某个基础点上提高我们的科技水平。

随着以后不断地和秦保持更多经常地接触交流联系，希望可以一点一点获得更多的阿勃特星全方面的科技和基础理论研究重要文献，得到他们的超前技术，用来帮助地球。想到这里孟浩远的心里突然豁朗起来，胸有豪气也更加坚定踏实和坦然，同时感到此时身上肩负着一种从未有过的巨大的无法用任何言语来表达无人可以替代的重大责任感。

来菲尼克斯第二天，5 月 17 日上午他从酒店出来后驾车到一家大型商场去了一次。在里面购买了一大整箱的瓶装水，又买了一些路上需要补充的食品，还特意买了一些野外露营的设备，有帐篷、睡袋、工具灯和各种工具等。孟浩远考虑十分细心，这次要去的地方一眼望去是非常荒凉的无人区，周围除了一个远离的天坑公园和它对面的一个服务区还有四号州际公路上行驶的来往车辆，是没有人定居生活在那里的。自己一个人提前先到达目的地，那里的地形地貌自己已经在上次专门去考察过一次，满眼的都是荒芜苍凉，也没有地方可以休息。在这种荒山野地的地方又是在晚上 12 点，突然有人出现在那里，是一个人开着车孤孤零零地停下来不知道干嘛，这种行为肯定是很奇怪的，一定会引起其他路过的车辆上的人警觉和诸多疑问。这里并没有什么特别的景点可看，一人一车抛在荒地停在那里时间太长会有意外，在四号州际公路上孟浩远上次去查看时，曾经就看到过有警车在路上巡逻和停在服务区内。所以事先需要多考虑一些因素以备万一遇到。但是如果在地上搭好帐篷既可以休息，万一碰到巡逻的警察出现询问时也好应付，就可以解释自己是一个喜欢冒险的独行旅行者，天色晚了所以就地露营休息，这样的解释才有可能说服他们存在的疑问，否则很难解释得通，会被他们怀疑造成不必要的麻烦。

晚上吃过一点饭后计算时间后开着车出城，按导航软件的语音引导一路前行，很快进入四号州际公路，心情有些激动，轻松地开着这辆动力强大的黑色 SUV 车，路上看到一个服务区就转进去停留休息了一下，在加油区加满油后又继续开车。夜已开始降临，天色开始变得黯淡下来，路上的行车开始变少都已经打开车灯，公路两边依然都是空旷无物孤独沉寂，地上的小沙砾和不时扫过的横风发出刺耳的怪叫声，在这悄无人烟的地方，白天时天上的云彩和阳光还让人感到除了地处荒漠之地，但是这里的天空很是不错，天蓝云高洁白，视野特别开阔一览无余，感觉与众不同有点仿佛自己是这里的主人，天下唯我的情绪，现在是晚上周围一片黑暗看无可看。

路上车辆一直不断，但是黑夜到来时显得更加可怕，仿佛经过这条公路是到了与世隔绝的绝望之地，天空中的云已是暗淡的，望向公路两侧的更远处更是让人觉得像是已到了天际那边。远处是一条地平线，再也看不到其他任何东西和人类生活痕迹的物体。孟浩远经历过两次和秦碰面的地点和时间，都是在让人害怕的荒无人烟的空旷地和深夜更是黑暗孤寂让人心慌。所以他内心已经有一定的承受力，但一个人开着车时不由自主朝公路两边望去，仍不免还是有些不一样的感觉。孟浩远随身还带着秦送给他防身用的威力强大超强硬度不知是何种合金或者金属的外表黑色五棱金属短棍，拿在手中分量不轻有些压手，它足可以用作防身格斗的冷兵器，必要时还可以唯一接受自己指令发射超强不知名的一种白色光束，发出的超强能量光束可以摧毁任何远距离物体，近距离威力更加强大。它的功能比通常的枪械更具威力，超过地球上任何神秘强大能量或者火力武器。孟浩远上次在比利时遇到拦路围堵的一伙神秘武装团伙追击时不得已尝试使用了一次，瞬间将停在远处公路上的两辆汽车击毁，让在场所有人包括他自己都感到震撼，其他人更是心惊胆战被震慑住呆若木鸡不敢再发狠，赶紧听到警告后逃命。平时作为正常电筒光源使用可以照射很远，光源范围可调节大小，所到之处清晰如阳光照耀下的白天。以后孟浩远有事情他会带在身边防身，它就放在副驾驶位子上的双肩背包里，遇到紧急危机在迫不得已有情况发生时可以自防。有了它再加上自己体内超级雄厚异常强大的气流场，稍稍运用绵拳动作呼出气道，所到之处与人格斗也完全足够可以击倒任何强壮的武者。想到这里心中笃定无惧一股豪气升起。

开着这辆租借的黑色 SUV 越野车汽车，性能很好马力也强大，在经过天坑公园地址时，边上的那家上次曾进去过的服务区里面，今天不知为何商店没有灯好像已经关闭。汽车进入后发现服务区里面除了外面有几盏竖立着的路灯开着，商店里没有灯影和光线。只有加油站可以自助加油，周围和边上有灯，灯火通明里面也没有几辆车在加油，只有四个身材高大的卡车司机在给两辆长途卡车加油，司机正站着休息，其中有两人脸上蓄着大胡子，远看相貌有些粗犷凶狠，这种状况让人心慌。孟浩远细心地观察后决定赶紧离开免得出现意外，倒不是害怕他们，是今晚自己有事，不想惹上不必要的麻烦。很快刚进去转了一圈后驾着车开着大灯踩着油门发出提速的响声快速离开加油站后驶入四号州际公路，正在加油的司机也有些意外，仅有一家加油站明明是进来要加油的车，见他们在因为害怕连油都不敢加逃跑似的驾车走了，两人相视后笑了起来。服务区出来就是这条唯一进出来往的四号州际公路，在服务区左前方几十米边有一条道，里面是上次在这里停留时专程进去看的巨大天坑公园。现在是夜里周围无人，从车窗望向它的方向看过去，那里黑洞洞的有冷风带着响声不时吹过发出呜呜的响声。此时一个人在车里感到有一丝莫名的恐惧。公路两边依然是死一般沉寂的，除了有风刮过的刺耳响声没有其他的声音，只有自己的车开着远光灯照亮着前方路面，可以看到前面远方的是延绵无止境的长路，偶尔有几辆车在对面车道开着过来，从远处过来向城里快速行驶别无其他。孟浩远平复一下心情专心地一直开着车，打开车载收音机播放着音乐听起来，优美的音乐声转移自己因为荒漠之地在黑夜营造出来的恐惧气氛。忘了身上的疲劳很快汽车又行驶了二十多分钟，此时时间已到了深夜十一点多，导航软件发出的语音提示已到目的地附近。

孟浩远将车停靠在四号公路朝南方向的路边后走下车观测起周围，眼睛扫视一圈后目光注视着南方，前面是一览无余的沙石地空旷无际，最远处南面有一群山体相连的群山，就是南洛基山，山背面是一条墨脱西里河流经，河的两边有各种高低不一的树木生长着，地面是草地。上次白天看到的情形和现在晚上黑夜中看到的感觉完全不一样，视线被山林阻挡住。他心里估计如果秦到来，为了不被发现最可能的降落地点可能就在山的背面。已经是深夜远处已是一片黑夜，不过自己通过秦送的那副神奇的眼镜即使在黑夜中还是看得很清楚的，而且可以看得更远，在夜间看清楚周围所有呈现在眼中的环境物体。在这空旷的夜间从很处远看还是第一次，看得如此清晰让孟浩远感到这幅特殊眼镜的神奇。秦送给自己的东西都是非常有用极其珍贵的，是含有阿勃特星超前科技的特殊装备。他仔细观察起周围没有发现什么，公路两旁空旷无人更无其他物体，只有四号州际公路上一直有几辆卡车来往驶过，很快车灯越来越远消失在黑暗中。他们也没有在意此时路边有一辆车，还有一个不知道天高地厚的莫名奇妙的人奇诡地站在路边不知看着什么，或许让他们看到了害怕赶紧开车驶离为妙，有的车经过时鸣了几声汽车喇叭善意提醒孟浩远。

孟浩远发现秦送给他的这副眼镜还真不一般，除了他已经知道的戴上后具有眼镜所见记录下来的强大功能外，根据自己大脑思维想法它会主动跟随所看远近目标可以不断矫正修复直到目视物体看得更清晰，超视距看得更远，普通人的视力无法达到更远。黑暗的夜里这里周围更加黑，为了可以看到秦到来，发现其中一些细节，他提前了一个小时到达，然后认真地观测等待。

那副眼镜使用恰到好处，黑夜没有光线，它还具有夜视功能，戴上它后用眼睛看出去十分清楚，心里暗自称奇，眼镜也许也许还有其他自己不知道的强大功能。他不断地想着希望观测着前方和目标，眼镜根据自己的思想会自动调整直到观测清楚，真的太好用了。慢慢自己已经十分熟练地观察着周围情况，看清楚周围的情况后的孟浩远已经不再感到黑夜的害怕反而有些兴奋起来，这样的话如果秦他们此时出现就可以清楚地看到秦、汉他们到底是从哪里来的，也许可以看到他们是怎么到来的。

他认真地观测一段时间后注意力集中在路左边的前方正好是偏朝南的方向，他已经判断他们可能从前面山后树林的某个位置落地，前面有群山连绵数里，还有一条河穿越树林中。他在地图上查到这是很宽的河名叫"墨脱西里河"，山好像叫"南落基山脉"，山后和"墨脱西里河"的附近是成片的原始树林，四号州际公路的右侧北面全部是空旷的平地。想到这，孟浩远走上车将 SUV 越野车往四号公路左侧前方"南落基山脉"后面的树林方向，直接在沙石硬地上慢速开进去，汽车在碎石沙土坚硬的地上直接开着，轮胎碰到地上高低不平的碎石发出咔嚓咔嚓的阵阵声音，开进去二十分钟左右时间，一路颠簸然后停车。这里离前面的"南落基山脉"和"墨脱西里河"还有一段距离。孟浩远不敢直接开到山后面的树林去，前面一段路更加难开，再朝南前面有树林已没有路。另外考虑有些远离见面坐标位置，不容易和秦相互马上找到。他将车就停在山脚附近，这里前面可以看到树林远处，后面可以看到四号州际公路，走下车将车上的野外帐篷拿出来用工具开始搭建固定在地上，里面铺好垫子和睡袋等物品，以防万一有人突然过来看到，正好作为他在野外野营的借口。

搞好了帐篷孟浩远才感觉有点放心，一旦碰到有人过来查询可以说自己就是一个独行旅游爱好者，前面不远就是"南落基山脉"和"墨脱西里河"，来这里考察应该说得通。汽车开着近光灯，否则全部都是黑暗，正对南面前方的树林，旁边上是帐篷，忙碌半天后他站在车旁一直警惕地环视着四周，尤其是前方树林中某处预感可能是秦的飞行器会降落的大概方位。

不知不觉中时间已经来到了晚上十一点四十七左右，孟浩远此时身子正对着树林中全神贯注地看着，突然他发现在西南方向的天空中正有一个很大的呈长椭圆形的物体，以极快的速度在飞行，它的尾部拖着一股白色火焰犹如天空中的彗星划过天际。由于速度飞快飞行时它的周身包围着一圈圈白色的光晕像是被一层白云裹住，正好遮挡了孟浩远的视线，无法看清楚那个快速移动的飞行物体，听不见它的声音，那个带着气晕在周围的物体非常灵巧，一瞬间没有了影子消失在树林中。由于距离有些远，物体的大小一时无法判断，就是一瞬间的事，如果没有一直盯着看根本来不及反应。孟浩远心里扑扑地跳得飞快，眼睛还在目不转睛地一动不动一直盯着前方，心里因为突然出现的奇特一幕兴奋激动起来。

难道刚才在天空中突然出现的那颗一闪而过的飞行物体是秦他们已经到来了？心里计算着这个时间就是和秦他们约定见面的时刻，不应该还有其他不明飞行物体突然降临的，眼睛仍一直盯着前面看山后面到底有些什么，此时一片沉寂。这样又过了大约二十分钟，孟浩远突然发现前面树林中有声音由远而进，踩在树林中地上发出压碎树枝和草的声音，夜晚时刻没有其他声音，静悄悄的，所以有声音发出很好分辨听得清楚。慢慢走出两个人影，因为距离有些远被树林遮挡看上去人影时有时无。孟浩远戴的眼镜发挥了作用，可以看得清楚之间有两个人影头上都带着一副头盔，黑漆漆的看不到里面的脸，他们正边走边不时地转头四周张望，警觉地注意观察着周围情况，然后目光注意着孟浩远车灯发出的亮光处，还有汽车旁的帐篷。两个人影一个略高一个略低，正向着孟浩远停车方向走过来。突然孟浩远听到四号州际公路上往墨西哥方向有经过的卡车按了几声喇叭好像是在提醒，卡车的喇叭发出声音很响所以很远也听得清楚，此时一高一低两人正在走过来停顿了一下，反应极快马上趴在地上。他突然醒悟过来，此时自己的汽车灯打开着近光，四号州际公路驶过的车辆往西方向看山脚下，应该可以看得清楚，尤其是山脚下只有自己这里一处亮着车灯，或许是可以从很远就看到的特别的一个点位，只要经过这里其他周围又别无所见，视线一定顺着孟浩很远的车灯光看过来，看一眼就会看到远处有汽车和人，也一定会看到此时从灯光更远处走来的两个若隐若现的影子慢慢在移动走过来，而且头戴着头盔身穿着特殊统一服装，一定会让人害怕吃惊的和特别引起注意。于是他赶紧上车关灯，一下子黑暗无比，心中暗想自己差点误了大事，太不应该了。卡车已经开过，很快消失在长长四号州际公路。刚才卡车司机一定是在提醒自己不要停在这里十分危险。孟浩远一直继续站着看他们两人慢慢站起身又开始走过来。此时他们走路的姿态已经让孟浩远顿时高兴起来，确定无疑一定是秦和汉，用手在黑暗中不停地挥舞起来不管他们是否看得见自己。他知道即使在黑夜中，秦和汉也可以通过他们的头盔看清楚自己，边上还停着一辆汽车，旁边还有一个帐篷。心里更加激动高兴起来，每次与秦和汉见面看到他们的到来都很兴奋激动。这次在美国的这处荒山野地，这样的深夜四处更是一篇漆黑，周围空无一人，唯有四号州际公路上驶过的汽车闪着灯看得清清楚楚。周围的情况让人有压迫感和有点害怕，太神秘莫测了，今天看到了他们的飞行器快速的飞行落地还是第一次。兴奋的是，可以再次看到来自阿勃特星球的不同寻常的老朋友了，地球上目前只有自己作为第一人看到过他们，还没有第二人知道和接触他们。害怕的是，在这荒山野地人烟全无的地方，他们两人的装束突然出现在眼前，而且是从深夜的山后树林中悄悄转瞬出现，脚上的皮鞋踩在碎石上发出嘎吱嘎吱的响声，如同神秘的两个鬼影一般。

远处的两人慢慢踩着高低不平的一段山脚下的沙石路向孟浩远站着的方向走来，花了二十多分钟的时间才走到孟浩远车旁。此时孟浩远尽管已经判断出从黑暗中走过来两人是秦和汉，但是心里还是咚咚地加速乱跳起来，站在面前的两人穿着深蓝色的统一工作装，带着乌黑的头盔，发出令人可畏的寒气，直到两人先后脱去了戴在头上头盔露出面容，果然真的是秦和汉他们。孟浩远依然不敢开车灯，好在自己的眼镜可以看到到他们。看来山后面高速划过的那个物体应该就是他们降落的飞行器，从那边到孟浩远的停车处距离还是很远的，从他们走路的速度和时间判断大约距离五公里。

孟浩远激动地冲上去与秦握手然后与汉握手，说道："秦，汉。真的是你们，总算等到你们了。"秦见到孟浩远这么激动高兴，开口说了一句意味深长的话，说道："孟浩远，你好！你可是提早很久就到了这里。刚才差点误事啊。"孟浩远心中一惊，我早到这里他如何早就知道？刚才开灯一幕，确实不该。而刚才四号州际公路上经过的卡车看到这里的情况确实是没有考虑周到。说道："怕你们看不到我在这里等，所以开着灯，其实……"他没有说下去，他想说的，其实没有灯你们也会看得到我在这。秦说道："孟浩远你办事一直很细心，以后千万不能忘。一个小的疏漏会出大问题的。"孟浩远有些歉意说道："是的，以后不会出这样的问题。"秦说道："我相信。这次选在这里见面，你遇到什么困难吗？"孟浩远心想我是提早不少时间就到这里等的，所以看到天空中划过的一道物体飞行痕迹。他又是怎么知道的？嘴上却说笑着说道："秦，汉，你们好。又见面了，我一直很期待很想你们啊，所以才兴奋地提早就到这里了，还怕你们看不到我，所以专门开着车灯，唉。刚才看你们两人全副装束地从黑暗的树林深处走过来，而且脚踩在地上发出嘎嘎的声响，深更半夜里突然出现，我心里其实有点害怕的，万一不是你们那就有大麻烦了。特别是选择在这里见面，的确有困难的。要知道这里不是中国，是在另外一个国家美国，距离中国已经太远了，即使坐我们的飞机也需要很长很长的时间，这些你们可能还没有概念。"秦一听孟浩远说他来这里确实存在一些困难，他们有飞行器在地球任何地方都是很快准确无误到达，而且速度非常快。说道："噢，你是说你从中国来到这里已经是另外一个不同的国家，而且相距非常远，有困难是吗？"孟浩远怕他还是没有概念开始解释道："秦，我们人类地球上有很多的近几百个不同大小地域的国家组成，分布在不同的洲，地域广阔。上次你到的地方是在我的国家中国，每一个国家内部分很多个地区划分，一个人在自己国家出行还算方便。这次你选的地理位置不是我的国家中国，而是在另一个大洲是另一个国家美国，它离我们亚洲中国实在是太远了，坐飞机飞行也需要非常长的时间。要知道我们地球上一共有一百九十多个国家，给你提供过的地理资料内应该都有。"秦点点头说道："我看过，你说的我都明白。"孟浩远说道："一个人他要到每一个国家都要获得他们国家的签证审批的，不通过是没有办法过来的，这就需要花很多时间。这次还好有美国的学校正好邀请我来交流，所以就凭邀请书通过了签证，正好找机会过来，否则倒是有困难的。"秦思考着说道："噢，原来是这样，你说的我很明白。你们地球上的管理和我们阿勃特星管理方式确实不太不一样。你也看过我们阿勃特星的有关地理资料吧。我们是一个联盟，你说的地球上的那种一个一个的国家组成是有边界划分，我们也有，但每个人都可以自由出入，因为整个阿勃特的发展基本都是差不多，每个地区占有太多太大的地方和资源，所以根本不用再去争地盘和资源。"

孟浩远听秦说的阿勃特星地理自然分布资料介绍，其实他没有细看，只是了解一下就记在脑中了，他着重挑自己最感兴趣的科技领域和基础科技理论进行学习消化和优先研究。现在听秦介绍阿勃特星球的管理模式不同，有点惊讶，说道："是的。我学习过你提供的阿勃特星介绍资料。不过我不太明白是怎么回事。正想着向你求教呢。阿勃特星这样的管理方式，那不会造成乱套吗？"秦说道："当然不会，我们就是这样的管理，运行很好。好了，现在我们不讨论这个问题了。孟浩远你上次提供的地球上的各种书籍资料和植物农作物种子，这些东西对我们了解地球很有帮助，那些植物种子我们按你提供的种植方法已经在我们的另一个中继星球上开始研究培育了，生长很好，这是非常有意义也很有价值的事情。"孟浩远一听秦已经在研究这些植物和农作物种子说道："噢，太好了，你们的研究一定会更快捷，很快会全部掌握的。如果地球上的种子可以在你们阿勃特星球上生长，说明它的适应性或者我们地球和阿勃特星球的环境都是相类似的。这个研究意义非凡。你们让我每一次见面每一次谈话都很有收获。我希望如果能有机会找地方坐下来我们好好地多交流一下该多好。可惜每次都是匆匆忙忙来了，又急着离去太遗憾了。每次就是时间太短了，我其实有太多的问题想问。"秦和汉相互看了看微微含笑。他们喜欢和这个聪明好学心直口快不遮不藏的年轻人交谈，他让他们放心。孟浩远继续说道："噢，对了。秦、汉。这次我在美国又采购了你们需要的东西，里面有清单和种子作物生长培育的说明书，所有东西没有和以前几次重复，每次我都做好记录的。你们回去检查一下是否符合要求？"说完孟浩远走到旁边停着的车打开后备箱门，汉看到箱子露出欣喜的笑容，也跟着过来帮着孟浩远一起搬下两个行李箱。孟浩远接着又打开车的车后门从座位上去取下两个箱子，又从车上拿出一个袋子，里面装的是他在中国安吉时看中求购的老章竹刻艺术珍品——竹刻板"八仙巡游图"，然后拿出身上口袋里的那个五棱黑色短棍，握在手里打开电筒模式特意调至微光，然后低身躲在车一侧，自己身子背对着公路，这样公路上行驶的车辆在黑夜中是看不到的，打开后露出一点光，就着灯光当面打开让秦和汉看，又特意介绍了其中典故和寓意。秦和汉听着孟浩远的介绍非常高兴，秦说道："孟浩远，谢谢你，想得很是周到。还专门带了这件非常有意义有艺术美感的作品，我很喜欢。你们地球上还有这么历史悠远美丽的故事传说，这么精美的艺术品里面还深含着寓意。"孟浩远说道："秦、汉，你们能跨越茫茫浩瀚无际的宇宙来到我们地球，穿越星辰世界从不同的宇宙空间区域在探索考察，就像是八仙神游在天空中一般。"孟浩远这么一说更让他们俩喜欢，这个说法很契合他们的宇宙探索研究。秦说道："孟浩远，你考虑得很周到，很用心啊。你是我们信任的地球使者。好吧，谢谢你啊！我们这次来也给你带来了你所需要的东西，希望可以帮助你。特别是你需要了解的我们阿勃特星的一些科技文明发展的资料、基础学科研究资料、有关科技论文研究报告等，我已选了一些带来供你好好学习掌握理解，对你们地球一定非常有用，切记，这件事不能说漏。一切的成果研究都是你这个聪明的使者自己研究发现创造和悟性使然。无论是谁，或者信与不信，他们都在你的智慧之下，只有你可以做到。这些资料你需要抽空研究消化的，科技上的进步靠一个点上的突破还不行，要靠整体社会的进步，所有相关的整个产业链一起都达到先进才会有用，一个点上的先进只是研究性的启发性的，你不要急慢慢来吧。"孟浩远此时内心无比激动，秦太知道我的想法了，我就是希望更多的掌握阿勃特星的科技文明技术，他就特意为我准备这些，还提醒自己。他讲得很对，高兴地说道："秦，你放心吧，我会努力做到的，你提供的资料都是无价的极其珍贵，非常谢谢你的帮助！"秦听后点头，对着汉叫道："汉，你和孟浩远互动一下，把所需的资料传送给他吧。"汉一直很低调，不太说话一脸的严肃，听到秦的指令说道："好，我现在与孟浩远交接一下。"说完拉着孟浩远说道："孟浩远我们坐你的车上，坐着方便一些。"两人上车，汉拿着自己的专用头盔对孟浩远说道："孟浩远，不用害怕，这是我的头盔，给你戴在头上，智能超级头盔里有大量秦挑选的各种资料可与你脑中的超级智慧芯脑进行传输，接收需要花几分钟时间，将你所关心和需要的资料传递给你，我来帮你操作。"
说完汉将头盔给孟浩远戴上又在头盔上操作了一番。孟浩远明白原来要将更
多阿勃特星的科技资料和基础研究资料通过头盔传递到我脑中植入的超级智
慧微光子芯脑上。太让人激动兴奋和不可思议了，这些可是地球上还没有的
极其超前先进的科技资料，各种基础理论研究资料，都关乎地球的发展进步
和以后跟在阿勃特星发展后面提高地球文明科技。它真的是无法衡量，是无
价之宝，太珍贵无比了。这次收获真是太大了。秦曾经说过要让孟浩远成为
地球最聪明的使者，看来他们已经十分信任和看准了孟浩远这个聪明又实在
的年轻人，要提供给他阿勃特星先进的资料了，全方位的要让他成为超级聪
明超级能力的人。汉帮助孟浩远戴上头盔后，孟浩远默默地坐在车上的位子
上，微微闭上眼放松精神安静地坐着，外面的声音什么都听不到。睁开眼也
看不到什么，已经设置在静默传输中，孟浩远只能闭目养神，身体本身没有
感觉什么特别不适，只是感觉自己头脑中闪现着无穷的思想，大量地球极其
需要的未知的知识在不断地归集、总结、分析，快速地传输，此时意识行驶
在大海里遨游，宇宙中飞行。头脑中突生一股智慧源泉在不断地清晰地涌现，
自己的大脑和脑中另一个生物级别的超级智慧微光子芯脑在自由地连接焕发
出无穷的知识源库。原来自己感到有太多的不熟悉的领域专业知识，现在都
可以明白和熟悉，已成为自己的一部分，自己脑中智慧的火花蓬勃而出源源
不断，依靠自己的思维会主动寻找知识点然后打开，将详细的数据论点崭新
的理论——描述重新记忆在自己脑中，现在自己有着有强大的知识储备。

　　大概过了七八分钟时间，此时孟浩远感到头盔处于静默状态，传输应
该已经完成，准备取下头盔时，汉赶紧走过来，查看孟浩远的头盔，看到输
出完成信号后取下头盔，拿回到自己手上。秦和汉两人都目光注视着他，他
推门下车说道："谢谢秦，谢谢汉。"扫视周围自己准备的四个箱子和礼品
已不见了，地上突然出现的是秦他们这次带过来的三个中型阿勃特星的智能
化箱子，比上次的要大一些，和地球上任何品牌厂商生产的箱子明显不同，
样子和颜色也很不一样。孟浩远心里一阵狂喜，刚刚汉给自己传输了大量阿
勃特星球的高科技资讯、资料都极其有用，随便哪一方面都是地球最先进还

没有出现过的。自己非常感激，现在看到还带来的三个箱子又是一阵欣喜。那里面一定是地球上绝无仅有的珍稀钻石和其他资料，绝对是无价之宝。他倒不是见到这些价值无可估量的钻石而喜，而是感到秦和汉太用心了，每次远航都会不厌其烦带来这些地球上最需要的宝贝，三个箱子已经不轻，这么重的东西通过他们在宇宙探索飞行器带到地球来这是什么代价和心意？这是秦对自己的信任厚爱。同时他感到惊叹，这么大量的数据，传输时间很快就完成这是什么速度？同时在这期间给他们带来的四个箱子也已悄然不见，说明就在这短短的七八分钟内秦和汉就已经用不知道用什么方法将它们完成搬运。实在太快了，他们是怎么做到的？

秦看孟浩远既惊讶又高兴和疑惑的表情变化，认真地说道："孟浩远，刚才汉已将你关心的科技数据信息资料通过头盔传递给了你，你现在已经具有我们阿勃特星高等级授权后给你提供的一部分阿勃特星的重要资料、论文和数据，这些论文和资料是特意为你挑选的，你们地球上应该还没有，这些技术比你们要高出很多很多代次。你回去后好好消化吸收慢慢研究，以你现在智商和能力很快会领悟的。要知道浩瀚无垠的宇宙我们阿勃特星身在其中，就像是一颗微小的星尘渺小孤独寂寞，一直在寻找宇宙中其他文明和有生物生存的星球，能够发现地球和你们生活的太阳系环境在一个不同宇宙空间中，使我们不孤独，我们在宇宙中不停地探索寻找发现更多的文明。浩瀚宇宙存在我们还需要探知的无数复杂的宇宙空间，它是我们星球文明的共同家园，我们希望在不同宇宙空间不同星球存在的地球，能够和阿勃特一样进入到更高级的文明。孟浩远你放心，我们不会对你们地球唯一的家园有什么想法，所以不用害怕。你要知道一个我们探索发现事实，那就是宇宙世界存在着不同宇宙空间，每一个空间包含无数星系，如你们生活的银河系太阳系，月球、太阳、地球等等恒星卫星更有其他数亿万颗星球，实在是太浩瀚了，它永远没有穷尽，人类无法想象。我们一直在探索，越是深入越是体会到我们生活的星球在宇宙中实在太渺小了，它只是某一个宇宙空间中某一个星系中的一颗尘粒。我们阿勃特星球比你们地球大 38.3754 倍，它有二十二个巨大的海洋，占阿勃特地表面积百分之六十四，还有无数的河流分布在各个地区。按照你们地球划分，我们阿勃特星有十三个不同区域的大洲组织成联盟体，有九十几个像你们所说的国家，每个国家不设防，相互开展高度的合作，整个地区国家需要社会共同进步。这些基本的情况你可以在给你资料中了解更多。"

孟浩远马上头脑飞速运转思考，很快秦说的都在脑中确实如此，阿勃特的基本概况都已经十分清楚。秦看到孟浩远在听到他介绍阿勃特概况后马上点头，说明他已经在脑中发现。他的眼睛仍旧一直专心地盯着他没有说话怕打断他，秦接着说道："我了解地球的概况，你们地球各国要设防，地区和每个国家发展也极不平衡，富的国家制定所有经济贸易规则，出于私利优先考虑本国的利益，因此贫富差距大，而且一直经常性地出现你争我夺，都是为了掠夺资源引发了战争，战争的发生对地球和全体人类是灾难和毁灭。这样的方式继续下去地球终将会被掏空，地球没有了原来自然状态的基本平衡，迟早会失去人类生存的环境，最后可能还会因此而被人类毁灭的。"孟浩远凝重地点点头，秦说到关于地球情况分析是从另一个星球人类的视角来客观分析，显然更加深刻和有道理。地球在人类生活进程中一直处于无限的开发。地球海洋中、地下的能源和其他所有资源，破坏已经相当严重，无穷无尽的开发，甚至为争夺资源而引起战争破坏更加剧，已失去地球人类创世前自然形成达到的一种平衡状态环境，所以地球终将会毁灭，地球文明将消失，没有人可以阻止。孟浩远越听越害怕，秦得到地球的有关资料以他外星球人类的视角来分析竟然是如此的结论，透着悲观惋惜。深深被震撼住无法反驳他，所以沉默没有说话，他是第一次听秦对地球的看法说得这么可怕，为什么今天见面会对他说地球的事，而且是有关地球最后的命运。听得他震撼不已，希望更多的继续听秦说，孟浩远脸色严肃非常认真地在听。秦继续说道："孟浩远，我们希望你能够通过阿勃特星的文明传播提升地球的文明科技发展，如果让地球以后能超越你们现阶段的文明，关键是地球上的国家懂得合作，共同发展治理可能会更好。你明白吗？至于偶然间联系上地球又接触到你，这是我们宇宙间探索的偶然一次千载难逢的机遇，当然从漫漫长河在宇宙浩瀚中探索发现地球这也是必然，不过是迟早的事。因为你我们提早联系，对地球可以早发展，共同面对复杂的无法以现在人类认知能解决的问题，对地球是有益，对阿勃特同样有益，特别是你提供的植物种子很有价值。你聪明冷静敏锐沉着又很年轻，身上有很多特质和我年轻时相似，所以我信任你，我们彼此共同珍惜。"

孟浩远第一次听秦说这么多发自内心真实想法的话语，很多是关于对宇宙世界的描述分析，让他听得心里发凉，难道地球人类认知的所谓宇宙和阿勃特探索发现的不一样？宇宙是什么？如秦所说他们发现是有不同宇宙空间存在的一个无穷无边的无法用言语描述的自然物质世界。没有可能用地球或阿勃特的理论来定义宇宙大小、时间、空间。它是有不同的宇宙空间组成一个所谓人类所说的宇宙？人类对宇宙的概念定义是不是应该发生根本性的变化？自己思绪绕来绕去似乎有点了解了，又似乎突然觉得越来越复杂，没有明白什么是宇宙？顿时脑中不断涌现仿佛浩瀚宇宙在他脑中浮现又不断地在穿越无穷，头开始有些大了。秦对自己的认可消除了自己还存有一丝的恐惧，害怕自己成为地球的罪人，只是被阿勃特人利用提供地球各种植物种子和各种基础资料书籍介绍地球状况，对于地球来说是坏是好当时真没有底，当时只是考虑以阿勃特的先进科技，即使不是自己与他们主动联系上，他们也会最终会找到地球，还会找到地球其他某一个人来当使者。由于他们的发展和文明进程高出地球无数代次，阿勃特星的自然环境远比地球更加的丰富和适合人类家园生活。所以他们并不会对地球有想法，甚至带来争夺而毁灭地球。其实最终毁灭地球的恰如秦分析的是地球人类自己，一直对地球的过度无止境的开发破坏和战争破坏。自己原来刚刚第一次与秦相识心里存有的戒心和警惕、怀疑，和对秦和阿勃特的一直有的担心和想法显得自己格局太小了，内心突然感到汗颜。实际上秦他们根本可以不需要我们地球，只是在浩瀚宇宙探索中了解和发现，只是令他们惊喜的是宇宙中竟然还存在和他们阿勃特星生存环境类似和相似的人类，这个探索发现感到意外和高兴。而我们地球却是真的很需要阿勃特星的帮助，提高地球的科技发展，原来如此，秦对我的认可真是让人深受感动，也让孟浩远更加的尊重他。

看到孟浩远本来神情认真而严肃，一直在认真倾听自己的分析，但是刚才自己说的一番话后他的脸上的表情开始有些激动和兴奋，秦继续说道："孟浩远，你收集的地球植物种子，我们要建立种子存贮中心和培育中心。我们需要在发现适合动物和植物等生命的其他星球上去种植、繁衍，延续生命的研究。我们发现了地球，以及在周围探索和发现了其他宇宙文明，我们有目前最为先进的科技支撑，可以走得更远，到未知没有达到过的宇宙中去跨过不同宇宙空间，也在不断发现。希望通过你让地球的文明程度能够提高，逐渐靠拢我们阿勃特星的文明。我们只想帮助，地球是在茫茫不同宇宙空间中我们目前唯一发现的有人类生存的星球，这很有意义，证明宇宙中还可能存在其他星球文明，还有其他人类存在。告诉你孟浩远，我们阿勃特根本不会担心地球，要知道我们两个星球之间的发展和文明程度差距起码在两千八百年左右吧，这是个什么概念？孟浩远你可能不知道，你将来会逐渐明白的。我们阿勃特星球的资源已经足够丰富，科技足够先进。如果以后在其他不同宇宙空间中发现超越阿勃特星球地新星球时，希望我们可以接触合作，宇宙那么浩瀚巨大没有边际，我推测在遥远的无穷的宇宙空间中还有如我们一样的地球、阿勃特星球和其他人类生命存在，只是目前我们彼此没有发现对方。我认为宇宙浩瀚无际，足以容得下我们所有文明和星球、人类生命共同存在于不同的宇宙空间世界中。"孟浩远经秦这么一番肺腑之言，说得他内心感动心情激荡心潮澎湃。原来秦是这么想的，这一次秦讲得很明白了。自己原来以为身上具有的使命感仅仅是为了地球更好发展更好生存，在拼命争取获得阿勃特星极其先进的知识以求发展地球。现在听了秦的话后又加之于脑中传入大量阿勃特科技等方面的资料，自己的想法渐渐地超越了几个层次，渴望将来有朝一日可以和秦一起参加到他探索浩瀚无垠神秘的存在不同空间的宇宙中去，也更加渴望某一天能够访问阿勃特星球。

　　孟浩远正沉浸在兴奋激动和联想中，此时汉手里拿着一个精致的金属盒子走过来，对着他叫了一声并摇摇手说道："孟浩远，还在思索中？嗨，你看这是给你的金属短棍防身器使用匹配的微型超级核电池，这次又带来两块足够你使用多年的。电子激光器中的电池使用完后可以更换，旧电池不要随意丢弃，到时候收着还给我，如何使用我已经告诉你，传输给你脑中的资料里也有，你回去后想一下就明白如何使用、保存和有关要求了。这种电池只是平时只是作为普通照明使用的话，使用二十年或者更长都没有什么问题的。这次还是带来两块作为你需要时的备用件，一定要好好保存啊。你大可以放心，这是没有污染的一种清洁超级核电池，盒子上有密码都是和你密码匹配一样的，除了你自己其他人无法打开它。”接着汉又从另外一个布袋里取出两大块形状不一呈暗黑色的石头件，然后小心地递给孟浩远。接过后拿在手上感觉有些沉甸甸的，分量不小，估计每块有四五斤重，大小稍有不一，一块略大一块稍小一点。孟浩远一下子明白过来，这和自己颈部挂的那块棕褐色石头应该是类似的，只是上次自己的挂件是褐色，这次两件是乌黑发着暗光。他用手指指自己颈部挂着的那块褐色石头问道：“汉，这两件乌黑石头是否和之前送我的这一件是一样的石头？”汉点点头说道：“对，你很聪明，我们叫它生命之源。它会对你身体极有好处。你一直挂在胸前现在有什么感觉呢？”孟浩远说道：“起初不觉得，只是感到它沁出一阵阵异香非常好闻，让人神清气爽不会感到疲惫。不过一直挂着，我逐渐感觉自己身体的精力越发的充沛，经络和血液气场明显感到不一样，感觉更加流畅在身体四周到处流动，比以前更舒服浑身有精神有力道，而且散发出非常好闻的一种迷人的特殊香味停留在身体周围，使人非常轻盈有劲身体也一直很好，从来不生病。真是一件特别珍贵难得的好东西，难怪称作‘生命之源’。”汉告诉孟浩远道：“是的，你只知道他的作用，这可是因为秦非常看重你，把我们阿勃特星球上发现的最珍贵的东西给你，我们阿勃特星球上也很是少见特别稀有，是在我们的一个中继星球上作为我们的基地研究勘探开发时偶然发现的，你现在身体内有超级智慧微光子芯脑会帮助你的体内循环，发挥作用。这块黑色生命之源和你身上的褐色生命之源来自不同基地矿坑，都是生命之源石对生物体极有有益处，它在外部可以帮助生物体起到辅助作用，使筋脉血液流淌和内气运转，恢复身体健康。这种褐色和这次给你的两块黑色生命之源石头都要比你需要的所谓你说的那些钻石不知道要珍贵多少，它才是真正的无价之宝。秦因为太喜欢你了，希望你身体保持非常健康长久在年轻精力充沛健壮状态，所以才不惜代价给你准备了，在我们阿勃特星球也是极其稀少的，很少有人可以获得。你一定要保存好，不要轻易告诉他人，也不要让人看到。”

孟浩远经汉这么一说后更是明白秦对自己是真的非常好，它记住汉的告诫，会按汉说得要求把这两块从遥远的阿勃特带来的无比珍贵的生命之源留着自己使用，好好珍藏起来。汉把它们放回布袋中，说完这些话汉又指着地上的三个箱子告诉孟浩远道："孟浩远，这是你所需要的钻石和小部分资料，你回去自己整理吧，以后我会每次都带一些给你。"孟浩远高兴不已，说道："谢谢秦和汉，太不容易了，这么遥远的距离，会不会给你们飞行器增加很大麻烦？"汉微微一笑道："不会，这些东西对我们飞行器来说不会增加麻烦，很方便，你不用担心。"三人站在车边开着微弱的光源，在交谈和交接，把这些事情交待完后，秦和汉两人站着走出几步面对西面四号公路附近又仔细地看着这里周围的地形，两人在不断地交头接耳好像在商量着。

然后两人重新戴上了头盔又四周仔细地在观测并不是商讨起来，看不出他们的表情，听不到他们在说什么。孟浩远猜测这样可能更加方便他们在夜间观测周围地形地貌特点，及时收集这里的地理信息。也有可能头盔内还有其他的玄机和自己不知道的奥秘，也或许为了避开自己。孟浩远不好插话只好站在旁边看着，不时回头看向自己背后的远处的公路，是否会有好奇的经过车辆发现了他们并停下来盯着看他们？还好四号州际公路上是陆续有几辆卡车开着大灯，孟浩远看得很清楚沿着公路急驰而过，没有注意或关注这里。这样大概又过了一刻钟左右时间，秦和汉两人取下头盔，秦回过身看着孟浩远表情严肃地说道："孟浩远，刚才我和汉两人在这里又仔细观测了周围的地形和环境，我们飞行器在下降落地时在空中也一直在扫描周围地形情况，汇总了周围数据。通过综合分析精确定位，我们刚才商量了一下，这里的地理位置和环境是比较符合飞行器落地所具有的多种客观条件，而且这里方圆数百里没有地球人类居住生活和生产开发的痕迹，已经有很长的历史年代了，在这里唯一的人类活动轨迹是后面那一条公路，路上来往车辆不多，而且距离现在我们所处这个位置很远，这个地方它比较适合我们作为联系的一个临时地点。所以我们现在有一个想法，打算可以暂定在这里作为我们以后相对稳定的一个联系地。"孟浩远听后顿时高兴起来，这真的是太巧了，秦有这样的想法，说明这里安全，南落基山就在这里，前面是森林方圆数百公里，秦这次刚才应该就降落在山南面的树林中某处。而我现在已经开始在美国读书和研究工作，自己希望能够把联系点保持一段时间在某处，真是不谋而合。能够保持联系地点确定在这里，对我无疑是更加方便了。其实自己也担心秦每次选在不同的国家地区见面，来回奔波是其次，关键时间上很难保证赶得上，加上每个国家需要签证等等因素，会对自己出行造成很大的困难，一旦碰上不确定的因素将无法按时到达，错过和秦再见面。现在听到秦要在这里设立临时一个经常联系点自然好，笑着说道："噢，对啊，我也觉得这里蛮合适的，是一个不错的地址。这里的地理位置很偏僻，既可以最大限度避开有人类活动的轨迹，也适合你们飞行器降落是吧？我看挺安全的，只好你觉得合适后可以考虑。"

见到孟浩远也是认可这里，现在孟浩远也是一个绝顶聪明的使者，脑中掌握大量信息，他的分析同样很有价值，认为这里比较适合飞行和降落。秦接着一说吓了孟浩远一跳。秦说道："孟浩远，你也觉得这地方是合适的，那你接下来要做的事就是想办法把这里，以前面南落基山脉为中心点，将方圆三十公里左右的土地都买下来以后作为我们联系基地。"秦说着把早已经准备好的画着线的基地建设地形图交给孟浩远说道："孟浩远，以后可以在这里建立一个隐秘基地。既要考虑周围保护缓冲区域距离，又要考虑这里毕竟是非常僻静地，还要试着作为一家企业研究或生产用途在这里建设作为掩护，才不会让人产生猜测和怀疑。你看孟浩远，提供给你的钻石是否能够买下它们建立基地？我们以后见面时仍然会继续带来你需要的钻石作为基地建设和购买种子、书籍等活动的费用。"孟浩远已经听明白秦和汉商量的想法，要求把这块荒地买下来作为私人领地，但为了遮人耳目，需要在土地上做些什么，比如开发和建设，否则引起人们的怀疑是必然的，这种荒地是没有人会买的，必须要有一个说得通的正常说法而不会显得很突兀荒谬。他一听忙说道："秦，你说的想法我知道了，接下来的事情我会去想办法咨询一下，关于按照你的计划在这里搞必要的建设研究性科研项目，当然主要就是作为掩护，其实是将基地建设好。后面的建设项目规划和购买这里的土地等一揽子事情，我会认真考虑，如果当地政府批准了我们的申请，我会去操办的，你放心吧。”

秦接着把他的想法告诉孟浩远说道："孟浩远，将这里一大片土地买下后，明着对外公开的是要建立一个科学实验研究中心和办公楼，以及进行土地探测科研，以后利用开发许可建立生产加工工厂，这是应对外界的需要。当然我们要真的要做一些工作，这样是最好的掩护，也许以后我们真的可以使用它。不过这还不够，如果在这里仅仅建立一个科学实验研究中心，具体不做点什么，在这里突然买地建楼让正常的人都会感到太奇怪了，反而会引起注意和怀疑的。人们会猜测为什么实验中心不建在交通道路和商业运输更加方便热闹的市中心，而突然建在这么荒凉偏僻没有人要的，而且无法生产也没有资源利用开发的荒地上来？而且为了这个项目居然会有人购买这么一大片没有利用价值的荒地，难道不会笑话或者奇怪吗？这里的土地是无法利用没有开发价值才荒废到现在的，从来没有人愿意购买这里的土地。土地无法利用开发，根本放着不做什么，就在这里突然有人盖上了几幢楼，对任何人来说都会感到太奇怪了，让人开始猜疑怀疑，那就不是好事。所以第一步只是先尽量多的买地，第二步需要在地上建立科学实验中研究中心，还需要增加一些在现场研究性的探测分析和生产作业。根据这里的地形地貌综合分析，我们在飞行到达附近时掌握的信息数据可以初步判断其实这里地下有些特别，也许可以用我们的方法检测出来有经济价值可用的矿石进行挖掘探测和分析，说不定存在一些极高利用价值的东西，只是你们没有好的检测仪器和方法。可以在这里进行研究性探测采矿，这就是非常合适的项目了。所以需要成立一个矿业公司到政府部门申请批准在这里科学研究的试采样品分析和开矿探测。这样做就不太会引起外界的注意，便于把这里作为相对固定你和我们的联系基地，以后联系地点在这里，可以保持经常的联系。

至于以后是否能够采集到有价值的矿石资源或者其他经济资源，我的分析是有可能的。当然即使没有发现有价值的资源也没有关系，毕竟只要在这里正常的工作研究就可以作为基地最好的掩护，以后就可以作为隐蔽的经常联系的基地。通常情况下探测矿石资源是会需要很长一段时间来研究的。

其实据秦的飞行器上极高的精密仪器在下降时进行全方位的扫描探测，已经可以初步判断这一大片荒地地区里有存在某种矿石资源的地貌特征和稀有资源回波信号，所以地下有资源的可能性非常大，只是用地球上的分析探测仪器和方法无法发现。以后等基地建立后慢慢地开展探测和实验室分析。听完秦的方案后孟浩远突然觉得其中的重大意义，原来这里的荒地无人愿意开发，是源于检测分析方法和先进仪器所限，根据秦描述的，这里地下应该有未知成分的矿产资源，孟浩远相信他们的先进科技飞行器在飞抵时除了正常避开地球上的所有监测，反侦测地球其他安全防卫屏障，还可以全方位的扫描地貌特征、地下土质或者矿石成分，从而分析得出科学结论。阿勃特星的技术应该是值得信赖和极其先进的。大脑中快速地思维检索起来，顿时觉得这个计划已经很大。这样的基地能够建立起来，有可能秦和汉或者他们其他阿勃特星球探访者，或许会在基地留下也有可能。不过对这个基地的建设一定要好好认真考虑，千万不能有任何的差错，其中最重要的是安全和防护。需要用心多思考不能出现任何漏洞，一旦有一点问题都是致命的。秦的想法让孟浩远兴奋和期待。

这个基地建设计划对孟浩远来说是他人生中第一次遇到这么复杂和重要的大型项目，更加让他十分用心，脑中思维已全部开启在活跃的思考。项目的实施不是一两天一两月可以完成的，也许一年或者更长，也许等项目基地建成后秦他们因出现的不安全因素，或其他突发意想不到的原因而停止作为一个联系基地，那就意味着白白浪费精力和花在上面的大量资金。不过这些已经不管他了，项目要实施第一个条件就是需要购买方圆三十公里左右的土地，这个应该很容易，这些土地没有任何竞争力，也没作为自然保护区而禁止出售。孟浩远判断在这里购买这样没有经济开发利用和价值的土地应该很容易不会太困难。第二条就是项目基地建设，要在这里公开建设科学实验研究中心，配套有行政办公楼房和实验楼等辅助楼房。这需要有一个有能力、高效、高质量的建设设计团队，尽管在这里建设有一些困难但是如果资金到位应该也不会存问题。第三条还需要成立一个矿产探测公司，并可以获得政府许可审批开挖地下的土地、石头，进行探测分析研究，因为附近有森林还有一条河流。最后其实是重点需要考虑的，那就是隐蔽的秦和汉以及孟浩远真正的目的，建成一个用于和秦保持联系又使常人不知道这里存在一个基地，那就需要设计构思。地表面建设收款中心和办公辅助楼房比较方便容易，真正的联络基地应该在表面看不到，那就是在地下，设计建成一个安全隐秘布局的，便于在地下就可以实现有安全通道进去、撤离并方便生活作息、联络监控等要素。以后基地作为秦、汉可能会常来的一个阿勃特星在地球上的特殊基地，使他们放心安全的能在这里隐藏起来而不为人所知。安全是他重点中的重点考虑的因素。好在从菲尼克斯城出来后一小时沿着四号州际公路往墨西哥方向全部是不毛之地，只有现在这里位置、地形、地貌特征在这里开始变化，四号公路朝南面是南落基山脉群山，群山再继续往南方向后面是一大片原始森林，树林多样而且有几种常见的树木特别的高大，树林中有一条莫脱西里大河穿流而过。基地选在沿四号公路边一直往南的南落基山脉这一片，靠近山的地方是基地方便进出，在山后面是树林，方便以后秦的飞行器降落，非常隐蔽安全，四号州际公路往来的车辆也不会发现。如果基地下有通道可以直接开车通行其中延伸到山后的树林中再出来，那就更加隐蔽悄然来去不会其余人发现。在美国有一个好处是私人可以购买土地，而且是永久产权人，在土地上可以申请政府部门批准后建设。孟浩远也想过如果这个计划秦选择在中国青海某处或者其他边远省的某处，首先会碰到的困难，就是无法购买土地，选择在偏远地区大量的建设一定会引起怀疑，项目就比较难实现了。美国这个州像这里的成片荒地没有利用价值非常多，所以它属于经济状况并不是太好的少数几个州之一。这一大片方圆几百公里都是蛮荒之地根本不会有人愿意买下来开发利用，因为作为农业种植、畜牧业不适合，作为商业更无可利用，作为工业工厂建设由于远离城市中心，运输成本和工厂招工都会受到很大影响同样不合适。只能这样荒废着。

美国制造业由于人力成本太高，基本都已经外移到亚洲各国。所以即使有少部分产业，工厂也更愿意在城市边上建厂生产，不愿意远离城市中心来这种地方投资建厂。秦的想法在其他人都不愿意来的地方恰恰适合作为一个临时基地。秦他们已经现场认真观测过这一片区域，空旷无人的地方，但是从这里开始离四号州际公路很远，有南落基山脉和山后的树林和河流，是天然隐蔽的屏障有很好的掩护，符合他们飞行器起降而不易被人发现，周围全部都是无人区更安全，建基地是可行的。

孟浩远听了秦的想法认真地说道："秦，你的想法让人意想不到。你的分析很符合实际，我觉得是可以做到的。基地建成以后我们可以有机会更多地在一起交流了。"秦又告诉孟浩远一些基地建设的具体细节和安全保密上的想法。孟浩远告诉秦现在自己就在美国一个大学边工作边读书，基地放在这里正好对自己有很多便利，有很多时间来这里。这次三人在山脚下树林附近谈了很久，秦谈他对于宇宙探索和对宇宙世界的认识还有对地球的看法，也谈到对地球与阿勃特星未来的期待。谈话间又突然谈了准备在这里建设基地的想法，都令孟浩远没有想到，他脑中一直快速地反应思考中，让他兴奋期待。最后两人又约好在三个月后老时间继续在这里见面。

秦和汉两人这次和孟浩远在一起谈的时间很长，其中有了新的想法还准备在这里建设一个临时基地，对这里地貌特征和周围环境的安全、飞行器降落和以后秦汉安全进出的细节要求等综合考虑，认为是可以试一试。这也是对孟浩远的一种十分信任和认可，方便以后接近地球社会现场考察了解地球的需要。

时间过得很快，此时在远处的四号州际公路上一直有来往的车辆驶过，从他们所处的位置看到很远的公路上有一辆警车，车顶上闪烁着十分醒目亮光的警灯在公路上驶过，应该是在正常的巡逻。在黑暗安静的四周特别的醒目扎眼。看到这情形，三人慢慢脸上严肃起来，秦和汉两人一起与孟浩远握手后准备离开，孟浩远眼睛仍然盯着他们的方向，无奈树林太茂密，一会他已经看不到他俩的身影，他们在黑漆的夜里朝南方向向树林中前行，没多久消失在黑暗的树林中。于是孟浩远赶紧抬起头一直注视着树林西南方向。突然他看到从树林中快速飞出一个形似一椭圆形的飞行物体，它的外面泛着一层亮光极其轻巧快速向西南斜冲升空后变轨向西方向的空中疾飞而去，转眼就没入云层无影无踪。如果他不是时刻盯着这个方向根本就不会发现，也没有听到飞行时发出的发动机应有的巨响声，真是神奇神秘的一种超级飞行器。

　　孟浩远明白现在秦他们还不想让他知道他们飞行器太多的一些细节，所以趁他戴着头盔正在传输大量信息资料时，已将他带来装物件的四个大箱子悄然搬走，同时又将给他准备好的里面应该装着钻石和阿勃特星部分已翻译成中文有关完整检测、分析和理论研究等重要资料的三个又和上几次不太一样的箱子搬了过来，速度非常快，十多分钟不到的时间，他根本还没有察觉到什么已经全部完成。一定是有另外的快速飞行物体以极其敏捷的速度瞬间从林中的飞行器位置到他们见面地点很快转运完成，一定还另有他人在一起完成。秦还从来没有说起过有关他们的宇宙探索飞行器的有关信息。

　　目送他们快速离去转瞬消失后，孟浩远也放下心来。他快速将发着黝黑亮光的三个来自阿勃特星装着珍贵资料和钻石的箱子搬上车，准备开车离开这里。他收拾起地上的帐篷等物品，一一放到车上正好遮盖在箱子上面。拿出一瓶水咕咚咕咚猛喝几大口水，又拿出一个面包吃着。这时他才想到，刚才只顾着听秦说话分析，自己被吸引住了，后来汉又帮助自己在传输资料和交待几件事情，一直没有空闲。等交谈商量基地建设设想即将完成时，因突然发现公路上有闪着警灯的警车驶过，怕出意外所以突然提前结束。他们悄然离开，早已经忘了把车上专门在商场买的一些食品和水给他们一起充饥和解渴了。拿出手机看了看时间，已经到了第二天凌晨两点四十了，在这里已待了很长时间差不多有两个小时了，肚子早就有些饿了。上车启动汽车掉转车头慢慢地在这片满是碎石的石地上小心地慢慢开着，车灯也不敢打开，一直等车到了路边转进四号州际公路才马上打开车灯继续行驶，此时身上没有感到疲劳，刚才匆忙间大口喝水吃了两个面包得到补充，身上有的只是轻松高兴，内心有的是兴奋激动。脑中还在想着刚才和秦、汉他们见面的场景和谈话设想建基地的事情，自己心里十分清楚都是事关重大，秦对自己的信任又增加了一分。

　　汽车在路上行驶着，一路回去还要很长的一段路程和时间。路上边开着开车边一直在想着刚刚见面时秦的想法，他们的飞行器，车中三个箱子又给脑中又传入大量资料信息，胸中顿生一股豪气。天地之间、阿勃特星、地球、秦和汉、宇宙、遥远纷繁无际的宇宙空间等等云绕在头脑中沉浸在兴奋中，自己好像在一直在做梦一样，一切都是那么神奇神秘莫测又好像有一个声音一直在呼唤自己，自己是唯一一个在不同宇宙空间间隔遥远的地球和阿勃特星的使者。

三

　　孟浩远带着愉快的心情，手轻握方向盘，脚踩着油门快速行驶，二十多分钟后就到了天坑公园，只见左边的服务区中闪着灯的一辆警车正停在加油站内，加油站内好像还看到三辆卡车和一辆小型汽车，不知道发生了什么。孟浩远本来想在那里停一下休息加油，但是他车上有三个箱子怕节外生枝，一查仪表油箱中的剩余油数和可以行驶里程数，完全可以行驶到城市后再加油，于是脚上加点油一驶而过，心里有些忐忑不安，自己的车如果被警察拦住检查，发现它车上有三个装着特别珍贵的钻石和资料的箱子，是打开接受检查还是拒绝？如果打开看到这些东西似乎没有办法来解释清楚，这就麻烦了，心中庆幸赶紧离开。在和秦见面的地方其实还是在山脚下，由西往东向城里方向汽车经过时完全被山遮挡视线不会看见，由东往西行驶经过时其实如果注意的话可以看得见所处位置，好在汽车灯关闭，在黑夜中不十分注意很难看清楚，不然那辆警车经过时一定会过来查询，自己还是没有考虑细心，应该将车直接再往前面开过去一点没落在树林中，在山的背面树林中等秦就是最安全的。

　　开出一段距离后又稍稍减一下油门让车进入巡航模式按规定限速开车，心中叮嘱自己此时不能有任何麻烦引到自己身上，还是规规矩矩的保持平稳开车。想起刚才和秦、汉的见面所谈到的事情仍处在兴奋点上，肚子里添了点面包和水后，顿时来劲了，开着车一路行驶感觉不到身上的疲劳，心里满是兴奋和喜悦。今天的安排都是非常顺利，接下来的基地建设如果可以顺利完成，以后真的可以有更多时间和机会和秦、汉他们有更深入的交流。自己

593

需要了解他们的东西实在太多了。车在黑夜里的四号州际公路上一直行驶，车的远光灯在黑夜里特别的亮，前方公路上在汽车远光大灯照射下，基本看不到其他的车辆，有车来是转换近光灯。公路上来往的车辆已经不是很多，路面上稀稀落落没有几辆车行驶，不过还是有车在交汇后往相反方向行驶经过。孟浩远心情也平稳下来，汽车转出四号州际公路很快进入市区的一条公路，看到有一个加油站将车转进后加满油，站在加油站外安静的修休息放松一下离开继续行驶。到了这里街上城市气息又回来了，周围街道的灯亮着，看到的是一幢幢的高大建筑物和各种商店，不过整个城市已经很安静。没有多久终于回到了酒店，这家酒店是孟浩远特意订的，酒店离四号州际公路出入口比较近，方便回来时很快找到，这样能节省路上时间。孟浩远事先计划好了，与秦见面大概所需要的时间然后返回路上时间，不过这次见面和秦、汉谈的时间有些长，安排住这家酒店起码比在其他市中心的酒店要早到半个多小时。此时他将车停在酒店外面的停车场内，现在的时间已经到了第二天的早上五点左右，太阳还没有爬升出来，整个城市还在睡梦中，显得很是安静，尤其是这家酒店是在城市的外围边上更是宁静。

孟浩远将秦带给他的三个箱子从车上搬下放在酒店门口，然后背着他的背包进入酒店内找到酒店内的一辆行李车，将箱子放上后轻手轻脚地推着车进入酒店。酒店门口此时已经没有服务员，在里面左侧大堂的柜台还亮着灯，有一位男服务员坐在凳上休息。孟浩远推着车放慢脚步快速经过进入后面的电梯区，电梯此时空着就停在一楼区，他推着车不用等待很快开门进入电梯内，然后乘上电梯到达四楼楼层，他的房间在四楼，电梯到达推着车转出电梯直接来到自己的413房间，麻利地将三个行李箱搬到房间，放下自己随身背包拿着钥匙卡后关上房间门，又轻声步行推着那辆行李车进入电梯内到达一楼后将车推出后仍旧放回到外面大厅的角落一旁。然后迅速回来重新乘电梯上楼回到四楼自己房间，抓紧到卫生间冲洗一下，他没有急于打开箱子查看一下里面的东西，他感到累了直接就上床睡觉，很快就进入深睡中。

第二天直到上午九点多时被外面街道上来往的汽车声吵醒，孟浩远才睁开眼打开手机查看时间，又平躺在床上想着昨天与秦和汉见面的事，一幕一幕还是在眼前清晰地出现。休息过后的孟浩远感到精神好多了，笃定地起床后烧了壶开水将自己随身带的白茶捏几缕轻放入杯中，用刚烧开的水慢慢冲入杯中，香味跟着热气冒出来，闻着更是神清气爽。

然后开始坐在写字台边的一把椅子上笃悠悠地从背包里取出买的面包点心当做早饭，边吃着边走到行李箱位置，三个箱子是一样的颜色一样规格大小属于中型行李箱，但是稍稍偏大一点点，它们做工特别精致体现高超的工业制造和工艺，设计明显与地球制造的行李箱不太一样，简洁好看像是一件工艺品，看上去令人喜欢特别，也与上两次带来的箱子有些差别。随手提了其中一个过来放在写字台上，看着这个特别的箱子拿在手上感到它的材质很特别，锁扣等箱子的附件看上去很是考究，它的功能应该和原来的是一样复杂智慧。孟浩远目前还不知道它有多少可以使用的功能。原来的箱子使用过，可以挡住如飞舞一般的子弹没有任何弹坑痕迹，可见其非同一般的硬度。用手抚摸着箱子停留后松开手，脑中反应起来马上可以与自己头脑中的超级智慧微光子芯脑匹配，放在地上试了一下，它同样跟着自己步行方向和思路自动滑行不用费力手推手提。可能还有其他功能呢，等以后在慢慢发现吧。

然后又把箱子放在书桌上，用手停留中间精致的锁扣处弹出锁扣他用密码打开箱子查看起来，密码是汉提供给他的，都是一样的符号加数字。其实不用密码只要孟浩远手按着自己的箱子锁扣处，智慧芯脑已经在搜索启动马上就可以开启。他脑中在思考这个箱子的密码或有怎么打开箱子的思维想法念头，头脑中的微光子芯脑会自主思考与孟浩远脑中所想连接，知道他的意图后会自动打开。微光子芯脑与孟浩远的几种特殊装备都是可以自我意识匹配启动特殊功能的，如全功能眼镜、五棱金属短棍和行李箱子等可以跟随他的思维呼喊就会自动向孟浩远所在位置运动直到停留在他身边。孟浩远现在还不知道如何使用发挥它们更多的功能，他输入密码先打开第一个箱子后看到里面是用一种布料缝制的袋子，铺满了整个箱子，每个袋子装的是一小袋一小袋的东西，粗略点了点数共约有 22 袋，箱中袋子的布料分三种不同的颜色，他打开其中一个黑颜色袋子稍微看一下原来每袋里面约装有二十多颗像鹌鹑蛋和鸽子蛋大小不一的钻石，每颗大小估计约在 13—22 克左右。在孟浩远看来这种规格的钻石在国际市场绝对已经是超级大钻石了，已经是非常大了。而秦他们眼中的标准，认为这样的规格是小的一种就是这样的？判断和计算标准完全不一样。孟浩远尽管不贪财但是眼前看到后还是心里不由得暗自高兴。上次秦带来的都是特别大的钻石，伯格曾向自己提出希望可以采购一些更小一点规格的这种孟浩远专有的钻石，现在由于这种稀有钻石出现后，重新达成了新标准等级划分，它当然归为最高等级标准的最高品质的钻石，其他市场上还没有出现过这种标准。伯格考虑到更小规格的钻石全世界各国购买的人群更广更多，需求量也更大。越大越高等级规格的钻石价格太贵，购买的顾客相对会更加少。知道伯格提出的想法后，孟浩远也不客气，他就专门跟秦直说了，需要带一部分小一点规格的钻石，说明小型钻石它还可以在工业制造生产上使用。现在孟浩远才知道原来在秦看来小一点规格的钻石也是在伯格和自己看来仍然是这般大的规格，嘴上不禁笑了起来，连连摇头感到不可置信，这太不可思议了。

孟浩远注意到箱子内细看之下其实有黑色蓝色和棕色三种不同颜色的布袋子，刚打开的是黑色袋子，然后挑选打开蓝色和棕色的袋子查看，到底有什么区别？原来蓝颜色袋子里面和第一袋里装的数量规格基本一样的，袋子里也有二十多颗的数量，大小不一，每颗在13—23克左右，仔细比较看钻石，一下子也看不出来有什么特别的不同。孟浩远判断可能是出产钻石所产的矿坑区和来源地不同，所以用不同颜色的布袋来装，或者根本就是一样的只不过随机用不同的布袋子装。暂时还不知道如果是不同布袋颜色装的钻石或不同来源品质上有否差异，下次让伯格先生来鉴定一下，他是这方面的行内专家，应该可以细分出来。还有第三种棕色的布袋子，孟浩远估计也是类同的就没有认真地打开仔细察看。他被袋子底下垫放在箱子里的一些资料所吸引，秦说过在汉的帮助下这次已经通过头盔传入脑中的是一批阿勃特星的基本数据和资料，放在箱子中的这些科技资料是一些更高一层完整的文献研究资料，如在地球上的每一个研究机构或者对于每一个国家来说，这样的研究资料就是绝密文件和情报。随手翻看起来印证了秦说的话，都是关于数学理论研究发展和化学研究发现，检测分析方法等高度保密有价值的资料，看得孟浩远心里怦怦直跳，尽管他已经知道阿勃特星的先进，但是还是大吃一惊真是又一次大开眼界，所有这些对于地球都太重要了。看到这些无比珍贵的资料孟浩远爱不释手十分小心，慢慢拿出整理起来，对孟浩远来说这些资料才是无价之宝，它比钻石更加珍贵，对地球人类文明发展和进步是有重要意义的。看着这些资料文献，孟浩远莫名的兴奋和激动，一下子沉浸在其中忘我的打开看了起来，终于把一部分资料快速完成阅览后记忆在自己的芯脑和自己头脑，然后轻轻放下，仿佛他已经看到阿勃特是一个怎样高度文明和先进的星球，他已经身在阿勃特在他们的社会中。还有一些他打算回去后要好好学习研究。关闭第一个箱子拉回到地上小心放好。

随后他拿来第二个箱子放在桌上，打开后箱子里面也如同第一个箱子一样，箱内有三种颜色的布料袋子包裹起来硕大的钻石，拿出查看惊讶不已，原来里面是如一个成年人拳头大的超级钻石，大小估计有三四公斤重，这些和秦第一次带来的那种超级大钻石大小基本差不多，每个布袋子中就放着放一颗，总共有十三袋。那么就是这一箱内有十三颗超级珍稀大钻石。箱子里面的袋子不同颜色，他心里估摸着可能也是按不同矿坑或者产地收集地标注区别？他特意挑选三种不同颜色的布袋打开，原来这一箱子内的大钻石布袋和刚才的一箱子里布袋颜色是完全不同的，自己猜测错了。只见不同颜色的布袋子里面是不同颜色的钻石，一种黑色颜色的布袋内拿出来一看是放着纯净白色的钻石，另一种颜色灰色的布袋内拿出看到时倒吸一口冷气，原来放着的是淡粉红色钻石，晶莹透明，红色是那样好看吸引人的眼球，让孟浩远惊喜不已，这样的钻石更加无比珍贵无法估价，心中激动的心情更是让心脏加速急跳起来，热血直冲脑门，他完全惊呆了，手有些颤抖，赶忙放在桌上。这种钻石生平是第一次看到，对孟浩远来说自己并不刻意喜欢财富，但是看到眼前的漂亮钻石，也会莫名的激动和喜欢，如果被大师设计加工细磨后那更加不得了，孟浩远被它完全吸引住了。还有一种白色布的袋内拿出后又大吃一惊，他看到是淡蓝色巨大钻石，孟浩远嘴巴顿时张大又一次惊叹，不由得发出声音来："我的老天啊，这太令人惊奇了。秦啊，你太厉害了，我不知道说什么好。"他当然明白，他脑中已经积累了丰富的关于钻石的信息，现在对钻石的了解和行情已经有着很深的记忆，可以说也算是一个行家。这些钻石的价值让对金钱不太在意的孟浩远都感到一阵一阵莫名的兴奋和激动袭来，简直无法估计它的价值了，有颜色的钻石应该更稀少显得更加珍贵无比。目前地球上有颜色的钻石都已是极其珍贵的收藏级别的稀世之品，世界上很少再有发现、获得，而且规格无法与这样的钻石相比，即使有也很稀少而且规格要小太多太多了。他心中暗想这样的钻石如果给伯格看到一定会让他兴奋激动当场发狂的。箱子里钻石袋子的上面精巧的夹层和底下也是都整整齐齐放着一叠叠孟浩远渴望得到十分有用的珍贵资料，外面有一种透明袋子，看着这些静静地在珍贵的钻石下面放着的资料，仿佛这些比钻石还要珍贵数百倍数千倍数万倍。现在看来秦和汉原来已经考虑十分周到了，可能这次来时已经想好要准备建一个相对稳定的临时联络基地，所以这次准备了更多的钻石。这些最高等级最珍稀的极品巨钻价值昂贵，足以用来购买土地和建设基地了。太好了，秦想得真是周到细心，一切都在帮孟浩远想好了，自己也就是在回复信息时提了一下，是否有带颜色的钻石，却已经记心在中，这次果然就带来了。

孟浩远又打开最后一个也就是第三个箱子时，看到里面的袋子里装的是中等大小规格的钻石，这些按秦的标准概念属于小规格的钻石，其实已经是超级大的规格了。里面有的如鸡蛋大小、有的如鸭蛋大小，还有大一点的如鹅蛋大小，大小不等每颗在 35—230 克左右，每袋中小一点的装有五至七颗，大一点的装有四五颗。也分装在近二十个布袋子中，不同颜色的布袋打开细看也是分了几种颜色，有粉红色或者浅深红色，还有浅蓝色的钻石。要知道国际上通常钻石有它专门的重量规格单位计量的，就是克拉计算，一克拉等于 200 毫克，一克拉的钻石已经在普通消费者眼里是很大规格的钻石，这样的钻石戒指戴在手上显示高品质生活，也是身份和有身价的体现，价格很昂贵，动辄几万几十万。一般由于实力不允许所以购买的都是一克拉以下的钻石为多。他被眼前的东西震撼了，饶是孟浩远一直是冷静不太把喜怒轻易放在脸上的沉稳人，也不免感叹，不由得发出去轻轻地叫声："我的天啊。这太太太……"他已经不知道如何用于言语来表达此刻心中的惊喜。箱子上盖内有夹层和钻石袋子底下压着的依然还是一叠叠整齐放置的极其珍贵的科技资料，让孟浩远更加兴奋不已，这才是无法想象的一份对人类地球文明进程和发展的意外超级财富。他才想起，第一个箱子夹层没有细看，只是在箱底看到资料，一定也有资料存放在其中。看着这些资料想起昨晚秦说的话，希望地球上的文明科技有进一步发展和提高，他感到自己肩上的担子沉重起来，自己掌握了这些理论和技术，如果能运用到制造生产上，它能够快速提高地球文明科技进步代次。不过让他感到揪心的是自己已经有了这些极其先进的理论和研究资料，每一篇一旦公开出来都可以说是重磅信息，必将引起专业领域和制造行业的惊讶。可是这种提升凭一己之力目前还是不行的，自己起到的是引领思想和基础数学、物理、化学等方面的高深研究理论和科技最前沿最重要的研究，然后才能一步一步往下走。秦说过的这需要地球整体相关行业，基础理论支撑、科研和生产都要发展提高，在研究、生产、制造工艺等全工业产业链都能够合作起来才会一点一点进步，一个点一个点突破。这次秦带来的资料是最丰富数量也是多的一次，头脑中已传输入有大量信息资料，现在三个箱中还有更高等级的资料，让孟浩远内心汹涌澎湃思绪万千，感到空有一身本事，但是又很难在短期内将地球文明和科技提升上去，心中无奈又焦急。不过他依然十分感激秦对他的帮助。

昨天的见面收到如此一份大礼让平时一直沉得住气看不出喜怒哀乐在脸上的孟浩远不仅心花怒放十分激动，同时看着这些高级研究基础科技等资料心潮起伏思绪不断。他拿起杯子猛喝一大口水要平复此时的心情。要不是身在宾馆他真想大声吼出声来宣泄心中的激动之情。世界上没有一个人有他这样的奇遇好运。接下来孟浩远要开始按秦说的想法制订计划去完成，第一步要解决如何在美国买下以南落基山脉为中心，方圆三十平方公里左右的这大片地作为基地范围。他心中盘算着自己目前还是一个中国人加上标准的一副中国面孔，如果一个中国人突然在美国买下这么一大片荒地，又无法说清楚让一般人可以理解信服的理由，未免让人觉得很奇怪，必然会引起猜测甚至产生戒心，然后可能会暗中调查和拖延时间。所以自己不适合出面需要有人帮助在前面操作而不引起注意。现在自己最好找一个正真的当地美国人以他作为自己的代理人来实施买土地和成立公司，在购买土地上明的是建科学实验研究中心，获得对自己购买土地试验性的探矿作业的许可和实验分析检测研究，在现场进行作业采集各种矿石泥土样品分析检测等工作才比较合乎逻辑又不会引起人们的过分注意。想明白这件事情后孟浩远已经有了打算准备马上去寻找合适的人选。他在箱子中先挑选了关于检测分析和数学化学方面的最先进的阿勃特文献资料放进自己背包中，回去有时间需要进行好好地学习研究一番。然后把三个箱子重新关合上，准备找一个大牌银行将这三个十分宝贵的箱子连同里面的珍贵资料和高等珍稀级钻石一起存放在银行的保险库中，以后需要时随时再取，既省事又安全。

孟浩远为了不引起他人的注意，没有一下子连推出三个同样新颖漂亮的箱子，怕引起人们的关注。从宾馆房间中开始先推着一个箱子身上背着背包乘电梯下楼直接到停车场搬上车，然后再次乘电梯上楼回到房间，把两个箱子推着下电梯下楼，他把手一直扶在箱子手柄上，怕人看到悬空着的手，箱子竟然神奇的会自动跟着他在前行，实际上他没有用力，箱子自动跟着在地上快捷地滑行外人丝毫看不出来。来到停车场后将两个箱子再次搬到了车上，酒店内此时正忙着，一直有客人进进出出，孟浩远的两次进出并没有人注意到他的不一样，门口的服务员是看到的是孟浩远手护着箱子在推着箱子出酒店，主动询问是否需要帮助，被孟浩远谢过后婉拒。等他放好行李箱子后才又背着包走回到酒店大厅内到前台办理结账退房手续后离开酒店，一切都正常，没有人注意到眼前的这位中国小伙有什么不一样。

孟浩远自信地走出酒店大门来到停车场上车后随着汽车点火启动开着车离开酒店，汽车沿着一条主要大街行驶，那里有几家银行，很快寻找到一家老品牌的美国有名的银行，孟浩远将车停在银行地下车库，推着行李坐电梯上楼进入营业大厅去办理保管箱业务手续，来银行办理业务的顾客不是很多，不像国内银行人头攒动还要排队等号很是热闹，这里顾客不多显得安静有序，大厅内有两名持枪保安在不时走动，观测巡防。还有专门的接待客户在大厅，孟浩远走上去询问办理业务，很快就有客服安排专业接待人员接待，办理完手续，三个箱子由他亲自存放进保险专库中，拿着钥匙和保管凭证离开银行。

　　汉这次专门带给他的还有珍贵的两大块黑色生命之源石头，其中一块也放进箱子一起存放起来，另一块和一盒用在防身金属五棱短棍专用的超核能清洁电块则随身携带在包里，他要带回自己的公寓里使用。这块黑色的看似很普通的被秦和汉称作阿勃特星最为珍贵的生命之源石头，表面黝黑包裹着里面无法知道它的成分，不时透出阵阵幽幽神奇的一股异香，让人神清气爽特别舒服。汉曾专门介绍过这种阿勃特称之为"欧基里德"翻译成中文意思为"生命之源"的石头，珍稀无比对人体生命有极好的益处，还特地强调它比地球上称之为钻石的东西要珍贵上千倍上万倍，也可以说是没有东西可以替代的无价之宝。这种物质在阿勃特星球上也是非常珍稀，是很难得到的东西，它可以调节人体或有生命的生物体的生命机制，消除人体内的癌细胞等有害物质和病灶、突变结节，可以帮助生命体内的气血经脉循环，消除体内杂质、血管内淤积堵塞等强大功能，对生物生命体的健康是非常有作用和益处的。而且在自然状态下它会慢慢散发出非常好闻的一种特别的不知名的异香味，这种味道让人非常喜欢闻，闻后特别精神。孟浩远不知道这是一种什么香味，但是这种香味很少闻到接触过，绵绵不断沁入人的心脑和肌体，血气流经明显加速在体内四周运行。很快感觉自己身上周身便也吸附着这样的香气，让人神清气爽特别舒坦精力充沛。这种生命之源石头其实是存在于阿勃特星一个从没有人开发的原始森林区内的山中，一次科学家科学考察偶然得到的，经过研究发现它具有特殊的神秘力量，是已非常久远的化石形成的特殊物质，无比珍贵。秦对孟浩远的关切喜爱由此可看出。

　　孟浩远在银行办完保管箱业务手续后，肩上背着包来到停车场后开着车到租车服务公司去，办完交接验车手续付完费用。今天孟浩远心情特别开心，他看着那位叫威廉的黑人青年小伙服务员，上次接车时也正好是他办理交接的，今天来交车又是他，很巧。威廉很热情性格开朗，接待时一直精神很好，脸上露着笑容。所以对他印象很好，看他依然很是热情麻利地办理着手续，孟浩远不由得从自己背包袋中拿出信封，随意摸着抽出一张一百美金的纸币递给他说道："谢谢你的服务，这是给你的。"孟浩远突然地动作让威廉没有想到，顿时高兴地张开嘴，既开心又感到十分意外，眼睛睁开很大吃惊得说道：“噢，是吗？非常感谢您先生。”乐滋滋地接过，然后连声道谢。手续完成后更加热情的将孟浩远这位不一样的顾客送到门口，孟浩远走了一段路不经意地回头望去时还看到威廉依然在门口笑着目送自己，孟浩远举手招了招致意，小伙远远地也扬手致意，满脸喜悦地看到孟浩远人影很快消失在转角的另一条街后才走回进店里。

四

要让秦的想法实施，孟浩远已经有了细致的打算，这两天人还在在菲尼克斯城，在这找一家律师事务所先去咨询有关当地购买土地、建立公司和建生产厂，建科学实验研究中心和进行开挖矿石用于检测分析的办理申请手续和政策方面等等。孟浩远在城市里一个人沿着一条最主要的商业街开始边走边观察街区路上的办公楼和律师事务机构，他认真地走在街道上看着城市街道两边的商业和服务设施，多了解一下城市的一些基本情况。以后自己在这个城市会经常地过来，秦和汉如果等隐秘基地建成后或许会留下，也可能愿意探访了解地球，他们第一站考察接触的必然是这个城市。那时需要给他们介绍一番这座城市的基本概况，安排如何参观应该可去的几个点，需要避免和注意的事项等让他们有所了解。

就这样孟浩远已经接连走了几个主要街区的几条商业街，他还没有发现有律师事务所。这样走着看着在街上，心中暗想自己这样毫无目的随意乱走去寻找的方法是不正确的，心中也有些狐疑难道律师服务机构不在几条主要的商业大街上？会在哪里？在商务大楼内？没有信息无法查找。此时孟浩远正走过一家大型的美国本土品牌商场，大楼高大气派，看外面的立面及店内灯光和装饰就高大上，巨大的玻璃墙，在街上经过的人可以清楚地看到里面的各种商品在灯光的照射下非常亮堂吸引人，上面二楼至五楼全部都是这家商场的，在这条街上应该算是比较有特色的一家大商场。门口很大，是用金黄色金属包装起来的四扇大型玻璃门，楼层墙全部是厚玻璃，既漂亮又可以让经过的行人看得到商场里面的景象和琳琅满目的各种商品。顾客不少都在里面游走认真地观看挑选商品。街道中间新车道上来往的车流一直不断，靠街道旁的是宽大的行人步行道，上面一直有各色行人匆匆忙忙人来往行走的。商场的门口不远处的右边坐着一位胖胖的黑人中年妇女，穿的衣服很破旧显得乱糟糟，头发也很凌乱很长，眼中无神。她的前面放着一个一次性杯子，杯中有几个硬币，她的旁边有一个破旧的背包。商场门口的左边地上也坐着一位白人模样的高个男青年，脸瘦瘦胡子拉碴的，脸色憔悴，一头深棕色的长发披在头颈部，穿一件短风衣，里面一件浅黑色体恤，下穿一件浅蓝色的牛仔裤，右腿膝盖以下已经破开一大片，小腿部都裸出来，左腿裤子膝盖中间有几个大的漏洞，脚上穿一双品牌的灰色跑步鞋，鞋上有些灰尘显得很脏很久。他背靠着商场的墙根部，人直接就坐在地上，在他的边上靠墙的地方倚放着一块长方形从包装箱上撕下来下的棕色纸板，上面用黑色的记号笔写着粗粗的英文："请求帮助、饿"的词语。尽管他靠墙坐着，从他两条腿的长度和他坐着的高度可以看出这人个子长得很高。他有些难为情头低着，显得有点自卑又无奈，生活的艰辛让他流落街头，已经没有多大欲望，只祈求能有一顿饱餐就可，不像右边的中年黑人妇女一副久经江湖一切无所谓的脸色，没有高兴但是并没有什么太伤心难过已经坦然面对。但是这位高个瘦瘦的白人男子明显不一样，困惑无奈刻在脸上，头是低着的不敢看过往的行人。在繁华的大街上看到专门乞讨的人安静地坐在地上还是第一次见到，原来最发达先进的美国繁华的街头竟然有不少这样的人，今天刚好在一个商场门口就有两位流落街头的乞讨者。

孟浩远在沿街步行道走过来时，他也看到过经过街道时在另一家商场外面也坐着的一个黑人中年胖胖的男子，不修边幅，身上穿一件深色外套和牛仔裤都很旧但是还算比较干净，他似乎显得无所谓，眼睛大胆地正眼看着过往的人们，不时老练得会说出："请帮助我。"地上放着一个纸杯，杯中有几个零钱。一看就知也是一个乞讨的流浪者。而眼前商场门口席地依墙坐着的这位高个白人青年和其他的乞讨者明显不太一样，他一直略低着头不敢抬头正视前方过往的人们，脚的前面放着一个一次性的肯德基可乐的大纸杯子，里面仅仅有几个硬币，可能没有几个人伸出援手施舍给他提供帮助。生活的无奈和艰辛都写在他的脸上，又显得有些害怕无助。如果这个高个白人年轻人没有遇到什么意外的原因，他应该可以自己去找一份工作来赚钱养活自己，而不是在这里低三下四的每天遭受行人的白眼，甚至不屑一顾、嘲讽的脸色或者说教。看着这位年轻的白人小伙，人间沧桑冷暖使他已经没有自信地低着头，脸上瘦瘦的有些无力地向社会低头的样子让孟浩远一下子印象深刻也非常同情他。

其实孟浩远是少见多怪，看似最发达的美国，一些城市街头还是经常可以看到有一些流浪汉，无家可归无处安身只能流落街头乞讨，他们有各种原因，有不愿意工作或许没有学校毕业很难找到工作，只能碌碌无为地整天习惯坐在街头乞讨谋生，饥一顿饱一顿没有正常时候，对生活已没有十分追求的渴望，只是希望能得到过往人们的施舍可以吃一顿餐填饱肚子而已。孟浩远看着他瘦弱的身子和卑微的表情，有些呆呆的，坐着一动不动，也许此时心里面在哀鸣，也许已经饿过几顿没有吃饭了无精打采的。但是仔细看着他身上存有的气质和其他老练甚至自信的职业乞讨的流浪汉还是有些不一样，他显得很害怕又情绪低落，但是又比较斯文礼貌。这和在其他一些街道走过时常会看到一些乞讨的流浪汉，席地而坐竖着一块牌子放着一个杯子算是乞讨，但是他们显得是十分老练看不出他们身上有自卑的表情，都是抬着头大大方方毫不羞涩地看着过往行人，就像是他们在看风景一般看着来往的行人。

孟浩远一看到这人就引起自己的注意，不由得多看了几眼。心里很是同情，叹了一口气回转身体向后走去。他刚从前面人行道过来时经过一家肯德基快餐店，孟浩远想要帮助他买一些食物送给他，又不能像是一个好心人那样对街头流浪的每一个人都提供帮助。等孟浩远在快餐店买好了一个大包牛肉汉堡、四个鸡腿、两块大鸡块、一包薯条、一大杯可乐后提着袋子，走出店内后往这个年轻的高个白人流浪汉走过去。在他前面不远处有一位白人中年男子在人行街道上神气活现走着，身材高在一米七八左右，穿着休闲便装，脚上一双干净的运动鞋，最明显的特征是在他两条手臂上文着身，满是图案花纹，走起路来有些左右大大咧咧地摇摆，手上拿着一杯可乐杯。此时正好经过商场门口左边的黑人妇女乞讨者，就脚步不停地冲着她吼道："离开这里干活去。"黑人妇女没有理睬他。很快就走到那个高个白人流浪青年席地而坐的地方，那个文身男人手上正拿着一杯可乐还边走边喝，当他看到商场边上的这个高个青年流浪汉时，竟然突然莫名其妙腾腾的直接走过去，边走过去还边对着青年流浪汉骂了起来："人渣，为什么不去工作！"等走到流浪汉跟前时突然拿起他手中的可乐杯一股脑干脆利落的从上顺着流浪汉的头上直接倒下，倒完后还在推搡着流浪汉。高个青年流浪汉被他的突如其来的举动受惊不小，吓得站了起来叫出声来："我的天啊，看你干了什么？"孟浩远见此情景顿时气上心头，在后面赶紧快走上几步上前劝说道："嗨，先生，你这是在干嘛？你不能这样欺负他。"走近才看到这个手臂文身的中年白人男子的正脸，脸上看上去一副匪气，骄横无比的神态眼里露出凶狠。孟浩远本来并不想惹事帮人出头，自己的情况特殊，今天主要是在寻找律师机构还有事，惹出麻烦总是费时间而且会引起其他人注意，但是看到这人太凶狠太霸道欺人太甚，本来就很同情那个白人流浪汉，见这么被欺负实在心里气不过。你不愿意给他钱施舍也不能这样谩骂和侮辱欺负他，每个人都是有人格的。想到这里实在憋不住又大声呵斥道："住手。"这一突然地大声呵斥，中气十足声音很响，惊得白人流浪青年和文身男两人都是停下来。孟浩远又紧走两步已经走到跟前，看着高个青年流浪汉用手正在弄头发上滴下的可乐很狼狈，样子着实让人同情。孟浩远走到跟前，把刚在快餐店购买的食物袋递给他。高个流浪汉一下子手足无措地稍稍抬头接过后先放在地上，连声轻轻地说："谢谢谢谢！"眼里已经盈满了泪水，有受到刚才羞辱委屈和现在突然受人伸出援手帮助他的感激情绪复杂。而此时那个羞辱流浪汉的中年文身白人男子一看是一位中国模样的年轻小伙在对他大声呵斥，让他吓一跳，而且还买了食品给流浪汉时，他脸上满是不屑更加恼羞成怒。开始转过身冲着孟浩远开始恶毒地骂了起来："可恶的中国人，关你什么事，滚开。"说着还举起右手准备挥向孟浩远脸上，孟浩远见这种人的行为粗暴恶劣实在太可恨了，眼里满是对中国人的轻视和敌意，看孟浩远长得像是亚洲人先不顾三七二十一就当他是中国人来骂。孟浩远反应极快，见他拳头伸过过来早已用左手加了一点力道握住来人的手腕，这家伙哪里还动得了，又快速用他的左手想继续打孟浩远，孟浩远正想右手出拳格挡。突然被不知道何时走过来正站在身后穿着西装样子斯文且精明的一位中年白人男子冲着文身男喝住道："嗨，住手。你这是侵犯人权，使用暴力，你想进监狱吗？"此时边上也已经站着几位经过的男女行人看到这一幕停住脚步在围观。他们看到这人在这里发狠闹事，也开始纷纷你一言我一语指责起这家伙的恶劣行径，文身男看到这情形自知理亏，无奈放下拿起的左手，马上想着脱逃。可是他的右手被孟浩远握住手腕后怎么用力都挣不脱，以自己的身材和强壮的体格被这位看似瘦瘦高高的中国小伙用手握住后竟然无法摆脱，此时他既尴尬又惊慌。孟浩远冷冷地看着他说道："你应该向这位先生道歉。对了，告诉你，你要记住，我是中国人。"文身中年男子见此状况，这位被自己诋毁乱说一通的亚洲青年，竟然被自己胡乱说中了，他还果真是中国人。他心里很是不安，看看周围已有不少停下脚步一起看热闹的人群围着，他们都在支持中国年轻人并附和着说道："是的，你该道歉。"文身男看这情况心虚害怕只想着快点离开，只得脸红的向流浪汉说了一声："我向你道歉。"然后尴尬地看着孟浩远说道："对不起，先生。"孟浩远见他刚才盛气凌人地欺负流浪汉，现在在自己的逼迫下只得向他道歉，同时刚才无意中冒犯中国人，也已经道歉。才放他一马，手上劲道一推手一松，文身男子好像突然之间有一股强大的力道被人用力推送了一把，人顿时站立不住踉跄地后退几步差点摔倒，内心更是惊恐害怕。看来今天碰上的这个中国小伙是会中国功夫的。他赶紧低头灰溜溜地快速向前面逃走了。围观的众人对着孟浩远刚才的举动鼓掌以示敬意和支持，也渐渐都散去了。

　　孟浩远此时才仔细打量起刚才在自己出手时发声音支持和帮助高个青年流浪汉的那人。只见他穿着一件深藏青西装和裤子，脚穿黑色皮鞋，个子在一米七八左右的白人中年男子，两个大眼睛透着精明的目光，脸色红润不是太瘦也不显胖，个子比孟浩远略低一点。脚上的一双皮鞋干净光亮，身上肩膀上背着一个黑色的公文包，正站在旁边冲着他善意的微微一笑并点头致意。

孟浩远看到后也脸含笑容客气地对着他。两人看那个高个白人青年流浪汉此时正在站着，充满激动和委屈辛酸地哭泣，忙拿出餐巾纸帮助他擦去刚才文身男倒在他头发上和身上的可乐。高个青年白人流浪汉见有人关心帮助住，他此时更是显得激动，低着头有些难过自卑局促不安地站着，不时用手擦拭着眼睛。孟浩远好奇地问道："嘿，你好！你这么年轻为什么会在这里？"高个白人青年流浪汉见是帮助他的年轻人在关切地询问，低着头说话道："我犯了错，和家里吵架了，被赶了出来。已经离家有五年多了。"孟浩远又好奇地问道："为什么要在商场外？"高个白人青年流浪汉声音很低回答道："商场里面有琴行，我喜欢音乐，喜欢弹吉他和创作歌曲。我有一把心爱的吉他一直带在身边，但是晚上在路边睡觉时被人偷了，什么都没有了。这里经过的人也多。"说到他喜欢的音乐时他变得有神起来眼睛发着光说话也自然起来。孟浩远看出他不像其他普通的流浪汉。他说完这些还是拘谨地站着，然后又机械地坐在地上看着商场里面。孟浩远顺着他的眼光朝商场里看了看，通过玻璃墙看到里面有乐器展示区，经他这么一说没有想到这位高个白人青年流浪汉还是一位喜欢音乐的人，生活已经让他充满寒意，但是心里仍然还念着音乐。孟浩远看着西装中年白人男子并没有说话只是耸耸肩，意思这种事你少见多怪了，这种人在这座城市里太平常了。他看到这位年轻的中国人敢于站出来为一个流浪汉发声而对他有好感。站着从自己口袋里拿出一张名片递给孟浩远，然后准备离开。孟浩远接过名片眼睛快速一扫突然眼睛一亮，只见上面写着"太阳律师事务所杰瑞里"。孟浩远看到这几个字心里高兴起来，自己正在找寻律师事务机构，有事情需要咨询律师。眼前站着的这位中年西装白人男子正是一位律师，连忙也自我介绍道："杰瑞里先生，孟浩远。很高兴认识你。请稍等，我找你还有事。"本来已经没有其他事情正想离开的杰瑞里一听孟浩远这么说，似乎真有事情找他，也许他看到我的名片是律师可能有事情咨询，转过身停下步子看着他。孟浩远说道："杰瑞里先生请稍等一会。"然后对着那个高个青年流浪汉说道："走，请跟我来。"高个青年流浪汉略有疑惑不知道他想干什么，他刚才帮助过自己是个好人，还是拿着孟浩远给他买的餐袋跟在孟浩远的后面，等到门口时快速地将袋子拿到另一侧，从袋中拿出去一个汉堡包和一盒鸡腿递给左边商场门口坐在地上的黑人中年妇女。见孟浩远径直走到边上这家商场门口准备进去，高个白人青年流浪汉在门口有些尴尬小声说道："先生，商场里知道我是这里的常客，一直是在门口外乞讨为生的，他们是不会允许我进去的。"孟浩远见他这样轻声弱弱地说，而且眼睛开始自卑地畏缩不太敢进去。他内心有点气恼，对着高个青年流浪汉说道："走吧，请跟着我。"此时杰瑞里也很是好奇，不知道他这是想干什么，也跟在后面一起走进商场。看着高个白人青年流浪汉和孟浩远进入商场后很快找到了刚才在商场外面就看到的一家琴行展区，琴行展区经过装修布置的很有气氛，四周墙上挂着各种乐器，柜台展示区也是各种乐器，高个青年流浪汉脸上露出高兴并欣喜地看着，不知不觉就走到吉他区，看到墙上挂着各种吉他时两眼顿时放光，和刚才在外面唯唯诺诺愁眉苦脸失魂落魄的神情和乞讨时候的样子完全像是换了一个人一样，眼睛不像刚才毫无生气，而是有了喜悦和精神。

孟浩远一直在旁边观察他的反应，当这个白人青年流浪汉看到挂满墙上的各种吉他琴，眼里露出欣喜满足，脸上高兴的露出一丝笑意，一直盯着其中一把吉他眼里闪着光，痴痴的羡慕开心地看着。孟浩远心里已经有了想法，一定要帮助他。知道他原来有一把心爱的吉他可是晚上睡在外面，结果连他的行李一起都被人偷走了，他一定是很喜欢吉他，就对着他问道："喜欢，是吗？"流浪汉看着吉他笑笑道："喜欢。"孟浩远招手让站另一边正在忙着的一位年轻的男服务员过来，然后顺着流浪汉的眼光指着那把他看中的吉他，男服务员马上取下递给孟浩远。孟浩远说道："不，不，给他吧。"男服务员只好顺着孟浩远的手势递给了白人青年流浪汉，流浪汉顿时高兴地拿在手中，爱惜的轻轻抚摸着这把吉他，然后像是换了个人自信地抱着吉他走到边上的试音区，坐在店里试音区的一张高脚圆凳子上，轻轻看了一下手中的琴，享受地把眼睛闭上，感到非常满意。突然非常熟练的轻轻地试弹了几个音后，大家一听清脆熟练悦耳动听为之一惊，一定是个吉他高手。刚刚试弹几下听声音已经感到不简单，他不是一个音盲是一个熟手。接下来更让人吃惊，他开始弹唱起来，一首好听著名的歌曲，优美的音乐和非常能进入灵魂的清脆空灵的歌唱一下子深深打动了孟浩远和店里的服务员、杰瑞里。他的手法技巧炉火纯青，都在心里脑海里闭着眼睛都可以行云流水般弹起来，原来他是一个非同一般的吉他高手和歌唱家。孟浩远看到杰瑞里此时也已经跟了进来在旁边一起看着，露出十分惊讶的表情。这时那个男服务员和周围七八个顾客以及店里其他几位服务员也被优美的音乐声一下子都吸引过来。只见一位穿着破烂衣服的高个白人青年流浪汉正在用灵动神奇的手指流畅飞舞在琴弦上，技法非常得高，速度非常之快眼花缭乱，而且他的歌声悠扬婉转空灵动听，这种声音仿佛在空山中传出的天音直接深入人心到达灵魂深处，大家都被深深地打动了，都静静地听他在弹唱，情感已被他带入音乐中，安静地站着注视着他若有所思。

此时的这高个白人青年位流浪汉他已经变了一个人——自信满满已经忘我表演的音乐家，身体灵魂已经进入他的音乐中，就自己一个人在激情地弹唱，仿佛周围没有其他人存在，已经和刚才看到坐着低头自卑低微无奈乞讨的样子判若两人，等一曲即兴自由演奏结束，现场的人们围过来的越来越多，都为他精彩的演技和歌唱激动地鼓起掌来，这位看似极其普通的流浪汉竟然是一位隐藏起来的真正音乐家。孟浩远听完也暗自称奇不由得称赞，他太有才华了，应该在舞台中央表演，而不是在大街旁乞讨，很是感慨。孟浩远问流浪汉道：“先生请问你叫什么名字？我可以知道吗？你喜欢这把吉他？”高个白人青年流浪汉十分爱惜地抚摸着吉他，表明他是喜欢的，说道：“苏格拉底，先生。喜欢。”他又翻看吉他的售价标签，450.45 美元。看了看价格后就推还给孟浩远不发声音了。孟浩远明白，他自己口袋里没有钱来购买这把他喜欢的吉他，所以推辞。孟浩远心中一热已有想法，他招呼商场琴柜区一直跟着的男青年服务员说道：“要它了。”然后跟着他到柜台付钱，办完手续后把吉他连同琴盒和一个布袋子一起递给流浪汉苏格拉底面前笑着说道：“苏格拉底你好，这是你的。”流浪汉苏格拉底惊喜交加简直有些不敢相信如此巨大的惊喜，低声问轻轻问道：“你确定，这是真的先生？”他当然非常喜欢这把吉他了。孟浩远看他无比喜欢和激动的样子微笑着点点头。苏格拉底突然一下子抱住了孟浩远，眼眶红红的，眼中流着泪他太激动了。

自己风晒雨淋流落街头居无定所衣不蔽体食无可用，受尽了人们的轻蔑、歧视和欺负，现在碰到这么一个关心自己的好人，帮助自己买食物还阻止有人欺负，还专门购买自己精神上最重要的心爱的吉他，顿时一下子涌上心头眼里不由得掉下泪来，哭泣激动地说道："噢，太好了，谢谢，先生，太谢谢了！"抱着孟浩远哭泣不放，孟浩远轻轻拍拍他的肩膀，安慰他，又拿出 1000 美元递给他说道："苏格拉底给你，去买几件衣服。"苏格拉底不敢伸手去接，这位先生对自己已经够慷慨了。孟浩远直接放到他手中，这次流浪汉再也忍不住了，又再次被感染激动地抱住孟浩远久久不放松，孟浩远用手轻轻拍拍他的肩膀，男服务员也一脸羡慕并对孟浩远表示尊敬。这是苏格拉底作为流浪汉自己第一次遇到如此关心自己的好心人，平时一直受惯了别人的冷嘲热讽和忍饥挨饿，所有的委屈无奈酸苦一涌而上，抑制不住内心的复杂情绪流泪不止，孟浩远见他还沉浸在激动中又轻轻拍拍他的肩说道："好了。苏格拉底，我还有事，你要振作起来，你是一位优秀的音乐家，不该在这里应该在舞台上。"他才放下孟浩远，抹着泪说道："上帝保佑你！"这一幕也让杰瑞里对刚才认识的孟浩远又增添了一份好感。告别这位名叫苏格拉底的高个青年流浪汉后，孟浩远和杰瑞里就在附近找了一家咖啡馆坐下，两人开始交谈起来。

原来这位名叫杰瑞里的白人中年男人他是在一家太阳律师事务所工作的律师，一家人就生活在菲尼克斯。不过现在菲尼克斯城市经济不太景气，律师事务所的业务也受到了较大的影响，太阳律师事务所已经持续有一年多经营状况不好，有些律师已经跳槽离开，事务所即将面临关闭，所有工作人员也将解散，杰瑞里也将面临被迫转业重新寻找工作。杰瑞里最近一段时间已经开始在寻找，投出了二十几份简历求职，一直在参加应聘单位的面试。今天刚参加完一家企业的面试，看来他们公司更加需要的是经济和设计专业的人，好像这次机会也不太大，毕竟自己是学得是法律专业。他已经想好了如果在这座城市再找不到合适自己的工作，打算全家搬离这座城市寻找新的生活和工作准备到其他城市去发展，妻子在家全职带孩子没有工作。自己出身美国名牌大学法律专业研究生毕业，内心不免有些失落和灰心。不过他还是比较注意自己的穿着，全身西装领带脚上一双黑色正规的皮鞋，擦得乌亮。杰瑞里是很正直的一个人，也是法律专业很强，主要是经济类法律事务方面非常熟悉，是一个认真而非常有工作能力的人。孟浩远和他交谈后了解了他的现状和他的这些基本情况，孟浩远觉得这样有法律专业，熟悉经济类法务事项的又富有正义感和顾家，又是一名律师，正是自己需要的人选。孟浩远问道："杰瑞里先生，原来这样，很高兴认识你。我想告诉你，我们需要你这样的人才，我们公司准备在菲尼克斯新建立一个以科研为主的研究型技术公司，不知道你是否愿意和我们合作。"杰瑞里和孟浩远交谈后他知道原来眼前的这位中国年轻人是手握权利的人，他准备在这里新建立一家研究型科技公司，心里不免有些疑问，这么年轻的小伙子，看到他刚才出手援助流浪汉的一幕，他很有正义感很有爱心这点我喜欢。不过他谈的准备新成立一家初创科技公司还只是刚刚开始建立，不知道未来如何？看来在这座城市有点玄。他心里不是很相信，迟疑了一下说道："孟先生，谢谢你的好意。请把你的公司计划说一下可以吗？"孟浩远听杰瑞里开始询问他的公司情况，显然他希望知道更多信息来认真考虑下一步打算，说道："好的，当然可以。杰瑞里先生我们计划在亚利桑那州靠近天坑公园附近购买一些土地，然后会从事开展矿石资源的研究筛选和实验探测分析，后面还要视探测情况开展一系列的矿石分析实验研究。如果你愿意过来，你是作为公司的全权代表负责公司的首席管理岗位。第一步要在市里注册建立新公司寻找办公地，当然招聘相关人员开始办公，目前主要是筹建探测研究中心业务，内容包括完成土地购买和建立科学研究中心、工作场所、实验大楼等一系列手续和政府的审批。考虑到公司刚刚开始，我们暂时不会对公司有经济指标的要求。至于你的薪资我们会根据你的能力，原则上可以比你现在的要高，可以吗？我想大概就这些。"杰瑞里一听这计划听起来好像有点长远和宏大，心里总感觉不是太靠谱也不一定会成功，但是这样的公司前期的投入一定很大，这样的企业在他看来是不可能成功的。但看这位小伙子很认真，身上透出实在也很有诚意，他正在严肃而认真的和自己谈工作计划，建设方案似乎心中有底了，并不像是信口开河。他专门请自己留下交谈没有必要欺骗自己，而且他刚才对那个白人高个流浪汉青年的举动自己一直看在眼里，对这位年轻小伙是有好感的。再说刚才谈的这些工作其实第一步注册公司办起来倒也并不很难，需要花点精力。目前自己正面临解聘后重新工作，又暂时找不到合适的公司，让人有些着急。以自己的专业和能力在公司建立和以后建设上的流程运作也是可以发挥作用的，而且作为公司全权代表负责公司的运营管理，自己也是第一次，现在命运出现在自己的人生中很巧，突然自己面前有这样一个机会，不管他是否靠谱先尝试一下对自己没有什么损失，如果到时候看他的公司不靠谱的话可以随时提出离职离开他就是。于是杰瑞里说道："孟先生，这件事我要回家和妻子商量一下，再给你回复可以吗？"孟浩远笑着说："当然。"孟浩远把自己的联系方式给了杰瑞里，说道："杰瑞里先生，一周时间商量思考，然后答复我可以吗？希望我们可以有一个好的开始。"杰瑞里没有想到眼前的这位年轻的孟先生还是非常有人情味的，给自己留足了时间考虑，说道："好的，孟先生。我会尽快答复你，谢谢给我一次机会，希望能够合作。"孟浩远与杰瑞里在咖啡店交谈后相互道别，他已经给杰瑞里留下了良好的印象，只是杰瑞里心中还有些疑惑，这位年轻的孟浩远先生他的想法能够实现吗？他到底是一个怎么的人？他有这么多资金支持他建公司卖土地然后探测分析，这些都需要大比资金的投入。不可能就是他一个人，也许他只是代表公司，他的背后是谁，他们想干什么？

<h2 style="text-align:center">五</h2>

　　与杰瑞里这次偶遇，孟浩远对他的为人有了初步了解和印象，正式交谈后对他有的专业和业务能力有所了解。在孟浩远心里只要这人品行端正，毕业名牌大学，专业一定可以，那他就是自己觉得合适的人选，希望他回家考虑后接受他的邀请。公司创立以后的一步一步建设和运行需要这样的人。

　　这次巧遇也算在菲尼克斯找到一位合适的人选，为自己的计划实施建立基地，他心中预感到杰瑞里应该会答应他的。所以并没有继续寻找其他人。下午孟浩远就乘飞机离开菲尼克斯回到了马萨诸塞州，回到伯利克学校，自己的独立洋房中。和秦的见面已经顺利完成，也找到合适人员帮助他实现后面的计划。接下来他有时间开始帮科索教授给数学院的不同系的几个班级的学生上了四次课。以孟浩远在数学领域的博学和学识上的研究之深，加上美国学校教学时比较开放的教学特点，可以在课堂上随时当场提问解答和互动交流更是让学生喜欢和收获颇丰。

同时在学习之余他在学校网上论坛上开设了他的"浩瀚讲堂"，让学生在课余时间通过网上交流询问，论坛"浩瀚讲堂"上也一直有学生和其他教授讨论着数学领域的各种高深问题，渐渐的论坛"浩瀚讲堂"被学校以外的社会上爱好数学的学生和研究者、教授发现和转发，很多人都进来访问开展数学研究探讨。孟浩远的博学和十分敏锐的头脑、独特的思维以及十分新颖的方法和掌握的数学知识的广博和精深，可以说现在在他面前已经基本上没有什么难题了，不断地解开了困扰学生和教授多年研究无法破解而提出的问题，论坛"浩瀚讲堂"已成为学校内外的关注点，开始活跃在数学领域。

一周时间还没有到，当天遇到孟浩远后杰瑞里回去后把和孟浩远偶遇的过程和他的邀请与家人商量了，他们都对这样正直勇敢有爱心的人是非常认可的，所以认为他在菲尼克斯新建公司应该也是认真的，经过分析思考认为杰瑞里可以去试一下，所以第二天下午四点左右杰瑞里终于拿起电话打给孟浩远："孟先生你好，杰瑞里。我和家人进行了商量，一家人形成一致意见，同意接受您的邀请。我现在经过认真思考愿意接受你的工作。"孟浩远听着杰瑞里明确的回复，心里特别高兴，一切如愿。接下来就可以实施计划了。由杰瑞里负责按计划开办成立"浩瀚探索科技有限公司"，在市里先租了商务楼作为办公室，等杰瑞里办好公司开户手续又租好公司办公楼后，公司前期需要招录一部分行政管理人员和财务人员，开始陆续招收了十二人作为公司第一批员工开始工作。等财务人员招录后开始按公司规范运行，同时孟浩远很快将一亿美金先打入新公司账户，以便让杰瑞里负责操办具体事宜，当财务负责人通过银行查到资金到账后，此时杰瑞里心里终于放下心来，放下原来心中的顾虑开始相信这位孟先生，他所谈的计划都是真实的、有计划的，在一步一步实施。而且所有新进入的十二名员工的工资薪酬方面都比其他同类公司都要高出近50%，这是孟浩远特意叮嘱杰瑞里，要在员工原有的工资基础上结合目前公司岗位合理调整，平均不少于他们原来工资的150%，有的更高一些。对于杰瑞里的工资孟先生特意问了他过去收入和证明资料情况，居然也不去认真核实查询，根据所说的就在原来基础上答应提高了100%。等于拿到原来律师事务所双倍的工资了。这样的薪资这样的新公司当然在这个经济不太景气的城市中算是少有的公司了，对所有员工是一个意外。现在杰瑞里开始感到这个机会实在是太不可思议了，新招录进公司的员工也感到十分高兴。所以杰瑞里很好管理，大家都非常珍惜这份工作，都很敬业自觉，在这座城市经济状况普遍不太景气的情况下出现了转机，杰瑞里幸运的在一次偶然中遇到孟先生，竟然还找到了新的更好的工作，自己真的太幸运了。所有员工工作积极性很高，公司也开始步入正轨运转起来。

自从王可佳与孟浩远合作的后两篇论文陆续发表后，王可佳也深受玛丽教授和学校的赞同并引以为豪，他在学校"曼克实验室"站稳了脚，自己开始边在实验室从事研究工作边在学校求学上课，日子过得十分充实也很忙碌。心中既高兴又有些不知所措，因为经常会有来自美国和欧洲国家的一些著名企业专门派人来通过学校校长或者玛丽教授等学校重量级的人引见与王可佳认识和见面，他们面谈时要求和王可佳商谈的正是他新发现的元素谈合作生产的事，包含很多机密，找这种新命名的"Zon"（中文名为"钟"）的新元素新物质矿产区地理特征、实验室检测分析方法，新元素提取保存方法，量产生产工艺要求注意点等等都想要全方位合作，全世界各地符合这种新元素的地貌特征有无发现，最后尽快生产出新物质。他们知道前景无法估量意义非常重大，特别是在航空航天和军工高端产品运用上具有重大的战略价值，所以迫切需要王可佳的合作，条件可以由王可佳随便开。不过好在王可佳经常和孟浩远保持着电话联系，一旦有这样的情况赶紧连夜与他联系听他的分析和建议。孟浩远听到他的情况劝他对于这些一定要沉得住气不用太急，现在对他来说首要的是在学校和曼克实验室安心学习和继续科研才是最重要的事情，还不是为了眼前利益去和他们合作开发或转让专利，自己的目标要通过沉下心坚持学习提炼自己的专业能力，没有时间去和企业合作。况且我们是中国人，理应保持清醒头脑，这种事不能跟着人家的节奏走，要让它慢下来。希望国内引起重视先一步生产出来新物质。原料的矿产区分布情况王可佳在离职离开单位时就已经把完整资料和提取的新物质都交给研究所领导，他们应该懂得其中的重要性，应该引起高度重视的。王可佳在美国遇到的这些企业和研究机构希望谈合作和生产的事更应暂时放在一边。王可佳还是很认可孟浩远的意见，愿意听他的分析，思前想后觉得孟浩远考虑得深提醒了他，自己刚来美国确实需要花时间在学习和科研上，在这件事上已经关乎其他重要的因素了不能只考虑眼前。最后都被他一一婉拒，不过让这些企业和研究机构越发的着急，更觉得眼前的这个年轻人有些神秘，不为名利淡然拒绝，没有他还真无法实现，也更加尊重他。

这天艾琳在学校里上完课没有其他事，已经有两天没有和孟浩远联系了，平时基本两三天会和他联系。于是打电话给孟浩远，此时是在下午三点多，正好是休息时间。孟浩远正在办公室里坐在椅子上看电脑论坛"浩瀚讲堂"的信息准备交流答复。听到桌上手机电话声响，拿过一瞧来电显示原来是艾琳熟悉的号码，马上就接听起来，电话里艾琳问道："浩远，在忙什么？"孟浩远听到来自德国艾琳的声音虽然距离遥远但是声音十分清晰和亲切，仿佛就在一墙之隔。高兴地说道："艾琳你好。听到你的声音真高兴，谢谢！我在伯利克学校科索教授的办公室走廊对面自己的办公室。对了，告诉你最近一段时间我已经开始给科索教授当助教，刚刚上完课从教室回到办公室。你来电话时间正好。我现正在看学校论坛上'浩瀚讲堂'学术交流群学习。"艾琳说道："浩远，你是不是又有什么事情没有告诉我？"孟浩远听到艾琳在问他，一下子不知道她说得是什么事情，说道："有什么事情没有说，好像没有啊？"艾琳笑道："我知道，我们认为重大的事情你都不是很在意或者觉得很普通。数学期刊已经连着两期发表了你的数学最新的研究理论专业论文，'孟氏定律'想起来了吧。学校里全都知道，我的几位同学又找到我问我了。结果我什么都不知道，知道吗我很尴尬！"孟浩远才明白自己确实不关注这些事情，只是上课时学生们敬仰的眼神看着自己提了些问题。数学期刊自己也已经收到，并收到了安东尼教授热情洋溢的来信。称赞自己是一位伟大的数学家，他还称有很多著名的企业和研究所希望取得我的联系方式要求拜访我，帮助他们解决研究一些运用方面的问题。但是孟浩远并不为意，依然像往常一样，他不希望自己的生活节奏被打破。原来是这样。孟浩远说道："艾琳，噢你说的事，是有的。不过这些没有什么。你知道我不会太关注外面对我的评价，做好自己研究就好。所以不会把它当一件很大的事，当然也没有告诉你，这只是学术研究工作的一部分。你不要介意。"艾琳差点被他气晕，这么巨大的成就接二连三的研究出来，在最顶尖的专业学术期刊上优先发表本身已经非常了不起，更何况内容是数学研究上非常重要引起数学界轰动的事。赢得学术界和社会上人们的敬佩不是很正常吗，他竟然这么不放在心里。这个孟浩远太让人不可思议，太低调了太神秘了。好在自己已经了解他的沉稳性格和超高的聪明智商，所以被孟浩远一说就通了。艾琳就喜欢他这样的性格，心里更加喜欢这个聪明阳光的年轻人，高兴地笑道："好吧。我知道了，以后还有研究成就，烦请您提早告诉一下让我有心理准备，提前让我高兴起来。对了，我这周末想到美国来看看你。"孟浩远见艾琳想念自己心里当然也高兴，自己目前还有一件事要忙着完成，就是基地建设，其他的一切都是围绕这件事在开展，现在还刚刚开始。尽管有杰瑞里在负责，但是很多事情他会经常联系自己需要决定，近期是有些忙的。所以听到艾琳想来美国看他就说道："艾琳，谢谢你！先安心学习，等你学业结束后放假了再来，那时时间会多一些，我陪你一起到处看看。"艾琳知道孟浩远说的是对的，而且已经答应自己。自己也并不是儿女情长的人，性格直爽。但是自从和孟浩远认识到交往后，心里时长会思念着他，情感变得细腻起来。经常在脑海中出现他的身影，两人在一起的点滴，特别是第一次刚刚在比利时餐馆认识他的情景。不过平时两人在晚上通电话只是听着声音，反而更是感到期待和神秘，所以她并没有用视频联系的习惯。艾琳答应着告别孟浩远。

　　时间过得很快，已经又过了两个多月，艾琳学校的学业考试今天上午已经全部完成，刚刚考完试的她，等到下午三点多孟浩远的空余时间，高兴地打电话过来。此时孟浩远正在对面科索教授的办公室正在讨论着事情，听到铃声科索教授说道："孟先生你先接听一下电话，是否有急事找你。"孟浩远拿出手机查看一下原来是艾琳的电话，只好先按掉调了静音，笑着说道："科索教授不好意思打扰你了，没有事。"两人继续讨论又过了大约半小时后结束，孟浩远告别科索教授后先稳稳地走出办公室，关上门就急急地奔向自己办公室，一打开门走进去赶紧用脚关上门，赶忙急急地打电话说道："艾琳，我刚才在科索教授办公室商量事，不方便接听电话，刚刚结束回自己办公室就赶紧打电话给你。"艾琳听后说道："噢没事，没有影响你吧，我估计你有事，不然会接听的。"孟浩远说道："是的。"艾琳说道："浩远，告诉你，我现在考试已经结束了，接下去就是写一篇论文，最后进行答辩。这些我也已经基本完成框架构思，需要补充一些数据修改就可以。所以我准备过来看你。"孟浩远一听艾琳在说研究生考试已经完成，想过来看他，这样说心里高兴，原来是这样，心想艾琳这姑娘很重情义。毕业论文很重要，比考试分量都要重，她论文还没有完全结束就想着要来看我。经艾琳这么一说马上提醒他了，对啊，自己也已经差不多要接受学校的考试阶段了，自己要提出申请了，应该要稍作准备。所以孟浩远告诉艾琳道："艾琳，谢谢你来看我。等你论文答辩结束吧。论文答辩很重要，花点时间好好修改写得质量高一些，这样就不会影响你，安心留下来好好修改论文。不过你提醒我了，你说起考试，其实正好这阶段我也要面临参加学校的研究生考试和写论文，这段时间会有些忙。"艾琳见孟浩远这么说确实有道理，他是出于关心自己，再说他到学校也有将近两个多月了，也要面临考试和写论文了，确实也会很忙，只好暂时把自己的想法延后。两人又谈了很久才依依不舍挂上电话。艾琳正式毕业最多还有将近三个月，到时候真的有时间了再与孟浩远见面吧。艾琳只能忍着自己对孟浩远的想念，好好准备毕业论文答辩。

孟浩远在美国伯利克学校里上学，还当科索教授的助教需要做一些工作，还有就是帮助科索教授会给他的学生上几次课，空余时间还需要提前备备课，做好学网上"浩瀚讲堂"学术交流群，与学生、和其他数学研究者、爱好者交流探讨数学问题和解答问题，一直有些忙，感觉时间好像不太够了。

其实教学任务和论坛上的"浩瀚讲堂"交流研讨问题对孟浩远来说并不感到累，而是感到很有意思的事，都可以轻松地应对。累的是与秦这次在美国的见面后，准备购买土地建联络基地各项准备工作和刚刚在着手办理注册登记"浩瀚探索科技有限公司"等一系列的事情。还好有杰瑞里在负责但是很多事情需要反复推敲思考，既不能让杰瑞里全部知道建基地的目的，但是先要给他说明清楚自己的规划方案，所以基本上一直保持和杰瑞里的联系沟通，安排从没有停下过。但是这些事情目前孟浩远还不方便告诉艾琳让她知道，一方面秦有要求做好保守秘密的约定，除孟浩远自己外不要让其他更多的人知道这项隐秘的事情，另一方面也怕艾琳一旦知道真相后会害怕，会因此为他担心。他不想因为艾琳的出现而让秦他们不放心，导致以后放弃再见面和联系。

转眼孟浩远来美国工作和学习已经快要有半年了，他在数学专业上的学术水平和能力学校内外都十分认可已经越来越有影响了。孟浩远根据学校提供的研究生阶段需要修完的学习课程内容和教学要求，自己抽空花了一点时间认真从头学习一遍，很快就已经全部记在脑中，又经过自己头脑思考和总结与脑中的超级智慧微光子芯脑自动相连，帮助他记忆和主动根据他头脑思维而扩展思考分析，已经毫无不费力的完全消化这些课程学业内容并记忆在超级智慧微光子芯脑中，根据孟浩远自身大脑源的思维马上主动提供。眼看半年时间已过，按照他和学校当时入学时的约定，给孟浩远半年学习时间来学习，然后按照学校教学要求向学校提出申请，参加规定的所有学习课程全部考试。这也是孟浩远在被邀请到伯利克学校时当着校长和数学院院长以及行政办公室主任和科索教授一起交谈时主动要求参加学业学习，并接受学校正常的考试。他不希望被校规照顾而直接拿到毕业证书，对他而言没有这段学习经历是不完整的。他在学历上有一个小小的心结，源于在国内时他刚从贵阳单位离职后回上海，有一段时间去求职，受到一定程度的打击，就因为很多单位对学历有着特别的要求，岗位对学历要求是研究生甚至某些岗位需要博士生，重点大学海外的著名大学更是欢迎并优先考虑，自己连面试的机会都没有，根本就忽略一个人本身的散发性思维和专业能力，也算是对他的一个刺激埋下一颗上进的种子。所以著名的伯利克大学邀请他来学校当教授开展研究工作，他一定要完成研究生和博士生学习，当时学校所有人都有些不可思议，认为完全没有必要，可以破格聘任他为学校教授，孟浩远并没有同意，最后学校只好答应了他的这个学习要求。孟浩远觉得自己完全有能力获得国外著名大学的学历，对他来说有了一个完整的学习阶段的人生，潜意识里有一种傲气，就是要让那些看不上像他这类本科毕业生的单位和人事部门人员看看一个人学历不是主要的，能力才是主要的。原来被你们拒绝的学生是可以同样完成国外著名大学研究生或博士生学业的。

不过孟浩远在完成学业时间上根据自己的情况请求学校允许接受他半年完成研究生学习，再一年时间完成博士阶段的学业，一切按学校规定考试和完成论文答辩合格后毕业。学校当时参加会谈的所有人都感到惊讶，像孟浩远这样已经取得重大成就的科学家，根本不需要这样做，完全有资格被学校破格聘为教授参加教学和研究。但是他坚持提出这种要求，真是一个思维想法与众不同的人。为了尊重孟浩远更为了把他留在学校，才接受了他的建议。当时还以为他不过是一说而已，以后也许他会改变想法，学校并未真的放在心里。但是现在他真的已经完成全部课程自学，申请提出参加考试和论文答辩等所有课程内容，让科索教授和学校校长等所有人很意外。本来学校的学业水平学习以学分制计算，这种学习方法对孟浩远这样特别天才级的优秀人才更加有利，可以大大缩短学习时长，节约大量的时间。这还是他接受了秦对他的告诫，要他保留自己的智慧和各种能力来加以隐藏，不然太过厉害一定会引起人们的震惊和特意关注，这样对他讲不是好事，而会招来一些凡人的麻烦。所以孟浩远只好留了余地，不能短期内马上就完成著名大学研究生学业，会让常人觉得他不仅超出了正常人的智商，而且已经是超出了高智商学者太多，理论上讲这是人类不可能达到的极限了。当然真实情况是现在按孟浩远的聪明和赋予的超级智慧微光子芯脑的支持，加之输入到他脑中的阿勃特星基础理论学科研究和极高深先进的科技资料研究等大量的信息，他的智慧和能力也确实达到了人类不可思议的水平。

孟浩远的平时学习时间和成绩记录，因为他作为科索教授的助教做一些数学研究和帮助其给学校学生上课也可以作为平时成绩和完成学习时间计算。这样一些主要课程考试就更方便些，他不想让人猜想是一个奇特的天才，只不过是自己缩短了正常学习时间，最后经过考试是高智商人类正常的极限范围。再说有了这么一段时间进行教学、研究和学习，也好掩护自己便于花时间去关注自己将要新建立公司规划基地建设进展和运行管理情况。

很快时间已经到了半年，孟浩远专门向伯利克学校申请提出考试申请，学校看到孟浩远依然如初，同意了他的申请，不过都十分尊重他。学校专门组织了这场学校从来没有过的只有一个人参加的单独考试，而且全部主要课程都要安排进行考试。这样的奇特考试本身就很引起人们的关注，没有宣传但是大家都已经知道这位神奇的数学家将要像普通学生一样参加考试，引起了人们的强烈的好奇心。按照学校教学大纲，研究生应考的科目共有十五门，其中七门课分别在每个月一次的考试时完成，这也是孟浩远刻意而为，按他现在的智商、超级记忆力和无与伦比的水平所有数学领域对他而言都十分精通。他的研究生学业所有的课程分开进行和合并在一起全部考试都没有问题，但是分开进行更稳妥一些，避免全部一起考试完成并全部以优秀成绩通过，肯定会让所有人惊讶是不可能发生这种事难免有联想，太多人的关注在他身上不是孟浩远需要的结果。所以才采取稳妥的安排先完成七门考试，然后最后集中完成其他的课程考试。

现在课程最后还有八门考试和最后的研究生论文答辩。当孟浩远一个人沉着冷静坐在教室内，教室里显得空荡荡的，还是学校第一次有这种场景。按照程序考试要求有两名被安排在教室现场的教师负责监考，一男一女，他们也很是好奇，他们听过孟浩远的教课和数学"西塔姆猜想"证明专题报告，和以后的"孟氏定律"以及另一个数学理论的讲解和证明，还有学校网上论坛的"浩瀚讲堂"一直在解答深奥的数学学术研究，知道孟浩远极其高深的学术水平和专业能力。这是一位取得数学研究最高成就的年轻数学家，他们对他十分敬重甚至觉得很不可思议甚至有些滑稽，他现在在教室中坐着准备参加考试。站在教室内等考试时间到，第一门课开始考试。其中一位教师打开试卷，这份试卷是从学校题库中随机抽取的考卷，轻轻地发给孟浩远后两人就站在旁边根本没有离得太近，因为真像监考一样站在孟浩远旁边盯着他做题，他们觉得是对孟浩远的不尊重。孟浩远认真地将考卷先从头到尾全部浏览了一遍心中了然，开始像是成竹在胸不假思索地熟练自信的开始答题，一题接着一题答得很快，如行云流水没有停息顺利完成，抬头看看手表时间只过去才半个小时，几乎都是在书写过程，离交卷时间太早，不得不忍着继续耐心地坐着，认真地像是在检查考试卷，尽管他知道不会有错还是认真地复核思考，等看手表时间还有二十多分钟左右他再也坐不住了，起身拿起考卷走上去交卷，两位监考老师忙走过来收卷。这样一天中安排他考三门主课课程，这是孟浩远提出的要求而不是学校正常安排的一天两门课程考试。很快三天时间已经完成了所有余下的八门研究生主要课程学业考试。阅卷时间倒是花了一周时间，一周后经过各位教授的认真评卷结果出来，各门课程全优通过考试。

学校给孟浩远原来安排了一周时间考试，结果每天完成三门主课科目的考试，三天全部考试结束，一周时间批卷阅卷结果让人吃惊，不过认为这对于孟浩远来说也是合理的。接下来一周时间是进行论文撰写和答辩。孟浩远的论文自己早已构思好，是自己前几次专题学术报告的延续，质量极高，都是数学界最新的理论证明。上次是关于在不同宇宙空间中飞行物体飞行路径与存在于宇宙中的各种引力场相关影响的研究。这次他的专题论文是关于宇宙空间中飞行物体进入极限远端在不同宇宙空间中与星球体相互形成空洞效应，对于飞行穿越时空到达更远不同宇宙空间飞行影响理论依据研究，也称为宇宙飞行多态曲线形成和证明。这又是一种没有被提出证明过的全新的一种数学理论证明。孟浩远接受了秦和汉提供的阿勃特星球这种数学理论证明，所以才会突破地球人类思考极限提出来，其实阿勃特已经经过理论和飞行器探索飞抵太阳系地球周围的实践过程。所以他们的飞行器可以超越地球人类所思考的极限穿越宇宙中不同的宇宙空间，在浩瀚的宇宙中探索直至来到地球边缘所处宇宙空间，发现了地球和周围银河系太阳系等星系。然后接触到孟浩远第一个地球人类才有现在发生的故事。当然他们还有人类目前无法认识的更为高等级的科技和飞行器发动机，能量使用等制造材料、工艺和其他系统集成的新科技。数学理论只是证明飞行在不同宇宙空间的如何飞行的最为基础重要的理论支撑。

孟浩远为什么要冒着被世人猜疑的风险，不断在学术专题演讲或顶尖专业学术期刊发表这些超越现今地球的新的数学理论或证明？其实他很希望他的报告提出的数学新理论能够引起更多的数学家的关注并沿着正确方向继续深入研究下去，而不是他一个人。这样有大量数学家的关注和研究才会取得进展，提高地球的科技水平。他的数学新理论对于人类探索宇宙太空或产生一种存在不同宇宙空间的思想及其数学理论依据就可以开放思路，使人类有可能走到更远的不同宇宙空间飞行和进行科学探索具有开创性的重大前瞻意义。

科索教授一直认为孟浩远是一个伟大的数学家，不要把时间浪费在平常的学业学习和考试过程中。他不愿意看到这位数学奇才把时间花在这方面，他的时间应该是在更新的数学理论研究上。看孟浩远性格固执，坚持要按照自己当初接受学校邀请提出的个人想法来完成学校规定的学业考试让科索无可奈何。他认为这些考试对孟浩远来说没有什么实际意义。以他的数学天分和智慧，应该把时间用在从事更为前沿的数学理论研究出成果才对。可是孟浩远坚持自己当时的要求，认为自己的研究和学习并不矛盾，他可以安排好时间兼顾的，同时请科索教授放心。科索教授看到这位聪明智慧固执年轻的中国小伙真的太与众不同了，他学识水平奇高非一般人可及，但他的学习态度坚决，一直坚持自己的想法不会被他人所影响，无法做通他的工作，只能多给他时间，不太敢多安排其他教学任务。

接下来是孟浩远的研究生学习时期最后的毕业论文答辩，他的研究论文题目已经被人知道，更是吸引了大家的特别期待和关注。科索教授心里也是十分期待，他一直有非同一般的想法和研究。不过孟浩远从来没有向他讨论过论文的内容显得很是神秘。以他的智商和水平并不担心，只是自己很想知道孟浩远这次研究的方向和内容是什么？

由于论文内容的特殊性和孟浩远的不同之处，学校没有公开进行开放性的自由答辩会，而是由学校安排数学学院最出色的五位教授负责进行答辩咨询。当天是个好天气，只见天空晴朗，云低清白，如万马奔腾，煞是好看，以往无际的天空蔚蓝清澈，高悬在天空的太阳发出热烈的红光穿透一切照射在地球。

　　孟浩远的论文答辩安排在数学学院教学楼三楼的一个小型的会议室内，外面还专门临时请了三位学校保安负责维持秩序，因为是关于学校大名鼎鼎的孟浩远的论文，他们很想知道这位奇才这次的论文内容，也确实已经有人得知他这次论文答辩的题目慕名而来，准备可以参加难得的一次旁听，不过都被保安劝退了，告知他们因为这是一次学业教学任务安排，非公开学术专题报告会影响答辩。不过他们还是站在教室门外期待可以进入会议室，看到孟浩远已经一个人进入会议室，在门口大家喊着他的名字一起鼓掌支持他，让孟浩远深受感动，但是这不是他的安排，他不能邀请他们进入会议室，只是对着他们微笑并轻轻举手示意后自信从容地走进教室。九点开始的答辩会时间还差十分钟，五位教授和两位助理等工作人员以及科索教授还有两位学院院长陆续进入坐在位子上，孟浩远站在教室前面靠边上一侧等待。时间刚到负责答辩的一位教授认真地主持着，上前很直接地说道："开始吧。"然后回到下面自己的座位上。孟浩远非常自信地走到正中间礼貌地稍稍弯腰致意，然后开始他的论文汇报。这次他专门做了最简单的几张 PPT 演讲稿便于教授组成的五位主要专家评委可以停留认真地细看。他开口说出研究题目时就已经让在场的所有人震惊不已神情兴奋，激动又专注严肃生怕错过，对他们所有人来说孟浩远的研究题目非常高深，又是没有过的一种新数学理论，这种新的数学理论还没有研究者涉及。此时在伯利克数学学院的会议室里突然出现这样的研究报告真的太令人惊奇。孟浩远太神奇了，他怎么会突然发现了这样的一种数学新理论，太不可思议了，太深奥了，对数学界理论界将又是一个重大的贡献，太让人惊喜了，太了不起了。他可以做到人们没有想到的任何事。

　　在他的论文答辩会上，孟浩远一如以往沉稳笃定思路活跃，讲起他的这篇重要论文新数学理论更加显得自信智慧，眼里透出一种深邃无比的精光。他开始从论文的开题目的，提出宇宙中不同空间存在的思路及其数学理论依据，然后从头一点一点、一步一步地进行精辟的分析推理和证明，下面鸦雀无声都在认真地倾听，生怕遗漏什么。这一场答辩会好像是有些不一样了，变成了一场学术演讲专题报告会。在座参加的教授和旁听的科索教授以及学院两位副院长等其他几位数学院的教授也是相当惊讶，他们都知道学校里有这样一位叫孟浩远的年轻人，真正的现场听他的专题讲述的还有三人并没有亲身经历过正式听孟浩远的数学专题现场演讲，这次终于见识到这位孟先生了。传言伯利克学校来了一位神奇年轻的孟先生果然非同凡人，他在数学领域的研究已获得巨大成就。今天当场又领教了他的极高天赋和令人吃惊的最新理论，内心非常敬佩。教室里从一开始的安静沉寂都在认真地听孟浩远的论文证明，到现在的惊叹、充满兴奋和激动的氛围。这位年轻的中国小伙实在是太神奇太聪明了，要知道这是一个伟大的新的数学理论，他怎么会想到的？他的研究已经极其深奥无人可比，而且他的推理非常合乎逻辑，让人恍然大悟有新知识点收获。人们心里怦怦直跳，简直太不可思议。他的论文观点数学新思想必定会引起国际数学界的震动和其他业界的震惊的。这可是从未有过的研究方向，是眼前的这位年轻人最先提出的全新数学概念，演示和证明很完美，尽管有的知识点还需要慢慢消化和探讨，全场教授们已经被孟浩远征服，也没有办法提问。只是最后有三位教授提出探讨的提问也都被孟浩远轻松自信的解答完成，论文被教授们一致满分通过，优秀无比的论文，极其重要的论文开创里程碑的数学理论出现，意义非凡。

论文答辩会以前所未有无与伦比完美的完成。此时会议室内参加论文答辩的教授们笑着向孟浩远祝贺他成功的研究新理论。他们也向科索教授激动地表示敬意和祝贺，因为是科索教授发现和引进孟浩远这样一位伟大的数学家的，大家最后不由得激动地站起身鼓掌表示敬意和祝贺。这也是伯利克大学学校的荣誉时刻，他们自己学校的研究生有了新的数学理论研究，而且对地球文明进步意义重大。现在他们已经被孟浩远彻底征服，是崇拜者是倾听者。他们心里十分清楚孟浩远的学术水平早已超过他们不知道多少，他的位置不应该是学生的身份。他们一致热烈建议应该向国际数学期刊推荐发表孟浩远先生的这篇顶级高深的论文，让更多的数学研究者都可以看到，它的意义实在太大了。同时这些教授真的很疑惑，在高兴的相互交流时提出问题，这样的学生已经超过了教授们的专业学术水平。为什么孟浩远先生还需要在这里专门学习完成对他来讲是很简单的研究生课程？完全可以直接聘为学校教授才是正确的。当科索教授笑着解释这是孟浩远先生主动要求的选择，让他们再次无语，他们不懂。科索教授和两位数学院院长笑着摊开双手，眼睛充满爱意看着孟浩远表示高兴也表示无奈。孟浩远笑着说道："谢谢各位教授们的支持、评价和建议。这是对我的信任，谢谢！和你们前辈比我还是觉得自身还相差很多，需要一直学习和积累，不断地通过系统的学习使自己有和你们一样有更深厚的数学基础，同时也是我自己希望在伯利克学校学习的一个心愿。谢谢教授们的爱护和关心，希望以后继续得到你们的关心。"他的谦虚让在场的所有人对他更生好感。他们跑到前面与孟浩远握手拥抱祝贺，他们已经彻底心悦信服。

美国的大学里数学专业研究生一般需要修30—36个学分，有8到10门课程，在伯利克大学数学学院研究生课程有15门课程，如果学分提前修完的话是可以提前毕业的。考试和论文答辩结束已经引起人们更加热烈地传说和讨论。考试结束一周内，在学校的关注下要求抓紧将考试阅卷完成，结果这场特殊的考试孟浩远的八门主课考试成绩出来，所有课程全部为A，据阅卷人透露孟浩远的试卷上偶尔有差错扣分的都是几个小题目，认为应该是他的粗心大意所致。这还是孟浩远故意造成的几个小错误，因为如果所有试卷考试全部满分的话实在太少见，让人不敢相信。自己需要稍作掩藏一下，所以孟浩远在每份考卷上总会故意错2—3题的小分题。他的论文当然毫无悬念的满分一致通过并被推荐给国际数学期刊发表。又一次收到孟浩远这篇重要论文稿件后的主编安东尼看到作者孟浩远三个字心里就无比激动兴奋，当他认真的一口气看完这篇重要论文后，又仔细地一字不落地一点一点好好看了三遍。然后一整天关上自己办公室的门，叮嘱助理不得打扰他，就安静地坐在办公室里一直反复学习看着论文，最后才算明白，这是孟浩远对人类作出的又一个伟大贡献，欣喜万分激动地在房间里来回走动旋即坐下又走动起来，心情不能平静。他马拿起桌上的电话打给孟浩远，等电话接通，电话里传来孟浩远那熟悉而平静的声音："安东尼先生，你好。"安东尼自己已经十分激动了，想不到作者却这样的平静，高兴地说道："孟浩远先生，祝贺你！你的新论文我现在正在看，太伟大了！太好了！太了不起了！我不知道说什么好。"孟浩远说道："安东尼先生，谢谢你的支持关心。对论文有什么问题建议吗？"安东尼一听赶紧说道："没有没有，只是现在我的心情非常激动。要告诉你，你要知道这篇论文多重要，它对数学的贡献是突破性的开创性的，以后它对指导我们人类文明科技探索意义重大。你知道吗？"孟浩远他心里是知道的，平静地一笑说道："是吗，安东尼先生你过奖了。"安东尼见孟浩远一如既往的沉稳没有特别的喜悦之情，说道："以我的认知，你的这篇论文真的具有伟大意义。不久将会证明我的评价是对的。谢谢你！欢迎你随时与我联系，到英国一定要来看我。"

安东尼发自内心的兴奋和喜悦，他真要感谢孟浩远对他的信任和对他主办的期刊的信任，这篇极高质量水平的重要论文，它无论在哪家专业期刊上先发表都是意义非凡的，对期刊本身就是很重要的，看到孟浩远接连向他这里寄来惊世的又一巨大成就，它将引导地球人类文明进程的思考，在科技探索宇宙方面提出重要理论依据作出重要的贡献。两人通完电话令安东尼激动高兴不已，心中在想孟浩远这个人太神奇了，一直有惊喜而且都是极难及深奥的数学理论研究。

还有一位感到高兴激动不能平静的就是科索教授，也对这篇论文惊讶万分。这位孟浩远先生能在伯利克大学数学学院经过半年时间完成研究生学业已经是一个少有的奇迹，在建校历史上很少有人取得过，而且他的所有成绩全部达到优，让学校和所有人十分吃惊。他的毕业论文又是极高水平，对数学界作出重要贡献。这真是难得的一位极高智商的数学天才。平时一直非常严谨认真不苟言笑的科索教授他并不担心他的考试，对孟浩远的这篇重要论文真的高兴和觉得不可思议也笑着不断地摇头无语。孟浩远现在是自己的助教，以他的数学水平和自身的天赋，自己早已断言必须把孟浩远邀请来学校当教授，对学校是有很大好处的，他的到来将是学校之幸，学生之福。看着孟浩远这种沉着冷静的神态，极富智慧又特别与众不同的创新思维，仿佛是一个科学精灵，性格又比特别的低调，又像是一个普通人，真是难得的奇才，他身上的一切都似乎太完美了。科索教授心里已经开始在思考问题，觉得孟浩远的天智已超出了他理解的高智商天才的程度，他简直不像是地球人类。但他又无法来证明他，他身上有很多普通人所不具有的特质，已经不能用聪明来形容他了。从此以后对他有了另一种关注，他在思考孟浩远已经在半年不到有了三项伟大的数学新理论提出和证明，这三个理论证明成立对科学进程的意义非常重大。

完成了研究生课程学业后，孟浩远仍然坚持他最早提出的要求，就是继续完成学习后面的博士学业。科索教授和其他几位教授见孟浩远固执地坚持要求完成他心中愿望，在伯利克这所著名的大学里完成研究生和博士学业，都愿意联名举荐他攻读博士学业。只是正常的博士学业需要五年时间，孟浩远希望可以用一年半至二年完成全部的学业然后按规定考试和论文答辩。以他现在的学习能力和专业水平当然没有任何问题，完全可以提前修完所有课程内容完成学业，它只是需要结果和节约时间，而不是其他。学校愿意希望满足他的心愿，等他完成博士学业能够挽留他在学校从事更高深的数学研究，条件相当宽松。可以为他专门成立一个数学研究所，并让他挑选学校内外的数学家和研究人员一起开展研究，没有任务和目标，只是让他自主决定研究方向和内容，也可以抽空开展一部分教学任务，以提高学校吸引力和影响力。

六

杰瑞里负责新建的浩瀚探索科技有限公司开办进展很顺利，他在菲尼克斯这座城生活了很长时间，已经非常熟悉这里的情况。而且这项工作对于他来说是非常简单。孟先生需要购买的土地所处的地理位置，杰瑞里刚开始听到孟浩远告诉他想法后实在搞不明白，具体自己并不太熟悉，但是他知道一点那里是荒漠的无人区，还没有一家企业在那里投资开发建设。他还是认真到图书馆去查看地图和有关资料，还向所有朋友咨询了解，得到的情况都是说明那里不合适开发利用，投资那里一定会很惨没有收益最终只有一个结果就是失败。所以他非常疑惑一直摸不着头脑，为什么这位年轻的孟先生很有想法和决心愿意花这么大的周折和金钱在这种荒芜的地方购买大量土地？这是没有任何经济价值可以利用的地方，没有人愿意冒着巨大的风险来这里买地，那里即使是普通人一看就知道是没有利用价值的荒地，而且他竟然一下子要求买下给出的地理位置大概方圆三十平方公里，这是非常多的土地，做农业和牧场显然也不适合，除非在这种鬼地方另辟蹊径建赌场，变成又一个像拉斯维加斯赌城一样的地方吸引游客，否则真的是决策很错误的选择。经过查询后他知道这一片土地因为没有经济价值，更没有人会买来开发利用，没有任何私人拥有。这里所有土地属于州政府所有。杰瑞里作为公司负责人还是很尽职的，为了替投资老板真心服务他不仅到处查询了解，还专门自己开车到孟浩远标出的坐标位置去现场先后考察了三次，到现场认真仔细地查看考察后坚定了他的想法，还是觉得这种地方是不值得购买的。这种土地是便宜可是没有利用价值可言，谁购买就是一次投资失误，最后必定会失败。所以他本着自己的职业道德强烈建议并在他的可行性报告里也列出了充分理由让孟浩远慎重考虑自己作出的购买这片土地的决定，除非经过其他途径探测地下，发现了石油、天然气、抑或有高经济价值的其他资源，否则真是一次不严肃负责鲁莽失误的投资，把钱扔进水里很快消失的毫无意义的冒险，肯定会失败告终。他认真负责地写出了调查咨询报告和结论。告诉孟浩远结论：是不宜投资，具有重大风险。需要慎重考虑。孟浩远看到他的报告心里更加认可放心杰瑞里。他做事风格认真严谨细致，报告分析得很清楚，结论也是非常重要，为孟浩远提供了真实的分析建议。孟浩远没有解释，电话联系他，把所标示的图纸发给杰瑞里看后告诉杰瑞里："杰瑞里先生我看过你的报告，分析得很清楚，你的建议很正确非常合理。我知道了。不过你还是按我的要求去操办吧，不用考虑其他因素。"杰瑞里一听真的无奈，他不明白孟先生已经知道自己的报告而且是认可他提出的结论的，为什么还要固执地继续购买土地坚持将这个项目做下去？唉，真让人难以理解，说道："孟先生，我要对你负责，为什么不听我的建议呢？你的钱可以投资在其他方面。请你务必思考清楚。这个项目很大，没有必要让费钱。"孟浩远一听他仍不放心在劝自己，心中暗自高兴嘴上说道："杰瑞里先生，我知道，谢谢你的提醒，我也做不了主。这样吧，我会与投资人汇报，请你按计划继续吧。"然后他把需要购买土地的具体范围和数量详细地书面通过邮件告诉杰瑞里。杰瑞里听到孟浩远说道他做不了主，但会向上汇报。心想也对，孟先生还是太年轻了，在他背后一定有投资老板在指挥，他也是无奈和我一样的。我们尽责把项目的利害分析清楚提出建议，如果最后他们坚持要继续下去只能执行，他只好摇头无奈地答应去操办。

过两天认真的杰瑞里又继续电话联系到孟浩远想听听向上反映的最终消息，孟浩远只好告诉他，已经汇报过，上面坚持要将这个项目做下去，不要考虑其他因素。杰瑞里才不得不准备去实施。他与州政府负责官员事先沟通联系上后，约定时间去商谈项目。三天后这天是周四的上午 9 点，杰瑞里开着自己的车和公司行政办公室主任一起前往州政府办公楼，州政府坐落在城区已偏郊区的地方，周围都是树林和大片草地，不是很热闹，一幢五层楼高的主楼建筑和其他四幢三楼的单体建筑楼构成，周围全部开放没有围墙，任何人可以进入参观和咨询。汽车进入主楼外面停车场后两人一起走到办公楼，经过门口简单的问询后，他们步行上二楼会议室等待州政府负责官员到来，时间还差五分钟时，两位负责投资和商务的州政府官员一前一后步入会议室。今天要谈的是很少见的购买该州地处在南洛基山附近的一块土地事项，包括用于建研究中心等建筑和探测矿产，如果探测分析有矿产后期可能会开发矿产。今天参加接待商谈的是州政府专门负责官员名叫杰森的中年男子和一位名叫威斯勒的二十多岁年轻男子，四人面对面坐在会议室内的长桌两边。杰瑞里把准备投资建设项目方案设想做了介绍。杰森和威斯勒看到面前的两人是当地美国白人，他们很是意外，因为一般当地人都清楚那一片土地不适合搞建设开发特别是矿产资源，他们代表的浩瀚探索科技有限公司居然会来谈判购买位置坐标在档案地图上标号是"912"的这块土地，用于公司研究开发矿产，公司是一家探索科技有限公司，他们将设想购买土地后建立实验中心和辅助的办公楼等建设，是一个听起来十分巨大的投资计划项目。杰森和威斯勒觉得很是奇怪，两人交换了眼色有些意外是否他们谈错了方向。早就有全美国的几个大型矿产公司和专家来研究探测过，因为根本没有发现有可利用的经济价值资源和矿产，所以一直没有人来投资建设，那里连成片的土地只有一条通往墨西哥的四号州际公路，两边都是荒地。杰森听到杰瑞里的介绍后问道："杰瑞里先生你们公司想购买的是912地块位置吗？"杰瑞里如实说道："是的，先生按照你的图纸所标那里应该就是。"杰森和威斯勒轻声低语后说道："杰瑞里先生，我要告诉你，912地块是无人区，不适合农业、养殖业和其他开发。你要想清楚，很可能你的投资会失败。需要慎重考虑。"杰瑞里一听他的说法和自己经过现场考察三次并查阅了大量资料后所写的项目可行性分析报告结论是一样的，说道："是的，我们已经考虑过。我明白你的提醒，谢谢！"杰瑞里认为杰森他提醒的意见其实就是自己同样的想法，无奈公司老板愿意冒如此大的风险，又不能直说出来。只好说道："杰森先生，谢谢你的分析和说法，我们公司觉得可以试一试，任何投资总会有风险。也许有那么一天会有回报呢？谁知道呢？我们还是来谈谈购地事项吧。"杰森对杰瑞里这样说，他们感到很意外，说道："杰瑞里先生，我还是要负责的明确告诉你，恐怕这里作为矿石开采这个项目是不合适的。我们当然希望你们公司购买这些土地，不过还是希望你能慎重考虑，收回你的想法，你们回去仔细在好好商量一下，再确定。"杰瑞利苦笑道："谢谢！我明白。公司已经商量多次了是有不同意见，我们认为需要在这里建设开发。也许可以在不远的将来，通过更先进的技术探测分析出这里可能有经济价值的物质，投资总会有风险的。"杰森见自己已经很清楚地告知杰瑞里买912地块投资的风险，他有义务和责任做到尽量如实告知他们，但是他们好像还是愿意一试，便说道："好吧，欢迎投资。我们州政府和市政府会尽力做好。谢谢你们！"

这样的投资对他们州来说当然是一件好事，这块标号"912"地块的成片土地，目前在离它最近的周围大约有二十多分钟车程距离，仅有一家天坑公园以及在它斜对面四号州际公路北面有一个服务区，里面有加油站和商店，其他四号州际公路沿线没有其他投资项目。如果以后慢慢有公司愿意投资连片激活这里当然好，对当地经济是会带来好处的。杰森他们希望有人买下这不值钱的土地投资开发，所以杰瑞里需要的地块方圆三十公里这一大片土地出让售价很是便宜。在孟浩远给杰瑞里划出的图纸包括一条自然经过的墨脱西里河的水源使用和南落基山区南面的部分森林等，这样可以更方便秦和汉他们来去降落，具有很好的隐蔽性和掩护作用，中间跨过四号州际公路。土地开发地面上需要建设行政办公楼、员工住宿楼房、一个选矿厂房、设备用房和单独的实验研究中心楼以及其他一些楼层建设方案要求。除了对建设企业做好废水废弃物的污染防护和集中处理要求和对墨脱西里河的防污染要求外，其他的都是允许的。州政府部门两位代表官员也是有意外也心有疑惑，今天商谈的是一大片土地购买和建设开发，这是从来没有过的。难道这里真像杰瑞里说的以后可能会发现一些有经济价值的物质或其他资源？他们是一家怎样的企业？掌握了更加先进的技术？可以在这块地区开挖出有价值的矿藏或其他资源？想想不可能，要不然以美国现有先进科技和技术早就被其他企业买走开发了。这家公司这次一下子买了方圆 36 平方公里的大片荒地，这对政府当然是个好事，以后公司运行生产会需要工人和技术人员，可以创造一些就业机会。一切谈判很顺利，办理手续也很快完成。而且政府答应杰瑞里帮助他们公司建设在这里尽快通电力和水。谈判结果如杰瑞里意料，土地价格非常便宜，所设想的建设方案要求都同意，接下来就是办审批手续会有一些时间。

　　杰瑞里今天上午与州政府官员商谈结束后和行政办公室主任两人一起与州政府两位官员道别，走出州政府办公楼。来到外面的园子里看着周围都是绿色的草地和树木，蓝天白云空气清澈，顿时让杰瑞里心情高兴起来。不过转念一想又感觉可惜和遗憾，他认为今天上午和州政府的谈判结果和他预料的一样，并没有什么难度，这件事是简单的，还没有企业来投资这样的项目，大家都认为是有风险的。他在为孟先生担心的同时也担心自己，现在的公司才刚刚起步，如果投资失败，意味着自己重新要选择了。他马上一个人走开一段距离站在园子里向孟浩远汇报了刚才谈判结果。听到杰瑞里电话说上午谈判的结果很顺利也有意外，就是州政府帮助项目建设水和电、煤气的供应。说明州政府花了大量的资金在沿途建设水、电等建设。让孟浩远很高兴，谈判顺利意味着以后接下来的事会简单了。与孟浩远电话交谈后听到他肯定自己的谈判工作进展心里高兴。不过杰瑞里很清楚与州政府官员杰森谈判时他的提醒和地块周围咨询的结果都不让人满意，心里开始担心起来，这个孟先生代表投资这样大的项目，他的企业发展下去是有些危险，不是长久之计暂时也只能尽力做好吧。不过屡劝他不听只好无奈地摇头，通话完毕后两人走到停车场上车，开着车回市中心公司去。

时间很快不知不觉已经一月过去，第二个月的月初十日是浩瀚探索科技有限公司工资发放日，第一个月工资到账后，第二天公司所有人都比平时要提早到单位，人们脸上兴奋喜悦的表情知道他们有喜事，原来他们一查账单特别高兴，工资收入都比原来高出约 50% 以上甚至有的更多，工资的事没有办法交流但是大家心里都清楚。此时他们明白这家新建的不知名的公司真的很不错。杰瑞里看到员工的脸上表情兴奋都有喜色，心中清楚是怎么回事，他也已经查到自己工资的收入情况，自己的收入比原来当律师时提高了整整一倍多。他现在开始觉得这位年轻的孟先生果然是能够说到做到，不过他更加为这位神秘的年轻人担心起来。公司以后的发展存在太大的风险和不确定因素，可能会让他投入的金钱最后瞬间化为乌有。而他背后肯定还会有更神秘的幕后老板，年轻的孟先生只是在前面投资代表，一旦失败这位他认可的年轻孟先生就要承担全部责任了，想到这里不免为他担心自己叹了口气。不过自己是公司的负责人也一再尽力提醒过他，书面报告也详细分析清楚，结论也是很清楚的。现在已经没有其他办法来说服孟先生改变投资，只能作为公司执行官先安下心按孟先生的计划执行，更加精心当好自己的角色为孟先生好好服务，管理好这家新成立的公司。

杰瑞里在城市中心靠外围附近的一家商务楼租好了一层办公楼，这里的办公条件很不错，唯一不足就是离开市中心有点远。但是租金要比市中心的写字楼便宜很多，其他的道路交通和商业设施非常多很是方便。租好的办公用房为了方便管理整层全部都租用，公司刚刚开始业务开展，为了节约，他先期尽量减少人员，所以招收满足公司开展正常业务必须的人员为标准，一共陆续招了十二个行政管理和技术业务人员，包括行政管理、财务、商业谈判策划和项目管理等工作人员。公司已经可以正常开始运转了。现在"浩瀚探索科技有限公司"已经正式开始运行，账上的资金足够公司有序地开展，有点像样了。

杰瑞里第一次作为专业公司管理人员负责人，边学习管理边认真地开始将孟浩远要求的计划开始抓紧实施，十分用心对工作要求很高，作为管理新人他在管理还有一点想法的，所以专门把十二名公司员工召集起来专门开了一次简短的会议，会上他要求全体员工为新建公司开展献计活动，为自己新成立的"浩瀚探索科技有限公司"征询好思路好设计好的工作点子。还反复构思设计了公司的图标交给员工讨论后又委托专业设计公司美术设计进一步优化，形成了最后公司非常符合名字的漂亮的图标。只要乘电梯到了四楼，出来楼层电梯口就有公司图标和英文名字。走进写字楼在醒目的接待处也可以看到非常漂亮富有想象力的公司图标，让人看了会联想。这是一家很让人印象深刻会记得住的未来探索概念的科技公司。

新成立的"浩瀚探索科技有限公司"已开始运行，全部十二位员工按杰瑞里要求正常工作。目前公司主要负责工作内容是购买土地和 912 地块建设项目的设计方案，包括所有手续。其他业务还没有开展，公司以后的营运状况大家都心里是有些疑问。只有杰瑞里心里十分清楚，他担心这样的公司能否可以长久的活下去，也为孟先生在担心。如果以现在这样前期项目设计建设完成，公司还没有经营业务这意味着没有任何经济收入。依靠孟先生上级公司汇入的前期资金，当前一个阶段是没有问题，但是长期维持是不可能的，公司没有主业方向是有问题的，前景并不看好。但是他与孟先生交谈汇报公司运行进展时，他好像并不着急一直很是笃定自信。现在公司只能有条不紊地按他的计划在一步一步推进。杰瑞里也只好暂时安下心认真地把项目推进，按时间节点要求认真地实施。接下来的第一步是公司需要完成购买 912 地块土地，目前已经完成了与之州政府商谈，确定达成意向并签订合同文本。这一周正在办理土地出售审批许可相关文件。然后第二步要在 912 地块土地上对项目完成设计，接下来就要开始建设和办理相关的审批许可。整个项目竣工完成按照美国建设公司通常情况，过程也是非常长的，最起码需要两年左右时间。

十月的一天正好是星期天早上，孟浩远一早就穿着运动衣服来到附近的公园去锻炼活动去了。两个小时后身上已出汗，衣服有些湿，浑身舒服轻松跑回家赶紧冲洗后换了一身干净的衣服。今天他还有事，已经坐在楼上一间单独的房间里，被他安排成一间小型书房，约定的时间上午十点已到。然后与杰瑞里通过电脑视频连线，就项目设计和建设方案的事进行一次商量讨论。此时已经连线，两人打完招呼后很直接，杰瑞里开始把项目设计一一介绍，他旁边坐着另两位副总正认真地坐在一起听。已经有将近一个小时了还没有结束，此时孟浩远放在桌上的手机电话震动起来，发出呜呜的震动响声，在光滑的桌上显得很是醒目，他顺手拿起手机一看马上明白，来电显示的号码是艾琳的手机打过来的。此时他已经与杰瑞里等人的商谈差不多了，正在几个设计细节上商讨，他连忙与杰瑞里继续简单的交流了一会。然后抱歉地说道："杰瑞里先生不好意思，我此时正好还有有事，有人来找我了。我看这样吧，请你再将设计方案设计修改一下，主要是实验楼的设计细节问题，实验楼不同一般，它有很多特殊的要求，我们设计要高标准，充分考虑实验研究中心以后各种项目的分析测试，实验室按照大学研究所的高标准实验室科学安排流程设计和建设。还有车间运行设计部分，车间和工艺流程设计可以委托专业的设计公司分开单独设计，这也是比较专业的部分。行政楼层要考虑持续发展，要有对未来和前沿科学的考虑，所以项目的设计要求标准先进科学和超前，建筑上要美观简洁和实用，面积多留余地宁可现在空着，功能性的需求多考虑，如员工休息区和就餐区，活动区，会议室和办公室以及周围要求高清监控设备和监控室系统数据建设等等都要考虑，尽可能多考虑各种功能不要遗漏，不用为了省钱考虑节约而遗漏功能性的要求，还有考虑周围监控和防护栏，分两种：一种是主项目基地的防控，还有外围围栏隔离防护。还有一些细节我们大家都再思考一下完善方案。我们今天暂时谈论到这，以后再讨论，谢谢！"孟浩远说完后暂停了与杰瑞里他们的视频商谈会。他将视频联系关闭，然后连忙拿起桌上的电话回拨过去说道："艾琳，你好，我正在和同事们讨论工作上的事，看到你的电话就匆忙中断了。"艾琳听后说道："浩远，不用这样。这样不好，你先忙你的工作，可以等完成后有空时再给我回电。你现在可是个大忙人啊。"孟浩远说道："也没有。不算是大忙人吧。只是今天是星期天恰好也有事。没有关系的，工作上的事一直都会有，暂停一下不会有影响。我恨不得马上可以见你啊。"艾琳被孟浩远说得咯咯地笑出声来问道："真的吗？好吧。你现在有空吗？到你们学校的门口，我送来一件东西给你，赶紧去吧，记住现在就去。"声音认真起来。孟浩远听完她的话心想一定是寄了一些东西给我了，于是马上回答："这么神秘。好吧，那我现在就过去拿，到底是什么东西这么神秘？"艾琳："很重要，你去拿了就知道了。"就此挂断了电话。孟浩远不禁想道这个艾琳真是个鬼精，还专门送东西过来，真是很有心想得周到细心，还要马上就去取。心里在想这艾琳搞什么花样呢？为什么突然专门送什么礼物带过来。一定是很有意义的礼物，不知道是什么？艾琳让他现在过去说明礼物已经送到，他起身快速穿好衣服、鞋子，关上门麻利地骑上门口的自行车向学校大门飞快而去。

　　孟浩远现在住的房子当时由学校给他安排单独公寓也可以，由学校补助他后自己来安排租房购房也可以。他考虑到以后要与秦见面最好避开学校安排的单独公寓，那里有学校不少教师都住着，以免以后熟悉了不好。所以就自己花了点时间找到中介经过推荐后对在学校附近的三个小区看了两天，最后很快就决定购买了现在的一套独立的带前后大花园的大别墅，小区里面周围房子相互间距远，非常安静隐秘，很适合他低调躲开人们视线的要求，房子的样式也是他比较喜欢的风格，而且离开学校并不太远，平时骑自行车就可以。这栋房子楼上楼下共两层，楼下有车库、客厅、厨房，洗衣房，还有两间房间。前面和后面都是很大的花园，后面的还有非常大的草地，简直像是一个小型农场，望出去一览无余，在后面还有一条河。房子建筑风格和里面的设计都是美式特点，简洁实用，每个房间都很大。楼房里面的实施都一应俱全。楼上还有三间房间、一个客厅、一个书房，每个房间都有卫生洗澡间，还有一个储物间和专门的洗衣房。这种房子一个人住在里面太大了，当时孟浩远看到后就很喜欢，他一直生活在上海住那种两居室的高密度五层楼房，整个小区内邻里常常会遇见，根本不可能很安静，属于另一种热闹有人气的生活习惯。孟浩远不是很喜欢，它只是喜欢安静一点的小区。所以一到美国看到这样的小区和房子就很喜欢，忍耐不住就出手购买下来，这里更合适他独立思考。这样的房子又在市区内离伯利克学校不远，小区周围出行道路、交通、商业设施都有，很是方便。买下来后父母过来也可以住在一起。

孟浩远听到艾琳电话让他马上去学校门口取东西后很快出门骑着自行向学校正门方向飞驰。这里到学校走路约半个小时不到，骑自行车约莫十来分钟就可以到。一路骑行一路还在想着艾琳是送的什么礼物，这么神神秘秘。看着路两旁的景色心情大好，路上换了几条路穿来穿去潇洒地骑行，前面已经看到就是学校的大门了。等骑着车眼睛向前望去，猛然心中一惊，他远远看见一个熟悉的身影，不正是自己想念的艾琳吗？她正站在路边上，旁边是两个行李箱一大一小，一身衣服非常休闲得体，穿在身上令人眼睛一亮很是养眼。她身上背着一个双肩包像是在外旅游归来。此时她正站着张望，很快她也看到孟浩远熟悉的身影正骑着车快速驶来，脸上露出惊喜开心的笑容。马上孟浩远一个漂亮潇洒地急停，用两脚用力一点，快速地将自行车马上停住，人车已经到了站着的艾琳面前。艾琳看到孟浩远骑一辆自行车过来，赶紧上来先抱住孟浩远。孟浩远身体跨住自行车梁上露出高兴的笑容，伸出双手侧身迎着艾琳搂抱在一起，用手轻轻拍着一边亲吻着她美丽的金发说道："艾琳，这是怎么回事？太惊喜了！你怎么突然就出现在这里啦？哎呀，太高兴了。我还以为真的是你请朋友捎了礼物过来，赶紧来取的。哈哈，真的太意外了太好了。"艾琳笑着说道："我把我送到你面前了，是不是想不到的礼物啊？"孟浩远听懂了原来艾琳是这么安排的，让自己有个意外。开心地哈哈大笑道："噢，知道了。原来你也给我来一个大大的惊喜啊，太好了。"说着松开手把自行车往路上一停。转身过来面对着艾琳捧起她美丽的脸，用手轻轻地刮了一下她笔挺的鼻子，然后动作轻柔地抚摸着她精致漂亮的脸庞，艾琳配合地用手抱住孟浩远英俊的脸亲吻着。学校门口边上不时有进出学校的学生，有认得孟浩远这位出名的数学家的。在经过他们时特意边笑着边大声喊道："孟先生好。"然后哈哈笑着看着他俩，拍着手以示高兴和祝福。孟浩远被搞得不好意思，慢慢松开艾琳，拿起艾琳的两个行李，背起艾琳的挎包，让艾琳坐在自行车上慢慢骑行，笑着与学生致意后两人边说边开心地走着，离开学校门口后不时艾琳停一下车，扭头对正步行手拿着两个行李箱的孟浩远的脸上亲一下，一幅甜蜜爱情幸福的模样。离开学校门口后孟浩远突然停下站着，艾琳有两个行李箱，走路不方便，准备在路边招出租车回去。

　　突然一辆黑色的德国品牌小汽车在他们发身边停了下来，从驾驶室打开门走下一人，孟浩远一看原来是科索教授停车走过来。看到是科索教授下车走过来，孟浩远赶忙迎上前。科索教授原来今天刚从家里过来准备进学校下午还有事，他开着车准备进校门时发现前面站着的是孟浩远，身边还有行李箱，她旁边站着的还有一位漂亮的白人姑娘，长相美丽大气很有气质。他们两人在一起很是高兴的神情等在路边，不知道发生什么事。所以他开车经过校门时没有进去，直接往前一直开到孟浩远站着的身边停下车然后下车。看到科索教授的车停在路边从车上下来，孟浩远迎上来招呼道："科索教授你好！"科索教授笑道："孟浩远。你好！我看到你站着，身边有行李是在等车吧。我送你回去。"孟浩远被科索教授这么一说忙急着说道："谢谢不用，我很方便的。"科索教授说道："来吧，我也很方便的，到你家里很近，是不是送你回家？还是到酒店？或其他地方？"说着看着孟浩远。孟浩远忙说道："谢谢科索教授，是的，我们准备回家。"边说着边对着艾琳介绍起来："这位是我们学校的科索教授。"又对着科索指着艾琳说道："这位是艾琳，是我的女朋友。"艾琳笑着大大方方和科索握手示意说道："科索教授你好！很高兴认识你，我一直听浩远说起你的大名，我知道你。"科索教授这下全明白了，原来孟浩远有这么一位出色的女朋友，他可是从来没有说起过。他感到非常高兴。见科索教授要送他们回去，再推辞不太好，只好接受。孟浩远说道："好吧，谢谢科索教授了。"两人把行李箱很快拿上车后备箱中放好。孟浩远的自行车暂时锁住后挪向路后面树林放在一边。

　　两人坐在汽车后座上不敢过于亲热，暂时强压住相见的激动心情，只能紧紧握着手。顺着孟浩远地指向科索教授开着车很快到了孟浩远所住的楼房前面，三人下车。科索教授下车后看着这里，不住点头。艾琳也是一脸的喜色，原来孟浩远现在住在这里，周围环境很不错。高兴地匆匆扫了一眼，这里是城市中闹中取静的地方十分的安逸，周围安静环境很好，到了外面还是很热闹的。进入小区这里的路后很快就是另一个世界，这里的房子也很不错，她来不及细看。艾琳和孟浩远两人拿下行李与科索教授道别致谢，孟浩远说道："谢谢科索教授！"科索教授笑道："好好，原来你住在这里。你们回家休息，我到学校去。以后抽空再看你。再见。"说完上车开着车。两人目送科索的车离去。

等科索教授的车离开不见后，艾琳站在园子前面开始认真地看着这幢房子和园子，高兴地说道："浩远，这是你的房子？很大很不错，这里环境很好特别安静。房子和园子真的很大，就你一个人住在这里？"孟浩远看着艾琳一脸兴奋并提出一连串的问题，笑着说道："是啊，学校有资金支持，我就选在这里，一个人住着。"孟浩远并没有很快直说是自己买的房，只是说有学校资金支持，这话也没有错。确实学校每月都有资金补贴。艾琳听着孟浩远的话，高兴地绕着房子边上跑到后面看看又发出高兴的叫声："啊，原来后面还有一个更大的花园，这里真的大，太好了。"她高兴地有些手舞足蹈了。艾琳说道："我喜欢这里，真的很不错。"两人喜滋滋地转了一圈后回到前面门口，孟浩远已经打开房门，两人拿着行李走进屋内，刚进去艾琳有好奇地向到处看看，感到满意。孟浩远站在一边收拾好艾琳的行李，两人又兴奋抱在一起热烈地亲吻起来，看孟浩远的住房觉得很不错，屋内收拾的也干干净净，整整齐齐的不显得凌乱，看来孟浩远是一个平时在生活上还是养成好习惯很自律的人。

原来这次艾琳突然从德国来美国找孟浩远是她在学校里论文答辩已在周五上午顺利完成，然后她与导师沟通了一下，等论文全部修改完成上交后，先打电话给自己父亲报告了完成研究生学业了马上就要毕业。通完电话后她首先就想要到孟浩远那里看他，马上网上订机票，又赶紧收拾自己的房间整理行李后一路辛苦的坐飞机独自从德国赶到美国来到孟浩远这里，事先没有告诉孟浩远。她希望这次也像孟浩远上次突然来德国来学校看自己一样，当时孟浩远给自己一个难以忘怀的惊喜，现在自己也来一次突然而降出现在孟浩远面前给他一个深刻的记忆和大大的意外。

孟浩远确实被艾琳突然而至感到意外又惊喜，为艾琳能够从德国到美国这么远的路程身边还拿着两个行李箱一个大背包，把她的全部家当随身带来而感动。看着面前的艾琳，孟浩远有些心疼说道："艾琳，你应该提前告诉我，我可以来机场接你，也可以到你学校来接你啊。你一个人拿着这么重的行李，还真行啊！噢对了，你这次到美国来，告诉过你父亲没有？"嘴上说着心中却充满甜蜜，突如其来的惊喜让人更是心中顿时涌起爱意和甜蜜。艾琳说道："说过了。论文通过答辩后我先告诉过父亲的，他问我什么打算，我说还没有想好。他让我回家，我说还有事安排。学业完成毕业了，不着急回荷兰。正好乘假期需要放松一下，自己还要玩玩。"孟浩远说道："是的。应该告诉一下，你没有说是到美国我这里来吧。"艾琳假装生气问道："到美国找你不可以说吗？"孟浩远说道："噢，也不是。主要是让你父亲知道你在哪里更好。"艾琳笑道："放心。我还没有说，也不知道你是否欢迎我来。"孟浩远说道："没有。当然欢迎。"

两人说着话，孟浩远拿着两个行李箱往屋中去，艾琳背着包在后面进入。等孟浩远远放下行李箱后，艾琳将背包也放在客厅茶几上。然后想要参观一下，孟浩远笑道："你随便看。"艾琳还是拉着他的手在孟浩远的陪伴下开始兴致勃勃地参观起这座孟浩远生活居住的房子。这栋美式明亮宽大有很多房间的楼房，从下一间间看，顺便推门看看园子外面，又返回走上楼梯上二楼参观。她很满意这幢房子和里面的设计装修。不过心里有些纳闷，你孟浩远一个人住这么大的一整套房子，外面还有前后大大的园子，环境安静舒适安逸，学校有补贴的也不用这么大啊，不知他是怎么想的。看着孟浩远说道："浩远，你房子太大了，一个人太浪费了。我现在毕业了，我就住在这里可以吧？"孟浩远一听艾琳的话，知道她还有些疑惑说道："其实我是不会介意住所条件如何的，不过学校要求安排的，原本在学校边上的一个小区也是这样的独立楼，但是我感到那里的绿花和房子间隔距离很近密度高一些。所以就委托中介找到这里，学校给的补贴费用足够了。一个人住是大一些，但是安静就好。现在你过来想住就随便住，房子有好几个房间，楼上西边一间我现住着，其他房间你自己选喜欢的吧。"艾琳听明白了伯利克学校请孟浩远当助教，学校对他真的是用心安排了，说明孟浩远是他们重点关注和需要的重要人才。是啊，以他的数学成就，而且还这么年轻，已经是非常厉害少有人比了，学校当然会全力支持他的生活。艾琳在孟浩远的陪同下开心的楼上楼下到处细看了所有的房间，最后艾琳的房间选在二楼东面的一间最大的套房房间和孟浩远一层，一个在东一个在西都是朝南面的大房间，中间还有会客厅、洗衣房和一个书房，北面还有两个房间空着。这样两人相距很近还随时可以跑过去，也可以有一个独立的私人空间。

　　孟浩远当时嫌朝东面的这间房间太大，所以自己就在楼上选一个略小的在西侧的房间入住下，里面也是套房有一个隔开的小书房。艾琳高兴的选在东侧的一间更大套房间，里面一应俱全关键是有一件较大的衣柜可以放很多衣服，有一较大的书房，艾琳非常满意，她第一次拥有独立的属于她这么宽大舒适的大房间，比在荷兰家中的房间都要大很多。孟浩远把她的两个行李箱送到房间内，艾琳不禁抱住他又亲吻起来。等了好长时间孟浩远才松开手又贴心地为她泡好一杯绿茶和一杯热咖啡放房间后侧的一个书房桌上。然后高兴地三步并两步腾腾下楼，开始在楼下厨房冰箱中翻看有些什么原料，可惜并不多。他要准备忙碌一番，今天要好好露一手烧几个中国南方特色菜让她尝尝中国美味。艾琳则开始在房间里收拾起自己的行李，边收拾边想着，这样的大楼房费用一定不会少，学校可以给孟浩远提供，还听孟浩远说学校给他一年的年收入在几十万美元，还有专门的安家费等各种补贴。如果孟浩远愿意，有自己直系亲属包括他的父母来美国也可以很快申请办理绿卡，美国对待特殊人才这种政策平时根本就没有人知道，艾琳第一次听说而且是在孟浩远身上。他的年收入即使在美国也已经算是比较高的一类。看来孟浩远不仅是学校迫切需要的人才引进的，也是美国所需要的重要人才。所以给他的这种待遇，和聘请一位著名教授无异了。孟浩远他真是太厉害了，在数学上的天资和成就，在当今国际上算是超一流的。心里越想越是敬佩同时更是心生喜欢。

等艾琳收拾完后下楼，孟浩远说道："艾琳我们一起出去吃，然后再买一些原料回来晚上为你做几个中国菜吃。"艾琳笑着："好，太好了。正好去看看周围顺便熟悉环境认认路。"两人一起到走出房，步行了约八九分钟到外面路上叫了一辆出租车，来到附近的商业区，时间已是下午一点多了，两人去一家餐馆去吃了点中饭。然后两人在商场周围随处逛逛后进入一家大型卖场，买了一些食品原料和生活用品，已经是下午四点左右了，又叫了一辆车。装上所购的几个大袋子物品两人回到住所。孟浩远在一楼厨房开始准备晚上料理的原料整理切配和提前准备的食品加工，不停地忙碌起来。艾琳在园子前面和后面周围开始满怀着好奇和兴奋到处看看走走。半个小时后才兴冲冲地走回来到厨房看孟浩远正认真地在忙，她站在边上好奇地看着他，高兴地说道："浩远这里太好了，花园太大了，前面还有一条河，两边都是树木，这里生态环境很好。"孟浩远边忙着做菜边答着："是的，是不错，以后你可以在后面林中去看看。另外小区附近还有一个很大的原野公园，里面的树木花草很多，野生鸟类和水禽也很多，里面有一个大湖是和我们这条河是相通的。以后可以一起去运动。"说的让艾琳充满向往。

时间忙起来过得很快，孟浩远一直忙着切配整理。看时间差不多到晚上吃饭时间了，开始烹炒煎起来，顿时整个厨房都是香味。孟浩远现做的四个炒菜已经摆放在餐桌上，两个红酒高脚杯中已经倒上了红酒。两人坐在宽大的餐桌上面对面，彼此可以看到对方。孟浩远看着艾琳说道："艾琳，今天真的很高兴。欢迎你来，一路辛苦。"两人举杯微笑着碰杯开始喝酒，艾琳第一次吃到了孟浩远亲手烹制的中国菜，菜的味道浓郁好吃，实在让艾琳满意和喜欢。她没有想到年轻聪明的孟浩远还会自己做菜。刚才在旁边看着孟浩远如何烹饪做菜，没有想到这位中国聪明的才子手法麻利切菜飞快像是会功夫一般，做出的中国菜颜色样子就很诱人，看着就喜欢。刚才在做时看着他熟练的操作做出的每一道菜飘出阵阵好闻的味道，实在忍不住诱惑她也不管了直接用手拿着先尝一口，味道实在太好吃了。这样的感觉很让人惊喜，味蕾已经彻底启动让她知道什么是美味什么是平淡，原来吃平时的食物简直太普通了。艾琳第一次品尝到真正的中国口味的菜肴。这和在德国、荷兰、美国的同样是中餐馆里的中国菜味道明显是不一样的。两人边喝酒边尝着菜品，孟浩远眼中泛着柔和之情轻声说道："艾琳，你今天突然到来，真高兴。"艾琳也笑着说道："浩远，谢谢！我也是。"孟浩远说道："这几样菜都是我特意为你做的，如果好吃多次一点。"艾琳说道："好吃。很好吃，你竟然会做中国菜，太厉害了。"孟浩远又问道："艾琳，对了你现在研究生正式毕业了，下一步准备干什么？"艾琳含情脉脉说道："还没有计划，我想和你在一起。"孟浩远说道："谢谢！我现在美国研究生也已经刚刚完成考试和论文，接下来希望继续把博士学业能够完成，然后到时候看情况，也许可能会留在学校或到其他学校搞研究或教学，也许会回中国去。"艾琳一听孟浩远平静地说他也已经完成研究生学业，惊讶不已说道："浩远，你说什么，你也研究生完成考试通过了。你才半年有吗？你太厉害了。真是个天才，居然在半年时间内，把伯利克大学研究生学业全部完成了。你是怎么做到的，你可是比我读的晚现在和我一起毕业了，太让人惊奇了！"孟浩远平静地说道："其实也没有什么，就是多花点时间多认真地看书学喜。后面还有博士要完成学业。"

艾琳挣点钱眼睛问道："你说什么，你还要完成博士学业？"孟浩远说道："是的，人应该不断多学习一些有用的知识。"艾琳说道："浩远，其实你已经不需要再证明什么了，你已经足够优秀了，我认为是世界上最聪明的人。所以完成后面的博士学业已经不是很重要了。"孟浩远说道："艾琳不能这么说，世界上聪明的人多了，你就是其中之一。多学习让人聪明。"艾琳一听嬉笑道："浩远，如果你有这样的计划，那好。我也准备考到你们学校继续学完博士学业，那就可以和你在一起了。不过，那样时间太长。我感到会慢慢变得老了。"说完自己哈哈大笑起来。

孟浩远想要完成读完博士学业的想法，已经有很多人都是和艾琳的看法是一样的。在他们看来孟浩远已经非常优秀，获得过难以想象的数学最前沿的巨大成就，是一个真正的数学家。他已经无需再读完博士学业来证明他的水平和能力。可是孟浩远有他的想法，一来自己联想到曾经在国内时自己从国家天文台离职后回到上海找工作，那时候向很多科研单位、大型民营科研公司投出了简历报名求职，可是杳无音讯，后来他才知道这些单位就因为在学历一关上把条件就卡死了，连报名条件都不符合，他们招收的条件最起码是研究生学历及以上，而本科生学历有些单位也必须要重点大学毕业。第一关就把孟浩远拦在门外，所以这次求职经历激起了孟浩远心中的斗志，如果以后有机会一定要完成研究生和博士学历学习，证明自己有这个能力，我也是可以做到的，到时候让你们看看，他在心里憋着一口气也拼着一股劲。另有一个主要目的就是秦和汉的以后的联系点可能会在美国某处建基地，如果有机会就在美国继续求学，因为读书期间自己的时间是最好安排的。所以后来就正好收到科索教授等人的邀请，不过最后他选择留在伯利克大学数学院给科索教授当助教，学校给自己的条件很宽松，不一定每课必上，自己可以去上课也可以自己从事数学研究作为学业阶段上课课时，最后通过考试就可以，这种安排是很少见的，是孟浩远自己提出来的，学校也同意了他的这个要求。

孟浩远见艾琳这么一说顿感宽慰说道："谢谢艾琳，读书我是出于喜欢，一个人多学习有益处，学习期间这些经历是人生的一个重要过程，可以积累很多，沉淀很多，思考很多。所以想多学一点拓宽自己的视野和接触更多的人和知识，提升一个人的内在经验。至于你的想法，我都会尊重你。只要你喜欢和愿意，你无论是怎样想法都是可以的，马上工作也好，继续学习也好或者其他的选择。只要你喜欢的都是最好的结果，这些都没有问题。"艾琳听后非常感动，原来孟浩远是这么想的。他非常理解自己和尊重自己，有这么宽广的胸襟。转念一想自己继续在美国学习可以多一些时间和孟浩远在一起了，于是说道："浩远，我还是想和你在一起，所以留在这里继续完成博士学业，我的研究方向是细胞病毒学对人类生命安全的关系。这样我们不用离得太远，也可以多一些时间和你在一起了。你看呢？"孟浩远心里也很感慨，艾琳真是个少有的好姑娘，她也是一个聪明优秀的人才，她一直是很果敢很有自己的个性，这是欧美人的性格。但是她兼有东方人的情感的细腻，自从认识自己后，她好像有所变化，一直会牵记着自己。这和我所了解的欧洲姑娘的性格真不太一样，她原本可以自由安排自己的生活和工作，但是为了和自己能离得近一些，可以在一起而想到美国这人生地不熟的地方继续读书，那就可以经常地来陪着自己。也许这就是两人的爱情吧。想着心中顿感一丝温情和甜意，心情十分高兴动容，我要好好待她。

其实艾琳想做什么从孟浩远的角度来说确实都已经不成为问题，他可是一个隐秘的富豪，有足够的金钱任他想要做的事都可以实现。所以孟浩远告诉艾琳的是真心话，两人生活上的需要，对现在的自己而言根本都不算是问题。伯利克学校对自己的安排已足够两人过得很好、舒服，不必操心了，而且孟浩远看似普通其实还是一个人所不知的一个拥有巨大财富的隐形富豪。孟浩远看着艾琳动情地拿起她的手，两眼含着光深情地说道："艾琳，你放心，我可以让你幸福的。你想的一切我都可以尽力争取，都可以实现的，只要是你喜欢的。"孟浩远讲这些话出是出自真心，凭自己现在的能力和所拥有的财富完全可以让艾琳生活上有足够的保障。所有的困难都可以很容易解决。艾琳没有听懂孟浩远后面的深层意思，她听了孟浩远的话是出于内心，那样的真诚对自己的情感流露，无论你刚才说的"都可以实现"能否做到不重要，是对自己的这份心意，是最让人深受感动的，说明孟浩远心里有自己。她哪里会可能往孟浩远是一个真正富有的人方面去想过。此时恋人之间都喜欢听发自内心的表白，哪怕他以后做不到满足自己任何的需要也没有关系，在艾琳听来至少孟浩远是全力以赴的会为自己去努力的，已经足够甜蜜和满意了。她心情瞬间释放出一种特有的快乐，说道："谢谢浩远！我真的很高兴，能够认识你太值得了，能够有你就满足了，其他都不重要。"

在艾琳看来这位聪明的中国帅小伙一直很尊重自己，他在和自己的交往中表现得很认真细致想得也很周到，这和欧洲白人男子大多数表现得较大大咧咧粗放是完全不同的类型，孟浩远是一种让人更快乐细腻的情感，他有主见沉稳，对自己的态度又很尊重自己，这一点尤其让艾琳喜欢。艾琳还没有和家人商量她此时就已经决定要继续留在美国读完博士学业，只为了可以和孟浩远有更多机会时间可以在一起，这已经足够了其他已经不重要。

由于艾琳研究的是细胞病毒学方向，自己的本科和研究生专业是病毒学，所以她在这方面是一个非常有研究和学识的才女。孟浩远所在的伯利克大学是一所名校但是偏向理工数学。学校没有艾琳这个专业，艾琳从网上查询最终自己选择了另一所著名的大学。好在艾琳在德国上学的大学也是一所很著名的大学，艾琳的学习成绩和研究方向、毕业论文都非常出色，还有她的导师写信推荐，她聪明智商很高，考入不会太难。不过这所大学在同一个州的不同城市，需要坐火车两个个小时再换乘公交车到达，再远毕竟距离孟浩远算是已经很近了，在双休日可以和孟浩远经常地在一起了。

七

　　杰瑞里最近很忙，正按孟浩远的要求，他请了一家专业设计公司做他们公司在 912 地块基地项目的设计方案，方案与孟浩远已经有过三次交流讨论，孟浩远看得很用心认真，他感到不太满意，因为还没有完全体现他对方案设计提出的要求，又提出了很多修改的具体意见。土地购买已经完成所有手续，并支付资金。在购买的土地档案卷中地块标注为 912 号地块面积共 34.634 平方公里，用途为探测地矿建实验研究中心和行政办公双子楼，两幢连着的九层楼，一幢单独的实验中心楼为七层楼设计，以及五层的员工住宿楼和几幢单独的辅助配套用房和仓库，还有远离行政区在另一个东南区域的生产车间和作业场。距离建设主体区域大约四百米朝西南的一处专门设计了一栋七层的集实验和监控室以及办公住所一体的综合楼单体。这是孟浩远最为细致提出具体要求的，杰瑞里不清楚这栋楼的用途，心里有些猜测，孟先生为什么在距离主体行政区又另外再一幢单独的综合楼，似乎从设计和建设以及功能使用上考虑都是有些浪费，应该整合在现在的行政区在一起，可以节约不少成本。而且距离有些远，地面道路和配套设施会增加很多投资。显然和整体的设计思路是不一样的说不出到底是为什么。912 基地设计方案中的 A 区 1 号和 2 号办公大楼上和楼下面积，楼上为九层楼，楼下为地下三层，必须要在地下深挖，下面做地下车库，地面设计的各处建筑群在地下建设可以全贯通的地下车行通道。另有一条通往西南区那幢单独的综合楼群后继续向南的通道，一直通到朝南的南落基山地下穿过，直到后面的森林区和墨脱西里河周围，建成一个隐蔽的地下通道。地下通道内要有两条车道宽的距离，足够两辆车汽车来回不同方向正常行驶。行政办公楼单独建立双子楼形式和 B 区 3 号实验楼单独建立建筑物。地下停车区可以相互通达。另外在离开主体区朝南四百米的地方，单独建立另一幢七层楼房的综合楼，标注为 D 区 4 号楼，它有些神秘的地方，地下也有三层建筑，地下可以联通但是进出 4 号楼地下需要有隔断安全铁门随时可以封闭，D 区 4 号楼还建有地下的办公楼、控制中心，配电室、生活设施标准房间大小会议室等功能用房。ABCD 区的个楼在地面有通道在地下都可以有车行通道连接起来。D 区这里为最隐蔽神秘的一个区域，是为以后秦和汉他们过来时可能使用。而且实验楼必须有两个单独体分设两套，一个是正常的实验室中心楼，用来以后公司开展数据监测分析用，达到国际最先进的设计布局和一起设备配套采集，还有一个就建在神秘的 D 号楼独立的七层综合楼，其中里面有两层专门为地面实验楼，另外它的地下还设立庞大的办公区和另一个实验区，还有先进的监控区和生活区等等。这些功能设计考虑都是为了秦和汉以后可能在这里逗留时方便独立给他们使用。这里不与 912 基地其他区域交集，地面还要设计绿化种植树木等加以掩盖。这里的供电由于政府希望吸引类似的企业可以更多地过来投资，于是花了大量资金承诺负责建设并通电，通水，煤气，这也是一笔非常大的基础投资。水电和煤气收费也很便宜，对这家新公司一旦正常生产经营税收也很低，在公司初创研发过程中三年内还是免税的。孟浩远还在整个项目区域中设计加入应急设施，另外建了一套太阳能发电机组，这里太阳一直出于长时间照射，太阳能量的获取利用很高，作为 912 基地的备用电源，确保电源不会被中断。还建立了一个小型水处理厂，一条可以通过南面的墨脱西里河取水口取水净化的优质水源。这些为应急准备的双套基础设施设计增加了大量的投资，一般企业不会这么做的，为的是对以后 912 基地可以不受影响随时方便使用。在整个 912 基地建设区，办公区和实验中心大楼区和其他辅助生产和生活区外，这里尽管没有人会来，但还是用拦网在靠近四号州际公路一侧周围建围栏。另一个建造群是洗矿车间生产作业区 E 区，按标准工业厂房设计配置。912 基地周围四处每一段距离还专门建立了完整的视频和红外线监控系统，一个公开的监控中心设在行政办公楼八楼。孟浩远的这些设计考虑都是为了以后方便秦的来去保密需要。至于建挖矿洗矿精选矿的几个车间和作业区和实验中心大楼等都是为了应付外界的猜疑，需要正常的开展一些科学研究实验检测分析等，而不是希望在这里能够会真正的发现有经济价值的矿物资源，建了这么大的基地投资也很大，是为了建设完工后能够正常的开展生产、研究工作以掩护这里的真正目的，那就是让秦和汉作为基地。

工作了一段时间，杰瑞里对这位年轻的孟先生心中越来越好奇，他思考问题会事无巨细很认真，但是对自己管理浩瀚探索科技有限公司却很放手全权委托他负责。在 912 地块建研究中心实验楼和生产车间等厂房楼说明是一个非常完整的项目投资也很大。已经购买了 34.634 平方公里的土地，这些土地本身又不太值钱，土地周围只有朝南方向还有南落基山，再往前是一大片原始无人的森林和一条墨脱西里河，这里有一些原始的东西，其他周围都没有什么。土地的利用价值体现不出来，似乎也没有什么办法可以利用，全部都是空荡荡的荒地显得萧条冷落。而且即使搞项目建设需要，有这么多土地为了节省资金一般建设都会在地面上完成不用建设高楼层的楼房，有太多的土地可以扩展使用，建设成本就可以大大降低。但是孟先生有些反常的思维，他对项目方案设计要求反复修改坚持不顾投资不仅仅建设高楼层，还要在地下建设这么多复杂通道等建筑设施，无疑成本又是增加一倍都不止，浪费太多了。他似乎是做好长期在这里发展的准备了。这些经过他要求提出修改的设计方案需要增加大量资金，比起购买土地本身的价格，显然是不明智不合适的，一般人的思维无法认同这一方案设计。另外这个设计方案还有些地方让人猜不透，隐约似乎有些神秘的地方，非常的不一般。杰瑞里心中有些怀疑，难道孟先生他在这里还另有目的？这种荒僻之地即使要发掘寻找有经济价值的矿藏资源，最简单的就是用简易设施建临时用房就可以，何必一下子规划设计考虑得这么细致周到甚至复杂？因为最后能否发现可以获得具有高经济价值的矿产品资源，一切都无法确定，是一个极其有风险的未知数。他现在要求的这样的设计方案已经是从长远来考虑的，意味着需要投入的资金将大幅度增加。孟先生背后的幕后老板难道不在乎金钱，或者他们已经发现什么？只是不愿意说明白，我们所有人都还不知道将来会是怎样？他现在心中有太多的疑问需要解答。可能时间长了他会有答案的。

　　总算多次反复斟酌修改后，孟浩远告诉杰瑞里修改完成图纸设计后按合同支付经费。同时他又推出一个想法，要求杰瑞里想办法抓紧联系中国的建设公司希望他们来现场考察，在原有的设计图方案上继续优化完善设计，他宁愿多付一次设计费用，也要力求设计完全满足他的想法，安全、隐蔽、坚固，兼顾多功能设施设备使用等功能需求。设备安装和地面地下的建设装修整体打包给中国公司负责承建。因为孟浩远非常清楚，只有中国建设公司有能力对项目工程的质量特别是建设时间上能够按时完成。他们的高效率是世界上最好的，而他们的价格是最合理最优惠的。他相信只有交给他们尤其是建设速度上都会更快更好的完成，这样可以保证项目节约时间尽快完工。这个项目如果在美国当地设计、建设和装修包括地面绿化设计种植和围栏监控路灯等整体项目那就不一样，时间上应该不会节省甚至会拖后。对中国建设集团来说尽管算不上是个大工程，只是一个普通的小项目，但是可以承接海外特别是在美国本土承建意义就不一般。所以杰瑞里通过一家国际投资咨询服务公司商谈后找到了中国建筑总公司，具体谈判需要杰瑞里去进行。孟浩远已经想得很细致，这个项目工程交由美国本土设计、建设，设备安装和装修，那么912基地有些地下设计建设隐蔽的功能秘密就有可能会被泄露出去。而且整个912基地项目设计和建设在美国的价格会更高，关键是建设速度不会快，建设周期时间肯定会拖很长，没有中国建筑公司的优势。项目交由中国建设公司设计和承建，建设质量和时间都可以得到保证，全部完工后中国建设团队回国，对他们而言只是在美国的一个小的建设项目，对912基地项目建设中所含的一些隐蔽设计功能不会在意，保密性会更有利。912地块项目建设施工，地面上层的建筑并不算多也不复杂，工程量最大最难的是在地下部分。孟浩远根据秦的意见已充分考虑到各种应急时的出行和逃生通道，地下掩护工作场所，地下安排居住和控制联系中心工作场所，生活居住场所等每一个环节细节，那才是孟浩远的最主要目的和优先重点。这些综合考虑所以由中国建设集团负责来承建，完成项目建设是孟浩远最优的选择方案。好在所在美国的这个州经济发展不是很好，对企业邀请国外公司来美国建设人员的签证等是可以提供快速服务的，这样中国建筑公司来美国建设通道已经畅通。

杰瑞里按孟浩远的要求根据项目内容联系了一家国际投资咨询服务公司。好在他是律师从业多年经历过很多服务，他对国际服务业的一些法律规定程序还是了解的。很快通过国际咨询服务公司找到了一家中国建筑集团，由下属的设计院具体对项目设计，由三分公司负责项目建设，他们的报价孟浩远收到后看来合理，由杰瑞里去签订合同办理。中国公司与杰瑞里又进行了多次沟通交流，他们对设计进行了更认真细致的优化，而且他们的建设工期是八个月完成，再加两个月时间设备调试和装修，到时候不用操心直接交钥匙验收后进入。孟浩远听到计划后马上同意。接下来杰瑞里开始负责与中国建设方沟通联系和提供必要的服务，其他事不用再操心了。通过整个过程的沟通了解和与孟凡浩远更多的沟通交流过程中，在杰瑞里看来912项目建设其实并不算太小，但是他高兴这家新成立的"浩瀚探索科技有限公司"看来真是在准备长远发展了。912基地项目建设完成，那里将成立一家公司，开展正常的生产探测分析。现在看孟先生的计划正在一步一步进行中似乎正在很正常地运转起来。公司支付给自己的薪资已经很不错，现在的工作内容还不是很多，公司内其他员工也十分开心，幸运找到一家看起来虽然很小业务不多，而且刚刚起步但是看来运转还顺利，工资收入比其他公司高出许多已经满意了。孟先生和他幕后的神秘老板对他们很不错，平时工作业务没有特别的要求。公司负责经理杰瑞里对员工们平时很友善，只要工作认真做好了，平时也比较宽松随意的，如果家里有些特殊事情在不影响工作时请假，基本都会同意，但是需要办好手续，他不会太计较。公司虽小还在刚刚起步发展阶段需要的是每个人发挥他的能力，一个团队的良好风气形成公司自有的工作风格，整个公司团队的氛围融洽。他们员工们认真地做好杰瑞里交代的工作，公司开始正常运转起来。

第十二章　新发现

一

在伯利克数学院，科索教授在孟浩远的主动要求下还给他安排有为研究生和本科生上课，可以作为研究生期间的课时。现在经过科索教授等几位教授联名推荐其直接进入本校读博士学业，所以孟浩远的帮助上课的课时可作为他博士期间的课时。有时科索教授上课孟浩远作为他的助理通常会一起参加，负责在边上张罗和安排。这段期间他主要的时间就是与杰瑞里经常联系询问了解912基地的建设情况。时间很快已经到了深秋，天气渐冷，早晚的温度已经明显感到寒冷来临。

在科索教授隔壁办公室是另一位数学家叫克里斯，年纪在五十多岁，是一位北欧白人男子，高个子戴着一副眼镜。他是美国另一所著名大学的博士毕业，已经在英国和美国三个著名大学当教授。后来在两年前被伯利克大学邀请过来在数学院成为终身教授，也是一位和科索教授同样很出名有很多成就的数学家。孟浩远今年的研究生毕业论文答辩之一的评委就有他，所以孟浩远认识他，但是两人之间并没有深交。克里斯教授原来有一位三十多岁的女助理，后在孟浩远来学校没有多久就离开学校。据说是她收到另一所学校邀请到美国另一个州的一所大学去任教，所以克里斯教授有一段时间是没有助理一直空着。大概一个月前学校终于重又给他安排了一位从外面聘来的名叫休伊特的白人青年男子，他年纪在三十多岁，身高一米八二左右，样子瘦瘦的戴一副浅棕色架子金色边框的眼镜。不过他的眼睛很有神，据说他也是一所著名大毕业的数学专业人才。他的办公室现在正好和孟浩远在斜对门，中间隔着一条宽大明亮的走廊，距离大约有三个办公室。有时会碰上孟浩远就相互礼貌性地打招呼但是基本各顾各的不会深聊。孟浩远本来就很低调，不太愿意多与其他人深聊，基本上和科索教授一起多一些，他会在学术上多研讨，科索教授有时会主动找孟浩远到他办公室一起研讨。

有一天上午科索教授和孟浩远一起正在教学楼上完课，孟浩远发觉科索教授身体精神状态有些不对，加上最近天气已凉，科索在讲台前上课突然感到头有些眩晕，扶了一下讲台，又继续接着讲完课，平时一般都会留一点时间给同学提问。今天因为感到不舒服，也没有给学生提问直接下课。孟浩远正在做坐在下面第一排，他很认真，看到他的状况等下课是马上走上前关心地问他："科索教授，你身体感到不舒服，是否要去医院？"科索摆摆手："不用，只是感到头突然像是缺血有血晕，休息一会就可以。"两人慢悠悠一起走出教学楼往办公楼去，两幢楼之间需要步行七八分钟，穿过几条绿树环抱着的校内道路，两人正慢慢走在路上，来到一条十字路准备转弯，突然看到左侧方向走过来一人，走近时看两人走得很慢，他停下脚步问道："科索教授，孟先生你们好。"两人停下脚步看到原来是克里斯教授的助理休伊特。其实他们两人并不熟悉他，没有多大影响，他自我介绍："我是休伊特，是克里斯教授的助理。"科索才明白招呼道："你好休伊特先生。"孟浩远也点头与他招呼："你好休伊特先生。"休伊特看到科索有些精神疲惫，走路很慢问道："科索教授您是否需要帮助？"科索说道："谢谢休伊特，不用，刚刚上完课只是感觉不舒服头晕有些累。"见他们两人并没有什么，才招呼道："好吧，那我先回办公室。"两人点点头，打完招呼后他很快就匆匆走了过去。

等他们走回到办公楼，孟浩远陪着科索教授先回他办公室休息，又帮着科索教授烧了一杯热咖啡放在他桌前。看科索教授没事示意他回办公室，孟浩远才走回自己办公室打开门进去后坐在办公桌旁习惯性地打开电脑，准备上论坛网查信息。大约二十钟后办公室的门有人在轻轻地敲着，他说了声：

"请进。"人并没有站起仍然坐在办公桌前看着电脑，他在网上论坛看一些有关数学的讨论问题。听见有人进来喊了声："浩远。"门推开后听到非常熟悉的声音，马上停下手中的鼠标和查看到的论坛，连忙站起身。原来是科索教授已经推门走了进来。科索教授微微笑着："浩远，还在忙？最近辛苦你了。现在有空吗？"孟浩远不知道科索教授有什么事，自己的事并不紧急，马上回道："有空，科索教授你说吧。"科索教授说道："那好，请跟我来。"说完两人一前一后一起走出孟浩远的办公室，孟浩远顺手轻轻拉了一下门，门关上一大半还是虚掩着的半开状态。

等两人走在走廊中，此时正有人等他们走出孟浩远的办公室后看着两人离开的背影。他反应很快非常敏捷，看到两人在前方转弯进入走廊另一边消失后，迅速四处张望查看走廊内有否其他人。然后直接飞快走向孟浩远的办公室，到了门口在虚掩的门上轻轻敲了一下。即使此时有人看到也以为是敲门后允许进入的。他进去后快速关上门，四处警觉地张望查看，然后看似无意但是手法干净利落针对性很强，他先直接到办公桌前，看桌上打开着的电脑，拿起鼠标查阅着信息，不知道他想干什么。然后查看桌上的一些书面信件和资料，又一个一个拉开桌下的几个抽屉内轻轻翻看，似乎在寻找什么。

孟浩远跟着科索教授从走廊转弯后来到边上一间小会议室内，推门看到会议室里面有两个中年白人男子，身材都很高穿着西装。神情认真而严肃。见到科索教授和孟浩远两人走进来，马上站了起来。科索教授和孟浩远一起走进后在会议桌另一边和他们面对面坐下。孟浩远他不清楚这两人是谁？他们来意为何？既然科索教授让自己一起过来参加会谈，那和自己是有一定关系的。科索教授自然清楚是什么事也一定会介绍，所以他并不用着急，没有开口很镇定地坐着。果然等坐下后科索教授先介绍起他："这位是我们数学院，我的助教孟浩远先生。"对面那两位马上认真友好微微笑意地点头致意。科索教授继续介绍面前的他们："浩远，这两位是经过伯利克校长介绍，是来自美国航天局的戴维斯先生和克莱斯曼博士。"孟浩远猛一听是美国航天局，心里已有些明白他们来见自己的大概原因了。说道："戴维斯先生和克莱斯曼博士你们好。孟浩远。"两人见孟浩远年轻智慧，坐在这里神态异常沉着冷静很有气度，不由得他们眼里露出一丝惊诧神色，但是脸上还是保持一副认真严肃的样子。见科索介绍完后看着他们，戴维斯说道："孟先生、科索教授，打扰你们了。我们来是向你们请教的。"科索教授发出好奇的声音："噢。"孟浩远没有说话想静静地听他们说下去。戴维斯继续接着说道："我们注意到孟先生最近已有三篇很重要的数学研究论文，发表在'数学期刊'上。我们认真地阅读过，感到十分吃惊，它是非常重要的理论，对我们航天飞行器在太空探索是非常重要的，所以专门来请教的，希望孟先生帮助我们。"科索教授听完他的介绍后高兴地看看孟浩远。他依然镇定地坐着，心静如水看不出脸上的喜怒，其实他心里刚听到介绍是美国航天局时，已经猜测到他们可能的来意了。确实自己的理论研究对航天飞行器在宇宙太空探索直接有关系的。他在思考如何应对，自己如果参与合作和他们一起研究，现在有很多的因素会牵制他，一个就是保密，这是非常绝密的科学研究。和他们在一起共同研究，因为高度机密一定会因此对他有更多审查和限制，以后恐怕会被政府部门安全局暗中保护受到特别关注或者监视，就会影响自己以后的自由活动空间。另一个就是从此影响自己在伯利克学校的正常工作、学习生活还有和艾琳的交往，他要保护好艾琳。还有更会影响到以后自己和秦、汉的见面。孟浩远快速思考之间已经想好说道："谢谢戴维斯先生，我是一个研究最基础自然科学的研究者。你说的三篇论文是我的研究报告，它只是最基础的研究。具体在某个尖端领域的应用研究还需要像你这样有过工程研究和数学研究的综合人才，我对航天器方面一点都没有概念。所以很难帮助到你们。谢谢！"实际就是明确的拒绝。科索教授听到孟浩远这么一说马上反应过来，他当然希望孟浩远在伯利克大学和他一起研究数学，并不希望参与到和航天局一起研究。那意味着孟浩远可能会被他们邀请前去，也许是封闭式的那就影响大了。所以马上说道："孟先生说得对，他只是数学理论研究，和航天有关的东西从来没有接触过。你们研究的航天器的事关重大，需要精通数学原理更要精通航天飞行器设计构造器的综合人才。"戴维斯见他两发表了自己的意见，表明两位是纯数学理论研究科学家，确实有所不一样。心中自然明白，说道："谢谢孟先生和科索教授，今天是我们第一次见面认识，这是我的名片方便以后联系。”说完拿出名片递给两人。说道：“我们研究过程需要科学理论作为依据来支撑，以后对你的新理论有什么不理解的还会来麻烦你们请教你们。”孟浩远点点头。科索说道：“基础数学理论我们可以讨论。”戴维斯接下来直接问了孟氏定律几个数学问题，和两个专题研究理论。孟浩远简单地给他们介绍，两人认真地记录着。差不多有四十分钟看看时间已经是下午一点多了，他们还没有吃中饭，而且科索身上的疲惫他们已经看出来。作为论文研究的作者孟浩远当面给他们讲解他们收获很大。戴维斯博士没有继续再提问请孟浩远作答，站起身装备离开，旁边的克莱斯曼博士也迅速站起身。科索教授支撑着身体也站起身，孟浩远见他们准备离开也反应很快早已同时站起。戴维斯走过来与两人握手说道：“好吧。谢谢孟先生和科索教授！以后再向你们请教，不用告诉人我们来过。”说完就客气地走出会议室离开。等他们离开后已不见人影，科索教授对孟浩远说道：“浩远，我也不知道情况，是他们找到伯利克校长，然后打电话过来的。”孟浩远说道：“科索教授没有关系。他们的研究和我们是不一样的，需要他们自己理解后提升研究思路，我恐怕很难帮助他们。”说着两人一起走出会议室，经过科索教授办公室把他送进去，科索说道：“孟先生，你不要介意，我也是刚刚从伯利克校长来电称需要接待，并叮嘱要请你一起参加才找你一起去，原来他们是航天局的官员和专家。你一说我马上就明白，他们请你参加研究的是国家高度机密的事，恐怕我以后也难见到你了，你更加没有自由可说，幸好你及时推辞。真不好意思。”科索有些歉意。孟浩远见状说道：“这也是伯利克校长的安排，我们都不知道。我喜欢在学校自由的研究和学习。”科索点头称是，孟浩远告别科索走出回自己办公室。

孟浩远推开虚掩的门坐到自己办公桌前，突然他感到有些异样，他现在的记忆如同高级电脑，自己做事很警觉，桌上的文件资料堆放有他的习惯特点，但是仔细一看已经发现有了些许变化，最上层的一份资料放在上面时故意留着几个角，方向是有存心放好的，显然这时最上面的资料被人动过了，方向与原来标记的位置不一样。电脑画面位置明明自己离开时刻意地做好标志停留在某处，鼠标箭头对着第三行第九个单词位置，现在却停留在屏幕中间下面一点位置，已经有变化，不在当时的位置点。还有一处有人动过自己的电脑鼠标，当时放置在一张打印过的纸张上面，鼠标上面斜对着第九行左边第二十个词语，现在的位置也发生了变化。和桌上动过的资料是一样的，显示有人为动过的痕迹。太蹊跷了，自己被科索临时突然叫到会议室去接待来自美国航天局的两人，这个时间前后间距约一个小时。谁会算得这么准，知道自己不在办公室才趁机进入动手翻查什么信息。他心里暗暗升起一丝疑虑提起他的警觉。

又一周过去，周三上午科索教授有一堂课，但是早上起来后科索教授在穿衣时感到自己的手不太灵活有些麻，出门时明显感到外面的一股寒冷袭来让他不由得身体紧缩，他已经有一段时间右手指一直有些麻木的感觉，上周和孟浩远在一起上课时在课堂上就感到头有些晕，后来回办公楼又接待了两位美国航天局的专家，共同讨论孟浩远的三个数学理论研究，希望给他们提供关于探索太空更远飞行遇到的科学依据。当时科索觉得自己的身体特别疲惫，好在总体没有大的影响。今天从家里出门自己开车进入学校后停好车步行几分钟到自己办公室，特意冲了一杯热咖啡喝着休息驱寒。没过多久孟浩远走了进来，看到科索教授正喝着咖啡，孟浩远说道："科索教授你好，还有十多分钟上课，我们现在可以走过去到教学楼教室吧？"科索教授点头，又喝了一口咖啡，然后拿在手中说道："好，我们走。"说完两人一前一后孟浩远陪着科索教授出行政楼在人行道上走向教学楼，步入教室。

今天上一堂公开课，所以安排在学校一个大的教室中，来听课的学生比以往要多，教室里已经坐了有四十多位学生，两人从办公楼走来到教学楼步行了七八分钟后就到了。走进教室后孟浩远坐在前面一排靠边的位子就座。上课时间一到，科索教授走上台开始上课，教室里很安静，都在认真地听着站在讲台前的科索教授上课，时间已经过去四十来分钟，突然科索教授感到脑中一抽好像缺血一般一阵眩晕，身体一下子四肢无力，人开始吃力地摇晃了一下，嘴上讲话口齿也突然不太清晰。孟浩远马上看出来这些变化，发觉不对，一定是科索教授身体状况出问题了，心里在想着是否要上前帮助，课堂上听课的学生们也已经注意到科索教授的反常，开始大家不以为意，但是接下来讲台前的科索教授又出现了三次这样摇摇晃晃的情况，学生们和孟浩远眼睛都紧盯着科索教授，坐在最前面一排的孟浩远看得清清楚楚，明显感到反常有些不对，他在想要不要上前帮助科索教授，不过要等他示意。坐在下面的学生们此时也注意到了这些情况，正不知所措紧张地看着讲台前面的科索教授。突然科索教授脸上露出痛苦的表情，跟跄地走了几步用手吃力地扶着边上的讲台低着头。孟浩远已经看出端倪不顾科索教授是否同意，安全重要生怕他撑不住摔倒在讲台前，所以反应很快直接一个飞身箭步快速走到讲台前，前排有几个反应快的同学也跟着一起上来，孟浩远站在科索教授边上准备扶住科索，科索教授脸色很难看头上有些许汗水，他吃力地宣布道："休息十分钟，下面请孟先生为大家继续讲课。"讲完这些，教室内顿时一片安静然后有人发出惊慌的叫声。科索教授腿都站不住了，费劲地扶着讲台低着头，孟浩远赶紧搀扶住科索教授，上台的几位同学也一起扶住科索教授。科索教授低声说道："浩远，请打急救中心电话。送我去医院。你继续讲课。"孟浩远已明白科索教授身体肯定出问题了，他和其他几位同学一起搀扶住科索教授，他准备背着科索教授，几个同学左右在后面扶住后，背起科索教授出教室门后又走出楼梯在教学楼大门口等急救中心车。很快鸣着刺耳的警报声的急救车快速驶入学校，直接来到教学楼前，此时得到消息的学校行政办公室已经安排人陪着科索教授一起跟随急救车马上送医院去进行紧急救治。

　　科索教授还未完成的下半场的课只好由孟浩远接着讲。经过这么一件突发事件后，中间本来休息十分钟，送科索上急救车，又专门电话联系伯利克校长等又耽搁了十多分钟。坐在教室里的学生们议论纷纷七嘴八舌的正在讲话，关切、询问都是围绕着科索教授的。大部分同学没有听清科索病倒在讲台前低声告诉孟浩远由他负责继续上课，他对孟浩远十分信任，作为有天赋的数学天才，刚才上课的课程内容对他而言不会有任何问题。所以同学们窃窃私语，接下来不知道下面如何安排时，只见孟浩远神情严肃坦然地走上讲台接着开口说话："各位同学，科索教授身体出现了一点问题，刚才已经急送医院治疗。放心吧会好起来的。接下来由我来上课，谢谢大家！"其实有不少学生已经非常熟悉这位孟浩远先生，他的几次专题报告和在数学期刊发表的几篇顶级论文都学习过，他是一位取得伟大数学成就的数学家，却还在当助理，还听说过他还在学习，传说他还把正常需要三年学完的研究生课程半年之内已经全部修完，而且考试全部优异通过。他的"孟氏定律"又是一个伟大的新数学理论，是一个出名但是平时十分低调的人。还有一些学生只是耳闻他的学术成就和一些传说，还没有听过他的讲课。孟浩远开场白结束后马上自信地开始讲课，接着科索讲的课程内容继续开始讲课，所有人都欣喜的发觉这个孟先生助理他的课讲得太好了，说明科索教授讲的课他全部都很熟悉，居然可以无缝对接马上开讲这是非常不容易的，足以说明他在数学领域的精通，没有他不熟悉的。讲课又风趣幽默而且十分精通课程内容，信手拈来非常智慧和敏捷。他和科索教授的风格是不一样的，他讲的课程让人安静下来思考，而且会在关键点上提醒学生需要掌握，顿时教室里刚才一幕突发事件后有些躁动和议论的声音很快地安静下来。学生们脸上露出崇拜敬佩和欣喜的神色，都认真地盯着孟浩远在前面讲台上潇洒自如笃定地讲授，他们听得太畅快了，重点突讲解细致轻松自如没有多余的话。

这些学生都是来自世界各国高智商的优秀学生，孟浩远讲的课深入重点分析透彻，很快科索教授下半部分课程的安排，经过他的讲授把时间都补回来了。轮到最后他留十分钟给学生提问时间，机会难得，学生们都争先恐后抢着提问，有讲课课程内容的问题，还有不少其他数学方面研究问题。孟浩远知道他们这些学生也是极聪明人的，他们趁机提出其他一些数学领域的新问题难题，说明他们自己也很有研究的。还有个别同学无非是心里想为难一下讲台前的这位和自己年龄相仿的同龄助理，摸一下他在数学其他方面掌握的深浅。不过对于这些问题孟浩远显得非常轻松，简单地给与解答，更加激起学生们的好奇，已经有所闻这位数学奇才孟先生非常不得了，今天正好有机会，所以学生们抱着各种心态热烈踊跃去提问题，教室里气氛高涨，到后面所提问题已不是和今天课程安排有关的内容了。但是看这位孟先生什么问题在他面前不费力都有他独到的见解，应付自如简直深不可测。所以让学生们不得不感叹，兴致很高纷纷抢着提问。现场上课的气氛很活跃，孟浩远偷偷瞄了一下手机看看时间，已经超了十多分钟。他只好要踩刹车了说道："同学们，今天你们的问题很多，都很有思想。大家现在精力这么旺盛吗？"同学们明知道孟浩远问的意思是可以下课了，肚子饿了需要补充能量到吃中饭时间了。还是故意笑着大声回答："是，耶。"孟浩远笑着说道："好吧。年轻人精力旺盛。唉，可惜我的大脑在提醒我现在需要补充能量了。"同学们听到孟浩远这么巧妙地说着，都开心地笑了起来。孟浩远看同学们意犹未尽，突然严肃地说道："同学们，大家刚才看到了科索教授突发急病，已送医院正在救治，我心里很着急马上要去看望科索教授。谢谢同学们配合，下课了。"同学们才认真关切地看着孟浩远，鼓掌结束。这一堂课给大家留下深刻的印象也更加佩服这位年轻的孟先生，他确实是非常有才华。

等孟浩远上完课后心里惦记着科索教授，他顾不上吃饭把科索教授讲课的文件夹等东西放回自己办公室后，赶紧匆忙走出校门。在路上打了一辆出租车直接到格兰特友好医院去看望科索教授。等到医院后走进这家格兰特友好医院，这是一家大型综合医院，是这个城市中最好最大的医院，医疗设施和医生的专业水平各方面都很强。他找到护士站查问了科索教授的信息后得知了病区房号就急切地走进了科索教授所在的311病房，推开病房看到正躺在病床上的科索教授，右手背上插着吊针正在输液，嘴上罩着氧气罩正在吸氧精神疲惫。他的夫人格瑞斯正焦急地站在病床前，关切地看着科索。孟浩远走进病房看到一位老年白人，短金发人微胖，满脸的愁容陪护着科索，见有人进来她看着孟浩远。孟浩远礼貌地点点头，估计她应该是科索教授的夫人，但是并不熟悉，轻声说道："你好！孟浩远，我是科索教授的助理。"那位老年妇人听说是孟浩远名字，马上低声说道："孟先生，你好！格瑞斯。科索的夫人，我知道你。"孟浩远的猜测没有错果然是科索的夫人，他焦急地询问："格瑞斯你好，科索教授怎么样？"格瑞斯："已经完成了检查，他的主治医生玛丽丝医生说还需要做进一步的检查，初步诊断可能是为突发中风。"孟浩远看看正在输液的药物名称，这些治疗药物是治疗中风的用药。看着科索教授的样子孟浩远心里有些难过，他对格瑞斯说道："我去问问玛丽丝医生。"轻手轻脚地走出病房后走进了医生办公室，看到一位年轻的女医生正坐在办公桌前，看到有人进来转过身，孟浩远看到了她胸牌上的名字正是玛丽丝博士，上前招呼着告知来意后说道："玛丽丝博士，你好。我是科索教授的同事孟浩远，来看望科索教授。他是怎么回事？"玛丽丝博士告诉孟浩远说道："噢，你好孟先生，经过医院初步检查，是突然中风引起的脑部血栓症状。我们正在按治疗方案进行治疗，不过这种病多为突发引起，尽管今天送来还是及时，在黄金抢救期，但是我估计他有症状发病可能已有一段时间了，只是病人自己未曾注意到，最近天气突然降温寒气突来会诱发。"孟浩远焦急地问道："科索教授送医院很及时，已经检查病因及时救治不会有问题吧？"玛丽丝博士说道："现在还没有办法来确定治疗结果。也有可能经过医院治疗后不一定可以完全康复到正常，有可能会造成偏瘫的。当然我们会尽力救治的，希望他能够恢复。"听到医生的分析孟浩远很是失落，科索教授是第一个认可他的人，孟浩远一直非常敬重他，两人关系可谓非常之好。今天上午他突然在上课时发病而且结果到底如何难以预料。以美国医疗水平应该是非常不错的，但是玛丽丝博士并没有明确地说会很快治疗康复，说明中风引起的脑血栓有它的突发不可预见性，治疗方案也很难保证完全康复。孟浩远听后心情顿时沉重起来说道："知道了，请医生尽力抢救，费用不会有问题。"玛丽丝医生说道："孟先生，我们会的。"见玛丽丝医生很忙又有家属找她咨询，孟浩远只好离开办公室回到 311 病房，看着躺在病床上的科索教授，这位值得自己尊敬的老教授，很有智慧学识渊博，平时一直很严谨。现在躺在病床上精神状况很差，非常疲惫的样子与平时完全两样了。看着站在边上的格瑞斯夫人无奈悲伤的神情，孟浩远心里很不是滋味感到压抑难受。他对格瑞斯轻声说道："格瑞斯夫人，刚才我在玛丽丝医生办公室，她说会尽力救治的，您请放心吧，不过需要一些时间。"格瑞斯点点头说道："谢谢孟先生！"孟浩远这时只能安慰格瑞斯，现在也没有其他办法，自己毕竟不是医生。如果科索教授诊断结果是癌症的话，如果医院医生没有办法治疗科索教授时，他会考虑不妨一试用艾琳父亲团队研发的最新抗癌药。

　　这时躺在床上的科索教授突然睁开双眼，可能刚才孟浩远一直在和格瑞斯低声交谈着，科索躺着头脑还是清醒的，耳旁听到熟悉的声音后意识过来，他看着孟浩远。格瑞斯夫人低着头凑近科索嘴边听他说着话。科索教授由于精神疲惫说话声音很轻，说了什么话，孟浩远站着离病床很近也听不太清楚，不知道他想表达的意思。等了一会格瑞斯夫人站起来看着孟浩远说道："孟先生，科索刚才告诉我，他在学校里的教学任务指定由你来接替他完成。谢谢你。"孟浩远听到后看着科索教授，他心里明白这是科索对他的希望和信任，也说明科索教授很有责任心，手上有教授学任务需要完成。科索费力地抬起右手指向他，孟浩远赶紧上去用手握住他的手，突然自己感受到对科索的关切触发了自己头脑中超级智慧微光子芯脑接受了主人的意识想法，一股热热的柔和的气流瞬间从自己手中流向科索教授的手中，通过手后很快进入他的筋脉肌肉引导身体血液循环加速传流。科索顿时感到身体一股暖流在身体快速自动流经各部，血液帮助自己在脑血栓受阻处一刺一刺推动导流血栓处，人感到非常舒服。睁开眼精神一下子好许多。他十分惊讶地看着孟浩远，孟浩远当然感受到自己刚才的心念发出一个热气流向科索传导流去绵绵不断，以为他身体受不住，赶紧把手放下离开接触暂停继续流向，而刚才已进入科索身体的热流还在周身继续流淌如电流一般。他感到是孟浩远所为，突然对孟浩远点点头，脸上露出不可思议的表情。孟浩远说道："科索教授你放心，好好接受治疗。你的身体会好起来的。"科索听后竟然右手竖起大拇指对着孟浩远。孟浩远心里清楚，科索是在感谢他的帮助。此时松开手后他自己心里也有些吃惊，为什么自己意识想到眼前的科索心念动起会突然激发起自己身体内强大的一股无形气流，可以通过自己的握手接触竟然直接飞快地流经到科索教授的身体中去。平时与人握手也有接触并不会出现这样，而且刚才发出的阵阵气流导向科索教授身体后对自己的身体和内力并没有受到影响，像是放电一般很快就恢复。秦的科技蕴含着太多令人无法解释的东西。孟浩远告别科索和他的夫人后离开医院。

　　第二天上午孟浩远在学校自己办公室里，就接到校长办公室秘书的电话，请他到伯利克校长办公室去一下有事找他。想起上次自己办公室被人进入翻动，他留了心思，把秦给他的那副眼镜特意放在自己办公桌一侧正对着办公桌上的电脑，然后关上门走到走廊特意又观察一下没有人，才走出办公楼后到另一栋行政办公大楼走去，上楼向校长办公室走过去。站在门口礼貌的轻轻叩两下门，听到办公室内有声音"请进"后推门进入。只见伯利克校长和数学院院长范克思教授正在一起，见孟浩远进来连忙站起身来，指着座位引孟浩远坐下。数学院院长范克思教授说道："孟先生，科索教授因突发脑中风疾病，在医院治疗，你知道吧？"孟浩远说道："是的。"范克思教授说道："科索教授的治疗需要一定时间，短期内恐怕已无法将其教学任务完成。我们到医院看过他，他推荐由你来完成他接下来的教学任务，而且已经告诉你。我们回来后经过研究同意这个方案。你看可以吗？"说完伯利克校长点点头表示同意。他们两人都见识过孟浩远的学术成就和专业能力，从孟浩远刚刚来伯利克的第一次学术报告，到他研究生考试论文答辩，以及平时的助教课程都是非常认可的。而且都听过他的专题报告，知道他反应敏捷沉着冷静口才很好而且数学个方面都非常熟悉精通。孟浩远听到他们说的是这么件事，心里在想如何回答，想了一下才说道："伯利克先生、范克思先生，很感谢你们的信任。我现在首先关心的是科索教授的治疗和康复情况，希望学校全力以赴帮助治疗。其他暂时不考虑，请你们推荐其他更合适的人选。"伯利克校长一听孟浩远一开口就直接推辞，他没有想到，有些急了说道："孟先生，你放心，科索教授的治疗我们会关心的，请医院最好的医生全力治疗，必要的话也可以在全美请最好的医生会诊治疗。但是科索教授非常信任你，是他特别推荐你的，他对你非常信任，我们也是。"孟浩远见伯利克校长把科索教授病中嘱托也说出来了，有些不太好在拒绝，只好说道："伯利克先生，目前我还只是研究生刚刚通过毕业，目前正在完成博士学业期间的学业。我想学校和数学院有很多非常优秀很有天赋的教授，他们比我更合适，我来接科索教授的课程恐怕不太合适吧。"伯利克校长有些急着说道："孟先生，原来你是介意这个问题，我倒没有想到。以你的数学天赋和获得的巨大成就，我们十分清楚也十分认可，至于科索教授的课，其他教授目前暂时还不能接替，每个教授研究的专业方向领域是不同的，科索教授的专业是很难的，平时你们一起合作研究教学，你所掌握的数学领域专业已经涵盖很多方面，又深又全。科索教授自己也要求我们请你来接替他上完留下的课程内容，这是他对你的充分信任。我们同样认为你是合适的。"说着面对范克思教授，两人眼神在交流，接着说道："至于我们学校的传统必须由教授来上课的问题，你来我们学校后注定会打破很多的规则，因为你有自己的想法要完成博士课程学习，所以我不勉强你。不过我看你的教学内容和学习是高度吻合的，这段时间的上课工作也是可以作为博士读书期间的学习积分的。还有我们决定现在就聘请你为学校教授，你看怎么样？"

　　孟浩远没有想到伯利克校长和范克思教授会做出这样重要的决定，一个还在读博士学业的学生，竟然可以聘为教授，真是没有的先例，他们是如此信任自己，爱惜人才不拘一格的使用自己。孟浩远以中国人特有的谦虚继续推辞一番，都被他们再三要求，现在再继续推辞实在有些不好意思了，毕竟和他们的认识交流不止一次，大家都已经对彼此有了更深的了解。于是孟浩远语气平缓但很果断地说道："如果伯利克先生一定要这样坚持，再推辞有些不合适。好吧，谢谢伯利克校长和范克思教授给我机会，希望你们开会好好研究，不急。再确定你们一定要这样。"伯利克和范克思教授两人两眼放光脸上出现喜色，伯利克校长点头说道："是的，孟先生，你是最合适的人选。谢谢！至于我们开会商量的事会很快抓紧完成，我保证一定不会有问题的。"孟浩远说道："谢谢你们信任我，好吧。那我来试试吧。不过在这期间如果你们找到更合适的人请及时告诉我，还有如果觉得我的教学不合适也可以随时提出中止，不要影响贵校一直良好的声誉，我都可以接受的。"伯利克校长听孟浩远已经答应表示接受，心里放下心来。看孟浩远表现得如此低调沉稳，谦虚，他们内心更是坚定要留下孟浩远作为学校终身教授的想法。笑着说道："好的。孟先生，那我们就这样决定了，有关薪酬方面我会亲自关心跟进的，你放心。"孟浩远说道："伯利克先生，薪酬方面不必再多思考了，现在这样已经很好了。谢谢！"伯利克伸手与孟浩远握手，于是出现了著名的伯利克大学第一位由年轻的只有研究生刚刚毕业学历的数学奇才，还没有取得博士学位并且还在读博士学业，已经开始被学校聘为教授了，为学校这些来自全世界各地的高智商的数学精英上课。当然孟浩远还是坚持要完成自己博士学业的全部课程学业，他希望自己有一个自己满意的学习经历，不为什么只为证明自己可以做到。他的导师从研究生和博士都是著名的数学家科索教授，现在科索教授因病住院治疗，就由范克思教授担任他的导师，这也是一位非常出众的数学家。

下午六点后孟浩远回家时心里有些兴奋，他打开房门后进入到自己的独立洋房，楼下没有人静悄悄地。他腾腾地上楼一间一间看，看到艾琳正在楼上自己的房间内的书房忙着在申请读博的材料。看到孟浩远回来脸上有些兴奋，艾琳高兴的赶紧站起身来抱住孟浩远在他脸上吻了一下。孟浩远顺势轻揽着艾琳两人开心地笑着走下楼梯到一楼客厅。孟浩远关心地问道："艾琳，我以为你不在，一进屋静悄悄的没有声音，原来在上面。你在准备读博申请吧，进展如何？我想以你的能力是没有问题的。"艾琳笑着说道："是的。我又不笨，算是聪明的人，应该可以。不过要等下周参加学校的面试通知。反正能通过申请也好，不通过也好。我现在和你能经常在一起就很高兴了。智商嘛确实不算太差，不过和你是有点距离的。"孟浩远被她说得笑了起来："我相信你一定会成功的，你当然是一个聪明人。"艾琳认真地说道："希望能和你在一起就好，就算你想赶我走，我也不会走的。告诉你，我父亲他已经知道我现在住的房子是你的，他很高兴。让我要好好照顾你，不能使性子。我告诉他放心，正相反是孟浩远在关心我。家里吃饭料理都是孟浩远做的，现在自己爱上了中国菜。"说完哈哈地笑了起来，说着冲孟浩远做鬼脸。孟浩远看到艾琳可爱的样子，特别的享受说道："你父亲斯内克斯先生也知道了，好吧。你在我这里你父亲不说你自然好，我还怕你父亲知道会说你和我，那就太尴尬了。喜欢中国菜对我来说很方便啊。"艾琳嬉笑道："只要我和你在一起，父亲他就很高兴。"屋子里充满了轻松快乐和浓浓的幸福和甜蜜气氛。

一会儿孟浩远停顿下笑容，脸色认真地看着艾琳说道："艾琳，告诉你一件很不幸的事，昨天科索教授在上课时突发疾病，已送到医院抢救，估计情况不容乐观。"艾琳听到科索教授突然发病而且送医院抢救，顿时惊道："啊，是科索教授吗？他不是很好的吗？怎么会？是什么病，严重吗？"孟浩远说道："脑血栓，突发中风引起。严重的，正在格兰特友好医院救治。"艾琳："噢，原来是这样，那对他有影响的，这种病可能会瘫痪，希望他能治疗后早日恢复。"孟浩远："是的，我也是。还有另一件事，以后我可能在学校工作会比较多一点。今天伯利克校长和数学院院长范克思教授专门跟我谈了件事，他们研究后准备聘我当教授，科索教授因病住院治疗而且不会在短期内很快恢复，所以他的课程由我来负责完成。"艾琳惊道："什么？你说什么？现在不是还是助教吗？怎么可以直接聘为教授？居然他们会直接聘你为教授？这太令人惊喜了，你要知道这已经是打破学校常规，破格了。不知道学校有没有样的先例？估计是没有的。恐怕还没出现过这种情况吧。噢，对了。以你的智商和才能也确实没有什么问题。这太好了。孟教授，你好！我还在为读博需要申请，你太快了。"艾琳开起了孟浩远的玩笑。孟浩远说道："艾琳，我想等到周末我们去买个车吧，你上学的大学我看是没有问题的，但是所在城市离这里实在太远了，平时你可以住在学校，放假后有车回来这样也方便些。"艾琳一听孟浩远的想法原来是为她考虑要帮她买车，马上坚决地说道："不用，可以坐公交，地铁，还可以骑自行车的都很方便的。我会自己解决的，你当上教授有钱了是吧？"孟浩远笑笑："是。"孟浩远当然有钱，但是他不能说。他是用当上学校教授薪资不薄来说让艾琳知道："艾琳，你说对了，是有钱。学校给我的薪资足够了，一个人用不掉，所以你不要介意。"艾琳仍然坚持不用孟浩远考虑自己的事，孟浩远也没法，她太有个性了。等到了周末孟浩远想办法陪艾琳出去的时候拉着她假装偶然经过汽车销售店去看车，到时候再坚决给她买一辆车。

孟浩远开始忙着弄菜做饭了，艾琳已经喜欢上了中国菜，中国菜的色香味都让人垂涎欲滴，更充分享受味蕾。相比孟浩远尽管不算排斥西餐，也不是太喜欢经常吃，一个人在家时自己动手会做几个中餐吃。艾琳过来后做过几次西餐，看孟浩远表面上仍然很高兴好像喜欢吃，实际上艾琳看出来他并不太喜欢经常吃。于是只好把烹饪食物，舌尖上的工作交给孟浩远来负责料理，自己吃他做的中国菜肴真的感到很好吃，是一天生活中的享受。

一周过去了，孟浩远在这一周内有两节课要上，他把原因告诉学生后，受到了他们的欢迎，气氛很活跃，两次课给学生们带来与科索教授上课很不一样的风格和感受，孟浩远先生的课和对数学的研究理解犹如带学生进入到一个神奇的数学秘境中畅游联想。到了周末双休，星期六上午孟浩远和艾琳约好早上两人一起去附近的野生自然公园去锻炼和运动。孟浩远喜欢清晨太阳没有出来前早起去锻炼，人少空气更好，在自然公园内享受一份宁静，让心灵充分沉浸在大自然的天、地、树木、河水以及河边树林中经过和栖息的各种飞鸟，水禽的世界中。这是一种让人静思安宁的境界。艾琳却喜欢晚起，一清早五点还未到孟浩远到她房间敲门，门并未锁走进去叫着艾琳才无奈起来。两人换了运动套装一起出门，来到外面天还未亮有些黑，空气中有些寒意，小区周围静悄悄没有一人。两个人一路慢跑，艾琳身体不错一直并排跟着孟浩远一起跑步很快就到野生自然公园中，围着湖边开始继续跑步一直坚持了一小时不到，艾琳已经气喘吁吁，身上衣服被汗水湿湿。孟浩远还好，身上有些汗水可是没有问题还可以继续跑，不过他已经很惊讶艾琳的耐力和体力，说明艾琳平时在学校也是一直锻炼跑步的，要不然第一次出去跑步，一般跑出两三公里后就已经累得不行了需要休息。两人选在湖边的草地上各占一处，孟浩远独自练习一会绵拳，艾琳在旁边看到原来孟浩远一直练习这种拳法，身型高大瘦长，打拳时动作看似缓慢有很有力道，样子非常帅气，脸上神色刚毅身心投入处在无我自如状态，每一个动作都好看入目。艾琳有些呆了，心想所以他应该有功夫根本不会怕人。这种拳招式看着简单无奇，但是他身体拳脚每个转动变换之间每一个部位点隐约看出是非常刚毅有力，透出一个强大的力量。艾琳的判断不错，没有练过之人旁观的直觉就是一种有力量的拳操。其实绵拳就是这样，每一个动作分解式单独一个动作不断重复练习后，身体会发生一些变化，身体中骨和肉练习运劲后可变得坚硬无比，非常适合普通力量型的格斗，很有实战性。一圈打完后收势，放松后又单独打几个分解动作重复不断地在加力运行。艾琳不打扰孟浩远，她在一旁练习瑜伽，动作轻柔优美透着身体美感，难度其实也度颇大。大约又一个小时后两人休息一会，商量后继续开始一起慢跑起来。清早的宁静和空气特别的清爽舒服，又跑了将近一小时了两人身上出了一身汗，才开始坐在草地上看着边上静静的湖水，水面上游走的灰天鹅、野鸭等禽鸟和远处的森林，享受着早上的空气和公园内的自然景色。休息了两个小时左右，两人才兴致勃勃地走出野生公园，到路边看到付费自行车，一起骑着自行车出去自由行，看似毫无目的，两人骑着自行车沿着路边慢慢骑行运动一路观景。骑行的路线孟浩远事先已经想好，这条路经有好几家品牌汽车销售店和摩托车销售店，汽车商店的外停车场停满了各种新车，附近一条交叉的路上也有两家二手车店，停车场上停满了各种品牌的车辆，大都是看起来还比较新的二手车辆。

此时孟浩远看到路边上一处汽车销售店，看看时间已经是上午九点多了，孟浩远说道："艾琳，走，正好路过我们顺便去看看吧，美国汽车商店我还没有去过。"也不顾艾琳是否同意，自己先骑在前面，艾琳只好跟在后面。很快两人到了第一家店里，这里都是一家德国品牌的新车，孟浩远说道"噢，美国的汽车商店这么大，太大了特别是外面的停车区。哎，我想起来了，艾琳，你好好看看有你喜欢的车吗？"艾琳听孟浩远让她看车才想起，原来他是想要帮自己买车，为以后上学路上方便来去买一辆车。本想马上就走，又不忍孟浩远的一片好意，只好装作看看走马观花的随便转转，草草看了一遍后说道："浩远，我们走吧。"孟浩远问道："这里没有你喜欢的车？"他以为艾琳对这些车都不喜欢。艾琳说道："是的。"两人只好出来，继续沿着路骑行，又经过一家品牌车销售店，艾琳还是如此。孟浩远有些纳闷了，等一路骑行经过十字路口看到另一条街上有一家二手车行时，看到外面场地到处是各种汽车，插着牌子标着价格。艾琳看到后拉着孟浩远说道："浩远，你看那里我们可以过去看看。"说完艾琳在前面骑行，转弯进入后就是十字路口旁边，现在轮到孟浩远跟着艾琳后面骑着车进去，等两人进入后把自车停放在一边，开始逛着看起来，停车场里车真多眼花缭乱各种品牌都有，一个区一个区分开，艾琳看着满场地的这些二手车，她倒是认真地看了起来。原来艾琳是怕买新车太费钱，其实她认为根本不在乎汽车的新旧，只是出行方便用的交通工具。孟浩远诚心提出给她买车，她才想孟浩远说得也对，有一辆车以后出行方便一些，那就买一辆便宜点的二手车用用吧，反正就是平时出行使用，不用在乎汽车的新旧，没有必要专门买一辆新车，钱相差很大的。孟浩远心想："我的艾琳啊，你看到喜欢的就买吧，不用太节约的。"嘴上又不好太直接说出来，看着这可爱的姑娘，他脑海出现了原来的女友李晓彤和一些国内他看到过太多的追求和喜好物质的现代精致物质女孩。艾琳和李晓彤比较简直是完全不同的两种人，心中感慨不已。同时庆幸自己遇到对的人，三观非常一致，消费观也出奇的相同。

从购车这件事反映出艾琳的生活态度和价值观，此刻让孟浩远的内心当然是更加喜欢和敬重艾琳了，这样的女孩就是自己喜欢的类型，追求平淡真实普通的生活而不是对物欲有着强烈地很高的要求和欲望，好攀比好面子特别看重利益，而把两人之间最重要的真正的爱情反而忽略了，以为物质利益就是爱情。真要感谢上苍给自己有这么一个机会可以认识艾琳，这种缘分可遇而不可求，而冥冥之中命运安排自己遇到了。真是一次奇妙的过程，一切都是那么的巧合幸运，难道这是天意？孟浩远不禁对"缘分"这两个语因这次机遇而信服。

最后艾琳还是自己选了一辆车龄不算太长，行驶公里数也不算太多的一个欧洲品牌轿车，价格很低。笑着对站在身边一直看着她的孟浩远说道："浩远，我看这辆车不错，如果要买我们就买这辆吧，我很满意的。你看怎么样？"孟浩远看着她心里已经浮想联翩。越看越喜欢她，心里正高兴感慨中，忙附和地说道："好啊，你喜欢就是它了。"艾琳说道："明天我们过来付钱吧，今天出来运动，我身边没有带钱。走，我们先回去。"孟浩远真心感慨，紧走几步已到柜台马上从身上佩戴着的运动腰包中拿出银行卡付款，这辆车就七千八百美元。见到孟浩远已急着把购车款付掉，艾琳有些不高兴地说道："浩远，我自己有钱不用你来支付。你太快了，这样不好知道吗？"孟浩远笑着说道："知道知道。这是中国人的习惯，为女朋友买东西当然需要我来付，真的是这样。结婚还需要给你父母下礼金，哈哈，另外我也可以开这辆车，应该也算是帮我自己买对吧。"艾琳笑了，见孟浩远当众声称自己是他的女朋友还是第一次正式表明，而且他说道以后结婚的事，那么说明他已经在心中把自己当成女朋友了。内心顿时被说得甜蜜起来，脸上露出高兴的笑意。艾琳笑着说："浩远，我有钱的，我自己可以的。原来你已经准备好了，所以随身带着银行卡。"孟浩远看艾琳这样说真心有点激动，这样的艾琳还是一位美丽好看的欧洲姑娘真是少有，即使在中国也是不多。她一直在为对方考虑，在物质上从来不会有要求，情不自禁地伸出手搂着她，大大咧咧地用手指点着她的鼻子，在她脸颊快速吻了一下，不由轻快地笑道："这些没有什么。"两人幸福地搂在一起。商店销售接待是一位年轻的欧洲白人姑娘，看着他俩在这里非常恩爱，也笑着转头躲开视线，心里在想这对小情侣是真爱啊，买一个二手旧车都感觉这样开心幸福，太难得了。汽车买好第二天去商店拿购买手续将车开回家。

又过了十多天后，艾琳陆续收到了四封美国本地大学的录取通知书。艾琳从中选了一个和孟浩远在同一个州不过在另外城市的一所大学，和孟浩远所在的伯利克大学在不同的两个城市，相距还是比较远的。她放弃另两所排名更前的但是在其他州也比较远的更好的学校。只是因为不在同一个州而且两个州之间距离太远，艾琳觉得距离太远需要坐飞机来回，不方便和孟浩远经常见面。

孟浩远开着这辆新买的车陪着艾琳一起去学校报到，他把车留给艾琳，考虑到自己以后出行方便，他自己买了一辆品牌红色的杜卡迪新品摩托车，样子很好看骑行方便是他喜欢的一种。孟浩远喜欢骑自行车和摩托车，可是在上海摩托车骑行在路上有很多限制，城市内车流滚滚道路拥堵不堪，骑行也不方便很危险，而且摩托车限制根本就上不到车牌。现在在美国却很不一样可以实现自己的喜欢，以后距离稍远时骑摩托车出行，近的地方还是喜欢骑他的自行车出去。他喜欢自由自在不受拘束的来往，享受自然天空，阳光，树林和随时可以看到的街道以及人群。

接下来平时艾琳住在学校的学生公寓，周末会驾车赶回来到孟浩远的花园洋房，这样可以见面在一起。过了一段时间孟浩远单独行动不顾艾琳的可能反对，悄悄在她学校外面租了一套单独的学生公寓，她为了让艾琳在读博士期间生活学习的环境更好一些。孟浩远告诉艾琳说有了自己的独立公寓，以后有时间来看她会方便一些，艾琳心里有想法但是被孟浩远这样出手果断木已成舟，而且他称已经付了三年的租金，你不住会浪费钱，最后她才只好同意。越是这样的姑娘孟浩远越是想方设法要让她过得开心。在以后的学习和生活上更方便自由舒服一些。

二

　　科索教授自从突发中风急病后在医院经过了一个多月的住院治疗，依然没有完全康复，尽管送医院是及时的还在黄金抢救期，但是医院对治疗这一疾病也没有好的办法。躺在医院的病床上每天进行吊针补液和做一些康复治疗，最后家人看看在医院休息不是很好，也没有特别的好的治疗方法，只能将科索教授带回到家里开始慢慢休养和康复，这样家人照顾起来更方便一些，也无可奈何接受这场突如其来意外的命运安排。

　　有一天孟浩远在学校里下午没有其他安排，准备到科索教授家去看望他。最近除了忙着课程上课还有艾琳继续读博士给她送学校和暗中偷偷帮她租了一套单独的公寓，里面设施一应俱全而且房子也比较大，给艾琳创造一个好的学习环境。他心里还一直想着科索教授的病和他躺在床上的样子，让他心中十分挂念。突然在暗自神伤坐在家里静坐时身上又散发出阵阵的异香，突然想这是起秦曾专门送给自己的那块随身携带的"生命之源"，非常珍稀，当时叮嘱过他这块看起来不起眼的外面皮壳呈褐色的石头，对生物体身体会有很好的作用，不可轻易随便示人更不可送人，它在阿勃特星都是非常珍贵难得的。据说是阿勃特星球史前古老的几种特殊植物化石，目前已经灭绝。随着火山爆发生成，在地壳数亿万年的演变和运动，正巧有几种植物被毁并机遇巧合变成一种看似普通的化石，被科学家偶然发现后竟然还有非常神奇的特殊功能。秦这次见面又专门送了两块大的给他，其中一块小心放在行李箱中后被自己存放在银行，另一块被他随身带回后就一直放在自己床头柜抽屉中。他看着科索教授因中风变得讲话口齿不清无法站立正常走路，和原来身体健康时的精神镇定智慧的样子完全两样，不免内心可惜和酸楚。于是他想到这块"生命之源"，为了拯救科索教授上次与他紧紧握手时触发身体中强大的一股气流传导给科索，如果现在再用这块"生命之源"让他试试是否会更有效，秦的叮嘱这时他也顾不得了。所以想到这起身出门骑着摩托车飞驰而去。

　　到了科索家中，科索教授依然还躺在床上休息，一阵寒暄过后孟浩远当即取下自己颈上挂着的这块褐"生命之源"递交给科索教授的太太格瑞斯，对她说道："格瑞斯请你把它挂在科索教授颈部，它可以保佑科索教授，它是我喜欢的一块平安石，也许有用。"格瑞斯将信将疑，她以为这是一种中国的迷信仪式，但是看孟浩远从自己的颈部取下，那可能是孟先生一直随身携带的珍贵的护身符吧，出于孟浩远一片好心，就按孟浩远要求当场把它挂在科索教授的脖子上。刚刚挂在科索的颈部一会儿功夫，格瑞斯感到一股特别好闻的异香慢慢在沁散出来，周围被异香围绕无比舒服。科索突然费力地抬起右手指向孟浩远，可能科索已经闻到这种香味，提起他的精神。孟浩远赶紧用手又一次握住他的手，突然自己感受到对科索的关切再次像上次一样触发了自己头脑中的超级智慧微光子芯脑意识，一股强劲的暖流瞬间从自己手中流向科索教授的手中。然后通过手快速进入他的筋脉肌肉全身并引导身体内的血液循环加速传流。科索顿时感到身体发生变化，一股暖流流向身体各部，刺激血液气流共同作用帮助自己在脑血栓受阻处像电流一刺一刺往前不断顶，受这种气流和血流刺激运动，人感到非常舒服。睁开眼精神一下子好许多，他惊讶地看着孟浩远，又是他在为自己做了一些有益的事。孟浩远感受到自己的气流向科索传导流去绵绵不断热血沸腾，以为科索教授受不住，赶紧松开手把手放下，中断停止下来自己头上已感到有些汗滴冒出。已经进入科索身体的热流还在流淌如电流一般运动，他突然对孟浩远点点头，脸上露出对孟浩远生伸以援手让他感受到前所未有的好处不可思议的表情。孟浩远说道："科索教授你放心，好好接受治疗。你的身体会好起来的。"科索听后竟然右手竖起大拇指。孟浩远心里清楚，这是科索在感谢他的帮助。自己心里也有些吃惊，为什么自己因对科索教授心念关心就会突然激发起自己身体内的强大气流传导流动，可以通过自己的握手飞快地流经过去，而平时与人握手并不会出现这样。而且对自己的身体和内力并没有受到明显的影响，像是放电一般有些疲劳之感但很快就恢复如初。秦的科技蕴含着太多令人无法解释的东西。科索有了第二次与孟浩远身体的气流交通，又加之颈部上那块孟浩远的褐色"生命之源"香石的浸润，已经对身体在慢慢起作用。

这样时间慢慢地在过去，经过上次孟浩远专门来看望后没想到十二天以后，一天科索教授开口讲话时口齿已经变得比较清晰了，左侧手和腿可以伸展和自行慢慢行走几步了，让格瑞斯惊喜万分惊叫不断。科索教授也心中大喜，他心中十分清楚，这一切都和孟浩远有关。等到再经过两周后，令人惊诧的是科索教授的身体四肢活动更加灵活，身体恢复得更好一些。这些变化让科索和格瑞斯两人十分高兴，说明科索的身体已经在慢慢康复中。再过三周后令人更惊喜的事发生了，科索教授居然可以突然慢慢自己坐起来基本稳稳地站在地上。在格瑞斯的搀扶下科索慢慢地在房间里激动地走动起来，脸上露出高兴的喜色。格瑞斯看到后惊喜万分她简直不敢相信不住地叫道："我的天啊！我的天啊！你可以站起来自己走动了，太好了！上帝保佑！"眼中满是泪花。她马上打电话给孟浩远把这一天大喜事告诉他。孟浩远听到消息后心中长舒了一口气，终于放心。看来这块"生命之石"的价值和重要性非同凡响，同时一定是自己传导个科索身体的强大气流，对他身体循环刺激主动破阻塞体，现在已经通了。科索教授他身体已经基本恢复，和原来身体健康时差不多了。到了第五周后他已全部恢复，可以不用搀扶自己起来活动行走，讲话口齿也很清楚，精神状态也和原来一样恢复得很好。等到了第八周过后科索教授他基本没有其他后遗症开始高兴地看书，走起路来灵活自如，他走出房间来到花园里坐着晒太阳。康复后的科索教授内心激动，他心中清楚是孟浩远挽救了他，是他在悄悄帮助自己恢复身体。想到孟浩远与自己握手一刹那一股神奇的如电流一般的气流热烈快速在身体内运行，非常舒服，身体当时瞬间手脚麻木如被电穿流而过，身体感到彻底畅通起来。同时他抚摸着孟浩远送的这块普通的褐色石头陷入深思，它不时散发出一阵阵的幽香，这是一种从来没有闻过的异香，进入身体内让人十分舒服享受，顿时神清气爽血流加快。难道这块普通石头它同样具有一种特殊的魔力让自己身体慢慢恢复的？孟浩远究竟是什么样的人？他身上的神奇电流是怎么回事？这块普通的褐色石头是哪里来的？它真的很神奇，太珍贵了。

科索教授的身体能够康复得如此好，让负责为他治疗的玛丽丝医生感到非常意外。她原本并不知道科索教授身体已经很好的恢复，直到他来医院检查才知道他已经康复，而且非常好。在医院期间各种药物和辅助理疗都一直在做，可是对科索身体并没有起到多少效果。只好在科索夫人的要求下让他回家继续休养慢慢康复和治疗，没有想到的是现在他突然出现在医院里而且竟然可以正常的行走，很奇怪他自己慢慢地已经得到恢复，这真是一个奇迹，要知道脑中风血栓造成的瘫痪是很难全部治愈的，而且在医院已经治疗很长时间并没有得到康复。他的康复已经是最理想的健康状况了。她百思不得其解。经过医院系统对科索教授的全身检查和头部 CT 扫描检查发现他脑部中原来的两处血栓情况已经完全没有堵塞的映像，显示是正常的，所以身体得到恢复。和科索教授交谈发现他的言谈和行动已经是完全正常。这让玛丽丝医生难以置信非常不解，她知道并不是医院的治疗让他康复。

又过了一个月后，科索将这块神奇的石头还是继续戴在身上，他非常相信这块石头和孟浩远。他自己更是吃惊，感觉血管里的血流、身体经脉活动和内循环气息比原来更畅通舒展，精神更好，神态好像是自己年轻了十几岁的状态。他内心既激动又愈发地疑惑怀疑，他此刻已经判断一定是孟浩远送来的这块石头发挥了重要作用，另外和孟浩远与自己握手一刹那的一股神秘气流进入自己身体并在身体内流动影响了自己的身体。这块石头应该是一种极其特殊非常珍贵的神秘之石，是孟浩远他原来一直贴身携带在身上的，随身物体他一定视它为十分意义的爱物。这块神奇的石头它一直慢慢散发出一种从未闻过的极其罕见的令人舒经活血愉悦的异香。现在自己的身体恢复到如此状态就是最好的证明，太神奇了。这块褐色石头太珍贵了，我也完全康复，它一定要归还给浩远。

周末时孟浩远骑着他的摩托车出门，上身穿黑色夹克，下面一条浅蓝牛仔裤，一双带红色鞋标的运动鞋，头戴一个漂亮的头盔，看上去英俊精干潇洒非常精神。伴随一阵摩托车特有的轰鸣声来到了科索教授家，他又来探望科索教授。听到门外的异常响动的声音，格瑞斯走出门口站着在观看是谁，正好看到一位年轻英俊的小伙正从摩托车上跨下，车就停在他家门口不远处，手中的头盔随便挂在车把上。等那人脱掉头盔才看到原来是孟浩远，让她特别高兴，两人在门口拥抱。科索在室内已经听到格瑞斯欣喜地喊着孟浩远的名字，也已经走出门外。看到科索走出来站在门口，说明他的身体已经恢复如常，脸上露出高兴的笑。格瑞斯也是满脸的笑容高兴地站在一旁，两人笑盈盈地看着这位年轻人。看到他们这样孟浩远心里高兴，快步走过来与科索教授握手："科索教授看到你能恢复，可以走动我很高兴。"科索教授笑着："谢谢孟先生，身体恢复得很好。"三人一起走进屋子来到后面的花园坐在椅子上，格瑞斯忙着准备咖啡和茶，两人在阳光下，看着淡蓝的天空、周围的绿草地和树林。科索神情严肃地说道："孟先生谢谢！谢谢你所做的一切。"说着他点点头，用手握住孟浩远的手。孟浩远感到科索手上的力道，他的眼睛含着感激有些泪水。孟浩远说道："科索教授应该谢谢你。你是我最值得尊敬的，天意如此。我一直在默默地为你祈求。"此时格瑞斯拿着杯子过来放在桌上，客气地说道："孟先生，你请用。是的，我们应该谢谢你！让科索恢复得如此好。"三人一起坐着，科索突然从自己的颈部拿出那块褐色石头，毫不犹豫地把它还给了孟浩远，眼睛盯着孟浩远和这块石头，轻声地说："孟先生，谢谢你的帮助。"孟浩远从他的眼神中已经读懂，他在感谢，他也有疑问，但是不想问他。孟浩远用手在科索的手上用点力气，感到科索的手原来是软绵无力，现在很有力道力，在确认科索教授的身体已得到恢复，让他到外面花园草地上来回不停地走着，又小跑几步试试后，看到他确实状态很好已经超出原来的样子。伸手拿过科索放在桌上的这块生命之源石头重新挂在自己颈部说道："科索教授，看到你身体恢复了健康，真让人高兴。"科索微微一笑说道："孟先生，是你和这块神奇石头对吧。我无法用科学来解释，非常感谢你挽救了我。"孟浩远笑着说："科索教授，不用这么客气，上帝保佑。你是好人，自然会有好运得到保佑啊。"孟浩远故意把话题转移开去，科索听后和孟浩远一起哈哈大笑。格瑞斯也笑着说："感谢上帝保佑，感谢孟先生和神奇的平安石，真的太神奇了。"孟浩远对科索教授道："科索教授你看您的身体已经恢复了，是否要重回学校继续教学，我去跟校长说，这下我也可以省心些了。"科索教授一听马上说道："不，不，不不。你干得很好，我很敬佩。身体经此一病我明白了，人生最珍贵的是健康和亲情，至于工作是在这两个基础上才可以做。我身体才刚刚恢复还是需要好好在家休养一下，学校里有什么事这学期就请你来完成吧，对你的能力我是很放心的。"格瑞斯也说道："对对对，身体重要，不用急着工作。"孟浩远理解科索教授大病一场有此感悟，此刻想法是他真实的透彻的想法，确实在人生中遭遇过这种大的磨难后一定在思考上会感悟更深刻，就是所谓的大彻大悟吧。好吧，既然科索教授这么想，为了他的身体健康，那就让他好好休息一段时间吧。

格兰特友好医院的玛丽丝医生一直想搞明白，对于科索教授的病她感到很不可思议，中风急救不能马上恢复，意味着身体瘫痪很难再康复到正常状态。但是科索是个例外，这种病因在治疗中能够完全康复很是少见。科索在医院里经过一个多月的治疗过程并没有恢复，她以为以后对科索造成伤害最终会瘫痪。可是现在出现在面前的科索完全是一个已经全部恢复到健康状态的健康人，医院检查的各项指标都非常正常。她很想在科索这个病例上发现什么，这样可以救治更多相同的因中风造成偏瘫的病人，这种病很难治愈，大部分人都会瘫痪，留下后遗症是非常痛苦的。她需要搞清楚科索的身体究竟是如何恢复的，明明在医院期间的治疗方案都是按现在科技和医疗水平来实施的，由于科索教授的自身年纪大，又有多种基础疾病存在身体体质下降，治疗中风疾病存在更多困难有很多不确定性。所以他在医院住院期间的治疗并没有达到好的进展和改善，但是为什么科索教授回到家后才两个月不到就已经基本恢复？而且还有一个无法解释的问题，后来医院复查时他的身体各项指标已经合格，有些指标甚至比原来还要好，实在无法理解。但是作为一名医生需要分析各种情况和信息，解开这个谜团，总结分析后以挽救更多的病人。科索没有说出自己康复的原因，在和他交流时说："自己也并不知道是什么原因，也许上帝眷顾就自然这样恢复了。"

不过后来细心的玛丽丝医生在向科太太格瑞斯询问一些关于科索身体康复期间在家中做些什么时，没有心计的格瑞斯很老实，听到玛丽丝医生问起科索身体情况，她一直认为是玛丽丝医生一直在抢救治疗，只是需要时间，对她很信任。不过在交谈中格瑞斯无意之中不小心说漏了嘴，她提到一个细节，她说："科索有一位同事叫孟浩远，他曾经给过一块看似普通褐色的平安石头，然后就一直挂科索颈部。平时孟先生每一个周末都会来看科索，我也不太敢确定到底是怎么回事。"玛丽丝医生觉得更加奇怪，这和普通石头有什么关系，这无关医学方面的事，不过她想弄清楚问道："格瑞斯，那现在这块石头还在吗？"格瑞斯说道："上次孟先生来看科索时，因为身体已经康复就还给他了。"玛丽丝医生陷入深思，但是一点也没有办法联系和科索治疗康复的事。难道这是巧合？似乎不可能，科索出院时检查他的身体，确实已经处于瘫痪状态，身体状况很不理想，治疗效果并不好。不可能是正常的治疗得以康复，而且没有留下后遗症，甚至他的身体各项指标比健康时还要好。不不不，彻底搞糊涂了。作为一个敬业专业的医生玛丽丝反复想想不透但又很想搞清楚，这种病例医院还有很多，如果科索总结出治疗的更好方案，可以挽救更多的病人。她问清楚格瑞斯孟浩远的住地址和他的联系电话，她决定上门去一趟拜访这位年轻人。

这天正好是星期五的下午，玛丽丝医生根据格瑞斯太太提供的孟浩远的住所地址后，准备亲自去拜访这位看起来聪慧又年轻的孟浩远。她很想要了解有关科索身体恢复的原因，他到底做了些什么？才会让医院无法治疗好的科索经过一段时间后竟然恢复如常，这是一个奇迹。玛丽丝医生从医院忙完后已经是下午四点三十几分了，她换好衣服后开着自己的小汽车一路行驶换了几条路后最后就来到了孟浩远的住所，她把车停在外面的路边上，下车后看着这一片小区，都是比较高档的独幢洋房，每栋楼看起来很大面积不小。周围环境优美绿树成荫，很少见到人在外面行走，显得安静，每幢楼的间隔距离比较远，显得安静隐蔽。一个年轻人住在这样的小区和这样的一幢大楼房已经让玛丽丝医生感到他不寻常。她走进一条辅道按着门牌号寻了过去。走了三十米左右来到了孟浩远住所的门口，门关着玛丽丝不敢贸然按门铃突然打搅，就在门外等候孟浩远回来。她估计这个时间早已是学校下班时间了。正想着突然发现路边有一辆车从外面的主路直接驶过来，让玛丽丝高兴起来，一定是孟浩远先生回来了。神态严肃认真礼貌地站着看过去，车在门口停下后，从车上走出来一位年轻美丽的白人姑娘。原来她还没有等到孟浩远却先等到周末下午没有课程就从学校抓紧时间赶回来的艾琳。艾琳将车刚从主路转进来就看到门口站着一位年轻漂亮二十七八岁显得稳重成熟有气质的白人姑娘，长得很好看，高高瘦瘦的，她戴着一副眼镜更显知性，看上去有一种职业女性的精练，年纪比自己应该要稍大几岁，身上的穿着打扮很是得体，显示职场白领的严肃简洁和端重。看到这么一位姑娘突然出现在自己家门口，艾琳不知为何心里有点莫名的紧张，心里突然打起疑问来，这突然出现在自己家门的女子她是谁？为什么到这里来？是找孟浩远还是另有其他事情？赶紧下车后走过去。站着的玛丽丝此时也见到艾琳的车停在外面下车走过来，正微笑地看着她。艾琳刚想主动招呼，此时玛丽丝医生看到艾琳走过来已经先开口说话："不好意思打扰了，请问这是孟先生的家吗？"艾琳一听头有些紧张，心想果然是找孟浩远的。不过她这样问心里略微放心，至少说明她是第一次来这里。要弄清她来的情况。于是带着疑问询问道："你好！请问你是……？"玛丽丝微笑着说："你好！我是格兰特友好医院的医生玛丽丝，格瑞斯夫人给我孟先生的地址，我要找孟先生是关于一位病人治疗方面的事想和他谈谈。"艾琳一听原来是这么回事，心里放下心来。但她还是不明白，科索教授治疗的事为什么来找孟浩远，他又不是医生？应该找错了，他只是一个数学家不是医生。知道这位年轻漂亮的玛丽丝医生来的原因了，于是不失礼貌笑着说："噢，你好！玛丽丝医生。我是艾琳。据我所知孟先生可不是个医生啊，你找他是否弄错了？"玛丽丝说道："噢，艾琳小姐你好，请不要误会。是的，我知道孟先生的确不是医生，不过我有一个病人科索教授，最近关于他的治疗情况想向孟先生了解一下看他是否掌握了什么？是否可以提供一些信息帮助我。"艾琳一听玛丽丝医生来访确实是为了科索教授的身体情况，而且说话很客气。孟浩远曾说起过科索教授突然中风后送至医院治疗，至于科索教授后来逐渐康复的事她还真不知道。孟浩远并没有说起过治疗情况进展。于是说道："噢，是这样啊。我是孟浩远先生的女朋友艾琳，很高兴认识你。"玛丽丝医生微笑道："噢，你好，请艾琳小姐多帮助了。"艾琳见玛丽丝态度很是诚恳大方得体，对她有好感。于是艾琳说道："玛丽丝医生你先请进，到里面坐一会，孟先生应该还没有回来。"然后艾琳打开房门将玛丽丝迎进屋内在客厅会客沙发上坐下，让她稍等等。自己到厨房间忙着烧水泡茶招待。不一会儿水开，倒了一杯绿茶拿过来，放到玛丽丝跟前的茶几上，热水倒入后随着绿色的茶叶一根一根竖在杯子的上端十分好看诱人，等一会随着热气还有一股清香飘来。艾琳笑着："请喝茶，这是孟先生从中国带来的绿茶，叫安吉白茶。"玛丽丝听着艾琳的介绍眼睛看着杯中的茶说道："噢，谢谢！中国茶太香了，非常漂亮。"两人开始互有好感地正聊着，孟浩远骑着自行车已经到小区内，很快就到了门口，看到路边停着两辆汽车，一辆是艾琳的说明她已经回来，还有一辆停着不知道是谁的。把自行车放在门外一边准备进来，门并没有关推门就进来。艾琳一听到自行车放下的声音，知道是孟浩远回来了，反应很快马上起身走上去迎。孟浩远进门后起先没有注意到家里正有客人坐在客厅区的沙发上，看到艾琳过来已经下意识的亲切地叫着艾琳："你回来啦？"艾琳怕他没有注意屋中有客人，两人亲吻拥抱赶紧笑着说："我也是刚到，你看有客人来了她是专门来找你的。"孟浩远马上转头看过去，只见一位年轻的有气质的漂亮的白人姑娘脸露微笑，玛丽丝听他进门声时已经站起身来正看着他。孟浩远一见原来是格兰特友好医院治疗科索教授的主治医生玛丽丝，他认识她，他和玛丽丝医生在医院时有过短暂的交谈，给他留下比较深刻的印象，一下子就记住了，心里有些意外，表情依然不变客气地说："噢，原来是玛丽丝医生，我们在医院见过。请坐，不要客气。请问您这是……？"他其实心里很清楚，科索教授突然间康复，玛丽丝医生此时突然来访，只能说明她想了解治疗科索的真相。两人边说着边坐下交谈，艾琳见他们准备交谈，自觉地说道："玛丽丝医生，你们谈。"然后走上楼去，她不想让人觉得她不礼貌，给他们两人空间交谈是最好的尊重。玛丽丝看到艾琳如此，微笑说道："谢谢！"艾琳走上楼离开客厅。客厅只有两人坐在沙发上正好沙发挨着一边。见孟浩远谨慎地询问自己的到访原因，她脸上依旧保持着微笑说道："孟先生你好！打扰了，我是格兰特友好医院的医生玛丽丝，是科索先生的治疗医生。"孟浩远说道："是的，玛丽丝医生，我在医院见过您，我认识你，科索教授的治疗都是你负责的，谢谢了！"玛丽丝说道："孟先生，你知道吗？科索教授已经来医院检查，他的病已经恢复而且状态很好让人惊喜，真是一个高兴的事情。经过检查他的身体、精神状况和各项指标以及脑部扫描等结果都显示恢复得很好，身体机能已经恢复正常，所以很让我们感到吃惊！"孟浩远明白玛丽丝医生的意图了，说道："是吗？这太好了。玛丽丝医生，治疗是循序渐进的一个过程，尤其是中风这种病，说明你的治疗方案是成功的，祝贺你！"玛丽丝微笑道："不不不不。我看情况并不完全是这样，因为在医院已经有过一个多月的紧急治疗，要知道治疗期间并没有取得实质性的明显效果，所以科索教授才不得不出院在家慢慢休养的。"边说着边眼睛柔和地盯着孟浩远胸前看，因为格瑞斯夫人说起过这位孟先生曾经给过自己身上随身挂着的一块褐色很普通的平安石头，现在孟浩远的胸前头颈部位置隐约看到是有绳挂着的，里面东西看不到。刚才除了艾琳新泡的绿茶的清香外，在这里和孟先生坐着交谈时从他身上还一直隐约闻到一种自然的某种异常的香味，味道令人十分舒服愉悦，身体竟然通气活络很是放松，精神似乎也提振了，但又说不清它是哪一种香味。玛丽丝闻到后感到血液流畅经脉运行舒展特别提精神，她感到疑惑不解，难道的确是孟先生身上携带的什么物体发出的，会对治疗有效？但是这似乎是不可能的，医学上没有科学依据。看玛丽丝的眼睛盯着孟浩远出神地看着，在想着心事。此时正好艾琳过来帮着添热水，刚才他们两人的话没有听到，看到玛丽丝呆呆地看着孟浩远，心中有点不乐意，但是看玛丽丝眼神似乎不是对着孟浩远的脸和眼在注视，没有任何的杂念只是被一件事所吸引，好像若有所思走神的样子。艾琳说道："玛丽丝医生，请喝茶，现在茶水的温度刚刚可以。"说着往玛丽丝杯中添了点热水。艾琳的过来和说话打断了玛丽丝的走神思考，马上回过神端起玻璃茶杯慢慢喝了起来："哦，这茶清爽无比太好喝了，比咖啡的浓香好。"孟浩远当然明白玛丽丝在想什么？科索教授是自己尊敬的教授，所以孟浩远不想看到他后面的人生不能行走就只能在轮椅上或病床上。当时尽管吃不准到底如何来帮助他，但是无意间触发自己的感念真心希望科索身体康复，在与科索握手时自己一股强大的气流通过手指向科索身体快速传导急流，科索当时明显也感受到了，一定和这有关。另外还是汉说的自己身上这块原来是秦随身携带的褐色皮壳的石头，异常珍贵比钻石还要珍贵百倍，汉曾经清楚地告诉自己这块"生命之源"会对身体有好处，让他贴身携带勿轻易视人或送人，只能自己随身携带。应该这两件事有相互促进的巨大作用，挽救了科索教授。自己已经破了汉的叮嘱，实在是在不得已的情况下才一试。当时还不太明确能够发挥多大的效果，是否对科索教授的中风治疗有效？也只是不忍心科索教授这突然之间变得这样，才想一试，现在看来"生命之源"有它未知的神秘力量帮助人体的恢复和提升效果，的确是存在的。但是被专业的玛丽医生敏感地关注，这对孟浩远来说不是好事。这事无法解释也不能解释清楚，必须要认真想一想如何来应对。听玛丽丝医生在认真地询问，于是孟浩远很是随意地马上用右手当面拿出身上挂在颈部的这块褐色石头，拿出来给玛丽丝展示一下旋即又放下，并没有取出交到玛丽丝手上让她可以放在手中仔细观察，这样玛丽丝算是看到了，又不好意思再讨要细看，而且看似对于孟浩远来说这块石头不是什么了不起的东西，就是一件普通的石头挂件而已。孟浩远说道："哦，你大概想问的是我身上的这块褐色石头吧。其实它没有什么特殊之处，我们中国人习惯戴着把它作为一种装饰，也是一种信仰。"接下去孟浩远只好瞎编一次来搪塞过去："这块石头是我到中国云南旅游时在一个旅游景点的市场上随意买的，还有人买一种雕刻着各种图案花纹的石头，没有区别，是一个道理。我告诉科索教授和格瑞斯太太这种石头很奇特，把中国的故事告诉他们，希望他们坚定必胜的信念，上帝保佑。就是这样。"玛丽丝仔细地在听，孟浩远随口轻描淡写地这么一说，其实她并不相信，不过既然孟浩远不愿意多说，也不能急于多问显得没有礼貌。于是玛丽丝也笑了，因为她始终觉得这块石头有一种特殊的从未闻到过的异香，难道有治疗科索的中风疾病？似乎也不太可能，没有科学道理啊。既然孟先生当面这么说，似乎他也不把它当回事，说明只是一个巧合。他的话勉强有些推辞的说法，于是玛丽丝说道："也许吧，人在信念间，上帝保佑，创造了奇迹。"孟浩远说的这些话，玛丽丝医生尽管还不十分信，但是一下子也没有更多的信息来支撑，也没有办法反驳。他说的都是很实际的状况，自己再有猜疑需要细问好像是对孟先生不信任了，他也不一定会说出来。但是自己明明在和孟先生交谈时看到他神情自然态度诚恳自信，认真地对待自己，她觉得很信任他。只有一种解释可能科索教授的康复真是偶然中的一个奇迹，一个特例。玛丽丝说道："好吧，作为一名医生希望找到好的治疗方法来总结分析，可以为更多的病人进行治疗，治疗他们的病情使身体健康和挽救生命。请孟先生和艾琳小姐谅解，不好意思打扰了，我告辞了。谢谢艾琳小姐的茶。"说完玛丽丝起身微笑着准备离开，孟浩远和艾琳一起送她到门口，又一起走到路口边看她上车，目送她开车离去。

这次交谈，孟浩远对玛丽丝留下了很好印象，玛丽丝说的作为医生理当为更多病人找到好的方法去救治，是作为一个有责任的医生本分。所以她会冒昧地来拜访孟浩远，希望了解科索教授病情恢复的有价值的信息。其实她的想法也是和孟浩远是一致的，所以孟浩远参加新抗癌药的研发，投入这么大的精力和物力也在所不惜。而玛丽丝通过这次交谈对孟浩远也留下了深刻印象，孟浩远说的都合乎情理很真实，他谈话的思路和反应极其活跃与众不同令人印象深刻，交谈下来发现他这样一位年轻小伙现在居然已经是著名的伯利克大学数学院的教授，这可真不可思议，须知伯利克大学尤其是数学院都是高智商著名顶尖数学家啊。所以玛丽丝医生对他的话有几分相信。

三

杰瑞里按孟浩远的要求一直认真投入工作，主要精力当然放在 912 基地建设项目，这个项目孟先生非常投入，他对方案设计很认真专注，已经修改多次还是不满意。在他的要求下杰瑞里更是不敢大意花了大量精力，不久前通过美国一家国际贸易服务咨询公司然后找到了中国建筑集团，开始与他们联系谈判，经过和这家公司多次的商谈后，该公司接受邀请同意参加项目的设计和建设。至于这家美国公司为什么不按国际流程进入公开招标程序，定向邀标请他们公司来承担，他们也觉意外，也许唯一的可能是这个建设项目不算很大，也很简单，但是从投入的资金看也不算低，是看重他们公司最近几年在国际市场上获得几个大项目建设并收到良好声誉还是其他原因不得而知。但是对于中国建筑集团来说走出国门去参加国际市场的基础建设总是好的，所以尽管这个项目不是很大，在美国获得这样的机会承担建设项目意义就不太一样。项目本身的建设难度不大，但是设计团队负责人对方案设计与美国公司中负责的一位中国人孟先生多次商量修改后，让他们感到这个项目有些不简单，和其他项目比很不一般，设计的方案一般定稿后是不允许再修改的，即使修改也是个别地方。而这个912项目已经先期由美国一家设计完成，但是在方案设计商谈时这位孟先生现在需要提出修改的地方还很多，说明美国甲方公司对原来的设计是不满意的，他们宁愿再增加设计费用要求设计修改。好不容易完成美国公司项目设计的全部要求，最后中国建筑集团912项目基地的建设承包商是中国建筑集团下属的第三公司，公司会派出五十多人的管理、设计、技术、设备安装等工作团队来美国开始正式建设。这些手续是美国公司另一位经理杰瑞里负责，是甲方孟先生公司管理层的一位负责人，孟先生的手下就是杰瑞里。他要求中国公司做好项目建设的保密和建设周期时间两个要求，尽量抓紧完成。912项目建设工地开工那天中国建筑集团公司第三公司的负责领导和州长、市长都来到现场参加开工剪彩仪式并讲话，作为甲方的"浩瀚探索科技有限公司"由杰瑞里上台一起参加。工地现场看到的是中国面孔设计师，管理人员，监理方和建设工人。项目的几个区或同时在开工建设，在这到处荒漠的地方总算有了少见的热闹。

时间不知不觉过得很快，孟浩远代理科索的课程上课已经有一段时间了，很受学生们欢迎，网上开设的"浩瀚讲堂"同样受到来自全世界各地的专业的数学研究者的关注，艾琳也已经开始在学校继续博士的学业。

这样三个月已悄然间过去，距离和秦约定再次见面时间也快到了。912基地工地上依然忙碌的在施工建设中。孟浩远这天在查收邮箱信息时收到了秦发来的信息，坐标位置显示还是在912基地上次碰头见面的地方。孟浩远又开始做周到的计划，现在自己已经很熟悉秦的需要了，他通过网上和商店采购了各种种子和书籍，又备了足有三大箱物品，然后把箱子通过快递公司运送到菲尼克斯另一家汽车租赁公司。孟浩远心很细，他需要每次改变租车公司租车，免得次数多了彼此熟悉了被人记住发现他的记录。

这次孟浩远还特意购买了代表当前市场上具有代表性的最新的美国和中

国公司制造的各一款高端品牌智能通信手机和笔记本工作电脑。他选择的是苹果和华为各一个最新款笔记本电脑和一部智能通信手机。他准备把它们送给秦和汉，让他们知道地球上的科技发展程度也是不错的。他当然更想了解通过送给他们在地球上普通市民最常用也是最先进新款的智能电子设备后听他们对这些设备的评价从而用来判断地球和阿勃特星在这方面科技的代次差距有多大。考虑到现在912基地工地上有中国建设团队在现场施工建设，为了避免与秦的见面可能会被工地上建设人员意外发现而引起不必要的麻烦，孟浩远请杰瑞里通知中国建设第三公司现场管理经理谢青松，把他与秦、汉见面的这一天暂停施工休整一天。建设项目是由投资甲方"浩瀚探索科技有限公司"投资的，这次是公司主动为建设管理方举行一次慰劳活动，请在工地上施工的全体中国管理设计和施工人员到城市里参观旅游两天，他们的住宿、吃饭、参观费用和来回三辆大客车费用全部由投资方负责承担。孟浩远告诉杰瑞里平时中国工人为了抓紧时间完工，双休日一直不休息这样不好，所以提出了这样的一个计划，让他们调整休息两天。这些来美国的中国建设人员出去参观时的管理由中国公司自己来负责，还特地交待了有关安全事项。

　　杰瑞里听说孟先生的计划后，心里有些想不通，他认为孟先生对他们关心调整休息是应该的，但是作为投资方"浩瀚探索科技有限公司"出资请建设公司安排参观旅游似乎没有必要，实在搞不懂孟先生这是为什么，合同里没有规定条款。建设公司人员是需要休息，他们可以自己安排参观出行就可以。这位孟先生他可以做主但一定不是幕后老板，他胆子很大很有魄力，难道不怕老板不同意，追责？因为杰瑞里始终不认为这么年轻的孟浩远这么富有，会是真正的老板。他一直认为孟先生背后肯定是另有老板的，他只是在前面具体负责，是老板全权代理而已。为什么要这么做，可能这位老板和孟先生自己是中国人吧，所以专门要求由中国公司设计和建设，还专门请这些在美国建设的中国管理人员、技术人员和工人在美国建设期间出去参观游玩。也许中国人的思维方式是为了搞好关系使912项目的建设质量和进度更好地完成吧，以他的思维和国际惯例项目工程建设按照合同办就可以了，根本不用这么费心安排搞活动。看来中国人的思维方式杰瑞里是不太懂，不过既然老板有这样的要求，现在作为公司负责人必须执行孟先生的决定。

与秦和汉约定见面的时间很快已到，这一天孟浩远从马萨诸塞州又坐上飞机飞到了到菲尼克斯。这次因为过来与秦见面，孟浩远上课的课程已在学校里稍稍作了调整并不会影响。这次出去事先把出行的安排时间告诉了艾琳。他告诉艾琳将要到菲尼克斯去一次，大概要去两三天的时间，在那里正在建设的一个工地去看望来自中国一家公司的朋友。这些说法基本上都是真实存在和准确的，当然还有另一层真实的原因他不能讲，那就是作为一个地球和阿勃特之间的联系人。这是秦曾经在第一次遇到后叮嘱过的，这是他们之间的秘密不能让其他人知道，他要承诺，他必须保守秘密，这需要他有一个强大的心理可以隐含在心中。他也不想让艾琳知道真实的事情后让她担心自己。

上午八点多孟浩远背着一个背包一路轻身简单出行，乘出租车到机场，然后乘飞机到达菲尼克斯。出机场又直接去了一家新联系的汽车租赁公司办好交接手续，取好了事先已经购买好邮寄到这里托管的三个行李箱，箱中依然装着各种书籍和植物种子。取好车后将箱子装上车又去了一家大型商场购买了一些路上需要的水、点心等生活物品。还特意买了一些中国产包装的熟食和美国产的食品等，满满的装了有两大包，这些东西他是准备给中国建设公司三分公司还留在工地值班的管理人员和工人的，他非常清楚中国人管理细致，即使安排了到城里参观也必定会留下几人在工地现场值守的。在商场外面的一家快餐店中随便吃了一点东西，一看时间已是下午将近四点多了，然后开着车出发一路前行，汽车一路行驶在 912 基地方向的路上，一个小时后驶出了城里已经进入四号州际公路。这时孟浩远内心已经很镇定，想到又可以见到秦和汉两人心里非常高兴。一个人熟门熟路开着车行驶在四号州公路上，终于汽车赶到了 912 基地，这时已是晚上快到八点了。在工地门口设有进出的临时门卫岗亭，孟浩远停车走下来看基地周围情况，此时空旷的四周夜晚更加的黑暗，除了四号州际公路还有往来的车辆开着车灯发出亮光和天上的月亮和星空中的星星点点发出光亮没有其他的光亮。在黑夜里顺着门口岗亭的一盏灯发出亮眼的白光和里面工地上设立的用于观看工地周围的几处灯杆上的大灯，可以看到现场工地上的大致情况，有工地简易办公房和工人居住的简易临时住房，今天的工地上已经显得静悄悄的，平时晚上一定会是另一种样子，工人们晚上无事又无法走出去周围看看，只能聚在一起三三两两交谈聊家常或者看电视打牌等。

今天中国建设三分公司确实安排人员留在工地值班的，还有五位工作人员，其余人都高兴的被安排到菲尼克斯市里去观光购物，并且今晚上不用回偏僻的工地，就留在市里安排好的宾馆入住，条件非常不错两个人一间。所以今晚工地上第一次出现少有的安静，地上整齐的堆满了各种建筑材料和施工机械，这家中国建设三分公司管理有序。在里面不远处有一排集装箱型改建成的工作简易房和临时搭建的简易清洁用房，一部分是办公室一部分是员工生活休息区，因为从房子外面挂着的晾晒的衣服可以判断出来。外面亮着几盏白色的照明灯，灯光将周围照得很亮。在进912基地大门口处有一根横杆拦着，工地向着四号州际公路一侧用围网围拦起来一部分，以示这里是正在建设的一处场所。912整个基地没有全部围起来，地方实在太大，太费耗材而且在这里方圆几百公里几乎没有人，也无人会进入工地。主要是这里集中的项目建设工地看管起来，其他地方不用防止有人会进出。边上有一间简易值班室大约有十平方米大小，里面亮着灯门开着还有人在里面。突然见外面有车开着灯停在门口，值班室里一位中国面孔的中年男子，穿着他们公司统一的工装服很快就走出来查看情况。孟浩远见有人出来也主动用中文先叫道："你好，师傅！"出来的一位个子稍矮在一米六几的中国中年男子，此时听到有人用中文在向他问候有些意外。但是他眼睛保持警惕地看看孟浩远，只见眼前站着的是一位长相和自己一样的中国面孔应该也是中国人，所以他刚才讲中文。因为孟浩远的车灯光有些亮，一下子走出来有些炫目，他还没有看清楚孟浩远的模样，用中说道："你好，这里是生产工地，你来这里干什么？"孟浩远笑着说道："师傅你好，我是这个项目投资方派来的工作人员。今天你们不是有活动出去吗？我到现场来看看的。"值班的中年男子还是怀疑地看着孟浩远说道："这么晚了还到工地上来看？你等一下，我去报告负责人。"说完也不管孟浩远，自己一路紧走几步踏踏地朝里走去，到里面一间简易工房走进去。孟浩远看他这认真的样子心里放心，中国公司的管理还是很认真负责的，尽管工地周围方圆数十里根本就没有人，尤其是到了晚上更加没有人，只有在门口不远的四号州际公路上不时会有车辆开着灯在公路上经过。但他们还是设立了门卫并安排人员值班看守。不一会从里面走来一位青年男子，只见他戴着一副近视眼镜，个子在一米七左右，穿着公司工装服，年纪在四十岁左右身材比较健壮很有精神，显得既斯文有学识又比较精明。他和门口值班的那个中年男子一起走过来。孟浩远正耐心地站在门口等，见他们走近用中文主动先打招呼："你们好，我是浩瀚探索科技有限公司的，姓孟。今天你们公司在市里有活动，我们公司让我过来查看工地建设现场的。"由于杰瑞里已事先通知了中国建筑集团三分公司项目现场负责经理，告诉他公司今天会有人过来看看，请他们做好准备。可是他们从早上一直等到下午也不见有人过来，晚饭后天也黑了下来仍没有人来过，以为不会有人来了，想不到此时天已经这么晚了人才到。那个青年负责人看到孟浩远笑着问："你好！是孟先生吧，我叫沈正轩，是这里的技术负责人。贵公司杰瑞里经理昨天已经通知过我们，今天会派人过来工地，所以我一直在等着你。今天工地上安排了值班人员，放心吧我们公司会安排好工地现场的安全，目前一切正常。"孟浩远说道："沈先生你好！你们很辛苦坚守值班。谢谢！"两人交谈着，沈正轩招呼值班男子道："高师傅赶快放栏杆让孟先生进来。"高师傅听到后把门口栏杆赶忙收起。孟浩远上车把车开进去顺着沈正轩在车外指挥示意把车停在一处空地上熄火下车。打开后座车门拿着商场买的两大包食品后关上车门，跟着沈正轩一起沿着道路向里面的工作办公室走过去，孟浩远边走边说道："噢，今天很抱歉让你久等了，过来的路上我的汽车出了点故障，你知道的这条四号州际公路上车不多，商店几乎也没有，根本找不到修车的地方。好不容易有车辆停下询问情况，在他的帮助下才把车修好，如果碰不到好心人，今天我的车现在还在路上，晚上只能在路边车上睡觉了。所以车坏后我一直路上招呼求援，总算有人愿意停车帮助，在路上修车把时间都耽搁了，实在不好意思啊。"沈正轩一听原来是这么回事，遇到这种突发事情，那也是无可奈何。说道："孟先生，碰到这种情况也是没有办法，美国太大这里又十分偏僻，路上很少有商店，你还是很幸运的。其实你可以电话联系我们派车赶过来帮助修车或者来接你的。"孟浩远说道："是啊，当时主要想着自己解决不麻烦你们，再说车抛锚地离这里太远了也不方便。要是一直没有人帮助可能会联系你们的。"两人交谈着一道走进办公室，沈正轩把孟浩远引到了他的办公室桌前坐下，为孟浩远泡好一杯绿茶放在前面。得知孟浩远是"浩瀚探索科技有限公司"的代表过来临时检查的，路上又出现车辆故障才刚刚赶到这里。沈正轩说道："噢，原来这样，孟先生辛苦了！你晚饭还没有吃吧？要不先吃一点？"孟浩远说道："谢谢沈先生，不用了，我上车前在商场买了一些食品和水，已经吃了一些面包，不用客气，现在已经很晚了。"沈正轩说道："哦，谢谢孟先生。你太客气了。要不我把情况跟你介绍一下？"孟浩远说道："好，简单一点就可以。"沈正轩开始认真地把项目建设进展情况向孟浩远做介绍。大约花了半个多小时时间，孟浩远耐心听完沈正轩的介绍后说道："你们辛苦了，我看建设安排得很紧，按计划在进展。谢谢你们！今天你们公司其他的人员都在市里参观活动放假了，除了留你们几位在工地上，我特意来现场看看，又碰上路上耽搁了时间过来太晚了，不好意思啊。对了，我也是中国人碰到你们很亲切，噢，对了这里还有两包东西是我过来时特意为你们买的，带来了一些吃的东西给你们值班人员。"说着指指桌上购买的两大包食品，沈正轩看孟浩远这么客气，又是一位中国人倍感亲切笑着说："孟先生原来也是中国人，请问你是哪里的？"孟浩远实说："是上海的。"沈正轩说道："噢，是我们大上海的，太好了，他乡遇亲人倍感亲切了，请多关照啊。"孟浩远说道："沈先生你客气了。"沈正轩说道："孟先生你太客气了，我们已经得到通知今天会有人来，没有想到你遇到突发事件了来得会这么晚，我还以为今天可能不来了，你来了就好。"然后孟浩远认真地询问起项目建设进度和地基深处施工情况，时间不知不觉已经过去了一个半小时。心想今天工地值守的人辛苦了，自己了解的也差不多了，关注的几个问题沈正轩也一一回答清楚，他们也该吃点东西休息了。告诉沈正轩道："沈先生，好吧，今天我们就到这里吧，你们做得很好。情况基本已解了，你介绍的也很全面，谢谢你！接下来你们就不用管我了，我可以随便到处看看吗？你们休息吧。"沈正轩一听孟浩远这么说，回道："当然可以。你随便看吧，要不要我陪着你？"孟浩远说道："谢谢！不用了，你就陪你们几个师傅一起吧。"交待完后孟浩远回到车上。对跟过来送别的沈正轩说道："沈先生，今晚看来也走不了，太晚了，万一车在回去的路上再发生故障可真麻烦了。车就停在工地上，难得来一次等会我会开车到里面到处看看周围。你们就不用管我了。"说着与沈正轩道别。自己开车环绕着工地边开着边下车看看，将车停在一边。因为他估计这时沈正轩很可能还会注意到他的车，到底他在干什么。果然沈正轩看着孟浩远开车后伫立空旷的地方察看，看到孟浩远开开停停认真地在每一处察看后，他才走回自己办公室。

孟浩远在一处堆积着建筑材料的一侧正好挡着车不会被工地办公室看到，停下车后关上灯在车里休息。等到了大约晚上 11：30 左右时，他这次已想好由于这里有工人在值班，已经不可能在工地上或者附近与秦和汉见面，如果秦他们突然出现可能会引起工地上值班员工的警觉。想到这他启动车直接开着车在崎岖的高低不平的碎石硬地上慢慢一点一点向南落基山开过去，一直绕过山开向山后的树林中去。到已经没有路被树林挡住不能继续往前再开时，才把车停好下车，这里与上次停车的位置又向西南进去了两三公里路，车灯的亮光使前方部分可以看到。孟浩远拿出汉送的五棱金属棍打开电筒察看起周围的情况，手中的电筒一下子光线通透明亮，附近的地形物体瞬间照的清晰如白天，看得很清楚。

南落基山从四号州际公路边远看过来并不是太高，因为离得太远，但是来到了它的山脚下后才发现南落基山其实很大，东西向连绵数十里长，站在这里往右西侧方向过去连绵不断延伸根本看不到底在哪里。再回头看工地方向已经看不见什么了，远处只是黑黑的一片，几个立在工地四周灯杆上的高高的路灯还可以看到几个亮点。站在山体的后面可以完全被山遮挡住视线。南落基山南面外围是树林，方圆数十公里，孟浩远第一次进入到树林最里面这里，原来山背后这里的森林是如此之大。各种树木生长着，有一些巨大的参天大树树径巨大，三四个人都没有办法绕抱，还有一些其他的树木品种，简直到了一座原始森林中了。树林不时有鸟在鸣叫，时而发出清脆的悦耳的声音，时而有低沉单调的声音，各种各样的鸟发出的声音汇集在这里，说明这里有很多种鸟类生活。鸟的叫声更显树林的寂静无比，地下也生长着一些植被和各种杂草。这个原始森林中间有一条二三十米宽的河蜿蜒着大致呈东西方向与山脉并行按自然形成的弯曲从森林穿过，水面看似平静，不断在流动着发出低低的水流声和河水的特殊气味。他不由得关上车灯拿着电筒继续往西南方向走进了这片树林，大约又步行四十米，灯光所处突然发现前面出现一块非常大不规则的空地，约有两个足球场大小。地上留下的树木似乎是被火烧焦折断过的痕迹，有些树木已看到树根部。难道这里发生过火灾？还是另有其他原因造成的？突然他惊讶地想到难道这里是秦他们的飞行器上次降落在这里造成这片树林被毁形成的场面？眼前的情景让孟浩远吃惊，不由得全神贯注更加仔细地看起来，越看心里越是害怕，造成这样的场面，这是需要有多大的力量造成的。孟浩远不敢再往前了，前面还有大约三四排树林遮挡，他在树林里躲在一棵大树后面坐下。脑中思考着，心里开始怦怦的加快急跳起来。我现在就等在这里，秦他们的飞行器如果真的降在这块空地上下来时，我可以看得到他们，也验证了我的猜想。但是不知道这样贸然过来偷看会不会引起秦的不乐意。唉，不管这么多了，一种强烈的好奇心在促使自己很想一探究竟。他一直想知道秦和汉他们到底是怎么来到地球的？反正每次我躲藏的位置他们都很快会知道，自己什么时候到达见面地点他们也都知道，不管他了。

看看时间马上就快要到晚上十二点了，心里更加紧张起来，孟浩远走到最前面一排树木后面站着把头伸出来，通过树木的空隙戴着秦的那副眼镜可以清楚地看到前面的空地，他不敢把五棱金属棍电筒模式打开，以免灯光太亮引起注意。抬头望向天空四处张望着，突然发现天空远处西南方向出现一个白色的物体，它的四周闪着耀眼的光圈让人看不太清楚，但是从它的外形可以看到大概是一个呈椭圆形的物体，速度太快了转瞬间变得越来越近，物体也越来越大，它的前后两端稍稍窄一些大致形状呈椭圆形的物体，周围形成一圈淡蓝色的光晕，飞行速度非常之快，还没有来得及看仔细，飞行物突然而至眼前。它以迅雷不及掩耳之势已经稳稳地下降在前方树林烧焦的那片奇怪的空地上。孟浩远的眼睛一直盯着它看，从遥看天空一团白色物体到突显在眼前巨大的飞行器只是一瞬间功夫根本来不及看。在树林被毁的空地上此时眼前已出现一个巨大的物体，呈悬空状停下，底部有一圈淡蓝色的光环耀眼的发散着。孟浩远不由得赶紧往树前面又走了几步，顺着树间的空档处努力的看过去，手心里已有一层细汗。心情激动兴奋好奇紧张，这应该是秦乘坐来到地球的飞行器了吧，这可是他第一次可以目睹它的出现，心在狂跳嘴巴干燥，眼睛丝毫不敢转移一动不动地盯着。巨大飞行物体就停在不远处，这是一个高耸巨大的金属物体，在它面前一切都是那样的不值得震撼，人更加是那么渺小和脆弱微小。飞行物体的神秘出现使寂静森林中散发着一股强烈的冲击人心灵的寒气，形成的震撼力让自己透不过气来。此时飞行物体被耀眼的一层浅红色光圈环绕，闪着亮光，尽管是戴着那副特殊眼镜还是看不明白，但是还是可以初步判断这个巨大的飞行物体长在八十多米宽七十米左右上下高四十米左右，两端略收窄一点，犹如一个巨大的蚕茧前段一头略小后端一头略小，飞行器外面乌黑色的外壳在光环的闪耀下，看到后感觉身上马上一股冷飕飕的寒气袭来直起鸡皮疙瘩，使人对这个巨大的金属物体产生一种压迫感不由得畏惧起来。孟浩远一直用力睁大眼睛盯着看，生怕错过每一个处地方和每一个细节，心里扑通扑通地狂跳着感到非常震撼，感到异常兴奋。这么大一个巨型物体飞行，它从天空远处飞速下降的速度竟然会如此的飞快，而且瞬间稳稳地急停下来，离地恰到好处的空出大概几十公分不到一米的距离高度。操控巨大的飞行物体它显得很是灵活轻巧和稳定与看似庞大的物体是不相一致的。

　　孟浩远看得心情无比激动，他期待着接下来看秦他们是如何从这密闭无缝的飞行器中出来的。可惜好像他们已经知道孟浩远就躲在远处偷看似的，正对着孟浩远的一侧没有看到有任何动静，黑色的物体浑如一体没有一丝缝隙，像是在大洋深处海底巡航的超级潜艇。它还有光环封闭着，不知道是否有门，而在另外一侧突然开门，从飞行器中露出的一道柔白色的亮光射出来，随后有人从飞行物体上面在走出来，直到看到有三个人各拿着一个大箱子下来后绕过飞行物体前段后径直顺着孟浩远躲着的树木方向在走过来。此时孟浩远明白了一定是秦和汉，他们早已不知道通过什么方法发现自己在躲藏在树后。于是他干脆也迎面走出树后来到前面，又慢慢走过去迎候等他们过来。他一边走过去到空旷地的前沿后竟然停住脚步不敢继续再靠近过去，飞行物体太庞大了人在前面太微小脆弱，它停在那里发出一种极具恐惧的威慑力和压迫感，似乎一直有无数的眼睛在监视着他和周围一切物体，随时会发出打击。孟浩远被震慑住就乖乖地站着不动等着三人走过来。

前面三人也正不停脚步轻松拿着箱子走过来，过了七八分钟后三人终于走过来孟浩远站立处，渐渐与他靠近了。三人依然都戴着头盔，穿着全套的类似飞行员的服装，孟浩远从两人一高一略低及身形和走路的姿态判断应该就是秦和汉，还有另一位就不知道是谁了。等走到跟前后两人才取下头盔，这里离飞行物体还有八九百米远。孟浩远一直在看飞行物体陷入想象，又不时地瞄着走过来的三人，此时飞行器另一侧放下的边门应该已经关上，从门内已经没有灯光照射出来形成的光道，飞行器外面的光环也没有，一下子变得漆黑看上去与黑夜和周围的树林融为一体。

三人走到树林边上直接往孟浩远站立的树林过来，孟浩远已经乖乖地站在外面等着他们，他清楚秦知道他原本就躲在树后。等他们走近后果然看到是秦和汉，他们两人已经取下头盔拿在手中，另一位跟随一起过来的是一个高个子戴着头盔保持着警觉不时环顾周围在观测，站立在两人的左侧并保持一小段距离，他的头盔上发出亮光犹如一盏灯让眼前光线亮起来。秦问道："浩远，你这次来得早，早就在这里等吧？是想探究一下我们的飞行器是怎么过来的？"孟浩远笑道："没有，没有。因为在山后见面的位置，比较空旷离一条公路较近，容易被往来车辆上的人注意到，而且这里的基地已按你的要求正在建设施工，后面工地上还留有施工人员。所以还是等在这里更加安全隐蔽，猜想你们可能会在这里出现。你看这座山脉可挡住后面工地和公路的视线，我在工地那里站着往这里看只看到的是山很隐蔽什么都看不到。主要是为了你们的安全才更进一步过来的，很巧你们就在前面出现降下，其实即使站在这里我也来不及看清楚所有，还没有等我反应过来你们已经到了，突如神兵天降一般。"孟浩远尽力地解释着，秦也没有再问，说道："好吧，浩远。你现在看到了。"两人交谈着，汉和另一人已经把带来的三个箱子放在地上。这又是给孟浩远带来的珍宝。孟浩远说道："秦，我也带来了你们需要的东西在我车上，车就在后面大约两三公里处，我们一起过去取。"秦点点头，三人带着三件行李箱跟随孟浩远一起往后走向车那边。很快就到车停处，从车上拿下三件行李箱都是沉沉的，又把秦带来的三件行李箱放回车上。汉说道："浩远，三件行李箱内有你需要的东西。老样子，你还是上车坐好，再给你传送一些需要的资料。"孟浩远一听大喜，自己最需要的就是阿勃特星的所有资料。说道："谢谢！"飞快地上车坐好，汉把头盔给孟浩远戴上，又开始传送大量来自阿勃特星都是孟浩远极其需要最有价值的科技信息资料。时间过了六七分钟已经完成输入，自己觉得脑中像是身在无限的天穹之中看到无穷无尽繁星点点一般，真想大声兴奋得喊叫。汉取下头盔，孟浩远才兴奋的一下子跳下车，开始告诉秦和汉他们基地设计和建设情况，把手中的一套设计图纸交给秦，秦和汉看了点头，说道："浩远，你考虑得很是周到，作为临时见面基地已经很不错。"孟浩远说道："都是按你的要求思考，我仔细地想了又想千万不能出任何差错的。基地建设时间大约还需要经过八个月以上，如果完工后基地楼房的装修加上简单的采购设备和调试估计需要一年的时间。秦听后约定推迟下次本来计划三个月左右与孟浩远的见面时间。约定在明年的七八月份即九个月后再次来这里见面。正好秦探索的科学考察船也需要休整一段时间，他们需要回到阿勃特然后再回到中继星。休整后下次来秦和汉可能会视情况在地球上留下考察一段时间。听到秦说出的想法后孟浩远很是高兴说道："秦，这样太好了，如果你们留下来我可以和你们有更多机会多交流了，我想了解知道的事实在是太多了，我有很多愿望不过目前唯一的是能到阿勃特星访问学习。"秦听到孟浩远听到他的想法后很开心，还说出自己的心愿。不过三人交谈一会后秦突然严肃起来说道："浩远，你先不要高兴。我有一个关于你们所处的这个宇宙空间包括太阳系，地球有关的事需要告诉你。非常重要你要仔细地听。"听秦如此严肃他是第一次看到，心中一颤心脏马上收紧，脸色凝重看着秦等他说。秦说道："浩远，我们飞行器穿越到你们地球时，穿越了几个不同的宇宙空间区，最近这次我们在飞近太阳系时检测系统发现太阳系外的另一个宇宙空间层内有一个不知名的巨大星云系近期在空间内活动异常活跃。这不是好事，它能量巨大超过你们的太阳，他的变化突然出现在宇宙空间内也许是一个毁灭性的巨大灾难。通俗地说吧，结果有可能会发生星云系间的碰撞，那样会影响到你们地球人类生存的太阳系整个空间，太阳系内的星球自然会受到它灾难性的生存威胁，很有可能对地球来说是一场人类毁灭的巨大天灾，极有可能星云系进入后与地球或者太阳等整个空间中的星球体发生爆炸毁灭。现在我们一直在密切观测中。"孟浩远一听刚才秦严肃地说出这件事，他本就是个异常聪明的人马上明白事情的严重程度，那意味着整个太阳系以及太阳系中的其他星球包括地球将遭到毁灭。顿时脑中空白停顿被这一消息彻底惊呆了，原来期待秦会留在地球的高兴劲马上像是被人瞬间一击一下子消失，心跳几乎要停止袭来，透不过气。感到天马上要塌下来，十分震惊后怕这对地球人类的家园意味着什么。此时他担心也已经没有用处，说话的声音也有些颤抖："那是否就会突破我们宇宙空间中现在运行处于相对平衡的太阳系，意味着星云系可能会突破宇宙空间撞击太阳系，摧毁危及人类生活的整个环境，地球、月球太阳等其他星球？从此再无人类再无栖身之处。"秦认真地说道："是的，是这样。目前收集的所有数据分析最后有可能就是这种结果，而且发生的可能性是非常高，除非它自行突然改变运行方向，不过这种可能非常低。如果星云系打破了你们所处宇宙空间和原有宇宙运动所形成的太阳系平衡布局天体环境，对整个太阳系将会发生巨大变化，最坏的结果是整个太阳系全部或者大部被毁灭，也有可能局部被毁，如某几个或一个星球，地球、太阳、月亮或其他周围存在的恒星被毁。这要看星云系它如何运行？能量级数和最终运动方向来定。结论是这样的灾难很难避免。我们会和你保持联系，记住此事暂时不要泄密出去，因为地球人类即使知道了这种灾难的情况会发生也是无法抵御的。所有人都知道这件事发生，那将意味着另一场人为自身可怕的灾难先产生，必将造成地球人类巨大的恐慌。地球人类面对这种宇宙产生的灾难无能为力，我们在宇宙中的存在非常渺小没有办法。"看着孟浩远表情依旧处于受惊吓失态中呆呆的两眼无神，他非常相信秦，他说的每一句话都是有根据的。秦严肃意味深长地说："孟浩远你听清楚了？"孟浩远听到秦大声地在喊自己，才醒悟过来回到现实中，说道："噢噢，我的天哪。听到了，听到了，我在听。"秦说道："浩远，我相信你，你是一个意志坚强聪明的人，你是阿勃特和地球的使者，振作一点。"孟浩远被惊醒，是啊，自己是一个使者需要做的事还有太多了，宇宙中的生和灭一直在发生，它是永恒的运动规律，生意味着死，死意味着重生。没人可以改变宇宙中的一切。即使自己陷入在其中也无法改变，好吧，回到现实吧，也许这个爆炸毁灭的时间很漫长，几百年上千年？几十年？不知道。说道："秦，谢谢你能告诉我这些事关地球命运的大事。我会做好一个使者，直到最后。"说这话时语气坚定有着一股豪气。秦点头："好吧。知道你会，才告诉你。我们要回去，再见了。"孟浩远当时感觉秦还有些话没有说出来，只是有些犹豫地说了这件事，他徒然想到自己背包中还有几件东西——这次新买的两个品牌的最新出的产品，智能手机和笔记本电脑。从副驾驶旁提着给秦："这是我们地球儿的通信工具手机和工作电脑，送给你们。"秦拿过袋子说道："谢谢！你考虑很细致周到，不要过分想那件事。"说完拍拍孟浩远远的肩膀。

秦和汉等三人与孟浩远交谈完心情有些沉闷，他们拿着孟浩远的三个箱子和一个袋子，默默地一起走回到飞行器方向，来到了树林边缘停住脚步回转身体与孟浩远握手告别，然后提着三个箱子和袋子头也不回走向了那个巨大的令人不寒而栗的黑色飞行器，人影越来越小消失在黑暗中。孟浩远呆呆地孤独地站在树林边看着他们远去。等他们走近飞行器时发出了轻微的声音，另一侧门自动打开露出一道光的通道瞬间照的通明，可惜在另一侧根本看不到具体的情况，看不出门口和里面的情况。等三人进入飞行器后，门很快轻轻地关闭，没有了灯光，突然巨大的飞行器发出了声音，急速先升空后旋即向西南方向斜穿直飞入天空，一瞬间就完全没有影子没入云层上，看到一个亮点一会再也看不到，它的飞行影子消失得无影无踪。

秦他们的飞行器瞬间飞离后周围重归一片漆黑，此时孟浩远脑中一直记着秦的最后几句话，没有了心情，心事重重一个人呆呆地站着，看了前面几分钟，周围已经一片漆黑异常安静更显得让人害怕。自己一个人再仔细反复想秦说过的话，看看周为黑漆漆的树林在月光下变得死一般的安静和有光线和森林、冷峻的山脉四周空寂的景象时不由得身子如被电晕一般浑身一颤，感到特别的冷身上起鸡皮疙瘩，内心感到恐惧和害怕。他打开五棱金属棍电筒模式瞬间一道亮光射出，顺着光线在树林中走回到停在树林外面的汽车。上车后坐在车上还有些发呆，此时看看周围黑乎乎的，旁边就是森林和南落基山，点火发动汽车打开车灯，开着自己的车一点一点低速慢慢在没有路的地上一路颠簸回到工地靠近门口的一处空地上停下车熄火后仍坐在车内休息。此时坐在车上头脑满是问题和一直思考着，有些失神落魄发着呆。秦说的那件可怕的天灾又不时占据头脑，太阳系的末日即将到来？地球末日到来？人类怎么办？无处躲藏，到哪里去寻找生存？怎么宇宙会出现这样的情况？会不会运动时星云系发生偏移，进入其他宇宙空间？运动的宇宙什么可能都会发生。

孟浩远脑中已经多次输入储存阿勃特星球的大量科技基础理论信息数据，掌握着巨量各种知识。他在思考时已经带动整个头脑跟随着自动搜索，信息汇集快速按孟浩远的思考在分析着，提供的信息表明，人类认知的无穷浩瀚的宇宙中存在无以计数的不同形态的宇宙空间，每一个宇宙空间大小不同，都足以被地球认为是现在所观测了解到的浩瀚无际唯一宇宙。每一个宇宙空间有不同的形态和数以亿万无法计数的星系组成，它们一直处于复杂进化的运动过程中，经过数十数百数万亿年的运动，一个星系会达到与周围相对平衡规律的运动状态，如地球人类已知了解的在地球周围相对稳定状态的整个太阳系，银河系等星系群。秦生活的阿勃特星球是处在另一个宇宙空间，也存在一个类似地球发现的太阳系和其他数以亿万计的星系组成，有类似太阳星球体和其他发光体及其他恒星星球组成，比我们的太阳系更加复杂，形成了一个符合生物生存的各中要素星系群。但是秦他们由于科技处于领先地球代次级的星球，他们已可以用极其先进的飞行器在不同的宇宙空间中巡游探索寻找类似地球的星球空间，他们穿越了无数个宇宙空间，每一个宇宙空间的运行时间和速度都是不相同的。他们发现在另一个宇宙空间，他们命名它为"R–U星系"中的星球存在不稳定，"R–U星系"非常活跃，其中的星球和碎片星体开始相互冲撞和吸引正形成能量更加巨大的巨型星系群团。这次秦在飞行器巡航穿越通过来到太阳系时发现和前几次探测的明显不一样，新的"R–U星系"团慢慢已经脱离了原有的宇宙空间组成一个新的巨大的星系团在快速运动，边运动边撞击附近的小星系和碎片同时吸收能量和这些星球碎片群体。现在它的运行方向和秦的飞行器检测系统检测分析的运动方向是基本上一致的，它正朝着太阳系方向在快速运动中，运动过程将周围星系包裹进去一点一点在变得更强大，穿过其他的多个宇宙空间后方向仍然是太阳系方向。这个星云系形成的能量场吸收挟带着数以万亿计的各种星球体穿越到人类生活的生命家园，太阳系生活的宇宙空间来，极可能会造成与太阳系中的任何星球发生碰撞而毁灭整个太阳系或者部分太阳系中的星球，包括地球，太阳，月亮、金星、火星等其他所有存在的各种恒星，最坏的结果也许太阳系整个宇宙空间可能都会受撞击而毁灭改变。孟浩远想都不敢想下去，额头上已冒出细汗。背靠在车椅上，感到世界末日将至精神疲惫不堪浑身乏力。他不敢连夜开车回去，怕自己现在已经无法安静地驾车，需要安静和休息，不想再连夜开车回市里。就这样孟浩远坐在车上闭目养神，脑中想着事只有这一件，一直处于迷迷糊糊中，似睡非睡无法安静的入眠。

早上五点刚过，天边太阳开始慢慢挂在天际准备悄悄爬上来，天已经开始一点一点变亮，新的一天开始了。912基地上两位留下现场值班的中国工人看到旁边停着的孟浩远的车，此时已经是在早上六点多了，几个赶早的工人高师傅已经走出门卫室，有的走出工地临时住所准备忙早饭，出来呼吸新鲜空气的。门卫高师傅看到附近停着这辆车，他记得是公司昨天派来的中国小伙，他的车在路上出故障坏了，昨天晚到了，所以晚上赶不回去就留在车上休息，他围着车轻敲车车窗，孟浩远听到车外的声响才睁开没有休息好的眼睛打开窗子，一看天已开始变亮，看时间已是早上6点37分了。高师傅看到孟浩远在车中，估计他昨晚就睡在车里，让他下车准备吃早饭，也生怕他在车中有意外。听到车窗外敲打声孟浩远放下车窗玻璃发现是高师傅，向他问好，才打开车门下车道谢，跟着沈正轩也过来，与他告别开着车赶回城里。

路上孟浩远因昨天一夜基本未睡精神不振显得有些疲劳，经过服务区时就停车休息一会，喝点水和咖啡提神，这样才有些精神继续开车向城里返回。

　　SUV 越野车一路慢慢行驶终于回到了宾馆，与平时正常比原本路上的时间多花了近两个小时。将车停好后取出三件行李箱，看看宾馆内四下无人，用手一指扶住其中一个行李箱，三行李箱自动跟随他在地面滑行往前到电梯区进入，然后上楼出电梯自动继续跟随滑动前行，进入房间。一路还好无人，要不然被人看到这一幕会大吃一惊，行李箱竟然会自动滑行移动。不及细看行李箱，孟浩远脱去衣服上床补睡了一觉。直到中午十一点多听到外面的声音后才醒过来，到卫生间淋浴房赶紧先冲洗一下，然后刷牙洗漱。坐在书桌旁开始打开秦和汉这次专门带来的三个箱子检查起来，箱子和上次是几乎一样的智慧行李箱，所以可以根据自己的脑中思维意识走动后跟随着滑行。用手扶住箱子代开锁扣露出屏幕输入密码打开箱子果然和上几次一样，箱子里面整整齐齐理好的资料包放在盖子上层的夹层中，急切地拿出翻看起来让他再次感到又喜又惊，心中涌起莫名的激动和兴奋，这些资料都极其先进，可是自己最希望获得的最为关心的重要科技方面，基础数学，物理和化学方面，地球上还没有的新理论和重要无比的资料，和脑中输入的新资料类似，资料的吸引力让他开始认真的地快速浏览学习后马上就记入在脑中。他现在极其需要阿勃特星的资料信息，尤其是关于他们在宇宙探索发现和飞行器飞行理论，制造和能量材料运用，发动机原理，构造和材料等科技方面的整套全部信息和资料，以及他们对宇宙探索过程中的阿勃特星对宇宙的概念认知和发现取得的重要数据和成就。他需要重新查找这些现有的资料，从中找到可以了解秦说的宇宙空间那个"R-U 星系"，在宇宙空间中星球和碎片星开始相互冲撞和吸引形成巨大的星系群团。思绪万千，不过这部分资料还很少涉及。他马上打开另两个箱子查找，三个箱子中的资料涉及这部分没有任何信息，说明秦告诉自己的"R-U 星系"星云系变化是最近他们刚刚发现的最新信息。

　　越看越来劲，孟浩远似乎被一股神秘的力量完全吸引住迫不及待地一口气看完所有资料后放回箱子中，才看看箱子内的其他东西，箱子内还有的就是一些钻石。这些钻石和上次基本差不多，都是大小各异的三种规格的极高品质以它定义的最高标准钻石。他迅速做好整理记录，这又是一个巨大的财富。现在自己拥有已经不知道有多大的财富了，不过这些天大的财富现在对他来讲并不重要，他最关心的是人类赖以生存的环境，太阳系的命运，地球的命运和人类的命运。

整理完成后将三个箱子分了两次悄悄地搬离出房间乘电梯下楼，出宾馆大厅到停车场放到自己车中，再次回到宾馆房间第二次将行李拿出最终全部放回到车上，然后背着背包回到宾馆里走到柜台前结账后离开。他开着这辆车又到另一家品牌大银行去办理存放保险柜业务，将三个珍贵的带有他秘密和财富的行李箱存入保险库内保管。这一切都是孟浩远早就想好的。他不想将自己的东西都存在同一家银行中，时间长了经常去办理保险柜存放业务可能会引起银行的注意。所以每次秦带来送给他的重要珍贵东西和资料，他会分别存放不同的银行。等办完手续走出银行后轻松许多，然后开车将车送到另一家汽车租赁公司验车还车，离开这家汽车租赁公司。他这次来菲尼克斯租车同样也是换了一家租车公司，走出公司在路边招了一辆出租车到机场，当天乘飞机回马萨诸塞州，回到了自己的那栋楼房内，这两天的活动排的很紧凑非常忙，但是意义重大。

四

艾琳父亲斯内克斯博士，他负责领导的医药研发中心科研团队在抗癌新药研究取得成功后，又跨前了一步已开始获得了荷兰两个医院的临床试验许可。试点的两个医院一直在治疗的一些癌症病患者，一直在痛苦中接受治疗，但是治疗效果很不好，甚至无效。医院在没有其他更好治疗的办法下推荐用这种最新的抗癌药物，此时被病痛折磨的病人很愿意接受新药的治疗。他们与医院自愿签署了试用新抗癌药进行治疗的申请手续和承诺文件后，经过医院大约三个月的用药治疗后效果惊奇的好，除了个别几个病人已经到晚期脏器已经衰竭，而且还有其他基础疾病老年病外，其他的患者病人均有很好的治疗效果，最后治愈率统计达到 96% 以上，被癌症病人认为是一种神奇的救命新药，引起轰动效应。这样的结果让医院、医生和病人都十分吃惊激动不已，这种新药的突然出现对病人的治疗效果太神奇了难以置信。很快口口相传后变得疯狂，越来越多的病人闻听后赶到这两家医院要求参加试用新药的治疗。两家医院和医生经过病例数据发现这种新出现的抗癌新药对大部分的不同癌症均有很好的治疗效果，这是人类医学上一个了不起的伟大成就。经过大量病例数据分析，他们充分肯定这是一种全新的对癌症具有治疗效果的新药。一传十十传百更多的癌症患者和家属从其他医院治疗无效后慕名找寻而来，寻求治疗挽救自己的生命。不过根据欧洲对新药生产的严格规定还是必须继续在更多批量的病人进行临床试验后才会取得生产许可。它要求起码需要有五千例以上的病例数据，通过获得更多的数据来证明和分析结果的可靠性，这样的要求目前在两个试点医院治疗病例数还没有达到。不过按照现在已有越来越多的病人前去争取参加治疗试验，非常良好的治疗效果引起的传播效应，达到符合要求数据需要的病例数很快会做到。同时还要继续做的是要跟踪分析对用新抗癌药治疗病人的各种其他的影响因子，尽管病人和医院非常认可，强烈要求对这种新问世的救命抗癌新药尽快批准生产，可以治疗更多的癌症病人挽救他们的生命，但还是要按照欧洲新药审批严格的规定程序必须做到。目前暂时还不能获得生产许可，按正常审批程序还有很长的一段周期等待。研发中心这阶段只有投入没有收益，孟浩远通过他们的报告总结分析，当然知道目前的情况，处于最关键紧迫阶段。他与斯内克斯博士一直保持着联系沟通，进行了几次详谈后最近得知资金紧张，于是又汇到斯内克斯医学研究中心账上 6000 万美元，比斯内克斯博士预算的需要 4000 万美元还多汇出了 2000 万美元。多汇出的部分资金孟浩远建议斯内克斯给研究中心参加研发的科研人员增加一些奖励费用，激励他们科研活动，要留住他们确保研究中心以后继续开展的实验不会受影响地持续进行下去。等新药获得审批正式生产后还有一段难熬的时间，研究中心一定要扛过现在最艰难的时刻，研究中心团队又招了一些科研人员，组成了两个新的研究团队开始开展各种常见癌症检测试剂和高端检测设仪器的研发，这些都需要前期大量的资金投入，还好有孟浩远这样的投资金主。

这天又到周五了，住在学校读博士学业的艾琳下午没有课程，今天她通常情况下应该是回到孟浩远住所的，但是正巧艾琳因为从上午开始在学校实验室做一个她新设计的实验项目，等整个实验全部完成已经是晚上七点四十多了，做完实验后开着孟浩远和她一起买的那辆二手奔驰汽车不顾疲劳一路赶着回来，等回到住所时已经是晚上十点多了。

艾琳拖着疲惫的身体停好车用钥匙打开大门走进屋，进门后没有看到孟浩远像平时一样早已经等在客厅听到声音就会马上迎上去和她笑着相拥在一起。艾琳感到今天有些奇怪，房间里灯是开着的，孟浩远也不在楼下，没有见到他人影。她走上楼去查看，推开书房才发现原来孟浩远一个人在书房中，猛一见被他反常行为差点吓一跳，只见孟浩远一个人坐在桌前的椅子上一动不动正在发呆，在想着心思。书桌前面的电脑已经是呈屏保状态没有信息。艾琳过去拍拍他的肩膀关切地问道："嗨，浩远。你这是在干嘛？发生什么事？"听见有人推门进来，见到是艾琳已经回来此时正在他身旁，艾琳在关切地问自己，他才恍惚从刚才发呆状态忘我的思考中慢慢回过神，回过身来说道："艾琳啊，你回来了。"今天回来晚艾琳已经告诉孟浩远让他不用等她，她也不知道实验什么时候可以结束，如果太晚了，就住在学校公寓里，不过肯定不会回来吃晚饭了。后来等实验结束已经很晚，艾琳还是赶快收拾后开车赶着回来见孟浩远。看着艾琳睁着大眼正关切地注视着他，有些疑惑似乎是在询问有事么？艾琳见孟浩远没有回答直接又问："浩远，一个人坐在书房里发什么呆啊？你的样子让人害怕。"孟浩远见艾琳在关心地问自己，其实他一直在想秦说的太阳系遭到宇宙另一空间的"R–U 星系"星云系的撞击摧毁的灾难思绪万千。眼见艾琳在问又不能直接告诉她，反应很快回过神来忙说道："噢，艾琳你在学校实验做完了，顺利吗？"艾琳见孟浩远没有回答自己的问题错开话题在问自己。回答道："学校实验比较顺利的。你最近有些心神不定的，是有什么心事吗？"艾琳直接问他，孟浩远说道："噢，没有。只是在思考一些重要的问题。我到现在还没有弄明白，被卡在脑中，你放心吧。"艾琳听孟浩远是在思考问题，她首先反应是判断孟浩远一定又是在忘我地研究他神秘顶级数学难题而一时无法突破难住了。如果是这样这让她放心，数学天才有时为了一道题会傻傻的钻牛角尖一下子出不来，而穷究极思，茶饭不香，人的正常行为也会发生变化。确实有这样的人。艾琳关切地说："噢，原来这样。你的研究太深了，可惜我帮不了你。"孟浩远见艾琳已经认为他确实是在全神贯注的思考数学难题，干脆说得多一些："艾琳，我正在思考一个关于宇宙空间物体运行影响因子的数学理论，就是我们银河系中围绕太阳系组成的恒星和它以外来的星系团运行是遵行什么样的一种规律和变化，相互如何运行？会受到哪些因素影响？遵循的数学规律理论是什么？我对天体物理知识了解还不够，需要补充学习。从目前掌握的知识点我看可能会和已有的数学理论和定律并不一样，这也许是我博士学业需要的立题论文。"艾琳看着孟浩远，内心狂喜又惊叹感到他太有才气太不可思议，孟浩远说的这些问题自己不知道如何来接，实在深奥难懂像是天书一般和自己的专业完全不同。在她听来他这样的想法太过神秘莫测高不可攀，脱口笑出来道："你说的我听不太明白，有些晕了太深奥了。如果有人搞得清这种数学理论，那可是开创人类新认识的，对人类探索无限浩瀚宇宙世界一定会有很大帮助。你可以又获数学最高奖了，或者是国际天文探索大奖了。"

实际孟浩远说得这些想法和自己一直在不断运用汉传送给自己的阿勃特星球大量信息资料和提供的书面资料分析是有基础的。秦说出来的一番震惊骇人的话让孟浩远一直在竭尽所能认真地思索着，人类认知的宇宙和阿勃特星认知的宇宙概念是不一样的，由于科技和数学理论以及对宇宙世界的探索路径认知不一样所获得的信息也不一样。来自另一个宇宙空间"R-U"星云系最终运动到哪里？它们是如何穿越不同的宇宙空间飞速运动来到我们认为的一个宇宙太阳系？它需要多长时间？距离多远？它的运动轨迹会发生改变吗？最后真的会如秦所预测的撞击太阳系或者某几个星球，是地球？还是太阳、月亮或其他恒星？或所有星球都将被全部摧毁吸收？这可是人类面临的从未有过的一次真正最严重的生存危机，也许地球及人类将会遭到摧毁灰飞烟灭，从此再也不复存在。这种结果让人不寒而栗，而且知道它将来临而没有任何办法，真让人害怕和悲观失魂。

最后如何来确定会否真的发生这次天大的不可避免的灾难？什么时候可以预测到它的发生？还有没有可能通过地球现在科技与一切力量来避免发生？或部分避免？挽救地球或太阳系中的其他与地球生命密切相关的恒星。需要知道它的运行规律，但是现有的信息非常有限，宇宙世界中的未知因素太纷繁复杂无法预知判断，难道已经没有规律可循？这真要命了。如果人类发现了它的运动规律，星云系它将最后撞击到何地？何时发生撞击？为预知地球太阳系被毁有一些帮助呢？尽管还是没有办法拯救太阳系和地球，凭自己现有的知识储备来研究其中存在一种未发现的规律，人类还没有找到，秦和汉的阿勃特星目前也可能暂时没有找到拯救宇宙客观运动过程中人为改变它的办法。宇宙能量太强大难以抗拒难以改变，如果通过自己的研究找到了一种新的数学解释理论，这样就可以计算在银河系中围绕太阳组成的星系和银河系以外的"R-U"星云系运行模型，至少可以来判断预测它的走向和结果。比什么都无法做，眼睁睁地看着地球及整个太阳系最后的时刻到来要强得多。

秦、汉他们阿勃特星科技超越地球数十个代次，也许已掌握了一些新技术，他们已经做到监测发现星云系的运动方向、能量大小、运动轨迹和变化，所以这次见面他提示告诉孟浩远。另外银河系以外存在的宇宙空间内"R-U"星云系运行，既然秦他们已发现它近期活动活跃，其中的"R-U"星云系一定是正在脱离原有相对稳定的平衡状态，向整个银河系内快速运动。如果它进入银河系后在一个新的环境内突然能稳定下来运动，那是上上签大家都相安无事，银河系从此多了一个巨大的星云系，可能围绕太阳又多了无数个类地球行星，对太阳系对地球人类的危害较少。但是如果"R-U"星云系无法适应银河系的环境，一直处于强烈运动状态横冲直撞，那将是一场可怕的无法挽救的巨大天灾。什么时候会到来？是否到来后会发生变化擦肩而过？还是会撞上某些星球如地球、太阳、月球，引起世纪大爆炸？现在都无法预知判断。孟浩远反反复复思来想去全都在这方面，直想得头都快要炸裂了。艾琳看孟浩远还在苦思冥想他的数学难题，一副抓狂发呆样。她不想打扰他，让他一个人静静的自己发呆，让数学家去慢慢思考吧。现在不要去打扰他，她相信他有能力、智慧去获得求证找到这个解。艾琳悄然走出书房，然后悄悄帮孟浩远倒了一壶绿茶放在他桌上，慢慢退出书房关上门。

一直心事重重苦苦思索的孟浩远很快想到自己原来单位的老领导向院长，但是转念一想现在还不能说，秦告诉过自己不要说，暂时停住。这种非常隐秘的重要秘密信息如何和向院长叙说，他知道自己曾经在国家天文台工作，所问的问题一定涉及来源发现，目前自己还无法说出来。没有人可以和孟浩远讨论这个心情沉重的话题。还有一个途径，可以作为一个普通人向专家求教问答的方式隐秘的了解他们的看法。想到这里于是他决定想要去一趟美国国家天文观测站向天文科学家了解情况。坐在桌前马上打开电脑，在网上搜索美国国家天文台的公开的网站，打开首页查看他们的网站介绍，在介绍专家一栏中有很多专家的照片及联系方式，有各个专家的研究方向。孟浩远将眼光停留在一位资深的天文学天体物理专家索尔教授的介绍上。孟浩远马上认真的点看他的介绍，这位专家是国际著名的天体物理学家，他研究过很多宇宙太空项目，是美国科学院院士。曾经发现过数个新行星，其中一颗新发现行星以他的名字命名。孟浩远感到他就是心中想要找的科学家。这位索尔教授正是最适合向他提出并寻求答案的专家。他很快根据自己急切想要了解的关于宇宙探索的一些事情写了一封邮件，自己特别想了解的关于星云系活动作为一个假设科普的问题写上后发出去。然后他一直等待着回复，结果等了三天后仍未收到索尔教授的信息。孟浩远想也许索尔教授太忙无暇顾及这些普通市民的各种问询和回复，也许这个问题太过离谱像是天方夜谭般的无聊而不屑一顾不想浪费时间答复他。可是这样的问题其实太重要了，对于天体物理学家来说也许是第一次遇到这样离谱的没有科学依据的问题无法回答他。一种焦急和强烈的责人感迫使他需要获得一些有益的专业知识。于是他干脆电话直接联系咨询他，看看会不会接听并对他的问题如何回答。马上拿起电话按网站上留下的联系电话试着拨过去，拨通后听到有专门的值班总机在接电话，现在还有专门的总机转接很少见，说明的这个单位很特殊，对外来电话有一个梳理和审查制度。孟浩远自报身份是伯利克大学数学教授，想找索尔教授了解探讨交流一些天体探索问题，并想参观一下观测站有关天文观测的情况。他这样做表明自己是一个严谨认真的人并不是异想天开随便提各类古怪问题的普通民众。接线小姐听到电话中孟浩远自报家门表明身份后果然如他判断，终于将电话转了过去。孟浩远听到有人在电话中问道："你好，这里是索尔教授，请问有什么可以帮助你的。"孟浩远竟然有些小小的激动，终于可以和著名的天文学专家索尔教授通话真是太好了，连忙说道："你好，索尔教授，我是孟浩远。"索尔教授说道："你好！孟先生。请问有什么需要帮助的吗？"孟浩远忙说道："是的，索尔教授。我想请教一些问题。据我了解的信息，银河系如果作为我们一个宇宙空间的话，银河系以外的宇宙空间中出现星云系形成运动云团后能量增加并形成新的星云系，这样反复不断运动增加形成越来越大的星云系，然后向一个方向继续运动吸收，会破坏宇宙中的生态平衡，那会发生什么情况？你们近期有没有发现我们银河系中星系运动存在某些异常，如新的星云系团发现，而且它是突然来到银河系中，正在异常活跃的运动，会改变原有现状，就像是平静的火山突然间会发生爆炸？如果存在这样的星云系那它会对银河系产生怎么样的影响和改变？我想了解一下这方面的有关情况。"索尔教授以为孟浩远就是一位普通的天文爱好者，了解一下有关天文学的基本常识，没想到这位孟先生一开口就问了这么一个很奇怪的问题，而且是一连串的很多问题，很多基本概念他搞混了，如宇宙空间他的意思认为天体宇宙世界有无数个不同的宇宙空间存在概念。所以引出我们的银河系作为宇宙一部分有其他星云系运动过程中进入，然后进入后有什么影响和结果？他突然有些惊愕一位专业的伯利克数学家提出的问题不能等闲视之，必然有他的科学逻辑，难道是获得了一些信息或者已经发现了什么？自己在国家天文观测站工作研究，每天搜集交换来自全世界各国的监测站数据和信息以及自己监测站观测到的银河系及其周围星系空间范围内可测到的星球、流星运行轨迹和变化等数据。还有部分大气层内和外太空中布局的国家气象卫星收集的信息，信息量非常大。所以是非常权威的，目前也没有收到他这样的发现信息。由于地球科技限制无法探测到更广远的宇宙中所有星云系的变化和运行情况。当然也没有观测到这位孟先生他所提到的宇宙空间存在活动异常现象。这到底是怎么回事？一下子引起了索尔教授的警觉。这位孟先生他说过是一位研究数学的伯利克大学的教授，等会有空需要核查一下伯利克大学是否有这样一个人。难道是这位数学家在运用他所研究的数学规律，建立的新理论和数学模型在推测宇宙太空中天体发生的变化？或者仅仅是其突发奇想一种假设猜测？索尔教授一直在天体宇宙探索这个广泛的领域从事研究工作，有人突然提到这么一个看似很奇怪的问题，还是一位专业的数学教授，让他警惕重视起来了，看来他的问题不寻常。同时让他兴奋激动和非常感兴趣，孟先生不是普通的人，是一位著名的伯利克大学的数学教授，他提出这个问题是数学研究的一个特殊想法还是真的有所发现？这到底是怎么回事？认真仔细一想既然孟先生是研究数学的科学家，他不应该存在突发奇想的事，一定有其理论依据和原因。索尔教授想到这些心里有想法了，说道："孟先生，很高兴和你讨论这方面的话题，这个话题非常重要，涵盖太多的专业知识，在电话里很难进行深入展开讨论。这样吧，如果你有时间请来我们国家天文台，我们两人好好的讨论一下，这是个好问题值得探讨，人类永远在探索宇宙奥秘的途中，我们已经发现的只是宇宙中非常有限的冰山一角。"孟浩远看索尔教授听他提问后马上引起重视很有兴趣，专门讨论这个问题正是自己所愿，于是说道："好的。我正想向您请教一些专业的问题，只有像你这样的科学家才能更加权威和专业的来解答。索尔教授你看安排在什么时候合适？"索尔教授道："这周周四或周五你看可以吗？"孟浩远说道："好。这两天自己学校是有课的，定好后我会调整的。就安排周四如何？"索尔说道："可以，那就这样约定了，周四上午九点三十欢迎过来。"两人接上头互留了手机联系电话。挂上电话后索尔教授不禁脑海里在想，这位孟先生为什么会突然突出这样的问题，作为美国国家天文台，世界一流先进的天文台，他是在求证？寻求答案？他的问题需要重视，马上打开电脑查看天文台最近阶段探索到的数据，他要做到心中有数。然后他开始查询伯利克大学孟浩远的信息，一查后大吃一惊。原来这位孟浩远确实是伯利克大学数学院教授，而且是数学界非常著名的一位天才数学家，百年难题"西塔姆猜想"和另外三个数学新理论提出者，有关于宇宙运动新的一种理论运动。越查越让他心中惊讶，不禁脸色严峻起来，一个真正的数学天才专门向自己提出关于宇宙中银河系可能发现来自其他宇宙空间星云系团运动的极其重要问题，看来真不简单，真实发生的可能性很大。

　　与索尔教授联系上后，孟浩远与正在学校的艾琳通电话联系告诉她，他在周四要去国家天文台气象观测站去参观和讨教一些问题。正好最近艾琳忙于做实验，不过一听孟浩远要到国家天文台去，感到有些疑惑，仔细一想对了，孟浩远曾经说起过在中国时就在国家天文台工作过，可能喜欢天文探索想去参观看看。原来到现在他心里还没有忘了他工作的职业爱好。

　　孟浩远手中安排的教学任务课程，已经在周三前完成，他上课时间以外还是比较自由。时间很快就到了周四，这天天气很好天空湛蓝清澈，洁白色的云团不时变化着在天空中低低地驻足停步看着人间或慢慢移动到别处巡游，一切看起来都是那样祥和舒适。这样的好天气让孟浩远心情感觉舒畅、愉快，似乎暂时忘了心头有一个抹不去的天大灾难会至的焦急和揪心。

　　上午一早就起来，今天来不及出去运动，很快坐车赶到机场后乘最早的一班航班飞到了艾奥瓦州机场。国家天文台在艾奥瓦州偏远郊区的一处地方，它周围都是树林包围着显得安静神秘，一般人是不会过去。出机场候机楼后在外面孟浩远叫了一辆出租车去国家天文台，出租车司机是一位样子长相像是拉美人的青年男人，黑发、黄皮肤、眼窝深、颧骨较高，年纪约莫在四十多岁，开着属于他自己拥有出租牌照的一辆黄色标识的美国本地出产出租车，宽大粗犷动力十足。司机是一位性格开朗喜欢哼唱歌的人，嘴里习惯嚼着口香糖，他正等在机场候机楼出口，见到孟浩远这位客人走出来时来到他车旁称要到国家天文台让他非常高兴。从机场到国家天文台距离还是很远的，能够有客人在机场直接过去国家天文台，拉到了这样的客人心里开心，今天碰上一笔好生意了。所以手舞足蹈表现出来特别高兴，孟浩远随身就一个背包没有其他行李，不用他下车帮着拿行李，很主动地招呼孟浩远。等他上车后马上麻利地启动汽车一下子就开得既稳又快，一直主动和孟浩远在东拉西扯的闲谈。原来他父母是墨西哥人，后来移民来到美国寻求更好的生活，自己从小就生活在这座城市，一次机会他还买到了一张出租车牌照，人勤快性格活泼善于言谈，他的生意挺不错，生活过得很舒服。由于他的职业是一名出租车驾驶员，对当地的情况都比较熟悉，孟浩远随便问了一些当地情况和国家天文台的情况，他都可以说上一点。两人一路上交谈着，并不影响他开车，轻车熟路开得很稳当。通过交谈孟浩远也知道了一些情况，其实这座美国国家天文台观测站还有军方背景，美国基本上每一个州都设立这样的国家天文台，用于太空研究探测，气象观测为空军和航天器提供技术支持保障等。这里是国家天文台总部就设在天文台观测站一起，规模要比其他一些天文台要大很多级别也最高，属于美国最大最特殊的一个天文台。地理位置在离开市中心偏远的郊区一个小镇附近，周围都是树林包围隐秘在其中，占地又非常大，一般人不会注意。

两人一路上聊着，孟浩远边转头看向车外，看似漫不经心随便问问，不时转头从右边车窗看外边路过的街景，感觉差不多一小时后汽车转到另一条公路上，车辆变少了，路两旁看不到什么，都是树木和空旷的草地等一望无际，附近也看不到有人居住的房子和人在外活动。出租车已经不知不觉转到了国家天文台的外围附近，这还是司机边开边在向他介绍，已经不远了，汽车又左拐进一条公路内，司机说着马上就要到国家天文台了。孟浩远第一次来这里，他认真地观测着周围，右侧已经可以看到远处有一群建筑物，里面应该就是天文台了。这里真的很偏远，还好进出的公路还是很方便，公路离天文台不远，路上来往的车辆不多。出租车从州际公路又转入到了一条岔路驶进去，路两旁都是树木。再行驶了约二十多分钟后已经来到国家天文台设立的第一道门口，门口建立一座检查站，有三个负责检查的保安在这里检查进入的车辆，他们都穿着统一的制服，头上戴着帽子，脚穿高帮军用黑皮鞋像是军队士兵一样严肃精神和认真。一位身材高大魁梧的黑人保安看到外来车辆过来，示意停车人员下车接受安检。孟浩远背着包下车，把包放在桌前进行登记并接受检查，黑人保安查看了事先预约登记记录后检查完成就放行，让孟浩远下车步行进入里面的大楼，估计还有一百多米，已经看到前面的一幢约十多层的办公楼，所有外来车辆没有通行证是不能进入里面的。孟浩远只好拿着背包，支付完司机车费后与驾驶员告别。出租车掉头后司机开心地开着车飞也似的离开，转眼就不见踪影。刚才孟浩远在付账时特意多给了他二十美元作为小费，让他感到高兴。跟着保安的指点方向，孟浩远步行走了进去，天文台内的道路很好，步行也并不费事，刚才保安告诉他进入后左前方不远就是停车区，有车辆可以运送。孟浩远在外面就已经看到，走进围栏前面就是一个停车区，里面有天文台供内部使用的电瓶车，可以接送进天文台办公楼的人员。车辆专门有人负责载着孟浩远又开了几分钟就来到了天文台办公楼前面广场停下。这里是一幢大型的办公楼，看旁边还有几幢独立的建筑，远处还有专门的巨大的太空探测的望远镜。办公楼前没有明显的标识，来到大门前这里还有负责的保安对进入办公楼的人员再次进行检查，通过安检登记后同时专门打电话给索尔教授进行确认后才放行让孟浩远进去。

进入大楼后孟浩远按里面保安的引导进入到电梯区，帮助孟浩远刷电梯卡后按住六楼，告诉孟浩远到六楼后电梯出来再问外面电梯区柜台前的值守的保安，他会带你到索尔教授房间。进入电梯上六层楼走出来左转在走廊里看到还有一位保安在接待区站着，孟浩远询问索尔教授的办公房间位置后保安引导着他一起走到索尔教授办公室，看到门口挂着名字牌子。保安敲开办公室门，等索尔教授走到门口开门，保安告诉索尔教授有人来找他，索尔教授和孟浩远才算接上头，保安才离开。通过这些繁复的手续，孟浩远已经知道这里不像一般的企业单位那样，看来很不简单，安保工作程序很细致又规范，手续有点烦琐，说明天文台是重要之地。这里还是很严格执行检查手续，也不是普通人可以随意进出的地方，意味着保安等级是比较高的，有些秘密在这里。

进入索尔教授办公室后，孟浩远看到了索尔教授的样子。眼前的是一位留着络腮胡子高个子白人男子，年纪约莫在五十多岁。身高与孟浩远差不多，约在一米八几的样子，脸上戴着一副黑边框架近视眼镜，头发浓密。身上穿浅褐色西装没有戴领带，一双黑色皮鞋很新发出亮光一尘不染。他的办公室约在四十多平方米大小，除了办公桌，旁边有一个会客区，放着两个布沙发，一长一短可以坐四人，中间一个木制的长方形茶几，墙的一边中间有一扇门，隔壁应该还有一个房间。索尔教授看到孟浩远走进来，已经站起身走过来笑着伸出手来与他握手边打量着他。两人见面都觉得意外，孟浩远看到索尔与他心目中的精明严肃年纪已经很大的样子是有些不一样。眼前这位索尔教授年纪不算太长，样子随和没有居高临下的气势。索尔教授没有想到电话中联系过的这位孟浩远，声音有些年轻，不过此时站在他面前的是如此年轻的一位数学教授心中惊奇，说道："孟先生你好，欢迎到来。"孟浩远看着这位教授客气道："谢谢索尔教授能留出时间接待，叫我浩远吧，一般他们都这么叫。"索尔教授笑道："噢，孟浩远先生你这么年轻啊，伯利克大学数学院这可是一座著名的大学，尤其是数学方面非常有成就很出名的。我们这里也有几位同事是你们学校毕业的，不过他们是物理专业，天体物理和天文专业等不是数学院。"说着索尔引着孟浩远走到接待区，请孟浩远就座沙发上，又给孟浩远冲了杯咖啡，同时拿了一瓶瓶装水和一个玻璃杯子放在孟浩远桌前，自己坐在孟浩远旁边的位子，两人坐着距离很近。

孟浩远坐下后索尔教授看着他，似乎是在问你有什么需要问的问题。孟浩远反应极快马上心领神会，抓紧时间开门见山地问道："索尔教授，很高兴见到你，让您安排时间接待我。您是天体物理专家，今天来是向您求教一些问题。我想了解最近一段时间，国家天文台观测站在全美和欧洲及其他合作的国家天文台在观测宇宙太空时有没有发现到一些什么新的突然变化的情况？或者说有没有观测到突然出现的一些特殊异常的情况？不知道可以提供情况分析吗？"索尔教授闻听一惊。这位孟浩远也是直接开口直接问最近探索发现的数据情况及分析。他今天问题很直接，是有目的性的。是他想要获得天文台数据信息。我们的数据是保密的暂时不能对外开放。还是他通过什么方法发现到了一些不一样的数据变化线索？这些变化它究竟会有什么影响？还是先继续和他谈谈再说，想到说道："哦，孟先生不仅是一个数学家，还是个天文爱好者。你怎么会想到问这样的问题？请问孟先生你是否已经发现了什么情况？"孟浩远一听不好，这不好回答，连忙说："噢，我还没有发现。只是好奇，我是个天文爱好者，你是这方面的专家。要真正发现新情况应该是你才对。我想多了解一些宇宙探索方面天体变化对地球的影响知识。"索尔教授见状心想这位孟先生很睿智不愿意说出他的真实意图，否则怎么会这么远的路程还愿意专门来访，就是为了问几个问题？电话里他已经问过这样的问题，一定有他的目的。嘴上还是笑着说："好吧，我把国家天文台的基本情况简单介绍一下。我们国家天文台观测站有来自全国的十多个观测站和世界其他国家的观测站数据信息保持交换数据共享。对我们从事宇宙天文探索研究的科学家来说没有地域和政治之分，地球是属于全体人类的，需要全球各国合作保持对外太空的探索发现共同应对。你刚才问的情况，目前我们掌握的数据并没有发现有什么不同的天体活动。我想知道你对你提出的问题是怎么想的？是否你发现到了一些异常情况？或者推测分析出一些我们还不知道的情况？"孟浩远听索尔教授的解释大概知道可能他确实还没有发现新出现的星云系的变化，距离太遥远无法监测到。秦说的星云系还存在其他的宇宙空间中运动，还没有进入银河系人类可以探索到的宇宙空间中。还有一种可能，他对数据保密不愿意对外人提供分析。于是孟浩元认真地回答："没有。索尔教授我想问一下，以地球上目前现有的最先进的技术装备设施，人类可以观测到宇宙中存在的信息，就是银河系或以外的部分星系中的运行数据。是不是如果更远的宇宙外部存在的空间发生的信息我们很难达到也很难观测到星系中真实的天体运行情况？我们无法掌握外太空星云系运动的数据和运行规律？即使是在太空中有高端运行卫星也没有办法探知更远的宇宙空间中星云系的变化信息？"索尔教授听孟浩远认真地讲出这些疑问心中又是一惊，更加认真起来，这小伙子说出来的话很直接竟然像是懂天文有关知识点的人，可能对天体物理是有研究的专家，他的问题不停留在丰富的想象中，一般普通人是不会想得这么深远的。而且他已经认为宇宙空间是存在不同的无数空间，我们人类所处的是其中一个空间。这个概念和我们认为宇宙是一个巨大无限的空间是完全不同的。索尔教授顿时表情不由得更加严肃认真起来，神情严肃地看着孟浩远说道："是的。以我们现在最先进的技术设备，我们可以探测发现已知的距离地球最远的星系，是一个非常小的星系，距离地球的距离大约为130亿光年。宇宙是无限的没有穷尽，也无限奇妙，再远再远犹如你们数学的一根直线永远是没有尽头，不知道准确的有多远距离。目前的科技根本无法发现探测宇宙深处的星云活动，也根本没有办法掌握数万亿计的无法描述它的巨大和穷尽的星云活动规律。即使我们探测到的数据也有可能和实际的星云运动情况差异很大，完全不是我们可以想象的。我们需要做的事情太多了，这么说吧地球、月亮、太阳、太阳系乃至于银河系，他们在宇宙当中只是一个点而已。人类永远没有办法探测所有宇宙活动，包括它到底有多大，有多远多广？还有类似地球的生存星球吗？所有所有太多了。不过纠正一个概念，你描述的是存在很多宇宙空间，而我们专业知识认为宇宙是一个无法计算无法描述的浩瀚无际的世界，和你的概念不同。"孟浩远说道："噢，是啊，我理解你的意思，宇宙太大无法想象的那种大。索尔教授请问，银河系中的星系运行和银河系以外的星系运动的形态会不会是不一样，还是……？如果人类利用现有的科学技术制造出的飞行器在不同的宇宙空间飞行，它受到的宇宙空间周围的引力气流层造成的各种'洞'还有气候等等的因素，规律是否也应该是不一样的？至于你提到的宇宙概念，也许确实存在太多的宇宙不同空间，因为我们无法全部检测到宇宙世界。这只是讨论引出的对宇宙的存在形态不同概念。"索尔教授听到孟浩远一点一点在展开问题，让他产生了一种奇怪的念头，他到底是谁？想干什么？突然感到心跳，他这些对话太深奥了。一般人没有人会谈及这样的话题，越来越感到和这位年轻阳光聪慧的数学家交谈很有意义有很大启发，他的思维和我们是不太一样。边看着孟浩远边很认真地说道："是的，宇宙太大，我们没有掌握的未知太多太多了。不能以我们现在了解的银河系来推断其他星系的活动规律和状况。不过我想它们应该是受到环境的不一样而有不同的运动方式，也就是说我们所处的宇宙环境和我们未知的宇宙其他地域所处的环境存在条件肯定是有差距不会是一样的。差距多大我们不知道。不过这些推测我们目前还无法用科技设备和数据来证实。你思考得很深，由于科技装备的限制，能观测到发现到宇宙中的仅仅是太阳系或银河系等部分，再更远更广的宇宙世界存在还无法探测和发现，人类没有办法做到。我们地球或是太阳系只是宇宙中一个点而已，如同漫天尘埃中的一小颗沙粒，实在太遥远了。人类只能是通过推论来分析和预测我们地球生存环境以外宇宙周围的情况。其实我们也没有办法知道它的真实的存在，存在的方式，环境等等。是否有类似地球一样的文明存在等等我们都不知道，这就是探索宇宙的难度和乐趣。如果以后科技进步发展，全人类一起合作研究做到从地球起飞的飞行器能够到达银河系或银河系以外更远的其他星系探索巡游，我想到那时可以发现更多。那将可以验证我们的推测分析是否准确。不过现实实际情况是按现在的科学理论和技术，是没有这样达到超光速的飞行器的，无论从它的制造材料和动力来源、发动机制造技术、通信技术等等，意味着我们还没有办法到达更远的星系，更远的星系和太空那里到底是怎样的有些什么？人类实在无法描绘出他的壮观景象。而且即使理论上我们的飞行器达到了超光速飞行，我想外星系宇宙空间活动运行的规律，受到哪些因素影响？可能会和我们想象的并不一样，飞行器在穿越过程中会受到各种重力、强磁场、各种洞、引力波等已知的各种因素的影响，还会有更多未知的我们还无法探知的和我们已掌握的因素完全不一样的其他各种因素的影响。或许我们可以无限想象一下，也许实际上飞行器在未知的宇宙空间中会意想不到的快，也许会更慢，这些都是假设。我们的飞行器目前无法到达这么远的距离却是真实的现状。"孟浩远没有想到索尔教授会和他谈得这么投入畅快，放开思维到了遥远广袤的宇宙更深处去，说明他对宇宙奥秘的探究发现也是索尔教授非常愿意触及和神往的话题，所以两人刚刚认识会谈的很深。孟浩远说道："索尔教授，我一直在思考，我们人类已知的银河系等星系，在宇宙外太空存在超越人类认知的星河系，存在不同星系或组成一个又一个不同环境状态的宇宙空间既有交叉又相对形成独立环境，环境中存在各种星球，有大、有小，它们在一直不断地自身运动同时与整体星系团一起运动。地球也在不断运动和被人类开发利用，似乎没有受损消耗殆尽，但是地球终将会被人类依赖过度利用而遭到破坏，有一天会毁灭人类无法生存。所以很担心我们地球和生存在地球的人类。那会不会有可能，以后人类利用我们还未知的特殊材料，可以制造成特别的更先进的技术和工艺制造最先进的发动机和使用特别的一种可以源源不断提供的新型的巨大能量源，成为一种目前我们还不掌握的最新超级飞行器，那就可以穿越星系在星系间跨越会到达更远，探索得更加清楚？也许人类可以发现新地球找到新家园。"索尔听得很明白，小伙子开始无限想象了，但是并不是胡思乱想反而他的思想是有所针对的，他的思维已经上升到宇宙深处找到人类新家园了，不是一般人不会这么想的。等等，他又说到复杂的星系和不同的宇宙空间和寻找新地球？他创造了对宇宙定义的又一个新概念，可以有不同的无限的宇宙存在，而不是我们认知的只有一个宇宙，它是无限无穷的大，第二他谈到宇宙空间问题，他是研究数学的数学家也有无限的想象力。第三谈到了寻找新地球作为人类新家园。不由得大加感慨说道："哦，孟先生的话题太深远了，太过深奥了。非常有意义。值得我们人类思考，更值得我探索宇宙奥秘的科学家思考。地球存在终会有生命终会有末日消亡，我们需要反思，更需要科技加快研究发现新的地球，使人类到新的家园生存为我们的后代创造条件延续下去。可惜这是我们今天是没有办法可以讨论有结果的问题。也许吧，你说的有可能宇宙存在的另一种方式吧，需要我们去发现探索，太有意义了。"孟浩远见索尔教授非常感慨地说着关于宇宙探索和人类生存非常沉重的话题。接着说："索尔教授，我正在研究证明一个数学规律或者有关物体在不同宇宙空间存在运动方式变化的关系理论，来得出它们之间复杂关系的表达简单数学公式。希望找到一种物体在不同星系宇宙空间运行的变化的可预测的规律。比如飞行器在穿越宇宙探索过程中遇到多少变量和飞行速度、时间、距离周围引力，漩涡产生的力量和电磁场产生影响等因素，他们之间存在的复杂关系来求证飞行的最佳方案运行轨迹和最大功效。是否可以通过它来预测飞行器的飞行过程和结果，当然这需要科技的进一步发展，最终首先能够制造出这样的一种新超级飞行器，也需要从索尔教授这里了解宇宙中我们目前掌握的天体星球运行变化受影响的各种主要因素等。"孟浩远说着索尔教授已经非常认真地在仔细听他说每一句话每一层意思。突然抬头望着孟浩远，更加认真而严肃，脸上的表情十分专注，已经说明他也被孟浩远以及他所谈到的话题投入进去了。这个研究数学的年轻人的思维与众不同实在太不简单了，他居然可以想得如此之远之深。对他这种思考和研究探索态度顿时产生好感。如果如他所说，研究证明可以建立一种数学模型，将对探索宇宙是会有极大的帮助和进步。他的睿智头脑中还有什么？怎么会有如此的奇思妙想和无限想象描绘出来，太不可思议了。与他的认识是一件很愉快很值得的事，和他交谈受到他启发和思考。两人越谈越投机，孟浩远对索尔教授的专业指导收获很多，对索尔的坦诚印象深刻，看看谈的时间已经很长了心里对索尔教授有了了解，含笑说道："谢谢索尔教授今天的接待和介绍，让我收获很多。请索尔教授密切关注星系中的活动和变化，这很重要。"孟浩远最后那句"这很重要。"是专门停顿了一下似乎是在强调，索尔教授当然听到了，心里一怔，孟先生不简单，他的提醒说明真的有问题，他不会是随口一说的，一定是有线索他已经知道了。联想到他特意打电话联系我询问了解一些关于宇宙中的问题，今天又专程过来咨询和交谈内容围绕着宇宙星云系运动和变化，而且这些变化应该和地球人类有关，并不是泛泛而谈那样简单。索尔教授严肃地说道："谢谢孟先生的提醒，这是我们的工作，我们会一直关注的。请孟先生及时联系我。"索尔教授说完后亲自把自己手机和办公室直线电话告诉孟浩远，说道："孟先生你如果有需要，任何关于今天我们所谈到的话题和问题都可以随时联系，不论白天或者晚上。谢谢你坦率的谈话，我受到很多启发。谢谢！"两人交谈很深入非常值得。时间已到中午十二点四十几分已经是午饭时间。考虑孟浩远第一次来天文台，索尔教授专门陪着他参观了天文台并讲解，然后陪他在天文台餐馆吃了便餐。又自己开车送他经过第一道检查站门卫外面，继续开车直接送他开了几条路后到外面的州际公路上，还是孟浩远叫停，这里可以方便叫到出租车了，不要索尔教授送他才停住。两人下车惜别，索尔教授握紧着他的手真诚地说道："孟先生，请一定记住，有任何想到的问题，都可以和我联系，我很愿意。"孟浩远说道："谢谢索尔教授，我记住了，占用你半天时间，谢谢！请回吧。"索尔教授看着孟浩远叫到出租车上车，看着他的车离开后才上车回天文台。两人通过这次谈话，索尔教授已经十分注意起这位年轻人了。

五

　　拜访过索尔教授后孟浩远当天就乘飞机返回，他知道他们之间的这次谈话，已经引起索尔教授的注意，从他谈话过程和对自己的专注表情和认真倾听态度可以说明。他一定会把这次谈话重点当一回事，会吸引他的关注。第二天孟浩远突然想起昨天与索尔的交谈这件事尽管索尔教授说天文台观测国际合作机制有信息数据交换，会与欧洲、亚洲和其他国家保持着联系，此时孟浩远觉得还是应该和自己的老领导中国国家天文台贵州台（国家天文探索研究院）向心波院长联系一次，以自己猜测的想法向他透露信息让他引起重视。他正好要借这次到美国天文台参观和与索尔教授的交谈为机会，告诉向院长称自己与索尔交谈时谈到的问题，自己感到很是担心。顺便也是提醒他要关注这件事。根据索尔教授与孟浩远的交谈信息，索尔教授第二天就布置力量专门分析检测数据，不过美国国家天文台观测站收集的所有数据分析，目前还没有发现宇宙外太空中星云系运动存在异常活动。

　　孟浩远还是很担心焦急，以秦的沉稳、见识和他们掌握的更加先进的科技能力和技术知识，一定是他们由于掌握了更加领先无数代次于地球的先进科技技术，他们已经做到可以在不同宇宙空间中穿越巡航探索时监测到了一些星云系团运动变化的情况，而且专门标注了"R-U 星云系"。而且"R-U 星云系"目前运动的方向和路径如果不改变最后就会进入到银河系和地球生命赖以生存的太阳系，不过现在还不能确定它最后会对太阳系中的星球最终会造成什么样的破坏结果。孟浩远相信秦能够以他们极为先进的技术发现到了"R-U 星云系"的运动变化和收集到监测数据。这个信息至关重要，它的到来一定会危及对整个太阳系特别是对人类赖以生存的地球、太阳、大气层保护等环境，是关乎整个银河系、太阳系等和地球生存攸关的极为重要的大事。所以宁可到时候"R-U 星云系"运动重新发生了轨道变化，最后解除十万火急警报而没有发生撞击破坏，目前在没有确定的情况下不能不防啊。不过怎么防不知道，目前情况还不明。也许最终只是虚惊一场，并没有发生什么，没有产生破坏造成灾难那是万幸。宇宙太大银河系太大，太阳系太大了，这种行星运动中发生碰撞爆炸情况一直存在，一个数个星球死亡或一个新星球将会重生。另一种坏的结果也许真的会是一场地球开天辟地以来最大的灾难降临造成地球或整个太阳系毁灭都有可能。现在揪心的是如果它真的预测会发生这种天灾，地球以现有的科技力量还是无法来阻止它的发生，只能眼睁睁地等待死亡，毁灭到来。

孟浩远自从离开中国国家天文台贵州台后，还没有联系过向心波院长。向院长作为著名的天体物理学家，美国科学院外籍院士，是一位公认具有很强的专业能力的专家，而且他为人非常随和正直。

当初孟浩远离开国家天文台贵州台时向院长很是不舍得，一直劝说孟浩远力图挽留住他，孟浩远这种人才离开天文事业实在可惜，可是孟浩远坚持自己的想法要求回到上海，向院长还想着给上海天文台推荐让他在上海工作。但由于孟浩远自己有他的秘密，有更深的考虑，为了以后和秦能够保持经常方便的联系出行，怕两者兼顾不到影响工作，最后还是放弃工作。这些实话无法告诉向院长，所是被孟浩远以其他的理由婉拒推辞。自从孟浩远的"西塔姆猜想"证明重磅数学论文在国际数学期刊发表引起轰动，渐渐的在业内产生很大影响。大家都不知道这位天才学数学精英的具体情况，急于找寻这位数学天才，可惜就是找不到，让一些数学界前辈感到不可思议。向院长因为孟浩远当时留了两封信，其中一封就是他接到数学期刊邀请参加学术报告会申请报告未被李建设科长批准反而签批不同意，所以向院长看到后百感交集心中更加愤怒，这样重要的研究会都被一个小小的科长随意的拒绝。心里也已明白，原来大家都在寻找的横空出世数学天才中国人孟浩远，就是自己单位的这位聪明有才华的孟浩远。他还想联系孟浩远请他回单位作报告，但是孟浩远当时已经身在美国不便回国，他实话告知向院长，自己事出无奈而没有成行，当然向院长以为孟浩远心中一定有气，不愿意再回到令他伤心的地方。向院长也对揭秘孟浩远就是自己单位的研究人员一事暗藏心中，并未告诉他人，数学天才孟浩远就是原来自己单位那个聪明的上海小伙孟浩远，让人知道会被人笑话。

孟浩很远想起"R–U星云系"这件大事本想着不让人知道，不告诉向院长，但是他到美国天文台观测站与索尔教授见面交谈之后，他有了另一种想法，应该将这件事告诉向院长。中国国家天文台贵州台是目前世界上最好的，设备最先进技术一流的天文台。自己在天文台工作时发现过新行星系以及在那里和来自阿勃特星的秦、汉联系上都是在天文台。天文台还有顶尖的科学家家在研究宇宙深处奥秘，探索未知的宇宙世界，或许中国在这方面可以发挥它的作用。他已经想好要如何告诉向院长又可以做到不会让他怀疑消息来源。孟浩远不敢直接打电话给向院长，怕他触景伤感，难以平复心情。所以它很快发了一封邮件给向院长，把自己与索尔教授的谈话要点，告诉向院长请他关注宇宙外太空星云系天体最近的变化情况收集信息，最后加了一句"这件事非常重要。"中国现在有世界上最先进地天文设备和技术，贵州台就有心建成的世界上探测距离最远的"天眼"。向院长看到孟浩远到美国国家天文台参观并和他知道的国际知名教授索尔交谈而获知到这样的信息可靠性一定是较高的，很快就回信给孟浩远："浩远你好，突然收到你的信件很欣喜。自从你在单位值班时发现首颗新行星后，我们到目前又陆续发现了十四颗新行星或星体碎片，根据我们的监测数据分析判断银河系内和更远的星系，最近可能存在运动活跃的变化迹象，但是还没有具体的详细数据，有待继续监测数据分析。我们已经调集了风云国际气象卫星密切监视外太空出现可疑星云系运动方向和轨迹。目前还不好作进一步的判断预测。谢谢孟浩远，这件事确实非常重大。欢迎你随时回来看看。"孟浩远看到向院长的及时回信，眼眶有些泪水，眼前出现一幕幕向院长的身影和画面，向院长一直很关心自己。这件事说明向院长他们已经做了很多工作，在关注星云系运动和变化，中国的技术设备和专家能力都很强，心里稍稍宽心。向院长的回复说明他领导的国家天文观测站和天文专家们已经开始注意到近期的星云系运动变化，说明设备更加先进能探测到更远的一些变化，而且调集了气象卫星监测星云系运动变化的周围情况。

孟浩远两次联系中美两个国家天文台的两位一流天文学家，从向院长的信息中发现他们与秦的提醒的信息是一致的，心中略微地放下心。可是现在美国这个世界各方面尤其在技术上最先进的国家和欧洲为什么还没有发现到这样的情况，难道他们不想让人知道，出于保密？这样极其重要的信息照理应该需要引起最高等级的关注，汇集国内更多专家分析讨论。这可是关乎整个银河系、太阳系和地球等赖以生存的星体安危的最重大的事没有其他。还是他们有意隐瞒了信息？现在只能希望中国发挥作用，提供有价值的关键信息，更期待秦的再次联系和到来，把他们监测发现的最新"R-U 星云系"变化运动轨迹方向等情况提供，同时有他们更多的分析对策，以及可能会发生的变化情况。人类、地球和太阳系已经处于毁灭的危险灾难中。

第十三章　912 基地建设

一

　　经过中国建筑集团三公司团队的紧张建设，912 基地一个月一个月都在悄然发生着变化，地下部分工程量是整个项目中最复杂最困难的，施工已经完成。开始地面建筑的施工作业，各区同时轮流作业，建设进展抓得紧速度很快，每个月都在发生明显的变化可以看到进展。八个月的时间很快已经过去了，孟浩远当中去过四次，杰瑞里去过八次，每月基本会去看一次，他知道孟先生非常关心这个项目，已经投入很大的资金，所以他还专门派了一位副总经理作为专责负责管理项目，每周去建设基地现场查看并负责协调建设，抓进展和质量，这个项目必须认真完成。看着 912 基地的施工进展和变化，在这片荒漠之地建造起来的建筑群已经基本完成了基建部分施工建设，现在已经可以看到基地的轮廓模样，已经让所有人感到惊叹，这些建筑已经渐露出它的漂亮框架，看着坚固，设计非常好看，整个项目中各建筑群的布局和整体规划非常科学合理。中国建筑公司的设计、施工团队、质量监理工作非常认真，项目管理很严格，工程进度也是按计划节点基本顺利完成，施工质量和速度都非常的好。在这一片荒地上这一大块 912 号地块仿佛一下子出现了一个设计景观，很有风格特点。几幢楼的布局和连接都非常流畅看上去有一种建筑美感。在四号州际公路上行驶来往的车辆都会自然而然地转头注意观看这一片突然冒起来的建筑，顺便有车辆停在路边观看这个建筑区。非常耐看有风格特点漂亮的建筑群和建筑物吸引人们的目光，内部的道路、设施和建筑群外立面正在加紧施工中，还有大概一二周时间就可以全部完成。其实项目花费时间的地方就在地下部分的建设特别是单独的那幢 D 楼和楼下部分的施工建设以及连通各幢楼的地下通道停车区、功能区监控智能管理区和各幢楼通道之间的隔断设施和安装部分。整个项目实施进展算是正常顺利，中国建筑公司为了抓进度有时不得不有一段时间连夜还在加班赶。所以保证了计划进展的进度安排和时间节点要求。这个项目地面建筑群下面的基础部分以及地下建筑部分，建设施工是遇到了些难度，施工比较困难。由于地下地基的表面都是浅层的沙石混着泥土，下层是泥土，再下面就是泥土和碎石混合在一起，好在中国建筑公司在设计方案修改时已经在前期对这块土地经过挖掘采样检测分析，及时掌握了这块地下土质地貌情况。他们有比较成熟的建设施工方案和办法，有难度也没有难倒中国建筑建设方。通过他们的建设经验和运用新工艺方法都一一解决。再大约经过两周时间，内部道路及配套路灯、园区内上层土地复土并绿化布局施工和整个区域四周内部高清监控探头系统建设安装以及周边防护围栏网等工程完工后，这里已经呈现出一个全新的面貌，这是令所有人没有想到的一件事情，也都在猜测这是一个什么样的神秘项目。

孟浩远从项目工地即时传来的视频连线传送介绍和画面，他很高兴项目能够按期完成，建筑设计风格，布局和施工质量他都很满意。同时为自己国家的中国建筑公司高兴，他们很有才华很有办法克服了施工中遇到的不少困难，终于完成了漂亮的 912 基地工程。自己的眼光和选择是非常正确的，中国建筑公司又快又好的设计和建设，项目完全符合自己的要求意图。

项目终于提早一天全部建设完成，杰瑞里受孟浩远委托代表投资方浩瀚探索科技有限公司参加和中国建设公司第三公司以及当地政府州长、所在地市长参加举行了工程完工交接典礼。这里的基地挂牌按照孟浩远的想法命名为"912 科技研究中心"，这个名称和新建的建筑群让过往车辆上的人们注意力集中在这里，明显会感到它突然建在这里有一些神秘和令人联想。

十月八日这天上午天气晴朗，眼光直射下来。设计漂亮的建筑群与天空中干净的白色云层和浅蓝色天空背景衬托，南面是南洛基山脉勾画出一幅有美感的画面。四号州际公路就在门口很近，出园区大门有一条路作为一个缓冲区大约三十多米距离就到四号州际公路非常方便。十点十八分孟浩远在办公室通过电脑视频连线观看着基地交接典礼和揭牌仪式。在基地的主要办公楼A楼的主楼门前广场上，各方代表都高兴地在现场参加仪式交接和剪彩，工作人员都是中国建筑公司提供帮助，州长发表简短的讲话。仪式简短但预示着受到州和市政府关注的一家科技研究中心在这里正式建成，是非常有意义的。

完工后的项目按孟浩远的要求，杰瑞里负责在当地市里请一家专业的保安服务公司派了十名人员负责日常看护基地。交接典礼一周后，这天孟浩远上完课回到办公室打开电脑正在查看时，马上收到了信息提醒，他很快反应是秦来的信息，赶紧打开果然是秦的信息，是上午8点47分就发来了，当时他正在上课。秦时间算得很准给孟浩远的电脑上发来了信息写着："浩远，10月13日凌晨2：00在山后树林中见面。"秦终于又主动联系到孟浩远了，两人之间联系每次只能是秦主动联系孟浩远，而孟浩远还没有办法也不知道用什么方法可以联系到秦。为了等基地建设完成，两人见面时间已经隔得有些长，一般是三个月左右秦就会来一次和孟浩很远见面然后匆匆离开。现在已经八个月过去了，孟浩远期待很久了，这次与秦的见面时间隔的很长，主要是秦他们的飞行器和人员要休整一下，但是孟浩远心里一直焦急地惦记着上次秦严肃认真又担心地说的关于"R-U星云系"运动可能方向是太阳系，意味着将很有可能会发生惊天大撞击。现在已经又过了八个月时间够长了，现在情况到底有什么变化？地球、太阳系会不会仍处在危险中，还是"R-U星云系"穿越宇宙空间时发生运动了轨迹变化了，朝其他方向运动了？心里真是急死人。

根据秦的要求每次见面孟浩远对照已经完成的采购品种数量记录，继续采购不同的植物种子和书籍，他已经专门设了一个秦的专用文件，列出计划采购和已经采购的详细记录，做到不会重复，采购名单越来越长，每次外出采购回来后将品种、数量、分布在地球的国家地区，名称用途，种植方法条件等重要信息做好记录。这次他还尝试专门购买了一部分已培育的花草、树木苗种，又装满了三个新的大箱子，提前把它们发到又新选定的汽车租赁服务公司，他在订单上备注请他们接收一下三件行李箱。

第二天孟浩远早上出门赶到机场乘飞机向菲尼克斯，到达后在机场候机楼外面打了一辆出租车直接到市内靠近城市外围的一家租车服务公司，顺利办好租车手续，依旧是一辆 SUV 黑色美国品牌车，这种车排量大动力足空间也够大。他在服务台办理验车交接手续，孟浩远取出他提前发来请公司代收的三个大行李箱，接待服务员帮助他搬运行李到车上，多付了二十美元小费给他。然后开着车出发经过一处商场可以停车，在商场外面的快餐店随便点了一些食物吃了起来。吃好中饭开车从市里出发一路前行经过市区和几条路的转换后来到熟悉的四号州际公路。此时心情非常好，这次到基地可以亲眼在现场看看建设成果。下午四点多时等车经过天坑公园和服务区时进入加油站稍停加满油就出来，进入州际公路一直往西方向继续开车，一会儿在车中通过前方玻璃已经远远看到前方左侧原来全部是荒地的基地方向冒出来一个园区，在这里有独一无二的建筑群楼，房子不算太高但是也有九层楼，能够隐约看到前方左侧的那个属于他的建筑楼群，意味着一个真正的基地悄然已经建立。他在建设时来过几次，竣工交接时从视频中看到过当时心中就很高兴，这次是亲眼看到全部完工的基地心里猛然间有些激动和兴奋，不由得加大油门提速，很快车已经到眼前，到了他的基地。对外这里是"912 科技研究中心"，转弯进入马上就到了门口，简洁漂亮的大门口边上紧挨着的是一幢小型三层楼高的建筑，楼上是休息楼下是值班办公的保安门室，已经开始安排保安在工作。保安已经得到通知有公司高级管理人员来基地视察，孟浩远报出自己的名字做好登记，保安专门给他一张出入证件这是专属于他的。以后孟浩远在进来时无需下车，把带有芯片的门禁卡出入证在门口刷卡后就可以进入园区，不用再登记。

汽车进入后很快沿着内部公路到了 A 楼行政办公楼门口广场区停好车，下车。他有些兴奋准备先到处行走看看这些新建筑。A 楼分两幢楼对称造型的双子楼，简洁的设计风格，里面全是钢筋混凝土，框架外面是金属支架的立面以玻璃墙为主，这里白天阳光很好，玻璃墙设计可以在视觉上看起来很漂亮有气势。然后往里是B楼双子楼的另一区。主楼的东侧前方是另一幢楼C楼，主要是以后作为员工休息生活用，楼下是食堂。西侧稍远一些是E楼是一幢专门的实验大楼。另一幢D楼在朝南里偏西方向位置，离开这里中心园区大约有一百多米距离，周围还有配电房极其辅助楼等。整个园区房子真不少，形成很漂亮的规划很好的整体。每幢楼有地下两层，一层是停车区，二层没有开放。每幢楼的两旁附近有地面有停车区，这里土地太多，利用率不高。道路园区内的周围的绿化已经布置种上，都是买了大量泥土覆盖在上层。看了这个园区孟浩远真的满意，然后步行回到A楼到行政楼拿出刚才保安门卫给他的信封，里面一张是刚才使用的汽车门禁卡，还有一张就是可以在各楼都可以使用的门禁卡，他是属于最高等级，只有他的这张卡可以每个楼区包括地下都可已进出使用。这都是杰瑞里通知基地负责的另一位副总在交接典礼后开始把孟浩远的专属卡制作好放在门卫室，待孟浩远进入基地时交给他。

　　孟浩远进入A楼大楼门口来到电梯区，用自己的专用门禁刷卡乘到九楼出电梯后，有一道很厚重的防爆玻璃大门需要刷门禁后进入，拿着卡刷卡进入后门自动关闭。这一层是专门为孟浩远留的，没有其他任何人可以上来。设有专门的办公室，楼上共有六个标准休息房间，两个会议室，一间非常大，其中一面满是屏幕组成的大显示屏，可以分割可以独立观看整个基地每处的画面情况，连四号州际公路上都可以看得清清楚楚，这里是可以传送数据的一个中心信息监控室。还有辅助生活设施，有专门的厨房间、两处公共卫生间、储藏室等其他的一些功能用房，另外还预留有几间空的房间。九层楼其他人是没有权限不能直接上去的，电梯及楼梯是专门有门禁卡，需要有专门的门禁卡才能上去。另外在入口处及每一处角落无死角的设有高清智能摄像头24小时全天候实时监控。所以即使以后这里有员工在这里工作，对于他们来说第九楼都不知道有些什么，只是知道九层楼是空置的暂时未启用，或者是公司老板的办公区。孟浩远边走边看兴奋也着实很满意，真的选对了这家中国建筑集团公司。他打开自己的办公室走进去，这间办公室里面大约有三十平方左右，孟浩远不想办公室太大，够用就可以，而且自己难得来一次基本不会用。办公桌对面靠墙边是一个小型会客区有茶几和沙发。办公室左边是一个小型会议室，直接从办公室可以推门进入，也可以在走廊通道中从外面进入。四周方向都是落地大玻璃，朝南方向有门可以出去，外面是一个长廊式的大阳台，站在阳台上可以远眺周围，没有任何的阻挡物，周围全是空旷地一切尽收眼底。

孟浩远作为公司高级管理人员来现场视察，基地目前还只有值班的保安在园区现场负责值班。到了晚上黑夜降临这里依然很是寂静，周围全部是空地，看出去黑漆漆一片，只有朝北方向园区后面的一条四号州际公路上有来往的车辆驶过开着灯光。基地园区内也有路灯全部开启，园区内的路上和周围拉起的网墙上有灯和监控探头。大门口保安室有灯光，其他远处周围全部是一片漆黑看不到什么。大门口设立的保安室和里面的 A 楼四楼有一间是中央监控室，里面以及孟浩远的办公楼房间内开着灯，说明还有人在这里。

现在这里还没有正式运行生产，只安排了四位保安看守，两人负责大门进出安保执勤，在进园区大门的值班楼房内负责对进来的任何车辆及人员检查登记。另外两位保安在 A 楼四楼楼层内设置的一间中央监控中心室值班，他们主要通过分布在各处的监控探头监查看整个园区和个楼房中的内部情况，随时与大门保安联络。

孟浩远在他的办公室开灯后打开了窗户，让外面的风进入透气。这也是他第一次在新建的楼房新办公室里，坐在办公桌前休息一会喝着茶等时间到下午六点时拿出背包中买的面包吃了起来。闲着无事到其中一个房间躺着休息，直到晚上十点才起来，洗漱一下后到办公室桌前打开电脑看一些新闻等着时间快快过去，恨不得马上到约定的凌晨两点到来赶过去和秦见面。时间过得真慢终于看手机时间已与约定的时间差不多，来到一点半了。他从最高的九楼办公室走出来到电梯口，坐电梯刷卡直接先到一楼出来到停车区，空荡荡的只有自己一辆车，开车进入地下停车库来到地下三层，停车后进入大门口，这第三层是不对其他人展示的，是没有人可以进入地下二层和三层的。

下车关上巨大的电动铁门，打开灯开车直接在地下三层内沿着通道指示方向穿过整个园区朝南方向到达前面南洛基山前面一处树林的位置，然后开车到大门出口处刷卡打开沉重的钢铁巨门出去，门自动关闭。沿着外面已修建一条内部路继续一直在树林中转弯绕来绕去，就到了山中的树林中一处空地。开出道路尽头后又在这里修建的隐蔽的路，上面是碎石地基，道路两旁都是树木，树木下面地上都是各种杂草，再转弯出去约一公里，就是基地最外围临时布置的铁丝网拦着的边缘区域，看到一个门口用钥匙锁着，打开后开车继续出门，再行约五十多米已经没有路到处都是树林，记得再往前这里就是上次秦来时的地方，前面就是那个空旷巨大的空地。孟浩远下车先搬下三个箱子放在地上。从这再前面走进树林约一百余米就到上次的那片树林中留下的一处空地，上次在树林中亲眼看到秦乘坐的巨大飞行器飞快降落停留区域。孟浩远看时间还有，他费力地将三个箱子慢慢来回搬到树林边缘空地的树旁放下，等在外围一侧的树林中，在树下走出几步就是上次降落的一大片空地边缘，抬头可以看到这片空地和天上的星空。

又等了一会，还有大约七八分钟时间，孟浩远已经心里就开始激动起来，抬起头一直紧盯着上次飞行器飞来的方向，一动不动注视着天空上方。突然看到天空中从西南方向在平静无物只有星星闪着一些光点的黑暗天空中出现一团明亮的白色物体正在以极快的速度闪电般飞行，像是一颗彗星在天空中划过一般。就一瞬间时间只见它已从远处天际快速稳稳地已落在前面的空地上，然后慢慢调整高度垂直下降，顿时将地面喷出一层火焰，听到周围树木草地被烧焦的声音。它离地面约有半米距离后悬在空中停下，整个飞行物体全部是一个完整密闭体，看不出有一丝的缝隙。

他屏住呼吸眼睛紧盯着就在眼前的这个巨大飞行物体，这时突然间飞船舱门打开，舱内随着门被打开后里面的柔和白色光亮射出后照射在随后伸出的梯子上。伸出的悬梯一直自动检索直到延伸到地面后稳稳地停住。这时顺着梯子走出三人，应该是秦、汉还有一位跟在后面一起走出来。孟浩远看到这种场景仍然抑制不住内心的狂喜和激动，这是他第一次清楚地看到秦和汉他们三人从神秘巨大的最先进的飞行器中走出来的过程，第一次飞行器的出舱门方向直接是面对自己所站着的位置正面，可以清楚地看到他们从密闭的舱门打开后走出来走下悬梯，手中拿着行李箱。这可是一架来自宇宙遥远的阿勃特星球的巨型飞行星器，它现在就静静地停在前面，透着神秘的气息，浑身上下已经显示出它极高的科技信息，让孟浩远兴奋和震撼不已。此时的他真想跑过去上去看看，跟秦一起上飞行器中参观甚至乘坐这一飞行器去宇宙来一次远游旅行，到阿勃特星看看。

三人走下船后刚才伸出的梯子迅速自动收回，转眼就关上门，再看飞行器犹如巨大的鸭蛋形状般，前段略小后端较大中间略长，像一艘巨大的核潜艇，但是没有潜艇那般比例细长。乌黑的外壳全部是不知名的金属材料，厚重坚固透着寒光和杀气令人敬畏。整体飞行器关闭舱门后毫无缝隙，没有任何痕迹，成一个浑然一体的黑色物体，它像一个整装待发的卫兵一般，时刻保持着警觉，静静的等在那里，透出一股巨大金属物体的冷峻和寒气，又感到它随时会出击的一飞冲天或发出战斗武器毁灭所有对他有威胁的一切，它像是一个有灵魂生命的物体，你看不到它里面有些什么秘密，而他似乎可以看到明察周围的一切，都在它的掌控中，让人心生畏惧。

只见三人走下悬梯后直接向孟浩远站立处走来。孟浩远明白每次自己无论如何假想自己躲藏起来在隐秘处观察他们，他们应该不会知道自己的所处，但是每次的结果正好相反，他们早已知道而且直接过来，所以看似躲藏其实都没有任何用处，他们都早已在下降过程中了解西面周围的情况更知道自己躲藏的具体位置。他大着胆子从后面一排树后走出来迎向他们慢慢地走近过去迎接。秦和汉还有另一位神秘人他们随身携带着三个箱子，还有汉和另一人身上各背着一个大包。走出几步孟浩远停住脚步，因为三人走得比他快很多，而且他越是走近过去越是身体有一种提醒他的感觉，让他小心不要再往前走。等到他们三人走过来看到孟浩远后，他们才依次取下戴在头上头盔，孟浩远看到除了秦和汉两位老朋友外，另一位的长相也是欧洲人，年纪约在四十多岁，个子和汉差不多比孟浩远要高一点，身高约在一米八九，和上次在这里出现始终戴着头盔离开秦和汉保持一定距离在他们后面警觉的那人不是同一人，显然上次一直戴着头盔一起来是为了保护秦和汉，也是帮着运送行李的，他的身高比这人要略低一点。秦看到孟浩远站着等在这里，正好奇地在观察另一位同行过来的人，他保持严肃着说道："浩远你好，又见面了。你又已经提早来到了吧？来，介绍一下，这位是格兰德，他是我们的化学检验分析专家。"格兰德听秦介绍后神情严肃地点头致意慢慢说道："孟先生你好，我知道你，秦和汉告诉过我。"他可能刚刚接触中文，发音和交谈有些僵硬，不像秦和汉现在已经非常流利了，所以说完就不多说了。见他们两已经介绍消除了孟浩远的好奇，秦又说道："浩远，这次我们来，会在你这个基地待上一段时间，我们需要抓紧时间全方位了解地球，时间很紧迫。所以我们要到你们地球人类生活的城市中考察，了解你们人类生活。就我们三人，我和汉还有格兰德，请你帮助安排一下，基地现在应该已经完工了吧？"孟浩远一听秦这次决心要留下，顿时高兴起来，这正是自己所求，欣喜地说道："你能留下，太好了。我真心希望你们能够留下来。对了，基地已经基本完成，现在你们可以安全地住在这里。今天太让人高兴了。"秦继续问道："浩远，在这里住，有没有安全问题存在。"孟浩远说道："在基地里面住，当时建设方案设计稿反复修改就是为了你们如果留下的安全考虑，我觉得应该没有问题，等会你们可以检查一下。不过如果你们要出去到城里看看，进入我们的人类社会了解，还是需要仔细考虑的。好吧，我们进入基地再好好详细谈。"

这时格兰德戴上头盔，看不到他的脸不知道他在干什么，可能在联系飞船上的人，不一会飞船门打开伸出梯子后又走下来三个戴着头盔的人，孟浩远看他们的装束都是一样的，都是统一的深色工作服和黑色皮鞋，像是部队空军的穿着式样，默不作声神气威武透出一股寒气。他们又带下六个大箱子，走到树林边和他们在一起，目的很明确，放下带来的箱子后在秦的指挥下，顺便把孟浩远带来准备给他们的三个大箱子带回舱后关上门，箱子很好辨识是完全不一样的。格兰德站在稍远处一直在忙着和飞行器不停地联系着。一会儿没有等孟浩远仔细看和秦、汉在交谈，飞行器又迅速飞上天旋即向西南方向斜冲入云，马上就没了影子飞离而去消失在天穹深处。

此时格兰德取下头盔对秦点点头示意着什么。秦说道："浩远，现在基地这里有其他人吗？"孟浩远回答道："我们的项目刚刚移交，还没有正式开工，不过现在派人过来看守，只有四名保安负责整个基地大门和监控室安保观察，都在大门口和 A 号楼行政大楼的四楼监控室。我们这里走过去约一百米就到我的停车那里，又正是被南落基山挡住的地方，不会被人发现的。可以开车从地下密闭通道进入基地。"秦说道："那最好，我们抓紧回去，不要长时间在外面以免引起注意。"

孟浩远带着他们三人，大家各拿着一个带来的箱子，跟随孟浩远步行走到一处树林空地的停车处，汉和格兰德又返回取其他箱子过来，一辆车装不下所有行李和四个人，一次显然不行。秦说道："浩远这样，我和你一起先把四个行李箱带过去，最好放在我们以后的工作室中，这些是我们特意带来准备以后在基地试验检测分析用的仪器设备，以后它一定会有用。"孟浩远说道："好，就先到 D 楼区，那幢楼是特意为你们设计居住和工作的，有楼上有楼下，地下层也有隐秘工作室，没有允许，其他任何人不可以进来这里，当然除了我和设计人员都不知道 D 楼下面还有复杂的建筑。D 楼区周围已经种植了很高大的树木可以遮挡基地园区看过来的视线。"秦说道："好，就这样。过去看看。"四人将六个仪器箱子放进车中后，孟浩远开车秦坐在副驾驶位子，汉和格兰德等在这里。不一会汽车进入外围那扇围栏大门，孟浩远介绍然道："进入围栏里面就是基地范围。"孟浩远打开锁后上车开车，沿树林中的碎石路行到山脚下前面处隐秘的入口通道，在门口开启厚重的铁门后开车进入到地下通道，门自动关闭。继续开着车将秦直接带入地下三层的另一扇通道门口开车进入 D 楼位置，上面是 D 楼。地下三层是另有天地，是一个精心设计修建的功能齐全，安保极其先进严格的别有洞天隐秘的巨大场所。除了孟浩远没有人可以有权限进入。

这里三层地下的建筑有一个大约 200 平方米大小的会议室，正面是一个由十几个大屏无缝汇成的巨大的屏幕，可以分开单独检测观看，可以集中整个画面观看。它可以作为地下一处隐秘的监控数据信息联系中心，上面有地下二层。在地面上就是 D 楼，屋顶上专门建有最先进的数据通信铁塔基站。在下面监控中心可以看到外面以及周边情况，这些数据就是调用 A 楼四楼园区监控中心数据，在这里还有大量的服务器，计算机通信等设备，可以接收数据进行分析也可以实时观测。三层地下区这里面还有会议室、休息室，还有多间办公室，一处厨房，间里面设施一应俱全。另外设计建有一间大型工作会议室，还有五间大小不等功能齐全的实验室，用于检测分析化验等。边上还有十多个房间，里面一应俱全有书房、卫生洗浴区、自助厨房等生活设施，还有几间空置着备用，足够三十多人在这里同时一起开展研究工作和生活居住。这里地下三层有电梯可以直接上到地面那幢 D 号楼，它是远离其他六个建筑群的一处独立的一幢七层楼建筑。它周围树木已经种植俨然是一处绿色森林园区，可以遮挡视线非常隐蔽，周围还建有隔离围墙，路面进出有专用门。D 楼是整个基地最朝南的一个单独区，地面七层楼里面也有办公室、会议室、实验室，也有住所房间，和底下是两套功能齐全独立最让人无法理解的设计楼房。大门有独立门禁卡只能允许孟浩远和秦他们开启，其他人无法进入。二层地下部分有通道可以通园区内公司主要各幢楼，行政办公楼和实验楼等，可以方便孟浩远的进出。电梯和楼梯只能下到地下一层，进入二层和三层地下通道都有特别的门禁卡，一般人都不知道地下还有二层更不知道还有三层。各个通道口，电梯口设了很多无死角的高清智能探头 24 小时监控，这些信息数据直接可以连接到 D 楼地下三层隐蔽办公区中心监控室中。

秦可以在地下三层办公室或者 D 楼上七层办公，通过监控室或者连接到自己的办公桌电脑都可以看得到。安全设计上孟浩远花了很多心思和脑筋，在与中国建筑集团三公司设计团队交流时他提出的园区各楼复杂的一些功能要求违背一般的常理，譬如明明 D 楼楼上有监控中心和实验室，地下三层还要另设监控信息数据处理中心，设办公室和实验室等。A 楼四楼有专门的整个园区工作监控中心，但是在最高楼九楼的办公区也要设一个监控中心，这一层是孟浩远办公层。E 楼整幢已经都是实验室了，还要在其他多个地方建实验室。还有特别是地下层的设计，智能安全系统、监控系统、应急配电系统、通风系统、隐蔽功能等等，没有人会这么设计，造成通信数据线和实验室排风排污等建设过程的不必要的重复造成极大浪费，以及施工排线设备安装的很多难处。他们提出过疑问，建议规整布局，这样太烦琐功能布局不清晰。但是孟浩远没有接受，只能按他的思路设计施工。他们当然不知道孟浩远设计建造的地面建筑群只是为了应付外界，让人看到这里是研究中心在搞科学研究，都是装装样子而已。其实主要的就是 D 楼特别是地下区，这里是让它成为阿勃特星秦他们到来临时居住的一个基地联络点。要做到保证秦他们在地球上的安全。这次秦他们自己带来了一些箱子里面主要是各种阿勃特星球极其先进的检测分析仪器设备和检测试剂等物品。孟浩远带他们参观了为他们专门准备的独立 D 号楼办公楼和实验室，这幢显得有些神秘的建筑。

孟浩远驾车开到后卸下行李箱，留下秦在继续自由参观熟悉。他开车返回去接汉和格兰德他们，又往返两次后将两人及所有行李箱都搬运过来，车上留了三件行李箱是专门带来给孟浩远的。格兰德负责将携带的仪器设备暂时安放在已经准备好的完整的几个化学实验室内，同时看到他从背着的一个大包中取出一只金属笼子，里面是一种类似灵猫一样的动物，只见格兰德对它十分爱护，打开笼子，一只通体白色的大猫迅速反应，可能在里面憋得太久了，它慢慢乖巧的蹑手蹑脚爬出来，警惕地抬头四周看看，猫尾巴竖的高高的，然后一溜烟窜出房间很快消失在人们的视线中。孟浩远吃惊地看着格兰德，他并没有说什么，似乎是在说："让他去吧，我们不用管它。"可能他觉得没有什么奇怪的，就是一只他的宠物猫而已吧。不过孟浩远确实是这么想的，这是一只灵性的宠物猫，但是他另外想的是这次格兰德连自己喜欢的宠物猫也带来了，又带来了一批高精尖端检测分析仪器，说明这次秦他们来地球在基地待的时间会长，这不正是令他期待的一件事。那只已经逃走的白色的灵动猫，体型比一般的家猫大不少，眼睛很有神，反应机灵动作十分轻巧。

孟浩远根据秦的要求在基地专门为他们在 D 区 D 楼建成了独用的一幢楼，楼上有独立实验室，还在地下三层建有完整的另一个隐蔽实验室，公司内和外面都不会知道这幢 D 楼的实际用途，更不会知道地下三层的结构和功能。实验室里面配置了目前最先进的各种仪器和专用的高精度检测分析仪器、试剂等实验室用品一应俱全。园区内还有一个公司对外公开的实验室研究中心在 E 楼实验楼，基本配置是一样的最先进仪器，作为公司可以公开对外参观，以后现场采集的矿石等样品检测分析就在专用实验大楼进行。

　　通过地下通道孟浩远开车来到另一栋双子行政楼 A 号楼主楼九层的行政管理楼办公楼，四人跟随他乘一部专用电梯上楼，大家一起来到孟浩远的办公室，在一间小会议室孟浩远让他们坐下后忙着烧水倒茶，然后几人随意地围坐在会议桌前一起喝茶和开始商量。孟浩远说道："秦，这里就是建成后的基地园区，除了 D 楼外，这里是对外的主要园区，有 A、B、C、E 各幢楼，还有附楼等建筑群，都有不同的功能，可以说目前这里已经是一个完整的公司研究中心。你前面提到的问题，现在时间已经很紧迫，这次为什么要抓紧再去地球多了解？是不是和上次你提到的'R-U 云星系'正在朝太阳系方向运动有关？还有你们在基地内部可以做到非常安全，但是如果出去到城里了解接触社会和地球人类，可能会遇到一些不确定因素。"秦听了孟浩远的话，心想果然他是一个聪明人，他的担心确实如此，太阳系及地球可能会被运动着的"R-U 星云系"摧毁。所以阿勃特星球对这次科学考察要求抓紧时间对地球多了解以防不测，因为一直在宇宙探索已经有几百年之长，目前发现的有生命的星球，他们只发现地球一个。可却遇到如此的宇宙运动变化危机，一旦被摧毁就很难再寻找到类似的人类文明和地球生存环境，所以需要抓紧尽可能多的了解地球上的一切。他没有直接回答，这个话题目前暂时不讲为好，生怕引起孟浩远的伤心和失望，说道："孟浩远，多了解地球人类文明是我们探索宇宙的责任。你说我们留在基地可以保证安全，出基地以后为什么就不安全？"孟浩远把每一个国家公民身份信息证明管理情况详细描述了一番后说道："我们人类居住在地球上无论哪个地区，每个国家都有一套对公民的身份管理方法和数据系统，方便检索查询和管理。你们是无身份的外星球人，万一遇到警察查询，拿不出身份证明就麻烦了。这可是个经常会遇到的问题，因为需要给你们保密。"汉说道："孟浩远，你把美国这里的身份管理具体情况告诉我，我们自己会有办法解决身份问题的。"孟浩远说道："没有那么简单吧。你确定可以有办法？"汉说道："你要让我们知道然后试试，譬如通过进入他们的管理系统添加我们几人的档案信息。至于你说的这张卡片也很方便的，我们会自己解决。"孟浩远一听吃惊得张大嘴："是吗？你有办法做到？真不是开玩笑的？这可不能出任何差错的，否则很麻烦。"

汉点点头。接下来又对秦他们三人在基地内对外的身份进行安排，以防备基地内和外面人员的注意。安排后他们三人都是公司行政管理和高级技术人员，由孟浩远直接安排，汉负责公司内部的保卫安全，信息联系。格兰德负责实验室技术工作。秦对外是技术负责在汉的手下，方便公开在一起联系。孟浩远说道："你看你们穿的衣服和我平时穿的衣服差距太大了，需要马上更换才不会引起注意，穿你们的衣服不合适出行，一接触我们地球人马上就会被人注意，完全不同的衣服，要出去在街上行走肯定是不行的，太容易引起人们的好奇和注意了。不过我已经准备好了，有预感你们这次可能会留下，准备了两套服装，一套是公司统一的服装，还有平时出行穿的普通人衣服，每人有几套都是这次在商场新买的，放在 D 楼地下三层在秦的房间里。以后我再去买一些备用。另外 D 楼地下一层有一辆黑色的 SUV 新车是专门买来给你们准备需要外出使用的，不知道你们会使用吧，另外也需要驾驶证防备有警察会检查。汽车可以试试很方便的。秦办公桌上有一个信封里面有一些现金，你们出门时一定要带上，在这里会用上的。

等孟浩远与秦他们交谈并安非好这些后，汉从他的随身携带的包里拿出上次孟浩远特意买来送他们的其中一套，一个华为笔记本电脑和智能手机递给孟浩远。孟浩远不解地看着秦，说道："这可是我专门送给你们的了解地球人们工作和通讯用的智能电脑和手机，怎么……？"秦说道："浩远，是这样，你拿着。谢谢你上次送我们地球人类使用的电脑和手机，我们带回去进行了研究。为了方便我们以后更好的联系，你送的电脑和手机，另一套品牌的我们留着收藏和作为继续研究了解。这两个就还给你，记住了，我们已经对它作了改造，怕引起注意我们保留了原本外壳形状样子不变，所以外表看和以前基本是一样的，不过里面电脑内部和手机里面的所有东西包括操作系统硬件等被我们全部用定制零件更换，重新安装了我们的智慧芯脑和其他硬件。你们的这种电脑设计架构和性能包括电池使用等还是很低端的，通讯手机也是同样被彻底改造了。记住这台电脑和这部手机是千万不能主动给其他人看到，更不能给其他人使用，它只属于你。和你的头脑超级智能微光子芯脑是匹配的，只能是你自己一个人使用，其他人也无法开机使用。"孟浩远一脸愕然，尽管他知道阿勃特星的科技已经和地球有代次级别的巨大差距，但是这样的改变让他惊喜万分又不免感到非常失落，地球与阿勃特的差距看来永远存在无法追上。孟浩远呆呆地坐着看着汉放在他桌上的这两件东西，汉又把头盔拿出说道："孟浩远来，给你传送一些东西。"孟浩远醒转过来，说道："好，太谢谢你们了。"汉给孟浩远戴上头盔，十多分钟后又有大量阿勃特星的新数据传送完成。等取下头盔后孟浩远感到激动兴奋又有些失落，地球文明和阿勃特星球文明程度科技差距真的是太巨大了，这些资料可能只是他们不属于最高等级机密，可以正常公开的信息。那如果是他们尖端的不可泄露的最高等级绝密的科技呢？唉，真实的差距到底多少根本无法来判断。

二

今天晚上三人就在行政楼 A 楼九层楼孟浩远办公那一层，每人都有一间标准房间休息，里面什么都已经准备。由于已经很晚了孟浩远不好意思再向秦问询"R–U 星云系"运动这件最大的事，但是心里一直想着整晚翻来覆去睡不好。

第二天早上七点左右孟浩远已经早早起来，在厨房里准备面包牛奶和鸡蛋早餐，大家坐在会议室一起吃好早饭，站在阳台上远望出去周围一览无遗，视线非常好，南面远处的南落基山阻挡住森林中的秦飞行器降落地，周围是一片森林，山上也覆盖着树木。

今天孟浩远想带他们到市区去看看，吃完早餐后秦三人已经更换衣服，三人跟随着孟浩远乘电梯下楼，来到地下一层车库，巨大干净的车库只有孤零零一辆车停着。上车后孟浩远开着车出地下车库到地面道路，很快就到了园区大门后刷卡驶出二三十米距离就到了四号州际公路口，右转进入往东一直行驶准备前往市中心去考察。

上车后孟浩远不经意发现三人昨晚上都没有戴眼镜，今天都戴上了，镜架不一样镜片大小和形状差不多，马上反应过来，这是和自己的眼镜是一样的可以方便记录所见画面信息数据的智能特殊眼镜。开着车一路行驶，孟浩远一边介绍这里的情况，秦他们对一路所见到的真实情况认真而严肃地头转出向窗外看着，公路两边地貌路景，路上行驶的车辆等等。很快汽车已经到了陨石天坑景区。孟浩远开车转进去，他要特意带秦他们进去现场看看这座数亿年形成的一个自然陨石天坑，会不会与宇宙外太空飞行物有关联或者行星，碎片陨石有关呢？他希望来自阿勃特星的人类看到陨石天坑后会有什么想法和看法，能否发现一些线索揭示人类还不知道的秘密。

汽车停在了天坑边上的停车场后，此时是上午早上九点多，这里还没有游客到来。三人一起步行随孟浩远往天坑方向走去，他们不知道孟浩远带他们来这里的原因，四人走到了巨大的天坑观景台围栏前驻足观看，孟浩远说道："秦，这是美国的一个自然景观，是一个巨大的陨石坑，年代已很久了，来这里参观的游客不少，都是慕名而来，来自全世界各地，我们基地离这里是最近的，正好顺路经过，你们参观一下看一看不知道有什么看法。"秦和汉他们听着孟浩远介绍这个自然天坑的情况，三人脸上看不出表情，显得异常镇定和平静，似乎对此不以为意，默默地站着看着巨大的深坑。这个巨大，深的令人胆寒的陨石坑来参观的人都会惊叹而感到莫名的震撼甚至被宇宙世界的天外来客所害怕担心，地球实际很脆弱，如果有一颗巨大的星球直接撞向地球那后果不敢想象。他们的表情让孟浩远觉冷静得不寻常。他们似乎是在思考着，不经意地又会抬头看看天坑上方的天空，也不言语表现得非常自然随意。孟浩远却两眼一直盯着看他们每一个人脸上的表情变化，不过看不出他们的表情上有什么明显的反应。孟浩远感到奇怪，秦他们看到数亿年史前地球上存在最大的天然陨石撞击爆炸后留下的深邃的天坑，应该会有感到震撼或许会发表一些想法的，但是看他们竟这么平静地默默注视着它，也没有任何表示。似乎他们并没有对巨型天坑表现出特别的兴趣和谈论看法，这是怎么回事？只好主动向秦询问道："秦，这可是地球上最大的陨石撞击形成的天然巨坑，你看这是不是宇宙中天外来客飞天而降的陨石或其他什么东西撞击造成的巨大天坑？这里有没有其他意义？"秦沉默了一会平静地说道：

"孟浩远，原来你带我们过来特意看这个天坑是想知道我们对它的看法。好吧，我的看法是，你们已经对这个天坑形成了结论，认为它是外部小行星陨石撞击形成的巨型陨石坑，而且找到了陨石是这样吧？"孟浩远说道："是的，天然陨石坑介绍就是这样的。"秦说道："好吧。有了这个结论。不过天坑形成后，它后来还有一种可能，天坑还被其他一种宇宙中外太空飞行物体落地造成过第二次或许第三次着地撞击留下的不同的痕迹。噢，告诉你，并不是我们的飞行器。我们是第一次来地球访问。我们的飞行器是可以悬浮状态停在空中的，不会对表面有特别的撞击和损毁，而现在仔细看到初步判断它是以直接落地的方式落下，一瞬间又发生一些撞击痕迹。"孟浩远看着秦平静地谈着他的想法，心里骇然狂跳起来，秦确实有他的判断竟然还冷静异常，看来他看得太多已经不足为怪了，不过他的解答对自己可是从来没有想到的一种全新的结果。他怎么会仅仅观察没有多时间，就会有这样的分析判断。这么重要的新看法，是第一次听说，太令人惊奇了。秦说起来几乎没有什么激动兴奋，只是以自己的眼光分析客观的状况和推测可能发生的情况。第一次站在天坑边上看深不可测巨大无比令人胆寒和充满联想的陨石天坑，第一次和来自阿勃特星的秦和汉、格兰德三人静静地站在旁边，第一次听秦以极其平静的表情语气分析他的看法。这种感觉让自己真的有种说不出来的境况，仿佛自己和他们是在阿勃特星上的某处。秦的这种观点顿时令他非常震惊和害怕，里面的信息太多太复杂，太恐惧了。他顿时身上直起鸡皮疙瘩又一头迷雾，还从没有人得出过这样的推测分析，实在太离奇了。难道宇宙中还有第三种人类生命体已经访问过地球？又悄悄地离开？看来宇宙中除了地球和刚刚发现接触的阿勃特星球以外还有第三种人类文明？这里的地块为什么都被他们选择为降落的地址？这太过神奇了和巧合了，秦选择的降落点距离这里并不远。他心里有些发毛，眼睛一直盯着秦在看，满是期待和疑虑，希望有更多的解读。

不过秦依然神色平静，他突然说道："走吧，看来拜访过地球的客人，我们不是第一个。"他不想再多说什么，但是他并没有紧张。孟浩远一听，心里刷地一下子更加紧张起来，脑子里开始有太多的想法，也开始更加担心起来。秦的一句清淡平静的话"看来拜访过地球的客人，我们不是第一个"让他浮想联翩。912 地块周边地区，这个地方如果都被其他天外来客选择作为降落地，一定有它特别的道理，这里除了地域广阔荒凉没有人生活开发过的痕迹，便于降落外，应该还有其他原因，不会是巧合。按照秦的分析说法至少应该还有比地球更高等级文明的星球存在，所以它能够到访地球，我们做不到。另外外星球文明曾经到访过地球，那后来它为什么又突然消失了，不再继续过来？他们的文明与阿勃特星球比又会是怎么样？看秦、汉和格兰德三人的表情严肃并没有慌张，神色一直十分镇定。判断他们看到地球陨石坑分析出地球以外曾经有外来文明访问过，他们并不是很害怕。对了，那只能说明阿勃特星球的文明程度比到访过地球的星球文明等级要更高。曾经到访过地球的宇宙中其他星球文明，它要比秦生活的阿勃特星球文明程度要低，否则一定会引起三人十分紧张和认真的。看他们的举动表情，始终表现出沉着冷静没有慌张，对，肯定是这个原因。

孟浩远见秦想着离开，说道："好吧。谢谢秦！你刚才提供了非常有价值的重要信息。我们走。"说完四人一起回到停车场上车，孟浩远开车出来一路行驶，路上他想着心事默不作声，不像刚从基地出来一路兴奋认真的介绍。他认真地开着车，三人也继续好奇地关注着汽车驶过一路上看到的窗外情景，认真地在观察着。汽车一路开着经过近两个小时后已经接近城区，经过一个大型服务休息区，车转进服务区下车加油和休息。他们有兴致地看着孟浩远在加油站自己加油，然后四人一起来到服务区一家咖啡店，坐下休息。孟浩远为他们点了咖啡和点心坐着吃了起来，现在三人身上穿得服装都是孟浩远提供的，穿得很是休闲普通与其他人没有什么区别，不过他们对周围的人和所有的一切都充满好奇和兴趣地看着周围，同时眼睛都专注地观察着周围的人群保持警惕。服务休息区有商店和往来经过的各种车辆停下后休息的车辆和人，也是一个小型的人类活动区域。看看来这里休息区进出过往的人群和交谈对他们来说也是第一次，有了更多很直接的接触了解。休息一会后秦看看孟浩远有些期待，有更多的对这座城市的了解和好奇，说道："孟浩远，休息的差不多吧，我们还要赶路，走吧。"孟浩远说道："好。那我们就出发。"

四人走出咖啡店又走进了一家商店，边走边看着各种商品。三人分散开有兴趣地看着店中的各种商品和顾客，孟浩远要在店里买一些瓶装水和饮料，准备带在车上方便饮用，秦他们自己在店内四处走动看了起来，等孟浩远买完东西，找到秦示意可以离开了。三人陆续出来跟着孟浩远走回到停车区上车，然后孟浩远驶出休息服务区继续出发一路前行。一个多小时后汽车终于进入了比较热闹的城市中。

孟浩远一边开着车一边开始热心地介绍菲尼克斯城市概况和特点，还有经过各条主要街道时的风景点以及各主要街区特点，这是秦他们在地球上看到的第一个城市，第一个街道，第一个人类集聚的城区。所有的一切都是令他们感到好奇想要了解。他们只是在认真看没有谈论看法。汽车已经进入到市中心城区，这里的城市建筑沿着街道一幢幢连起来，形成布局和风格不一样的每一条街景，沿街的一家家商店都开着，进出商店和在街上走动的行人并不是很多，不过已经看起来热闹多了。孟浩远开着车行驶在城市里主要的几条街道，绕来绕去地沿公路边开边介绍，让他们可以看到城市内大概的情况，以便在短时间内有更多的感官了解。这样开车行走参观了约一个半小时后，已经将这座城市主要几个街区和大道都看了一遍。他想到还有一件事情需要连接好，就是秦三人以后在"912 科技研究中心"工作正式对外身份，以防万一和引起人们的猜疑。孟浩远昨天就和秦商量时谈到这件事，经过秦的同意，所以今天来到菲尼克斯后将车开到了自己的"浩瀚探索科技有限公司"总部去找杰瑞里。昨天接到孟浩远电话后的杰瑞里一直在公司等候，等孟浩远带着秦等三人一起进入商务大厦乘电梯上楼来到了公司前台处，马上由前台接待通知杰瑞里。等他出来迎接看到孟浩远还有其他几人，早已经高兴地领着孟浩远进入公司会议室内坐下。他注意跟着孟浩远后面有三人一起过来，脸上严肃谨慎不言语，都戴着眼镜。到会议室坐下后孟浩远对杰瑞里说："杰瑞里先生，来先介绍一下，这三位先生是我特意请来的技术专家，他们都是高级专家。以后公司研究中心的研究工作需要他们的帮助，他们的工作主要是在公司的基地 912 科技研究中心，这是第一批高级专家，请杰瑞里先生要安排好他们在那里的生活。912 科技研究中心需要的其他管理、各种技术人员和各种岗位服务的工作人员请你负责按计划招收尽快安排试工，争取在一个月内完成。我们需要在生产一线开始试生产，进行开采矿石和分析检测调试等工作。你知道由于那里地处偏僻，待遇方面可以考虑比其他公司优厚一些。同时你要安排好这三位高级技术人员的工作签证等身份手续。"杰瑞里笑着说："孟先生，我明白了。请放心吧，我会按你要求尽快安排的。"秦他们三人的身份信息原始资料都已经由汉通过他们技术手段轻易地进入政府管理部门系统内悄悄注册添加，而且做到神不知鬼不觉，没有人会发现的了，对他们来说还是在太容易了，而且他们的出生地都分散在三个不同的欧洲小国家中，同时也修改增加了信息数据，档案信息都已经齐全，所有三人有完整的数据信息，身份信息都是可查的，非常真实不会有漏洞。他们现在的信息已经正常地融入美国数据系统内，和正常的美国人是一样的。杰瑞里看这三人是孟浩远亲自邀请的高级专家，而且对他们非常尊重，所以也是十分小心恭敬有加，陪着大家一起参观介绍了公司概况。这也是孟浩远第一次完整认真地参观起自己的公司总部和听杰瑞里介绍。秦他们三人态度严肃不苟言笑似乎不想多讲话，只是在认真地在听。杰瑞里感到他们是高级专家又是孟先生特意邀请过来，自然有他的道理，也不多问。三人显得身份有些和常人不一样也见怪不怪了，他心中暗暗高兴，912基地在荒地上已经建成，设计和建造都是非常漂亮的一处园区建筑群，是四号州际公路上最完整又气派漂亮的一家公司了。所以经过的车辆会惊奇地发现这里还有这样一家漂亮的规模不小的公司，会停车在公司门口好奇地观看起来。现在邀请了高级技术专家和将要招更多的技术人员在那里开始研究开发和工作，看来公司真的是考虑长远，要好好干下去了。

很快公司参观介绍完，杰瑞里对接安排好三人的有关工作手续，孟浩远带着三人离开公司又开车来到市中心后，将车在一处停车场停下，陪他们到市里开始边走边看，第一次直观地走在路上与行人迎面而过，看着这里的一切秦他们都感到新鲜，能了解地球人类生活环境状况是他们此行到来的目的之一，他们显得很感兴趣。经过秦汉的多次接触现在格兰德也已经有所了解会说一些，三人都已经会中文和英文了，更方便此时的参观和交谈。孟浩远突然想起一点，将自己的护照拿出来递给他们看："秦，你看，这是美国这个国家对需要进入他们国家的每一个人进行身份登记和办理，这是一种身份证明，乘飞机住酒店出行都会被核查的，没有身份证明出行是会遇到困难的。你们在这里生活需要办理这种证明或者是美国的当地人的身份证件。"秦拿过在手盯着翻看起来，轻轻地说道："浩远知道了，谢谢你的提醒。我们自己会想办法的"。汉看着秦两人眼神交流了一下，秦轻轻地点点头后汉也接过在手中认真地翻看起来说道："孟浩远，你回去吧，我们三人想自己随处看看。放心吧，我们会小心谨慎的，我们想自己到处看看多了解一些情况。以后如果你没有特别的事不用过来，你现在有你的工作，保持随时联系。这里公司内部你已经衔接好了，我们会自行安排的，等晚上回基地你安排好车就等在公司楼下停车场那里送我们回去，提前告诉912基地的保安就可以了。"孟浩远心想他们想自己更多的自由活动到处看看，看来我在他们身边会觉得不方便，所以要离开自己。也好，他们有自己的一些秘密不想让人知道，说道："秦，这样可以吗？"秦点点头，看来他们三人在一起还有其他事，这样会更自由更方便一些。孟浩远欲言又止，秦知道他想干什么，于是说道："浩远，我知道。今天不着急。我会联系告诉你的。"孟浩远想的是"R-U 星云系"活动的最新情况。秦当然知道他所想，所以告诉孟浩远不急。见秦他们真想三人自己随处看看只好说道："好吧。你们在基地吃饭，我已经都给你们办好，多买了一些食物，自己可以加工，等回基地时由公司杰瑞里安排送到车上，我会安排他再买一部分食品放在车上。现在基地还没有正常运行没有什么人，最近一段时间只能靠你们自己在基地解决了，你们住的房间里什么都有，还缺少什么，有什么问题联系我，我会安排人送货过去。"说完孟浩远又拿出电话马上联系杰瑞里要他安排好车等在公司楼下停车场，并叮嘱他在商场超市多买一些生活必须品，特别是吃的食物一起放在车上，送三位高级专家他们回到基地。安排好这些后孟浩远问道："秦，真不用我陪你们吗？"秦笑着说："是的。你在我们反而不便，我们要自己看看，这里你已经安排得很周到细致了，放心吧，没有问题的。"孟浩远见秦坚持让自己先走，他们需要有自己的空间多走走看看，只好这样。他从自己背的背包里拿出一个厚信封递给汉说道："汉，这是你们在外面购物需要的钱，在基地房间也准备了一些怕你们没有拿，又给你们准备了，里面是两万美元，你们进入地球人类社会考察离不开它会用得到，你们自己可以在商店多买些喜欢的衣服，你看这里人们的穿衣和你们过来时穿得都不一样吧。"其实早上出来孟浩远已经想得很周到，这次来知道他们会留下，所以还买了不少衣服，出来时已经换上孟浩远给他们买的衣服，要不然穿他们自己的服装就有些奇怪了，和正常的社会上人们的穿衣风格特点样式完全不同，显得很不适合怎么能融入地球人类社会？一踏入菲尼克斯城市就引人注目太招人了，完全会被引起注意。秦和孟浩远说完相互道别，他们更愿意自由自在好好在这里到处看看。和秦他们道别后看着秦三人走在城市人群中很快消失，孟浩远只好回到停车场准备开车，秦三人离开孟浩远后聚在一起商量一番，然后三人分头行走，秦和格兰德一起，他的英语和中文还没有经过交流不太熟悉，汉就比较老练单独一路，他们很快就淹没在人群中消失。

孟浩远在车上将秦这次带来的三个大箱子一个接一个在后座打开检查一番后，拿了一些资料出来放在自己背包中，其他的资料和钻石被他开车到又一家大银行保险库中存入，这已经是他分开存放的第三家大银行。每次秦他们带给他来自阿勃特星和中继星基地的东西都是无价之宝，包括箱子一起全部都会存入不同的银行，主要担心如果一直连续存入在同一家银行会引起银行的注意。这次汉交接箱子时没有特别提醒孟浩远，说明这次箱子中的东西与前两次基本是一样的，有非常重要的资料和三种大小规格的钻石，所以他对这些钻石并没有再仔细查看，每个箱子打开稍稍清点过目略查就看一下后拿出部分资料放在自己背包中就合上箱子关上。开车直接到银行办理存入保管业务。等在银行主要的事情办妥后一身轻松只有自己的一个双肩背包，然后开车到租车服务公司办理交接手续还回汽车，没有停顿就在外面叫了一辆出租车，直接到机场买了机票当天回马萨诸塞州波士顿城，回到自己的那幢独栋大花园房子。

912基地下一步接着要开始对基地园区以外的地面进行试验勘探作业和实验研究检测。这也是为了掩盖这里花这么大资金和精力建造了规模不小有不少建筑楼项目，需要应对外人的疑问所进行的正常开展的工作。基地的试生产作业需要招用一部分人员开始在公司 912 园区工作，也需要购买生产作业设备和实验室设备、试剂、仪器等大量最先进高精密检测分析仪器，还将要持续的投入大量资金。孟浩远在考虑到时候请伯格来菲尼克斯见面一次和他商谈再出让一部分钻石。

不过现在孟浩远心里还记起的一件事，是这次汉带来的由他们经过彻底重新设计改造的那台华为智能手机和智能笔记本电脑。这两件电子设备汉再交还给他时，是从他随身携带的包里拿出来的，在孟浩远的办公楼会议室交谈时亲手交给他，并特意叮嘱孟浩远这两样东西已经被他们定制改造过让他用心学习操作，会帮助他联系和工作，而且只能由他自己使用，不要轻易让人知晓和被发现，这是一台外表并不起眼，但是很不一样的特别的笔记本电脑和不一样的一个特别的智慧联系手机。只是外壳还保留原来的华为字样的笔记本电脑和手机型号，表面看起来很普通没有特别，其余内部硬件和操作系统部分应用软件全部是阿勃特星科技，是为了掩藏里面安装的阿勃特星的高代次的智慧芯脑和电脑器件和通信设备，他们到底有多神奇可以发挥怎么样的作用还不知道，孟浩远作为大学专业学习计算机电子信息的已经内心躁动兴奋极其期待了。

这次和秦他们的会面让孟浩远心情好多了有来自阿伯特高级星球文明的秦他们在心里踏实一些，他们第一次留在地球意义非常不同。尽管在经过天坑公园景点参观时秦的一番话让孟浩远暗暗吃惊，出现了新的担心。但是秦他们现在会在 912 基地待上一段时间，对孟浩远来说无疑是最好的一件事，可以及时与他们联系，暂时稍稍放下心中一直的担忧。他关注秦上次告诉他关于在与宇宙世界中另一个宇宙空间"R-U 星云系"向太阳系方向快速运动的大事，昨天他想急于问，由于时间关系没有多说，被秦打断了，刚才分手离开时他欲言又想问秦，秦知道他的想法不过暂时没有说。不过他判断至少可以说明现在可能还没有到十分危险生死存亡的地步。否则，秦他们不会不知道，不可能冒着生命危险突然来到地球留下考察地球生活一段时间。不过接下来等晚上有时间一定要好好再问问秦情况。

　　孟浩远最近一直在忙碌着，艾琳已经注意到，她看在眼里，不过她知道孟浩远对数学研究的投入和智慧，所以对他很放心，给他充分的自由不会去多询问打扰他。每次孟浩远要外出参加活动时，都不隐瞒自己出行的目的地和时间，他会告诉艾琳，上次去亚利桑那州，说是那里有来自中国的朋友去看看他们，这次又要到亚利桑那州，说是去谈一些自己生意上的事情。表面上这些活动时间安排上都是真实的没有说错，只是他没办法把具体的细节和真实的目的全部原原本本告诉她，这会让她受惊吓。艾琳也从来不会细问，信任孟浩远就不要多问。但是她确实有些不太明白，孟浩远在学校继续读博和手中安排有科索教授留下的教学任务应该已经很忙了，他哪还有空到亚利桑那州忙着生意上的事？孟浩远也不是做生意的人啊，他在帮其他人做什么生意？还是他自己真有生意？他可从来没有说自己是个富有的人，还自己做生意，一直说自己就是一个普通人。不过他说有一个特别好的朋友相信他，会委托他办一些商业上的事情，譬如投资艾琳父亲医学研究中心抗癌新药。最近见到孟浩远时发现他身上行为突然有些反常，往往会一个人关在书房中一个人在冥思发呆或者在后面的大花园中抬头望天呆呆站着，表情不安焦虑像是在苦苦思索。而一旦自己问孟浩远，他的说法是他一直陷入了一个数学求证的研究思考中，让自己不用担心。特别是自从上次参观了美国国家天文台回来后，整个人变得更加心事重重的，不像以前那样阳光开心。自己还只是在周末时回来就看到他这样的状况，平时一定更是如此，难道和参观国家天文台有关？有些什么秘密？艾琳心里担心起孟浩远来。

三

　　从机场出来后孟浩远在门口招了一辆停在路边等候的出租车，乘着车回到自己的花园大楼房。车停在外面主路口路边下车后沿着自己房子的入户路走进来。汽车的声音并没有让屋子里的艾琳听到，外面的主路上经常有汽车经过她不以为意。等孟浩远背着包步行走到门口，门开着，从门口看到艾琳正盘着腿坐在客厅里的沙发上，沙发前面的茶几上放着一杯茶，只见她正在看着电脑，电脑里播放着音乐，艾琳正摇头晃脑高兴地在边看着边听着。听见孟浩远进门后叫着艾琳名字发出的响声，才抬头看向门口，见到孟浩远突然而到。高兴地赶紧起身鞋也没穿光脚小跑过来。孟浩远背着包精神看上去不错，面带微笑地看着艾琳，来不及放下他随身背着的背包，直接迎过来两人一下子就抱着在门口亲吻起来，两人小别一周，感觉好像分开了很久彼此心里关切着惦记着。拥抱在一起感到相互身体的热量和一种奇妙的激动和兴奋让人心跳加快，感到无比快乐愉悦，久久抱在一起，不想让任何事打扰这一刻。过了良久孟浩远轻轻地亲吻艾琳的头发、脸庞，慢慢地松开手放下身上背包说道："艾琳，我回来了。你还没有吃饭吧？"艾琳说："没有。我不知道你什么时回来，我准备了快捷套餐。"孟浩远说道："你一周难得回来一次，学校里学习和课题研究实验一定很辛苦。好吧，让我看看冰箱里还有些什么？我来为你做饭吧。"艾琳才松开手跟着孟浩远走到厨房打开大冰箱开始翻找冰箱内的食品，看看里面没有什好的食材原料。孟浩远不由得说道："哎呀，冰箱里没什么食材料理了。走吧，我们出去吃饭吧。时间有点晚应该还来得及。"艾琳一听很高兴，今天孟浩远心情很好，不像之前经常看到他一个人脸上恍然若失愁眉苦脸站着或坐着都在发呆让人担心。看来他的数学研究问题有解决思路了，一起出去可以散散心，也免得孟浩远刚回来就要忙着做饭了花费不少时间，笑着说道："好吧。"孟浩远腾腾几步跑上楼把包放回到自己房间，洗一下脸梳理头发后又快速跑下楼，说："走吧，艾琳。"两人一起走出门后上车，艾琳抢着要开车，孟浩远刚刚坐飞机回来一路上疲劳，让他稍稍休息一下。

　　两人高兴地开车出门，大概汽车行驶二十分钟距离，那里有一处商业综合场所，有商场和数家餐馆，其中有一家当地出名的墨西哥餐厅，那里一直是当地去吃饭的一个热点地方，就准备去那。艾琳看孟浩远脸上洋溢着笑容和轻松的神态，俩人在车上开心地聊着。艾琳开着她那辆买的二手车出小区行驶在路上，车辆很快驶入主路，外面街道上看到行人三三两两地走在夜色下，灯光已经开启，显得城市夜晚不一样道的景色，两边的街道商店开启着，不过人流量并不太多。孟浩远感慨这些商店如何做生意，顾客太少了，大型的商场很大，内部装修得也很好，就是顾客不多，连着的一些小较小的商店顾客进出也不多。

他在心里想着这时间秦他们三人应该已经乘上公司派的车在回基地的路上了。半小时后车经过了几条街道来到靠近市区边缘的地方，这里周围商店少很多。看到一处建筑群有几幢楼占地很大，这里地势越来越高，高出市区不少，是在一处高地边上周围是树林，站在这里可以看到市区内的大部分景色，让人感叹原来还有一个独特的环境。这家里有三家餐馆，还有咖啡店等几家商店和一家大型商场，人们在这里可以购物休息和就餐。看来选择来这里是非常明智的，其中有一家就是孟浩远从网上了解到的一家名叫卡卡的墨西哥餐馆，在这座城市也是很出名的。汽车已经到了卡卡墨西哥餐厅区域外面的停车场，停车区很大很简单像是一个大型露天广场，可供三家餐馆和几家商店一起停放车辆，看着足可停一百多辆汽车，地面上简单划着一个一个整齐的车位，可以供游玩购物和就餐的客人随便免费停车，此时停车广场里面已经停了很多车。

两人将车停好后下车一起走向后面的一排商业区，边走边欣赏着城市中心区的景色，这里是高处看城市全景有一种不一样的城市美感。走五十米左右已到了餐馆区，看到其中一家卡卡墨西哥餐厅，门外的灯光明亮店里顾客很多。这是一座一层楼建筑的房子，占地很大。今天是周末的晚上，餐馆里的客人很多，没有预约的顾客需要在门口排队等候，等有空位再会安排进入。孟浩远没有想到这家墨西哥餐厅生意这样好。由于这里地理位置好，餐馆有特色很吸引人，可以边休息就餐边在外面或店里看看市内城市的景色。

来这家餐馆专门吃饭的有来到城市旅游的客人，有城市里的老顾客，通常这里一直顾客很多生意很不错。看到这种情况孟浩远有些尴尬，两人已经花了时间专门开车过来吃饭，如果重新再往其他地方去又要花时间，而且现在天已经太晚了，附近的几家都是快餐馆和小型的中餐馆人不多，门口没有人等着吃饭的，只有这里人多热闹，不过那两家没有什么特色不太想去。孟浩远看到这种情况心里有些着急，脑子里在想办法试试。于是自己一个人悄悄走上去，看到柜台一位年轻的女服务员低声说道："不好意思打扰一下，请你们经理过来一下可以吗？我有事找他。"接待服务员是一位年轻的黑人姑娘胖胖的身材，穿着餐馆的统一黑色服装，眼睛大大的很有神，她正忙着为客人安排座位。看到眼前站着的孟浩远是一位英俊帅气的年轻人，他眼神透着真诚和智慧很有气场，不像普通人，说话也很有礼貌。她吃不准这位先生找经理有什么事，还是礼貌地说了声："好的，先生，请稍等。"等忙完她手头上的事，匆忙走了进去。没过多久餐馆里面走出来一位年纪看上去约莫在五十多岁模样，个子不高皮肤棕黑色体貌特征像是墨西哥人的男子，和黑人女服务员一起走过来，旁边跟着那位接待服务员在跟他说什么，等走近后对孟浩远说："先生，是你找我，有什么可以帮助的吗？"孟浩远看这位墨西哥餐厅经理笑着点点头，又悄悄拉他走出几步离开柜台，到边上人少的一角悄悄说道："是的，找你有事。经理先生不好意思，今天是我第一次陪女朋友一起慕名而来想品尝你们卡卡墨西哥餐。事先没有预定，想不到你这里生意太好了。你看可以给我一个帮助吗？这对我很重要，她是专门提出想要品尝你们这里的餐品。"经理一听懂了笑着说道："先生，对不起。现在这里很忙已经没有位置了。都是客人提前预订的，你看客人都愿意来品尝我们店里的餐品。他们都在排队等，很感谢你的信任，请你排队耐心等待吧"。说完就想离开，孟浩远一听马上从口袋中悄悄取出准备好的一张一百美元纸币迅速递给经理，两人的背影正好对着艾琳挡住视线，否则艾琳看了肯定会不乐意，宁可不吃了。孟浩远接着说道："经理先生，你看我后面在排队等候的姑娘，她就想吃一顿卡卡墨西哥餐已经想了很久了。她是我女友，今天是专门从很远的地方刚回来的，请提供方便吧。"经理看着递过来的一张百元美元一愣，有些意外，刚要说话，孟浩远见经理并没有接受可能还是想推辞，马上又快速加了一张百元美元。此时经理在思想斗争中，被孟浩远说得为了女友已经有些许心动，这个理由非常美好，他正在思考着。孟浩远看经理还没有松口在思考，又从口袋里伸手拿出继续加了一张，经理此时想说可以，但孟浩远手太快，又迅速加码拿出两张放在他手中，先后一共有五百美元的额外费用，这已经是一笔不小的小费了。这下让这位经理感到更意外，这位小伙为了女友能够吃上他们卡卡墨西哥餐真是舍得，已经有些好感和感动，脸上出现欣喜的眼神，孟浩远赶紧把钱送到他手上然后轻轻握住他的手不让人看到，经理也顺势连忙悄悄收起手把钱放到口袋中，终于说道："好吧，先生。你说的女朋友对我们卡卡墨西哥餐喜爱的故事打动了我，我试试想想办法，请稍等。"说完引着孟浩远来到柜台跟前对着刚才的接待黑人姑娘服务员叫着："珍妮特，请这位先生到我预留的 VIP4 号房间去。"珍妮特一听经理这么说一下子还搞不太懂。他知道这间房是老板自己安排贵客或朋友专用的，平时宁可让它空着也不会安排出去。看来这位面貌英俊年轻的先生应该是老板的朋友，忙微微弓腰笑着做出请的手势说道："好的。先生请随我来。"利索地引着孟浩远往里走。孟浩远赶忙招手示意艾琳过来，艾琳看到孟浩远在前面对自己招手示意，在后面不知所以走了过来。在柜台前排队的那些顾客以为他是预约的客人也并不为意。

　　艾琳因为站在排队区等着，视线在孟浩远的身后被挡住，没有完全看到孟浩远在前面的举动，远远看到好像孟浩远一直在和他们交谈，接待员刚才还明明说已经没有位子了，孟浩远走过去和接待员要求与他们的经理交谈，看到一位经理模样的人出来和孟浩远离开站在更远一点地方背对着她一直在交谈，一会儿功夫孟浩远在前面转身向他招手示意让她过去，那就是说就餐的事可能安排好了，这出乎她意外。尽管成功获得了餐座，不过孟浩远心里对自己说"惭愧"。用上这种让自己感到难为情的下策方式得到了就餐位子，这并不是他喜欢的方式。但是今天和艾琳两人一起兴冲冲专门从家里开车过来，天色也渐渐已晚，如果再重新找地方，又要花时间又吃不到这样有特色的餐品，专门满心欢喜的来品尝一下这里的特色饭菜而没有实现，太让人感到扫兴了。而且天已经较晚了，再这样开车漫无目的去寻其他餐馆，等吃上今天这顿晚饭实在太晚了，兴趣也没有了。所以才无可奈何出此被他不屑的下策，他心理其实是排斥用这种方法来获得一个餐位的。

　　两人跟着服务员的引导下走进里面一间单间房，里面环境布置得别具风格，简单不奢华，墙上是墨西哥彩画。房间外面是就餐大厅，有二十来个餐座，每一桌基本都已经有顾客，高兴地在交谈和用餐，很是热闹。没有想到在最里面还有这样的单间房，而且位置很好，从玻璃窗外可以看到城市内的景观。晚上看过去到处都是灯光点点非常好看，看到不一样的一座城市，热闹多彩的城市灯火全景犹如天空中的星星闪烁。房间的墙上挂着墨西哥风格的几幅画作。两人有兴致地欣赏着，一会一名年轻的女服务员进来，第一次来这里两人在房间里询问服务员开始点菜，在服务远的帮助指导下完成。因为顾客多，这里出菜时间较慢，等了一会两人正在聊天，服务员端着菜品，分了几次送餐进来，有辣肉馅玉米卷，墨西哥海鲜饭、墨西哥大蟹，墨西哥烧牛肉还有一道甜点，这几个都算是比较经典的墨西哥风味餐品。两人终于可以品尝这家著名的墨西哥餐，孟浩远也是第一次吃墨西哥餐，只听说特色是辣，调料用得足，菜品的颜色漂亮。等品尝起来感觉这墨西哥餐食还是蛮有特色的，有些辣，喜欢用奶油和芝士，但是味道和中国餐很不一样的风格。看艾琳吃得非常满意，自己品尝时感到第一次吃确实还有些特色，味道也不错，但是看上去它的烹饪方法并不复杂。如果和正宗的中餐相比它的做法复杂程度、刀工配菜、味道和精细还是有差距的，不过两种风格完全不一样，难得一吃也不错。陪艾琳吃着墨西哥餐，两人心情很好开心地交谈着，不时看看远处灯火多彩璀璨的城市夜景，让人开心享受和满足。

晚餐结束艾琳心满意足，两人走出房间看到外面的用餐大厅依旧人满，服务员忙着端餐进出，人们交谈着、欣赏着品尝这家有特点的、有名的墨西哥餐，一片热闹的情景。等孟浩远到柜台去买单时，孟浩远感到今天高兴心情不错又给了负责接待的服务员珍妮特五十美元的小费，当孟浩远递来小费时她一愣，孟浩远微笑地说："谢谢你，这是你服务应得的。"顿时让珍妮特高兴："谢谢先生！"然后专门走出柜台，当孟浩远是贵客一般非常尊敬满脸是笑着连声说："谢谢！"然后送他俩到餐馆门口。两人的餐费也只不过六十多美元而已。珍妮特当然高兴，这是她今天收到的一笔不小的小费了。她格外热情地引着孟浩远和艾琳走出餐馆后还站着一直目送他们两人走向停车场方向，等了一会才转回进去。

艾琳挽着孟浩远的手从餐馆区走向停车场方向，这顿晚餐让艾琳吃得很是满意，两人边走边高兴地交谈着，不知不觉中已经走到了停车场里面向自己停车位走去。他们不知道危机已经悄然而至，不知何时自己车旁附近围过来四个身材不算高但是很壮实的年轻男子，看他们的穿衣服风格和人的体貌特征应该是墨西哥人或拉美人，脸上的肤色是棕色泛黑带着一层亮光。看他们身上穿着打扮还是带帽子的休闲卫衣和宽松的牛仔裤，脚上是很普同的运动鞋，但是脸上露出的表情和普通人完全不一样，一看就是凶狠冷漠和轻佻不务正业的街头混混之类。其中一个男子穿着灰色卫衣颈部戴着一串粗粗显摆的金色项链，更是一副匪气轻佻的样子，看到漂亮的艾琳后正得意洋洋边吹着口哨边走过来，眼睛游移动闪出的是匪气。他不怀好意，看到眼前两个斯文的情侣像是饿狼看到绵羊一般，眼睛一直盯着艾琳上下打量，脸上露出奸笑，一副色眯眯的样子，根本没有看孟浩远，不把他当一回事。看到这种人出现在面前让人感到浑身不舒服和十分讨厌。三人跟在他身旁分散地走过来后竟不把孟浩远放在眼里，直接无视并开始厚颜无耻地伸出右手嬉笑的准备来搭艾琳肩膀。孟浩远心里最厌恶这种社会渣滓一样的流氓小痞，这些人好吃懒做不去找一份正常工作，而是整天游手好闲结帮作恶欺负普通人，偷窃、吸毒甚至贩毒、抢劫等然后就是胡天胡地吃喝玩乐，就是他们所要的享乐生活全部。孟浩远身体本能地反应出来，迅即出手拉住这个家伙伸过来的手然后用上力一拖，顿时戴金项链的男子感到自己的手被铁钳钳住一般，没有提防孟浩远，看到他不怕竟然伸手抵抗，他人已向前倾，一个跟跄差点脸朝地摔个狗吃屎。好在孟浩远知道自己现在的能力，不想惹事想让他知难而退点到即可，所以手下留情并未用上力，拿开他的狗爪子即可，否则此人必定脸朝地摔趴下受重伤。这家伙突然间被孟浩远一出手吓一跳，他是没有想到孟浩远看似斯文书生一般的人敢会不怕他，反应这么快，以为是自己一时大意了，非但没有意识到孟浩远在让他，怕出手太重伤了他点到为止教训一下，还以为自己疏忽被眼前艾琳边上的这个他无视的亚洲小青年出手戏弄，顿时惹得他恼羞成怒。等他刚刚站稳身体，眼里闪着凶狠的眼光，突然从腰间一下子抽出一把短刀拿在左手，仍然轻蔑地挑衅着，他认定孟浩远是一个胆小怕事的中国人，对中国人有生以来的蔑视让他狂妄地用英语说着："嗨，中国小男孩，把钱交出来，把美女留下，赶紧滚蛋。他妈的。"边说着又得意的猥琐地咧嘴阴阴地奸笑，其他三个同伙也肆无忌惮地跟着嬉笑起来看着眼前被围的一对小情侣，像是羔羊一般可以随便戏弄看好戏。显然他们根本瞧不起眼前的这位亚洲青年，他们认为对付这两个看似文弱书生一般的年轻人，看到他们一伙凶狠的表情以及手中的刀，一定会吓死他们乖乖讨饶交出身上的钱财逃命去，所以没有放在心上并未想太多。另三人呈包围状三面向孟浩远和艾琳逼近围过来。孟浩远本来已经对他们心生厌恶，见状他们似乎要吃定他俩欺负过来，已经摆脱不了这些凶神恶煞，看来自己不想有事怕引起麻烦的想法已经不存在了，他们不会轻易放弃将要到手的猎物，迅速瞄了一下周围并没有看到其他有人过来，看看自己不出手已经很难阻退这几个不知道天高地厚的无赖的纠缠了。见拿着刀戴金项链领头的家伙最凶狠最可恨，也最危险，可能是他们几个同伙的头眼露凶光，而且满口脏话。孟浩远不由把艾琳轻拉到自己背后护住，然后低声用中文对艾琳说："赶快向餐馆方向跑。"说着拉一下艾琳轻推了一把，艾琳被孟浩远一推身体顿时有一股很有力的劲道一冲，人不由自主地向后退出好几步，然后转身向餐馆方向跑了出去。可是跑出一段距离后看孟浩远并没有跟着一起跑过来，孟浩远赤手空拳面对四人，虽然她已经略知孟浩远会一些中国功夫，还是从他父亲那里得知的，不过到底如何心里没有底。这些恶徒是很疯狂的会不计后果。她爱孟浩远，不放心他一个人留在这里被四名恶狠狠的歹徒围攻受到伤害生怕他有危险。艾琳与生俱有的欧洲姑娘的大胆勇敢性格此时使她突然生出一股勇气又转身回来了，竟又折返跑回到孟浩远身后。孟浩远已经感觉到艾琳回来，急得孟浩远只能用身体护在她前面，眼睛迅速环顾三面，那拿刀的金项链男子一看艾琳跑走时正在懊丧，现在看她又回来，像是吃了兴奋剂一般高兴起来，得意洋洋地举刀冲过来面向孟浩远狠狠地砍去。电闪火化之间，孟浩远身体轻盈灵动迅速一侧避开，看似凶险轻松躲过劈来的刀，同时飞快地用自己右手迅捷握拳迅猛地发力，像一块坚硬的钢锤砸在这家伙的手腕上，拿刀的家伙顿时刀一下子飞了出去落在远处地上，手腕筋脉断裂不能动弹，疼得他痛苦地哇哇大叫。其他三名同伙看到孟浩远出手如此迅猛，好像会中国功夫，但是仗着人多气势也不管了，其中一人扶住刚才拿刀戴金项链的家伙后，三人相互间使了眼色，一起同时三个方向全扑过来围攻孟浩远。但是今天他们碰上的是来自中国的小伙孟浩远，刚刚吃亏还不知难而退，反而恼羞成怒一起围攻上来。孟浩远心里有气没有便宜会给他们了，只见孟浩远如飞豹一般轻盈敏捷的闪躲后出手，先寻机看准后用脚左踢一个过来的家伙的胸口，另一个用右掌运力变坚硬的铁板一般作砍状式用力砍在其颈部，两人顿时趴在地上疼痛不已。还有一人见状，突然间见到自己同伙两人被眼前这位看似年轻文弱的书生在自己还没有反应过来之前已经不知道怎么一下子就快速击中倒地不起，看来受伤不轻，竟不敢一个人上前。停顿一下这家伙突然从自己身后腰部拔出一把黑色手枪疯狂地咆哮起来："来啊，小子，去死吧。"一边说着话骂着一边手舞足蹈凶狠地用枪指指点点对着孟浩远。孟浩远看他拿着枪脸上肆无忌惮，发出一种杀气。他用手把艾琳放在自己身后用力按住肩膀让她蹲下，自己迅速注视着周围情况，准备寻找机会，正在相持时他发现从停车场里面正有一辆车在驶出来，这是个好机会。此时刚才被打趴下的三人也已从地上爬起来，看到自己这边的同伙拿着枪大声地嚎叫着，明显已经处于绝对优势，而刚才还很厉害的这位年轻人看来害怕了，所以站着不敢动，其中一人冲过来举手想打孟浩远的脸进行报复，孟浩远反应有多快啊，他敏捷的轻松一闪迅速躲过，心想这恶鬼来得正好，正忌惮眼前那拿枪的恶徒，机会来了。出手飞快还没有等那个豪横的家伙反应过来已经被孟浩远用手臂绕成三角死死勒住脖子动弹不得，两手想用力掰开，哪里动弹得了，正好这家伙送过来成了自己前面的挡箭牌。拿枪的家伙此时转眼间看到这情况，气得已经发疯了，嘴里不停地骂骂咧咧，手里挥舞着枪恨不得有机会开枪，举着枪恶狠狠地："来啊，小子，我要杀了你。"正在他张牙舞爪地喊着，突然这家伙身后刚才从停车场里开出来的那辆黑色普通轿车在离开他不远的地方一个车身漂移横过来紧急停下，从车中快速走出两个穿着便衣的中年男人。但是从他们两人相互配合快速下车来看是专业人员，只见他们下车后马上躲在车身后面，迅即拔出身上的手枪分头配合呈围攻状一起举枪对着那个拿枪正对着孟浩远还在大喊大叫的家伙喊道："警察。放下枪趴地上。"那个拿枪的家伙刚才只关注着孟浩远和艾琳这边，并没有想到身后会突然出现警察，已经有些慌张，但是此时有些发狂起来，竟然拿起手中的枪对着警察方向开枪，啪啪啪啪，清脆的枪声划破天空。孟浩远看着这个亡命赌徒此时注意力已经对着后面的那两个警察，看到这个机会反应极快，用力猛推一把被自己制住的家伙，这人就重重地摔在地上一下子动弹不得。同时趁机拉着艾琳迅速往边上停着的汽车后面赶紧躲起来，要发生枪战，避开躲藏是最好的保护。只听到一阵啪啪地枪战后，警察在大声喊着："趴在地上，让我看得到。"孟浩远和艾琳听到喊声也只好趴在汽车旁边不动配合警察，不多时那两名便衣警察已经走过来喊着："先生、小姐你们没有事吧，起来吧。"两人听到警察对他们的喊声才起身出来，看看刚才前面发生枪战的地方，只见刚才拿枪反抗的那个狂徒已躺在远处的地上一动不动，估计已被当场打死，看来刚才这家伙一时惊慌是想边开枪边自顾逃跑而被警察毫不留情当场击中倒地。另外三人被警察一个一个反手铐起，脸朝地趴在地上。艾琳此时仍心有余悸，紧张地抱着孟浩远，警察过来对他俩说道："你好，我们是警察，艾文斯，他叫司各特。刚才我们看到了整个过程。这些可恶的人渣到处惹事，现在没事了。"说着拿出名片对他俩说道："这是我的联系电话，可以联系我。"又问了孟浩远一些事情经过，做好记录。这时救护车和更多的警车拉着警报陆续快速驶过来，停车场顿时喧闹起来。周围已经围上来一些人在看发生的情况。艾文斯对孟浩远说道："先生，快陪小姐回去吧，如果需要请配合做一下记录。"留下了联系方式后孟浩远看着两名便衣警察走开去处理现场。他赶紧拉着艾琳迅速走到自己车位前，艾琳拿出车钥匙，孟浩远为她打开车门上车迅速关门，然后自己在驾驶位子上车点火车开车回自己住房。孟浩远还是很镇定沉着，艾琳尽管很勇敢，但此时才感到刚才发生的这一幕太可怕了太危险了，一路上还惊魂未定也不说话。两人回到自己的住所，下车后艾琳抱着孟浩远，孟浩远以为她是被刚才突如其来的意外受到惊吓，也抱着艾琳："不用害怕，没事了。"其实以艾琳的性格刚刚的经历是危险让人害怕，但她想着是孟浩远在发生危险时保护自己，不顾他自己的生命危险挺身而出勇敢行动更是让她深受感动，她从刚开始担心孟浩远，到孟浩远维护着她奋不顾身站在她前面，全然不顾忌自己的生命安危拼命地在保护艾琳。面对手上拿枪和刀的这群亡命恶徒丝毫不害怕，这种人品格太优秀了，太值得自己爱了。此时更加坚定了她心中要好好珍惜这个人，他是自己生命中很重要的人，和他要生活在一起永远不分开。

第二天早上艾琳告别孟浩远她开着车回自己的学校去。等送走艾琳后孟浩远回到二楼书房收拾自己的东西，带着秦给他定制的专用华为手机和电脑放进自己常用的背包，骑着自行车一路轻快地往学校骑行。昨天晚上在卡卡墨西哥餐馆外面停车场发生的事这是一个意外，经历过后心情已经平复许多，孟浩远没有放在心上。背包里的两件秦送还他的东西让他一直在心中惦记着，早有一探究竟的好奇，只是没有时间好好细看，今天带到学校上午有空时在自己办公室好好琢磨。不一会就到了学校，看着四周无人三步并两步腾腾地上楼很快走进办公大楼来到自己办公室打开门走进去，然后一次偶然发现自己办公室有人来过并翻找东西已经引起他的警惕，他小心轻轻关上门，来不及做其他的事情放下背包马上拿出那台不一样的智慧电脑仔细查看起来，外表依然是华为的样子，轻轻打开电脑翻盖面后看到里面的布局已经完全改变。输入汉告诉他的密码，秦给他的每一件物品都有密码，它的密码就是使者一号的超级智慧芯脑上面专设的唯一的不会重复的一个芯片编号，所有秦带来的物件都是这一特定密码，只有孟浩远会记得和打开。孟浩远也可以用自己的手指按住电脑背面一个隐形接触设备用手指生物键触动，它会自动联系识别孟浩远头脑中的超级智慧芯脑开启，也可以用手动输入打开翻盖屏幕后根据提示要求输入密码打开系统管理软件。孟浩远头脑中超级智慧芯脑会自动意识快速运行。今天是孟浩远第一次使用，选的是输入密码方式同时电脑上有四个独立智慧光子芯脑的超高清晰微镜头开始工作，探头扫描面前的孟浩远眼睛并触发无线连接他芯脑匹配后开机，没任何停顿电脑已经马上启动，开机速度是如此之快是从来没有过的体验。电脑页面上操作系统也是从来没有见过，是一种全新的系统，好在孟浩远本来就是学计算机的，汉给他传输的数据信息中已经有如何使用这种系统。他知道这是一种全新的有超级智慧微光子芯脑思考的操作系统，速度极快反应异常灵敏，使用起来实在太精妙了。查看电脑处理器信息配置，高到让人瞠目简直不敢相信还会有这样配置的电脑，简直是一台超级工作服务器。世间居然还有这样的超级智慧芯片，而且是一个独立存在又可以和其他同类芯脑相互自动联系的智慧芯片。功能上和孟浩远头脑中超级智慧微光子芯脑是类似的可以单独可以联动。但是比起孟浩远头脑中的超级智慧微光子芯脑有天壤之别，那才是最高等级的也是最高机密的，这些看来只是普通电脑使用的。这些信息好在孟浩远他有自己的高等级智慧微光子芯脑可以来自动联系识别查询，这台电脑普通人是根本无法打开它的。即使在孟浩远自己打开电脑后其他人想要查询也无法查询到，它的芯脑信息拒绝服务会屏蔽信息，只有孟浩远自己动手才可以。这样的超级智慧光子电脑目前市场上最先进的电脑也无法和它相比，相差不知道多少代次，简直闻所未闻匪夷所思。地球人类是无法想象会有这种先进科技程度，只能出现在未来世界中。孟浩远小心的试着让它找平台接入互联网，它像是一个精灵一般瞬间侵入到网络，不由得心里直接扑扑地跳了起来。带着好奇探寻开启后试着进入政府机构，美国官方白宫秘密网和五角大楼军方网，只是一会儿时间已经瞬间进入，等待孟浩远的指令提示，而且这些网站的防护墙没有提示警戒如入无人之境。惊得孟浩远赶紧退出，原来这电脑和孟浩远的脑中智慧超级微光子芯脑是相互感应，识别的。而孟浩远脑中的超级智慧光子芯脑是最高等级，它可以按自己的自主思维来指挥其他芯脑按他的指令活动。现在孟浩远思考想着干什么，它马上发挥智慧搜索而且主动进攻瞬间突破任何防护墙而轻易侵入进去，所有的防护墙在它面前都犹如无墙一般轻易进入简直不堪一击。对阿勃特星制造具有绝对领先数个代次的先进科技，在这台智慧超级电脑来讲地球上的信息在它面前已经没有任何边界可防，全部可以随时自动破密码进入，关键是不留痕迹，根本没有引起丝毫察觉。这种技术和软件以及硬件在地球人类来看先进程度已经到匪夷所思了，实在太可怕了。孟浩远测试一下它处理运算速度也是瞬间完成，比地球上现在最先进的高级处理器要快几万倍，和它想比较根本不值一提。它速度极快、智能主动接入和破密而且智慧，跟着主人思维运行不费吹灰之力轻而易举实现，而且不被发觉，对孟浩远心惊不已如虎添翼，犹如自己的另一个更加强大的超级大脑一样，这样的智慧电脑工具实在太先进了简直令人震惊匪夷所思，无法用人脑理解。孟浩远试着安装现有的通常用操作系统和一些应用软件，它也会非常快速完成指令可以兼容使用，而且切换起来无比流畅快速。他心里明白这台看似普通的笔记本电脑已经完全不是一台普通的电脑，就是一个无法形容极其强大的智慧无敌的超级智慧大脑了。怪不得汉和格兰德一再告诉自己只能自己用，不能让其他人知道。而且他们可以把联系接头地点等信息发送到孟浩远的这台电脑上更快捷地找到和联系。

试用体验后赶紧退出操作系统，关上这台电脑。双手轻轻放在上面，闭着眼想安静地在思考，可是刚才的一幕令人吃惊到害怕，思绪万千激动兴奋浑身热血沸腾内心激烈的跳动着，脑中浮现阿勃特星的那种无法描述的极其先进的科技超强先进文明的画面。这是地球人追求和梦想的未来世界样子，竟然世上还有这样先进的超级智慧电脑，实在太惊叹让人害怕。正如汉说的，为了不引起其他人的注意，除了外观没有变，它还保持原来的外壳形状，这台电脑内部所有的核心零部件包括高级芯脑和显示屏幕、电路板、灵动摄像镜头、高超能电池以及其他所有普通线路零件等已全部换了一遍，而且是根据外壳形状专门定制的，早已经不是地球人类通常理解的一台精致普通的笔记本电脑了。孟浩远此时兴奋激动之情在心中悄然涌起感慨不已，过了很长时间才总算慢慢平静下来。等了一会孟浩远从背包中又拿出那个智能手机再试一下，把自己的手机号芯片插入识别后，芯片所有信息解码快速记忆在手机智慧芯脑中，所以提示手机专用号码芯片可以插在上面也可以拨出设备备用。它的功能也是异常强大到罕见，和那台智慧超级电脑类似具有强大的功能。它具有和孟浩远的脑中出超级智慧光子芯脑相感应无线连接功能，会自动服务于孟浩远的思考所想而提供智慧管理服务，速度处理和操作管理软件都是已经领先了地球同类是产品不知道要数十代次级别。孟浩远不由大为惊喜和感叹，这两件独一无二的强大功能智慧的所谓电脑和手机，以后可以发挥的作用实在无法想象强大。秦他们所在阿勃特星球的科技发展先进程度，我们简直无法和它相比，这两件人类工作和生活中最常见的电子使用工具就已经可以完全判断出两个星球文明科技的天差地别，这太可怕了。这也好理解，为什么它们的飞行器可以穿越不同宇宙空间来到遥远的银河系、太阳系和地球。幸运的是还好目前接触到的秦和汉以及格兰德都是具有智慧善意有格局的学究型阿勃特人，他们只是在探索宇宙中想发现了解具有同样人类生命体的其他星球，没有其他企图真是万幸，地球也许需要得到他们的帮助。

第十四章　意外收获

一

912 科技研究中心园区建设基建完成后又开始忙碌起来，陆续采购进各种生产作业设备安装调试以及实验室内部设备仪器通风有毒有害物质排放安装。和按照国际一流标准实验室最高标准配备各种国际上最先进生化分析仪器和设施。内部道路两边区域内的绿化和四周监控系统以及围栏隔离和办公楼内的工作生活用品，办公设备等已经完成。912 科技研究中心工作人员的食堂各种设施用具也已经采购并全部安装完成。一个具备可以完成各种先进实验分析等研究工作的科技园区现在已经形成，可以正式开始工作。

经过一个半月后，为了让 912 科技研究中心园区的建设符合人们的正常认知，一个在荒漠 912 地区有人愿意花费大量资金投资建设功能齐全的具有多幢研究实验楼及配套综合楼，规模算是非常大的一个崭新的科技园区，一定会引起人们关注目光，它为什么突然建在这里？从它的规划设计建设来看，现在展现在人们面前的已经完全是一个完整的企业和研究中心，而且是一个非常专业的研究机构。为了不引起外人包括研究中心内部人员起疑，按照孟浩远的安排，要求公司开始有计划地进行试挖掘探测地下矿产品的采样生产作业，对 912 这片地区划分了三十几个区域，定位后开始在最外围附近进行开采矿石样品收集。这里已经过热闹的建设完成了项目基本建设，一个专业的规模不小的研究中心突现在人们面前。而且先后已经投入了大量的资金，作为公司生产主业是对这里的采矿探测和检验检测分析，寻找有经济价值的矿产品。按照人们普遍认为这里没有任何有开采经济价值的东西，显然这样的投资最后会以失败结束。对孟浩远而言这里最主要的目的是作为是秦、汉、格兰德他们以后来这里作为考察地球的临时基地和见面的安全场所，其他的采矿探测实验只是表面的部分以应对他人的怀疑。

912 科技研究中心开始试生产探测，是按照实验标准制定的方案进行，作业生产过程全部都是机械化开展，划分地块后开始探测地块位置都是由格兰德选定的。现场作业的工人和技术人员并不多，每天按正常的科学方案要求进行开采地下的矿石和混合泥土样品后筛选标记，送入实验室进行检测分析，先期的实验室平时就由格兰德负责操作，他要留在基地和他们的飞行器指挥中心以及秦和汉联系。秦和汉最近到达基地后两人比较忙，正抓紧时间开着车到城里继续进行全面的考察。

探测采集的样品已经收集有好几大箱子，放在透明封闭的吸纳箱，每个箱子中有五六份样品，每一个样品一分为三。格兰德等样品收集了一部分后他开始一个人在他的 D 楼地下三层实验室工作，这里有阿勃特专门运来的部分非常先进的高灵敏度微量检测分析仪器。那天秦、汉他们来这里见面带来了很多箱子，其中四个大箱子中装的就是这些仪器，由格兰德负责安装调试，这里的实验室只有孟浩远和秦、汉知道，是一处极其隐秘的实验楼，其他人不会知道它的存在和作用，也没有人可以到这里来。

平时和秦、汉两人开着车到各地去考察时，格兰德和他的那只白色的宠物大猫留守。孟浩远当他们第一次来后开着一辆新买的 SUV 车准备进城第一次考察，他花了一点时间，带着他们到地下停车库中给他们讲那辆新买的车的使用方法，在空荡荡的停车库中汉操练了几遍就会了，孟浩远又讲了一些基本路上行驶的交通规则，很快三人都已经会使用，对他们来讲开车很容易并不复杂。他们已经掌握了地球人类生活的一些情况。

一天晚上深夜时分，园区内留下的少数人都已经入睡。周围黑漆漆的静悄悄的，只有四号州际公路驶过车辆的声音。突然从基地科技园区 D 楼西面开出那辆黑色的 SUV 新车，它从 D 楼地下行驶到二层，转入一层绕道 A 楼再从地下开到地面，然后车行驶到门口通过园区智能识别系统主动对车辆扫码后开启门禁，汽车驶出园区。门口的保安知道这里留有几位专家和在这里工作的少数科技人员和工人，这些都是内部人员所以并不引起注意，只是感到这么晚出去很少见。

汽车行驶没有多少时间很快到达天坑景区，只见汽车迅速熟门熟路右转进入景区来到停车场将车停好后，从车上下来两人穿着普通卫衣戴着帽子还戴着眼镜看不太清脸，两人迅速来到天坑边，警觉地对周围查看确定无人后，打开一只笼子，一只猫轻叫一声走了出来。其中一人用手摸着猫的头部，然后只见它沿着天坑边缘动作敏捷灵动异常迅速沿着坑边跳下坑，转眼已不见踪影，只看到黑漆漆的深坑。然后其中一人打开一只箱子，从箱子中拿出一个四只脚的方形器，他又戴好自己的头盔，四只脚方形器很快发出轻微的声音起飞也进入深坑中。另一人一直四处张望着，生怕有人过来，一会四只脚方形飞行器飞从坑底飞上来落在两人面前，那人麻利地从方形飞行器箱体中取出四包东西，四只脚方形飞行器继续飞入坑中，过一会又飞上来，拿出四包东西。这样四只脚方形器飞行了五次总计拿上来二十包东西后，四只脚方形飞行器落在地面，被戴头盔那人取走放入箱中盖好，不一会那只灵猫也已经上来，站在两人边上叫了一声。两人把收集上来的东西放入一个金属箱子中，另一个拿着装猫的空笼子一起一前一后走到停车场，那只灵猫跟在后面。打开车门刚刚放进车中，突然从四号州际公路边转进一辆警车闪着灯正开过来，很快车已到眼前，见到面前的两人一人戴着头盔，另一人戴着帽子，神色不慌冷静地等着不知所以。他们站在车旁准备上车，警车上下来两名全副武装的警察，其中一名警察手中已经拿着枪，叫道："举起手双手，趴在地上，我们要检查。"也难怪这么晚的深夜，十二点半多了还有车来这里，这里已经看不到什么，两人行为很是奇怪，在四号州际公路上巡逻警车进入对面的服务区休息，正好看到有一辆车进入天坑景区，然后汽车灯关闭，不知道他们在干什么待了好长时间，所以警车好奇开车直接过来查询检查。两人被突如其来的警车和两个警察来到眼前有些意外，不过很快两人迅速对视一下，其中戴头盔的那人轻轻点点头，那只灵猫此时突然叫了一声，引起警察的注意。突然拿枪的那名警察身体软软的莫名其妙地倒在地上，另一位警察看到后大吃一惊，也迅速拔枪对着两人但是他一瞬间突然也同前面那个警察一样无力地软倒在地上市区意识。看到这一情况，被要求接受检查的两人并不意外反应迅速将两名警察扶到车上坐好，把他们的枪用一块布擦一遍后放进枪套中。两人快捷上车，那只大猫叫了一声早已灵动地跳上车里。一会汽车开走进入四号州际公路很快消失在黑夜中。过了约一刻钟车上的两个警察才醒来，可是奇怪的是两名警察已经对刚才发生的一切都不记得，他们根本不知道来这里干什么，只是知道他们在车上休息一下，刚才那一段时间的记忆早就被抹去。他们像没有发生过什么事情一样，开着那辆闪着灯的警车进入四号州际公路上后，继续往城中方向巡逻。

912 科技研究中心，已经开始做一些探测采集工作后，经过了三周左右时间，谁也没有想到发现了意外的惊喜，在这片标号 912 的地块，都被人认为全部都是没有利用价值的地方，它表面是碎石混合的土层随着深挖下去十多米以后就基本都是石头。采集的样品经过格兰德用阿勃特星运来的先进检测分析智慧仪器和先进的一整套检测新方法，每天进行着检测对比分析，这也是秦他们需要了解地球地貌和地表样品分析的一个科学考察要求。这样反反复复不断重复着样品检测分析，有一天格兰德在检测结果出来后让他大感意外。原来地块下面层采集的样品中，其中一份样品有了一个新的重大发现。这里的矿石中含有一种全新的物质，地球上目前还没有发现的一种全新的物质，它在元素周期表上并没有登记，是一个性质很特殊的稀有金属物质。这种新元素的性质如果有科学方法按它的性质进行提炼加工后，用在宇宙探索飞行器探索运行上作为一种强大的对人体无污染的清洁能量，也可在其他军工产品、民用产品应用，它的作用和价值无法估量。它的意义、前景将是无法想象的。而且这种全新元素物质在阿勃特星球上也还没有发现过。这让格兰德非常吃惊，他当然知道它的重要性。马上将这一消息报告给秦和汉，三人一起研究后都特别兴奋激动，他们从来没有想到会在地球上能够找到一种阿勃特都没有发现过的新物质，从它的性质他们都十分清楚它所蕴含的巨大作用。据秦分析这种物质如果能够提炼生产出来，它会比阿勃特星球现在用于生产探索远航的飞行器目前使用的能量物质还要好太多多。秦和汉及格兰德三人都感到十分意外和惊喜，马上向飞行器指挥报告这一重大消息，这是他们宇宙探索进入太阳系到达地球之行一个意外也是十分重要的收获。本来就是科学考察地球，分析地表物质成分，无心插柳的事却获得了重要的一种新物质，当然他们很是高兴。得到飞行器指挥的指令要求他们秘密进行提炼形成携带方便的粗级加工精细原料物质，然后必须带回阿勃特进行深加工继续提炼，最终成为可使用的新原料物质。得到指令后秦他们三人继续研究制定方案，能够在基地生产提炼出初级加工精细原料后运到阿勃特星球，它的作用非常巨大，能在地球上发现这对阿勃特非常重要。另外在检测样品细分时下层的沙石土中还发现含有二十多种重要元素的稀土物质，可以用在超级电池、芯片制造，集成电路等重要的尖端电子高科技产品上。这种稀土含量高，元素多和全，是在民用和军用关键的高端产品上都可以说是非常不可缺少的软黄金。看似这片荒芜的土地，原来它暗藏着一个巨大的宝藏，原来被所有人弃置无用的912地区真是一块没有人预料到的宝地啊，太让人兴奋激动了，这个结果谁也没有想到。

秦、汉和格兰德他们非常高兴在宇宙科研探寻中发现了另一个宇宙空间中的星系，最后无意中发现了人类地球文明。而且在这个地球星球体上还发现了阿勃特星球还没有发现过的一种全新元素物质，它的发现具有重要意义和重大作用。难道这里的地球人类没有经过探测和进行检测研究？当然不是，因为地球上由于文明进程发展还没有到达更先进的程度，还没有达到阿勃特更先进、精密、尖端的检测分析仪器和新的检测分析方法。他们无法检测到，只有依赖于阿勃特星格兰德他们非常先进的精密测仪器和科技技术，加上有了一种新的检测方法从而检测分析出新物质。孟浩远此时还不知道912基地上已经有重要的事情发生。

这天下午在伯利克大学数学院孟浩远学校没有课，他正在学校办公室里忙完其他事，准备和艾琳父亲斯内克斯通话联系了解新抗癌药实验和快速诊断仪器及试剂的研究进展。孟浩远的另一部秦给他重新改造过的智慧华为手机突然响起，是秦在从 912 基地 D 楼办公区打来电话联系孟浩远。秦经过向上级飞行器指挥报告在地球上这一重大发现消息后，秦请示后考虑在基地上需要提炼成粗加工精细物质原料带回阿勃特，数量会增加而且开展日常生产后，必然会引起基地其他人的注意，所以这件事要告诉孟浩远让他知道，来安排以后的生产。孟浩远一看来电信息是秦打来的，这个电话目前只有秦他们三人知道，其他人不会打这个陌生电话。孟浩远现在的办公室是单独一间，办公室里没有其他人，门并没有关严虚掩着留下一小半，他赶紧走到门口迅速关上门回到办公桌前，拿起桌上的电话接听起来。电话中传来秦惯有的冷静的声音："孟浩远，告诉你一个有点意外的消息，我们在 912 基地的一处地下探测采集到的矿石样品，这些并不是无用的普通石头，格兰德最近一直在做一些基础采集检测分析工作。具体在第 4 号区作业区 D5134，采集到的样品送实验室经过格兰德用我们的方法和仪器检测后发现了一种罕有的全新物质新元素。我查过你们地球元素周期表上，它是不存在的。"孟浩远听到秦用平静的语气说着这件对他而言是一个天大的喜事，心里感到十分意外和惊喜，怦怦的加快跳动起来，他知道新发现元素它的科学意义。不过此时他还没有想到它在应用上的极其重大意义和作用。在这片被人遗忘无视的贫瘠的地方能够发现到一种元素周期表上还从没有过的新物质极其珍贵，这是一件太令人激动的大事。他马上想起和王可佳在中国一起发现了一种 "Zon(钟)" 的新元素物质。这太令人惊奇了。

迟疑停顿了一下，他在心里消化秦告诉他的这件天大喜事，问道："秦，你说得这是真的？不可能啊。噢，这这这……难以理解，不是，那里是荒芜之地吗？我们只是建一个临时基地。这这这……"秦认真而平静地继续说道："是的。我也略感到意外。还有，这种新元素在阿勃特星球也没有发现过，是一种有巨大作用的新物质。根据它的性质初步分析，这是一种有着非常巨大运用价值的全新物质。你可能还不会太明白是不是很意外？"孟浩远心里更是一惊，当然意外了，说道："秦，这真的太意外了。在阿勃特星球上还没有发现这种新物质？在地球上被发现了？噢。这太好了，太好了。以你的分析，新物质它的作用怎么样？会有什么意义？"秦说道："意义非常重大。

作用么，这么说吧，你一直在想如何到做到可以到我们阿勃特星球或者在更远更深的宇宙世界中探索和访问的问题。这种新发现的元素形成的新物质是一个好的开始，地球会很需要它，可以制造更强大能量的材料，用于宇宙探索飞行器等等。你知道我们的探索飞行船为什么可以穿越不同的宇宙空间远航这么久这么远来到银河系太阳系，其中之一是能量，现在格兰德在912新发现的这种新物质比我们使用的原料更加先进具有更强大的作用，超过你们科技中目前最强大的任何一种核能，还有超过阿勃特星。明白了吗？我们也感到意外。"孟浩远一听秦说出发现的新元素生产的新物质，原来是具有这么重要的作用，那是无价之宝，意味着至少在某些重要飞行器等尖端领域已经有了最好的能量材料。经过秦这么分析他马上反应过来，他已经明白了这种发现的意义。心中激动就更加高兴起来。心想一定是秦带来的极其先进的高端精密检测分析仪器和最新的一种检测方法，地球上还不具备这种方法和先进的精密检测分析仪器，所以无法检测到，这才是重点，不然人类还是没有办法发现，更无法谈后面的加工和应用。本来在912基地建设完成后做一些表面上的探测检测研究工作只是为了掩人耳目有一个合理的交代，应付大众对这里可能的关注，建设项目时并没指望能够在这里真的发现什么，而且行业内以美国的科技先进所有人都已经在这里做过探测分析，结果都是一种判断，并没有发现有任何经济价值和战略价值可以开采生产的物质。结论是这方圆几百公里都是一大片荒漠，地下和地上都没有任何经济开发价值。不过这块地是秦他们选的，这次来又带来了很多阿勃特先进的新检测分析仪器和设备，又正好在这里对地球探测，发现了极其有用一种新元素新物质，它的意义比发现"Zon"元素更加深远，难怪秦格兰德他们都非常欣喜。不过这难道是巧合？刚好建立了临时基地，就在基地地块有了新发现，看似合理但是又不完全说得通。孟浩远推测可能秦他们当时选在这里，通过飞行器降落时扫描已经对912地区地貌特征有了初步的探测，这里的地形地貌特点符合新元素存在的特征，所以又专门带来检测仪器和设备，而且建设基地设计时是专门要求建独立完备的实验室可供他们科学研究。科技研究中心基地一步一步地按计划在进行科学研究，当时根本就没有往这方面想，他们主要考虑的是作为与地球联络基地，还是已经初步判断出这里还有可能发现地球上具有战略意义的重要物质？现在终于在这个没有人愿意要，全都认为这里是毫无使用价值，不存在有经济价值的地方，这种穷山僻壤无人区竟然还真的发现了如此重要的一种新元素简直太不可思议了。这里原来是如此重要的宝地，实在太让所有人意外了。对，就是秦他们早已有所发现。现在他们只是证实这个结果。

孟浩远此刻有些惊讶得发懵，这样的消息真让人一下子兴奋得难以消化，激动的同时脑中想了很多很多。孟浩远明知道秦的严谨，说出来的都是真实的事情，但还是抑制不住内心激动，还是又问秦："秦，你刚才说的让我简直恍如梦中，是真的？"。问完后顿时感觉失态，秦什么时候会开过玩笑，告诉自己这一消息时显得极其平静和严肃，就是秦一贯的风格。看到孟浩远从没有像今天这样如此激动，秦不由得再次依然沉住气确认道："是的。不会有错的。格兰德是我们非常专业的检测分析化学专家，我们有先进的检测分析仪器和科学检测分析方法，结果是正确的是很科学的，不会有错。而且告诉你的信息，不是今天刚刚发现，是格兰德在四天前就已经检测发现了，然后这几天一直用同样的方法反复做了多次，都是同样的结果。"孟浩远激动地说道："噢，那真是创造奇迹了。秦，太好了！太让人惊喜了！谢谢你们。噢，对了。这个消息需要好好斟酌一下，接下来我们应该如何操作？我们可以继续进行正常的大量开采生产吗？"秦想了一下说道："可以。这里是科技研究中心，能够采集到样品中发现新物质也算是正常的事。可以消除你选在这里买地又突然建立这样规模的以研究中心为主的科技园区的猜疑，不再会有人盯住这里了，不过要有一个时间差，我们需要提前储备一些，包括你自己，明白吗？一旦发布信息，必定会被严密控制。现在如果人们盯住这里是因为912这里发现了一种新物质。对了，还有偶然的一个发现，地下层的沙石土中检测发现还含有丰富齐全多达二十多种稀土元素的稀土物质，这也很重要。一旦公布和正式生产以后肯定会成为社会关注的地方，倒是个问题。"孟浩远听了秦的介绍后其实还有另一个意外惊喜，912还发现了珍贵的含量丰富品种非常多的稀土资源，尽管没有新发现的新元素重要，但这也是很重要，真是惊喜不断。听秦的分析确实这样，如果现在宣布 912 这里发现了新元素，那必然会引起广泛的关注成为热点。刚刚舒展一口气，又有点担心起来，毕竟秦他们现在在这里停留考察，而且是作为飞行器降落地点，不能引起关注成为注意地区。一旦成为人们关注的地方，对秦他们来说还真不是好事。要好好细细想想下一步该如何操作。

秦信任自己才把这一重要消息告诉自己，孟浩远内心感动。但是确实很纠结。该如何是好，不然即使 912 这里发现了新元素物质为了保密，宁可让这里平静而不继续开展下去。现在这一重大消息除了秦他们和自己知道，其他还没有人知道这个重大发现和它的重要意义。不过既然阿勃特星也缺乏这种新元素，说明阿勃特星也一定很需要这种新物质，继续开采生产肯定要做。这些事情一个接一个在孟浩远的脑子里，想得太多有些乱，要好好思考一下想清楚再说。孟浩远说道："谢谢秦，我会好好想想，你也帮着想想下一步如何进行。安全还是第一为考虑的。"秦说道："是啊，我是这样想的，现在这一发现消息还不宜对外公布。"两人放下电话后孟浩远坐在椅子上心情莫名的又激动起来思绪纷纷，要仔细想清楚再与秦好好商量一下。秦现在是同意的，对新发现的元素可以悄悄地继续探测和进行试生产。我需要计划好对这一重要发现成果用什么合适的方式公布，是否要公布消息，还要考虑清楚以后的生产开发利用。不要急，千万不能急。

刚才在跟秦电话交谈时格兰德正在旁边，他也同意可以考虑扩大范围探测采样，收集更多的样品继续进行检测分析，来分析 912 地区这一大片地的地下矿石分布状况，从而评估大约总蕴含量，以及含量高低地情况。以后的生产，要考虑是否要继续扩大基地范围，再多购买一些周围的土地，912 地区地域很大，继续向外扩大范围购买基地周围土地，对基地来说形成巨大的地区，以后秦的飞行器来往安全更加可控。秦告诉了孟浩远，格兰德有这一条建议——继续矿大基地范围，并把坐标方位告诉了秦，秦也告诉孟浩远，让他买地时根据明确有针对性。等电话通完后，孟浩远抑制不住激动的心情，坐着思考了一会平静一下，才拿起另一部常用电话联系了杰瑞里，明确要求他向州和市政府谈判，提出在 912 地区基地要扩大范围，在周围继续进行土地购买。他并没有告诉杰瑞里原因，乘现在还没有公布在这里发现了一种极其重要的新元素消息，抓紧时间谈判购买，未完成继续采购土地前还是需要对这一消息保密一段时间，等以后在合适的时候再慢慢告诉他。杰瑞里在电话里听完孟浩远突然间告诉他还要继续在912地区基地周围购买大量土地后，他又再次劝告孟浩远认为不值得这么做，这是在浪费金钱，一点意义都没有。他认为孟先生幕后的大老板实在是失去理智太疯狂了，让孟先生出来要求自己继续购买更多的土地，投入这么多资金，在912地区基地已经建立了科技园区，建造了工厂和实验楼、行政楼、综合楼和辅助楼等等配套设施。也已经开始对地块在探测和采集样品分析，到现在也没有听说有什么发现，花费大量资金没有任何的产出。现在竟然还要继续买入大量没用的贫瘠土地，这是一种什么样的思路，在这里继续投资简直是无底洞，这种疯狂的投资令人忍不住嘲笑要发疯了，他不停地摇头说着："不不不，孟先生。这不是正确的方法，是错误的，请静下心来，认真思考，不要草率，要为公司想想。"孟浩远听他这么一直劝阻自己解释道："杰瑞里，我们都没有疯。就是为了公司将来发展，需要继续购买土地。不用担心，抓紧去办。资金会给你汇来的，不会影响公司和公司任何人。"杰瑞里听着孟浩远坚定认真地要求，实在搞不懂，不住地叹气，这种老板太冲动了，太冒险了。这样下去早晚要破产，看来自己最后又要重新找工作了。作为公司经理他要对公司负责，把自己认为是正确的意见清楚地告诉孟先生，希望他和他幕后的投资老板保持和自己一样的清醒和理智，一定要注意风险。杰瑞里说道："孟先生你确定还是要这么做？"孟浩远告诉他："谢谢你的建议和提醒，我们是慎重考虑清楚的，去做吧。"杰瑞里已经彻底无语了，这些中国人脑子思路和其他人完全不一样，像是赌博一样，太不值得了！太不可理喻了！可能孟先生背后的老板根本不听他的，一意孤行太独断了，听不见正确的意见。他突然感到悲观和失望，同时自己在问这是为什么？太奇怪了，一个理智的人没有人会这么做，不是正常人的思维。叹气劝说都没有办法，因为孟先生最后说得很干脆果断，就是去执行吧。

　　杰瑞里只好按老板的要求第二天就约好政府官员，第三天专门自己开车到州政府办公室，还是第一次遇到的那两位名叫杰森和威斯勒的政府官员，开始与州政府谈判继续购地的事情。当杰瑞里到州政府与政府部门的那两位官员代表杰森和威斯勒谈到需要继续购买大量土地的事情，他们听了后感到非常意外，这家公司已经购买了 912 地区大量土地，而且已经建造了一处非常漂亮的科技园区，还进行竣工典礼，州长和这两位官员那天都去了现场，从完工后的科技园区看，这些楼整体布局设计是非常不错的，它应该在是市中心位置或市区旁，很具有商业楼的风格特点。他们看了都感到是一个很好的一个园区，但是有些可惜建在这里。不过至少说明这家公司是认真地在做，遗憾的是并不会探测发现到什么有价值的东西，有些可惜。当时出于信息透明公开有义务告知，所以在谈判时已经告知这位公司代表杰瑞里先生，912 地区地块和周围所有类似的地块，土地开发利用的经济价值不会高，要慎重认真考虑。不过后来他们坚持购买了 912 地区的大量土地。今天他们竟然会又来谈判继续提出购买科技园区周围的大量地块，看到杰瑞里是美国人也知道他原来是一位律师，杰森就很关切地表示道："杰瑞里先生你是知道的，当时我们已经清楚地告诉你，912 地区地块及周围地块开发经济价值不高，一定需要慎重考虑清楚。今天你再次提出购买大量土地我们很担心，请不要轻易草率做出决定。你是否确定你们公司要这样做？是否回去后再好好商量再确定？你是知道的，我们政府的信息是完全公开透明的。已经告诉过你这块区域的情况，你也是清楚的。我想再次强调你们这样做不合常理，必须想清楚这样做将会承担的风险。"杰瑞里耸耸肩有些无奈："好吧，谢谢你的提醒，我明白。现在确实如你所说是这样的情况，但是我们公司已经投入大量资金，建造了研究中心有大量的楼房设施，建成规模化的一个科技园区，也开始进行初步试验型探测和检测分析。现在确实没有发现什么，我想也许以后这片土地会发现它是具有价值的，公司投资的是未来。"其实这只是杰瑞里无奈，他也说服不了自己，但是作为公司代表在谈判时他也只能这样推测性的臆想试图说服他们。不过他的这句话后来倒是被他无意说中了，确实在未来发现了惊天兴奋的秘密，具有极高经济价值和战略价值的新元素在这里被发现，被全球所重点关注和疯狂的求购。杰森和威斯勒两位政府官员代表看这家公司还是坚持需要购买更多土地，这次他们继续告知过公司注意风险。见他们很是自信坚持愿意继续购买，没有理由不卖给他们。毕竟除了他们这家公司买来大量成片的土地外，没有人愿意来开发投资。也许真像杰瑞里先生说的，也许以后会发现它是有价值的。所以这样的协议很快达成。

然后双方又谈到了一些优惠政策，承诺如果增加就业，还可以由州政府提供减税补贴，电费也是平价的，还有政府会一次性给与企业一定的资金支持。最后杰瑞里按孟浩远的要求，公司又买下周边的将近一百平方公里的土地，加上原来的二十多平方公里，孟浩远俨然成为一个大地主。而且对土地的使用要求为，可以是农业生产使用、开矿作业生产、居民屋住宅、商业街建设等等用途，政府没有限制的都可以进行。对州政府来说只要能够对这片没有人愿意要，一直荒芜着的地经过投资来逐渐促进该地区活力，增加州政府当地人员就业，提升经济活跃度，在土地用途方面没有限制。经济、生产、生活都允许开发。对他们来说能吸引到这样一家专心认真地的科技型公司、大资本企业来这里投资买地，建设商业活动是非常有利而无一害。最终当然谈判成功只有杰瑞里一个人不高兴，其他所有人都很高兴这个项目谈成。杰瑞里现在已成为政府的座上宾，他们已经都知道他，也知道这家公司。经过十多天后就办好了所有土地购买的手续合同文本，通过边界测量，图纸测绘等购买的官方手续获得了许可经营证和产权证明。州政府并保证会根据公司生产情况增加用电量供应，还保证电价的优惠都在合同内写明。

二

杰瑞里在州政府完成了购买土地手续后，走出会议室后就马上向孟浩远报告谈判进展和一些州政府承诺的具体政策，三周以后等相关土地权证全部取到后，他再次向孟浩远报告全部正式办成。孟浩远听到他的消息后很高兴，杰瑞里这件事做得好。同时将购地需要的资金全部一次从比利时的那家著名银行汇给不用在从孟浩远国内银行转入再转出免很多手续和麻烦，浩瀚探索科技有限公司账户。资金上得到保证和及时提供让杰瑞里可以放心了，公司目前运转都在按计划进行。尽管他心里是一直不放心的，甚至有些危机感，但是他又很信任孟浩远这位直接的上司。做事风格直接、果敢，还有点他认为的鲁莽和不计后果。

杰瑞里已经办完土地购买项目，听到他的汇报后，这一件事情落地。而此时孟浩远一直在想 912 地区基地这个重大新发现最后是否要公开？怎么来公布？三天后他有了一个新的想法，他的主意是将这件事通过由王可佳作为研究者站在公众前面成为新元素在 912 地区的发现者，再次让王可佳通过自己的指导制定检测方案，经过实验室不断检测分析最终发现这种新元素新物质，才可以经过秦和格兰德的同意对外公布。王可佳本来就是化学研究领域的专家，他已经与人合作在中国发现了一种新元素，增加了元素周期表上的新元素和重排序列，由他第二次再发现是合乎逻辑的。同时要尽自己所能，以最好的方式照顾好这位最好的同学，这就是给王可佳再送出一份足够他以后可以在美国立足和完成研究生博士学业的一份重量级的大礼。同时也让外界认为浩瀚探索科技有限公司有非常专业的科学家帮助公司，通过研究出一种新的检测方法对 912 地区地块的地下矿产样品检测分析，在 912 地块发现了这种新的元素，然后择时发布这条重要消息。这样这家无名企业突然大量购买土地和建设科技园区后坚持探测获得结果就有了合理性。同时他还专门做了一件事，听秦说的话，在信息正式发布前需要做新元素的储备，什么意思？他懂，所以悄悄的在办一件事。

孟浩远在学校办公室里想这些事情的前因后果后，专门电话联系秦和格兰德，得到他们的同意。格兰德将针对地球上已经在实验室中最好的检测仪器，优化检测方案来试着完成没有用阿勃特星的高端精密检测仪是否可以同样可以检测到这种新元素。一个月后格兰德终于完成了这一检测方案，同样在 912 实验室中终于可以检测到新元素。等他把这一结果告诉孟浩远后，孟浩远心里大喜，一切问题解决，那么接下来可以实施他的计划了。

在伯利克数学院学校办公室里已经是下午四点半多，孟浩远打电话和王可佳联系。很快孟浩远听到王可佳电话已经接通主动关心地问道："王可佳，好长时间没有联系，最近学习和工作忙得怎么样？"王可佳一听是孟浩远来电话，自然十分开心，这家伙平时也不时常联系我。而自己有几次电话联系找他，都说有事在忙没有说得上话。今天他倒是有空了，一开口就关心起自己。到底心里还有我这个朋友的，高兴地说道："浩远啊，谢谢关心啊！你也不来看我。联系你几次你都说在忙，你也太忙了吧。我现在都还好，学习也还好，工作方面也还好。在研究上目前没有太大的新进展。你怎么样？听说你在数学研究方面一直有新成就啊，真是不得了。今天是不是有事啊，一般你没有事是不会轻易来电话的。"几句话把孟浩远说得笑了起来，心想也的确如此。笑着说道："你这家伙关心你呢，你看打电话给你吧，和你说说话还埋怨我，不和你电话联系吧，又会说我不关心把你忘了。你这人太难侍候了。你倒是说说我应该怎样做才好呢？"一番话把老实的王可佳说得没有办法来回答，他毫无抵抗。王可佳讨饶："好了，好了。算你有理说不过你。哎，说说有什么事情？是不是你的最新数学成就啊？"孟浩远笑了问道："看你说的扯远了。哎，来美国你现在有没有压力啊？"王可佳说道："压力总归有的，不过还可以吧。其他倒没有什么，主要是人与人相处的关系上。不像你和我这般。我们学校有一位副校长和实验室的个别同事，我刚来时都很尊重客气，不过现在这两人看我的眼神有点怪怪的，好像有点瞧不起人的那种清高感觉。因为他们可都是美国一流名牌大学毕业的博士生，确实他们的学历和学校经历没得说，是值得骄傲的。我呢，你知道在中国读的大学比较普通一般，是没有他们厉害。可能看我还目前边工作边还在读研究生学业，他们眼神里和脸上表情流露出高傲看人眼低了。不过还好玛丽教授一直力挺我，很关心我。其他的一些在曼克实验室工作的同事还是很正直也很专业的，都各自在忙于自己的手中的研究课题，平时关系都还好。我正需要你帮我出点主意像上次一样来一个新研究，出点成果。"孟浩远一听王可佳的话，明白了他现在的状况，原来这样。他心里也很想有一个新研究出点成就。看来王可佳总体上还可以，在这样国际一流实验室工作当然面临众多压力，周围都是高智商国际一流大学毕业的高材生，学历高能力强大家各自搞研究。看的是现在的研究成果而不是过去。王可佳为人老实比较低调不太活跃，谁能保证所有人都会对你一直尊重和喜欢。最终还是要靠自身的能力来征服他们，说道："好吧，王可佳。这些同事关系问题你不要想得太多。做好你自己的事才最重要。我们俩都忙于学习和工作，确实有好长时间没有见面了，要不你下周的周六和周日两天你到我朋友的一个科技研究中心来一下，具体地址我等会就发给你。我们一起商量一下，研究一下有关科研检测的问题，我是有些新的想法的。我想你的专业是可以发挥作用，也许会给你的学习工作有帮助。"王可佳一听马上高兴起来，一来可以和孟浩远难得一次在美国见面，二来他十分相信孟浩远，第一次的新元素重要发现，其实主要靠孟浩远的思路和提供的方法。这次他又一次想到检测方面的事，他现在令人刮目相看，有与众不同的智商越来越聪明，有非常独到的思路和点子。说不定真的会又有了计划也未可知。所以高兴地说："好。浩远我一定会到，谢谢你一直关心和帮助。"两人交谈完王可佳当然愿意去，已经和孟浩远很长时间没有在一起，机会难得。孟浩远与王可佳约定在912科技研究中心科技园区见面。两人挂上电话王可佳高兴不已，一身轻松心情大好，而孟浩远放下电话后坐着在想心思，他知道王可佳性格是较内向的，做事很认真，但是不太喜欢与人交际。和他一起在"曼克实验室"研究的外国同事，来自世界各地，主要是欧美等国家为多，他们都是毕业名校，做事专注交际活跃，又是拔尖人才。他们的生活习惯不一样，王可佳很难一下子和他们融合在一起。再说目前王可佳在实验室的研究也一时半会拿不出特别亮眼的成绩，也许一辈子也不一定会再次通过新研究有重大的发现取得成就。以王可佳现在的学业经历，很多人是看不起来自中国大学毕业的学生，难免有个别人会有所想法，最后在对待王可佳的态度上表现出傲慢轻视。现在正好是个机会，我可以把格兰德刚刚发现的最新重大成果，给他完整栏目的检测方案。等于已经有了结果，只不过在他不知道的情况下再让王可佳来继续做一次，最后肯定会有发现。以他的名义或和玛丽教授两人的合作研究名义都可以，这样他又一次会获得惊人发现，对他以后的工作学习和人生帮助都会是极其重要的。

正想着突然办公室门被轻轻敲了几下，他正好与王可佳道别来不及答应，门被推开进来一人，看到孟浩远手中拿着手机正在与人通话，来人忙说道："孟先生，我看门没有关进来看看，你在就好，没有事，你忙吧。说完就悄然退出办公室。孟浩远已经看到来人，原来是克里斯教授的助理休伊特。放下电话，以孟浩远的机敏和反应心中警觉起来，这人有些奇怪，他来干什么？推门刚进入又马上退出。他思考着，马上想到上次科索教授亲自来到办公室请他一起过去，有一个校长安排的接待，因为是科索教授亲自过来所以赶紧起身跟着科索一起出门，顺手拉了一下办公室门但没有关上。等会谈结束回来后他发觉异样，有人曾经进入到办公室，而且翻过桌上的东西后又小心地重新按原来样子放好，不过自己做过标记，否则不会发现东西被动过。还打开过自己的电脑查看过自己正在看过的信息，还翻找过自己的几个抽屉。当时孟浩远心里十分警觉，有人是有备而来已经盯上自己，不过是谁？他的目的是什么不清楚。今天看到这一幕他马上想起这件事。难道会是他？好像不太可能。克里斯教授的助理休伊特他过来只是关心自己门没有关上，可能在走廊中经过时进来看看，见自己在办公室就放心地退出了，上次应该不会是他，也许还有一种可能刚才他来是有事情找我。想到这于是放下电话从椅子上站起身，走出办公室到斜对面正好是休伊特的办公室走去，走到他办公室门口门关着，孟浩远轻轻敲了几下，听见里面有人说"请进"才推门进入，正站在办公室窗台边眼睛看着外面的休伊特听见敲门声忙转过身来见是孟进来，。还没等孟浩远问，他已经先开口说："孟先生你好，刚才找你有事，见你正在忙不好意思打扰，就离开了。我想问一下科索教授已经好长时间没有来学校，他的课程是你在负责上。听说他身体恢复得很不错，你经常去看他是这样吧？我刚才在克里斯教授办公室，他问起科索教授的情况，我不是太清楚，所以找你是问问他的情况。"孟浩远不及开口说话就听他讲了这么多原因，原来是找自己有事。说道："科索教授恢复得很好，不过还需要休息继续康复。"休伊特说道："这真是一个奇迹，一般经过两三个月治疗没有效果基本断定会瘫痪终身了，这对原来是一个正常人的科索教授来讲是非常不幸和痛苦的一件事。听说他在医院里治疗时并没有康复才回到家休息的，没有想到回到家后反而一点一点恢复了而且康复得很快。真是奇迹。他太幸运了，感谢上帝！”孟浩远说道：“是啊，有时候会有奇迹，坚持治疗还是主要一方面。”休伊特说道：“是是，听到这样的好消息大家放心了。以后我有些学术上专业的问题找你请教，请孟先生要帮助哦。”孟浩远客气地说道：“哪里啊，相互探讨吧。好，没有其他事我走了。”说完转身离开，刚才两人说话时一直面对面站着，见孟浩远准备离开，休伊特站着，他的眼睛一直看着孟浩远的背影，等到孟浩远关门一刹那休伊特还站着盯看着孟浩远，他的眼睛里透出意味深长的神色，令人有些害怕。

走出休伊特办公室孟浩远边走边想，难道除了这个休伊特还有其他人正在盯着自己？那目的是什么？到底是什么人？不可能自己与秦的联系被发现了。这让孟浩远有些心烦和警惕，以后自己要小心了。孟浩远陷入从来没过的莫名焦虑，心里一直思索着刚才休伊特突然推门进来和上次在自己办公室发生被人偷偷进来查看的事。

等到了周末上午，孟浩远抽空打电话与艾琳联系，告诉她这个周六和周日要见自己一位在美国读书的中国同学，到他那里去看看。艾琳听到孟浩远有事不在家，她也不回来了。住在学校外面孟浩远为她单独租的公寓里，准备和同学一起出去玩。然后孟浩远与秦通电话告诉他准备过来碰头，并带上自己的同学一起过来，准备以后交给他来完成检测，有机会可以公布消息，并请格兰德帮助准备好检测方案材料。秦告诉他格兰德已经不断重复试验，花了很长时间终于能够用地球检测技术和仪器在 912 科技研究中心实验室中完成检测分析获得新元素。所以让孟浩远放心，完成的资料都已经放在实验楼孟浩远 401 办公室抽屉中，自己去查找搜一下。孟浩一听大喜，格兰德和秦太帮忙了，用现有的技术和检测方案，检测分析仪器重新检测获得同样的结果是非常困难的，真的不容易，可以想象的出格兰德一定花了很多时间。

周六已到，孟浩远已经和王可佳一起事先约好了碰头见面时间，两人各自从不同的所在州城市出发乘飞机约在到中午十一点三十左右在菲尼克斯市机场出口碰头，然后一起再出发。孟浩远已经在网上订好了一家汽车租车公司租一辆 SUV 越野车，自己和王可佳两人可以轮流换着开车往 912 科技研究中心科创园区方向去。

今天又是一个好天气，天蓝云白空气清新令人心情愉快。王可佳的乘坐的飞机航班比孟浩远要早一个小时到，带着兴奋的心情早上很早提前到机场，准点上飞机后发了信息告诉孟浩远，现在已经到了机场又发了一条信息，得到回信知道孟浩远乘坐的飞机航班起飞时间晚了，所以到菲尼克斯机场也会晚一些。王可佳到达后在机场候机楼出口外面大厅找一处地方坐着边休息边等，一直在等孟浩远。等到孟浩远飞机到达后顺利出来，专门在出口处等孟浩远，看着他走出来高兴的远远招手叫着孟浩远的名字，引得两旁的接机人侧目看着他高兴的样子，两人终于见面上面高兴不已，两人虽然都在美国但是平时都在忙着学习和工作，又身处两个不同的州，距离还是比较远已经好久不见。这次好朋友在机场见面十分开心。王可佳见到孟浩远就张开嘴笑个不停，激动之情一看便知，用力拍着孟浩远肩膀高兴的不得了，弄得孟浩远肩膀生生地被拍得有些疼连忙躲闪。笑着说道："哦哦，王可佳你现在力气大的不得了，把我弄得疼死了。好了好了，快住手。"王可佳才住手笑呵呵地说道："孟浩远，真想你。总算见到你了。"孟浩远说道："让你久等了，已经是最早的一班航班了。走吧，路上还有很长距离，我租了一辆车。我们自己开车过去。"两人有说有笑的一起出门，看到有出租车挥手叫了过来。上车后告诉司机赶去租车公司的地址后就不管了。王可佳第一次来这座城市一路上高兴地与孟浩远用上海话在交谈，头转向窗外看着这座城市路过的街景，第一次到这里不免感到不一样的城市有些新奇。出租车驶出机场后转入公路又转换几个路口一直行驶着，大约一个小时时间出租车载着两人到了市内的一家租车公司。孟浩远和王可佳两人拿着背包下车，孟浩远抢先将车费付给司机。下车后走进租赁汽车公司很快就办好了手续，孟浩远开着车在顺路经过的一家大型商场时，车转进里面停车场。两人下车走进超市，买了一箱瓶装水和一大包路上准备的各种食品后出来上车，在商场外面的一家快餐店随便吃了一点算作中饭。然后一起出来准备出发赶往 912 科技研究中心科创园区。王可佳手痒要开车，孟浩远笑着让他开，自己坐在副驾驶位子给王可佳指路，一路有说有笑，久别后第一次见面话题很多，王可佳平时与他人交谈不多，但是与孟浩远在一起就完全不一样，很放松。王可佳不免好奇，问孟浩远道："哎，孟浩远。怎么突然想起到亚利桑那州这里来，现在我们是去哪里？"孟浩远不露声色平静地答道："不要急，到了就知道了。你认真点开车，不会把你卖掉的。"王可佳笑道："把我卖掉也没人要啊，哈哈哈哈。"孟浩远说道："我也不想费心思卖掉你，哈哈哈哈。"见王可佳在问到哪里去，孟浩远给他交待一些情况，认真地说道："是这样，我有一个朋友在美国开了一家科技研究公司，公司专门是矿业探测和检测方面的，做高端精细材料生产。在美国买了一大片地，就是我们现在要去的地方，那里地方非常大不过很偏远，我去过。哎你听说过天坑公园吗？就在那里附近。"王可佳插话说道："噢，天坑公园。我知道但没有去过，那里一定很荒。"孟浩远说道："是的，确实很荒。那家公司希望请一位化学检测分析方面的专家，去用那里地区采集的样品检测分析一下，看看有无开采利用的价值。如果有就开采，如果没有，以后会转变思路将用其他方式对土地进行开发利用。不过告诉你那里现在确实是非常荒的。"王可佳一听问道："噢，是这样。他们公司应该有专业技术检测人员的，为什么还要找我去？"孟浩远说道："是啊，公司是有技术人员。你现在在曼克实验室工作和学习，又是化学检测专家，我不找你找谁？"王可佳一听原来如此，那孟浩远说的检测的事不普通，应该很有难度，要不然公司自己的技术员也能够检测到并分析，或者直接请第三方专业检测公司。一定是样品中很难检测到或者检测方法问题，说道；"哎，孟浩远，你是否有什么想法了？"孟浩远说道："是有一些想法。你还记得在国内我们一起对来自全国各地主矿区收集到的样品进行实验检测，最后发现了一种新元素，还陆续发表了专业论文引起轰动的事吗？"王可佳一听这件事有些兴奋起来："记得，当然记得。还不是你设计的检测技术路线和提供的检测分析方法才得以成功。这件事我知道都是你的功劳，我对外不敢说是为了保守秘密。但是我非常清楚，真是非常感谢，要不然现在我可能也没有机会来美国从事研究和学习了。"孟浩远见王可佳很记这份情谊，笑着说："王可佳你客气了，还是你不断努力的结果。"孟浩远认真地说道："告诉你王可佳，对这片地区我是已经有了初步的设计检测方案，不过需要你这位专家来实验验证，也许在这里我们像上次一样通过新的检测方案会有所发现呢？"王可佳更加兴奋了，说道："如果矿区自然地貌符合矿产品存在的特点，也是有这种可能的。"两人交谈着，孟浩远不时向王可佳指路，汽车已经进入了四号州际公路。孟浩远说道："王可佳，现在开车方便了，沿着这条四号州际公路一直开会经过天坑国家公园，再往前一点大约二十多分钟就差不多到了。如果你累了可以休息一下我来开车。"王可佳说道："现在不累。原来就在天坑国家公园附近，这个我知道的，在美国算是有名的一个景点，那里周围可真是荒。"两人的交谈着一路上王可佳不停地问，这些原来电话里孟浩远并没有细说，现在他总算知道了概况，心想孟浩远的头脑中装了太多的知识，太多的事情。自己自叹不如，而且他一直很低调，看来他的这次检测设计思路肯定又会是很新颖地想要检测出稀有的物质，那他肯定做好了功课，头脑中已有了方案，他现在太聪明了。可是他的脑子里怎么会一直有这么复杂新奇的知识，这真的太让人吃惊，他太伟大了。现在王可佳对孟浩远已经十分的信任和佩服了。

王可佳开着车不时看着公路两旁的景色，看到的两边都是广袤无际一眼望不到头，天地之间似乎只有这条洲际公路和路上行驶的车辆，地上非常荒凉都是碎石，地上没有农作物，只有一些野生的植物顽强地在生长着，这里的年降雨量不会高。不过这种地貌倒是有可能符合矿石产品的特征。等到现场看看再说。

汽车沿着四号州际公路开了已经一个半小时了，路上只有来往的车辆，两边都是荒地没有其他任何建筑设施，除了树立在公路两旁的电线杆孤零零的像一对卫兵隔一段路有一个。越开越远越来越偏僻，四号州际公路上的来往车辆也不是很多，王可佳不由得问道："孟浩远，那里是够远的，这里太荒了。什么人都没有。还有多长时间，我们这是到什么地方，这里很偏僻么，一路上很少看到有人只有汽车经过。"孟浩远说道："快了，这里确实是很偏僻的。放心吧，我不会把你这么个大专家给卖了，偏僻之地或许会有不一样的发现。肥沃的土地只适合农业生产但是发现不了矿藏。"看着孟浩远好像很有一种自信，心情越来越好，王可佳也不多问，说道："孟浩远，要不我们到前面的天坑国家公园停一下？我没有去过，顺便看看，到此一游。"

孟浩远说道：“好，经过的可以去看看，难得来一次。顺便你正好休息一下，我们可以先到对面加油服务区加上油然后我来开车。记住右边的有一个服务区，左边的是天坑公园，到了前面可以看到广告牌的，这里没有其他不会搞错的。”

汽车又继续行驶了一段时间，王可佳继续开着车，路上经过的车辆让他高兴其余没有可看的。路两边一览无余所以很方便发现在远处有一些在路边的巨大的广告牌子。车终于到了服务区，进去加满油后停在停车场上，两人进入一家咖啡店坐下点了咖啡和一些蛋糕吃了起来，一路过来有些疲劳正好补充能量顺便休息一下。等到孟浩远看看已经快要到下午四点了，说道：“王可佳，走吧。我来开车，前面再过一点路，对面就是天坑景区。”汽车开出没多少距离，王可佳才终于看到唯一的景区建筑，指着公路旁巨大的牌子兴奋地说：“孟浩远，你看这里就是天坑景区。”汽车一直开进景区的停车场中，总算看到一些车和人。孟浩远说道：“是的，一个非常有历史的史前巨大天坑，说是陨石降落时砸出的巨型天坑。在这里有人发现过陨石的。”王可佳说道：“噢，是吗？”孟浩远说道：“下车，我们走。”王可佳经过这里传说中的天坑国家公园自然想看看，说道：“好，去看看。”两人一起走到天坑边上，已经是最近距离了再过去有围栏出于安全拦着，游客不能再走近。王可佳站在近旁被天坑的巨大深渊看不到底所震撼。发出了惊叹：“噢，我的天这么大。太让人惊奇了。”说着拿出手机啪啪地各个角度拍了起来，最后自己站在前面让孟浩远帮他拍了几张照片，然后才走回停车场上车。孟浩远接着继续开着车出发，又行驶了约二十分钟时间，汽车终于开到了浩瀚探索科技有限公司下的 912 科技研究中心科创园区。在门卫登记后进入，孟浩远开着车直接开进去经过行政楼 A 楼，王可佳兴奋地问着：“这楼很漂亮，连体双子楼对称设计很好看，哇，都是新建的，真敢投资。”孟浩远说道：“这是公司的行政楼现在还没有人。我们到实验楼去看看。”说着开着车左转，很快来到侧下风处的一幢单独大楼 E 楼门口边上楼下设计很好看的一个造型大大的 E，离行政楼 A 楼和 B 楼有三四十米距离远，往边上的停车场停车后两人下车。王可佳下车站着，看到这家公司的建筑设计和新建的建筑大楼顿时吃惊不小。原来这片地区突然在这里出现一处已经建设好布局合理规模很大的一家 912 科技研究中心，看起来所有园区的建筑楼房子都是新建的，非常美观大方简洁有整体风格，布局非常合理令人赏心悦目，像一个艺术品让人喜欢。突然之间来到了一座崭新的园区中，仿佛就在城市中，而不是周围都是荒地的荒郊野外，让人感到很意外。看来这家公司不简单。

整个园区里面的建筑群设计简洁大方美观，造型与众不同，周围道路绿化公共消防设施齐全，引导指示牌和各幢建筑的铭牌设计也是很有风格大气美观，在大楼前面点缀，和整体环境非常协调风格统一。建筑群看起来美观，设计新颖独特和环境布置融合，与周边的荒芜地完全是一个沙洲中突然出现的绿地一般，让人一下子感到别有洞天的感觉。这显然是一个新建的规模较大的公司，各幢楼房都是崭新的似乎刚刚完工。站在这里看刚才的双子行政楼 A 楼和 B 楼，大门外专门有一块很有风格的金属制的设计美观的牌子上英文写着"912 科技研究中心"。王可佳一时突然想到到什么，笑着问："孟浩远，你能啊！不会是你的这家科技研究中心吧？"孟浩远没有直接回答他的问题，说道："说什么呢？走，进去看看。"两人走进实验大楼玻璃大门，在大厅前面有专门接待站区，设计也非常的现代漂亮，地上全是大型地砖，颜色配的很好，与周围环境和谐，在室外光线的照射中发出亮光。

孟浩远用他身上的门禁电子卡打开通道门进入到实验楼的一楼大厅。王可佳好奇地东看看西瞧瞧，跟着孟浩远走过中间的接待站，来到后面的电梯区，里面有四部电梯可供上楼。乘电梯上楼直接到四楼，这幢实验楼 E 楼共有七层，一楼是办公区和储藏室、物资室等，二层以上全是实验层，每层都有办公区，方便实验人员做实验和办公，还有休息室会议室等，按功能分了不同的实验区和各种实验室。四层实验室主要就是检测分析矿物质理化和各种微量元素精细的先进标准实验室在西侧，实验人员办公室在南侧，中间是宽大的通道走廊。孟浩远带着王可佳参观了整个实验室楼，边参观边简单介绍各种实验室功能，让王可佳惊讶不已，这样的实验室布局设计一定是专业设计团队设计的，里面的各种功能先进的仪器设备和实验室通风设施等都已经非常完善，完全可以通过认证机构对实验室认证要求，实验室里面放着的各种先进仪器设备和配套的各种分析试剂仪器，试管以及各种器皿等。实验室常用配套容器看上去都是新的，王可佳顿时很是兴奋。参观完实验室后王可佳和孟浩远一起来到一间小会议室坐下，孟浩远忙着给王可佳烧水泡热茶，王可佳站在窗户边上往外看着周围的景色，周围一片荒地，南面远处可看到有一座山。王可佳满是好奇看着外面，问这里的一些情况。孟浩远并未回答，只是简单的说一些基本情况，略过关键的问题，询问王可佳："王可佳，实验室参观完了说说怎么样？你可是在曼克实验室工作的专家，最权威了。"王可佳一听孟浩远问他对实验室的看法，惊喜地说："真没有想到，很让我意外。在一个非常偏僻的地方竟然建造了这样一个规模颇大的科技研究中心，还专门又建有一幢单独非常漂亮功能完整布局科学的实验大楼，很不寻常很是少见。一般情况下完全可以建在城市内，方便科技人员上下班工作。这里是采集样品地吧，采集到的样品送到城内的实验中心进行实验就可以。这家企业如此重视实验室建设，实验室很完备符合要求非常理想。这个老板很舍得花钱与众不同，有魄力不简单，胆子太大了。"王可佳连连称赞，确实没有想到在这么一个非常偏远荒漠的地方，有这样一家科技研究中心而且是刚刚新建好，居然还建有配置齐全设计一流检测分析仪器设备，先进功能齐全的实验大楼，每间实验分析室按不同的检测仪器功能分开设计，一看是专业人士的手笔。王可佳越看越想越吃惊："孟浩远，这是怎么回事？老实告诉我，你和这家公司是什么关系？莫非你就是这家公司的老板？看你对这里这么熟悉。"王可佳的一顿问话让孟浩远吓一跳，是啊，他说的和想的有道理。这样一幢规模很大功能设施先进齐全的实验楼完全应该建在市内，专门建在这有违常理。这里目前仅仅是一个矿石样品采集地，采集到的样品完全可以开车送市内实验机构进行检测即可，何必花钱在这里专门建造，即使自己想建实验楼也应该建在市中心才对，何必一定要花大量资金建在这里，太浪费了，而且使用率肯定相当低，违反一般常理啊。还好格兰德已经检测发现了一种特殊的稀有新元素和高含量品种齐全稳定的稀土，又继续购买了周围大量的土地，以后912科技研究中心会成为一个中心区，着眼长久的将来，服务于整片地区探测检测分析。这样花这些投资建造专门实验楼还算可以说服的了人。孟浩远说道："不要瞎猜了，这不是重点。好吧，我朋友和人合伙开的，让我出面来负责一下，主要还是在技术方面的。"王可佳走了过来，两人挨着坐在会议室大桌的椅子上，两人开始进入研究上的交谈中。孟浩远说道："王可佳，你也看到了这里的实验室建设和仪器配备。公司通过对这片地区矿产探测和样品收集整理和开展检测分析，请的专家从整片912地区地理和地貌特征初步判断这里可能会有一些特殊矿产品存在，所以投资了不少资金买下这里大片土地，建了科技研究中心和科创园区，实验楼、行政楼等配套楼建设。目前公司已经开展工作，采集到这里不少的样品进行检测。希望你能够负责把关，我才放心。"王可佳现在才全明白，原来孟浩远让他过来是请他对这家公司采集到的样品进行检测分析，提供专业意见。说道："孟浩远，我刚才站在窗边在认真地看这里，你注意到没有这里的整体地质地貌，符合矿产开挖的基本特征。我们来的时候经过天坑公园，这里和那边是属于同一带地形，年代非常久远。所以可能性是有的，我还需要看看地下面结构样貌特征情况，一些特定的矿产有它独特的地貌地形特征。"孟浩远点点头，王可佳的判断有一些专业，和秦他们是一致的，当然秦他们掌握更加先进的高端科技，通过飞行器在降落到地面时的断层扫描可能就已经初步掌握了一些秘密信息，所以第二次来还专门带来先进高端的精密分析检测仪器和其他设备进行检测分析。一定是准备有目的针对性的。孟浩远说道："王可佳，你等等，我去办公室拿些资料给你。"说完走出会议室通过走廊来到另一间朝南的办公室，从办公桌内的一个抽屉中拿出由格兰德早已经反复实验后，可以利用地球现有检测分析仪器最终检测得到新元素的一整套检测方案。旋即又走回会议室递给王可佳，认真地说："王可佳，这里是我的一些检测分析新设计思路和检测分析方法。你看看提提意见。如果用常规的检测方法，对这片土地已经有很多机构和专业人员进行过类似的采集检测分析，但是问题是并没有发现什么有价值的物质，所以到目前为止这里一直是荒漠之地没有人要。我们要用新的方法进行检测，也许会有收获。"王可佳接过孟浩远递给他的这份放在资料袋中非常重要的技术资料，拿出来一看全部是用中文打印出来的，就令他吃惊不小不免倒吸一口冷气，不由得抬头看看孟浩远，孟浩远脸上看不出表情只有他一双眼睛是认真而智慧地眼神。王可佳被吸引住迫不及待翻看起来，这一看顿时被吸引住，马上变了一个人，打气十分的精神一言不语认真地看着孟浩远提供的这份资料。连孟浩远端过来放在他桌上的茶都没有喝一口，看得他激动兴奋又惊喜不已。此时王可佳已经发现这份整理如此清楚整齐的技术资料，太重要了，如同突现在自己眼前的天书一般，他发出惊叹声："这……这……这是你的思路和设计检测分析方案？你是怎么想到的？这太让人不可思议了。你太聪明了，你总是让人吃惊。噢，我，我有点不认识你了。"

这么先进的检测方案让王可佳突然想到第一次与孟浩远合作研究检测，发现了一种新元素"钟"，打破几百年来元素周期表排列顺序和组成。当时也是孟浩元提供的完整检测方案，然后自己和孟浩远一起收集样品进行不断检测实验后发现的。难道这次还是和上次一样，原来孟浩远心中已有成熟先进的一种检测新方案，他是故意成全我，让自己来具体实施做实验，和第一次发现的新元素"Zon"一样。此时越看越想心中越是激烈地跳动起来。不过看孟浩远脸上并没有露出特别兴奋的表情，一直很平静，王可佳心中思量这份无价的技术资料他应该早已经准备好了放在他办公室中，然后特意请我来。王可佳心情波动起伏，孟浩远已经看出他的激动之情，见王可佳眼睛也没有看伸出手来顺手拿过桌上的杯子猛喝了一口放下时力道过大，竟然把水杯弄翻倒在桌上，杯中的茶水顿时流在桌上，惊吓得他赶紧猛地抓起资料站起身，孟浩远看到他这样子，赶快紧走几步拿来一盒纸巾抽出几张吸水和擦桌，反复几次总算弄干净桌面水迹。然后表情平静地说道："可佳，不要急不要急。用点心安静下来好好看看，研究透再说。我们准备要接下来做的。"王可佳激动的说："浩远啊。你是否早已经研究准备好这份检测方案，花了大量心血吧。你太聪明太伟大了。我看没有什么问题。完全可以按照你提供的技术资料检测方法试试，我相信你，有可能还会成功的。至少验证一下你的设计方案，你这是怎么会想到的很精妙啊，研究数学的大数学家居然对化学检测方法也非常专业熟悉，更有研究。太聪明了。真是个怪人。"王可佳已经接连赞叹彻底佩服孟浩远。

　　孟浩远看王可佳对自己非常钦佩，更是对这份检测新方案特别激动兴奋和认可，惊诧的表情可知他差点要怀疑起自己是如何完成这份高深顶尖科技资料的，自己是受到什么样的人指导和启发才有这样的新检测方案？他很想问自己到底是怎么回事？看着王可佳脸上不断变化丰富的表情就知道他此时心中波澜起伏和疑问重重。认真严肃地说："王可佳你已经问了太多了，真烦。记住少问，多做，多看。多思考多问自己为什么，不是问其他人为什么。然后自己慢慢消化在脑中，一定要吃透，搞得异常清楚。最后完全变成自己的思维就可以，不要再多想其他的。如果我们成功用这种方法在 912 地区检测到有价值的物质，证明这里有丰富的稀有矿石原料和重要的物质，那就值得在这里投资和经营开发，912 地区包括以后在 912 周围所有这整片土地都可能具有开发价值，会改变这个州的基本经济结果和状况，意义是非常大的。那是以后的事不说了。"王可佳见孟浩远一脸严肃不像是在开玩笑，神情也很认真的，点点头表示理解，心中纵有疑问也不好在提，生怕孟浩远对他着急。所以更加认真地继续看这份重要的特别吸引人的宝贵资料。越看越惊喜越来劲。

　　孟浩远见状也不打扰他，轻声说："王可佳，你好好在这里研究资料，我出去看看，你不要走开等我回来。"王可佳此时根本就没有听，他已经沉入其中正在潜心认真忘我般的研究起这份珍贵高深的资料。孟浩远见状悄悄走出去轻轻关合上门，乘电梯上六层来到里面另外一个实验去找秦和格兰德他们，再讨教一下关于这次检测样品发现新元素的详细情况。孟浩远这次来是先与秦联系得到他同意再与王可佳联系，两人在机场碰头一起开车过来大约今天下午四点到，会一起到实验楼四楼实验室陪王可佳参观后在 407 会议室内交谈。他算得很清楚。所以秦和格兰德知道孟浩远今天四点左右他会带他的一位同学一起过来，两人等时间到了四点前一刻钟，已经在 D 楼地下监控中心画面看到孟浩远的车进入 912 科技园区停在右侧区实验大楼然后下车。秦就开着车从 D 楼地下车库来到 E 楼实验室，将格兰德费了很大精力和时间才完成的完整的实验检测修改的方案放在孟浩远在实验室楼 401 的一间办公室的抽屉中，在 E 楼实验楼六楼一间实验室开着门，在对面的一间 604

办公室门也开着等孟浩远过来方便与他见面。这份完整的检测分析新方案资料孟浩远自己还没有细看过，都是由格兰德根据他用阿勃特先进高端精密仪器检测分析得到的新元素，然后不得已为了孟浩远，格兰德又花了很长时间通过现有实验仪器实验室再不断重复检测得到同样结果的一套完整珍贵资料，而且期间专门用 E 楼实验室现有的检测分析仪器又反复做了几遍，两个实验室都反复做过实验得到同样结果，格兰德认真细致地修改了由于使用不同仪器检测的不同方案，最终被他攻破，现在根据他提供的这份技术实验方案，只要按照步骤一点一点做下去就可以。用现有的实验室仪器在几个关键分析时需要特别小心细致反复多做几次，最终还是可以检测到新元素的，只是整个实验需要花的时间更长一些。

孟浩远走进 604 办公室后关上门，秦、汉、格兰德三人都在这里，他们早已在前几天接到孟浩远电话通知，说他今天会带最好的同学大概在下午四点会过来，与他们见面碰头。将格兰德准备好的检测方案给王可佳研究学习，准备以后将检测获得未知新元素的重要信息让王可佳来负责完成检测分析任务，再发表论文进行公布。孟浩远把为什么这样做的理由分析了一遍，秦认为孟浩远的考虑顾及多方面因素，他自己不想作为这次新检测方案研究人员负责完成并由他通过检测分析发布，这个又将会是惊人的消息。孟浩远已经在数学研究上有很多重大突破成就，如果在化学检测方面再有不断突破有重大成果，所有的重要成就都集中在一人身上其实是不太符合常理的。这件事只有王可佳来负责更为合适，他现在在"曼克实验室"从事研究工作，而且是以前曾经发现过一种新元素的主要研究者。他们在 D 楼从监控中心看到孟浩远开车进入，带着一人走进 C 楼实验楼，两人走在一起高兴地参观交谈，关系相当好。秦他们从地下层开车从通道进入 C 楼在六楼办公室等孟浩远。现在孟浩远已经走进来，老朋友相见很高兴地与秦握手，秦问道："浩远，又见面了。你今天带过来的那个小伙子就是你说的同学？"孟浩远说道："是的，秦。我想过，格兰德和你们需要保护，安全才是所有事情的重点。既然格兰德在这里检测发现的成果最后总是要公布的，你也同意。但是肯定不能由他来，也不合适由我来，总归需要有人来。所以我邀请了最好的一位中国高中时的同学王可佳过来，他正好是专业研究化学检测的。而且上次我俩在中国就合作过一次有新的重大发现'Zon（钟）'，你还记得吗？"秦点头示意知道这件事，孟浩远接着说："把格兰德完成设计的新检测方案交给他负责，让他认真研究边做实验，反复多做几遍，最后才发现这种新元素物质，这样显得比较顺和合理。你放心他不是外人值得信任，他不知道任何有关我们的事。"秦说道："是这样。你上次联系时在电话中已经说过。你考虑得还是周到细心的。好吧，有关你这里由谁负责最后检测发现的事就这样吧，现在由格兰德说说这件检测发现的事。"格兰德见秦让他说，慢慢说道："关于检测发现新元素的事是这样，我也有些意想不到。平时开始正常检测分析这里采集到的地矿样品，我们需要了解一下地球地貌的一些基本信息数据。你还记得吗？从912基地出去开车不远是一个巨型天坑陨石自然景区，我们也是留意到这点。通过基地内近期送来采集的样品用我们的检测分析仪器进行检测，意外地发现这里地下的矿石样品中检测到一种全新的元素。我的意思是这种新元素在我们阿勃特星来说也是第一次发现。在你们地球上我查过，你们的资料中也没有出现过，同样它是一种新物质，而且他的性质特点很独特，重要性不言而喻。另外还有一个消息在这里的与矿石一起挖出来的沙土中我们也检测到有二十多种稀有物质，含量很高也是很有用途的物质，你们叫它稀土的稀有物质。这些物质用途非常大，非常有价值。然后考虑到你们的检测方法和检测仪器等因素，我重新设计按你们实验室具备的仪器设备等花了很大的精力和时间总算完美解决。就是这样。"

孟浩远说道："太谢谢格兰德了，要不然，没有其他检测方案，我们地球就无法使用这种新元素物质。也谢谢秦和汉。"秦说道："浩远，地球和阿勃特能相遇带来更多的进步是最好的。电话和你联系只是简单地告诉你发现了新元素这件最重要的事情。现在把整个发现过程全部告诉你，你看还有什么问题吗？"孟浩远当然很惊喜激动地说道："谢谢秦、汉、格兰德。这真是太意外，这是个好消息，是一个太好太好的消息。这非常重要。我已经根据你的建议让公司杰瑞里在周围你提议并标定的范围内又继续新买了更多的土地，912基地扩大了。我们暂时不急着开发，可以作为基地。基地将会更大可以封闭管理，更好的保证你们在这里的安全降落以及在这一地区来去。"秦说道："浩远，原来你一直考虑的是基地的安全，我明白了。最近我们自己已经出去到城里考察多次，有不少收获。"孟浩远听到秦他们最近经常在外面进行考察，说道："噢，是吗？没有碰到问题吧？慢慢来，你们在这里有的是时间。"秦说道："碰到过，不过都被我们化解了。你放心，不会引起人们注意，我们需要抓紧时间多考察。"孟浩远说道："噢，安全这是最要紧的。"说着又问格兰德他关心的问题："对了，格兰德，请问你重新整理完成的新检测方法，如果用我们大楼里现有的实验室仪器最后也可以分析检测到是吗？"格兰德说道："是的。我看过实验室的仪器，它的原理我知道也使用过。就是考虑到使用仪器不同的问题，所以给你的方案已经过修改，同样可以检测到。不过需要多花点时间，千万不要急慢慢来，不要疏漏任何一个环节，认真细心地按我提供的方法和步骤一步一步做，可以检测到结果，所以你放心。不会让人吃惊意外的，都是用你们现有的条件，只是具体实验方法是有较大修改突破的。"孟浩远点头说道："这样最好了，就说得通了。也就是你已经用了阿勃特的先进精密仪器做过，也用我们现有的仪器用修改后的新检测方法都做过，都可以得到相同的结果。"格兰德说道："是这样，这都是为了你。秦考虑周到，要不然，你就没有办法公开这个消息，你们地球以后也没有办法开发使用它。秦考虑为了让你们地球也可以获得这特别重要的资源，可以利用起来。不过它的制造工艺和技术还要你们花时间去突破。孟浩远你要记住接下来需要反复的验证，我可以做到使用你准备的实验室仪器设备试剂进行分析，而且我已经做成功了实验，你们应该也是可以的。还有一个情况告诉你，这里的采集矿产样品中新元素物质的含量还是很高的，很值得大量工厂化生产和加工。"等格兰德说完，孟浩远一听接口说道："值得值得，即使含量少也值得。秦听着心里暗暗好笑接着说道："孟浩远需要告诉你，由于这种新元素太稀有珍贵了，阿勃特也没有，以后基地生产出的成品我们每次都会尽可能多带回去一部分。所以公司在生产管理上特别是数量上，你要做好妥善合理安排不能留有漏洞，不然产出的量和记录不一致会引起基地生产部门注意的。还有我觉得你这里如果要生产和应用可以自行去安排分步进行，不用太着急。不过提醒一下这是一种全新元素新的物质，所以你知道一旦对外宣布了，就一定会引起外界更多的关注，这种新物质专业人士都知道意味着什么，要做好所有可能引起问题的应对准备，确保基地这里的安全。我们都是使者，需要完成我们对地球的访问和考察。"孟浩远明白秦说的意思，说道："是的。请放心，你们的安全这是第一位的。所以有关基地的安全也是会重点考虑的，花这么大的精力和代价建设就是为了你们可以安全的在这里，要不然宁可不对外宣布发现新物质。"秦沉默不语，停了一会说："浩远谢谢，我知道你为了地球的发展需要我们提供阿勃特星的先进的科技资料和基础科学资料。现在已经在我们的帮助下意外发现这种新物质，放弃它意味着地球发展和对以后宇宙探索可能会受到制约，你肯定会有遗憾，心有不甘。小心做好各种预案防范，两者兼顾吧。"

孟浩远被秦的一番话深深感动，他知道秦其实心里是有顾虑和想法的。是啊，一旦以后公布消息在 912 发现一种新元素而且是一种很特殊的物质，对宇宙探索和军工等所有高端科技行业都将会带来革命性飞跃，关注度一定不会少，意味着基地安全的压力大大提高。但是他仍然没有阻止孟浩远把这一重大的消息对外发布，最后将一定会引起各国区政府的高度重视，迅速投入科研技术和加工生产以尽快投入应用。他的格局非常高，想到这里孟浩远说道："秦，你放心。如果真到了影响你们安全的时候，我哪怕牺牲自己也会保护你们的，这是我的一条生命底线。另外你说的管理上的事我明白，以后生产我会考虑更细致安全的。"秦说道："谢谢你！"孟浩远说道："秦，请你放心，我会做到的。关于以后生产的事，我是这么想的。我们在这里的项目已经建设完成，现在又买了更多的土地，公司铺得很开注意的人会不少，包括公司内部的员工和外面的政府官员等会有猜测，有好奇的也有关注的。长期来看，如果我们这里一直没有产出，却有这么多人在这里生产工作，包括管理人员、工人、技术人员一定会有想法。时间久了也会引人外界猜疑的，所以适当的生产可以合理地消除人们的怀疑。"秦说道："是啊，浩远你说的合乎情理。我们信任你，我说过你认真做好细致的安排，考虑清楚每一个环节，你可以自己安排的。我们是朋友，两个遥远距离宇宙空间和星系星球的使者，应该相互尊重和帮助。你的话让我对你有了更深的认识，谢谢你用生命的意愿来保护我们安全的意志。谢谢！"

王可佳此时正静静地坐在会议室椅子上聚精会神一页一页翻看桌子上孟浩远提供给他的那套完整的实验检测的新方案资料，已经十分投入地沉浸在其中，一个人在空荡荡的会议室，外面也几乎听不到有其他声音。真是一个学习的良好环境。坐在会议室椅子上的他此时边看边吃惊，心情无比激动内心翻腾不已，不由得感叹孟浩远这家伙简直就是个天才，他太聪明了，自己不得不佩服。怎么他的脑子里会有这些复杂新颖的检测方法和思路。即使是这样的一种新检测方法如果它可以在实验室完成通过验证检测，它已经完全可以上报作为一种检测新方法公开发表论文，而且一定是高质量高等级的论文，这种检测新方法的出现会带来检测的一次飞跃。不过他心里已经开始对孟浩远有所怀疑，他是很聪明自己承认，但是从他已经两次突然提出在化学研究中检测方法的新思路，是极具意义的，真是他自己研究出来？难道又是一次巧合？还是突然之间开启了他的聪明之源，让他灵光四现？还是他可能有人在暗中相助指导另有来源？那他背后是否存在有非常聪明的世界上最顶级的专家在指点？一连串的疑惑在王可佳脑中萦绕。不过检测方案更加吸引他的关注，像是一个功夫者突然机遇巧合获得一部秘籍一般全身心地投入进去，现在暂时也不管其他的疑问了。自己需要从这些极其珍贵的资料中用心好好学习消化，恨不得马上学会吃透领悟消化成自己的思维。孟浩远对自己毫无保留，这么重要的资料不避嫌让自己单独查看，他的心胸太宽广了，真是我的唯一最好朋友，又给了我这么一次重要的机会。

等孟浩远从秦他们那里交谈后走回来，王可佳还在忘我地看着想要弄懂它研究它。已经完完全全陷入属于自己的思考学习中，已经彻底沉迷在其中认真忘我地研究着。孟浩远轻推门进入看他正在认真学习中，并不去打搅。心中在想王可佳这么投入专心，再以他的专业能力一定会研究透这份检测方案的设计思路。希望王可佳会尽快掌握理解，不能有丝毫的问题，要当自己是第一发现者来对待。

接下来连续两天王可佳一个人在这么先进的实验室对门的一间办公室里

一个人安静的继续研究材料，非常投入达到了忘我的境界。孟浩远不时像个服务员送它吃的，提醒他吃饭，并倒茶水放在桌上。看王可佳恨不得一下子就可以完全吃透和执着的学习劲，说道："王可佳，对这份检测设计方案消化的如何？有什么疑问吗？不用太急，慢慢来。先把这些资料一定要认真仔细地看懂理解，边思考边提问题，等你全部吃透弄清楚后，再动手按设计的检测方法我们开始进行实验操作。说着指着实验室边上的一间保密样品储藏间："那间样品室里面全是我们这里采集的样品，你回去时先带一部分样品。上面都已经标记上具体信息，注意有两种类型的样品，一种是矿石本身的样品需要进行下一步的检测分析；还有一种是矿坑中采集时的随矿石一起的沙土样品，也需要通过检测分析到底含有什么。我已经准备了一个箱子，里面有两种采集到不同地块的样品各十件，用袋子已经封号贴好标签，上面有详细的采集地、时间、数量等信息。等你回到学校实验室以后，自己再根据这份资料重新写一份实验设计。过一周后你就可以抽空安排在实验室里边学习边再重写一份设计方案，然等你全部吃透了没有任何疑问了，再向玛丽教授提出申请需要做你设计的实验。样品来源是可以告诉她来自哪里，并告诉她这是你和我在 912 科技研究中心这里商量后，共同提出的一个检测新方法实验设计。这样你就可以很名正言顺的多花点时间慢慢每天正常的进行实验，也不要急，不要在乎其他人对你的看法，等有了检验结果以后再联系我做下一步的事，明白了吗？"孟浩远怕这份检测新方法设计方案，让玛丽教授看到后对王可佳突然之间提出来这份水平极高的设计有些不相信，所以说是两人在 912 地区采集样品，两人商量设计检测新方法并共同构思后才完成的。因为第一次检测发现新元素后发表论文也是王可佳和孟浩远一起合作的，所以两人再次合作一起完成更能说明问题。

王可佳看孟浩远这次又是想得很周到细心，他就是这样的人。一切事情到他手里就十分放心，他会想得非常细致，每一个过程细节都会考虑得明明白白。所以他的想法一定有他的道理，回答道："知道了，这样最好。你思路清奇灵光四现，有你在一起，我相信一定会有收获的。现在还不确定我们的这个检测新方法如何，但是我认真地看过，是很科学，很详细的。说不定会像上次一样有惊人结果的。我相信你，希望能够有所突破。"孟浩远看着王可佳一脸实在样子，说道："是啊。我也有一种预感会有好的结果的，会成功的，功夫不负有心人吧。"

　　孟浩远并不想把他所掌握的全部信息都告诉王可佳，主要还是为王可佳在着想，让他自己多花一点时间，慢慢地消化下去，这样等他实验完成做出结果来了，他必定会对自己亲身经历和每一个环节思考所得了然于心，也会让他感觉是自己不遗余力的努力。不过这个检测方法设计方案算是两人的智慧，孟浩远的聪明一直被他认可，总以为孟浩远聪明的头脑已开窍，更是最近思路奇异奇思妙想特别多，让人敬佩而且怀疑其背后有高人在指点。两人的合作原来已经有过前面成功的例子，现在继续合作一切都是很自然而然，这个结果会让人信服。

　　孟浩远安排好与王可佳的这次检测合作后，他已经看到最终将又一次会引起巨大震惊，对这次重要实验检测新发现迎来暴风雨式的关注，对王可佳会是又一次人生改变和提升。顿时有一件大事落地后心情大好异常轻松的感觉。所有的努力都在慢慢走向轨道，秦那边的事情目前主要是在这里建立一个重要的临时基地，让他们有更多考察机会来了解地球。原本秦在 912 科技研究中心为了掩人耳目，在这里投资建设，所以保留了一些面上应付的工作，一方面秦开展对地球地貌的研究需要做一些深入的检测分析记录数据，另一方面也是对 912 地块可以有更多更深的探测了解。只是谁也没有想到现在格兰德无意当中竟然还有了令所有人都十分意外的一个重要的发现和收获，在912 地块通过最先进的检测技术和高端精密检测分析仪器，真的发现到一种阿勃特星都没有发现过的非常重要的新元素，是战略性新物质，从科学研究上发现了重大研究成果，未来对地球和阿勃特星特别是对地球来说都是极其重要的。这种新物质它可以在探索宇宙科学过程中飞行器、发动机和外壳等材料上应用有重要突破和飞跃。秦他们在探索宇宙空间考察地球中帮助了地球也给他们自己带来一次收获，因为这种新物质的发现秦会更多的关注和保护地球，地球这个神秘的星球有着与阿勃特星球不一样的地方，有些稀有物质只有地球上或者其他未知星球上因漫长变化过程形成才会有。不过对于孟浩远是希望这样的结果。太意外太意外了。

二

在 912 科技研究中心已经两天时间过去，孟浩远准备与王可佳一起离开各自回去。这两天秦他们有自己的研究，格兰德对采集到的样品一直在检测分析，汉一直保持与阿勃特探索飞船联系。孟浩远还没有与在基地内的秦、汉和格兰告别，最为主要的是他很想知道现在向太阳系方向运动的形成的"R–U 星云系"，有没有发生新的变化。

秦他们住处和实验室在科技园区位于西南最里面的 D 楼，周围也专门隔成一个独立的区域，不像其他建筑群没有隔离可以沿着道路在每幢楼外面进出和参观。D 楼周围种有树木和其他一些植物自然形成了隔离带，还专门设置了金属围网进出有门隔离，没有人可以直接进入，一般人不知道它的存在，是很安全的地方。912 科技研究中心科技园区内人本来不多，D 楼位置靠前显得很是神秘。科技园区的水源从南面很远的那条墨脱西里河中建了一座取水口引水过来，还专门建有一座小型的自来水处理车间，水源充足有保证。园区内道路两旁和每幢楼周围都种植了树木和各种植物高低错落，增加这里的生机，环境已经很好，引得一些鸟类经过时栖息。植物有专门的公司负责规划设计布局种植，然后交由他们定期来保养。三人所需的生活物品主要是食品等物由公司派人会定期购买后放在 D 楼围栏大门外面，然后秦他们会开门来取，生活上没有什么问题。孟浩远还专门让公司购买了一辆全新的品牌SUV 大型车给他们使用，三人平时在公司里摸索着练习开车，很快就掌握了驾驶这种车辆，便于他们经常自己出行考察。而且汉根据孟浩远提供的身份证明、驾驶证明样子，已经想办法入侵系统搞好了这两种证明，由公司申请驾驶证。这样他们出行时一旦遇到警察检查已经可以应对，所以秦抓紧时间开启了在地球的各项考察，从美国菲尼克斯城开始的地球旅途。在基地秘密地下室监控系统中心他们保持与母船的联系状态。

王可佳在 912 科技研究中心实验楼里，办公室空无一人，孟浩远不知道又跑到哪里去了，里面电脑办公室设施都有，两天来他一直在会议室中认真地学习这份新颖绝妙的检测方案，他在网上搜查相关文献资料依据，都没有专门论述。他认真地研究沉浸在其中，一直处于兴奋激动中，同时慢慢静下心来冷静思考，对这份资料的重要性他越来越明白它的价值。如果对这里采集的样品用这样的新方法进行实验，至少这种方法成功也将是一大重要成果，如果用这种方法检测发现到有价值的物质那更加不得了，更是大大的成功。对他来说意味着开启自己在美国学习研究工作中又一次非常重要的时刻。他充满着渴望和感激，对这里的一切突然满怀一种新期待。两天中孟浩远如同后勤服务员照顾他，吃饭时帮他端进来，泡上一大壶白茶让他自己边喝边加。一直到晚上很晚就在实验室七楼有房间去睡一会，孟浩远就在他隔壁的房间。房间内布置得很好什么都准备齐全，他也不去隔壁孟浩远房间聊天，自顾研究着。孟浩远看到他沉迷其中研究心中暗喜，王可佳一定会很认真地研究透，这样为以后回学校继续研究实验打下很好的基础，听到他回到自己房间的声音后过来敲过了几次门，不过王可佳都闭着门没有开，在里面说道："浩远，你休息吧别管我。让我一个人好好的多学习多想想。"就没有声音了。孟浩远笑了，王可佳已经陷在其中孜孜不倦的学习。孟浩远手上也有一份，他只是看了三遍再去认真思考了一遍就什么都明白了。以他的头脑当然非常快速地看懂了格兰德的检测新方法设计方案。今天是星期六晚上刚才有敲门想看看他，不过王可佳依然老样子让孟浩远自己先休息。看到王可佳这般认真一直用心投入的学习，也不打扰他。孟浩远轻轻关上房间门，乘坐电梯到地下一层开着车就到了秦他们的 D 楼，乘电梯来到地下三层秦的秘密的工作层，本来可以用他的专用门禁卡直接进入，但怕打扰他们，所以就在门外按了门铃，好让里面的秦他们听到做好准备。秦在里面看到孟浩远来到在门外在按门铃，坐在监控中心打开门禁让他进入。孟浩远高兴地来到会议室中与他们交谈起来。他关心的是一直在他脑海中出现的上次秦提到到关于"R-U 星云系"快速向银河系所处宇宙空间方向运动并直接朝太阳系运动的最新情况，这才是孟浩远最为关心对地球生命最最重要的一件大事，毕竟这事关地球命运和整个太阳系命运。因为孟浩远的心有所系，他一想起这件事就焦虑和担心，一直处于莫名的精神疲惫中。秦理解孟浩远此时的心情，他们也很关心太阳系以及这个刚刚被他们偶然发现的和阿勃特星生存环境类似的有人类生命的地球的命运。他们希望它能够存在下去，因为这对整个宇宙世界有重要意义。目前在无限的宇宙世界中只发现了地球这颗有人类的星球，让宇宙世界从此有了另一种意义，阿勃特不再是宇宙中孤独的人类生命星球。秦负责主持的飞行考察船把地球的发现早已经向母船汇报，最近秦等三人考察组在地球某一地建了秘密基地，留下和对周围地区城市人类生活的多样化考察，不断获得了更多的地球各种资料，都非常有研究价值，这种意义很重要。让阿勃特全体上下振奋，经过层层汇报给阿勃特最高层，引起了他们的关注，指示要全力观测，所以他们已经启动力量在宇宙中进行更多监测。而且发现了更多有关"R-U 星云系"运动的情况，根据获得的检测数据以他们的先进知识研究分析认为，这一"R-U 星云系"运动最后会撞击太阳系中的某一颗或几颗恒星，包括地球、太阳、金星、火星等，是一件难以避免的大概率事件。孟浩远坐在会议室中看着冷静的秦和汉、格兰德在一起，听着秦根据获得的数据分析得出的结论，突然感到房间内一股寒气逼人，浑身一颤，顿时心头一急一股热血冲上头，头脑一阵眩晕，心里彻底凉了。它颤声地问道："秦，是否还有办法可以防止它发生，挽救我们地球？"秦他们三人都无言默默地看着他。孟浩远心里彻底凉了，他已经明白，是啊，宇宙中自然力量不是人类可以轻易改变的，就像宇宙中通过亿万年漫长运动形成了新的人类世界或者新的星球一般，它每时每刻都在运动和变化中。只有它自己运动中发生变化，或变强大或毁灭。不过听到秦的分析介绍，孟浩远还是想明确地知道答案，他心急如焚地问："秦，听你的分析，那就是意味着地球人类已经没有办法挽救了？"秦严肃而认真地点头默认，叹气说道："是啊，孟浩远。我们人类没有办法来抗拒宇宙运动规律。我们从何而生又终将而死，这都是自然世界的运动规律。"秦的话让孟浩远心里彻底无望，身体突然就像跌落到无底深渊一般，不由自己控制，轻飘飘的，又似乎是被一种强大的力量猛击一下，顿时充血上头胸口一闷，头开始发晕人萎靡的像是要散了架，脚有些软绵无力。汉看得真切反应极其敏捷赶紧一个箭步过来扶住孟浩远的肩膀，扶住他不让他从椅子上滑落下来。秦看到孟浩远从未有过这样的情形，他一直是一个阳光坚强冷静的人，只因为牵挂地球和所有人类生命安危，听到这个消息才会这样，而且现在地球上只有他一个人知道这个秘密，可想最先听到这个消息受巨大压力和打击才顿时精神萎靡。有些不忍劝道："孟浩远，目前只是通过监测数据分析，宇宙中所有物体一直在运动，没有固定的规律可探，我们了解的只是其中一个点，一个尘埃而已，我们未知的东西实在太多了。我们原来不知道除了阿勃特星球还有其他生命体，结果偶然中发现了你们地球又让我们遇见并认识了你。你说这是偶然还是必然规律？发现地球让我们改变了以前的认知，原来以为不同宇宙空间中只有我们阿勃特是唯一存在人类的，其实不然。我想告诉你的是所有的一切都是在变化中，我们会保护好与你的友谊和你们地球的。我们现在不是和你一起在地球上吗？"孟浩远一听秦这么说心里感动，才在混沌中稍稍清醒过来。他感动，是啊。现在在一起的还有来自阿勃特星的秦、汉、格兰德，他们都知道对于地球和人类即将会发生最可怕的灾难，但是他们依然在基地到城市去考察，和自己在一起。他也没有办法反驳秦的分析结果，他说的都是客观事实，他一直和我在一起，已经为地球考虑，但是宇宙世界不受人类控制，没有人可以改变宇宙运动着的规律。心里感动稍缓无奈悲叹道："是啊，宇宙世界是怎样的世界？太遥远太浩瀚无际，它无法改变，地球只是它世界中的一粒沙粒而已。人类是难以抵抗自然世界变化的，秦、汉、格兰德以及阿勃特星球全体人类，我们地球和你们是朋友。我希望你们在地球最最危急时想尽一切办法来帮助我们。以你们的科技知识、比我们先进不知道多少代，是你们最先发现'R–U星云系'运动变化信息的。用你们一切技术手段来尝试一下改变它的运动。总之恳请你们千万不要放弃我们地球，谢谢！"说完心里好受一些。秦说道："浩远。我们会的。现在不是多想的时候，再想也没有意义，不要把自己的情感带入生活中去。地球目前一切照旧，所以也许你不知道地球将迎来一次灭亡的灾难的消息其实是最幸福的。记住你是地球唯一的一名使者，不管发生任何事情，哪怕是天塌下来也一定要保持清醒坚强和理智。好了，今天我们坦率的交流到这里吧，不要想着以后，就简单地想着明天太阳会照样升起。我们不是和你一起在这里吗？在这里我们安排好自己，也肯定会继续密切关注"R-U 星云系"的。我们还在 912 说明现在地球是安全的，如果我们离开时会提前告诉你的。那才是最危险的时候。最近各自忙自己的事，需要及时保持正常联系就好。"孟浩远被奏一说心中感觉通透一些好受些，是啊，我是地球与阿勃特唯一的使者啊。我要坚强我有责任在身，他站起身准备离开，在经过地下密室那间监控信息中心时，门并没有关着秦对他很放心，他看到里面大屏幕上展示的是各种他看不太懂的这种数据和图谱一直在变化着，操作台上有各种仪器，其中外形类似笔记本电脑的四台电子设备器件，两台打开着还有两台关闭着，关闭的两台电子设备仪器的盖子右上角一个印着类似三片叶子的标识像是扇状的植物，自然的分布排列前后。孟浩远稍一看觉得这个标识很眼熟自己在哪里看到过，但一下子想不起来这种植物叶子是什么树木名称。另一台盖子上印有类似的一颗星球状的图标，两台打开的电子设备仪器看到的操作系统界面和秦给他带来的那台华为改造过的笔记本电脑安装的是不一样的，一会儿电子设备仪器自动黑屏，看不到什么了，孟浩远判断这两台可能是科研或特殊用途使用保密等级更高，还有桌上的印有三片像是扇状叶子植物的电脑仪器可能是普通用的。

秦站在孟浩远边上准备送他到外面，汉和格兰德也一起站起走进信息数据中心。看孟浩远正好奇地对里面张望着，看到屏幕上面各种数据和图谱，这是他们在这里建立的与外部飞行器联系的信息数据交换系统。他并不介意，说道："孟浩远，想看进去看看吧。这里的设备是我们和外界联系的一个复杂的智慧联系信息管理系统，有信息会及时联系我们传送过来，我们一直在监测新发现的'R-U 星云系'运动和变化，有数据和新变化阿勃特基地、和探索飞行器相互联系并与这里联系会收到信息，我会及时和你联系。"这么一说孟浩远才点点头："好。秦、汉、格兰德，非常感谢你们所做的一切，拜托了。我不进去了，今天已经晚了，打扰你们了。你们忙吧，下次过来好好参观。我和王可佳明天早上就会直接离开这里，今天就算是提前告辞吧。"说完对着他们真诚地鞠了一躬，然后慢慢转身离开会议室大门，一直走到通道门口对送他的秦摆摆手示意留步，头也不回毅然走出。出门后门自动关上，来到电梯区乘电梯到一层，来到车旁开着车回到到实验楼乘电梯上七楼，熟门熟路地走出电梯区轻手轻脚走在通道走廊中，然后来到自己房间门口推门走进，坐在书桌前的椅子上平复一下刚才与秦谈话时获得坏消息的悲伤心情，等了一会站起身踏踏地走向隔壁王可佳房间，轻轻地敲了几下房门，见没有没有反应他直接推门而入，只见王可佳还在端坐着书桌上正认真出神地看着、想着，书桌上有笔记已经记了密密麻麻，桌上电脑打开着随时查找信息，那份检测新方法也打开着在看，一副入迷沉浸其中专注痴痴呆呆的神态。孟浩远走过去用力拍了一下他的肩膀，说："嗨，你个书呆子发起呆了。"王可佳被孟浩远用力一拍又大声说话的声音，才在思绪中反应过来。嚷道："孟浩远你干嘛呢，没见我正在认真地研究思考吗？吵醒我了。"孟浩远说道："你个呆子看看时间，现在已经是晚上十二点了，明天我们还要赶回去，早点休息，回学校以后有的是时间好好研究。"王可佳说道："噢，时间过得可太快了，好好好，明天回去，等会就休息。"孟浩远说完走出房间关上门，走回自己房间洗漱一下休息。王可佳被打断后也准备休息。

第二天早上孟浩远准备好早点后来到王可佳房间敲门准备喊他过来吃早饭，王可佳已经起床，两人一起到一间小会议室内吃早饭，孟浩远看王可佳眼圈有些发黑估计昨晚睡眠不足，说道："可佳，是不是心里有事加上第一次来912睡不好？看你脸色不太好。"王可佳笑笑说道："是啊，心里着急，你这份检测新方法很有思路，你是怎么想到的？太聪明神奇了！"孟浩远说道："只是多想，这里有基地，原来的检测方法已经有人都检测分析过并没有发现这里有可以利用的有价值东西。所以另辟蹊径在检测方法上多思考寻找突破，不知道对不对。你是专家，所以你要多花时间好好再研究研究改进方法，也许会有收获呢？"孟浩远还是不想多讲，王可佳也没有办法，只能承认孟凡浩的绝顶聪明，不再问。

吃完早饭两人回到房间开始整理行李，王可佳手上拿着孟浩远给的那份重要资料背着包出来，走廊中已经见到孟浩远说道："浩远，那采集到的检测样品都准备好了吗？"孟浩远说道："放心吧，已经放车上了，一个专门的箱子里。你准备好了？那我们就下楼回去吧，路上还要赶时间，哎，把这份资料放在包中。"王可佳赶紧重新放回到包中。两人提着东西到电梯区乘电梯下楼，一会电梯已到一楼，走出电梯区走出实验大楼大门。车已经由孟浩远停在门口，拿着东西准备上车，王可佳此时的心情正好和孟浩远真实心情相反，他已经从研究新检测方案的沉浸中释放出来显得兴奋主动要开车。孟浩远也不言，本来他已经走到驾驶位准备上车，听到王可佳的要求而且已经边笑着边走过来。他重新走到来副驾驶拉开门上车，就交给王可佳来开车。

两人离开了912科技研究中心，从大门口出来很快转到四号洲际公路上驱车回菲尼克斯城。一路上王可佳还是异常开心地和孟浩远交谈，此时行程最高兴、最有收获的是他。一路上边开车边讲话，话题都是关于这次的检测方案和样品采集的事，同时对后面即将回学校后准备做的实验充满期待。一直由他开车回到菲尼克斯城里将车开到租车公司交接还车手续，两人一起在外面一家餐馆吃了中饭然后打了一辆出租车一起赶往机场，在机场里两人把一箱样品托运，两人相互告别后各自到登机口乘飞机回到自己的城市。

王可佳返回后第二天到学校曼克实验室就没有停下，他开始认真地投入更多精力进行研究，用心地沉浸在带回来的实验检测新方法资料学习研究中，认真做着笔记查阅相关实验资料，他要完全吃透并用自己的理解略加修改新检测方法，然后准备向玛丽教授提出申请准备做实验，样品手中已有。这样又经过连续一周的学习研究，把检测新方法方案认认真真完完整整反复已研究透彻，现在已经完全领悟在脑中，心里不觉更加惊叹。这是一种全新领先的检测方法，还从没有被其他研究者报告过的。这种复杂的新检测方法孟浩远他想要检测912基地采集样品的什么成分？孟浩远这次给他带回来的十份在912采集到的样品，就用这种方法针对检测？难道新方法是专门为这些样品设计的一种特定方法？为什么要检测912地区样品？为什么不用已有的常规检测方法来检测这些样品？它里面有些什么秘密？王可佳心里存有不少的疑问需要解答。当然第一步还需要在实验室中对样品进行检测分析，来验证这种方法的可行性和样品的信息。现在自己已经对这种全新的检测方法了然于心，比较其他的检测分析方法有很大的不同。王可佳又到图书馆认真地查看了大量其他相关资料，考证实验方案的所有依据，可是并没有任何文献或专业论文记载论述过，显然这是一种全新的检测设计思路。自己已经研究透彻，都在脑中做了大量的笔记，可以说闭着眼都能一一展现出来，做到了胸有成竹，自己的自信心一下子增强。凭着自己专门研究实验检测，各种方法都非常熟悉，他更加觉得孟浩远提供的方法非常特别神奇，应该就是为了针对在 912 采集的样品，检测其中可能隐含的有价值物质，一旦成功对自己意味着什么他十分清楚，内心由衷地佩服孟浩远和感谢他对自己的照顾。自己的两次重要实验都是他提供的完整的检测方案和设计的新检测方法，自己只是通过实验室验证发现。第一次方案已经在中国证明检测到了新物质，给他带来了巨大的成就和荣誉，还获得玛丽教授的尊重，专门邀请他来国际一流的曼克实验室研究工作。而且孟浩远他明明可以自己独享，由他自己来实现取得这一重大成就，偏偏他让给自己来进行。想着想着此时他才一点一点恍然大悟明白了一点，自己没猜错的话孟浩远就是让自己取得成功，而且一定会有收获。孟浩远的聪明已经不用怀疑，并不是突发奇想而来。他自从参加工作后头脑完全已经和常人很不一样了。他会一直有着不少绝妙的研究思想，自己已经完全跟不上他的思路和根本比不上他的聪明。他所做的一切其实一直都在为自己着想出发，这次又送了一份大礼给自己，在国外竞争激烈但是尊重知识都是凭本事吃饭的。如果这次实验完成有所收获，首先这样的检测新方法已经不得了，通过新方法检测样品再有其他的发现更加不得了。这样的成果一定会让自己从此更好地站稳脚，提升自己的学识水平，提高自己在学校里存在的价值和分量。王可佳已经猜透领会越想越激动，眼泪已经掉下来不由心生感激。自己一定要争气好好努力完成好这个实验，顺便看看最后结果到底意味着什么。想通了这些，心里更加兴奋激动。慢慢冷静下来后稳定情绪暂时把激动、感恩之情掩藏在心里，他要认真投入地做好实验来报答孟浩远。王可佳已经彻底理解这份重要的新检测方法设计和整个检测方案。

　　一周过后这几天王可佳的身影一直在办公室和实验室，他几乎已经废寝忘食地在重新整理和修改检测方案，笔记详细地记录每一个环节步骤。这位来自中国有才华的年轻人非常认真低调，在曼克实验室中来自世界各地的专家和研究者手上各自有不同的研究课题和准备专业论文。很多人都十分认真投入地在做实验，不过王可佳更加认真，经常起早贪黑一直在实验中度过。大部分人都喜欢他这种专业的探索研究和求知的态度，他可是"Zon（钟）元素"的发现者，有着非常厉害的成就，大家对他都非常尊重友善。不过也有看他不顺眼的，有个别心里不舒服的，看不起来自中国的年轻人在曼克实验室工作。

经过又一周的热认真思考，王可佳已经认真地根据孟浩远提供的完整检测方法和检测方案资料，做了个别环节修改，已经融入脑中很熟悉地重新写出了一份详细的实验方法研究的开题报告。完成后发给孟浩远请他再修改，孟浩远并没有再修改，建议他把书面申请报告亲自交到玛丽教授手上请她审阅修改，同时提出他将要在曼克实验室进行实验来验证。报告后面附了完整的检测设计方案一并交给玛丽教授。

玛丽教授收到王可佳这份方法研究及书面申请实验报告后，报告后面是一份厚厚的详细检测方法和检测方案，当时心里十分欣喜，因为王可佳来曼克实验室研究和学校学习一段时间后又提出了他的新研究方案。收到这份报告是在下午三点，玛丽教授等王可佳离开她的办公室后她打开开始认真地看了起来，里面的设计构思和想法已经吸引她不知不觉投入其中，直到研究所人们都已经下班离开只有她一个人，才停下来，她已经特别兴奋，拿着这份报告和检测方案回家随便吃完饭就在书房中又打开接着看，越看越停不下。王可佳平时不太说话一直很低调，原来他在设计新的检测方法和检测方案，已经有了研究方向，他确实有专业水平，竟然设计出这样一种前所未有的新颖检测新方法。她用一个晚上连续看完又反复再看，很仔细研究了这份专业研究报告，新颖出奇的设计让她非常吃惊。抑制不住自己内心的激动，真想当晚联系王可佳与他讨论，不过实在太晚。基本上一晚没有睡好的玛丽教授第二天早上眼睛有些血丝，脸上疲惫，她只是在凌晨三点时稍稍睡了一会，但是由于兴奋激动一直没有完全入睡，处于浅睡中，脑中一直在想着这份研究报告。第二天一早就匆匆起床洗漱后，喝了一杯浓咖啡，吃了几片面包喝了一杯牛奶后补充能量，就出门开车赶到学校。高兴喜悦的心情露在脸上一看便知，和平常保持严肃严谨的神态非常的不一样。上班时间还未到，她一直站在办公室里既兴奋又有些焦急在等待。很快看到时间已到上午九点，一般此时开始曼克实验室陆续有人进来，准备课题研究设计做实验。她推开办公室门迈着轻松快乐的步伐来到曼克实验室直接进去找王可佳。看到王可佳已经换上工作服正从办公室往实验室走去，玛丽教授看到后在过来的走廊中脸露微笑着叫道："王可佳，请等一等。"王可佳站住脚步停下，玛丽教授走上几步停下："早上好，王可佳。你的研究报告和书面申请我昨天很认真地看过了，是一个非常了不起的新研究。构思巧妙，很好的思路和新颖的实验方法设计，它需要通过实验加以认证，你已经有完整的检测方案。看来你一直在研究，最近你的新研究方向很有创新，非常好，希望你能完成研究出成果。请到我办公室来，我想和你探讨几个问题，你介意吗？"王可佳心中大喜，没有想到玛丽教授对这份检测方案有同样的评价，现在玛丽教授作为一个更加顶尖的科学家也同样认可这份检测研究报告，看来设计已经没有问题，只是有待通过实验来验证新方法是否可行。心里高兴脸上保持平静，说道："好，谢谢玛丽教授！"跟着玛丽教授到她的办公室走去，很快两人一道到玛丽教授办公室坐在接待区。王可佳看到玛丽教授非常欣喜的神态，脸上露出欣赏的微笑真诚地看着自己说道："王可佳，我根据我的理解对你的实验方案提出几个问题。"王可佳想玛丽教授太客气了，这说明她已经仔细地审阅过，发现了报告中一些情况需要加以说明，这是对整个实验的负责。于是说道："玛丽教授，科学研究是很严谨的事，需要探讨，你有什么问题请说不用客气。我的设计会存在一些细节问题，正希望得到你的专业修改建议。"玛丽教授说道："好的，你的检测新方法是一种全新的方法，非常好。我查过资料还没有任何文献和报告记载过，如果这个实验能够成功，这是一件非常了不起的成就。曼克实验室就需要你这种一直致力于创新研究的科学家。这种检测新方法主要是针对检测什么物质成分？是因为普通检测方法不能检测到，所以专门设计的吗？它对检测样品有什么要求吗？是针对检测什么一类物质？"王可佳一听玛丽教授说的都在关键问题，真是个非常有才的专家教授，她提到的这几个问题确实没有交代清楚，让人感觉有些疑问，似乎缺少一些什么关键要素，这主要是自己稍有保留。现在玛丽教授看出问题提问到就说得详细点："噢，玛丽教授是这样的，第一个问题是我研究的一个方向，自己一直在研究，花了很多精力才设计出来实验方案，还没有得到验证。至于第二个问题，这种方法主要针对分析什么物质。是这样的，我手头上正好有朋友在菲尼克斯城市912地区靠近天坑国家自然景点附近建立了一个科技研究中心，专门对那里地下的矿业资源进行探测和检测。他邀请我去过，希望帮助他们检测当地的地矿是否具有开采价值，有些什么可利用的的物质，来决定是否开采。那里已经有专业机构进行过检测并未发现有价值的物质。所以样品是针对性的，就是他们已经按科学采集方案有计划的分类分区采集到的部分样品。我到现场亲自去勘探过，发现这种地质地理构造特点和我发表的第一篇论文发现的样品采集地贵州山区矿脉有相类似的基本特征，不过他们之间还是存在明显的不同。其实我在他们公司的实验室已经开始花时间做了部分基础实验分析，这些地区的矿石性质具有我新发现的新元素'Zon(钟)'物质的特点，但是又明显存在不相同。根据地貌特征结合样品初步筛选，可能存在一种从没有过的新物质，含有稀有新元素，它的地貌特征很是奇怪。现有的检测方法我都已经思考过而且在那里做过实验，没有办法得到实验结果，所以引起了我极大兴趣，专门设计了一种新的实验检测方法，希望通过这次实验设计能有所突破和发现，可以在那里发现有价值的稀有物质。"玛丽一听王可佳的分析顿时明白了，原来王可佳已经在前期做了大量的研究报告，还专门到现场考察和用其他方法检测。玛丽教授真的高兴，她提出的问题都得到解释，这下搞清楚了，自己有疑问的几个问题只是有所保留，现在清楚了心里更是高兴。

　　她此时心中隐约感到王可佳说的那位朋友应该是他最好朋友孟先生了，和他一起在中国合作研究发现过"Zon(钟)元素"的第二作者。王可佳在美国也从没有听说还有其他的好朋友，所以那一定是他。孟先生她见到过一次是在机场接王可佳时，然后晚上吃饭在一起交谈过，而且玛丽教授专门打听了伯利克大学的一些关于这位孟浩远的情况，不打听不知道，一打听让她非常吃惊，原来他是一位一流数学家，在数学领域有着非凡的成就，他独特的思想解决了前所未解的"西塔姆猜想"数学证明问题，最近还提出了数学领域中几种新的科学论证，其中一种还以他的姓名命名的"孟氏定律"，想不到在化学领域他也具有独特的思想和方法。玛丽教授对他是非常认可的，如果是这样那这份研究设计方案一定又是两人的合作，可信度更加高，这份研究应该有他的思想，是他们两人反复推敲商量构思完整，已经是很成熟的设计方案，成功的概率很大。想到这里玛丽笑着说道："噢，王可佳。原来你已经做了大量的基础性工作，所以采集的地方和样品具有针对性，很好。你的实验设计我需要再好好学习一下。你说的朋友那肯定是你们已经两人一起合作研究过孟先生是吧？"王可佳就是实在，他见玛丽教授问就老实地说："是的。玛丽教授，你猜得不错，是孟浩远先生，在美国我只有他一个朋友。其他朋友还没有，据他说是他朋友在当地建立了一家912科技研究中心，主要是针对那里的矿业探测和开采。确实是孟浩远我们两人一起研究讨论过设计方案，不过还是要请教你帮助指导。"王可佳记住孟浩远的叮嘱，这份新的检测设计方案，在交给玛丽教授指导时就提前告诉过王可佳一定要说是自己设计的，如果玛丽教授追问就说孟浩远也参加过讨论就可，千万不能说就是孟浩远设计的。所以如果问起就说出确实孟浩远两人合作。

过了三天后，玛丽教授又来到曼克实验室，看到王可佳正在做实验准备工作，笑着招呼他，心里猜出这份研究一定是和孟浩远一起研究的，并不是孟浩远参加过讨论修改那么简单。还是问一下："王可佳，你的设计很完整很好，构思独特，是你一个人设计的？"王可佳又很老实地回答："玛丽教授，这是我和孟浩远先生花了三个多月时间反复商量研究设计完成的，因为和孟浩远合作过一次彼此都很对思路，所以这次有机会了自然又一起商量设计的。样品标本是他的朋友公司912地区内采集到的。他们希望得到我们的专业技术支持和帮助。"玛丽笑道："噢，是这样。那太好了，这样的方案更加完整。我也花了一点时间修改了一些细节和补充了几个实验环节。你再看看。"王可佳说道："谢谢玛丽教授！"玛丽说道："不用客气。另外你的这次实验申请我已经在你的申请报告上签字同意，这里曼克实验中心有几个最先进的实验室，里面是世界上最先进最昂贵的精密分析仪器，你可以使用。这样对你的实验可能会有帮助，我期待快一点出结果。"王可佳一听大为高兴，他知道玛丽教授说的曼克实验有三个最高等级的实验室，对于一般的科学研究是不开放的，只有一些重大研究项目研究性实验可以，而且必须经过申请得到玛丽教授本人批准同意后才可以进入使用。王可佳当然知道这些很感到意外，说道："太好了！谢谢玛丽教授。"实验方案得到玛丽教授的批准和修改，王可佳开始埋头做实验。

"曼克实验室"在国际上是非常著名的一流先进实验室，有不少来自美国各地和其他一些国家的访问学者等高级研究人员来学习工作和开展合作研究。这些人中其中有一个来自英国名叫艾伦的白人男青年，他就在大学学习马上将要博士毕业，正在进行博士论文实验设计。中等身高，一头卷起的金发，脸上留着一些胡子，此人毕业于英国的一所著名大学的研究生，然后来到美国在学校读博士，就是冲着这里有国际一流的曼克实验室。平时他自视自己的学业水平和才能以及大学本科研究生毕业的学校都是英国著名一流大学，所以心气很高而神情骄傲，不像是一个有内涵修养谦虚的学者。在"曼克实验室"研究的学者，大都来自美国和欧洲发达国家，还有一位美国黑人和另一位来自日本的亚洲人和中国的王可佳他都会明显地表现出看不上，所以不太主动和他们搭理。对其他几个同样来自欧美的白人研究者还算好，表现得就比较客气。可是他知道来自中国不太出名而且仅仅是本科毕业的王可佳就更加不放在眼里，时常露出不屑的表情。他自认为与王可佳比较瞬间要高了太多，尽管他知道王可佳不同于常人，他可是取得过巨大成就，发现一种新元素"钟 (Zon) 元素"的第一首要研究学者，理应得到尊重。但是他骨子里有生具有的优越感使他保持着对欧美白种人聪明其他以外人种低下愚笨的看法。而且他心里很不平衡有一种酸味和嫉妒，王可佳这个中国人只不过是中国不出名的大学本科毕业生，年纪比自己还要年轻很多，他怎么可以获得如此重要成就，这些理应是白人获得的专利。在他眼里除了白人天生聪明其他人种都不具有高智商。王可佳来了一段时间一直保持低调，也看不出比起其他人有多聪明。所以一段时间后他本性露出，照样经常在王可佳面前显出那种高傲的神态，眼神里露出有些瞧不起这位来自中国的青年学者表情。只是知道他曾经发现过新元素"Zon(钟)元素"才忍住没有更加放肆，但是又经过一段时间接触他并未感觉王可佳有什么过人之处和特别聪明，认为他的发现不过是机缘巧合碰巧而已，开始心生轻视不理不睬，从脸上的表情就可以看得出。王可佳本来老实，他记住孟浩远的话，只做好自己好好静下心来学习研究不管其他，所以有时忽略有时感受到他的异样嚣张不友好的态度，也不在乎。保持平和心态，你做你的研究，我做我的研究，相互没有关联。平时见面王可佳还一直大度地点头示意，可是艾伦却一点都不领情，脸上没有笑意也不直视王可佳。后来连着几次都这样，看艾伦态度如此也并不客气，以后也就不再会主动理睬招呼了。

　　一个周三的上午，早上九点不到艾伦走进实验室，他也走进实验室准备做实验，听说玛丽教授权给这位王可佳可以在三个最先进的重点实验室进出做实验，而自己却没有得到这个授权，心态很不爽。刚好看到王可佳正在认真地忙着写东西，看看周围人不多，走过来靠近王可佳，开始带有嘲讽地口吻说笑着："噢，我们的大科学家。是在准备你的研究生的论文吧，要发表什么重要论文？需要帮助吗？"他这样说表明了我已是博士生，你不过是一个研究生还在读学业中，和我比学历上就差了一截了，故意来抬高自己贬低王可佳，达到自私的心里满足感。不过王可佳并不与他计较，他听进了孟浩远与他交谈时的为人处世观点，只有自身强大了才会被人尊重，历练好自己的真本事才是最重要的基石。所以艾伦说他的，自己根本不当回事就当没有听到一般并没有理睬他。艾伦看王可佳受他调侃仍不理睬也感到无趣，得意洋洋地从一旁走过，此时正好有另一位年轻的白人美女研究员苏姗走进实验室，正好听到艾伦的轻浮言语一脸严肃说着艾伦："艾伦，你不该这么说。"艾伦见有人出来说他，只好耸肩笑着说："苏姗，只是开玩笑。"边说边走出实验室。苏姗走过来对王可佳劝道："王，不用理他。"说着轻轻拍拍王可佳的肩膀以示支持。王可佳心存感谢侧身微笑着说："谢谢苏姗！"一段风波过去。

接下来王可佳就一直潜心专注于自己的实验，他完全投入进去充满好奇和期待奇迹发生，所以做实验非常用心细致。经常由于实验过程时间无法掌控，不能中断，他吃饭休息都没有办法做到，只好自己克服，还专门买了一些面包牛奶，就在办公室里随便充饥对付，这段时间非常忙。好在实验本身的设计很完整做起来很顺利。

时间已经过去了一个多月，王可佳待在实验室一直不停花功夫一遍一遍做着他的实验，他乐在其中并不感到枯燥，完整的实验连续做下来有了结果。那些标着黄色标记的样品袋经过重复实验，发现含有重要的稀土元素，而且高达二十三种，可以说是世界上非常齐全的稀土，含量丰富。这一结果让他为孟浩远高兴，意味着 912 地区地下资源很丰富而且真是工业生产特别是军工生产上稀缺的重要物质。目前至少标记黄色的样品已经有了特别好的结果，他高兴不已。同时在做的还有标记红色的样品袋，用新的检测方法每一个环节都很费时间也很不一样，稍不留神就过去没有出结果，对温度和时间以及样品前处理都有很高的要求。目前还没有发现什么结果，他在不断记录实验过程每一步细节并不断修正实验过程的每一个环节。但是新检测方法过程是可以完成的，说明方法是正确的，他越做越顺利已经非常熟练。等到进入第二个月的第一个周末下班后，王可佳今天又会在实验室工作，其他人下午就开始陆续离开，回家或外出。整个实验室空荡荡的没有白天有人在时有说话声，现在一片安静听不到其他声音，就他一人。似乎整个实验室完全属于他一个人，整个实验楼安静地出奇让人心静如水。王可佳在这样的环境中做实验更加认真仔细小心，全神贯注地做每一个步骤实验。很长的时间在过去，等整个实验结束后王可佳走到其中一个重点实验室高端精密仪器旁准备看最后的结果，凭经验突然发现奇怪的一幕出现，这次终于有结果出来了，除了检测到原来已经有结果的稀有元素外，他发现还有一种不知名的物质出现，把王可佳搞蒙了，让他突然不敢确定，但是凭自己实验研究多年，突然出现的一种不明物质也许是一个惊喜，他心中已经莫名的狂跳起来，已经马上与当时自己首次发现"Zon"新元素一样联系起来。不住地对自己问这是怎么回事？这是什么物质？难道？根据它的特性赶快到已有的记载文献中查找比对，对照元素周期表和它性质相接近的元素，想查找它到底是什么。可是查找所有记载文献资料反复对比，怎么也查不到。这让他更加惊喜和疑惑，一种情况难道是自己实验过程有问题？这也不可能啊，自己一直很严谨认真地做好每一个环节，因为生怕出现差错，已经反复做了这么长时间实验，有些实验过程细节一直根据记录在修正，所以不会出错。而且孟浩远的检测新方法整个设计自己是反复看过非常严谨科学，玛丽教授也修改过其中的几处细节，自己就是按照方法一步一步认真地做下来的。那么另一种可能就是……他心开始咚咚地激烈跳了起来，他有预感和上次在单位的实验突然发现新元素是一样的一种心情。难道真是又发现了一种全新元素？这种新物质特别不同寻常，一般实验方法根本就发现不了它的存在，借助玛丽批准同意使用曼克实验室最先进的精密分析仪器，用新检测方法通过细心记录了每一个环节的细节差别，记录每一次实验过程。最后这次试验在实验室，整个楼极其安静能够让王可佳更加全神贯注，按照反复实验过程修正写出的新检测方案顺利做完实验才得出结果。此时他抑制住内心的狂喜和激动，想让自己平静下来，可是做不到。凭经验和自觉已经想到这次可能又是一个重大发现。但是为了确保实验正确，他很快将新物质保存起来，并做好记录，同时告诉自己千万要镇定不要激动再做一遍来验证。时间已经很晚他也顾不得，根本没有看时间此时是何时。于是他又继续从头开始完整地做了一遍，最后得到的还是同样的结果。这次已经确定无疑有了重大发现，验证新检测方法发挥关键作用。王可佳这时反而更加谨慎小心，实验过程中出现的差错也是有可能造成判断失误的，慎重再慎重确保实验方法过程没有出错，结果已经出来还需要反复验证。他并没有把实验结果告诉孟浩远和玛丽教授。接着他在周六和周日两天又到实验室继续认真做了多次验证，还是得到同样的结果，实验过程已经十分精准，每一个环节细节都是根据记录的手册丝毫不差的完成。等到他周日那天一个人在实验室第三次做完实整个验后，同样的结果出现在他面前，顿时让他心花怒放再也按捺不住激动之情，大声狂叫一声："啊……"久久不停宣泄心中的激动和兴奋之情。然后嘴里喃喃地说着："太好了太好了，孟浩远啊你真是个神人哪。"

凭自己的专业知识他知道和上次在上海单位实验发现一种重大新元素"Zon"一样，这又是一种全新物质而且它完全不同于上次新元素的性质。此时他明白，这又将是一个令人瞩目的重大发现，而且还是和孟浩远上次实验合作时一样，一旦把实验论文整理后写出的论文发表在国际权威期刊上将会是引起轰动的重大成果。难道这次真是又发现了一种新物质？这到底是怎么回事？他简直不敢相信这样的惊人结果，心情激动万分。不可能总是这么巧吧，王可佳已经确认这一实验结果，但是内心突然让他简直不敢相信眼前的事实，恍如做梦一般。先强压住内心的狂喜和紧张，把整个实验过程数据完整记录下来，整个实验过程细节查核对照。一直在说服自己需要保持平静，让自己平静下来，可是无论如何也做不到，他浑身发抖，心脏在狂跳。他不停地对照元素周期表上查找比对也没有结果，又反复在文献资料中通过电脑查找相近属性的物质记载记录，检索查询依然没有查到。越是查不到记载越是胸中的心脏开始更加剧烈地跳动着，根本无法平静下来，血液偾张直冲脑门，感觉有点吃不消。这可是个天大的喜讯，看着四处静悄悄的，一个人抑制不住内心的惊喜，手已经有些颤抖拿起桌上的茶杯猛喝了一大口，把茶叶也都喝进嘴里也不管，不停地用牙嚼着苦苦的茶叶。眼睛始终呆呆地盯着实验试管瓶中收集到的珍贵的无名物质停留许久，旋又两眼放光。然后激动地来到实验操作台的水池边上，不管操作规程了，迅速打开水龙头，头伸到水龙头下面用冷水拼命地冲洗着头脑降温冷静，王可佳此时的状态和第一次发现新元素时的表现几乎一个模样宣泄心中极度高兴激动。尽管此时已是深秋气温渐凉，但是他完全不顾，不感到冷意只觉得热血沸腾。终于把湿漉漉的头伸出来，湿湿的头发滴着水流淌下来用手捋了捋将水绞掉些。此时稍稍平静下来，马上又想到孟浩远身上心里开始怀疑他。孟浩远这是怎么了？他简直无所不能，脑中一直有不断出现的超级构思和智慧，数学成就斐然能不断出重大成果，化学实验和检测分析上同样有无比领先出众的智慧。单单就一个发现一般科学家研究者终其一生也许都是不得了的事情，而孟浩远居然两次都和他有直接关系，都是他事先设计提供完整的方案。自己只不过是实验过程的操作和验证者，对检测过程细节不断修正调整。说明他提供的检测方法和实验设计早就是一个成熟完整的方案，不是突然研究出来又突发奇想要自己在实验室中做一下实验，实验结果肯定早就在他设计中也是必然会出现的。可是他是怎么做到这些的呢？穷尽思想满脑子百思不解。此时更多的是兴奋激动和无比快乐占据心里。身体里的肾上腺素迅速升高无限快乐，要释放这一激动人心的天大消息，不顾自己是在深夜时间还在实验室里，他首先想到的是孟浩远，必须告诉他。马上拿起电话拨打给孟浩远，电话铃响等了半天孟浩远才接电话。王可佳迫不及待地说："浩远吗，出来了，出来了，好消息，好消息！"孟浩远已经入睡，一下子被王可佳的电话突然吵醒，还在迷糊中："你说什么呢？前言不搭后语的，什么出来了？"王可佳笑着："浩远，你的实验方案设计实在太令人难以置信，新检测方法与众不同，太了不得了，实验有结果了，有惊人重大发现。"孟浩远听后总算明白了，很平静地说："好的，知道了。祝贺你！现在几点啊，早点整理一下资料先去睡觉。"王可佳依然处在兴奋中急于和孟浩远多讲讲分享高兴，没想到孟浩远却如此平静，开心地说："浩远，我兴奋得睡不着啊，真想现在和你一起喝酒庆祝一下。"孟浩远说道："算了吧，下次见面。这样，你还是赶紧向玛丽教授报告一下，明天记得征求她意见。这几天你先好好整理材料，然后抓紧把论文写好，在发论文时，把她名字署上放在第二位。我无所谓可放可不放都没有关系的，最好不用放上去。你说过玛丽教授很认真地帮你修改过实验设计，开放最先进的重点实验室给你。你明年等着拿诺奖吧。记得新元素如果要命名'Guo'，金字旁加国家的国。"王可佳一听马上明白，上次的发现中文名命名为"Zon（钟）"，这次按孟浩远的要求命名"Guo"，金字旁加国家的国，笑着："浩远，知道，放心吧。署名的事情这不是太合适吧，这个实验还是你提供全套完整独特的构思、设计方案和实验检测新方法。检测样品也是你提供的，你已经做了大量充分准备的，我只是按你的设计完成实验验证而已，这样太不合适了。"孟浩远见王可佳人还是老实厚道，他就是喜欢他这样的老实人，所以更要帮助他。说道："王可佳，你不要多想，这事就不要讨论了，就这样办吧。至于我，你真不用考虑多想，都没有关系的。再说一遍论文不用署我的名字。我现在主要还是担心你的同事可能还不太相信你，知道吗？如果玛丽教授同意，算是你们两人共同的研究发现可能会更好，多署名一人又有什么关系？再说我见过玛丽教授，也听你一直在讲起她对你的关心，为人很正直。她学术造诣又很深，研究方向和你是有关系的。而且你也提到过玛丽教授很用心地帮助你修改了设计方案，又让你使用了曼克实验室最先进的重点实验室和精密的仪器。她同意署名还可以增加你的知名度，问题是她是否同意还不好确定了，你应该征询玛丽教授的意见。现在就这样了，我要休息了。你也赶紧收尾早点回家休息。"王可佳人还处在兴奋激动中，还想和他继续说说话，孟浩远说完不管就直接挂了电话。王可佳此时哪有睡意和疲劳，见孟浩远这样扫兴，只好笑笑自言自语道："这个鬼精，怎么听到这样特大喜讯，一点都不惊喜？我想和他多说说话，你看这家伙还真睡得着。他可能早已经知道实验会有这样的结果，这太奇怪了。"放下电话后想起孟浩远的话，要他告诉玛丽教授这个消息。王可佳也不管是否打扰玛丽教授，马上又拨通了玛丽教授的电话，此时仍然抑制不住内心的激动，等着电话接通。听到电话接通后传来玛丽教授的声音，王可佳兴奋地说："玛丽教授你好，好消息。我的实验有结果了，有重大发现，刚刚做完实验，发现了一种未知的新物质。在元素周期表上还没有过的一种全新元素。特告诉你请你来分析确定。"玛丽教授已经入睡，被电话吵醒还是第一次，一般这个时候不会有人来打搅，很不礼貌。一听电话中传来王可佳的声音告诉这一喜讯，顿时清醒激动不已，明明十分清楚听到王可佳的电话说发现一种新物质，但是她仍旧不敢相信这个消息，需要再次听一遍确认，急切地说："王可佳，你刚才说什么？"王可佳听到玛丽教授的反问只好笑着重复一遍说道："玛丽教授，我的实验有结果了，实验方法设计是科学的，成功的发现了全新物质，是一种新元素。"玛丽教授听到王可佳非常明确平静地再次报告这一消息后，突然马上激动地大叫起来："噢。天哪！这是真的吗？"王可佳开心的连声说道："是的，是的。"玛丽教授原来已是坐在床上背靠床头，猛然间听到王可佳的电话报告这一天大消息后，十分震惊兴奋地一下子赤脚从床上站到地上拿着电话，眼泪激动的成一条线泪珠在滚下来。自己一辈子从事化学实验和研究，顶级学术论文已发表无数，自己的专业水平在国际上是被认可的，但是还没有取得如此重大突破性的惊人成果。王可佳一个来自中国的小伙子，平时看他不声不响与世无争，热爱自己的实验和学习，看不出他有什么特别之处。但是居然已经连续两次发现了新物质新元素。这已经不能算是偶然的又一次巧合了，他是有极高的天赋。高兴地说："祝贺你王可佳和孟浩远，你们又成功了。为我们学校也为我们曼克实验室争得荣誉。谢谢你！"王可佳笑道："玛丽教授，你可是和我们一起参加研究的共同合作者，这也是你的成果，你是其中很重要的一员啊！应该是祝贺我们！"玛丽教授一听王可佳这么说，又是感动又是激动心情难以平静，这两个中国人太不争名夺利了，真的是科学家的态度。在玛丽教授边上他的先生威廉刚才已经睡了，此时也被电话声和玛丽教授的激动说话声吵醒了。他惊讶地看着玛丽难得激动的样子，关心地问道："亲爱的，发生了什么事？"玛丽教授不言语还拿着电话对着王可佳说道："王可佳，我马上就赶过来。"然后挂上电话对威廉先生说："威廉你放心，我很高兴。实验室最新最重要的实验出成果了，一个巨大的新发现。我没有事，我现在就要回学校实验室去。这是一个重大发现，重大发现。我要马上去。"自己连忙换好衣服准备出门开车前往学校实验室和王可佳见面去。威廉看她异常激动又兴奋的样子也赶紧起身说道："玛丽，等一下。还是我来开车送你去。"玛丽并不推辞，此刻心里脑子里全是王可佳实验方面的事，两人出门到车库上车后威廉驾车赶到实验室。汽车停在楼下大门口后，玛丽迫不及待的急步走进实验大楼，威廉紧跟在后面，两人上楼后在门口换上工作衣服走进实验室。看到走廊内灯光开启，最里面一个实验室开着灯光射出，再紧走几步到门口往里一看，里面实验台边上堆放着各种实验试管瓶和容器，看到正坐着在认真写记录的王可佳，玛丽叫了一声："王可佳你好！"王可佳听到声音后抬头，一看是玛丽教授，她身后跟着一位先生正急匆匆地走进来。赶忙停手起身过来迎候，玛丽看到王可佳此时已是深夜两点多还正忙着做笔记，实验台子上堆满了纸张和容器。玛丽兴奋地笑着："王可佳你好啊！"王可佳也开心地看着玛丽："玛丽教授，实验终于出来了，我已经反复验证三遍了，都是同样的结果。新检测方法很有效，912地区的采集的样品还真有巨大财富。我们真是太幸运了。"玛丽教授冲过来拥抱住王可佳在他的面颊上激动兴奋又忘乎所以地亲了亲。刚好被站在边上的威廉看到，他知道此时的玛丽有多么激动高兴，他不好意思地笑笑扭过头装模作样在实验室里面张望，王可佳也有点尴尬不好意思起来。平时一向神态严谨稳重认真的玛丽教授难得看到她竟然如此兴奋。玛丽有些不好意思松开手，神情认真起来和王可佳交谈起实验经过。王可佳把整个实验过程给玛丽教授讲了一遍，拿着放在台子上试管架中的一支试管递给玛丽教授说道："这是实验刚刚提取的新物质。"玛丽教授小心翼翼地拿在手上爱不释手，盯着看了足足五分钟眼含泪花激动不已："太好了，太了不起了！王可佳你知道这意味着什么吗？对你，对实验室，对我们学校，对整个世界？"看着玛丽教授的样子，王可佳不知道如何回答，只是应和认可地点点头。玛丽教授的先生威廉在旁边一直站着听他们交谈实验过程有关的专业事情，他已经基本明白了发生了什么，意味着什么，所以玛丽会如此激动难以平复心情。玛丽平时绝对不是这样的，一直很矜持还有点高傲严肃，今天从她接到电话后到实验室来，看到资料和试管中的物质，她实在是太兴奋了像个高兴的小孩一般。忙笑着走过来主动对王可佳自我介绍道："你好，威廉。"伸出手迎着王可佳过来准备握手。玛丽见他们自我介绍认识才转过神，笑着分头在给两人介绍："王可佳，这位是我先生威廉。这位是曼克实验中心我的同事王可佳先生，来自中国。"王可佳其实早就看出来，笑着也伸出手，握着威廉的手笑着说："你好！威廉先生。很高兴认识你。"三个人在实验室就这样不管此时已是深更半夜依然开心地交谈起来。玛丽认真地关注着每一个环节和王可佳讨论问询起来，直到她完全相信实验无误，确实是开创新的由他们在这里发现了一种全新物质，而且根据玛丽教授的专业知识，这是一种非常不寻常的新物质，一种很特殊的物质。它可能是一种清洁无污染的极高等级的类似核物质的新东西，比现有所有核物质都要强万倍，如果以后工业提炼生产应用，那将是前景极其广阔无与伦比的，理论上宇宙探索的飞行器如果有这样一种物质产生的能量将是巨大的，可以到宇宙世界更远的的地方开展科学探索了，意义非常巨大，当然如果运用在其他工业制造产品和能源以及军工方面更加是代次的飞跃。她想到这不免紧张起来，王可佳可能还不知道它的存在意义。

玛丽教授让王可佳收拾资料赶紧回去休息，等王可佳收拾完，玛丽教授和威廉开车送他回别墅中，两人再回自己家基本一夜无眠。

第二天是星期一，上午时间已是将近十点三十分左右，王可佳一反往日早到的习惯走向实验楼。等他进入办公室后稍稍整理换衣走进实验室，他比平时已经要晚了很多。由于星期六星期天连着两天在忙着做实验验证实验过程，特别是昨天忙到很晚直至凌晨两点多，与玛丽教授对这种新物质进行讨论又花了很长时间，随后后由玛丽教授送他到家。可是由于人实在太兴奋几乎一夜未睡好，一直处于迷迷糊糊状态中。今天他过来是要整理材料和数据准备撰写论文的。

艾伦像往常一样，此时他已先到实验室，一般如果他有实验会在九点半左右到。平时进来就会看到王可佳已经早就到实验室，而且开始忙着做实验或写材料。今天他正常到实验室正在纳闷，等他看到王可佳走进办公室来明显比往常晚太多了，还是第一次碰到这种情况。艾伦正好闲着没有事，见王可佳走进来又开始说风凉话。他本来就对中国人看不起，骨子里有一种根深蒂固的西方民族自我满足的优越感，自认为世界上最聪明的人就是他们欧洲人种和犹太民族，其他人种在他眼里都不值得一提，只有落后不聪明的印象记忆。这么著名的曼克实验室里基本都是来自欧美发达国家，而且这些研究人员都是名校毕业的博士生和少数几个最低也是研究生。亚洲脸只有王可佳和另一位中年学者，还有一位美国本土的黑人青年学者，他也是美国名校毕业的高学历研究者。尽管据介绍王可佳可是发现过一种新元素"Zon(钟)"的研究人员，他的论文在国际著名化学期刊发表过，应该受人尊重。但是艾伦依旧不信任王可佳，在他看来王可佳的成果只是运气好偶然从实验中获得的，自己平时与王可佳接触下来，根本看不出他有什么过人的或特别之处。所以经常性地面对王可佳故意会说话时带有讥讽，好在玛丽教授和其他同事或学习做实验的学生都是学术型的知识分子，为人比较正直思想简单，都专注于自己的实验研究，对王可佳非常尊重和友好，不喜欢在人际交流上把关系搞复杂。

艾伦看到王可佳进来，脸上露出阴笑，冲着他讪笑地说："哈喽王同学，你这是刚刚从课堂上完学过来？"意思在讥笑王可佳，还是回去课堂上学吧，一个小小的研究生还未毕业，竟然是大名鼎鼎的玛丽教授的助教？简直开玩笑，谁服你啊。为什么玛丽教授不推荐我来当助教，我才是完全有资格胜任的合适人员，自己的学历和智商哪样都够资格。王可佳见惯了他这种讨人厌烦的腔调，所以并不理睬。自顾进了办公室后来到自己办工桌前放下背着的包，准备进实验室，艾伦见王可佳没有理他，还在得意洋洋地继续调侃着："王助教来教教我，看看我的这个博士论文设计怎么样？你有什么建议？"有同事看艾伦一直在说王可佳有些过头了，站出来劝阻道："艾伦，够了，做你自己的事吧。"其他几个同事对他的行为也在摇头，办公室中气氛有些压抑。

大家正在说着话时玛丽教授走了进来，脸上红光满面神采奕奕，遮不住她高兴和喜悦。大家感觉今天玛丽教授明显和往常不一样，当她看到王可佳拿着一份资料穿着实验室白色工作衣服默默地准备走出办公室到实验室中时，玛丽教授站住脚步满脸微笑地说："王可佳先生请稍等。"说完对着大家说道："各位我要宣布一件事。"众人一听玛丽教授说要宣布一件事，都感到都非常少见，一定是事关重要的事情。都先后站起身来慢慢走过来围拢在一起，眼睛盯着玛丽教授，静等她宣布消息。玛丽教授满面笑容道："我们曼克实验室，昨天晚上有人刚刚完成了一项研究，有重大发现。这是我们化学研究科学上的伟大突破。"说完停顿了一下，把所有人吊足胃口满是期待地注视着玛丽，静等她下面的话。玛丽停顿一会看着聚集过来的热切目光说道："我们已经发现了地球上一种全新的稀有物质。"大家目瞪口呆，左右看看不知道这位研究人员是谁？发现了什么样的物质？面对玛丽教授的这个重磅消息，大家都十分尊敬。突然间有人鼓掌拍手庆贺，一时间所有人都在鼓掌，王可佳也跟着礼节性的拍手。有人悄悄低声私语相互询问着："我的天啊这是谁啊？太了不起了！"玛丽教授停顿了一下说道："他是我们曼克实验室王可佳团队的最新研究成果。"话音刚落大家齐刷刷地转头看着在外围站着的王可佳，一边更加兴奋地鼓掌拍手祝贺起来，一边转身看着王可佳，大家都为王可佳高兴，为曼克实验室高兴，很快跟过来一个一个轮流上去和他拥抱并轻拍着他肩膀示意祝贺和赞许。每一个人拥抱后都在说："祝贺你！太棒了！"有人感到有些意外，有人并不意外。王可佳一直很低调专注，他原来已经取得过伟大的成就，来曼克实验室后在这里从事研究，又一次有新的研究成果，也算是情理之中，而且王可佳平时一直不声不响埋头认真于实验室中，花大量时间精力在做实验，这大家都知道。功夫不负有心人，平时默默无闻不声不响的他果然又一次一鸣惊人。对于曼克实验室和作为他的同事，为他也为自己是和王可佳在一起工作过的同事而骄傲高兴，大家都是抱着积极高兴的心态。但是只有一个人，就是艾伦此时听到玛丽教授说出这个消息后，又看着这种场面，心里特别的失落和难堪。此时他已经无话可说，毕竟研究成果是没有国界的，他又不得不佩服王可佳取得这样的伟大的成就，可惜这份伟大成就不属于他。见同事们都围在王可佳身旁祝贺拥抱，他十分懊丧灰溜溜地赶紧离开了办公室，自己平时对王可佳的种种讥讽奚落让他很难堪。

　　尽管孟浩远坚持不用署上自己名字，王可佳十分清楚他的想法所以没有署名，就署上自己和玛丽教授两人的名字，然后将论文交给玛丽教授修改。玛丽教授进行了认真的修改，然后专门找王可佳过来说道："王可佳先生，这么重要的论文和重要发现，你说过是和孟浩远先生一起合作构思很多，点子就是它提出来的，我认为必须把他的名字署上不能漏。"王可佳没有办法只能实话实说："玛丽教授我把论文也发给他修改，修改后他坚决要求不署名。"玛丽教授惊讶地说道："是吗？是孟浩远远先生的意见？"王可佳无奈地点点头说道："是啊，要不然我怎么可能漏了他的名字？"玛丽教授沉默在思考，这么重要的发现和论文竟然有这样的科学家不图名的？说道："原来是这样。他为什么会不愿意署名呢？"王可佳实在地说道:"这我也不清楚。"玛丽教授说道："王可佳先生，他的作用比我大很多，如果他不愿意署名，那我更加不能署名了。必须加上他。"王可佳说道："我也觉得应该加上他，我们是团队合作。"于是王可佳与玛丽教授意见一致，不管孟浩远的想法和意见还是把他名字放上去，不过他听从孟浩远的另一个意见，把玛丽教授名字放在孟浩远前面，尽管玛丽教授很谦虚坚持如果要放自己名字上去就放在最后面，但是王可佳还是坚持自己的想法也是孟浩远的想法放在第二位署名。

一篇重要论文一个重大发现成果一个全新检测方法问世。一周后署名王可佳、玛丽、孟浩远三人作为共同发现者，他们发现世界上一种新元素"Guo"重新需要将元素周期表排列，新元素"Guo"是孟浩远并与王可佳早就同意的如果以后还有发现就命名为 Guo(中文金字旁加国家的国)。这篇重磅论文在国际一流化学期刊第一篇发表。这篇重要论文在权威著名国际期刊的发表顿时引起轰动，同时一种新的实验方法被高度关注，从此这种方法被称为"王氏检测方法"来应用。发现的新物质更加引起科学界和科技先进大国政府和相关行业的高度重视，美国政府已经派官员来大学和曼克实验室找王可佳和玛丽教授，要保护他们和研究成果的秘密，一时间学校和曼克实验时与往常很不一样。王可佳的这篇论文正好作为研究生毕业论文，这是最佳的最有重量的一篇研究生论文。从此不再有人质疑王可佳的学术水平和专业能力，研究生学业也获学校认可，经过学校专业委员会讨论提请学校董事会批准后，他非常顺利提前了半年完成研究生学业。根据王可佳的申请后玛丽教授推荐他直接进入到博士阶段学习。在论文发表之前中国的高云迪所长早已经陆续收到奇怪的多个邮件，没有发件人名字，他并不以为就随便把它放一旁。

三

　　三个月后，孟浩远在格兰德的帮助下设计了 912 科技研究中心的自动化工厂生产线，经过设备安装调试后开始试生产，随后又不断地进行改进，目前已经可以生产出这种新发现"Guo"物质的初级精分原料。又经过三个月继续优化改进工艺，将所有最先进的设备安装完成调试后开始正式生产，另一条生产线工艺就简单许多，很快可以生产稀土原料。"浩瀚探索科技有限公司"以及下属 912 科技研究中心，912 地块从无人知晓它的存在，一直默默无闻到一夜之间被全世界所有人注意。这种命名为"Guo"的新元素物质，其特殊性引起了科技界极大关注和兴趣，他们都很清楚如果有了这种可生产的稀有物质，接下来将会对科技发展有重要意义和极其重大价值，它是全方位的极其稀有的重大战略物资。美国国家安全机构反应很快，通过曼克实验室和王可佳、玛丽教授了解原来原料就产在美国，让他们兴奋激动高兴异常。马上这些国家安全委员会、商务部、科学专业委员官员和专家找到了"浩瀚探索科技有限公司"杰瑞里来进行秘密谈判，限定这种新物质原料的出口，由他们指定的研究机构和高科技官方背景的企业全部收购公司生产的初级原料。另外让他又一惊喜是美国发现含量丰富更加完好的具有二十多种元素的稀土物质，这也是一个重大发现。

秦探索的飞行器经过休整后又定期再次到地球来，一天晚上十二点降落地还是设在比较隐蔽的山后树林中。他们带来了孟浩远需要的东西，共有三大箱子。孟浩远给他们准备了三大箱的书籍和种子，秦他们自己又购买了三大箱子资料和其他一些东西。除了箱子中的植物种子和种苗书籍以外，他们这次又带上了在912科技研究中心经过提炼生产的这种新发现已包装好的新元素物质"Guo"。这种"Guo"物质阿勃特星也没有发现过，它的性质是十分罕见稀有的，利用价值非常巨大，运用在飞行器上作为清洁无污染的类似核物质的原料可以比现有最强大小型核能运行提高数千倍，这是一个怎样的概念。如果把它生产提炼后生产出来重新应用在目前的飞行器上，巨大超强能量来源解决更加轻易解决了续航远航能力，又是一个巨大的飞跃，它运行时可以源源不断生产制造能量，犹如太阳一直在燃烧释放巨大能量而不污染不会烧尽，又会在继续燃烧时产生能量自身不断变化修复把周围的物质吸收利用，所以太阳一直会为地球以及周围星球产生巨大的能量源。它的发现意义和作用将是几个代次级别的飞跃。对阿勃特是飞跃，对地球更是有无法估量的作用，推动科技进步和文明进程。

这片912地区土地由于经过"浩瀚探索科技有限公司"第一个吃螃蟹买下后进行了科学研究探测，利用检测新方法发现世界上一种新元素"Guo"和稀有的稀土物质，经过专业论文发表引起更加多的重点关注。对于亚利桑那州政府和所在的波切利市政府部门来说意义十分重大。国家安全部门先后来与他们秘密交谈，需要对912地区甚至912以外的地区所有土地采取保护性措施，严格控制审核即将来商谈购买土地的企业。所以政府部门出于安全考虑开始重视，需要重新评估。现在他们为"浩瀚探索科技有限公司"超前卓越的眼光和科研实力所折服，原来这家公司科研实力如此强大，和著名的曼克实验室合作，运用了一种新的实验检测方法在这里发现了一种新物质"Guo"和稀有的稀土物质。它的巨大商业价值和战略价值前所未有，前景一片光明。使这里原来没有经济价值不值钱无人要的贫瘠土地变得商业价值巨大。现在已经有很多国际著名的大企业集团公司闻到不同寻常的嗅觉，纷至沓来和政府商谈购买土地进行开发事宜，这件事引起政府的重视，国家安全局、商务部都先后派官员来过进行秘密谈判，告知利害关系，希望严格控制不让这种技术和新物质流出美国以外。现在既然已经有浩瀚探索科技有限公司在这里生产，作为极其重要战略资源必须要进行收紧和储备，不能一下子把有巨大经济价值的912地区土地资源全部出售出去。所以对前来商谈的所有企业政府全部婉拒，对外称这里过度的矿业开发生产会影响当地的环境，要进行环境评估保护环境科学合理的有序开发，所以暂时停止土地商业出售要重新规划。

州长和市长非常佩服浩瀚探索科技有限公司的远见以及研究实力，让不值钱的土地一下子成为全世界最热的地方以及开采国家关注的战略物资，因此政府就在912地区和外围其他地区要求严格控制。有战略眼光的国家和大型国际企业都把目光聚集在这里，但是已经没有办法获得这里的土地开发生产，当然他们也没有这种最新技术。浩瀚探索科技有限公司成为912地区独家可以继续探测开矿可生产"Guo"原料和美国急需紧缺的稀土原料的公司。由于产品在军工方面和航天探索方面应用有着极其重要的作用，新物质加工的原料产品被规定要批准许可后出售给本国的大型军工企业和国家背景的研究机构或特定的部分大型品牌民用科技企业用于科研活动和生产最高端的产品。稀土原料可以经商务部许可进行销售。

这样的信息当然很快也被整个浩瀚探索科技有限公司所知道，听到特大利好消息后公司内所有员工一下子沸腾起来。现在公司经理杰瑞里心里最开心和意外，他从来没有想到会是这样的一个结果，原本一直以为公司老板这样的投资太草率没有章法甚至鲁莽，花费大量资金投资在 912 地区荒地购买了无人要的大量土地，又花费巨资在那里建设 912 科技研究中心，这些被杰瑞里认为都是没有经济头脑的鲁莽行为，在这种地方搞所谓科研结果是可以料到的，实在是不会长远，投入的资金一定都会浪费殆尽。自己作为经理人具有正直的职业操守一直反复提醒注意风险，现在消息传来令人惊讶万分。谜底终于解开，原来近乎疯狂的老板其实才是真正最聪明的人，自己的眼界和智慧与他们相比差了很远。他们看得更远可能早已经知道这的地矿埋藏着巨大的资源。他内心里不得不佩服老板的智慧和卓越远见。现在公司在城市里的浩瀚探索科技有限公司销售团队整天异常的忙碌，美国重点经审核的企业需求订单根本不用去宣传都是上门主动来求购，生产多少就需要多少。已经有不少经过批准的大型品牌企业急需购买公司生产的全部"Guo"原料，无需销售团队推销不愁销售，价格不用商谈都是自己公司定价。而且另一种稀土产品同样十分好销售不用介绍。不过老板此时也不着急想着增加产能，工厂还是按部就班坚持工人不加班就安排好正常生产状况。这样造成需求量更加紧张，还是无法保证工厂生产出来的原料满足市场的订单需求，新物质"Guo"原料和稀土原料两种原料一直保持着供应紧张状态，尤其是新物质"Guo"原料，还经常有官员来公司神秘的审查。销售的价格完全由公司自己来定价无需谈判，而且需要先支付货款后才安排计划生产供应，看着货款从各地重点公司、军工企业、航空航天公司、研究机构转进来，随着采购单子越来越多，流水单子一叠一叠堆成了好几本，到公司账面上的资金越来越巨大。高兴得杰瑞里整天乐呵呵的，整个公司员工都知道销售单子数量和单价能很简单算出销售收入，财务人员更是清楚。公司员工庆幸找到这样一家从一开始默默无闻奇奇怪怪的企业到现在是一家掌握高科技检测技术的垄断企业。

　　孟浩远并不会关心公司的正常运营情况，一切都交给杰瑞里负责管理。钱赚得这样容易让连杰瑞里都要替老板高兴，由于业务需要他赶紧又招了十几名管理人员在公司总部负责对接紧张的销售联络和后勤保障等工作。有时候等杰瑞瑞里安排妥当，自己在办公室里站在玻璃墙看着城市的外面，街道上车来人往都在为了生活忙碌着。想想现在的自己，自从认识孟浩远先生开始到现在简直是一场梦，但是这是真实发生在自己身上的事，心里笑着自己从一名正规的律师在事业上没有取得突出的成绩，可是通过一次偶然的机会认识了这位看似年轻而且不甚懂商业的孟先生后，连自己都不是十分看好这家新成立的科技企业，居然会一步一步这么顺利完成逆袭。连自己心里都十分存疑的情况下整天花出大笔资金的企业，担心看不到未来。现在竟然会这么顺利和取得巨大成功。看来掌握科技的人和企业终将会取得成功，过程充满风险，对自己能够在这家浩瀚探索科技公司工作从此充满了激情和期望。也更加自觉地肩负起更多管理的责任，不知不觉中自己已经变成一位合格的职业经理人实现了自我价值，生活是那样的美好。

当王可佳在"曼克实验室"用新检测方法对 912 地区采集的样品进行科学实验并成功提取到一种新物质"Guo"以后，知道这种新物质的作用将是那样巨大。孟浩远心里明白，第一反应是这种新物质"Guo"提炼后如果应用在飞行器上在宇宙探寻就可以做到像秦他们的飞行器一样长久探寻，它的能量来源已经解决，可以到更远的宇宙世界中探究，发现更多宇宙中的未知，就像阿勃特星发现我们一样，只是地球人类还没有解决像秦的飞行器那样先进的发动机和外形材料生产工艺、集成广电传通讯系统以及高等级芯脑智慧指挥系统等。孟浩远突然醒悟过来，秦当时说阿勃特星目前没有发现到这种新物质"Guo"，它的作用非常巨大，一般人是无法理解其中的道理。当时自己也没有仔细询问它运用在什么方面，秦没有展开细说。现在发现论文一出，经过各种科学家对论文中发现的新物质"Guo"的展开研究后得出这是一种全新的类似核物质，但是比现有地球上已知的所有核物质都要强几万倍，关键是没有污染是清洁的能量来源。它的出现将颠覆现代人类的认知，意义和作用前景一片光明。

孟浩远才认真与秦他们又进行一次较详细的咨询才明白过来，为什么"Guo"会引起广泛重视研究和讨论，让科学家十分欣喜原来还有如此奥妙。秦告诉孟浩远这种类似地球的"Guo"核物质可以通过技术提炼制成发电能量的来源，它没有核污染非常清洁。犹如太阳可以产生源源能不断的巨大能量，它比我们的飞行器上使用的类似物质能量更加高出代次级别的等级，研制成功后用它可以使宇宙探索飞行器更加久远的远航。秦的飞行器要休整其实其中一个原因就是能量源，如果更换这种"Guo"物质作为能量源，那就是飞行器将会更加可能远航探索。秦实在太好了，孟浩远的问询他并未隐瞒实话告诉他。孟浩远听到这个惊人的消息顿时感到激动不已，不过同时感到有些担心，这种新物质"Guo"太机密太敏感意义太深远，一定会在以后带来不少麻烦，而且已经听到杰瑞里报告称美国国家安全部门开始到公司多次进行检查和对销售进行审核许可。他一拍大腿顿时"啊呀"一声，这个事情有些考虑欠周到，应该在消息公布后卖一些"Guo"新物质给中国，让他们有机会研究。不过还好在格兰德发现后，他就已经一边为秦他们提供，同时一边给上海有机化学研究所老所长高云迪匿名邮寄一部分供研究，在所有人都不知道的情况下，这种东西随便邮寄没有任何限制。不过高所长因王可佳出走的消息让他十分气愤，正心里有气向上级部门提出辞职准备办理退休，收到来自美国的邮包后很诧异，以后又连着收到五个，更让他不知所以，不过凭自己的专业知识他知道事情不简单。首先猜想的是王可佳邮寄给他的，至少比王可佳论文发表提早了三个多月。等王可佳论文发表他才恍然大悟终于明白手中的东西可能就是无比珍贵奇缺的新元素"Zon"马上如获至宝，同时大感能够获得这种物质太不可思议了。

伯格自从认识孟浩远以后，两人有过几次合作让他渐渐对孟浩远更加认可和尊重。他是一位很不一样又很神奇的人，手中具有地球上最高等级品质的钻石来源，而且平时为人一直低调，做事十分果断，人又十分聪明有智慧又不高傲。伯格也给孟浩远留下良好印象，所以两人之间秘密交易后就很是专一，认可伯格和它的公司，后来就一直只与他联系和单独交往。所以伯格知道市场上除了他这里还从未出现过孟浩远提供的钻石，在行业中这相当重要。哪怕自己因为上次接待孟浩远先生在路上遇到有人围堵差点丢了性命，经调查后发现是自己公司有内鬼的问题差点酿成大祸，也并没有从此和孟浩远断了联系。所以伯格更加小心和敬佩孟浩远的气量，而且孟浩远远先生掌握着地球上唯一绝好的顶级标准钻石，却从没有持货待沽拼命提价。和他建立了一种商业交往上较少见的合作信任，使自己公司大获成功，赚了大量的金钱，而且关键是赚足了钻石行业内的口碑，公司的品牌由于被市场上这种新进入由孟先生提供的顶级钻石后，成就了新标准的重新诞生。又因稀少仅此一家可提供，因此已被行业和市场热烈地追捧。但是这样子的钻石十分稀少很少供应市场，只有"艾格尼丝"品牌可以很少量有限提供，加上公司专业设计团队和加工工艺大师的精心设计打磨制作，已成为市场的信誉和保值升值的价值昂贵的特殊商品。公司认可度知名度在行业内越来越高，越是稀少越是希望得到。这样的钻石在市场上根本不愁销售，就是太少，都是被高等级消费群专门订购的最高端品，也带动了"艾格尼丝"公司其他品质的钻石销售。只是由于现在孟浩远提供的最高等级绝世钻石原料数量实在是太少太少，根本无法满足市场的需求。

伯格最近和孟浩远的几次电话联系都没有联系上也没有得到回应，急得伯格有些心慌。原来他和孟浩远的正常联系不是这样的，一直很畅通。他最担心的是由于上次孟浩远来比利时安特卫普时在路上发生的那件意外惊险事件，一定给他留下了很坏的印象，让他有了顾忌、害怕和不安，产生放弃与他们合作的念头。如果他因为这件由另一个利益集团精心策划的事件而让他真的发生改变转向其他新的合作公司，这对自己来说可是釜底抽薪真的是要命事情。孟浩远提供的最高等级绝世品质的钻石原料，是其公司市场销售一直很抢手的重要产品，其他公司苦于找不到这位拥有这种钻石的神秘人，都愿意抢着想尽一切办法找到这位神秘人与他合作。因为最重要的决定因素就是绝世钻石本身，再优秀的打磨技术和设计总归是辅助和锦上添花。如果艾格尼丝公司缺少了孟浩远提供的极品钻石那将是危机降临。

伯格很清楚其中的利害关系，所以最近他一直在与孟浩远联系，可是联系几次就是联系不上。其实他有所不知，他几次电话联系孟浩远都不太巧，正好是在孟浩远最忙的时候，有时或和秦正在接头，有时正在和他们交谈，他的手机关机或者静音或者无信号。有时或又正在家中潜心认真地看秦带来的科技资料，有时又正在研究秦带给他重新设计改造后的高级智慧手机和高级智慧电脑进行学习熟悉测试体验当中。那种时候已经是心无旁骛并处在极度紧张激动欣喜中，根本不会顾及自己的手机。有一次他又在 912 科技研究中心基地与王可佳两人商谈新检测方法和检测方案以及样品采集等重要事情，事后孟浩远虽然看到也没有及时回复，并不是他对伯格已经产生有其他的想法，他知道伯格的想法无非就是多提供钻石。但现在孟浩远资金并不缺所以不着急，特别是最近 912 科技研究中心的小规模生产初级原料已经开始向几个特定的经审核的大公司和科研机构供应，资金源源不断流入实在太多了。他懒得像商人一样一味的一直满足于赚更多的金钱。忙于 912 科技研究中心基地和秦他们的联系才是他这一生中最重要的事情，另外还有学校上课的事以及王可佳的检测方案的事情都是需要花精力去经常关注联系沟通安排的。所以自身一直处于忙碌中，就无暇回电话给伯格，因为他知道伯格联系他的原因就是希望探探孟浩远的口气，是否还有继续提供他绝世高品质专有钻石的可能。孟浩远想的是目前不缺钱，其他事情才是需要关注的。最近一直很忙所以就没有联系伯格，心想让他等等吧，等忙过后自己在主动联系他。这样的做法把伯格搞得心里十分紧张，拉宾总裁也询问过他多次了解情况，要他继续联系孟浩远而且一定要联系上到底是出什么情况？更是把伯格急得没有办法。

　　这天一个周一的上午大约是十一点多，伯格在公司自己的办公室里又试着拨打了孟浩远的电话，此时在中午料想孟浩远再忙不会中午不休息吧，所以电话联系孟浩远。可是孟浩远此时又正好在学校上课还没有下课，结果自然还是没有办法联系上，让伯格感到更加的慌张忐忑不安，已经断断续续联系过多次无法联系上孟浩远，看来真是悬了。等到中午，上完课的孟浩远有空习惯性的查看手机信息时发现伯格曾打来三通电话，想起以前也有几次来电后来没有及时回复感到不妥，当然他心里是明知道伯格来电必定是希望他能够继续提供钻石的事。淡然笑笑，心想我现在正忙于其他重要事情，钻石的事情对我来讲不重要了。不过想着伯格这个商人如果再不给他回电真要急了，现在正好也有空，于是快速回到办公室关上门才回一个电话过去，伯格正在办公室里急切的等待，他刚才已经连续打了三次电话都无人接让他很紧张，正在坐立不安的在想办法，一会站着在办公室里走来走去，一会坐在到椅子上，心中烦躁不已，其他的事情已经没有办法提起兴趣。正焦急中但是又没有其他任何办法联系上孟先生，突然自己手机铃响，他就在等孟浩远的消息，马上拿起桌上的手机查看电话号码，一看不对，原来是公司其他部门经理有事情要报告，他有些烦说道："知道了把报告给我。"就放下电话，过了一会又有电话铃响他慢慢走过去拿起电话，这次一看是一个熟悉的号码，顿时心中一阵高兴和激动起来，这是自己久盼的孟浩远先生的电话号码，是他打来的。高兴起来赶忙接听，听到孟浩远的熟悉声音传来："伯格先生，你好！刚才正在上课，不便联系。有事吗？"伯格一听孟浩远的询问，心里特别高兴算是联系通了这就好，稍稍平复一下急切的心情回答："不好意思，孟先生，打扰你了。"他原本还在想今天又和孟浩远联系三次未接通担心不已，脑中浮想联联，难道他真的不愿意和我们合作了，或者他的绝世最高品质钻石已经没有货了。不过想想应该不会，和这位孟先生的几次联系知道他的人品，孟浩远不是这样的人，即使不想合作或者有原因没有绝世钻石供应不至于连电话都拒绝接听，这不是孟浩远的特点。伯格顿顿又笑着试探着继续问道："孟先生你好，我们好长时间没有见面了，最近一直很忙吧？"孟浩远见伯格问起也连忙解释道："伯格先生你好，刚才正在上课。是的，最近我这里确实是有点忙的，所以没有及时接你电话，想来应该没有什么大事所以后来也没有及时回，很抱歉。"伯格小心地说："孟先生接通就好，我知道你不同常人一定很忙的，没有关系。我想您对比利时安特卫普是有感情的，对我们公司也有多次交往了。欢迎孟先生来啊，拉宾先生也一直在念叨你。他和我说过多次了，你再不来他可要问责我了。"孟浩远说道："噢，是吗？还有这事？谢谢你和拉宾先生。不过，我现在学校里确实有很多事没有时间啊，实在走不开。这样吧，如果伯格先生你方便过来的话欢迎你啊。"伯格脑子反应很快，只要孟先生愿意见面就是好机会，到哪里都可以。本想马上直接表达这样的意思，没有料到孟浩远他自己这样说了，那是再好不过了。也不客套了高兴的直接问道："好的，孟先生。我知道你忙，那就约定就这个周六如何？"孟浩远说道："嗯，好吧，就这么定了。地点在亚利桑那菲尼克斯阳光大酒店，周六上午十一点左右碰头，要不要给你预订房间？"伯格听到孟浩远所提的地点，心想这不是在他学校学习研究的城市。他在亚利桑那菲尼克斯这里也有活动？不管他了，能够抽空和我见面对我来说一定是好事，即使碰头见面增加交谈增进感情也是一次好机会。赶紧说道："孟先生，酒店房间的事不用操心了，我自己来订很方便的。谢谢！"其实这次孟浩远已经想好了，会与伯格碰头多提供给他各种大小规格的钻石，那种像鸽子蛋大小的，在秦认为是算是最小规格的钻石，就拿出其中一箱子，另外再给他一箱子装满大规格（欧美成人健壮男子拳头般大小，世纪之星那种）和中规格（有鹅蛋、鸭蛋和鸡蛋大小）的钻石给他，当然箱子要重新购买换下，不能用原来秦带来的专用箱子给他，怕他看出疑问。自己在那里各大银行库中存放了太多的贵重箱子，其中有大量钻石，伯格需要就给他一些吧。而且自己有一件事情正好需要伯格帮忙。

　　每次与秦见面，他们一直按老办法会给孟浩远带来很多，现在已经在几个大银行保险柜里存放了很多了，是需要放出一点。孟浩远又说道："伯格先生，请你这次过来给我准备一颗贵公司正常销售的南非产地的一克拉大小规格，品质与工艺设计要特别好的钻石做成白金戒指镶嵌在上面，我需要专门送人，要有包装。请您来时带过来，钱呢到时候直接给你，不知道时间是否来得及？今天是星期一的中午还有五天，周六你下午到就可以。"伯格听到孟浩远还有这层意思，他明白一定是送他的女朋友的，但是搞不懂孟先生送自己女朋友的钻石为什么不选他自己的绝世最高等级的钻石，我们公司完全可以帮助用心设计和加工就可以，也许时间来不及，也许是孟先生实在太低调了和平常人不一样。说道："孟先生，放心吧，我会亲自关照抓紧按你的要求好好设计，加工应该来得及，我们抓紧时间等会我马上让设计师和打磨大师一起会商一下，一定可以完成，到时候会带过来，请您放心。"孟浩远说道："好。那太好了。谢谢你！"他已想好了到时候要送给艾琳作为求婚戒指，但是知道艾琳并不喜欢太张扬，也不喜欢太奢华的东西，不敢用自己的最高品质钻石让伯格加工设计。伯格一听不太明白继续问道："孟先生，这是我们应该做的，你不用客气，我们为有你这样的客户高兴。不过您真的不用你的钻石来加工？这时候世界上最好的最值得珍藏的最无价的珍稀之品。"孟浩远说道："不用了，谢谢。"伯格心想可能你不想让女朋友知道你拥有如此高等级的钻石，所以才如此低调处事。他也不好再劝说，因为他知道孟先生是有自己主见的人，只好说道："好吧。"他还在想不知道为什么孟先生会安排在亚利桑那州的菲尼克斯和他见面？他暗中猜测起来难道他的钻石来源地就是在这座城市？行业中和自己还从未听说有过消息这里出产钻石，这是自己知道的常识，所以那里不可能产钻石的。这又不是孟浩远工作所在的波士顿城，两人见面为什么要赶到菲尼克斯那里？难道孟先生正好在那里有事情处理？实在搞不懂，他身上有太多自己不明白的秘密，也不好多问为什么，按孟浩远约定的地点和时间过去就是了。

得到孟浩远与伯格这次见面的计划安排，伯格已经按捺不住内心的高兴，他非常清楚这次孟先生让自己过去见面，不会是简单的一次见面叙情，因为孟先生是知道自己所需要的。不过两人在交谈中自始至终谁都没有直接说到钻石方面的事情，太直接怕他引起误会。伯格也不好意思多问，还是想着以拜访好友的心态去一趟美国看看孟先生多沟通重视一次好机会。不过这次非常难得的是他提出需要在自己公司购买一颗钻石，他的设计需求就是给他的女朋友，希望伯格好好设计制作出一款定制的唯一的钻石和戒指。伯格通完电话马上电话通知设计师和打磨师，专门挑选一颗等级很高的一克拉多一点的钻石，把他的意图告诉他们，要求抓紧时间专门设计和打磨，在周五晚上一定要出来。这是孟先生特意需要的这枚钻石戒指一定很有用意，伯格非常认真的安排叮嘱。安排完孟浩远钻石设计制作的事后他马上高兴的电话向拉宾报告他将在本周六上午要去美国和孟先生见面。拉宾当然高兴希望他去和孟先生多沟通，说不定是一次好机会，让他有任何事情抓紧和他联系。定制设计款式和戒指很快设计图案出来，在一个白金戒指里面专门打上孟浩远和艾琳两的人的英文名字和还有一个非常好看符号，这是伯格专门细心地问了孟浩远才知道他要送的人的名字，还有艾格尼丝公司的专门图标日期。花了四天到周五中午打磨好了一颗一克拉多一点精选的白钻石。配在白金戒指上非常的美丽大气耀眼夺目。这可是私人定制的，世界上唯一的一款钻石戒指。

赶出来后伯格看看自己觉得很满意，才放心的放进一款专用的戒指盒子里随身带在身边。

一周时间很快，时间终于到了周五上午十点多，伯格拿到了专门给孟浩远设计打磨的钻石让他放心。孟浩远先生唯一一次要求办的事情终于漂亮出色完成，伯格自己都非常满意。心情大好恨不得马上见到孟浩远亲自交给他，让助理改签下午的机票，他要提前一天前去等候孟先生，下午三点伯格已经订好机票和阳光大酒店房间，提前一天赶到菲尼克斯城，晚上一个人在市区顺便看看，感到这样的城市不如比利时布鲁塞尔和安特卫普，这是很普通的一座城市，不显繁华也并不太热闹，没有更多的特色。孟先生为什么选在这里，他为什么突然和这座城市有关系了？百思不得其解。

孟浩远远是上午乘飞机从波士顿赶到菲尼克斯的。第二天下午，伯格按孟浩远约定的时间下午三点碰头，他在下午两点半时就已经在房间里心情激动起来，一直坐立不安所以索性就走出房间提早来到酒店的大堂接待区，没有想到他刚出电梯区正四处随便的左顾右看，眼前一个熟悉的身影被他发现，仔细一看原来是已经等在酒店大厅的孟浩远，只见他正站在一楼大厅里面的一家商店门口无聊地看着里面的商品。伯格没有想到孟先生会到的比自己还要早，惊喜的迈开脚步快走几步等挨近了叫道："孟先生你好！"孟浩远听到身后伯格的声音转过身来发现伯格已到身旁也有些小意外，时间还没有到，这么早伯格就过来了，说道："伯格先生你好，这么早就到了。"伯格说道："在楼上房间里想到马上要和你可见面心情急迫，想着见你。我昨天下午提前坐飞机赶过来的，正好有机会来菲尼克斯城里到处看看。"两人见面十分高兴，伯格热情地主动和孟浩远拥抱在一起，好像久而未见的老朋友，尤其是伯格的心情自然十分高兴和激动，用力抱着孟浩远这是发自内心的喜悦。

孟浩远今天上午乘飞机赶到菲尼克斯，马上就到一家商场逛了一圈专门买了两个新的行李箱子和一些布袋子，然后开着租好的一辆黑色 SUV 车到其中一家银行，进入保险库里打开箱子检查后正是自己所需要的钻石，取出其中两个箱子离开银行放回车上又来到离阳光大酒店附近不远的另一家酒店，他在那里已经预先定了一间房入住休息片刻。然后把箱子中的钻石拿出来重新放到新买的行李箱内，一只专门放大规格的和中规格的钻石，另一只放小规格的钻石一袋一袋地放满其中。换下来秦带来的两个特殊的阿勃特星的空箱子和装钻石用的袋子。他需要考虑任何细节，把阿勃特星带来的任何可能会引起格外注意的信息都要不留痕迹出现在其他人面前，只留在商店重新购买的布袋装钻石放进普通的新箱子中。不能因为出售给伯格钻石而留下有可能会引起注意的任何线索信息，他不会让伯格等公司其他人对装钻石的箱子和布袋看出不同产生疑惑好奇。两个秦带来的空箱子和里面原来的布袋子和资料这次都准备带回自己住所存放起来。这可是秦带过来的阿勃特星特殊箱子，里面还有一些资料自己要带回去的好好研究学习不会留下。

然后孟浩远看时间差不多直接开车到了阳光大酒店将车停在外面停车场。从车上下来关上车门刚刚走进了酒店大堂接待区时间才下午两点十九分。孟浩远也是提前到了见面的酒店，看看时间还早一个人无聊就在酒店一楼的商店外面看看里面的各种商品消磨时间，想不到伯格也是提前到来。伯格一路走来喊着自己的名字又热情地和自己拥抱，说明此时伯格心情格外好。脸上微微笑道："伯格先生，一路上辛苦了！等会儿我们一起吃饭，上楼到你的房间去交谈吧，你昨天就到了，应该就住在这里吧"伯格说道："听你安排后我们要在眼光大酒店见面，我非常高兴啊。昨天下午就到了。是的，昨天就住在这里了。孟先生你这是刚刚到吗？孟先生辛苦了！"孟浩远见伯格对他一直很客气称他孟先生也不介意，说道："是的，我今天上午坐飞机过来刚刚到就过来了。我们都有好习惯很守时的，你看都提前到了，哈哈。这里大厅人来人往的说话不是太方便。"伯格一听孟浩远说在这里交谈不方便，不禁心中暗暗高兴起来，如果是正常叙旧在一楼咖啡厅就可以，没有什么秘密。孟先这样说到房间去，那一定会谈到钻石方面的事了，否则不会这么小心了。想到这开心地说道："孟先生我们是老朋友了。是的，这里人多不是谈话的地方，到我房里去交谈吧，吃饭不急。我来请你吧，哈哈。"孟浩远看伯格见到自己流露出自然高兴的真情，顺势说道："好吧，那我们走吧。噢，你在这里稍等一下，我是开车过来的，车上还有行李。"伯格以为孟浩远带着行李可能也会入住这里，心里暗暗高兴预感看来有好事要发生。说道：

"好的，孟先生需要我一起去帮忙吗？"孟浩远招招手意思不用，自己稳步走出酒店大堂，伯格站在大堂里看着他直接走向停车场。过了一会看到孟浩远手上拖着两个一模一样的一看就是崭新的行李箱进入大堂，伯格赶紧跑过去帮助，一人一个推着一起进来，伯格走在前面，孟浩远跟着在他后面，伯格心中暗想孟先生拿着两个行李箱，一个应该是装自己的随身物品的行李箱，另一个也许里面有钻石，刚才接过时特意拎了一下感觉箱子挺沉重的。想着心里不免更加高兴起来，步履快速轻盈进入电梯区。电梯门口有两人也准备进电梯，等一部电梯到来四人陆续进入电梯，伯格和孟浩远两人在电梯狭窄的空间内，还有其他人在场暂时都不作声。伯格左手护住箱子右手摁住 12 楼层号码，另两位顾客也先后摁在 15 和 17 层电梯。等到电梯上到 12 楼电梯开门后，伯格手势作"请"并摁住电梯开门摁钮，孟浩远见势也不好推让赶紧走出电梯，跟着伯格马上走出来，他在前面引导在走廊中走着，一会到 1204 房间，伯格刷卡进入他的房间。

两人一前一后进入房间后伯格忙着打开房间灯，让孟浩远坐在接待区的沙发上，迅速给孟浩远倒水拿过来。伯格才过来一起坐下，此时伯格显得有些尴尬不知道说什么，刚想主动寒暄几句，没有想到孟浩远很直接指指其中一个箱子说道："伯格先生，从比利时赶过来辛苦你了！"伯格客气地笑道："哪里啊，孟先生邀请求之不得。早就想着看看你，这次机会很好，该谢谢您百忙中安排时间和我见面。"孟浩远说道："伯格先生来看看，我给你准备了一些你需要的东西专门带给你。"孟浩远这样一说伯格顿时兴奋起来，刚才自己揣摩没有错，里面一定是装有他期待的钻石了，对，肯定有钻石。孟浩远一边说着话一边用手指着箱子对伯格说："伯格先生请打开它看看，没有密码。"伯格此时心情格外激动，小心翼翼地按孟浩远的要求亲自打开其中一个箱子，把箱盖打开后惊呆了，里面装满了一个一个布袋，袋子摆放整齐，这难道全是钻石？自己从没有见过孟先生拿出来这么多的钻石。他有些不相信，不敢动手随便细看，但是转念一想不会这么多吧。心中紧张在暗暗叫道这真是太好了，真是自己梦寐以求的。孟浩远看着他脸上刚刚露出惊喜但是有些不敢相信，又抬头看看孟浩远。孟浩远看他有些疑惑对他点点头没有说什么，于是伯格小心地打开其中一个袋子小心翼翼地查看起来，没有想到袋里面全部是孟浩远所称的小规格的钻石，大小如鸽子蛋一般，对伯格而言已经是茶几大的钻石了。再打开几个袋子全部都是这样规格大小的钻石，一袋一袋放在箱子里面，伯格马上数了一下足有二十四袋，看着这些全部都是钻石，而且都是这么大的钻石，这种规格的钻石已经非常非常巨大了，不可思议太不可思议了。伯格心情顿时放飞已经无比激动起来，他想都不敢想这次见面孟先生会这么慷慨一下子带来这多的钻石，会是这样？吃惊得张大嘴就叫出声来："噢，我的天啊，我的天啊。这这这……孟孟孟孟孟先生……"孟浩远看他这样激动地语无伦次，非常理解，伯格一下子见到这么多绝世极品新标准最高级别的钻石，是会吃惊到不敢相信的。他平静地说道："这些都是你需要的吧，你觉得是太多了？"伯格被孟浩远这样一说顿时醒悟过来："不不不不，孟先生这太好了，让我太吃惊了，太需要了，太需要了。只是我从没有想到会是这样。孟先生你太了解我了，我不知道怎么样表达我的心情，你太让我吃惊了！我想要发狂了。我的天啊！太难以置信了，谢谢你！"伯格像中了大彩的一个普通人，惊喜万分。有一段时间联系不上孟浩远让他心中不安，公司总裁也一直让他联系孟浩远，这是公司最重要的事。自己压力非常大，上次出现过让人不安的一次危机事件，一定会影响孟先生的想法，他心里一直紧张和忐忑不安，几次电话都通了未接听，真的让他更加紧张懊恼心烦意乱，以为也许这次事件后孟先生与他们的关系彻底完了。现在孟浩远竟然会如此慷慨这么对他，心中石头落地，这次一下拿来这么多的钻石给他，更让他没有想到，也是对他的信任。不由激动地站起身来热烈地拥抱孟浩远，孟浩远看伯格高兴激动的样子，说道："伯格先生，你每一袋子钻石都仔细清点检查一下，其中里面还有六袋装着是蓝色和粉色的彩钻。"伯格一听笑出声来："噢噢，是吗？我要好好看看，真的吗？太意外了，孟先生，你带来一个又一个的惊喜，我还以是在做梦了。哈哈哈哈。"伯格开始每一袋都打开认真地查看起来。顺便拿出记录本用心记上每袋的数量，果然发现其中真的有六袋是彩钻，三袋粉红色，色度有些差异，还有三袋是蓝色的。这些都是绝无仅有极品钻石，拿在手中让人爱不释手。尤其是钻石行业的商人对这些天降福音更加心花怒放满脸是笑容，真想抱着这些美丽和华贵无比的绝世钻石享受。伯格边记录着边高兴边不相信似的甜蜜摇头，他感觉刚才的检查记录过程是非常享受，又觉得仿若在梦境中，只是眼前孟先生在一边喝着水说明是是真实的现状。开心地说道："太好了。孟先生我不知道说什么了，太感谢你了！我要马上向拉宾先生报告，他也一直牵记着孟先生，让他知道这个喜讯。"孟浩远看着伯格手舞足蹈的神态，从来没有看到他像是一个孩子般的真情表露出极其高兴激动，说道："伯格先生，请等等。"伯格脸上露出意外的表情，似乎在问为什么？孟浩远指着另一个箱子个让伯格打开。此时伯格更是惊讶地张大嘴不敢相信，欣喜地看着孟浩远说道："孟先生你说什么，让我打开这个箱子？不是……这不是你的行李吗？"他看着孟浩远，孟浩远对他点点头平静地说："打开看看吧。"伯格既怀疑，同时内心更加狂跳起来，无比激动。孟浩远的看似简单的这句话对他来说这意味着这一个他以为应该是孟浩远装行李的箱子中可能还有惊喜，但是他实在不敢想象。孟浩远看他这副高兴激动的样子，自己脸上不动声色看不出表情认真地再次点点头。伯格此时由于激动双手竟然有些颤抖，抖抖索索一下子竟然打不开，试了几次才慢慢打开后箱子盖，看到里面也是整齐排放着十五个袋子，看袋子鼓起的形状应该是更大的东西。他抬头看着孟浩远，孟浩远神情泰然看着他。伯格才迅速打开其中一个袋子认真地看了起来，又看了几袋顿时抑制不住心中的狂喜大声惊叫起来："噢，我的天！我的天！这不是真的。噢。我要发疯了，这怎么可能？这怎么可能？是真的吗？孟先生。太不可思议了。"孟浩远看他情不自禁发出大呼小叫，用手指压在嘴边示意轻声，伯格马上明白点点头，睁大着双眼欣喜若狂，激动的一个一个把所有袋子全部打开看一遍，更是惊喜不断。袋子里面有两种规格大小的钻石，大规格的就是欧美健壮成人男子的巨大拳头大小自己最渴望得到的超级钻石，还有中规格的里面形状大小不一，有鸡蛋大小或鸭蛋大小还有鹅蛋大小。其中有三袋是几颗有淡蓝色和粉红色、红色的极品绝世稀少的钻石。他每看一袋都要张大嘴然后不得不压低声音尖叫一下，样子很奇怪，同时认真地做好记录。这箱子中的这批钻石更是价值连城无法估量。假如公司有了这批极高品质无人能有的珍藏稀缺钻石，它足够成为行业一流顶端企业，足够公司以后几年的生意了，能赚多少钱他已经无法算出来。他在想如果孟先生可以将这些钻石全部都给我们公司的话，那艾格尼丝公司在国际市场中的地位绝对是已经无人可比了。

今天来这里和孟先生见面这样的场景这样的结果，伯格是根本没有想到的。原本想的是可能和前几次一样，孟先生也许会拿出几颗来给自己，没有想到高兴激动的意外来得太快了。现在展现在他眼前的全部都是无比珍贵的超级宝藏，也许这是孟先生所有的全部宝藏了，它为什么全部都给自己？这简直让人难以相信，这样的钻石可以珍藏起来，等待价值升高。今天太神奇了，自己的脑子已经不受自己支配了，幸福来得太快已经眩晕了。这次美国之行是自己人生中最难以忘记的一次经历，自己感觉已经快激动兴奋得透不过气来。自己原来预想有多种和孟先生见面后的结果，现在这样的结果可是从没有想到的。伯格激动地真情流露声音差点要哭出来说道："谢谢孟先生，我不知道说什么好。自从认识你以后，你一直给我一个又一个意外的惊喜。今天我的心脏快要受不住了，让我缓缓气，你真的太好了。"稍停几分钟拿起桌上的杯子猛喝起来一股脑全部喝完，然后终于稍稍平静一点，从自己包里拿出一个礼品包递给孟浩远说道："孟先生，这是根据您的要求专门设计打造的。"说着打开盒子，里面是一枚设计完美的白金钻戒在灯光下闪闪发光。伯格拿着钻戒说道："比起你的钻石，这颗钻石品质还不是最好的，但是没有你的钻石出现时它已经是最高等级标准的钻石了。请看白金戒指内侧印有孟浩远和艾琳的英文名字以及我们公司的标志，还有一个特别设计的花纹标志，它看起来高贵独特，这个设计是专门定制的唯一的一款有设计大师的英文名字款。"孟浩远心想伯格做事很认真用心，交给他真的放心。专门用心设计和制作的高贵美丽独一无二。孟浩远仔细看着，觉得很满意，把这颗特别的钻戒指放进背包，说道："伯格先生你选的钻石一点六克拉似乎太过于好了，又是最好等级标准的。其实小一点普通一点就可以，不过专门定制设计有大师题名也是相配的。很不错。谢谢！"伯格说道："是的。这样配才更加光彩夺目，孟先生你太过低调了。"孟浩远然后问伯格道："伯格先生，这是一款很不错的钻石戒指，不过你还是选得大了点，我不是提出的80分大小即可吗？怎么还是选了一克拉多这么大的？不过我很喜欢。这颗定制钻石需要多少钱？我现在给你。"伯格笑着说道："孟先生，请不必放在心里，和你对我们公司合作与厚爱相比不值得一提。告诉你这是拉宾先生专门说的送你的礼物。这次与你见面拉宾先生一直关心，让我为你送一件礼物。正好你提出需要，太巧了，不然我不知道寻找什么合适的礼物。"孟浩远说道："伯格先生，生意上的合作是两码事，该怎么就怎么。这是我私人专门定制的需要支付给你，请不要客气。"孟浩远还要坚持，伯格干脆不回应孟浩远，把孟浩远搞得没辙了。伯格自顾开心认真地又查看起每一袋钻石，很快激动兴奋又溢出在脸上。他又仔细核对记录计算数量，然后看孟浩远不再说礼物的事，才小心翼翼地说道："孟先生，您确定这些钻石都是可以给我们的吗？"孟浩远认真地说道："可以，来这里和你见面我就想到你是需要的，因为最近很忙实在没空。今天到菲尼克斯和你见面其实我正好还有其他事，所以就多给你一些钻石，伯格先生全部都是为你准备的。"此刻听孟浩远亲口这么说伯格顿时放下心，也总算明白其中的一个疑问为什么约在这里见面。原来孟先生一直太忙，他是抽空和自己在这里专门见面的。心中感动更加激动起来说道："孟先生你实在太好了。请您稍等，这件事关系重大，我需要向拉宾先生马上汇报请示一下，这些钻石价值实在太大了，我一个人不敢做主。"孟浩远说道："请吧。"伯格走到隔壁房间一个人去电话汇报。等了一会，伯格脸上放光兴高采烈地走进来说道："孟先生不好意思，我已经向拉宾先生汇报过，他毫不犹豫地同意了。拉宾先生让我代他向您致敬问候，太谢谢先生了！价格按我们原来商谈过的是否可以？其中彩色钻石应该更高价到时候会和你汇报。"孟浩说道："可以，没有问题。"伯格说完又取出一个信封给孟浩远："孟先生，这是你要求的习惯。"孟浩远一看信封马上明白，伸过手一摸知道里面应该是一叠美元，里面装的估计还是一万美元现金。于是笑了起来说道："伯格先生你记性真好，你怎么就知道这次见面会有钻石给你？"伯格笑笑说道："我也不确定，但是宁可准备着，也许有好消息呢？你看果然有天大的好消息是吧。"说完哈哈大笑起来，孟浩远被伯格说得露出笑容："谢谢伯格！以后不用准备了，这个习惯改了。好吧，这里的两箱钻石你回去后再轻好好再清点一遍，按公司程序逐一检测，然后支付资金。小的钻石规格是按一袋子 20 颗左右装的，共二十四袋，还有六袋彩钻。中的规格共十袋每袋子两至三颗，大的规格共有五袋每袋只能装一颗。回去你仔细核点，再按公司规定程序检查检测后将结果通知我，我对你是信任的，钱还是汇到我的瑞士银行账户吧。如果清点复核后有误差，就以你清点为准，不过不会错的。这些都是来自同一地区的钻石和前几次是一样的，可以保证品质。我们两人建立起来的友好关系值得我信任你。"

孟浩远这么说让伯格非常高兴又十分感动，这么大笔的钻石交易在公司很少有过，这位孟先生竟然对我如此放心。这样的合作关系，可是在国际商业交往上从来没有发生过的，价格也不谈，让自己先拿走这批如此珍贵价值巨大的钻石。这种信任无价，他的心胸宽广世间少有无人可比。那自然更不能辜负孟先生，我们也要以诚相待。两人在房间里十分高兴交谈起来，时间已经两个多小时过去，孟浩远中午还没有吃饭只是在飞机上随便吃了点。自己肚子有些饿了，招呼伯格准备出去吃饭，伯格担心地看看孟浩远。孟浩远知道他在想什么："放心吧伯格，你把箱子密码重置一下，在这里如果出问题算我的，不用太担心，也没有人知道。"这样一说伯格只好把两只行李箱子重新设置密码放在衣柜柜子中，才跟着孟浩远两人一起走出房间，伯格关上门又推了一下看是否门关紧。两人坐电梯就在宾馆的餐馆区吃饭，此时理应开一瓶酒庆祝一下，但是伯格不敢喝酒显得心神不定，他已经想好恨不得现在马上回比利时，现在要陪孟先生一起吃饭才不得不出来。

两人在二楼宾馆餐厅中吃饭，伯格一直心神不定，但还是主动拿过菜单询问服务员餐馆的特色和顾客常点菜点了五道，还想再点被孟浩远劝住，只是两人吃饭一看就太多而且是分食的，浪费反而不好。吃好饭后伯格抢着买单并和孟浩远招呼道："孟先生，实在对不起了，公司有规定，特别是有这么大交易，身边有两箱公司有史以来最大数量、价值最大的一笔钻石要直接回公司，不得停留耽搁。这次是我亲自交易的最大的一次，所以拉宾先生已经安排了专机来接，我现在就要直接赶到机场乘飞机回去。这实在太贵重了，我也害怕不敢多逗留了。下次在没有任何商业活动时请先生一定给我机会让我好好陪陪您，我也可以放松地陪你。"孟浩远见伯格没有心思吃饭已经恨不得马上返回房间，然后赶到机场回安特卫普。两人很快吃完饭，孟浩远看伯格的神态坐立不安的样子，知道他心系房间中的两个箱子，笑着起身准备告别伯格，伯格见状很快站起脸上如释重负先与孟浩远告别，他要今天必须连夜赶回，刚才与拉宾报告此事时，已经由拉宾安排好专用行政飞机正在赶过来，今天他要带着着两只宝藏箱子运回比利时自己公司保险中存放。孟浩远说道："好吧，伯格先生，今天就这样吧，你还要赶回去。我们以后有机会再联系。"伯格顿时高兴，轻松起来说道："好好，谢谢孟先生。"两人一起走出餐馆，伯格再次告别孟浩远然后急急的上楼拿好自己的行李和两只箱子走出酒店，拿着两个箱子如同抱着自己的孩子爱护有加，心急火燎又满怀喜悦地马上在门口叫了一辆出租车乘车，自己小心放好行李箱子，直奔机场乘自己公司专用飞机连夜赶回比利时。

四

　　伯格告别孟浩远急着离开后赶忙赶到机场，他要当天乘坐专机赶回比利时去，这一路上满是喜悦满是沉甸甸的责任他负担不起。飞机已在机场等候，伯格上飞机安全回到比利时，已经非常晚了伯格还是专门发信息告知孟浩远他已经安全到达。

　　现在孟浩远一个人在这里，其实他告诉伯格说的在菲尼克斯有事只是故意说说，怕他多心为什么选在这里，这样消除了伯格的疑问。他是第二天下午回波士顿的航班，时间很充裕，就想到既然来菲尼克斯就抽空到浩瀚探索科技公司去看看杰瑞里。最近他们公司所有人一定很忙，订单不断工作量增加不少。于是第二天上午十点过后他叫了一辆出租车背着自己的双肩背包穿着一如以往的普通，一身的休闲装更加阳光年轻帅气。出租车很快到了公司所在位于靠市中心边上一点的一座商务楼公司总部，这里是一幢二十多层高的商务大楼，公司就在楼上九层楼一侧半个楼层租用着。走进商务大楼在大厅接待区接受安全检查后来到电梯区，乘上其中一部电梯上楼。此时杰瑞里正在办公室忙着商务联系，电话一个接一个非常忙地联系商谈业务，其他几个开放式办公区员工也都正在忙。

孟浩远乘电梯到了九层楼层后走出电梯，进入眼前的是浩瀚探索科技有限公司的英文大字和公司一个设计非常漂亮很富有想象探索未来意境的公司图标标识。走了数十米来到公司的前台接待区，有一位漂亮年轻的金发白人姑娘正站着并敬业地看着周围，目光顺势看到孟浩远正迎着接待站向她走过。只见来人是一位长着一张亚洲脸型，身材瘦瘦高高一身休闲装，看起来既年轻帅气又很阳光精神的年轻男子。他的个子挺高不输一般高大的白人，走过来的神态自信样子英俊很有儒雅范。等走近后孟浩远站在台前正准备问询，这位前台姑娘已经看到孟浩远上前就用英语主动问道："请问先生，有什么事吗？需要帮助吗？"孟浩远看她认真的样子，不由得扫了她一眼，见她佩在胸前的一块精致的银白色金属工作标牌上用英文写着她的名字和号码：0023，罗丝。孟浩远含笑问道："你好，罗丝小姐。我要找你们公司杰瑞里先生，不知道他在吗？"这位名叫罗丝的姑娘一听这位先生是找老板杰瑞里先生，说道："噢，你是找杰瑞里先生啊，找他的人太多了，不知道你和杰瑞里先生有预约了没有？"孟浩远笑着说："噢，找他需要提前预约？这倒没有，我是临时路过顺便来看看他的。"罗丝听到孟浩远说没有预约面露难色道："噢，先生，对不起，没有预约恐怕不行，公司有规定。"孟浩远看她工作很认真，严格按规程在执行。心里不以为意还暗自高兴，说明杰瑞里工作很忙，也说明公司管理有序。继续微笑着说："罗丝小姐，请你通报一下试试吧。告诉他，孟先生到了，你看行不行？"罗斯看孟浩远年轻，本来对他蛮有好感，而且这人说话态度一直很诚恳谦和，于是就说："好吧，先生，以后不能这样，要提前预约哦。"孟浩远笑着说道："好的，好的。谢谢罗丝！"罗丝说道："先生，请你在这里稍等一下。我进去看看杰瑞里先生是否有空。

如果他很忙我也没有办法。"孟浩远点点头说道："好的。我在这里等，谢谢罗丝！"

　　罗丝走出接待台一路紧走几步走进公司直接走向杰瑞里的办公室。来到办公室门外轻轻敲了敲杰瑞里门，杰瑞里此时正在和客户通话，并没有理睬，罗丝见没有反应又敲了敲门还是没有回应。她知道杰瑞里经理今天在办公室的，只好大着胆子推门直接进去，看到杰瑞里手握电话坐在椅子上正双手伏在桌上在和人通电话说着什么事。罗丝赶忙小心地凑上去轻声地说道："杰瑞里先生，公司外面有人找你。"杰瑞里还在通话根本没空理会。罗丝没办法想退回办公室，但是转念一想这位客人他自称是孟先生，于是再试试又说道："杰里先生，外面现在有一位年轻的孟先生等着要来看你。"罗丝说的这句话杰瑞里一下子像是触电一般听进去了，但他没有马上反应过来。罗丝心想这下我也没有办法了，看来这位自称孟先生的和杰瑞里并不熟悉，我已经通报了外面有一位孟先生在等着，但是杰瑞里好像正忙着依旧没有反应，只好退出办公室。刚转身走出几步人已到门口，此时杰瑞里犹如惊醒一般反应过来，有些紧张马上放下手中的电话赶忙问道："罗丝，你刚才说什么？"罗丝看杰瑞里经理这样紧张失态，还从没有看到他如此这般很吃惊紧张的样子。于是再次重复一遍说道："公司接待区外面有一位孟先生来看你。"没有想到她刚刚报完名字，杰瑞里拿着电话站起身来，马上先对着电话那头说："实在不好意思，我稍候再回你电话。我现在有急事，对不起。"马上放下电话。走过来再问罗丝："你刚才说是有一位孟先生的已经在我们公司门口？"罗丝看杰瑞里反复询问似乎还有点不太相信又很紧张的样子，点点头说道："是的，一位很年轻帅气的孟先生。"杰瑞里马上改变态度说道："罗丝，赶紧去请他进来。"罗丝心想看来杰瑞里是知道孟先生这人，所以急忙挂断手中正在通话联系的那个工作电话让自己去请他进来，说道："好的。"转身准备走出办公室，没有想到杰瑞里又劝阻道："等等罗丝，你带我一起去。"跟着罗丝紧张的快步急急走出自己的办公室，两人一起快步走出来到公司外区的前台接待区。在罗丝后面的杰瑞里一直边走边抬头朝着前台方向紧张地张望。此时刚走出来他已经远远看到孟浩远那熟悉的身影，是这位孟先生。

紧张的又急匆匆快走几步恨不得跑起来，大步流星急走已经越过罗丝在她前面，等走进后看到孟浩远安静地站着在等候。杰瑞里马上紧张地说道："孟先生好，对不起，让你久等了。"罗丝还是第一次看到杰瑞里会这么的紧张甚至不安，一听孟先生竟然会不顾一切马上放下手中的正在办的工作就走出来。现在看到孟先生竟然一下子这么紧张，弄得罗丝不知道出了什么事。杰瑞里边对着罗丝说道："罗丝，赶快一起过来帮孟先生泡茶，我们到办公室旁边的小会议室去。"说完只顾着引着这位孟先生走进公司，同时边笑着边迎着那这位孟先生引导他到办公室边上的接待间去了。这间接待小会议室是给杰瑞里专用的，一般都是比较重要的客人会迎进去然后商讨会议。看来这位孟先生一定也是重要客人，罗丝心想今天感到杰瑞里先生真奇怪，平时一般客人来不用说都是准备咖啡，而且会叫行政助理艾玛小姐服务。现在他是急了，都让我来一起跟进来泡茶已经有些心忙意乱了。今天他看到这位叫孟先生的客人过来显得紧张又谦恭起来，而且从来没有喝茶习惯的他怎么突然要喝茶了。

孟浩远也看到杰瑞里紧张的样子，等走进接待间在会议桌前椅子上坐好后笑着说："杰瑞里先生，不用客气了。今天正好有事来菲尼克斯。上午有一点时间过来看看你。现在你是不是很忙啊？"杰瑞里听出孟浩远话里意思回答道："是的，孟先生，确实很忙。912 科技研究中心生产基地生产的两种产品都是供不应求，新元素'GUO'物质在世界上只有我们公司有，定价权在我们这边，客户都是经过审核后最有名的大型科技制造企业和研究机构。我们生产的这种新物质原料价格不管有多高，数量有多少，全部都被这些大型企业和研究机构订购，产品生产多少就需要多少。天天电话联系不停，都是在商谈购买的，还有要求商谈与我们公司合作投资生产的，当然被我拒绝了。"孟浩远听后说道："噢，确实很忙啊。"杰瑞里继续说道："孟先生，基地生产的稀土原料也是一样，需求量特别巨大，已经来不及生产。两种产品都非常好销售，唯一的事是来不及生产。你要求公司不要加班，做到正常试生产就可以，所以供应一直紧张。"孟浩远听后说道："好，是不用太紧张，就维持现在这样吧。"杰瑞里听孟浩远的意见，心里不懂。但现在他已经对孟浩远真是非常佩服，他这样做一定有道理的。所以杰瑞里说道："好吧。孟先生。按你的要求来执行。我原来一直很担心你们花了巨资在荒漠地区买一大片无用的荒地，投资肯定会失败，最后会拖累公司破产倒闭的。真出乎预料，现在事实证明你是对的，很敬佩你的勇气和智慧，你太有远见了。你是怎么做到的？"孟浩远知道杰瑞里对自己已经是非常佩服，这些话发自内心的，说道："杰瑞里先生，关键是靠科学，我们是科技研究中心，依靠的是先进科学。现在即使有其他企业想在912地区开采，恐怕他们没有先进的检测技术，不知道独特新颖的生产工艺设计也是做不到，所以保密工作需要做好。"杰瑞里点头："是是是，科学技术。掌握了某种绝对领先的技术才是我们成功的关键。当初我看到你这样不符合逻辑的投入大量资金，认为你们是非常盲目一定不会成功的，心中一直是担心甚至害怕的。我想也许在你这里干不长的，现在看来我的判断是错的，担心是多余的，哈哈。公司保密工作其实我已经想到，现在修正提高了技术手段和管理会有更严格的措施。我会认真对待。"孟浩远听杰瑞里讲出当时对项目真实的心里话和已经对公司保密安全上采取措施。平静地说道："杰瑞里先生，是科学和加一点运气吧。当时你的想法也是对的，还一直劝我，是出于对公司的负责。非常感谢你的敬责。现在大家都很忙，你也辛苦了！公司进入的资金已经足够多了。"杰瑞里听到孟浩远问起资金进入，忙说道："是的，很多，孟先生需要流水账单吗？请财务总监专门来向你汇报。"孟浩远摆摆手说道："不用，大致的数量我是知道的，你每月都报公司生产和销售的数量过来。"杰瑞里说道："好，如果您需要会有详细的账目报给你，随时。"孟浩远说道："谢谢！杰瑞里。我有一个想法，你可以思考做一个员工激励方案，拿出点钱作为奖励，给大家发放，他们都很是辛苦。方案可以考虑分两部分来激励员工，一部分是每人每月工资增加，医疗保险也可以增加。增加多少需要用心设计，原则可以在原有基础上增加50%至100%。二是一次性现金奖励，基础为每人保底数一万美元计算，根据职位数不同向向上增加。这里税收比较高，可以考虑税收部分公司承担，我的意思让员工增加部分是去除税收的净数。"杰瑞里一听差点叫喊出来，他在想：我的天啊，增加幅度这么大，任何公司少有，而且还是扣除税收的净增加，这更加厉害了。这可是公司一件大事，孟先生他就这样决定了？不用询问幕后的投资老板？他有决定权？那他到底是什么人？杰瑞里心中既高兴又不解，但是这的的确确对公司每一个员工是天大的好事。问道："孟先生，就这样决定了？"孟浩远说道："是的。请你把方案做好后发邮件给我看一下，下个月开始，你去操办吧。"杰瑞里一听孟浩远自信果断说出这一激励方案并不是心血来潮，这都是为员工考虑的大好事。而且原则讲清楚起点很高，这是一大笔钱。孟先生他太慷慨了，不按正常企业流程来，真是太少见了。毕竟前期公司只有投入，资金投入非常大，他似乎不太在乎这些。高兴地说道："孟先生，你今天来带来了对员工来说是最好的一个消息。我们公司已经是属于一等收入和稳定的企业了，现在你提出的方案继续增加薪资福利，那可能属于更加高的顶层极少数高科技企业了。好，太好了，我会认真思考，要留些空间。人总会有欲望，不能一下子抬的太高了。"孟浩远心中高兴杰瑞里能有这样的想法是为了公司长远发展考虑，说道："好，你看得更全面长远，去做吧，大的原则就是增加。具体多少在我的框架建议下科学的综合考虑吧。很好。"杰瑞说道："谢谢孟先生，我会尽力做好这件事。"孟浩远接着说道："噢，另外如果公司业务忙人手不够，可以继续再招一些员工，办公场所如果不够可以考虑选更大一些的，这里的一切就由你负责管理。"杰瑞里一听孟浩远对自己很信任，放手让自己管理，心中一热接口说道："好的，孟先生，我明白。公司办公场所应该够了，当时租用时就考虑面积增加大一些便于以后公司业务发展。人员可以再招一些。"孟浩远点头，拿起桌上的玻璃杯喝了一口茶水。绿茶清香还不错。

杰瑞里听孟浩远说出这样令人兴奋的想法，而且这么放手让他负责管理是对自己很器重很信任，心情很激动说道："谢谢孟先生，我一定会尽力管理好公司，你的这个计划令人激动。谢谢！"孟浩远继续说道："公司如果有什么困难就提出来，我们一起商量解决。"杰瑞里说道："孟先生，目前公司一切运转很正常，员工很团结努力工作，没有什么困难。请放心。"孟浩远和杰瑞里又谈了会，看时间已经差不多，他还要赶到机场今天回去。杰瑞里公司也忙着，谈话之间他的手机一直电话铃在响，最后被他干脆将手机设置到静音状态。于是孟浩远站起身来准备离开说道："好了，你的茶也喝了，还不错，你这里还有中国绿茶，谢谢！你也很忙，我现在还要赶到机场回波士顿，现在时间也差不多了。"说完起身准备离开公司，杰瑞里说道："孟先生让公司送你去机场吧。"孟浩远说道："不用了，我自己去很方便，不用客气。"杰瑞里知道孟浩远的脾气，不再多说，也跟着起身陪同孟浩远一起走出公司，走到前台时孟浩远看到那位漂亮的金发罗丝小姐正站在前台，他特意停下脚步点头向她示意说道："谢谢罗丝小姐。要不是你，今天差点见不到杰瑞里先生。"杰瑞里开心地耸耸肩，笑笑。杰瑞里送孟浩远来到电梯区一起乘电梯到楼下大厅，然后走到大门口两人告别。

　　杰瑞里等孟浩远离开后才返回上楼见到罗丝时，看到罗丝站着有些紧张说道："杰瑞里先生不好意思，今天这位孟先生说认识你，要求与你见面，我只好进来打断你了。抱歉！"杰瑞里高兴地说："哈哈哈。没事没事，我要谢谢你！他是我们真正的老板，他说了算，今天他来就有好消息。"罗丝一脸吃惊，原来刚才那位看似普通的年轻男子是公司老板，让她有些意外，这么年轻的老板真看不出来，说道:"噢，我的天。他是老板？你没有开玩笑？"杰瑞里笑笑点点头，两人都十分高兴。杰瑞里轻松地走进办公室，马上电话要求助理召集财务部和几位副总开会。会上他把刚刚孟先生来的消息告诉大家，兴奋地当场宣布孟浩远的计划："告诉大家一个好消息，就在刚才公司孟先生来我们这里和我商谈一些公司的事情。鉴于公司目前的发展继续向好，还将会继续招人，同时考虑可以增加公司办公条件。"大家都高兴地点头，脸上露出喜色。杰瑞里停顿一下继续说道："大家最近工作很辛苦，公司将会做提工资和奖励的方案，希望大家努力工作。"听到这个好消息大家都开心地鼓掌。这实在是令人高兴的事，现在全球市场经济形势并不是很乐观，而自己的公司现在却处在正常发展轨道中，前途一片光明。

　　离开浩瀚探索科技有限公司后孟浩远乘车回到酒店取回自己的背包等随身行李和两只换回的行李箱子。在酒店外面的街道上一家快餐连锁店随便吃一点，开车将那辆黑色 SUV 租赁车还给租赁服务公司，然后马上直接乘车赶到机场，乘飞机连夜飞波士顿回家。回到自己买的漂亮的大花园洋房，孟浩远下车后将两只大箱子直接拿到自己房间储藏室安放好才稍事休息。

　　艾琳得知孟浩远又去菲尼克斯商谈商务上的一些事，这两天正约了几个同学在外面旅游参观，直到晚上才回来。回到家后的孟浩远已经又在厨房里施展手脚忙碌起来，他今天要露一手，菲尼克斯之行事情办完比较顺利心情大好。知道艾琳今天回来，准备好了一顿丰富的中国晚餐，心里早就有了一份菜单，有红烧大鲳鱼、水晶虾仁，香菇土豆烧肉、炸猪排、炒青椒，还了一个蔬菜色拉。盘子已摆好放在桌上，几个菜已经切配好，几个菜已经烧好屋子里满是菜品的香味，就等艾琳回来，再现炒水晶虾仁和炒青椒两个菜。他忙完后正在餐厅区边上的客厅打开电视看了起来，正看着突然听到门外的汽车声音然后停下熄火，一定是艾琳回来了，孟浩远忙走到门口开门去接艾琳。果然看到艾琳正好走出汽车关门在走过来，脸上笑着说道："艾琳，欢迎回来。旅途快乐！"边说着边帮着给艾琳提行李箱和背包。艾琳刚到家看到孟浩远开门出来迎接，心中一股甜蜜味道涌上来，走过来亲热地抱着孟浩远朝他脸上亲一下笑着说："孟浩远先生，你今天什么时候回来的？"孟浩远说道："下午就回来了，回来后马上到超市去购物买了点菜，就等你来了。"其实孟浩远远的下午回来已经是下午四点半左右刚到的。好在他手脚麻利开着他的那辆摩托车到附近超市区购物回来马上动手，两个小时基本配菜和几个菜刚刚完成。

　　两人进入屋中放好行李，艾琳顿时闻到飘过来菜的阵阵香味，看到餐桌上摆放好的餐具和色相味俱佳的菜品，艾琳一脸开心满足享受和陶醉，脸上幸福满满，客厅里电视开着，音乐响声让屋子很有人气显得热闹，有一个家的温馨生活味道。艾琳赶紧去洗手擦脸后就迫不及待地坐上桌子旁的椅子上，食欲大开伸手拿起餐盘中有色有香的菜先尝了起来，嘴巴不停地嚼动一边心满意足不停地说："嗯，好吃，好吃。"孟浩远此时在厨房把另两个菜现炒了起来。艾琳尝后满足的享受着味道，一脸开心走到孟浩远身边看着他认真地在料理的样子幸福满满，很快站在身旁亲眼看着孟浩远熟练地动作又两道菜完成装盘，一人端一个菜盘，一前一后端上放在餐桌上摆放好，顿时整个餐桌都是烧好的菜品，非常好看飘溢出各色菜品特殊的香味让人垂涎欲滴。艾琳看着孟浩远忙完满心欢喜地跟着他一起走到餐桌旁，桌上各色菜品飘着香味。孟浩远笑着："艾琳请坐，准备开吃了。"刚刚两人坐下，艾琳喜滋滋地拿着筷子准备吃，孟浩远说道："噢，等等。"拿起桌上的饮料，帮艾琳倒在酒杯中，然后自己拿起饮料拉开罐子口直接大大咧咧饮了一口。孟浩远细致的体贴让艾琳内心爱意上升，艾琳坐下开始品尝起菜肴，喝着饮料，嘴里不停咀嚼着，冲着孟浩远说道："嗯，嗯好吃，太好吃了，还是中餐好。"眼睛却一直盯着餐盘看，恨不得吃完所有菜，看着艾琳这里吃一口，那里吃一点，吃得满嘴不停一脸的满足享受。孟浩远见状说道："不要急，慢慢来。"艾琳傻傻地看着孟浩远，点点头照旧大吃起来。孟浩远看她津津有味乐此不疲忘我的吃相就说道："艾琳，我的厨艺还行吧？"艾琳嘴里边吃着边说："好，好吃，嗯嗯。"一会儿所有菜品都已经尝遍，艾琳放下手中筷子喝了一口饮料，突然脸上变得有些娇怒像是开玩笑又显得蛮认真的直呼其名问："孟浩远，你最近又有事瞒着我吧？"孟浩远一听艾琳突然莫名奇妙说话口气的变化，不知道她在问什么内容，吃不准问道："哪有什么事，没有啊？怎么可能？对你，我没有什么需要隐瞒的啊。哎哎，你是怎么回事？"艾琳见状假装认真一脸严肃地说："不对。是有事你没有说，好好想想。"边说边拿起筷子继续往嘴里添菜吃得香。孟浩远想想实在没有什么事只好说道："没有啊，想不起来，有什么事？"艾琳见孟浩远一副认真苦苦思考还是没有结果的样子，就问道："好吧。你最近又有新的研究成果了吧？"经艾琳这么一点，孟浩远才恍然所悟，想起艾琳说的成果可能就是和王可佳、玛丽教授合作写的那篇论文和检测新方法，还有发现新元素"Guo"的事吧。于是平淡地说："噢，你是不是说国际化学研究期刊那篇新发现一种稀有元素'Guo'有关的论文是吧？"艾琳脸上露出喜色认真地说道："是啊是啊。这么伟大的事，太了不起了，你怎么能把它忘了。还以为是小事啊。我的天啊！是的，就是这件超级重大的大事。我也是刚刚从同学那里说起才去检索查询看了你们的论文和有关报道才知道。你真是太有才了。国际上这么重大的新发现和一种新检测方法研究，又一次改写元素周期表排列了，已经两次了啊，没有人能可以做到。我看你们可以得国际化学最高奖了。太不可思议了，你可是从来没有告诉过我，原来你一直在和其他科学家合作研究化学和检测新方法，真是太伟大了。"孟浩远听艾琳夸奖着说这件事，笑着说道："噢，你说的事还真是有。是与人合作，一起参加一些研究。好了，已经过去了，不用太夸张吃惊的，我以为什么事。科学家要有严谨和严肃的态度来对待科学研究，不以取得一点研究进展而窃喜不已，你也是一位科学研究者对吧？"说得艾琳不知道如何反驳，心中又惊又喜，孟浩远这种成就一个人一辈子恐怕也很难有一次，他竟然这样平静，太不当一回事了，真是个绝顶聪明的奇才，和普通人就是不一样。她越看越喜欢，心里甜甜的一直看着孟浩远出神发呆。孟浩远见艾琳一脸幸福有些出神地看着自己说道："艾琳，你这样让我不好意思，吃菜吧，特意为你做的。不过我是有一件事还没有告诉你。"艾琳一听孟浩远这么说，脸色顿时严肃起来，心想难道他说的事比我刚才说的事还重要吗？抬头看着孟浩远，心里有些发慌紧张地说道："什么事？这么严肃。你不喜欢我了，不想和我在一起？还有其他什么事？"孟浩远看艾琳脸色都变了，不由得笑出声来；"看你想到哪里去了。"艾琳这才放下心来，心想其他事都不重要了。此时两人菜和饮料已喝足吃饱，桌子上堆着盆子，暂时也不管它。孟浩远和艾琳两人已走到旁边坐着看电视边喝着茶在聊天，此时电视里正在播放非常火的一档节目，美国全国选秀直播。

　　孟浩远不经意地看到此时画面中正在出场的是一位青年表演者，这人的身形和脸看起来有些熟，在哪里曾经见到过，个子很高，瘦瘦的留着长胡子，眼睛透出忧郁，脸上的表情很朴素有些小心拘谨，一看是个普通的素人，穿着一身很普通的休闲服装和运动鞋。他有些紧张没有兴奋的表情，安静地走上台，手中拿着一把吉他站在舞台中央，旁边的主持人则是活跃多了，兴奋昂扬热情地像是技巧风格在介绍。坐在台前的五位评委中有三男两女，等主持人介绍完毕后开始有人问询他："你想表演什么？"这位名叫马克思的男人低声说："唱歌。"显得有些畏惧。然后坐在旁边评委中一位男性主持评委直爽地说道："开始你的表演。"名叫马克思的青年，坐在一把椅子上后拿出吉他开始演奏一段前奏曲，技法非常熟练专业，音乐非常动听一下子深入人心，然后开始演唱："我是黑暗中没有灵魂的迷失者，孤独、徘徊在无人理睬的黑夜中，冷眼冷漠讥笑鄙视在每天中重复。我伤心无助迷失了方向，有一天，黑暗中出现了一点亮光，不是太阳的光芒照射进入黑暗，是一缕微光，那是一颗点燃人心的火种，它带我走出寒冷异常窒息的黑暗，它穿越了五彩的阳光，它让黑暗让开，它是我渴望的信仰，是上帝给我重生的生命。给我希望赋予我精神，给我生活的勇气和坚韧。希望微光带给每一个在黑暗中叹息摸索迷茫的孤独者，总有一丝光明引领人们走出黑夜，早上的太阳一直会升起给我们阳光，上帝就在我们无望和死亡的时候出现。它就是我的上帝和生的精灵……"他的自弹自唱，歌曲忧郁动听，宛如催人进入它的音乐中，歌声清脆空灵犹如精灵在歌唱，很符合他忧郁的容颜、神情和久经生活经历磨难的样子，犹如一颗灵魂在每一个人的耳旁低声倾诉沁入人心灵深处。音乐作曲非常新颖优美，一下子深深抓住了不同人们的灵魂深处，工作的繁忙困惑和艰辛，渴望能够突然被人理解关心爱护，成功走出迷茫苦难的生活。他的歌声非常好听一下子直接震撼在场的所有人的心灵，当他深情清灵地演绎唱完后，全场所有观众依旧是安静异常，人们在思索联想，片刻所有人的心被爆发想要呐喊呼叫，为不行的命运艰辛的生活突然出现的微光，顿时全部起立热烈异常的鼓掌，有的人已经联想歌者、联想自己和看到的不幸之人触动心灵感情泪流满面，震撼心灵让人感受到歌词和曲子的特别。作曲抓住了人的灵魂，仿佛来自灵魂深处的一种幽远激荡；歌词震撼人的心灵，一个孤独的行者在混沌世界中游行遇到挫折，坚信希望一直前行遇到光明，这是一首从未有过的新曲新歌，实在是太好听了让人深陷其中思考。此时马克思在台上也已经眼眶盈满泪水，他释放自己真情放飞自我，弹曲时手指灵动如蝴蝶飞舞在花丛中，技术手法娴熟不差丝毫拿捏的精准无比，所有一切都是最好的表达。掌声一直持续着，等全场终于暂时安静下来，当主持评委问："请问你的职业？"台上的马克思低声说道："我是一名流浪者，没有职业，我喜欢音乐喜欢唱歌，吉他、钢琴。"评委问道："好，可以再为我们表演一下钢琴吗？"马克思低着声："可以。"拿着话筒的黑人主持人见状，赶忙指挥后台搬来了一架钢琴。很快马克思先弓腰致敬，然后神情自若地坐在钢琴长凳上眼睛紧闭似在冥思，然后慢慢双手开始灵动表演起来。这又是一首新的交响曲，只见他坐在凳子上表演时完全变了一个人，两手飞舞，头随着长发飘动，身体全身随着表演全部投入到音乐中，音乐高低激荡清脆低沉不断起伏切换，世间竟有这么美妙震撼的曲子。所有人又一次被带进他的音乐世界，仿佛看到听到一个孤独的生命在黑夜中、在狂风暴雨中奋力挣扎，风停雨变小黑夜马上将要驱散，一个人在黎明时迎着光明即将到来前行。等这首钢琴命运交响曲的曲子随着马克思如痴如醉般忘我地弹奏，手指轻放键盘收势后，每一个乐曲分好不差。全场突然所有人情绪被点燃，人们仿佛置身交响曲中，又再次全体起立，流着泪发出雷鸣般的掌声，有人在呼喊有人在尖叫，仿佛是自己的命运改变获得成功一般，有人在哭泣一直持续不断。马克思羞涩拘谨地站起身被主持人引导舞台中央。在主持人边上犹如一个一尘不染的清新学生，脸上自带忧郁的神情让人着迷同情，他的身世一切和不堪的生活不由得对他生出爱怜之情，他孤独地站着轻声说道："谢谢大家。今天我想在这里说一句话，我要谢谢一位中国青年。这是专门为他而作的曲子，感谢他曾经在我迷失自我的时候伸出手来帮助和鼓励我，如果他现在可以看到那太好了，我要说谢谢你中国青年！你是我心中的那盏闪着微光的灯，引我度过黑暗中的时刻和走出黑暗，你是我心中的上帝！"说完躬身鞠躬感谢。等他表演完，显然是非常的成功了，他的作曲和歌唱功底非常扎实和卓越。孟浩远和艾琳也如现场观众一样被深深打动了，眼里不知为何也已经饱含着泪水。一个流浪汉竟然这么才华横溢，两首曲子都是他自己创作的，吉他、钢琴弹奏和歌唱都是非常完美，简直就是又一个才华横溢的音乐家展现在大家面前。他的两首曲子一定会很快风卷全球成为永恒难忘的金曲。

突然电视中的一位女评委快速地摁下了代表最高等级的金色按钮，全场又一次将气氛推向高潮，这表示马克思他直接晋级进入决赛。马克思表演的歌曲都是他自己作曲作词的，他是一个没有出名的真正的音乐家。看到这场面，孟浩远一下子明白过来，这位就是自己在菲尼克斯城阳光大道，看到被人欺负他出手相助的那一位街头流浪汉马克思。两人都很是激动，艾琳看到孟浩远被节目吸引，感情激动，这很少见，不过自己也快流泪了。孟浩远憋不住把这件事的过程告诉艾琳，艾琳睁大眼睛也不敢相信，马克思说的心中的上帝就是孟浩远。她也被感染抱着孟浩远轻声说道："浩远，你做了一件大好事，上帝啊，太神奇了太好了。"

被刚才马克思的表演一幕所吸引，还陷入其中久久不能出来。过一会儿孟浩远边喝着茶边问艾琳道："艾琳，下周末你有安排吗？"艾琳说道："学校周六有个学习论坛，邀请了国内和欧洲两个著名的专家来学校讲座，怎么啦？"孟浩远问道："这种学习论坛一般都在工作日怎么会安排在周末，很少的。"艾琳回道："是啊，听说其中一位欧洲的教授还有其他活动计划，实在无法安排了。"孟浩远轻声说道："噢，那可惜了。"艾琳紧张地问道："可惜什么啊？什么事？刚才我问的话你还没有回答我呢？"孟浩远看艾琳心急，自己更平静地说道："我两天前正好接到你父亲的电话。"艾琳一听孟浩远提到父亲的事，急得连忙问："我父亲怎么啦？发生什么事？我怎么不知道？"孟浩远看艾琳可爱又着急的样，赶紧说："不要紧张，我不是还没有说完吗？没事。是这样，接到你父亲斯内克斯先生的电话，他邀请我下周末去荷兰到他医药研究中心去参加一个新药研发上的工作研讨会议，我已经答应。我想你的专业是学病毒医学的，对医药有些相通的，也是一位科学研究者。他们新抗癌药研究你是知道的，我参加过几次深度高级研讨会，所以这次邀请我去可以帮助一起参加研讨，如果你有空一起去，顺便可以回家看看你父母家人。正好这两天你都在外面和同学在一起活动，还没来得及告诉你。所以等你今天回来告诉你。"艾琳一听原来孟浩远郑重其事说的是这件事情，刚才他严肃认真的样子让自己吓一跳，转念心中暗自窃喜，这就是孟浩远认为重要的事，其他研究方面取得成就的大事倒不显得重要，他的想法简直不可理喻，这个孟浩远。开心地说道："你刚才太严肃了，还以为真有事吓我一跳，原来是这件事。那太好了，我要去，我要和你一起去，学校论坛不参加了，没有关系的。我父亲现在有事都找你了，他怎么不告诉我。"艾琳边说边假装生气的样子，孟浩远看到了感到艾琳不一样的一面很可爱，不禁笑了起来说道："你可是个大博士，你的研究和学习太忙了，你父亲怕影响你学习吧。好吧，那我们确定了，我来订机票和酒店。你答应回去就和你父亲通个电话吧，别忘了，我可是告诉过你了。"艾琳笑而不语内心十分高兴，马上拿出电话与父亲联系。

第十五章　紧急信号

一

第二天周日晚上艾琳回学校，一周的学习时间终于又等到了周末，周五下午没有课，她满心高兴喜滋滋地就从学校赶回孟浩远住所，准备明天一起去荷兰自己的家乡。第二天早上在孟浩远的陪同下，艾琳高兴地开着车两人一起去机场，然后乘飞机到荷兰。

上周得知孟浩远要到荷兰后，艾琳当天晚上就已经与她父亲通过电话。知道艾琳和孟浩远这次将一起回来斯内克斯当然很高兴。昨天晚上艾琳又与父亲通过电话，这次荷兰之行一路上两人都十分放松有说有笑的。今天又是一个好天气，早上起来后望向东方天上的云层层叠叠聚堆在一起像是雪山一样，远处的太阳慢慢升起在云层下面，太阳周围放着蓝色，和平时有些不太一样。

斯内克斯已经提早有一小时就亲自开车来到了机场，他等在机场旅客到达出口接他们。看机场航班到达信息显示艾琳和孟浩远的航班飞机到达机场已半小时，旅客一批一批在出来就是没见孟浩远和艾琳的影子。他有些心着急，站在出口焦急的张望，正准备再次打电话联系艾琳时，终于在出口远远地看到艾琳和孟浩远两人说着话，脸上都是快乐的笑意，正高兴地从机场旅客出口通道随着人群一起走出来，这下他放心了。等他们两人走到出口处，艾琳父亲还看到两人犹如亲昵的恋人嘴上露出笑意悠然地正走出来，内心十分高兴。他确实很喜欢孟浩远这个聪明有才的年轻人，很欣赏这位与众不同很特别的年轻人。希望他们两人能在一起。这次艾琳有时间和孟浩远一起来，说明两人关系已经不一般了，这太好了。孟浩远这位小伙子不仅智商出奇得高情商也很高，很懂得自己的心思。艾琳自从在国外读书，她是很独立典型的欧洲姑娘，已经很长时间没有回家了，家人都很想念她。可是艾琳一直在外面也不着急，看来她已经成年自己的命运由自己决定。

在出口等候的斯内克斯看到孟浩远推着行李箱身上背着包，艾琳就背着一个随身小包，一起说笑着不急不慢笃悠悠地走出来也不东张西望，斯内克斯看到他俩走近时赶紧高举右手向两人招呼示意。艾琳和孟浩远正好抬头看向出口处，已经看到他在出口等待招手，两人才抓紧一点紧走几步走出来，然后笑嘻嘻地走过来和斯内克斯会合。艾琳已急着上前和父亲拥抱在一起，艾琳父亲又转身和孟浩远一起拥抱。放下孟浩远过来抢着要帮着拿行李箱被孟浩远笑着推辞了，说道："斯内克斯先生，没有关系，我自己可以。谢谢！"斯内克斯笑着摊开双手和艾琳站在一起，孟浩远推着行李跟着艾琳和她父亲走出机场大楼来到停车场上车。放上行李后孟浩远很聪明识趣地坐在后面座位上，艾琳当仁不让麻利地抢先坐在副驾驶位置上，在他父亲驾驶位子的旁边可以更加方便交谈。两人开心的用荷兰语开始聊天，谈一些生活家庭的事情。艾琳父亲问道："你现在和孟浩远都在美国学习又是在同一个城市学习工作，平时住学校还是外面租房？生活习惯吧？"艾琳回答道："是在同一个州不过是在不同的城市，到孟浩远的学校路程还是很远的。所以平时住在学校公寓里面，是孟浩远帮我单独租的，房子很大一个人住，就在学校附近很方便。到周末时开车回到孟浩远住的独幢大花园洋房和他住一起，他的房子太大了，比我们家的大很多而且就他一个人住，太浪费了。哈哈。"斯内克斯说道："是吗？"艾琳高兴地说道："是，平时就他一个住。孟浩远的厨艺很厉害，做的中餐太好吃了，以后你过来看我们，可以请孟浩远为你做一次真正的中国菜，你就知道和荷兰的中国餐厅吃到的中餐很不一样，它有多好吃。我现在已经很享受中餐了，感觉吃西餐不好吃。"孟浩远见艾琳急于表达和自己住在一起，怕引起她父亲误会，赶紧补充要说明，见他们正在用荷兰语交谈，他们以为他听不懂。不过他早就对荷兰语专门学习过，很快就记在脑中，只是没有机会和人交流。此时正好试试用上，他突然用荷兰语开口说道："斯内克斯先生，我是和艾琳同住一幢大房子中，这是一套学校专门资助给与补贴的带大花园的大房子。楼下楼上二层，楼上有三间房、一个书房、两个客厅和洗衣房、储藏室，楼下还有一间房、一个大客厅和餐厅、车库、洗衣房和储藏室等等。所以我和艾琳在楼上都各自有独立的自己的房间，你放心吧，我会照顾好艾琳的。"艾琳扭头瞪着眼惊讶愠怒地看孟浩远，心想原来你荷兰语也讲得很好，不过这时需要解释得这么清楚吗？你真不懂我们欧洲人，我是独立的和我自己男朋友在一起很正常不过了。斯内克斯猛然间发现刚才孟浩远是用荷兰语说的，说明他不仅听得懂两人的家常聊天，而且能过够很流利的就用荷兰语告诉自己，心中不免又吃了一惊。和艾琳两人谈话都是家里的事情有些私密，所以用的是荷兰语，他一直认为孟浩远肯定听不懂。现在突然之间孟浩远直接用荷兰语在和他们说话，此时艾琳也察觉不对。孟浩远明明也会荷兰语，这是一种小众的语言，一般人都不太懂的。他知道孟浩远的语言天赋和他的能力，但是也没有想到他竟然会啊，而且说得很是流畅，简直是一个聪明的语言专家。斯内克斯吃惊地说道："噢，太不可思议了！孟先生你还会我们荷兰语？你讲得很流利啊。"孟浩远见状赶紧说道："只是会一点点，不知道发音对不对。"艾琳笑着说："你的发音已经很好了，我们都听得懂。"转头对斯内克斯说："孟浩远他会的语言不少，德语、英语我知道他会，现在荷兰语也会。我还是刚刚才知道，太有语言天赋了。"斯内克斯说道："孟先生你太聪明了，艾琳你和孟先生在一起可以相互照顾。年轻人嘛，没有关系，这很好，很好。这是你们自己的事，我很尊重你们。"说完笑了起来，又问道："孟先生你一个人需要租这么大一整套房？"孟浩远说道："斯内克斯先生，房子大住起来舒服，主要考虑到周围环境很安静干扰少，便于学习工作。离学校也比较近，平时骑自行车大约二十分钟时间。"斯内克斯听孟浩远的解释后说道："噢，是这样。"艾琳补充道："刚才孟浩远说过了这是他们学校安排给孟浩远的，他是美国引进的高端人才，是学校特意给孟浩远提供费用，所以可以一直住，大一点也没有关系的。我正好帮他一起住，要不然他一个人住实在太浪费了对吧，孟浩远先生？"孟浩远看艾琳嬉笑地说着，忙回答道："是的，是的。艾琳说的没有错，房子太大有些浪费，一个人住不好，太安静了。周末只要艾琳一来就热闹了，谢谢艾琳！"斯内克斯听孟浩远说话很坦诚幽默，他判断看来他已经和艾琳关系不错，又开怀大笑起来说道："好好好。我不干涉你们年轻人的事，这样很好。"

一路上三人索性都用荷兰语进行相互交谈，孟浩远通过用荷兰语进行交谈，时间越长愈发讲得流利了。斯内克斯开着车在三人交谈，不知不觉中就到了艾琳父亲的医药研究中心。斯内克斯将车停在研究中心大楼的旁边，三人下车后没有拿行李就取了随身背包直接跟着艾琳父亲一起走进一楼的会议室。里面已经有五位医药研究中心的研发专家和三个管理人员坐在会议桌旁，都在三三两相互交谈着，声音不大很有修养。这几位专家孟浩远来过几次和他们在一起交谈研讨时都曾见过面，看到斯内克斯陪着孟浩远和艾琳走进会议室，大家都起身站立点头含笑表示欢迎，然后陆续坐下，会议室内很安静没有人在讲话。这些医药研究中心抗癌新药研发团队的专家，他们已经与孟浩远有过两次关于新抗癌药研究方面的深度高等级研讨，对这位来自中国年轻斯文聪明又帅气的小伙印象深刻。虽然孟浩远并非医学专业的学者，但他在讨论很专业问题时往往有不一样的独特的思维和观点，都显示对专业的极其熟悉和深刻研究。所以每次在和其他专业人员一起讨论时让他们没有感到他是一位无足轻重的非专业人员，相反会被他发表的专业新颖观点引发思考，从孟浩远冷静分析中发现他其实是一个具有很强大专业知识和能力的研究者，甚至他已经具有超出专业背景的研究人员更多的其他方面相关知识。他所掌握的知识量和思考深度，掌握的专业知识已经显出非常厚实。已经想到他其实就是一个有着深厚扎实学识的专业学者。他们通过斯内克斯事后介绍还知道目前孟浩远先生还是著名美国大学伯利克大学在读的数学专业博士和数学院著名的数学家科索教授的助教，他们还知道他是百年数学难题"西塔姆猜想"的研究和证明者，是一个取得巨大成就的伟大数学家，是一个数学天才。还有听说最近又和其他研究者合作，又发现了一种元素周期表上都没有的新元素"Guo"，每一个成就足以令人惊叹伟大。能够取得如此成就又这么年轻机敏低调，充满智慧让人不由得内心自发的尊重这位天才。和他在一起每次讨论都会有新的发现和引起思考。

这次斯内克斯专门召开的专题研讨会依然由他亲自主持。第一项内容是介绍发明的抗癌新药目前进展和临床试验情况，第二项介绍几种多发常见的癌肿瘤快速诊断方法研究方面的情况，第三项介绍研究经费使用情况。第一项由研究中心负责这项工作的一位名叫内德的中年男子教授负责介绍，他是一位欧洲典型的白人科学家。身材高大五十岁左右，留着大胡子。他自信而严谨的介绍新抗癌药研发成功取得的疗效和未来前景，他的发言引起大家的热烈掌声，会议室内气氛顿时兴奋起来。这是医药研究中心十多年来的投入和所有人坚持不懈研究的成果，付出了艰辛和心血，也失败过无数次。在孟浩远偶然加入后提出独特的思路加入一种中药合成原料，现在终于有了比之前更好的结果，在医院试用期间积累了大量数据效果非常好，表明抗癌新药研究已经成功。在座的研究人员认为新抗癌药在针对癌症病人治疗抗癌作用上治疗效果是很好的，目前在合作医院开始进行用抗癌新药治疗病人，经过治疗的病人都取得十分显著的效果，检查发现药物能够杀死癌细胞消除癌症肿块使病人得到康复。所有病例数据证明都具有很好的治疗效果，确实令人兴奋和震惊。不过由于欧盟对新药生产有非常严格的审核要求和程序验证过程，必须经过大量的病例数临床试验的情况验证来分析，这一过程至少需要达到几千例数据。目前在医院里已经达到近一千例的临床治疗试验都取得明显效果，还需要继续扩大数量。从近一千例的病例实验数据分析，涉及常见的多种癌症肿瘤都起到了抑制和治疗作用，效果很好。通过对病人的检查检测没有发现对人体产生毒副作用，也没有其他不良反应的情况。现在已经挽救了其中 97.84% 癌症病人的生命。另有几例也是得到缓和延长其生命，但是由于病人年纪太大体质较差，有多种基础病引起的死亡和治疗抗癌新药本身无关。经过全面数据分析其原因，结论不是用抗癌新药造成的原因，新药治疗对病人肿瘤同样有良好的作用，病人的肿瘤病灶在消除。如果加上这几个个别病例，抗癌新药可以说是百分之 98% 是有效的。还有 2% 病例是癌症发现时已经深晚期，癌细胞快速扩散导致体内多个内脏器或者血液出现脏器坏死或衰竭，治疗时间已经太晚，体内淋巴结自身出现衰败无法抵制，随后影响到全身机体出现脏器衰竭，所以治疗效果无法实现。不过得出最后结论是抗癌新药对癌症病人治疗效果非常理想显著。如果能够做到检查和发现早，病人基础条件较好那么治疗效果完全可以达到 100% 是有效的。这是非常令人振奋和十分吃惊的效果，简直是神奇的救命抗癌药物。目前世界上没有任何一种药物对癌症具有全面深度有效的治疗使病人得以消除癌症病灶恢复健康，所以从两个批准合作病人试验康复的医院消息被传出后已经有很多医院治疗的癌症病人得知是医药研究中心研发的一种神奇的抗癌新药，但还是在试验阶段没有办法获得新药。所以病人和家属直接找到试验的合作医院和医药研究中心希望能提供抗癌新药用于治疗挽救他们的生命。但目前还未批准正式生产，这是不被允许的。医药管理部门有着极其严格的审查，需要一个很长的周期大概要五年左右时间来观察治疗情况，所以目前还不能正式生产，只是在实验室里小规模的试验性质的生产提取制成。可是有更多病人听说这种救命的神奇新药很有效，已经治愈过很多的病人，这样很快传播开来速度很快。为了活命由癌症俱乐部联合病人上街游行希望引起政府重视，加快生产这种神奇的抗癌新药挽救更多的受病痛折磨的癌症病人。还有部分病人只能到定点的唯一两家合作医院报名申请要求加入开展临床试验新药治疗，并主动和医院签订自愿声明书，医院才按照试验程序要求后进行施药治疗。由于研究中心没有得到生产许可，没有大规模的生产新抗癌药，很多病人排不上队只能等待无法进行治疗。得不到新抗癌药治疗的病人为了能够获得这种新药治疗活命，他们已经在联合起来，向国家抗癌俱乐部提出，要生命，要新药的多种活动。

　　医药研究中心感到有些无奈，已经完成了所有试验，分析报告研究论文，积累了大量数据，但是目前要做的还是等待审批程序。一直配合医院，对用抗癌新药后的病人进行后续的观察，对康复的病人也进行跟踪延伸观察检查分析。新抗癌药研制可以说是成功的，内德教授介绍完新抗癌药的过程和效果和分析通报现状，以及目前面临的问题等，在座的所有人抑制不住兴奋和喜悦都全体拍手鼓掌为研究中心这一了不起的神奇新药研制成功而高兴。新抗癌药的前景已经是完全可以预见，一定会非常之好，受到欢迎可以挽救很多的病人。

第二部分介绍的是关于目前医院癌症病人中几种多发常见的癌症肿瘤快速检测方法和方案研究。由马瑞藤博士主讲，他也是一位白人相貌的中年男子，年纪约莫在四十多岁，身材瘦瘦高高戴着一副近视眼镜，马瑞藤博士介绍了一种癌症检测的设计新方法和方案。通过计算机和工程学与医学相结合用纳米技术通过对病人样品的基因区测序和最高端质谱仪等设备分析检测集成一种方法。主要通过病人的血液和癌变样品，能够快速检测部分特定癌症的方法，可以在半个小时就完成检测结果。马瑞藤博士的研究演讲引起了大家的极度兴趣，他的检测方法和前面内德教授介绍的新抗癌药治疗时提到过的早发现早治疗效果更好的结论正好是相一致的意见，是研究中心整体性研究的一个重要环节和组成部分。

孟浩远仔细地听马瑞藤博士介绍并开始思考，顿时快速地在头脑中思维活跃起来在脑海中搜寻，同时使超级智慧芯脑也跟着大脑主脑的思维主动地思考，活跃在有关癌症治疗的信息数据中搜索，脑中的超级智慧芯脑储存的来自阿勃特星由汉多次传递给他海量的所有涉及癌症治疗检测新方案相关的信息源源不断集中汇集。很快他脑中提供给他几种方案，根据马瑞藤博士介绍的情况其中一种方案，是用一种新的高精度检测仪和数据智能管理软件可以做到解决。可惜这种检测高端精密仪目前地球上还没有，后面两种可以研究开发和大量并列信息数据收集分析。他没有开口只是在思考当中，等马瑞藤博士介绍完后，进入讨论阶段时，等又有两位专家先后发言后，艾琳坐着看到旁边孟浩远看向她示意她发言，所以也举手发言谈自己的想法："我认为马瑞藤博士的研究是一种好的方法，标准的血液样本中的各项指标在一个标准区间范围内，如果样本中发现分子浓度增加或减少是可以进行初步判断的，然后进行针对性检测比对，可以快速和不漏地检测到人体中的癌症病人和癌症类型，这种方法值得研究，可以快速检测分析病人的癌症病类型提早发现。用我们新抗癌药可以及时治疗，早期发现治疗效果更好，应该作为我们研究中心的研究重点。"等艾琳说完孟浩远点头赞同，接着其他几位研究员也一一发表了各自的意见。孟浩远见艾琳发表了观点，等其他几位专家都先后发表了意见后，此时看到会议室内所有人不约而同都将目光转向他看来，似乎大家很愿意听他的发言，在等待他谈意见，眼睛中流露出信任。他们很希望眼前这位聪明的中国小伙谈谈他的思考头脑中的观点看法或者新的思路。斯内克斯也微笑看着他，这种场景很尊重他，看来是躲避不了，于是孟浩远开口缓缓说道："各位专家好，好吧，我来谈谈想法，供你们参考。刚才各位专家的发言让我思考，都是非常好的意见和建议，很有价值很有见解。新抗癌药结论已经很明显，它具有很好的治疗效果并取得成功，值得祝贺！下一步是获得审批许可，进行正式生产需要很长的时间。我们可以先思考起来，考虑如何生产，自己建厂还是委托其他制药企业生产，这是需要考虑的，建厂自己生产从长远是必须的，但是考虑病人太多需要抓紧治疗，经批准后能委托生产厂加快生产出来同样值得考虑。可以同时考虑边加快建生产厂边委托生产。第二关于对马瑞藤博士介绍的方法我认真听了思考后谈谈看法，首先这种研究方法是值得继续进行研究的，要突破一些技术问题，主要是高端精密质谱仪器方面再进一步改进提高仪器检测灵敏度，就可以发现更微量的变化，那检测区域会更大，尽量做到不遗漏。这点目前看起来当然很困难，但是我想在检测高端精密仪器上的突破从理论上和技术上是可以研究的，把我们的需求与仪器生产厂进行共同研究探讨，获得他们的支持，一旦研究成功填补高精尖端精密仪器检测的一个空白，同样它的发展前景非常广阔值得期待。可以检测发现更早更多的癌症病人及时进行治疗康复，对人类生命和健康非常有价值，我想精密检测仪器生产厂他们当然明白这个道理。另外，我们可以通过开发一种新型的计算机智能管理软件，用于收集所有癌症病例数据进行系统的全面统计分析来制订人体的标准区，就是爱琳小姐说的观点。我们可以从现在与医院合作对医院诊断发现的癌症病例，要想办法尽量足收集够多的数据。同时尽可能地收集更多来自全球各地区的癌症病例数据情况，按不同人种不同地区，不同类型的癌症和各种癌症病人不同的发病期、性别男女和年龄段等情况来积累大量的生物系统，数据越多越精准，建立数据库和标准血液做对比分析。通过数据变化信息来对应病人是那种癌症的结论或没有变化在标准范围内正常人的研究。那么随着积累数据量越多分析判断会越精准，而且会很快检索对比。最后就是医院对就医的癌症病人系统分析判断病人的生物样品采样检测，加以验证。我想我们的这种检测综合系统方法可以提前发现癌症患者，救治病人它将发挥很重要的作用。结论就是需要研究高等级精密检测仪器和建立智能系统服务管理软件是可以一试。这是我的思考。"

　　孟浩远讲完他的思路后大家都在思考，有的在点头，有的沉默不语。这是一个系统集成的检测方法，如果可行确实会带来全新的快速检测癌症的方法。斯内克斯听后感觉孟浩远的思路和专一的研究人员还是不太一样，但是这种方法是可行的，关键是管理智能软件和高等级精密检测仪器要更先进，这是目前研究比较困难的。他对大家说道："孟先生提出了一个不一样的思路方法，这种新的研究方法结合刚才各位专家的研究和讨论思路，看来我们要继续优化检测方法同时加大和医院的合作程度，收集医院各种癌症病人早期、中期、晚期的，不同地区、不同年龄段、不同性别的大量病例数据。同时开发设计系统智能管理软件，向高端精密检测仪器公司提出合作，把我们检测需求详细提出来，请他们继续研究出新一代更高灵敏度的高端精密质谱仪器，一整套方法集成以后可以更智慧更灵敏更快地判断病人癌症发现情况。接下来与我们的抗癌新药是可以更好地配合进行治疗，这是一个快速检测诊断和治疗的过程服务方案，如果完成将对人类健康事业提供重要帮助，也将对我们医药研究中心发展提供广阔的前景，希望大家继续共同努力。"听完斯内克斯和孟浩远的发言，参会研究人员都高兴地鼓起掌来。每一次非常专业的研讨会都会有意想不到的收获，从科学研究和思路等方面这位孟先生都会有惊喜的想法让人尊重。第三个议题是关于医药研究中心经费使用情况，这个在孟浩远看来就比较简单，完全可以凭自己的能力做到。斯内克斯作为医药研究中心主要管理者由他介绍了资金进入的渠道和数量，分配使用明细等。基本上是研究人员的工资和研究经费，到目前还没有收入来源。最后他告诉大家："我们研究中心研究投入的资金是巨大的，研究工作在没有成功之前总是会投入大量资金的。现在有孟先生他们的合作支持，我们研究中心的资金是有保证的，大家放心。我们要做的就是把我们的研究工作继续做好，现在已经取得巨大的成功。这是值得的，我们的成果将是对人类健康有非凡意义的，它是有前途的一项事业。希望各位同事按照今天研讨会确定的项目开展研究，研究中心一定会更好。"大家被今天的会议内容所兴奋，为研究中心的前途感到高兴。听到斯内克斯说完都鼓掌起来。然后斯内克斯开始将资金收入支出明细公布给大家，看到账上的余额数和一笔一笔打入的资金，解了大家对研究中心资金保障的后顾之忧，大家更加放心了。听完斯内克斯介绍后高兴地看看孟浩远和斯内克斯又再次鼓掌相互庆贺。这次研讨会确定了研究思路目标和接下去分几个研究组制订详细技术方案开始进行，对研究中心来说是一次非常重要的会议。

等会议结束后大家并没有离开，还在会议室中和孟浩远开始私聊交流。已经到了中午十二点半吃饭时间，研究中心行政助理招呼大家去食堂吃午餐时，大家才陆续走出会议室，不过每人脸上都是满意的笑容和对前景光明一片的期待。

艾琳正和他们其中两个很熟又难得见到所以会议结束一起步出会议室在交谈中。孟浩远看会议室里基本没有其他人了，只有斯内克斯和他的助理在收拾桌上有关文件和资料孟浩远叫住斯内克斯示意他有事，随后他走进斯内克斯的办公室单独和他继续交谈。今天的会谈交流让他听到研究中心的研究工作进展顺利，参加研发的这些专家非常敬业，接下来又将按今天会议确定的目标要开始进行新的研究，所以孟浩远突然有了自己的想法。对于斯内克斯他是知道的，一个很有学识研究型专业科学家，团队管理需要有专业有才能的研究人员，需要又能留住这些人才，要让他们事业上具有良好的研究工作环境，先进的仪器设施设备和科研合作团队，同时要保证他们生活无忧，可是由于医药研究中心一直从事研究工作，前期一直投入资金并没有收入处于困难阶段，要不是孟浩远的参加投入大量资金项目早就已经停止下来。所以他有了想法要对斯内克斯专门说一下，两人坐在办公室关上房门，接待区没有其他人在只有斯内克斯，他不知道有什么重要的事专门单独和他继续商谈，正疑惑地看着孟浩远。孟浩远说道："斯内克斯先生，有事和你谈谈。斯内克斯点点头看着他说道："好，请说。"孟浩远说道："我有一个想法。现在研究中心工作进展是顺利的，刚才的专业讨论会非常有收获，讨论的事都是研究中心高度机密的重要大事和发展方向，大家得出结论研究已经很有成果的，有些研究工作还需要一直持续下去。"斯内克斯接口说道："是的，今天的会议成重要，会认真研究后继续开展，请放心。"孟浩远说道："现在研究中心研究过程正是不断投入阶段，我们的研究方向目标主要是对人的生命健康。今天交流的研究思路大家认为是正确的，就值得花时间和精力物力去一直研究下去，挽救更多的生命。"斯内克斯以为孟浩远对资金问题提出要求，顺着他的想法点头称是说道："孟先生，是的。我们有了研究成果，今天探讨后确定了以后的研究目标方向。你已经投入大量的资金，谢谢你！我会合理安排不浪费。"孟浩远见斯内克斯这样说，心想他理会错了，继续说道："斯内克斯先生，新的研究总会需要时间和不断投入资金，也许短时间内不会有成果，遥遥无期。但是我们已经取得了抗癌新药研究成果，说明团队的水平和能力很强。接下来的研究工作同样会费时间和经费，不过后续的研究资金方面请放心，我会想办法去筹措的，会保证你的研究中心正常的工作。你们要做的就是做好项目技术的研究，不用担心其他。"斯内克斯看着孟浩远，他已经知道他有能力说到做到，说道："孟先生谢谢你！也谢谢你的你背后的投资老板，他度量真大很有远见，对你也十分信任，完全交给你来作主负责了。难道他们不担心花光钱而没有得到他想要的结果？"孟浩远笑笑说道："斯内克斯先生，我会多做工作，你的研究内容对人类健康和生命是很有意义重要的，是很了不起的一件事，这才是重点。放心吧，你要做的是保证经费的安全合理使用，管理好这个优秀团队，我不希望团队中关键人才被其他公司或研究机构挖走。要保证研究中心关键人才和所有科研技术人员的福利待遇，只能高于不能低于行业同等研发人员的平均水平，才能说为了事业留住人，团队的关爱留住人。"斯内克斯点点头。孟浩远说道："所以我建议你需要考虑研究人员的薪酬福利上要高于同行业水平的工资结构，才可以留得住这些人才。现在研究中心正处于关键期，这样吧，请你做个方案，如果来得及从下月就开始调整科研团队人员工资薪酬。如果资金不够请及时告诉我，你这里按财务规定做好账。你看可以吗？"斯内克斯到现在才算是听明白重点，他没有想到，孟浩远这次过来不仅参加研究讨论，还提供了很有价值的建议和今后发展思路研究目标。现在又主动提出帮助解决公司科研人员研究经费和薪资福利问题，研究中心目前账上资金还有不少。孟浩远上次已经汇过两笔。等下一步的工作今天讨论确定好后再测算一下经费，然后与孟浩远先生再商量一次。于是对孟浩远说道："孟先生，谢谢你！这是一个好消息。请你放心，我会好好与同事们和财务人员认真商量一下。科研研究会进行下去的，我们大家都知道自己从事的研究工作是非常重要和有意义的。"孟浩远点点头说道："好的。"两人正在认真地谈论着，孟浩远见艾琳父亲对自己很客气，一直在大家面前称呼自己为"孟先生"而不是叫他孟浩远，当然在公开正式场合并无不妥，但是现在只有两人他还是习惯这么称呼有些不习惯，于是说道："斯内克斯先生您见外了，这里一切都是你在负责管理运行。你是个优秀的科学家，研究也很有成果，至于研究中心需要多少资金问题，提前发邮件电话通知我，或者直接告诉艾琳就可以了。我有时可能会有些忙来不及看邮箱，所以告诉艾琳也可以的，我和艾琳每周都会碰头见面的。噢，对了，以后我们两人单独在一起请叫我浩远即可。"两人正说着话突然艾琳推门走进来，原来刚才她和大家一起走出会议室正顾着和他们在交谈，可是等了一会没有看见父亲和孟浩远从会议室走出来，估计两人又在谈论什么事情，于是她回到会议室来找他们两人，可是会议室中已经没有人在，也没有见他们。最后还是行政助理见她正在找人问询，就告诉艾琳看见他们两人走进斯内克斯的办公室去。于是就直接找过来，此时两人正在神色严肃而认真地谈着正事，艾琳直接推开门进来，耳朵很敏捷刚巧听到孟浩远在告诉她父亲找艾琳联系的事。艾琳开心的接话说道："你们两人关起门来谈论研究中心资金方面的事，我不应该参加其中，资金大事还是你们两人自己联系吧。不过要找人，如果孟浩远没有联系上，你就和我联系。

我会找孟浩远让他抓紧联系你的。"斯内克斯笑道："好。这样我放心了，不怕找不到孟先生。"艾琳说完三人一起乐了起来。

　　吃过午饭已经是下午，天气突然开始转阴天，天气阴沉起来如一片水彩画笔下的淡黑，预示着接下来可能会下雨。斯内克斯见艾琳回家一次要她看看母亲和弟弟，今天她弟弟正好回家。斯内克斯对艾琳说道："艾琳，上午会议已经结束，你是否回家看看，已经很长时间没有回家。"艾琳是想回家看看母亲，但是有些犹豫，这样意味着让孟浩远一人单独留在这里，有些不礼貌和不舍。侧过身子看着孟浩远笑问道："孟浩远，邀请你一起到我家去，可以吗？"斯内克斯一听连声说道："如果孟先生有空能一起去，太好了。欢迎孟先生。"孟浩远明白两人的想法，想到艾琳难得回一次家还是他父亲叮嘱她去看母亲和弟弟，所以对于他们一家来说还是有些私密性的，自己如果贸然去拜访有些仓促，而且会破坏了他们一家家庭团聚的气氛。于是说道："艾琳，这次就不去了。斯内克斯先生说你已经有很长时间没有回家了，确实你应该回去，还是给你留点时间和你父亲一起回家去看看吧。我自己会安排的，不用担心。正好我也想出去看看荷兰城市的风景，放心吧，单独游览一下也很不错，好吧。就这样了。"见孟浩远这么想，艾琳和她父亲只好接受。

二

　　斯内克斯派人送孟浩远回宾馆休息，艾琳和她父亲才坐上车离开会回家。孟浩远回到宾馆房间后也并没有一个人出去到处看看，他还在想着一件最重大的事情。心里正不踏实一直惦记着秦所告诉他关于外宇宙空间"R-U"星云系活动异常的消息。"R-U"星云系活动如果方向未发生变化，对太阳系和地球等人类赖以生存的其他星球都将会是巨大的前所未有一次天灾，将无情地毁灭地球和地球上所有人类和一切生物，我们人类将从此灭绝于宇宙世界中。我们能到哪里去？无处可去。

　　想到这些目前只有他一个人在心理上承受这种史无前例的巨大压力和煎熬，无人可以倾诉，心里难受情绪低落。孟浩远一个人窝在宾馆房间里，根本没有心思出去到处看看。他此刻忧心忡忡，心急火燎有无可奈何。预先知道了地球人类未来的命运，却没有办法来拯救地球和人类生命，而且没有其他人知道将要发生的这一切，多么揪心和哀伤，想想就让人痛苦不堪。不过他还要面对，目前唯一可能的只有秦和阿勃特能拯救个别人类火种，但是也无济于事。对秦或许已经又知道更多的信息，哪一天将会发生地球的毁灭？是否有奇迹到来突然又变化？现在他急需了解这件事的最新发展情况，到底怎么样了？已经有几天没有联系秦，自己内心变得更加焦虑着急，他几次想亲自到912科技研究中心去和秦他们当面了解最新信息，不过都被秦劝住。他告诉孟浩远他们对这件事十分关注，投入精力和技术力量一直在监测和联系中，已经处于非常紧张地忙碌中。如果有特别急的事两人可以通过电话联系，现在着急也没有用。宇宙自然的力量很难以人类目前所拥有的技术和力量抗拒和改变它，只有宇宙可以毁灭你改变你。所以孟浩远没有办法，也许自己不顾一切急于亲自去912反而会影响秦他们与自己母船的联系。他们一直在关注地球，一直在想办法试图拯救地球，但是不想让孟浩远了解他们和阿勃特是如何联系的。

　　此时他一个人在宾馆房间内，抬头看着窗外的星空依然平静如常云低淡黑，雨可能就要来临。现在再联系一次秦听听他会发现什么新情况，于是打开了秦给他重新安装配置的那台智慧超级新电脑开始查看，现在这台电脑运行速度简直是太快了，快到自己无法相信，没有任何停顿马上启动打开。它的一套自带的阿勃特运行新系统使用起来，孟浩远也慢慢开始对它有些熟悉了，超级智慧电脑有自动设置的提示报告声音提示，打开电脑后赶紧翻查起来。一看有信息，是秦从912基地发来的一封信息："孟浩远。紧急！十分紧急！形势非常严重危险。监测到有星云团围绕着一颗大行星组成'R–U'星云系，已经快要穿越通过Q–V10784宇宙空间进入到银河系中，能量巨大运动方向和运行轨迹正向着太阳系方向在加快运动中，其中一个较大的主星体行星经测算它比地球大4.435倍，周围有数以千万亿计的小行星和碎片环绕跟随。你要十万火急关注这件事，它关系到你们地球和人类生存和最终命运。可以把这个信息通过某种你认为合理的方式通知有关监测机构，让他们马上重视起来！！！做好最后的应对准备。秦 2:14:31"看电脑自动生存时间秦的这条突然而至的信息是冷晨两点十四分就发给自己的，让他顿时大吃一惊，心里想什么急什么就恰好来什么。孟浩远没有去 912 基地和秦当面了解，但是会每天联系查看秦发给他的所有信息。昨天晚上他在家中临时睡前 12点时习惯性搜查时还没有发现，平时一直在联系也没有发现有变化，今天上午在飞机上后来到荷兰直接参加会议一直忙到现在才有空，就是现在一查竟然一下子出现秦发来的这条极其重要的可以随时灾难降临的信息。来自秦的任何信息孟浩远已设定作为电脑中最高等级最优先级别来提示自己，只要开机就会自动反复提醒。他生怕错过秦的信息，所以电脑会不间断发出专用提示音。孟浩远看到秦的这条急促提示的信息后，浑身被惊吓出一身冷汗，脑中瞬间一下子空白，心里在想：完了，完了，完了。最不愿意看到揪心的结果还是出现了。以秦提供的信息来分析，精确性是肯定的。整个太阳系已经出于十分危险中，强烈快速运动的"R-U"星云系撞击毁灭整个太阳系是可能的。地球在其中更是倾巢之下哪有完卵，同样会被摧毁，人类将无处逃生，只能眼睁睁地等待覆灭到来。顿时孟浩远整个人仿佛凝固思绪停止，眼前仿佛已经看到处于撞击毁灭那一瞬间红光冲天烟尘笼罩，人们惊慌失措四处逃生到他以为可以避难的地方，可是哪里还有可以藏身处。那一幕绝境画面不断闪现眼前。他的精神似乎要崩溃，脑涨头疼心急如焚，他想大声喊叫出来，抱着头"啊啊啊啊"的一直不断发狂般地叫喊起来，头痛欲裂心跳加剧。好长时间才渐渐冷静下来，停止喊叫声，眼睛已经有了泪水，用手背擦试，此时手背上泪水淋淋。这条重要信息目前只有自己知道，还没有向其他人倾诉太苦恼了。但是这次不一样，秦已经第一次清楚明白地告诉自己，可以用自己合理方式向有关检测机构专业人员透露信息，心中着急又快速思考，尽力让自己先冷静下来，又等了一会心情才稍稍缓过来。孟浩远马上按秦的提醒先和索普教授联系，看看他现在是否可以发现这一情况。由于事情已经十分危急，来不及多思考搜出索普教授上次会谈后给他的紧急联系电话直接拨打给他。

此时索普教授正在家里，坐在书房里一个人在喝着咖啡看着报纸一副悠闲自在的样子，听到桌上那部机要专用座机电话铃声响起，马上紧张起来，这是一部重要的专线电话用于紧急和重要的事情及少数人员之间的联系。这部电话铃声响起意味着有大事和重要事发生，他赶紧走过去拿起电话就接听。电话的那边传来孟浩远焦急的声音："索普教授，你好！我是孟浩远，曾到你这里来拜访过，讨教有关宇宙天体运动情况，记得吗？"索普教授想了一下很快记起了孟浩远，一位非常聪明曾经突然向自己有关星云运动的专业问题，还邀请他专门来国家天文台两人面对面交谈过，对他印象深刻。所以临走时专门给了他自己专用的紧急电话号码。当时告诉他有急事可以打电话与他联系，说明现在他应该有急事。忙说道："是的，知道，知道。我知道你。孟浩远先生，你好。突然打我的紧急联系电话，一定是有急事吧？你说我听着。"孟浩远急切地说道："是的，非常重要的急事。我想知道美国国家天文台观测中心和太空航天观测中心以及运行在宇宙中的空间站太空巡游探测卫星等所有观测设备，最近是否发现银河系内有星云系运动异常现象？这很重要。"听到孟浩远紧张急切的声音和开口就直接问这样的事情，索普教授脸色顿时大变，明显认真和紧张起来。他已经意识到这个孟先生刚才开门见山很直接地说这件事非同小可，他太不简单了。我们专业机构专家都没有接到这样重大的信息，他是如何获得的？想到这顿时心中又是一惊，一定是这位孟先生他要么已经发现了一些异常重要的信息，而且是对银河系非常重要的线索，所以他一直盯着不放。他这次来电话是向我求证的？还是提醒我？上次和这位不一样的年轻人交流后，他知道这位孟先生是著名的伯利克大学数学院的数学教授，并不是一个普通人，所以他一定是很严谨认真的人。今天突然通过紧急电话联系我肯定事出有因，想到这他实话告诉孟浩远说道："孟先生稍等，别挂电话。"说着又拿起另一部电话直接拨号，马上问国家天文台值班负责人问道："我是索普，我想马上知道，现在我们的天文望远镜、宇宙卫星和星际巡游的旅行者 1 号、2 号、5 号发回的数据信息有没有发现到最新的特别异常的信息。我要马上就知道情况，这很重要。"没有多久，报告信息来了。几个美国的观测站和欧洲观测站都没有发现有异常信息。又等了一会儿其中一份报告来了："索普教授，在外深太空巡游五年的旅行者5号发回的图像资料分析显示有一个星云系运动异常，突然形成的不知名星云系团正在快速运动同时聚集中，形成更大的星云系，产生巨大的膨胀惯性，已经形成一个巨大无比的星系团，这是我们以前没有观测到，是第一次进入卫星眼中刚刚发现的，不过它距离我们太阳系和地球及周围组成的其他星球实在太遥远了，不确定它以后会如何演变运动。我们会继续密切关注他的运动变化和轨迹的。"索普教授听完报告眉头更加紧锁起来，如果孟浩远不及时提醒，那这样的重大信息可能不会被重视，只是会当作宇宙中常见的天体运动变化，而且并不知道不知名的星云系以后的真正运动方向。这真要命，如果忽视或者目前无法判定它运动的方向，等它来到太阳系很快就会来到地球等其他星球体后，那时已经危在旦夕，来不及反应和应对了，而且目前我们不知道不知名星云系的能量大小、范围以及主星体和星云系之间的关系变化，凭自己的专业知识他推断可能就是旅行者5号发回的图像资料的分析星云系是第一次才出现，那对地球、太阳系意味着什么，一定出问题了。他顿时被惊出一身冷汗，同时心里更是猛然一惊，这个孟先生他既无先进的探测设备，他是怎么可能发现的？要知道旅行者5号可是地球上最先进的巡游最远的探索器。孟先生他竟然已经早就获知未知名星云系存在和运动变化，这真太不可思议和奇怪了。而且其实上次他来天文台咨询了解，两人交谈时他就曾经已提到过这个重要信息，还提醒我要注意。当时自己并不为意，没有数据和信息支撑也许只是他的推测吧，所以当时并未引起他的注意。现在回想起来他当时说的事，说明他来参观天文台和自己交谈并咨询时当时他的确已经发现了未知名星云系运动变化。他获得了这么重要的信息了，比我们拥有世界上最先进的太空探测器还提前知道这些重要的宇宙空间非常重要的机密大事，这说不通太难以致信了。难道他是通过数学规律来推算？这不可能啊？推算仅仅是一种预判，现在事实证明他说的就是正在发生的事。他心里满是疑问。放下电话，索普又拿起孟浩远这边的紧急电话说道："孟先生，刚才你听到了我们的通话了吗？如你所提示的，宇宙银河系空间外部确实发现了一些异常情况，不过目前还离得太远，我们掌握的数据信息有限，还不确定也很难判断下一步会发生如何变化。我们已全面关注它了，谢谢！非常谢谢你！你说提示的未知名星云系运动变化有重要意义，希望你继续关注并及时提供信息帮助我们。我的电话你可以随时联系，不管什么时间。"索普教授说得很诚恳，他非常佩服孟浩远，孟浩远听得出来，说道："索普教授，你放心，我会的。地球是我们人类共同的家园，每一个人都要保护它。你放心，如果有信息会和你联系的，重要的是要靠像你这样的科学家全身心投入其中，时刻关注着它任何变化，同时要思考人类有什么可以准备面对的应策。"这最后一句话又让索普心中一沉，难道在孟浩远判断灾难不可避免，地球有何对策来应对它？

　　和索普教授联系好后放下电话，心中略微透出一口气，终于将憋在心中的秘密向人透出去，接下来信息一传十十传百一定很快一部分政府官员和专家甚至其他人都会知道，肯定会引起重视。孟浩远马上又想到还应该联系中国的向院长，必须让他也及时知道这些情况，这很重要。中国国家天文台遍布全国各地，特别是贵州台有着世界上最先进的观测宇宙天体设备，应该更加领先西方国家的观测和监测能力。他赶忙再次拿起电话直拨给向院长，电话很快就通，向院长正在天文台办公室与人工作交谈，看到电话号码显示是孟浩远来的电话内心一阵激动，孟浩远终于来电话了，不过他感到不会简单，以他的性格从来不可能无缘无故轻易来电话主动联系自己。他的世界百年难题"西塔姆猜想"证明后，曾经给他打过电话，但是手机一直关机状态。上次给自己联系后还是通过邮件告诉我关注宇宙银河系太阳系及以外星系运动变化问题，今天专门突然来电话应该和这件事有关。他马上暂停正在和其他工作人员的交谈，让他们先回去，然后控制住自己的情绪，关上门接听电话。动情地说道："浩远，你好。你终于来电话了，唉……"说着长叹一声内心感叹。孟浩远听到向院长有些动情，现在不是述说情感的时候，他内心尽管也有些动情，但是克制住自己内心的情绪，平静严肃地说道："向院长，请认真听我说，这很重要。"他也不寒暄直入主题。孟浩远在电话中把这件事告诉他，说道："我刚才和美国同行专家索普教授联系过。"提到同行索普教授，向院长当然很熟悉，孟浩远来电果然被他猜中确有大事要说。那这件事情严重程度可想而知了，一定不再是猜测判断那样了，他应该掌握了重要信息。向院长顿时变得认真严肃起来神情专注坚毅，他听完了孟浩远说的这件事关地球和人类，乃至影响整个太阳系命运的大事情。认真说道："谢谢浩远，明白了，我马上就布置，严密监测。请等等。"于是向院长马上拿起电话问询国家天文台贵州台实时观测情况，这是他能够快速知道的消息来源，其他的风云卫星等太空观测卫星只能层层上报上级部门等待信息返回。从贵州台监测的数据信息来分析，目前观测到的情况由于数据还有限，分析的结果是近期已经发现有更多数量的小行星和碎片围绕着一层星球体组成的星云团正在运动，运动方向和轨迹目前还较难以确定。向院长最近一直关注着外太空所有分布的星球天体数据信息的变化，特别是上次孟浩远专门发电邮信件过来后，他认为孟浩远是一个非常认真专注的人，轻易不会把一些他认为不重要的信息告诉他，一旦很认真严肃地提醒他要十分关注，那就是说已经是特别重要的大事，至于消息来源，向院长也不便多问，孟浩远时一个极其聪明的天才，同时又是十分认真的人因此十分信任他。听完其他监测站情况的初步了解，最后向院长内心很不平静还是很激动，真想现在就能够与孟浩远见面让他好好看看他。他非常动情地说道："浩远，你受委屈，我没能及时注意是我的错。希望你回来看看。"孟浩远心情受到触动，感慨地说道："谢谢向院长，人生总有许多遗憾和不如意，也许这就是人生需要经历的修炼必经之路。我一直记得你对我的关心，谢谢你！如果可能我会来看你。好吧，请向院长一定重视这件事。再见！"向远长无奈地说道："好吧，再见浩远！保持联系。"说完两人挂上电话，但是两人的内心受情感波动坐下后静静地在思索。向院长呆呆地坐着，过了一会长叹一口气，总算也平静下来。迅速拿起桌上的电话通知办公室召集有关部门专家马上开会，他要对天文台重新布置工作，当前要求持续不断地增加人员继续加强 24 小时值守监测，发现可疑信息及时分析和报告。

　　紧急会议任务明确简短，布置完后大家都神情凝重，已经知道它的危急。

向心波等会议结束后回到自己办公室中坐在椅子上，想着刚才与孟浩远电话联系的一幕声音又在耳边。今天孟浩远的突然来电，说明突然形成的未知星云系运动实际情况可能比我们掌握信息数据会更严峻，本想多和他谈谈，但是听他声音感觉很急，只好长话短说了。从目前动用的手段观测的信息和上一次差不多，只是捕捉到的新出现的小行星和一些碎片确实增加了，而且围绕着中间的一个大星球体形成巨大的星云系，能量巨大无法估测，运动轨迹还太不清楚。后面如何变化目前无法科学断定会发生什么，但是他已经在做最怀的预想，如果运动方向一直向银河系、太阳系甚至最后直接与地球、太阳、金星、月球或其他星球体或全部撞击那才是最要命的。尽管是一种醉话的假设预判，但是越想越害怕，人类将如何应对和面对。没有办法，没有办法。身体顿时瘫坐靠在椅背上，惊得心怦怦怦怦直跳。

向院长当即马上拨通上级红色紧急电话向上级国务院分管领导官员报告这一重大事情。等官员听完向院长的电话报告后，又层层上报，国务院马上连夜召开国家安全紧急会议分析和布置任务，其中要求向院长马上调动一些资源负责监测，及时和国际联系寻求合作，同时启动各部门协同监测应对，在外轨道运行的气象卫星宇宙探测站等启动监测。向院长根据会议要求也迅速布置下去，从今天开始加强人员值班安排，调动所有监测设备日夜仔细观测，连接在宇宙中运行的风云卫星和东风卫星系统和空间站信息传递红色机密通道。全部按照孟浩远给出的方向目标点位密切关注变化，同时加强了和国际观测站的信息交流。

孟浩远在宾馆的房间里没有休息也无暇外出参观看看，通过秦提供的如此重要的消息，正让他紧张地与索普教授和向院长两位顶级天体学家信息交流，分析了他们两人现在掌握的数据信息。他认为秦用阿勃特科技已经可以做到更早发现，是他们的科技领先实在太多。索普教授也已经通过孟浩远的提示在用遍布全球和太空探测卫星等最高等级技术手段，也发现了星云系运动。不过由于在外太空宇宙太广袤无际限于地区掌握的科技，观测距离的问题，并没有秦发现得早和记录更详细的数据。他推测秦在宇宙空间周围某几个地方布置过监测点，利用极其先进的科技所以很早就发现了"R-U"星云系的运动轨迹，分析它的形成和周围吸入的星球、碎片大约的数量和它拥有强大的能量以及最终可能的飞行方向甚至更多。秦他们的监测数据应该更准确更应该引起注意。秦的警告必然是经过大量数据分析后得出的，对人类地球、太阳、金星、火星等整个太阳系人类生存的地球环境系统都会产生危险的结果，所以他们的信息是至关重要。只能祈愿"R-U"星云系在向银河系运动过程中与星群系相遇相互撞击抵消能量变弱或摧毁爆炸，或者另一种结果：相遇后相持重新包容形成稳定的新系统停留在宇宙某个空间保持平衡状态。这样影响是最小可能会保全太阳系和地球及其他周围的星球。但是如果这个形成后的"R-U"星云系它的能量巨大，在不断运动过程中挟带吸引更多的星系团形成更大的新星云系群摧毁相遇的一切而且重新继续运动，方向仍然还是朝太阳系方向一直前行运动，那情况就十分糟糕了。将会是另一种所有人都不愿意见到的事发生，对整个太阳系、地球和人类命运非常致命的一场前所未有的灾难将要发生。孟浩远思考分析着心里已疲惫不堪，最后的结果实在不想预料。"R-U"新星云系运动最后的结果就是一个无法改变的灭世巨大天难。唯有祈求正在运动穿越向银河系方向运动的"R-U"星云系在运动时轨迹发生变化，最后撞击其他宇宙空间的星球体，或者它至少稳定在银河系的其中某一处。不会对地球生存的环境、太阳系周围和地球周围产生毁灭性的撞击爆炸死亡。但是这种结果希望渺茫。人类也无法通过自己的力量来改变和抵御。啊简直头疼死了。外面天空开始打打雷，一阵响亮的闪电划过，孟浩远走向窗边，天上开始突然间刮起一阵一阵风，响着刺耳呜呜声音，开始下起一阵急雨。地上顿时全被雨水淋湿，天空更加黑暗仿佛已到傍晚。

　　一夜无眠辗转难睡，第二天早上早早地就起来，打开窗帘遥望远空，脑子里一直想得太多有些头疼，一个人站在窗边发呆地注视着天空，昨天一场雨后今天空气更加干净，东方远处太阳在低处射出光芒正慢慢爬起。孟浩远思绪万千，仿佛他想看透无尽天空后面更远处的变化。直到艾琳电话过来，铃声打断了站在窗边凝视出神的孟浩远的思绪。艾琳轻快高兴的声音孟浩远已经感受到。艾琳笑着说道："浩远，休息的好吗？是在早上锻炼吗？"孟浩远懒懒地说道："早就起来了，今天没有出去，昨天一阵雨后你的家乡自然风景太好了，我正站在窗边在欣赏城市美景。刚才我还看到天空中少见的红色的云我们叫它火烧云，整个天际通红通红像是烈焰，仿佛地球大地在燃烧，难得在国外见到这样的自然景观。"艾琳起得晚，漫天红色的火烧云随着太阳的升起渐渐驱散了云层，她没有看到这一景象，看到的是太阳的照耀下射出的红色光芒，空气晴朗清澈，淡蓝的天空中白云格外清晰没有杂质，形成各种形状布在天空中，天气格外的好。艾琳说道："浩远，今天我们上午出去逛逛，下午一起回美国去？"孟浩远现在满脑海中想着银河系以外"R-U"星云系的运动变化和到来，以及撞击毁天灭地的事。目前的生活才是人生最美好的，抓紧过美好的生活，不要留下遗憾。看艾琳回到自己家和家人团聚，多开心。于是说道："艾琳，你很少回家，听我的，还是陪父母爷爷奶奶在一起。多待上一会，本来时间也不多，抓紧吧。不用考虑我，我会自己出去看看，我们约好时间在机场碰头然后一起回美国去。"他的一句"本来时间也不多，抓紧吧。"蕴含着深刻含义的双关语，艾琳是听不懂其中另一层的。她还想争着要陪孟浩远一起看看，孟浩远坚决地说道："艾琳，听我的，好不容易回荷兰一次，我下次会再计划专门安排一次我们俩到荷兰来多待上几天一起好好看看，到时候你做向导，我跟着你到处参观游玩可以吗？"艾琳见孟浩远这么坚决，心想他这是为了自己考虑，他一定是觉得自己平时很少回家，所以专门邀请自己一起回来参加会议，其实给自己一个机会，希望趁机和自己的父母待上一会，他心真细致处处为其他人来考虑。艾琳内心深受感动，这个阳光帅气极其聪明有个性的中国小伙子，身上体现出来的优秀特质太多了。他可以主动关心流浪汉，帮助他树立起对生活的勇气和信心，走出人生重要的一步。可以不计后果支持父亲的医药研究事业。为了让自己可以多陪父母在一起，宁愿他一个人在这里。和他这样的人在一起时间越长越是被他身上的不断散发出来的优秀品格所折服感动，捕获了自己的心。越和他待得时间长自己发觉已经更喜欢孟浩远了。他是那种自己愿意一生一世与他在一起的人。

　　艾琳听从孟浩远的劝说，愉快地在家里陪着自己的父母。接完艾琳的电话后孟浩远一直在思考着他的事。对，是秦发现了"R-U"星云系运动变化这个重要信息，我应该听听他的意见，接下来我们地球和人类怎么办？如果真的像秦监测到的"R-U"星云系愈发剧烈的运动变得更加巨大那样，"R-U"星云系运行轨迹是向太阳系方向运动，那地球真的无法抵御，太阳系也无法抵抗。如何来挽救地球以及它存在所形成的周围环境，地球周围不能被强大运动的"R-U"星云系撞击爆炸后毁灭太阳、月亮、其他共存的星球和安全的大气层。人类如果没有办法来面对被毁灭，秦他们还有没有办法来挽救地球？想着这种地球和太阳系最后的一种悲惨结果让人揪心和无比恐惧。他的手已经不由自主拿起那部经过秦改造过的专用华为智能手机又联系了秦。他现在想急于知道秦对这件事是怎么想的，还有没有办法？目前只是提示给自己，又通过自己告诉索普教授和向院长，但是地球肯定没有任何办法抵御。他有没有可以应对之策？急于知道秦的想法，对孟浩远至关重要。接通电话后孟浩远急急地说道："秦先生你好，孟浩远。已经看过你的重要信息，真让人害怕恐惧。一想到你告诉我的'R-U'星云系运动的事，我最近一直心急如焚十分担忧啊，这两天一直睡不好觉。你告诉我的极其重要信息，我昨天已经与美国和中国的两位天体专家沟通联系过了，他们已经在布置监测。不过可能由于我们地球的科技发展还没有到达阿勃特星球那样先进的文明程度，他们目前还没有确切的发现你提醒的重要信息具体情况，只是发现到太空天体星球运行出现异常反应，但是数据很少还无法分析，这真是折磨人。"秦说道："是的。距离实在太远。以你们现有的技术是很难发现。"孟浩远急切地问道："秦，我想请教一下，请你告诉我，如果情况变得最坏的结果是否会直接撞向太阳系？对太阳系内星球体发生撞击，人类根本就无法用现有的技术和力量来摧毁它们保护地球和地球周围环境，那最后只能是一个天大的灾难，整个太阳系地球，太阳等所有星球体都会和星云系共同毁灭，太可怕了。"秦冷静地说道："理论上是这样。"孟浩远越听越急说道："秦，那到时候地球人类文明将不复存在？"秦答道："一切都将被摧毁。摧毁程度等那时候再评估。无法预测。"孟浩远硕大："啊，我的天啊，太可怕了。秦，你们在浩瀚无际茫茫宇宙中一直坚持探索，很不容易发现了与你们同类星球人类，将会灰飞烟灭毁于一瞬间。我想知道，请你告诉我，你一定有什么办法可以来挽救地球的，我相信你。"

面对孟浩远这样忧天的担心和直率的问题，秦知道此时的孟浩远已经完全被深陷其中一定心里非常痛苦，一顿连珠炮的话啪啪地说出来，让人很难安慰他，现在等孟浩远说完最后的想法后，秦沉思了一会冷静地说道："孟浩远，你现在需要保持理性，否则会影响到你的思考。先暂时不要做出现最坏的结局打算，这样的想法也无实际意义。'R-U'星云系在运动过程中也许受到宇宙自然环境的影响，可能会发生一些其他变化比如偏移方向，哪怕偏移一点点，到最后方向会大大改变。就像是它突然间的形成一样，又突然间的转变方向朝宇宙其他空间其他方向运动。宇宙中所有星体和碎片运动一直处于运动状态。只是在相对某个时期寻找它的运行规律，最后还是会发生变化。所谓运动是一直不变的规律，相对平衡是暂时的动态守恒规律。如果这个'R-U'星云系运动到达太阳系，它在到达之前与其他星云系发生了撞击，如果星云系撞击后融入其他宇宙空间中或到达银河系中的某处，找到一种平衡稳定下来，成为银河系一员那是最好的结果。"孟浩远睁大眼睛急急地说："对啊，这也是一种可能存在的结果。请你继续分析。"秦说道："如果是刚才我说的这样，也许'R-U'星云系可能会在银河系或太阳系中某处存在，意味着形成有利地球文明发展的另一种生存环境，成为一个新的适合人类和动植物生存条件的天外来客，一个突然赐予地球人类生存需要突然增加的新星球体新系统。"孟浩远被秦分析的高兴起来："啊，是吗。那是造福与太阳系了。"秦："毕竟'R-U'星云系中的运动的主星球我们命名它为'DM'（意思是穿越者）是地球的 4.435 倍大，足够地球所有人类新的生活开始，这也是目前仅仅是我的预测分析的另一种可能性。"孟浩远听秦分析已经很高兴了，听到这里惊喜地张大嘴说道："噢噢，如果这样是最好的。那意味着人类可以找到新地球新世界开启新生活，不怕地球被摧毁了，如果这样就谢天谢地。秦，我一直相信你的分析,希望最后就是这样一种结果,没有其他。"秦见孟浩远听他的分析后终于一扫雾霾露出欣喜，说道："浩远，结果到底是哪一种只能等待，它只是一种可能。总之，各种可能的结果最后都是有可能存在的。没有人可以完全预测它最后的运动方向和结果。"孟浩远说道："是是，是的，多一种可能终是让人留下希望。在绝望中有一丝希望好过没有希望等待死亡到来。"秦点点头，一旁的格兰德和汉也在关心的安静听着，第一次他们这一老一少两人谈论这么多关于地球的未来。秦说道："孟浩远，我们对宇宙中的一切运动变化也还处在探索发现过程中，也只是冰山一角，只是掌握一点信息。不过不得不告诫一下，对于地球人类确实需要做最坏结果到来的打算。"孟浩远一听有些不甘但是秦说的是对的，以最坏的可能结果来做准备才是现实的。发出一声长叹："唉……"秦说："孟浩远。即使我们阿勃特的科技力量足够先进更加强大，比起浩瀚莫测的宇宙世界也难以改变宇宙中星云系运行的自然规律，难以改变。如果到最后时刻，那时我们只能撤离地球。孟浩远邀请你可以随我们一起撤离到阿勃特星，到一个新世界重新生活。"

听了秦的话孟浩远内心狂跳特别激动，很想释放大声呐喊，他多么希望秦所在的阿勃特星科技可以改变"R-U"星云系运动方向或摧毁它，或者"R-U"星云系突然停止在太阳系中某处和所有星体和睦共处，但这只是一种小概率可能事件，现实并不会真的这样。听了秦冷静坦率的分析后，看来他们也很难以他们的科技力量来改变宇宙中自然巨大的力量。是啊，宇宙太浩瀚有生有死一直处于生生死死中，星球的生与死其实每时每刻都在发生，被毁灭的同时也在产生新的有生命的新地球以及新地球人类共生的新太阳、新月亮、大气保护层和整个新太阳系。秦说了他们阿勃特也没有办法可以改变"R-U"星云系的运动。孟浩远现在知道了秦对"R-U"星云系运动真实分析和他到最后时刻的想法，所有的分析都已经全部坦然放在自己面前，他心里反而平静了许多。孟浩远神色严肃地说道："谢谢秦先生，你坦率的分析告知，让我知道了地球即将到来的最终命运，但我仍然希望最后的结果是朝着更好更有利太阳系和地球生存的方向发展，我很希望是这样。同时也希望地球得以保存，你也将可以继续留在地球，我们需要你。地球的存在使你们在茫茫宇宙中不孤独，也因为有你们，我们地球从此也不孤独。大家共同存在宇宙世界中这是多么幸运和美好。宇宙太浩瀚，目前还没有发现和我们一样具有文明文化生物多样性的其他星球吧。我明白了，请你帮助我们继续监测提供更多有价值的新数据和分析结果，把最新的变化数据信息及时告诉我，即使是死亡毁灭也要最后去争取。还有，如果到了最后时刻只能撤离时请提前告诉我。"秦听孟浩远这么坚定明确地说，以为孟浩远被他刚才说过的撤退一起离开打动，愿意随同他一起撤离而心中高兴，他太喜欢孟浩远了，地球留下一颗人类的种子终是好的。秦认真严肃地说道："是的，对你孟浩远我会的。以这样规模的'R–U'星云系运动速度和撞击发生的爆炸，必须提前量计算，否则来不及逃离地球，所以最低限起码提早七十二小时以上作为最后的倒计时。"

三

和秦通完这次电话，由于秦客观分析得很实在，而且把最后时刻如果到来也做了安排，这是一个十分秘密的事，可见他对孟浩远的信任、喜欢和放心。把所有关于"R–U"星云系带来太阳系的事情梳理清楚和全面评估。孟浩远原本一直以来的焦虑和担忧反而稍稍平静下来，再无路可退，只能面对。当一个人知道最终结局是如何，没有办法去改变的时候反倒是趋于平静不再恐惧。任何的害怕担心和期盼都是无望的，没有实际意义，不如坦然放下。既然连秦他们具有阿勃特星的最高等级代次文明和所有可能的超级科技力量都已经没有办法来改变宇宙中"R–U"星云系运动，他们已经在计划最后的撤离方案，看来这次天灾对于地球和太阳系无法避免。至于秦分析的"R–U"星云系运动过程发生相撞爆炸然后改变方向停留在太阳系中，那只是一种分析的可能而已，其实孟浩远清楚。秦已经分析得很全面和透彻了，宇宙太浩瀚任何星球文明和人类是不可能改变宇宙中的自有的运行规律，只是它暂时生存的一个片段，运动才是永恒的，当然运动过程带来新希望和死亡也是永恒的。也许对于地球人类命运而言这就是生和死，所谓的死亡毁灭也许是生命的开启重生吧，宇宙中的运动永远存在，死亡每分每秒都在发生，同时也孕育着新的生命，这可以说是一种生长。秦他们在浩瀚无穷遥远的宇宙探索中，通过漫长地寻找或许仍然会发现新的适合生命的人类新星球。但是还没有一种新的科技和力量来改变地球这次命运，要知道人类命运并不掌握在自己手中，无法逃避只能顺其自然。知道了这种最终结局就没有什么可怕的，现在除了孟浩远清楚地知道这一切和结果的到来，其他所有人不知道地球现在的命运将会遭受什么。地球瞬间毁灭一切都将不复存在，一切似乎都很正常，根本不会感到害怕。即使毁灭来临也只是一瞬间的事来不及害怕。这样想想人们不知道会发生什么，不用恐惧不用拼命和四处逃避其实也算是一种幸福。

对于人类生存毁天灭地的事，这只不过是在茫茫宇宙中随时都在发生的一种现象。地球只是整个浩瀚太空宇宙中一粒微小的尘埃而已，而宇宙中的存在，对于人类永远是一个谜，永远无法完全探知。现在已无必要多承受令人难以面对的恐惧和煎熬，坦然接受命运的安排吧。也许地球，太阳系的毁灭最终会造成宇宙其他地方会产生一个新的太阳系，新的地球星球，新的人类新的生活。想透彻到最后的这一层，孟浩远已经想通接受命运安排，但是他需要安排一些自己的事情，这些事必须要做。第一个最需要的是回一趟上海，回到自己的故乡去看望自己的父母和长辈，当然愿望是最好一直和他们在一起享受人类最基本的生活乐趣，体味亲情和幸福，然后默默地等待最后时刻的到来，仍然和家人在一起共面对。同时现在自己已经身在荷兰也要告诉艾琳，也想看看她的父母，也许这都是最后一次，以后可能想再来或许身不由己已经没有时间了。想到这他马上拿着手机打电话给艾琳，此时正在高兴的陪着母亲在市中心游玩的艾琳突然接到孟浩远的电话很是高兴说道："浩远，我正陪着母亲在外面。你自己一个人游玩得很开心吧？荷兰很不错吧？"孟浩远安静地说道："艾琳，嗯，很不错。我现在想赶过来和你一起看看你父母不知道是否太突然？是否可以？"艾琳一听孟浩远主动提出这样的要求让她没有想到，顿时心花怒放高兴起来笑道："是吗？这太突然了。好，当然好。等等我，我要马上告诉母亲。"艾琳转身笑着告诉母亲是她的男朋友想过来看看她，母亲一听是艾琳的男友顿时高兴起来。她已经听艾琳父亲说起过这位孟先生，原来他现在也在荷兰。当然一起见面是最高兴的事她当然同意。听到母亲高兴得马上表示同意，艾琳更加高兴了有些惊动，今天是一个好日子，没有想到的喜事突然而至。过一会儿艾琳电话打过来高兴地说道："浩远，你来吧。我母亲一听说你会来很高兴，她正期待你过来了。"说完笑了起来。然后她马上电话告诉父亲斯内克斯，孟浩远将会过来和他们一起。斯内克斯正忙于医药研究中心的事无暇陪艾琳，也不用她陪，让她和母亲两人在一起。不过现在突然听到孟浩远要赶过来看他们的消息，心中高兴和有些纳闷。不过他还是马上停下手中的事，告诉自己的秘书后，匆忙开着车赶到艾琳和她母亲游玩处碰头，这可是好消息，而孟浩远听到艾琳约定地点抓紧时间叫一辆出租车赶过去，又特意在路上经过一家大商场时停留一会进去，很快买了一些礼品。他十分清楚自己答应下一次和艾琳一起好好计划来荷兰游玩并看看她的母亲，但是现在他得到关于地球、太阳系将要被"R–U"星云系撞击毁灭的命运已经是非常确定的事，答应艾琳的事以后也许真的不能完成了，所以赶紧趁今天还有时间，就在这里就在此时赶过去看看艾琳父亲和母亲，了了心中的愿望和艾琳的愿望。这个决定是有些仓促和不太礼貌，但是自己心里最清楚，现在顾不得了，否则以后自己和艾琳会因为没有时间和机会与他的父母见面多待在一起，等待最后地球灭顶之灾到来时刻，带着遗憾后悔一起消失在宇宙中。

　　孟浩远怀着复杂又真实的情感乘车终于赶到了会合地点，一条市中心街道上的一家餐馆在外面街上露天休息区坐着等孟浩远。艾琳父亲已经赶到，三人在一起等待孟浩远过来看到他从出租车中下车，手中拎着几大包礼品袋子走过来，艾琳欢笑地跑过来，帮着拿起他手中的礼品袋，两人一起高兴地走过来。斯内克斯看到他们走过来，他当然很熟悉孟浩远，笑着伸手与孟浩远握手说道："孟先生，在这里见到你，真的太高兴了，谢谢你到来。"孟浩远脸带笑容说道："斯内克斯先生你好，我们又见面了。"艾琳母亲听说过孟浩远，但是第一次见到，看到眼前这位年轻阳光身材高高瘦瘦，样子很是精神有气质，穿着休闲衣服和脚上的运动鞋，看起来特别舒服，艾琳母亲一眼就很是喜欢，脸上一直笑容满面地看着他。艾琳介绍着："浩远，这位是我母亲，特雷西。"艾琳母亲笑着张开嘴，露出一股慈祥的爱意，过来拥抱孟浩远。说道："孟先生你好，欢迎来荷兰，见到你真好。他们早就说起你，今天你能来太意外了令人高兴。"孟浩远看到艾琳母亲，身材修长文静，一头金发，眼睛大大的很有神，脸上露出慈爱和尊重地看着他。她母亲的情况听艾琳说过，是一位大学的行政管理。看她的长相身材保持很好，穿着得体看上去依然美丽，很有一种成熟女人自信大度的韵味，年轻时一定如同艾琳一样是一位美女。说道："你好，特雷西。见到你很高兴。"能在荷兰陪着艾琳和她的父母待在一起，哪怕时间短也是自己的心愿，更加是艾琳的心愿，不能留下遗憾。斯内克斯见互相介绍后，征求孟浩远说道："孟先生我们是否到我家里去看看，离这里很近，这里不太方便。"艾琳母亲马上答应说道："对，到我家去看看。"孟浩远心想其实只要和他们在一起在哪里都行。说道："好，不过是否会给你们添麻烦。"艾琳母亲抢先说道："不麻烦，不麻烦。"斯内克斯也说道："孟先生客气了，不麻烦。很方便。"艾琳笑着大大咧咧地说道："那我们走吧，浩远很难得有空来看我们，不要浪费时间了。"

　　她举起手中的礼物，说道："看看，浩远还带这么多礼品。"斯内克斯已经到停车场开车，汽车很快过来，众人一起上车，艾琳母亲坐在前面副驾驶位子，艾琳和孟浩远坐在后排位子。艾琳家在市区一处闹中取静的园区，都是独幢别墅区，不远处就是繁忙的公路和商业街，而且都被贯通的四面八方的河道包围，宛如江南的水乡古镇，水系很发达，河道上各种船只穿行其中或停靠在河边街旁，是完全不一样的风格，热闹而时尚。街道上不时有人在骑自行车全副运动装在骑行运动，河中有各种游船在穿梭其中霎时热闹。艾琳家的整幢楼散发着荷兰建筑风格简洁漂亮，房子不算太大。艾琳弟弟因为在学校上学没有办法赶过来，艾琳母亲第一次见到孟浩远，今天一见面对孟浩远印象很不错，年轻高大英俊聪明，身上有一种亲和力，长得阳光帅气。交谈时他思维活跃又是一个语言专家，英语、荷兰语都很流利，似乎就是和一个当地荷兰普通人一般交流很顺畅，心里早已经非常喜欢他。艾琳在旁边高兴地看着母亲父亲和孟浩远毫无间隔的交谈，她此时心中在想，不知道为什么孟浩远突然又想起过来看他们。原来自己已经邀请过他被婉拒了，这真的很奇怪。但是现在他能来，自己很高兴和满足。他和家人都很喜欢他愿意与他交谈这很不容易，他表现足够优秀令人印象深刻。从他们愉快的交谈中看得出父母很是愿意接受这位来自中国的年轻男朋友的。母亲开始忙着做饭准备，父亲也借口离开留下艾琳和孟浩远，艾琳带着孟浩远参观房子和周围环境，身处这样的环境非常享受安逸。很快夜色已渐晚，天空中的晚霞红红的映射在大地，有一种不一样的静静的感觉，生活如此美好，能够永远这样多幸福，已经满足了。

晚上四人在一起吃着艾琳母亲料理的五道菜品，看似简单的烹饪好像不复杂，保留了菜品原料固有的鲜香和本色蛮有特点，吃起来口味和中国菜很不一样，但是依然好吃，他很满足不由得想起自己母亲，母亲在家时都由她负责买菜烧菜，从小吃妈妈做得菜，那种感觉是最好也是永远忘不了的。妈妈做得菜真的很好吃很想吃，无论妈妈做什么菜都是喜欢和好吃的，此时心里莫名的有些惆怅和心酸起来。赶忙屏住生怕触景伤心，现在艾琳家所有人正在高兴的气氛中不能扫兴，是不礼貌的。边吃边说着话，孟浩远当然听得懂看得懂，艾琳父母两人对孟浩远很满意，希望艾琳好好跟着孟浩远学习。孟浩远说道："请放心，艾琳很好，其实我在她身上学到很多，坚强果断率直聪明有爱心。我会好好保护她让她高兴的。"他的话让艾琳全家人都高兴，在一起时间过得很快。这时孟浩远见吃得差不多了，天色已晚准备回去，起身告诉艾琳父母说道："斯内克斯，特雷西，今天我很高兴，谢谢你们热情招待。我和艾琳今天还要回美国，飞机已经改签推后，明天还有工作。由于时间紧迫有些仓促没有更多时间挑选，带来的礼物不知道是否喜欢。"礼物是孟浩远在商场里专门挑选的普通的礼物并非奢华无比高价格的，如果大手大脚专挑高价的奢侈品反而见外，也许这反而会引起他们不适。外国人不会太看重所送礼物价值，只是出于来往的一种礼节，想到就好。斯内克斯、特雷西不约而同高兴地说道："谢谢孟先生！"

见孟浩远和艾琳今天还要赶回去，现在就要赶去机场，艾琳父亲和母亲不再客套，他们告别艾琳父母。艾琳父亲斯内克斯开车准备送他们，艾琳母亲也要跟着一起送他们到机场。汽车已到机场候机楼还一直送他们一起进入，直到看着他们两人进入机场内安检区进入候机楼两人才回去。

艾琳和孟浩远周一都有安排学习，机票已经被孟浩远改签，孟浩远和艾琳在荷兰这样一来又多停留了四个小时，四个小时时间很短意味很深，对孟浩远来说这件事很重要，对艾琳来说突然到来的高兴事自然喜悦，进入机场后艾琳主动大方的手挽着孟浩远的手臂，今天她太高兴了，尽管孟浩远的到来有些意外，但是这是一个意外带来的惊喜，让人感到很不一样非常愉快。重要的是孟浩远与自己母亲特雷西认识了，她很喜欢孟浩远。这就足够了。

上飞机后一路上艾琳特别的兴奋和孟浩远高兴地谈论着，孟浩远的到来她们一家人都对他很认可，喜欢这位年中国年轻人，这是最高兴的。四人聚在一起高兴放松地交谈和用餐，艾琳陪着孟浩远一起参观自己家庭和周围的情景是那样幸福快乐，眼前的一幕还在脑中回放着满是幸福和喜悦。

等到周一艾琳回学校学习，孟浩远回到学校工作后又想到另一件事，自己出远门家里少有照顾，不知不觉在上海熟悉的生活和现在美国的生活已经是另外一种很不一样的生活状态，不禁有些感慨。本来也没有什么，但是自从和秦坦率地交谈后知道关于"R–U"星云系这件重大的事后，他经过反复煎熬情绪已渐渐恢复和接受，但是在内心深处尤其是在情感上还是有所牵挂。所以在荷兰突然去看艾琳的父母，让艾琳和他父母十分高兴和快乐。可是自己的父母除了难得的视频电话联系已经很少关心他们，还有自己年纪已大的爷爷奶奶他们。此时突然感到有一种无可以比的亲情情节一下子涌上来。是需要回去一次看看他们，也许以后再也见不到彼此，一切都将会成为烟尘消失在宇宙中。也许以后已经没有时间和机会在最后时刻和家人在一起了，只能在地球的两端隔着远洋重海等待着地球的突然将临的毁灭。他心里已有一个决定，他要回家一次看看。

等孟浩远上午上完课，中午休息时在办公室坐在办公工作桌前打开电脑马上动手写好一份请假报告，向数学院院长迈考斯和伯利克校长提出请假申请，想利用周末两天加上周五和周一的课程调整回上海一次。他们对孟浩远的任何想法都很关心，请假申请报告很快被批准。自从出国后在美国学习，孟浩远还是第一次准备回上海，而且他的课程已经作出调整并不会有影响。然后孟浩远特意与秦联系把自己准备回上海看望父母的事情告诉他，秦很聪明他当然明白孟浩远的心思，孟浩远一直担心着地球和整个太阳系的命运，全部心思几乎都用在和自己保持联系，经常了解"R–U"星云系的运动变化，得知自己给他的分析预测后孟浩远作为人类之子内心失望情绪十分低落深深触动他的情感，他要回家乡去看望父母是他此时压抑心情情感释放的需要。还有一层也许怕以后时间更加紧迫已没有时间离开 912 基地，他或许亲自回到亲人身旁暗暗地在做最后的告别。他的内心其实与常人相比已经显得够强的。

等到申请回上海的报告批准，又与秦联系好告知他自己的动向以后，孟浩远想着需要告诉艾琳让她知道自己准备回上海。如果她有时间愿意和自己一起回上海看看父母，那才是最好最有意义的一次不同寻常的旅行探亲，两人一起出现在父母面前一定会让父母更加放心和高兴，少了经常性的念叨牵记。所以孟浩远接着在下午十点左右又电话联系艾琳告诉她他准备在周末时要回上海去看父母的计划。艾琳听到孟浩远这次突然的旅行计划，她以为这次和孟浩远一起去荷兰后，他们两人到自己家看看父母，一定给他留下很深的印象，让孟浩远触景生情的缘故，所以也打算回上海看自己父母，也许对于中国人还有另一层重要信息。听完孟浩远的计划后还没有等孟浩远邀请自己是否愿一起回上海的话说出来，就已经迫不及待了笑着马上自己要求道："浩远，我可以一起与你去上海吗？上海我没有去过。"孟浩远一听自己还没有说完，没有想到艾琳自己要求一起去上海，这可太好了。艾琳真是个直爽的人。孟浩远说道："好，太好了。我正想邀请你一起去，不知道你有时间吗？"艾琳说道："有时间有时间，我会安排好的，你放心。"艾琳心里更加高兴，原来孟浩远已经计划邀请自己一起去的，能够邀请自己和他一起回上海，证明他已经对自己、对自己的家庭是满意的。所以艾琳非常支持孟浩远回去，她当然十分希望和孟浩远一起回去，自己还从来没有到过中国，对孟浩远生活的故乡中国和上海没有印象深刻的概念。不过这不重要，重要的是孟浩远这个人。

　　听到艾琳想要和自己一起去上海而且马上答应了，让孟浩远高兴感动。现在有什么事尽量满足完成或许都是最后一次，不要在地球毁灭一霎那间给自己留下无尽的遗憾。其实孟浩远不等艾琳主动提出来，他已经酝酿好邀请艾琳一起回上海，和这么善解人意性格直爽的好姑娘在一起，让父母也可以放心自己，说明在美国生活学习得很好，不用他们操心让他们更加放心。本来就有这个打算，没想到艾琳一听孟浩远说出计划主动提出想和孟浩远一起去上海，两人想到一起了，这让孟浩远更加宽慰和高兴。心想和艾琳一起回上海父母一定会让他们很高兴，自己的事业和爱情都在发展中，这下可以让他们放心，在爱情方面少操心自己了。

　　很快和孟浩远远确定旅行计划后，艾琳也马上到学校办理请假申请，被她的导师批准，她周五本来就没有课程，周一需要做一个实验，这样试验往周二后移就可以，并不影响学业。

　　时间过得飞快，两人办理完请假手续后到了周末，等到艾琳从学校回到孟浩远住处后，晚上就赶到机场毫不迟疑地踏上了从美国回上海的旅程。飞机上漫长的航行旅途时间很无聊，但是这次由于是两人在一起所以不觉得太长，一直都有说有笑交流学业上的事情，探讨科研设计的事。两人都很聪明目前都是博士在读，智商极高情商又高，交流起来都很专业很有思想，严谨科学很有开创性。当然孟浩远的头脑一直让艾琳吃惊佩服，后来慢慢地当话题转到目的地上海时，艾琳期待并想象着上海的样子。孟浩远出生在上海，对上海的一切基本都很是熟悉，给艾琳介绍上海的风土人情，吃喝玩乐等方面说个不停，让艾琳充满期待向往，她以为孟浩远的介绍是出于对家乡的爱，所以把上海的两点特色描述得太好了，简直犹如纽约和伦敦一般的超级城市。也许这是他眼中的上海样子，是他心里骄傲的家乡，什么都是最好的，艾琳倒也很是期待。

　　等到飞机广播中传来空姐播报的声音："飞机正在下降，请记好安全带。"等等安全要求。这架美国航空公司的波音大型客机机舱内所有乘客开始兴奋地躁动起来，飞机上待了太多时间终于将要到达上海了，心情高兴轻松起来，都在和身边的同伴兴奋地交流说话。飞机开始准备下降，艾琳从飞机窗口看着飞机稳稳地从空中飞行下降，终于清晰地看到机场和地面，飞机轮子着地时发出一阵剧烈响声，然后很快就平稳地落地开始在跑道上滑行，说明这次长途旅行已经安全降落在上海浦东国际机场，这一刻每一个飞机上长途旅行的乘客感到兴奋。孟浩远看到艾琳一直从下降开始看着机舱窗外好奇又兴奋的样子，在旁边给她介绍起浦东国际机场和周边的情况，艾琳听得满脸兴奋和惊讶。她从没有想到上海浦东国际机场原来是这样一个巨大的新型国际机场，设计很现代、先进，造型气势磅礴非常美观，下降那一刻盯着窗外看到的旁边的是海。随着飞机很快下降，空中俯瞰地面清晰地看到地面的建筑群，已经表明上海是一个充满生机现代的城市。飞机滑行时看到机场上停满了各种国际国内航空公司的大飞机，机场里飞机排队等候起飞和降落根本没有停顿，一刻不停非常繁忙，这需要强大的管理能力和指挥系统才能使具有两条超级跑道的机场不停地一直忙碌运转。它和国际著名的几个最大城市的一流超级大型国际机场根本没有区别，而且这里显得更现代更有活力更加繁忙简直不可想象，孟浩远生活在这样一个充满生机热闹的城市。

艾琳带着兴奋跟着孟浩远两人鱼贯走出飞机进入到机场楼后，机场里面装修一新，漂亮的候机大楼和各种设施以及现代设计风格让艾琳不住地边走边看吃惊不小，这完全超出她的想象，原来上海浦东国际机场是这么新颖宽敞明亮现代，犹如人在一个大型宾馆或者高级会议大厅里走动，一切设施都非常现代高端豪华。巨大的落地大玻璃明净亮堂穿透性极好，可以看到外面机场的情况，候机大楼内人头攒动川流不息，富有时代感。原来它内部是这样一个现代化国际化的超级国际大机场，它比荷兰任何一家国际机场要大要新要先进和漂亮繁华热闹。

孟浩远这次和艾琳一起回上海他已经作了计划安排，由于只有四天时间，加上提前在周三晚上出发，准备住两天第三天返回。到达机场后从上海浦东国际机场内直接乘世界上第一列磁悬浮高速列车，然后在出站后再坐出租车回上海市中心订的一家宾馆入住。孟浩远领着艾琳，两人各自推着一个行李里箱，身上又背着一个背包，在机场内走到磁悬浮高速列车车站买好票，两人站在车站站台准备等候上车，几分钟后看到一辆高速列车由远飞驰而来稳稳地停靠在站台，站台上已有不少乘客等着，列车到达两人登上高速列车后，乘坐的旅客不算很多，把行李放在行李车架部位后两人找到空坐坐下，发现周围有不少外国面孔的乘客和他们一样都是准备感受高速列车体验的。很快高速列车驶出车站后，列车越来越快，艾琳看到风驰电掣般的列车高速行驶，两旁的道路、树木和建筑一瞬间"呼"的一闪过去来不及细看。她正在听着孟浩远的介绍，眼睛盯着车厢当中的显示屏幕，列车速度的数字愈来愈快一直在不断往上跳，跳很快就达到406公里每小时，不由地张大嘴惊呼欢叫起来。艾琳是第一次看到也是第一次乘世界上最快的列车，风驰电掣般的速度既快又稳，坐在车厢中身体没有感到什么，和其他车一样。还没有等她反应过来，列车很快已经就到了终点站。高兴得艾琳不禁赞叹不已，两人从磁悬浮高速列车下来后在站台上艾琳站在边上赶紧让孟浩远帮她拍照，背后是一辆磁悬浮高速列车，然后才兴高采烈地跟着孟浩远走出车站，一路走着一路问着，还没有从刚才的兴奋激动中回过神来。从机场开始到乘坐磁悬浮高速列车所看到的第一印象和平时与同学们一起交谈时说的中国落后概念的样子是完全不同，其实他们也都没有来过，对中国欣欣向荣高速发展的实际样子都知道很少，还是停留在原来一直固有的落后概念当中。艾琳心里不禁在想，他们真该来中国好好看看。说明在飞机上孟浩远给她介绍上海的一些概况才是没有掺水分，是真实的。

　　两人出高速列车站后，孟浩远在车站外面的路上招了一辆出租车，将行李放车上准备回家。这也是他安排的行程，希望让艾琳乘车看看沿路四通八达的道路都是车流滚滚，出租车一路行驶时路两旁可以看到上海城市沿路的景致和风貌，边让她亲眼看看边给她不断现场介绍一路所见。经过的街道上全是商店林立，人流纷纷不断。这样的亲身观感体验又一次让艾琳非常意外很是惊讶，上海的这座城市发展和异常现代化的城市建筑随处可见，具有令艾琳喜欢的城市规划布局和风格特点，这和原来脑中自己想象的是完全不一样或者是相反的。上海这座代表中国城市仅仅是中国的其中一个，它居然是这么的现代、繁华、发达和国际化，而且还保留有原来中国特点建筑的历史韵味特色，并不完全是现代化建设起来的新城市，保留的建筑具悠久经历史，经过岁月变迁留下的痕迹和特点。可以看出当时的上海就是一座漂亮繁华的城市，同时它是具有欧式建筑的美学又有中国江南细致灵巧的秀美，让人或安静或热闹可以随时穿越其中，丰富多彩魅力无穷的有历史有文化传承、有现代国际型的很特别的一座城市。时而让你看到以为是在欧洲法国巴黎街道漫步，透出古老欧式建筑的奢华和艺术感；时而让你以为在美国纽约广场穿行，到处都是林立高耸的摩天大楼。比荷兰任何一座城市要巨大繁荣和现代。这里的城市建设令人惊讶不已，生活环境漂亮整洁，不同文化风格差异很大，但是共存在这里有另一种少见的城市特点和韵味让人印象深刻。商业街道随处都是无暇应接的人流，这里是这样的方便快捷又透出时尚现代味道。原来孟浩远介绍的都是真实的，他还比较低调，只是介绍吃喝玩的一些特点有多么的令人向往，还没有对城市的发展详细叙说。他就出生和生活在这么一个有活力的国际化现代化大都市中。艾琳看来上海比荷兰任何一座城市还要发达和现代，到处充满活力令人印象深刻。所有街上的行人更多，他们的穿着很有品味和时尚非常热闹，这里就和发达的欧洲大城市一般，艾琳内心不禁感叹。看来这次上海之行注定会让自己真正地感到非常值得，留下更多难忘愉快的记忆。她拿起手机不停地拍着，她要告诉她的同学和父母，原来中国的上海是这样的。

孟浩远平时自己一个人所住的那套屋子已经很长时间没有住人了，房间里面一定已经有一股久未住人散发的味道。所以这次回上海他订了一家大型国际化的上海品牌酒店，它就座落在繁华的上海最为著名最热闹的步行街南京路边上。那里可以随时步行出来逛逛南京路步行街，离著名的上海母亲河黄浦江距离也不远，出行方便可以一直步行到有那些优秀商业街、商店和外滩去参观。

这次上海探亲之行时间有限就安排两天，其余两天都在来回飞行的路程上。孟浩远的想法和艾琳想法还不完全一样，他想到的是回来看看父母和爷爷奶奶以及自己最亲近的亲戚。因为他心里很清楚这次见面也许是最后一次，人类地球将发生最大的毁灭灾难，什么都将不复存在，而且时间越来越临近。恐怕以后自己身不由己再也没有时间来看望他们和他们在一起。随着"R-U"

星云系的运动穿越宇宙空间已经接近太阳系和地球，随之而来的是无法逃脱的撞击某一部分星球包括地球等灭顶之灾降临，地球将会被撞击爆炸摧毁无人会活下来。他必须回来一次了却自己的思念之情和心愿，当遇到无法躲避的天灾时，突然产生的恐惧会使人想到自己的亲人更愿意和他们在一起，现在看来更加珍贵是那么的重要。而艾琳她不知道孟浩远心里的真实想法，这一个还无法告知的暂时藏在心底的秘密。她能和孟浩远一起回到他的故乡看望他父母是一件值得高兴的好事，所以她非常兴奋期待。在荷兰时和孟浩远一起专门到家里看过自己父母，仅仅过一周现在已经来到孟浩远的故乡上海，看看他的父母，一切都是令人开心不已，这种感觉太奇妙了。不过她心里是隐隐感到有些奇怪，孟浩远的两次探亲安排都太急太快太突然了。

根据秦所获取掌握的信息数据分析，其实地球命运最后的结局已定。如果孟浩远只是普通的一位求学研究的数学家，原本他应该回来后和他父母在一起就不会再走了，他要一直陪伴在父母身边等待着地球最后的命运时刻到来。从自己出生一刻到终结一刻都和自己最最亲爱的父母在一起，无疑也算是一种幸福，也许是最完美的安排。但是孟浩远是一个不同寻常的人，他身上肩负着无法解释少有人知的秘密和重任，他是阿勃特星和地球的唯一使者，他身上有传递地球人类无法获得的重要信息的能力和使命。他暂时还不能自顾自己的小家，就像是一个战士他不能突然从即将发生战火的战场上撤离一样。他和秦有约无论发生怎样的结局，他已经准备好要在最后关头时刻一直保持联系信息畅通，希望阿勃特能做最后的哪怕是根本无果的行动来尽力尝试挽救地球。他心里希望也许秦他们还有他们以为没有可能的最后的方案出手施援一试。只不过他们认为没有力量做到，也不可能成功来挽回宇宙自然的运动生存法则。

孟浩远曾经答应艾琳会安排时间专程到荷兰陪她一起看看她的父母多待上几天到处走走参观游玩，由于"R-U"星云系活动越发活跃，在加快吸收能量形成更大的星云系。所以思前想后以后的时间恐怕更加无法安排成行。还好这次荷兰参加研讨会之行，他的大脑一直在想很多的事，想起这件曾答应过艾琳的事，尽管时间很仓促，不过暗下决心去看看，已经完成看望他们的心愿了，不会再留下遗憾。此时的孟浩远内心充满了复杂的情感，非常苦闷一直在想着最后的安排，需要完成的事情。这看起来有些悲怆只有自己清楚，但是这一切暂时又不能告诉其他人闷在自己心里很不好受。其实人在不知道即将要发生的天翻地覆巨大灾难面前突然间遭遇到毁灭时，来不及恐惧和面对，无知无畏被瞬间到来的灾难摧毁一切吞噬死亡反而在心理上是幸福的。人们依然在无忧无虑正常的生活着，不会像孟浩远因为知晓灾难会来临而忧心忡忡和伤感。

出租车一路行驶在路上，艾琳不时兴奋地看着窗外，这个陌生的城市让她有很想了解它的一种冲动。等到出租车驶入宾馆大门台阶下客处，两人取好行李进入酒店，孟浩远安排好登记手续两人乘电梯上楼找到房间后放下行李洗漱一下后，艾琳站在窗口望向周围，令人感叹的优美环境，到处都是高楼大厦，特别漂亮的不同美学的建筑矗立在云中简直目不暇，让她兴奋惊叹不已。孟浩远叫艾琳好几次才开心地跟着一起走出酒店到外面街上找了一家上海有名的特色饭店吃饭，孟浩远点了四个菜就让艾琳赞不绝口津津有味太好吃了，这才是真正地道的上海菜本帮特色菜。坐在饭店内靠窗边的餐座可以边吃边观看热闹的街道和景致。

吃了一顿令她记忆深刻美味的上海中餐后走出餐馆，和艾琳一起步行着边走边看，等到了附近的地铁站进入车站内乘地铁准备回父母家。上海的地铁站内的风格让艾琳喜欢，同时看到进进出出一直不断的人群让她兴奋，乘坐地铁可以接触到更多的人，体验上海的地铁站文化和乘车的乐趣，地铁站内地铁线路间隔时间很短，很快就乘上地铁内，速度很快每个车站风格都是不一样的，各有特色，每一种蕴含表达着文化和美学令人欣赏和喜欢。很快到站出来在沿街上继续步行十多分钟就到孟浩远父母小区大门口，艾琳第一次看到这样的小区感到新奇，上海的城市居民区住房原来是这样的，小区门口兼有高高大大漂亮的门楼，门口有保安。进入小区内里面是一幢一幢的楼房前后有绿化，周围有围墙围着。

孟浩远出宾馆时告诉艾琳吃好饭乘地铁将要到自己的父母家里看看，让艾琳欣喜和高兴，说明孟浩远对自己很重视，特意和自己一起看他的父母，今天是星期六父母应该会在家中。两人一起步入小区然后走到标着 11 号的门楼准备进去，正好有人出来，不然孟浩远没带父母家中的钥匙就只好按门铃让父母开门。此时孟浩远心情有些激动，已经急切地跨着大步腾腾迈上台阶上楼，艾琳跟在后面走上台阶来到四楼，孟浩远已在门口等着她上来。此时艾琳站在孟浩远身后突然感到有些紧张，孟浩远也有些莫名的激动。这次回上海还没有告诉过父母，就是要让他们突然看到自己站在面前收到意外惊喜。他站在自己家门口用力按响门铃，等待开门那一刻是最幸福的。心脏由于激动扑扑的在激烈地跳动，等着打开门的时间仿佛很长。

随着房门内母亲特有熟悉的声音，说着："来啦来啦。"母亲孙佳雯听到门外有门铃声，踏踏穿着拖鞋已走到门口轻轻打开门，突然看到眼前竟然是自己的儿子孟浩远站在门口，身后边还有一位金发碧眼高个白人美女姑娘站着，脸上都是笑吟吟地站在门口。一下子让她吃了一惊，脑子反应不过来呆呆地看着他们愣了一下，搞不明白是怎么回事。然后母亲孙佳雯睁大眼睛激动得说道："你……你……"孙佳雯根本没有心理准备，突然之间看到远在美国读书的孟浩远出现在自己面前实在是太意外了，而且他和一位很漂亮有气质的欧洲姑娘一起。他们穿着休闲衣服显得从容轻松但是脸上有些紧张。

此时她站在门口激动地说不出话来，客厅里正坐着的父亲孟思贤见孙佳雯听到门外有人按门铃走过去开门，站在门口半天没有反应，有些发呆不知所措，不知道有什么事情，也忙从客厅中走出来准备看看，边走边说着孙佳雯："做啥啊，站在门口发呆半天。"当他走到门口看到孟浩远和艾琳两人站在门口时也吃惊不小，但是稍稍迟疑后反应极快高兴地说道："是浩远啊，你这小子搞突然袭击，把你妈吓得。快进来，还站在门口干什么？"孟浩远和艾琳两人慢慢进入房间顺手关上门，但是当孟思贤看到孟浩远身后的艾琳有些疑惑问道："这位是……？"孟浩远赶紧拉着艾琳走进屋子，然后神色坦然开心地说道："这是艾琳，我女朋友。看你们半天了还呆在门口不让我进屋，还有外国友人在，客气点。"边说着不管三七二十一拉着艾琳直接走进房也不换鞋，腾腾地直接就走进客厅。进客厅后艾琳脸上含笑站在孟浩远旁边看着他们，孟浩远马上给艾琳介绍道："艾琳，这位是我的母亲孙佳雯女士，这位是我父亲孟思贤先生。"艾琳笑着用她知道不多的用中文说道："你们好，打扰了。"看着儿子突然回国还猛然带回一位瘦高个绝对是非常漂亮的金发美女，还大大方方介绍是他的女朋友，看两人蛮亲热地在一起的样子，父母才恍然大悟这真是一个意外的惊喜。他们一直担心孟浩远，自从与李晓彤分手后会影响他的情感，所以他突然提出去美国游玩散心，没过多久又突然说已经考上美国一所著名大学准备研究生求学。在他们看来就是为情所困逃避李晓彤出国，还担心他因受到情感的影响逃避出国后过得不知道开心与否。现在突然出现而且还有漂亮的女朋友了，还是一位欧美高个白人漂亮的美女，这样的好事别提多高兴了。孙佳雯只顾着看艾琳然后笑呵呵地一把亲切地拉着她的手轻轻地把引到沙发上坐下，喜滋滋地一直盯着艾琳看。孟浩远见状用上海话说道："妈，你不要这样盯着人家看啦。让人多不自在。"艾琳听不懂他俩在说什么看看他俩，孙佳雯见孟浩远说话，开心地白了一眼孟浩远，然后笑着走到厨房间烧水泡茶去了，一会儿功夫她端着一杯绿茶和准备好的水果盘一起过来放在茶几上边用手势指着边说着："喝茶，吃水果。"让艾琳吃，这样艾琳会明白。艾琳客气地说道："谢谢。"然后问着孟浩远："家里没有准备咖啡，不知道她喝得惯茶水吗？"孟浩远笑着说道："没有事，艾琳喝得惯，她经常喝茶的。"看艾琳在听他们交谈，又听不太懂一直看着他们的样子，孟浩远翻译道："艾琳，我母亲问你喝茶可以吗？"艾琳笑着对孙佳雯用中文说道："可以，可以，很好。谢谢！"艾琳只会简单地说几句中文。不过已让孟浩远父母十分高兴，原来这位艾琳姑娘会讲中文的。孟思贤在旁边微笑着看着孟浩远，不敢直接看着艾琳的脸，怕不礼貌。

孟浩远开始简单地介绍起艾琳的情况，父母两人听后才知道眼前这位十分漂亮如同模特的欧洲美女是荷兰人，还是一位女博士，还会一点中文，自然是越看越喜欢。没有想到让他们一直操心的儿子，原来还担心他的个人情感怕会受到影响，现在看来不用担心了。孟浩远在国外连女朋友也谈上了，真是太让人高兴了。他一个人出国去学习，现在算是各方面都发展很不错，真的出乎意料。孟浩远一直比较独立父母不太会多问，所以他还从来没有说起过谈上女朋友的事令人很意外。在家中孟浩远与父母一直交谈着，孙佳雯不时与艾琳交谈起来，孟浩远一心两用帮着翻译。两人中午吃饭就晚，饭后逛了一会商业街，才乘地铁来父母家中，此时已经是下午将近四点左右，母亲赶紧想到厨房准备烧菜做晚饭在家中招待他们，孟浩远见母亲要去忙，说道："妈，不用去忙了。你们也没有准备，再出去买菜怕现在也来不及了，中午我和艾琳就在外面随便吃了一点，干脆晚饭就到外面找一家餐馆一起去吃饭吧，艾琳喜欢吃中餐。"母亲和父亲一听自然同意，母亲说道："那好，就到外面吃饭。"

　　孟思贤和孙佳雯在家里穿着普通衣服等换上外出衣服后精神焕然一新都非常有气质马上变得年轻很多，一家三人高高兴兴地陪着艾琳走出小区到附近一条街上有一家上海特色风味的中餐馆一起吃饭。孙佳雯心情很好坐下后拿着菜单精心的点菜，不时地问着孟浩远希望他参谋一下，艾琳的喜好第一次见面不知道，只有孟浩远清楚。孟浩远笑着说道"妈你随意点吧，没关系，艾琳对中餐都喜欢的，没有特别讲究。"孙佳雯才略放心很快点完餐，接着一道一道冷菜先上桌，四人说着话喝着饮料，热菜一个一个开始送上桌，一共点了八个热菜和五个冷菜，所有点的菜品艾琳都觉得好吃。上海和荷兰以及美国的城市不一样，餐馆内人一直很多都在交谈声音不低，显得嘈杂但是很热闹，窗外街道上也是人来人往一直不断。孟浩远边吃饭边告诉父母："爸妈，这次特意回上海是因为很想念你们，所以和艾琳是抽空过来看看你们的，请你们放心。因为学习和工作上接下来一段时间会很忙，明天晚上就要回美国去。"母亲一听埋怨起孟浩远来："浩远，你们学习这么忙还回来干什么？你这安排也太紧张了，还让艾琳小姐一起跟着你受累。等你学校假期时回来多住上几天，多玩玩不是很好吗？真是心血来潮。"嘴上说着心里却很高兴，父亲脸上含笑也认为母亲说得对，说道："浩远，你母亲说得对，其实不用着急回来，费用又多，时间真的太紧张。你们比较辛苦，一半时间都在飞机路上。可以到放假期时回来，时间上比较宽裕。现在来了也好，我们很高兴。"孟浩远心里十分理解父母的话是心疼他们这样一路上奔波的劳累，他有些酸楚但是又不能多说，艾琳不知道他们在说什么，但是看他们有说有笑很高兴的样子，也低头吃菜有时就直直的看着他们。孟浩远说道："这样吧，这次和艾琳好不容易一起回来，要不安排邀请伯伯和舅舅一家明天中午大家一起聚一下。对了，再叫上爷爷奶奶一起参加，认识一下艾琳。艾琳下次来不知道什么时候有空了。"母亲一听觉得孟浩远的提议有道理，这是脸上有光彩的好事。孟浩远难得从美国回来一次，特别是艾琳可是第一次来上海，大家见个面聚聚还真不错。说道："浩远，你说得对。我现在就去给他们打电话，你父亲订明天的中午的酒店，你回美国来得及吗。"孟浩远说道："应该来得及，就明天中午吧。"本来孟浩远是不想这么费神的，但是一想到出于父母的喜欢，而且这么一大家子在一起聚也很难得。还有一层想法，也许这次团聚是大家在一起最后一次了，所以见父母高兴就正好聚一下。明天上午自己要陪艾琳到处观光看看，中午一起吃饭团聚。他把安排告诉艾琳，艾琳没有想法，孟浩远的想法对于她来说什么都可以。一家人在一起开心地吃饭聊天，艾琳很懂礼貌气质高雅性格又好，让母亲开心不已。饭店吃完饭后在酒店门口两人告别父母，他们回到家忙着去张罗明天重要聚会的事情去了。孟浩远还要乘着夜色来临灯光开启陪艾琳去看看不一样的令人着迷的夜上海的风貌。上海的白天像是一个严肃厚重的绅士，晚上像是一个充满活力，美丽又魅力四射的青春女子。

　　第二天早上随着外滩海关大楼的钟声响起两人被吵醒，艾琳索性早早起来站在窗前望向外滩方向，晨幕开启，太阳在慢慢爬起被云层遮挡，像是在它前面有一层雾纱，露出淡淡微光照射在黄浦江上泛出亮光，黄浦江对岸的东方明珠等各幢高楼建筑聚在一起各争朝晖安静沉稳伟岸，上海真是一个迷人的城市。昨天孟浩远一家吃完饭后从饭店出来后，告别孟思贤和孙佳雯，两人意犹未尽又在外面街上兴奋地一直逛了很多地方，最繁华的南京路一直到外滩方向，在熙熙攘攘的人群中穿梭游走，灯光璀璨一步一景热闹不已，都是脸上兴奋的游客在拍照留念。艾琳第一次看到夜上海的活力和魅力，这里有一直热闹不停的人流和游客兴奋的放慢脚步行走在街上，各具风格特点的商店一个挨着一个，晚上的灯光流光溢彩如同白昼。城市的各种风格建筑在灯光的影射包围中更加的美丽动人，这是一个永远不会沉睡的丰富多彩令人迷恋的魅力城市。夜游观景让艾琳难忘和兴奋，比美国或者欧洲几个著名大城市纽约、巴黎、伦敦等另有一种特别的活力，令人喜欢和陶醉着魔。这里再晚也有地方吃喝玩，再晚街上一直有行人游客。泛着灯光流彩的路上的车流一直川流不息，已经很晚了夜色中的上海还会有这么多人，街上人流不断灯光璀璨。夜上海更加有另一种风味更加迷人，让人看到和白天完全不一样的景色，这是令人着迷魔幻一般的一座城市，让人心情放松愉悦的城市。这样的城市艾琳没有想到已经是国际化顶级一流城市之一了。两人直到很晚才回到宾馆，吃得开心玩得兴奋看得着迷，一切都出乎艾琳意外，她一直很是兴奋的，手机上已经拍摄很多的照片和视频，他要发给自己的朋友和母亲看看。艾琳已经喜欢上上海这座城市，这座繁华具有激情和不一样城市。

早上起床后两人离开宾馆，孟浩远陪着艾琳去看上海著名的几条国内外游客来上海必去的商业街道和非常有特色的清代建筑豫园。在豫园街区游玩参观这种建筑，周围街道的布局热闹沉稳大方，透着历史的年份和特有的中国文化沉淀韵味让艾琳喜欢。原来上海这座发达现代的黄浦江边代表欧式风格建筑群只是其中一部分，城市中心还藏着这样古老有特点的园林式建筑园区。在豫园孟浩远推荐了不少上海特色点心，令艾琳吃得不停。听孟浩远介绍上海好吃的东西太多了太丰富了，这次只能吃到一点，下次有机会还来上海再吃没有品尝过的好吃的东西，艾琳兴奋期待，对于她来说上海的美食、文化、建筑和城市景点太多了，丰富多彩的上海根本来不及看意犹未尽值得再来。离开豫园后两人走走停停边参观街景边看，交通工具就是附近的地铁站进去乘地铁出站，或者骑自行车继续前行随时可以行走逛街看景。

上海是一个多元文化的城市，包容度很强，来自世界各国以及中国各地的人聚集在这里工作、旅游、参观、学习、生活，给上海带来不一样的又富含自己保留下来的文化传承特色，是具有魅力的国际化超大城市。两人很快来到黄浦江边，看着人群聚集观景平台热闹异常。黄浦江中各式大船、小船、旅游船、工作船、运输船等在江中来往行驶，运货船或巨大无比威风凛凛或简单低矮的装满货后几乎贴着江面在行驶，江中的船运非常繁忙一直经过黄浦江到出海口。江中来往船是上海一道游动的风景线，与荷兰相比也同样是水运发达，水系遍布四通八达，以小船旅游为主还是有相似又有不同。这里各种船太多了，样子大小不同，功能、作业、旅游、运输等船只更多。船只在江中一直不停自由自在忙碌的来往，穿行驶在黄浦江中看黄浦江两岸不同风格的建筑群尽收眼底，勾画出一幅一幅在岸上看不到的美景非常惬意。外滩景观道上的人们忙着高兴和兴奋地拍照留影，脸上满是喜悦神往。艾琳和孟浩远两人步行来到一处沿江贯通的滨江步行道旁，艾琳看着干净现代富有特色的滨江观景道，在一处长着高大直挺的树木过道中见阳光照射下，地面铺满了一层金黄色的落叶，她很少见到这种树留下的景色的树叶铺满了地下，用手抓着一棵树仰着头，脚下全是金黄色的一层层树叶铺满过道非常美。她让孟浩远用手机给自己拍照，此时的景色和美丽的艾琳这个画面太美了。孟浩远赶紧忙着勾画距离、对焦，从镜头里由远而近的连着拍了好几张，美丽的滨江美丽的艾琳美丽的树木黄金叶铺道展现出来。两人心情大好，突然孟浩远停住脚步放大自己的手机所拍摄照片仔细欣赏美图时，他看到树上的树叶和地上的树叶，叶子的颜色和形状是那么熟悉，不由得惊喜地叫道："哎呀。"心想这不正是在 912 科技研究中心 D 楼地下层会议室智能监控数据中心的操作台上看到过的秦和汉以及格兰德他们使用的类似笔记本电脑的盖子上的图标吗？孟浩远知道刚才拍摄的树林处就是银杏树树叶。原来他们的图标是银杏树叶，当时他第一次猛然看到秦带来的高科技电脑上面盖子的图标一下子想不起是什么，只是觉得有些熟悉，现在才明白了。阿勃特星球也有银杏树，难道这种树叶很特别，他们很喜欢？专门作为图标？艾琳站在前面看到孟浩远不停地拍照，突然听到孟浩远发出的叫声，不知道是什么事，问道："浩远，你叫什么？"孟浩远反应极快看艾琳在问，他没有迟疑马上说道："艾琳，你太漂亮了。太好看了！太上镜了。"说完感觉表达得好像还不太准确，补充道："不仅是上镜，你简直是一个模特，美丽大方，好看很好看。"两人都高兴地笑了起来。

　　不经意间得到一个有关秦专用电脑设备上的信息让他特别高兴，一看时间已经快要到中午 12 点了，孟浩远赶紧拉着艾琳说道："艾琳时间快来不及了，走，我们马上就走。妈妈他们还在饭店等着我们。"艾琳笑道："哎呀，时间太快了，走走走。"两人脸上满是笑容快步离开，往饭店方向急急地走去，好在离饭店开距离不很远，步行了十多分钟后就赶到饭店。此时孟浩远的父母爷爷奶奶和亲戚们早已经陆续到了饭店，他们正在包房内围坐在一起笑谈着问询着孟浩远的事，母亲孙佳雯循着他们的问话兴奋地讲着孟浩远的情况，房间内充满高兴的气氛。等他们看到孟浩远和艾琳两人走进房间都开心地站起看着他们。爷爷奶奶特别高兴乐呵呵地坐着在听他们的交谈，脸上是慈祥的笑容。这像是春节时节亲朋好友吃团圆饭聚在一起的形式迎接孟浩远和艾琳回上海。

母亲孙佳雯见两人走进包房顿时喜笑颜逐，高兴的一一介绍在座长辈亲戚然后又介绍艾琳。艾琳大大方方并不觉得什么，不过令她没有想到的一幕发生了，孙佳雯喜滋滋地介绍起在座的每一位长辈，从爷爷奶奶开始然后一一介绍开来，孟浩远就拉着艾琳叫一声，长辈们都准备了一个红包，他们拿出一个红包脸上露着笑意递给给艾琳。艾琳从没有见过这样的情况，不知道什么意思，有些不知所措。孟浩远也没有想到会这样，也没有事先告诉艾琳这种中国的习俗，看着艾琳茫然顺从地接过红包后不知道放哪里，拿着递过来的红包在手，长辈们看着艾琳都笑眯眯赞许地盯着艾琳看。艾琳不知道中国的习俗什么意思，她只好看看孟浩远，意思这是怎么回事我该怎么办？孟浩远微笑着说道："艾琳，你拿着，这是长辈首次见面给你的见面礼。这是我们这里的地方风俗，意思就是认可你接受你。"艾琳听懂了孟浩远的解释，原来中国有这种风俗习惯，而且孟浩远解释了是长辈认可了才给的见面礼，于是开心地笑了，大大方方高兴地拿着红包连声用中文说："谢谢！谢谢！"这句中文她知道意思也会说。孟浩远也在边上叫着叔叔、舅舅等一众长辈后说："谢谢！"房间里顿时热闹不已。

孙佳雯看着这些长辈都高兴地看着孟浩远和艾琳，自己心里也觉得十分高兴，包房内都是欢声笑语，气氛已经热闹起来。孟浩远父亲孟思贤赶忙招呼大家就座大圆桌，第一次和亲戚长辈在一起接待从美国短暂回国团聚的儿子令人欢快。这家饭店是上海一家名特优很有历史年头的著名餐馆，以上海菜和杭帮菜为主，桌上的菜肴点的都是上海本帮特色和这家饭店的招牌菜，随着客人入席开始吃饭，一道一道美味漂亮的菜品被端上桌。艾琳吃着感觉每一道菜都是一道精品，听他们说的上海话实在听不懂，孟浩远在旁边帮她介绍，这些菜品十分精细样子好看，尝起来味道很好吃，她不停地对每一道菜都要拍照留存，回国后要仔细翻看回味，也让自己的母亲看看，这次跟着孟浩远吃到中国上海的好吃的特色菜，自己叫不出名字，中国菜实在太丰富了，桌子很大，可以坐满二十人，现在坐了十五人，人太多不敢放开吃。艾琳的大气聪明和礼貌让大家都非常喜欢，亲戚们脸上的笑颜说明都在公开赞许，有的还悄悄低声说出："孟浩远这小子运气好，找了这么一位漂亮的外国女朋友。"孟浩远听到心里高兴脸上有些许难为情，蛮开心地看着艾琳。

时间很快热热闹闹的团圆中饭不知不觉已经吃完，大家纷纷起身一起走出饭店，在门口告辞离去，爷爷奶奶由孟浩远叫了一辆出租车送他们到家。只剩下孟浩远、艾琳和爸爸妈妈，两人也与他们分手离开。孙佳雯叮嘱："浩远，好好陪陪艾琳多玩玩。"孟思贤在旁边点头附和着，孟浩远笑着说道："知道知道，不用管我们了。"才依依不舍看着孟浩远、艾琳两人很快消失在人群中。明天上午两人还要赶到机场乘飞机回美国，接下来都是孟浩远和艾琳两人一起出去玩在外面吃饭，安排的都是其他不同的菜系，特色菜太多，每顿都不重复。两人自己出去游玩时还吃一些上海特色小吃，孟浩远在美国的厨艺已经算是美食，让艾琳味觉诚服。这次到上海孟浩远挑选的几个饭店美食更是让艾琳大开眼界大饱口福，彻底享受着从来没有过的美味。逛上海美丽的街头江边景区，每一地都是景。晚上游外滩，具有欧美的建筑风格又有现代繁华城市的现代特点，游人如织川流不息热闹繁华。登上海中心观上海全景一览无余，黄浦江乘船旅游看两岸景色，建筑博物馆展现，灯火辉煌看着热闹繁华的城市艾琳彻底被征服了。和自己的城市比较还是上海更让人喜欢简直是流连忘返。荷兰国家面积在 41850 平方公里，人口只有 1708 万，而上海只有 6300 平方公里，人口却足有 2400 多万，单从人口比较已经比荷兰要多太多，所以路上街上到处看到的都是人，显得热闹不已。而它的历史文化号称万国建筑的各具特点的建筑和城市发展，游客愿意来上海一直很多，所以它一直是被称为魔都的国际化大都市。外国各色人随处可见，人们不以为意，艾琳还真以为是在美国的纽约了。从长辈们欣喜的眼神告诉艾琳他们高兴孟浩远这次回家，也喜欢艾琳一同到来，还看着孟浩远问什么时候可以结婚。孟浩远的回答让艾琳心里有些抓狂，他笑着说道："艾琳和我现在还在读书呢？等毕业以后吧。"艾琳心中娇羞恼怒着：这个孟浩远，谁规定读书就不可以结婚的，真是死脑筋，急死人。上海此次行程见到了孟浩远的长辈，游魔都吃美食非常热闹，享受到了生活的另一种方式。热闹繁华有古典的特色有欧洲的印记，融合了一种多元的文化是一个名副其实真正的国际化大型城市。和荷兰自己的家乡城市比较，宁静美丽舒适人少的特点完全是不同的风格不同的生活状态。孟浩远喜欢荷兰独特的生活环境，艾琳倒是更喜欢上海的丰富多彩节奏很快的更现代又兼具上海人文特点的这种生活环境，暗下决心以后一定要陪自己父母来一趟上海，让他们也感受一下上海是多么的不一样。

在上海两天时间安排十分紧凑的计划中，艾琳不觉得累只感到兴奋和满满的收获令人高兴。每天的活动太丰富时间很快就过去了。马上就要回美国去，孟浩远的父母依依不舍，高兴他们的到来，又埋怨孟浩远这次回上海安排时间太短了，希望下次放假后好好安排再陪艾琳小姐多在上海停留几天。孟浩远无奈解释自己和艾琳都要回美国继续学习，这次只是利用周末时间为了看望他们和爷爷奶奶才抽空回来的。

父母带着遗憾和不舍，早已买了很多上海特色礼品和食品给艾琳，并叮嘱孟浩远要好好照顾艾琳。周日回美国那天父母又一定要亲自送孟浩远艾琳他们到浦东国际机场，特意叫了辆七座商务车。在机场一直到陪着两人进入安检区时不能再进去送，看着孟浩远和艾琳两人进入安检区后才回去。此时艾琳看到孟浩远背对着父母背着背包在后面不敢回头，他的眼里已盈着泪水强忍着没有哭出来，脸上的神色不是高兴而是难舍和隐忍。艾琳不知道孟浩远为什么会这样，明明这是一次高兴的行程，孟浩远不是这样一个感情脆弱的人，以他坚毅的刚强的性格一个人独闯美国求学和工作，是不会因为现在暂时回美国离开父母而流露出来这么一种的伤感悲情，似乎也不太像。她不知道孟浩远此时的内心是多么复杂的一种心情，孟浩远见到最爱自己的父母尤其是母亲和爷爷奶奶，今天就此一别也许就是永别，再也没有机会看到自己最亲近的父母和爷爷奶奶，他们期盼自己回去充满爱意的眼神和脸上笑容让他内心有一种说不出来的悲伤和歉疚。内心真实想法是愿意回到父母身边一直等天塌下来地球毁灭那一刻也值。可是现实告诉自己作为一个阿勃特和地球唯一的使者，他不能只顾自己，现在也许是最需要他在912基地与向院长、索普教授他们保持联系，和秦他们在一起争取做最后的尝试和努力，哪怕最后所有努力也是徒劳无用的结果，尽管最后看来也是无望的但是他还是愿意去抓紧时间竭力争取。他还有自己的一份信念和期盼，希望秦能够依靠阿勃特的超级发展的巨大代次级的文明和科技来做一次最后拯救地球人类生存家园的行动，拯救太阳系、地球和所有人类。

艾琳只是以为她今天看到了一个很不一样的孟浩远，与父母的告别暂时离开会让孟浩远这样感伤。她第一次发现孟浩远是感情丰富细腻的人，平时看到的他总是表现出理性大气和沉稳，她哪里知道此时孟浩远的真实想法，内心在受着煎熬痛苦。他心里隐藏着一个天大的、所有人会惊恐害怕的秘密。艾琳是没有办法真正懂得他此时此刻真实想法和情感。不过艾琳是一个很聪明的人，她已经感到有些异样，包括这次回上海和在荷兰看自己父母一样都有些匆忙，但是说不出什么，她有了一丝不安和担心。

这次上海之旅返程来回的机票孟浩远都订的是头等舱，他真实的想法由于美国到中国上海飞行时间太长，旅途中在飞机上太累，希望艾琳可以有一个休息更好的舒服的旅途。等艾琳跟着孟浩远上飞机找到座位才知道，她还埋怨孟浩远太费钱，都是年轻人坐普通经济舱完全没有问题不用这样，不过心里为孟浩远的细心照顾感动。头等舱座位更加宽敞，两人在飞机上可以躺在座位上，艾琳看着孟浩远在她身旁不时来回走过来看看，心里涌起一股浓浓的暖意。

这次上海之旅时间太短太快，不过给艾琳留下非常好的美好印象，也留下一些疑问。回到美国后，艾琳翻看着自己手机记录的照片和视频，还是很想念很高兴。不过看到孟浩远显得更加深沉，晚上看到他时常会在房子外面空旷的大草坪上一个人仰望天空出神地看着无边的天穹，艾琳走上前关心地问他时，孟浩远抬着头低声告诉艾琳道："你看，天上的星星，多亮啊。中国有个美丽的故事叫嫦娥奔月，据说嫦娥就住在月亮上。"孟浩远反应一直非常之快，用故事搪塞自己发呆地看着天空。艾琳见孟浩远这么浪漫的解释，听上去故事很美也就信以为真，但是他的神情和多次这样的状态说明不完全是这样，孟浩远心里一定有事。艾琳相信他又不好多问，希望他自己能说出来究竟为何？孟浩远也已经感觉到艾琳对他的关切和担心，一直很关注自己的一言一行常常站在他身后悄悄观察。但是此时他还不能告诉艾琳。可她哪里知道此时孟浩远心里憋得真的非常难受，地球和整个太阳系中的其他与地球周围环境相关的星球体将要面临被"R-U"星云系撞击毁灭，太阳系和地球无能为力抵抗和消化"R-U"星云系，谁也没有能力来挽救地球人类。他只能每天保持与秦的联系获得"R-U"星云系运动新的进展变化，很孤独的保守着秘密，一天一天在煎熬中等待。

时间在一天一天过去，秦的好消息始终没有带给他。秦和汉格兰德他们最近已经减少出去考察次数，大多数时间留在基地中。正紧张的保持着与阿勃特星巡航飞行器母船的联系。

这样的日子对于孟浩远来说真的是度日如年，他一直在不断思考中，有一天学校上完课，有些忧心忡忡的孟浩远来到自己办公室中站在窗边向外看去，一切都还是一如既往的平静，他呆呆地看着想着自己的心思，想着他认为需要去做的事情，家里的事算是回去一次了却心头之恋，艾琳家也去拜访过。一点一点想着他突然想起同样还在美国的王可佳，应该用另一种方式来提醒他，于是想到就马上拿起电话打给他。电话接通后孟浩远开口问道："王可佳，最近还忙吧？"王可佳一听是孟浩远来的电话，高兴起来说道："喔，是浩远哪，难得你有空打电话过来。我还行，你呢？"孟浩远说道："还好吧。告诉你一件事，上周我刚刚回上海一趟看看父母，已经有好长时间没有看到他们很想念。"王可佳一听孟浩远这家伙不声不响之间已经回上海一次，不由得有些愠怒说道："你这家伙，回上海去也不跟我说一下，动作太快了。哎，不对啊？还没有到假期，怎么就突然就回去了？"孟浩远就知道王可佳会这么问，说道："回上海有点事，我爷爷最近胃病又复发了需要继续检查，准备住院治疗。所以抽空一定要去看看的。"孟浩远说的是真事，母亲是悄悄告诉孟浩远的，爷爷最近一直胃疼甚至出血，已经在一家医院做过胃镜，诊断是胃占位疑似不好的那种恶疾。不过为了保险，父亲准备马上再到另一家大医院再去检查一下，如果确诊准备动手术，好在胃癌的手术并不算太复杂。孟浩远告诉父亲如果医院没有十分的把握马上告诉自己，他准备用还没有正式审批的艾琳父亲研制的抗癌新药进行治疗。王可佳一听原来是这回事，心里担心起来，说道："唉，原来爷爷身体有问题，希望他能够及时治疗早日康复。你是应该回去，也不要太着急，我在美国没有办法去看他了。"孟浩远说道："王可佳，我们远隔重洋来美国学习，路途太远了，平时不太可能回上海去，不过还是应该多回去看看的。我父母这次见我回去高兴的不得了，他们还问起你呢。所以别找理由因为学习或是工作忙费用开销大等等借口，还是回去一趟看看你父母他们，再赶回来也没有什么影响，只不过是自己累点有什么关系。"王可佳一听孟浩远说到他心里了，说道："是啊，你说得对。我是想等放假以后吧，时间也长一点再回家去看看父母的。"王可佳感到孟浩远今天有些奇怪，突然来电话说的是回自己家看看父母的事，言语之间满是亲情和关切。他说话的语气感到他是有些伤感的，也许回上海看了他父母后，特别是他爷爷的病情才有这种感触。但是说得也对，父母一直牵记着担心着自己，平时又照顾不到他们。在父母面前永远还是小孩。王可佳说道："放心吧，浩远。放假后我一定会回去，你没有事吧。"孟浩远说道："没有。你有什么困难的话告诉我一下，这里学校还是可以的，给我的待遇也挺不错。"王可佳说道："噢，你说费用上，不用了。我们学校也很不错，安排得也蛮好。我一个人学习生活的费用足够了，学校还给我发过一次奖励经费，暂时也不缺钱的。放心吧，等需要的时候我会开口的，谢谢你了。"说完挂上电话，孟浩远叹了口气。

四

回上海看望过自己的父母和爷爷奶奶以及亲戚，在荷兰又看望和认识了艾琳的母亲，又想到王可佳特意叮嘱他回上海去看看他的父母。这是孟浩远为以后自己计划中的一件事在做准备。接下来孟浩远心思已经完全放在和秦的联系中，他需要有更多的关于"R–U"星云系运动的更多更新消息，但是他同时还需要将自己的教学任务完成，好在这些上课教学任务对他来说并不复杂。每次上课时看着这些来自全世界各地的学生精英他心里有些忧郁，内心在叹息，但是不能流露出来心里非常惆怅伤感。每天回到家里在书房中，此时只有他一人，周围安静无比，这时是最好的与秦联系的时间，他都会和秦保持联系，最迫切问秦的还是他对"R–U"星云系运动发展情况分析。其实秦一直在关注着"R–U"星云系的变化，这个巨大的来自不同宇宙空间一直运动的突发进入银河系的"R–U"星云系中巨大的一个独立核心星球体大约是地球的 4.435 倍大，最新被他们标注其称为"DM"，用他们的语言意思是"穿越者"。秦他们在从阿勃特星寻找其他生命星球时在银河系外的另一个宇宙空间发现过一颗类地球星，被他们称为"XU 星"大小是地球的 4.37 倍，有河流有海洋，其引力和星体自转等与地球略有不同，上面还无人类生活。星系环境中就是没有像太阳系中的较合适大小的太阳恒星照射，只有一颗略小的类似太阳的小恒星距离又远，比太阳要弱，光照还不足。被秦他们发现这颗可以适合生物生活的星球后，他们在宇宙空间环境中建立了几颗人工核聚变人造太阳后就完全可以满足生物生命生存。现在已被作为从阿勃特星球到探寻宇宙过程中在银河系和其他宇宙空间星系探索时的中间休整的基地。有了人造太阳后加上原有的一颗类太阳小恒星，这座"XU 星"星球，有广阔的水源，已经有各种动植物生长。孟浩远需要的钻石在这座星球形成过程中，有些地区的山脉自然形成后就具有极高的蕴藏量，也可以说是一个钻石星球，现在"XU 星"的生态系统在秦他们到来作为中继基地后已经正常的在运行。孟浩远每次提供给秦的作物种子一部分就是在这里作为实验地生长。从"XU 星"穿越银河系进入太阳系的漫长路程，阿勃特星使用他们的超级飞行器母船，到达地球太空外缘后再由母船释放使用探索飞行船到达地球，整个过程按照地球时间计算大概需要两个月多一点。所以秦和孟浩远的约定一般在三个月内。从"XU 星"中继基地回到他们自己的星球阿勃特星还需要近一个半月左右时间。秦的任务是随母船一起到达宇宙太空中探寻研究，在不同宇宙空间探寻发现具有类似阿勃特星体有生命的其他人类和生物生存的宇宙空间星系和星球。直到他们无意中来到银河系发现了太阳系中的地球存在后兴奋激动异常。他们的科学探索已经延续进行了两千多年了，随着阿勃特星科技水平的飞速发展，现在可以通过"XU 星"中继星球作为基地连接，不断向更广远更深处的宇宙空间进行科学探索考察。他们目前已经发现可以作为类似"XU 星"基地的星球已经有三个，符合地球生命生活的基本要素，有水，周围有环形大气层保护，要有合适的引力和周围其他星球已形成稳定的平衡状态，如果有发光恒星作为光源，那就完全是可以生存的星球。目前三个基地星球，两个周围都没有存在可以发光的恒星，只有类似月球的发光体。但是其中有一个"XU 星"星系中有一颗较小的太阳恒星，还不完全满足生物多样性存在生存的条件只能依靠人造太阳，这样可以满足生命生存的条件，完全符合的就是地球系统和他们的阿勃特星球两个。如果这次发现的"XU"星云系自身运动变化后出现类似太阳的恒星，以后能稳定下来形成新的巨大星云系，那它可能就是就是新的第二个阿勃特星或者地球生命体系了。他们已在为自己星球家园防遭到不测时做好"XU"计划，即"寻找新世界计划"。

所以秦和他们科学探索考察目的是更多了解世界宇宙不同空间，发现另一个完全符合阿勃特星球体系的宇宙新星球，探索发现有无类阿勃特星人类生命体和动植物等等。他们经过两千多年的探索终于跨越不同宇宙空间找到了地球这样一个类似阿勃特星球和人类动植物生命体，它是一个罕见的特例。可是地球上已经是有人类生活和历经数亿年演变，存在历史文化和科技发展的成熟星球，地球上人类过度开发已经变得脆弱和危险。当然符合阿勃特星存在的所有条件，而且有人类生活、有漫长的历史变化过程让秦和探索科学家以及阿勃特星所有人感到意外和激动。原来浩瀚无限的宇宙空间中有阿勃特星兄弟一直在某处存在。通过发现地球偶然间认识了孟浩远这个星球联系的使者，仅仅提供几项技术已经让他变成一个地球上最聪明最强大无敌的智者。期望通过他慢慢来了解地球概况以及地球演变进化过程及其历史、地理、文化、科技、现状等基本状况。他们发现地球科技发展文明程度和阿勃特比较还是存在巨大的代次级差距，而且地球已经开发过度，破坏了自然的环境平衡，人类生长太迅速，人口太多为了生存争夺能源、水源等发动战争掠夺充满危机。由于科技的落后地球目前还无法制造可以在宇宙深远空间中长久穿越的大型飞行器，还无法到达更遥远星系和不同的宇宙空间，只能在太阳系内或局部银河系内观测探索周边局部宇宙太空，远远不及了解更多宇宙真实的状况。

通过母船和中继基地"XU"星发现的"R-U"新星云系运动轨迹，表明它已经向太阳系方向快速而稳定的一直在运动，运动过程中形成的星云系更加巨大，能量更加强大，不断吸收周围小行星和碎片物质。秦和他们探索科学家已经开始感到担心和可怕，好不容易刚刚发现了银河系形成的有一个不同的宇宙空间，还发现太阳系，太阳系中还有人类生命活动的地球、月球等其他星球体。地球星体上还生活着具有较长历史形成文化文明的人类及其他生命，但是接下来如果监测到的能量巨大一直运动着的"R-U"星云系运行轨迹不改变，那地球星体和太阳系其中其他星体很快会不可避免地遭到毁灭性灾难的结局。这不是秦他们所愿意看到的，令他们感到很沮丧和痛惜，在茫茫宇宙中通过漫长的时间探寻，不懈的努力终于发现了地球星体，但是现在刚发现就面临这样的一种突然而来的灾难。所以他们也十分紧张一直盯住这个"R-U"星云系运动发展，也希望可以伸出援手来帮助地球，可是"R-U"星云系的运动，它形成的巨大星云系盘有一个复杂的自然环境系统，蕴含能量非常巨大，即使运用最先进的阿勃特科技力量也难以撼动它并改变它自身的运动。这是宇宙中运动、发现、生长和毁灭的终极规律。宇宙中的运行规律没有人可以改变预测，只有它自己知道形成于自然回归于自然，人类没有办法改变，只有宇宙改变所有。他们目前观测到的"R-U"星云系运动没有发生改变，运动方向是朝太阳系。意味着最终的结果是对整个太阳系和地球和人类形成灭顶之灾难以避免。

现在探索母船和探寻舰船飞行器以及中继星"XU 星"基地已将对这次"R–U"星云系的运行集中监测技术力量持续在对它跟踪检测分析。按照收集到的数据和信息，已经可以预测可能会在两个月时间之后到达太阳系和地球所处位置。所以探索母船及监测用临时释放出来的十几颗高速智能卫星一直保持着联系及时通告知秦，如果"R–U"星云系没有改变飞行运动轨迹，到时候秦、汉和格兰德必须撤离地球，探索母船必须撤离太阳系。秦不得不制订好最后逃离地球 912 基地的计划"浩远"，到时候将请孟浩远以及他邀请的数人可以和秦他们一同撤离地球，这个计划目前孟浩远根本不知道。

秦和汉还有格兰德三人在 912 基地地下室的数据中心监控室中所有设备一直都开启着，不断有数据进入和联系，一场史无前例的大难前紧张忙碌和神秘的气氛在这里已经显露出来。他们不再安排三人一起出去到地球的城市、人群、书店、商店、博物馆等考察，基本维持在轮流一人出去考察，其他两人必须坚守在基地，最后一个月将停止所有考察地球计划安排，等待指令准备撤离。

艾琳这周在学校，星期五下午没有课程，她就开车一路高兴地赶回孟浩远所在小区那栋安静的别墅楼，这是她每周最开心的时候。孟浩远今天下午是没有课程的，不过他要在办公室整理一周的课程和下周的安排，由于上次他已经发现有人暗中进入他的办公室，在查翻自己办公桌上的电脑，办公桌的抽屉和桌上堆着一些书面资料。他把自己那副秦送的特殊眼镜放在桌上，这副眼镜是一个智能设备系统，如果有人擅自进入办公室，它可以自动识别启动迅速发信息给孟浩远脑中超级智慧芯脑自动连接接受大脑的指挥，启动特殊眼镜将它周围所见画面和声音全部传送记忆进入它的芯脑和大脑中。

有过上次的经历孟浩远特别留下特殊眼镜放在一个不显眼的左边一堆资料书籍上方。悄悄地准备好后孟浩远走出办公室轻轻关上门，看看外面走廊中并无他人，从学校出校门后骑自行直接回来。等他回到家时已经看到门外艾琳的汽车停着，知道她已经回来。推门进屋果然看到艾琳在家正一个人悠哉地泡着一壶绿茶，人坐在沙发上看她的手机，客厅里的电视开着，正在播放画面和声音。见到孟浩远推门进来艾琳高兴地站起过来与孟浩远拥抱。一周见面一次两人分外亲切，尤其艾琳和他一起到荷兰看她父母和他们在一起，又回上海一趟探亲快乐之旅后两人情感上升更加的不一样。孟浩远换好鞋洗好手就开始忙着走进厨房打开冰箱，拿出存放的各种菜开始切配做饭。艾琳在一旁一脸满足和幸福地看着他，这也是一种乐趣。看着把原料通过孟浩远的手艺变成一道道美味好看食欲满满的菜肴，孟浩远手脚麻利很快四个菜品就已经全部料理完成，两人分坐在餐座对面一起边吃饭边一起聊天。吃完晚饭后孟浩远泡上两杯安吉白茶，他没有坐在客厅品茶，不言不语心事重重地走出房间来到房子后面的大草地上驻足出神的仰望天空。艾琳一直在注意孟浩远的神情，今天孟浩远回来还是还和平时一样，做好饭菜边吃边谈，没有什么异样。现在觉得他有心事，看到艾琳看着电视新闻他放下茶，不声不响地一个人走出后门来到后花园中站立有些呆呆地看着天空。看到半天没见孟浩远影子，不由得四处张望看到后门开着，也跟着走出来，果然看到他一个人孤独地站在巨大的花园中，顺着他抬头注视的方向望向天空，天空已经暗下来，一望无际，夜色下看到暗蓝的天空和星星，看到正有一架飞机在天空中飞过并没有什么，很普通。这样的天空和平时并没有什么不一样啊？孟浩远为什么会长时间的一直去观看，而且上周末回来时也看到孟浩远忙完后回到自己书房看电脑，可是后来自己再帮他茶杯中加水时发现他人已不在房间，电脑是合上的。然后发现他一个人站在阳台上呆呆地看着天空，在思考着什么。当时以为他一定是在思考数学方面的难题，所以她并不以为奇。可是今天又看到他这样，让艾琳隐约感觉到哪里似乎有些不太对。最近这样的状况已经出现多次和以往是有些不太一样。孟浩远为什么最近不像往常忙完后会回到楼上的书房一个人研究他的数学，她心里开始感到疑惑。孟浩远见艾琳走出房间站在自己身边他已经感觉到，只见艾琳好奇地顺着他抬头看的方向也抬起头看向天空露出茫然的眼神，她好像并没有看到是什么，等着孟浩远解释他在干什么。孟浩远反应极快脑中已有说法，说道："艾琳，你注意没有这几天晚上的月亮，你会发现月亮比平时要亮很多，像是一个巨大的悬在空中的白色灯，形状从平时的弯月状到最近出现的半月，今天看月亮形状已经几乎是满月了，明天应该正好是满月形成巨大的月亮圆形状，它发出白色通亮的光，在夜空中也特别的耀眼，比往常更亮。其实这是有关中国的阴历的算法，据记载中国人古人已经对天文开始研究了，到了阴历十五时月亮就会满月犹如早上初升的太阳，呈圆球形的。而且今天我早上出门锻炼时还发现，最近太阳和月亮同时在两个方向出现在天空上，一直要等到八点左右太阳升起后，月亮才会慢慢地消失隐藏起来。看来宇宙天空的变化是很复杂的，一直在运动变化不知道它会发生什么。人类对它的了解还仅仅是在粗浅的第一步，有太多的未知无法更深地了解它的奥秘。人类通过不断探索、发现、观测，开始有了认知。我们还没有办法来完成更深远的观测，从而了解更多的宇宙世界存在。也没有办法了解它背后隐藏着不为人类所知的太多太多的秘密。如果此生有机会希望可以遨游宇宙世界去看看，那些遥远的宇宙深处会有什么？一定非常神奇，那该有多令人惊叹多好啊，也许会让人大吃一惊的。"艾琳看着孟浩远这么自言自语地说话话题关于月亮、宇宙、太空、遨游等等发出的感慨，又好像在说给自己听，可是自己又听不太懂他说这些话的含义，什么宇宙，宇宙秘密，宇宙的深处啊等等，都是关于宇宙世界的。孟浩远的脑袋里装得太多东西，数学家的思维与常人不一样，他的突发奇想让普通人以为是着魔一般。不过艾琳知道眼前的孟浩远是一位多么智慧神奇的数学家，她喜欢他，他的脑子里面的知识实在太丰富了，你永远不知道他还知道些什么。

  艾琳轻轻柔情地拉着孟浩远的手臂，头靠着孟浩远臂膀，一起抬头看着天空说道："浩远。我只愿意和你在一起，无论做什么。看天上的星星也罢，上天空遨游也罢，其他我都不想。"孟浩远突然说道："艾琳，你最大的愿望是什么？许个愿也许我可以帮你实现。"孟浩远是以自己有着巨大的财富而说，只要艾琳有所需要他都可以满足她。而艾琳想的是其他，见孟浩远这么说高兴不已，笑着道："是的。你是可以帮我实现。我的愿望是……"说着看着孟浩远。孟浩远急急地问道："你说吧，任何？"艾琳高兴地说道："真的，你敢答应？"孟浩远跟着说道："是的。当然。"艾琳脱口而出说道："好。我的愿望是要和你永远在一起。不管发生什么事。这就是我的最大愿望。"孟浩远一听瞬间愣住了，本来想如果艾琳有什么愿望需要实现，以他现在的能力和实力，应该都是可以做到的，没有想到艾琳是这么说的，这个答案和要求自己没有想到，他深受感动。不过，同时心中一惊，啊呀，可能艾琳唯一的这个愿望自己实现不了，因为他已经想好到时候秦他们必须撤离地球时，他要请求帮助将艾琳一起与他们撤离，自己还不确定。不由得轻轻拿手摸着艾琳的头，脸，轻轻地亲吻起来。其实艾琳不需要其他的要求，只要和孟浩远在一起这个简单的要求对她来说是最大的满足。孟浩远问道："还有什么愿望呢？"艾琳说道："好像没有什么，噢，对了，有的。"孟浩远顿时高兴起来问道："什么？说出来。"艾琳说道："希望永远和你在一起，天天吃到你烧的饭菜。哈哈。"孟浩远感到艾琳太不一样了，这是一个可以始终在一起的人，两人心情甜蜜高兴地相拥着走进屋，坐在一起喝着茶谈着学习上的事。艾琳趁机问孟浩远："浩远，你最近是不是有心事？看你有时候沉默寡言一直在思考，有时候看着天空出神发呆。"孟浩远不知道如何回答艾琳的问话，说道："艾琳，一个有责任的人要善于思考，思考让人做出正确的决定。不要担心我，请放心也请相信我。"艾琳没有听懂，但是从孟浩远坚毅的眼光和认真地回答上，她不便再追问。

两人就这样相拥着看着天空，过了一会孟浩远准备要与秦联系，看着艾琳说道："艾琳，我要回房间准备工作了。"艾琳知道孟浩远的探索研究一直在极其高深的数学难题上，孟浩远的神态现在去看起来并没有什么已经恢复到平常，说道："好吧。"孟浩远在艾琳脸上轻轻亲吻后走进房间上楼，艾琳就在楼下客厅休息一会静下心细细琢磨刚才孟浩远讲的话，关上电视、关上门也踏踏地走回自己房间。孟浩远在自己书房中边品着茶，边打开秦送给他的那台特殊至极的笔记本电脑，电脑开机飞快，瞬间打开阿勃特系统，根据此时孟浩远大脑所想主动快速的和秦联系上，秦同时也获知孟浩远主动联系发出提示音提示秦的大脑后也马上在自己的超级智慧电脑上查看，连上孟浩远一端两人开始相互交流起来。过了一会艾琳下楼拿水壶帮孟浩远加热水，进门前先敲了一下门提醒，才轻轻打开门走进去，她看到孟浩远看似随意地轻轻合上了他的电脑，好像有什么秘密不想让艾琳知道。艾琳心想也许是关于数学专业上的研究，也许是和其他学生或者老师在交流学术有些隐秘也正常，她也不计较。帮着孟浩远加好热水把茶壶放在桌上出门后轻轻关上。艾琳知道孟浩远的为人，对他很放心。每个人都有自己的一点空间，在艾琳看来很正常，没有往其他方面想，没有什么问题。

孟浩远和秦联系后得知监测获得的信息是现在"R–U"星云系运动并没有发生变化，没有改变方向向其他宇宙空间星云系团运动，这不是个好的消息，意味着和现在检测数据和原来监测研究预料的结果是一样的。秦告诫孟浩远，如果没有出现新的变化发生，那将在两个月左右以后"R–U"星云团系团在主星球"DM"带动下最终会进入太阳系并发生撞击毁灭大部分包括地球及周围的星球，这真是一个让人惊骇悲哀和可怕的结果，人类生活的星球终将毁灭成为"R–U"星云系团中的一部分。最终的结局是这样实在太让人难受悲哀，可是除了孟浩远地球上的人们都不知道地球即将毁灭最，人们生活还是照旧。

看着周围的一切都是那样的美好，人们为了生活在学习和工作忙碌令孟浩远感慨，能够挽救地球永恒留在宇宙中那该多好。难道宇宙那么大就恰恰容不下地球这颗小小的星球存在？他心里计算着时间，两个月，两个月，还有两个月左右时间。现在每次孟浩远在学校上完课，看着眼前的活生生普通的人们快乐无忧的生活状态，有开心有纷争有矛盾一切都是自然平静又真实，那些精神饱满聪明的学生在认真思考学习积极提问一些富有创新的问题，在图书馆在实验室在课堂在操场上学习、运动，这是生活的正常状态。他内心不由得充满感慨，上课完后和往日幽默嬉说不一样，而是带着真情认真严肃地说一句结束语："各位同学，我能在这里和来自世界各地精英的你们一起学习探讨，是我人生当中的一段美好的经历。希望你们展开自己独特的思想开创新思维，总结和发现自然世界的规律，为人类社会的进步和发展作贡献。这是我们在座的每一位的责任。我爱你们，希望你们也爱你们的家人，谢谢！"同学们被孟浩远的突然风格变化感到有些不习惯。原来课程交流完成，孟浩远先生即宣布下课或者简单幽默地说一两句马上就结束了，从来不会多说什么。最近孟先生变得更深沉多了点感性甚至伤感，有些话似乎隐喻着什么，但是又不知道到底是什么？

孟浩远现在心里已经在按照开始倒计时在思考，要精确到每一天甚至每一个小时。每过去一天意味着离秦说的还有近两个月地球生命时间在缩短，心里一直忍受着煎熬，心疼加重担心更甚又实在很无奈。他的脑中不断闪现巨大无比的"R–U"星云系在主星球"DM"带领下撞击太阳系中所遇到的星球、行星，地球毁灭或变成碎片的画面。地球在宇宙中是那样脆弱是那样渺小，再没有地球和地球上的人类以及所有一切。原有地球上的人世间将成为过去一切不复存在，也没有月球甚至太阳。两个月，每一天过去都是在走向死亡和毁灭，这一天越来越近。

时间悄悄又已过去一周，这天索普教授突然亲自电话打给孟浩远，让孟浩远更紧张。索普在电话中的声音是非常着急和严肃地说道："孟浩远先生吗？告诉你一个不幸的重大消息，通过我们的技术手段，我们现在已经监测和发现了你曾经提醒过的星云系运动的事，它已经变为真实。经过汇集的数据和信息图像经过分析，确实存在一个巨大的以一个主天体为中心，周围数以万计的行星和碎片形成的星云系，它已经在接近我们太阳系。人类从没有遇到过这样巨大危险，已经非常危险了。如果它运动在继续，中间没有发生方向实质性改变的话，那对地球简直是一场不可避免的灭顶之灾。"孟浩远听后一惊脱口说道："是吗，太可怕了。索普教授，地球有没有办法或者你说的那个星云系它自己会突然发生变化改变运行轨迹吗？"索普无奈地说道："目前还没有发现，如果这样巨大的星云系运动过来，太阳系中的行星、恒星包括地球都将会被毁灭，就是这种结果，我们已经计算机系统反复模拟无数次结果还是这样。人类恐怕是没有力量也没有办法可以制止它的发生，天啊，真是一场人间悲剧。"说这些话时孟浩远听出索普教授的声音都变了，显得那样害怕和无助。索普继续说道："孟先生，你是最早就预测到发生这样信息的人。你是怎么看的？我想也许你可以为了人类为了地球做些什么。所以请你务必尽力一起帮助我们想办法如何挽救太阳系，挽救地球家园和人类生命。"孟浩远无语，这样的宇宙世界的运动变化人类如何抗拒，确实没有办法。见孟浩远不说话索普教授焦急地问道："孟先生，孟先生，你有何建议？"孟浩远说道："索普教授，你是科学家，你知道，宇宙的力量、自然的力量，人类无法改变。"索普教授听后无语，孟浩远接着说道："索普教授不管它运动如何，我们科学家还是需要保持清醒头脑，尤其是像你这样的宇宙天体物理学家，应该召集全球最一流的科学家共同商讨，同时布置力量不分昼夜密切监测，抓紧汇集数据分析主星体的质量运动速度，周围星体以及它的能量。另外需要制订完整的应对方案，不管有用没用都需要。其他已经没有办法多考虑，除非它自己突然改变运动方向。"索普教授听着孟浩远冷静异常的分析建议，心想年纪轻轻的孟先生果然一直很冷静似乎也不害怕。他说得对，该来的总会来躲不掉。但是需要提高最高紧急级别，这是全人类的一次浩劫。说道："谢谢孟先生，你说的正是我想要的。我会一直与你保持联系的，希望你帮助我们尽最大的力量共同去尝试挽救地球躲过这次灾难。做我们该做的一切。谢谢。"

五

　　第二周的一个星期四下午三点五十左右，孟浩远正在学校办公室里，杰瑞里打来电话找他报告公司工作上的事情，公司几个关键发展方向需要征求他的意见来决定。孟浩远曾告诉过杰瑞里，通常情况下自己一般在上午和下午会有学习或活动安排不要联系他，如果有事在下午的三点半以后或者晚上七点以后时间可以联系。所以杰瑞里选在这时候来电话要求向他报公司最近的运行情况。

　　在办公室，孟浩远关上门后坐在办公桌前打开电脑视频电话系统与杰瑞里连线，看到他精神很好满脸的喜色，由于高兴他的脸色红润透出他现在的此时的好心情。由于浩瀚探索科技有限公司两大块的业务一直很忙，运行情况非常好，在行业中是属于高科技它的产品独一无二，即使是稀土也因为含量丰富齐全也是最好的稀土，至于"Guo"元素新物质更加是无人可产，处在垄断地位，所以没有任何竞争对手，生产的两项产品又是军工、高科技和航天航空、精密器件芯片等高科技企业急需的产品，所以公司产品生产多少就早已被大量排队的订单马上购买。现在浩瀚探索科技有限公司的订单因为生产能力有限没有能力供应，都不敢多接，只是科学合理按照优先排队等候。孟浩远上次对公司提议的加薪方案批准后，公司生产基地 912 科技研究中心和城里的浩瀚探索科技有限公司销售部从发现新物质元素"Guo"和稀有土矿两种原料后一直很忙碌。员工们上次在孟浩远去公司时提出建立的薪酬激励措施后，公司员工很受鼓舞，他们看着公司的现状和业务的发展远景，工作更加用心都很敬业。同时公司在人文关怀上做得也更加细致，管理层和员工上下都非常团结凝聚力很强，当初初创成立公司时来应聘的员工都对这家原本默默无闻还在初创阶段的新型科技公司并不是十分看好，甚至还有怀疑的态度。只是因为整个社会面经济状况不好工作不太好找，抱着进公司工作一段时间看看情况再说的心态。谁也没有想到这样冷门的公司突然间发现了世界上的一种新物质，独此一家所拥有，而且它用途非常广，特别在军工、高科技等方面需要，还发现了珍贵的稀土资源也是世界上最齐全最好的稀土。这一下子改变公司经营状况，收入天天持续暴涨。以后公司的发展大家都很明白，所以员工们开始热爱和珍惜在这家代表未来科技最前途最有钱的公司工作机会，而且公司老板出奇的好，每人的收入与同行业甚至高薪的金融行业和高科技企业相比较都是高了很多。他们也用真心地爱护自己的公司，大家的思想积极性被激发，为公司提出了很多建议。现在由于公司生产的新物质"Guo"用途非常重要又是世界上唯一一家生产，产品根本是供不应求。不过也因此被政府部门重点关照，最近还受政府部门派检查人员三次进行检查，准备提出管控手段要求，他们已经看到了这种新物质的巨大作用后，作为国家战略急需重要物资，计划制定限制出口的文件。这样浩瀚探索科技有限公司事实上已经成为受到政府关注的重点企业。

杰瑞里认真地汇报了前一阶段公司生产和销售情况数据分析，提出了他自己的想法，说道："孟先生，我们经过多次商讨，为了公司长远发展提出公司发展目标如下建议请你审核。公司生产的两种原料考虑与上游产业链生产商合作生产终端成品直接供应，这样我们的产品价值会更高，比我们现在直接初级加工后作为精选原料来销售利益也会更高，而且公司可以寻求合作方式走向产业链生产、科研链全过程的技术型高端产品生产公司，来改变现在的科研、生产初级产品供应的方式。如果上游公司不接受和我们合作，我们完全也可以自己建生产厂，这些生产工艺和技术已经不是最尖端的，而只有我们拥有最先进的技术探测检测发现新物质，无人可以代替，完全可以自己干，只是时间需要长一些。应该从公司发展长远考虑把供应链逐步都建立起来涵盖整个链，全部控制在我们公司手中。公司在市场上更有长远发展更具有持久的生命力就会更强大，不会因为某一环节出问题而影响到我们的生意。目前我们可以先与原料生产的第二步成品生产企业合作，而且已经有很多同类型生产公司在主动征求我们意见寻求合作。这是我们经过研究后，下一步一个公司重要发展方向的建议，不知道孟先生是否有想法，如果同意，我们会认真花时间做一套完整的方案，至于上游全链过程的企业可以通过挑选选择其中一家到两家，而且他们都是著名的大型公司，非常有意愿期待和我们长期合作，合作方式可以商讨。"孟浩远看着杰瑞里认真兴奋地报告他的公司长远发展的计划，其实他自己脑子并没有全部进去，思维在出游想着其他的事，他认为在公司的事已经不重要，生产发展状况进入佳境，杰瑞里负责把关管理就可以，目前没有必须自己在花心思在这方面。不过杰瑞里对公司负责要专门汇报公司的发展想法，说明他很认真负责为公司考虑。他已经邀请自己多次去公司商讨都没有成行，只好今天以视频连线的方式来讨论，孟浩远不好意思再推。看似认真地在听杰瑞里的汇报分析，但是他的思绪已经放在其他的地方。此时他的思维优先想到的是地球即将被"R–U"星系团摧毁消亡这一件事情上，哪里还有心思顾其他的事情。等杰瑞里报告完毕，杰瑞里和公司的其他两位副总看着孟浩远等他发表意见时，见孟浩远还没有反应，眼神游离心事重重的样子，还以为他对刚才杰瑞里报告的想法还在深思中。他们又等了一会，看他还是没有反应说话。杰瑞里只好自己主动讲话："看来孟先生需要认真思考，我们知道这一计划还不是很成熟，而且运行过程还需要投入资金也是很大的，所以需要讨论，最后请孟先生发表意见。"孟浩远被杰瑞里的再次讲话声打断了自己的思绪，他的注意力刚才不在杰瑞里的汇报公司发展上，迅速转过神来看着他们都盯着自己认真严肃地在看着，准备听他的意见，毕竟他才是公司幕后的老板或者是有权决定决策的代表人。看着电脑上杰瑞里介绍的 PPT 讲稿脑中马上反应过来心中有了注意，顺着刚才走神的样子说道："刚才杰瑞里先生的报告从公司发展长远来思考计划这很好。现代企业需要与供应链各环节合作，他们都是不同类型的公司，不过风险也有，如果合作方只要其中一个链环出现问题将影响整个产品的最后供应。所以，可以考虑在每个链都逐步参与进入，增加我们公司的粘度和控制力。同时可以改变我们生产加工初级产品企业的一些短项，我们的产品目前是世界上独一无二并不可替代的，所有高科技和军工高端生产企业都急需我们的产品，可以用来改变代次飞跃，这是关键。我们公司是以科技为主的研究型公司，所以如果下一步通过参与到每一个环节可以提高我们企业在各层次链上的科技含量。一个掌握绝对技术的企业才可以牢牢把握市场，持续发展，这也是公司长远发展的目标。目前我们的化验技术方案是独家技术，是世界上最先进的而且制定有标准和获得专利的，通过技术我们发现了新元素'Guo'，我们的生产过程提取技术集成也是独一无二的技术，才保证了我公司成功。所以杰瑞里和你们考虑的问题和建议我是很有同感的，刚才自己一直陷入了深深地思考中。我原则同意你们的想法，希望你们继续优化方案后再进行详细讨论论证，同时多与上游的关键产业生产链企业咨询了解和掌握他们的生产链。整个计划可以长远考虑但是实施时应该分步走，不能太急，完成一步后再考虑第二步，稳步实施。谢谢你们！。"孟浩远心里对企业发展其实也本无所求，"912 科技研究中心"只是需要给秦他们的到来在地球建立备用基地作掩护的重要场所，没有想到一路走来，结合秦对地球的科研探测研究，做了一些探测分析研究却发现基地周围的土地竟然有一种新物质"Guo"和含量丰富齐全的珍贵稀有土矿，而且其中的新发现物质"Guo"是阿勃特星球上还没有发现过的重要物质，只好顺其自然了开始试生产。建立的浩瀚探索科技有限公司让杰瑞里他们管理着，他具有律师背景又学着当企业家负责管理，现在还是很顺利。杰瑞里已经在帮着他想办法多盈利和公司长远发展考虑，看来他是个不错的人选，要尊重他主动为公司在思考的想法。

孟浩远对公司能更多地赚钱其实真的没有特别大的动力和需求，只要维持好目前现状不要让人对突然建立在这里的 912 科技研究中心投来怀疑就可以。杰瑞里见孟浩远发表了意见，知道他对自己提出的发展目标持肯定的意见后很是高兴，说道："谢谢孟先生！我们会继续修订方案。"孟浩远接着说："杰瑞里先生你辛苦了，你们能主动思考公司的未来长远发展，这很好。你的想法可以先做一个详细的计划，把项目规模预算投资回报分析，回收成本等等分析清楚，然后请专业的财务管理公司再来分析一下。到时候公司内部认真地讨论一次，等方案成熟后，给我一份计划书，我也会向我的投资方进行汇报。另外下个月我可能会去公司和 912 科技研究中心去看看。"得到孟浩远对自己提出想法的肯定，又提出具体意见，杰瑞里和公司高管很兴奋。他们清楚公司可以迈向更高层次，对公司所有人都是有利的。孟先生他说要向投资方汇报，说明他很重视这次计划的讨论。下个月来，一定要好好策划一下让他满意，从而把方案定下来。孟先生和他的投资方非常信任我们，公司的管理业务都是让自己来负责更要小心不能出错，于是杰瑞里开始更加认真研究计划项目书。孟浩远见他们没有其他事情说道："好吧，杰瑞里，今天的短会就到此结束吧，我还有其他事情。谢谢！"说完后关闭视频连线。

六

时间很快又一周过去，已经是第三周的一个星期三下午三点，孟浩远在学校教室里刚刚上完一堂课和学生们打着招呼正在整理着讲台上的教材资料。学生们鱼贯而出教室门口，在门口外却走进来了一位年纪在三十七八岁的一头金发年轻漂亮的女子，她身材修长穿着得体，显得非常有礼貌。看到教室上完课学生们陆续在三三两两走出来，她慢慢地躲在一边让他们先出来，然后见人少无人在门口时，才走着进来径直走到孟浩远身旁站住对着他客气地说道："孟先生你好，我是伯利克校长的秘书福斯特，刚才等在门口看到孟先生的课结束了，才走进来的。打扰了！您现在有空吗？伯利克校长请你过去。"孟浩远见福斯特在身旁站着说话，才发觉有人来，抬头看到原来是秘书福斯特，想起他到过伯利克校长办公室看到过她，也是她忙着招待的。说道："噢。福斯特小姐你好！伯利克校长找我有事吗？"福斯特说道："是伯利克校长找你，应该有事吧。他让我请你过去。"孟浩远问道："就现在过去？"福斯特回答："是的，是现在。请随我来。"孟浩远收拾完资料拿在手中说道："好吧。"跟随着福斯特小姐一路步行走出教学楼，在学校的路上走着来到行政办公楼后进去，又走到三楼伯利克校长的办公室。到门口福斯特小姐在前面轻轻敲门后将孟浩远迎了进去，伯利克校长正在里面，见孟浩远进来，赶紧起身从座位上站起来走出几步过来，脸上微笑着和孟浩远握手又引着孟浩远到会客间的小长桌旁落座。福斯特小姐忙着去倒水。伯利克校长说道："孟先生，抱歉，突然让福斯特小姐请你过来，你最近怎么样？你上的课同学们反映一直很好，很受欢迎啊，你是他们进入数学的一个重要指路人之一，也是他们人生中的好朋友。"孟浩远不知道伯利克为什么突然地说起自己上课的事，他显然有其他事情想说，回应说道："伯利克先生您客气了，我只不过是一个有幸在贵校学习的学者，你才是学校的导师啊。说得伯利克校长开心得哈哈大笑起来。"伯利克校长说道："孟先生你在数学方面的成就是非常重要非常高的，我们都很尊重你，你在学校是我们的荣幸，我们也一直很关注你。最近有学生反映说你在上课时，突然变得比较感性，神情有些忧郁，让我们要多加关心你。你看说明学生们多关心你啊，特别注意你的每一丝的变化，哪怕是心情。您是否你最近遇到了什么事或有什么想法？是否需要我们的帮助？我们一定会尽力去做的。"看着伯利克校长关心自己，今天突然问其最近上课时会流露出的一些真情的表情变化，是担心自己遇到什么事情。确实孟浩远近期一直关注"R–U"星云系运动一事对太阳系和地球人类的影响，想到地球即将到来的悲惨命运不免有些伤悲。多次上课结束时会说一些真情流露的人生感触，会强调爱你们，希望你们爱家人等等的话语，是与平时活泼幽默的风格明显不一样。以前都是风风火火活力四射非常智慧地讲课和回答提问，现在更多的事冷静深沉的表现，让人会感到孟先生确实情绪上发生了一点变化，学校应该关心他，怕有什么事困扰他。出于爱护所以今天伯利克校长让福斯特等孟浩远上完课后请他过来亲自和他谈谈，看有什么事情可以帮助孟浩远。孟浩远听伯利克校长说完自己心中感怀，眼睛盯着他正想着如何回答他，此时突然自己眼中出现只有他看得到的一幕，自己的办公室在平时这时候他应该已经回到办公室了，今天正好被叫到伯利克校长办公室有事，不过现在竟然有一人进入到他的办公室后关上门，整个身影正好对着桌上孟浩远他放置的那副特殊眼镜，正好清晰地看到一位青年男子，今天总算看到了，曾经被人进入办公室翻查过自己的资料和物件，原来是科里斯教授的助理休伊特。此时他又在翻查桌上的资料然后小心翼翼地又悄悄放回原处，打开抽屉一个一个在检查，看没有什么又关上，然后眼睛盯住桌上想打开一部学校配发的笔记本电脑查看，破解了他的开启密码然后在电脑上翻查起来。看看没有什么，又留意另一部秦给孟浩远的那台特殊的外面是华为标志的智慧超级笔记本电脑，孟浩远顿时紧张起来，只见他怎么也打开不了，又不敢硬来，恼怒的放弃后赶紧退出房间来开。孟浩远顿时陷入沉思，为什么？他到底是谁？他想干什么？

　　伯利克校长微笑地也看着孟浩远，但是看到他一直两眼空洞失神，似乎在想着心事。这时福斯特小姐端着刚倒的一杯热咖啡过来悄悄放在孟浩远桌前，又端着一杯给伯利克校长递上然后退出房间。伯利克校长说道："孟先生请喝咖啡。"一句话正好打断孟浩远思绪，回过神来他看着伯利克校长，这是一位学者风范的管理者，智慧亲切坚韧，伯利克校长脸含笑意认真地看着孟浩远，四目相对一个发出的是爱护和有些疑惑的眼神，一个露出的是信任尊敬的眼光。孟浩远欲言又止，心里纠结在思考刚才一刹那自己失神发呆停顿了一小会，但是自己面对伯利克校长是否要告诉他所知道的"R-U"星云系即将会对地球整个人类带来毁灭的深重灾难的重要真相，还是要暂时保守这个天大的事关地球人类命运的重大秘密。他的脑子里在快速的思考着权衡着。看着伯利克校长投来关切地注视着自己的目光，孟浩远有些不忍心这位年长受尊重的老人，决定把这件目前还没有人知道的事告诉他。孟浩远认真而严肃地表情缓缓说道："伯利克校长，我们都是学者出生是吧，尊重的是科学相信的是事实。"伯利克校长看到突然间孟浩远身上表情的变化，此时孟浩远的表情、语气、神态和平时完全不一样，孟浩远身上从没有这样的严肃和坚定，他明白看来孟浩远确实心中有事。认真地看着孟浩远严肃认真地说道："是的，孟先生。我们都是学者相信科学，更加相信你。"然后等着孟浩远说话。孟浩远继续说道："伯利克先生你信任我吗？"伯利克校长更加明白孟浩远有事情对他说，坚定地说道："当然。"孟浩远说道："好吧，伯利克先生，请把门关上。"伯利克校长起身将他办公室的两扇门关上，走过接待长桌边坐下。孟浩远看到后说道："伯利克校先生告诉你一个非常非常重要的事情，还有不到一个月两周的时间，宇宙空间中有一个正在快速稳定移动的星云系，其中以一颗巨型星球体为主体星，它大约是地球的 4.435 倍，它周围有数万亿颗行星和碎片，正向着太阳系方向和地球方向快速运动。最后极有可能会撞击地球及周围行星而毁灭地球、太阳、月亮、金星、火星等甚至整个太阳系将被摧毁破坏。"伯利克校长听到孟浩远缓缓说出这样的话，吃惊得半天一直呆看着孟浩远，简直不敢相信孟浩远说的事是这样。看孟浩远一脸严肃神情坚定，他真的惊呆了看着孟浩远，并不像是头脑发热突发奇想，他可是一位智商极高的数学家不可能突发奇想啊。孟浩远继续严肃认真地说道："伯利克校长，不相信是吧，你可以向国家天文台的索普教授咨询求证，不过他可能不会告诉你任何信息，还会询问你是从哪里获得的消息让你不要听信谣言。"伯利克见孟浩远说得非常坚定，他一点没有准备，孟浩远竟然会告诉他这样的天大秘密，是在迟疑思考下了很大的决心后才告诉他这个世上最重大的惊天大事。伯利克内心激荡脑中顿时瞬间空白，嗡嗡作响停留了好几秒才缓缓说道："孟先生，我相信你。可是可是……"后面不知道如何来表达此时的言语了。孟浩远没有把这个至关重要的信息获得来源告诉伯利克校长，只是将他和国家天文台的索普教授的两人交流发现的情况告诉他。伯利克校长当然信，不过被这条消息震惊了。他现在才完全理解了孟浩远为什么会刚才发呆出神，和反应在他身上发生的些许神态情感变化。原来孟浩远内心已足够强大，隐藏着如此重大的一个秘密，这样天塌下来的世间最重大的事件实在担受不起，一直深埋在他内心，是会让人发疯的。他是一个无比坚强和不可思议的人，最近为什么在上课时表现出来感性和忧郁顿时明白了。孟浩远把事情说出来后反倒是伯利克校长有些心慌意乱变得失神落魄了，他眼神空洞呆呆地看着孟浩远半天不说话。孟浩远说完也没有继续再说，房间里仿佛静止一般时间停止下来。过了一会伯利克校长才轻轻地小心问道："我们地球有办法可以阻止它避免毁灭吗？"孟浩远轻轻摇摇头说道："很遗憾，没有。宇宙的自然运动规律是没有力量来抗拒它。一切都在运动，有生有死，也许地球的死意味着又一个生的开启。"伯利克自言自语地说道："没有，没有。我的天啊！"

两人在办公室里都不言语沉默思考，这一幕很奇怪。还是孟浩远等静止一会后说道："伯利克校长，宇宙自然的力量是很强大的难以抗拒，顺其自然吧，我们只能选择面对现在，该怎么样还是怎么样吧。人们不知道明天以后会发生什么其实是一种幸福不是吗？不过这个天大秘密还没有官方正式发布，也不可能会发布。那将会造成这个地球社会秩序极度混乱，会提前陷入恐惧和动乱的，伯利克校长这件事仅限于我们两人，就到此为止吧。还有一个多月正好是圣诞节来临，学校也开始放假了，我的教学任务即将完成，想提前请几天假处理一些非常重要的事情。我和索普教授已经保持着常态的联系，后面的联系会越来越频繁。"伯利克知道孟浩远的事情就是围绕着天大秘密在和官方科学家商议应对，他正要说话。孟浩远的手机铃声响了起来，孟浩远拿起手机看了看，原来手机上正是索普教授来电电话号码，他也不避开当着伯利克校长的面说道："不好意思，有电话。你看说到索普教授，刚好索普教授就来电话了。"伯利克校长点点头示意接听，孟浩远接通电话后与索普教授开始交谈起来："索普教授你好，我是孟浩远。"索普说道："孟先生，情况已经很紧急了。我们准备明天开紧急会议研究，想请你一起参加，你看可以吗？"孟浩远有些疑问说道："索普教授，让我参加你们的会议？"索普急切地说道："是的，这是一次绝密的会议，非常非常紧急和重要，邀请你参加。"孟浩远说道："这，这，我只是一个数学研究者，不合适参加你的会议吧。另外我需要向学校请假后再回答你。"索普有点急了说道："我们是以国家国务院政府的名义组织召开国家天文台会议，发邀请书请你参加，可以给你学校发一封邀请书，请你务必到来参加。我知道你是非常重要的一位科学家请不要推辞，会议重要内容你是知道的。"孟浩远想了想说道："那好吧，请将邀请书传真过来吧，我现在正好在伯利克校长办公室有事。"孟浩远马上问了伯利克校长办公室电话报给了索普教授，看来索普教授已经很着急了。孟浩远告诉索普教授让他现在可以传真过来。孟浩远放下电话，准备向伯利克校长请假，伯利克校长一脸疲惫说道："孟先生，你们的谈话我已经知道大概了，你去吧。这是关系到地球人类命运的最大最重要的事，没有比它更重要了。他们能够邀请你去参加这次重要机密的会议，看来你是可以帮助他们的。"刚说完一会儿功夫福斯特小姐敲敲门，伯利克站起身过去开门，福斯特小姐走了进来，她不明白为什么两人关上门来商议，这是很少碰到的事。手上拿着刚收到的一份传真件过来说道："伯利克校长，这里刚刚收到一份国家天文台的会议邀请传真件。"说着交给伯利克校长，又奇怪地看看孟浩远，今天两人刚才一起谈话后他们怎么现在都是一脸的严肃，精神似乎有些不太好，脸上有些不高兴是不是发生争吵了，两人都沉默不语表情异常严肃。特别是伯利克校长精神显得很疲惫，好像受到过一次大的打击一样。国家天文台又怎么会发传真到我们学校而且是直接发到伯利克校长办公室来邀请的是孟先生参加会议，真是有些复杂搞不懂了。等她退出门后伯利克校长把传真件交给孟浩远说道："孟先生你去吧。希望你多出建议，能够为人类生存避免这次灾难尽最后的努力吧。"孟浩远说道："尽力吧。不过，请伯利克校长振作起精神，刚才福斯特小姐看你的眼神，我看她有些疑惑和奇怪，她会不安担心的。现在最重要的保持平稳，目前告诉你的也仅仅是预测分析的信息，万一也许不够准确最后发生变化了呢？"伯利克校长苦笑一下，孟浩远这样聪明的研究型数学家是不会像普通人一样没有思考就对没有依据的事情而且是事关地球命运和人类生命的重大事情随便说说的，不可能的。一定是他已经认为是非常确定的事，现在国家天文台都开始紧张着急了，专门开紧急会议讨论，孟浩远怕我受不住这件大事的影响是在安慰我。不过他说的对，人总要面对现实，是要打起精神来，不能被惊天噩耗打击后一蹶不振，让人看出来我有心事。福斯特刚才看我的眼神有些异样了，孟浩远提醒的对，生活还是要面对的，别无选择。

孟浩远和伯利克校长交谈后准备离开，站起身时特意点头微笑示意给伯利克校长鼓励，伯利克校长过来两人拥抱在一起相互鼓励。离开校长办公室走出学校，他没有骑自行车而是继续步行走回自己的小区住所。他要在熟悉的学校和路上边走边好好看看，周围和谐美丽安静的环境，学校里街道上快乐自信学习生活的人们。路上的车流一直不停穿行，街道两旁忙于生活正行走匆匆的人们，也有的悠闲说笑漫步的人们，或坐在街边公园喝着饮料在愉快交谈的，或全副装备骑着自行车运动，练习滑板技巧和跑步锻炼身体的人们……他们不会知道将要来临的一次史无前例打断人类进程和文明的最大的灾难，是一件多么幸福的事啊。不用惊慌不用深受煎熬恐惧，享受着生活本来的美好，和家庭亲人一起快乐生活着，这是真实的现状。真希望永远留住这样美好的生活，留住人类赖以生存的地球家园。

回到了自己的住所，小区内特别安静犹如花园，汽车停在路上周围宁静安逸。一个人也懒得动手烧饭，搬了一把椅子出来坐在后花园中看着天际远端太阳慢慢落下，天空清澈淡蓝云白如棉，太阳的余晖色彩红黄色四处散发呈现一副独特自由的油画。他一直静静地看着，一切都是在每天重复，但是没有一天是一样的，这就是自然的魅力。可惜它最终将要被全部毁灭。到了六点多他才走进厨房找到一袋方便面随便煮了一下胡乱吃完，然后坐在沙发上与艾琳通了电话，他询问艾琳的学习和生活，并告诉她明天他将受邀请外出参加一个会议。艾琳现在已经知道孟浩远的身上所具有的智慧和能力，他受邀请外出开会当然是学术讲课，而且专门预先告知自己。她不会多问，内心高兴和自豪，希望这种学术会议活动多一些可以让孟浩远心情活跃起来，而不是像现在时常看到他忧郁不快乐。孟浩远他要和自己想念的亲人特别是艾琳都会保持联系。

放下电话脑中空洞洞的，等到晚上七点左右，这时候远在上海的父母应该已经在上班忙着，他连线视频和他们聊天，其实没有什么重要的信息就是报报平安，随便的家常温馨的关切问候可以相互看看就很好，没有主题的随便漫谈也令孟浩远和父母感到高兴，看到孟浩远的住房，父母高兴地称好。孟浩远怕他们担心，善意地称这是学校出钱让自己住的房子，就在学校附近，以后有空请他们过来一起住一段时间，乐的母亲高兴的连声说好，准备计划以后安排时间请假来看他。说了这句话后他心里莫名的痛了起来，还有以后吗？

到了晚上九点孟浩远开始每天必须要做的一件事就是连线秦，听秦讲现在"R-U"星云系运动的最新监测情况分析。秦知道作为地球家园的一份子，孟浩远他内心的着急。其实秦心里也很担心，阿勃特在宇宙中的不断探索发现了唯一有人类和文明的地球，他所付出的精力和心血是最多的一个。在和孟浩远从接触到熟悉已经有很深的感情，地球对于他来说是十分用心探索研究的，对于阿勃特来说同样非常振奋和认真研究付出很多。可是刚发现地球不久就监测到"R-U"星云系的运动对地球和整个太阳系星球会带来灾难性毁灭，心里也十分难受痛心。只是他在孟浩远面前没有表现出来，一如以往的严谨严肃地给孟浩远说道："浩远。目前我们监测的数据分析，'R-U'星云系大约以每秒30000公里左右的速度进入银河系后，向太阳系方向在运动突破，没有发现它改变运动方向轨迹的趋势，如果保持以这样的速度运动，预测可能比我们上次预判到达撞击太阳系和地球的时间会提早两天至三天左右，现在所处区域位置和地球的撞击是难以避免的大概率事件，即使侥幸不直接撞击地球也会由于它能量场巨大会吸引着地球和周围的星球一起向太阳方向撞击，后果非常可怕危险可怕，地球和地球赖以生存的太阳系环境肯定遭受毁灭性破坏。"孟浩远听着秦的分析时心里一直在紧张，咚咚地地跳得厉害，听完后更是一呆，心里顿时一沉，完了完了，看来已经是避免不了的灾难来了。唉……秦的分析是依据他们最先进的监测方法和对数据科学的做出分析，是最准确可靠的信息，看来地球的命运已难逃过这次摧毁的浩劫了。

一直担心害怕的事终究逃不过，最终还是会到来让人无比悲伤。孟浩远低头默语脸色沉郁难看。秦看到视频中孟浩远的表情，理解他此时那种无助的心情，关切地问："孟浩远，你不要难过。宇宙太大，宇宙中的一切都在运动和变化中，有死亡有重生。犹如人类有生的起点也总归有死亡的终点，所有自然规律都是如此，即使地球万分幸运地躲过'R-U'星云系这次撞击，地球及周围的恒星行星，也总会有消亡解体的那一刻的，同时会形成新的恒星行星星云系。你明白这个道理吧？"孟浩远听秦的劝慰后长叹一声，哎……缓缓说道："谢谢秦，我明白其中的道理，可是毕竟人类生活在地球上有很长的历史，逐渐建立了地球人类文明，现在竟然即将毁灭消亡，地球上有这么多人都将一起瞬间死亡消失，这太难以接受了，命运多舛，唉……"秦静静地听着孟浩远的感叹悲鸣，孟浩远停顿一下说道："秦，请你再想想办法，只有阿勃特星，只有你还有可能尝试改变这种结局，不管如何争取一下。"秦知道孟浩远十分希望阿勃特的帮助，哪怕无论用什么方试一试，哪怕试了以后还是没有结果才会彻底死了心，说道："孟浩远，很难，真的很难。你也是一位科学家，你应该知道这是宇宙中自然运行的规律，无法抗拒无法阻止。"孟浩远每次从秦的谈话中得到同样的答复，他知道了最后地球终结的命运，这种让人面对整个地球人类即将死亡害怕挣扎着又毫无办法的结局实在感到无助和悲哀，人类无处逃生，地球无法逃生。孟浩远精神一下子有些疲惫不堪无奈地说道："知道了，谢谢秦！"

面对秦的数据分析得到自己不想要的最后的结局，内心的悲哀无处宣泄释放，孟浩远十分痛苦。他真不想再去参加美国国家天文台的会议，参加又如何？还是无法避免地球毁灭的结局，阿勃特没有办法，地球更加无可能来应对。

第二天早上当他站在院子中空旷的大草地上看着早上的太阳慢慢地升起，看着天空湛蓝明净的天空中东西和南北各有一条宽大的白色云路在天穹上，正好在孟浩远眼中看到相交织连接犹如高速公路中间的连接蔚为壮观。空气晴朗，一切都是那样的平静安逸如同每天每年。太阳升起，一天的早上开始，太阳落下月亮升起，一天结束，人类每天在宇宙注视下重复着学习劳作和休息的每一天。让孟浩远看着这些自然的存在有一刹那以为所有的数据分析都是虚假的不存在的，地球不会自然被毁灭，一切人世间都是这样的美好将会永远存在。人还是要勇敢地面对，心中要有信仰，生活下去直到最后。

已经答应索普教授参加这次紧急会议还是去吧，和他们一起共同思考共同面对不能颓废。一切照旧他打起精神，出门运动锻炼后回家，吃完早饭直接乘车到机场坐上飞机去参加国家天文台邀请的紧急讨论会议。

一个多小时后飞机降落，孟浩远走出机场看到停在路上的出租车，问询司机后拉开车门在后座上车前往国家天文台。出租车驾驶员是一位南美特征长相的四十多岁男子，身材有些胖，穿着普通休闲衣服，大大的眼睛。等孟浩远上车后告知他要去的目的地，心里显得高兴。国家天文台在城市边上的远郊区，那里是一处林地比较偏僻，从机场到国家天文台路程很长。对他来说今天算是遇到一位理想的好客户可以多赚点车钱了。等孟浩远上车坐好关门后司机开着车，打开车载收音机高兴地听着音乐，不时还侧过头回头看看孟浩远，见他是一位非常年轻的亚洲体貌特征的小伙，人长得斯文像是一个学生，年纪轻但是身上很有气场，并不显得青涩。身上带着一个双肩背包，没有其他多余的行李。见他一个人上车后并不言语自顾将头转向车窗外看着外边的街景和一路汽车驶过的景色，心事重重的样子，感觉这人很严肃不苟言笑，也就不搭理孟浩远，自己开着车听着音乐一路驰行。大约一个小时左右时间，汽车已经来到了国家天文台外围的第一道门口，从这里可以看到里面的几处建筑物，司机发现平时这里好像气氛并没有这么紧张，来这里的人也不会多，今天突然发现外围门口处的保安人员数量明显增加，有四个身穿制服全副武装的青壮年保安人员正认真地站着随时检查，平时只有两人负责检查。前面有两辆汽车已经停在门口排队等着接受他们检查，检查人员很专业认真的仔细检查车辆人员身份证件，不知道发生了什么事。等到前面车辆检查完放行进入，一位保安检查员指挥示意孟浩远乘坐的出租车靠停检查，出租车慢慢移动往前开到门岗边上停车，很快其中一位保安检查员上前查看了孟浩远的证件和邀请书后又检查了他随身携带的包后才放行进入，这次外围检查完毕，栏杆提起让出租车继续慢行，可以进到里面的行政大楼处停下。司机来过不少次，一般就在外围停下检查后不能进入，看来就是这位乘客手中的邀请信发挥作用了，这位青年一定来头不小，笑着告诉孟浩远："先生，你的目的地已经到了，汽车不能再进去了，进入里面需要专用的通行证的，外面的车辆是不允许进入的。"孟浩远明白他的意思回道："好，谢谢！"

拿出现金支付他的车资费用时又额外多给了他二十美元作为小费，司机看到后顿时高兴起来开心地说道："谢谢先生！祝你有一个愉快的一天！"孟浩远笑笑，眼看着出租车司机高兴地开车迅速调转车头离开。孟浩远背着包步行向前面的大楼正门走去，走过去约数十米距离，已经来到大楼门口。门口今天有四位全副武装的人高马大的男青年保安站着检查，见有人走过来示意停下检查，其中一人查看孟浩远的证件后又开始认真检查他的背包，等检查完毕又查看孟浩远的会议邀请通知，并连线对讲机在报告说孟浩远先生已到。然后让孟浩远步行走过安检通道后有专人来领着孟浩远进入里面大楼的电梯区门道，上电梯后刷卡按好电梯九层楼层，请孟浩远进入。当电梯到达九层楼后出电梯门口时外面已经有人等在门口引着孟浩远走到一间会议室，在门口站着两位保安。孟浩远看时间已到下午一点十分，里面一个长方形的会议桌两旁一边已坐着看起来也是受邀请的五位专家，他们的座位前面都有一个写着名字的身份席卡，右侧是一堵超大屏幕显示墙，上面可以看到的是飞行器和卫星探测到的一些图片、数据分析和太空卫星实时传来的画面，人犹如身临其境在太空中非常震撼壮观。

屏幕墙的另一半动态显示的是美国、欧洲及其他几个建有太空监控设施的各国天文台和中国天文台的专家，画面很多来不及细看。由于时间紧迫，美国本土的专家参加现场会议在座，其他各国专家通过视频连线方式参加会议。索普教授已经在会议室见孟浩远走进来，向他点点头致意并用手势指着孟浩远的身份席卡座位引导请他入座。等时间到一点半时索普教授开始主持会议，脸上神色严峻严肃，会议室内其他专家和工作人员同样都是一脸严肃甚至紧张，增加了会议室内的不安焦虑的气氛，预示着这次会议的严重程度。索普教授给大家介绍了召开此次会议的目的，展示从最先进的空间站，探航卫星和地面天文台监测发现的最新画面和数据情况分析，参会的每一位专家都神情严肃。等索普教授把情况分析报告结束，在他的建议下首先今天这个会议把最新发现的星云系统一命名为"1124星云系"（秦他们命名的是'R-U'星云系，比秦发现时间相差晚了近两个月。发现时间为11月24日第一次正式发现）。大家将各自的国家天文台信息数据图片等情况作介绍和分析并提出了意见。结果根据已经发现"1124 星云系"运动，少数几个有能力的国家他们已经掌握部分信息，数据分析后的判断归纳起来有三种意见，其他一些国家目前还没有发现"1124 星云系"运动这一重要事件。发现它运动轨迹活动的国家，一种意见认为在银河系中这个"1124 星云系"运动已被发现是存在的，不过宇宙中像这种星云系的运动是常见的，它一直存在一直运动变化，运动的结果是自我重新交织变化，形成一种新的格局最后会达到一段时间的平衡和相对稳定，它的运动方向是朝着太阳系在不断运动快速移动，但是距离还很遥远。运动期间会有变化，预测它运行的速度应在每秒15400公里左右。第二种意见认为"1124 星云系"这样巨大的星云系从宇宙外星系进入银河系时达到这样大的规模是非常罕见，需要引起重视警觉，通过他们的监测探测数据分析，它的运行速度预计每秒约在 18300 公里，特别是围绕其中一颗较大的主星球体形成"1124 星云系"板块组团运动，他的能量是非常巨大更少见，是极其危险的。它是否最后在进入太阳系后会变得衰弱，按以往的数据分析，这种可能性是存在的，但是会对地球等其他星球体发生很大影响，也许会被地球以外的其他的兄弟行星阻挡，首先会和它们发生撞击爆炸，这样的结果地球同样会受到影响，但不会被毁灭，在此情况下人类需要马上做好应对方案。第三种意见更加明确，预计"1124 星云系"其运行速度每秒约在 26400公里，这样的星云系将会突破现有太阳系组成的所有恒星、行星原有的基本平衡稳定状态，最有可能撞击地球或其他几颗恒星，或同时撞击他们其中的几颗，撞击结束后由于能量巨大可能依然会朝太阳方向继续运动，撞击摧毁太阳以及周围的行星。对地球和人类将是一场巨大的灾难，将是人类历史上从没有过的一场浩劫非常可怕，希望地球所有力量联合起来制定应对方案。中国国家天文台的向院长就是第三种分析预判，孟浩远心里为向院长叫好，他的监测数据分析是最接近秦的数据分析的，最后的结果和秦分析的基本是一致的方向和结果，也是三种代表意见中最准确的一种意见。秦的分析预测它的速度加上后期的能量的变化最后速度会增加，预计其运行速度应该在每秒29700公里。索普教授听完大家的观点分析后脸色更加严峻，看来发现"1124星云系"运动的几个国家太空监测的结果基本还是相似的，都监测发现到了

　　"1124 星云系"正向太阳系方向和地球位置快速运动，不过对结果分析预测存在不一样的结论。其中一种分析认为大体的运动方向上是一致的朝太阳系运动，但对于最为重要的撞击点具体结论方向上结果有差异。一种认为会撞击银河系中的恒星和行星包括太阳恒星，另一种认为可能首先直接撞击地球和其他附近的恒星，最后才撞击太阳及周围行星。这最后分析结局无论哪一种撞击点方向都对地球生存和人类生存非常危险，将是最坏和致命的结果。会场鸦雀无声死寂一般，这个消息对于监测到的国家也是绝密消息，有待通过同行国际顶级会议专家讨论分析后确定，未监测到的国家中的那些专家听着其他国家分析星云系运动而且在这个会一上已经统一将它命名为"1124"，说明已经是事实，又对它的运动方向分析，听到结论后脸色已经都明显发生突变。

　　听完在座的专家发言后索普教授扫视了会场，此时他把目光注意到孟浩远位置方向，眼中带着期待地看着他。他此时很想听孟浩远的意见。在索普眼中孟浩远是第一个很早就发现并及时提醒"1124"星云系的科学家，那时还没有任何一家天文台或国家卫星监测站空间站巡航探测卫星发现存在"1124"星云系的信息，更别说是运动方向轨迹和云系规模大小以及蕴含能量大小等等。尽管他不是一位专门研究宇宙天体的天体物理学家而是一位数学家，但是对他十分尊重，意思希望孟浩远发表一下他的看法。孟浩远看到现场有世界上这个对宇宙研究各种专业最资深最权威的天体专家、天体物理专家都先后发表了意见，自己只是一个在数学领域的研究者，似乎自己在这种特别严谨不容任何差错的会议上发言讨论有些不妥。所以他又看看索普教授，索普教授点点头期望他发言。此时会议室内特别安静气氛十分沉闷，这次会议索普教授邀请孟浩远是唯一一位非宇宙天体方面专业的科学家，他心中十分清楚，相信孟浩远身上的洞察力和对"1124"星云系运动的研究和分析能力。在所有与会专家上两人是最早就交谈过关于此次命名的"1124 星云系"的运动情况和可能的结果，他对"1124 星云系"的熟悉程度可以说无人可比。另外索普教授知道孟浩远在数学上的研究成就，也可以用数学家的思维来帮助分析运动轨迹。所以特意邀请自孟浩远来参加这次特别会议，看到索普教授极其肯定的表情，孟浩远不好再推辞，于是孟浩远非常镇定沉稳开始谈一些自己专业上的研究。说道："各位专家、先生们。今天的内容非常紧急和重要，事关地球和人类命运存在。根据索普教授刚才提供的大量各地地球最先进的卫星和监测设备的监测图片和数据分析，以及综合各国监测发现的数据和刚才权威专家的科学分析，已经得出结论发现'1124 星云系'。它的运动方向一直向太阳系在不断运动，最后预测结果将会是被撞击摧毁，是史无前例异常巨大的一场突来灾难。我比较支持中国向心波教授他们监测的数据和分析结果，他们有世界上最先进最灵敏最好的射电天文望远镜和独特的智能监控系统，还有分布在太空的空间站和宇宙中一直运行的大量高分卫星，得到的卫星数据和运动图片也印证了'1124 星云系'这个星云系存在。它的速度可能会更快，能量非常巨大目前还无法预测探知，已经超过我们现在监测的实际结果和通常的运行规律所得出的结论。我是从事数学专业研究的，来自伯利克大学数学学院我叫孟浩远，最近的有一项研究是关于建立在一个宇宙中一种飞行器飞行运动模型问题，目前经过长时间的研究已经得到证明。"孟浩远接下来开始自信满满地演讲了他这个模型的基本概念和理论："这里有简单的一个公式有三个影响因子系数，我称它为宇宙系数'ALQ'（孟浩远用艾琳和秦简称 ALQ）。它在不同的宇宙空间是不一样的，譬如在银河系，在银河系以外或其他星云系，都是不确定不一样的运动变化。刚才索普教授的分析有大量的数据图片表明，在不同的空间区域活动方式其实都是不一样的，所以现在'ALQ'通过计算可以出来结果。按照这个模型和'ALQ'三个系数相乘，A 代表主体星球'DM'质量大小，L 代表星云团系规模范围大小和周围质量计算所得，Q 代表星云系的能量场和运动过程与周围相遇的其他能量影响，聚合或者减消。"接下来孟浩远把他从秦给出的资料研究分析出来新的一个复杂的数学公式进行简单演绎说明："A 系数是通过预计'1124 星云系'主体星球'DM'和被他吸进的形成的系团所有行星和碎片的质量大小，主要考虑主体星球'DM'，这些数据都是刚才会上提供的最新数据可以计测算出'1124 星云系'的运行速度。那么它最后得出的速度预计在每秒 29744 公里，孟浩远边说边计算着，全是一些难以懂的数学公式，这个结论和向院长的结论比较接近。L 系数是决定运行轨迹的变化，Q 是运动星云系在不同宇宙空间运行时能量大小的变化。另外‘1124 星云系’运动轨迹根据我在伯里克大学数学研究院研究成果孟氏定律计算，运动方向没有变化。先生们你们可以根据现在发现掌握的数据计算它的运动轨迹和方向。我的计算分析的结论是‘1124 星云系’如果没有受到其他特别的因素的干扰它将突破并在运动过程中产生巨大引力场和其他能量场吸引更多的行星碎片和彗星等实体宇宙物质一起运动，向整个太阳系方向，主要运动位点是地球方向及周围快速移动过来，最后一定是会发生前所未有的与地球撞击爆炸，按照‘1124 星云系’的规模和能量地球将被摧毁。"说完后会场顿时陷入一片死一般的沉寂，他们被这位年轻的数学家大胆而且很有科学依据的计算推演发言所震撼，他的分析结果更让人惊骇不已，会场没有一点其他声音，都十分严肃紧张认真地在他推理计算分析中思考。看到如此沉寂压抑得透不过气的会场，停顿一会孟浩远继续说道："地球的命运此从会发生根本改变，撞击后这种能量和形成的新星云系最后继续是朝太阳方向再撞击。在地球被撞击毁灭的同时，波及其他行星和太阳等行星都被毁灭。除非 L 系数发生变化转变运动轨迹，突然有一种巨大的能量改变它的运动方向使它朝其他任何方向运动。但是从现有的科学技术理论分析这种可能微乎其微几乎很难发生是不可能做到的。结论就是地球会被毁灭人类将不复存在。所以我们恐怕不得不接受最坏结果出现。按照我的计算 43 天左右‘1124 星云系’应该会到达我们地球，以及刚才分析的结果就会出现。那时地球会发生有史以来、在宇宙中也极少见的巨大‘1124 星云系’和地球以及其他星球行星撞击爆炸。我们要思考面对一个这样的从未有过的严峻事实，目前地球上还有没有应对它的手段和力量？有没有阻止它发生的方式？从我个人来说不知道，地球上是没有任何科学方法和手段来对付它。也许……"说完孟浩远停顿了一下似乎陷入自己的沉思中，会场更加安静，所有人都在聚精会神地听着孟浩远这震撼人心死亡般的发言。看到会场一直鸦雀无声死寂一般，孟浩远最后又说了一句："也许上帝会来拯救我们，让它改变运动方向。"

　　孟浩远刚才的最新数学定律证明和数据论证分析大家都认真地听，一点一点被他完全抓住吸引，目光都聚焦到他身上。被他用数学理论推演和得到的结论更是惊呆了，这是一个还未知的，从没有听到过的新出现的数学理论。眼前的这位看似穿着普通，年轻阳光不为熟知的年轻人大家还不知道他底细，现在被他刚才的发言彻底惊叹和征服了。这位他们还以为是不太著名帅气很有气场的年轻人，后来他们在会议结束后才知道他原来是一位数学家百年难题"西塔姆猜想"的证明者。在这样一个关系地球命运的最重要会议上参加会议的都是举足轻重的著名天体物理学家和一流科学家，他根本不怕。在如此这样一个探讨关于宇宙天体运行的重要会上发言时沉着冷静，身上散发着智慧。年轻小伙原来是一个数学天才，第一次有人创造这个关于解释宇宙星云系在宇宙运动中的数学定律，并经过了他的证明，全部在他头脑中当场侃侃而谈没有半点停顿，这真是一个奇迹。后面的结论和有感而发更是点到专家们和参会的高层政府官员们的痛点，大家一片沉默就是面对此种灾难无可奈何无计可施的证明。也许面对地球将被毁灭人类真的没有办法对付，人现在所具有的最先进科技也难以应对宇宙中的其自身运动变化发生的突然灾难。

　　孟浩远发完言后会场出现一片沉寂安静得出奇，所有人都在思考中害怕中大脑休克停止思维一般。持第一种意见原本比较乐观的专家开始面色严峻轻松不起来，很快改变了想法赞同孟浩远的推演结论。孟浩远斜对面桌子坐着的一位年纪在五十多岁的美国白人男子，他没有席卡名字，一直在旁边默默地听着专家们的发言讨论，没有人注意到他，脸上是严肃冷静的神色，保持着不惊不喜看不出他在想什么。但是他的眼神里露出一丝寒气让人害怕。等孟浩远以他提出的最新的数学定律通过数据运用通俗易懂的分析推演"1124 星云系"最后的运动方向完成后，他两眼放光一直看着孟浩远，脸上竟然有一丝不安。他其实是美国国务院安全委员会专门派来参加会议的安全事务助理名叫考克斯，他可以协调各方。为了不影响专家的发言他一直保持低调，特意在一旁认真地听着。这里只有索普教授和他一起来的一位助手知道他真实身份。他是负责协调各部门协同应对的主要联系官员。但是孟浩远最后发言结论非常大胆和直接，认为地球上没有任何武器和技术手段来面对这次灾难说到他痛处，通过专家对收集数据图片展示的分析"1124 星云系"运动确实对它无能为力。他十分清楚孟浩远先生讲得是有科学依据的实话，而且敢于作出他的最终分析结果。所以他认同孟浩远的数据分析和中国专家向心波教授通过最先进的监测技术手段获得的数据，提出和孟浩远计算分析基本一致的观点。

看到大家都不再发言陷入思考中，会场上十分安静沉寂。他看看旁边的考克斯，考克斯点点头示意，索普教授马上发言作会议总结准备结束。此刻考克斯希望早点结束后面还有事情商量。索普教授说道："先生们，今天的会议非常重要非常非常机密，出于安全考虑请一定保持会议的秘密，以免影响国家安全和社会秩序。现在情况已经十分危险了，请大家集中所有力量和技术继续监测，信息和数据及时交流共享，共同为地球和人类的生存努力。保护地球的安全是我们所有人类最重要的职责和使命，希望有应对的方法来挽救地球。大家一起努力吧，我们会向联合国提出来。美国已经启动由国家安全部门统一协调所有部门来面对'1124 星云系'运动。"

紧张沉闷的会议结束后应考克斯的要求建议索普留一下孟浩远，他要和这位年轻的数学家认识需要和他合作。会议结束后在场的专家陆续离开会议室。孟浩远也起身准备离开，索普教授的助理已经悄悄走到孟浩远身旁在他耳朵边私语几句，请他稍等。孟浩远见索普教授还有事留下他，就坐在座位上。等会议结束大家陆续离开会场后，会议室内所有视频线路全部关闭只有四五人，孟浩远、考克斯一起跟着索普教授到他的办公室中接待区。索普教授介绍两人认识后，三人又对紧急会议的关于"1124 星云系"作了深入的交流，孟浩远说道："考克斯先生认识你很高兴，希望你回去后马上向最高层报告。可以由索普教授一起报告，他能科学地说清楚事情的极其重大性和后果。无论结果如何是时候想办法联合其他国家来做好灾难来临时的应对方案和运用所有措施不管是否有用都需要尝试，当它可能会有用的思维来作经济方案和准备。必须联合中国、俄罗斯、欧盟等重要国家和联盟团体，各国家和联盟此时需要摒弃其他的政治目的，我们别无选择，地球和宇宙不会对政治因素有兴趣，地球是我们共同的家园，没有时间再折腾，没有时间了。"

考克斯听完孟浩的话他眼光锐利地盯着他看说道："孟先生和我们一起回白宫汇报。你所担心的，说的想法，我们会尽力避免。是的，现在到了一切为了地球和所有人类的危机时刻，人类只能团结合作发挥最极限的，最后的所有手段来尝试挽救地球。尽管没有能力做到但是总要一试。"孟浩远说道："是的，没有其他办法，需要用所有具备的一切手段来应对。至于你的邀请，就不必了，我看索普教授是完全有能力提供科学正确的分析和建议的。如果需要我会和索普教授一直保持联系的，请放心我会的。"考克斯见孟浩远推辞也没有办法说道："好吧。请孟先生及时与我们保持联系，这非常非常重要，你不会离开美国吧？"这最后一句无意的话让孟浩远心里突然一惊，他为什么这么说？不过脸上保持不变，没有接口。考克斯说完见孟浩远不语，当场拿出自己的名片递给了孟浩远，上面有他亲手写的一个紧急电话联系号码，以便及时可以联系。并告诉孟浩远道："孟先生，你的研究是非常重要的。我会和国务卿甚至总统汇报这次会议的重要内容，并会作简报。请他们联合联合国发出联合行动，采取一切可能的方法来拯救地球和人类。这些信息是绝密的，请保守。请及时与我们联系，我的电话 24 小时都可以随时打来，你有任何事需要做，联系我都可以。谢谢！"得知孟浩远当天要离开返回波士顿，将要到机场乘飞机回去后，考克斯专门安排汽车送孟浩远到机场。

第十六章　最后的拯救

一

　　到美国国家天文台参加这场史无前例最重要震撼人心的会议，分析讨论着地球的命运。这一天对参加会议的所有人来说都是最难忘的一天，都感到身心疲惫。孟浩远会后与考克斯和索普又继续交流了很长时间，当天两个州飞机来回奔波不说，尤其是这次紧急会议的内容透出惊天大事，关系到所有人类最终命运，所以会场上气氛压抑沉闷。而且讨论分析的结果是地球和人类将会遭受一次浩劫后不复存在，只能等待命运被最后毁灭无可奈何，让人心灵上不能接受又不得不接受，所有人都十分的难过。孟浩远回到自己住所时已经很晚了，他打开自己的手机查看时，才发现艾琳曾经来过三个电话。艾琳今天在学校里下午没有课，中午在学生食堂吃好饭后回到公寓整理行李后就开车往回赶到了孟浩远住所，进门后才发现屋里静悄悄地，房间没有开灯，没有见到孟浩远，他参加会议还没有回来。她是知道今天孟浩远出去有会议参加，不过奇怪为什么孟浩远今天连续联系他几次都没有联系上，最近感到孟浩远似乎有心事，让她已经感到奇怪。孟浩远在昨天晚上告诉艾琳说学校派他到美国国家天文台参加一个国家级别的天文台研究会议，通完电话后才突然想起这个美国国家天文台不正是上次孟浩远突然提出想去参观国家天文台的地方吗？怎么会这么巧，这次还专门受到了邀请去参加他们的会议？孟浩远是数学奇才和他们的天文台研究的内容和专业没有直接关系的，很奇怪。因为关心孟浩远所以她要等孟浩远回来再问一下。她等在一楼客厅坐在沙发上休息，看着书等他。一直等到晚上八点多听到门外有人在开门的声音，一定是孟浩远，艾琳急急地起身往门口走去，正好看到孟浩远打开门走进屋子，看起来精神很疲惫，这可是很少见的。孟浩远一直精神出奇的好，身体也很强健，每天早上还很有毅力坚持要跑步运动和练拳，从没有生过病。今天看起来好像真是累了，一天来回两个州往返参加会议时间比较紧。

　　孟浩远开门后看到艾琳已经走到门口来迎他，房间内灯全部开着很亮堂，客厅的茶几上放着一杯茶、一台打开的电脑和几本书。知道她刚刚在看电脑和看书等他回来。两人拥吻后艾琳提着孟浩远的背包直接放在地下，两人走到客厅休息，艾琳帮孟浩远泡了杯热茶放在茶几上，孟浩远口渴把艾琳放在茶几上的杯子拿起来咕咕一口气喝了一大半。艾琳见状说道："浩远，你今天在两个州来回乘飞机跑去参加会议太忙了累坏了吧，你要注意休息。其实可以安排住一天，明天再回来。明天学校又没有课程安排，那明天就在家好好休息调整一下吧。"孟浩远看艾琳关心自己，疲惫的身心稍稍缓过神来拉过艾琳，让她和自己坐在一起，仔细端详着艾琳，把艾琳看得有些奇怪起来。孟浩远说道："艾琳，告诉你今天参加了国家天文台的一个非常重要会议，各国国家天文台专家连线参加，还有美国国务院官员参加。我在会议上发言时用我新研究证明的数学定律帮助他们计算，发现有关星球在宇宙运动的一个复杂问题，上午一早出门，到会议结束回来，一天会议确实很累。"说完看着艾琳眼里有担忧又爱惜的眼神，艾琳问道："浩远，你累坏了。国家天文台的会议怎么会邀请你去？"孟浩远说道："是这样。原来我也觉得奇怪，他们刚刚发现了一些关于宇宙太空星球方面的事，需要数学知识来解释。也有很多天体物理学家参加，我是其中之一。"艾琳一听孟浩远的解释恍然大悟，原来是这样。那他们邀请对人了，顿时一脸自豪和敬佩，高兴地看着孟浩远，说道："请你去参加会议是正确的。"。孟浩远缓缓认真说道："艾琳，我们俩就这样永远在一起该多幸福。你看我们这里周围的环境也好，有树林有公园没有干扰，特别安静适合休息和思考。人文也好，空气也好，人们相处和气愉快，一切都很好。真想永远这样不要被打扰，生活不需要热烈，只要平淡宁静。"艾琳听后觉得孟浩远的话听起来很感慨，但是有些突然。还是赞同地说："是啊，这样生活就很好了。就是太安逸了，时间长了你会感到厌倦的。"孟浩远说道："不会，我希望永远这样多好。还有和你在一起。"看着艾琳一副被自己说得陶醉幸福的样子，孟浩远不禁感慨，这样的时刻是最美好的，是上天所赐。可是还有一个月半月左右时间，以后将是人间最后的末日来临，所有的一切都会灰飞烟灭，地球文明、人类一切动物和生物都将没有，实在是太残酷了太揪心了，而且地球和地球上生活的人们根本没有逃生的希望，想到这些太伤感了。看着美丽聪明有主见有个性的艾琳，她是自己人生中遇到的一个真正懂自己的姑娘，是自己发自内心喜欢接受的姑娘，不免一下子心隐约伤痛起来。眼中竟然抑制不止泪水慢慢盈满了眼眶，不争气的一点一点地掉了下来。艾琳看到孟浩远这个样子受到惊吓，她不知道为什么，从没有看到过一直坚毅果敢聪明阳光的孟浩远会是这样多愁善感轻易动情掉泪，这已经是第二次了。第一次次是从上海浦东国际机场返回美国时与送行的父母告别准备进入候机楼时，他当时没有回头，但是眼中盈着泪水，艾琳当时就很是惊讶。今天孟浩远又这样流露出真情感，为了什么？她感觉不对，太反常了。

孟浩远此时的真情流露让艾琳感到不知所措很是奇怪疑惑不解。艾琳关切地轻声问道："浩远，你这是怎么啦？想到什么事让你伤心？"孟浩远看着艾琳紧张满脸疑惑关爱的神色，突然不由自主地紧紧抱住她不放，发烫的嘴唇亲吻着艾琳的金发然后又转移到她的脸颊，眼泪掉在艾琳的秀发上没有发声说话，像是抱住了希望一样不舍得放下。艾琳全身被热烈燃起，紧抱着孟浩远配合相拥在一起，她感到孟浩远心里一定有很大的心事埋藏着。他一直是一个处事果断直接个性爽朗阳光的人，认识他以来还从没有见到过他今天这般模样伤感动情，他是有事瞒着自己，而且一定和自己有关。但是被孟浩远紧抱着不放她已经感受到他的爱，说明孟浩远是深爱自己的，此时是真情宣泄。艾琳用手轻轻地摩挲着孟浩远的后背，两人拥抱了好长时间，孟浩远才一点一点慢慢缓过来，轻轻松开眼睛看着艾琳。用手抚摸着她的脸，眼中充满爱意和不舍。此时孟浩远经过多日的思考他已经想好，有一个自己重要的决定，如果到最后时刻秦来电话通知末日计划"HY"（浩远）要撤离地球永远离开时，自己是会坚决留下来，在地球上和秦保持联系做最后的，也可能是无果的一切努力，自己无怨无悔。如果一同撤离地球自己将会永远留下遗憾，所有的一切亲人向院长、索普、伯利克、科索等。索普教授需要他，向院长需要他，人类地球需要他同在，一旦逃离中断联系于心不忍。如果没有生的希望最后的努力没有成功，就留下昂然面对地球最后的时刻到来。但是对于艾琳他已经想好了安排方案有自己的私心部分和特别情感，到时候请秦在一起末日计划"HY"撤离时带上艾琳离开地球，他要让艾琳活蹦乱跳地一起撤离，不管她以后会怎样，她是地球人类保存的生命的种子，只要她活着，这是自己的愿望最好的无憾，这真的是生离死别。艾琳根本就不知道孟浩远此时心里的想法和打算。但是孟浩远的真情、眼泪和内心痛苦让艾琳受到惊吓，她急切地问道："浩远，你的样子吓到我了。到底出了什么事啊？告诉我，我们一起承担。"想好了艾琳的安排计划后孟浩远现在稍稍重归理智恢复平静，拉着艾琳的手认真严肃地说道："艾琳，你爱我吗？"艾琳说道："爱，爱，当然爱，你有话告诉我吗？"孟浩远说道："艾琳，请你相信我对你的爱，万一有一天发生了重大事情，到时候你一定要听我的安排。明白吗？"艾琳有点害怕接口说道："不会有事的，我只要和你在一起，任何事都不重要，不害怕。我不管会发生什么事都要跟你一起共同面对。其他都不重要。"孟浩远看着艾琳满是疑惑急切的样子，用嘴唇吻住她的嘴。然后对艾琳说道："艾琳记住，你是我今生今世最重要的，我可以为你做任何事。我答应你父母要保护好你，我可以做到的，但是你必须听我的。"艾琳此时被孟浩远说得十分感动，眼里也停不住泪花滴了下来。她现在听不太懂孟浩远的话，但是感受到他对自己的爱，同时感到他话中有着重大含义有重大事情要发生，让她焦急和害怕。两位相亲相爱的恋人，今天是发自两人内心的心灵走到一起了。

又一周时间很快过去，美国国家天文台和中国国家天文台以及欧洲国家天文台监测站形成的国家联合专家委员会，接下来的每一天专家们都在焦急紧张中过去，天天收集大量的数据交换意见。几个重要理事国成员开始成立联合行动机构，启动所有力量来面对危机。这时候大家都十分清楚已经不得不放下平时的政见不同，意识形态不同，政治制度不同，信仰不同，全力以赴开展合作联合。每个国家都有自身的科技和智慧，联合力量发挥作用试着拯救地球方案。只有普通的民众他们根本不知道即将会发生什么，在不知道的情况下依然过着正常的生活。很快紧张的时间已经在专家和官员们焦急煎熬中又过去一个月了。

索普教授从这次紧急会议后现在他一直保持着和孟浩远的联系，不管是什么时间他都需要和孟浩远联系，这样让他放心。每天的例行国际合作会议后，如果有数据变化就会在晚上八点和孟浩远联系，将在连线交流的短会内容和各地监测的情况和分析通告给他。孟浩远也是不管如何一直保持每天和秦通过阿勃特特制的超高端智慧电脑进行联系交流，听秦对数据的分析判断。经过自己头脑消化思考后，将这些极其有价值的信息用自己的语言作为地球使者告诉索普教授和向院长，这些意见都极具价值完全领先他们所监测获得的信息和分析。一段时间下来他们感到，孟浩远的信息永远跑在他们前面，等他们事后获得的检测数据分析才证明他是更精确更有预见性，说明他获得的数据分析情报要更早于他们多于他们，两人已经判断孟浩远背后一定有一个强大可怕的技术支持团队，可以监测更多更精准的数据，所以他提供的数据和分析情报不但早而且是非常精准更具有价值。他们在和孟浩远交流时这些信息都是作为孟浩远的预测就告知他们，但是过一周甚至更长时间他们才得以通过自己的技术手段确认数据是真实可靠的，这比他们的数据更加精准提早。他们心中吃惊不小，两人都装在心里不多问，但是更加信任和依靠孟浩远了。现在最要紧的是全力以赴紧盯"1124 星云系"的运动变化才是终极目标。秦的情况分析显示"R-U 星云系"（地球人类在美国国家天文台索普教授第一次联盟会专家会议上已经命名它为"1124 星云系"）在运动过程中没有遇到可以改变它的其他巨大能量规模的星云团影响，反而在它运动时又挟持着吸引更多的行星进入其"1124 星云系"，能量继续变得更加强大，运行轨迹也没有发生大的改变。而且目标正对着整个太阳系，撞击的首个主星体目标就是地球。集中获得的数据和监测图像都表明孟浩远通过他新创的新数学定律（孟氏宇宙运动定律，会后为方便记录决定改名称）分析宇宙云运动物体是有效的数学模式，分析得也是最为吻合的。索普教授和向院长已经将分析情况在上一次会议分析通报会时向自己国家有关部门报告，最终报告作为特等级急密电报送到最高级元首。所以人们最近奇怪的发现原来都是以美国为首的西方国家为了政治目的一直在与中国和俄罗斯等重要国家相互间争斗动作不断，经济战舆论战军事演习威慑手段出现的紧张关系，不再大张旗鼓地采取逼压措施来围堵，现在国家层面的争斗已经降调。大家好像达成默契，暂时停止和减少争斗大谈合作的重要性。重要的争执都暂时放在一边开始统一口径强调国际合作重要性，非常罕见的。各国在悄无声息的情况下都开始紧张部署，各重要部门包括军队开始忙碌起来，开展"地球新生计划"演练。各国商讨联合行动计划，不过面对即将发生的"1124 星云系"蛮横无比能量巨大一往直前的运动，最后撞击地球及其他行星，没有人想出以地球的科技力量可以阻挡的行动方案。所有会议最后得出的结论都是一致的让人沮丧和悲哀的，地球没有能力来面对这次灾难。所有参与者都情绪紧张地在备战状态和焦急无助的等待中煎熬，每一个参与其中的人都知道黑暗时刻即将来临，让人感到马上就要窒息了。

临近年尾美国的学校已经到了放假期，艾琳和孟浩远所在学校也都已开始安排放假。这天孟浩远想起为了杰瑞里提出的公司发展计划方案曾答应过要去他那里一趟专门研究决定。此时他已经想好自己作为地球使者最后一段时间要回到912科技中研究中心与秦、汉和格兰德他们在一起，最后他们撤离，自己就待在那里可继续与他们保持联系，面对地球毁灭。孟浩远心里突然有一个计划想去做，另外还有一个决定要告诉艾琳。

又一个星期六这天在自己的住所，时间对他来讲越来越紧迫，剩下的时间已经不多了，不知道为什么随着时间的流逝，面对倒计时日期越来越临近。最近他心里急但是不再害怕而常有烦心，反而好像是对一件重大事情从头到尾彻底想通了一般渐渐冷静下来，随之而来突然自己会有很多的想法和愿望冒出来，在脑海中出现乱跳，只好梳理一下。知道不能将所有的愿望都实现，譬如与自己的父母和爷爷奶奶待在一起直至最后，他身上担负着太多的事情，必须与索普教授、向院长和秦等保持联系分析数据信息争取挽救地球。譬如与艾琳和她父母待在一起，与王可佳、向院长、科索教授在一起，去看看自己高中和小学的班主任，还有很多很多……

看到艾琳还是像往常一样周末回到属于自己的家一般的住所，高兴的待在家中，早上和孟浩远一起出门运动锻炼，回到住所后拿着一把椅子端放在后花园的葡萄架下面，又搬出一张小圆桌放在边上，泡了一壶绿茶，拿着笔记本电脑和一本书休闲地坐着看看，有时在电脑上查阅信息。外面的太阳照射下来温暖舒服、安逸自在，身心完全放松下来。孟浩远看见走过去在她旁边席地而坐，看着远处的太阳、天空、周围的树木、花园、巨大的草坪。他要把自己的想法告诉艾琳，说道："艾琳，学校开始放假了。这将近一个月时间正好可以安排一些事去完成它，其中需要你参与的，你和我一起去可以吗？然后我想你有时间回荷兰去看看你父母。"艾琳正想着能和孟浩远在一起，以为他的计划是这次可以回荷兰多逗留一段时间和自己一起去旅游。忙答应道："一去回荷兰。太好了，好的，上次你答应过的。"上次在荷兰时突然孟浩远到自己家看母亲陪着自己父母一起吃饭，还送了礼物让他们很是高兴，只是时间太短暂只有半天。他曾经答应过艾琳以后要专门到荷兰陪她一起，好好游览轻松度过一周。现在学校放假了可以好好放松身心了，平时他太忙了没有时间，而且孟浩远他又很突然地参观了国家天文台后受到邀请专门参加了一次天文台的会议。这段时间孟浩远自己心里肯定是有事情，不过每次问他都会说出一些看似合理的解释，心里隐约还是不太放心。现在总算好了，看来他的情绪已经恢复正常状态了，这可是最好的，可以让他去荷兰散散心。孟浩远见艾琳满心喜悦的在想着一起去荷兰探亲旅游的事情，可是他们两人的想法都是出自各自的思考，他需要告诉艾琳，说道："是啊，艾琳。我答应过你的要回荷兰去。不过，我要先去处理一些事情。我在工作上有些事情去处理，先到亚利桑那州浩瀚探索科技有限公司去，然后要到912 科技研究中心去。这次你正好放假请你一起去可以吗？"艾琳不知道孟浩远这次去有什么重要事情去处理，但是孟浩远这次特意邀请自己一起去，反正自己已经放假有时间，正好心里一直在揣测孟浩远经常去那里到底有什么事是做什么业务，她不加思考笑着答应道："好。好。去，去。一起去。"说着起身站起，蹲下身子伏在孟浩远身上笑着看着他。孟浩远见艾琳爽快地答应自然高兴，他已经想好即使她不答应也要想办法让她一起去，她是其中主角。此行一个重要目的就是为了她，他也知道艾琳的性格，猜她没有特殊情况应该会答应同去的。现在果然艾琳马上就同意，太好了。笑着说道："好，我就去订机票和酒店。你收拾一下我们明天上午出发。"艾琳想着，孟浩远做事太果断，听到自己愿意去，马上就去订酒店和飞机票了。两人商量完后忙碌起来，艾琳忙着收拾自己的衣物放进行李箱中，孟浩远想到的第一件事是要把伯格的艾格尼丝公司大师专门设计和打磨的定制钻石戒指悄悄地放在自己的背包里，还带上了秦特制的智慧电脑和智慧手机可以更好地及时方便与秦联系。抽空电话告诉秦他后天下午会到"912 科技研究中心"与他会合碰头再向他讨教。准备好的定制钻石戒指孟浩远要寻找合适的机会当面送给艾琳并向她求婚，让她有一个意外惊喜。

第二天早上艾琳特别兴奋，脸上的笑容看得出来，早早起来吃好早饭后收拾行李，高兴的自己要开车和孟浩远两人一路前行驶往机场，嘴里快乐地还哼着歌曲，很快到了机场，将车停在停车库。两人提着行李走进候机楼里，艾琳高兴这次和孟浩远有机会是第一次去他有业务的地方，心里不知道会是什么样子，急切地问孟浩远。孟浩远稍稍将公司大概情况介绍了一下，重点介绍发现了一种新元素"Guo"，就是在 912 科技研究中心发现的，让艾琳充满了想象。两人顺利地乘上航班飞机，到菲尼克斯市已经是中午十一点多了。在机场孟浩远熟悉的打车告诉司机目的地，直接行驶到他已经订好的市内一家当地最好的星级酒店入住。办好入住手续，两人在酒店吃好中饭。孟浩远一身浅色休闲服，脚穿浅灰色运动鞋背一个双肩背包，特别潇洒精神，艾琳也跟着搭配上穿一件白色衣服，下穿一条蓝色牛仔裤，脚穿浅蓝色跑步鞋，背着一个休闲宽大的布包，背带很宽斜背着样子非常好看。下午陪着艾琳两人一起先游览市区街景放松一下心情，让艾琳觉得这次行程轻松愉快。两人在一条主要的商业街旁逛着，孟浩远在经过一家著名的品牌大银行时停下脚步对艾琳说道："艾琳，你在街上商店自己先去看看，我要进去咨询一下业务上的事，很快就好，大概需要半个小时差不多。"艾琳以为真的是孟浩远一直说的他们公司有关业务上的事到银行去，两人说好时间碰头地点后，她就自己在银行边上不远处的一家大商场走进去闲逛。

孟浩远走入银行后拿出自己的银行贵宾卡，马上有一位白人男青年专管接待员陪着进入银行保管中心，在他的引导下进入，进去后拿出密钥取出自己存在在这里的行李箱然后从里面查看钻石袋子，不一会儿，取了一块中等（鹅蛋大小的）和六块小的（鸽子蛋大小），放入早已准备好的七个布袋中，这些都是事先已经计划好的，然后放入自己背包中，感觉背包一下子有了些分量。把行李箱关上重新放入保管仓库后关上锁走出保管中心。门外的专管接待员看到孟浩远走出保管库房，赶紧微笑着引他走到银行大厅，一直送他走出银行。

孟浩远沿着街边的步行通道往东走出数十步看到了那家商定和艾琳碰头的商场。他没有看到艾琳在门口，就站在商场门口等着，过了一会艾琳从商场中走出来，她已经看到孟浩远站在门口，快步笑着走过来，孟浩远说道："艾琳，在商场里逛逛，有什么喜欢的吗？"艾琳拿着手中的几个商品提袋给孟浩远看，笑着说道："你看，给你买了两件衣服两条裤子，我也买了两件衣服一条裤子。"孟浩远一下子感到非常温馨，艾琳很为别人考虑，不声不响给自己买了衣服和裤子。他赶忙拿过袋子自己提着，两人继续往前走路看景逛街游玩。这次出来艾琳很开心，没有想到孟浩远今天一天一直陪着自己没有别的事，两人真正放松的逛街游玩心情轻松而悠然。晚上两人在外面找了一家餐馆点了几道菜吃饭，休息后又继续随心而游城市的夜景，直到感到疲劳很晚才回酒店，酒店房间安排的也是非常好住得舒服，一天时间安排满满的。

第二天孟浩远告诉艾琳准备到公司去看看，问艾琳是否想一起去。艾琳心想孟浩远对自己是完全无保留开放的，这是尊重自己信任自己，高兴地说道："你不介意，好啊。你说起过的关于公司和业务的事情其实让我一直好奇。什么样的公司值得你花时间经常往那里跑。正好去看看你这神秘的地方。"说完精怪地笑了起来，孟浩远知道她的想法，自己已经来过多次都是和公司业务有关，特别是这次和王可佳、玛丽博士合作在 912 那里发现了一种新元素 "Guo" 惊动行业内外，当然显得神秘了。到底是什么样的一家公司？她看着孟浩远，不过他没有多说，意味深长地说道："你去了就知道了。"

两人出酒店后叫了一辆出租车，很快来到位于闹市中心的一幢气派的商务办公大楼。杰瑞里和三位副总已经在昨天接到孟浩远的通知，他今天上午九点会到公司来，这可是孟先生专程来公司和他们现场一起商量工作的第一次，他们非常高兴也很期待。三位男的经理都是着装很正式，深色西装领带黑色皮鞋标配，还有一位中年女子穿灰色套裙黑色皮鞋也是职业正装。他们一起在九点不到就早早在商务大楼一楼的门口等着迎接，看到一辆出租车驶过来停下，正随意地看着，突然发现孟浩远和一位年轻的白人姑娘从出租车车上推门出来，杰瑞里一看反应很快忙上前迎上来，其余几人也跟着慢慢一起过来。他们没有想到孟先生会如此低调就坐着出租车过来，而且陪同他来的还有一位年轻的白人姑娘长得很漂亮。只见两人下车后，那辆出租车马上就开走了。孟浩远看到他们过来先介绍说道："各位好，您们久等了。介绍一下，这位是艾琳小姐，我的女友。"四人恍然大悟原来如此，年轻漂亮的姑娘原来是他女朋友。艾琳在一边暗自高兴，孟浩远不避嫌公开正式场合先介绍自己。然后孟浩远介绍杰瑞里身份后由他接着介绍其他三位副总，艾琳看到这种场合一片茫然，这里的商务大楼处在城市办公区，周围是比较热闹的，位置是市中心城区片外面一点，但这里还是在商业区范围。公司有四位经理说明这是一家规模不小的公司，四位经理看上去都是白人长相相貌，显得职业又十分精明很有气场。孟浩远和这家公司是什么关系？他们称他为孟先生时显得对他十分尊重，他们又为什么这么尊重孟浩远？心里开始有点埋怨孟浩远，应该提早告诉自己一下，通常到这样的公司参加正式的活动，这种场所着装上应该要穿得正式一点。这个孟浩远自己也太不拘小节了，他自己也是不通规矩礼节，一身的休闲装穿着随便，不过气场很足竟然没有违和感还很突出他的中心位置。他事先又没有说明到什么地方，来这里干什么？因为孟浩远他没有具体细说，自己跟着过来见他穿着普通服装，自己也是为了跟孟浩远的穿着搭配所以也是一身的休闲舒适的服装，两人在一起倒是很配。但是和公司四位经理在一起，他们正装以及公司这里的环境却显得实在有些不太相配。看孟浩远他也不太当回事，他们对孟浩远依然十分尊重，脸上露出微笑说明他们并不在意。艾琳只好跟着他们一起走到大楼电梯区，乘电梯时有人按了 11 楼，艾琳知道公司原来在这幢看上去约二十几楼商务办公楼的十一楼层。电梯到达楼层后等电梯门打开后伯格走在前面引路，孟浩远和艾琳跟在他后面，其余三位经理跟在后面一起出电梯门。经过电梯区过道后进入一家公司，都是玻璃幕墙干净明亮通透。

一行人走着来到公司必经过的前台接待区，周围非常干净地上铺着浅棕色的大地砖，光线从南面的玻璃外墙射进来，棚顶上的射灯开着光线很明亮，像是一个小广场很气派。艾琳看到接待区设计漂亮大气的背景墙上英文写着是"浩瀚探索科技有限公司"，边上的公司图标也非常新颖别致，很有创意非常有特点，会让人产生联想，看一眼就会记住和喜欢这个图标。

前台接待区时那位年轻漂亮的金发美女接待员考林斯笑眯眯的正站着，她看到今天几位老总全部早早下楼去，一定等候重要的客人。现在公司几位老总全部在一起陪着这两位客人走进公司，她面带微笑微微鞠躬致意。孟浩远经过时看到考林斯主动上前点头微笑致意，两人在上次孟浩远单独来时见过面，为孟浩远向杰瑞里通报因此互有印象。而且印象更深的是这位孟先生离开公司后，杰瑞里经理宣布令人兴奋的加薪和发放奖励一事。艾琳看着一切在心里在嘀咕，看来孟浩远对这里很熟了，他们都认识他。公司经理全部出来迎接他的到来，公司的一个负责接待的姑娘居然也一下子认识他，而且对他很是友好尊重，看到他来脸上露着笑容很是高兴。

经过接待区后大家一起走进公司，陪着孟浩远和艾琳走进公司里面一个小型会议室，里面当中放置了一个长形的长桌，两边各放了一排空椅子。不一会儿一位年轻的金发美女走进来在边上的茶几台上倒茶端过来先给孟浩远和艾琳，茶杯下先放了垫子然后放上刚倒的热茶，看到孟浩远点头微笑，又放了一瓶水在边上和一个空杯子放在边上，然后给艾琳准备，顺便轻声询问着是否需要咖啡，艾琳听说有咖啡低声说："可以，谢谢。"这位年轻的接待员又走进会会议室隔壁房间去准备咖啡，一会冒着热气的咖啡端上放下，然后再给坐在对面的四位经理端上茶水后悄悄退出会议室。杰瑞里和三位副总坐在孟浩远和艾琳的对面，每人桌上都放着一杯咖啡和一瓶水、一个空的白色玻璃杯。等接待服务员完成退出会议室走到隔壁房间关上门后，杰瑞里站起来走到右侧的墙上的大屏幕前准备要汇报上次他提出的公司发展项目修改方案计划。没有想到孟浩远却摆摆手说道："杰瑞里先生，方案不急，你们的修改的方案我已经看过。今天暂时不讨论这件事，你看我的女友艾琳也在，不谈工作上的事。不过我有事单独找你们每一位交谈一次。这样，请杰瑞里先生和其他两位先出去一下，先请杰弗逊先生留一下。"杰瑞里等二位副总看到今天孟先生看起来严肃认真，不谈工作而是和他们每位要一一谈话，心里不知道是怎么回事。他们一点准备也没有，为什么今天孟先生要单独和每一位交谈，心里反倒是有些紧张起来。只好一起先退出会议室走到外面并没有回自己办公室去等候。留下的来第一位副总杰弗逊更加不知所措竟有些紧张不安，不知道会有什么事情，自己一点准备都没有，等其余人走出会议室后一个人端坐在对面，也不敢喝咖啡两眼悄悄看着对面的孟浩远，不知道为什么孟先生会单独先把自己留下来谈话。孟浩远看着他显得有些紧张不知道要干什么的样子笑着开口说道："杰弗逊先生，公司成立没有多久，听杰瑞里说你做得很好，谢谢你的努力。"杰弗逊看着孟浩远很客气，回答道："谢谢孟先生，这是我应该做的。"孟浩远与他询问一些他的基本情况算是认识了，也没有多说其他话，说完从旁边空座位上放着的一个背包里取出一个浅蓝色的绒布布袋，口子用一根细绳拉紧了。然后孟浩远站起身来从桌子中间递给坐在对面的杰弗逊，杰弗逊连忙也跟着站起伸出双手小心接过，孟浩远重新坐下说道："这里面是一颗钻石，请打开看看。是我专门送给你的私人礼物，它的价值可以到 120 万至 150 万美元以上。谢谢你的工作，希望继续努力，希望你有一个愉快的一天。"杰弗逊接过孟浩远递来的礼物也顺势坐下，听完孟浩远的话顿时吃惊地瞪大眼睛，他有好几种猜想但是都没有想到是这样的结果。双手有些颤抖拿着孟浩远递来的袋子直直地看着孟浩远，半天说不出话来，他终于意识到是怎么回事，打开袋子看着里面果然是一颗巨大的钻石原石，眼睛顿时放光睁得大大的。作为在商场里面长年的经验和阅历，他已经判断出它的价值如同孟先生所说一样，这颗钻石非常稀有珍贵，瞬间激动又惊讶地大叫起来："喔，喔。我的天哪，真的吗，这是真的吗？"激动之情马上流露出来，泪水夺眶而出，跳起身来跑过来马上兴奋地和孟浩远和艾琳拥抱，边说着："谢谢！谢谢！这太不可思议了，我的天啊！哈哈哈哈。"孟浩远今天的突然举动着实让艾琳也大吃一惊，在听完刚才孟浩远讲的话，又听到杰弗逊打开袋子拿出那颗硕大无比的钻石后激动喜悦的惊叫起来，自己也被惊到受到强烈地感染，不由地也突然失声叫了起来。她十分不解，今天孟浩远这是怎么啦？在搞什么名堂？他怎么会突然这么有钱？随便给员工就是价值 120 万至 150 万美元价值的巨大钻石，这太离奇了，太不可思议了。看着杰弗逊一个大男人竟然像小孩般冲过来激动的眼中满含泪花，艾琳也一起被感动到。孟浩远松开杰弗逊，说道："好了，杰弗逊先生。没有别的事，好好干。祝你开心！请叫下一位特纳先生进来吧。"

杰弗逊说道："噢噢。谢谢孟先生艾琳小姐，谢谢！这太让人意外了。太让人惊喜了。上帝保佑你们！"说完迈着轻快的步子笑着走出会议室。这真的让他没有想到，原来孟先生这次专门来公司就是这么回事，太神奇太不可思议了，今天真是个好运日子。

等杰弗逊走出会议室后，艾琳终于憋不住了说道："孟浩远，这是怎么回事？这太让人奇怪了。简直，简直……"孟浩远依然神态端正看上去有些认真和严肃低声说道："马上有人要进来了，以后告诉你。"

杰弗逊出门后将钻石袋子快速放进自己衣服口袋中，脚步瞬时变得轻快起来，迈着步子像是一阵风似的走出门，此时的心情无比愉悦感到自己就是这世界上最最幸福的那一位，是自己人生中最不可思议的一天，口袋中有一颗价值百万美元之多的巨钻。他要赶快回到自己办公室把这个天大的幸福喜讯告诉自己的夫人和她一起来分享。站在门外不远处一直等待的特纳看到杰弗逊出来时表情有些奇怪，眼睛在不断地揉着，有泪水，但是满脸露出的是无比喜悦之情像是一个突然中大奖喜极而泣的孩子一样。走出来后根据孟先生的安排让他出门后叫一下特纳进去，见到门外不远处靠窗边的公司接待休息区那里有几张椅子和桌子，他们几位正等在那里，而且都是站着在等，相互间不言语显然心里有些紧张不知道会发生什么。看到正在焦急等待显得有些紧张的特纳后，杰弗逊只是说道："孟先生请你进去。"然后不顾其他人正看着他希望他能说点什么或者提示一些什么，也不跟其他人交流，自己迈着轻快的脚步急匆匆走向自己的办公室。这也是通常的职业规矩，刚与上级谈话不能与其他人多说。还在等待的两人也不敢多问刚从会议室谈话出来的杰弗逊到底是什么情况？心里更加紧张。特纳更是感到非常奇怪，带着疑惑不解的心情走到会议室门口停住脚步然后轻轻敲门后，推开门走进会议室关上门。

孟浩远见特纳走进来就指着对面空椅子做"请"的手势示意让他坐下，特纳端坐椅子上身子不敢随意乱动非常笔挺，然后双手放在桌上抬头面对孟浩远看着他。孟浩远也先随便问询特纳一些个人基本情况，特耐才不太紧张放下心来。然后孟浩远缓缓认真地一字一句说完与之前同样的话后，他目瞪口呆静静地坐着，直到孟浩远站起身把钻石袋送过去他还没有反应过来，孟浩远弓腰把袋子放在他前面然后坐下。特纳仍然没有反应过来，他从来没有想到会是这样的结果，真是突然的喜从天降，公司成立很短本来也并不看好公司发展前景，不过自己尽职业经理的要求认真工作是本分。这位孟先生竟会如此对待自己，简直太惊讶太突然太不可能了，他惊呆了还不敢相信。不过看到对面的孟浩远和艾琳小姐以及孟先生送过来的布袋子，半天才慢慢颤抖地打开袋子看到那颗巨大的钻石后才知道这是这真实的事情，此刻心情心潮澎湃肾上腺素激增，他立刻明白了刚才出门的杰弗逊，为什么是脸上明明高兴眼中流着泪水，应该也是同样获得天大的意外惊喜。只见他双手突然捂着脸在抹眼泪，他不想让自己脆弱的一面让人看到，等了一会一只手从口袋里拿出一包纸巾抽出一张擦去脸上过的泪水，缓慢笑着说道："不好意思太高兴了，谢谢！"他简直不敢相信发生的这一切，好久才站起身跑过来和孟浩远和艾琳一一拥抱表示感谢，讲话声音都已经有点颤抖哭泣道："天哪，这是真的吗？简直不敢相信，是真的吗？噢，噢，太难以置信了！我，我现在有些晕。谢谢孟先生，谢谢艾琳小姐！你们真是太好了。"等孟浩远轻轻拍拍他的肩膀他才不舍的慢慢一点一点松开孟浩远，笑着走出接待室，在门后深深地鞠了一躬，然后才开门走出。等特纳走出门后到接待区准备叫正站立着的唯一一位公司女副总朱丽叶进来时，她已经看到前面两人走出会议室与走过来时的样子，说高兴吧，脸上的表情似乎很开心，但是眼中有些泪水眼睛红红的刚刚哭过，还有些神神秘秘和异常高兴但是憋住的一种复杂的神态更加令人吃不透。她心慌不已，不知道接下来轮到自己会发生什么，忐忑不安只好慢慢走向会议室，腿有些僵硬。

　　朱丽叶是一位年纪约四十五岁的欧洲白人女子，举止大方，身材高挑穿着精致得体，身高在一米七六上下，样子精致漂亮。她是公司分管财务业务的，是一位美国名校会计专业毕业的研究生，曾经有过在两个公司的工作经历。杰瑞里正好在新建公司，公司岗位和薪资很吸引人，而且是一家新的科技探索公司。她喜欢这样有挑战的科技型新创公司，所以跳槽过来应聘任职，从原来公司的部门业务骨干到新公司任副总也是一个机会和挑战。进入新公司以后刚开始运作发现公司存在不少问题，基本没有业务，让她心中暗暗叫苦，这样的公司未来前途很不确定。可是后来公司在 912 地区突然购入了大量土地，并成立了另一家"912 科技研究中心"还建立了一个比较大的集中生产、科研、行政的科技园区，并运用最新技术发现了一种新元素和美国国际上最需要的含量丰富齐全的稀土等物质，用于在制造先进半导体芯片等高端材料急需的材料，才让她觉得来对了，以后公司的业务突然爆发，一下子转变所有人对公司前景不看好的看法。现在公司运行非常忙碌和其他公司完全不一样，不用投入广告不用宣传，业务始终是被行业内公司抢着要，没有想到会如此之好。公司从一直只有支出没有盈利，到现在一直每天收入巨大都是盈利，创造了快速积累巨大财富的能力，远景更加不可估量。会计业务这一摊子是跟着业务部门一起较忙的。自己的薪酬和公司所有管理岗位全体职工的收入也越来越高，还有时突然加薪奖金激励等。工作从长远来看只要认真做好是非常稳定的，自己很满意现在的工作，所以很敬业，她的专业和管理能力发挥了作用，让她做起来得心应手。她和杰瑞里两人站在会议室外面接待区，看到孟先生这样一位年轻帅气又很机敏的年轻人，知道原来他就是可以有权力决定处理公司最为重要事务的人之一，也许他就是幕后的老板。平时从来没有见过到他，都是杰瑞里在负责管理，所以今天是自己第一次见到他。一见面就让她吃惊，原来孟先生是这么年轻，已经管理这样一家科研型的探索技术公司。今天来开会原来商量公司发展前景她已经做好财务方面的分析，准备发言和随时接受孟先生的问询回答，可是临时改变要单独与每人谈话。刚才看到前面两位副总被一个一个留下单独进去谈话，时间不算很长，他们走出来时共同点就是眼睛含泪，但是十分惊喜激动的样子，不知道发生了什么事。不明白为什么，他们嘴上并不多说什么，说完就直接回自己办公室。她和杰瑞里两人在外面一直站立等着不敢离开，相互间也不敢多议论这件事。这次孟先生到公司来是为了什么事情？心里有过很多种猜疑，怀着疑惑不解的心情就这样等着，没人说不敢问让人突然感到心焦，好在每人谈话时间不算长。等特纳从会议室走出来后径直匆匆走过来叫朱丽叶，请她可以进会议室去了。她看看杰瑞里又看看特纳，他们没有给出一点示意，只好一个人小心翼翼忐忑不安地慢慢走到会议室门口，在门口站着等了一会使自己的心情平静下来，过一会才轻轻敲门后推门进入，然后小心地关上门。

走进后看到孟浩远和艾琳坐在对面，都是面带善意地看着她，顺着孟浩远的手势请她坐下。朱丽叶在他们对面桌前的空位子坐下，然后茫然地抬起头看看孟先生，希望从他的表情找到一点答案，但是他显得沉稳冷静读不出什么意思，这让她感到更加心慌，这场合会议室内空荡荡就他们三人面对面坐着，气氛太严肃了，她在心中揣摩孟先生应该是和自己谈些工作上事吧，数据都记在她脑中了她倒不会担心，不过孟先生并没有开口说话，她坐在椅子上有些紧张，也不敢主动开口说话，睁大眼睛全神贯注地看着孟浩远等待着他说话。当等了一会孟浩远还是一如前面，询问一些有关她个人的信息像是在聊家常一般，她心里稍稍放下心来，看来孟先生对自己的基本情况并不熟悉，她才一一回答将自己个人情况简单地介绍一遍。等她介绍完后，孟浩远点点头说道："好，谢谢，你工作辛苦了！"然后说出要给她私人礼物时心里的石头落地一下子轻松无比，原来是这么回事，孟凡先生准备私人礼物给自己。等孟浩远将一个布袋子递送给她接在手中后，说道："这是一块钻石，价值120万至150万美元，请打开看看。"听到这句话朱丽叶一刹那惊呆了，没有反应过来。小心地打开袋子看到真是一颗硕大的钻石展现在眼前，而且孟先生说它的价值 120 万至 150 万美元时，那种无比激动喜悦的情感短时释放出完全快乐来。她激动万分不太敢相信，情绪被点燃，瞬间爆发双手埋头伏在桌前失声哭泣起来。她一颗悬着的心落下，真是喜从天降，这样巨大的幸福来得太快了。一个从来没过不敢想的天大的惊喜会突然从天而降在她面前，居然有这样幸运的事发生在自己身上。她可从来没有想到过有这样的公司老板会以这样的方式给自己员工一个天大惊喜。此时在她心里已经认定孟先生一定就是自己公司的真正老板，只有老板才会这么随意决定突然间拿出这样的巨大一笔财富给自己，这可是一家新成立的初创公司啊。尽管现在公司确实是非常的赚钱盈利巨大，自己作为财务专家非常清楚。但是年轻的孟先生会这样对待自己的员工，真是没有想到。她趴在桌上激动地哭着，孟浩远和艾琳两人见朱丽叶如此激动不能自己，相互示意已经站立准备走过来安慰起来。朱丽叶才慢慢抬起头来泪珠在脸上挂着，看到后才激动的赶忙站起身快步走过来准备和孟浩远、艾琳一一拥抱。由于激动兴奋脚步也有点跟跄，差点摔倒，赶紧扶住桌子，孟浩远走过去几步扶住她。朱丽叶泪水流出，捂着嘴激动地说道："天哪，这是真的，我是在做梦吧，太难以相信了。是做梦吗？谢谢孟先生！谢谢艾琳小姐！上帝保佑！"上前就拥抱着孟浩远，情不自禁地在孟浩远脸上热切旳亲吻一下，看得艾琳反而有些不好意思了，等他们两人终于松开拥抱后，又与艾琳两人拥抱在一起。孟浩远说道："朱丽叶，希望你有一个难忘的一天，祝你生活快乐！"朱丽叶点头激动地说道："是的，真是不敢相信，真是个高兴的日子，太难忘了！谢谢孟先生！上帝保佑你们！"此时她才确认眼前发生的事这是真的，脸上喜笑颜开嘴上不住道谢，她穿的衣服没有大口袋，钻石放不下就直接把袋子紧紧地攥在手里，高兴地走出会议室门。忘了关门快乐并急急地走了出去。

　　杰瑞里此时只有他一个人站在接待区等，现在他成为最紧张的一个。眼见三位同事单独走进会议室与孟浩远谈话，走出来时的样子都好像受到过某种刺激，不过脸上看似严肃克制还是流露出喜悦之感也不多说什么，通知后一位去会议室后就急匆匆地回自己办公室。看着一个一个进去，轮到他一人在外面等时间真难熬啊。朱丽叶走过来请杰瑞里去会议室，他发现朱丽叶手中拿着一件东西双手紧紧地攥着，生怕被人看到，不知道是什么特别的东西，引起他更加的好奇。现在终于轮到杰瑞里了，他已经有些急了，快步走到会议室正好门未关上，忘了敲一下门示意，就直接推门而入，然后才关上门看到对面的孟浩远和艾琳，反应很快马上主动坐在椅子上背挺直了，有些紧张地看着孟浩远和艾琳两人，也看不出什么表情，不过他们脸上都是友好的善意。两人看到他这样急急地进来有些意外，等他进来坐好后主动先说道："孟先生艾琳小姐好！"然后眼睛看着他们俩，最后目光落在孟浩远身上，期待着孟浩远说话，艾琳看到这位总经理拘谨和不安的样子，心里真想笑但还是憋住了。孟浩远说道："杰瑞里先生，你是我第一个邀请过来的，新公司成立发展和运行到现在，你很努力。谢谢你！我给你准备了一份礼物。"孟浩远简短地说完，开始从边上空位子的背包中拿东西。杰瑞里心里顿时笃定，不是其他什么事，让自己一直心神不宁到现在，原来是送礼物给自己，这也不用太激动吧。脸上高兴地说道："孟先生您客气了，公司发展还是你的信任和决策非常重要，你不用这么客气。"然后看着孟浩远，孟浩远慢慢从背包里拿出一个大的布袋子放在桌上缓缓说道："这是一颗极高品质的钻石，价值约在1100万至1300万美元以上，作为个人礼物送给你，希望继续努力。"杰瑞里已经想过很多的可能，一听顿时惊呆了，什么什么？你送给我一颗巨大价值的钻石？这这这……这是怎么回事？惊得他说不出话来："孟先生，你你你……说什么？"孟浩远微微一笑道："好吧。这是给你的礼物。"说完站起把钻石袋子送到他桌前停住后坐回椅子。一下子把杰瑞里搞蒙了，脑中只记得"钻石"和"1300万美元。"反复闪现。他再怎么想也没有想到会是这样的结果和见面。人已经完全呆住了，实在太过突然着实吓了他一跳，感到心跳停住了喘不过气来，瞪大起眼睛看着孟浩远。这次连艾琳也大吃一惊，已经不由得叫了起来："哦，我的天哪！"杰瑞里才反应过来小心吃惊地问道："孟先生这是真的吗？真的吗？你开玩笑？这不可能不可能啊。"这颗钻石价值1300万美元？杰瑞里一辈子工作也没有挣这么多的钱啊，简直天方夜谭，天上突然掉下来一个令人震惊的天大的惊喜。看孟浩远镇定的神态和冷静的脸色以及连艾琳也吃惊的表情，他慢慢把布袋打开，手不断地哆嗦起来，竟然一下子没有办法拉开系在袋口的绳子。心里在对自己说孟先生一直很沉稳冷静从没有开过这样的玩笑。眼睛直直地看着孟浩远，又十分小心的翻打开袋子伸手进去慢慢拿出那颗从未见识过的巨大无比的钻石，心跳一下子加速，咚咚的急跳起来，睁大眼睛紧盯着钻石，仔细看了又看，摸了又摸才意识到孟先生所讲是真真实实的，迅速放回袋子中。轻轻拍拍自己的脑袋提醒自己不是在梦中，惊道："啊，我的天，我的天，孟先生。"然后赶紧站起来开心地哈哈大笑地奔过来，抱住孟浩远激动拥抱不放。到这时这位男人才情感爆发眼睛挂满泪水激动不已带着哭泣声说道："谢谢！谢谢先生谢谢小姐！这是在做梦吧。简直不敢相信，我的天啊！我的天啊！我快要窒息了，这这这……我想说什么？"孟浩远拍拍他的肩膀安抚着他。这样的场面连艾琳也跟着他们一起突然激动和喜悦，眼中有些泪水。她心里始终不明白孟浩远是这么的富有，这可是没有想到的。看来父亲的研究中心抗癌新药的研发投资资金也一定是孟浩远自己的，而不是他说的朋友的，他只是代理人那样。他怕太有钱会让自己不适，所以他一直很低调。这些巨大钻石现在一一送出，是没有人敢做决定的，当然是他自己的。这样一想就解释通了，所以孟浩远对待钱很随意，一直表示出让自己随便花钱。不过他是何时，又是从哪里获得这样巨大财富的呢？他到底有多富有呢？竟然可以把价值巨贵的钻石当作一般礼品就这样随随便便送给自己的员工，这太不可思议了，而且他的钻石肯定比送出去的要多。还有为什么这次当着自己的面显示自己的富有呢？艾琳还有很多疑问，等以后慢慢再好好理理吧。终于等到等杰瑞里松开孟浩远，然后非常礼貌激动的轻轻拥抱艾琳，现在他还处在欣喜若狂激动中无法平静下来。孟浩远说道："杰瑞里先生，好了，现在请叫其他三位副总一起进来。"杰瑞里才喜滋滋地飞快走出会议室双手拿着布袋然后飞速走进自己办公室把布袋小心悄悄放好。然后兴高采烈满是喜悦之情，挨个敲门通知其他正在办公室里抑制不住高兴的脸上满是笑容的三位副总一起到会议室中去。走出办公室后他们没有看到喜悦，脸上已经变得认真严肃起来，怕被人看出来。不过等四人陆续走进会议室后看到孟浩远和艾琳，他们全都变得快乐起来，沉浸在刚才突然收到的喜悦中，每人眼光欣喜异常脸上神采奕奕，他们都明白在座谈话的四人受到老板的一次特殊嘉奖了，大家高兴地坐在孟浩远对面桌子坐定后看着孟浩远和艾琳等着说话。孟浩远说道："杰瑞里先生，我来时事先通知过你，今天公司所有人都应该在吧。"杰瑞里说道："孟先生，公司全部人员按你的要求都通知到了，公司这里有 48 人，912 科技研究中心生产基地和科创园区共 54 人，昨天已经全部通知了。"孟浩远说道："好的，谢谢！我们要开全体员工会议，现在这里，请通知他们开会，五分钟以后开始。"听到孟浩远的要求朱丽叶是负责这一块的，她轻快地走出门去通知行政办公室，让他们去通知公司全体员工到公司大会议室兼培训中心开会，会议室里面可以容纳三十几人。接到通知现在开会后，公司各部门员工带着猜测，今天究竟是怎么回事？昨天通知全体员工不要请假都要到公司开会，时间却并没有明确几点，现在已经是下午突然临时通知马上到培训中心会议室开会，公司成立以来开全体员工会议很少见，员工们停下手中的工作三三两两相互间说着话陆续走进了大会议室，一下子会议室前面位子上坐满了人。还有几个没有位置了干脆把后面几排培训长桌搬掉，从其他会议室搬了一些椅子坐下，会议室里已经坐满。

　　大家都不知道什么事情，有的开始窃窃私语想探听是什么会议？没有人知道。时间到后公司杰瑞里总经理和三位副总员工们都认识，只见他们陪着两位年轻人走进培训中心会议室，其中一位青年男子手中还拿着背包，两人穿着普通和几位经理的穿着反差很大，他们都是正装在身。众人一起走到前面讲台位置站着，这两位年轻人从来没有见过面，员工们开始在下面交头接耳想要找出答案，只有前台接待员金发美女姑娘考林斯见过孟浩远一面，他们一起进来时又见过，知道他是一位重要的任务，经理们对他都非常尊重，她微微一笑并没有说出来。

　　公司员工们都好奇地抬头在看前面的几位经理，看到四位经理脸上都是神采飞扬喜笑颜开特别兴奋，好像有多年未见的喜事一般。他们心中十分好奇，发现经理旁边新来的两位年轻人，经理们都围在他们两边，他们就在中间突出位置。大家都没有见过这两人，两人年纪都很轻，看着倒很像是大学生模样，不知为什么杰瑞里他们都会对这两位年轻人很尊敬的样子，这里面一定有故事。杰瑞里开始说话："女士们先生们，今天是公司重要的一天，有一个重要活动。这两位是我们公司的投资人，孟浩远先生和艾琳小姐。"对于身份的介绍是孟浩远特意让杰瑞里这么介绍的，不用太直接。员工们听到介绍才知道原来这两位陌生的年轻人是公司投资人。杰瑞里继续说道："下面请孟先生讲话。"大家礼貌性地不太整齐地鼓起掌。孟浩远气场十足，他经历过多次的学术报告，平时又在学校上课，因此心里十分镇定说道："谢谢大家！刚才听杰瑞里和他同事们的介绍，我知道你们工作很有成果。我代表公司感谢大家！马上就要到圣诞节了，事先还没有和杰瑞里先生商量过，需要今天开会说的事，我建议杰瑞里从明天开始公司放假一个月，大家回去陪家人好好休息开心地度过每一天。"员工们一听这这位年轻的公司代表看样子很是沉稳笃定没有多余的话，上来就是这样的一个超乎所有人想象的决定，显得一言九鼎，他可以做这样前所未有的决定，实在是太令人高兴了。全场顿时不约而同热烈地鼓掌点头，有的兴高采烈举手，有的发出热烈的欢呼声。孟浩远接着说道："各位，我们公司是一个初创科技公司，起步晚发展过程中大家能够来公司服务，很感谢大家。在我们公司这个大家庭里工作，只有岗位不同分工不同，没有大小高低之分，我们彼此都是兄弟姐妹，我们都要有爱。我建议杰瑞里先生制定一个特别的员工激励方案，每人一次性发放 100 万美元作为今年的特别奖励。从杰瑞里到公司所有的人，包括我们在 912 科技研究中心基地生产一线的每一个人都一样。你们该好好享受生活和家人们在一起，度过愉快的假期。"孟浩远这话刚刚说完全场员工顿时欢呼声一片激动疯狂，同时雷鸣般掌声响起整齐而响亮经久不断，员工们开始相互拥抱，不敢相信地问，眼泪瞬间落下。有三位是保洁工人更是激动的大声问道："这是真的，刚才孟先生说什么？"等旁边的人激动地重复一遍后霎时脱口惊叫起来："天啊！天啊！我们以也一样吗？天哪，太棒了！太让人难以置信了。啊太好啦！太神奇了我的天啊！"高兴激动的眼泪已经掉下来依然说着："真不敢不敢相信。"此时全场所有人都已经在三三两两兴奋高兴激动地在说话，不断地重复这难以置信的天大喜讯。有的人站立起来，很快所有人都情不自禁地站起，有人兴奋地尖叫欢呼起来，有的人不停地一直大叫"天哪，天哪！"似乎已经发狂了，有的人开始扭动身子不管如何激动地跳起舞来，有的人因激动而昏晕过去，有的人蹲下抱头痛哭。会场里一片欢呼声激动的叫喊声还有高兴的哭泣声，所有人都不敢相信这真是一个快乐的事实。

杰瑞里和其他几位经理也没有想到，原来孟先生需要全体人员今天开会就是宣布这一无比幸福的决定，这么一个令人激动的决定太不可思议了，这对每个人可是一大笔钱啊，他可以给每人带来很多，做很多的事。今天孟先生实在太奇怪了，接二连三的给我们天大的喜悦，心里有些吃惊，这太突然真的太奇怪了，孟先生真的有点疯了，好像到了公司关门的时刻了。但是公司现在明明运行非常正常和良好啊。心里有疑惑不过脸上都还是特别高兴内心喜滋滋的。艾琳一听孟浩远的决定也更是摸不着头脑如同杰瑞里他们一样的想法，孟浩远今天简直太疯狂了。心里的谜底已经解开，能够这样决定的人他一定就是公司投资人就是所谓幕后的真正老板。原来孟浩远一直低调地说自己受朋友委托出面办事，看来他不想让人知道他多有钱。等会一定要先问问他，他哪里来的这么多钱？钻石？简直是太不可思议了，太过神奇了。现在孟浩远身上神秘的地方越来越多了。

看到大家无比激动喜悦的神态和满屋子像是要炸了一般激动的叫喊声，孟浩远挥挥手示意大家安静，看到这位好老板在招呼大家安静，终于大家慢慢安静下来，看着这位可爱的孟先生听他说什么。孟浩远继续说道："上帝保佑你们！祝你们有个好心情！会议结束。"大家又疯狂的叫喊起来，原来就这么简单，开心的一个一个找旁边的同事相互拥抱，让喜悦的泪水自动发泄流淌出来。前面几排的员工挨个排着队争着一定要拥抱一下孟浩远和艾琳及其他几位经理，感谢他们给自己带来如此好运和难以想象的幸福。后面来不及排队的，有的自己相互拥抱在一起唱着歌，也有的人急不可待了，拿出电话在给家里报喜的，喜悦的泪水在脸上，终于轮到前台接待员金发美女姑娘考林斯过来，她一直甜甜地笑着，脸上有泪水的痕迹，眼中发着光彩过来像是对待父亲上帝一般拥抱孟浩远，然后趁机在孟浩远耳旁轻声地说："我爱你，我们都爱你，你是最棒的，谢谢你！”然后用嘴快速地亲了一下孟浩远面颊，孟浩远感到不好意思，旁边正站着艾琳和几位老总，不过他们都先后接受亲脸的礼节，欧美姑娘真是热情奔放，明知道艾琳是孟浩远的女友还是大胆的拥抱亲吻孟浩远。其实艾琳看着并不计较，现在会议室内的气氛已经被彻底点燃起来，人们的激动之情被这幸福突然点燃烧起来，人们心中的一颗久已封闭平静的心，发自内心的狂喜喷涌而出。什么都不重要，重要的是现在大家都在这种气氛中开心。不过孟浩远也确实讨人喜欢，他长得英俊，沉着大气又聪明有主见更有远见，现在又有钱又大胆，又十分富有爱心地做出的决定在旁人看来近乎疯狂，但是孟浩远真真实实就这么做了，而且看不出他有钱骄傲的样子，把大家当作一家人，是真心对待员工好，让人不得不油然而生敬意。

其实孟浩远脑中也计算过这些钱支出，从公司盈利来讲根本不算什么事，每天都赚这么多钱，自己不知道要干嘛？自己本来就对钱没有特别的感觉和迫切的追求，只是机遇让他这么快积累如此巨大的财富，而他心里担心的是一旦地球遭灭顶之灾瞬间毁灭，财富对于人来说是无意义的东西，生命才是值得珍惜的，幸福快乐的体验才是最重要的，让他们和家人团聚，欢乐的享受生活的美好吧，这样做更有意义，但是他不能说。后面的员工极力想要和他们拥抱，杰瑞里宣布：“好了，我们还有事，等下次吧。”说完几人在员工欢呼鼓掌声中悄然离开。他们仍然不舍离开会议室停留在会议中欢庆，到外面走廊办公区一直听到他们高兴地喊叫声。今天公司注定是在长久的欢乐中度过。

等这里的激动人心会议结束完后，孟浩远提出还需要赶到 912 科技研究中心基地看看一线的员工，当然也要当场宣布公司里这项激动人心的决定，让全公司按孟浩远所说都是一个家庭的成员，充分享受突如其来的幸福时刻。安排计划时孟浩远只要求请杰瑞里陪同一下，没有想到，其他三位副总都十分急切地想要一起陪同前往 912 科技研究中心。孟浩远最后还是劝朱丽叶副总留在公司准备收尾工作和安排员工离开，以及奖励资金抓紧支付给每个员工和已经在手上的急需工作的安排完成。同时考虑到她是女性可以回家照顾小孩，被孟浩远劝说后朱丽叶才同意留下做收尾工作。一行人走出会议室准备离开公司时员工自发形成人行通道在两边兴高采烈夹道鼓掌欢呼欢送他们眼中的好老板离开。朱丽叶和行政助理等几人一直送孟浩远他们到楼下，在孟浩远上车准备离开时朱丽叶走上前又不禁和孟浩远和艾琳拥抱告别，等汽车离开远去才赶忙上楼回公司忙着员工发放奖励金、休假和暂停业务的事先通知等公司事项。

二

车上的一行人坐在一辆中巴车上，坚持要陪同孟浩远和艾琳一起去的杰瑞里等人特别兴奋高兴，还没有从刚刚获得的激动人心的消息中缓过来，大家依然抑制不住内心的喜悦，一路上有说有笑。到912科技研究中心路程很长，不过此时他们对长时间的路程已经感觉不到了，只是觉得和孟先生这位神秘的不可思议的老板在一起是那样的踏实，那样的令人愉快，他们还不知道眼前他们的老板还是一位一流的顶尖数学家。

汽车终于赶到912科技研究中心基地，已经是下午近四点多了。汽车进入厂区门口后，孟浩远让杰瑞里通知基地的所在员工过半小时后到912科技研究中心行政大楼培训中心会议室去集中等待开会。现在杰瑞里他们一起来的公司几位经理都知道孟先生干会的内容是怎么回事。912科技研究中心的另一位负责管理的一位经理他不知道，孟浩远也给他准备了一份激动人心的厚礼，同样给他一颗和其他副总一般大的价值120万美元以上的钻石，准备在会议结束后单独给他的。

孟浩远悄悄告诉杰瑞里让他们几位陪着艾琳在接待室休息片刻，他要出去一下。说完自己直接奔向秦他们的D楼去，急匆匆地走到D楼进去，来到秦楼上的办公室，发现门关着，说明秦并不在办公室里。马上乘电梯到楼下的会议中心，按响门铃后秦过来开门，他早已从监控中看到孟浩远的汽车进入 912 科技研究中心，然后看着他一人下车进入 A 楼，在监控画面中看的一清二楚，现在看着孟浩远过来早就在门口等着，打开门看到孟浩远过来一脸高兴，一起走进会议中心。此时汉和格兰德都正在忙碌着无暇顾及，听到秦说孟浩远来了点头招呼后依然在忙着手中的工作。他们匆匆与孟浩远打招呼过后仍一直专注地盯着屏幕在认真地看着数据和用桌上的电脑不停地输入信息联系，显得非常忙和紧张。他们都戴着头盔，同时一边娴熟地操作电脑正在计算各种由母船和他们临时释放的智慧彗星接收飞船传输来的各种大量数据和信息。看他们如此忙着孟浩远不免心里紧张，急切地询问起秦情况道："秦，现在情况怎么样？发生什么变化没有？"秦一脸的严肃说道："孟浩远，你今天突然就赶过来了，是心里一直不放心啊。"孟浩远说道："是是是，心里实在急啊。秦，现在都已经到了我们地球生死存亡的关头了，没有比这件事情再重要的了。所以我今天过来，准备把基地这里的所有员工全部提早放假，让他们回家和家人在一起过圣诞节，让他们好好享受这最后时刻人类美好的生活。" 孟浩远讲这话时明显很是伤感悲戚，同时他把上午在浩瀚探索科技有限公司的安排做法和马上要和这里员工继续安排开会的事告诉秦他们。两人正交谈着，杰瑞里电话打给孟浩远，告诉他所有员工都已经集中在培训过中心会议室，还有五分钟可以开会，请孟浩远过去。接完电话孟浩远告诉秦："秦，我准备过去，他们已经在等我了，我要和员工开会然后宣布放假，让他们回家和家人在一起。接下来的一段时间我要和你们一起在这里坚守到最后。"秦听完后对孟浩远说道："是这样，好吧。那我也一起去看一下，你不用别管我。只是在后面悄悄看看，这样不会引起人们的注意，汉和格兰德暂时离不开这里。"孟浩远没有想到秦想一起去看看。留下格兰德和汉值守，两人一起上电梯后跟随着孟浩远一起离开，从地下开着车直接到 A 号楼地下，再乘电梯到达三楼后区的一扇门出来，让孟浩远一人先出去，等孟浩远离开一会后，秦再七转八弯地走出，隐蔽悄悄地走向培训中心会议室。　当两人先后走进入培训中心会议室时，孟浩远走进会议室直接往前面走去，秦悄悄走进会议室，在最后面一排空位子找一个坐下，没有人注意到他。看着周围的员工，听到他们在窃窃私语说道："今天有事么，怎么公司上层的几个经理都过来了？"他们一直以为老板就是杰瑞里。见到前面杰瑞里和杰弗逊、特纳三人还有孟浩远和艾琳两人，他们面对着员工站在前面讲台中心位置。杰瑞里面带喜色说道："各位先生们、女士们，大家好。今天是我们公司最重要的一天。我们感谢每一位员工在这里努力和付出，公司的业务现在正迈向正途，非常顺利。谢谢大家！下面请公司的投资人孟浩远先生给大家讲话。"说完自己带头和大家一起鼓掌，员工们还从来不知道幕后老板是谁，今天都是第一次看到这位神秘的投资人，他们眼前出现的居然是一位年轻帅气的中国人小伙子，感到非常意外，都抬头两眼好奇和期待的眼光看向前面。孟浩远面对大家说道："感谢大家远离城市到这里工作，公司为你们骄傲。今天我与杰瑞里他们商量后决定，为我们公司做出过努力工作的每一位员工进行特别鼓励。在这里工作的每一位员工都非常棒。第一从明天起给大家提前放假一个月，好好休假和过圣诞节。"员工一听一下子都欢呼雀跃起来呼喊着："耶，太好了。"原来开会内容这么简单，是宣布这样的好消息，都在下面交头接耳喜形于色，会议室里充满了高兴的气氛。孟浩远接着说："为了让员工们有一个愉快的假期并过得开心。第二项决定是每位员工无差别的一视同仁进行特别奖励，发放每人 100 万美元。"下面顿时开始一片无声，不敢相信他说的话都以为是听错了，或者是口误说错了，但是看这位孟先生非常严肃，其他几位经理则是笑容满面。孟浩远看他们的表情，知道他们还不敢相信这个巨大的惊喜决定。继续说："杰瑞里已经通知财务部门会安排，奖励发到你们的工资卡上，过两天回家查看也许明天你们的手机会收到信息通知，就可以使用了。"这次大家完全听清楚了，顿时会场一片嘈杂都在纷纷议论询问。有人不敢相信在问，刚才这位孟先生说是每人 1 万还是 100 万美元？是不是听错了？有人说："我听到的孟先生说是 100 万美元。"听到的人惊叫道："啊，我的天啊！我的天啊！真不敢相信这太疯狂了。"接着周围相互间确认信息后，会场内顿时一片惊叹都是尖叫声和此起彼伏的狂叫声："噢，我的天，这是真的吗？上帝啊！"有人抱着头不敢信，有人张大眼睛紧盯着前面，有人默默地流泪。全场到处是一片尖叫和欢呼声，都在激动的交头接耳相互欢呼宣泄。孟浩远看到这种欢乐的场景不免想，如果这些金钱能够帮到他们实现自己原来没有能力实现的愿望，现在可以满足他们对生活的期盼和完成自己的梦想，给他们带去一段足够多的快乐的话，是我所希望的，是值得的。但愿这样的欢乐可以一直延续下去带给每一个人每一个家庭，留下永远难忘的快乐经历。

秦在后面看到这些人都是惊呼疯狂和激动兴奋流泪感受到他们此时的喜悦和心情。他明白孟浩远的想法，对地球即将到来的悲剧感到伤心悲痛，让这些人可以在无所知情的情况下过得快乐幸福。不过还是对他的讲话和做法微微点头赞同，孟浩远果然和其他人不一样，把钱和财富看得很淡。心里十分明白孟浩远此时的用意，为孟浩远的为人赞许。他可真是个不同寻常的人，对财富没有欲望只是为了人类生活更加美好，没有贪欲，有的是格局和很高的一种境界。

员工们根本没有注意到后面还有一位陌生的很少见到的公司员工，他在听闻喜讯时脸上一直很是严肃，稍稍有些高兴而已并没有特别的兴奋激动。其他所有员工听到如此天大的好消息都已是高兴得站起来走到过道前面笑逐颜开地跳舞唱歌起来。有蹲在地上抹眼泪幸福激动地哭泣的，有的已经激动地趴在桌子上昏厥过去了，有的为在这样的公司工作而骄傲兴奋地大叫大喊，有节奏地拍着桌子宣泄着自己无比激动喜悦的真实情感，有的着急的拿出手机在会议室内就赶快和家人在通话报告这一天大喜讯。所有人脸上的表情全部都是受突然刺激一般非常激动和兴奋，而且每一个人全部都是处于激动的情绪中。看到这种场面，艾琳也不由得被带进激动兴奋的氛围中，深受感动眼泪情不自禁地掉下在用手感动在抹泪，这场面实在触动人们的心灵太感动人了，身处这样的公司团队可以说是一个友好相处的大家庭。孟浩远看到这种兴奋和激情在宣泄受到感染，他还有一件事要做，大声地说道："各位兄弟们姐妹们，请安静。"听到孟先生要说话，会议室内尽管还是声音不断，还是慢慢静下来，看着孟浩远等他说会话。孟浩远见会场安静下来说道："各位兄弟们姐妹们，我们是一家人，祝你们生活愉快！公司会议结束。"大家不约而同喜气洋洋快乐地大声呼应着："耶。"快乐留在每一个人的脸庞，所有人都不舍得离开这欢乐的海洋，大家仍旧站着幸福地享受着激动美好的时光。没有想到孟浩远接着又说道："各位，今天在这里，我还要宣布一件最重要的事情。"大家听到孟先生有重要事情要宣布，终于喧嚣热闹的声音轻了下来，暂时在下面耳语："哦，太好了。今天好事连连，真是太好了。"孟浩远走出几步到第一排前面桌子下面拿起放在地上的背包，从自己的背包里拿出一个定制盒子，又回到到中央直接面对艾琳走到她面前。所有人不知道要发生什么？其他几位经理反应很快，聪明的让开一些空间退后一些站在边上。孟浩远牵着艾琳的手走上几步，然后打开钻石盒子，单膝跪地托举着盒子中早已准备好的专门请定制大师设计打造的世界上唯一的一款钻石戒指，人们终于知道是怎么回事了，一起鼓掌欢呼起来，很快变成有节奏的鼓掌。孟浩远从盒子中取出那颗早已准备好的特别的钻石戒指，面向艾琳笑着诚恳地说道："艾琳，嫁给我吧！"艾琳面对着突如其来的幸福和现场员工热烈喜悦的场面和兴奋的气氛，员工们早已经停不住高兴地在一起欢呼了，后面的员工被人群挡住看不见干脆站在桌上，前面的一些员工渐渐自动聚拢起来向前，他们期待着好事继续。现场大家在没有人指挥下都自动的有节奏地齐声不停地高声欢叫着："嫁给他，嫁给他，嫁给他……"持续不断的声音把会场的气氛再次推向高潮，在这偏僻之地大楼里传出的欢乐声外面也听得清清楚楚，霎时热闹。艾琳已经被突如其来的幸福所感动，眼含着泪水激动地频频点头，她已经等了好长时间了，和孟浩远从认识到相处，一幕一幕在眼前展现。孟浩远拿着钻戒给艾琳戴上手指，艾琳噙着高兴幸福的泪水激动地上前抱紧孟浩远不放，今天这个男人终于被自己民正言顺的在大家的见证下真正意义上抱紧。两人心情此刻也激动起来，在众人的祝福中相拥而抱当场真情流露亲吻起来。今天对艾琳来说实在是太难忘了，一场又一场激动人心的场面连在一起，自己也没有想到孟浩远竟然当着这么多员工的面当场向自己求婚这一幕。这种人群当中快乐的氛围简直激动得让人高兴得快要窒息了，此刻最最幸福的人就是艾琳了。孟浩远挽着艾琳的手面对员工说道："各位兄弟姐妹，请你们大家见证我们的爱。我爱艾琳！永远！"所有人听到这位年轻善良的老板现场当众真情表露，刚才还在的快乐氛围和现在的温馨场面所感染，此刻满满的都是愉悦高兴幸福，人们起劲地拼命鼓掌，怕声音不够，有的开始随心地击拍桌子，有的高兴地扭动身体跳起舞来。此刻所有人都感到无比快乐很想释放这种突如其来的幸福，这里是一个幸福的园地。不过有人看到一直严肃冷静的孟先生刚才说完"我爱艾琳永远！"这句话后此刻他眼中竟包含着泪水，说明他是一个性情中人，懂得真爱。只有孟浩远自己和秦知道，除了真心爱艾琳，还有一层深意就是，可能无法实现和艾琳永远在一起，只能含在心中，透出一丝悲伤之感。孟浩远想得很清楚，自己要让艾琳一生幸福，但是有时候命运总是那样的无奈让人心碎，地球的命运和人类的命运都已经无法再来无法逃避，人生有太多的遗憾。但至少，现在这一时刻可以没有遗憾的和艾琳在一起，感到幸福和快乐，又有这么多的员工现场见证属于他们两人的幸福和送给他们祝福。尽管可能是短暂的，但也要把这幸福的时刻留在两人的心中，留在艾琳的心中，大家的心中。员工们还沉浸在欢乐幸福之中，他们又是一个一个过来和孟浩远、艾琳和杰瑞里等一众公司领导一个个拥抱。孟浩远和他们一一握手轻轻拥抱，女员工容易激动兴奋都紧紧拥抱亲吻孟浩远。这一幕实在太感人太幸福也太快了。

　　会议不长，内容很简单，都是人们喜欢听到看到的和自己有关的快乐高兴事，今天这个会议注定永远铭刻在每一个人的记忆中，让人永远难忘。杰瑞里和孟浩远双方试了一个眼色，知道会议就此结束，所以大声地宣布："今天的会议结束。"又一次获得员工的热烈鼓掌欢呼。在大家的热情释放快乐中员工们才陆陆续续依依不舍的一点一点离开走出培训中心会场。孟浩远叮嘱杰瑞里和912科技研究中心的一位基地负责经理博顿要他们安排好员工今天返回城市，以及留下来少部分员工做收尾工作后要在明后两天全部安排好后回城休假。同时又特意留下912科技研究中心基地负责经理博顿在一个小会议室中和他单独谈话肯定他的工作，如同其他经理一样送给他一颗价值一百二十万美元以上的钻石，没有人告诉他这件事，刚才突然宣布特大喜讯让人沉浸在喜悦兴奋激动中，现在又突然单独给他这样的巨大福利，让他感动的真情流露哭了出来。这样的天大喜讯他不敢和912基地其他人分享，无比快乐偷藏在心中，只有回家后和家一起人分享这种高兴震撼的情感，这是老板单独对他工作肯定。在远离城市在很荒僻的912科技研究中心工作，所有的工作辛苦和付出现在都是值得的。今天对他而言是一辈子不会忘记的快乐幸福的一天，世界变得美好，这里的一切也是美好无比。

最后孟浩远把安排全部完成，得到全体员工发自内心的感激和真心的快乐，对他来说这是值得做的一件事。他单独告诉杰瑞里说道："杰瑞里，我和艾琳还有和其他三位科学家将会留下来继续专注研究一些事，这一个月由我们在这里开展研究工作，你要和博顿安排好我们留守人员的食品和蔬菜等食物的保障和定期补充配送，你们都回去吧。"912科技研究中心基地的员工全都喜气洋洋的相互之间说笑着，在杰瑞里和基地负责管理的经理博顿的统一的安排下，陆续兴高采烈地乘上车开始回城了去，也有不少员工开自己的车高兴地驾驶出园区，然后加速进入洲际公路上，从公司出来的汽车一辆接一辆，公路上一下子汽车多了起来，此时的好心情和足以让他们过上好日子的巨额奖励和长假期休假令人无比欢快，从头到脚都是快乐细胞在跳动，他们带着希望在路上飞奔往城里可以早点回家，接下来他们需要计划安排自己的快乐假期生活和未来的美好生活。

负责基地安保的部门经理杰森坚决要留下负责继续值班，特别是知道孟先生等几位科学家还会留在基地一段时间继续进行研究工作令人心生敬意，刚才会议上老板宣布的喜事一视同仁，他们感受到的激动心情难以表达，更加愿意留下来保护基地和孟先生等科学家，不过最后也被孟浩远劝回了。食堂里有五位员工也真心愿意留下继续为孟浩远他们服务也——被孟浩远客气的劝回。孟浩远说："我们是大家庭，谢谢你们，全体员工都回去好好度假休息。你们一直辛苦，这次由我们来工作，你们回去和家人团聚好好在一起开心地度过每一天。"他说的这一句话让员工们深受感动。这样的公司特别是从今天开始，现在员工已经真正体会出了自己和公司是一家人，全体上下保安、负责后勤的服务技术人员、一线操作人员都一样平等的在一起工作，享受假期超过其他公司更多的公司福利和薪酬。他们把公司当作自己的家一样，今天真的幸福来得太突然太快了，太让人感到难以置信，但是就发生在这家公司和每一个员工的身上。每一个人还在想着会上的一切，从这个孟先生进入会场和宣布的事情引起人们的疯狂欢呼带来的突如其来的天大幸福在回味快乐。公司的团结和爱已经充分调动起所有人。孟浩远自然也能感觉到，所以争着愿意留下来继续工作，这不仅仅体现在物质奖励上也体现在公司平等对待每一位员工，甚至外派进入公司的保安和外包开挖掘机和其他机械工程工人都当作一家人来对待，可以一同享受公司这次天大的令人无法相信的福利。孟浩远的表情依然认真严肃很有气场，但是他和气地对这些想要留下继续服务工作的每一个人包括杰瑞里、博顿、杰森等人说道："谢谢你们！请都回去吧，好好享受你们的假期吧，一定要回来继续工作。"心里说不出的酸楚，也许有也许没有机会和缘分了。

912 科技研究中心基地的员工到了晚上后大部分都已经离开，还有少量员工明天后天上午检查安排完成工作后会离开。这里的一切复归平静，晚上的 912 基地一下子复归寂静和白天下午热闹的情景完全是两种样子。夜晚到来这里周围又显得冷清和神秘，安静的可怕。周边全是空旷的土地，除了南面方向南落基山上有树林植被和山前面的原始森林，还有那条墨脱西里河流经，黑暗中有生物在很远的河边上树林中活动，不时发出一些叫声，给孤寂的基地和周围带来一丝生气和寒意，不过更感到让人害怕。基地外面不远的四号洲际公路上来往行驶的汽车也不太多。912 基地已经建造起来的几幢楼，里面道路和周围围栏的路灯自动开启，表明只有这里是有人工作和生活过的痕迹外，周围全部都还是一片荒地，随着黑夜的到来令人在这空旷的地方害怕孤独。

几人一起在食堂中吃好服务员离开时已准备做好的晚饭，空荡荡的食堂中只有几人，感到失去往日的热闹。艾琳感到奇怪，秦和汉还有格兰格他们三人更像是科学家，他们身上发散发出一种神秘的从来没有碰到过的气息。他们严肃、警觉、聪明，有很强的吸引力，让人感到敬畏和与众不同。吃饭时孟浩远这时候把艾琳介绍给秦他们三人，但是他没有细说秦他们的真实身份，只是说他们是自己见过的最不寻常的人，是一流的顶尖科学家，我们这里需要他们的帮助。他们三人经过孟浩远介绍后也不多交流安静而少言，一副高深学者的风范气场。

孟浩远介绍他们的这些话，艾琳如果后来好好琢磨其实孟浩远讲得是很真实的表述，有另一种含义在里面。只是当时艾琳没有多想，她哪里可能体味出来其中的其他含义呢？基地员工大部分已经都离开了，剩下的七八人已经吃完饭回自己的住所休息后与家人高兴地通话讲述今天的发生的不可思议奇妙的事情，计划憧憬美好的明天。随着黑夜到来后，912 科技园区一下子没有了人气，显得安静孤寂冷清。孟浩远带着艾琳到 A 楼自己的办公室去，他要告诉艾琳一些事情，秦他们三人回到自己的 D 号楼在地下会议室等待数据信息传输信息分析又要忙碌起来，此时离"1124"星云系撞击地球还有两周不到时间，一切都没有发生变化，唯一的是"1124"星云系越聚越大，层层包围形成更大的能量场，周围已经被他吸进更多的宇宙太空碎片和小行星分布在巨大的星系团层圈中。

从孟浩远上楼拿着自己的专用万能卡刷卡进入手动摁楼层数，输入密码打开电梯门进入到九层办公楼层，出电梯后又迎来一扇厚实的不锈钢大门，刷卡进入输入密码开启过道门。让艾琳奇怪着这些入门层层设防需要二次密钥或者输入密码太过复杂了，而且周围每一个视角都有高清视频监控头没有死角，一进入大楼开始层层监控起来，说明安保系统非常完整强大，保密等级很高，不是一般人可以随意进入的。也说明这里似乎也不简单有些隐秘。

到了九层楼后在过道中看到每一间房门都是关着，走到一间看似普通的办公室门口，见房孟浩远在密码门上输入密码打开走进里面，里面有一股久未有人住过的味道。孟浩远赶紧打开南面窗子，一下子外面新鲜空气迎面进入，外面黑色的天空中有些暗蓝，有一些星星躲闪其中。打开的窗子外面干净有些冷冷的，空气流通很快。艾琳跟着孟浩远进入，开始好奇地在这间办公室仔细打量起来，办公室房间内左边上打开门，里面是一个小会议室。旁边有一间小房间，里面有整理台、冰箱、水斗台面等像是一个配套齐全的厨房间，操作台面上有灶台上面有水壶，喝茶的咖啡壶，微波炉等物品应有尽有很齐全，另有一间是卫生间。艾琳在跟着孟浩远从九层楼入门进入走廊，一路经过过道走过来时新奇地看着这层楼，似乎没有多少人在这层楼办公来过。所有的硬件都是新的，还有新房内透出的装修时留下的各种气味。整层楼的每一个房间都关着门都非常的新。孟浩远的这间办公室不算太大，但是里面布局很舒服显得紧凑精巧。人在里面待着很舒服两边都有门，一边一间是接待室，另一边一间是小会议室，里面物品设施很齐全。自己有太多的疑想问问孟浩远，现在自己还处在刚才孟浩远的现场突然求婚的激动和兴奋当中，也不好意思问。

孟浩远从进办公室后开始以主人的身份忙碌起来，烧水后给艾琳倒上咖啡又泡了一杯绿茶，询问艾琳还需要什么？接下来在艾琳期待和问询的眼光中他一起坐在艾琳身旁，开始向艾琳讲述为什么自己会经常来菲尼克斯这座城市，就是建立了"浩瀚探索科技有限公司"和"912科技研究中心"，现在公司运用最新的检测技术方案在这里检测到一种前所未有的新元素"Guo"和发现多达二十多种的稀有稀土物质，可用于芯片制造等重要高端领域和航天探索器的制造原料。所以公司一直处于建设期的繁忙和建设后发现新物质生产科研的忙碌中。他已经来过几次，现在公司生产科研和经营已处于正常，当然它因为有着超强的唯一垄断的生产高科技迫切需要的两种珍贵物质，所以公司盈利能力非常强，每天可以有一点七八个亿美元左右的盈利。孟浩远慢慢地告诉艾琳这些基本信息，顿时惊得艾琳睁大眼睛犹如天方夜谭一般无法相信，脑海中翻腾不已。孟浩远看到艾琳的表情但是没有说话一直在听他讲，其实艾琳已经被说的一下子晕乎异常久久不能平静，她要思考但是还反应不过来，现实的了解所知与她刚才知道孟浩远说的这些以及今天做得一切存在太大的差距，还有很多的疑问。艾琳有些疑问总算有了解答，明白了。原来孟浩远经常来这里是为了公司的发展，现在见到了"912科技研究中心"基地，这里和城里的公司总部已经让她非常吃惊，竟然在短时间内建设出这样一家科技企业，而且可以拥有如此的研究能力和实现超出想象的盈利，一切都太不可思议了。

艾琳已经知道了两件事，说明孟浩远是有财富的，只是低调藏而不露，而且他可能就是老板根本不是什么在前面抛头露面的公司全权代理人。从他果断自信有魄力的在今天上午和下午宣布重大的喜讯和对待他们公司几位上层管理经理给与高额巨大礼物的行事方式来判断，已经十分清楚就是最好的证明。她迫切想从孟浩远嘴里亲口告诉她，知道这家企业是否孟浩远就是真正的老板？另外的都好解释了，他投资给父亲医药研究中心研究投入资金也应该是孟浩远的？艾琳问道："孟浩远你说的这一切让人太不可思议了。太令人震惊，我现在被你搞得头晕了。我需要慢慢静下来好好想想消化消化。你就是一个真正的具有财富的老板？根本不是幕后老板的代理人吧。"孟浩远看到艾琳的表情以及在心中对他的疑惑，现在所有的一切都开始要一点一点地告诉艾琳，平静地说道："艾琳，是的。其实无所谓老板，就是站在前面操办者而已。怕惊吓到你，没有及时告诉你。"尽管艾琳已经猜出结果，但是从孟浩远嘴里亲口说出来还是极其激动一下子跳了起来："噢，我的天啊。我的天！你真是一个大富翁。"既激动又有些恼怒起来说道："那你为什么不告诉我？"孟浩远依然平静地说："你可是从没有问过我这么直接的问题啊，我怎么可以主动细说呢？知道你是一个不爱富有很有个性的人，说太多那样肯定会吓到你的，你可能会离开我的。那将会是我的最大损失了。不过我觉得这不是重点，不值得炫耀的。重点是我们相遇相爱今天你接受了我，这就是最好的。"艾琳一听孟浩远发自内心的真情实话，顿时心中感到甜蜜和幸福。的确回想一下从认识他到现在，孟浩远可是从来没有欺骗过自己，每次外出都会说真实到达地点，说公司有事，这些都是真是的。他这么富有自己从来也没有想到，确实是自己没有仔细认真地问过他啊？只能怪自己没有想到，自己大大咧咧根本没有想到会问这些。想想孟浩远的话，他说的对是这样的。开心地说道："浩远，你，你，你……可以主动地告诉我啊。"孟浩远说道："一开始主动告诉你这些我认为不重要的事，说不定你要离开我了。而且公司的建立是在认识你以后，也是由于你给我带来的好运。"艾琳不知道说什么好了。她还有问题，问道："那你是怎么会这么有钱的？"孟浩远平静地说道："只是一个偶然的机遇。"接下来孟浩远说出关于钻石的事，只是简单地告诉艾琳说一个偶然机会获得了无价的大量钻石，具体是什么机遇并没有细说。现在暂时还没有到时间揭开秦来自遥远的阿勃特星球的真实身份，那真会让艾琳害怕的。艾琳听着孟浩远的述说心跳加快，今天突然释放几重消息累计起来，激动地说道："我的天啊。那你今天突然为什么花巨资要奖励员工和给他们提前放长假过圣诞节？我看你有心事，不是真的赚了太多钱而平白无故做出奖励和放假决定吧？"艾琳这么问，孟浩远心里明白艾琳是个非常聪明的人，她果然分析推测出还有疑问。发现自己的举动无论怎么解释是有漏洞的，所有的做法是很突然，反常的当然有些奇怪。这么超出正常人的想法思维是不同寻常的，背后一定有问题。这时候他需要告诉艾琳为什么，才是正常的理由，不然不成立啊。于是孟浩远脸色凝重起来非常严肃认真拉着艾琳的手说道："艾琳，你说得没错，你是个聪明的人。告诉你一件非常非常重要的事，而且它就将会发生，你不能告诉其他人。"看着孟浩远变得严肃，艾琳脸色突变一脸凝重点点头。孟浩远说道："我们人类身处太阳系中的恒星和行星，包括人类生活的地球即将遭受史无前例的巨大灾难，还有两周不到就会到来，地球将会被摧毁。所以我要给员工好好享受生活的最后机会，提前放假让他们好好和家人在一起，有钱至少能帮助他们完成心愿。我曾经到美国国家天文台参观、开会都是和这件史无前例的人类最大危急天灾有关。"艾琳听得紧张不已心跳加剧，今天刚刚见证员工们的激动和自己刚刚收到孟浩远的求婚激动兴奋，然后解开了心中疑惑知道孟浩远的身份而高兴。现在不小心循着问题问到，孟浩远刚刚说出的话更加令人震惊害怕不已一阵寒冷。

艾琳突然间听到孟浩远说出这样惊心动魄的信息一下子惊呆了，张大嘴不敢透气，双眼满是害怕浑身直起鸡皮疙瘩，尤其是窗外一阵阵冷风吹来，暗黑色的天空外面，周围静悄悄地的真有些害怕呢。不由地往孟浩远身边紧紧移过去，猛地抓住他的手臂看着孟浩远。今天一天人的情感一直处于高度兴奋激动喜悦中，肾上腺素不断地释放，吃惊的消息一个接一个令人兴奋又兴奋。现在孟浩远说出的消息让她从喜悦的高峰跌落到冰窟一般，处于恐惧中。她双眼幽幽注视着孟浩远的眼睛，他很冷静坚毅没有害怕。孟浩远眼睛露出爱意冷静地点点头说道："这一切都是真的。我从来没有骗过你，也不会骗你。目前这消息属于地球上最高等级的机密，知道的人除了少数专家和各重要国的首脑外没有普通平民知道，属于最高绝密信息需要绝对保密。否则会造成社会惊恐、失控，人们的恐慌将提前带来人类灾难。"艾琳点点头默认。她今天分享到员工的快乐感恩和幸福，自己才刚刚在周围员工的见证下欢乐的气氛中获得一生天大的幸福。孟浩远在全体员工面前真诚求婚和爱的证明，特别定制的一枚漂亮钻石戒指。现在听孟浩远认真严肃地又将这个关于地球命运的天灾大事秘密告诉自己，说明他非常爱自己十分信任自己。但是这样的消息犹如晴天霹雳让自己从快乐和兴奋中转瞬间又跌入到另一个无法言语的深深的冰谷中。天啊！这太让人难受太让人无法接受，自己的幸福刚刚获得，人世间最美好的生活还刚刚开启，是多么美好幸福！可是，可是马上又要全部消失了，实在太不公平了。她明知道孟浩宇不会说谎骗她，说得是真的，仍然颤声问道："这是真的？"孟浩远无奈地说道："是的。"艾琳又继续最问道："难道就没有什么办法阻止它？难道就不会在运动中转移方向离开地球？"孟浩远摇摇头叹声说道："地球没有能力和技术来阻止它的到来。'1124星云系'的能量巨大，在运动中越来越大，吸聚了更多的宇宙中周围的其他星体和碎片。它不会突然改变方向，除非有更大的一种能量冲击它让它改变动方向。不过没有任何能量存在来改变它。"艾琳突然在安静的环境中抓狂地大声尖叫起来："啊啊啊……"孟浩远赶紧起来抱住她轻轻抚摸着她让她安静下来。孟浩远看着艾琳十分抓狂害怕的样子继续说道："艾琳，平静平静。我知道你此时的感受，我第一次知道这样的消息时也是和你一样。我们是科学家，更要面对这样的危机，哪怕已经没有办法也要用不可能的任何办法来思考可能的所有办法。"艾琳在孟浩远的怀抱中感受到他的力量和勇气，慢慢安静下来。她不知道如何来回答，沉默不语暗自神伤。孟浩远说道："现在我每天都要和中国、美国两家国家天文台的最顶级科学家通话联系，交流他们最新监测到的数据，讨论分析每天出现的最新变化。非常遗憾我不得不亏欠我的家人和爱人了，我应该和他们在一起度过人类最后的时光。但是现实让我无法脱身也不允许我现在逃离，也不可能在这时逃离。"艾琳苦笑着："是啊，我们逃向何处，人类无处逃生。"孟浩远说道："艾琳对不起，我这次无法兑现自己的承诺，要失言了。我曾经答应过你和你一起专程去荷兰好好看看你父母家人，陪你一起花时间好好在荷兰到处看看，我喜欢荷兰，可是现在所剩下时间已经不多了，已经到了最危急的时刻。我有最重要的工作没有办法陪你一起去完成了，这是我人生的遗憾。在这最后二十来天时间，我要和秦他们一起工作，他们是科学家就在 D 楼里工作。"
艾琳现在又知道原来这里是一个隐秘的重要的科学探测基地，有科学家在这
里工作。秦他们就是顶尖的一流科学家，所以他们沉默寡语，但是气场很足
沉着冷静，和孟浩远都是一类的。她已经完全明白孟浩远的想法，秦他们几
人是科学家和孟浩远一起一直联系美国和中国的国家体文台专家，他们是正
在战斗的默默无闻的英雄，为地球做最后的努力，哪怕是没有可能的努力。
艾琳点点头说道："没有没有。浩远，你是最值得尊敬的最勇敢的科学家，
是英雄，我心中的英雄。我现在知道了你很不容易，你身上还隐藏着这么重
要的秘密。原来我是有很多疑问，现在都明白了。你做该做的，有你在一起，
不管出现什么情况和危难我不怕，不过我还是很想去最后看看父母。"说着
艾琳伤心的眼泪开始掉了下来。孟浩远看到艾琳担心着父母，心中慨然道：
"艾琳，你回荷兰去好好看看父母，我不能陪你了，代我向他们问候。记住
最后期限最后的三天前，无论如何，你有什么想法请一定都要回到这里和我
在一起，和我在一起。这是我的请求，这非常非常重要。你还有一个弟弟吧，
让他陪你一起来。一定要记住。"孟浩远此时已经有计划让艾琳回国一次看
父母并把她弟弟一起带来陪她，在秦他们实施最后的"HY"撤离计划逃离
地球时，一起带上他们两人一起走，要把生的希望留给他们。有艾琳弟弟陪
着，艾琳不会太孤独和害怕。艾琳看孟浩远非常认真严肃地告诉并再三强调
叮嘱自己，心里想着现在就不想离开孟浩远身边，但是心里实在又放不下十
分想念父母。孟浩远由于工作被拖住已经没有办法再一次回国去看看他父母。
自己尽可能马上回去，尤其是听到孟浩远讲述的这一切后，心情更加迫切。
还是只有一个心念赶快回国陪伴父母几天，然后她就继续回 912 科技研究中
心基地。她要和孟浩远待在一起直到最后时刻。但是她没有想明白为什么要
让自己的弟弟离开父母和自己一起过来，想到孟浩远说的每件事都是细心考
虑从没有出错，一定有他的道理。于是非常无奈地马上整理东西，连夜开着
孟浩远在基地的新车直接加速出发回城里后向机场驶去，要赶最晚的一班航
班回家……

　　孟浩远送别艾琳后急匆匆地走向秦所在的 D 号楼地下指挥中心。看到

孟浩远走进来，神色有些疲惫秦问道："浩远，你还是去陪着艾琳吧，我看这姑娘很不错，她的眼睛里有你很爱你的。有新的情况会告诉你的。"孟浩远叹道说道："是啊，她是我的最爱，非常好的一位姑娘。我已经告诉她即将发生的一切，现在她就急着回荷兰去看他父母，她实在很挂念他们，可是我……唉……"孟浩远没有说下去欲言又止，其实他也很想回国看看看父母和自己的爷爷奶奶，最好陪艾琳一起回荷兰看看她的父母家人，但是不能啊，他是一位使者，身上肩负重大的责任，每天都在和索普教授和向院长联系交流信息和分析，都已经火烧眉毛了。孟浩远转过话题问道："秦，现在'R–U'星云系情况有新变化吗？"秦说道："你看，'R–U'（1124）星云系运行速度有减缓，周围的小行星和碎片也已经趋于稳定，应该是在运动过程中相互碰撞爆炸时消耗，但是运动轨迹和方向没有发生明显变化。地球这场灾难很难躲过啊。"孟浩远一听心里一凉，想说又张不开嘴。默默地看着他们在忙着联系，屏幕上有很多自己看不懂的信息。过了一会向院长和索普教授分别来电进来联系孟浩远交流一天的信息。他获知政府部门最高层已经建立联系，现在所有的一切都放下，建立专用联系通道热线，就如何构筑地球防线一起商讨。随着"1124"星云系临近，检测信息越来越清晰，所以他们的信息和秦的分析结论现在基本一致。现在随着"1124"星云系正在慢慢逼近，所有空间轨道观测卫星和空间站以及临时增加发射的专用卫星，全部盯着它的运动和周围情况，所以也收集更多的信息，探测到的图像也越来越清晰和丰富。

第二天上午，昨天工作安排留下的六人全部离开 912 基地，园区周围和门卫开启智能监控辅助设施来管理。孟浩远和秦他们一起在基地每天都会忍受着煎熬，时间仿佛正在加速。很快又过去了一周，留给地球的时间和孟浩远的时间越来越少，还有十一天，两周时间不到。

三

　　眼看着时间一天一天地在过去，孟浩远心里从开始的心急如焚害怕失去地球家园到慢慢无可无奈平静接受面对现实，又到最后的时间来临重又心绪忧虑焦虑不安，他作为一个地球人类身上有太丰富的情感和太多的对亲人的牵挂，每天承受着越来越大的煎熬。他现在改变很多，每天和艾琳还有自己的父母要进行视频连线通话，还要保持脸上平静和微笑，父母根本不知道为什么最近孟浩远开始有空了，突然的变化让他们没有想到，怎么会天天主动和他们联系，不过每天和自己的儿子联系他们当然高兴，他们关切地问艾琳的情况希望早点修成正果。孟浩远告诉他们一个好消息，说道："已经向艾琳求婚，她答应了，现在艾琳回荷兰和她父母在一起肯定会说这件大事。你们放心吧。我到过荷兰看到她父母，他们两人都是知识分子，人很好的，不会有什么问题的。"母亲在视频中看着孟浩远脸上都是笑容，高兴地说道："那就好。以后邀请他们父母一起来上海，我们两家一起见个面。如果不方便，我和你父亲可以一起到荷兰看看他们。"看着高兴的父母，孟浩远此刻心里疼痛不已，不过脸上还要露着笑容就当什么事也没有，说道："他们是外国人不用中国那样讲究的，只要我和艾琳两人好，就没有这么多的烦琐礼节。"母亲笑着："噢噢，是吗？那也不能让他们以为我们不懂礼数啊。"孟浩远说道："好好好，你就多考虑考虑，到时候我们一起商量一下去吧。"有一天通话时父亲突然说道："浩远，告诉你一件不好的事，你不要紧张。你爷爷身体不太好，已经通过两家医院复诊诊断出胃癌，现在马上准备动手术切除，不过医生说这种手术不复杂还是比较成熟的，有把握的。"孟浩远一听顿时紧张起来，问道："爷爷什么时候动手术？不动手术行吗？"父亲看孟浩远一下子十分紧张，他知道儿子和爷爷的关系一直很好甚至比与自己的关系更好，说道："浩远。也不用太紧张，你忙吧，有我和你母亲在还有你孃孃在，没有关系的。等你放假有空就回来看看。"孟浩远听到这个消息心里实在非常难受，真想立即赶回去看看爷爷和自己的父母，待在一起越多时间越好，以后永远将不能看到了，失去所有。看着自己父母真想大哭一场，面对自己最亲的亲人，在最后时刻应该和他们在一起才对，可是自己实在身不由自己啊，来自阿勃特星的秦、汉、格兰德他们在 912 基地，他需要和他们在一起为人类做一点工作，此时不能离开基地，他还有一个最后的计划要做。只能忍着，心里默默地在说："请求父母原谅。"等通完话关闭视频后，刚才父母的身影笑容还在眼前。孟浩远忍不住眼泪掉了下来，他真的很想请父母一起过来基地然后一起撤离。这一切秦在旁边看在眼里，知道它此时心里的感受，用手拍拍他的肩膀不说什么以示安慰。

隔了一会他又和艾琳通话联系，她此时正用心地和母亲在一起，父亲还在研究中心忙着工作，艾琳整天待在家中根本不想出去。不过艾琳脸上表情还是有些沉郁，内心同样的有些痛苦，毕竟一边是孟浩远一边是自己父母。

两天后孟浩远与父母通完话，又和艾琳通话聊天，心里难以平复，脑子瞬间空白发呆。每次与父母电话联系看着他们看到自己时的开心样子就让人难受一次，等一会后才恢复平静。正在胡思乱想一些事，突然之间他心里暗暗叫道哎呀差点忘了他，想起了最要好的同学王可佳，他现在在哪里？自己太忙了差点忘了他。于是马上拨通了他的电话焦急地问道："王可佳，你现在哪里？"王可佳一听是孟浩远来电话忙高兴地回复道："浩远吗？我现在已经回到了上海，本来想打电话联系你一起回上海，怕你有事影响你，就自己回去了。"孟浩远一听说道"噢，原来你动作很快，真该与我联系，说不定我们可以一起回上海。路上有个伴多好。"王可佳说道："是啊，你上次回上海，又让我回去看看父母嘛。你说得很对，现在学校正好放假了，我已经回到上海有两天了，准备多待几天。你说的陪父母最重要，他们很开心。噢，对不起我忘了约你一起回上海，你现在也回来了吧，还是在美国？我们约一下好好碰碰头。"孟浩远想起自己叮嘱过王可佳，要他回去看看父母亲，现在知道他这次行动很快，早已经回上海了，心里高兴。此时从电话里听出来王可佳的心情很是高兴，说道："噢，是这样。回上海很好，我嘛确实还有些事情，还在美国暂时还回不去。真羡慕你啊！那你打算什么时候回美国呢？"王可佳说道："还要两周左右吧，好不容易回去一趟就多待几天，等假期结束再回美国去。"孟浩远一听心想糟了，他已经将艾琳和他弟弟以及王可佳这三位最重要的感情和友情最深的人安排到秦的撤离计划中，在撤离计划中最后时刻请秦帮助带他们一起离开地球，希望能够保留他们三人作为地球最后的生命种子。他在与秦交流时告诉秦自己的想法和愿望，没有想到秦一听马上答应，同时秦也有他的想法，他的飞行器完全可以多带上一些人，孟浩远是第一个首选考虑，他是第一个在最后时刻要求他到时候必须一起撤离的地球人，如果孟浩远还有特别需要其他人员请求一起撤离，没有什么问题，由他来决定。孟浩远此时听到王可佳的想法暗暗叫苦，又不能太直接说出来，于是认真严肃地说道："王可佳，你听好了。我是认真的。你在下周三之前必须提前回到美国菲尼克斯。然后直接赶到我们去过的公司 912 科技研究中心基地，就是上次我们一起去过发现新物质'Guo'的地方，我在那里等你。记住必须在下周三下午两点之前赶到基地，一刻都不能迟到，千万不能忘了。我有重要事找你，你必须过来。"王可佳一听孟浩远的语气，还是第一次，严肃而不容置疑，顿时一头雾水这个孟浩远想法太多。说让我回去看看父母的是他，他倒好，自己现在还在忙于研究工作，也不回上海看看他父母。我好不容易回家看看父母吧，现在我回到了上海，他这一通十分紧张神秘兮兮的电话约定好时间让我务必回到美国来，和他在 912 科技研究中心会合。自己实在搞不懂他最近在想什么？有什么大事情？孟浩远从来说话的语气都是非常明确的，一定他又有重大发现和下一步计划了，而且他的口气十分坚决严肃。王可佳想到这里顿时兴奋起来笑嘻嘻地说："好吧，我知道了。浩远，可以先透露一点消息吗？"孟浩远听王可佳这样询问知道他意会错了，真哭笑不得但是又不便告诉他实情，依然严肃地说："王可佳，记住了。非常重要，来了再告诉你。你千万不能错过。"孟浩远自己主意已定，自己为了地球尽最后的努力是脱不开身了，准备和地球，向院长，索普教授他们一起坚守直至最后。

　　他每天需要和向院长和索普教授进行多次联系，他们非常信任自己，视他为重要的专家一起共同商量。大家仍然希望出现不可能出现的奇迹，有一线的心中意识和理论上仅存的可能性也要做挽救地球的努力。同时他还要和伯利克校长经常保持联系，如果自己在地球和人类出现最危亡危机时，为了自己个人的生存而不顾一跑了之，简直就是临阵当逃兵，不是一个正常人应有的道德操守，这也绝对不是孟浩远的品格，他无论如何做不到。辜负了所有关注爱护他的人们期望。其他人都可以，就是孟浩远自己不能这样做，但是他将艾琳和她弟弟贝克以及王可佳三人托付给秦他们照顾，让地球人类留下生命的种子吧，这是孟浩远早就在心里计划的事。这次艾琳回荷兰时孟浩远想到为了不让艾琳过于伤心和有亲人照顾，所以他还细心的马上想到她的亲弟弟，让艾琳回来时他们一起过来，艾琳她当然不知道孟浩远的用意。等到了最后时刻不管艾琳和她弟弟还有王可佳他们怎么想，孟浩远都会义无反顾的不顾他们的意见就是这么安排了，一定要让他们活着离开地球。

接下来的每一天更加紧张和惊心动魄令人窒息，这两天孟浩远已经不再电话联系父母，只是提醒艾琳抓紧回 912 科技研究中心。表面上看社会秩序一切依然照旧，所有普通人并不知道以后会发生的一切，工作生活一如平常。各国官方并没有发布地球将毁灭，人类面临生存最大危机的信息，不过各国有一些天文爱好者通过他们的观测开始发现一些不寻常的信息并在网上发布一些图片和信息，他们发现了和往常很不一样的一些情况，大家在论坛里讨论但并没有引起警觉。也有一些人不小心泄露的信息被传出，但是人们不以为意，从来没有人会想到地球即将被强大的外来星云系撞击发生大爆炸而毁灭。

孟浩远和向院长的信息交流更加频繁，和索普教授的交流也越来越多，大家都知道地球的最后命运是什么，但是作为有责任心正直的科学家还是坚守工作岗位承受每天的无限紧张和压力，忍受着没有办法与家人在一起享受最后的天伦之乐。每天有来自各国各地的监测数据报告和不断的电话联系对数据分析交流研判。大量监测到的数据越多，也越来越证明孟浩远的提示和最新数学定律运算结果是最为准确的。

从各国卫星监测和世界各地天文台的观测云图和数据分析，引用孟浩远在分析会议时统一名称"1124"星云系（秦命名的是"R–U"）一直在快速地向太阳系方向运动。世界各国政府联手合作希望拯救地球，面对这样的灾难想到所有地球的现代技术，可是结论是现有技术没有武器可以阻止即将要发生的这次地球灾难。这样的分析结果令人痛苦不已，明知道地球将被"1124"星云系撞击发生大爆炸而毁灭，就是没有可行的办法来阻止它。经过计算分析和模拟演算，即使用地球科技最先进的超高速核弹来打击"1124"星云系引爆，也由于距离太远和"1124"星云系质量太巨大其自身的能量更加强大根本不会有效，而如果在地球即将撞击时最后一瞬间使用最先进的核武器攻击它只会加速"1124 星云系"引起更大的爆炸，没有好的办法面对。这样的模拟分析让所有人都非常的痛苦，所有参与人员都受着煎熬等待最后时刻死亡的到来。大家期待可以有奇迹出现："1124"星云系自己突然运动路径发生变化擦着地球边缘经过，让地球躲过这一灾难。但是问题是即使地球真有这样的小概率的好运气擦肩而过，接下来"1124"星云系也会撞向其他星球和太阳，如果最后太阳毁灭，地球也终将遭遇灾难，没有太阳的地球还会迎来它最后的毁灭死亡。

　　索普教授又一次召开紧急会议，他首先想到的就是孟浩远，已经电子邮件发出邀请想请孟浩远赶紧到国家天文台一起参加这次紧急会议，一起商量面对最后的危机。孟浩远愿意去参加会议，但是现在和秦他们在一起可以获得更多更快更新的信息数据和分析对策，他现在还真不能贸然离开基地。他面对索普教授心急如焚的一个一个跟过来的电话，他告诉索普教道："我现在在家里和你联系和到天文台参加会议是一样的，我们可以通过连线交流特别是和你，我会对你毫无保留地把自己的想法对策研究数据告诉你的，接下来就是政府如何应对的事，那是国家机密我不想多参与，此刻还要陪伴家人。"索普教授听罢叹气说道："孟先生，非常理解，好吧。那请及时使保持与我联系，这很重要。地球的这次危机需要你。"其实孟浩远还有一个最重要的目的是在 912 科技研究中心基地等艾琳和王可佳的到来，自己一旦去美国国家天文台，以目前越来越来越紧迫的情况，可能去了就真的身不由己离开不了脱不了身。没有自己在现场他们三人如何与秦联系如何安排三人撤离？他需要在最后的日子里待在 912 基地与秦他们在一起。他还有最后的计划有要完成，那就是到最后倒计时让秦和他们撤离时刻还要亲自送艾琳和她弟弟和王可佳他们三人离开登上飞行器他才会放心。这时候不能没有他在现场，而且待在 912 基地可以和秦他们在一起更及时地了解讨论阿勃特还有没有可能挽救地球这次前所未有必然发生的一次灾难，他们有更加先进的监测和科技设备和学术理论基础，能获得更快更有价值的数据分析，也许他们还有最后的手段。

索普教授非常理解孟浩远此刻的想法，他听到孟浩远的话后只好作罢，但是请求与他继续及时保持每天联系。在国家天文台里还有国家政府各部门的官员，包括军队官员都在，一切的信息都是国家最高机密。再说索普教授认为自己邀请其他科学家到现场共同一起研究的想法也不一定会得到批准同意，毕竟孟浩远是一位来自中国的科学家，按军事最高等级机密在一起商量的人员要压缩在最小范围。索普教授认为孟浩远讲得有道理，现在是科学家通过大量监测的情报数据分析都是可预期的，关键从技术上、军事上还没有能力和办法采取措施来应对"1124"星云系对地球的这场天灾。

时间一天一天在流逝，转眼已经到了最后的倒计时第四天。孟浩远和秦他们在地下会议室看到 912 基地大门口一辆汽车在门口处自动识别后开了进来，汽车停在 A 楼门前，走下来是艾琳和他弟弟贝克，孟浩远赶紧乘电梯出来来到 A 楼从大门口出来迎接他们，果然艾琳遵守孟浩远的提醒，她提早了一天回到 912 基地让孟浩远心里顿时松下来非常的欣喜，只要他们到来就是最好的。安排他们到八楼住下，让艾琳陪着她弟弟贝克一起参观除了 D 号楼以外的所有地方。这让贝克十分好奇和高兴，他不知道孟浩远的真实意图，为什么让他从荷兰到美国来又赶很长的路到这么僻远的地方，原本还不想来这里，就住在菲尼克斯城显得热闹一些，还是艾琳一直劝他才跟着一起过来。他以为艾琳让他来这里就是来美国参观小住两天，没有想到来到这么一个地方，但是参观后觉得这个神奇的新建成科创园区有一丝神秘气息，竟然无人在这里，连门卫都没有都是智能化的，艾琳介绍原来这里就是发现世界上最新一种元素的地方，它是一个科学探索研究中心。这里的建筑群一切都是非常先进的现代科技，他被吸引，这里所有的都是那样的新奇，让人突然感到不可思议。

王可佳仍旧没有信息，孟浩远赶紧抽空联系王可佳发火道："王可佳，你怎么回事？现在在哪里啊？"王可佳听到孟浩远很少有过的着急发火，知道自己没有提前告诉孟浩远，于是歉意地说道："浩远，不好意思，我现在真赶不过来了。你的大事只好往后拖一下吧，我母亲昨天早上出去买菜正好天下雨在路上被车撞到了，造成左腿骨折已经送医院，今天医院通知明天要做手术。这种时候我必须要陪着，等手术安排好以后我过几天再过来吧，我忙得忘了给你打电话告诉你了，实在不好意思啊。噢，另外我到你父母家里看他们了，他们说你每天和他们联系，就是不回家去看看，听说你爷爷在医院开刀现在在医院重症监护室，我想去看看也没有办法进去。"孟浩远听到王可佳家里出现的意外事故，无奈地叹气，心里在悲叹这真是天意，同时非常感谢他抽空看自己父母，也听到爷爷的病情，吓了他一跳。只好说道："唉，好吧。那代我向伯母问好请安，你就好好陪伴吧，等她恢复。不用再急着赶过来了，这次你能够回家和母亲在一起照顾她也很好，也谢谢你去看我父母。"孟浩远挂上电话心中急火攻心，爷爷的事父母可是没有说过，怪自己这几天忙没有和他们通电话。他感到精疲力尽瘫坐在椅子上，感觉王可佳有些可惜，但是他此刻要照顾母亲，理由很充分，难道还要让他赶紧过来，而且时间来不急了。本来孟浩远是请求秦把艾琳和她弟弟以及王可佳三人能够在他们最后撤离时带上他们一起走。可是，王可佳因为家里出了意外需要照顾母亲无法抽身，错过了这个生的机会了。他赶紧打电话给母亲，问爷爷情况。母亲含泪说道："医生说爷爷手术算是可以的，但是在重症监护室待了四天出来到病房，这两天都是你爸爸在陪着，但是昨天晚上 11 点 42 分接到医院医生电话说是病情出现危机，又被紧急送进入重症监护室抢救，不知道怎么样真是急死人了。"孟浩远一听懵了，爷爷胃癌已经确认，进行了手术，但是又出现反复。都怪自己没有用心，太听信医生的说法做胃癌切除手术很普通，当初如果坚持以自己斯内克斯研究团队研发的新抗癌新药治疗，完全可以治疗恢复。被这些个自以为是的庸医用单一的唯一途径不管三七二十一手术治疗，而且又没有做好这台他们认为较普通的手术。他心里十分懊悔，血顿时一下子直冲脑门嗡嗡的鸣响起来，胸闷异常。本来用自己的抗癌新药治疗康复是很有把握的可以避免的。唉，真的太令人心痛了让爷爷受苦了。含泪说道：

"我现在来不及赶回上海了，手头上还有一些很重要的工作。"母亲含泪说道："浩远，也不要太着急，急也没有用。爷爷会知道理解你的。好吧，自己当心点。"说完已经没有心情再说其他的事情，匆匆挂上电话。秦看到孟浩远眼睛红红的，第一次出现情绪如此低落关切地问道："浩远，怎么啦，有事？"孟浩远强忍住，说道："没有什么。"说完自己走出会议室，来到楼上办公室一个人看着窗外。心里在哭泣对自己说道："爷爷啊，我没有在你生大病最需要的时候守护在你身边，现在搞成这样危急，对不起啊。"

在912基地过了两天艾琳弟弟贝克已经发现一些奇怪的不太合常理的事，孟浩远每天一个人往D号楼过去工作，问艾琳她似乎不介意，告诉他那里是一个研究所有几个科学家在那里工作。难道那里真是一个研究所？不是有专门的实验大楼？为什么不在那里工作？孟浩远也不与自己多聊什么。实在待在这里无聊，附近的天坑国家公园和对面的休息区艾琳开着车去看了一次，除此之外没有什么地方可去，早知道这样就应该待在菲尼克斯城，可以每天到处出去游玩参观，待在这里实在枯燥。艾琳和自己在一起在这个912科创园区到处随便看看参观。自己曾想悄悄跟着孟浩远进入D楼，但是不知道他是怎么进去的，并没有看到他走进去。其实孟浩远是在地下车库开着车进入D区楼地下再乘电梯进入的。

有一天贝克一个人逛到D楼区周围，看都有围栏，他想进去但是没有办法进入，感到D号楼与其他楼相比更加神秘。问艾琳道："艾琳，D楼是怎么回事？不是所有人都可以进入？也不知道如何进入？我试着想进去可是根本进不去。"艾琳说道："我也不知道，一定是科学家的研究基地出于保密吧。孟浩远有自己的工作要做，不用管他。"贝克没有办法。

时间已经到最后一天，到了秦警告过的最后撤离时间了。这天孟浩远突然意外地陪艾琳和贝克终于一起走进了神秘的D楼，跟着孟浩远身后只见他在每一层入口进行刷卡，保卫严密一层一层，层层都有门禁需要密码和监控探头对着。艾琳也是第一次进入看到这样很吃惊。两人跟着孟浩远一起步行进入让他们都觉得紧张和兴奋。终于走进入地下三层来到地下监控会议中心，门开着，里面安置的设备让艾琳和贝克更加大为吃惊，这是一个犹如国家太空信息指挥中心，屏幕上展现在面前的太空、飞船、卫星以及"1124"星云系飞行临近地球的图像和数据不断变化。各种设备都是从来没有见到过。里面有两人坐在操作台前的椅子上正是格兰德和汉正戴着头盔显得神秘高冷，他们没有在乎两人的到来，只顾着认真操作设备和电脑在忙着。贝克已经异常兴奋，目不转睛地盯看着脸上露出惊讶不可思议和好奇的表情，艾琳也是吃惊得张着嘴紧张地看着这一切。孟浩远此时准备告诉艾琳一切，当艾琳和贝克满是疑惑又惊奇地看着这里，所有的一切设施都是从来没有看到过的最先进的仪器设备，宛如走进了一个大国的神秘军事指挥作战系统一样。从大屏幕上可以清楚地看到"1124"星云系环绕包围这一个巨大的星球体在中间周围带着密密麻麻数不清的数十亿颗行星、碎片等物体正在向地球方向快速运动。在浩瀚的星河系中地球是那么的渺小，可以被忽略犹如一颗小小的玻璃弹珠。艾琳和贝克还看不大懂只是兴奋好奇还不知道这些信息图像意味着什么。这时在中间位置的秦正好也戴着头盔和前来接应的阿勃特星一艘飞船正紧张地在联系，进入设定好的倒计时，撤离的警报声开启一直在响着，这让孟浩远心里一紧，他知道意味着什么将要发生。一进入这间神秘的指挥系统室仿佛就要去发生一场战争一样使人感到急迫更加紧张。

正在打击都十分紧张时突然孟浩远的手机电话急促地响起，他拿起一看原来是母亲打来的，这时候应该在上海是凌晨一点多的时间，心里预感不好，怀着惴惴不安的心情接听电话，电话中母亲带着哭泣声说道："浩远，爷爷没了。刚刚在重症监护室抢救没有成功，我们就在你爷爷旁边。你赶快回来吧，后天要进行哀思仪式，爷爷从你小就一直最喜欢你，这次再忙也要回来。说完哭泣着。孟浩远听到这样的消息不禁愣住了，哭泣声让孟浩远眼泪禁不住刷刷的掉下来，急得他不由自己地哭出了声音："哎呀。怎么会这样。怎么会这样。妈，可可是现在我真的无法过来。"母亲有些生气说道："你怎么不懂事啊，我们已经和你父亲一直陪房护着，尽量让你少操心，这次是与爷爷见最后一面的一次机会，以后再也没有了，你无论如何要回来。"说完母亲又哭泣起来，然后生气地挂上电话。孟浩远此时心如刀绞，含泪哭泣，母亲第一次生这么大的气。艾琳和贝克看到了孟浩远的这样，艾琳围过来惊慌起来问道："浩远，你怎么啦？"孟浩远带着哭腔说道："刚才是我母亲来电，说我爷爷刚刚在医院里没有抢救过来，没有了。哎，怎么会这样啊。应该可以治好的。却……"眼泪又一直在掉下来，艾琳温情的轻轻抱着孟浩远，她不知道如何来安慰现在的孟浩远。

艾琳和他弟弟贝克两人刚进来后正好奇的东张西望满脸惊诧和兴奋。刚才孟浩远接到电话说出一个消息后两人都低头沉默，手足无措。秦察觉到情况取下了头盔时看到这般情况，以为是孟浩远准备告诉他俩将会离开地球实施"HY"处理计划而让他们难过。但是看到孟浩远特别哀伤，一直在擦拭眼睛流出的眼泪，让他感到似乎不对，这不是他的性格。等艾琳告诉秦才知道原来是孟浩远的爷爷在医院里没有了。现在一定要让孟浩远振作起来，秦说道："浩远，马上要实施'HY'计划了，振作起来。孟浩远一听惊得擦了一下眼泪，很快脸上露出坚毅和沉着的神情脸色，看着艾琳和秦。秦严肃冷峻沉着地发出指令："汉、格兰德准备执行撤离计划'HY'撤离基地。"两人没有慌张有序迅速地在准备，将一些数据收集完成又将必要的设备取走。然后看着孟浩远脸含期待又严肃，握住孟浩远的手："浩远，放弃吧，赶快你同艾琳和她弟弟与我们一起撤离吧，十分紧急没有时间了。"孟浩远听秦此时仍然做最后的争取在劝说自己，开始不吭声看着艾琳内心激烈翻腾，但是最后还脸色是坚定地说道："走吧，大家一起进入地下三层。"

艾琳和贝克听到他们的对话不知道何意，看他们十分紧张不敢多问跟着他们，乘电梯下到地下层。孟浩远开一辆车，车上坐着秦和格兰德。汉开一辆车，车上坐着艾琳和贝克两人车上还装着一些撤离的设备。两辆车在一前一后快速地开着，车上的所有人都默不作声，唯有艾琳弟弟贝克一直惊喜好奇地看着秦他们和这里的一切，现在还在神秘莫测的环境中带着刺激有些兴奋激动。等孟浩远开着车从地道出来进入树林中的一条隐秘通道，穿过树林来到后山围栏打开铁门后又继续开车到离飞船停泊点约五十米的树林中，在没有了通道处停下车，所有人走下车步行在树林小道中。艾琳和贝克紧张地看着前面突然出现的巨大空旷的地方，周围全部是树林。汉戴着乌亮的头盔正在和飞船联系着，秦看着孟浩远和艾琳和贝克，此时突然天上像是一阵飓风强劲地刮下，一架巨大的混为一体的巨型飞船正急速下降下来，闪着耀眼的光慢慢停稳，前段处打开门伸出悬梯后下来四人，都全副武装头戴头盔闪着亮光，看不到人脸显得神秘莫测和害怕。他们环顾四周十分小心地警戒着，手中拿着一根长棍，孟浩远明白一定是高能量武器这可非同小可。飞船门已经开启，发出急促的警报提示声。艾琳和马克此时既紧张兴奋又害怕，看着从未见到过的飞船降落停下，都吃惊地张大嘴不敢出声不知道发生了什么。

秦带着孟浩远和艾琳和马克，汉和格兰德跟在后面手中拿着一些设备，艾琳和贝克第一次看到出现在眼前真实的充满未来高科技的巨型飞行器和这些神秘莫测的人，感到无比激动惊骇和紧张。艾琳的手紧紧地抓住孟浩远，看到孟浩远神态自若像往常一样，三人一起走到飞船的悬梯。孟浩远停住脚步依次和秦他们握手拥抱，然后紧紧抱住艾琳不断地亲吻着她，眼里已经噙满了泪水，艾琳被孟浩远突如其来的抱着已感到异样，紧紧拉着孟浩远的手不放。飞船里传出连续不断的警报声在催促着，孟浩远见状含泪说道："秦，帮我照顾好艾琳和贝克。"又对着艾琳弟弟说道："贝克，你要好好照顾艾琳，听从秦的安排。"贝克点点头。秦显得无奈，叫汉和格兰德拉着艾琳和贝克准备上船，此时艾琳已明白是怎么回事，见状死死拉住孟浩远哭泣着喊道："浩远，我要和你在一起，你忘了。我不去，不去。"孟浩远的眼泪不争气地流下来，眼睛红红的，眼眶中含着泪水有些模糊，他强忍着不让自己哭出声来了。秦见到这样恩爱的两人生离死别心中不忍叹气道："浩远，想想吧，和艾琳一起走才是最好的，留下来是没有意义的。没有人会说你的，不要太固执。"艾琳见状含着泪似乎看到希望了也看出了玄机，这是非常危急的时刻，飞船、这些特别的戴头盔的人，代表什么？到底会发生什么不知道。急切地点头说道："浩远，秦说得对，我们一起走，一起走，你留下我也留下，我们一起走。"孟浩远心里明知道他们说得对，但是他早已经决定，只要把生的希望个留给艾琳，看着她可以离开就是最好的。至于自己已经做过的决定不会改变，倒不是愚蠢，只是那种信念，要和地球共存亡，和索普教授、向院长们一起坚守到最后，尤其刚才听到母亲说出来的爷爷病逝的噩耗，他们都等着孟浩远回去，对，回去和父母他们一起等待地球，一起回去。脸上突显坚定说道：

　　"我答应过向院长和索普教授，无论何时都会随时和他们保持联系，这是我和他们的约定和承诺。地球还需要我，向院长他们需要我，在这里我还可以和秦保持联系。我要在这里坚守到最后时刻，你们赶紧走吧，不要在拖了。"说到这里孟浩远的手机电话铃声不断地在响起，一定是索普教授或者向院长他们在焦急地联系自己。两人拉着艾琳想把她拖走，艾琳死不放手绝望地哭泣着看着孟浩远说："浩远，我要和你在一起。你不走我也要留下。"艾琳弟弟贝克也明白了为什么他会和艾琳一起来，现在为什么要离开这里离开地球到一个不知道在哪里的陌生的地方。原来孟浩远为他们都已经安排好逃生，唯独他自己将留下来与地球共存亡到最后，他的人格太高大了，是一个真正的男人，真正的英雄，瞬间他在贝克眼中已是一个令人敬佩的人。艾琳眼睛满是泪水期待地看着孟浩远，希望他改变。孟浩远眼中盈着泪水抬头望天慨然大声道："汉，贝克快背着艾琳马上上船，再晚来不及了。拜托了。"汉无奈只好用力扛起艾琳走向悬梯一步一步进入上船，艾琳急火攻心她真的想留下，无论命运是怎样，只要和孟浩远在一起，她就不害怕。刚烈的性格和此时的心情使得她爆发，手打脚蹬拼命地挣脱，鞋子掉了格兰德和贝克在后面捡起，贝克哭泣着说道："艾琳，不要再为难孟先生了，不要辜负他的苦心。他心里更难受。"艾琳的哭声是那样绝望无助和悲切，这不是她要的人生。在场所有人无不动容都神情悲戚。贝克在后面跟着，此时他已经明白了一切，眼睛里充满感激和不舍。四个飞行器上下来的全副武装的卫士也快速走入飞行器中在两边过道站着警卫。秦是最后一个慢慢跟着，他心里很复杂，被孟浩远的人格和与艾琳的情感所感染和敬佩，回过头向孟浩远招手，其余人均已进入飞船，听到艾琳一直在大声哭泣，绝望地骂着孟浩远混蛋。孟浩远眼泪刷刷地淌下来，现在他知道什么是生离死别的滋味了。这是多么的煎熬人折磨人，这一分别就是生和死的之间，永远地离开艾琳，再也见不到彼此了。孟浩远心里真想不顾一切跟上去和艾琳一起走啊，但是他还是呆站着不动。飞船门缓缓地收拢，突然间停下来，孟浩远不知道发生了什么，吓了他一跳。这时候如果出现意外故障就太危险太糟糕了。只见秦快步地跑下梯子，然后挥手致意让他们收起悬梯关上门赶紧撤离。飞船门紧紧关上马上看不到任何缝隙宛如一个完美无隙的整体，非常先进非常好看的一架飞行器瞬间飞起留下一阵风，把周围的树林叶子吹得摇摇晃晃。将站着的孟浩远和秦的衣物飘动着一股热浪，转眼间就飞上天空然后向西南斜冲云霄马上就消失得无影无踪。

此刻孟浩远被秦的举动惊呆了，说道："秦，你，你这是干什么啊，你是飞行器负责人，不能离开你。为什么要这样？"秦装作轻松地笑笑说道："飞行器不用担心，已做好安排没有事，放心。我不放心的是你。不忍让你一个人坚守，留下和你在一起吧。我被你感动了。"孟浩远听到秦的话深受感动说道："秦，你不必这样的。你应该回到属于你的阿勃特。你属于那里，我属于地球这里。"秦摆摆手说道："来不及了，我属于阿勃特也属于地球，地球是我第一次发现有人类和动植物生存的一个和阿勃特相似的星球。尤其是认识了你，从宇宙探索科研的角度它是我的生命，从感情上我与你相识留下了深刻难忘的印象，你懂吗？"两人抬眼头仰望飞船飞去的方向默默地注视着，他们都清楚，留在地球意味着死亡，但是他们都无所畏惧。孟浩远眼睛的泪水再次流出，用情的一下子抱住秦，来自阿勃特的伟大科学家为了他为了地球甘愿留下见证死亡毁灭，太伟大了。孟浩远数度瞬间因情感的流泪秦也是第一次见到。一般人接二连三遇到这样的事已经被击垮，孟浩远还是坚强的。一个一直坚毅聪明沉着的年轻人承受太多的痛苦和情感的撞击，秦安慰道："好了。我们还有工作，你的手机也一直在响着，他们急于联系你。随后两人开着车重新回到基地 D 楼地下监控会议中心。孟浩远帮秦倒了一杯绿茶，自已也倒了一杯放在桌上。然后才打开手机看了起来，原来正是索普教授的电话，已经连续打过三个电话，于是赶紧回电话给索普教授，他正急于询问孟浩远的看法，现在收集的数据更加完整清晰。孟浩远每次与索普教授联系时分析预测和告知"1124"星云系运行，事后两三天时间数据分析都得到印证，说明孟浩远他是一直提前对数据做出精准的预测，知道他有情报数据来源，这真是太奇怪了认人不可思议。不过索普教授也无暇思考原因，更加清楚需要和孟浩远及时联系获得信息做出预判。他已经十分信任孟浩远。今天的联系他无奈地告诉孟浩远"1124"星云系运行轨迹没有发生变化，军方准备采取所有手段不惜一试，别无选择。希望孟浩远能够多提建议，孟浩远告诉他，没有作用，起到的作用可能是相反的。索普教授无语呆住了，瘫坐在椅子上。孟浩远已经多次表达这样的看法。谁来拯救地球？

两人坐在椅子上眼睛都注视着大屏幕上，上面有秦所在飞船发来的各种图形和实时数据，在不断地变化和传输着。看着一脸紧张的孟浩远秦，秦为了宽慰孟浩远，告诉他说道："浩远。我已经联系上飞船，他们已经到了安全空间飞行你放心。飞行器和母船也已经联系过了，现在由母船接手指挥，我已经请求母船最高指挥官在最后时刻开启"T方案"。看孟浩远不明白他在说什么"T方案"，满是疑惑地看着秦。问道："T方案？"秦继续说道："是，'T方案'。我们在宇宙探索过程中有三艘巨型母船在不同宇宙空间方向探索科学考察，其实一个月前就已经准备把三艘巨型母船全部调到太阳系。对于地球的危机我们其实制定了'A方案'和'T方案'，A方案就是用母船的武器来击毁"1124"星云系，这和你刚才与索普教授谈到的地球军方准备方动用军事核武器发射基本思路一致。但是经过我们的超级智慧计算器模拟攻击后认为不但没有效果，反而会产生更大的灾难，地球和"1124"星云系爆炸同时，地球周围的星球会被强大的能量和引力吸入进去，再次发生后面连续的爆炸再促使地球爆炸，发生被完全吞噬提前毁灭，非常危险后果不堪于是被否定了。同时我们制定了'T方案'，运用另一种最新技术来尝试。目前我们的母船都已经集结在指定的空间位点。其实我们一直没有停止拯救地球的可能，做最后的尝试。只是我们也没有保证可以有成功的把握，只是一试。如果通过超级智慧计算器找到最佳机会，三艘母船在不同的位点方向，用我们阿勃特星球的最新型最强大的一种新型核聚变能量装置发出强波磁力场，三个方向形成巨大的引力场洞，简单说犹如龙卷风那样。"孟浩远马上明白："噢，我懂了。"秦继续说道："如果时机计算非常精准，理论上可以瞬间形成强大的漩涡磁力场通道，也许可以使"1124"星云系被吸引进入磁力场通道转而改变运行方向，一旦改变方向那就会有不同的结果。"孟浩远点点头说道："对对对，完全不一样，关键是星云系那个方向改变，太妙了，但是很难控制。"秦说道："是这样。不过尝试一下好过没有办法。那么地球也许还有一丝可能让'1124'星云系改变方向擦着地球而过，但是接下来还是最有可能撞到附近的星球譬如金星、火星，这样金星和'1124'星云系相撞爆炸后金星会被吸进'1124'星云系，方向会向另一个宇宙空间运动，也可能因爆炸而共同毁灭。如果爆炸能量太大还会影响地球和其他星球的安全。也许还有另一种可能，如果爆炸过程顺利那金星和'1124'星云系一部分会毁灭，散落宇宙空间中。还有一部分会继续改变方向会向其他星系运动，那太阳系和地球其他星球体可以暂时躲过这一浩劫，当然'1124'对太阳系中运行的其他星球会造成一定的破坏，但至少可以保全地球的命运，这个'T计划'后因爆炸也会散落不少的碎片向宇宙四周飞去，一部分肯定会飞向地球，不过这样小的星球碎片，地球上可以利用现有的核攻击武器应该是可以解决它。我们母船也会帮助击毁一部分爆炸碎片和小行星。还有一种情况，如果金星没有被击中撞击正好也躲过，按'1124'星云系改变的轨道最终还是会撞向太阳。不过浩远你要知道我们的计划是否可行并没有任何把握，只是用我们的最新科技力量一试。本来不想告诉你，但是看你到为了地球的命运、人类的命运甘愿放弃自己的生命和最爱的人，我被你深受感动，我才在最后撤离时刻要求留下来和你在一起，也是为了增加你的信心。"孟浩远这是第一次听秦详细地说 A 方案和 T 方案，现在秦把"T 方案"说得这样周详，果然阿勃特有一个拯救地球和太阳系的办法，说明他们阿勃特并没有放弃地球，一直在想办法。他深受感动说道："秦，原来你有 A 计划和 T 计划。我不知道说什么，你应该一起撤离，谢谢！谢谢你为拯救地球所做的一切。能遇到你，认识你是我这一生中最大的收获和最美好的经历，也是人类地球的福分和幸运，我将永远记住你。谢谢秦！"孟浩远内心高兴，感动上前拥抱住秦。秦轻轻拍拍他的肩膀，这一抱一切都涵盖在其中，等了一会才慢慢松开。秦看孟浩远话语诚恳说道："浩远，从你身上我看到了一种坚定、责任和舍生忘死的优秀品质。很少人有你这样的品格，在最危急时刻很多人都做不到这样。我也很高兴认识你。"两人高兴起来。

　　现在孟浩远才知道刚才秦慢慢细说"T 方案"，原来在秦的争取下阿勃特星球最后形成同意意见，决心不放弃地球。他们在努力尝试挽救地球，只不过没有把握，只能冒险一试，也许会成功，也许不成功。这个"T 方案"还是秦积极争取的，秦为了地球甘愿冒着自己性命的风险，秦实在是太伟大了让人敬佩。想到这孟浩远感动得眼里泪水情不自禁地涌了出来了，他看着秦，这个明明可以一起撤离地球，同样可以实施"T 方案"，却把危险留给他自己愿意和孟浩一起留下。此时心中感慨万分，哪怕有千言万语也无法表达出心中的感谢。真没有想到，回想这一切，秦他们好不容易在茫茫宇宙中寻找发现到第一个存在生命的地球，可是又碰到了地球最大的一次天灾，他们一直是为挽救地球在做最后的努力。

<h2 style="text-align:center">四</h2>

艾琳被强行抱住进入一个新世界，来到从没有见到过的极其先进的一个巨大飞行器中，所有的一切都是陌生科幻。格兰德安排她和贝克住在一个房间，格兰德和汉就在他们的边上一个房间。房间布置得很简单，但是里面的风格是超现代设计，让人感到特别安静可以减少人的焦躁烦躁情绪。艾琳心情稍稍平和一些，看着贝克和她在一起，他正好奇的在房间里走动不时查看里面所有的一切，然后推开门在外面张望令他兴奋激动。所有的构造设备都是那么新颖好奇从没有看到过，连想象都没有达到过。她一边看着一边暗自神伤发呆悲伤地说道："艾琳，好好看看。我们来到了另一个奇特的世界。我们是地球人类。保持我们的尊严和勇气。"艾琳不语她心中思绪复杂，从汉和格兰德口中已经知晓地球将要发生的巨大灾难，知道孟浩远留在地球是为了和飞行器保持联系做最后的努力，地球需要他在。他的品格太伟大了，把生的希望留给自己和贝克。一方面想着孟浩远，他们面对地球的毁灭一瞬间无奈惊骇和勇敢地面对的情景，而自己和贝克却得以逃生，现在坐在舒适现代的飞行器房间中，安全地驶离地球在茫茫宇宙中飞行，又稳又快声音很轻，不知道飞向何处。离开地球离开孟浩远，和自己的父母将会越来越遥远，

已经生活在两个世界中越想越悲伤。另一方面贝克的话说得也对，他们是地球唯一的人类，不过以后如何要保持勇气，不辜负孟浩远的期望和所做的一切。她心中真愿意和孟浩远在一起，无论最后会发生什么，结局是什么这都不重要，在最危险的时刻和自己爱着的人和地球上所有的人类在一起，勇敢面对，要生一起生要死就一起死，是自己的最大心愿。

孟浩远强制要求汉抱着拖走艾琳，艾琳想要挣脱哪里挣脱得了汉，贝克也乖乖的跟在后面，她伤心地哭泣着，被汉抱着强行带走那一刻，看着她声嘶力竭发自内心的悲伤，双手已经在使劲地拍打着汉，深深地铭刻在孟浩远的心底，两人明明可以在一起无论离开或留下，最后却要做出生离死别分开的决定，而且都是他一个人的决定，艾琳不愿意，她悲伤地哭泣叫喊，这场景和滋味让人在场所有人动容无法忍受，孟浩远强压住内心的悲怆，自己也是个有血有肉的人，此时只能埋在心里。还好贝克在艾琳身边会安抚她让她减少一些恐惧和悲愤。自己被秦选择为地球和阿勃特星的使者的那一天起他明白应该要肩负起使命，地球将会在不久即将遭遇灭顶之灾被摧毁灭亡，也要穷其一切所有可能去拯救。尽管目前看来已无可能地避免这次"1124"星云系的撞击大爆炸。他在心里在默念着："艾琳啊，希望你可以明白我对你的爱。我也有私心的一面，就是希望你能活着。现在最受伤悲痛的是我。从内心真实的想法我真的也很想和你一起离开地球，不忍从此失去你。"

当艾琳被汉抱走硬是走向飞船的那一刻，孟浩远当时正好和秦想的是相反，他心里一刹那思想上有过动摇，有很强烈的愿意和艾琳一起，正想奔过去抱紧哭泣的艾琳，然后一起和秦他们离开。但是他的脚步没有动发呆地站着，最终还是选择留下来，这是何等的痛苦内心剧烈的翻腾。生与死的抉择让自己承受着，自己决不能此刻当逃兵，不能在地球所有人类面临死亡的最后时刻，离弃索普教授、向院长、伯利克校长、刚刚失去亲人的父母。当然自己留下来也许没有多大意义，作用也不大，但是尽一份最后的努力和存一丝希望的抗争一起和他们等到最后的时刻，这是孟浩远的朴实想法和人性的光芒。

孟浩远终于平复下心情刚才的一切确实在自己人生中从未遇到，经历了这一最悲伤时刻让孟浩远突然更加成熟成长起来。和秦两人都暂时放下来刚才的生死离别悲伤，回到基地地下二层监控指挥会议中心，开始全神贯注地盯着屏幕看，生怕会丢失任何一丝的信息，秦戴着头盔正和工作飞船以及指挥母船一直处于不停地联系中，了解最新的情况发展。得知撤离汉、格兰德、艾琳的运送飞行器已经很快顺利脱离地球大气层，并且已安全向母船方向行驶时靠拢，到达安全区，孟浩远心里一直悬着的心放了下来。"R-U"星云系（后来被索普称为"1124"星云系）的速度由于受到太阳系内自身的运动和多种引力影响已略有缓，但仍以 9843 公里每秒的速度高速飞行，孟浩远计算的模型数据，根据秦的修正提示和三艘大型母船传来的数据分析可以判断，还有三十四个小时不到，星云系就将与地球发生撞击。

秦正紧张的和指挥母船联系着，同时孟浩远与索普教授和向院长他们也在不停地联系着交换着数据信息。几个重要的国家已经启动军事方案准备最后的一战。索普教授那里传来了更坏的消息，美国旅行者 2 号因为跟踪"1124 星云系"被巨大的能量波吸入，顷刻撞毁的无声无息，向院长的消息中国的风云 3 号卫星更加智慧，保持更远的距离跟踪着"1124 星云系"，空间站已经撤离正自行启动离开"1124 星云系"飞行线路朝另一方向暂时躲避。现在可以监测到"1124"星云系（即"R-U"）。根据孟浩远重新修正后提供的数学模型，"1124"以 9937 公里每秒的速度正在飞过来，这个数据与秦的监测是基本一致的，美国和欧洲的几个监测点的数据大约也在 9500 公里每秒的速度。汇集的数据分析，它运行方向并没有改变。

此时秦和孟浩远已经进入倒计时，明天晚上必须按秦的"T 方案"来做最后的尝试，无论结果如何必须一试，否则太晚将错过最佳时机，到那时一切的手段都来不及了。索普教授担忧的是此时有一些世界各国的业余天文爱好者已经发现了宇宙太空中出现的一些反常现象，他们正向国家天文台和欧洲监测站天文台不断地询问和提醒，索普教授只能保持官方口径回答他们："我们未发现宇宙中天体异常信息，正在关注着，目前还无新的信息发布，请不要恐慌。"两人在监测指挥会议中心里忙碌着，没有好好休息，眼睛已是冒着血丝，脸上都是一脸的疲惫倦怠但是不敢离开。第二天早上孟浩远准备好早餐让秦吃一点，两人已经十分饥饿劳累就在监控会议中心边看着边快速大口吃着，喝着牛奶，很快地吃完早餐，两人相视一笑，吃饱后精神得到一些恢复。孟浩远泡好浓浓的咖啡，又倒了一杯绿茶给秦，秦也喜欢喝这种看似清淡喝起来醇香的天然植物茶，很提神，喝完令头脑保持清醒。两人又继续紧张地坐在会议中心聚精会神地盯着电脑大屏幕显示的由母船和释放的临时智慧动态卫星传输过来的信息，不停地继续进行工作联系。尽管大家心里都没有底，如何来避免这次巨大的天灾，但是都出于责任和一种特别的信念坚持着，希望"T方案"计划实施可以出现最后的一线奇迹。他们清楚如果"T方案"计划实施后没有奇迹，两人就此会和地球、人类、文明一起瞬间被毁灭。不过两人信念在催使他们，表现得沉着勇敢。在一起没有害怕只有忙碌的工作，一个是地球的使者，一个是阿勃特的尖端宇宙太空科学考察科学家，为了共同的目标在做最后的努力。

这样的时刻对每一个国家参加行动的科学家、政府官员、军方人员和工作人员，他们作为少部分处于绝密信息的知情人，随着最后两天倒计开始时，分分秒秒时间流逝意味着死亡接近，真是难以承受的巨大压力、煎熬和地球末日的恐惧。人无疑在这种时刻心理上是最紧张脆弱的最害怕的，面对着地球将要毁灭无处藏身逃避。没有任何希望只能等待着即将天塌下来遭遇毁灭的命运，任何人无法轻松面对。这时开始出现各种极端现象，悲观绝望无助的，歇斯底里自杀身亡的，逃避工作和家人在一起静静地在家等待的。倾尽所有完成自己生前没有达到过愿望的等等。有些地方已经失去耐心发生暴乱迷失的……

孟浩远与索普教授联系已经得到了一些确认的悲观消息，政府中参与这项计划知情的个别高级别官员和少数几个专家工作人员出现了心理无法承受地球毁灭的那一刻到来时的悲惨画面，有人在家或在工作现场偷偷自杀的。因为他们看到了巨大的"1124"星云系的撞击运行轨迹，知道人类马上将面临毁灭的结果。但是地球上哪怕是最先进的武器对它毫无用处，已经没有任何办法可以阻止"1124"星云系的撞击地球引起毁灭的发生。无法想象撞击爆炸时的恐惧和无可奈何，面临死亡的等待心里实在难以承受。参与工作的每个人有的是脸色严峻或者恐惧或者呆滞地看着屏幕分析数据，机械地做着手上的工作，他们每个人相互之间没有交流，"1124"星云系此时通过卫星和太空探索器以及中国的天眼和布置在太空中的智慧远望高分卫星拍摄到的画面图片在屏幕上可以看到已经贴近地球，距离越来越近。人类已经面临死亡的逼迫，压抑得透不过气来。孟浩远此刻不便将秦的"T方案"告诉索普教授他们，因为秦说的这个"T方案"计划本身也没有把握，而且还需要为来自阿勃特星的秦保守这份秘密，解释工作很难。只是说我们祈求宇宙天帝之手或许会有奇迹，我的数学定律已经分析如果有一种力量出现，形成巨大的能量磁场可能会改变运动方向。但是这种巨大的能量来自哪里？地球上的所有力量不足以造成。最后的一天已经到来，美国、欧盟、中国、俄罗斯等大国军事力量所有部门特别是远程导弹部队已经启动核弹进入迎战最后一搏的状态。等到了晚上 12 点刚过，秦和孟浩远都戴上头盔，传来了母船的总指挥沉着清晰果断地用阿勃特星语下令声，孟浩远听不太懂只是看着听着就猜出大概，秦在口语翻译着才明白说什么："开始执行 T 方案，倒计时准备。"随着 15 秒倒计时，每一秒的跳动让人心里万分紧张，心在激烈地狂跳。最佳时机最佳窗口，总指挥员发布命令："启动。"秦和孟浩远紧盯着屏幕，可以清楚地看到实时画面和数据变化等信息，此时因为母船为了营救地球又已经临时释放了四颗通信卫星，与另外三首母船释放的数十颗临时卫星器以及前面已经释放在宇宙空间运行的五颗监视通信卫星组成网络，和秦所处的地球基地进行信息传输保持相互通信联系。有一些卫星器和地球外太空轨道上的卫星被运行的"1124"星云系瞬间吸收撞击毁掉，地球各国的天文台监测基地只能监控到"1124"携带的星云系的运动，根本看不到阿勃特星秦他们执行的"T方案"过程。布置在不同宇宙空间位点的三艘母船过超级计算机精确计算，不差分毫同时发出不同量级的巨大能量场，产生一种前所未有的超强量子磁场引力，波犹如在大海中突然形成的龙卷风动惊天动地。极其强大的能量波慢慢地形成一股股快速运动的磁力漩涡状量子引力波，一会儿速度变得越来越快，形状越来越大能量也越强大，把"1124"慢慢挟裹进去。在宇宙中六纬度空间中"1124"星云团自身巨大的能量和质量遇到突然形成的来自六维形成的量子磁场引力波，没有发生爆炸。略微迟阻后竟然像是巨大的物体掉进深渊无底洞中轻轻松松飘飘的拐进去，然后它开始缓慢地随着引力波运动形成的场洞在改变方向后快速地在这个强大的量子引力波洞中像是一个听话的小孩般乖乖地跟着运动，奇迹终于出现。同时经两股力量交织后还产生一股反弹力向地球方向，很快冲破大气层直达地球，地区像一个被人用力推动的物体向这股力量相反方向漂移出去，地球上顿时翻江倒海形成自然灾害。等地球停在一周后才慢慢停止，恢复正常后已经发现移动出一千多公里。几个南、北极的方向发生偏移形成一种新地区格局。

索普教授、向院长和其世界各地国家天文台航天局监测点的工作人员都异常紧张和悲观，出于责任都在现场工作，看着返回的画面，突然有人大声惊叫道："噢，我的天啊？这是怎么回事，它在变化，它在变化。随着他的惊叫接下来此起彼伏兴奋激动地大叫着："噢，天啊，快看。它转方向了，它转方向了。"索普教授、向院长以及其他国家太空监控指挥中心也都很快抬头监测到这一幕，真的在运动而且是改变方向的隐匿起来不知道它的踪迹。刚才显示的画面上突然没有发现了"1124"，它被一个巨大的他们认为是瞬间才形成的奇怪的能量洞吸裹进去，看不清运动方向，只监测到一个巨大的能量场在突然转变方向剧烈地运动。所有在场的人员已经欢声雷动起来，好像都打了兴奋剂一般，从以前的紧张疲顿萎靡绝望，被这突然的改变欢呼雀跃。顿时感到万分惊骇又马上惊喜的大吃一惊。所有观测点位的科学家和政府官员、军方都不知道究竟怎么回事？到底发生了什么？是谁？是谁？这太令人惊奇了。对地球意味着什么？在阿勃特智慧船智慧启动同时相差几分钟，有几个国家军方准备指挥发射超高超级核弹命令，但是经过数学家和索普教授等天体物理学家强烈劝阻后才暂停，按照"1124"星云系飞行速度目前最先进的超高速核弹飞行距离最多中有两万多公里，加上启动飞行时间根本来不及反应，提前发射也无法精确计数，最多只有六秒时间。经过反复模拟一旦发射飞向天空中犹如流星雨幕一般的几千颗核弹飞向"1124"星云系主核心球体，还没有到等它转变方向后没入宇宙深处，或者还没有发射"1124"星云系就已经来到地球撞击，只是发射出来的核弹只会加速爆炸更加危险。

模拟检测测的画面令人震惊非常清楚，在索普教授等科学家团队劝阻后不得不放弃。现在检测发现星云系突然诡异奇迹般的转向后，马上将这一消息分享全球各国，发现"1124"星云系变化，要求马上停止核攻击行动，保持监控状态。最危险的直接撞击可能发生变化，地球可能被拯救。专家们看到的情况和分析认为宇宙中突然出现的一个巨大的漩涡，由强大的磁力场形成，到底最后会发展到什么结果大家都无法判断。但是很奇怪它会突然改变方向，是否意味着地球可能暂时逃脱被撞击？索普教授十分焦急，他第一想到的是孟浩远，心想必须与孟浩远联系，这件事太突然了，现有的科学已经解释不通，但是孟浩远却提示他经过他最新的监测数据和数学定律分析，也许"1124"星云系会有意外，那可就是地球人类期盼的改变方向。对，改变方向是关键点，现在果然改变方向了。天哪，孟浩远太神了，他身上有一股神秘莫测的超级力量。他一直提前预测，每次都被事后的监测数据证明是准确的，只有孟浩远，也许他会知道原因和答案。他越来越相信孟浩远不仅仅是绝世聪明，而且他身上具有超乎人类神秘莫测的预先知道的思维和能力。

　　他更加确信只有孟浩远，他一定知道是怎么会突然形成这样有利于地球、整个太阳系的重大运动变化。这样的变化是好还是更糟？目前看无疑是减缓撞击地球的可能和时间。于是他毫不犹豫地走出时热烈沸腾的指挥系统会议室，来到自己的临时办公室关上门后马上拿起紧急电话联系孟浩远，很快接通电话，他感到庆幸焦急地问道："孟先生。索普。你现在哪里？我们刚刚发现非常奇怪的一个重大变化。我们汇集最新的数据和监测画面显示现在已监测到'1124'星云系周围突然出现有非常奇诡巨大的能量形成了巨大的洞包围了它，所以硬是改变了运动方向，'1124'已经突然消失在无形的神秘洞中无法监测到。你发现到这种突然的变化吗？有什么看法？"孟浩远听到索普教授的紧急电话说话非常焦急，他沉思片刻说道："索普教授，您说的新情况，我注意到了。我分析有两种可能：一种情况，不管你是否监测到它，最终还是会因为'1124'星云系团能量特别巨大相互争斗最终会摆脱，撞击地球大爆炸吞噬毁灭。另一种情况，可能由于宇宙中存在的某种自身运动时'1124'星云系团的周围宇宙天体布局的构成形成一种反向的新能量，我不知道这是一种什么能量，但是会被激发抵抗，两种能量场出现冲击，如果巧合的话新能量被冲击后是可能突然形成巨大的类似强磁场引力波，使'1124'在新形成的洞中运动，方向一定会发生偏离。据我掌握的有限数据计算偏离向地球运动方向后，最有可能向着地球附近较近的星体方向运动加速撞击。"索普教授一听打开电脑马上反应说道："金星，对金星，最近的行星就是金星。如果你分析的正确，这是最好的结果。太好了。谢谢！"孟浩远沉着地说道："不过还会有事。"索普教授边看着电脑屏幕上的数据和画面边说道："你说的是'1124'星云系撞击金星后发生爆炸对周围包括地球等行星天体的影响？"孟浩远心想果然是天体专家，非常清楚。说道："是的，是这样。所以现在请务必通知各国政府军方做好如果'1124'星云系和金星撞击爆炸后星体物和碎片陨石二次撞击地球的防御准备，这是可以做到的，是不是刚才已经有国家发大量的核弹了，简直是疯了，会起到相反作用的。"索普说道："是的，军方指挥也在现场我们在一起，已经说过要沉住气不可轻举妄动，就是没有听我们科学家的建议。太可怕了。"

孟浩远继续说："这种爆炸产生物体对地球的损毁破坏已经是最好的一种结局，可以避免地球直接被撞毁。但是'1124'星云系携带的数亿颗星体与金星撞击爆炸的碎片会二次甚至三次持续撞击地球和其他星球，同时撞击瞬间产生的相当于数十亿核弹爆炸的能量释放对地球和其他天体必然造成未知的巨大影响，还有'1124'星云系非常巨大突然离开地球改变方向的同时，对地球之间因为距离已经很近，它产生的巨大磁力波能量巨大，依然会与地球产生一种瞬间引力爆发，地球被相反的能量震开向另一方向快速漂移，地球内核会受到强烈地震动，后果是产生局部地震和发生大海啸还有会被拖吸偏移，包括其他星球体。地球所处位置和回归正常移动后的情况都会有变化。"

孟浩远的分析被索普教授认可，得知后他心里突然已有答案，孟浩远分析得如此精准，他应该是知道这一次在地球面临死亡时，突然形成一种前所未有的宇宙龙卷洞，吸引"1124"星云系改变它的运动轨迹。他在分析叙述时听不到他的急迫，依然保持着不急不慢沉着冷静的语气和我们这里的所有人表现得都不同，他似乎心里早已知道这样的结果。他一定有可以监测的最有效的空间位置和极其先进的技术，也有更为神秘的渠道和手段源源不断获取精准最新情报，而且孟浩远的分析，得出的结论应该可以基本判断地球可能是第一种情况，被直接撞击而毁灭的概率大大降低，基本是第二种情况。但是发生运动轨迹变化后撞击金星的概率大大增加，因为突然被改变运动轨迹的"1124"星云系巨大能量和磁力波洞，地球被拖移偏离原来位置，同时地球必然会发生地震和海洋海啸等灾难。不过已经是宇宙恩赐地球的天大变化和最好的结果。"1124"星云系撞击金星发生的大爆炸也是非常可怕的，不过与地球被直接撞毁比较应该是最好的结果了。至于二次三次撞击的碎片和小行星的撞击造成的影响损失，它能量会要小很多，而且可以开启地球各国联合行动，利用现有科技武器来进行防御，最大限度保全地球。

孟浩远给索普教授分析的一席话他听得很明白，不过他心里还有太多的疑问，不仅仅因为是孟浩远的聪明还有更深层次的，但是他知道现在问孟浩远不是时候。时间已经非常紧迫，需要把刚才孟浩远分析中提到的各种问题与其他科学家团队和政府部门、军方等共同商讨快速反应，马上有应对方案才是重要的。

与孟浩远刚通完话，索普教授马上向驻国家天文台的国务院安全助理考克斯汇报他获得的这一最最重要的情报，以及综合他们监测获得重大信息，考克斯听索普教授讲完后顿时大是惊喜，地球的直接命运危机已经缓解，它正在漂移已经引起社会的恐慌，但是地球目前暂时是安全的，这一信息是非常重要。现在要做的事就容易多了，可以启动备用方案采取措施。他马上向国家安全局长直接汇报，最后上报给总统决定，联合国际社会主要国家开启联合行动"S"绝密方案，意思拯救行动。收到"S"绝密方案后各国都把悬着的紧张不已的心终于稍稍放下，开始投入到临战状态，情报信息被迅速传递到各国后，这种"S"绝密方案拯救地球行动现在需要世界各国摒弃一切政治行为携手共同应对拯救共同的家园。对于地球来说这已经是最好的结果了。各国政府部门紧急启动地球拯救行动，等到凌晨三点时传送过来的画面果然看到宇宙外太空发生巨大的爆炸，"1124"星云系在巨大的漩涡磁力场引力波强力推送下顺从的开始向转变运动方向，向着金星运动撞击，很快金星被"1124"星云系吞没并与它周围的数亿颗星体发生爆炸，顿时宇宙的平静被突然打破爆炸发出的沉闷巨响声此起彼伏，金星爆炸后被吸引入"1124"星云系，那颗是地球 4.435 倍大的主星体"DM"（秦命名的意为穿越者，地球人类还未发现它因此没有命名）中。金星在与周围星云系星体层撞击后爆炸已经减弱变成碎片和小星体，再与"DM"主星体撞击后发生爆炸，顷刻间天崩地裂金星化为乌有，"DM"主星体留下巨型天坑复归平静。"1124"星云系周围数十亿万颗小行星与金星不断地撞击引发爆炸后，碎片物体相撞后又引起了大爆炸持续了 3 天 5 小时 44 分，星云系中铺天盖地的碎片和烟幕在"1124"星云系中形成弥漫一直保持不散开。地球被星球天体和爆炸产生的碎片和尘埃云分布在宇宙中完全笼罩，遮天蔽日看不见太阳月和亮，处在混沌无天之中。

整个地球处于阴天般的阴云笼罩中，看到的是灰色的阴云布满着，偶尔露出一丝缝隙有一点点阳光透过，但是一会又被其他阴云遮挡住。秦和孟浩远两人清楚发生了什么，实施"T 方案"的结果是成功的，地球得救了暂时无碍，两人激动的泪含眼眶相互拥抱。秦和母船指挥联系后得到答复："T 方案执行顺利，金星和'1124'已发生撞击，'1124'已经平稳进入太阳系中，它会慢慢融入太阳系成为新太阳系一部分，另一颗主星'DM'星体将留下。金星已经被击毁，产生的碎片在宇宙中到处散落，地球营救成功，我们开始撤离返回，祝顺利！"秦激动地说道："收到，谢谢！我代表地球全体人类兄弟感谢你们！"指挥母船和另两艘母船开始迅速撤离，卫星收回渐渐关闭通话系统，它们向自己的中继星球基地飞去。很快消失在茫茫黑暗宇宙中。

等索教授通过国家天文台和中国国家天文台向院长以及各国各的天文监测台检测发现的情报，"1124"星云系已经与金星位置发生爆炸后失去方向。然后监测到金星方向发生大爆炸后一起消失。由于发生爆炸，布置在太空的绝大多数卫星已经被摧毁。人类暂时无法探知"1124"星云系的存在，不过所有人都被这样的结果大吃一惊目瞪口呆，突然之间会发生轨迹变化与金星发生撞击发生爆炸，而且没有引起连锁爆炸影响太阳系其他的主要星体存在，这简直是匪夷所思无法想象，这是经过最精确的设计最符合人类生存的一种最好的结果，一切都如孟浩远所预测的一样准确。不，是太精确了，太奇妙了无法来相信和描述。此时他们两人心中更加确定孟浩远一定就是这次拯救行动的幕后大英雄之一，他身后有一个非常神秘的团队，或者是上帝。没有这么多的偶然机会留给地球，宇宙运动有它的规律，这次爆炸有太多的突然和奇妙，当然他们还有太多的疑问和无法理解的问题。

又过了数小时后已经是早上七点了应该是天亮起来，此时人们看不到太阳像平时升起，感到地球在漂移，云层是厚重的灰暗色犹如被人为洒成一幅水墨画一般遮盖起来，呈黑色的加杂着一点白色把太阳包围起来。地球依然看不到太阳，仿佛地球被一张巨大的水彩泼墨画给笼罩起来，人们从昨天晚上已经发现来自宇宙中的巨大爆炸声而受惊，地球发生了剧烈的震荡有些地方报告发生大地震，有些地方发生了巨大风暴所有的海洋发生了大海啸。现在所有人都看到这样的奇观更是惊恐，不知道到底发生了什么，人们惊恐地站在空旷地抬头看向天际，心生恐惧一位地区来到末日，心里害怕不已。

然后是各国防空力量开始实施"S"计划，开启击落飞向地球的碎片、小行星的紧张行动。广播电视互联网权威媒体机构发布紧急通知，让所有人马上找掩蔽地躲藏起来，人们预感地球末日将到来，惊骇哭叫声到处都是。最受影响最惨的是位于大西洋、太平洋的几个岛国，日本、澳大利亚等一些岛屿国家不幸被爆炸后陨落的小行星击中后发生大爆炸，日本大部分被撞击沉没消失，仅留下三个分离的小岛没有被完全淹没。澳大利亚被击中后一分为三形成一个较大，两个较小的岛，还有海洋中数个较小海岛国家被击中全部毁灭消失，数据暂时没有办法统计，撞击后大部分外太空的卫星都被瞬间摧毁，很难监测到。同时海洋发生大海啸人们在拯救着，各地的火山也突然爆发，一连串的地质灾害几乎同时发生，认人更加惊恐害怕，世界一片哀嚎。地球版图发生了从未有过的巨大变化，这样的灾难结果，对于清楚地球被灭绝的科学家和政府官员等知情者来说已经不算灾难，地球得以拯救存在其实已经是最好的结果。当然"T方案"实施时孟浩远向秦提出，如果可能条件允许的话，请最优精确计算好最后发射波的时间窗，尽可能地考虑启动发动能量场引导"1124"星云系与金星撞击爆炸的那一刻，要计算整个可能的过程，使地球转至面向海洋的一面，爆炸星体落下，可以最大限度避免减少人口密集的洲际国家区域。当然这实在太难了，有太多复杂的因素影响，地区本身的漂移能量场的大小速度等等有太多复杂的因素，不过经过阿勃特超级智慧计算，各种系统因素全面考虑模拟选择最优方案，确实重新考虑孟浩远提出的这一点有经过精算选择，不过对于结果如何无法确定。所以在三艘母船发射超强能量场产生引力波时考虑到了孟浩远提出的这一点因素，提前了几秒微妙精确到小数点后四位。所以地球被二次、三次和多次发生大爆炸后的碎片星体撞击时大部分避免了人口稠密地区国家，而大部分落在地球海洋一面，已经减少大量的灾害。说明阿勃特的超级计算法精准地计算预测了各种影响因子，获得了最好的结果。这些没有人会知道原因，自认为是地球的幸运。不过地球受到的伤害和整个地球遭到毁灭相比，其实这些已经根本不算什么，非常幸运了，算是孟浩远说的上帝眷顾了。

　　孟浩远和索普教授以及向院长两人保持着密切的联系，大家尽管知道地球没有遭受到直接撞击发生爆炸，可是这样的结果变为事实到现在还是不太敢相信和确认，不担心会发生撞击爆炸令人心情极度疯狂。地球上没有这样先进的技术可以证实到底是怎么回事，有一股神秘的力量与"1124"星云系交织在一起而突然转变方向？在最后时刻怎么会突然发生惊奇的不符合科学规律的改变轨迹方向的运动变化？按照监测数据以及孟浩远的"新孟氏宇宙速度数学定律"计算撞击地球只是时间上的差异，根本是躲不过去的，现在的结果已经无法用科学来解释。不过地球没有被"1124"星云系击中，也没有撞击太阳，最后像是乖乖听从人为摆布一般引导它撞击金星，巨大的能量摧毁了金星是事实。然后地球到巨大能量场影响发生移动同时遭到星球体相互爆炸后碎片的撞击，但是它依然幸运的存在和运行着，太阳和月亮都在轨道中正常运行，人类赖以生存的环境没有被完全破坏。"1124"星云系在爆炸后离开金星位置竟然暂时消失了，它停在哪里？会不会继续运动？它的方向会不会离开太阳系继续在宇宙空间游行？另外出现的一个不确定的新情况是监测数据发现地球确实在漂移偏离原来位置，这令人担心不安。

　　等到爆炸后的第三天，天际上空还是被尘雾笼罩不见太阳，但是各国天文台监测到的信息数据都是令人惊喜，此时大家一直处于极其紧张的状态，看到数据后疲惫的身子松下来瘫倒在椅子上，可以确认地球已经躲过最危险的一次生存危机，每一个地方的指挥室中都在欢呼地球终于得救了，地球终于得救了。人们相信可能宇宙中也有上帝真的存在，它保佑我们地球和人类非常幸运地躲过了一场人类有史以来最有可能的灭顶浩劫。所有关注负责这次行动的人都在欢呼。孟浩远和秦两人都已经坚持数天一直未好好休息，拖着疲惫不堪的身躯眼睛都是血丝灰头土脸，没有洗澡没有休息。但是地球得救的结果是最让人高兴的。生活在地球的人们他们看到的世界各地发生的各种灾难，惊慌失措一直还处于恐惧害怕中，人们看不到太阳、月亮，不知道天黑还是天亮。看到的都是爆炸击落撞击行星碎片的巨大声音和海洋发生海啸声和地震灾难，部分国家还被不明行星撞击击毁。人们有理由认为这就是地球末日发生，惊恐之余他们向政府部门、电视台和各国天文台气象台打电话咨询求证，可是由于线路一下子拥堵瘫痪，无法打通更加的恐慌，为什么三天了天空依然是黑色的？云层像是雨天一般遮蔽天日看不到阳光，月亮不分黑夜白昼，让人更加心慌。地球被什么东西笼罩了让人害怕，到底发生了什么情况？最后专家发表电视采访回答民众关心的问题，当这些专家高兴地笑着告诉他们，请不必惊慌，只是受到外太空陨石撞击爆炸而影响地球，不过地球是安全的没有所谓地球末日，慢慢混乱的地球、大部分地区和国家社会秩序会恢复到正常。尽管还心存疑虑但是人们渐渐恢复理智。

其实人们不知道比起天气的异常和地球地区国家发生的灾难，与地球得救没有遭到摧毁形成人间炼狱根本已不足为道了，已经是一次万分幸运了。

秦和孟浩远两人终于如释重负，疲惫的懒懒背靠在椅子上全身放松。看着秦一副疲惫的样子孟浩远忍不住走上前拥抱住秦，眼睛里满是感激，以及地球劫后余生获救的好心情说道："秦，谢谢，谢谢非常感谢！你挽救了地球和人类。"秦轻轻拍拍他的肩膀并没有说话，两人松开手，秦盖上他的电脑，突然孟浩远发现盖子一侧那个图案，几片连在一起的银杏树叶。现在可以问问秦这是什么，为什么对银杏树叶特别钟爱？孟浩远随便地问道："哎，秦，电脑盖上的图案那是什么？"秦看似也很随便说道："那是我们阿勃特星远古存在，现在已经消失的一种神奇的树叶叫'托卡内几'，意思是生命之树。"孟浩远一听精神上来，原来如此。急忙打开手机搜寻到他给艾琳在上海黄浦江人行通道一片树林中拍到的银杏树照片，开心地指给秦问道："秦，你看是不是这种？"秦一看高兴起来精神也上来了仔细盯着看了一会，突然微笑出声来："哈哈，这，这，就是它，就是它。我们一直在寻找它，原来在地球上就有，太好了。"孟浩远说道："这种树在地球上很普通啊，有什么特别？"秦笑道："浩远，你知道给你的那种褐黑色石头吗？"孟浩远说道："知道。"说着拿出挂在胸前的那块生命之石，秦说道："对，就是它。这是我们阿勃特星球上最远古时代形成的一种特别的化石，里面有三种植物，其中一种已经消失就是这种树叶，在大自然某一地区特殊的环境中形成，遇到地壳运动被包裹进去，最后形成生命之石，它特别珍贵。这下好了找到它了。"秦被孟浩远这一发现显得特别高兴，没有想到孟浩远随便一问竟然有这样的收获，天意啊。孟浩远这下才明白说道："噢，太神奇了。"两人高兴地对笑着。站起身一起走出地下监控会议中心，走到电梯区乘电梯到七楼的工作区会议室，两人站在阳台上扫视周围，基地周围无一人，静悄悄，远处的四号洲际公路上还有汽车在行驶。912 整个基地显得是那样安静空旷可以让人沉思。孟浩远烧了一壶水后泡了两杯新茶，两人拿着茶杯步行从楼梯区走到 D 楼顶层露天平台，站在平台上远望四周尽收眼底，周围空旷的地面显得寒冷肃杀。远望东方的天空，两人脸上都是三天未好好休息而显得精神倦怠，眼睛带着血丝，神情有些木然憔悴。地球大好的结局又令人欣喜宽慰，强撑着精神端着热茶喝着相互会意地笑着……

　　整整三天四个小时后，宇宙中的碎片尘雾才开始逐渐散去，当新的一天开启，人们发现太阳又从天际慢慢正常的又爬升出来，遮挡的阴云大部分已经散去，阳光已经透射出来泛着生的光明，人们迫不及待地都走出去享受着太阳光辉的照耀，终于从恐惧中走出来。社会由紧张焦虑不安害怕，已经在慢慢恢复到了以往的正常生活。发生灾难危机的地区国家都在进行救援抗灾特别忙碌。秦和孟浩远都安心下来，好好洗了一个澡顿时浑身舒服。孟浩远负责做了几个菜两人高兴地喝了点酒又好好睡了一天，精神才恢复。

　　起来后第一件事，秦到监控会议中心指挥室马上联系上了母船，这是每天需要的工作内容之一。孟浩远在边上看秦在联系说话和通过电脑调阅数据，急得几次预言打断还是礼貌地停住，最后实在憋不住了，直接在秦旁边轻声地急切地说着："秦帮我问问艾琳，艾琳她怎么样了？告诉她我们很好，一切都好。"秦还在联系交流着，他当然知道孟浩远在想什么，在交谈联系时孟浩远就站在旁边想说又不好意思打断的样子，点头示意知道，等联系完成后才说道："请让艾琳通话。"孟浩远急切地想知道她的情况，听秦这么一说马上转到自己的通道，终于艾琳和孟浩远两人在遭到人类危机两厢生离死别后联系上，看着画面视频，两人心潮澎湃都无比激动，竟然一下子不知道说些什么，时间仿佛停止，两人看着对方眼泪已经挂在脸上，开始情不自禁地流淌下来。艾琳旁边的贝克倒显得轻松，飞船上的一切对他来说都是令人惊奇和赞叹不已，已经神往其中，作为地球人第一次踏上神秘伟大的飞行器在这里待着就是一个奇迹，心中充满好奇探索，心情轻松。两人向孟浩远招手示意着，稍停后孟浩远开口问道："艾琳，地球得救了，我们可以永远在一起了，其他人都安好，你放心吧。"艾琳哭道："知道知道，我在这里汉已经第一时间告诉我地球获救的结果。亲爱的，我实在太担心你了，担心地球上所有的亲人。真想现在马上回到你这里，如果地球毁灭所有亲人和人类都不在，活着有什么意思。我也不想活了。"贝克在旁做了一个吃惊的表情，他没有情感的困扰，体会不到亲人间相互关心在劫后余生时的心情。孟浩远说道："我也是，一切都会越来越好。"两人彼此述说着劫后重见的喜悦和相思，此时都已经满怀喜悦。当艾琳乘坐的工作飞船进入到 3 号母船后，和贝克一起被汉安置在母船的一间宽敞舒服并有着未来科技的房间，然后汉让他们放心好好休息，休息室内什么都准备齐全，可以喝水吃点心，走出去到处参观除了核心指挥中心和飞船控制中心，那里保安严密无法进入。汉安排他俩后匆忙就走出去，他们在为挽救地球开始实施"T 方案"忙碌不已，惊醒心动魄的行动终于迎来了最好的结果，当汉再次走进艾琳房间看到她心情不好情绪低落埋头不语，眼含泪花出神地想着心思。周围飞行母船中科幻般极其先进的新奇环境也引不起她的兴趣，直到"T 方案"加护结果显现后，汉跑进房间来告诉给艾琳最想要的好消息。当她从汉的口中得知地球已经在阿勃特的帮助下幸运的免于毁灭，阿勃特拯救了地球和所有地球人类。他特别专门告诉艾琳现在秦和孟浩远一直在和他们保持联系，他们两人也很安全时，艾琳突然心情犹如大海决堤，不禁顿时激动的哭泣起来泪流满面。这才是艾琳最需要的信息，她被迫离开时心中恨死了孟浩远，在最危险的时刻，他为了地球只顾工作可以牺牲自己的生命，但是为了她的生命把自己和弟弟推向阿勃特来挽救地球上唯一两个人类生命，而不是让她在最后时刻和他在一起，不管地球的结局如何，让自己在离开时真的痛不欲生，汉紧紧抱持着她让她脱不开他的手中跑到孟浩远身边，静静地等待着一切发生，承受着所有的一切。然而面对一个为了挽救地球把自己的生命安危放置不顾，为自己爱人着想把最后生的机会留给自己，同时为了防止艾琳一个人孤独悲伤，让她自己亲弟弟贝克一起陪她同行也给了他生的机会。孟浩远的行为和品格感染了秦和其他阿勃特现场所有人，他展现了自己高尚的人品，更加感动了艾琳。

母船需要回中继星基地休整，艾琳现在还不能马上回。不过她现在已经得到地球安全的消息，意味着父母及其他所有人都安全的最好消息，特别是孟浩远安全的信息这已经足够了。这比什么都重要，一切都会好起来，新的生活将开启。到阿勃特星好好参观，现在看来是一个非常神幻美妙的旅程。放下心的艾琳马上心情无比开心，原来索然无味一个人关在房间，现在由于好心情变得很有兴趣，在这宇宙世界上最先进的阿勃特探索宇宙的超级巨大先进和对人类而言是从未见过的黑科技母船上，和贝克在一起怀着期待好奇探索和激动兴奋之情参观，跟着一起巡游在宇宙中，他们不久将要踏上另一个神秘莫测的星球。

等联系上母船后，知道母船在茫茫宇宙中安全的飞行，知道艾琳他们的消息，孟浩远心绪终于释放。地球也已经安全得救，孟浩远和秦终于如释重负，两人没有说话。看着欣喜的孟浩远秦说道："浩远，'1124'星云系穿越不同宇宙空间来到太阳系，意味着什么？"孟浩远猛地被秦的话吓一跳，急问道："你说啥？意味着什么？"秦说道："以后这一宇宙通道被打开，宇宙空间运行平稳或许被打破，可能会有其他来自不同宇宙空间的星云系通过通道到来。几百年上千年上亿年？无法预知。唯一知道的是它一定会来。另外地球人类从你的了解，他们还未发现'1124'星云系爆炸后主星体'DM'会在哪里停留。但是随着时间推移，太阳系慢慢恢复正常会发现的。如果它在太阳系中存在，也许是地球的福分，也许可以找到新的'DM'，也许它和地球类似，可有水、有动植物，可以让地球人类移居在上面成为新家园生存。"孟浩远一惊，说道："是吗？有这个可能？成为第二个地球？"秦点头。两人眼神交换相互明白信任和敬佩，地球已经暂时安全，他们和阿勃特所有人一起做了一件惊天的行动，地球挽救了，但是不安全，人类还将延续。

　　两人从地下走出监控中心指挥室，站在一楼地面上，这里周围一切如旧而没有人烟安静异常。四号州际公路上还有卡车和汽车在行驶着，他们根本不知道地球到底发生过什么惊心动魄的一场巨大危机，被这座一片荒地间突然建成的基地——上面有秦和孟浩远两个英雄所挽救。两人眼睛看着西北方向，这是秦说的他们飞船飞行的方向，呆呆地站着，哪怕看不到。心中感觉艾琳就在宇宙深处的某一个地方同样也正在关心地注视着地球方向，他神情认真毅然地抬着头看着远方。不过秦说了一句话孟浩远又从安稳的情绪中着急起来，秦淡然地说道"孟浩远我收到的还有一条信息是，地球目前因与"1124"星云系发生撞击一瞬间产生的强大动力被弹出，它正在漂移出原来位置"孟浩远："啊"一声。马上转过头来盯着秦看，秦依然眼睛看着远方没有再说话。孟浩远感觉地球似乎是在移动。

完

2022.09.08 上午 11:23 完成修改第一稿

2023.6.16 下午 12:55 完成第二次修改